Fjodor M. Dostojewski
Der Spieler

Zu diesem Buch

Der vorliegende Band enthält die »kleineren Meisterwerke«
Dostojewskis, die in seiner Reifezeit entstanden sind. Die »Aufzeichnungen aus dem Untergrund« sind die politisch brisante
Abrechnung eines Gepeinigten mit den Illusionen und der Ver-
logenheit der Gesellschaft. Ein autobiographisch geprägtes See-
lenporträt ist »Der Spieler«: Nachdem Dostojewski 1863 in
Wiesbaden den Vorschuß auf sein nächstes Buch verspielt hatte,
diktierte er in nur vierundzwanzig Tagen den berühmten
Roman, in dem er die mondäne internationale Lebewelt Westeuropas als träge und oberflächliche Gesellschaft entlarvt. Von
einem in Haßliebe aneinander geketteten Paar handelt »Der
ewige Gatte«. »Das Krokodil« ist eine erbarmungslose Satire im
Geiste der großen Romane. Formal höchst modern gestaltet
sich die Ehetragödie »Die Sanfte«. In den Visionen des »Bobók«
und im »Traum eines lächerlichen Menschen« schließlich bricht
der apokalyptische Ernst des späten Dostojewski durch.

INHALT

DER SPIELER

DER EWIGE GATTE

AUFZEICHNUNGEN AUS DEM UNTERGRUND

DAS KROKODIL

BOBOK

DIE SANFTE

TRAUM EINES LÄCHERLICHEN MENSCHEN

DER SPIELER

Roman

Aus dem Russischen übertragen und mit einem Nachwort
versehen von E. K. Rahsin
Mit Anmerkungen, Auswahlbibliographie
und biographischen Daten

Originaltitel:
»Igrok« – »Večnyj muž« – »Zapiski iz podpol'ja«
»Krokodil« – »Bobok« – »Krotkaja« – »Son smešnogo čeloveka«

Die Werke Dostojewskis erschienen in der Übertragung von E. K. Rahsin
im R. Piper & Co. Verlag erstmals in den Jahren 1906–1919.
Der Text dieser Ausgabe folgt – mit Ausnahme des Anhangs –
der 1959 von E. K. Rahsin neu durchgesehenen Ausgabe.
ISBN 3-492-04009-8
15. Auflage 1996
© R. Piper & Co. Verlag, München 1910

Umschlaggestaltung: Büro Hamburg, Susanne Schmitt
Abbildung: »Am Roulettetisch«
(Ausschnitt) von Edvard Munch
© The Munch Museum/The Munch Ellingsen Group/
VG Bild-Kunst, Bonn 1996

Alle Rechte vorbehalten, insbesondere das Recht der mechanischen,
elektronischen oder fotografischen Vervielfältigung,
der Einspeicherung und Verarbeitung in elektronischen Systemen,
des Nachdrucks in Zeitschriften oder Zeitungen,
des öffentlichen Vortrags, der Verfilmung oder Dramatisierung,
der Übertragung durch Rundfunk, Fernsehen oder Video,
auch einzelner Text- und Bildteile.

Gesamtherstellung Ebner Ulm

Printed in Germany

Fjodor M. Dostojewski

Der Spieler

Späte Romane
und Novellen

Piper
München Zürich

ERSTES KAPITEL

Da bin ich nun endlich, nach vierzehntägiger Abwesenheit, wieder bei ihnen eingetroffen. Die Unsrigen sind schon seit drei Tagen in Roulettenburg. In meiner Annahme, daß sie mich, Gott weiß wie sehr, erwarteten, täuschte ich mich aber. Der General blickte überaus selbstbewußt drein, als er mich empfing, sprach mit mir in herablassendem Ton und schickte mich dann zu seiner Schwester. Jedenfalls ist es klar, daß sie inzwischen irgendwoher Geld erhalten haben. Dennoch wollte es mir scheinen, daß der General sich trotz all seines Selbstbewußtseins ein wenig vor mir schämte und meinem Blick auswich. Márja Filíppowna war sehr beschäftigt und sprach nur oberflächlich mit mir. Das Geld nahm sie jedoch in Empfang, zählte es nach und hörte sogar meinen ganzen Bericht an. Zu Tisch wurden Mesenzóff und der Franzmann erwartet, und außer ihnen noch ein Engländer. Haben sie Geld, so muß natürlich sofort ein Diner gegeben werden; sie werden doch nicht die Moskowiter verleugnen. Als Polína Alexándrowna mich erblickte, fragte sie mich nur, weshalb ich so lange fortgeblieben sei, und ging an mir vorüber, ohne meine Antwort abzuwarten. Selbstverständlich lag Absicht in diesem Benehmen. Wir sind uns freilich Erklärungen schuldig. Es hat sich allerhand angesammelt.

Für mich war im Vierten Stock des Hotels ein kleines Zimmer reserviert worden. Hier weiß man, daß ich *zur Suite des Generals* gehöre. Aus allem ist zu ersehen, daß sie bereits zu imponieren verstanden haben. Den General hält man hier schon allgemein für einen steinreichen russischen Edelmann. Vor Tisch beauftragte er mich unter anderem, zwei Tausendfrankennoten zu wechseln. Ich wechselte sie im Büro des Hotels. Jetzt wird man uns mindestens eine Woche lang für Millionäre halten. Darauf wollte ich mit Mischa und Nádja einen Spaziergang machen, wurde jedoch auf der Treppe zurückgerufen: der General ließ mich zu sich bitten. Es erschien ihm plötzlich ratsam, sich bei mir zu erkundigen, wohin ich die Kinder führen wolle. Dieser Mensch bringt es entschieden nicht fertig, mir gerade in die Augen zu sehen; er würde es ja gern tun, aber ich begegne seinem Blick jedesmal unentwegt so offen, das heißt so unehrerbietig, daß er gleichsam verlegen wird. In einer reichlich schwülstigen Ansprache, in der er eine Phrase an die andere reihte, so daß er sich schließlich ganz verhedderte, gab er mir zu verstehen, daß ich mit den Kindern möglichst weit weg vom Kurhaus spazieren solle, am besten irgendwo in den entlegeneren Teilen des Parks. Plötzlich ärgerte er sich über sich selbst und fügte schroff hinzu:

»Sonst bringen Sie sie womöglich noch in die Spielsäle und spielen mit ihnen Roulette ... Entschuldigen Sie meine Bemerkung«, unterbrach er sich, »aber Sie sind ja als junger Mann noch ziemlich leichtsinnig und am Ende gar fähig zu spielen. Jedenfalls habe ich, obschon ich nicht Ihr Mentor bin und diese Rolle auch gar nicht zu übernehmen wünsche, immerhin das Recht, den Wunsch zu äußern, daß Sie mich hier nicht kompromittieren ...«

»Aber ich habe ja gar nicht das Geld dazu«, versetzte ich ruhig, »um welches verspielen zu können, müßte man es zuvor haben.«

»Sie werden es im Augenblick erhalten«, sagte er, leicht errötend, und wandte sich sogleich zum Schreibtisch, um nach seinem Notizbuch zu suchen. Es zeigte sich, daß ich noch hundertundzwanzig Rubel bei ihm zugute hatte.

»Wie verrechnen wir nun das?« fragte er stirnrunzelnd. »Wir müssen es in Taler übersetzen ... Hm! ... Nun, nehmen Sie zunächst hier diese hundert Taler, eine runde Summe — das übrige wird natürlich nicht verlorengehen.«

Schweigend nahm ich das Geld.

»Übrigens... bitte sich durch meine Worte nicht gekränkt zu fühlen... Sie sind so leicht verletzt... Wenn ich
jene Bemerkung gemacht habe, so tat ich es gewissermaßen
nur, um vorzubeugen, um Sie zu warnen, und dieses Recht
werden Sie mir doch wohl zugestehen...«

Als ich kurz vor der Mahlzeit mit den Kindern vom Spaziergang zurückkehrte, begegnete ich einer ganzen Kaval-
kade: es waren die Unsrigen, die eine Ausfahrt gemacht hatten, um irgendwelche Ruinen zu besichtigen. Die Damen,
Mademoiselle Blanche, Márja Filíppowna und Pólina, fuhren in einem schönen Wagen, den unsere drei Herren, der
Franzmann, der Engländer und der General, hoch zu Roß
begleiteten. Die Vorübergehenden blieben stehen und schauten; so wurde Eindruck gemacht. Nur wird der General
seinem Schicksal doch nicht entgehen können. Zusammen
mit den viertausend Franken, die ich ihm gebracht habe, und
mit allem, was sie hier augenscheinlich noch aufgetrieben
haben, können sie jetzt höchstens sieben- bis achttausend
Franken besitzen. Das aber ist viel zu wenig für Mademoiselle Blanche.

Mademoiselle Blanche ist gleichfalls in unserem Hotel abgestiegen, zusammen mit ihrer Mutter. Und auch der Franzmann soll sich hier irgendwo niedergelassen haben. Die Bedienten nennen ihn „Monsier le Comte" und die Mutter der
Mademoiselle heißt „Madame la Comtesse". Nun, wer
kann's schließlich wissen, vielleicht sind sie auch wirklich
Comte et Comtesse.

Ich wußte es im voraus, daß dieser Monsier le Comte mich
bei Tisch nicht erkennen würde. Dem General fiel es natürlich nicht ein, uns miteinander bekannt zu machen oder wenigstens mich ihm vorzustellen; Monsieur le Comte aber ist
in Rußland gewesen und weiß daher ganz genau, wie gering
der Vogel ist, den sie „un outchitel" [ein Lehrer] nennen.
Übrigens kennt er mich sehr gut. Doch um die Wahrheit zu
gestehen: ich erschien völlig unaufgefordert zum Diner. Ich
glaube, der General hatte mich ganz vergessen, denn sonst

hätte er mich sicherlich an die Table d'hote geschickt. Ich erschien also ungebeten und fing daher einen erfreuten Blick des Generals auf. Die gute Márja Filíppowna wies mir sogleich einen Platz an. Und die Anwesenheit Mister Astleys rettete mich vollends: ich gehörte nun ohne mein Zutun gleichfalls zu ihrer Gesellschaft.

Diesen sonderbaren Engländer hatte ich bereits in Preußen kennengelernt. Wir saßen im Abteil einander gegenüber, als ich den Unsrigen nachreiste; dann begegneten wir einander bei der Einreise nach Frankreich und zuletzt in der Schweiz; also im Laufe von drei Wochen dreimal. Und nun war ich nicht wenig überrascht, ihn plötzlich hier in Rouletenburg anzutreffen.

Ich habe noch nie in meinem Leben einen so schüchternen Menschen kennengelernt. Er ist bis zur Unglaublichkeit, geradezu bis zur Dummheit schüchtern, was er natürlich selbst ganz genau weiß; denn, daß er nicht dumm ist, sieht man ihm auf den ersten Blick an. Im übrigen ist er ein sympathischer, stiller Mensch. Bei unserer ersten Begegnung hatte ich ihn sogar zum Reden gebracht: er erzählte mir, daß er in diesem Sommer am Nordkap gewesen sei und sehr gern die Messe in Níshnij Nówgorod besucht hätte. Wie er mit dem General bekanntgeworden ist, weiß ich nicht. Jedenfalls scheint er mir in Polína grenzenlos verliebt zu sein. Als sie eintrat, wurde er feuerrot. Offenbar war er sehr froh darüber, daß ich bei Tisch neben ihm zu sitzen kam, und anscheinend hält er mich bereits für seinen besten Freund.

Bei Tisch führte der Franzmann mehr als je das große Wort; er benahm sich allen gegenüber sehr nachlässig, wenn nicht gar geringschätzig, und zeigte wieder mal unverhohlen, wie sehr er von sich eingenommen ist. In Moskau aber, entsinne ich mich, blies er noch auf einer ganz anderen Flöte. Diesmal sprach er sehr viel über Finanzen und über die russische Politik. Der General wagte mitunter, ihm zu widersprechen, doch tat er es nur sehr vorsichtig und gerade nur soweit als es die Wahrung seiner Würde erforderte.

12

Ich war ziemlich verstimmt. Natürlich stellte ich mir schon nach dem ersten Gang wie gewöhnlich die Frage: ‚Wozu plagst du dich eigentlich mit diesem General, weshalb hast du ihm und ihnen allen nicht schon längst den Rücken gekehrt?‘

Hin und wieder blickte ich zu Polína Alexándrowna hinüber: sie übersah mich jedoch vollkommen. Es endete damit, daß ich wütend wurde und mich entschloß, einfach frech zu werden. Ich wollte mich ungebeten in ihr Gespräch einmischen, nur um mit dem Franzmann anzubändeln. So wandte ich mich plötzlich an den General und bemerkte laut — ich glaube, ich unterbrach ihn sogar —, daß es in diesem Sommer für einen Russen nahezu unmöglich sei, irgendwo an einer Table d'hote zu speisen. Der General sah mich verwundert an.

»... Wenn Sie ein Mensch mit Selbstachtung sind«, fuhr ich unbekümmert fort, »so setzen Sie sich damit direkt Beleidigungen aus und müssen sich allerhand kränkende Bemerkungen gefallen lassen. In Paris und am Rhein, ja sogar in der Schweiz sitzen jetzt an der Table d'hote so viele Polacken und mit diesen sympathisierende Französchen, daß es einem ganz unmöglich ist, auch nur ein Wort zu sagen, wenn man eben Russe ist.«[1]

Ich sagte das auf französisch. Der General sah mich verständnislos an, als wisse er nicht, ob er sich ärgern oder sich nur wundern sollte darüber, daß ich mich so vergessen konnte.

»Dann haben Sie wohl schlimme Erfahrungen gemacht«, warf unser Franzmann nachlässig und spöttisch hin.

»Ich hatte in Paris zunächst Streit mit einem Polen und danach mit einem französischen Offizier, der dem Polen beistand«, sagte ich. »Als ich aber zum besten gab, wie wenig ehrerbietig ich mich über den Kaffee des päpstlichen Prälaten geäußert hatte, ging ein Teil der Franzosen sogar auf meine Seite über.«

»Über den Kaffee? ...« fragte der General in würdevollem Erstaunen und blickte sich fragend im Kreise um. Der Franzose musterte mich mißtrauisch.

»Jawohl, über den Kaffee«, bestätigte ich. »Da ich zwei Tage lang überzeugt war, daß ich in unserer Angelegenheit auf kurze Zeit nach Rom würde reisen müssen, begab ich mich in die Kanzlei der Gesandtschaft des Heiligen Vaters in Paris, um meinen Paß visieren zu lassen. Dort empfing mich ein kleiner Abbé, ein hageres Kerlchen von etwa fünfzig Jahren, mit frostiger Physiognomie. Er hörte mich höflich an und bat mich darauf nur trocken, zu warten. Ich hatte zwar wenig Zeit, doch setzte ich mich hin, zog die „Opinion nationale" hervor und begann zu lesen. Der Leitartikel war ein einziges großes Geschimpfe über Rußland. Inzwischen hörte ich, wie durch das Nebenzimmer jemand zum Monseigneur geführt wurde; ich sah auch, wie mein Abbé vor ihm dienerte. Ich wandte mich zum zweitenmal mit meiner Bitte an ihn; er bat mich in noch trockenerem Tone, zu warten. Nach kurzer Zeit trat wieder ein Unbekannter ins Zimmer — es schien ein Österreicher zu sein —, der eine geschäftliche Angelegenheit zu erledigen hatte. Der Abbé hörte ihn aufmerksam an und ließ ihn dann sogleich nach oben führen. Das ärgerte mich nicht wenig. Ich erhob mich, trat auf ihn zu und sagte in nicht mißzuverstehendem Ton, daß Monseigneur, da er doch augenscheinlich empfange, wohl auch mein Anliegen ohne Aufschub erledigen könne. Mein Abbé aber wich einfach zurück vor Verwunderung. Er konnte es offenbar nicht fassen, daß ein nichtiger Russe sich mit den anderen, die sein Monseigneur empfing, gleichzustellen wagte! Er maß mich mit unendlicher Verachtung vom Kopf bis zu den Füßen und rief in einem Ton, dem man die Freude, mich verletzen zu können, förmlich anhörte:

,Ja, glauben Sie denn etwa, daß Monseigneur *Ihretwegen* seinen Kaffee werde kalt werden lassen?'

Da wurde ich wütend und sagte ihm, daß mich der Kaffee seines Monseigneurs einen Dreck angehe, que je crache dans son café! ,Und wenn Sie mir nicht im Augenblick meinen

Paß mit dem Visum zurückbringen, so gehe ich selbst zum Monseigneur!' schloß ich.

,Was! Während der Kardinal bei ihm sitzt!' schrie das Kerlchen, entsetzt vor mir zurückweichend, und plötzlich stürzte er zur Tür, vor der er sich mit ausgebreiteten Armen wie ein Kreuz hinstellte und eine Miene aufsetzte, die mir sagen sollte, daß er eher zu sterben gewillt sei als mich vorzulassen.

Da sagte ich ihm, ich sei ein Ketzer und Barbar — que je suis hérétique et barbare —, und alle seine Erzbischöfe, Kardinäle, Monseigneurs und wie sie da hießen, imponierten mir nicht im geringsten. Kurz, ich gab ihm zu verstehen, daß ich meinen Willen unbedingt durchsetzen würde. Er blickte mich haßerfüllt an, riß mir meinen Paß aus der Hand und brachte ihn nach oben zum Monseigneur. Nach einer Minute kam er zurück: der Paß war visiert. Hier, wenn's gefällig ist, sich davon zu überzeugen...« Ich nahm den Paß aus meiner Brusttasche und zeigte das römische Visum.

»Sie haben indes...«, wollte der General beginnen, doch unser Franzmann fiel ihm grinsend ins Wort:

»Was Sie rettete, war, daß Sie sich für einen Ketzer und Barbaren ausgaben. Cela n'était pas si bête.«

»Ja, wie sollten sie denn auch unsere Russen hier anders einschätzen?« fuhr ich fort. »Die wagen ja hier, wenn sie an einer Table d'hote sitzen, kein Wort zu sagen, und sind womöglich sofort bereit, falls jemand es wünschte, sich ganz von Rußland loszusagen! In Paris wenigstens begann man, sich viel aufmerksamer zu mir zu verhalten, nachdem ich ihnen von meinem Streit mit dem Abbé erzählt hatte. Ein dicker polnischer Pan, der bis dahin die erste Rolle an der Table d'hote gespielt hatte, mußte sich hinfort mit der zweiten Rolle begnügen. Ja, die Franzosen nahmen es nachher sogar hin, daß ich ihnen von einem Menschen erzählte, auf den ein französischer Chasseur im Jahre 1812 geschossen hat, einzig um sein Gewehr zu entladen. Dieser Mensch war damals ein zehnjähriger Knabe, und seine Familie hatte

Moskau nicht rechtzeitig vor dem Einzug der Franzosen verlassen können.«

»Das ist unmöglich!« brauste mein Französchen auf. »Ein französischer Soldat wird niemals auf ein Kind schießen!«

»Indessen war es so«, versetzte ich unbeirrt. »Mein Gewährsmann war ein ehrenwerter alter Hauptmann a. D., und ich habe selbst die Schramme auf der Wange des Betreffenden gesehen, der von der Kugel zum Glück nur gestreift worden war.«

Der Franzose begann sehr schnell und sehr erregt zu sprechen. Der General wollte ihm bereits beipflichten, ich schlug ihm aber vor, doch wenigstens die Auszüge aus den Memoiren des 1812 in französische Gefangenschaft geratenen Generals PeRówskij zu lesen. Da unterbrach uns Márja Filíppowna, die von etwas anderem zu sprechen begann, um dieses Gespräch zu beenden. Der General war sehr unzufrieden mit mir, denn unser Franzmann und ich hatten unsere Stimmen zum Schluß mehr als nötig erhoben. Doch Mr. Astley schien mein Streit mit dem anderen sehr gefallen zu haben, denn als wir uns vom Tisch erhoben, schlug er mir vor, ein Glas Wein mit ihm zu trinken.

Gegen Abend gelang es mir, mit Polina Alexándrowna unter vier Augen zu sprechen. Das geschah auf dem Spaziergang. Wir gingen alle in den Park zum Kurhaus. Polina setzte sich auf eine Bank gegenüber dem Springbrunnen und erlaubte Nádenjka, in der Nähe mit anderen Kindern zu spielen. Auch ich erlaubte meinem Míscha, zum Springbrunnen zu gehen, und so blieben wir endlich allein.

Natürlich begannen wir sogleich von Geschäftlichem zu sprechen. Polina war einfach empört, als ich ihr im ganzen nur siebenhundert Gulden einhändigte. Sie hatte mit aller Bestimmtheit erwartet, daß ich ihr für ihre in Paris versetzten Brillanten wenigstens zweitausend Gulden, wenn nicht noch mehr, bringen würde.

»Ich brauche vor allen Dingen, um jeden Preis Geld«, sagte sie, »es muß beschafft werden; sonst bin ich verloren.«

Ich begann zu fragen, was in meiner Abwesenheit geschehen sei.

»Nichts weiter, als daß aus Petersburg zwei Depeschen eingetroffen sind: zuerst die Nachricht, daß es der Bábuschka[2] sehr schlecht gehe; und nach zwei Tagen, daß sie schon so gut wie im Sterben liege. Diese Nachricht stammt von Timoféi Petrówitsch«, fügte Polina hinzu, »er aber ist ein pedantisch gewissenhafter Mensch. Und jetzt erwarten wir die endgültige Nachricht.«

»So sind denn jetzt alle hier voll Hoffnung?« fragte ich.

»Natürlich, alle und alles; man hat doch seit ganzen sechs Monaten nur noch darauf gehofft.«

»Sie gleichfalls?« fragte ich.

»Ich bin doch als Stieftochter des Generals gar nicht verwandt mit ihr ... Aber ich weiß, daß sie mich in ihrem Testament nicht übergehen wird.«

»Ich glaube, Sie werden sehr viel erben«, sagte ich überzeugt.

»Möglich; sie hatte mich gern; aber weshalb scheint es denn *Ihnen* so?«

»Sagen Sie«, antwortete ich mit einer Frage, »unser Marquis ist wohl gleichfalls in alle Familiengeheimnisse eingeweiht?«

»Weshalb interessiert Sie das?« fragte Polina trocken und sah mich streng an.

»Auch eine Frage! Wenn ich nicht irre, hat der General bereits Geld von ihm geborgt.«

»Ihre Vermutungen sind heute merkwürdig richtig.«

»Nun, würde er ihm denn Geld geliehen haben, wenn er vom Zustand der Großtante nichts wüßte? Und ist es Ihnen nicht aufgefallen, wie er bei Tisch, als von ihr die Rede war, sie etwa dreimal ,la babóulenka' nannte? Was für nahe und freundschaftliche Beziehungen!«

»Ja, Sie haben recht. Sobald er erfährt, daß auch mir etwas zugefallen ist, wird er sich sogleich um mich bewerben. War es das, was Sie erfahren wollten?«

»Erst ›wird er sich‹? Ich dachte, er tue es schon längst.«

»Sie wissen nur zu gut, daß er es nicht tut!« sagte Polina geärgert. »Wo haben Sie diesen Engländer kennengelernt?« fragte sie nach kurzem Schweigen.

»Ich wußte es im voraus, daß Sie mich jetzt nach ihm fragen würden.«

Ich erzählte ihr von meinen früheren Begegnungen mit Mr. Astley.

»Er ist schüchtern und sehr verliebter Natur und ... hat sich natürlich in Sie verliebt?«

»Ja, er ist in mich verliebt«, antwortete Polina.

»Und natürlich ist er zehnmal reicher als der Franzose. Wie, hat denn der Franzose tatsächlich etwas? Ist das gar keinem Zweifel unterworfen?«

»Nein, das ist keinem Zweifel unterworfen. Er hat irgendwo ein Château. Noch gestern sagte es mir der General ganz positiv. Nun, genügt Ihnen das?«

»Ich würde an Ihrer Stelle unbedingt den Engländer heiraten.«

»Weshalb?« fragte Polina.

»Der Franzose ist ja hübscher, aber dafür ist er auch ein gemeiner Kerl. Der Engländer aber hat, ganz abgesehen davon, daß er uranständig ist, mindestens zehnmal mehr«, versetzte ich trocken.

»Ja; aber dafür ist der Franzose Marquis und klüger«, sagte sie kühl mit gleichmütigster Miene.

»Nur ... stimmt das auch wirklich?« fragte ich im selben Ton.

»Vollkommen.«

Meine Fragen mißfielen ihr sehr, aber ich merkte nur zu gut, daß sie mich mit ihrer Ruhe und ihren unmöglichen Antworten ärgern wollte. Ich sagte ihr das auch sofort.

»Nun ja, es amüsiert mich, zu sehen, wie Sie sich ärgern«, meinte sie. »Und ... wie werden Sie mir schon das allein, daß ich Ihnen solche Fragen und Äußerungen gestatte, bezahlen müssen!«

»Ich fühle mich allerdings im Recht, jede beliebige Frage an Sie zu richten«, versetzte ich ruhig, »und zwar schon deshalb, weil ich zu jeder Bezahlung bereit bin und überhaupt das ganze Leben jetzt keinen Wert mehr für mich hat.«

Polina begann zu lachen.

»Sie sagten mir das letztemal auf dem Schlangenberg, Sie seien sogar bereit, sobald ich es nur wünschte, sich mit dem Kopf voran von der Terrasse drüben hinabzustürzen, die Terrasse aber ist dort, glaube ich, an tausend Fuß hoch. Nun, irgend einmal werde ich diesen Wunsch aussprechen, und zwar einzig um zu sehen, wie Sie ihn erfüllen. Und ich versichere Sie, daß ich charakterfest sein werde. Sie sind mir verhaßt, sind es mir eben deshalb, weil ich Ihnen so viel erlaubt habe, und sind mir noch verhaßter, weil ich Ihrer Hilfe so dringend bedarf. Und solange das der Fall ist, muß ich Sie noch am Leben lassen.«

Sie erhob sich. Die letzten Worte hatte sie geradezu gereizt gesagt. Überhaupt war es mir aufgefallen, daß sie in der letzten Zeit unsere Gespräche regelmäßig sehr gereizt abbrach.

»Gestatten Sie noch eine Frage«, hielt ich sie auf, um sie nicht ohne Erklärung fortgehen zu lassen, »wer ist Mademoiselle Blanche?«

»Das wissen Sie doch ebensogut wie ich, wer Mademoiselle Blanche ist. Sie hat weder ihre alten Eigenschaften verloren noch neue hinzubekommen. Mademoiselle Blanche wird ganz gewiß Generalin werden. Das heißt: vorausgesetzt natürlich, daß sich die Nachricht vom zu erwartenden Tode der Großtante bewahrheitet, denn sowohl Mademoiselle Blanche wie ihre Mutter und ihr Cousin, le Marquis, wissen alle sehr gut, daß wir ruiniert sind.«

»Und der General ist unrettbar verliebt?«

»Darum handelt es sich jetzt nicht. Hören Sie zu und merken Sie sich, was ich Ihnen jetzt sage: nehmen Sie hier diese siebenhundert Gulden und gehen Sie damit für mich

Roulette spielen, und gewinnen Sie so viel wie möglich. Ich brauche jetzt um jeden Preis Geld.«

Damit wandte sie sich von mir ab, rief Nádenjka und ging mit ihr zum Kurhaus, wo sie sich den Unsrigen anschloß. Ich aber bog in den ersten Seitenpfad nach links ein, nachdenklich und noch ganz verwundert über den Auftrag, der mir so plötzlich zuteil geworden war. Eigentlich war mir zumut, als hätte ich einen Schlag auf den Kopf erhalten mit diesem Befehl, Roulette zu spielen. Doch sonderbar: obschon ich jetzt über allerhand nachzudenken hatte, versenkte ich mich doch ganz in eine Analyse meiner Gefühle für Polína. In der Tat, ich muß gestehen, daß mir in den zwei Wochen meiner Abwesenheit leichter zumut gewesen war als jetzt am Tage meiner Rückkehr, obschon ich unterwegs wie ein Wahnsinniger gelitten, mich gleichsam wie ein Verbrannter hin und her gewälzt hatte und sie mir sogar Nacht für Nacht im Traum erschienen war. Einmal (es war auf der Reise durch die Schweiz) begann ich, überwältigt von Müdigkeit, im Schlaf mit Polina zu sprechen, was alle meine Reisegefährten erheiterte. Und wieder stellte ich mir die Frage: liebte ich sie? Und wieder wußte ich mir darauf nichts zu antworten, oder richtiger, ich sagte mir wieder einmal, wohl zum hundertsten Mal, daß ich sie haßte. Ja, sie war mir verhaßt! Es gab Augenblicke (namentlich zum Schluß unserer Gespräche), wo ich mein halbes Leben dafür hingegeben hätte, sie erwürgen zu können! Ich schwöre: wenn es möglich gewesen wäre, ein scharfes Messer ihr langsam in die Brust zu stoßen, so hätte ich das, glaube ich, mit Wonne getan. Doch andererseits schwöre ich bei allem, was es Heiliges gibt, daß ich, wenn sie mir dort auf dem bekannten Aussichtspunkt des Schlangenbergs wirklich gesagt hätte: ›Stürzen Sie sich hinab‹, ich mich tatsächlich sogleich hinabgestürzt hätte, und das sogar gleichfalls mit Wonne. Das wußte ich. Aber so geht das nicht weiter, es muß etwas Entscheidendes geschehen. Sie begreift natürlich mit bewundernswerter Richtigkeit die ganze Situation, und der Gedanke, daß ich mir ihrer Unnahbarkeit und Unerreichbarkeit für mich, der ganzen Unmöglichkeit der Erfüllung meiner phantastischen Träume vollkommen bewußt bin, — dieser Gedanke muß ihr, meiner Überzeugung nach, eine unendliche Genugtuung gewähren, muß für sie geradezu ein Genuß sein. Denn wie könnte sie, die doch so vorsichtig und klug ist, sonst so unbekümmert offen und ungeniert im Verkehr mit mir sein? Ich glaube, sie hat bisher ungefähr ebenso auf mich herabgesehen wie jene Kaiserin im Altertum, die sich in Gegenwart ihres Sklaven entkleidete, da sie ihn ja gar nicht für einen Menschen hielt. Ja, sie hat mich schon mehr als einmal nicht für einen Menschen gehalten.

Indes, sie hatte mich beauftragt, unbedingt Geld für sie zu gewinnen. So hatte ich nicht einmal Zeit, darüber nachzudenken, wozu sie das Geld brauchte, wie bald ich es zu verschaffen hatte, und welche neuen Berechnungen in ihrem ewig berechnenden Kopf entstanden waren? Außerdem war in diesen letzten zwei Wochen offenbar eine Menge neuer Fakta hinzugekommen, von denen ich noch nichts ahnte. Da gab es nun viel zu enträtseln, zu kombinieren und nachzudenken, und das mußte schnell geschehen. Doch vorläufig hatte ich keine Zeit dazu: ich mußte ja zum Roulette.

ZWEITES KAPITEL

Offen gestanden: dieser Auftrag war mir sehr unangenehm; denn, wenn ich auch fest beschlossen hatte, zu spielen,
so wollte ich es doch für mich und nicht für andere tun. Diese
plötzliche Durchkreuzung meiner Pläne machte mich eigentlich ganz konfus; ich betrat die Spielsäle mit einem höchst
widerwärtigen Gefühl. Dort mißfiel mir vom ersten Blick
an ausnahmslos alles. Nicht ausstehen kann ich dieses La-
kaientum der Feuilletonschreiber der ganzen Welt, namentlich aber unserer russischen, die fast in jedem Frühjahr immer wieder von zwei Dingen erzählen: erstens, von der
außergewöhnlichen Pracht und dem Luxus der Spielsäle gewisser Städte am Rhein, und zweitens, von den Goldhaufen,
die dort angeblich auf den Tischen lägen. Man zahlt ihnen
doch nichts extra für diese Lügen; es geschieht also einfach
aus vielleicht ganz uneigennütziger Liebedienerei. In Wirklichkeit kann aber in diesen protzigen Sälen von Pracht
überhaupt nicht die Rede sein, und Gold liegt auf den
Tischen nicht nur nicht »in Haufen«, sondern ist so gut wie
gar nicht zu sehen. Freilich kommt es mitunter vor — in jeder Saison vielleicht ein Mal —, daß plötzlich irgendein Sonderling auftaucht, ein Engländer oder irgendein Asiat, etwa
ein Türke, wie in diesem Sommer, und daß dieser entweder
sehr viel verspielt oder sehr viel gewinnt. Die übrige Gesellschaft spielt aber nur mit kleinen Summen, setzt gewöhnlich silberne Münzen, und so liegt durchschnittlich immer
nur sehr wenig Gold auf den Tischen.

Als ich den Spielsaal betrat (zum erstenmal im Leben),
nahm ich mir vor, eine Zeitlang noch nicht zu spielen.
Das Gedränge um die Spieltische herum war auch so groß,

daß ich kaum hätte setzen können. Doch selbst wenn ich allein im Saal gewesen wäre, hätte ich nicht zu spielen begonnen; wenigstens scheint es mir so; ich glaube sogar, daß ich eher weggegangen wäre. Um die Wahrheit zu sagen: mein Herz klopfte nicht wenig, und ich gestehe, daß ich nicht gleichmütig blieb. Ich wußte mit tödlicher Sicherheit, daß ich Roulettenburg nicht so verlassen, daß vielmehr hier etwas geschehen würde, was über mein Schicksal entschied. Und so muß es, und so wird es auch sein! Wie lächerlich es aber auch erscheinen mag, vom Roulette etwas zu erwarten, so finde ich doch die landläufige Meinung, daß es direkt dumm und unsinnig sei, auf das Spiel irgendeine Hoffnung zu setzen, noch viel lächerlicher. Inwiefern ist denn das Spiel schlechter als irgendeine andere Art Geldgewinn, als zum Beispiel — nun, sagen wir, der Gewinn im Handel? Allerdings gewinnt hier von hundert nur einer und neunundneunzig verlieren. Aber was geht das mich an?

Jedenfalls sagte ich mir, daß es wohl das Beste sei, zunächst dem Spiel der anderen zuzusehen und selbst vorläufig noch nicht zu beginnen, wenigstens nicht ernstlich. Wenn ich aber an diesem Abend dennoch spielen sollte, so würde ich es eben nur versuchsweise tun — das war mein fester Entschluß. Hinzu kam, daß ich noch nicht einmal zu spielen verstand; denn, ungeachtet der zahllosen Beschreibungen des Roulette, die ich stets mit so großem Interesse gelesen hatte, war mir das Spiel doch noch ein Rätsel. Das wurde nun freilich anders, als ich mit eigenen Augen spielen sah.

Der erste Eindruck, den ich empfing, war ein sehr unangenehmer: es erschien mir alles so schmutzig — gewissermaßen moralisch schmutzig und gemein. Ich rede nicht von den gierigen, unruhigen Gesichtern, die dutzendweis oder gar zu Hunderten die Spieltische umringten. Übrigens vermag ich in dem Wunsch, möglichst viel Geld in möglichst kurzer Zeit zu gewinnen, nichts Schmutziges zu sehen, und der Ausspruch eines satten und wohlversorgten Moralpredigers, der auf irgend jemandes Einwendung, man spiele ja nur um »kleinen Gewinn«, geantwortet haben soll: »Um so schlimmer, dann ist es eben kleinliche Habgier«, erscheint mir ziemlich dumm. Als wäre kleinliche Habgier und große Habgier nicht ein und dasselbe! Die Begriffe Klein und Groß sind doch hier ganz relativ: was für einen Rothschild eine kleine Summe ist, ist für meinen Beutel ein sehr großer Betrag. Was aber den Gewinn betrifft, so sind doch die Menschen nicht nur am Roulettetisch, sondern überall und zu jeder Zeit nur darauf bedacht, wie sie einem anderen etwas wegschnappen oder sonstwie etwas gewinnen könnten. Ob nun Erwerb und Gewinn überhaupt und im allgemeinen etwas Schlechtes sind, das ist eine Frage für sich, auf die ich hier nicht weiter eingehen will. Da aber auch ich, als ich den Spielsaal betrat, im höchsten Grade von dem Wunsche erfüllt war, möglichst viel und möglichst schnell zu gewinnen, so war mir diese allgemeine Habgier, dieser, wenn man will, habgierige Schmutz gewissermaßen recht und vertraut. Es gibt ja nichts Netteres, als wenn man sich untereinander nicht geniert, nicht ziert und Verstecken spielt, sondern sich offen und sans gêne benimmt. Ja, und wozu sich schließlich selber betrügen? Das wäre doch eine ganz überflüssige, leere Beschäftigung ohne die geringste Rentabilität.

Ganz besonders unschön aber war an diesem Spielergesindel — so als erster Eindruck — jene Achtung vor ihrer Beschäftigung, jener Ernst, der fast sogar an Ehrerbietung grenzt, mit dem sie die Spieltische umstanden. Deshalb wird hier auch ein großer Unterschied gemacht zwischen dem Spiel, das man „mauvais genre" nennt, und dem Spiel, das einem anständigen Menschen erlaubt ist: dieses ist gentlemanlike, das andere plebejisch, habgierig, das Spiel solcher Leute, die man mit „Spielsaalgesindel" bezeichnet. Wie gesagt: der Unterschied ist groß, aber — wie ist dieser Unterschied im Grunde doch verächtlich! Ein Gentleman kann zum Beispiel fünf oder sechs Louisdors setzen, selten mehr — übrigens, wenn er sehr reich ist, auch tausend Franken —, aber er setzt sie einzig um des Spieles willen, nur so zu seinem Vergnügen, nur um dem Vorgang des Verlierens oder Gewinnens zuzusehen und ohne sich im geringsten speziell für den Gewinn zu interessieren. Gewinnt er zufällig, so kann er zum Beispiel amüsiert lächeln, kann eine scherzhafte Bemerkung zu einem der Nebenstehenden machen, er kann sogar noch einmal setzen und den Einsatz wieder verdoppeln, doch alles nur aus Neugier, nur zu seinem „Amüsement", um den Wechsel der Chancen zu beobachten, also gewissermaßen um zu experimentieren, doch beileibe nicht um des Gewinnes willen! Ein so plebejischer Beweggrund ist absolut ausgeschlossen! Kurz, er darf dieses Spiel nicht anders auffassen denn als amüsanten Zeitvertreib, der nur zu seiner Unterhaltung inszeniert wird. Alle Berechnungen und Fallen, auf denen das Spiel beruht, ohne die es überhaupt nicht existieren würde, darf er nicht einmal vermuten. Und einen äußerst vorteilhaften Eindruck macht es, wenn er zum Beispiel ganz naiv vorausgesetzt — oder sich den Anschein gibt, als setze er es voraus — daß auch alle übrigen Spieler, dieses ganze Gesindel, das um jeden Gulden zittert, ebensolche Krösusse und Gentlemen seien wie er, und gleichfalls nur zu ihrer Belustigung mitspielten. Eine so vollkommene Unkenntnis der Wirklichkeit und naive Auffassung der Menschen würden natürlich sehr aristokratisch wirken. Ich habe beobachtet, wie viele Mamas ihre unschuldig aussehenden und hübsch gekleideten fünfzehn- oder sechzehnjährigen Töchter vorschoben, ihnen einige Goldstücke in die Hand drückten und dann erklärten, wie man spielt. Und das junge Fräulein, das dann gewann oder verlor, lächelte unbedingt, wenn es den Tisch anscheinend sehr zufrieden verließ. Einmal sah ich auch, wie unser General spielte. Würdevoll und langsam, wie in gleichmütiger Ruhe trat er an den Tisch; ein Lakai eilte herbei, um ihm einen Stuhl zurechtzurücken, doch er übersah den Lakai und den Stuhl; langsam, ohne Hast und Erregung zog er seine Börse hervor, langsam, sehr langsam entnahm er ihr dreihundert Goldfranken und setzte sie auf Schwarz: er gewann. Aber er rührte den Gewinn nicht an, er ließ ihn liegen, wo er lag. Und er gewann wieder, und er rührte auch diesmal den Gewinn nicht an. Und als dann statt Schwarz Rot gewann, verlor er auf einen Schlag eintausendzweihundert Franken. Mit einem Lächeln ging er fort, ohne auch nur einen Augenblick seine Selbstbeherrschung zu verlieren. Ich bin überzeugt, daß sein Herz zum Zerspringen schmerzte und daß er, wenn der Verlust zwei- oder dreimal größer gewesen wäre, seine Selbstbeherrschung wohl kaum bewahrt und seine Erregung verraten hätte. Übrigens stand ich einmal neben einem Franzosen, der dreißigtausend Franken gewann und verlor und dabei doch seine unbekümmert heitere Miene beibehielt. Ein richtiger Gentleman darf sich nie beim Spiel aufregen, und sollte er auch sein ganzes Vermögen verspielen. Das Geld muß so tief unter seiner Würde stehen, daß es für ihn kaum der Mühe wert ist, sich darum zu kümmern. So ist es denn sehr aristokratisch, den Schmutz sowohl dieses Spielergesindels wie der ganzen Umgebung gar nicht zu bemerken. Mitunter aber ist auch das Gegenteil nicht minder vornehm: dieses ganze Gesindel in seinem Treiben zu beobachten, ja, es sogar ostentativ zu betrachten — etwa durch ein Lorgnon —, jedoch nicht anders, als indem man zu verstehen gibt, daß man das Betrachten dieses Gesindels und der allgemeinen, doch ängstlich kaschierten Habgier nur als originelle Zerstreuung auffasse, als interessantes Schauspiel, das sich ebenfalls nur zur Unterhaltung des Beobachters vor seinen Augen abspielt. Man kann sich sogar selbst in das Gewühl drängen, nur muß man dabei in Blick und Miene die vollkommene Überzeugung ausdrücken, daß man nur sich allein für den einzigen Beobachter halte und selbst keineswegs zu dieser Gesellschaft gehöre. Übrigens ist ein gar zu interessiertes Beobachten doch wieder nicht zu empfehlen. Das wäre wiederum nicht ganz gentlemanlike, denn im Grunde steht dieses Schauspiel doch zu tief, als daß man ein wirklich großes Interesse dafür empfinden könnte — wie es ja überhaupt wenig Schauspiele gibt, die in den Augen eines Gentleman besonderer Aufmerksamkeit wert sind. Mir persönlich aber wollte nichtsdestoweniger scheinen, daß alles dies sehr wohl der Mühe wert sei, mit größter Aufmerksamkeit beobachtet zu werden, und zwar namentlich für den, der nicht studienhalber gekommen ist, sondern sich selbst gewissenhaft und aufrichtig zu diesem ganzen Gesindel zählt. Was jedoch meine geheimen sittlichen Überzeugungen betrifft, so sind sie natürlich hier unter diesen meinen Betrachtungen nicht am Platz. Mag das also auf sich beruhen; das sei hier nur zur Erleichterung meines Gewissens gesagt. Nur eines möchte ich noch hinzufügen: daß es mich in der ganzen letzten Zeit eigentümlich angewidert hat, meine Gedanken und Handlungsweisen gleichviel mit welch einem moralischen Maßstäbchen zu messen. Etwas ganz Anderes beherrschte mich . . .

Das Spielergesindel spielt in der Tat auf eine sehr schmutzige Art. Ich bin sogar nicht abgeneigt anzunehmen, daß dort an den Tischen sehr oft ganz gewöhnlicher Diebstahl betrieben wird. Die Croupiers, die an beiden Enden des Tisches sitzen, müssen nach den Einsätzen sehen und die Gewinne berechnen; sie haben ohnehin schon viel zuviel zu tun, als daß sie auf alle Hände aufpassen könnten. Das ist aber erst recht ein Pack, diese Croupiers! Größtenteils sind es Franzosen. Übrigens mache ich hier alle diese Bemerkungen nicht etwa, um das Roulette zu beschreiben; ich beobachte nur so für mich selbst und merke mir dieses und jenes, um zu wissen, wie ich mich späterhin beim Spiel zu verhalten habe. Unter anderem ist mir dort aufgefallen, daß sich sehr oft eine Hand ausstreckt, die nicht zu den in der ersten Reihe Sitzenden gehört, und das fortnimmt, was ein anderer gewonnen hat. Es entsteht ein Streit, nicht selten kommt es sogar zu beträchtlichem Lärm, doch — nun versuche man zu beweisen und Zeugen dafür zu finden, wem der Einsatz gehört!

Anfangs war mir das ganze Spiel so unverständlich wie eine arabische Grammatik. Nach und nach erriet ich mehr

27

als ich begriff, daß die Einsätze nach der Zahl, nach der Farbe und auf Paar oder Unpaar gemacht wurden. Ich beschloß, von dem Gelde, das Polina mir gegeben hatte, nur hundert Gulden zu riskieren. Der Gedanke, daß ich nun doch nicht für mich begann, machte mich gewissermaßen unsicher. Jedenfalls war es ein sehr unangenehmes Gefühl, das ich schnell loswerden wollte. Es schien mir die ganze Zeit, daß ich, indem ich für Polina mein Glück versuchte, damit das eigene Glück untergrub.

Sollte man wirklich mit dem grünen Tisch nicht in Berührung kommen können, ohne sogleich vom schlimmsten Aberglauben befallen zu werden?

Ich begann damit, daß ich fünf Friedrichsdore, also fünfzig Gulden, herausnahm und sie auf Paar setzte. Das Rad drehte sich, und es kam dreizehn heraus – ich hatte verloren. Mit einer gewissen krankhaften Empfindung, nur um mich irgendwie loszumachen und mit Anstand fortgehen zu können, setzte ich noch fünf Friedrichsdore auf Rot. Es kam Rot. Ich setzte alle zehn Friedrichsdore auf Rot – wieder kam Rot. Und ich ließ wieder alles stehen, und wieder kam Rot. Von den erhaltenen vierzig Friedrichsdoren setzte ich zwanzig auf die zwölf mittleren Ziffern, ohne zu wissen, was daraus werden würde. Man gab mir das Dreifache. So hatte ich anstatt der zehn Friedrichsdore auf einmal achtzig. Es wurde mir aber von einer ungewohnten, seltsamen Empfindung so unerträglich zumut dort am Tisch, daß ich beschloß, sogleich fortzugehen. Denn es schien mir, daß ich ganz anders vorgegangen wäre, wenn ich für mich gespielt hätte. Doch plötzlich setzte ich alle achtzig Friedrichsdore noch einmal auf Paar. Diesmal kam vier: ich gewann noch achtzig Friedrichsdore. Da nahm ich den ganzen Haufen von hundertundsechzig Friedrichsdoren vom Tisch und ging, um Polina Alexandrowna aufzusuchen.

Sie spazierten alle zusammen im Park, und so gelang es mir erst nach dem Abendessen, unter vier Augen mit ihr zu sprechen. Diesmal war der Franzmann nicht zugegen, und

der General wurde gesprächig. Unter anderem fand er es
für nötig, mir nochmals zu sagen, daß er eigentlich nicht
wünsche, mich am Spieltisch zu sehen. Seiner Ansicht nach
würde es ihn sehr kompromittieren, wenn ich einmal gar
zuviel verspielte — »doch selbst wenn Sie sehr viel gewinnen sollten, würde ich auch dann noch stark kompromittiert
sein«, fügte er bedeutsam hinzu. »Ich habe allerdings nicht
das Recht, Ihnen für Ihr Tun und Lassen Vorschriften zu
machen, aber Sie werden doch selbst einsehen, daß . . .«

Nach seiner alten Gewohnheit sprach er den Satz wieder
nicht zu Ende. Ich erwiderte darauf nur trocken, daß ich
sehr wenig Geld hätte und folglich nicht auffallend viel
verlieren könne, falls ich überhaupt spielen wollte. Als ich
zu mir hinaufging, konnte ich Polina noch ihren Gewinn
übergeben, bei welcher Gelegenheit ich ihr erklärte, daß ich
fernerhin nicht mehr für sie spielen werde.

»Warum nicht?« fragte sie beunruhigt.

»Weil ich für mich und nicht für andere spielen will«,
antwortete ich, sie etwas verwundert betrachtend, da sie
das nicht von selbst erriet, »und das stört mich nur.«

»So sind Sie immer noch überzeugt, daß das Roulette
Ihre Rettung sein werde?« fragte sie spöttisch.

»Ja«, erwiderte ich sehr ernst. »Was jedoch meine Überzeugung, daß ich unfehlbar gewinnen werde, betrifft, so mag
sie vielleicht sehr lächerlich sein, meinetwegen, doch jedenfalls wünsche ich, in Ruhe gelassen zu werden.«

Polína Alexándrowna bestand darauf, daß ich den Gewinn mit ihr teilen müsse, und wollte mir unbedingt achtzig Friedrichsdore aufdrängen, mit dem Vorschlag, auch
fernerhin das Spiel unter dieser Bedingung fortzusetzen.
Ich weigerte mich jedoch mit aller Entschiedenheit, das Geld
anzunehmen, und erklärte ihr, daß ich für andere nicht
nur deshalb nicht spielen würde, weil ich nicht wolle, sondern weil ich ganz gewiß verlieren würde.

»Und doch setze auch ich, wie dumm es auch sein mag,
meine ganze Hoffnung fast nur noch auf das Spiel«, sagte

sie nach einer Weile wie in Gedanken versunken. »Nein, Sie müssen das Spiel unbedingt fortsetzen und den Gewinn mit mir teilen, und — natürlich werden Sie das auch tun.«

Damit verließ sie mich, ohne meine weiteren Einwendungen anzuhören.

DRITTES KAPITEL

Gestern hat sie zu mir, ganz wider meine Erwartung, kein Wort vom Spiel gesprochen. Und überhaupt vermied sie es gestern, mit mir zu sprechen. Ihr Benehmen gegen mich hat sich nicht im geringsten verändert. Im Verkehr wie überhaupt bei jeder kurzen Begegnung immer dieselbe Geringschätzung, in die sich mitunter sogar etwas wie Verachtung und Haß mischt. Ja, sie scheint sogar die Abneigung, die sie doch augenscheinlich gegen mich empfindet, nicht einmal verbergen zu wollen. Das sehe ich. Dabei gibt sie sich aber gar keine Mühe, zu verbergen, daß sie meiner bedarf und mich zu irgendeinem Zweck noch „aufspart". Es hat sich zwischen uns ein seltsames Verhältnis herausgebildet, das mir in mancher Hinsicht unverständlich ist — wenn ich ihren Stolz und Hochmut gegen alle in Betracht ziehe.

Sie weiß zum Beispiel, daß ich sie bis zum Wahnsinn liebe, sie erlaubt mir sogar, von meiner Leidenschaft zu sprechen — und selbstverständlich könnte sie mir ihre Verachtung durch nichts deutlicher zu verstehen geben, als durch diese gleichgültige Erlaubnis, soviel und wie immer ich nur will, sozusagen mit aller Zensurfreiheit, von meiner Liebe zu ihr zu sprechen. Was kann sie damit anderes sagen wollen, wenn nicht: »Ich achte deine Gefühle viel zu gering, als daß es mich nicht vollkommen gleichgültig ließe, was du da zu mir sprichst oder für mich fühlst.«

Von ihren eigenen Angelegenheiten hat sie auch früher schon oft mit mir gesprochen, aber doch niemals mit ganzer Offenherzigkeit. Ja, mehr noch als das: in ihrer Geringschätzung gegen mich kam mitunter noch eine ganz besondere Raffiniertheit zum Ausdruck, wie zum Beispiel: Sie weiß,

sagen wir, daß mir irgendein Umstand aus ihrem Leben bekannt ist, oder irgend etwas, was sie sehr beunruhigt, sie
erzählt mir sogar selbst einiges davon — wenn ich ihr etwa
wie ein Sklave oder Laufbursche einen Dienst erweisen
soll —, erzählt mir dann aber genau nur so viel, wieviel ein
Sklave oder Laufbursche zu wissen braucht, um den Dienst
erweisen zu können. Und wenn sie auch sehr gut sieht, daß
es mich quält, nicht den ganzen Zusammenhang der Dinge
erraten zu können, wenn sie auch tausendmal sieht, wie
ihre Unruhe und ihre Sorgen mich quälen und aufregen, so
wird sie mich doch nie dessen würdigen, mich durch volle
Offenheit zu beruhigen. Und sie hat mir oft genug nicht
nur schwierige, sondern direkt mit Gefahr verbundene Aufträge gegeben, was ihr doch, wenigstens meiner Meinung
nach, geradezu zur Pflicht machen müßte, vollkommen aufrichtig zu sein. Doch . . . lohnt es sich denn für sie, sich überhaupt um meine Gefühle zu kümmern, und darum, daß ich
gleichfalls besorgt und unruhig bin, und daß ihre, nur ihre
Sorgen und ihr Mißgeschick mich vielleicht noch dreimal
mehr quälen als sie selbst?

Ich wußte schon drei Wochen vorher um ihre Absicht,
Roulette zu spielen. Sie hatte mich darauf vorbereitet, daß
ich für sie würde spielen müssen, da es sich für sie selbst
nicht schicke. Und aus dem Ton ihrer Worte glaubte ich
schon damals zu erraten, daß eine wirklich ernste Sorge sie
bedrücke und aus ihr nicht etwa der Wunsch sprach, nur so
für sich Geld zu gewinnen. Was ist ihr denn Geld! Nein,
sie muß eine ganz besondere und ernste Absicht haben, es
muß etwas geschehen sein, was ich nur halb erraten kann,
ohne deshalb den ganzen Zusammenhang auch nur zu ahnen.
Natürlich kann ich diese Sklaverei, in der sie mich hält, sehr
wohl insofern ausnutzen, als sie mir doch gewissermaßen
erlaubt, ganz ungeniert und ohne Umschweife Fragen zu
stellen: wenn ich in ihren Augen so unwichtig bin, so darf
sie sich doch durch meine unhöfliche Neugier nicht verletzt fühlen. Und so habe ich sie bisweilen ganz unumwun-

den gefragt. Nun war aber die Sache die, daß sie mir zwar diese Fragen erlaubte, doch deshalb noch lange nicht auf dieselben zu antworten geruhte. Mitunter aber überhörte sie sie einfach. Das ist nun unser Verhältnis zueinander!

Gestern wurde viel von einem Telegramm gesprochen, das schon vor vier Tagen nach Petersburg abgegangen und auf welches seltsamerweise noch keine Antwort eingetroffen war. Den General scheint das nicht wenig aufzuregen, weshalb er denn recht wortkarg und nachdenklich ist. Natürlich handelt es sich um die Bábuschka. Auch der Franzmann ist aufgeregt. Gestern zum Beispiel hatte er gleich nach Tisch eine sehr lange und ernste Unterredung mit dem General. Das Benehmen dieses Franzosen gegen uns alle läßt viel zu wünschen übrig, da er mit jedem Tag hochmütiger wird und immer geringschätziger auf uns herabblickt. Auf ihn paßt vorzüglich das Sprichwort: „Setzt du ihn an den Tisch, so setzt er auch schon die Füße auf den Tisch." Sogar gegen Polina benimmt er sich bis zur Unhöflichkeit nachlässig, doch hindert ihn das nicht, mit Vergnügen an den gemeinsamen Spaziergängen im Kurpark oder an den Ausfahrten in die Umgebung und an den Spazierritten teilzunehmen. Einzelne Motive der soi-disant-Freundschaft, die den General mit dem Franzosen verknüpft, sind mir bekannt. In Rußland wollten sie zusammen eine Fabrik gründen, nur weiß ich nicht, ob das Projekt bereits endgültig vergessen ist oder ob von ihm mitunter noch gesprochen wird. Außerdem habe ich zufällig noch ein gewisses Familiengeheimnis erfahren: der Franzose hat nämlich im vorigen Jahr dem General wirklich einmal aus der Verlegenheit geholfen, und zwar, indem er ihm mit dreißigtausend unter die Arme griff, als dieser bei Übergabe seines Amtes auch die ihm anvertrauten Staatsgelder übergeben mußte, von denen rund dreißigtausend abhanden gekommen waren. Selbstverständlich hat er den General seitdem am Gängelband. Jetzt aber, gerade jetzt spielt die Hauptrolle in der ganzen Geschichte nur Mademoiselle Blanche — darin täusche ich mich gewiß nicht.

Wer Mademoiselle Blanche ist? Nun, hier bei uns heißt es, sie sei eine vornehme Französin, die in Begleitung ihrer Mutter reist und ein kolossales Vermögen besitzt. Bekannt ist ferner, daß sie mit unserem Marquis verwandt ist, oder sein soll, jedoch nur ziemlich entfernt: Kusine oder noch um einen Grad weiter, oder so ungefähr. Man sagt aber, daß der Franzose und Mademoiselle Blanche vor meiner Fahrt nach Paris im Verkehr miteinander bedeutend zeremonieller gewesen seien, sich wenigstens weit rücksichtsvoller und diskreter vor der Gesellschaft gegeben hätten, während sich ihre Bekanntschaft, Freundschaft und Verwandtschaft jetzt viel plumper und gewissermaßen intimer äußert. Vielleicht erscheint ihnen unsere finanzielle Lage bereits so schlecht, daß sie sich die Mühe größerer Zeremonien sparen.

Schon vorgestern fiel es mir auf, wie kritisch Mister Astley Mademoiselle Blanche und deren Mutter betrachtete. Es ist fast anzunehmen, daß er sie früher gekannt hat. Und plötzlich schien es mir, daß er sogar unserem Franzosen bereits früher irgendwo begegnet sein müsse. Übrigens ist Mister Astley so schüchtern, menschenscheu und schweigsam, daß man sich wohl unter allen Umständen auf ihn verlassen kann — der wird nichts auf die Straße tragen! Wenigstens grüßt ihn der Franzose kaum und sieht ihn kaum an, folglich fürchtet er ihn nicht. Das Benehmen des Franzosen ist noch begreiflich, aber warum beachtet auch Mademoiselle Blanche den Engländer kaum? Das ist noch um so verwunderlicher, als der Franzose gestern im allgemeinen Gespräch — ich entsinne mich nicht mehr, wovon gerade die Rede war — die Bemerkung machte, daß Astley kolossal reich sei; er, der Marquis, wisse das ganz genau. Da hätte doch Mademoiselle Blanche den Mister ansehen müssen!

Kurz, der General fühlt sich sehr beunruhigt. Na, es ist ja begreiflich, wenn man bedenkt, was für ihn ein Telegramm mit der Nachricht vom Tode der Tante im Augenblick bedeuten würde!

Obschon ich mit Sicherheit zu bemerken glaubte, daß

Polina absichtlich ein Gespräch mit mir zu vermeiden suchte, als verfolge sie damit einen bestimmten Zweck, so trug doch vielleicht auch ich einen Teil der Schuld, indem ich möglichst kühl und gleichgültig tat. Im geheimen aber hoffte ich die ganze Zeit, daß sie sich im nächsten Augenblick an mich wenden werde. Dafür habe ich gestern und heute meine Aufmerksamkeit hauptsächlich Mademoiselle Blanche zugewandt. Der arme General! Jetzt ist er doch so gut wie verloren. Im fünfundfünfzigsten Lebensjahr sich mit solch einer brennenden Leidenschaft zu verlieben, das ist natürlich mehr als ein Unglück. Und jetzt füge man noch hinzu, daß er als Witwer Kinder hat, daß sein Gut über und über verschuldet ist, und denke dann an das Frauenzimmer, in das er sich — ausgerechnet — verlieben mußte.

Mademoiselle Blanche ist hübsch. Nur ... ich weiß nicht, ob ich mich verständlich ausdrücke, wenn ich sage, daß sie eines jener Gesichter hat, die einem unheimlich werden können. Ich wenigstens habe solche Frauenzimmer von jeher etwas gefürchtet. Sie wird mindestens ihre fünfundzwanzig Jahre alt sein, ist hoch gewachsen, mit breiten, vollen Schultern; ihr Haar und ihre Büste sind wundervoll. Ihre Gesichtsfarbe hat den gelblich-bräunlichen Schimmer der Südländerin, ihr Haar ist schwarz wie Tusche und in solcher Überfülle vorhanden, daß es für zwei Frisuren ausreichen würde. Ihre Augen sind braunschwarz, und das Weiße im Auge ist etwas gelblich. Ihr Blick ist frech. Die Zähne sind blendend weiß und die Lippen stets geschminkt. Ihr Lieblingsparfüm ist musc, das ihre Gestalt immer als leise Duftwolke umgibt. Sie kleidet sich sehr effektvoll, schick, doch zugleich mit viel Geschmack. Ihre Hände und Füße sind wohlgestalt. Sie hat eine Altstimme, die mitunter etwas belegt klingt. Wenn sie lacht, sieht man fast ihr ganzes Gebiß, aber sie lacht eigentlich selten. Gewöhnlich sitzt sie schweigend da und blickt frech die Anwesenden an — wenigstens pflegt sie in Polinas und Márja Filíppownas Gegenwart nur äußerst wenig zu sprechen. Übrigens, eine seltsame Neuig-

35

keit: es heißt, Marja Filippowna werde nach Rußland zu-
rückreisen. Mir scheint, daß Mademoiselle Blanche ganz
ungebildet ist, wenigstens was ihr Wissen betrifft, und vielleicht ist sie auch nicht mal von Natur klug, wenn man so
sagen darf, doch dafür ist sie argwöhnisch und folglich vorsichtig, und außerdem scheint sie über viel instinktive Schlauheit zu verfügen. Ich glaube, ihr bisheriges Leben wird
nicht ganz ohne Abenteuer abgelaufen sein. Ja, wenn ich aufrichtig sein soll, so glaube ich sogar, daß der Marquis überhaupt nicht ihr Cousin oder ein sonstwie Verwandter von ihr,
und ihre Mutter auch nicht ihre leibliche Mutter ist. Doch
wie man hört, sollen beide Damen in Berlin, wo wir sie
kennenlernten, ziemlich vornehme Bekannte haben. Und
was den Marquis betrifft, so scheint es doch wahr zu sein,
obschon ich es immer noch stark bezweifle, daß er wirklich
ein Marquis ist. Jedenfalls soll seine Zugehörigkeit zur anständigen Gesellschaft, wenigstens bei uns in Moskau und
in einzelnen Städten Deutschlands, keinem Zweifel unterliegen. Nur weiß ich nicht, wie es sich damit in Frankreich
verhält. Es heißt, er habe dort ein Château.

Ich dachte, während dieser zwei Wochen werde viel Wasser den Fluß hinabgeflossen, wollte sagen, es werde vieles
geschehen sein; heute aber erscheint es mir noch immer sehr
fraglich, ob es zwischen Mademoiselle Blanche und dem
General endlich zu einer entscheidenden Aussprache gekommen ist. Wie gesagt, es hängt jetzt alles von unserem Ver-
mögensstand ab, das heißt wieviel der General ihnen vor-
weisen kann. Wenn jetzt zum Beispiel die Nachricht käme,
die alte Dame sei nicht gestorben und werde voraussichtlich
nicht so bald sterben, so wird Mademoiselle Blanche — davon
bin ich überzeugt — binnen kürzester Zeit verschwinden.

In der Tat, ich muß mich selbst darüber wundern, was für
eine Klatschbase ich doch geworden bin. Wie lächerlich! Und
wie mich das doch alles anekelt! Mit welchem Vergnügen
würde ich hier allen und allem den Rücken kehren, oh! mit
welch einem erlösenden Wonnegefühl ich es täte! Aber — kann

ich mich denn von Polina trennen, kann ich es denn lassen, um sie herumzuspionieren? Zur Spionage gehört natürlich immer eine gewisse Gemeinheit, doch — was kümmert das mich?

Sehr interessiert hat mich gestern und heute auch Mister Astley. Ja, ich bin positiv überzeugt, daß er in Polina verliebt ist! Es ist ganz merkwürdig und sogar zum Lachen, wieviel mitunter der Blick eines verschämten und fast schon krankhaft keuschen Menschen, den plötzlich die Liebe gepackt hat, zu verraten vermag, und zwar gerade dann, wenn dieser Mensch lieber in die Erde versinken als durch einen Blick oder ein Wort etwas von seinen Gefühlen verraten möchte. Mister Astley begegnet uns sehr oft auf unseren Spaziergängen. Er grüßt und geht vorüber, äußerlich wie ein gleichgültiger Fremder, doch innerlich, versteht sich, vergeht er fast vor Verlangen, sich uns anzuschließen. Fordert man ihn aber dazu auf, so lehnt er es mit einer Entschuldigung sofort ab. An allen Ruhepunkten, im Kursaal, beim Springbrunnen oder vor dem Musikpavillon, kurz, wo wir uns gerade befinden, wird er unfehlbar irgendwo in unserer Nähe stehenbleiben; und wo wir auch sonst sein mögen, im Walde, auf der Promenade, im Park oder auf dem Schlangenberg — man braucht nur einmal aufzuschauen oder sich umzuschauen und mit tödlicher Sicherheit wird man in nächster Nähe oder hinter einem Gebüsch oder auf einem Nebenwege einen Zipfel von Mister Astley erblicken. Mir scheint, er sucht eine Gelegenheit, unter vier Augen mit mir zu sprechen. Heute morgen begegneten wir uns zufällig nicht in Gegenwart der anderen und wechselten ein paar Worte. Mitunter spricht er förmlich in abgerissenen Brocken. Noch hatte er mir nicht guten Tag gesagt, als er schon ohne Einleitung von Mademoiselle Blanche zu sprechen begann — wohl im Anschluß an die Gedanken, die ihn gerade beschäftigt haben mochten.

»Ja, Mademoiselle Blanche! ... Ich habe viele solche Damen gesehen! ... und ähnliche! ...«

Ein bedeutsamer Seitenblick sollte wohl als Erläuterung dienen, allein ich bin wahrscheinlich dieser Redeweise gegenüber etwas schwer von Begriff, denn was er damit sagen wollte, habe ich mir noch immer nicht ganz zu erklären vermocht. Auf meine Frage, was er damit meine, erwiderte er nur mit listigem Lächeln und mit dem Kopfe nickend:

»Das ist schon so.«

Und nach kurzer Pause fragte er plötzlich ganz unvermittelt:

»Liebt Miß Polina Blumen?«

»Das weiß ich nicht. Keine Ahnung«, erwiderte ich.

»Wie? Auch das wissen Sie nicht?« rief er höchst verwundert aus.

»Nein, in der Tat, ich weiß es nicht. Es ist mir nicht aufgefallen«, sagte ich lachend.

»Hm! Das bringt mich auf einen besonderen Gedanken.«

Und damit nickte er mir zu und ging weiter. Er sah übrigens sehr zufrieden aus. Wir sprachen Französisch miteinander, obwohl er diese Sprache sehr schlecht spricht.

VIERTES KAPITEL

Heute war es wirklich ein lächerlicher, ein unsinniger, ein geradezu blödsinniger Tag! Jetzt ist es elf Uhr nachts. Ich sitze in meinem Zimmer — von dem ich eigentlich nur im Diminutiv sprechen sollte —, sitze am Tisch und durchlebe in Gedanken nochmals den ganzen Tag.

Er begann damit, daß mich Polína Alexándrowna am Morgen doch zu zwingen wußte, nochmals für sie Roulette zu spielen. Ich nahm alle ihre hundertsechzig Friedrichsdore wieder mit, hatte aber zwei Bedingungen gestellt: erstens, daß ich den Gewinn nicht mit ihr teilen würde, das heißt wenn ich gewänne, so behielte ich nichts für mich; und zweitens, daß sie mir erklären müsse, wieviel und wozu sie das Geld zu gewinnen wünsche. Ich kann es mir nicht denken, daß sie einfach nur Geld gewinnen will, nur Geld! Nein, hier handelt es sich um etwas Ernstes. Sie braucht das Geld und sie möchte es sich möglichst bald verschaffen, und zwar zu einem ganz bestimmten Zweck. Nun, sie versprach, mir das später zu erklären, und ich ging.

In den Spielsälen war ein furchtbares Gedränge. Wie rücksichtslos sie doch alle sind und wie geldgierig! Ich drängte mich glücklich bis zu einem Tisch durch und stellte mich neben den Croupier. Ich begann etwas zaghaft zu spielen, setzte nur zwei bis drei Geldstücke auf einmal. Dabei machte ich meine Beobachtungen und merkte mir verschiedenes. Es scheint mir, daß alle diese Spielberechnungen sehr wenig wert sind, oder zum mindesten nicht den Wert haben, den viele Spieler ihnen beilegen. Da sitzen sie mit ihren rubrizierten Papierblättern, notieren sorgfältig, was herausgekommen ist, rechnen und berechnen, wägen die Chancen ab,

39

rechnen nochmals nach, bevor sie endlich setzen und — verlieren ganz ebenso wie wir gewöhnlichen Sterblichen, die ohne Berechnung spielen. Dafür aber habe ich eine Beobachtung gemacht, die mir richtig scheint. In der Reihenfolge, in der die verschiedenen Farben und Zahlen gewinnen, liegt wirklich, wenn nicht gerade ein System, so doch ein gewisser Anklang an eine Regel, was natürlich sehr seltsam ist. So pflegten zum Beispiel nach den zwölf mittleren Ziffern gewöhnlich die zwölf ersten herauszukommen; zweimal, nehmen wir an, trifft es die zwölf ersten, dann geht es auf die zwölf letzten über. Nach den zwölf letzten folgen wieder die zwölf mittleren, die es drei- oder viermal nach der Reihe trifft, um dann wieder zu den zwölf ersten überzugehen, von denen es, nachdem es sie etwa zweimal getroffen hat, wieder zu den zwölf letzten zurückkehrt. Die letzten trifft es, sagen wir, nur einmal, dann kommen dreimal wieder die zwölf mittleren an die Reihe, und so geht es weiter, anderthalb oder gar zwei Stunden lang. Immer eins, drei und zwei. Das ist sehr merkwürdig. — An einem andern Tage oder nur Vormittage kommt es dagegen vor, daß Rot immer mit Schwarz abwechselt; bald dies, bald jenes, es wechselt alle Augenblicke, und eine Regel besteht dann insofern, als es weder die eine noch die andere Farbe mehr als zwei- oder dreimal nach der Reihe trifft. An einem anderen Tage oder Abend wiederum kommt nur die eine Farbe, Rot zum Beispiel, Schlag auf Schlag heraus, mehr als zweiundzwanzigmal nach der Reihe, dann tritt plötzlich eine kleine Unterbrechung ein und — wieder folgt Rot, Rot, Rot. Und das dauert mitunter eine lange Zeit, zuweilen sogar einen ganzen Tag. Einige dieser Beobachtungen hat mir Mister Astley erzählt. Er scheint viel beobachtet zu haben. Heute stand er den ganzen Morgen über am Spieltisch, hat aber selbst nicht ein einziges Mal gesetzt. Was nun mich betrifft, so habe ich heute alles verspielt, alles bis aufs Letzte, und das ging sehr schnell.

Ich begann damit, daß ich sogleich zwanzig Friedrichsdore

auf Paar setzte und gewann, nochmals setzte und nochmals gewann, und so noch drei oder viermal. Wenn ich nicht irre, hatte ich in einigen Minuten vierhundert Friedrichsdore gewonnen. Da wäre es richtig gewesen, fortzugehen. In mir aber stieg etwas Seltsames auf: ich glaube, es war das Verlangen, das Schicksal herauszufordern, ihm ein Schnippchen zu schlagen, ihm einfach die Zunge zu zeigen! Ich setzte die größte Summe, die den Spielern gestattet wird, viertausend Gulden, und verlor. Das erregte mich, ich nahm alles heraus, was ich bei mir hatte, und setzte es auf dieselbe Zahl und verlor wieder. Wie betäubt verließ ich den Tisch. Ich begriff zunächst nicht einmal, was geschehen war, und teilte Polína Alexándrowna erst kurz vor Tisch mit, daß ich alles verspielt hatte. Bis dahin irrte ich die ganze Zeit im Park umher.

Bei Tisch lebte ich wieder auf und wurde gesprächig, ähnlich wie vorgestern. Der Franzose und Mademoiselle Blanche speisten wieder mit uns. Es stellte sich heraus, daß Mademoiselle Blanche am Morgen gleichfalls im Spielsaal gewesen war und meine Heldentat gesehen hatte. Sie verhielt sich diesmal etwas aufmerksamer zu mir. Der Franzose ging offener vor und fragte mich ohne Umschweife, ob es denn wirklich mein eigenes Geld gewesen sei, das ich verspielt habe. Das kam mir so vor, als habe er Polina in Verdacht. Jedenfalls muß etwas dahinter stecken. Ich beschloß natürlich sofort, nicht die Wahrheit zu sagen, und bestätigte, daß es mein eigenes Geld gewesen sei.

Der General war darob höchst verwundert: wie war ich in den Besitz einer so hohen Summe gelangt? Ich erklärte, daß ich mit zehn Friedrichsdor das Spiel begonnen und Schlag auf Schlag den Einsatz verdoppelt, bis ich nach etwa sieben Sätzen fast sechstausend Gulden gewonnen und dann in zwei Einsätzen wieder verloren hatte.

Das klang alles ziemlich glaubwürdig. Während ich dieses erzählte, blickte ich flüchtig zu Polina hinüber, wurde aber nicht klug aus ihrem Gesichtsausdruck. Aber sie ließ mich doch ruhig lügen; daraus schloß ich, daß ich das Richtige tat, indem ich nicht die Wahrheit sagte und es verheimlichte, für wen ich gespielt hatte.

,Jedenfalls ist sie mir jetzt eine Aufklärung des Sachverhalts schuldig', dachte ich bei mir, und sie hat mir doch versprochen, mir noch anderes mitzuteilen.

Ich erwartete eigentlich, daß der General mir noch eine Bemerkung machen werde, er schwieg aber wohlweislich. Ich sah ihm deutlich an, wie aufgeregt und ängstlich er war. Vielleicht fiel es ihm in seiner finanziell so peinlichen Lage einfach nur schwer, ruhig anzuhören, wie ein so großer Haufen Gold einem so unschlauen Dummkopf wie mir in den Schoß gefallen war, und wie dieser unbedachte Dummkopf ihn nicht festzuhalten verstanden hatte.

Ich vermute, daß er und der Franzose gestern abend stark aneinandergeraten sind. Ich weiß, daß sie bei verschlossenen Türen sehr erregt gesprochen haben. Der Franzose verließ ihn darauf sichtlich gereizt, um sich heute schon früh am Morgen wieder mit ihm einzuschließen und wahrscheinlich das gestrige Gespräch fortzusetzen.

Nachdem ich von meinem Spielerlebnis erzählt hatte, machte der Franzose in beißendem und sogar boshaftem Ton die Bemerkung, daß man vernünftiger sein müsse, und nach kurzer Pause fügte er hinzu — ich weiß nicht, wie er darauf kam —, daß von den Russen zwar viele spielten, sie jedoch nicht einmal zu spielen verstünden.

»Meiner Meinung nach aber ist das Spiel speziell für die Russen erfunden«, sagte ich.

Und als der Franzose als Antwort auf meine Bemerkung nur verächtlich auflachte, äußerte ich mich dahin, daß die Wahrheit doch augenscheinlich auf meiner Seite sei, da ich, wenn ich die Russen als Spieler kritisierte, weit mehr Schlechtes als Gutes von ihnen sagte und man mir folglich glauben könne.

»Womit begründen Sie denn Ihre Meinung?« fragte mich darauf der Franzose.

»Damit, daß im Katechismus der Tugend- und Ehrbegriffe des zivilisierten Westeuropäers die Fähigkeit, Kapital zu erwerben, in historischer Entwicklung fast zum ersten Hauptstück geworden ist. Der Russe dagegen ist nicht nur unfähig, Kapital zu erwerben, er ist auch im Verschwenden von Geld ganz unbedacht und formlos. Leider können aber auch wir Russen nicht ohne Geld auskommen«, fuhr ich fort, »wir haben es zuweilen sehr nötig und da sind wir sehr froh über solche Erwerbsmöglichkeiten, wie sie im Spiel, im Roulette zum Beispiel, geboten werden, und gehen mit Vergnügen auf den Leim. Denn so ohne Arbeit, ohne Mühe und Geduld in zwei Stunden reich zu werden, das ist gerade das, was wir wollen. Und da wir auch im Spiel unbedacht sind und jede Mühe scheuen, so verspielen wir eben, was wir gewinnen.«

»Das ist zum Teil richtig«, bemerkte der Franzose selbstzufrieden.

»Nein, das ist keineswegs richtig, und Sie sollten sich schämen, so von Ihrem Volk und Vaterlande zu sprechen!« bemerkte der General streng und mit vielsagendem Nachdruck.

»Aber ich bitte Sie«, versetzte ich schnell, »damit ist ja noch längst nicht gesagt, was nun eigentlich widerlicher ist, die russische Neigung zur Unanständigkeit im Erwerb oder die deutsche Methode des Sparens durch anständigen Fleiß.«

»Was für ein schändlicher Gedanke!« rief der General aus.

»Was für ein russischer Gedanke!« rief der Franzose.

Ich lachte. Es machte mir Spaß, sie zu foppen.

»Nun, was mich betrifft«, sagte ich lachend, »so würde ich es vorziehen, mein ganzes Leben nomadisierend nach Kirgisenart zu verbringen als — den deutschen Götzen anzubeten.«

»Was für einen Götzen?« fuhr der General auf; er begann sich ernstlich zu ärgern.

»Die deutsche Art und Weise, Geld zusammen zu sparen. Ich bin noch nicht lange in Deutschland, doch was ich hier zu beobachten und zu vergleichen Gelegenheit habe, das empört mein tatarisches Rassegefühl. Bei Gott, ich danke für solche Tugenden! Ich bin hier gestern wohl über zehn Werst weit in der Umgegend herumgekommen. Und ich finde, daß alles genau so ist, wie in den moralpredigenden deutschen Bilderbüchern. Jedes Familienoberhaupt ist hier ein entsetzlich tugendhafter und außerordentlich ehrbarer Vater. Er ist schon so ehrbar, daß einem wider Willen bange wird, wenn man sich ihm nähert. Ich kann aber ehrbare Leute von diesem Schlage, denen man kaum näherzutreten wagt, nicht ausstehen. Jeder dieser Väter hat natürlich eine Familie, und abends wird aus lehrreichen Büchern laut vorgelesen. Über dem Häuschen rauschen Ulmen und Kastanienbäume. Dazu Sonnenuntergang, ein Storchennest auf dem Dach — und alles ist überaus poetisch und rührend ... Ärgern Sie sich nicht, Exzellenz, es lohnt nicht! Erlauben Sie mir lieber, es noch rührender zu erzählen. Ich erinnere mich noch sehr gut, wie mein verstorbener Vater abends unter den Linden in unserem Garten mir und meiner Mutter aus ähnlichen Büchern vorlas ... Ich kann also darüber urteilen. Nun, so lebt denn jede dieser Familien hierzulande in vollkommener Hörigkeit und widerspruchslosem Gehorsam beim Familienvater. Alle arbeiten sie wie die Jochochsen, und alle sparen sie Geld wie die Juden. Nehmen wir an, der Vater hat schon so und so viele Taler zusammengespart und beabsichtigt, dem ältesten Sohn, der das Handwerk des Vaters erlernt hat, seine Werkstätte mit allem Zubehör oder sein Stück Land zu vererben. Deshalb wird der Tochter keine Mitgift ausgesetzt und sie bleibt eine alte Jungfer. Deshalb muß auch der jüngere Sohn sich als Knecht verdingen oder als Soldat seinen Lohn suchen, und das Geld, das damit erspart wird, kommt zum Familienerbkapital. Tatsächlich, so wird es hier gemacht; ich habe mich erkundigt. Alles wird einzig aus Ehrbarkeit getan, fast sogar aus einer Art Überehrbarkeit, die in allem so weit geht, daß sogar der verkaufte jüngere Sohn daran glaubt, man habe nur aus lobesamer Ehrbarkeit sein Leben verkauft. Das aber ist doch schon einfach ideal, wenn das Opfer sich selbst darüber freut, daß man es schlachtet. Und was nun weiter? Weiter sehen wir, daß der Älteste es deshalb doch nicht leichter hat. Denn es lebt dort irgendwo ein Amalchen, dessen Herz sich zu seinem Herzen gefunden hat, doch heiraten darf er sie nicht, da vorher noch soundso viel Taler gespart werden müssen. Und so warten sie beide sittsam und von Herzen aufrichtig und sehen beide gleichfalls mit einem Lächeln ihrem Opfer zu. Amalchen beginnt zu welken, die Wangen fallen ein, doch was hat das schon zu sagen! Endlich, nach etwa zwanzig Jahren, ist der Besitzstand ein wesentlich besserer geworden, die Taler sind ehrlich und tugendsam zusammengespart. Der Vater segnet seinen vierzigjährigen Ältesten und das fünfunddreißigjährige Amalchen mit der eingefallenen Brust und der rotgewordenen Nasenspitze... Bei der Gelegenheit vergießt er eine Träne, predigt noch Moral und stirbt bald darauf. Der Älteste wird nun seinerseits ein tugendsamer Vater, und es fängt wieder dieselbe Geschichte an ... So nach fünfzig oder siebzig Jahren hat dann der Enkel jenes ersten Vaters schon ein ganz ansehnliches Vermögen, das er wieder seinem ältesten Sohne vermacht, dieser hinterläßt es wieder seinem Sohne, dieser wieder seinem und so weiter, bis endlich ein Sproß nach fünf oder sechs Generationen so etwas wie ein zweiter Baron Rothschild wird oder Hoppe und Kompagnie oder der Teufel weiß was sonst. Nun, wie sollte da der Anblick dieser Ahnenreihe kein erhebendes Schaustück sein: hundert- oder zweihundertjähriger Fleiß, Geduld, Verstand und Ehrlichkeit, praktische Berechnung, Charakter und Festigkeit, und dazu ein Storchennest auf dem Dach! Was will man mehr? Das ist doch das Höchste, was es gibt, und von diesem Standpunkt aus beginnen sie selbst die ganze Welt zu beurteilen und die Schuldigen, das heißt solche, deren Lebensweise der ihrigen mehr oder weniger unähnlich ist, ohne weiteres zu verdammen, und zwar schonungslos. Nun, ich für meine Person wollte nur sagen, daß ich denn doch vorziehe, nach russischer Art das Leben zu verschwelgen und durch das Roulette ein Vermögen zu erwerben. Ich danke dafür, nach fünf Generationen Hoppe und Co. zu sein! Ich will mein Geld für mich besitzen, und mir soll es gehören, nicht ich ihm, denn niemals könnte ich mich als Zugabe zum Kapital, als Nebensache betrachten ... Das heißt, pardon, ich weiß übrigens selbst, daß ich Unsinn zusammengeredet und entsetzlich übertrieben habe, aber mag es nun einmal so sein. Ich bleibe dabei, was ich gesagt habe.«

»Ich weiß nicht, ob viel Wahres daran ist, was Sie gesagt haben«, bemerkte der General nachdenklich. »nur weiß ich dafür sehr genau, daß Sie sich selbst zu überbieten suchen, sobald man Ihnen nur ein bißchen erlaubt, sich zu vergessen ...«

Wie gewöhnlich brach er wieder kurz ab. Wenn unser General irgend etwas Bedeutsameres sagen will, etwas, das ein wenig über dem Niveau der alltäglichen Unterhaltung steht, so spricht er seine Gedanken nie ganz aus. Der Franzose hörte nachlässig zu und machte kalbige Augen. Er hat wohl kaum etwas davon begriffen, was ich sagte. Polina schaute mit einem gewissen hochmütigen Gleichmut drein. Es hatte fast den Anschein, als habe sie nicht nur mich, sondern alles heute bei Tisch Gesprochene überhört.

FÜNFTES KAPITEL

Ihre Gedanken waren mit etwas ganz Anderem beschäftigt; das sah man ihr an; doch sogleich nach Tisch sagte sie zu mir, ich solle sie auf einem Spaziergang begleiten. Wir nahmen die Kinder mit und gingen in den Park zum Springbrunnen.

Da ich in ganz besonders aufgeregter Stimmung war, platzte ich dumm und grob mit der Frage heraus, weshalb denn unser Marquis des Grieux, so heißt mein Franzmann, sie jetzt weder auf ihren Spaziergängen begleite noch sich mit ihr wie früher unterhalte. Es war mir aufgefallen, daß er oft tagelang kein Wort mit ihr sprach.

»Weil er ein verächtliches Subjekt ist«, sagte sie seltsamerweise.

Noch nie hatte ich von ihr eine solche Äußerung über des Grieux gehört und ich schwieg unwillkürlich. Ich fürchtete mich, nach einer Erklärung dieser Gereiztheit zu suchen.

»Haben Sie nicht bemerkt, daß er und der General heute nicht gut aufeinander zu sprechen sind?«

»Damit wollen Sie wohl fragen, um was es sich handelt?« fragte sie trocken und gereizt. »Sie wissen doch, daß der General von ihm Geld geliehen, wofür er ihm Wechsel ausgestellt und das ganze Gut verpfändet hat, so daß des Grieux, falls die Bábuschka nicht stirbt, sogleich in den Besitz dessen treten kann, was er als Pfand bereits in der Hand hat.«

»Ah, dann ist es also wirklich wahr, daß alles verpfändet ist? Ich habe davon gehört, nur wußte ich nicht, ob es sich tatsächlich um alles handelte.«

»Um was denn sonst?«

»Nun, dann Adieu, Mademoiselle Blanche«, bemerkte ich,

»dann ist's nichts mit der Generalin! Aber wissen Sie, mir scheint, der General ist so verliebt, daß er sich womöglich erschießen wird, wenn Mademoiselle Blanche ihn verläßt. In seinen Jahren sich so zu verlieben, ist sehr gefährlich.«

»Ja, auch ich glaube, daß man sich in dem Fall auf etwas Schlimmes wird gefaßt machen müssen«, sagte Polína Alexándrowna nachdenklich vor sich hin.

»Und wie wundervoll deutlich das wäre!« lachte ich. »Nicht wahr, deutlicher könnte man es doch nicht gut zeigen, daß sie es nur auf sein Geld abgesehen hat! Hier wird ja nicht einmal der äußere Anstand gewahrt, nicht einmal um den Schein ist es ihr zu tun! Wundervoll! Und was die Bábuschka betrifft, was kann es Lächerlicheres und Schmutzigeres geben, als Depesche auf Depesche abzusenden mit ewig derselben gierigen Frage: Ist sie tot? — ist sie schon gestorben? stirbt sie? ... Wie gefällt Ihnen das, Polína Alexandrowna?«

»Lassen Sie doch den Unsinn!« schnitt sie kurz ab. »Ich wundere mich nur, daß er Sie in so gute Laune versetzt. Worüber freuen Sie sich denn? Etwa darüber, daß Sie mein Geld verspielt haben?«

»Warum gaben Sie es mir zum Verspielen? Ich sagte Ihnen doch, daß ich nicht für andere spielen kann, und für Sie am allerwenigsten! Ich werde jeden Ihrer Befehle ausführen, gleichviel welcher Art er sein sollte, doch die Folgen hängen nicht von mir ab. Ich sagte Ihnen im voraus, daß nichts dabei herauskommen werde. Sagen Sie, ist es Ihnen sehr nahe gegangen, daß Sie so viel Geld verloren haben? Wozu haben Sie so viel nötig?«

»Was sollen diese Fragen?«

»Aber Sie haben doch selbst versprochen, mir das zu erklären ... Hören Sie: ich bin fest überzeugt, daß ich, wenn ich für mich zu spielen beginne — ich besitze zwölf Friedrichsdore — unfehlbar gewinnen werde. Nehmen Sie dann von mir, soviel Sie wollen!«

Sie machte eine verächtliche Miene.

48

»Ärgern Sie sich nicht über dieses Angebot meinerseits«, fuhr ich fort. »Ich bin ja doch so durchdrungen von dem Bewußtsein, daß ich vor Ihnen eine Null bin — das heißt, in Ihren Augen —, daß Sie sogar Geld von mir annehmen können. Sie können sich durch ein Geschenk von mir nicht beleidigt fühlen. Und außerdem habe ich ja das Ihrige verspielt.«

Sie warf einen raschen Blick auf mich, und als sie sah, daß ich gereizt war und sarkastisch sprach, gab sie dem Gespräch schnell eine andere Wendung, indem sie der Fortsetzung zuvorkam.

»Es ist nichts, was Sie interessieren könnte«, sagte sie rasch. »Wenn Sie es durchaus wissen wollen, — ich schulde es einfach. Ich habe Geld geborgt und würde es gern zurückgeben. Und da kam der dumme und seltsame Einfall, daß ich hier im Spiel unbedingt gewinnen würde. Wie ich auf diesen Gedanken gekommen bin, begreife ich jetzt selbst nicht, aber ich glaubte an ihn, ich war überzeugt, daß es so sein werde. Wer weiß, vielleicht glaubte ich nur deshalb an ihn, weil mir sonst keine andere Rettungsmöglichkeit zur Auswahl blieb.«

»Oder weil Sie es schon gar zu nötig hatten. Das ist ganz wie bei einem Ertrinkenden, der nach einem Strohhalm greift: unter anderen Umständen würde er ihn doch gewiß nicht für einen Balken halten, der ihn retten könnte oder kann.«

Polina schien erstaunt zu sein.

»Wie, ich verstehe Sie nicht ... Haben Sie denn Ihre Hoffnung nicht auf ganz dasselbe gesetzt?« fragte sie mich. »Haben Sie mir nicht noch vor zwei Wochen lang und breit erklärt, daß Sie vollkommen überzeugt seien, hier am Roulette zu gewinnen, und sagten Sie nicht, ich solle Sie deshalb nicht für wahnsinnig halten? Oder scherzten Sie damals nur? Soviel ich mich erinnere, sprachen Sie in so ernstem Ton, daß man es unter keinen Umständen als Scherz hätte auffassen können.«

»Es ist wahr, ich bin fest überzeugt, daß ich gewinnen werde . . . Sonderbar«, fuhr ich nach kurzem Besinnen fort, »Sie haben mich auf eine naheliegende Frage gebracht: weshalb mein heutiger unsinniger und dummer Verlust diese meine Zuversicht nicht durch den geringsten Zweifel beeinträchtigt? Denn ich bin nach wie vor unerschütterlich überzeugt, daß ich, sobald ich für mich selbst zu spielen beginne, unfehlbar gewinnen werde.«

»Woher denn diese Siegesgewißheit?«

»Wenn ich aufrichtig sein soll: ich weiß es nicht. Ich weiß nur, daß ich gewinnen *muß,* daß es gleichfalls meine einzige Rettungsmöglichkeit ist. Nun, und deshalb scheint es mir denn vielleicht, daß ich unfehlbar gewinnen werde.«

»Also auch Sie haben es ‚schon gar zu nötig‘, wenn Sie so fanatisch daran glauben.«

»Ich wette, daß Sie natürlich daran zweifeln, ich könnte wirklich ein ernst zu nehmendes Bedürfnis haben!«

»Das ist mir ganz gleichgültig«, sagte sie halblaut, ruhig, gleichmütig. »Wenn Sie wollen — ja, ich bezweifle, daß etwas Ernstes Sie quält. Sie können sich vielleicht quälen, jedoch nicht ernstlich. Sie sind ein zerfahrener und unbeständiger Mensch. Wozu brauchen Sie Geld? Wenigstens habe ich unter all jenen Gründen, die Sie mir damals aufzählten, keinen einzigen gefunden, der wirklich ernst zu nehmen wäre.«

»A propos«, unterbrach ich sie, »sagten Sie nicht, daß Sie eine Schuld zurückzahlen wollten? Das muß ja ein nettes Sümmchen sein! — Doch nicht etwa dem Franzmann?«

»Was für Fragen! Sie sind ja heute ganz besonders . . . oder sind Sie vielleicht betrunken?«

»Sie wissen, daß ich Ihnen erlaube, mir alles zu sagen, und dafür meinerseits ebenso frei frage. Ich wiederhole Ihnen: ich bin Ihr Sklave, vor einem Sklaven aber schämt man sich nicht, und ein Sklave kann auch nicht beleidigen.«

»Reden Sie keinen Unsinn! Ich kann Ihre Sklaventheorie nicht ausstehen!«

»Vergessen Sie nicht, daß ich nicht deshalb von meiner

50

Sklaverei rede, weil ich etwa Ihr Sklave zu sein wünsche, sondern einfach — weil es eine Tatsache ist, die nicht von mir abhängt.«

»Sagen Sie ganz offen — wozu brauchen Sie das Geld?«

»Wozu brauchen Sie das zu wissen?«

»Wie Sie wollen«, sagte sie schroff und wandte stolz den Kopf ab.

»Die Sklaventheorie sagt Ihnen nicht zu, aber sklavischen Gehorsam verlangen Sie doch wie etwas Selbstverständliches. ‚Antworten, nicht denken, wenn ich frage!‘ Schön, mag es so sein. Wozu ich das Geld brauche, fragen Sie? Wie denn! Geld bedeutet doch — alles!«

»Ich verstehe. Aber deshalb braucht man doch nicht irrsinnig zu werden, wenn man es sich bloß wünscht! Sie gehen ja schon bis zum Fanatismus, sogar bis zum Fatalismus. Da kann es nicht anders sein, Sie müssen ein bestimmtes Ziel haben, Sie wollen damit etwas Besonderes bezwecken. Also sprechen Sie es offen aus, ohne Umschweife, ich will es so!«

Sie ärgerte sich, und mich freute es ungeheuer, daß sie so nachdrücklich darauf bestand. Der Grund interessierte sie also doch.

»Selbstverständlich verfolge ich damit ein bestimmtes Ziel«, sagte ich, »nur verstehe ich nicht, es Ihnen zu erklären. Es ist nichts weiter, als daß ich mit Geld in der Tasche auch in Ihren Augen ein ganz anderer Mensch und nicht mehr ein elender Sklave sein werde.«

»Was? Wie wollen Sie das erreichen?«

»Wie ich das erreichen will? . . . Sie halten also nicht einmal die Möglichkeit für möglich, daß ich es erreichen könnte, von Ihnen anders denn als Sklave betrachtet zu werden! . . . Nun, sehen Sie, gerade das ist es, was ich nicht will, eine solche Verwunderung und Verständnislosigkeit!«

»Sie haben mir gesagt, diese Sklaverei sei für Sie eine Wonne. Und ich habe es mir selbst auch so gedacht.«

»Sie haben es sich selbst auch so gedacht!« entfuhr es mir unwillkürlich und ich empfand dabei plötzlich eine seltsame

Genugtuung, die mit Schmerz und Entzücken gepaart war. »Ach, wie diese Ihre Naivität doch schön ist! Nun ja, ja, Ihr Sklave zu sein — ist für mich ein Genuß. Es gibt, glauben Sie mir, es gibt ein Lustgefühl, das man in dem Bewußtsein empfinden kann, auf der letzten Stufe der Erniedrigung und Nichtigkeit zu stehen!« delirierte ich fast wie im Fieber. »Weiß der Teufel, vielleicht empfindet man es auch unter der Knute, wenn der Riemen einem über den Rücken leckt und das Fleisch zerfetzt. ... Ich will aber vielleicht auch noch andere Genüsse auskosten. Der General hat mir doch vorhin bei Tisch in Ihrer Gegenwart Moral gepredigt für siebenhundert Rubel im Jahr, die ich vielleicht noch nicht einmal von ihm erhalten werde. Marquis des Grieux betrachtet mich mit hochgezogenen Augenbrauen oder bemerkt mich nicht. Ich aber, nun, ich wünsche vielleicht nichts so sehr und trage vielleicht kein leidenschaftlicheres Verlangen, als diesen Monsieur le Marquis in Ihrer Gegenwart an der Nase zu ziehen!«

»Sie reden wie ein Milchbart. In jeder Lage kann man sich durch sein Auftreten Achtung verschaffen. Und wenn es hierbei einen Kampf gilt, so kann man durch ihn an Achtung eher gewinnen als verlieren.«

»Wie ein Aphorismus aus dem Schönschreibeheft! Sie nehmen an, daß ich eben nicht so würdevoll aufzutreten verstehe. Das heißt, daß ich — nun ja — vielleicht auch ein ganz achtbarer Mensch sei, mir aber doch keine Achtung zu verschaffen wisse. Also eigene Schuld? Das ist es doch, was Sie meinen? Ja, aber so sind doch alle Russen, und wissen Sie warum? — Weil die Russen gar zu reich und vielseitig begabt sind, um schnell eine anständige Form für sich zu finden. Und hierbei handelt es sich doch gerade nur um die Form. Größtenteils sind wir aber, wir Russen, so reich begabt, daß wir zur Gestaltung einer uns angemessenen neuen Form des Anstands direkt Genialität besitzen müßten. Nun, diese Genialität aber fehlt uns gewöhnlich, zumal sie überhaupt ein seltenes Ding ist. Nur bei den Franzosen und, sagen wir, auch bei einigen anderen Europäern steht die Form bereits so fest, und man hat sich schon so lange in ihr geübt, daß man äußerlich den größten Anstand markieren kann, selbst wenn man innerlich der niederträchtigste Mensch ist. Deshalb wird bei ihnen auch so viel Gewicht gelegt auf die Form. Deshalb hat diese so viel bei ihnen zu bedeuten. Der Franzose wird eine Beleidigung, eine wirkliche, tiefe Beleidigung, gelassen ertragen, wird sie ruhig einstecken, wird nicht einmal mit der Wimper zucken, einen Nasenstüber aber wird er unter keinen Umständen ertragen, denn ein Nasenstüber verletzt die einmal festgesetzten, durch das Alter von Jahrhunderten geheiligten Anstandsformen. Deshalb sind denn auch unsere Damen so eingenommen von den Franzosen, eben weil sie sich von den äußeren Umgangsformen bestechen lassen. Ich verstehe sie nicht. Meiner Ansicht nach ist da überhaupt keine Form vorhanden, ich sehe in ihnen nur den Hahn, le coq gaulois. Übrigens kann ich das wohl deshalb nicht verstehen, weil ich es nicht beurteilen kann: ich bin keine Dame. Vielleicht sind Hähne gerade das Richtige ... Übrigens, *pardon,* ich bin wieder aus dem Konzept geraten, und Sie haben mich nicht unterbrochen. Unterbrechen Sie mich öfter, wenn ich mit Ihnen rede ... Ich will alles aussprechen, alles, endlich einmal alles! Ich verliere jede Form. Ich gebe sogar zu, daß ich nicht nur keine Form, daß ich nicht einmal irgendwelche Würde habe. Ich teile Ihnen das selbst mit, wie Sie sehen. Ja, und es liegt mir auch nichts an all den Würden; ich begehre keine einzige von ihnen und mache mir nicht einmal Sorgen darüber. Es stockt jetzt alles in mir. Sie wissen, weshalb. Ich habe keinen einzigen menschlichen Gedanken im Kopf. Schon seit Monaten weiß ich nicht mehr, was in der Welt geschieht, weder in Rußland noch hier. Da bin ich zum Beispiel durch Dresden gefahren, ich weiß aber nichts mehr davon. Sie wissen, was mich so absorbiert hat. Doch da ich nicht die geringste Hoffnung habe und in Ihren Augen eine vollständige Null bin, so kann ich es Ihnen offen sagen: ich sehe nur Sie überall, das übrige

ist mir gleichgültig. Wie, warum und wofür ich Sie liebe —
ich weiß es nicht. Wissen Sie, vielleicht sind Sie gar nicht einmal schön? Stellen Sie sich vor, ich weiß es nicht, ob Sie
schön sind oder nicht, ich weiß nicht einmal, wie Ihr Gesicht
aussieht. Sie haben gewiß kein gutes Herz, und es ist sehr
möglich, daß Ihr ganzer geistiger Mensch nicht edel ist.«

»Dann rechnen Sie vielleicht deshalb darauf, mich mit
Geld kaufen zu können«, sagte sie, »weil Sie mich für un-
edel halten?«

»Wann habe ich darauf gerechnet, Sie mit Geld kaufen
zu können?« rief ich aufs äußerste erregt.

»Sie verrieten sich vorhin. Wenn nicht gerade mich zu
kaufen, so glauben Sie doch, meine Achtung mit Geld in der
Tasche erkaufen zu können.«

»Ach nein, das war nicht ganz so gemeint. Ich sagte Ihnen
doch, daß es mir schwer fällt, mich zu erklären. Sie er-
drücken mich mit Ihrer Gegenwart. Ärgern Sie sich nicht
über mein Geschwätz. Sie sehen doch ein, weshalb Sie sich
nicht über mich ärgern dürfen? Ich bin doch einfach ein Wahnsinniger. Übrigens ist mir alles gleich, ärgern Sie sich meinetwegen soviel Sie wollen. Oben in meinem Zimmer brauche
ich mich nur an das Rauschen Ihres Kleides zu erinnern,
und ich könnte mir die Hände zerbeißen. Und weshalb
ärgern Sie sich denn über mich? Etwa deshalb, weil ich mich
einen Sklaven nenne? Bedienen Sie sich, bedienen Sie sich
nur meiner Sklaverei, bedienen Sie sich ihrer! Wissen Sie,
daß ich Sie einmal töten werde? Und nicht aus Eifersucht
oder weil ich aufhörte, Sie zu lieben, sondern so; ich werde
Sie einfach töten, denn — es verlangt mich zuweilen so maßlos, Sie zu zerreißen, Sie zu ver . . . schlingen! Sie lachen . . .«

»Ich lache durchaus nicht!« fuhr sie zornig auf. »Ich befehle Ihnen aber zu schweigen!«

Sie blieb stehen und rang fast nach Atem vor Zorn. Bei
Gott, ich weiß nicht, ob sie in diesem Augenblick schön war,
aber ich liebte es, wenn sie so vor mir stehenblieb, und deshalb rief ich gern ihren Zorn hervor. Vielleicht hatte sie

das bemerkt und stellte sich absichtlich erzürnt. Ich sagte ihr das.

»Pfui, wie schmutzig!« sagte sie angeekelt.

»Mir ist alles gleich«, fuhr ich fort. »Wissen Sie, daß es für uns gefährlich ist, so zu zweit zu gehen? Es hat mich schon mehr als einmal unwiderstehlich getrieben, Sie zu prügeln, Sie zu verstümmeln, zu erwürgen. Und meinen Sie, daß es nicht dazu kommen werde? Sie machen mich irrsinnig, ich fange an zu delirieren. Oder glauben Sie etwa, ich fürchtete einen Skandal? Oder Ihren Zorn? Was ist mir Ihr Zorn? Ich liebe Sie, ohne mir die geringste Hoffnung machen zu können, und ich weiß, daß ich Sie nachher noch tausendmal mehr lieben werde. Wenn ich Sie einmal umgebracht habe, werde ich auch mir das Leben nehmen müssen. Nun wohl . . . so werde ich denn meinen eigenen Tod so lange wie möglich hinausschieben, um diesen unerträglichen Schmerz, ohne Sie zu leben, ganz, ganz auskosten zu können. Wissen Sie, ich werde Ihnen etwas Unglaubliches sagen: ich liebe Sie mit jedem Tage *mehr* — wie ist das nur möglich? Und da soll ich nicht Fatalist werden? Erinnern Sie sich noch, was ich Ihnen auf dem Schlangenberge auf Ihre Herausforderung hin zuflüsterte? — ‚Ein Wort von Ihnen, und ich springe in den Abgrund.‘ Und wenn Sie damals dieses Wort gesprochen hätten, so wäre ich hinabgesprungen. Oder glauben Sie, ich hätte nicht Wort gehalten?«

»Hören Sie auf mit Ihrem dummen Geschwätz!« unterbrach sie mich geärgert.

»Was geht das mich an, ob es dumm oder klug ist!« rief ich aus. »Ich weiß nur, daß ich in Ihrer Gegenwart sprechen muß, immer nur sprechen, daß ich versuchen muß, alles auszudrücken — und so versuche ich es denn. Ich verliere jede Eigenliebe in Ihrer Gegenwart, es ist mir alles so gleichgültig.«

»Wozu sollte ich Sie veranlassen, vom Schlangenberg hinabzuspringen?« fragte sie trocken und irgendwie besonders beleidigend. »Das wäre für mich doch ganz nutzlos.«

55

»Nutzlos ... Prachtvoll!« rief ich. »Sie haben absichtlich dieses Wort gewählt, dieses ‚nutzlos‘, um mich ganz und gar unter die Füße zu treten. Ich durchschaue Sie vollkommen. ‚Nutzlos‘, sagen Sie? Aber ein Vergnügen ist doch niemals ‚nutzlos‘, und gar erst wilde, grenzenlose Macht über ein Wesen — und wenn's auch nur eine Fliege ist — ist doch ein ganz besonderer Genuß. Der Mensch ist von Natur ein Despot und liebt es, zu quälen. *Sie* lieben es ungeheuer.«

Ich weiß noch, sie musterte mich mit einem ganz eigentümlich forschenden, aufmerksamen, unbeweglichen Blick. Mein Gesicht muß wohl alle meine sinnlosen Empfindungen widergespiegelt haben. Ich glaube, daß ich unser Gespräch hier wirklich Wort für Wort wiedergegeben habe. Meine Augen waren blutunterlaufen, an den Mundwinkeln klebte, glaube ich, Schaum. Was aber den Schlangenberg betrifft, so schwöre ich bei meiner Ehre, daß ich, wenn sie mir damals befohlen hätte, mich hinabzustürzen, unfehlbar mein Wort gehalten hätte und hinabgesprungen wäre! Und hätte sie es auch nur zum Scherz gesagt oder mit der größten Verachtung, mich gleichsam anspeiend — ich wäre auch dann in den Abgrund gesprungen!

»Nein, wieso, ich glaub's Ihnen gern«, sagte sie — sagte es aber so, wie nur sie allein mitunter etwas zu sagen versteht, sagte es mit einer solchen Verachtung, mit einer solchen Anmaßung und solchem Sarkasmus, daß ich sie — bei Gott! — in dem Augenblick hätte erwürgen mögen.

Sie riskierte viel. Was ich ihr von der Gefahr gesagt hatte, war richtig.

»Sie sind kein Feigling?« fragte sie mich plötzlich.

»Ich weiß nicht, vielleicht bin ich einer. Ich weiß nicht ... ich habe lange nicht mehr darüber nachgedacht.«

»Wenn ich Ihnen sagen würde: töten Sie diesen Menschen — würden Sie ihn dann töten?«

»Wen?«

»Den, den ich bezeichnen werde.«

»Den Franzosen?«

56

»Fragen Sie nicht, antworten Sie! Wen ich bezeichnen werde. Ich will wissen, ob Sie soeben im Ernst gesprochen haben.«

Und sie wartete so ungeduldig und mit so ernstem Gesicht auf meine Antwort, daß mir seltsam zumut wurde.

»Ja, werden Sie mir denn nicht endlich einmal sagen, was hier vorgeht!« entfuhr es mir in plötzlicher Empörung. »Oder fürchten Sie mich etwa? Ich sehe doch, wie hier alles zusammenhängt! Da sind zuerst Sie, die Stieftochter eines total ruinierten Mannes, den die Liebe zu diesem Satan, dieser Blanche, wahnsinnig macht! Hinzu kommt dieser Franzmann mit seinem geheimnisvollen Einfluß auf Sie, und — da stellen Sie plötzlich so ernst . . . eine solche Frage. So sagen Sie mir doch nur ein einziges Wort, damit ich wenigstens kombinieren kann! Sonst werde ich noch verrückt und stelle etwas an! Oder schämen Sie sich, mich Ihres Vertrauens zu würdigen? Wie können Sie sich denn überhaupt so weit herablassen, sich vor mir zu schämen?«

»Ich rede gar nicht davon mit Ihnen . . . Ich habe nur eine Frage an Sie gestellt und warte auf die Antwort.«

»Selbstverständlich werde ich ihn töten!« rief ich wütend. »Wen Sie mir nur bezeichnen! Aber können Sie denn . . . werden Sie mir denn diesen Befehl geben?«

»Was glauben Sie? — daß es mir um Sie leid tun werde? Ich gebe Ihnen nur den Befehl und bleibe selbst ganz aus dem Spiel. Werden Sie das ertragen? Übrigens, was fällt mir ein! Sie würden vielleicht den Befehl ausführen, dann aber zu mir kommen, um mich zu töten, und zwar nur deshalb, weil ich es gewagt habe, Sie hinzuschicken.«

Es war mir bei diesen Worten, als versetze mir jemand einen Schlag auf den Kopf. Natürlich hatte ich ihre Frage zunächst mehr für einen Scherz gehalten, für eine Herausforderung, doch um so angenehmer war mir ihr Ernst. Es machte mich doch ganz betroffen, daß sie sich so deutlich aussprach und sich ein solches Recht über mich anmaßte, oder auch — daß sie eine solche Macht über mich sich selbst

57

zuzugestehen geruhte. ‚Geh du ins Verderben, ich aber bleibe aus dem Spiel!' Diese Worte enthielten so viel Zynismus und verachtende Aufrichtigkeit, daß es meiner Meinung nach denn doch schon zuviel war. Als was betrachtet sie mich denn? fragte ich mich. Das überschreitet doch die Grenze der Sklaverei und Erniedrigung! Nein, wenn sie *so* auf mich sieht, dann stellt sie mich auf eine Stufe mit sich selbst! — Aber wie dumm, wie unmöglich auch unser Gespräch war — mein Herz erzitterte dennoch.

Plötzlich begann sie zu lachen. Wir saßen gerade auf einer Bank vor den spielenden Kindern, nicht weit von der Stelle, wo die Allee beginnt, die zum Kurhaus führt, und wo gewöhnlich die Equipagen anhalten, wenn die Insassen zu den Spielsälen wollen.

»Sehen Sie dort diese dicke Baronin?« rief sie lachend. »Das ist die Baronin Wurmerhelm. Sie ist erst vor drei Tagen angekommen. Und sehen Sie ihren Mann, den langen hageren Preußen mit dem Stock in der Hand? Erinnern Sie sich noch, wie er uns vorgestern ansah? Gehen Sie sofort hin, treten Sie auf die Baronin zu, nehmen Sie den Hut ab und sagen Sie ihr irgend etwas auf französisch.«

»Weshalb?«

»Sie haben mir geschworen, daß Sie vom Schlangenberg hinabspringen würden, daß Sie bereit seien, auf meinen Befehl hin zu töten — anstatt all dieser Verbrechen und Tragödien will ich nur einmal lachen. Gehen Sie sofort, ich will es so! Ich will zusehen, wie der Baron Sie mit seinem Stock verprügelt.«

»Sie fordern mich heraus. Glauben Sie, daß ich es nicht tun werde?«

»Ja, es soll eine Herausforderung sein, gehen Sie, ich will es!«

»Wie Sie wünschen, ich werde gehen, wenn's auch ein unglaublicher Einfall ist. Nur eines noch: werden nicht für den General und durch ihn auch für Sie Unannehmlichkeiten daraus entstehen? Bei Gott, ich trage nicht wegen meiner

Person Bedenken, ich denke dabei nur an Sie und — auch an den General, versteht sich. Und was hat das für einen Sinn, hinzugehen und eine Frau zu beleidigen?«

»Nein, Sie sind doch nur ein Schwätzer, wie ich sehe«, sagte sie mit unendlicher Verachtung. »Ihre Augen waren vorhin blutunterlaufen, doch wird das wohl nur darauf zurückzuführen sein, daß Sie bei Tisch zu viel Wein getrunken haben. Als ob ich nicht selbst wüßte, daß es dumm und verächtlich ist und daß der General sich ärgern wird! Ich will einfach nur lachen. Ich will eben, und damit basta. Und übrigens — bevor Sie dazu kämen, die Frau zu beleidigen, wird man Sie doch schon verprügelt haben.«

Ich erhob mich und ging schweigend auf die Baronin zu, um den Auftrag auszuführen. Natürlich war es dumm und ich verstand mich nicht aus der Affäre zu ziehen. Doch während ich mich noch der Baronin näherte, war es mir, als erfasse mich jetzt selbst die Lust, einen Streich zu spielen. Ich war aufs äußerste gereizt und fast wie ein Betrunkener kaum noch meiner Sinne mächtig.

SECHSTES KAPITEL

Erst zweimal vierundzwanzig Stunden sind seit jenem dummen Tage vergangen, und wieviel Geschrei, Geschwätz, Streit und Lärm hat es schon gegeben! Und was für eine Unordnung und Dummheit und Gemeinheit dabei überall zutage tritt! Doch übrigens — mitunter ist es wirklich zum Lachen! Wenigstens von mir kann ich ehrlich sagen, daß mich mehr als einmal unbändige Lachlust angewandelt hat. Ich vermag mir keine Rechenschaft darüber zu geben, was mit mir geschehen ist: ob ich mich in einem noch zurechnungsfähigen oder bereits in einem unzurechnungsfähigen Zustand befinde oder ob ich einfach nur aus dem Geleise geraten bin und vorläufig nichts als Unfug treibe — bis man mich bindet. Von Zeit zu Zeit scheint es mir, daß ich meine Vernunft einbüßen werde, und bisweilen wiederum, daß ich kaum der Schulbank entwachsen bin und einfach nach Schülerart tolle Streiche mache.

Polína, nur Polína ist an allem schuld! Wäre sie nicht, so täte ich keinem etwas zuleide! Ich glaube, ich tue alles nur aus Verzweiflung — wie dumm es auch sein mag, so zu denken. Und wirklich ... wirklich, ich begreife nicht, was an ihr ist, das so toll machen kann! Schön ist sie übrigens, ja, schön ist sie. Ich glaube wenigstens, daß sie schön ist. Bringt sie doch auch andere um den Verstand. Hoch gewachsen ist sie und schlank. Zum Biegen schlank. Ich glaube, man könnte sie zum Knoten schlingen oder wie ein Taschenmesser zusammenknicken. Ihre Fußspur ist schmal und lang. Qualvoll ist das! Ja: qualvoll! Ihr Haar hat einen rötlichen Schimmer. Ihre Augen sind richtige Katzenaugen, aber wie stolz und hochmütig sie blicken können! Vor etwa vier Monaten,

60

kurz nachdem ich die Stelle als Hauslehrer angenommen hatte, sah ich sie an einem Abend im Saal, wie sie mit des Grieux lange und heftig sprach. Und sie sah ihn so an . . . daß ich später, als ich in mein Zimmer ging und mich schlafen legte, dachte, sie habe ihm eine Ohrfeige gegeben in jenem Augenblick, als sie so vor ihm stand und ihn ansah . . . Und seit jenem Abend . . . ja, an jenem Abend begann ich sie zu lieben.

Doch zur Sache.

Ich ging den etwas abseits führenden Weg zur großen Allee hinab, blieb in der Mitte der Allee stehen und erwartete die Baronin und den Baron. Als sie bis auf etwa fünf Schritte an mich herangekommen waren, lüftete ich den Hut und verbeugte mich.

Ich erinnere mich noch genau der ganzen Situation. Die Baronin trug ein seidenes Kleid von hellgrauer Farbe und unheimlichem Umfang, mit unzähligen Volants über der Krinoline und einer Schleppe obendrein. Sie selbst ist klein von Wuchs, entsetzlich dick und hat ein erschreckend großes, hängendes Doppelkinn, das den ganzen Hals vollständig verdeckt. In ihrem dicken, himbeerroten Gesicht sitzen zwei kleine, bös und unverschämt blickende Augen. Sie geht — als würdige sie damit alle einer besonderen Ehre. Der Baron ist hager und sehr lang. Sein Gesicht besteht fast nur aus Runzeln. Auf der Nase eine Brille. Alter: etwa fünfundvierzig, taxiere ich. Seine Beine beginnen fast gleich unter der Brust; das bezeichnet, heißt es, Rasse. Stolz ist er wie ein Pfau. Ein wenig unbeholfen. Im Gesichtsausdruck etwas Schafiges, was vielleicht in seiner Art Gedankenreichtum ersetzt.

Alles das übersah ich in noch nicht fünf Sekunden.

Mein Gruß und meine Verbeugung lenkten anfangs kaum ihre Aufmerksamkeit auf mich. Nur der Baron runzelte leicht die Stirn. Die Baronin jedoch schwamm in ihrer Krinoline wie ein Schwimmtier gerade auf mich zu.

»Madame la Baronne«, sagte ich laut, jede Silbe markant aussprechend, »j' ai l'honneur d'être votre esclave.«

Darauf verbeugte ich mich, setzte den Hut wieder auf und ging an dem Baron vorüber, indem ich ihm höflich mein Gesicht zuwandte und ihn anlächelte.

Nur den Hut abzunehmen hatte sie mir befohlen, alles übrige, so wie es sich frei aus der Situation heraus ergab, war mein eigener Mutwille. Der Teufel weiß, was mich im Augenblick dazu antrieb! Ich rutschte gleichsam einen Berg hinab.

»Hn?« rief der Baron, oder richtiger, trompetete er durch die Nase, und wandte sich in zorniger Verwunderung nach mir um.

Ich wandte mich sofort zurück und blieb in höflicher Erwartung stehen, stand, sah ihn an und lächelte. Er schien sich jedenfalls über den Beweggrund meiner Handlungsweise nicht klar zu sein und zog seine Augenbrauen bis zum non plus ultra hinauf. Sein Gesicht wurde mit jedem Augenblick finsterer und drohender. Die Baronin wandte sich gleichfalls nach mir um und sah mich mit derselben zornigen Verständnislosigkeit an. Die Vorübergehenden wurden auf uns aufmerksam, sie blickten uns an. Manche blieben sogar stehen.

»Hn?« trompetete nochmals in zornigem Nasenton der Baron — sein Ärger schien sich zu verdoppeln.

»Jawohl!« sagte ich auf deutsch sehr gedehnt und fuhr fort, ihm unverwandt in die Augen zu sehen.

»Sind Sie rasend?« schrie er und fuchtelte einmal mit dem Stock, doch, wie mir schien, begann ihm bange zu werden. Ihn verwirrte vielleicht auch mein Äußeres: ich war sehr anständig, war sogar elegant gekleidet, wie einer, der fraglos zur besten Gesellschaft gehört.

»Jawo—o—hl!« sagte ich plötzlich so laut, wie ich nur konnte, das o möglichst in die Länge ziehend, wie es die Berliner tun, die im Gespräch fast nach jedem Satz »jawohl« sagen, wobei sie durch die größere oder geringere Dehnung des o sehr verschiedene Nuancen ihrer Gedanken und Empfindungen ausdrücken.

Der Baron und die Baronin wandten sich rasch von mir ab und eilten fast erschrocken, so schnell sie konnten, fort. Von den Zuschauern schienen einige amüsiert zu sein und begannen unter sich zu sprechen, andere blickten mich verwundert an. Übrigens entsinne ich mich dessen nicht mehr genau.

Ich wandte mich um und ging gelassen zu Polina Alexandrowna zurück. Doch plötzlich — ich war noch etwa hundert Schritt von ihrer Bank entfernt —, sah ich, wie sie aufstand und mit den Kindern zum Hotel zurückkehrte.

Ich erreichte sie erst vor dem Eingang.

»Ist besorgt ...«, sagte ich, neben ihr hergehend, »die gewünschte Albernheit.«

»Nun, und? So tragen Sie doch jetzt die Konsequenzen«, sagte sie, ohne mich überhaupt anzusehen, und stieg die Treppe hinauf.

Den ganzen Nachmittag strich ich im Park umher, von dort ging ich in den Wald und ging immer weiter geradeaus und kam sogar in ein anderes Fürstentum. In einer Hütte verzehrte ich eine Portion Rührei und trank Wein dazu. Für dieses Idyll zapfte man mir volle anderthalb Taler ab.

Erst gegen elf Uhr kehrte ich ins Hotel zurück. Ich wurde sogleich zum General gerufen.

Die Unsrigen nehmen im Hotel ein großes Appartement von vier Zimmern ein. Das erste ist ein großer Salon, in dem ein Flügel steht. Nebenan ist ein zweites großes Zimmer — das Kabinett des Generals. Hier erwartete er mich, in höchst imposanter Haltung mitten im Zimmer stehend. Der Marquis saß in lässiger Pose auf dem Sofa.

»Mein Herr, gestatten Sie die Frage, was das für Geschichten sind, die Sie hier angerichtet haben?« begann der General.

»Es wäre mir angenehm, General, wenn Sie ohne weiteres zur Sache kämen«, sagte ich. »Sie wollen wahrscheinlich von meiner heutigen Begegnung mit einem Deutschen reden?«

»Mit einem Deutschen?! Dieser Deutsche ist der Freiherr

von Wurmerhelm und eine überaus wichtige Persönlichkeit! Und Sie, Sie haben sich gegen ihn und seine Gemahlin unanständig benommen!«

»Ich wüßte nicht, inwiefern.«

»Sie haben sie erschreckt, mein Herr!« rief der General.

»Aber keineswegs! Gestatten Sie, daß ich Ihnen den Sachverhalt klarlege. Mir klingt noch von Berlin her das deutsche ‚Jawohl‘ in den Ohren, das man dort nach jedem Satz zu hören bekommt und das sie so widerwärtig in die Länge ziehen. Als ich ihnen heute in der Allee begegnete, kam mir plötzlich dieses ‚Jawohl‘ in den Sinn, und das wirkte auf mich selbstverständlich aufreizend ... Überdies hat die Baronin, die mir jetzt schon zum dritten Mal begegnet ist, die Gewohnheit, geradeaus auf mich zuzugehen, als wäre ich ein Wurm, den man mit dem Fuß zertreten darf. Sie werden doch zugeben, daß auch ich ein gewisses Selbstbewußtsein haben kann. Nun, und diesmal, als sie wieder tat, als sei die Allee nur für sie geschaffen, zog ich den Hut und sagte höflich (ich versichere Sie, daß ich es mit ausgesuchter Höflichkeit sagte): ‚Madame, j'ai l'honneur d'être votre esclave‘. Und als der Baron sich darauf umwandte und einen Nasenton à la ‚Hn‘ hervorstieß — da ritt mich plötzlich der Teufel, ihm dieses wundervolle ‚Jawohl‘ zu sagen. Und so tat ich's denn auch: das erstemal ganz gewöhnlich, das zweitemal jedoch mit ausgesprochener Berliner Dehnung. Und das war alles.«

Ich muß gestehen, daß diese meine bengelhafte Erklärung mir selbst ungeheuren Spaß machte. Ich weiß nicht, wie es kam, daß mich plötzlich die Lust anwandelte, die ganze Geschichte so unsinnig wie möglich darzustellen. Und mit jeder weiteren Phrase kam mir mehr Geschmack.

»Wollen Sie sich etwa über mich lustig machen?« fuhr mich der General an. Und mit einer brüsken Bewegung wandte er sich zu dem Franzosen, um ihm auf französisch lebhaft gestikulierend auseinanderzusetzen, daß ich es entschieden auf Händel abgesehen habe. Der Marquis lächelte

64

geringschätzig, lachte kurz auf und zuckte mit den Achseln.

»Sie sind durchaus im Irrtum«, unterbrach ich den General, »Händel habe ich weder gesucht, noch suche ich sie jetzt. Mein Benehmen war natürlich nicht lobenswert, das sehe ich sehr wohl ein und gebe es offen zu. Man kann meine Handlungsweise schlimmstenfalls als dumm, als einen Schuljungenstreich bezeichnen, jedoch — mehr war sie nicht. Und übrigens bereue ich sie aufrichtig. Es spricht aber hier noch ein gewisser Umstand mit, der mich in meinen Augen sogar der pflichtschuldigen Reue enthebt. Ich fühle mich nämlich seit einiger Zeit, seit zwei oder sogar drei Wochen, nicht ganz wohl; ich bin krank, nervös, reizbar, zu allem Phantastischen aufgelegt, und in manchen Augenblicken verliere ich sogar jede Gewalt über mich selbst. Wirklich, ich habe zum Beispiel schon ein paarmal die größte, ich versichere Ihnen, die größte Lust verspürt, mich plötzlich an den Marquis des Grieux zu wenden und . . . Du reste, brisons-là, es lohnt nicht, alles auszusprechen, und vielleicht könnte es ihn auch kränken. Mit einem Wort, das sind alles Krankheitssymptome. Leider weiß ich nicht, ob die Baronin Wurmerhelm diesen Umstand als Entschuldigungsgrund gelten lassen wird, wenn ich sie um Entschuldigung bitten werde, denn das ist meine Absicht. Ich nehme jedoch an, daß sie ihn gelten lassen wird, um so mehr, als die Juristen in letzter Zeit, soviel mir bekannt ist, mit ähnlichen Entschuldigungen sogar schon Mißbrauch treiben. Tatsächlich! Die Rechtsanwälte wenigstens verteidigen bei Kriminalprozessen ihre Klienten, oft die schändlichsten Verbrecher, damit, daß sie im Augenblick der Tat nicht bei vollem Bewußtsein gewesen seien, heißt es, und daß dieser Zustand eine Art Krankheit sei. ‚Nun ja, er hat zwar erschlagen, weiß aber selbst nichts davon.‘ Und was das Unglaublichste dabei ist: die Mediziner geben ihnen noch recht, sie sagen, es gäbe tatsächlich solch ein zeitweiliges Irresein. Der Mensch wisse in diesem Zustand so gut wie nichts von dem, was er tut, oder wisse es nur halb, oder vielleicht nur zu einem Viertel. Freilich will das in diesem Fall wenig besagen, denn der Baron und die Baronin sind Leute vom alten Schlag, außerdem preußische Junker und Gutsbesitzer. Daher dürfte ihnen dieser Fortschritt im juristischen und medizinischen Leben wohl noch unbekannt sein, womit denn mein Entschuldigungsgrund leider hinfällig wird. Was meinen Sie dazu, General?«

»Genug, mein Herr!« sagte der General scharf und in verhaltenem Zorn, »genug! Ich sehe mich gezwungen, Maßregeln zu ergreifen, um mich ein für allemal davon zu befreien, den Folgen Ihrer Schuljungenstreiche ausgesetzt zu sein. Entschuldigen werden *Sie* sich weder bei der Baronin noch bei dem Baron, denn jede Annäherung Ihrerseits wäre für beide nur eine erneute Beleidigung. Da es dem Baron ein leichtes gewesen ist, zu erfahren, daß Sie zu meinem Hause gehören, hat er mich im Kurhaus bereits um eine Erklärung ersucht, und ich will es Ihnen nur gestehen, es fehlte nicht viel, daß er von mir Genugtuung verlangt hätte. Begreifen Sie denn nicht, welchen Unannehmlichkeiten Sie mich ausgesetzt haben — mich, mein Herr! Ich war gezwungen, den Baron um Entschuldigung zu bitten, und ich habe ihm mein Wort gegeben, daß Sie sogleich, daß Sie noch heute nicht mehr zu meinem Hause gehören werden.«

»Erlauben Sie ... erlauben Sie, General, so hat er selbst unbedingt verlangt, daß ich hinfort nicht mehr zu Ihrem Hause gehöre, wie Sie sich auszudrücken belieben?«

»Nein, das nicht; aber ich hielt es selbst für meine Pflicht, ihm diese Genugtuung zu geben, und der Baron gab sich damit selbstverständlich zufrieden. Also wir gehen auseinander, mein Herr. Sie haben von mir noch diese vier Friedrichsdore und drei Gulden nach hiesigem Geld zu erhalten. Hier ist das Geld und hier die Abrechnung. Sie können sich von ihrer Richtigkeit überzeugen. So, und jetzt — leben Sie wohl. Von nun an sind wir geschiedene Leute. Außer Unannehmlichkeiten und Scherereien habe ich von Ihnen nichts gehabt. Ich werde sogleich den Kellner rufen lassen, und ihm sagen, daß ich von morgen an für Ihre Ausgaben im

Hotel nicht mehr aufkomme. Habe die Ehre, mich Ihnen zu empfehlen.«

Ich nahm das Geld und das Papier, auf dem mit Bleistift die Abrechnung geschrieben war, machte eine kurze Höflichkeitsverbeugung gegen den General und sagte sehr ernst:

»Damit ist die Sache natürlich nicht abgetan, General. Es tut mir sehr leid, daß Sie sich Unannehmlichkeiten ausgesetzt haben, doch — verzeihen Sie — die Schuld daran müssen Sie nur sich selbst zuschreiben. Wie kamen Sie dazu, dem Baron gegenüber die Verantwortung für mich zu übernehmen? Was bedeutet der Ausdruck, daß ich ‚zu Ihrem Hause gehöre‘? Ich bin oder war nur Lehrer in Ihrem Hause und nichts weiter. Ich bin weder Ihr Sohn noch Ihr Mündel, weshalb niemand Sie für meine Vergehen verantwortlich machen kann. Ich bin eine juridisch selbständige Person, bin fünfundzwanzig Jahre alt, Kandidat der Philosophie, bin Edelmann und Ihnen ein vollkommen Fremder. Nur meine unendliche Achtung für Ihre Verdienste hält mich davon ab, Sie um Rechenschaft zu bitten und ohne weiteres Genugtuung dafür zu verlangen, daß Sie sich anmaßen, für mich die Verantwortung übernehmen zu wollen.«

Der General war sprachlos vor Verwunderung. Plötzlich kam er zu sich, wandte sich wieder an den Franzosen und begann ihm eilig auseinanderzusetzen, daß ich ihn soeben fast zum Duell gefordert hätte.

Der Franzose brach in schallendes Gelächter aus.

»Und was den Baron betrifft«, fuhr ich mit vollkommener Kaltblütigkeit fort, ohne mich im geringsten durch das Gelächter verwirren zu lassen, »so habe ich nicht die Absicht, ihm etwas zu schenken. Und da Sie, General, indem Sie die Klagen des Barons anhörten und seine Partei ergriffen, sich gewissermaßen zu einem an dem Vorfall Beteiligten gemacht haben, so erlaube ich mir, Sie davon in Kenntnis zu setzen, daß ich nicht später als morgen früh von dem Baron eine Erklärung der Gründe verlangen werde, weshalb er sich in einer Angelegenheit, in der er es ausschließlich mit mir zu

tun hatte, an eine andere, eine fremde Person zu wenden
vorgezogen hat — ganz als wäre ich unfähig, für mich selbst
die Verantwortung zu tragen, oder als wäre es unter seiner
Würde, sich an mich zu wenden.«

Was ich vorausgesehen, geschah: Der General erschrak
entsetzlich, als er diese neue Dummheit hörte.

»Wie, wollen Sie denn diese ver . . . Geschichte noch fortsetzen!« rief er aus. »Aber so bedenken Sie doch, was Sie
mir damit antun, Herr des Himmels! Wagen Sie es nur,
wagen Sie es nur, mein Herr . . . unterstehen Sie sich nicht,
oder . . . ich schwöre Ihnen . . . Auch hier gibt es eine Obrigkeit und ich . . . ich . . . mit einem Wort, bei meinem Rang
. . . und ebenso der Baron . . . mit einem Wort, man wird Sie
durch die Polizei zu beseitigen wissen, wenn Sie es nicht
lassen wollen, Unfug zu treiben! Merken Sie sich das!«

Obschon er vor Zorn ganz außer Atem geriet, so war ihm
doch entsetzlich bange geworden.

»General«, erwiderte ich mit einer Ruhe, die ihm furchtbar auf die Nerven ging, »wegen Unfugs verhaften kann
man nicht früher, als bis der Unfug verübt worden ist. Ich
habe meine Auseinandersetzung mit dem Baron noch nicht
einmal begonnen, folglich können Sie nicht wissen, in welcher Form und auf welcher Grundlage ich die Sache anfangen werde. Ich wünsche in erster Linie nur die mich beleidigende Annahme ausgeschaltet zu sehen, daß ich mich unter
der Vormundschaft einer Person befinde, von der mein freier
Wille irgendwie abhängen soll. Sie regen sich ganz unnötigerweise so auf.«

»Um Gottes willen, um Gottes willen, Alexéi Iwánowitsch, so geben Sie doch dieses unsinnige Vorhaben auf!«
stotterte der General, plötzlich vom zornigsten Ton in einen
fast kläglich flehenden verfallend. Und er ergriff sogar
meine Hände. »So bedenken Sie doch, was daraus alles entstehen kann! Doch nichts als neue Unannehmlichkeiten! Sie
werden doch einsehen, daß ich mich namentlich jetzt nach
außen hin so korrekt wie möglich benehmen muß! . . . na-

mentlich jetzt ... Sie ... Sie können doch nicht wissen, in welchen Verhältnissen ich mich augenblicklich befinde! ... Wenn wir diesen Ort hier verlassen haben, werde ich Sie gern wieder engagieren, nur jetzt ... nun, mit einem Wort — Sie begreifen doch, daß es besondere Gründe geben kann, die ich berücksichtigen muß!« rief er ganz verzweifelt aus. »Alexéi Iwánowitsch, ich bitte Sie, Alexéi Iwánowitsch!« ...

Ich zog mich zur Tür zurück, bat ihn nochmals aufrichtig, sich nicht zu beunruhigen, versprach, daß ich alles tun würde, damit die Sache gut und anständig ablaufe, und beeilte mich, das Zimmer zu verlassen.

Die Russen sind im Ausland in einer Beziehung oft über-trieben ängstlich: sie fürchten sich entsetzlich davor, was man von ihnen sagen oder wofür man sie halten könnte, und ob dieses oder jenes wohl anständig oder unanständig wäre. Kurz, sie bewegen sich wie in einem Korsett, und zwar tun das vornehmlich solche, die sich für angesehene, würde-volle Leute halten. Daher ist für sie das Angenehmste eine alte, feststehende Form, die sie dann sklavisch befolgen können — gleichviel ob in Hotels, auf dem Spaziergang, in Versammlungen oder sonstwo ... Doch der General hatte in der ersten Angst verraten, daß er noch besondere Um-stände zu berücksichtigen habe, weshalb er sich »so korrekt wie möglich« benehmen müsse. Deshalb war er plötzlich so ängstlich geworden und hatte seinen Ton ganz umgestimmt. Das merkte ich mir, denn das gab mir zu denken. Und schließ-lich konnte er sich ja sehr wohl aus Dummheit morgen an irgendeine Obrigkeit hier wenden, weshalb ich es für klüger hielt, wirklich vorsichtiger zu sein.

Übrigens war es mir durchaus nicht darum zu tun, den General zu ärgern; Polina aber hätte ich gern geärgert. Sie hat mich so grausam behandelt, nachdem sie mich selbst auf diesen dummen Weg gestoßen, daß ich nun versuchen will, es so weit zu treiben, daß sie mich selbst um Einhalt bitten muß. Meine Jungenstreiche können doch schließlich auch sie kompromittieren!

Außerdem hatten sich in mir, bereits während ich sprach, noch andere Gefühle und Gedanken entwickelt. Wenn ich mich zum Beispiel vor ihr freiwillig bis zum Sklaven erniedrigte, so sollte das doch längst nicht bedeuten, daß ich mich auch von anderen Leuten treten lasse, und natürlich auch nicht, daß dieser Baron mich mit seinem Stock »verprügeln« kann. Ich will über sie lachen und mich selbst durch Mut hervortun. Mögen sie doch einmal sehen, wer ich bin. Na! selbstverständlich wird die Aussicht auf einen Skandal sie erschrecken und — dann wird sie mich eben zurückrufen. Oder sollte sie es nicht tun, so wird sie doch wenigstens sehen, daß ich kein Jammerlappen bin.

(Eine seltsame Neuigkeit übrigens: soeben erfuhr ich von der Kinderfrau, der ich auf der Treppe begegnete, daß Márja Filíppowna heute mit dem Abendzug ganz allein zu ihrer Kusine nach Karlsbad gereist sei. Was mag das nun wieder zu bedeuten haben? Die Kinderfrau sagte, Márja Filíppowna habe schon seit langer Zeit die Absicht gehabt hinzureisen. Wie kommt es dann nur, daß niemand etwas von diesen Plänen wußte? Übrigens: vielleicht habe nur ich nichts gewußt? Die Kinderfrau verschnappte sich hierbei, und so erfuhr ich, daß Marja Fílippowna vorgestern eine heftige Auseinandersetzung mit dem General gehabt habe. Ich verstehe. Es wird natürlich wegen Mademoiselle Blanche gewesen sein. Ja, es scheint sich bei uns etwas Entscheidendes vorzubereiten.)

SIEBENTES KAPITEL

Am Morgen rief ich den Kellner und sagte ihm, daß meine Rechnung von nun ab auf meinen Namen zu führen sei. Mein Zimmer war nicht so teuer, daß ich ob der Zukunft sehr besorgt zu sein brauchte oder sogleich das Hotel hätte verlassen müssen. Ich besaß am Morgen noch sechzehn Friedrichsdore und in den nächsten Tagen ... kann ich ein Vermögen besitzen! Seltsam, ich habe noch nichts gewonnen, handle aber, fühle und denke bereits wie ein Krösus und könnte es mir gar nicht mehr anders vorstellen.

Ich hatte gerade beschlossen, mich trotz der frühen Stunde ins Hotel d'Angleterre zu Mister Astley zu begeben, als plötzlich der Franzose in mein Zimmer trat. Es war das erstemal, daß er zu mir kam, und das wunderte mich um so mehr, als mein Verhältnis zu diesem Herrn in der letzten Zeit ein äußerst gespanntes gewesen war. Er suchte seine Geringschätzung für mich sonst doch nie zu verbergen, ja, er bemühte sich sogar, sie möglichst deutlich hervorzukehren; ich aber ... ich hatte meine besonderen Gründe, ihm nicht gewogen zu sein. Kurz gesagt: ich haßte ihn. Jedenfalls sagte ich mir sofort, daß dieser erstaunliche Besuch etwas Besonderes zu bedeuten habe.

Er trat sehr liebenswürdig ein, schaute sich flüchtig um und sagte mir etwas Angenehmes über mein Zimmer. Als er bemerkte, daß ich meinen Hut in der Hand hielt, erkundigte er sich, ob ich denn schon so früh einen Spaziergang zu machen gedächte. Doch als er hörte, daß ich in einer gewissen Angelegenheit Mister Astley aufsuchen wollte, wurde er nachdenklich und überlegte, wie es schien, denn sein Gesicht nahm einen überaus besorgten Ausdruck an.

71

Des Grieux ist wie alle Franzosen aufgeräumt und liebenswürdig, wenn ihm das nötig und vorteilhaft erscheint, und
unerträglich langweilig, wenn die Notwendigkeit, heiter und
liebenswürdig zu sein, nicht mehr vorhanden ist. Ein Franzose ist selten natürlich liebenswürdig; er ist es immer gewissermaßen auf Befehl, auf eigenen Befehl, das heißt aus
Berechnung. Hält er es zum Beispiel für notwendig, phantastisch oder sonstwie nicht ganz alltäglich zu sein, so äußert
sich seine Phantasie in der Regel unglaublich dumm und unnatürlich und bedient sich ausschließlich bereits benutzter,
einmal angenommener und durch ihre Abgedroschenheit
längst schon schal gewordener Formen. Ein natürlicher
Franzose besteht aus spießbürgerlichstem, kleinlichstem, all-
täglichstem und absolutestem Materialismus — ist, mit einem
Wort, das langweiligste Geschöpf der Welt. Meiner Meinung
nach können überhaupt nur naive Neulinge und namentlich
unsere russischen jungen Damen an Franzosen Gefallen finden. Jeder erwachsene anständige Mensch dagegen durchschaut doch sofort diese Schablonenhaftigkeit der Franzosen
innerhalb der einmal angenommenen Formen ihrer Salon-
liebenswürdigkeit, ihrer Unterhaltung und maßvollen Heiterkeit und findet sie unerträglich.

»Ich komme zu Ihnen in der bewußten Angelegenheit«,
begann er möglichst ungezwungen, obschon übrigens noch
höflich, »und zwar, was ich durchaus nicht verbergen will,
als Abgesandter des Generals, oder richtiger als Vermittler.
Ich habe gestern fast nichts von Ihrem Gespräch mit dem
General verstanden, da ich die russische Sprache nur sehr
schlecht beherrsche, aber der General hat mir heute alles ausführlich erklärt, und ich gestehe . . .«

»Erlauben Sie, Monsieur des Grieux«, unterbrach ich ihn,
»Sie sagen, daß Sie den Vermittler spielen wollen. Nun gut.
Ich bin natürlich ‚un outchitel‘ und habe in dieser Stellung
nie auf die Ehre Anspruch erhoben, ein nahestehender
Freund dieser Familie zu sein oder sonstwie in einem nähe-
ren Verhältnis zu ihr zu stehen, und deshalb sind mir auch

selbstverständlich nicht ihre augenblicklichen Verhäftnisse so genau bekannt. Gestatten Sie deshalb die Frage: zählen *Sie* sich jetzt bereits ganz zur Familie — oder? Ich frage nur, weil Sie an allem so lebhaften Anteil nehmen und sofort den Vermittler zu spielen suchen . . .«

Meine Frage schien ihm sehr zu mißfallen. Sie war für ihn gar zu durchsichtig. Er aber wollte sich doch bestimmt nicht in die Karten blicken lassen.

»Mich verbinden mit dem General zum Teil geschäftliche Interessen, zum Teil noch gewisse andere Umstände«, sagte er trocken. »Der General hat mich zu Ihnen geschickt, um Sie zu bitten, Ihr gestriges Vorhaben aufzugeben. Alles, was Sie da gestern vorbrachten, war natürlich sehr scharf- sinnig; aber er hat mich gerade gebeten, Sie auf die unbe- dingte Erfolglosigkeit Ihres geplanten Schrittes aufmerksam zu machen. Ja, der Baron wird Sie gewiß nicht einmal emp- fangen, und überdies stehen ihm doch alle Mittel zur Ver- fügung, um Sie unschädlich zu machen; ich meine, um nicht weiteren Unannehmlichkeiten durch Sie ausgesetzt zu sein. Das müssen Sie doch zugeben. Wozu also versuchen, mit dem Kopf durch die Wand zu rennen? Und der General ver- spricht Ihnen doch noch, Sie wieder in sein Haus aufzuneh- men, sobald es für ihn nur möglich sein wird; bis dahin aber werden Sie vos appointements ungeschmälert weiterbezie- hen. Ich dächte, das ist doch ganz vorteilhaft, n'est-ce pas?«

Ich erwiderte darauf sehr ruhig, daß er sich in einem klei- nen Irrtum befinde; daß der Baron mich vielleicht doch nicht so ohne weiteres abweisen lassen, sondern womöglich sogar bis zu Ende anhören werde, worauf ich ihn bat, doch ruhig einzugestehen, daß er nur deshalb bei mir erschienen sei, um zu erforschen, wie ich in der Sache vorzugehen gedächte.

»Mein Gott, da diese Geschichte den General doch mehr oder weniger angeht, so wäre es ihm selbstverständlich an- genehm, wenn er erführe, auf was er sich gefaßt zu machen hat. Das ist doch ganz natürlich!«

Ich begann also zu erklären, und er hörte mir zu — den Kopf ein wenig auf die Seite geneigt und mit einer bewußt unverhohlenen Andeutung von Ironie im Gesichtsausdruck. Überhaupt spielte er den Herablassenden, während ich mich nach Kräften bemühte, ihn glauben zu machen, daß ich die Sache todernst auffaßte. Ich erklärte ihm, daß der Baron, indem er sich mit einer Klage über mich an den General gewandt, als wäre ich ein Dienstbote desselben, mich damit erstens um meine Stellung gebracht und zweitens mich so behandelt habe, als wäre ich nicht imstande, für mich selbst einzustehen, oder als lohnte es sich gar nicht, sich mit mir persönlich auseinanderzusetzen. Natürlich fühlte ich mich dadurch beleidigt. Nichtsdestoweniger wolle ich die möglichen Einwendungen, wie zum Beispiel den Altersunterschied, die Verschiedenheit unserer sozialen Stellung usw. usw. (ich konnte mir kaum noch das Lachen verbeißen, als ich das sagte), gern gelten lassen, und deshalb würde ich von einem Duell absehen, das heißt davon, offiziell volle Genugtuung von ihm zu verlangen. Doch, wie dem auch sei, jedenfalls aber hätte ich das volle Recht, sowohl bei ihm als namentlich bei der Baronin meine Entschuldigungsgründe geltend zu machen, da ich mich in letzter Zeit tatsächlich krank, nervös, reizbar und, wie gesagt, zu allem Exzentrischen aufgelegt fühlte usw. usw. Leider aber könne das jetzt nicht mehr von mir aus geschehen, da man infolge des Vorgehens des Barons und seiner Bitte an den General, mich zu verabschieden, ganz sicherlich annehmen würde, ich käme nur deshalb mit meinen Entschuldigungen, um wieder vom General gnädigst aufgenommen zu werden. Aus all dem folge, daß ich jetzt gezwungen sei, den Baron zu ersuchen, sich zuerst bei mir zu entschuldigen — zum Beispiel mir zu sagen, daß er mich durchaus nicht habe beleidigen wollen. Damit würde er mir dann erst die Möglichkeit schaffen, mich frei, aufrichtig und offen bei ihm zu entschuldigen. Mit einem Wort, so schloß ich meine Auseinandersetzung, ich würde den Baron nur bitten, mir die Hände freizumachen.

»Fi donc, was für eine Pedanterie und was für Finessen! Wozu brauchen Sie sich zu entschuldigen? Geben Sie doch zu, Monsieur ... Monsieur ... daß Sie alles das absichtlich aufbauschen wollen, um den General zu ärgern ... Vielleicht aber haben Sie dabei noch andere Dinge im Auge ... mon cher Monsieur ... pardon, j'ai oublié votre nom, Monsieur Alexis? ... n'est-ce pas?«

»Aber erlauben Sie, mon cher Marquis, was geht denn das Sie an?«

»Mais le général ...«

»Aber was hat denn das mit dem General zu tun? Er sprach zwar gestern so etwas von — sich besonders korrekt benehmen müssen, und namentlich jetzt ... und er schien sich auch nicht wenig aufzuregen ... nur begreife ich nicht, was ihn dazu veranlaßt haben könnte.«

»Ja, sehen Sie, es gibt da nämlich gewisse Umstände ...« fuhr der Franzose in einem eigenartigen Tonfall fort — es war, als wolle er mich um etwas bitten, und gleichzeitig war es, als ärgere er sich immer mehr. »Sie kennen Mademoiselle de Cominges?«

»Sie meinen Mademoiselle Blanche?«

»Nun ja, Mademoiselle Blanche de Cominges ... et Madame sa mère ... und Sie werden doch zugeben, daß der General ... mit einem Wort, daß der General verliebt ist und sogar ... es ist möglich, daß es vielleicht sogar zu einer Heirat kommen wird. Und nun, wie denken Sie sich das, wenn sich plötzlich ein Skandal an den anderen reiht ...«

»Ich vermag keine Anzeichen eines zu erwartenden Skandals zu entdecken, und noch gar eines solchen, der mit seiner Heirat etwas zu tun haben könnte.«

»Oh, le Baron est si irascible, un caractère prussien, vous savez, enfin ... il fera une querelle d'Allemand!«

»Aber das geht doch nur mich etwas an, nicht Sie und auch nicht den General, da ich doch nicht mehr zu seinem Hause gehöre ...« (Ich stellte mich mit Absicht schwer von Begriff.) »Aber erlauben Sie — dann ist es also schon entschieden, daß

Mademoiselle Blanche den General heiraten wird? Worauf wartet man dann noch? Ich meine, weshalb wird es denn noch so geheim gehalten, sogar vor uns, die wir doch sozusagen zum Hause gehören?«

»Ich kann Ihnen das nicht ... übrigens ist es doch noch nicht so ganz ... einstweilen ... Sie wissen doch, daß aus Rußland jeden Augenblick Nachrichten eintreffen können, und der General muß noch seine Verhältnisse ordnen ...«

»Aha! La baboulinka!«

Ein haßerfüllter Blick des Franzosen streifte mich flüchtig.

»Eh bien«, fuhr er fort, »ich verlasse mich ganz auf Ihre angeborene Liebenswürdigkeit, auf Ihren Verstand und Takt ... Sie werden es natürlich für diese Familie tun, in der Sie wie ein Angehöriger aufgenommen worden sind, die Sie geliebt hat und geachtet...«

»Aber ich bitte Sie: ich bin hinausgeworfen worden! Sie behaupten jetzt, es handle sich nur um den Schein, aber wie würden Sie sich dazu verhalten, wenn man zu Ihnen sagte: ,Ich will dich selbstverständlich nicht an den Ohren ziehen, aber erlaube mir, daß ich dich an den Ohren ziehe, damit die anderen es sehen ...' Das läuft doch auf eins hinaus!«

»Wenn es so ist, wenn keine Bitte Sie umzustimmen vermag«, begann er streng und hochmütig, »so gestatten Sie mir, Sie darauf aufmerksam zu machen, daß wir Maßregeln ergreifen werden. Es gibt auch hier eine Obrigkeit, man wird Sie noch heute ausweisen — que diable! Un blan-bec comme vous will eine Persönlichkeit wie den Baron zum Duell herausfordern! Und Sie glauben, daß man Ihnen das so ruhig erlauben wird? Ich versichere Sie, daß sich hier niemand vor Ihnen fürchtet! Wenn ich Sie gebeten habe, so habe ich es mehr von mir aus getan, weil ich den General beunruhigt sah. Und glauben Sie denn wirklich, der Baron werde Sie nicht einfach durch seinen Diener hinauswerfen lassen?«

»Ich werde ja nicht selbst zu ihm gehen«, versetzte ich

mit äußerster Ruhe. »Sie irren sich, Monsieur des Grieux, es wird alles weit anständiger vor sich gehen, als Sie annehmen. Ich war vor Ihrem Erscheinen gerade im Begriff, mich zu Mister Astley zu begeben, um ihn zu bitten, mein Vermittler und, falls nötig, mein Sekundant zu sein. Ich weiß, daß er mich gern hat und meine Bitte erfüllen wird. Er wird zum Baron gehen und zweifellos empfangen werden. Wenn ich als Hauslehrer dem deutschen Freiherrn zu subaltern erscheinen sollte, so ist Mister Astley der Neffe eines Lords — eines wirklichen Lords, nicht zu vergessen, wie hier jeder weiß ... Dieser Lord Peabroke hält sich sogar gegenwärtig hier auf. Sie können mir also aufs Wort glauben, wenn ich Ihnen versichere, daß Monsieur le Baron sich dem Engländer von einer höflicheren Seite zeigen und ihn anhören wird. Sollte er das jedoch nicht tun wollen, so wird Mister Astley diese Weigerung als persönliche Beleidigung auffassen — Sie wissen doch, wie hartnäckig Engländer sind —, und von sich aus einen Sekundanten zum Freiherrn senden, und wie Sie wissen, sind seine Freunde nicht zu verachtende Leute ... Wie Sie sehen, kann es unter Umständen auch anders ausgehen, als Sie voraussetzen.«

Dem Franzosen wurde bange. Es klang freilich so ziemlich glaubhaft, was ich sagte, und jedenfalls sah er ein, daß ich »unter Umständen« tatsächlich die Möglichkeit hatte, einen »Skandal« heraufzubeschwören.

»Aber ich bitte Sie doch aufrichtig, von diesem tollen Vorhaben abzulassen!« suchte er mich förmlich zu beschwören. »Es ist wirklich, als bereite es Ihnen ein Vergnügen, diese Unannehmlichkeiten zu verursachen! Sie wollen nicht Genugtuung, sondern Aufsehen! Wie ich Ihnen sagte, will ich Ihnen gern glauben, daß alles sehr interessant und geistreich sein wird — worauf Sie es vielleicht einzig abgesehen haben — doch ... mit einem Wort«, beeilte er sich zu schließen, da ich nach meinem Hut griff, »ich ... ich habe Ihnen noch diesen Brief hier von einer Dame zu übergeben. Lesen Sie ihn, ich bin beauftragt, auf Ihre Antwort zu warten.«

Damit reichte er mir ein kleines, schmales Briefchen, das mit einer Oblate geschlossen war.

Es war Polinas Handschrift.

Sie schrieb:

»Sie beabsichtigen, wie es scheint, diese Geschichte nicht ruhen zu lassen. Sie haben sich geärgert und wollen sich durch neue Streiche rächen. Es gibt aber hier besondere Umstände, die ich Ihnen später vielleicht erklären werde; vorläufig bitte ich Sie, aufzuhören und sich zu beruhigen. Was sind das doch für Dummheiten! Ich brauche Sie, und Sie haben mir versprochen, mir zu gehorchen. Denken Sie an den Schlangenberg. Ich bitte Sie, gehorchen Sie mir, oder falls nötig, befehle ich es Ihnen.   Ihre P.

P. S. Wenn Sie mir wegen gestern böse sind, so verzeihen Sie, bitte.«

Es war mir, nachdem ich diese Zeilen gelesen hatte, als drehe sich alles vor meinen Augen. Sogar meine Lippen wurden blaß, und ich begann zu zittern. Der verwünschte Franzose trug eine Miene zur Schau, die diskrete Bescheidenheit vortäuschen sollte, und sah absichtlich zur Seite, als wolle er meine Verwirrung nicht bemerken. Hätte er doch laut über mich gelacht! — wahrlich, das wäre mir angenehmer gewesen.

»Gut«, sagte ich, »teilen Sie Mademoiselle Polina mit, daß sie sich beruhigen könne. Erlauben Sie jedoch die Frage«, fuhr ich fort, und zwar in sehr scharfem Ton, »weshalb Sie mir diesen Brief erst jetzt übergeben haben? Anstatt diesen ganzen Unsinn zu schwatzen, hätten Sie sich sogleich Ihres Auftrages entledigen sollen ... wenn dieses der ganze Auftrag war, mit dem man Sie zu mir geschickt hat.«

»Oh, ich wollte nur ... es ist überhaupt alles so sonderbar, daß Sie meine begreifliche Ungeduld entschuldigen werden. Ich wollte von Ihnen persönlich Ihre Absichten erfahren. Überdies ist mir der Inhalt des Briefes ganz unbekannt, und ich dachte, daß ich immer noch frühzeitig genug zum Übergeben käme.«

»Ich verstehe, man hat Ihnen befohlen, mir den Brief nur

im äußersten Fall einzuhändigen, falls Sie aber selbst durch Ihre Überredungskunst zum Ziele gelangen sollten, dann eben — überhaupt nicht. So verhält es sich doch? Sagen Sie es offen, Monsieur des Grieux!«

»Peut-être«, sagte er. Seine Miene drückte eine ganz besondere Zurückhaltung aus und er sah mich dabei mit einem seltsamen Blick an.

Ich nahm meinen Hut vom Tisch. Er nickte nur mit dem Kopf und verließ mein Zimmer. Wie mir schien, zuckte ein spöttisches Lächeln um seine Lippen. Wie verständlich!

»Warte nur, wir werden noch miteinander abrechnen, elender Franzmann!« murmelte ich vor mich hin, als ich die Treppe hinabstieg. Ich versuchte zu kombinieren; konnte es aber nicht; mein Kopf war wie von einem Keulenschlag betäubt. Die frische Luft tat mir gut.

Da tauchten plötzlich zwei Gedanken in mir auf, beide von erstaunlicher Klarheit und Schärfe. Der erste war: wie diese doch sicherlich nicht glaubhaften Drohungen eines machtlosen »blanc-bec«, die er in der Erregung nur so hingeworfen hatte, eine so allgemeine Aufregung hervorrufen konnten! Und der zweite Gedanke: wie groß muß, nach diesem Brief zu urteilen, doch der Einfluß dieses Franzosen auf Polina sein! Es hat nur eines Wortes von ihm bedurft, und sie tut alles, was er will, ja, sie schreibt selbst einen Brief an mich, und *bittet mich sogar um Verzeihung!* Ihr Verhältnis zueinander ist mir zwar von Anfang an ein Rätsel gewesen, seit dem Augenblick, wo ich sie kennenlernte. In diesen letzten Tagen aber habe ich nur zu deutlich gesehen, daß sie ganz entschieden Widerwillen und Verachtung für ihn empfindet, er aber übersieht sie meistens und benimmt sich gegen sie sogar unhöflich. Das habe ich ganz genau beobachtet. Polina macht ja aus ihrer Abneigung kein Geheimnis und so sind ihr auch schon einige recht bemerkenswerte Geständnisse entschlüpft... Daraus folgt, daß er irgend etwas in der Hand haben muß, wodurch er sie einfach zwingen kann...

79

ACHTES KAPITEL

Auf der Promenade, wie man das hier nennt, das heißt in der Kastanienallee, begegnete ich meinem Engländer.

»Oh, oh! Ich wollte soeben zu Ihnen, und Sie wohl zu mir?« waren seine ersten Worte. »So haben Sie sich von den Ihrigen schon getrennt?«

»Sagen Sie mir erst, woher Sie das alles wissen?« fragte ich verwundert. »Ist es denn schon allen bekannt?«

»O nein, längst nicht allen; das wäre auch ganz überflüssig. Niemand spricht davon.«

»Aber woher wissen Sie es denn?«

»Ich weiß es, das heißt, ich erfuhr es zufällig. Wohin werden Sie jetzt von hier reisen? Ich habe Sie gern, deshalb kam ich zu Ihnen.«

»Sie sind ein prächtiger Mensch, Mister Astley«, sagte ich erfreut (übrigens frappierte es mich nicht wenig, daß er schon etwas davon wußte: woher, durch wen konnte er es erfahren haben? fragte ich mich beunruhigt.) »Aber wissen Sie, ich habe noch keinen Kaffee getrunken, und Sie werden wahrscheinlich auch nur halb gefrühstückt haben — — gehen wir also zum Kurhaus! Dort können wir uns im Café gemütlich hinsetzen, eine Zigarette rauchen und dann erzähle ich Ihnen alles und . . . Sie werden mir gleichfalls erzählen . . .«

Das Café war keine hundert Schritte entfernt. Wir setzten uns, bestellten Kaffee, ich zündete mir eine Zigarette an — Mister Astley rauchte nicht. Er saß, sah mich an und war bereit, mich anzuhören.

»Ich reise nirgends hin, ich bleibe hier«, begann ich.

»Das wußte ich im voraus, ich war sogar überzeugt, daß Sie hierbleiben würden«, bemerkte Mister Astley beifällig.

Als ich das Hotel verlassen hatte, um mich zu ihm zu begeben, war es durchaus nicht meine Absicht gewesen, ihm etwas von meiner Liebe zu Polina zu sagen; ja, ich wollte sogar absichtlich mit keinem Wort ihrer Erwähnung tun. Hatte ich ihm doch in all den Tagen noch mit keiner Silbe von meiner Liebe etwas gesagt. Er war aber auch ein so schüchterner und verschämter Mensch, daß man unwillkürlich seine Gefühle schonen mußte. Schon beim ersten Zusammensein mit ihm in Polinas Gegenwart hatte ich bemerkt, daß sie einen tiefen Eindruck auf ihn gemacht haben mußte, aber noch hatte ich ihn nie von ihr sprechen hören. Aber seltsam — plötzlich, wie er da so vor mir saß und mich, ohne sich zu rühren, mit einem so bleischweren Blick ansah, da — ich weiß nicht, wie es kam — empfand ich plötzlich das Verlangen, ihm alles zu erzählen, das heißt ihm die ganze Geschichte meiner Liebe mit allen ihren Nuancen völlig zu enthüllen. Und ich sprach wohl über eine halbe Stunde nur von meiner Liebe, und es tat mir unsagbar wohl, von meiner Liebe sprechen zu können. Es geschah doch zum ersten Mal, daß ich zu jemandem davon sprach! Als ich aber bemerkte, daß ihm einzelne Offenheiten, zu denen ich mich von meiner Leidenschaft hinreißen ließ, peinlich waren, sprach ich aus Trotz noch rückhaltloser. Nur eines bereue ich: ich habe vielleicht etwas Überflüssiges über den Franzosen gesagt.

Mister Astley saß, während er mir zuhörte, unbeweglich auf seinem Platz, sagte kein Wort, keinen Ton, und sah mir nur unverwandt in die Augen. Als ich aber auf den Franzosen zu sprechen kam, unterbrach er mich plötzlich mit der Frage, ob ich das Recht zu haben glaubte, von dieser Nebensache zu reden? Und der strenge Ton der Frage verriet, daß ihm meine Bemerkung mißfallen hatte. Mister Astley hat überhaupt eine sehr sonderbare Art, seine Fragen zu stellen.

»Sie haben recht: ich fürchte, daß ich dieses Recht nicht habe«, gab ich zu.

»Sie können doch von diesem Marquis und Miß Polina

nichts Bestimmtes sagen, außer bloßen Vermutungen?«

Ich wunderte mich wieder über diese kategorische Frage von einem so diskreten und schüchternen Menschen wie Mister Astley.

»Nein, nichts Bestimmtes«, sagte ich, »selbstverständlich nichts Bestimmtes.«

»Dann war es häßlich von Ihnen, nicht allein, daß Sie mir etwas davon sagten, sondern daß Sie überhaupt etwas derartiges gedacht haben.«

»Gut, gut! Sie haben recht, ich gebe es zu; aber jetzt handelt es sich nicht darum«, unterbrach ich ihn, innerlich doch etwas verwundert. Dann erzählte ich ihm alles, was sich gestern zugetragen, angefangen von Polinas Herausforderung, ferner meine Begegnung mit dem Freiherrn, meine Entlassung und wie sehr sich der General aufgeregt hatte, und schilderte darauf ausführlich den heutigen Besuch des Franzosen. Zum Schluß zeigte ich ihm noch Polinas Brief.

»So, und nun sagen Sie mir, bitte, wie Sie die Sache auffassen«, schloß ich. »Gerade deshalb wollte ich Sie aufsuchen, um Ihre Ansicht zu hören, und vor allem, was Sie daraus für Schlüsse ziehen. Was jedoch mich betrifft, so könnte ich dieses französische Subjekt ohne weiteres totschlagen, und vielleicht werde ich es noch tun.«

»Das könnte ich gleichfalls«, sagte Mister Astley. »Was sich aber hier von Miß Polina sagen läßt, ist nur ... Sie wissen doch, daß wir Menschen uns unter Umständen, wenn die Notwendigkeit es verlangt, sogar mit uns verhaßten Leuten abgeben. Es kann sich hier um Ihnen ganz unbekannte Beziehungen handeln, die vielleicht nur von den Verhältnissen anderer abhängen. Ich glaube, daß Sie sich beruhigen können, zum Teil wenigstens. Was aber Miß Polinas gestrige Handlungsweise betrifft, so ist sie natürlich seltsam — nicht, weil sie Sie, um Sie loszuwerden, den Stockschlägen des Barons aussetzte — ich begreife nicht, warum er von seinem Stock nicht Gebrauch gemacht hat, da ihn doch im Augenblick niemand daran hätte hindern können —, sondern weil ein solcher Ausfall nicht . . . nicht zu einer so vortrefflichen Miß paßt, kurz, weil er nicht ladylike ist. Allerdings konnte sie nicht ahnen, daß Sie ihr scherzhaftes Verlangen buchstäblich ausführen würden . . .«

»Wissen Sie was!« rief ich plötzlich aus, ihn scharf beobachtend. »Es scheint mir, daß Sie alles bereits gehört haben, und wissen Sie von wem? — von Miß Polina selbst!«

Mister Astley sah mich erstaunt an.

»Ihre Augen blitzen, und ich lese aus ihnen einen Verdacht«, sagte er, seine frühere Ruhe sogleich wiedergewinnend, »Sie haben aber nicht das geringste Recht, Ihren Verdacht zu äußern. Wenigstens kann ich Ihnen ein solches Recht nicht zugestehen und deshalb lehne ich es entschieden ab, auf Ihre Frage zu antworten.«

»Schon gut! Ist auch nicht nötig!« rief ich seltsam aufgeregt, und ich begriff selbst nicht, wie ich auf diesen Einfall gekommen war! Und wann, wo, wie hätte auch Polina Mister Astley zu ihrem Vertrauten machen können? Übrigens — daran habe ich noch gar nicht gedacht: ich habe ja in letzter Zeit Mister Astley durchaus nicht immer im Auge behalten, Polina aber ist mir doch von Anfang an ein Rätsel gewesen — sogar ein so unlösbares, daß ich mir zum Beispiel während der Erzählung meiner Liebesgeschichte ganz plötzlich dessen bewußt wurde, daß ich fast nichts Feststehendes und Bestimmtes von meinem Verhältnis zu ihr, und umgekehrt, sagen konnte. Im Gegenteil, alles erschien mir jetzt phantastisch, seltsam, unbegründet und sogar direkt abscheulich.

»Nun gut, gut; Sie haben mich etwas aus dem Konzept gebracht und jetzt kann ich mir über vieles noch nicht klar werden«, sagte ich mit einer Empfindung, als hetzte man mich. »Ich sehe aber, Sie sind ein guter Mensch. Jetzt von etwas anderem . . . Ich möchte Sie nicht um einen Rat, sondern nur um Ihre Meinungsäußerung bitten.«

Ich schwieg ein wenig, und dann begann ich von neuem.

»Was meinen Sie, weshalb wurde der General gestern so ängstlich, als er meine Drohung hörte? Weshalb wird aus meinem dümmsten Jungenstreich eine solche Staatsaktion gemacht? — eine solche, daß sogar Monsieur des Grieux es für nötig befunden hat, sich in die Angelegenheit einzumischen (was er doch nur in äußersten Fällen zu tun pflegt), ja, daß er mich sogar in meinem Zimmer aufsucht — er! — und mich sogar bittet und beschwört — er, des Grieux, *mich!* Und noch eines ist bemerkenswert: er kam um neun zu mir, oder etwas vor neun, und schon hatte er einen Brief von Miß Polina in der Tasche. Wann, fragt es sich, hat sie diesen denn geschrieben? Vielleicht hat man sie deshalb sogar aus dem Schlaf geweckt! Und ganz abgesehen davon, wie deutlich dieser Brief mir beweist, daß Miß Polina einfach seine Sklavin ist (da sie doch auf seinen Wunsch sogar mich um Verzeihung bittet!), ganz abgesehen davon, sage ich, muß ich mich doch fragen, was denn diese ganze Geschichte sie persönlich angeht? Weshalb interessiert sie sich überhaupt dafür? Was fürchten sie sich denn alle plötzlich so vor einem Baron? Und was ist denn schließlich dabei, daß der General Mademoiselle Blanche de Cominges heiraten will? Er sagt, daß er sich gerade jetzt ganz besonders korrekt benehmen müsse — aber, weiß Gott, das heißt denn doch schon, die Korrektheit übertreiben wollen! Was meinen Sie, sagen Sie es mir, bitte! An Ihren Augen sehe ich, daß Sie auch hierüber mehr wissen als ich!« Mister Astley lächelte und nickte mit dem Kopf.

»Allerdings ... es scheint mir auch so, daß ich in dieser Sache mehr weiß als Sie«, sagte er. »Es handelt sich hier wohl nur um Mademoiselle Blanche — sie ist der ganze Haken, wie man zu sagen pflegt. Und ich bin überzeugt, daß ich mich nicht irre.«

»Nun, und was ist's mit ihr?« fragte ich gespannt — und plötzlich erwachte in mir die Hoffnung, gleichzeitig etwas Neues über Polina zu erfahren.

»Ich glaube, daß es Mademoiselle Blanche im Augenblick

sehr darum zu tun ist, einer Begegnung mit dem Baron und der Baronin aus dem Wege zu gehen, und um so mehr, versteht sich, einer unangenehmen Begegnung oder gar — einem offenen Skandal.«

»Nun, und?!« drängte ich ungeduldig.

»Mademoiselle Blanche ist nicht zum erstenmal hier. Sie hat sich bereits früher einmal in Roulettenburg aufgehalten. Und das war vor zwei Jahren, zur Saison. Ich hielt mich zu der Zeit gleichfalls hier auf. Nur hieß sie damals nicht Mademoiselle de Cominges, und ebensowenig wußte man hier etwas von einer Madame veuve de Cominges. Wenigstens ist hier nie von einer solchen oder überhaupt von einer Mutter der betreffenden Dame die Rede gewesen. Des Grieux ... des Grieux ... ja, den gab es damals auch noch nicht. Und ich sehe mich sogar sehr versucht anzunehmen, daß Mademoiselle Blanche mit ihm keineswegs verwandt, und vielleicht nicht einmal seit allzu langer Zeit bekannt ist. Zum Marquis ist der Monsieur des Grieux wohl gleichfalls erst vor kurzer Zeit avanciert. Davon bin ich sogar überzeugt, und zwar auf Grund gewisser Tatsachen. Ja, und ebenso wahrscheinlich ist, daß er sich auch diesen Familiennamen erst neuerdings beigelegt hat. Ich habe hier mit einem Menschen gesprochen, dem er unter einem anderen Namen vorgestellt worden ist.«

»Aber er hat doch einen sehr anständigen Bekanntenkreis!«

»Oh, das ist leicht möglich. Selbst Mademoiselle Blanche kann sich durch einen solchen auszeichnen. Nur ist es nichtsdestoweniger Tatsache, daß Mademoiselle Blanche vor zwei Jahren auf eine Beschwerde hin, eine Beschwerde dieser selben deutschen Baronin, von der hiesigen Polizei aufgefordert wurde, die Stadt zu verlassen, und daß sie der Aufforderung nachkam.«

»Wie kam denn das?«

»Sie war damals mit einem Italiener hier aufgetaucht — einem Fürsten mit historischem Namen, Barberini oder so ähnlich. Der Mensch trug unzählige Ringe und seine Brillanten waren sogar wirklich echt. Sie hatten eine prachtvolle Equipage. Mademoiselle Blanche spielte Trente et quarante mit sehr gutem Erfolg, aber dann ließ das Glück sie im Stich und sie verlor immer mehr. An einem Abend, entsinne ich mich, verlor sie eine Riesensumme. Doch was noch weit schlimmer war: un beau matin war ihr Fürst spurlos verschwunden, auch die Pferde und die Equipage — alles war fort. Die Schulden im Hotel hatten eine erschreckende Höhe erreicht. Mademoiselle Selmá (denn anstatt Barberini hieß sie nun plötzlich Mademoiselle Selmá) blieb in der größten Verzweiflung zurück: sie schrie und weinte, daß man es im ganzen Hotel hören konnte, und zerriß ihr Kleid. Zum Glück war in demselben Hotel ein polnischer Graf abgestiegen (alle reisenden Polen sind Grafen) und die kratzende, verzweifelte, ihre schönen parfümierten Hände ringende Mademoiselle Selmá machte einen gewissen Eindruck auf ihn. Sie hatten eine Unterredung und gegen Mittag beruhigte sie sich. Am Abend erschien er mit ihr im Kursaal, sie lachte wie gewöhnlich sehr laut, in ihrem Benehmen aber machte sich eine nur noch größere Ungebundenheit bemerkbar. Sie trat sogleich in die Reihe jener Damen, die, wenn sie hier an den Spieltisch treten wollen, mit der Schulter ganz ungeniert einen Spieler fortstoßen, um sich Platz zu schaffen. Das gilt ja hier für besonders schick — bei diesen Damen. Sie haben sie natürlich schon bemerkt?«

»O ja!«

»Eigentlich nicht der Mühe wert. Zum Ärger des anständigen Publikums sind sie hier ununterbrochen vertreten, wenigstens jene, die täglich am Spieltisch Tausendfranken-Banknoten wechseln. Übrigens werden sie, sobald sie aufhören, Banknoten zu wechseln, sogleich gebeten, sich zu entfernen. Mademoiselle Selmá fuhr aber weiter fort, Banknoten zu wechseln, nur hatte sie jetzt noch weniger Glück als zuvor. Im allgemeinen spielen solche Damen mit gutem Erfolg; sie haben eine bewundernswerte Selbstbeherrschung. Übrigens ist meine Geschichte schon zu Ende. Eines Tages verschwand auch der Graf, ebenso wie der italienische Fürst verschwunden war. Mademoiselle Selmá erschien am Abend allein im Spielsaal; diesmal hatte sich ihr niemand als Ersatz angeboten. In zwei Tagen verspielte sie ihr letztes Geld. Nachdem sie den letzten Louisdor gesetzt und verloren hatte, sah sie sich suchend um und erblickte neben sich den Freiherrn von Wurmerhelm, der sie eine Zeitlang sehr aufmerksam und mit sichtlich größtem Unwillen betrachtet hatte. Doch leider gewahrte sie den Unwillen nicht und wandte sich mit ihrem bekannten Lächeln an den Freiherrn, um ihn zu bitten, zehn Louisdor für sie auf Rot zu setzen. Und die Folge davon war, daß sie noch am Abend desselben Tages auf Grund der Anzeige der Frau Baronin die Aufforderung erhielt, sich nicht mehr im Spielsaal sehen zu lassen. — Wundern Sie sich nicht darüber, daß mir alle diese kleinen und unanständigen Details bekannt sind. Mir hat sie ein entfernter Verwandter erzählt, der noch an demselben Abend mit Mademoiselle Selma nach Spa reiste. Verstehen Sie jetzt: Mademoiselle Selma möchte gern Generalin werden, wahrscheinlich, um in Zukunft nicht mehr Gefahr zu laufen, solche Aufforderungen von der Polizei des Kursaales zu erhalten, wie vor zwei Jahren. Sie spielt nicht mehr, doch unterläßt sie das nur deshalb, weil sie jetzt offenbar Kapital besitzt, von dem sie den hiesigen Spielern verschiedene Summen leiht, auf Prozente, versteht sich. Das ist bedeutend vorteilhafter. Ja, ich vermute sogar, daß auch der General ihr Geld schuldet und vielleicht sogar des Grieux. Vielleicht aber ist des Grieux ihr Kompagnon. Nun, jetzt werden Sie doch einsehen, daß sie wenigstens bis zur Hochzeit nicht unnützerweise die Aufmerksamkeit des Barons und der Baronin auf sich zu lenken wünscht. Kurz, in ihrer gegenwärtigen Lage käme ihr ein Skandal höchst ungelegen. Sie aber sind mit der Familie des Generals mehr oder weniger verknüpft, weshalb man auf dieselbe sicherlich zu sprechen käme, wenn Ihre Streiche Aufsehen erregen oder gar einen Skandal verursachen sollten. Nun, und Mademoiselle Blanche erscheint täglich am Arm des Generals in der Öffentlichkeit und in Miß Polinas Gesellschaft. Begreifen Sie jetzt?«

»Nein, ich begreife trotzdem nichts!« rief ich erregt aus und schlug mit der Faust so heftig auf den Tisch, daß der Garçon ganz erschrocken herbeistürzte. »Sagen Sie mir, Mister Astley«, fuhr ich in heller Wut fort, »wenn Sie diese ganze Geschichte schon früher gewußt haben und so genau wissen, was für ein Geschöpf diese Mademoiselle Blanche de Cominges ist, warum haben Sie dann nicht wenigstens mich darüber aufgeklärt oder den General selbst, und schließlich — nein, in erster Linie, ja, in erster Linie Miß Polina, die jetzt ahnungslos im Kursaal, auf der Promenade, im Park, überall mit dieser Blanche promeniert? Das ist doch unverantwortlich von Ihnen!«

»Ich habe Ihnen nichts mitgeteilt, weil Sie an der Sache doch nichts hätten ändern können«, antwortete Mister Astley ruhig. »Und übrigens, was hätte ich denn mitteilen sollen? Der General ist doch über die Vergangenheit der Person vielleicht noch besser unterrichtet als ich, und trotzdem spaziert er mit ihr und seiner Stieftochter. Der General ist ein bedauernswerter Mensch. Ich sah gestern, wie sie ausritten: Mademoiselle Blanche auf einem prachtvollen Pferde, ihr zur Seite Monsieur des Grieux und jener kleine russische Fürst, und hinter ihnen trabte auf einem Schweißfuchs der General. Am Morgen hatte er noch gesagt, daß seine Füße schmerzten, doch im Sattel hielt er sich tadellos. Als ich ihn aber so sah, kam es mir plötzlich in den Sinn, daß er doch schon ein verlorener Mann ist. Aber das geht mich ja im Grunde alles nichts an, ich habe nur vor kurzem die Ehre gehabt, Miß Polina kennenzulernen ... Übrigens«, unterbrach er sich plötzlich, »ich wiederhole nur, was ich Ihnen bereits gesagt habe, daß ich Ihnen kein Recht zu gewissen Fragen zugestehen kann, obschon ich Sie gern habe ...«

»Genug«, unterbrach ich ihn, indem ich mich erhob, »jetzt ist mir vollkommen klar, daß auch Miß Polina über Mademoiselle Blanche unterrichtet ist, daß sie sich aber von ihrem Franzosen nicht trennen kann und deshalb trotz allem mit Mademoiselle Blanche promeniert. Glauben Sie mir, sonst gäbe es auf der ganzen Welt keine Macht, die sie zwingen könnte, sich mit Mademoiselle Blanche öffentlich zu zeigen und mich brieflich zu bitten, den Baron in Ruhe zu lassen. Hier kann nur dieser eine Einfluß in Frage kommen, dieses eine, vor dem alles andere zurücktritt! Und doch hat sie mich selbst auf den Baron gehetzt! Zum Teufel, da soll einer draus klug werden!«

»Sie vergessen, erstens, daß diese Mademoiselle de Cominges die Braut des Generals ist, und zweitens, daß Miß Polina, die Stieftochter des Generals, einen kleinen Bruder und eine kleine Schwester hat, die die leiblichen Kinder ihres Stiefvaters sind, und die dieser Wahnsinnige schon so gut wie ganz vergessen und deren Besitz er, wie mir scheint, auch schon angegriffen hat.«

»Ja, — ja richtig! Das ist es! Sie haben recht! — Die Kinder verlassen, hieße, sie preisgeben, während bei ihnen bleiben heißt: sie beschützen, ihre Interessen verteidigen und vielleicht noch einen Rest ihres Vermögens retten! Ja! — ja, das ist es! . . . Aber . . . aber dennoch! . . . Oh, jetzt begreife ich, weshalb sie sich alle so lebhaft für das Befinden der alten Großtante interessieren!«

»Für wessen Befinden?« forschte Mister Astley.

»Nun, für jene alte Hexe dort in Moskau, die immer noch nicht sterben will.«

»Ach so! Nun ja, selbstverständlich konzentrieren sich alle Interessen auf die in Aussicht stehende Erbschaft. Sobald sich die Erwartung erfüllt, wird der General sich trauen lassen. Miß Polina wird gleichfalls befreit sein und des Grieux . . .«

»Und des Grieux . . .«

»Und des Grieux wird das Geld zurückerhalten, das er geliehen hat. Darauf wartet er doch nur.«

»Nur? Glauben Sie, daß er wirklich nur darauf wartet?«

»Ich wüßte nicht, worauf er sonst noch warten könnte«,

sagte Mister Astley kühl abweisend und verstummte sodann.

»Aber ich weiß es, ich!« sagte ich mit verhaltenem Haß, und die Wut kochte in mir. »Er wartet gleichfalls auf die Erbschaft, denn Polina wird eine Mitgift erhalten, und sobald sie das Geld in Händen hat — wird sie sich ihm sogleich an den Hals werfen. Alle Weiber sind so! Und die stolzesten von ihnen erweisen sich als die abgeschmacktesten Sklavinnen! Polina ist nur dazu fähig, leidenschaftlich zu lieben, und zu nichts weiter! Das ist meine Meinung von ihr, oder meine Überzeugung, wenn Sie wollen. Betrachten Sie sie doch einmal etwas aufmerksamer, namentlich wenn sie allein ist, in Gedanken versunken: es ist doch — etwas Prädestiniertes, Verfluchtes an ihr! Sie ist fähig, alle Schrecken des Lebens und der Leidenschaft ... sie ... Wer ruft mich?« unterbrach ich mich erschrocken und verwundert. »Wer rief mich? — Hörten Sie nicht? Ich hörte ganz deutlich meinen Namen rufen, auf russisch ... eine Frauenstimme ... Hören Sie! Hören Sie?«

Wir näherten uns in diesem Augenblick schon dem Hotel — das Café hatten wir schon vor einiger Zeit verlassen.

»Ja, ich hörte eine Frauenstimme rufen, aber ich weiß nicht, was. Es klang wie Russisch ... Ah, jetzt sehe ich, dort, jene Dame scheint es zu sein! Die dort im großen Korbstuhl auf der Freitreppe! Hinter ihr werden Koffer abgeladen ... der Zug muß soeben angekommen sein.«

»Aber weshalb ruft sie mich? Was will sie von mir? Sehen Sie doch, wahrhaftig, sie winkt uns zu sich.«

»Das sehe ich, daß sie winkt ... was mag sie wollen?« fragte Mister Astley.

»Alexéi Iwánowitsch! Alexéi Iwánowitsch! Ach Gott, was das doch für ein Tölpel ist!« tönte es ganz verzweifelt von der Hoteltreppe.

Wir eilten fast im Laufschritt auf sie zu, ich nahm die paar Stufen — und meine Knie wurden schwach vor Schreck. Meine Fußsohlen waren wie angewachsen am Stein.

90

NEUNTES KAPITEL

Auf dem obersten Absatz der Freitreppe des Hotels, umgeben von Dienern, Zofen und dem zahlreichen Troß des Hotelpersonals, sogar einschließlich des Hotelverwalters, der es offenbar noch mit seiner Würde vereinigen zu können glaubte, einem so geräuschvoll und originell, mit eigener Bedienung und einem ganzen Berg von Gepäck eintreffenden Gast bis zum Portal entgegenzugehen, thronte auf einem bequemen Krankenstuhl — die Großtante!

Ja, das war sie, das war sie selbst, die gefürchtete, angsteinflößende, reiche, fünfundsiebzigjährige Antonída Wassíljewna Tarasséwitschewa, die Gutsbesitzerin und unverfälschte Moskowiterin, die Großtante, die schon im Sterben lag und doch nicht starb, die Dame, deretwegen so viele Depeschen empfangen und aufgegeben worden waren, und die nun plötzlich wie ein Blitz aus heiterem Himmel in höchsteigener Person bei uns erschien. Zweimal hatte ich, seit ich Hauslehrer im Hause des Generals war, bereits die Ehre gehabt, sie zu sehen, und genau so sah ich sie jetzt wieder: in straffer Haltung im Rollstuhl sitzend, auf den sie schon seit fünf Jahren infolge gelähmter Beine angewiesen war, doch ungeachtet dessen nach wie vor mutig bis zur Verwegenheit, schlagfertig, rechthaberisch und selbstzufrieden. Nicht einmal ihre Stimme hatte an Kraft eingebüßt, und auch ihre Redeweise schien sich nicht im geringsten verändert zu haben. Natürlich stand ich im ersten Augenblick wie vom Schlage gerührt vor ihr. Sie hatte mich mit ihren Luchsaugen schon auf hundert Schritte erkannt, als man sie in ihrem Stuhl die Treppe hinauftrug, hatte mich erkannt und sogleich zu sich zu rufen begonnen, und das sogar bei meinem

Ruf- und Vatersnamen, die sie sich ihrer alten Gewohnheit gemäß ein für allemal gemerkt hatte.

‚Und solch eine glaubte man schon beerdigen zu können, zu beerdigen und zu beerben!‘ fuhr es mir durch den Sinn. ‚Sie wird uns ja noch allesamt und auch noch das ganze Hotel überleben! Aber Herr des Himmels, was wird jetzt aus den Unsrigen werden, aus dem General! Sie wird doch das ganze Hotel auf den Kopf stellen!‘

»Na, Väterchen, was stehst du denn so vor mir da und starrst mich an!« fuhr die rüstige alte Dame in ihrer lauten, brüsken Weise fort. »Hast du vergessen, wie man eine Verbeugung macht? Verstehst du nicht mehr guten Tag zu sagen, oder was fehlt dir sonst? Oder bist du stolz geworden und willst nicht? Oder hast du mich etwa nicht erkannt? Potápytsch«, wandte sie sich an ihren alten Diener, der in Frack und weißer Binde hinter ihrem Korbstuhl stand, und dessen rosige Glatze ein Kranz ehrwürdig grauer Haare umgab, »Potapytsch, hast du gehört, er erkennt mich nicht! Da haben wir's! Also schon beerdigt! Ich sag's ja: Depesche auf Depesche mußte abgesandt werden, da man doch nicht früh genug erfahren konnte, ob sie denn nun endlich gestorben sei oder noch immer nicht. Ich weiß ja doch alles! Nun, ich bin aber inzwischen noch ganz fix und munter, wie du siehst.«

»Aber ich bitte Sie, Antonída Wassíljewna, wie sollte ich darauf kommen, Ihnen Schlechtes zu wünschen?« versetzte ich, mich nach dem im ersten Augenblick lähmenden Schreck besinnend, lebhaft und mit wiedergefundenem Humor. »Ich war nur zu überrascht ... Und meine Verwunderung war, denke ich, ganz erklärlich, da Sie so unerwarteterweise ...«

»Weshalb denn Verwunderung? Ich habe mich einfach ins Kupee gesetzt und bin hergereist. Mit der Eisenbahn ist das Reisen sehr schön, da gibt's weder Püffe noch Stöße. Du gingst gerade spazieren, nicht wahr?«

»Ja, ich wollte zum Kurhaus gehen.«

»Es gefällt mir hier«, bemerkte sie, sich wohlgefällig umschauend, »vor allen Dingen ist es warm und die Bäume sind schön. Das lieb′ ich! Nun, wo sind die Unsrigen? — Der General? — Zu Hause?«

»Oh! versteht sich, um diese Zeit sind gewiß alle zu Hause.«

»Also auch hier haben sich ihre Stunden eingeführt und alle ihre übrigen Zeremonien? Natürlich, sie müssen doch tonangebend sein. Auch eine Equipage halten sie sich, wie ich hörte, les Seigneurs russes! Haben sie ihr Geld verzettelt, dann gehen sie wieder ins Ausland. Und Praskówja[3] ist auch hier?«

»Ja, auch Polína Alexándrowna ist hier.«

»Und auch der Französischka? Nun, ich werde sie ja selber alle sehen. Jetzt sei mal so gut, Alexéi Iwánowitsch, und zeig uns den Weg zu ihnen. Und wie geht es denn dir hier?«

»Es geht, Antonída Wassíljewna.«

»Du, Potápytsch, sag mal diesem Dummkopf, dem Kellner da, daß er mir ein bequemes Appartement verschafft, ein gutes, und nicht hoch gelegen; und dorthin laß auch sogleich das Gepäck tragen, hörst du? Aber warum drängen sich denn alle zum Tragen? Was drängen Sie sich vor? Weg da! Solche Dienerseelen! Wer ist das, dieser dein Bekannter dort?« wandte sie sich wieder an mich.

»Das ist Mister Astley«, antwortete ich.

»Was ist das für ein Mister Astley?«

»Ein Bekannter von mir, der sich vorübergehend hier aufhält. Er ist auch mit dem General bekannt.«

»Ein Engländer also? Deshalb: er sieht mich an, ohne den Mund aufzutun. Übrigens habe ich Engländer sehr gern. Nun . . . jetzt schleppt mich mal hinauf, direkt zu ihnen. Wo wohnen sie denn hier?«

Der Stuhl wurde aufgehoben, und wir begaben uns hinauf. Unser Emporstieg war jedenfalls sehr effektvoll. Alle, die uns erblickten, blieben stehen und sahen uns mit großen Augen nach. Unser Hotel gilt für das beste, teuerste und vornehmste am Ort. Auf der Treppe und in den Korridoren begegnet man zu jeder Zeit eleganten Damen und selbstbewußten, selbstzufriedenen Engländern. Viele erkundigten sich unten beim Portier nach der fremden Dame, und der berichtete natürlich, daß es eine Ausländerin sei, une russe, une Comtesse, grande dame, und daß sie dasselbe Appartement bewohnen werde, das vor einer Woche la Grande-Duchesse de N. innegehabt. Doch die Hauptursache des großen Eindrucks, den sie auf alle machte, lag sicherlich in ihrer äußeren Erscheinung, die wohl mit jeder Geste die Gewohnheit, zu herrschen und zu befehlen, verriet. Jede neue Person, der wir begegneten, wurde von ihr sogleich mit großem Interesse betrachtet, und dann erkundigte sie sich bei mir ganz ungeniert und laut nach allem, was ein Hotelgast unter Umständen vom anderen wissen kann. Und ebenso interessiert wurde sie von den Hotelgästen betrachtet. Obschon man sie nur sitzend sah, konnte doch ein jeder auf den ersten Blick erraten, daß man eine Dame von hohem Wuchs vor sich hatte. Sie saß sehr gerade und lehnte sich nie an die Rückenlehne des Stuhls. Ihren großen Kopf mit dem grauen Haar und den großen, scharfen Gesichtszügen hielt sie ebenso aufrecht wie ihren Körper; ihr Blick hatte geradezu etwas Herausforderndes und Hochmütiges an sich; doch sah man es ihr sogleich an, daß alles an ihr, sowohl ihr Blick wie ihre Bewegungen, vollkommen natürlich waren. Trotz der fünfundziebzig Jahre sah ihr Gesicht noch ziemlich frisch aus, und nicht einmal ihre Zähne hatten viel gelitten. Sie trug ein schwarzes Seidenkleid und ein weißes Häubchen auf dem grauen Haar.

»Sie interessiert mich ungemein!« flüsterte mir Mister Astley, der neben mir die Treppe hinaufstieg, leise zu.

‚Von den Depeschen scheint sie alles zu wissen‘, überlegte ich, ‚des Grieux ist ihr gleichfalls bekannt, bloß Mademoiselle Blanche kennt sie noch nicht, und sie dürfte auch kaum etwas von ihr gehört haben.‘

Ich teilte leise meine Befürchtungen Mister Astley mit.

Aber der Mensch ist doch immerzu ein Sünder! Kaum hatte sich mein erster Schreck gelegt, da freute ich mich schon wie ein Lausbub über den Keulenschlag, den unser Erscheinen dem General versetzen würde. Ich fühlte mich ganz unwiderstehlich versucht, den Schreck noch zu vergrößern, und ich schritt in gehobener Stimmung voran.

Ich ließ uns weder anmelden, noch klopfte ich an die Tür. Ich stieß die Tür einfach weit auf, und die Großtante ward wie im Triumph hineingetragen. Sie waren alle, wie gerufen, im Empfangszimmer des Generals versammelt. Es hatte gerade zwölf geschlagen und ich glaube, man hatte einen Ausflug vor — die einen sollten in der Equipage fahren, die anderen reiten —, und ein paar Bekannte, die sich am Ausflug beteiligen wollten, waren gleichfalls zugegen. Außer dem General, Polina, den Kindern und der Kinderfrau befanden sich dort der Franzose, Mademoiselle Blanche im Reitkleid, Madame veuve de Cominges, der kleine Fürst und ein deutscher Gelehrter, den ich zum erstenmal sah.

Der Stuhl mit der Großtante wurde von den Trägern, die sie die zwei Treppen hinaufgetragen hatten, mitten im Zimmer niedergesetzt, keine drei Schritte vor dem General. Gott, nie im Leben werde ich sein Gesicht in dem Augenblick vergessen! Vor unserem Eintritt hatte er irgend etwas erzählt, und der Franzose schien gerade eine Bemerkung gemacht zu haben. Ich muß hier noch erwähnen, daß dieser und Mademoiselle Blanche sich schon seit zwei oder drei Tagen bei dem kleinen Fürsten einzuschmeicheln suchten — à la barbe du pauvre général, versteht sich. Die ganze Gesellschaft war, wenigstens äußerlich bei bester Stimmung: heiter, gemütlich und zum Scherzen aufgelegt. Als der General die Großtante erblickte, sperrte er tonlos den Mund auf, während ihm das halbe Wort in der Kehle steckenblieb. Er starrte sie mit fast hervorquellenden Augen an, regungslos, wie durch ein Zauberwort gelähmt. Und ebenso regungslos und stumm sah ihn die alte Dame an, aber was war das für ein triumphierender, herausfordernd spöttischer Blick! Und

so sahen sie sich wohl geschlagene zehn Sekunden lang an —
beim tiefsten Grabesschweigen aller übrigen. Des Grieux
war zunächst einfach baff, doch bald drückte sich Unruhe
und Besorgnis in seinem Gesicht aus. Mademoiselle Blanche
zog die Augenbrauen in die Höhe, vergaß, den Mund zu
schließen und musterte die Unbekannte mit gierigem Blick,
während der Fürst und der Deutsche höchst verwundert dem
Ganzen zusahen. Im Blick Polinas drückte sich zuerst nichts
als grenzenloses Erstaunen aus und absolute Verständnislosigkeit, plötzlich aber erbleichte sie unheimlich; und im
nächsten Augenblick schoß ihr das Blut heiß ins Gesicht.

Ja, das war für sie alle eine Katastrophe!

Ich sah von der alten Dame auf die anderen und von diesen wieder zurück auf sie.

Mister Astley stand etwas abseits und verhielt sich, wie
gewöhnlich, ruhig und taktvoll.

»Na, da bin ich selbst! Anstatt der erwarteten Depesche!«
entlud sich endlich die alte Dame und machte damit der
Spannung ein Ende. »Was, darauf wart ihr wohl nicht ganz
vorbereitet?«

»Antonída Wassíljewna ... verehrteste Tante ... Aber
wie in aller Welt ...«, stotterte noch ganz fassungslos der
General.

Hätte das Schweigen nur noch eine Sekunde länger gewährt, so hätte ihn vielleicht der Schlag gerührt.

»Was, wie ich hergekommen bin? Sehr einfach: ich bin ein-
gestiegen und gefahren. Wozu gibt es denn jetzt eine Eisenbahn? Und ihr glaubtet hier wohl alle, ich hätte mich schon
gestreckt und euch die Erbschaft hinterlassen! Ich weiß doch,
daß du von hier Depesche auf Depesche abgesandt hast.
Wieviel Geld du damit hinausgeworfen hast, kann ich mir
denken. Von hier aus ist's nicht billig. Nun, ich aber war
dort nicht angewachsen. Ist das derselbe Franzose? Monsieur
des Grieux, wenn ich mich nicht irre?«

»Oui, Madame«, bestätigte sogleich des Grieux, »et croyez
moi: je suis si enchanté de vous voir ici! ... Votre santé ... mais

c'est un miracle . . . C'est vraiment une surprise charmante!«

»Ja, ja, charmante; ich kenne dich besser. Siehst du, nicht so viel glaube ich dir!« und zur Erklärung wies sie ihm das letzte Glied ihres kleinen Fingers. »Wer ist denn das?« fragte sie, auf Mademoiselle Blanche deutend. Die elegante Französin im Reitkleide und mit der Reitgerte in der Hand lenkte naturgemäß ihr Interesse auf sich. »Eine Hiesige, nicht?«

»Das ist Mademoiselle Blanche de Cominges, und hier ist ihre Frau Mutter, Madame de Cominges. Sie wohnen gleichfalls in diesem Hotel«, berichtete ich.

»Ist sie verheiratet, die Tochter?« fragte die alte Dame ganz ungeniert.

»Nein, Mademoiselle de Cominges ist nicht verheiratet«, antwortete ich möglichst respektvoll und absichtlich nur halblaut.

»Ist sie lustig?«

Ich verstand ihre Frage nicht gleich.

»Ist es nicht langweilig mit ihr? Versteht sie Russisch? Der Franzose hat ja bei uns in Moskau das Wunder fertig gebracht, fünf bis zehn Brocken zu behalten!«

Ich erklärte ihr, daß Mademoiselle de Cominges niemals in Rußland gewesen sei.

»Bonjour!« sagte sie plötzlich, sich ganz unvermittelt an Mademoiselle Blanche wendend.

»Bonjour, Madame«, erwiderte mit einer zeremoniellen, französisch eleganten révérence Mademoiselle Blanche, wobei sie sich sichtlich bemühte, unter dem Deckmantel äußerer ungewöhnlicher Bescheidenheit und Höflichkeit durch den ganzen Ausdruck ihres Gesichtes und womöglich auch ihrer Gestalt ihre grenzenlose Verwunderung über diese seltsame Frage und Behandlung zu verstehen zu geben.

»Oh, sie schlägt die Augen nieder, ziert sich und tut zeremoniell! Da sieht man gleich, was für ein Vogel das ist! Eine Schauspielerin natürlich. – Ich bin hier unten im Hotel abgestiegen«, wandte sie sich plötzlich an den General. »Wir werden unter einem Dach wohnen; ist dir das recht oder nicht?«

»Oh, Tantchen! Glauben Sie der aufrichtigsten Versicherung . . . meiner Freude!« beteuerte der General so schnell er nur seine Gedanken sammeln konnte. Er war inzwischen offenbar schon zu sich gekommen und schien sogar einigermaßen gefaßt zu sein, und da er sich gelegentlich ganz gut auszudrücken verstand – selbstverständlich nicht ohne dabei Anspruch auf einen gewissen Eindruck zu machen –, so wollte er sich wieder in einer Rede ergehen. »Wir waren alle so besorgt wegen Ihrer Krankheit . . . Wir erhielten so alarmierende Nachrichten . . . die erste gar wirkte geradezu erschütternd auf uns . . . und nun plötzlich Sie in eigener Person hier zu sehen . . .«

»Schon gut, schon gut, lüg nur nicht,« unterbrach ihn sogleich die Großtante.

»Aber erlauben Sie«, fiel ihr der General schleunigst mit erhobener Stimme ins Wort, wie um das »lüg nur nicht« zu übertönen, »wie haben Sie sich denn überhaupt zu dieser Reise entschließen können? In Ihren Jahren, nicht wahr, und bei Ihrem Gesundheitszustand ist es doch . . . wenigstens war das nicht vorauszusehen, so daß Sie gewiß unser Erstaunen verstehen und verzeihen werden. Ich bin aber so erfreut«, (er begann gerührt und entzückt zu lächeln) ». . . und wir alle werden uns nach Kräften bemühen, Ihnen den Aufenthalt hier zu einem möglichst angenehmen zu machen, und was die Zerstreuungen betrifft . . .«

»Na, genug, behalt dein Geschwätz für dich; verstehst ja doch nur leeres Zeug zu reden! Ich werde schon selbst wissen, wie ich die Zeit verbringe. Übrigens habe ich nichts gegen euch; ich trage nichts nach. ‚Wie?' fragst du? Ja, was ist denn dabei Wunderbares? Auf die allereinfachste Weise. Aber nein, ein jeder muß sich darüber noch aufregen! Guten Tag, Praskówja. Was treibst denn du hier?«

»Guten Tag, Bábuschka«, grüßte Polína, sich der alten Dame nähernd. »Waren Sie lange unterwegs?«

98

»Nun, seht, die hat am vernünftigsten von allen gefragt, aber sonst: ach und ach! — und weiter hört man nichts. Ja, siehst du: ich lag und lag, ließ mich kurieren, kurieren — bis ich sie alle davonjagte, die Ärzte, und statt ihrer den Kirchendiener von Sankt Nikolai rufen ließ. Der hat ein altes Weib von derselben Krankheit mit Heukompressen kuriert. Nun, und der hat auch mir geholfen; am dritten Tage hat mich sein Tee noch gründlich zum Schwitzen gebracht und dann stand ich auf. Darauf versammelten sich wieder meine Deutschen[4], setzten ihre Brillen auf und berieten: ‚Wenn Sie jetzt‘, sagten sie, ‚im Ausland bald eine Kur durchmachten, so könnten die Blutstockungen ganz behoben werden.‘ Ja, warum denn nicht, denke ich. Na, natürlich, da begannen die Unken wieder zu jammern und zu seufzen: ‚Großer Gott, eine so weite Reise können Sie doch nicht mehr unternehmen!‘ Das fehlte noch! An einem Tage war alles eingepackt, und in der vorigen Woche, am Freitag, nahm ich das Mädchen, den Potápytsch und den Fjódor, den Diener — übrigens diesen Fjódor habe ich aus Berlin wieder zurückgeschickt, denn ich sah doch, er war ja ganz überflüssig, ich hätte auch allein fahren können. Ich nehme ein Kupee für mich, und Träger gibt es auf allen Stationen. Für eine Mark tragen sie dich, wohin du nur willst ... Sieh mal an, was für Räume ihr hier bewohnt!« schloß sie plötzlich, sich umschauend. »Mit wessen Geld bezahlst du denn das hier, Väterchen? Du hast doch alles verpfändet. Was du allein diesem Französischka da schuldest! Ich weiß doch, weiß doch alles!«

»Ich ... erlauben Sie, Tantchen ...«, begann der General ganz verwirrt, »ich wundere mich, liebe Tante ... ich glaube daß ich ohne jemandes Kontrolle auskommen kann ... Zudem übersteigen meine Ausgaben durchaus noch nicht meine Mittel, und wir leben hier ...«

»Was, bei dir übersteigen sie sie nicht? Hört doch nur! Die Kinder hast du wohl schon ganz und gar ausgeraubt? Schöner Vormund!«

»Nach solchen Worten ... nach dieser Bemerkung, liebe Tante ...«, begann der General, »weiß ich wirklich nicht mehr, was ich ...«

»Glaub's schon, daß du es nicht weißt. Vom Roulette trennst du dich wohl überhaupt nicht? Hast wohl schon alles verspielt?«

Der General war so verblüfft, daß er unter all den auf ihn einstürmenden Gefühlen nur noch nach Luft schnappen konnte.

»Vom Roulette! Ich? Bei meiner Würde als General ... Ich? Besinnen Sie sich, liebe Tante, Sie sind gewiß noch etwas angegriffen ...«

»Nun, genug, schwatz nicht, ich bin sicher, daß man dich nur mit Müh und Not fortschleppen kann; dir glaube ich kein Wort. Ich werde jetzt selbst sehen, was denn das für ein Roulette hier ist, heute noch. Du, Praskówja, wirst mir erzählen, was man hier alles sehen muß, ja, und auch Alexéi Iwánowitsch kann uns herumführen, und du Potápytsch, schreibst alles auf, hörst du, wohin wir fahren müssen. So, also was muß man sich hier denn ansehen?« wandte sie sich wieder an Polína.

»Nicht weit von hier ist eine Schloßruine, und dann der Schlangenberg ...«

»Was ist denn dort zu sehen?«

»Vom Gipfel des Berges hat man eine sehr schöne Aussicht.«

»Also auf einen Berg muß ich mich schleppen lassen? Wird man mich hinauftragen können oder geht das nicht?«

»Oh, Träger werden sich hier schon finden lassen«, sagte ich.

In dem Augenblick näherte sich ihr Fedóssja, die Kinderfrau, mit ihren beiden Schutzbefohlenen, den Kindern des Generals, damit sie die Bábuschka begrüßten.

»Nun, schon gut, behaltet die Küsse für euch! Ich lieb's nicht, kleine Kinder zu küssen. Sie sind doch alle Schmutznasen. Nun, und wie geht es dir hier, Fedóssja?«

»Ach, hier ist es wunderwunderschön, Mütterchen Antonída Wassíljewna!« antwortete Fedóssja. »Aber wie ist es
denn Ihnen ergangen, Mütterchen? Wir haben uns hier doch
schon so um Sie geängstigt!«

»Ich weiß, dir will ich's glauben, du bist eine einfache
Seele. Sind das hier lauter Gäste bei euch oder wer sonst?«
wandte sie sich wieder an Polína. »Wer ist dieses ekelhafte
Kerlchen dort mit der Brille?«

»Fürst Nilskij, Bábuschka«, sagte Polina leise.

»Ah, ein Russe? Und ich dachte, er würde es nicht verstehen! Er hat es vielleicht gar nicht gehört! Mister Astley
habe ich schon gesehen. Da ist er wieder!« rief sie angenehm
überrascht aus, als sie ihn erblickte. »Guten Tag!« wandte sie
sich plötzlich an ihn.

Mister Astley verbeugte sich schweigend.

»Nun, was sagen Sie mir Gutes? Sagen Sie mir irgend
etwas! Übersetze es ihm, Praskowja.«

Polina übersetzte ihm den Wunsch.

»Ich kann Ihnen nur sagen, daß ich Sie mit großem Vergnügen kennenlerne, und es freut mich, daß Sie sich wohl-
befinden«, erwiderte Mister Astley mit größter Bereitwilligkeit, ernst und höflich.

Seine Worte wurden übersetzt und gefielen ihr augenscheinlich sehr.

»Wie doch die Engländer stets gut zu antworten verstehen!« bemerkte sie. »Ich habe die Engländer immer sehr
gern gehabt. Kein Vergleich mit den Franzosen! Besuchen
Sie mich«, wandte sie sich wieder an Mister Astley. »Ich
werde mich bemühen, Sie nicht zu sehr zu belästigen. Übersetze ihm das und sage ihm, daß ich hier unten wohne, hier
unten — hören Sie, unten, unten«, wiederholte sie, ihn fest
dabei ansehend und mit dem Finger nach unten deutend.

Mister Astley war sehr erfreut über die Einladung.

Doch die Großtante betrachtete bereits Polína aufmerksam und mit zufriedenem Blick vom Kopf bis zu den Füßen.

»Ich könnte dich lieben, Praskowja«, sagte sie plötzlich,

»bist ein entzückendes Mädchen, besser als sie alle, aber ein Charakterchen hast du — oje! Nun was, auch ich habe einen! Dreh dich mal um: ist das alles dein eigenes Haar oder hast du da noch sonst was angesteckt?«

»Nein, Bábuschka, es ist alles mein eigenes.«

»So, das ist vernünftig, ich liebe die jetzige dumme Mode nicht. Schön bist du. Ich würde mich in dich verlieben, wenn ich ein Kavalier wäre. Weshalb heiratest du nicht? Aber es ist Zeit für mich. Ich will auch einmal hinaus und mir das alles ansehen, ich habe es satt, dieses ewige Im-Waggon-Sitzen . . . Nun, und du, ärgerst du dich noch?« wandte sie sich zum General.

»Oh, ich bitte Sie, Tante, vergessen wir es!« griff der General die Möglichkeit zur Versöhnung auf. »Ich begreife ja vollkommen, daß man in Ihren Jahren . . .«

»Cette vieille est tombée en enfance!« flüsterte mir der Franzose zu.

»Ich will mir hier alles ansehen. Wirst du mir Alexéi Iwánowitsch abtreten?« fuhr die alte Dame, zum General gewandt, fort.

»Oh, soviel Sie wünschen, aber ich kann ja auch selbst . . . und Polina, Monsieur des Grieux . . . uns allen wird es ein Vergnügen sein, Sie zu begleiten.«

»Mais, Madame, cela sera un plaisir pour nous . . .«, beteuerte sogleich des Grieux mit bezaubernder Liebenswürdigkeit.

»Ja, ja, plaisir! Lächerlich bist du, Väterchen. — Geld werde ich dir übrigens nicht geben«, sagte sie, sich nochmals zum General wendend. »So, und jetzt nach unten in meine Zimmer: ich muß sie mir doch ansehen, und dann machen wir uns auf zu den Sehenswürdigkeiten. Nun, vorwärts!«

Der Rollstuhl wurde hinausgeschoben, gefolgt von fast allen Anwesenden, und dann die Treppen hinabgetragen. Der General stand, ging und bewegte sich, wie von einem betäubenden Schlag getroffen. Der Franzose schien zu überlegen. Mademoiselle Blanche wollte zuerst im Zimmer bleiben, besann sich dann aber und folgte den anderen. Ihr schloß sich sogleich auch der Fürst an, und so blieben im Salon des Generals nur der Deutsche und Madame veuve de Cominges zurück.

ZEHNTES KAPITEL

In den Hotels der Kurorte — und im ganzen übrigen Europa wohl nicht minder — richten sich die Hotelverwalter und Oberkellner bei der Zuteilung der Zimmer für einen neu eingetroffenen Gast nicht so sehr nach dessen Wünschen als nach ihrer eigenen, persönlichen Einschätzung des Betreffenden, und wie man zugeben muß, irren sie sich dabei selten. Was nun aber die Bábuschka betraf, da hatten sie doch ein wenig zu hoch gegriffen: vier prächtig ausgestattete Räume, ein Badezimmer, ein Zimmer für den Diener und eines für die Zofe. Dieses Appartement hatte vor einer Woche tatsächlich eine Grande-Duchesse bewohnt, was natürlich als erstes der neuen Einwohnerin mitgeteilt und weshalb der Preis entsprechend hinaufgeschraubt wurde.

Die Großtante wurde mit ihrem Stuhl durch alle Zimmer gefahren und sie musterte sie streng und aufmerksam. Der Hotelverwalter, ein schon bejahrter Mann mit einer Glatze, begleitete sie ehrerbietig bei dieser ersten Besichtigung.

Ich weiß nicht, für wen man sie hielt, jedenfalls aber benahm man sich, als sei sie der vornehmste und reichste Hotelgast. Ins Fremdenbuch ward sofort eingetragen: Madame la générale Princesse de Tarassévitscheff, obschon sie keine Fürstin war. Offenbar hatte der ganze Aufwand ihrer Reise, die eigene Dienerschaft, das besondere Kupee im Waggon, die Unmenge ihrer Gepäckstücke, Koffer und sogar Kisten, die mit ihr eingetroffen waren, die Grundlage zu diesem Prestige gelegt; und der Rollstuhl mit den Trägern zur Überwindung der Treppen, der schroffe Ton und die Stimme der alten Dame, ihre exzentrischen Fragen, die sie wie mit

der größten Selbstverständlichkeit stellte, und noch dazu
mit einer Miene, welche widerspruchloseste Beantwortung
heischte, kurz, die ganze Erscheinung und Haltung der Bábuschka, so wie sie nun einmal war — aufrecht, straff,
schroff und gebieterisch — gab natürlich noch den Rest und
steigerte die allgemeine Ehrerbietung zu wahrer Ehrfurcht
vor ihr.

Bei der Besichtigung der Zimmer befahl sie zuweilen
plötzlich anzuhalten, wies auf irgendeinen Gegenstand der
Einrichtung und wandte sich mit nicht vorherzusehenden
Fragen an den ehrerbietig lächelnden Hotelverwalter, dem
es aber in ihrer Nähe nachgerade etwas unheimlich zu werden
schien. Sie fragte ihn auf französisch, und da sie diese Sprache ziemlich mangelhaft beherrschte, mußte ich ihre Fragen
gewöhnlich noch übersetzen. Doch die Antworten des Hotelverwalters mißfielen ihr größtenteils oder erschienen ihr
mindestens nicht befriedigend. Aber sie fragte auch immer so
wenig gegenständlich, oder so — ich weiß nicht, wie ich mich
ausdrücken soll —, so daß es wohl, weiß Gott, jedem nicht
ganz leicht gewesen wäre, befriedigend zu antworten. Plötzlich zum Beispiel läßt sie vor einem Gemälde halten — einer
ziemlich schwachen Kopie irgendeines bekannten Originals,
das eines der vielen mythologischen Wesen darstellen soll.

»Wessen Porträt ist das?«

Der Hotelverwalter erlaubt sich, ehrerbietig zu meinen,
daß es wahrscheinlich eine Gräfin sei.

»Wie, weißt du denn das nicht? Lebst hier und weißt es
nicht. Wozu ist er überhaupt hier? Warum schielt er?«

Auf alle diese Fragen wußte der gute Mann nichts Positives zu antworten, ja, sie schienen ihn sogar sichtlich zu verwirren.

»Ist das ein Tölpel!« äußerte sie sich dann auf russisch.

Der Stuhl wurde weitergeschoben. Dieselbe Geschichte
wiederholte sich vor einer kleinen sächsischen Porzellansta-
tuette, die sie lange betrachtete und dann aus unbekannten
Gründen fortzubringen befahl. Darauf wandte sie sich

plötzlich an den Repräsentanten des Hotels mit der Frage, wieviel die Teppiche im Schlafzimmer gekostet hätten und wo sie gewebt würden. Der Arme versprach, sich sogleich danach zu erkundigen.

»Das sind mir mal Esel!« brummte sie und wandte ihre ganze Aufmerksamkeit dem Bett zu.

»Was für ein pompöser Baldachin! Schlagt ihn zurück.« Man tat es.

»Noch, noch weiter, ganz fort! Nehmt die Kissen fort, die Decken, alles, das Federbett, hebt die Matratzen auf.« Alles wurde umgedreht und aufmerksam von ihr betrachtet.

»Gut, daß sie keine Wanzen haben. Nehmt die ganze Bettwäsche fort! Deckt meine Wäsche auf und meine Kissen. Das ist aber doch alles viel zu luxuriös für mich Alte, eine solche Wohnung! Allein ist es langweilig. Aléxei Iwánowitsch, du kommst öfter zu mir, wenn du mit dem Unterricht der Kinder fertig bist.«

»Ich bin seit gestern nicht mehr Hauslehrer der Kinder des Generals«, versetzte ich, »ich lebe hier im Hotel ganz für mich.«

»Warum denn das?«

»Vor einigen Tagen traf hier ein angesehener deutscher Baron mit seiner Gemahlin aus Berlin ein. Gestern auf der Promenade redete ich ihn deutsch an, wobei ich mich befleißigte, von der Berliner Redeweise nicht gar zu abweichend zu sprechen.«

»Und nun?«

»Der Baron hielt das für eine Frechheit und beklagte sich beim General, und der General hat mich daraufhin noch gestern verabschiedet.«

»Ja, was hast du denn, hast du ihn denn beleidigt oder gar gescholten? Na, und wenn auch, was wäre denn dabei gewesen! Große Herrlichkeit!«

»Oh, nein. Im Gegenteil, der Baron machte Miene, mich mit seinem Stock zu schlagen.«

»Und du Lappen hast es erlaubt, daß man sich so etwas deinem Hauslehrer gegenüber herausnimmt?« wandte sie sich brüsk an den General, »und hast ihn obendrein noch entlassen . . . Schlafmützen seid ihr alle, alle ohne Ausnahme!«

»Beunruhigen Sie sich nicht, verehrte Tante«, erwiderte der General mit einem gewissen hochmütig-familiären Klang, »ich kann auch ohne Beistand meine Angelegenheiten ordnen. Überdies hat Ihnen Alexéi Iwánowitsch den Sachverhalt nicht ganz richtig wiedergegeben.«

»Und du hast es dir auch ruhig gefallen lassen?« wandte sie sich wieder an mich.

»Ich wollte den Baron fordern«, antwortete ich möglichst ruhig und gleichgültig, »doch der General widersetzte sich dem.«

»So, weshalb hast du dich denn widersetzt?« wandte sie sich an den General. »Du aber, Väterchen, du kannst jetzt gehen; komm wieder, wenn man dich rufen wird«, wandte sie sich sogleich an den Hotelverwalter. »Wozu steht er hier mit offenem Munde, das ist ganz überflüssig. Nicht ausstehen kann ich diese Nürnberger Fratze!« Jener verbeugte sich ehrerbietigst und verließ uns, ohne das Kompliment der Bábuschka verstanden zu haben.

»Aber ich bitte Sie, Tantchen, sind denn Duelle heutzutage überhaupt noch möglich?« fragte mit einem halb mokanten Lächeln der General.

»Ja warum denn nicht? Männer sind doch alle Hähne; also soll man sie sich duellieren lassen. Schlafmützen seid ihr hier allesamt, wie ich sehe, keiner versteht von euch, für sein Vaterland einzustehn! Nun, vorwärts! Potápytsch, sorge dafür, daß stets zwei Träger zur Stelle sind, sprich mit ihnen und mach mit ihnen fest ab. Mehr als zwei sind nicht nötig. Zu tragen brauchen sie mich nur auf den Treppen, auf ebener Erde aber, auf der Straße nur zu schieben, und so sag du es ihnen auch. Ja, und bezahle sie im voraus, dann werden sie höflicher sein. Du aber wirst immer bei mir sein, Potápytsch, und du, Alexéi Iwánowitsch, zeig mir mal diesen

Baron auf der Straße: ich möchte ihn mir doch wenigstens ansehen, was für ein Von-Baron er denn eigentlich ist. Nun, wo ist denn hier dieses Roulette?«

Ich erklärte ihr, daß das Roulette sich in den Sälen des Kurhauses befinde. Dann folgten noch weitere Fragen: Wieviel sind es? Spielen dort viele Menschen? Wird den ganzen Tag gespielt? Wie spielt man denn dieses Spiel? — Mir blieb zum Schluß nichts anderes übrig, als zu sagen, daß es wohl am besten wäre, sich das Spiel einmal mit eigenen Augen anzusehen, da es schwierig sei, es zu erklären.

»Nun, dann vorwärts, bringt mich hin! Und du, Alexéi Iwánowitsch, geh voran und zeige uns den Weg.«

»Wie, Tantchen, wollen Sie sich denn nicht einmal von der Reise erholen?« fragte der General ganz besorgt. Er schien unruhig zu werden, und auch die anderen tauschten untereinander besorgte Blicke aus. Offenbar waren sie durch diese neue Überraschung etwas unangenehm berührt; vielleicht aber genierten sie sich auch, die Großtante so ohne weiteres in den Spielsaal zu begleiten, wo sie durch ihr originelles Wesen ganz gewiß Aufsehen erregen würde, was in der Öffentlichkeit sehr unangenehm wäre. Indessen erboten sich doch alle, sie zu begleiten.

»Wovon soll ich mich erholen? Ich bin nicht müde; habe ohnehin ganze fünf Tage gesessen. Später aber wollen wir sehen, was für Heilquellen es hier gibt und wo sie sind. Und dann . . . wie hieß das nun gleich wieder, Praskówja — der Schlangenberg, nicht?«

»Ja, Bábuschka, der Schlangenberg.«

»Nun, dann meinetwegen der Schlangenberg. Was aber gibt es hier sonst noch zu sehen?«

»Es gibt hier noch verschiedenes zu sehen, Bábuschka«, sagte Polina etwas unsicher.

»Nun, scheinst ja selbst nichts zu wissen. Marfa, du kommst auch mit«, sagte sie zu ihrem Kammermädchen.

»Aber warum denn auch die noch, Tantchen?« warf der General ein, wohl um das Gefolge möglichst zu verringern.

»Und übrigens wird man sie kaum das Kurhaus betreten lassen, ja, selbst bei Potápytsch bin ich dessen nicht ganz sicher.«

»Na, solch ein Unsinn! Bloß weil sie meine Dienerin ist, soll ich sie hier allein sitzen lassen? Sie ist doch auch ein lebendiger Mensch. Fast eine ganze Woche waren wir unterwegs — sie will doch auch etwas sehen. Mit wem soll sie denn gehen, wenn nicht mit mir? Allein würde sie ja nicht mal wagen, ihre Nase zur Tür hinaus zu stecken.«

»Aber ...«

»Oder schämst du dich etwa, mit mir und ihr zu gehen? So bleib doch zu Haus, niemand bittet dich. Seht doch mal an, was das für ein General ist! Ich bin selbst eine Generalin. Und überhaupt, wozu soll mir denn so ein ganzer Schweif folgen? Ich werde mir auch ohne euch mit Alexéi Iwánowitsch alles ansehen können ...«

Doch des Grieux bestand mit größtem Eifer darauf, daß alle sie begleiteten, und erging sich in den liebenswürdigsten Phrasen bezüglich des Vergnügens, sie begleiten zu dürfen usw. usw. So brachen wir auf.

»Elle est tombée en enfance«, flüsterte des Grieux dem General zu, »seule elle fera des bêtises ...«, weiter konnte ich das Geflüster nicht verstehen, doch genügte mir das, um zu erraten, daß er gewisse Absichten haben mußte und daß er vielleicht sogar neue Hoffnung schöpfte.

Bis zum Kurhaus hatten wir von unserem Hotel aus kaum tausend Schritte zu gehen. Unser Weg führte uns durch die Kastanienallee bis zum Square vor dem Kurhaus. Der General beruhigte sich unterwegs ein wenig, denn wenn unsere Völkerwanderung auch etwas auffallend war, so machten wir doch zweifellos einen guten Eindruck. Und übrigens war es ja gar nicht erstaunlich, daß eine kranke Person, die im Stuhl gefahren werden mußte, hier zur Kur erschienen war, in gutem Vertrauen auf die Wirkung der Heilquellen. Der General hegte denn auch einzig wegen der Spielsäle seine Befürchtungen, denn: daß ein kranker Mensch zu einer

Heilquelle reiste, war sehr natürlich, viel weniger natürlich war es aber, wenn dieser Kranke — in diesem Fall noch dazu eine alte Dame — die Spielsäle besuchte. Polina und Mademoiselle Blanche gingen jede zu einer Seite des Rollstuhls. Mademoiselle Blanche lachte und war fröhlich, doch in bescheidenen Grenzen, und widmete sich sogar sehr liebenswürdig der alten Dame, so daß diese sich schließlich lobend über sie äußerte. Polina auf der anderen Seite war wiederum verpflichtet, alle Augenblicke die unzähligen plötzlichen Fragen der Bábuschka zu beantworten, Fragen von der Art wie: »Wer war das, der soeben vorüberging? Ist die Stadt groß? Wie groß ist der Park? Was sind das für Bäume? Was sind das dort für Berge? Fliegen hier auch Adler? Was ist das da für ein eigentümliches Dach?«

Mister Astley ging neben mir und raunte mir heimlich zu, daß er für diesen Tag noch vieles erwarte.

Potápytsch und Marfa gingen hinter dem Rollstuhl: Potápytsch in seinem Frack mit weißer Krawatte, auf dem Kopf aber eine Mütze mit einem Schirm, und Marfa — ein vierzigjähriges, rotwangiges Mädchen, dessen Haar schon zu ergrauen begann — in einem Kattunkleid und in knarrenden, bockledernen Schuhen. Auf dem Kopf trug sie eine weiße Haube. Die Bábuschka wandte sich sehr oft nach den beiden um und machte sie auf dieses und jenes aufmerksam oder fragte sie, wie ihnen dieses oder jenes gefalle.

Der Franzose unterhielt sich mit dem General. Vielleicht sprach er ihm Mut zu. Jedenfalls aber schien er ihm Ratschläge zu erteilen. Leider hatte die Erbtante das entscheidende Wort bereits ausgesprochen: »Geld werde ich dir übrigens nicht geben.« Es ist jedoch möglich, daß des Grieux die Androhung nicht so ernst nahm. Dafür aber kannte der General den Charakter der alten Dame zu gut, um sich über die Bedeutung der Worte tröstende Illusionen zu machen. Es fiel mir auf, daß der Franzose und Mademoiselle Blanche fortfuhren, heimlich Blicke auszutauschen.

Den Fürsten und den deutschen Wissenschaftler erblickte

ich weit hinter uns am Ende der Allee. Sie waren wohl absichtlich zurückgeblieben und schlugen eine andere Richtung ein.

Wie ein Triumphzug erschienen wir im Kurhaus. Der Portier und die Diener legten hier gegen uns dieselbe an Ehrerbietung grenzende Höflichkeit an den Tag, wie das Dienstpersonal des Hotels, sahen uns aber doch mit größtem Interesse nach.

Die Bábuschka wollte zuerst alle Säle sehen; manches fand sie gut, anderes war ihr ganz gleichgültig; nach allem aber fragte sie. Endlich langten wir bei den Spielsälen an. Der Diener, der dort als Schildwache an der geschlossenen Tür steht, war bei unserem Anblick zuerst ganz verblüfft, faßte sich aber im Augenblick und riß beide Türflügel sperrweit auf.

Wie sollten wir da nicht Aufsehen erregen! Dazu war noch unser Mittelpunkt eine alte Dame, die sich trotz Krankheit und Lähmung in die Spielsäle fahren ließ — wie hätte da ihr Erscheinen nicht Eindruck auf das Spielerpublikum machen sollen?

An den Tischen, an denen Roulette gespielt wurde, und ebenso am anderen Ende des Saales, wo man Trente et quarante spielte, drängten sich etwa hundertfünfzig bis zweihundert Menschen, die die Tische in drei- und vierfachen Reihen umstanden. Jene, die sich glücklich bis an einen Tisch hatten durchdrängen können, wußten ihren schwereroberten Platz mit größter Zähigkeit zu behaupten und gaben ihn gewöhnlich nicht früher auf, als bis sie alles verspielt hatten ... Nur so als Zuschauer am Tisch zu stehen, ohne zu spielen, das lassen die anderen natürlich nicht zu. Obschon rings um jeden Tisch Stühle stehen, setzen sich doch nur sehr wenige Spieler, namentlich wenn sich viele an den Tisch drängen, da stehend eine größere Anzahl Platz hat; wer unmittelbar am Tisch steht, kann am bequemsten sein Geld anbringen. Die zweite und dritte Reihe drängen sich auf die erste, und man beobachtet und wartet nur auf eine Gelegenheit, sich näherdrängen und dann gleichfalls setzen zu können. Doch nicht alle sind so geduldig, und gewöhnlich machen sie ihre Einsätze über die Schultern der vor ihnen Stehenden, oder sie zwängen ihre Hand zwischen den anderen durch, und sogar aus der dritten Reihe bringen manche das Kunststück fertig, über zwei Reihen hinweg ihre Einsätze zu plazieren. Infolgedessen vergehen meist keine zehn Minuten, ohne daß an einem der Tische Streit um einen Einsatz entsteht. Die Polizei der Spielsäle ist übrigens nicht schlecht. Das Gedränge läßt sich selbstverständlich nicht vermeiden, ganz abgesehen davon, daß es für die Bank vorteilhafter ist: je mehr Menschen an einem Tisch spielen, um so mehr verdient die Bank. Die acht Croupiers, die an jedem Tisch sitzen, verfolgen natürlich aufmerksam die Einsätze der Spieler, und da sie jedem das gewonnene Geld auszuzahlen haben, sind sie in der Regel diejenigen, die gelegentliche Streitigkeiten dieser Art schlichten. In äußersten Fällen wird aber die Polizei herbeigerufen und die Sache damit schnell erledigt.

Die Polizeibeamten tragen hier unauffällige Zivilkleidung und halten sich, gleich den unzähligen Promenierenden und Zuschauenden, wie Privatleute in den Sälen auf, so daß niemand sie als Angestellte der Bank erkennen kann. Ihre Hauptaufgabe besteht darin, die kleinen Diebe und Schwindler im Auge zu behalten. Solcher gibt es an den Roulettetischen sehr viele, da ihnen die Ausübung ihres Gewerbes so leicht gemacht wird. In der Tat, an jedem anderen Ort muß man, wenn man stehlen will, in fremde Taschen greifen oder Schlösser sprengen, das aber zieht im Fall eines Mißlingens unangenehme Folgen nach sich. Beim Roulette jedoch braucht man nur an den Tisch zu treten, ein paar Franken zu setzen und plötzlich ganz offen und nur mit größter Unverfrorenheit einen fremden Gewinn vom Tisch zu nehmen und in die Tasche zu stecken, und, wenn dann ein Streit entsteht, ganz entrüstet zu behaupten, daß es der eigene Einsatz gewesen sei. Wenn der Spitzbube es geschickt und unauffällig zu machen versteht und die übrigen Spieler

in ihren Zeugenaussagen nicht ganz sicher sind, so bleibt der
Dieb oft im Besitz des fremden Geldes — das heißt, wenn
die Summe nicht sehr groß war. Die großen Einsätze werden
in der Regel von den Croupiers oder den übrigen Spielern
und Zuschauern mehr beachtet. Ist aber die Summe nicht so
groß, so verzichtet ihr wirklicher Besitzer sehr oft auf eine
Fortsetzung des Streites, da ihm ein Skandal zu unangenehm
ist, und er verläßt den Tisch. Gelingt es aber, den Dieb zu
überführen, so wird er sofort unter großem Aufsehen von
den Polizeibeamten hinausgeschafft.

Alles das sah sich die Bábuschka aus der Ferne mit ge-
spanntem Interesse an. Es gefiel ihr sehr, daß die Diebe ab-
geführt wurden. Trente et quarante fand bei ihr kein besonderes Interesse; besser gefiel ihr das Roulette und daß
die kleine Kugel rollte.

Schließlich wünschte sie, das Spiel aus der Nähe anzusehen.

Ich weiß selbst nicht, wie es zuging, aber den angestellten
und den freipraktizierenden Dienern (letztere sind vornehmlich Polen, die ihr Geld verspielt haben und nun den glücklichen Spielern oder Ausländern ihre Dienste aufdrängen)
gelang es jedenfalls im Augenblick, trotz des Gedränges,
neben dem Hauptcroupier, der an der Mitte des Tisches sitzt,
Platz zu schaffen, und ehe ich mich dessen versah, wurde
auch schon ihr Rollstuhl dorthin gelenkt. Sogleich drängten
sich viele Zuschauer, die sich der Kuriosität halber in den
Spielsälen aufhielten, ohne selbst zu spielen (meist Engländer mit ihren Familien), von allen Seiten an den Tisch
heran, um die alte Dame zu betrachten. Unzählige Lorgnons
richteten sich auf sie. Die Croupiers schöpften Hoffnung:
eine so absonderliche Spielerin verhieß ja wirklich etwas
Außergewöhnliches. Freilich, eine fünfundsiebzigjährige Dame, die trotz halber Lähmung noch zu spielen wünschte —
das war allerdings nichts Alltägliches. Ich drängte mich
gleichfalls an den Tisch und blieb neben ihrem Stuhl stehen.
Potápytsch und Marfa waren ganz von uns fortgedrängt

113

worden und standen irgendwo wie verloren unter den vielen fremden Menschen. Der General, Polina, der Franzose und Mademoiselle Blanche hielten sich gleichfalls unter den Zuschauern auf, doch absichtlich etwas weiter weg von uns.

Die Bábuschka begann zunächst, die Spieler zu betrachten. Und natürlich folgten dann wieder ihre plötzlichen Fragen, die sie mir schnell und halblaut zuflüsterte. »Wer ist dieser dort? Und wer ist jene?« Am meisten gefiel ihr ein ganz junger Mensch, der am Ende des Tisches saß und sehr hoch spielte: er setzte zu Tausenden und hatte, wie man ringsum flüsterte, schon gegen vierzigtausend Franken gewonnen, die in einem Haufen von Gold und Banknoten vor ihm lagen. Er war bleich; seine Augen glänzten fieberhaft und seine Hände zitterten. Er setzte bereits ohne jede Berechnung, setzte, soviel die Hand griff, und immer noch gewann und gewann er und scharrte das Geld zusammen. Die Diener überboten sich in ihrem Diensteifer für ihn, schleppten sogar einen Sessel für ihn herbei und hielten ihm die anderen vom Leibe, damit er es bequemer habe – alles das selbstverständlich in Erwartung gemünzter Dankbarkeit. Die meisten Spieler geben ihnen nämlich, wenn sie größere Summen gewonnen haben, beim Fortgehen in der Freude über den Gewinn reichen Lohn für diese kleinen Dienstleistungen, gewöhnlich so viel, wie die Hand aus der Tasche greift. Deshalb hatte sich auch neben diesem jungen Menschen schon einer von den bewußten Polen eingefunden, der sich nun nach Kräften mühte und ihm ununterbrochen, doch untertänigst etwas zuflüsterte – wahrscheinlich riet er ihm, wie er spielen solle – selbstverständlich gleichfalls in Erwartung eines Trinkgelds. Der Spieler aber beachtete ihn nicht einmal und setzte planlos, achtlos, gleichviel wie – und gewann immer noch. Allem Anschein nach war er schon vollkommen verwirrt.

Die Bábuschka betrachtete ihn eine Weile regungslos. Plötzlich stieß sie mich ganz erregt an und flüsterte mir schnell zu:

»Sag ihm, sag ihm doch, daß er weggehen soll, daß er sein

Geld nehmen und weggehen soll, schnell, schnell, sag's ihm
doch! Er wird es verlieren, er wird sofort alles verlieren,
so geh doch! — Wo ist Potápytsch? Schick Potápytsch zu
ihm! Schnell! Aber so sag's ihm, so sag's ihm doch!« Und
sie stieß mich immer heftiger, damit ich ginge. »Wo ist
Potápytsch? Sortez! Sortez!« begann sie selbst dem jungen
Menschen zuzurufen. Ich beugte mich schnell zu ihr nieder
und flüsterte ihr scharf zu, daß man hier nicht so schreien
dürfe, daß es nicht einmal erlaubt sei, etwas lauter als im
Flüsterton zu sprechen, da fremdes Gespräch die Spieler
in ihren Berechnungen störe, und daß man uns andernfalls
sogleich hinausweisen würde.

»Ach, wie ärgerlich! Der Mensch ist verloren! Aber er
will es ja selbst . . . ich mag ihn nicht mehr sehen, er bringt
mich aus der Haut. Solch ein Tölpel.« Und sie wandte sich
geärgert von ihm fort und begann die Spieler an der anderen
Hälfte des Tisches zu betrachten.

Dort an der linken Seite des Tisches fiel unter den Spielern namentlich eine junge Dame auf, neben der ein Zwerg
stand. Wer dieser Zwerg war, das weiß ich nicht — vielleicht
war es ein Verwandter von ihr, vielleicht nahm sie ihn nur
so mit, um Aufsehen zu erregen. Diese Dame war mir auch
früher schon aufgefallen. Sie erschien täglich um die Mittagszeit in den Spielsälen, gewöhnlich um ein Uhr, und um zwei
Uhr ging sie wieder fort — nur eine Stunde spielte sie. Man
kannte sie schon und verschaffte ihr sogleich einen Stuhl.
Sie nahm dann aus ihrer Tasche ein paar Goldmünzen,
einige Tausendfrankenscheine und begann ruhig, kaltblütig,
berechnend zu setzen, notierte sich mit ihrem Bleistift die
Zahlen, die herauskamen, und bemühte sich, das System zu
erraten, nach dem im gegebenen Augenblick die Chancen
wechselten. Sie setzte ziemlich bedeutende Summen und
gewann täglich ein-, zwei-, höchstens dreitausend Franken —
nicht mehr, und sobald sie die gewonnen hatte, ging sie fort.
Der Bábuschka fiel sie sogleich auf, und sie betrachtete sie
lange.

»Nun, diese dort wird gewiß nicht verlieren! Nein, diese ganz gewiß nicht! Die ist die Richtige! – Weißt du nicht, wer sie ist?«

»Eine Französin wahrscheinlich, eine von jenen«, flüsterte ich.

»Ah! Das sieht man! Man erkennt den Vogel schon am Flug; ja, die hat scharfe Krallen. So, und jetzt erkläre mir, was jede Drehung zu bedeuten hat und wie man setzen muß.«

Ich versuchte, mich kurz zu fassen und ihr ungefähr die verschiedenen Kombinationen des Spiels, Rouge et Noir, Pair et Impair, Manque et Passe und die verschiedenen Bedeutungen der Zahlen zu erklären. Sie folgte sehr aufmerksam meiner Erläuterung, prägte sich die Hauptsache ein, fragte zuweilen nochmals und schien alles gut zu behalten. Übrigens hatten wir die Beispiele vor Augen, was das Begreifen und Behalten wesentlich erleichterte. Die Bábuschka war jedenfalls sehr zufrieden mit meiner Erklärung.

»Aber was bedeutet zéro? Dieser Croupier hier, der Krauskopf, rief soeben zéro! Und weshalb zieht er alles ein, sieh doch, alles was auf dem Tisch ist? Und den ganzen Haufen behält er für sich! Was hat denn das zu bedeuten?«

»Ja, zéro, Bábuschka, ist der Gewinn der Bank. Wenn die Kugel auf zéro fällt, so gehören alle Einsätze der Bank, die dann niemandem etwas auszahlt.«

»So, das ist mir mal nett! Und ich erhalte gar nichts?«

»Oh, doch, Bábuschka, aber nur, wenn Sie vorher auch schon auf zéro gesetzt haben, dann aber das Fünfunddreißigfache Ihres Einsatzes.«

»Was, fünfunddreißigmal mehr? Und kommt das oft heraus? Warum setzen sie dann nicht auf zéro, die Dummköpfe?«

»Weil sechsunddreißig Chancen dagegen sind.«

»Unsinn! Potápytsch, Potápytsch! Wart, auch ich habe Geld bei mir – hier!« Sie zog aus ihrer Handtasche einen zum Platzen vollen Geldbeutel hervor und entnahm ihm einen Friedrichsdor. »Da, setz ihn gleich auf zéro!«

»Aber zéro hat doch soeben erst gewonnen«, bemerkte ich, »jetzt wird es sobald nicht wieder gewinnen. Sie würden viel verlieren, wenn Sie jetzt schon anfangen wollten, auf zéro zu setzen. Warten Sie noch ein wenig.«

»Unsinn, tu, was ich dir sage!«

»Wie Sie wünschen, nur wird zéro vielleicht nicht vor dem Abend gewinnen, und Sie können bis dahin Tausende verlieren. Das ist schon vorgekommen.«

»Ach, Unsinn, sprich nicht! Wer den Wolf fürchtet, der gehe nicht in den Wald. Was? Verloren? Setz noch einmal!«

Auch der zweite Friedrichsdor wurde verspielt. Wir setzten den dritten. Die Bábuschka konnte kaum ruhig bleiben, und ihre Augen folgten wie gebannt der rollenden Kugel. Und wir verloren auch den dritten. Die Bábuschka war außer sich, sie saß wie auf Kohlen und klopfte sogar mit der Faust auf den Tisch, als der Croupier »trente six« rief, anstatt des erwarteten zéro.

»Ach, das ist doch!...« ärgerte sie sich, »wird denn nicht endlich einmal diese elende Null herauskommen! Ich will nicht leben, wenn ich das nicht zurückgewinne! Ich bleibe hier bis zum zéro. Das macht ja doch alles dieser verwünschte Croupierbengel, der Krauskopf, dieser Elende! Der macht es absichtlich! Alexei Iwánowitsch, setze zwei Goldstücke auf zéro! Du setzt ja immer so wenig, daß man doch nichts bekäme, wenn es mal trifft!«

»Bábuschka!«

»Setz, sag ich dir, setz! Ist nicht dein Geld.«

Ich setzte zwei Friedrichsdore. Die Kugel kreiste lange im Rad, endlich begann sie an den Zacken zu springen. Die Bábuschka hielt den Atem an und preßte meine Hand wie in einem Schraubstock, und plötzlich —

»Zéro!« rief der Croupier.

»Siehst du! siehst du!« wandte sie sich hastig zu mir, strahlend vor Zufriedenheit. »Ich sagte dir doch! Muß mir doch Gott selbst eingegeben haben, zwei Goldstücke statt eines zu setzen! Nun, wieviel bekomme ich denn jetzt? Warum zahlen sie mich denn noch nicht aus? Potápytsch, Marfa, wo seid ihr denn alle? Wo sind die Unsrigen geblieben? Potápytsch! Potápytsch!«

»Bábuschka, später!« flüsterte ich ihr zu. »Potapytsch steht an der Tür, man läßt ihn gar nicht zum Tisch. Sehen Sie, da zahlt man Ihnen das Geld aus, nehmen Sie es!«

Man schob uns eine in blaues Papier eingeschlagene und versiegelte Rolle zu, die fünfzig Friedrichsdore enthielt, und außerdem noch zwanzig Friedrichsdore, die der Croupier einzeln aufzählte. Alles das zog ich mit der Krücke näher zur Bábuschka.

»Faites le jeu, Messieurs! Faites le jeu, Messieurs! Rien ne va plus?« rief der Croupier, um die Spieler zum Einsatz aufzufordern, und bereits im Begriff, das Rad zu drehen.

»Mein Gott! Jetzt kommen wir zu spät! Gleich wird er drehen! So setz doch, setz doch« trieb mich die Bábuschka an, »aber so trödle doch nicht! schneller!« Sie geriet ganz aus dem Häuschen und stieß mich immer wieder an.

»Aber auf was denn, Bábuschka?«

»Auf zéro, auf zéro! Wieder auf zéro! Setz soviel als möglich! Wieviel haben wir? Siebzig Friedrichsdore? Wozu sie aufheben! Setze sie alle, aber immer je zwanzig auf einmal.«

»Bábuschka, besinnen Sie sich! Zéro kommt oft zweihundertmal nicht wieder! Ich versichere Sie, so können Sie Ihr ganzes Vermögen verspielen.«

»Unsinn, schwatz nicht! Setz! Ich weiß, was ich tue!« Sie zitterte am ganzen Körper.

»Nach der Vorschrift ist es nicht erlaubt, mehr als zwölf Friedrichsdore auf einmal auf zéro zu setzen«, sagte ich, »so — und die habe ich jetzt gesetzt.«

»Wieso nicht erlaubt? Lügst du nicht etwa? Mßjö! Mßjö!« wandte sie sich an den Croupier, der links neben ihr saß, und im Begriff war, das Rad zu drehen, und sie stieß ihn fragend mit dem Finger an, »combien zéro? Douze? Douze?«

Ich beeilte mich, die Frage auf französisch verständlich zu erläutern.

»Oui, Madame«, bestätigte der Croupier höflich, »ganz wie auch jeder andere Einsatz nicht die Höhe von viertausend Florins überschreiten darf — der Vorschrift gemäß«, fügte er zur Erklärung hinzu.

»Nun, nichts zu machen, dann setz nur zwölf.«

»Le jeu est fait!« rief der Croupier.

Das Rad drehte sich, und es kam Dreizehn heraus. Wir hatten verloren.

»Noch! noch! noch! Setz noch einmal auf zéro!«

Ich widersprach nicht mehr, zuckte nur mit der Achsel und setzte nochmals zwölf Friedrichsdore auf zéro.

Das Rad drehte sich sehr lange. Die Babuschka bebte am ganzen Leibe, und ihr Blick folgte wie gebannt der Kugel. ,Sollte sie wirklich glauben, daß jetzt zéro gewinnen wird?' fragte ich mich, indem ich sie ganz verwundert betrachtete. In ihrem Gesicht las ich die unerschütterliche Überzeugung, daß sie gewinnen, daß der Croupier jetzt gleich, im nächsten Augenblick, zéro rufen werde.

Die Kugel sprang in ein Fach.

»Zéro!« rief der Croupier.

»Was!« wandte sich die Bábuschka mit triumphierender Genugtuung strahlend nach mir um.

Ich bin selbst ein Spieler. Das fühlte ich in diesem Augenblick. Meine Hände und Beine zitterten, in meinem Gehirn hämmerte es. Natürlich war es nur ein seltener Zufall, daß von etwa zehn Spielen dreimal zéro gewann; doch schließlich war es nichts gar so Verwunderliches. Ich hatte es noch vor drei Tagen erlebt, daß zéro dreimal hintereinander herauskam, und bei der Gelegenheit bemerkte einer der Spieler, der sich eifrig alles notierte, daß während des ganzen vorigen Tages zéro nur ein einziges Mal herausgekommen sei.

Der Bábuschka wurde der Gewinn, da er der größte war,

119

ganz besonders aufmerksam und höflich ausgezahlt. Sie erhielt vierhundertundzwanzig Friedrichsdore, also viertausend Florins und zwanzig Friedrichsdore. Die zwanzig Friedrichsdore zahlte man ihr in Gold aus, die viertausend Florins in Banknoten.

Diesmal rief sie nicht mehr nach Potápytsch; sie war jetzt mit anderem beschäftigt. Und auch äußerlich zitterte sie weder, noch stieß sie mich wie zuvor. Ihre Gedanken schienen vollkommen konzentriert zu sein, nichts hätte sie mehr ablenken können.

»Alexéi Iwánowitsch! Er sagte, daß man nicht mehr als viertausend Florins auf einmal setzen darf? Hier, nimm, setz diese ganzen vier auf Rot.«

Ich sparte mir die vergebliche Mühe, ihr zu widersprechen. Das Rad begann sich zu drehen.

»Rouge!« rief der Croupier.

Wieder ein Gewinn von viertausend Florins, im ganzen waren es jetzt acht.

»Vier gib mir her, die anderen vier aber setz wieder auf Rot!« kommandierte die Bábuschka.

Ich setzte wieder viertausend Florins.

»Rouge!« rief wieder der Croupier.

»Das macht im ganzen zwölf! Gib sie mir alle her. Das Gold schütte hierher, so, in die Handtasche, das Papiergeld bewahre du auf. So! Basta! Nach Haus jetzt! Schiebt den Stuhl weg!«

ELFTES KAPITEL

Der Stuhl wurde zum Ausgang am anderen Ende des Saales gerollt. Die Bábuschka strahlte.

Die Unsrigen drängten sich jetzt sogleich mit Glückwünschen zu ihr und belagerten sie förmlich. So exzentrisch das Benehmen der alten Dame war — ihr Triumph am Spieltisch machte doch alles wieder gut, und so befürchtete denn auch der General nicht mehr, sich durch verwandtschaftliche Beziehungen zu dieser originellen alten Dame zu kompromittieren. Mit einem familiär-heiteren und sozusagen nachsichtigen Lächeln, als gelte es, ein Kind zu beruhigen, näherte er sich ihr und gratulierte zum Gewinn. Übrigens war er sichtlich verblüfft, wie es auch alle anderen Zuschauer zu sein schienen. Wenigstens sprach man ringsum nur von ihr, und alle sahen sich nach ihr um oder deuteten mit dem Blick auf sie hin. Viele gingen sogar an ihr vorüber, um sie näher zu betrachten. Mister Astley, der mit zwei Engländern, seinen Bekannten, etwas abseits stand, sprach mit diesen gleichfalls von ihr. Einige majestätische Damen musterten sie mit Verwunderung, als wäre sie etwas noch nie Dagewesenes... Unser Franzose zerfloß nur so in lächelnden Bonmots und Komplimenten.

»Quelle victoire!« rief er aus.

»Mais, Madame, c'était du feu!« fügte mit bezauberndem Lächeln Mademoiselle Blanche hinzu.

»Ja, seht mal, da habe ich im Handumdrehen zwölftausend Florins gewonnen! Was sage ich: zwölf! — und das Gold? Mit dem Golde zusammen werden es fast volle dreizehn sein. Wieviel ist das nach unserem Geld? So an sechstausend wird's sein, nicht?«

Ich sagte, daß es auch siebentausend übersteige und nach dem gegenwärtigen Kurs vielleicht nicht viel an achttausend Rubel fehlten.

»Spaß! Achttausend! Und ihr sitzt hier wie die Schlafmützen und tut nichts! Potápytsch, Márfa, habt ihr gesehen?«

»Mütterchen! Achttausend Rubel! Du meine Güte, wie macht man das?« rief Marfa aus, die ganz erschüttert die Hände zusammenschlug.

»Hier, nehmt das, hier habt ihr von mir fünf Goldstücke!«

Potápytsch und Marfa wußten kaum, wie ihnen geschah, und sie küßten ihr die Hände.

»Und die Träger müssen auch jeder einen Friedrichsdor erhalten. Gib ihnen, Alexéi Iwánowitsch, gib jedem ein Goldstück. — Was will der, was ist er? — ein Diener? Warum grüßt er und der andere auch? Ah, sie wollen gratulieren! Gib auch ihnen einen Friedrichsdor, jedem einen.«

»Madame la Princesse... un pauvre expatrié... malheur continuel ... les Princes russes sont si généreux ...«, murmelte unter fortgesetzten Bücklingen eine Gestalt in einem ziemlich schäbigen Überrock, bunter Weste, die Mütze in der Hand und mit einem kriechenden Lächeln unter dem Schnurrbart.

»Gib ihm auch einen Friedrichsdor... Nein, gib ihm zwei! Nun, genug jetzt, sonst nimmt das überhaupt kein Ende. Nun, vorwärts, vorwärts! Praskówja«, wandte sie sich an Polína Alexándrowna, »ich werde dir morgen ein Kleid kaufen und dieser meinetwegen auch, dieser Mademoiselle — wie heißt sie, Mademoiselle Blanche, nicht, so war's doch? — Die soll auch ein Kleid bekommen. Übersetz ihr das, Praskowja!«

»Merci, Madame«, dankte Mademoiselle Blanche mit einer graziösen Verbeugung und einem spöttischen Lächeln, während sie mit dem Franzosen und dem General flüchtig einen Blick austauschte. Letzterer wurde nach diesem Blick sehr verlegen und atmete auf, als wir endlich in der Allee anlangten.

»Fedóssja, wie sich Fedóssja jetzt wundern wird!« entsann sich die Bábuschka plötzlich der Kinderfrau. »Auch
ihr muß ich Stoff zu einem Kleid schenken. Du, Alexei
Iwánowitsch, Alexei Iwánowitsch, gib diesem Armen!«

Irgendein heruntergekommenes Subjekt in zerlumpter
Kleidung ging an uns vorüber und sah uns an.

»Das ist vielleicht gar kein Armer, sondern nur so ein
Strolch, Bábuschka.«

»Gib nur, gib! Gib ihm einen Gulden.«

Ich ging ihm nach und gab ihm einen Gulden. Er sah
mich ganz verständnislos an, nahm aber doch schweigend
den Gulden in Empfang. Er roch nach Branntwein.

»Und du, Alexei Iwanowitsch, hast du dein Glück noch
nicht versucht?«

»Nein, noch nicht, Bábuschka.«

»Und dabei blitzen deine Augen nur so — glaubst du, ich
habe es nicht bemerkt?«

»Ich werde schon noch mein Glück versuchen, aber später.«

»Und setze unbedingt auf zéro! Du wirst sehen. Wieviel
Geld hast du?«

»Im ganzen nur zwanzig Friedrichsdore, Bábuschka.«

»Das ist nicht viel. Wenn du willst, werde ich dir fünfzig
Friedrichsdore leihen. Nein, nimm gleich diese Rolle. Du
aber, Väterchen, brauchst deshalb noch längst nicht zu
glauben, daß du auch was erhältst! Dir geb ich nichts!«
wandte sie sich von mir zum General.

Es ging ihm, wie mir schien, durch Mark und Bein, aber
er sagte nichts. Der Franzose ärgerte sich.

»Que diable, c'est une terrible vieille!« stieß er unwirsch
zwischen den Zähnen hervor. Er ging neben dem General.

»Ein Armer, ein Armer, sieh, dort kommt wieder ein
Armer!« rief Bábuschka. »Alexei Iwánowitsch, gib auch
diesem einen Gulden.«

Diesmal war es ein Greis mit silberweißem Haar, einem
Stelzfuß, einem altmodischen Stock in der Hand und in
einem dunkelblauen langen Rock. Er sah aus wie ein alter

Soldat. Als ich ihm aber den Gulden geben wollte, trat er einen Schritt zurück und maß mich mit zornigem Blick.

»Was soll das, zum Teufel!« rief er, und es folgte noch eine Reihe von Kraftausdrücken.

»Nun, nun! Solch ein Dummkopf!« rief die Bábuschka, »nun, dann nicht! Vorwärts! Ich bin hungrig. Jetzt können wir sogleich zu Mittag speisen, dann lege ich mich ein wenig hin, und dann kehren wir dorthin zurück.«

»Was, Sie wollen noch weiterspielen, Bábuschka!« rief ich erschrocken.

»Ja, was denn sonst? Soll ich etwa, bloß weil ihr hier alle versauert, nur euch dabei zuschauen und gleichfalls nichts tun?«

»Mais, Madame«, legte sich der Franzose ins Mittel, »les chances peuvent tourner, une seule mauvaise chance et vous perdrez tout . . . surtout avec votre jeu . . . c'était terrible!«

»Vous perdrez absolument«, pflichtete ihm Mademoiselle Blanche schleunigst bei.

»Was geht denn das euch an? Nicht euer Geld werde ich verspielen, sondern meines! Aber wo ist dieser Mister Astley geblieben?« fragte sie mich.

»Er ist im Kurhaus zurückgeblieben, Bábuschka.«

»Schade; das ist doch gewiß ein guter Mensch.«

Kaum waren wir im Hotel angelangt, da tauchte auch schon der Hotelverwalter vor uns auf, den die Bábuschka sogleich zu sich heranwinkte, um sich ihres Glückes im Spiel zu rühmen. In ihrem Zimmer war das erste, was sie tat, daß sie Fedóssja rufen ließ, der sie drei Friedrichsdore schenkte. Dann wünschte sie zu essen. Fedóssja und Márfa schwammen in Seligkeit, während sie sie bedienten.

»Ach, Mütterchen«, schnatterte Marfa, »das war was! . . . Wie ich da so stand, sagte ich zu Potápytsch: was will denn unser Mütterchen dort machen? Auf dem Tisch aber liegt Geld und Geld — Himmel, wie viel! In meinem ganzen Leben hab ich nicht soviel Geld gesehn, und ringsum sind alles nur Herrschaften, lauter Herrschaften! Und woher kommen sie nur, frage ich den Potápytsch, alle die vielen feinen Leute? Und ich denke noch so bei mir: mag ihr nur immer die heilige Mutter Gottes beistehen! Und da betete ich für Sie, Mütterchen, mein Herz aber wurde ganz schwach, und ganz flau wurde mir zumut. Steh ihr nur immer bei, lieber Gott, denke ich so bei mir, und da hat Ihnen denn auch Gott dies große Glück geschenkt! Ach, du mein Himmel, wenn ich das so bedenke! Ich zittere auch jetzt noch, Mütterchen, sehen Sie nur, wie ich zittere! . . .«

»Alexéi Iwánowitsch, nach dem Essen — so um vier — mach dich bereit, dann gehen wir wieder hin. Jetzt aber leb wohl, bis auf weiteres. Vergiß nur nicht, mir einen Arzt herzuschicken, man muß doch auch Brunnen trinken. Sieh nur zu, daß du es nicht vergißt!« rief sie mir noch nach.

Ich verließ sie wie betäubt. Obschon ich nicht darüber nachdenken wollte, beschäftigten sich meine Gedanken doch unausgesetzt mit der Vorstellung, was jetzt aus den Unsrigen werden würde und was das für Folgen haben könnte. Ich sah es ja deutlich, daß sie alle (namentlich aber der General) noch gar nicht so recht zu sich gekommen waren, nicht einmal vom ersten Schreck hatten sie sich erholt. Die Tatsache des Erscheinens der Großtante anstatt des stündlich erwarteten Eintreffens der Todesnachricht — die doch gleichbedeutend gewesen wäre mit der Anzeige der Erbschaft — hatte alle ihre Pläne, Hoffnungen und Berechnungen so über den Haufen geworfen, daß sie sich, wie unter dem Bann völliger Gedankenlähmung, zu den weiteren Heldentaten der Bábuschka am Spieltisch zunächst noch ganz teilnahmslos verhielten. Indessen war aber diese zweite Tatsache, daß die Bábuschka zu spielen begonnen, doch fast noch schlimmer als die erste, denn wenn sie auch zweimal gesagt hatte, daß sie dem General kein Geld geben werde, so konnte man doch nichts Näheres wissen und brauchte deshalb noch nicht jede Hoffnung aufzugeben. Gab doch auch der Franzmann, der an den Unternehmungen des Generals so stark beteiligt war, die Hoffnung noch nicht auf, und

Mademoiselle Blanche, die an der Sache wohl nicht minder interessiert war (das fehlte noch: Titel einer Generalin und die bedeutende Erbschaft!) — Mademoiselle Blanche tat's erst recht nicht, wandte vielmehr alle Mittel der Koketterie an, um die Bábuschka sich wenigstens geneigt zu machen ... sehr im Gegensatz zu Polína, der der Hochmutsteufel im Nacken saß und die sich wohl nie zu Einschmeichelungsversuchen herablassen würde. Aber jetzt, jetzt, nachdem die Bábuschka mit soviel Glück gespielt, jetzt, nachdem sich ihr Charakter so typisch und scharf vor ihnen enthüllt hatte (eine eigensinnige und herrschsüchtige Greisin, und nichts weniger als tombée en enfance!), jetzt, ja, jetzt war allerdings alles verloren. Freute sie sich doch wie ein Kind über ihren Gewinn, folglich aber würde sie — das ist nun einmal so — alles verspielen. ‚Mein Gott‘, dachte ich (und verzeih mir, Grundgütiger! — mit herzlich schadenfrohem Lachen dachte ich's) ‚mit welch einer Zentnerschwere muß doch jeder Friedrichsdor, den die Alte vorhin aufs Spiel setzte, dem General aufs Herz gefallen sein, wie muß der Franzmann geflucht und Mademoiselle Blanche, die äußerlich lächelnde, innerlich gerast haben, als sie zusehen mußte, wie der Löffel so an ihrem Munde vorübergeführt wurde!‘

Und dann noch etwas Bedeutsames: selbst als die Bábuschka in der Freude über den Gewinn jedem ärmer Gekleideten Geld schenkte, selbst dann noch hatte sie den General angefahren mit ihrem: »Dir aber gebe ich doch nichts!« Das bedeutete gewiß, daß sie sich das geschworen, sich in diesen Gedanken verbissen hatte. Das war sehr gefährlich!

Alle diese Erwägungen fuhren mir durch den Kopf, während ich von der Babuschka die Haupttreppe des Hotels bis in den höchsten Stock zu meinem Zimmerchen emporstieg. Ich muß sagen, daß mich diese ganze Komödie, die sich hier vor meinen Augen abspielte, mehr denn je interessierte, oder vielmehr erst jetzt wirklich zu interessieren begann. Freilich habe ich auch früher schon die dicksten Fäden, die die Schauspieler dieser Komödie untereinander verbinden,

126

zum Teil erraten können, aber hinter die Kulissen habe ich doch noch nicht gesehen — und so sind mir auch die Geheimnisse dieses Spieles hier bisher unbekannt geblieben. Polina hat mir ja nie ihr ganzes Vertrauen geschenkt. Mitunter, ja, hat sie mir allerdings ihr Herz halbwegs verraten, aber im nächsten Augenblick zog sie dann das Gesagte doch wieder ins Scherzhafte oder sie verwirrte alles dermaßen, daß nichts mehr glaubhaft klang. Oh, sie verbarg mir vieles! Jedenfalls aber fühlte ich in diesem Augenblick, daß das Ende dieser ganzen unhaltbaren Situation mit ihrer nervösen Spannung, die von der allgemeinen Geheimnistuerei noch erhöht wurde, herannahte. Noch ein Schlag, und alles wird aufgedeckt und beendet sein! Um mein eigenes Schicksal, das doch im Grunde mit dem der anderen mehr oder weniger zusammenhing, machte ich mir so gut wie gar keine Sorgen. Und auch jetzt noch, wirklich, ich vermag mir meine Stimmung kaum selbst zu erklären: ich habe kaum zwanzig Friedrichsdore in der Tasche, befinde mich fern von der Heimat und ganz allein in einem fremden Lande, ohne Stelle und ohne Mittel zur Existenz, ohne Hoffnung und ohne Zukunftspläne und — mache mir überhaupt keine Sorgen deshalb! Wenn das ewige Denken an Polina nicht wäre, so würde ich mich ganz meinem Interesse für die Komik der bevorstehenden Lösung hingeben und würde lachen, aus vollem Halse lachen! Aber Polina verwirrt mich. Ihr Schicksal entscheidet sich jetzt, das fühle ich, aber ich muß gestehen, es ist doch nicht ihr Schicksal, was mich beunruhigt. Ich will nur in ihre Geheimnisse eindringen. Ich wünschte, sie käme zu mir und sagte: »Aber ich liebe dich doch«; und wenn nicht, wenn diese Verrücktheit undenkbar ist, dann . . . nun, was sollte ich dann wünschen? Weiß ich denn, was ich wünsche? Ich bin doch wie verloren: nur bei ihr möchte ich sein, in dem Licht, das von ihr ausgeht und sie wie eine Aureole umgibt, nur bei ihr sein, immer, ewig, mein ganzes Leben lang! Das ist alles, was ich weiß! Und könnte ich denn überhaupt jemals von ihr fortgehen?

Im Dritten Stock mußte ich durch den Korridor gehen, an dem ihre Zimmer liegen. Da war es mir plötzlich, als habe mich im Augenblick etwas gestoßen. Ich sah mich um und erblickte etwa zwanzig oder mehr Schritte von mir entfernt Polina, die gerade aus der Tür ihres Zimmers trat. Es schien mir, als habe sie hinter der Tür auf mich gewartet, denn sie winkte mich sogleich zu sich.

»Polína Alexándrowna . . .«

»Leise!« flüsterte sie.

»Stellen Sie sich vor«, flüsterte ich, »es war mir soeben, als habe mich jemand in die Seite gestoßen, und wie ich mich umblickte — sah ich Sie! Es scheint ja von Ihnen geradezu eine Art Elektrizität auszugehen!«

»Nehmen Sie diesen Brief«, sagte Polina, die besorgt und unmutig aussah und meine Bemerkung wohl ganz überhört hatte, »und übergeben Sie ihn Mister Astley persönlich. Gehen Sie jetzt gleich, so schnell wie möglich, ich bitte Sie. Eine Antwort ist nicht nötig. Er wird selbst . . .«

Sie stockte.

»An Mister Astley?« fragte ich verwundert.

Aber Polina war schon hinter der Tür verschwunden.

‚Aha, also sie korrespondieren bereits!‘

Natürlich beeilte ich mich sogleich, Mister Astley aufzusuchen. Ich ging zuerst in sein Hotel, wo ich ihn nicht antraf, ging dann ins Kurhaus, wo ich ihn in allen Sälen suchte, ohne ihn zu finden. Ärgerlich, fast sogar wütend, wollte ich mich in unser Hotel zurückbegeben — da traf ich ihn endlich unterwegs: er ritt in Gesellschaft mehrerer englischer Herren und Damen. Ich winkte ihn zu mir heran und übergab ihm den Brief. Wir kamen nicht einmal dazu, einen Blick auszutauschen. Ich vermute aber, daß Mister Astley absichtlich seinem Pferde die Sporen gab, um schneller fortzukommen.

Quälte mich Eifersucht? Ich weiß es selbst nicht; ich weiß nur, daß ich in der niedergedrücktesten Stimmung war und mich nicht einmal vergewissern wollte, worüber sie korrespondierten. Also ihr Vertrauensmann! ‚Freund hin, Freund her‘, dachte ich, ‚nun ja (wann hat er denn Gelegenheit gehabt, es zu werden?), aber ist hier nicht doch Liebe im Spiel? ... Natürlich nicht!‘ flüsterte mir meine Vernunft zu. Aber Vernunft pflegt ja in solchen Fällen kaum maßgebend zu sein. Jedenfalls mußte ich mir auch hierüber noch Aufklärung verschaffen. Die Geschichte verwickelte sich in unangenehmer Weise.

Kaum hatte ich das Hotel wieder betreten, als mir sogleich der Portier aus seiner Loge und nach ihm auch der Hotelverwalter entgegentraten und mir mitteilten, daß der General mich zu sprechen wünsche und schon dreimal habe fragen lassen, wo ich sei. Er lasse mich bitten, mich unverzüglich zu ihm zu begeben. Das verdarb mir endgültig meine Stimmung, die ohnehin nichts weniger als freundlich war.

Im Kabinett des Generals traf ich außer ihm selbst noch Monsieur des Grieux und Mademoiselle Blanche an — ohne madame veuve de Cominges. Entschieden ist diese nichts als ein Dekorationsmöbel, das nur zu Paradezwecken dient! Wird die Sache einmal ernst, so agiert Mademoiselle Blanche allein. Und es ist auch kaum anzunehmen, daß jener von ihrer sogenannten Tochter jemals ein Einblick in die Karten gestattet worden sei.

Sie mußten übrigens alle drei über sehr wichtige Dinge verhandelt haben — sogar die Tür hatten sie abgeschlossen, was sonst noch nie geschehen war. Als ich mich der Tür näherte, hörte ich laute Stimmen erregt durcheinander sprechen: ich erkannte den anmaßenden Tonfall des Franzosen mit allen seinen boshaften Nuancen, die im Zorn fast kreischende Stimme der Mademoiselle Blanche, die sich sogar in Schimpfwörtern zu ergehen schien, und dazwischen die kleinlaute und schuldbewußte Stimme des Generals, der sich offenbar gegen die Vorwürfe der anderen zu verteidigen und zu rechtfertigen suchte. Bei meinem Erscheinen verstummten sie alle ganz plötzlich und nahmen sich zusammen.

Des Grieux strich sich mit der Hand mehrfach übers Haar und machte aus seinem wütenden Gesicht ein lächelndes — verzog es zu jenem widerlichen, offiziell-höflichen, französischen Lächeln, das mir so maßlos verhaßt ist. Der General, der im ersten Augenblick noch ganz schuldbewußt und halb vernichtet aussah, räusperte sich und warf sich wieder in Positur. Aber er tat es doch etwas mechanisch, fast wie geistesabwesend. Einzig Mademoiselle Blanche veränderte kaum ihre zornige Miene und begnügte sich damit, zu verstummen. Sie sah mich wie in ungeduldiger Erwartung an. Ich muß hier bemerken, daß sie sich bis dahin ganz unglaublich nachlässig gegen mich benommen hatte, sogar meine Verbeugung pflegte sie kaum mit einem Kopfnicken zu quittieren oder mich einfach zu übersehen.

»Alexei Iwánowitsch«, begann der General in milde vorwurfsvollem Ton, »gestatten Sie, daß ich Sie darauf aufmerksam mache, wie sonderbar, wie im höchsten Grade sonderbar . . . äh, hm! . . . mit einem Wort, Ihr Verhalten gegen mich und meine Familie . . . Kurz, ich muß Ihnen gestehen, daß ich es mehr als sonderbar empfinde . . .«

»Eh, ce n'est pas ça«, unterbrach ihn ärgerlich und mit einem verächtlichen Seitenblick der Franzose. Der war hier offenbar schon Herr und Meister! »Mon cher monsieur, notre cher général se trompe«, und so weiter, und so weiter in französischen Phrasen. Der Sinn war der, daß der General sich im Ton vergriffen habe, er wolle mir nur sagen — »das heißt, Sie nur warnen, oder richtiger, Sie aufrichtig bitten, ihn nicht zugrunde zu richten . . . nun ja, eben wie gesagt, nicht zugrunde zu richten! Ich drücke mich mit Absicht so aus . . .«

»Aber inwiefern tue ich denn das?« unterbrach ich ihn.

»Aber ich bitte Sie, Sie haben es übernommen, der . . . manager — oder wie soll ich es sonst nennen? — dieser Alten, de cette pauvre terrible vieille zu sein . . .« Er geriet selbst etwas aus dem Konzept. »Aber sie wird doch so alles verspielen, alles, bis aufs Letzte! Sie haben doch selbst gesehen,

130

Sie waren doch Augenzeuge, wie sie spielte! Wenn sie erst einmal zu verlieren beginnt, wird sie den Spieltisch überhaupt nicht mehr verlassen, ich versichere Sie! Aus Eigensinn wird sie nicht fortgehen, aus Wut, und sie wird spielen und spielen — und da man hin und wieder auch gewinnt, so . . .«

»So richtet sie damit die ganze Familie zugrunde!« half ihm der General. »Ich und meine Familie — wir sind ihre Erben, nähere Verwandte hat sie nicht. Und ich will Ihnen ganz aufrichtig sagen: meine Verhältnisse sind eben derart . . . mit einem Wort, sie sind durchaus nicht so, wie ich wünschte, daß sie wären. Sie wissen es ja selbst . . . Zum Teil, wenigstens. Wenn Sie nun hier eine bedeutende Summe verspielt oder gar ihr ganzes Vermögen — Gott behüte uns davor! — was soll dann aus . . . meinen Kindern werden!« (Er sah sich nach dem Franzosen um) »und . . . und aus mir!« — sein Blick suchte Mademoiselle Blanche, die sich mit Verachtung von ihm abwandte. »Alexei Iwánowitsch, retten Sie uns, retten Sie uns! . . .«

»Aber ich bitte Sie, General, inwiefern könnte ich hier . . . Was habe ich hier überhaupt zu sagen?«

»Weigern Sie sich, weigern Sie sich, helfen Sie ihr nicht, verlassen Sie sie!«

»Dann wird sich ein anderer finden . . .«

»Ce n'est pas ça, ce n'est pas ça!« unterbrach uns wieder der Franzmann — »que diable! Nein, verlassen Sie sie nicht, aber versuchen Sie, oui, versuchen Sie wenigstens, sie zu bereden, sie abzulenken, sie zurückzuhalten . . . Enfin . . . lassen Sie sie wenigstens nicht gar zu viel verspielen, lenken Sie sie irgendwie vom Spiel ab!«

»Vielleicht geben Sie mir auch einen Rat, wie ich das machen könnte? Aber wie wäre es, Monsieur, wenn Sie es selbst versuchen wollten?« fragte ich möglichst harmlos.

Da bemerkte ich einen schnellen fragenden Blick, den Mademoiselle Blanche ihm zuwarf. In seinem Gesicht ging eine seltsame Veränderung vor sich, fast als wolle er einmal aufrichtig sein.

131

»Das ist es ja, daß sie mich jetzt nicht...« Er schnippte ärgerlich mit den Fingern. »Wenn... später vielleicht...«

Er sah plötzlich mit einem bedeutsamen Blick zu Mademoiselle Blanche hinüber.

»Oh, mon cher Monsieur Alexis, soyez si bon!« bat mich plötzlich Mademoiselle Blanche, auf mich zutretend — daß sie sich dazu herabließ! — »soyez si bon!« und sie ergriff sogar meine beiden Hände und drückte sie herzlich. Teufel! Dieses diabolische Gesicht konnte sich in einer einzigen Sekunde verändern! In diesem Augenblick hatte sie ein so flehendes, so liebes, kindlich lächelndes und schelmisches Kindergesicht! Und zum Schluß zwinkerte sie mir plötzlich noch spitzbübisch zu — ganz heimlich, so daß die anderen es nicht sahen. Sie wollte mich wohl in einer einzigen Minute umgarnen! Sie verstand es gut, nur wirkte es doch schrecklich plump.

Sogleich eilte auch der General herbei.

»Alexei Iwánowitsch, verzeihen Sie, daß ich vorhin so... etwas unwirsch begann, es war ja gar nicht so gemeint! Ich bitte Sie, ich bitte Sie inständig, ich flehe Sie an! — Sie allein, nur Sie allein können uns retten! Ich und Mademoiselle de Cominges bitten Sie von ganzem Herzen — Sie begreifen doch, Sie verstehen doch?« flehte er, mit dem Blick vielsagend auf Mademoiselle Blanche weisend. So hilflos hatte ich ihn noch nie gesehen.

Da wurde plötzlich dreimal respektvoll leise an die Tür gepocht; wir machten auf — es war ein Hoteldiener; einige Schritte hinter ihm stand Potápytsch. Die Bábuschka hatte sie gesandt. Sie sollten mich aufsuchen und sogleich zu ihr führen.

»Belieben sich zu ärgern«, meldete Potápytsch zur Erklärung.

»Aber es ist doch erst halb vier.«

»Ja, aber die Gnädige konnten nicht einmal einschlafen, warfen sich von einer Seite auf die andere, dann standen sie plötzlich auf, verlangten, in den Stuhl gehoben zu werden und daß man Sie rufe. Jetzt sind sie schon unten auf der Treppe . . .«

»Quelle mégère!« verwünschte sie der Franzose.

In der Tat fand ich die Bábuschka bereits unten auf der Treppe — ärgerlich vor Ungeduld, weil sie auf mich hatte warten müssen. Sie hatte es nicht ausgehalten bis vier.

»Nun, hebt jetzt, vorwärts!« kommandierte sie, und wir begaben uns wieder zum Roulette.

ZWÖLFTES KAPITEL

Die Bábuschka befand sich in einer reizbaren und ungeduldigen Gemütsverfassung; man sah es ihr an, daß das Roulette ihr nicht mehr aus dem Kopf ging. Alles andere war ihr jetzt gleichgültig, und überhaupt schien sie sehr zerstreut zu sein, oder richtiger, nur mit einem Gedanken beschäftigt. Unterwegs zum Beispiel stellte sie keine einzige Frage von der Art wie am Vormittag. Als eine wunderbare Equipage blitzschnell an uns vorüberrollte, hob sie wohl einmal die Hand und fragte: »Wer war das? Wem gehört der Wagen?«, schien aber meine Antwort ganz zu überhören und sich wieder nur mit ihren eigenen Gedanken zu beschäftigen. Ihre Nachdenklichkeit unterbrach sie von Zeit zu Zeit durch hastige Bewegungen und Ausfälle. Als ich ihr kurz vor dem Kurhaus den Baron und die Baronin Wurmerhelm zeigte, die ich in ziemlicher Entfernung von uns erblickte, sah sie nur zerstreut hin, sagte gleichmütig »Ah?« und wandte sich plötzlich nach Potápytsch und Marfa um, die hinter ihr gingen, und fuhr sie schroff an:

»Weshalb kommt ihr denn mitgelaufen? Nicht jedesmal kann ich euch mitschleppen! Marsch zurück nach Haus! Du genügst mir vollkommen«, wandte sie sich an mich, als jene schleunigst dienerten und zum Hotel zurückkehrten.

Im Spielsaal wurde die Bábuschka bereits erwartet. Im Augenblick wurde derselbe Platz neben dem Croupier für sie freigemacht. Ich glaube, daß diese Croupiers, die stets so ruhig scheinen, als ginge es sie nichts an, ob die Bank gewinnt oder verliert, im Grunde doch nichts weniger als gleichgültig dem Spiel gegenüber sind, gewiß auch einige Instruktionen in betreff der Anlockung der Spieler erhalten und sich für

134

den Gewinn der Bank interessieren müssen, wofür sie dann zweifellos Prämien und Prozente erhalten. Wenigstens schien es mir, daß sie die Bábuschka bereits als ihr Opfer betrachteten. Und das, was sie und die Unsrigen erwarteten, geschah natürlich, und zwar folgendermaßen:

Die Bábuschka wandte sich, wie vorauszusehen war, sogleich ihrem lieben zéro zu und befahl mir zwölf Friedrichsdore zu setzen. Ich setzte einmal, noch einmal und dann noch einmal — zéro kam nicht.

»Setze, setze«, drängte sie vor Ungeduld mich stoßend. Ich gehorchte.

»Wievielmal haben wir schon gesetzt?« fragte sie schließlich, knirschend vor Ungeduld.

»Schon zwölfmal, Bábuschka. Hundertundvierundvierzig Friedrichsdore haben wir verloren. Ich sage Ihnen, bis zum Abend können Sie ja ...«

»Schweig!« unterbrach sie mich kurz. »Setz auf zéro und zugleich auf Rot tausend Gulden. Wart, hier ist das Geld, nimm.«

Rot gewann, doch den Einsatz auf zéro verloren wir wieder. Viertausend Gulden wurden uns ausbezahlt.

»Siehst du, siehst du!« flüsterte die Bábuschka mir zu, »fast alles, was wir verloren haben, ist damit zurückgewonnen! Setz wieder auf zéro, noch zehnmal wollen wir auf zéro setzen, dann basta.«

Doch nach dem fünften Verlust hatte sie es satt.

»Ach, hol's der Kuckuck, dieses scheusälige zéro! Da, setze alle viertausend Gulden auf Rot!« befahl sie.

»Bábuschka! Das wird etwas zu viel sein; bedenken Sie doch, wenn nun Rot nicht gewinnt«, versuchte ich sie zu bereden, aber die Bábuschka hätte mich fast geprügelt. Tatsächlich stieß sie mich immer so unsanft, daß es gar nicht so übertrieben wäre, von Schlägen zu reden. Es war nichts zu machen. Ich setzte die vorher gewonnenen viertausend Gulden auf Rot. Das Rad drehte sich. Die Bábuschka saß ruhig und stolz aufgerichtet da und zweifelte keinen Augenblick daran, daß der Croupier sogleich „Rouge" rufen werde.«

»Zero!« rief der Croupier.

Zuerst begriff sie gar nicht, was das bedeutete, als sie aber sah, daß der Croupier ihre viertausend Gulden und alles übrige Geld, das auf dem Tische lag, einzog, und als sie dann erst allmählich sich dessen bewußt wurde, daß dieses Zéro, auf das wir fast zweihundert Friedrichsdore gesetzt und verloren hatten, nun so plötzlich herausgekommen war, gerade jetzt, nachdem sie es zum Kuckuck gewünscht und zum erstenmal nicht darauf gesetzt hatte — da ächzte sie nur einmal auf und schlug die Hände zusammen, daß es im ganzen Saal zu hören war. Ringsum begann man zu lachen.

»Gott im Himmel! Und gerade jetzt, gerade jetzt mußte es herauskommen!« Ganz verzweifelt war sie! »Solch ein Scheusal, solch ein nichtsnutziges Scheusal! Das ist deine Schuld! Daran bist du ganz allein schuld!« wandte sie sich zornbebend wieder mit einem Stoß an mich. »Du, du hast mich dazu beredet!«

»Bábuschka, ich habe ganz sachlich meine Meinung gesagt, aber ich kann nicht alle Chancen voraussehen!«

»Ich werde dir! . . . Chancen!« flüsterte sie zornig. »Mach, daß du fortkommst, marsch!«

»Adieu, Bábuschka.« Ich wandte mich zum Gehen.

»Alexei Iwánowitsch, Alexei Iwánowitsch, so bleib doch hier! Wohin! Nun, was fehlt dir, was fehlt dir? Ärgerst dich? Dummkopf! Nun, bleib doch hier, nun ärgere dich nicht; ich bin selbst ein Dummkopf! Nun, sag, nun — was jetzt?«

»Nein, Bábuschka, raten werde ich Ihnen nicht mehr, Sie werden mich doch wieder beschuldigen. Spielen Sie nach eigenem Gutdünken. Bestimmen Sie, ich werde setzen.«

»Schon gut, schon gut! Nun, setze noch einmal viertausend Gulden auf Rot! Hier ist die Brieftasche; nimm sie!« Sie zog sie aus ihrer Tasche hervor und reichte sie mir. »Nun, mach aber schnell, hier sind zwölftausend Gulden in barem Gelde.«

»Bábuschka«, stotterte ich, »solche Einsätze . . .«

»Ich will nicht leben, wenn ich es nicht wiedergewinne!«

Wir setzten und verloren.

»Noch, setz noch, setz alle acht!«

»Das geht nicht, der größte Einsatz ist viertausend! . . .«

»Nun, dann setz viertausend!«

Diesmal gewannen wir. Die Babuschka lebte auf.

»Siehst du, siehst du!« sagte sie und stieß mich wieder an, »setze wieder vier!«

Ich setzte — wir verloren. Dann verloren wir noch einmal und dann noch einmal.

»Bábuschka, alle zwölftausend sind hin«, meldete ich.

»Das sehe ich, daß sie hin sind«, sagte sie, gewissermaßen wie in erstarrter Raserei, wenn man sich so ausdrücken darf; »das sehe ich, Väterchen, das sehe ich«, murmelte sie, starr vor sich hinsehend und in Gedanken versunken — »nein! und koste es mein Leben, setze noch viertausend Gulden!«

»Aber ich habe ja kein Geld mehr, Bábuschka. Hier in der Brieftasche sind wohl noch fünfprozentige Wertpapiere und dann noch andere, aber kein bares Geld mehr.«

»Aber im Portemannaie?«

»Nur Kleingeld ist hier noch.«

»Gibt es hier in der Nähe eine Bank, wo man die Papiere verkaufen könnte? Man hat mir gesagt, daß hier alle unsere russischen Papiere angenommen werden«, sagte sie entschlossen.

»Oh, gewiß! Aber was Sie dabei verlieren, das . . . würde selbst einen Juden entsetzen!«

»Unsinn! Ich gewinne es wieder zurück! Vorwärts! Ruf die Tölpel her!«

Damit meinte sie die Träger.

Ich zog ihren Rollstuhl vom Tisch zurück, winkte die Träger herbei, und wir verließen den Saal und das Kurhaus.

»Schneller, schneller, schneller!« kommandierte die Bábuschka. »Geh du voran, Alexei Iwánowitsch, und zeige uns den Weg, aber den kürzesten, hörst du! . . . Ist es weit?«

»Nur ein paar Schritte, Bábuschka.«

Doch wie wir vom Square in die Allee einbiegen wollten,

137

erblickten wir plötzlich unsere ganze Gesellschaft vor uns: den General, des Grieux und Mademoiselle Blanche mit ihrer Mutter. Polina Alexándrowna war nicht unter ihnen, ebensowenig Mister Astley.

»Nun? Nicht stehen bleiben!« rief die Bábuschka, »nun, was wollt ihr? Keine Zeit, keine Zeit, mich hier mit euch abzugeben!«

Ich trat zurück; der Franzose war im Augenblick neben mir.

»Den ganzen Gewinn vom Vormittag und außerdem noch zwölftausend Gulden verspielt. Gehen jetzt, um Fünfprozentige flüssig zu machen«, flüsterte ich ihm zu.

Er stampfte mit dem Fuß auf und beeilte sich, den General davon in Kenntnis zu setzen. Wir gingen weiter.

»Halten Sie sie zurück, halten Sie sie zurück!« flehte mich der General im Flüsterton an. Er sah ganz verzweifelt aus.

»Bitte, versuchen Sie es doch, sie zurückzuhalten«, antwortete ich ebenso leise.

»Tantchen!« begann der General, neben ihren Stuhl tretend, »Tantchen ... wir werden sogleich ... sogleich ...« — seine Stimme wurde unsicher und ängstlich — »Pferde mieten und Wagen und ins Grüne fahren ... Wundervolle Aussicht ... von der Terrasse namentlich ... Wir kamen, um Sie aufzufordern, sich uns anzuschließen.«

»Ach, geh mir mit deinen Terrassen!« trieb ihn die Bábuschka mit einer ärgerlichen Handbewegung und in gereiztem Ton fort.

»Es ist dort ein Dorf in der Nähe ... wir werden dort Tee trinken ...«, fuhr der General mit dem Mut der Verzweiflung fort.

»Nous boirons du lait, sur l'herbe fraîche«, fügte der Franzose, innerlich knirschend, hinzu.

Du lait, de l'herbe fraîche — das ist der Inbegriff alles dessen, was der Pariser Bourgeois an idyllischen Idealen besitzt. Es ist aber auch alles, was er unter »la nature et la vérité« versteht!

»Ach, geh du mit deiner Milch! Trink sie selber, wenn du willst, ich bekomme davon Leibweh. Was wollt ihr eigentlich von mir?!« fuhr sie sie gereizt an, »ich sage doch, ich habe keine Zeit!«

»Wir sind schon angelangt, Bábuschka, hier ist es.«

Wir waren vor dem Hause angelangt, in dem sich ein Bankkontor befand. Ich ging hinein, während die Bábuschka vor dem Portal blieb. Der Franzose, der General und Mademoiselle Blanche standen etwas weiter zurück und wußten nicht, was sie tun sollten. Die Bábuschka sah sich noch einmal zornig nach ihnen um — da gingen sie die Allee zum Kurhaus zurück.

Mir wurde eine so unheimliche Berechnung vorgelegt, daß ich mich nicht entschließen konnte, darauf einzugehen, und ich kehrte zu Bábuschka zurück, um ihre Instruktionen einzuholen.

»Ach, diese Räuber!« rief sie, die Hände zusammenschlagend. »Nun, gleichviel! Wechsle!« rief sie entschlossen. »Halt, ruf zuerst den Bankier her!«

»Vielleicht einen von den Angestellten, Bábuschka?«

»Nun, meinetwegen, gleichviel! Ach, diese Räuber!«

Der Betreffende, an den ich mich wandte, folgte meiner Bitte, nachdem ich ihm gesagt, daß es eine alte Gräfin sei, die ihn zu sich bitten lasse, da sie selbst nicht gehen könne. Die Bábuschka überhäufte ihn lange, laut und zornig mit Vorwürfen wegen seiner Betrügerei und versuchte mit ihm zu handeln, und alles das in einem freien Gemisch von Russisch, Französisch und Deutsch, weshalb ich der Verständlichkeit halber nachhelfen mußte. Der Mensch aber sah nur todernst bald sie, bald mich an und schüttelte schweigend den Kopf. Die Bábuschka betrachtete er dabei mit einem so unverhohlenen Interesse, daß es direkt unhöflich war. Endlich begann er zu lächeln.

»Ach nun, pack dich! Krepier meinetwegen an meinem Gelde!« unterbrach sich da die Bábuschka zornig. »Wechsle bei ihm, Alexei Iwánowitsch; wir haben keine Zeit, sonst könnten wir zu einem anderen gehn, um Geld zu wechseln!«

»Dieser sagt, daß die anderen noch weniger geben würden«, bemerkte ich.

Genau entsinne ich mich nicht mehr seiner Berechnung, jedenfalls aber war sie fürchterlich. Etwa zwölftausend Florins in Gold und Banknoten gab er mir; ich nahm die Rechnung und das Geld und brachte sie der Bábuschka.

»Nun, nun, schon gut, schon gut! Wozu da noch zählen!« wehrte sie mit der Hand ab. »Schneller, schneller, schneller!«

»Nie mehr werde ich auf dieses verwünschte Zéro setzen und auf Rot ebensowenig!« murmelte sie, als wir uns dem Kurhaus näherten.

Diesmal bemühte ich mich aus allen Kräften, sie zu möglichst kleinen Einsätzen zu bewegen, mit der Versicherung, daß sie, sobald die Chancen stabiler würden, immer noch zeitig genug große Einsätze machen könne. Sie hatte aber nicht die Geduld dazu: anfangs willigte sie ein, doch während des Spiels war es ganz unmöglich, sie noch zurückzuhalten, denn kaum begannen ihre kleinen Einsätze zu gewinnen, etwa zehn oder zwanzig Friedrichsdore, so stieß sie mich gleich ärgerlich an und machte mir Vorwürfe.

»Nun sieh! nun sieh! nun, da haben wir doch gewonnen! Hätten wir viertausend gesetzt, anstatt zehn, so hätten wir viertausend gewonnen, aber so, was ist denn das? Daran bist du schuld, nur du!«

Was blieb mir da anderes übrig als zu schweigen und zu nichts mehr zu raten, wie sehr mich ihre Spielweise auch ärgerte.

Plötzlich näherte sich ihr unser Franzose. Sie waren alle vier im Saal. Mademoiselle Blanche stand mit ihrer Mutter etwas abseits und kokettierte mit dem kleinen Fürsten. Der General war sichtlich in Ungnade: Mademoiselle Blanche schien ihn nicht einmal eines Blickes würdigen zu wollen, obschon er sich alle erdenkliche Mühe gab, sich wieder bei ihr einzuschmeicheln. Der Arme! Er wurde bald blaß, bald rot und hatte Augen und Ohren nur noch für sie, so daß er ganz vergaß, dem Spiel der Bábuschka zu folgen. Endlich verließen Blanche und das Fürstchen den Saal, und der General eilte ihnen natürlich nach.

»Madame, Madame«, flüsterte derweilen des Grieux mit honigsüßer Stimme der Bábuschka fast ins Ohr: »Madame, so geht das nicht ... nein, nein, geht nicht! ...«, radebrechte er auf russisch, »nein!«

»Ja, wie denn?« wandte sich die Bábuschka nach ihm um. »Nun, so sag mir doch, wie — wenn du es besser weißt!«

Da begann des Grieux geschwind auf französisch irgend etwas sehr Kompliziertes zu erklären, sprach als gewandter Causeur unendlich viel, ohne damit etwas zu sagen, meinte zwar zwischendurch, daß man auf eine günstigere Chance warten müsse, zählte dann noch verschiedene Zahlen auf ... die Bábuschka wurde aber um keinen Deut klüger. Er wandte sich auch immer wieder an mich, damit ich seine Worte übersetze, nur kam dabei nicht viel heraus, und so erklärte er denn weiter, mit dem Finger des Nachdruckes halber fortwährend auf den Tischrand drückend. Zum Schluß zog er noch einen Bleistift hervor und begann ihr auf einem Stück Papier Unbegreifliches vorzurechnen.

Der Bábuschka riß aber endlich doch die Geduld.

»Ach, packe dich, marsch! Mir gellen schon die Ohren von deinem Blödsinn! ‚Madame, Madame‘, und weiter hört man nichts, geh mir vom Halse!«

»Mais, Madame«, und des Grieux erging sich in neuen Versicherungen — im Ton nur eine Note höher — und fuhr mit doppeltem Eifer in seinen Erklärungen fort. Weiß Gott, der Verlust mußte ihm doch sehr nahegegangen sein.

»Nun, setze einmal so, wie er sagt«, befahl mir plötzlich die Babuschka, »wir wollen sehen, vielleicht kommt es auch wirklich so heraus.«

Des Grieux wollte sie nur von den großen Einsätzen abbringen, deshalb empfahl er das System der kleinen Einsätze, und zwar auf die Zahlen, als bedeutend aussichtsvoller.

Nach seiner Anweisung setzte ich je einen Friedrichsdor auf die ersten zwölf, je fünf Friedrichsdore auf die Zahlengruppen von zwölf bis achtzehn und von achtzehn bis vierundzwanzig, im ganzen sechzehn Friedrichsdore.

Das Rad drehte sich.

»Zero!« rief der Croupier.

Wir hatten alles verloren.

»Solch ein Schafskopf!« rief die Babuschka, sich heftig an des Grieux wendend. »Solch ein nichtsnutziger Französischka, der du bist! Und kommst mir noch mit deinen Ratschlägen, du Taugenichts! Geh! Mach, daß du fortkommst! Selbst hat er keine Ahnung von der Sache, erteilt aber Ratschläge! Noch besser!«

Tief gekränkt zuckte der Franzose nur mit den Achseln, blickte mit Verachtung auf die Bábuschka hinab und ging. Ich glaube, er schämte sich, daß er sich überhaupt mit ihr abgegeben hatte.

Nach einer Stunde war — trotz aller Mühen und Versuche — alles verspielt.

»Nach Haus!« rief die Bábuschka.

Bis zur Allee sprach sie kein Wort. Erst am Ende der Allee, kurz bevor wir das Hotel erreichten, brach es aus ihr heraus:

»Du Närrin! Du Erznärrin! Du alte, alte Närrin!« sagte sie zu sich selbst.

Kaum in ihren Räumen angelangt, gab sie sogleich ihre Befehle:

»Tee!« wünschte sie zuerst, »und sogleich einpacken! Wir fahren!«

»Wohin werden Mütterchen denn zu fahren belieben?« wagte Marfa zu fragen.

»Was geht das dich an? Kümmere dich um deine Arbeit! Potápytsch, packe alles ein, mach das ganze Gepäck fertig. Wir fahren zurück nach Moskau. Ich habe fünfzehntausend Rubel verspielt!«

»Fünfzehntausend, Mütterchen! Großer Gott!« rief Potápytsch, und wie überwältigt schlug er die Hände zusammen, da er wohl annahm, daß Staunen und Bedauern jetzt erwünscht seien.

»Nun, nun! — Dummkopf! Was hast du zu heulen? Schweig! Pack die Sachen ein! Die Rechnung! Schnell!«

»Der nächste Zug geht um neun Uhr dreißig, Bábuschka«, bemerkte ich, um sie zu beruhigen.

»Und wieviel ist es jetzt?«

»Erst halb acht.«

»Wie dumm! Nun, gleichviel! Du, Alexei Iwánowitsch, Geld habe ich keine Kopeke bei mir. Hier hast zu zwei Wertpapiere, lauf dorthin zu dem Kerl und laß dir dafür Geld geben. Sonst habe ich nichts, womit ich fahren könnte.«

Ich ging. Als ich nach einer halben Stunde zurückkehrte, traf ich alle die Unsrigen bei der Bábuschka an. Die Nachricht, daß die Bábuschka nach Moskau zurückfahre, hatte sie, glaube ich, noch mehr erschreckt als ihr Verlust im Spiel. Freilich konnte man jetzt sicher sein, daß sie nicht ihr ganzes Vermögen verspielen werde, dafür aber — was sollte jetzt aus dem General werden? Wer wird nun dem Franzosen die Schulden bezahlen? Und Mademoiselle Blanche wird natürlich nicht so lange warten, bis die Alte stirbt, sondern aller Voraussicht nach mit dem Fürstchen oder irgendeinem anderen losziehen. Sie standen alle vor der Bábuschka, trösteten und redeten auf sie ein. Polina war wieder nicht erschienen. Die Bábuschka, die ihnen wohl schon eine Zeitlang zugehört hatte, schrie sie wütend an:

»Ach, geht mir vom Halse, ihr Teufel, was geht das euch an? Was kriecht dieser Ziegenbart ewig zu mir!« schrie sie den Franzosen an, »und du Kiebitzin, was willst *du* denn von mir?« wandte sie sich wütend an Mademoiselle Blanche.

»Diantre«, murmelte Mademoiselle Blanche mit einem haßfunkelnden Blick auf die Alte. Doch plötzlich lachte sie auf und ging zur Tür.

»Elle vivra cent ans!« rief sie, noch bevor sie das Zimmer verließ, über die Schulter dem General zu.

»Ah! so wartest du auf meinen Tod?« wandte sich die Bábuschka zornbebend an den General, »hinaus! Jage sie alle hinaus, Alexei Iwánowitsch! Nicht *euer* Geld habe ich verzettelt! *Mein* Geld! Was geht das euch an!«

Der General hob nur kurz die Schulter, verbeugte sich und ging. Der Franzose folgte ihm.

»Ruf Praskówja her!« befahl sie der Marfa.

Nach kaum fünf Minuten kehrte diese mit Polina zurück. Die ganze Zeit hatte Polina mit den Kindern in ihrem Zimmer zugebracht und hatte das, glaube ich, mit Absicht getan. Ihr Gesicht war ernst und traurig und sie schien besorgt zu sein.

»Praskowja«, begann die Babuschka, »ist es wahr, was ich vor kurzem erfahren habe, daß dieser Dummkopf, dein Stiefvater, diese dumme Wetterfahne, diese Französin — eine Schauspielerin oder was? oder vielleicht noch Schlimmeres — daß er diese heiraten will? Sag mir ganz offen, ist es wahr?«

»Genau weiß ich es nicht, Bábuschka«, sagte Polina, »aber nach den Worten der Mademoiselle Blanche, die aus ihren Plänen kein Geheimnis macht, schließe ich . . .«

»Genug!« unterbrach die Babuschka sie kategorisch, »ich verstehe! Ich habe ihn von jeher für den dümmsten und leichtsinnigsten Menschen gehalten und auch nichts anderes von ihm erwartet. Er glaubt, Gott weiß was zu sein, weil er General ist! — große Herrlichkeit, dabei erst beim Abschied erhalten, als er als Oberst abging! Ich weiß alles, mein Mütterchen, ich weiß, daß ihr Depesche auf Depesche nach Moskau gesandt habt, immer mit der Frage, ob denn die Alte sich noch immer nicht gestreckt habe. Die Erbschaft ließ zu lange auf sich warten! Ohne Geld aber wird ihn dieses gemeine Weib — de Cominges oder wie sie da heißt? — wird sie ihn nicht mal als Diener zu sich nehmen! Man sagt, sie soll selbst eine Menge Geld haben, das sie anderen leiht, wofür sie dann Prozente nimmt. Schön erworbenes Geld, das sieht man. Dir, Praskówja, mache ich deshalb keine Vorwürfe, nicht du hast die Depeschen gesandt; und auch was gewesen ist, daran wollen wir nicht denken. Ich weiß, daß du einen gefährlichen Charakter hast, wie eine Wespe. Stichst du, so schwillt es an; aber es tut mir leid um dich, denn deine Mutter, die verstorbene Katerina, habe ich lieb gehabt. Nun, willst du? Laß sie alle hier und komm mit mir nach Moskau. Du hast ja doch niemanden und nichts, wo du dich lassen könntest; und es ist auch unpassend für dich, hier mit diesen zusammen zu sein. Wart!« hielt die Bábuschka Polina auf, da diese schon antworten wollte, »ich habe dir noch nicht alles gesagt. Von dir werde ich nichts verlangen. Mein Haus in Moskau — nun, du weißt ja, wie es ist — ein Palais. Nimm meinetwegen eine ganze Etage für dich ein und komm wochenlang nicht zu mir nach unten, wenn mein Charakter dir nicht zusagt! Nun, willst du oder willst du nicht!«

»Erlauben Sie zuerst eine Frage, Bábuschka: wollen Sie wirklich jetzt gleich zurückkreisen?«

»Du glaubst wohl, ich scherze, mein Kind? Ich habe es gesagt und ich fahre. Fünfzehntausend Rubel hat mir hier euer dreifach verwünschtes Roulette heute abgenommen. Vor fünf Jahren habe ich einmal versprochen, eine hölzerne Kirche in der Nähe von Moskau in eine steinerne umzubauen, statt dessen habe ich nun hier das Geld vergeudet. Jetzt, mein Kind, jetzt fahre ich zurück, um die Kirche umzubauen.«

»Aber die Brunnenkur, Bábuschka? Sie kamen doch her, um Brunnen zu trinken?«

»Geh du mir mit deinem Brunnen! Reiz' du mich nicht, Praskówja, das sag ich dir! Oder tust du's etwa mit Willen? Sag jetzt — kommst du mit oder nicht?«

»Ich bin Ihnen sehr, sehr dankbar, Bábuschka, für das Angebot«, sagte Polina mit tiefem Gefühl. »Und Sie haben auch meine Lage sehr richtig erkannt. Ich weiß Ihr Anerbieten vollkommen zu würdigen und ich versichere Sie, daß ich zu Ihnen kommen werde, vielleicht sogar schon sehr bald;

jetzt aber habe ich Gründe . . . sehr wichtige Gründe . . . deshalb kann ich mich jetzt, in diesem Augenblick, noch nicht dazu entschließen. Wenn Sie wenigstens noch zwei Wochen hierblieben . . .«

»Das heißt also: du willst nicht?«

»Nein, das nicht, aber ich kann nicht. Außerdem kann ich nicht meinen Bruder und meine Schwester hier allein zurücklassen, da . . . weil . . . da es vielleicht wirklich geschehen kann, daß . . . daß sie ganz vergessen und verlassen zurückbleiben, deshalb . . . wenn Sie mich mit den Kleinen aufnehmen wollten, Bábuschka, so werde ich natürlich zu Ihnen kommen, und glauben Sie mir, ich werde alles tun, um Ihnen meine Dankbarkeit zu beweisen!« fügte sie mit Wärme hinzu, »aber ohne die Kleinen kann ich nicht, Bábuschka.«

»Na, heul' nur nicht!« — Polina dachte nicht daran, zu weinen, und überhaupt habe ich sie niemals Tränen vergießen sehen. »Auch für die Kleinen wird sich Platz finden in meinem großen Stall. Übrigens wird's für sie bald Zeit, daß man sie in die Schule steckt. Nun, also dann kommst du jetzt nicht mit! Nur — sieh dich vor, Praskowja! Ich meinte es gut mit dir, aber ich weiß ja doch, weshalb du nicht kommst. Alles weiß ich, Praskowja. Glaube mir, dieser Französischka wird dich zu nichts Gutem führen!«

Polina wurde feuerrot. Ich zuckte zusammen: Alle wissen etwas! Nur ich weiß nichts!

»Nun, nun, ärgere dich nicht. Ich werde nichts breittreten. Nur nimm dich in acht, Praskówja, damit nichts Schlimmes geschieht, verstanden? Du bist ein kluges Mädchen, du tätest mir leid. Nun, genug, es wäre besser gewesen, ich hätte euch alle nicht wiedergesehen! Geh, leb wohl!«

»Ich werde Sie noch begleiten, Bábuschka«, sagte Polina.

»Ist nicht nötig; geh nur und störe nicht; hab' euch sowieso schon alle satt!«

Polina küßte der Bábuschka die Hand, doch diese zog die Hand fort und küßte sie auf die Wange.

Als Polina an mir vorüberging, warf sie nur einen schnel-

146

len Blick auf mich, dann aber sah sie sogleich wieder fort.

»Nun, auch du leb wohl, Alexei Iwánowitsch; es bleibt mir nur noch eine Stunde bis zur Abfahrt. Und ich werde dich wohl schon weidlich ermüdet haben, denke ich. Hier, nimm diese fünfzig Goldstücke.«

»Besten Dank, Bábuschka, aber es ist mir peinlich . . .«

»Nun, nun!« rief sie, aber so energisch und drohend, daß ich nicht abzulehnen wagte und das Geld annahm.

»Wenn du in Moskau ohne Stelle herumläufst — komm zu mir: werde dich irgendwo empfehlen. Aber jetzt scher dich!«

Ich ging in mein Zimmer und legte mich auf das Bett. Ich glaube, ich lag so eine halbe Stunde, ausgestreckt auf dem Rücken, die Hände unter den Kopf geschoben. Die Katastrophe hatte ja eigentlich schon begonnen, da gab es genug zu denken. Ich beschloß, am nächsten Tage einmal energisch mit Polina zu reden. Ah! Der Französischka! Also ist es doch wahr! Aber schließlich — was konnte es denn sein? Polina und des Grieux! Herrgott, was war das für eine Zusammenstellung!

Nein, das war doch alles viel zu unwahrscheinlich! Ich sprang plötzlich aus dem Bett, bebend vor Zorn, um sogleich Mister Astley aufzusuchen und ihn um jeden Preis zum Sprechen zu bringen. Natürlich weiß er auch hiervon mehr als ich. Mister Astley! Weiß der Teufel, der ist auch noch ein Rätsel für mich!

Plötzlich wurde an meiner Tür geklopft. Ich sah nach — Potápytsch war's.

»Väterchen Alexei Iwánowitsch, die Gnädige lassen Sie zu sich bitten.«

»Was ist denn los? Fährt sie schon fort? Der Zug geht ja erst in zwanzig Minuten.«

»Nein, Väterchen, aber sie beunruhigen sich, zittern nur so vor Ungeduld. ‚Schnell, schnell!' sagten sie nur — das heißt, sollte man Sie rufen. Um Christi willen, kommen Sie!«

Ich eilte sogleich hinunter zu ihr. Die Bábuschka wurde

in ihrem Stuhl gerade auf den Korridor hinausgerollt. Sie hatte ihre Brieftasche in der Hand.

»Alexei Iwanowitsch, geh voran! Wir gehen!...«

»Wohin, Bábuschka?«

»Ich will nicht leben, wenn ich's nicht wiedergewinne! Nun, marsch, und frage nicht! Dort wird doch bis Mitternacht gespielt?«

Ich war starr. Doch im Augenblick hatte ich meinen Entschluß gefaßt.

»Tun Sie, was Sie wollen, Antonída Wassíljewna, ich aber gehe nicht mit.«

»Weshalb nicht? Was soll denn das heißen? Du bist wohl nicht recht bei Trost?«

»Tun Sie, was Sie wollen, ich aber würde mir nachher Vorwürfe machen. Ich will nicht! — ich will weder Zeuge noch Mitschuldiger sein; verlangen Sie es nicht von mir, Antonída Wassíljewna! Hier gebe ich Ihnen Ihre fünfzig Friedrichsdore zurück. Verzeihen Sie, aber ich kann nicht anders!« Und ich legte die Geldrolle auf einen kleinen Wandtisch im Korridor, neben dem ihr Stuhl angelangt war, verbeugte mich und ging.

»Solch ein Unsinn!« hörte ich die Bábuschka mir nachrufen. »Nun, dann nicht, bleib, wo du bist; ich werde auch ohne dich den Weg finden! Potápytsch, du kommst mit! Nun, vorwärts, schnell!«

Mister Astley konnte ich nicht finden und so kehrte ich bald ins Hotel zurück. Erst spät in der Nacht, gegen ein Uhr ungefähr, erfuhr ich von Potápytsch, wie dieser Tag für die Babuschka geendet hatte.

Sie hatte alles verloren, das ganze Bargeld, das ich vorher für sie eingewechselt, nach unserem Geld noch zehntausend Rubel. Derselbe Polack, dem sie am Vormittag zwei Friedrichsdore geschenkt, hatte sich so geschickt ihr aufzudrängen gewußt, daß er bald ihr ganzes Spiel dirigierte. Anfangs hatte sie Potápytsch die Einsätze für sie machen lassen, doch nach einer Reihe von Verlusten hatte sie ihn fortgejagt. Da war dann schnell der Polack an ihre Seite geschlüpft. Zum Unglück verstand er ein wenig Russisch, so daß sie sich in einem Gemisch von drei Sprachen ungefähr verständigen konnten. Die Bábuschka hatte ihn unbarmherzig geschimpft. Und obschon dieser ihr ununterbrochen auf polnisch versichert habe, daß er sich unter ihre »stopki panjski«, unter ihre herrschaftlichen Füße breite — »war sie doch gegen ihn, daß Gott erbarm!« erzählte Potápytsch. »Mit Ihnen, Alexei Iwánowitsch, ging sie doch *ganz wie mit einem Herrn um*«, meinte er naiv, »jener aber — ich hab's doch mit meinen eigenen Augen gesehen, Gott straf mich! — jener hat ihr Geld unter ihren Augen vom Tisch gestohlen. Zweimal hat sie ihn sogar selbst dabei erwischt, wie er wieder stehlen wollte, und gescholten hat sie ihn, Väterchen, gescholten ganz ohne Barmherzigkeit, sogar an den Haaren hat sie ihn einmal gerissen, aber gründlich — bei Gott, ich lüge nicht —, so daß ringsum sogar gelacht wurde. Alles hat sie verloren, Väterchen, alles was sie nur bei sich hatte an Geld. Wir brachten sie dann zurück, hierher, unser Mütterchen — nur ein Schlückchen Wasser wollte sie trinken, bekreuzte sich und gleich ins Bett! War sie nur müde, oder was? Jedenfalls schlief sie sofort ein. Schick ihr nur gute Träume, Allbarmherziger! Ach, ich sag wohl, dieses Ausland!« schloß Potápytsch mit dem Kopfnicken eigener Erfahrung. »Ich hab's ja vorausgesagt, daß dabei nichts Gutes herauskommen wird! Ja, wenn wir nur wieder in unserem Moskau wären! Und was haben wir nicht alles zu Hause? Es ist doch alles in Hülle und Fülle da! Haben einen Garten und Blumen, wie sie hier gar nicht zu sehen sind, und die Äppelchen werden jetzt rot, und schöne Luft dazu und Platz überall genug — aber nein: es mußte ins Ausland gefahren werden! Óchhoho!«

DREIZEHNTES KAPITEL

Nun ist fast schon ein ganzer Monat vergangen, seit ich diese meine Aufzeichnungen, die ich unter dem Einfluß zwar wirrer, doch starker Eindrücke begonnen, nicht mehr fortgesetzt habe. Die Katastrophe, deren Herannahen ich damals vorausfühlte, trat wirklich ein, nur geschah es noch hundertmal überraschender und umwälzender, als ich erwartet hatte. Es war alles so seltsam und widerwärtig und sogar tragisch, wenigstens was mich betraf. Einzelne Erlebnisse möchte ich fast Wunder nennen; jedenfalls fasse ich sie noch jetzt als solche auf — obschon man sie andererseits, namentlich wenn man den Wirbelsturm von Gefühlen und Wünschen, der mich damals erfaßt hatte, in Betracht zieht, höchstens als nicht gerade ganz alltägliche Erlebnisse bezeichnen könnte. Doch am meisten wundere ich mich über mein eigenes Verhalten zu all diesen Geschehnissen. Auch heute noch verstehe ich mich selbst nicht! Und alles das ist wie ein Traum verflogen, — sogar meine Leidenschaft, und sie war doch stark und aufrichtig, aber ... wohin ist sie denn jetzt entschwunden? Tatsächlich, mitunter ist mir, als wolle ein bestimmter Gedanke in meinem Hirn aufblitzen: »War ich damals nicht vielleicht doch verrückt und habe ich nicht während der ganzen Zeit irgendwo in einer Irrenanstalt gesessen und sitze ich nicht vielleicht auch jetzt noch in ihr, so daß alles das *nur Halluzinationen waren* und auch jetzt noch alles mir *nur so scheint* ...«

Ich habe diese Blätter zusammengesucht und das Geschriebene durchgelesen. (Wer weiß, vielleicht nur um mich zu überzeugen, ob ich sie nicht doch in einem Irrenhause geschrieben habe?) Ich bin jetzt mutterseelenallein. Der Herbst

beginnt, die Blätter werden gelb. Ich sitze in diesem trostlosen Städtchen (oh, wie trostlos doch die deutschen Klein-
städte sind!), und anstatt mir den nächsten Schritt zu
überlegen, lebe ich ganz in der Erinnerung und unter der Ein-
wirkung der jüngst durchlebten Gefühle, der noch frischen
Erinnerungen und denke wieder an jenen Sturm, der mich
damals in seinen Wirbel gerissen und mich nun hier irgendwohin hinausgeworfen hat. Zuweilen scheint mir, daß ich
mich noch immer in diesem Wirbel drehe oder daß im
Augenblick, ja, im Augenblick wieder dieser Sturm heran-
rasen und vorübergehend mich mit seinem Flügel erfassen
und mitreißen wird, und ich dann wieder aus aller Ordnung
und allem Maßgefühl hinausspringe und mich drehen werde,
drehen, drehen, drehen . . .

Übrigens: Vielleicht wird es mir doch gelingen, irgendwie
Fuß zu fassen und aufzuhören, mich zu drehen, wenn ich
mir nach Möglichkeit exakt Rechenschaft darüber zu geben
vermag, was alles in diesem Monat geschehen ist. Es drängt
mich wieder, zur Feder zu greifen, und manchmal weiß man
am Abend wirklich nicht, was man mit sich anfangen soll.
Sonderbar, um mich wenigstens mit irgend etwas zu beschäftigen, nehme ich hier aus der jämmerlichen Leihbilio-
thek Romane von Paul de Kock zum Lesen (und noch dazu in
deutscher Übersetzung!), Romane, die ich nicht ausstehen
kann, aber ich lese sie und wundere mich über mich selbst: es
ist, als fürchtete ich, durch die Lektüre eines ernsten Buches
oder durch sonst eine ernste Beschäftigung den Zauber der
letzten Vergangenheit zu brechen. Als wären mir dieser abscheuliche Traum und alle Eindrücke, die er in mir hinterlassen hat, so teuer, daß ich mich sogar fürchtete, ihn mit
irgend etwas Neuem zu berühren, damit er nicht wie Rauch
vergehe! Ist mir denn das alles wirklich so teuer, oder
was ist es sonst?! Ja, natürlich ist es mir teuer; vielleicht
werde ich auch noch nach vierzig Jahren ebenso an ihn zurückdenken . . .

Also ich beginne wieder zu schreiben. Jetzt kann ich mich

ja teilweise bedeutend kürzer fassen: Der Abstand von den Eindrücken ist ja ein ganz anderer . . .

Zunächst, um mit der Babuschka abzuschließen: am nächsten Tage verspielte sie alles. Das war vorauszusehen, denn wenn Leute ihres Schlages einmal auf diesen Weg geraten, dann ist es, als glitten sie auf einem Schlitten einen Schneeberg hinab, unaufhaltsam, immer schneller und schneller. Sie spielte den ganzen Tag, vom Morgen bis acht Uhr abends. Ich war nicht zugegen, habe mir aber nachher alles erzählen lassen.

Potápytsch blieb die ganze Zeit bei ihr im Spielsaal.

Die Polen, die die Leitung des Spieles der Bábuschka an sich zu reißen wußten, wechselten an diesem Tage mehrmals. Sie begann damit, daß sie den einen Polen, den sie am Abend vorher an den Haaren gezogen hatte, fortjagte und einen anderen zum Ratgeber erkor. Doch dieser erwies sich als fast noch schlimmer. Und nachdem sie auch ihn fortgejagt und wieder den ersten zu Hilfe genommen, der wohlweislich nicht fortgegangen, sondern hinter ihrem Stuhl geblieben und jeden Augenblick mit seinen Ratschlägen dazwischengefahren war, geriet sie zwischen zwei Feuer. Der zweite wollte ebensowenig wie der erste das Feld räumen, und so blieb denn der eine rechts, der andere links neben ihr. Die ganze Zeit stritten und beschimpften sie sich wegen der Einsätze, nannten sich gegenseitig »Laidak« [Strolch] — und zeichneten sich auch noch durch andere und ähnliche polnische Liebenswürdigkeiten aus, vertrugen sich dann wieder stillschweigend und setzten das Geld ohne jede Berechnung und Überlegung, wie es ihnen gerade einfiel. Stritten sie, so setzte der eine auf manque, der andere auf passe; oder es setzte der eine auf Rot, wenn der andere auf Schwarz gesetzt hatte. Es endete damit, daß sie die Bábuschka zu guter Letzt ganz zur Verzweiflung brachten und diese sich, fast dem Weinen nahe, an den Croupier mit der Bitte wandte, sie von den beiden zu befreien. Sie wurden auch wirklich sogleich hinausgeleitet, obschon sie schrien und protestierten

152

und plötzlich beide zu beweisen suchten, daß die Bábuschka ihnen Geld schulde und sie betrogen und schändlich und gemein an ihnen gehandelt habe. Der unglückliche Potápytsch erzählte mir das noch am selben Abend mit Tränen in den Augen und beteuerte dabei, sie hätten in Wirklichkeit alle ihre Taschen mit Geld vollgestopft, er habe es selbst gesehen, wie sie jeden Augenblick gestohlen und das Geld hätten verschwinden lassen. Auch sollen sie sich verschiedener Kniffe bedient haben, um offiziell größere Summen stehlen zu können. Zum Beispiel: einer von ihnen bittet die Bábuschka um fünf Friedrichsdore für seine erwiesenen Dienste und setzt das Geld gleich neben die Einsätze der Bábuschka. Die Babuschka gewinnt, und er verliert sein Geld, er aber beteuert, daß sein Einsatz gewonnen habe und der verlorene ihr Einsatz gewesen sei. Als man sie dann vom Tisch entfernt hatte, war Potápytsch vorgetreten und hatte gemeldet, daß ihre Taschen voll Geld seien. Die Bábuschka hatte sich dann sogleich an den Croupier gewandt, und wirklich, wie sehr die Polen auch schrien — genau wie zwei eingefangene Hähne —, wurden ihre Taschen von den Polizeibeamten ohne weiteres entleert und das Geld der Bábuschka zurückerstattet. Solange diese noch nicht alles verspielt hatte, waren nämlich die Croupiers wie alle übrigen Angestellten der Gesellschaft außerordentlich zuvorkommend gegen sie, als sei jeder ihrer Wünsche ihnen ein Befehl. In kürzester Zeit sprach schon die ganze Stadt von ihr. Geringe und Vornehme, Reiche und minder Reiche begaben sich in die Spielsäle, um die »vieille Comtesse russe, tombée en enfance« zu sehen, die, wie es hieß, bereits »mehrere Millionen« verspielt hätte.

Leider hatte die Bábuschka nur sehr, sehr wenig damit gewonnen, daß sie glücklich von den beiden Polacken befreit worden war. An ihrer Stelle erschien sogleich ein dritter Pole, der aber, im Gegensatz zu den anderen, fließend Russisch sprach und wie ein Gentleman gekleidet war — immerhin aber noch etwas Lakaienhaftes an sich hatte — und sich

153

außerdem durch einen mächtigen Schnurrbart und durch
»Gónor« [honneur] auszeichnete. Er versicherte gleichfalls,
daß er ihre »stopki panjski« küsse oder sich »ihr zu Füßen
lege«, doch verhielt er sich zur ganzen Umgebung anmaßend
hochmütig und benahm sich wie ein Despot — kurz, er
verstand es, sich von vornherein nicht als Diener, sondern als
Gebieter der Bábuschka aufzuspielen. Alle Augenblicke, fast
nach jedem Einsatz, wandte er sich an die Bábuschka und
schwur mit den fürchterlichsten Schwüren, daß er selbst ein
»gonorowyj Pan« sei und keine Kopeke von ihr annehmen
werde. Und er wiederholte diese Schwüre so oft, daß die
Bábuschka sich ganz eingeschüchtert fühlte. Da aber dieser
Pan anfangs wirklich mit gutem Erfolg spielte und die Bábuschka
gewann, so war schließlich sie es, die nicht mehr von
ihm lassen konnte. Nach einer Stunde aber erschienen die
beiden hinausgeführten Polätschkis wieder hinter dem Stuhl
der Bábuschka und boten wieder ihre Dienste an, gleichviel
wozu — auch zu Laufburschendiensten waren sie bereit. Potápytsch
schwor bei seinem Seelenheil, daß der »gonorowyj
Pan« ihnen zugezwinkert und sogar etwas in die Hand
gedrückt habe. Da aber die Bábuschka seit dem Morgen
nichts genossen hatte, kam nun der eine von den beiden
wirklich ganz gelegen mit seinem Angebot: er wurde ins
Restaurant des Kurhauses geschickt — der Speisesaal lag
nebenan — und brachte von dort geschwind eine Tasse
Bouillon und später noch eine Tasse Tee. Übrigens liefen
sie immer beide. Gegen Abend jedoch standen hinter ihrem
Stuhl ganze sechs Polacken, von denen man früher nichts gesehen
und gehört hatte. Als Bábuschka nahezu ihr letztes
Geld zu verspielen begann, da hörten sie alle auf, ihre
Wünsche zu beachten, ja, sie bemerkten sie überhaupt nicht
mehr, drängten sich mit größter Rücksichtslosigkeit gegen sie
an den Tisch, griffen, ohne zu fragen, nach ihrem Geld,
setzen es nach eigener Willkür, stritten und schrien und behandelten
den Pan mit dem »Gónor« wie ihren Duzbruder,
der er auch zu sein schien, und der Pan mit dem »Gónor«

vergaß gleichfalls die Existenz der Bábuschka. Und selbst dann noch, als die Bábuschka gegen acht Uhr abends, nachdem sie alles verspielt hatte, ins Hotel zurückkehrte, selbst dann noch konnten drei oder vier von ihnen sich nicht entschließen, sie zu verlassen und liefen zu beiden Seiten ihres Stuhls unter lautem Geschrei einher und beteuerten in verwirrend schneller Sprechweise, daß die Bábuschka sie irgendwie betrogen habe und ihnen irgend etwas zurückerstatten müsse. So kamen sie bis zum Hotel, wo man sie endlich handgreiflich davonjagte.

Nach Potápytschs Berechnung muß Bábuschka an diesem einen Tag an neunzigtausend Rubel verspielt haben, außer dem tags zuvor verlorenen Gelde. Alle ihre Wertpapiere, alle Aktien, die sie mitgenommen, hatte sie eines nach dem anderen und eine nach der anderen hingegeben. Ich wunderte mich, daß sie es ausgehalten hatte, ganze sieben oder acht Stunden ununterbrochen am Tisch zu sitzen, doch Potápytsch erzählte, daß sie dreimal wirklich stark zu gewinnen begonnen habe, und da hatte die Hoffnung sie dann wieder gestärkt. Übrigens, nur Spieler können das verstehen, wie ein Mensch Tag und Nacht auf einem Platz sitzen und für nichts anderes Augen und Ohren haben kann als für das Spiel.

Doch während die Bábuschka dort spielte, spielten sich bei uns im Hotel gleichfalls wichtige Dinge ab. Gleich am Morgen, noch vor elf Uhr, als die Bábuschka das Hotel noch nicht verlassen hatte, entschlossen sich der General und der Franzose zu einem letzten Schritt, von dem sie die Entscheidung und ihr eigenes Heil erwarteten. Nachdem sie erfahren hatten, daß die Bábuschka vorläufig nicht mehr daran denke, zurückzureisen, vielmehr wieder die Spielsäle aufzusuchen beschlossen habe, begaben sie sich zu ihr, um einmal ernst und sogar — offen mit ihr zu reden. Der General, der beim Gedanken an alle zu erwartenden furchtbaren Folgen nur so zitterte, verdarb aber das Ganze: zuerst flehte und bat er eine halbe Stunde lang, und gestand sogar alles offen ein, das heißt alle seine Schulden und selbst seine Leidenschaft zu Mademoiselle Blanche — er verlor offenbar den Kopf —, plötzlich aber schlug er einen drohenden Ton an, schrie sie sogar an und stampfte mit dem Fuß auf, sagte ihr, daß sie die ganze Familie kompromittiere, daß die ganze Stadt von ihrem skandalösen Benehmen rede, und schließlich ... schließlich — »Sie verunglimpfen den russischen Namen überhaupt, meine Gnädigste, Sie sind eine Schande für Ihr Vaterland!« schrie der General — und er fügte noch hinzu, es gebe doch überall eine Polizei! Kurz, die Szene endete damit, daß die Bábuschka ihn mit dem Stock hinausjagte — mit einem wirklichen Stock, den sie stets bei sich hatte.

Der General und der Franzose berieten sich den ganzen Vormittag, und zwar namentlich über diesen einen Punkt: ob es nicht doch anginge, die Polizei zum Einschreiten zu veranlassen. Es wäre doch so einfach: diese alte, kindisch gewordene Dame, die sonst alle Achtung verdiente, lief ja einfach Gefahr, ihr letztes Geld zu verspielen und dann zu verhungern! Kurz, ließe es sich da nicht machen, daß man sie unter Kuratel stellte oder ... gleichviel unter was? ... Doch der Franzose zuckte bloß mit den Achseln, und seine Augen lachten spöttisch über den General, der im Zimmer hin und her lief und kaum noch wußte, was er sprach. Endlich hatte er es satt, und verschwand. Am Abend erfuhren wir, daß er das Hotel verlassen habe und abgereist sei, nachdem er kurz zuvor unter vier Augen und bei verschlossenen Türen eine entscheidende Unterredung mit Mademoiselle Blanche gehabt. Was nun diese betrifft, so hatte sie schon am Morgen ihren Plan ausgearbeitet: der General war für sie erledigt und sogar so erledigt, daß sie ihn nicht einmal mehr bei sich empfing. Und als der General darauf ins Kurhaus eilte, wohin sie sich begeben hatte, und sie dort am Arm des kleinen Fürsten antraf, da mußte er es erleben, daß weder sie noch Madame veuve de Cominges ihn erkannten und auch das Fürstchen ihn nicht grüßte. Der letztere wurde den ganzen Tag von Mademoiselle Blanche bearbeitet, in der Erwartung, daß er sich endlich entscheidend aussprechen würde, doch leider wartete ihrer eine große Enttäuschung: gegen Abend stellte es sich nämlich heraus, daß der Fürst nicht nur selbst nichts besaß, sondern noch von ihr sich Geld gegen einen Wechsel verschaffen wollte, um dann gleichfalls Roulette spielen zu können. Da gab denn Blanche ganz empört auch ihm den Laufpaß und schloß sich in ihr Zimmer ein.

Am Morgen desselben Tages ging ich zu Mister Astley, oder richtiger, ich suchte ihn den ganzen Vormittag, ohne ihn finden zu können. Erst gegen fünf Uhr erblickte ich ihn plötzlich, wie er vom Bahnhof kam und die Richtung zum Hotel d'Angleterre einschlug. Er hatte offenbar wenig Zeit und schien sehr besorgt zu sein. Er streckte mir wie gewöhnlich mit einem »Ah!« die Hand entgegen, blieb aber weder stehen noch verlangsamte er auch nur den Schritt. Ich schloß mich ihm an; aber er antwortete mir so, daß ich nicht recht ins Sprechen kommen und ihn auch nicht nach dem fragen konnte, was ich eigentlich fragen wollte. Überdies schämte ich mich — ich weiß nicht, warum — von Polina zu sprechen, er aber erkundigte sich mit keinem Wort nach ihr. Ich erzählte ihm von der Babuschka, und er hörte mir aufmerksam und ernst zu, sagte aber nichts, sondern zuckte nur mit den Achseln.

»Sie wird alles verspielen«, bemerkte ich.

»O ja«, meinte er. »Bevor ich fortfuhr, sah ich, wie sie sich wieder in die Spielsäle begab, deshalb war mir Ihre Mitteilung nichts Neues. Wenn ich Zeit finde, werde ich hingehen, um sie mir anzusehen. So etwas ist interessant.«

»Wohin waren Sie gefahren?« fragte ich ganz verwundert darüber, daß ich es nicht sogleich gefragt hatte.

»Ich war in Frankfurt.«

»In Geschäften?«

»Ja, in Geschäften.«

Was sollte ich nun weiter fragen? Ich ging übrigens immer noch neben ihm her, doch plötzlich wandte er sich zum Hotel „Des quatre saisons", an dem wir vorübergingen, nickte mir zum Abschied zu und verschwand im Portal. Ich kehrte in unser Hotel zurück und kam allmählich zur Einsicht, daß ich, selbst wenn ich geschlagene zwei Stunden mit ihm gesprochen hätte, doch nichts würde erfahren haben, denn . . . ich hatte ihn doch überhaupt nichts zu fragen! Ja, natürlich nicht! Es wäre mir ganz unmöglich gewesen, meine Frage zu formulieren.

Diesen ganzen Tag hielt sich Polina abwechselnd im Park und im Hotel auf, wo sie in ihrem Zimmer saß, natürlich immer zusammen mit den Kindern und der Kinderfrau. Dem General ging sie schon seit langer Zeit aus dem Wege, wie sie es überhaupt vermied, mit ihm zu sprechen — wenigstens von ernsten Dingen. Das war mir schon früher aufgefallen. Als ich aber an die Situation dachte, in der sich der General an diesem Tage befand, nahm ich an, daß es zwischen ihnen doch wohl zu einer Auseinandersetzung gekommen war, vielleicht sogar zu einer sehr ernsten und folgenschweren. Doch als ich nach meinem Gespräch mit Mister Astley kurz vor dem Hotel Polina mit den Kindern begegnete, sprach ihr Gesichtsausdruck von gleichmütigster Ruhe, als gingen alle Familienstürme sie nicht das geringste an. Auf meinen Gruß nickte sie nur ganz gleichgültig. Wütend suchte ich mein Zimmer auf.

Zum Teil war ich natürlich selbst schuld daran. Seit der Geschichte mit Wurmerhelm hatte ich es geflissentlich vermieden, mich ihr zu nähern oder mit ihr zu sprechen, wenn auch viel Verstellung dabei war. Nach und nach aber verbohrte ich mich so in meine falschen Gefühle, daß sie schließlich echt wurden und Polinas Verhalten mich wirklich empörte. Selbst wenn sie mich nicht ein bißchen liebte, hätte sie doch, denke ich, meine Gefühle nicht so mit Füßen treten und meine Geständnisse mit solch einer Geringschätzung aufnehmen dürfen. Sie wußte, daß ich sie wirklich liebte: hatte sie doch selbst zugelassen und erlaubt, daß ich von meiner Liebe zu ihr sprach! Freilich, das hatte alles, genau genommen, seine Vorgeschichte. Viel früher schon, vor ganzen zwei

Monaten etwa, hatte ich bereits bemerkt, daß sie mich zu ihrem Freunde und Vertrauten zu machen gedachte und zum Teil auch schon versuchte, ihre Absicht zu verwirklichen. Dennoch wollte es nicht gelingen, und statt daß wir vertrauter miteinander wurden, entwickelten sich unsere Beziehungen allmählich zu diesem blödsinnigen Verhältnis. So kam es, daß ich schließlich von meiner Liebe zu sprechen begann. Aber wenn ihr meine Liebe widerwärtig war, weshalb verbot sie mir dann nicht, von ihr zu sprechen?

Nein, sie erlaubte es mir; zuweilen hatte sie mich sogar selbst dazu veranlaßt ... natürlich nur zum Spott. Ich weiß es, ich habe es genau bemerkt: es war ihr angenehm, mir, nachdem sie mich widerspruchslos angehört und bis zum Schmerz gereizt hatte, plötzlich mit irgendeinem Ausfall, durch den sie mir ihre unermeßliche Verachtung und Gleichgültigkeit zu verstehen gab, einen Schlag zu versetzen, der mich einfach betäubte. Und sie wußte doch, daß ich nicht ohne sie leben konnte. Zwei Tage waren erst seit der Geschichte mit dem Baron vergangen und schon konnte ich unsere »Trennung«, die ja eigentlich noch gar keine war, nicht mehr ertragen. Als ich ihr dort in der Allee mit den Kindern begegnete, begann mein Herz so zu klopfen, daß ich erbleichte. ‚Aber wie lange wird sie es denn ohne mich aushalten!‘ fragte ich mich. ‚Sie braucht mich, sie braucht mich doch, und ... und das doch nicht nur, um ihren Spott mit mir treiben zu können?‘

Daß sie ein Geheimnis hatte — das war mir klar! Ihr Gespräch mit der Bábuschka hatte mir einen schmerzhaften Stich ins Herz versetzt. Hatte ich sie doch tausendmal geradezu herausgefordert, aufrichtig gegen mich zu sein, und sie wußte auch, daß ich tatsächlich bereit war, meinen Kopf für sie einzusetzen. Aber sie machte sich immer mit fast geflissentlich hervorgekehrter Verachtung von mir los oder verlangte anstatt des Opfers, das ich ihr selbst mit meinem Leben anbot, irgendeine Dummheit wie damals die mit dem Baron! Und da sollte ich nicht knirschen? Besteht denn die

ganze Welt für sie nur in diesem Franzosen? Aber Mister
Astley? Nein, hier wurde die Geschichte doch entschieden unbegreiflich, indessen aber — Gott, wie ich mich quälte!

In meinem Zimmer angelangt, griff ich, zitternd vor Wut,
zur Feder und schrieb ihr folgendes:

»Polina Alexándrowna, ich sehe doch, daß die Entscheidung, die natürlich auch Sie angehen wird, nahe bevorsteht.
Zum letztenmal wiederhole ich die Frage: haben Sie meinen
Kopf nötig oder nicht? Wenn ich Ihnen auch nur zu *irgend
etwas* dienen kann — verfügen Sie über mich.

Vorläufig bleibe ich in meinem Zimmer, wenigstens den
größten Teil des Tages, und werde nicht ausgehen. Falls Sie
mich brauchen sollten, schreiben Sie mir oder lassen Sie
mich rufen.«

Ich gab den Brief dem Zimmerdiener mit der Weisung,
ihn ihr persönlich einzuhändigen. Eine Antwort erwartete
ich nicht. Doch nach kaum drei Minuten kam der Diener zurück und sagte, man lasse grüßen.

Gegen sieben Uhr wurde ich zum General gerufen.

Er war in seinem Empfangszimmer und zum Ausgehen angekleidet. Hut und Stock lagen auf dem Sofa. Als ich eintrat, stand er breitbeinig mitten im Zimmer, den Kopf gesenkt, und sprach halblaut zu sich selbst. Kaum aber hatte
er mich erblickt, da stürzte er mir fast mit einem Schrei entgegen, so daß ich unwillkürlich vor ihm zurückwich und
schon flüchten wollte; doch er ergriff meine beiden Hände
und zog mich zum Sofa, auf das er sich selbst niederließ,
während er mich in einen Sessel drückte, und ohne meine
Hände loszulassen sogleich begann — mit bebenden Lippen
und flehender Stimme, Tränen in den Augen:

»Alexei Iwanowitsch, retten Sie mich, retten Sie mich,
erbarmen Sie sich!«

Es dauerte lange, bis ich begriff, was er von mir wollte.
Er sagte immer nur: »Erbarmen Sie sich, erbarmen Sie sich!«

Endlich glaubte ich zu erraten, daß er mich um so etwas
wie einen Rat bitten wollte; doch konnte er ebensogut in der

Aufregung und im Kummer, verlassen wie er war, nur das Bedürfnis nach einem Menschen gehabt haben, und so hatte er mich vielleicht rufen lassen, nur um mit jemandem sprechen zu können, zu sprechen, zu sprechen ...

Jedenfalls war er vor Aufregung ganz konfus und völlig bereit, sich vor mir womöglich auf die Knie zu werfen, um mich — kaum glaublich, aber wahr — um mich anzuflehen, sogleich zu Mademoiselle Blanche zu gehen und sie zu bewegen, zu bereden oder sonstwie zu veranlassen, ihn doch nicht zu verlassen, sondern — zu heiraten!

»Aber ich bitte Sie, General«, rief ich ganz verdutzt, »Mademoiselle Blanche hat mich ja bisher vielleicht noch nicht einmal bemerkt! — was könnte ich da wohl ausrichten?«

Doch alles Widersprechen war vergeblich: er begriff überhaupt nicht, was ich sagte. Zwischendurch kam er auch auf die Bábuschka zu sprechen, sprach aber wie ein Unzurechnungsfähiger und hing immer noch an dem Gedanken, sie durch die Polizei irgendwie unschädlich zu machen.

»Bei uns, bei uns«, begann er plötzlich in einem Zornesausbruch, »mit einem Wort, bei uns in einem guteingerichteten Staat, in dem es auch wirklich eine Obrigkeit gibt, würde man solche alten Weiber ohne weiteres unter Kuratel stellen! Ja, fraglos, mein Herr, fraglos, sag ich Ihnen!« fuhr er fort, plötzlich in einen vorwurfsvollen Ton verfallend, und er sprang auf, um im Zimmer hin und her zu rennen. »Das wußten Sie wohl noch nicht, mein Herr«, wandte er sich an einen mir unsichtbaren Herrn in der Ecke des Zimmers, als stände dort wirklich jemand, der es noch nicht wußte, »ich sage es Ihnen, damit Sie es nun ein für allemal wissen ... ja ... bei uns wird mit alten Weibern dieses Schlages nicht viel Federlesens gemacht, krumm biegt man sie, krumm, sage ich Ihnen, einfach krumm ... Ja! ... Oh, hole sie doch der Teufel!«

Und er warf sich wieder auf das Sofa und erst nach einer Weile fuhr er fort zu erzählen — fast schluchzend —, daß Mademoiselle Blanche ihn nur deshalb nicht heiraten wolle,

161

weil anstatt der erwarteten Depesche die Babuschka selbst hier eingetroffen war und weil es jetzt doch klar sei, daß er nichts mehr erben werde. Er schien zu denken, daß ich noch nichts davon wisse. Ich begann vom Franzosen zu sprechen, er aber winkte nur mit der Hand ab, als wolle er nichts von ihm hören:

»Der ist schon fort!« sagte er. »Alles, was ich habe, habe ich ihm verpfändet, mir verbleibt nichts! Jenes Geld, das Sie uns brachten ... jenes Geld – ich weiß nicht, wieviel davon noch da ist ... siebenhundert Franken oder so ungefähr – das ist alles, aber was weiter sein wird, das weiß ich nicht, das weiß ich nicht! ...«

»Aber womit werden Sie denn die Rechnung hier im Hotel bezahlen?« fragte ich erschrocken, »und ... und was werden Sie dann anfangen?«

Er saß wie in Gedanken versunken da und stierte vor sich hin, schien aber meine Frage ganz überhört und auch mich vergessen zu haben. Ich begann von Polina Alexándrowna und den Kindern zu sprechen, doch er sagte nur schnell: »Ja, ja!« und fing wieder an, vom Fürsten zu reden und davon, daß Blanche jetzt mit diesem verreisen werde und »dann ... und dann – was soll ich dann tun, Alexei Iwánowitsch?« wandte er sich plötzlich wieder an mich. »Ich beschwöre Sie! Was soll ich tun? Sagen Sie doch selbst, das ist doch blanke Undankbarkeit! Das ist doch eine so unfaßbare Undankbarkeit von ihr!«

Tränen stürzten ihm aus den Augen, und er weinte wie ein Kind.

Es war nichts mehr zu machen mit ihm; aber ihn ganz allein zu lassen, war fast gefährlich: er konnte sich schließlich, weiß Gott, etwas antun. Übrigens machte ich mich doch irgendwie von ihm los, sagte aber der Kinderfrau, daß sie von Zeit zu Zeit nach ihm sehen solle, und auch mit dem Hoteldiener, einem sehr verständigen Burschen, sprach ich unter vier Augen: er versprach gleichfalls, Ohren und Augen offenzuhalten.

Ich war kaum in meinem Zimmer angelangt, als Potápytsch bei mir erschien und meldete, daß die Bábuschka
mich zu sich bitten lasse. Es war gegen acht Uhr, und sie war
gerade erst aus dem Kurhaus zurückgekehrt, nachdem sie
dort alles verloren hatte.

Ich begab mich natürlich sogleich zu ihr: sie saß ganz
erschöpft und sichtlich krank in ihrem Stuhl. Marfa reichte
ihr Tee und suchte sie zu bereden, doch etwas zu trinken.
Schließlich trank sie denn auch. Ihre Stimme und ihre ganze
Redeweise hatte sich auffallend verändert.

»Guten Abend, Väterchen Alexei Iwánowitsch«, sagte sie,
langsam und würdevoll den Kopf neigend, »verzeihe, daß
ich dich noch einmal beunruhigt habe, nimm es einem alten
Menschen nicht übel. Ich habe alles dort gelassen, mein Lieber, an hunderttausend Rubel. Recht hattest du, als du gestern nicht mitkamst. Jetzt bin ich ohne Geld, keine Kopeke
habe ich mehr bei mir. Bleiben will ich hier nicht eine Stunde
länger als nötig; um halb zehn fahre ich. Ich habe zu diesem
deinem Engländer geschickt, Astley, oder wie er da heißt,
und will ihn um dreitausend Franken bitten, nur auf eine
Woche. Du sprichst vielleicht mit ihm, damit er da nicht
etwas denkt und sie mir abschlägt. Ich bin noch reich genug,
Väterchen. Ich habe drei Güter und zwei Häuser. Und auch
Geld wird sich noch finden, nicht alles hatte ich mitgenommen. Ich sage das deshalb, damit er nicht irgendwie be-
denklich wird. Ah, das ist er ja! Man sieht sogleich den guten
Menschen.«

Mister Astley war auf ihre Bitte hin unverzüglich gekommen. Ohne sich einen Augenblick zu bedenken oder ein Wort
zu verlieren, zählte er sogleich dreitausend Franken auf den
Tisch und nahm den Wechsel in Empfang, den die Bábuschka
unterschrieb. Nachdem die Angelegenheit erledigt war, verabschiedete er sich und ging.

»Und jetzt geh auch du, Alexei Iwánowitsch. Es bleibt
mir noch über eine Stunde bis zur Abfahrt — da will ich
mich etwas hinlegen, meine Knochen tun mir weh. Sei mir

alten Närrin nicht böse. Jetzt werde ich jungen Leuten nicht mehr ihren Leichtsinn vorwerfen. Und auch jenen Unglücklichen, euren General da, werde ich jetzt nicht mehr beschuldigen. Geld werde ich ihm freilich nicht geben, so wie er es will, denn — ich kann mir nicht helfen — er ist doch gar zu dumm. Nur bin auch ich alte Närrin nicht klüger als er. Ja, wie man sieht, sucht Gott einen auch in alten Jahren heim und bestraft die Stolzen. Nun, leb wohl. Marfúscha, hebe mich!«

Ich wollte sie aber doch noch zur Bahn begleiten. Außerdem war ich zu unruhig, um in meinem Zimmer zu sitzen: ich erwartete irgend etwas, das sogleich und unbedingt geschehen müsse. Das Warten aber hielt ich auch nicht aus, und so ging ich denn im Korridor auf und ab, ging sogar hinaus auf die Straße, ging die Allee hinauf und wieder zurück. Im Hotel hatte ich gehört, daß der Franzose abgereist sei.

,Mein Brief an sie ist doch deutlich', dachte ich, ,sie sieht doch, daß ich entschlossen bin! Und die Katastrophe — die ist natürlich schon da. Jetzt, nachdem der Franzose sie auch noch verlassen hat! ... Nun gut, wenn sie mich auch als Freund verschmäht, so wird sie mich als Diener vielleicht doch noch brauchen und nicht zurückweisen. Und wenn sie mich auch nur als Laufburschen braucht — gleichviel, ich weiß doch, daß ich ihr immerhin irgendwie werde nützlich sein können!'

Um neun Uhr dreißig war ich auf dem Bahnhof und half der Bábuschka beim Einsteigen. Sie fuhr wieder mit ihren Dienstboten in einem besonderen Kupee.

»Hab Dank, Väterchen, für deine uneigennützige Teilnahme«, sagte sie mir zum Abschied, »und sage Praskowja, daß sie nicht vergessen soll, was ich ihr gestern sagte: ich werde sie erwarten.«

Ich kehrte ins Hotel zurück. Im Korridor kam mir die Kinderfrau entgegen — und ich erkundigte mich bei ihr nach dem General. »Ach, Väterchen, der hat sich was!« meinte sie mit einem wehmütigen Lächeln. Trotzdem wollte ich doch

164

auf einen Augenblick zu ihm gehen, aber — an der halb offenen Tür zu seinem Kabinett blieb ich geradezu erschrokken stehen: ich hörte Mademoiselle Blanche und den General förmlich um die Wette lachen und auch Madame veuve de Cominges sah ich lächelnd auf dem Sofa sitzen. Der General war augenscheinlich vor Freude über ihren Besuch ganz von Sinnen, schwatzte alles mögliche ungereimte Zeug zusammen und brach immer wieder in ein langes, nervöses Gelächter aus, wobei sein Gesicht sich in unzählige kleine Runzeln legte und seine Augen irgendwohin verschwanden. Später erzählte mir Blanche, daß es ihr, nachdem sie den Fürsten fortgejagt und von der Verzweiflung des Generals gehört hatte, ganz plötzlich in den Sinn gekommen sei, zu diesem zu gehen und ihn ein wenig zu trösten. Der arme General aber ahnte natürlich nicht, daß sein Schicksal bereits entschieden war und Blanche ihre Sachen schon eingepackt hatte, um am nächsten Morgen mit dem Frühzug nach Paris zu reisen.

Ich stand noch eine Weile vor der Tür, zog es aber vor, nicht einzutreten, und entfernte mich unbemerkt. Als ich oben angelangt war und die Tür zu meinem Zimmer öffnete, sah ich im Halbdunkel plötzlich eine Gestalt am Fenster auf einem Stuhl sitzen. Sie erhob sich nicht, als ich eintrat. Sie rührte sich nicht. Ich trat, kurz entschlossen, schnell auf sie zu, sah sie ganz nah vor mir und — mein Atem stockte: es war Polina!

VIERZEHNTES KAPITEL

Ich schrie auf.

»Was? Was ist?« fragte sie seltsam. Sie war bleich und sah finster aus.

»Ja ... Wie? Sie! Sie? Und Sie sind hier bei mir!«

»Wenn ich komme, dann komme ich *ganz.* Das ist so meine Gewohnheit. Sie werden es gleich sehen; machen Sie Licht.«

Ich zündete eine Kerze an. Sie stand auf, trat an den Tisch und legte einen offenen Brief vor mich hin.

»Lesen Sie«, befahl sie.

»Das — das hat des Grieux geschrieben! Es ist seine Hand-schrift!« rief ich aus und griff nach dem Brief. Meine Hände zitterten, und die Buchstaben tanzten vor meinen Augen. Die französischen Redewendungen habe ich vergessen, aber der Sinn war folgender:

»Mademoiselle!« schrieb des Grieux, »ungünstige Um-stände zwingen mich zu einer sofortigen Abreise. Sie werden natürlich selbst bemerkt haben, daß ich absichtlich eine end-gültige Aussprache mit Ihnen zu vermeiden gesucht, bevor sich nicht alles Weitere entschieden hat. Die Ankunft de la vieille dame, Ihrer Verwandten, und deren sinnlose Hand-lungsweise haben aber meinen Bedenken ein Ende gemacht. Meine eigenen zerrütteten Verhältnisse verbieten es mir ganz entschieden, mich noch fernerhin so süßen Hoffnungen hin-zugeben, wie ich es eine Zeitlang getan. Ich bedaure das Gewesene, hoffe aber, daß Sie in meinem Verhalten nichts finden werden, was eines gentilhomme et honnête homme unwürdig wäre. Da ich fast mein ganzes Geld Ihrem Stief-vater geliehen und somit verloren habe, sehe ich mich ge-zwungen, das noch zu retten, was mir verblieben ist: ich

166

habe meinen Freunden in Petersburg bereits depeschiert, daß sie zum Verkauf der mir verpfändeten Besitztümer schreiten sollen. Da ich aber weiß, daß Ihr leichtsinniger Stiefvater auch Ihr persönliches Geld vergeudet hat, so habe ich mich entschlossen, fünfzigtausend Franken von seiner Schuld zu streichen und ihm einen Teil des verpfändeten Eigentums in Höhe dieser Summe zu retournieren. Somit ist Ihnen jetzt die Möglichkeit gegeben, alles zurückzuerhalten, was für Sie sonst verloren wäre, indem Sie von ihm die Herausgabe des Geldes auf gerichtlichem Wege verlangen. Ich hoffe, Mademoiselle, daß meine Handlungsweise unter den gegenwärtigen Verhältnissen für Sie von großem Vorteil sein wird. Desgleichen hoffe ich, daß ich damit auch in Ihren Augen die Pflicht eines Ehren- und Edelmannes vollkommen erfüllt habe. Seien Sie versichert, daß die Erinnerung an Sie ewig in meinem Herzen eingeprägt sein wird.«

»Nun was, hier ist doch nichts mißzuverstehen!« sagte ich, mich Polina zuwendend, »oder sollten Sie wirklich etwas anderes von ihm erwartet haben?« fragte ich verärgert.

»Ich habe nichts erwartet«, erwiderte sie, scheinbar ganz ruhig, aber ihre Stimme klang, als bebe in ihr etwas, »ich habe schon längst meinen Entschluß gefaßt. Seine Gedanken waren leicht zu erraten ... ich wußte, was er dachte. Er dachte, ich würde verlangen ... ich würde darauf bestehen ... daß ...« (Sie stockte, biß sich auf die Lippe und sprach es nicht aus.) »Ich habe mit Absicht meine Verachtung für ihn verdoppelt«, begann sie wieder, »und es ihm bei jeder Gelegenheit gezeigt, wie sehr ich ihn verachte — ich wollte sehen, was er tun werde. Wenn wir die Nachricht von der Erbschaft erhalten hätten, so hätte ich ihm ins Gesicht geworfen, was ihm dieser Idiot (der Stiefvater) schuldet, und hätte ihn davongejagt! Er war mir schon lange, schon lange verhaßt. Oh, früher war das ein ganz anderer Mensch, ein ganz anderer, tausendmal anders! Jetzt aber, jetzt! ... Oh, mit welch einer Wonne würde ich ihm diese Fünfzigtausend in sein gemeines Gesicht schleudern und ihn anspeien! ...

und meinen Speichel in seinem verhaßten Gesicht sehen!«

»Aber das Papier — diese von ihm retournierte Schuldverschreibung auf fünfzigtausend — die hat doch der General? So nehmen Sie sie und geben Sie ihm den Wisch zurück.«

»Oh, nicht das, nicht das ist es! . . .«

»Ja, richtig, Sie haben recht, das ist nicht dasselbe! Und
überhaupt, was ist jetzt noch vom General zu erwarten!
Aber die Bábuschka?« rief ich plötzlich.

Polina blickte mich wie zerstreut und ungeduldig an.

»Wozu die Bábuschka?« fragte sie ärgerlich, »ich kann
nicht zu ihr gehen . . . Und ich will überhaupt niemanden
um Verzeihung bitten«, fügte sie gereizt hinzu.

»Ja, aber was dann tun!« rief ich. »Aber wie, wie ist es
möglich, daß Sie einen des Grieux haben lieben können! Oh,
dieses Subjekt, dieses verächtliche Subjekt! Wenn Sie nur wollen, schieße ich ihn im Duell nieder! Wo ist er jetzt?«

»Er ist in Frankfurt. Er wird drei Tage dort bleiben.«

»Ein Wort von Ihnen, und ich fahre hin, morgen mit dem
ersten Zug«, rief ich in einer Art dummer Begeisterung.

Sie begann zu lachen.

»Nun und? — er würde ja womöglich noch sagen: geben
Sie mir zuerst die Fünfzigtausend zurück. Und weshalb sollte
er sich denn schlagen? . . . Das ist doch dummes Zeug!«

»Aber wo, wo soll man denn diese Fünfzigtausend hernehmen!« fragte ich knirschend vor Wut — als hätte ich sie
vom Fußboden aufraffen wollen! »Hören Sie: Mister Astley?« wandte ich mich zu ihr mit einer plötzlich aufdäm-
mernden seltsamen Idee.

Ihre Augen blitzten auf.

»Wie, *willst du es denn selbst,* daß ich von dir zu diesem
Engländer gehe!« sagte sie mit bitterem Lächeln, und ihre
Augen sahen mich durchdringend an. Es war das erste Mal
im Leben, daß sie »Du« zu mir sagte.

Ich glaube, sie wurde in diesem Augenblick vor Aufregung
wie von einem Schwindel erfaßt, und plötzlich setzte sie sich
auf den Diwan, als trügen die Füße sie nicht mehr.

Es traf mich wie ein versengender Blitz. Ich stand und traute meinen Augen, meinen Ohren nicht! Wie, also *mich* liebte sie! *Zu mir* war sie gekommen, zu mir und nicht zu Mister Astley! Sie, ein junges Mädchen, kam ganz allein zu mir in mein Zimmer, und das noch dazu in einem Hotel — sie kompromittierte sich öffentlich . . . und ich, ich stand vor ihr und begriff noch immer nicht!

Ein wilder Gedanke durchzuckte mich.

»Polina! Gib mir nur eine Stunde Zeit! Warte hier nur eine Stunde auf mich, ich . . . ich werde sogleich wieder hier sein! Das . . . es ist notwendig! Du wirst sehen! Bleib hier, bleib hier!«

Und ich lief aus dem Zimmer, ohne auf ihren erstaunt fragenden Blick zu achten — sie rief mir noch etwas nach, aber ich sah mich nicht einmal nach ihr um.

Ja, bisweilen kann sich der tollste Einfall, der anscheinend unsinnigste Gedanke so in uns festsetzen, daß man ihn schließlich selbst für ausführbar hält . . . Mehr noch als das: wenn sich dieser Einfall oder diese Idee mit einem starken, leidenschaftlichen Wunsch vereint, so kann man mitunter fast zum Fatalisten werden und das Gewünschte für etwas geradezu Vorherbestimmtes halten, für etwas, das unbedingt geschehen muß und überhaupt nicht ungeschehen bleiben kann! Vielleicht ist hierbei noch etwas anderes mit im Spiel, irgendeine Kombination von Vorgefühlen, irgendeine außergewöhnliche Willensanspannung, eine Selbstvergiftung durch die eigene Phantasie oder sonst noch etwas — ich weiß es nicht. Mit mir aber geschah an jenem Abend (den ich bis an mein Lebensende nicht vergessen werde) etwas, das ich ein Wunder nennen möchte. Die Tatsache ist zwar mathematisch und logisch ganz plausibel, aber nichtsdestoweniger — für mich bleibt sie auch jetzt noch ein Wunder. Und warum nur, warum hatte sich damals und schon seit langer Zeit diese Überzeugung in mir so tief und unerschütterlich festgesetzt? Sicherlich habe ich keinen Augenblick daran als an eine Möglichkeit unter anderen gedacht — als an eine, die ebensogut auch nicht eintreten könne —, sondern immer nur als an ein bestimmt bevorstehendes Geschehnis, dessen Ausbleiben ein Ding der Unmöglichkeit sei!

Es war ein Viertel auf elf. Ich betrat das Kurhaus mit einer so unerschütterlichen Hoffnung, und gleichzeitig in einer Aufregung, wie ich sie bis dahin noch nie empfunden hatte. Die Spielsäle waren noch ziemlich besetzt, wenn auch, wie das zu dieser Stunde immer der Fall war, um die Hälfte weniger als am Tage.

Um diese Zeit bleiben nämlich an den Spieltischen nur die wirklichen, die echten Spieler zurück, diejenigen, für die vom ganzen Kurort überhaupt nur die Spielsäle existieren, die alles andere kaum bemerken, die nur des Spieles wegen kommen, sich während der ganzen Saison nur für das Spiel interessieren, und die denn auch tatsächlich vom Morgen bis zum Abend zu spielen pflegen und gewiß bereit wären, auch noch die ganze Nacht bis zum Morgengrauen zu spielen, wenn das nur möglich wäre. Wenigstens gehen sie immer unwillig fort, wenn um zwölf Uhr das Roulette geschlossen wird. Und wenn der Hauptcroupier vor dem Schluß ausruft: »Les trois derniers coups, Messieurs!« so setzen sie auf diese drei letzten Spiele gewöhnlich alles, was sie noch bei sich haben — und gewöhnlich verspielen sie gerade dann das meiste.

Ich trat an denselben Tisch, an dem die Bábuschka gespielt hatte. Das Gedränge war nicht groß, so daß ich mir bald einen Platz am Tisch verschaffen konnte. Ich spielte stehend. Gerade vor mir auf dem grünen Tuch las ich das Wort „Passe".

Unter „Passe" versteht man die Zahlen von neunzehn bis sechsunddreißig. Die erste Zahlenreihe von eins bis achtzehn heißt „Manque". Aber was ging das mich an! Ich berechnete nicht, ich dachte nicht an Chancen, ich wußte nicht einmal, welche Zahl oder welche Farbe vorher herausgekommen war, und erkundigte mich nicht einmal danach, bevor ich zu spielen begann, — wie es doch jeder nur etwas erfahrene Spieler

170

getan hätte. Ich zog alle meine zwanzig Friedrichsdore hervor und warf sie auf Passe.

»Vingt-deux!« rief der Croupier.

Ich hatte gewonnen — und wieder setzte ich alles: den Einsatz und den Gewinn.

»Trente et un«, rief der Croupier.

Wieder gewonnen. Im ganzen hatte ich schon achtzig Friedrichsdore. Ich schob alle achtzig auf die zwölf mittleren Zahlen (dreifacher Gewinnn, doch kamen auf eine Chance zu gewinnen zwei Chancen zu verlieren). Das Rad drehte sich, und es kam vierundzwanzig. Man schob mir drei Geldrollen à fünfzig Friedrichsdore und zehn Goldstücke zu; im ganzen besaß ich nun, zusammen mit den früheren, zweihundert Friedrichsdore.

Ich war wie im Fieber. Da schob ich diesen ganzen Geldhaufen auf Rot — und plötzlich kam ich zur Besinnung! Und nur ein einziges Mal an diesem Abend, während der ganzen Zeit des Spiels, überlief es mich kalt und ließ die Angst meine Hände und Beine erzittern. Entsetzen war das Gefühl der blitzartigen Erkenntnis: was es für mich bedeutete, jetzt zu verlieren! Mein Einsatz war doch mein ganzes Leben!

»Rouge!« rief der Croupier — und mein Herz schlug wieder; feurige Ameisen liefen mir über den Körper. Man zahlte mir meinen Gewinn in Banknoten aus: im ganzen hatte ich schon viertausend Gulden und achtzig Friedrichsdore. Noch konnte ich der Berechnung folgen.

Dann, entsinne ich mich, setzte ich zweitausend Gulden wieder auf die zwölf mittleren Zahlen und verlor: ich setzte achtzig Friedrichsdore und verlor wieder. Da packte mich die Wut: ich raffte die letzten zweitausend Gulden zusammen und setzte sie auf die ersten zwölf — wie es gerade kam, ganz ohne Berechnung! Aber es gab doch einen Augenblick der Erwartung, dessen Eindruck demjenigen vielleicht nicht unähnlich war, den Madame Blanchard empfunden haben muß, als sie über Paris mit dem Luftballon zur Erde stürzte.

»Quatre!« rief der Croupier.

Mit dem Einsatz zusammen hatte ich nun wieder sechstausend Gulden. Jetzt war ich schon siegesgewiß, jetzt fürchtete ich nichts mehr, nichts, und ich warf viertausend Gulden auf Schwarz. Im Augenblick setzten etwa zehn Spieler nach mir ihre Einsätze gleichfalls auf Schwarz. Die Croupiers tauschten untereinander Blicke aus und verständigten sich. Ringsum wurde gesprochen und gewartet.

Es kam Schwarz. Was dann weiter folgte, dessen entsinne ich mich jetzt nicht mehr, weder der Höhe meiner Einsätze noch der Reihenfolge der Gewinne. Ich weiß nur noch, wie man sich etwa eines Traumes erinnert, daß ich — ich glaube wenigstens — bereits an sechzehntausend Gulden gewonnen hatte, als ich plötzlich durch drei Verluste zwölftausend von ihnen wieder verlor; dann schob ich die letzten viertausend auf Passe (nur empfand ich dabei schon so gut wie nichts; ich wartete nur, gleichsam mechanisch, ganz ohne Gedanken) — und ich gewann wieder. Darauf gewann ich noch viermal der Reihe nach. Ich weiß nur, daß ich das Geld zu Tausenden zusammenscharrte; ich erinnere mich auch noch, daß am häufigsten die zwölf mittleren Nummern gewannen, denen ich deshalb auch treu blieb. Sie gewannen fast ganz regelmäßig drei- bis viermal, dann zweimal nicht und dann wieder drei- oder viermal nach der Reihe. Es kommt mitunter wirklich zu einer ganz erstaunlichen Regelmäßigkeit in der Wiederkehr der Gewinne — und eben das ist es, was die eingefleischten Spieler, die mit dem Bleistift in der Hand die Chancen berechnen, aus dem Konzept bringt. Und was für eine entsetzliche Ironie des Schicksals kann man da manchmal an Spieltischen beobachten!

Ich glaube, seit meinem Erscheinen im Saal war noch keine halbe Stunde vergangen. Da teilte mir der Croupier mit, daß ich dreißigtausend Gulden, das Maximum, gewonnen habe und daß, da die Bank nicht mehr auf einmal auszahle, das Roulette jetzt bis zum nächsten Morgen geschlossen werde. Ich scharrte all mein Gold zusammen, steckte es in

172

meine Taschen, nahm die Banknoten und ging sogleich zu einem anderen Tisch im nächsten Saal, an dem gleichfalls Roulette gespielt wurde. Alles drängte mir nach. Dort wurde mir sofort Platz gemacht und ich begann wieder zu spielen, setzte das Geld ohne zu zählen, ohne zu denken. Ich begreife nicht, was mich rettete!

Zuweilen übrigens kam mir so etwas wie eine Erinnerung an Systeme und Berechnungen, und ich dachte, daß ich doch auch berechnen müsse: dann hielt ich mich an gewisse Zahlen und erwog die Chancen, doch bald war wieder alles vergessen, und ich setzte halb bewußtlos weiter. Ich muß wohl sehr zerstreut gewesen sein: ich entsinne mich, daß die Croupiers mehrmals meine Einsätze korrigierten. Ich machte grobe Fehler. Meine Haare klebten an den Schläfen, und meine Hände zitterten. Neben mir tauchten natürlich wieder die bewußten Polen auf und boten mir ihre Dienste an, aber ich hörte auf niemanden. Das Glück verließ mich nicht. Plötzlich ringsum lautes Durcheinandersprechen und Lachen. »Bravo, bravo!« hörte ich rufen, und manche klatschten sogar in die Hände.

Ich hatte auch hier dreißigtausend Gulden der Bank entrissen, und das Roulette wurde auch hier bis zum nächsten Morgen geschlossen.

»Gehen Sie jetzt, gehen Sie fort!« flüsterte mir von rechts jemand zu.

Es war ein Frankfurter Jude; er hatte die ganze Zeit neben mir gestanden und mir beim Spiel, glaube ich, hin und wieder geholfen.

»Um Gottes willen, gehen Sie fort!« flüsterte eine andere Stimme links von mir.

Ich sah flüchtig hin. Es war eine ganz unauffällig und sehr anständig gekleidete Dame von etwa dreißig Jahren mit einem krankhaft blassen, müden Gesicht, dem man aber doch noch deutlich ansah, daß es einmal wunderschön gewesen sein mußte. Ich stopfte gerade haufenweise Banknoten und Gold in meine Taschen. Ich nahm die letzte Goldrolle von fünfzig Friedrichsdoren und es gelang mir, sie ganz unbemerkt der bleichen Dame in die Hand zu drücken; mich überkam ein unbezwingbares Verlangen, es zu tun, und ihre dünnen Finger drückten heiß meine Hand zum Zeichen glühender Dankbarkeit. Alles das geschah in einem Augenblick.

Nachdem ich das Geld an mich genommen, ging ich zum Trente et quarante.

An diesem Tisch sitzt ausschließlich aristokratisches Publikum. Trente et quarante ist kein Roulette, sondern ein Kartenspiel. Hier ist das Maximum, das ein Spieler gewinnen kann, hunderttausend Taler. Der höchste Einsatz ist aber gleichfalls viertausend Gulden. Ich kannte das Spiel noch nicht, ich wußte nur, daß man auch hier auf Rot und Schwarz setzen konnte. Daran hielt ich mich. Alles drängte sich um den Tisch, aus allen Sälen kamen sie. Ich erinnere mich nicht mehr, ob ich während dieser ganzen Zeit auch nur einmal an Polina gedacht habe. Ich weiß nur, daß es ein so unsagbares Vergnügen war, ein Genuß geradezu, die Banknoten und das Geld zusammenzuscharren, die den Geldhaufen vor mir immer größer machten.

Wirklich, es war, als triebe mich das Schicksal selbst. Gerade diesmal aber geschah etwas, das im Spiel übrigens ziemlich oft vorkommt: das Glück heftete sich an Rot und fünfzehnmal nach der Reihe kam Rot heraus. Ich hatte noch zwei Tage vorher gehört, daß Rot plötzlich zweiundzwanzigmal nach der Reihe gewonnen habe, was alle ganz verwundert erzählten, denn daß je ein solcher Fall vorgekommen war, dessen entsann man sich überhaupt nicht. Selbstverständlich wagt nach dem zehntenmal niemand mehr auf Rot zu setzen. Aber auch auf Schwarz, das Gegenteil von Rot, setzt dann — wenigstens von erfahrenen Spielern — kein einziger. Diese wissen nur zu gut, zu was sich solch ein »Eigensinn des Zufalls« mitunter auswachsen kann. Die Neulinge aber fallen gewöhnlich ausnahmslos herein, indem sie ihre Einsätze auf das Gegenteil — auf Schwarz zum Beispiel — verdoppeln und verdreifachen und dann natürlich riesige Summen verlieren.

Ich aber begann, als ich neben mir sagen hörte, daß Rot schon siebenmal nach der Reihe gewonnen habe, aus Eigensinn gerade auf Rot zu setzen. Ich bin aber überzeugt, daß bei meinem Entschluß wenigstens zur Hälfte Eitelkeit mitsprach: ich wollte die Zuschauer durch meinen unsinnigen Wagemut in Erstaunen setzen und — oh, seltsam war die Empfindung — ich erinnere mich ganz deutlich, daß mich plötzlich ohne bestimmten Anlaß ein unbändiges Verlangen ergriff, zu wagen, immer mehr zu wagen. Vielleicht kam das daher, daß die Nerven, die schon soviel wirbelnde Empfindungen ausgekostet hatten, nur gereizt wurden, anstatt sich zu sättigen, und daher nur nach noch größerer Erregung verlangten, nach noch aufpeitschenderen Gefühlen, immer noch stärkeren Empfindungen, um dann endlich in vollständiger Erschöpfung ausruhen zu können. Und in der Tat, ich lüge nicht, wenn ich sage, daß, falls es nur möglich gewesen wäre, fünfzigtausend Gulden auf einmal zu setzen, ich sie gesetzt hätte. Ringsum rief man erregt, es sei Wahnsinn, noch auf Rot zu setzen, schon vierzehnmal habe es gewonnen!

»Monsieur a gagné déjà cent mille florins!« hörte ich irgendwo eine Stimme.

Da kam ich zu mir. Wie? ich hatte schon hunderttausend Gulden gewonnen? Was mache ich mit soviel? Mehr habe ich ja gar nicht nötig! Ich raffte das ganze Geld, die Banknoten und das Gold zusammen, stopfte alles in meine Taschen, ohne es zu zählen, ohne darauf zu achten, daß ich so die Banknoten zerknitterte, und schritt fast wankend unter der Schwere des Goldes dem Ausgang des Kurhauses zu. Ringsum lachte man, während ich durch die Säle ging, über meine abstehenden Taschen. Ich glaube, das Gold wog reichlich über zwanzig Pfund. Mehrere Hände streckten sich mir entgegen; ich gab ohne zu zählen, wieviel die Hand aus der Tasche faßte. Am Ausgang hielten mich zwei Juden auf.

»Sie sind kühn! Sie sind sehr kühn!« sagten sie, »aber reisen Sie morgen früh ab, so früh wie möglich, sonst werden Sie alles wieder verspielen . . .«

Ich hörte nicht auf sie. Die Allee war dunkel; es war so dunkel, daß man die Hand nicht vor den Augen sehen konnte. Bis zum Hotel hatte ich etwa fünfhundert Schritt zu gehen. Ich habe mich nie vor Dieben oder Räubern gefürchtet, selbst als kleiner Junge nicht; ich dachte auch gar nicht an die Möglichkeit eines Überfalls, als ich hinaustrat. Übrigens entsinne ich mich nicht mehr, an was ich unterwegs dachte; ich glaube, ich hatte überhaupt keine Gedanken. Ich empfand nur so etwas wie das Auskosten eines Genusses — ein wundervolles Gefühl des Erfolges, des Sieges, der Macht — ich weiß nicht, wie ich mich ausdrücken soll. Auch Polinas Gestalt tauchte vor mir auf. Ich wußte, daß ich zu ihr ging, daß ich sogleich bei ihr sein und ihr erzählen, ihr das Geld zeigen würde . . . Aber ich entsann mich kaum noch dessen, was sie mir dort in meinem Zimmer gesagt hatte und weshalb ich in die Spielsäle gegangen war, und alle jene Gefühle, die noch vor anderthalb Stunden in mir getobt hatten, erschienen mir nun als etwas schon längst Vergangenes, Beigelegtes, Überlebtes — dessen wir überhaupt nicht mehr erwähnen würden, da ja jetzt alles ganz von neuem beginnen werde. Ich hatte fast schon das Ende der Allee erreicht, als mich auf einmal Angst ergriff: »Wie, wenn man mich jetzt überfällt, totschlägt und beraubt!« Und mit jedem Schritt wuchs meine Angst. Ich lief fast. Da stand plötzlich am Ende der Allee unser Hotel vor mir, mit seinen hellen Fensterreihen, — Gott sei Dank, ich war in Sicherheit!

Ich eilte die Treppen hinauf zu meinem Zimmer und stieß die Tür auf. Polina war da: sie saß auf meinem Diwan, das brennende Licht vor sich auf dem Tisch, die Arme verschränkt. Verwundert sah sie mich an — natürlich werde ich in diesem Augenblick seltsam genug ausgesehen haben. Ich blieb vor ihr stehen und begann, den ganzen schweren Haufen Geld aus meinen Taschen auf den Tisch zu werfen.

FÜNFZEHNTES KAPITEL

Ich erinnere mich, sie sah mir mit erschreckend unverwandtem Blick ins Gesicht, aber sie rührte sich nicht, nicht einmal ihre Stellung änderte sie. »Ich habe zweihunderttausend Franken gewonnen!« sagte ich, indem ich die letzte Geldrolle auf den Tisch warf.

Die vielen Banknoten und Goldrollen bedeckten den ganzen Tisch; ich konnte meine Augen schon nicht mehr abwenden von diesem Haufen und minutenlang vergaß ich ganz Polinas Anwesenheit ... Ich legte die Banknoten in einen Haufen aufeinander, versuchte das Gold zu sortieren, doch bald ließ ich alles liegen und begann, mit schnellen Schritten im Zimmer hin und her zu gehen, den Kopf wie in Gedanken gesenkt; dann trat ich plötzlich wieder an den Tisch und versuchte von neuem das Geld zu ordnen. Plötzlich, als käme ich jetzt erst zur Besinnung, stürzte ich zur Tür und verschloß sie schnell. Zweimal drehte ich den Schlüssel um. Dann blieb ich, noch immer wie in Gedanken versunken, vor meinem kleinen Koffer stehen.

»Oder soll ich es bis morgen in den Koffer tun?« fragte ich, halb zu Polina gewandt — und plötzlich, jetzt erst, erinnerte ich mich ihrer wieder und sah mich nach ihr um.

Sie saß immer noch regungslos auf demselben Platz und beobachtete mich unausgesetzt, ohne den Blick auch nur einmal von mir abzuwenden. Es lag etwas Eigentümliches in ihrem Gesichtsausdruck, etwas, das mir sehr mißfiel! Ich täusche mich wohl nicht, wenn ich sage, daß Haß in ihm lag.

Ich trat schnell zu ihr.

»Polina, hier sind fünfundzwanzigtausend Gulden, das sind fünfzigtausend Franken, sogar mehr. Nehmen Sie sie und werfen Sie sie diesem des Grieux morgen ins Gesicht.«

Sie antwortete nicht.

»Wenn Sie wollen, werde ich sie ihm selbst bringen, morgen früh. Ja?«

Sie begann plötzlich zu lachen. Sie lachte lange.

Verwundert sah ich sie an, und ein wehes Gefühl stieg in mir auf. Dieses Lachen erinnerte mich an ihr oft gehörtes spöttisches Lachen, in das sie jedesmal ausgebrochen war, wenn ich am leidenschaftlichsten von meiner Liebe zu ihr gesprochen hatte. Endlich hörte sie auf, wurde ernst und zog die Brauen zusammen. Mit strengem Blick unter der Stirn hervor betrachtete sie mich prüfend.

»Ich nehme Ihr Geld nicht«, sagte sie mit unverhohlener Verachtung.

»Wie? Was soll das? Warum denn nicht, Polina?«

»Ich nehme kein Geld umsonst.«

»Aber ich biete es Ihnen doch als Freund an; ich biete Ihnen mein Leben an.«

Sie betrachtete mich mit einem langen forschenden Blick, als wolle sie mein Innerstes durchschauen.

»Sie bieten zuviel«, sagte sie, kurz auflachend, »die Geliebte eines des Grieux ist nicht fünfzigtausend wert.«

»Polina, wie kann man so mit mir sprechen!« rief ich vorwurfsvoll. »Bin ich denn des Grieux?«

»Ich hasse Sie! Ja ... ja! ... Ich liebe Sie nicht mehr als des Grieux!« rief sie zitternd, und ihre Augen blitzten.

Plötzlich bedeckte sie das Gesicht mit den Händen und brach in hysterisches Weinen aus. Ich stürzte zu ihr.

Ich begriff, daß während meiner Abwesenheit etwas mit ihr geschehen sein mußte. Sie schien jedes seelische Gleichgewicht verloren zu haben. Wie eine Irre war sie.

»Kauf mich! Willst du? Willst du? für fünfzigtausend Franken, wie des Grieux!« stieß sie plötzlich unter krampfhaftem Schluchzen hervor.

Ich umfing sie, küßte sie, küßte ihre Hände, ihre Füße, kniete vor ihr nieder.

Ihr Nervenanfall ging vorüber. Sie legte beide Hände auf meine Schultern und betrachtete mich aufmerksam. Ich glaube, sie wollte alle meine Gefühle von meinem Gesicht ablesen. Sie hörte mir wohl zu, aber sie schien nicht zu verstehen, was ich ihr sagte. In ihren Augen lag eine Sorge, und sie starrte vor sich hin, wie in Gedanken versunken. Ich ängstigte mich um sie; es war mir, als beginne sich ihr Verstand zu verwirren. Bald begann sie, mich leise an sich zu ziehen, ein vertrauensvolles Lächeln huschte über ihr Gesicht; dann aber stieß sie mich wieder fort und wieder begann sie, mit düsterem Blick mir reglos in die Augen zu schauen... Plötzlich beugte sie sich zu mir und schlang die Arme um meinen Hals.

»Du liebst mich doch, liebst mich?« fragte sie, »du wolltest doch, du wolltest... dich doch mit dem Baron um meinetwillen schlagen!«

Und sie lachte auf und lachte — ganz als sei ihr plötzlich etwas Lachhaftes und doch Liebes eingefallen. Und so ging es fort: bald weinte, bald lachte sie, oder sie tat beides zugleich. Was sollte ich tun? Ich war ja selbst wie im Fieber. Ich erinnere mich noch, sie wollte mir etwas erzählen, aber ich wurde nicht klug aus ihren Worten. Es hörte sich fast wie Fieberdelirien an, die dann wieder vom ausgelassensten Lachen unterbrochen wurden. Dieses Lachen begann mich nachgerade zu erschrecken.

»Nein, nein, du bist mein Lieber, mein Lieber!« wiederholte sie dann wieder. »Du bist mein Treuer!« Und wieder legte sie ihre Hände auf meine Schultern, wieder sah sie mir tief in die Augen und — »Du liebst mich... liebst mich doch... wirst mich lieben?... Ja?« fragte sie.

Ich konnte meine Augen nicht von ihr abwenden; noch nie hatte ich sie in einem ähnlichen Anfall von Zärtlichkeit und Liebe gesehen. Das war natürlich das Fieber, aber... als sie meinen leidenschaftlichen Blick bemerkte, lächelte sie listig; und plötzlich begann sie ganz unvermittelt von Mister Astley zu sprechen.

Übrigens kam sie fortwährend auf Mister Astley zu sprechen — was es gerade war, was sie mir zu erklären versuchte, das weiß ich nicht mehr, ich wurde auch damals nicht klug aus ihren Worten. Ich glaube, sie machte sich sogar lustig über ihn. Jedenfalls aber wiederholte sie immer, daß er warte — »weißt du es nicht? Sicherlich steht er jetzt unter unserem Fenster! Ja, ja, unter dem Fenster — geh nur, geh, sieh nach, überzeuge dich: er steht unten auf der Straße!« Und sie stieß mich zum Fenster; als ich aber hingehen wollte, begann sie zu lachen, und ich blieb bei ihr, sie schlang wieder die Arme um meinen Hals.

»Wir werden doch fortfahren? Wir fahren doch morgen fort von hier?« kam es ihr plötzlich in den Sinn und sie wurde unruhig. »Nun ...« (sie wurde nachdenklich) »aber was meinst du, werden wir die Großtante noch einholen? In Berlin, denke ich, werden wir sie einholen. Was meinst du, was wird sie sagen, wenn sie uns erblickt? Und Mister Astley? ... Nein, der würde nicht vom Schlangenberg hinabspringen! Was meinst du?« Und sie begann wieder zu lachen. »Höre — weißt du's schon, wohin er im nächsten Sommer fahren wird? Also paß auf: er will an den Nordpol, zu wissenschaftlichen Zwecken, und er hat mich aufgefordert, mitzufahren, hahaha! Er sagt, wir Russen wüßten ohne die Europäer nichts und wären ohne sie auch zu nichts fähig ... Aber er ist ein guter Mensch! Weißt du, er entschuldigt den General. Er sagt, daß Blanche ... daß die Leidenschaft ... nein, ich weiß nicht mehr, wie es war, ich hab's vergessen ... Die Armen, wie sie mir alle leid tun, auch Bábuschka ... Aber hör zu, sag mir, wie wirst du denn des Grieux niederschießen? Glaubtest du's wirklich? Wie konntest du nur glauben, ich würde es zulassen, daß du dich mit ihm schlägst? O du dummer Junge! Wie konntest du nur! Aber du würdest ja auch den Baron nicht töten«, — und sie begann wieder zu lachen. »Oh, wie komisch du damals warst mit dem Baron, haha! Ich beobachtete euch beide von der Bank aus — und wie du zuerst nicht gehen wolltest, als ich dich schickte, weißt

180

du noch? Wie ich damals gelacht habe, oh! wie ich damals gelacht habe!« fügte sie lachend hinzu.

Und plötzlich umarmte sie mich wieder und küßte mich und schmiegte leidenschaftlich und zärtlich ihr Gesicht an mein Gesicht. Ich konnte schon nichts mehr denken und ich hörte auch nichts mehr. Ein Schwindel erfaßte mich ...

Ich glaube, es war gegen sieben Uhr morgens, als ich erwachte; die Sonne schien ins Zimmer. Polina saß neben mir und blickte sich seltsam um, als käme sie jetzt erst aus einer dunklen Bewußtlosigkeit zu sich und als versuche sie ihre Erinnerungen zu sammeln. Sie war gleichfalls erst jetzt erwacht und sah starr auf den Tisch und das Geld. Mein Kopf war schwer und schmerzte. Ich wollte ihre Hand ergreifen: sie stieß mich zurück und sprang auf vom Diwan. Der beginnende Tag war trübe, vor Sonnenaufgang mußte es geregnet haben. Sie trat ans Fenster, öffnete es, stützte die Hände auf das Fensterbrett und bog sich dann weit hinaus; und so blieb sie eine Weile regungslos stehen, ohne sich nach mir umzuwenden oder darauf zu achten, was ich sagte. Mit Schrecken fragte ich mich: Was wird jetzt werden, wie wird das enden? Plötzlich richtete sie sich wieder auf, trat vom Fenster an den Tisch und, indem sie mich mit unendlichem Haß anblickte, sagte sie mit boshaft zitternden Lippen:

»Nun, so gib mir jetzt meine fünfzigtausend Franken!«

»Polina, was soll das wieder? ...« wollte ich vorwurfsvoll beginnen.

»Oder hast du dich bedacht? Hahaha! Dir tut es vielleicht schon leid?«

Die fünfundzwanzigtausend Gulden lagen abgezählt und noch unangerührt auf dem Tisch; ich nahm sie und reichte sie ihr.

»So, jetzt gehören sie doch mir? Nicht wahr? Ganz mir?« fragte sie mich boshaft, das Geld vor sich in der Hand haltend.

»Sie haben dir von Anfang an gehört«, sagte ich.

»Nun, dann: da hast du deine fünfzigtausend Franken!«

Sie holte aus und schleuderte sie mir ins Gesicht. Das Paket traf mich schmerzhaft im Gesicht und fiel zerflatternd zu Boden. Polina lief aus dem Zimmer.

Ich weiß natürlich, sie war in jenem Augenblick nicht zurechnungsfähig, wenn ich mir auch dieses zeitweilige Irresein in seinen Gründen und Anlässen nicht recht zu erklären vermag. Allerdings ist sie auch jetzt noch krank, obschon seitdem ein ganzer Monat vergangen ist. Was aber war die Ursache dieses ganzen Zustandes und namentlich dieses letzten Ausfalls? Gekränkter Stolz? Verzweiflung darüber, daß sie zu mir gekommen war? Oder hatte ich den Anschein erweckt, als wollte ich mit meinem Glück großtun und im Grunde mich ebenso wie des Grieux von ihr losmachen, indem ich ihr fünfzigtausend Franken schenkte? Aber das war doch gar nicht der Fall! ich kann es schwören! bei meinem Gewissen schwören! Ich denke schließlich, schuld daran war, wenigstens zum Teil, ihr Hochmut, der ihr eingeflüstert haben mochte, mir lieber nicht zu glauben und mich zu beleidigen — wenn sie sich auch vielleicht selbst nicht ganz verstand. In dem Fall hat sie mir natürlich für des Grieux heimgezahlt, und ich wurde für sie zum Schuldigen, vielleicht ohne große eigene Schuld. Freilich war das alles ja nur auf ihren krankhaften Zustand zurückzuführen. Ich aber hatte gewußt, daß sie fieberkrank war, und ... hatte diesen Umstand doch nicht weiter berücksichtigt. Vielleicht ist es das, was sie mir jetzt nicht verzeihen kann? Ja, mag sein — jetzt! Aber damals, damals? So krank war sie doch ganz gewiß nicht, daß sie vollständig vergessen haben konnte, was sie tat, als sie mit dem Brief von des Grieux zu mir kam. Folglich wußte sie, was sie tat.

Ich kramte schnell den ganzen Geldhaufen zusammen und versteckte alles im Bett unter der Matratze, deckte dann das Bett wieder zu, so wie es gewesen war, und trat, etwa zehn Minuten, nachdem Polina hinausgelaufen war, aus meinem Zimmer. Ich war überzeugt, daß sie in ihr Zimmer zurückgekehrt war, und wollte mich daher unauffällig ins Vorzimmer schleichen, um mich bei der Kinderfrau nach dem Befinden des Fräuleins zu erkundigen. Wie groß war aber meine Verwunderung, als ich von der Kinderfrau, die mir auf der Treppe entgegenkam, erfuhr, daß das Fräulein überhaupt noch nicht zurückgekehrt sei und daß sie, die Kinderfrau, sich gerade zu mir habe begeben wollen, um sich nach Polina zu erkundigen.

»Aber sie ist . . . sie ist doch vor kaum zehn Minuten erst von mir fortgelaufen, wo kann sie denn geblieben sein?« fragte ich ganz ratlos.

Die Kinderfrau sah mich vorwurfsvoll an.

Das Hotelpersonal schien aber schon alles zu wissen. In der Portierloge und in der Kammer des Oberkellners flüsterte man sich zu, daß das Fräulein um sechs Uhr morgens aus unserem Hotel in den Regen hinausgelaufen und in der Richtung zum Hotel d'Angleterre weitergelaufen sei. Aus ihren Andeutungen und Mienen erriet ich, daß sie bereits wußten, daß Polina die Nacht in meinem Zimmer zugebracht hatte. Übrigens unterhielt man sich schon über die ganze Familie des Generals: man sprach davon, daß der General am Abend wie ein Irrsinniger geweint hatte und daß die Bábuschka seine Mutter sei und aus Rußland die weite Reise gemacht habe, um ihrem Sohn ausdrücklich zu verbieten, Mademoiselle de Cominges zu heiraten, und daß sie ihn nun zur Strafe für seinen Ungehorsam enterben werde. Deshalb habe sie dann ihr ganzes Geld verspielt, damit für ihn nichts mehr übrigbliebe.

»Diese Russen!« wiederholte der Oberkellner nach jeder weiteren Neuigkeit mit mißbilligendem Kopfschütteln. Die anderen lachten. Der Hotelverwalter stellte die Rechnung aus. Von meinem Gewinn hatte man gleichfalls schon gehört. Karl, mein Zimmerdiener, war der erste, der gratulierte. Ach, hol' sie der Teufel, was gingen sie mich an! Ich eilte ins Hotel d'Angleterre.

Es war noch früh am Morgen. Mister Astley empfing niemanden; als er jedoch hörte, daß ich es sei, der ihn sprechen wollte, trat er aus seinem Zimmer in den Korridor und blieb vor mir stehen, sah mich mit seinem bleiernen Blick an und wartete ab, was ich sagen würde. Ich fragte ihn nach Polina.

»Sie ist krank«, sagte er, ohne mit der Wimper zu zucken oder den Blick von mir abzuwenden.

»So ist sie jetzt wirklich bei Ihnen?«

»Oh, ja, sie ist bei mir.«

»Ja, wie? . . . haben Sie denn die Absicht, sie bei sich zu behalten?«

»Oh, ja, die habe ich.«

»Mister Astley, das wird einen Skandal geben, das geht doch nicht! Und ganz abgesehen davon — sie ist doch krank! — Sie haben das vielleicht noch nicht bemerkt?« . . .

»Oh, doch, ich habe es sehr wohl bemerkt und es Ihnen soeben bereits selbst gesagt. Wäre sie nicht krank, so hätte sie doch ganz sicherlich nicht die Nacht bei Ihnen verbracht.«

»So wissen Sie auch das schon?«

»Ich weiß es. Sie wollte schon gestern zu mir kommen, und ich hätte sie dann zu meinen Verwandten gebracht, da sie aber krank war, kam es zu dem Irrtum und sie ging zu Ihnen.«

»Was Sie nicht sagen! Nun, ich gratuliere Ihnen, Mister Astley. Apropos, Sie bringen mich auf einen Gedanken: standen Sie nicht die ganze Nacht unter unserem Fenster? Miß Polina wollte in der Nacht immer wieder, daß ich das Fenster öffne und hinausschaue, ob Sie nicht unter dem Fenster ständen. Dabei lachte sie unaufhörlich.«

»Wirklich? Nein, ich stand nicht unter dem Fenster; ich wartete nur im Gang und ging um das Hotel herum.«

»Aber man muß doch etwas für ihre Gesundheit tun, Mister Astley.«

»Oh, ja, ich habe schon einen Arzt rufen lassen, und wenn sie stirbt, werden Sie mir Rechenschaft geben.«

Ich sah ihn verwundert an.

»Ich bitte Sie, Mister Astley, was verlangen Sie von mir?«

184

»Ist es wahr, daß Sie gestern zweihunderttausend Taler gewonnen haben?«

»Im ganzen nur hunderttausend Gulden, ja.«

»Nun, sehen Sie! Dann fahren Sie also heute nach Paris!«

»Wozu das?«

»Alle Russen reisen, wenn sie Geld haben, nach Paris«, erklärte Mister Astley mit einer Stimme und in einem Ton, als lese er es irgendwo gedruckt.

»Was soll ich jetzt im Sommer in Paris? Ich liebe sie. Das wissen Sie doch selbst, Mister Astley!«

»Wirklich? Ich bin überzeugt, daß das nicht der Fall ist. Überdies werden Sie, wenn Sie hier bleiben, unfehlbar alles wieder verspielen, und dann hätten Sie nichts, womit Sie nach Paris fahren könnten. Nun, adieu, ich bin fest überzeugt, daß Sie heute nach Paris reisen werden.«

»Nun, gut, adieu, nur werde ich bestimmt nicht nach Paris reisen. Bedenken Sie doch nur, Mister Astley, was jetzt aus der ganzen Familie werden soll! Der General ist in einem Zustand, der ... und jetzt noch dieses mit Miß Polina — die ganze Stadt wird doch darüber sprechen!«

»Ja, die ganze Stadt. Der General übrigens, der scheint jetzt nicht daran zu denken, er hat anderes im Sinn. Miß Polina aber hat das volle Recht, zu leben, wo es ihr gefällt. Und was diese Familie sonst noch betrifft, so kann man sagen, daß sie als solche aufgehört hat, zu bestehen.«

Ich ging und lachte innerlich über die verrückte Annahme dieses Engländers, daß ich jetzt im Sommer nach Paris reisen würde. ‚Aber er scheint Lust zu haben, mich im Duell niederzuschießen‘, dachte ich, ‚wenn Polina stirbt — eine nette Bescherung!‘ Ich schwöre es: Polina tat mir wirklich leid, aber seltsam — von dem Augenblick an, als ich an den Spieltisch getreten war und das Geld nur so zusammengescharrt hatte, war meine Liebe gewissermaßen zurückgetreten. Das sage ich allerdings jetzt: damals jedoch war ich mir alles dessen durchaus nicht so klar bewußt. Oder sollte ich wirklich ein Spieler sein, sollte ich wirklich ... so seltsam Polina geliebt haben? Nein, ich liebe sie auch heute noch, Gott weiß es! Damals aber, als ich Mister Astley verließ und in unser Hotel zurückkehrte, litt ich aufrichtig und machte mir die bittersten Vorwürfe. Doch ... doch da kam etwas ganz Unvorhergesehenes dazwischen, etwas, das eine ganze lange dumme Geschichte zur Folge hatte.

Ich stieg die Treppen hinauf und bog in den Korridor ein, um mich zum General zu begeben, als sich plötzlich eine Tür öffnete und jemand mich bei meinem Namen rief. Es war Madame veuve de Cominges, die mich bat, zu Mademoiselle Blanche zu kommen. Ich trat ein.

Sie bewohnten nur zwei Zimmer. Ich hörte die Stimme und das Lachen der Mademoiselle Blanche aus ihrem Schlafzimmer. Sie schien noch im Bett zu sein.

»Ah, c'est lui! Viens donc! Ist es wahr, que tu as gagné une montagne d'or et d'argent? J'aimerais mieux l'or.«

»Ja«, sagte ich lachend, »es ist wahr.«

»Wieviel?«

»Hunderttausend Gulden.«

»Bibi, comme tu es bête. Aber so komm doch herein, ich höre ja nichts. Nous ferons bombance, n'est-ce pas?«

Ich trat in ihr Schlafzimmer. Sie lag unter einer rosa Atlasdecke, die aber ihre bräunlichen, runden, wundervollen Schultern nicht bedeckte — Schultern, wie man sie allenfalls im Traum sieht, und deren Schönheit noch erhöht wurde durch die schneeweiße, spitzenbesetzte Batistwäsche, die den bräunlichen Farbton ihrer Haut erst recht zur Geltung brachte.

»Mon fils, as-tu du coeur?« rief sie lachend, als sie mich erblickte. Gewöhnlich lachte sie ansteckend lustig und mitunter sogar herzlich.

»Tout autre ...«, wollte ich beginnen, Corneille zu paraphrasieren, doch sie unterbrach mich.

»Siehst du, vois-tu«, plapperte sie drauflos, »zuerst such mir meine Strümpfe auf und hilf mir beim Ankleiden; und dann — si tu n'es pas trop bête, je te prends à Paris. Du weißt doch, ich reise sogleich ab.«

»Sogleich?«

»In einer halben Stunde.«

In der Tat, es war alles schon eingepackt. Alle ihre Koffer und Kartons standen bereit, und das Frühstück hatte sie schon eingenommen.

»Eh bien, willst du, tu verras Paris? Dis donc qu'est-ce que c'est qu'un outchitel? Tu étais bien bête quand tu étais outchitel. Wo sind denn meine Strümpfe? Nun, zieh sie mir an, da!«

Und sie streckte wirklich ein entzückendes braunes Füßchen unter der Decke hervor, eines, das gar nicht durch enges Schuhwerk entstellt war, wie es sonst alle diese Füße sind, die in den Stöckelschuhen so klein aussehen. Ich machte mich lachend daran, den seidenen Strumpf überzuziehen. Mademoiselle Blanche saß währenddessen auf dem Bett und plauderte ganz harmlos weiter:

»Eh bien, que feras-tu, si je te prends avec moi? Erstens — je veux cinquante mille francs. Die gibst du mir in Frankfurt. Et nous allons à Paris; dort leben wir dann zusammen et je te ferai voir des étoiles en plein jour. Du sollst dort solche Damen kennenlernen, wie du sie bisher noch nie gesehen hast. Höre ...«

»Wart mal: also ich soll dir fünfzigtausend Franken geben — aber wofür denn, und was bleibt mir dann übrig?«

»Les cent cinquante mille francs, die du wohl vergessen hast, und außerdem willige ich doch ein, in deiner Wohnung zu wohnen, sagen wir, einen, zwei Monate — que sais-je! Die Hundertfünfzigtausend werden wir natürlich verleben in diesen zwei Monaten. Siehst du, je suis bonne enfant und sage es dir im voraus, mais tu verras des étoiles.«

»Was, alles in zwei Monaten!«

»Wie! Das wundert dich? Ah, vil esclave! Weißt du auch, daß ein einziger Monat eines solchen Lebens mehr wert ist als dein ganzes Dasein! Ein Monat — et après le déluge! Mais tu ne peux comprendre, va! Geh, marsch, du bist es überhaupt nicht wert! ... Ah, que fais-tu?«

Ich zog ihr gerade den anderen Strumpf an, konnte mich aber nicht bezwingen und küßte das Füßchen. Sie riß es weg und wollte mir mit der Fußspitze einen Nasenstüber versetzen. Ich solle mich zum Teufel scheren, rief sie, doch schon im nächsten Augenblick tat es ihr leid und sie rief mir nach: »Eh bien, mon outchitel, je t'attends, si tu veux; in einer Viertelstunde fahre ich.«

Als ich in meinem Zimmer anlangte, war ich schon wie von einem Schwindel erfaßt. Nun ja, es war doch nicht meine Schuld, daß Mademoiselle Polina mir ein ganzes Geldpaket ins Gesicht geworfen und noch tags zuvor den Mister Astley mir vorgezogen hatte! Ein paar Banknoten lagen noch auf dem Fußboden. Ich hob sie auf. Da ging die Tür auf und der Hotelverwalter, der mich bis dahin kaum zu beachten geruht hatte, erschien in höchsteigener Person in meinem Zimmer, und zwar: um sich zu erkundigen, ob ich nicht vielleicht in eines der Appartements der unteren Stockwerke übersiedeln wolle, zumal im Augenblick eines der besten frei geworden sei, in dem soeben noch Graf W. gewohnt hatte.

Ich stand, dachte.

»Meine Rechnung!« rief ich, »ich reise sogleich — in zehn Minuten!«

Bei mir dachte ich:

‚Egal, dann reise ich eben nach Paris! — wenn's das Schicksal mal so will!‘

Nach einer Viertelstunde saßen wir tatsächlich alle drei im Eisenbahnkupee: ich, Mademoiselle Blanche und Madame veuve de Cominges. Mademoiselle Blanche saß mir vis-à-vis, sah mich an und lachte Tränen. Madame veuve de Cominges lachte gleichfalls. Ich kann nicht behaupten, daß ich fröhlich war. Mein Leben brach auseinander, doch seit der letzten Nacht hatte ich mich daran gewöhnt, va banque zu spielen. Vielleicht ist es wirklich wahr, daß ich dem Gelde nicht gewachsen war und es mir nur so den Kopf verdrehte, daß mir schwindelig wurde. Peut-être, je ne demandais pas mieux.

Es schien mir, daß sich nur die Dekorationen für kurze Zeit veränderten — nur für kurze Zeit. ‚Nach einem Monat aber werde ich wieder hier sein, und dann ... und dann werden wir uns noch einmal messen, Mister Astley!‘ dachte ich.

Wie ich mich jetzt entsinne, war mir damals doch unsagbar weh zumut, obschon ich mit Blanche ordentlich um die Wette lachte.

»Aber weshalb lachst du denn? Wie dumm du bist! Oh mon Dieu, wie dumm du bist!« rief Blanche, die für einen Augenblick das Lachen vergaß und mich im Ernst zu schelten begann. »Nun ja, nun ja, ja, wir werden deine zweihunderttausend Franken verleben, mais tu seras heureux comme un petit roi. Ich werde dir eigenhändig die Krawatte binden, wenn du willst, und ich werde dich mit Hortense bekannt machen. Wenn wir aber alles verlebt haben, kommst du wieder her und sprengst noch einmal die Bank. Was haben die Juden gesagt? Die Hauptsache ist Mut — und den hast du! Oh, du wirst mir nicht nur dieses eine Mal Geld nach Paris bringen! Quant à moi je veux cinquante mille francs de rente et alors ...«

»Aber der General?« unterbrach ich sie.

»Der General, du weißt doch, geht jeden Tag um diese Zeit aus, um die Blumen für mich zu besorgen. Heute sollte er mir, habe ich ihm gestern gesagt, ganz besonders seltene Blumen bringen. Der Arme! Wenn er zurückkehrt, wird er erfahren, daß der Vogel schon aus dem Bauer geflogen ist. Er wird uns nachreisen, du wirst sehen. Hahaha! Ich werde sehr froh darüber sein. In Paris wird er mir zustatten kommen. Hier wird Mister Astley für ihn bezahlen ...«

Und so kam es denn, daß ich damals wirklich nach Paris fuhr.

SECHZEHNTES KAPITEL

Was soll ich über Paris sagen? Alles das war natürlich halb Fiebertraum, halb Narretei. Ich verbrachte nur drei Wochen und ein paar Tage in Paris, und in dieser Zeit waren meine hunderttausend Franken restlos verausgabt. Ich rede nur von dem einen Hunderttausend; das andere Hunderttausend hatte ich in barem Gelde Blanche gegeben: fünfzigtausend Franken in Frankfurt, und drei Tage später in Paris einen Wechsel wieder auf fünfzigtausend Franken, für dessen Tilgung sie aber nach einer Woche das bare Geld von mir verlangte — »et les cent mille francs, qui nous restent«, sagte sie mir bei der Gelegenheit, »tu les mangeras avec moi, mon outchitel.« Sie nannte mich nie anders als »mon outchitel« [mein Lehrer].

Es ist schwer, sich etwas Geizigeres, Berechnenderes und Knauserigeres vorzustellen, als es diese Geschöpfe von der Art der Mademoiselle Blanche sind. Natürlich nur, was ihr eigenes Geld betrifft! Mit meinem Gelde dagegen pflegte sie ganz anders umzugehen. Die hunderttausend Franken zum Beispiel, die mir geblieben waren, knöpfte sie mir nach und nach gleichfalls ab, und zwar mit der Begründung, daß sie sie unbedingt brauche, um sich in Paris erst einmal einzurichten. Später erklärte sie mir: »Aber jetzt habe ich auch ein für allemal hier Fuß gefaßt, jetzt wird mich niemand mehr so leicht aus meiner Position drängen — wenigstens habe ich meine Vorkehrungen getroffen.«

Übrigens habe ich diese Hunderttausend kaum zu Gesicht bekommen, denn das Geld bewahrte sie auf, und in meinem Portemonnaie, das sie täglich untersuchte, sammelte sich nie mehr an als hundert Franken, meist nicht einmal soviel.

»Wozu brauchst du Geld?« fragte sie zuweilen mit der naivsten Miene, und ich widersprach ihr nicht. Dafür aber richtete sie ihre Wohnung sehr, ich sage, sehr vorteilhaft ein, und als sie mich dann durch alle Zimmer ihres neuen Heims führte, konnte sie mit einer gewissen nicht unerheblichen Selbstzufriedenheit sagen: »Sieh, was man, wenn man zu rechnen versteht und Geschmack hat, mit den lumpigsten Mitteln machen kann!« Diese Lumpigkeit kostete aber nichtsdestoweniger rund fünfzigtausend Franken. Für die anderen fünfzigtausend Franken schaffte sie sich eine Equipage und Pferde an, außerdem gaben wir zwei Bälle oder vielmehr Soireen, zu denen auch Hortense und Lisette und Cléopâtre eingeladen wurden — Damen, die in vielen, in sehr vielen Beziehungen bemerkenswert und sogar hübsch waren. An diesen Abenden war ich gezwungen, die überaus dumme Rolle eines Hausherrn zu spielen, reich gewordene, stumpfsinnige Geschäftsleute zu empfangen und zu unterhalten, desgleichen unbedeutende Leutnants und verschiedene in ihrer Unwissenheit und zugleich Schamlosigkeit unmögliche kleine Autoren und Journalisten, die in Fracks nach neuester Mode mit hellgelben Glacéhandschuhen erschienen und sich mit einer Eigenliebe und Aufgeblasenheit brüsteten, wie es in dem Maße selbst bei uns in Petersburg undenkbar wäre — das aber will viel sagen. Sie wollten sich sogar über mich lustig machen, aber ich zog mich bald in eines der hinteren Zimmer zurück und betrank mich mit Champagner. Alles das war mir im höchsten Grade widerlich.

»C'est un outchitel«, erzählte derweilen Blanche ihren Gästen, »il a gagné deux cent mille francs, die er ohne mich nicht auszugeben verstände. Nachher wird er wieder outchitel — weiß nicht jemand von Ihnen eine Stelle für ihn? Man muß etwas für ihn tun.«

Ich nahm allmählich immer öfter meine Zuflucht zum Champagner. Ich war dabei beständig traurig gestimmt ... und dann — dann war es auch so furchtbar langweilig! Ich lebte in einem echt bourgeoisen, echt spießerhaften Milieu,

191

in dem jeder Sou berechnet und gewogen wurde. In den ersten zwei Wochen liebte mich Blanche durchaus nicht, sogar im Gegenteil, und das merkte ich natürlich sehr gut. Zwar legte sie sehr viel Gewicht darauf, daß ich stets elegant gekleidet war, ja, sie bestand sogar darauf, mir täglich die Krawatte zu binden, aber im Grunde verachtete sie mich doch aufrichtig. Nur war mir das alles furchtbar gleichgültig. Gelangweilt und schwermütig wie ich war, gewöhnte ich mir an, mich ins Château des Fleurs zu begeben, wo ich mir jeden Abend einen Rausch antrank und mich in den Künsten und Kenntnissen des Cancans unterrichten ließ (der dort übrigens miserabel getanzt wird), so daß ich zum Schluß sogar eine gewisse Berühmtheit erlangte. Endlich aber lernte mich Blanche doch besser verstehen. Es hatte sich in ihr vom ersten Tage an die Vorstellung festgesetzt, daß ich während der ganzen Zeit unseres Zusammenlebens nichts anders tun würde, als ihr mit Bleistift und Notizbuch in der Hand auf Schritt und Tritt folgen, um nur ja alles zu notieren und zu summieren, was sie ausgegeben und was sie gestohlen, was sie voraussichtlich noch ausgeben und stehlen werde. Und selbstverständlich war sie überzeugt, daß es zwischen uns wegen jedes Zehnfrankenstückes zu einer Schlacht kommen werde. Und so hatte sie schon im voraus auf jeden meiner erwarteten Angriffe eine Antwort bereit. Als aber dann alle diese Angriffe meinerseits ausblieben, begann sie von selbst, ohne jede Veranlassung, ihre Erklärungen und Rechtfertigungen vorzutragen. Zuweilen machte sie sich sogar mit einem wahren Übereifer daran, plötzlich aber, wenn es ihr dann auffiel, daß ich mit dem größten Gleichmut schwieg — gewöhnlich faulenzte ich auf der Chaiselongue herum und sah ruhig zur Decke hinauf — da begann sie sich doch zu wundern. Anfangs dachte sie, ich sei einfach nur bodenlos dumm (»un outchitel« und nichts weiter), und sie verstummte dann plötzlich, wahrscheinlich mit dem Gedanken: »Er ist ja doch dumm, wozu ihn also darauf bringen, wenn er nicht selbst darauf verfällt.« Nur vergingen dann keine zehn

192

Minuten und sie begann von neuem mit ihrer Verteidigung — namentlich in der letzten Zeit, als ihre Ausgaben immer verschwenderischer wurden, als sie zum Beispiel ein paar Pferde für sechzehntausend Franken gekauft hatte.

»Nun, also du ärgerst dich nicht, Bibi?« kam sie wieder darauf zurück.

»N–n–ein! Laß — mich — in — Ruh!« sagte ich müde und gelangweilt und schob sie mit der Hand von mir fort. Das war aber für sie so interessant, daß sie sich sogleich neben mich setzte.

»Siehst du, wenn ich mich entschlossen habe, soviel für sie zu zahlen, so tat ich es doch nur, weil es ein Gelegenheitskauf war. Man kann sie für zwanzigtausend wieder verkaufen.«

»Ja, ja, ich glaub's ja schon. Die Pferde sind tadellos, und du hast jetzt ein wundervolles Gespann. Gut so. Wird dir zustatten kommen. Aber jetzt genug davon.«

»So ärgerst du dich wirklich nicht?«

»Worüber? Es ist doch sehr klug von dir, daß du dich mit einigen notwendigen Sachen versorgst. Alles das wird dir später sehr nützlich sein. Ich sehe doch ein, daß du dir zuerst eine gute Grundlage verschaffen mußt: anders wirst du's nicht zur Millionärin bringen. Hier sind unsere hunderttausend Franken nur der Anfang, nur ein Tropfen im Meer.«

Blanche, die alles eher als eine solche Antwort erwartet hatte — an Stelle der Vorwürfe und womöglich Szenen! — fiel aus den Wolken.

»So bist du ... Also *so* bist du! Mais tu as l'esprit pour comprendre! Sais-tu, mon garçon, du bist zwar ein outchitel, aber du hättest als Prinz geboren werden müssen! So tut es dir nicht leid, daß das Geld bei uns so schnell — wegrollt?«

»Ach, nun, mag's doch, wenn's doch nur schneller ginge!«

»Mais ... sais-tu ... mais dis donc, bist du denn reich? Mais sais-tu, du verachtest mir das Geld schon gar zu sehr! Qu'est-ce que tu feras après, dis donc?«

»Après fahre ich nach Homburg und gewinne wieder hunderttausend Gulden.«

193

»Oui, oui, c'est ça, c'est magnifique! Und ich weiß, du wirst unbedingt gewinnen und das Geld herbringen. Dis donc — du bringst es wahrhaftig fertig, daß ich dich zu lieben beginne! Eh bien, dafür, daß du so bist, werde ich dich jetzt die ganze Zeit lieben und werde dir kein einziges Mal untreu sein. Denn sieh, wenn ich dich bis jetzt auch nicht geliebt habe, parce que je croyais, que tu n'es qu'un outchitel (quelque chose comme un laquais n'est-ce pas?), so bin ich dir doch immer treu gewesen, denn — je suis bonne fille.«

»Na, und das soll ich glauben? Und jener Albert, jener Leutnant mit dem schwarzglänzenden Haar — habe ich dich denn nicht mit ihm gesehen?«

»Oh, oh, mais tu es . . .«

»Na, lüge nur nicht, schon gut; oder glaubst du, daß ich mich darüber ärgere? Das ist mir doch so furchtbar egal. Il faut que jeunesse se passe. Du kannst ihn doch nicht vor die Tür setzen, wenn er ältere Rechte hat und du ihn liebst. Nur Geld brauchst du ihm deshalb nicht zu geben, hörst du?«

»So bist du auch darüber nicht böse? Mais tu es un vrai philosophe, sais-tu? Un vrai philosophe!« rief sie ganz begeistert. »Eh bien, je t'aimerai, je t'aimerai — tu verras, tu seras content!«

Und wirklich, von dem Tage an bezeugte sie eine gewisse Anhänglichkeit, ja, sogar eine gewisse Freundschaft entwickelte sich zwischen uns, und so vergingen die letzten zehn Tage. Die verheißenen »Sterne« habe ich zwar nicht gesehen, aber in gewissen anderen Beziehungen hielt sie tatsächlich ihr Versprechen. Außerdem machte sie mich mit Hortense bekannt, einer in ihrer Art allerdings sehr bemerkenswerten Dame, die in unserem Kreise »Thérèse philosophe« genannt wurde . . .

Übrigens, es lohnt nicht, sich darüber zu verbreiten. Alles das ließe sich als Vorwurf zu einer anderen Erzählung mit einem anderen Kolorit, wie ich es hier nicht hineinbringen will, verwenden. Kurz, die Sache war die, daß ich keinen sehnlicheren Wunsch hatte als diesen einen: daß alles möglichst schnell zu Ende sei. Doch leider reichten meine hunderttausend Franken, wie gesagt, fast für einen ganzen Monat aus, worüber ich selbst aufrichtig erstaunt war. Von diesem Gelde kaufte sich Blanche für mindestens achtzigtausend Franken »das Notwendigste«, verlebt aber haben wir ganz gewiß nicht mehr als zwanzigtausend Franken. Blanche, die zum Schluß sagar aufrichtig gegen mich war (wenigstens in gewissen Dingen belog sie mich nicht mehr), machte mich noch vor der Trennung darauf aufmerksam, ganz gerührt durch ihre eigene Güte, daß mir wenigstens nicht die Schulden zur Last fallen würden, welche sie früher zu machen gezwungen gewesen sei.

»Ich habe dich keine Rechnungen und Wechsel unterzeichnen lassen«, sagte sie, »denn du tatest mir leid; eine andere aber hätte das bestimmt getan und dich ins Schuldgefängnis gebracht. Siehst du, siehst du jetzt, wie ich dich geliebt habe und wie gut ich bin! Und bedenk doch nur, was mich allein diese verwünschte Hochzeit kosten wird!«

Es wurde nämlich wirklich eine Hochzeit gefeiert, gegen Ende des Monats, und es ist anzunehmen, daß diese die letzten Reste meiner Hunderttausend verschlang. Und damit war dann alles erledigt, das heißt: es war das Ende unseres Monats und ich erhielt meinen Abschied. Mit der Hochzeit aber verhielt es sich folgendermaßen: eine Woche nach unserer Ankunft in Paris traf auch der General dort ein. Er kam gleich zu Blanche und blieb von seinem ersten Besuch an so gut wie ganz bei uns, obwohl er irgendwo auch eine Wohnung hatte. Blanche empfing ihn hocherfreut, lief ihm mit Jubel und Gelächter entgegen und umarmte ihn sogar. Und es kam bald so weit, daß sie ihn kaum noch fort ließ und er sie überallhin begleiten mußte: auf die Boulevards und auf den Spazierfahrten, ins Theater und zu Bekannten. Dazu ließ sich der General noch sehr gut verwenden: er zeichnete sich immerhin durch eine ganz imposante Erscheinung aus, war groß von Wuchs, hinzu kamen gute Manieren, ein etwas gefärbter Backenbart, ein riesiger Schnurrbart,

wie ihn die Mode verlangte – er war ehemaliger Kürassier –
und ein noch ganz sympathisches Gesicht, wenn auch die
Züge schon ein wenig zu verschwimmen begannen. Kurz,
sein Auftreten war tadellos und sein Frack war es nicht minder. Und in Paris trug er nun auch seine Orden. Mit einem
solchen Herrn aber auf den Boulevards zu promenieren, war
nicht nur »möglich«, sondern sogar empfehlenswert. Natürlich war der gute und jetzt mehr denn je auf. den Kopf gefallene General sehr zufrieden mit dieser Verwendung seiner
Person; hatte er doch gar nicht auf soviel Freundlichkeit
ihrerseits zu hoffen gewagt, als er uns nach Paris gefolgt
war! Er zitterte ja förmlich vor Angst, als er erschien, denn
er fürchtete zunächst, Blanche werde ihn anschreien und hinauswerfen lassen. Da kann man sich denken, wie selig ihn
dieser unerwartete Empfang machen mußte. Er war die
ganze Zeit, während der ich mit ihm zusammen war, geradezu und wörtlich genommen: sinnlos glücklich. Ich hatte ihn
bis dahin noch nie in einem solchen Zustand gesehen, und in
diesem Rausch befand er sich auch dann noch, als ich sie drei
Wochen später verließ.

Erst hier habe ich genauer erfahren, wie damals unsere
plötzliche Abreise aus Roulettenburg auf ihn gewirkt hatte:
er war bewußtlos zusammengebrochen (vielleicht ist es sogar
eine Art Schlaganfall gewesen) und dann hatte er sich eine
Woche lang wie ein Irrsinniger benommen. Die Ärzte sollen
ihn nach bestem Wissen behandelt haben, doch plötzlich
hatte er sich auf und davon gemacht, um in Paris aufzutauchen. Selbstverständlich war dann der Empfang, den
Blanche ihm unerwarteterweise bereitete, das beste Heilmit-
tel für ihn; dennoch verrieten sich noch lange die Folgen
der überstandenen Krankheit, trotz seiner frohen, ja sogar
begeisterten Stimmung. Denken oder auch nur ein etwas ern-
steres Gespräch führen konnte er überhaupt nicht mehr.
Wenn andere zu ihm sprachen, begnügte er sich damit, nach
jedem Satz »Hm!« zu sagen und tiefernst mit dem Kopf zu
nicken. Das nahm sich gar nicht so übel aus. Sehr oft aber

hörte ich ihn lachen, doch klang es wie das nervöse Gelächter eines Kranken; oft wiederunm saß er stundenlang wie in Gedanken versunken da, mit düsterem Gesicht, die buschigen Brauen zusammengezogen, und rührte sich nicht. Vieles war ganz aus seinem Gedächtnis entschwunden; gewöhnlich war er unglaublich zerstreut und überdies hatte er sich angewöhnt, mit sich selbst zu sprechen. Nur Blanche vermochte ihn aufzuheitern und zu beleben. Übrigens bedeuteten diese Anfälle von düsterer Gedankenversunkenheit und stumpfem Vorsichhinbrüten — er saß dann ganz zurückgezogen in einem Winkel — nichts anderes, als daß er Blanche lange nicht gesehen hatte, zum Beispiel, wenn sie ausgefahren war, ohne ihn mitzunehmen oder ohne sich herzlich von ihm verabschiedet zu haben. Er hätte aber gewiß selbst nicht zu sagen gewußt, was ihm dann fehlte, und ich glaube, er wußte es ebensowenig, daß er traurig war. Nachdem er dann ein bis zwei Stunden so gesessen (ich habe es zweimal beobachtet, als Blanche für den ganzen Tag ausgefahren war, wahrscheinlich zu ihrem Albert), zuckte er plötzlich zusammen, schaute sich nach allen Seiten um, als suche er jemanden; aber da er niemanden sah und natürlich nicht wußte, was er eigentlich haben oder fragen wollte, versank er wieder in sein dumpfes Brüten — bis dann endlich Blanche erschien, heiter, ausgelassen lustig, in schöner Toilette und mit ihrem hellen Lachen. Sie eilte dann lachend auf ihn zu, schüttelte ihn und küßte ihn womöglich — mit letzterem beglückte sie ihn übrigens nur selten. Einmal brach er vor lauter Seligkeit sogar in Tränen aus, als sie nach längerer Abwesenheit heimkehrte und ihn wieder so begrüßte. Ich wunderte mich im stillen nicht wenig.

Gleich nachdem der General bei uns aufgetaucht war, schwang sich Blanche zu seiner Verteidigerin vor mir auf. Und sie redete wie ein raffinierter Advokat es nicht besser gekonnt hätte. Zuerst hielt sie mir vor, daß sie ihm um meinetwillen untreu geworden sei, sie, die doch schon so gut wie seine Braut gewesen, die ihm sogar ihr Wort gegeben!

Und er habe doch um ihretwillen seine Familie verlassen, ich aber, nicht zu vergessen, ich hätte doch einst bei ihm »gedient«; das dürfe ich nicht so ohne weiteres unberücksichtigt lassen, und ... und — ob ich mich denn gar nicht schämte? ... Ich schwieg unentwegt, und sie redete hochtrabender denn je weiter. Endlich brach ich in schallendes Gelächter aus, und damit war die Sache erledigt, das heißt zuerst dachte sie, ich sei ein unverbesserlicher Esel, dann aber blieb sie bei der Meinung, daß ich ein sehr guter und vernünftiger Mensch sei. Mit einem Wort, ich hatte das Glück, die unschätzbare Geneigtheit dieser ehrenwerten Demoiselle zu verdienen. Übrigens war Blanche wirklich ein herzensgutes Mädchen — allerdings, versteht sich, nur in ihrer Art. Ich hatte sie eben anfangs nicht richtig zu schätzen gewußt!

»Du bist ein kluger und guter Mensch«, sagte sie mir zum Schluß, »und ... und ... schade nur, daß du so ein Dummkopf bist! Nichts, nichts wirst du dir ersparen, zu nichts wirst du es bringen!« Ich sei eben ein »vrai russe, un kalmouk!«

Als solchen schickte sie mich mit dem General spazieren, genau wie einen Diener mit einem Windspiel. Das war mir natürlich gleichgültig, und so ging ich denn mit ihm ins Theater, in die Restaurants, und sogar der Bal Mabille hat uns gesehen. Für diese Zerstreuungen gab Blanche selber das nötige Geld, obschon der General auch welches besaß und mit besonderer Vorliebe seine Brieftasche hervorzog, wenn andere zugegen waren. Einmal mußte ich fast Gewalt anwenden, um zu verhindern, daß er im Palais Royal eine Brosche für siebenhundert Franken kaufte, die er Blanche schenken wollte. Was war für sie eine Brosche zu siebenhundert Franken? Und übrigens besaß ja der General selbst nicht mehr als etwa tausend Franken. Leider habe ich nicht erfahren können, von wem er sie hatte. Ich nehme an — von Mister Astley, da dieser ja auch im Hotel für ihn bezahlt hatte! Was aber mein Verhalten zum General und dessen Verhalten zu mir betrifft, so glaube ich, daß er von meinen wirklichen

Beziehungen zu Blanche keine Ahnung hatte. Er hatte wohl gehört, daß ich ein Vermögen gewonnen, doch schien er trotzdem anzunehmen, daß ich bei Blanche die Stellung — nun, etwa die eines Privatsekretärs oder vielleicht sogar eines Dieners einnahm. Wenigstens sprach er mit mir nur in herablassendem Ton, ganz wie ehedem, als ich noch Hauslehrer seiner Kinder war, und zuweilen hielt er mir sogar eine Standrede. Ich weiß noch, einmal erheiterte er uns, Blanche und mich, beim Frühstück so köstlich, daß wir Tränen lachten. Er war eigentlich kein empfindlicher Mensch, plötzlich aber fühlte er sich durch mich gekränkt — warum? wodurch? — das weiß ich heute noch nicht. Selbstverständlich wußte er es damals ebensowenig! Kurz, er brach einen Streit vom Zaun — der eigentlich kein Streit war, denn ich widersprach ihm ja nicht — und redete ohne Ende, à bâtons rompus, schrie, daß ich ein Bengel sei, daß er mich lehren werde... daß er mir den Standpunkt klarmachen werde... und so weiter, und so weiter. Doch konnten wir leider nichts davon begreifen. Blanche lachte Tonleitern. Endlich gelang es uns, ihn einigermaßen zu beruhigen: und dann wurde er wieder spazieren geführt. Doch oft bemerkte ich, daß er traurig wurde, daß ihm, wie es schien, irgend etwas oder irgend jemand leid tat, daß ihm trotz der Anwesenheit Blanches irgend jemand fehlte. In solchen Augenblicken begann er mit mir zu sprechen, nur konnte ich niemals aus seinen Worten klug werden: er sprach von seinem Dienst, von seiner verstorbenen Frau, von seinem Gut und seinem früheren Hausstand. Verfiel er dann plötzlich auf irgendein besonderes Wort, dann freute er sich darüber so, daß er es hundertmal am Tage wiederholte, obgleich es weder seine Gefühle noch seine Gedanken irgendwie ausdrückte. Ich versuchte, ihn an seine Kinder zu erinnern, damit er auf sie zu sprechen käme, doch er sagte nur hastig: »Ja, ja! die Kinder, die Kinder, Sie haben recht, die Kinder!« — und ging dann schnell, doch offenbar ganz ohne Absicht, wieder auf ein anderes Thema über. Nur einmal wurde er wirklich weich — wir gingen gerade

ins Theater: »Diese armen, unglücklichen Kinder!« sagte er
plötzlich, »ja ... ja ... mein Herr, *un*glückliche Kinder sind
es!« Und dann wiederholte er an diesem Abend noch etliche-
mal: »diese *un*glücklichen Kinder! ... diese *un*glücklichen
Kinder!«

Als ich aber einmal auf Polina zu sprechen kam, rief er
fast jähzornig: »Dieses undankbare Frauenzimmer!« und er
schien aufrichtig empört zu sein. »Boshaft ist sie und undankbar! Sie hat die ganze Familie beschimpft! Wenn es
hier Gesetze gäbe, würde ich ihr schon zeigen, was es heißt!
... Jawohl, mein Herr, jawohl!«

Doch von des Grieux konnte er nicht einmal den Namen
hören, dann wurde er schon wild: »Er hat mich zugrunde
gerichtet, er hat mich bestohlen! er hat mich erwürgt! Ganze
zwei Jahre lang war er mein Albdruck! Ganze Monate hat
mir Nacht für Nacht von ihm geträumt! Das, das, das ...
Oh, erinnern Sie mich nie mehr an diesen Menschen!«

Ich merkte natürlich bald, daß Blanche und er schon so
ziemlich einig waren, schwieg aber nach meiner Gewohnheit.
Eine Woche vor unserer Trennung erklärte mir dann Blanche
den ganzen Sachverhalt.

»Il a de la chance«, damit begann sie, denn das war die
Hauptsache. »La Babouchka ist jetzt wirklich krank und
wird bestimmt bald sterben. Mister Astley hat schon depeschiert. Nun, und er ist doch immerhin ihr Erbe. Aber selbst
dann, wenn er nichts von ihr erben sollte, so schadet das ja
weiter auch nichts. Denn, erstens hat er doch seine Pension,
und zweitens wird er dort in dem Hinterzimmer leben und
sehr glücklich sein. Und ich bin dann Madame la générale
und gehöre zur besten Gesellschaft.« Daran dachte sie mit
besonderer Vorliebe. »Und späterhin werde ich eben russische Gutsbesitzerin, j'aurai un château, des moujiks, et puis
j'aurai toujours mon million.«

»Nun, aber wenn er eifersüchtig wird und verlangt ...
Gott weiß was — verstehst du?«

»O nein, non, non, non! Wie darf er es wagen! Ich habe

Vorsorge getroffen, beruhige dich. Ich habe ihn einige Wechsel mit Alberts Namen signieren lassen. Sollte je etwas — dann wird er sofort bestraft! Aber er wird's ja nicht wagen!«

»Nun, so heirate ihn . . .«

Die Hochzeit wurde ohne besonderen Pomp still und ganz »unter uns« gefeiert. Eingeladen waren nur Albert und noch ein paar Bekannte. Hortense, Cléopâtre und die übrigen von dieser Kategorie wurden von nun an unerbittlich von uns ferngehalten. Der Bräutigam war sehr eingenommen von seiner neuen Würde. Blanche band ihm eigenhändig die Krawatte, und in seinem Frack und der weißen Weste sah er très comme il faut aus.

»Il est pourtant très comme il faut«, erklärte mir Blanche, als sie aus seinem Zimmer trat, ganz als habe die Tatsache, daß er très comme il faut sei, sie selbst verblüfft. Ich interessierte mich so wenig für alle diese Einzelheiten, und da ich eben nur als tödlich gelangweilter Zuschauer an den Ereignissen teilnahm, so habe ich wohl sehr vieles von dem, was geschah, vergessen oder überhaupt nicht bemerkt. Ich weiß nur noch, daß Blanche plötzlich nicht mehr de Cominges hieß, ebenso ihre Mutter nicht mehr Madame veuve de Cominges, sondern — du Placet. Weshalb sie sich aber bis dahin de Cominges genannt hatten, das weiß ich nicht. Der General war aber auch mit dieser Veränderung zufrieden, und du Placet schien ihm sogar noch mehr zu gefallen als de Cominges. Am Morgen des Hochzeitstages ging er, bereits zur Trauung angekleidet, im Salon auf und ab und murmelte mit ungewöhnlich ernster und wichtiger Miene vor sich hin: »Mademoiselle Blanche du Placet! . . . Blanche du Placet! . . . Fräulein Blanche du Placet! . . .«, und in seinem Gesicht drückte sich eine nicht unerhebliche Zufriedenheit aus. In der Kirche, beim Maire und zu Hause beim Diner sah er nicht nur froh und zufrieden aus, sondern war sogar sichtlich stolz. Es war, als sei in das Brautpaar etwas Besonderes gefahren. Auch Blanche blickte nun ungeheuer würdevoll drein.

»Ich muß mich jetzt ganz anders halten«, sagte sie mir sehr ernst. »Mais vois-tu, an dieses eine verwünschte Hindernis habe ich noch gar nicht gedacht: stelle dir vor, ich kann noch immer nicht meinen neuen Familiennamen behalten: Sa—go—rjánskij, Sago—sjánskij, Madame la générale de Sago—Sago—, ces diables de noms russes! Enfin Madame la générale à quatorze consonnes! Comme c'est agréable, n'est-ce pas?«

Endlich aber kam dann der Augenblick der Trennung, und Blanche, diese dumme Blanche, brach beim Abschied sogar in Tränen aus.

»Tu étais bon enfant«, sagte sie schluchzend. »Je te croyais bête et tu en avais l'air, aber das paßt zu dir.« Doch nachdem sie mir schon endgültig »zum letzenmal« die Hand gedrückt hatte, rief sie plötzlich: »Attends!« lief schnell in ihr Boudoir und kehrte nach einer Minute wieder zurück — in der Hand zwei Tausendfranknoten, die sie mir aufdrängte. Ich traute meinen Augen nicht! Nein, alles eher, aber das hätte ich niemals von ihr erwartet!

»Nimm's nur, du wirst es brauchen können! Du bist vielleicht ein sehr kluger outchitel, aber du bist doch ein furchtbar dummer Mensch. Mehr als Zweitausend gebe ich dir auf keinen Fall, denn du wirst das Geld doch sowieso verspielen. Nun, leb wohl! Nous serons toujours bons amis, wenn du aber wieder gewinnst, so komm unbedingt zu mir, et tu seras heureux!«

Ich hatte selbst noch an fünfhundert Franken, außerdem eine goldene Uhr von tausend Franken Wert, moderne Hemdknöpfe mit Brillanten und dergleichen, so daß ich hier noch ziemlich lange sorgenfrei werde leben können. Ich habe mich absichtlich in diesem kleinen Städtchen und nicht in einer großen Stadt niedergelassen, um mich gewissermaßen erst einmal zu sammeln. Und dann — ich erwarte Mister Astley. Ich habe aus zuverlässiger Quelle erfahren, daß er sich auf der Durchreise vierundzwanzig Stunden hier aufhalten wird, in Geschäften. Von ihm werde ich dann alles hören ... und dann — dann sofort nach Homburg! Nach Roulettenburg werde ich nicht fahren, wenigstens nicht in diesem Jahr! Im nächsten — vielleicht! In der Tat, man sagt ja, es sei ein schlechtes Omen, wenn man zweimal an ein und demselben Tisch sein Glück versucht. In Homburg aber, da wird ja noch ganz anders gespielt.

SIEBZEHNTES KAPITEL

Ein Jahr und acht Monate sind nun schon vergangen, seit ich diese Aufzeichnungen nicht mehr angerührt habe. Erst heute kam mir der Gedanke, um mich von Kummer und Schwermut abzulenken, diese Blätter wieder hervorzusuchen und das Geschriebene durchzulesen. Ich bin damals dabei stehen geblieben, daß ich nach Homburg fahren wollte.

Mein Gott! Mit wie leichtem Herzen, im Vergleich zu jetzt, schrieb ich damals jene letzten Zeilen! Das heißt, nicht buchstäblich mit leichtem Herzen, aber doch — mit welch einem Selbstbewußtsein, mit wie unerschütterlichen Hoffnungen! Zweifelte ich etwa auch nur im geringsten an mir selbst? — Und nun? Noch sind keine zwei Jahre seitdem vergangen, und ich bin, meiner eigenen Überzeugung nach, schlimmer daran als ein Bettler! Was sag ich Bettler! Ich pfeife doch auf Armut! Ich aber habe mich einfach verkommen lassen! Übrigens gibt es doch so gut wie nichts, womit ich mich vergleichen könnte, aber wozu sich jetzt Moral predigen! Nichts kann dümmer sein als Moral in solchen Zeiten! Oh, ihr selbstzufriedenen Leute: mit welch stolzer Selbstgerechtigkeit sind diese Schwätzer jederzeit bereit, einem ihre Sentenzen zu verkünden! Wenn sie wüßten, in welchem Maße ich den ganzen Ekel meines gegenwärtigen Zustandes begreife, so würde ihnen die Zunge, denke ich, nicht mehr gehorchen, wollten sie mich noch belehren. Was, ja, was könnten sie mir wohl Neues sagen, was ich nicht schon selbst wüßte? Aber handelt es sich denn darum? Nein, sondern darum, daß — eine Drehung des Rades alles ändern kann, und daß dann diese selben Moralprediger die ersten sein werden, die (davon bin ich überzeugt) zu mir kommen, um

204

mit freundschaftlichen Scherzen zu gratulieren. Und niemand wird sich dann so von mir abwenden, wie es jetzt alle tun. Ach, zum Teufel mit ihnen, was gehen sie mich an! Aber was bin ich jetzt? Zéro. Und was kann ich morgen sein? Morgen kann ich von den Toten auferstehen und von neuem zu leben beginnen! Kann den Menschen in mir wieder retten, bevor er endgültig verloren ist.

Ich fuhr damals tatsächlich nach Homburg, aber ... danach war ich auch wieder in Roulettenburg, war auch in Spa, war sogar in Baden, wohin ich als Kammerdiener eines Herrn Hinze gelangte, eines ekelhaften Kerls, in dessen Dienste ich getreten war. Jawohl: ich bin sogar bis zum Diener herabgesunken, ganze fünf Monate lang! Das war nach dem Gefängnis. (Ich habe doch auch im Gefängnis gesessen, in Roulettenburg, wegen einer Schuld, die ich dort nicht bezahlen konnte. Ein Unbekannter hat mich losgekauft — wer? Mister Astley? Polina? Ich weiß es nicht, aber die Schuld ist bezahlt worden, im ganzen zweihundert Taler, und so wurde ich aus dem Gefängnis entlassen.) Was sollte ich anfangen? Ich nahm also die Stellung bei diesem Hinze an. Er ist ein junger, leichtsinniger Mensch, der eine besondere Vorliebe fürs Faulenzen hat und ungern Briefe schreibt, ich aber beherrsche drei Sprachen in Wort und Schrift. Anfangs war ich sein Sekretär, denn als solcher hatte ich die Stelle angenommen, und erhielt dreißig Gulden monatlich. Doch bald erlaubten ihm seine Mittel nicht mehr, soviel zu zahlen, und er verringerte mein Gehalt. Ich aber hatte nichts und fand kein anderes Unterkommen; also blieb ich bei ihm. So machte es sich schließlich ganz von selbst, daß ich zu guter Letzt zu seinem Diener wurde. Ich hungerte und trank keinen Tropfen, solange ich bei ihm war, dafür aber ersparte ich mir innerhalb dieser fünf Monate siebzig Gulden. Und eines Abends, es war in Baden, erklärte ich ihm, daß ich meine Stelle aufgäbe; und noch an demselben Abend suchte ich die Spielsäle auf. Oh, wie mein Herz schlug! Nein, nicht um das Geld war es mir zu tun! Damals wollte ich nur, daß morgen

205

alle diese Hinzes, alle diese Oberkellner, alle diese pompösen Badener Damen, daß sie alle von mir sprechen, daß sie von meinem Glück erzählen, daß sie sich über mich wundern, mich loben und beneiden und alle sich vor der Macht meines neuen Reichtums beugen sollten. Das waren natürlich nur kindische Träume und kindische Sorgen, aber ... wer weiß: vielleicht hätte ich Polina getroffen, und dann hätte ich mit ihr gesprochen und sie hätte gesehen, daß ich *über* allen diesen blöden Schicksalsschlägen stehe ... Oh, nicht ums Geld ist es mir zu tun! Bin ich doch überzeugt, daß ich es wieder irgendeiner Blanche hinwerfen und wieder in Paris drei Wochen lang mit eigenen Pferden zu sechzehntausend Franken fahren würde! Ich weiß ja doch ganz genau, daß ich nicht geizig bin; ich glaube sogar, ich bin ein Verschwender, — aber dennoch: mit welchem Zittern, mit welchem atemraubenden Herzklopfen horche ich auf den Ruf des Croupiers: Trente et un, Rouge, Impair et Passe, oder: Quatre, Noir, Pair et Manque! Mit welcher Gier starre ich auf den grünen Tisch, auf dem Louisdore, Friedrichsdore und Taler herumliegen, auf die kleinen Säulen von Goldmünzen, wenn sie durch die Krücke des Croupiers umfallen und in einen wie Glut glimmenden Haufen zerfallen, oder auf die langen, über einen halben Meter langen Silberrollen, die rings um das Rad liegen. Noch bevor ich den Spielsaal betrete, noch zwei Säle von ihm entfernt — sobald ich nur das Klingen und Klirren des Geldes, der zusammengescharrten Geldberge höre — ist mir nahezu, als würden mich gleich Krämpfe befallen.

Oh, auch jener Abend, an dem ich meine siebzig Gulden zum Spieltisch trug, war merkwürdig. Ich begann mit zehn Gulden und setzte sie wieder auf Passe. Ich habe nun einmal Vertrauen zu Passe. Ich verlor. Es blieben mir noch sechzig Gulden in Silber; ich dachte nach und entschied mich für Zéro. Ich setzte immer zu fünf Gulden auf einmal. Das dritte Mal setzte ich — da kam Zéro. Ich starb fast vor Freude, als mir hundertundfünfundsiebzig Gulden zugeschoben wurden.

So froh war ich nicht gewesen, als ich damals hunderttausend Gulden gewonnen hatte. Ich setzte sofort hundert Gulden auf Rouge — und gewann; alle zweihundert auf Rouge — und gewann; alle vierhundert auf Noir — und gewann; alle achthundert auf Manque — und gewann! Alles in allem hatte ich jetzt tausendundsiebenhundert Gulden und das — in weniger als fünf Minuten! Ja, in solchen Augenblicken vergißt man alle früheren Mißerfolge! Hatte ich sie doch gewonnen, indem ich mehr als mein Leben aufs Spiel gesetzt, ich hatte es gewagt, und — ich gehörte wieder zu den Menschen!

Ich nahm ein Zimmer im Hotel, schloß mich ein und saß bis drei Uhr nachts und zählte mein Geld. Als ich am Morgen erwachte, war ich nicht mehr Lakai. Ich beschloß, sogleich nach Homburg zu fahren: dort war ich nicht Diener gewesen und hatte nicht im Gefängnis gesessen. Eine halbe Stunde vor der Abfahrt des Zuges ging ich noch einmal in den Spielsaal, um noch zwei Einsätze zu machen, nicht mehr, und ich verlor tausendfünfhundert Gulden. Ich fuhr aber trotzdem nach Homburg und nun bin ich schon einen Monat hier.

Ich lebe natürlich in beständiger Aufregung, spiele nur sehr vorsichtig, wage nur die kleinsten Einsätze und warte auf irgend etwas, was ich selbst nicht zu nennen vermöchte, berechne und rechne, stehe ganze Tage lang am Spieltisch *und beobachtete* das Spiel, sogar im Traum sehe ich nur noch das Spiel — aber bei alledem scheint es mir, daß ich doch schon gleichsam verknöchert, daß ich wie in einem Moor versunken bin, aus dem ich mich nicht mehr herausreißen kann. Ich schließe das aus dem Eindruck, den meine Begegnung mit Mister Astley auf mich gemacht hat. Ich hatte ihn seit jenem Morgen im Hotel d'Angleterre nicht wiedergesehen und traf ihn hier plötzlich ganz zufällig. Ich ging gerade in den Parkanlagen spazieren und rechnete und dachte daran, daß ich jetzt fast ganz ohne Geld sei, nur fünf Gulden besaß ich noch. Aber im Hotel, wo ich ein kleines, billiges

Zimmer genommen, hatte ich vor drei Tagen alles bezahlt. Ich konnte also noch einmal spielen, nur einmal, sagte ich mir: gewinne ich, so kann ich das Spiel fortsetzen, verliere ich — so muß ich wieder Diener werden, falls ich nicht im Augenblick hier Russen finde, die gerade einen Lehrer brauchen. Mit diesen Gedanken beschäftigt, machte ich meinen täglichen Spaziergang durch den Park. Sehr oft ging ich weiter durch den Wald, bis ins nächste Fürstentum, und kehrte dann erst nach mehreren Stunden müde und hungrig nach Homburg zurück. Kaum aber war ich diesmal aus den Anlagen in den Park getreten, als ich plötzlich auf einer Bank Mister Astley erblickte. Er hatte mich zuerst bemerkt und mich angerufen. Ich setzte mich neben ihn. Da mir aber eine gewisse Kühle an ihm auffiel, mäßigte ich sogleich meine Freude. Sonst hätte ich mich fürchterlich über das Wiedersehen gefreut.

»Also Sie sind hier!« sagte er. »Ich dachte es mir, daß ich Ihnen hier begegnen würde. — Bemühen Sie sich nicht, mir von Ihren Erlebnissen zu erzählen, ich weiß alles; Ihr ganzes Leben in diesen anderthalb Jahren, mehr als anderthalb Jahren, ist mir bekannt.«

»Bah! Also soviel ist Ihnen daran gelegen, Ihre alten Freunde im Auge zu behalten!« versetzte ich. »Das macht Ihnen ja alle Ehre, daß Sie sie nicht vergessen ... Apropos! Sie bringen mich auf einen Gedanken: sind Sie es gewesen, der mich aus dem Roulettenburger Gefängnis, in dem ich wegen einer Schuld von zweihundert Gulden saß, befreit hat? Ein Unbekannter hat die Schuld für mich bezahlt.«

»Nein, oh nein, ich nicht, aber ich habe es gewußt, daß Sie wegen einer Schuld von zweihundert Gulden im Gefängnis saßen.«

»Und dann wissen Sie wohl auch, wer es getan hat?«

»Oh nein, ich kann nicht sagen, daß ich's wüßte.«

»Sonderbar. Von den hiesigen Russen kennt mich keiner, und übrigens würden diese Russen hier wohl kaum einen Landsmann loskaufen; bei uns dort in Rußland, ja, dort kaufen Rechtgläubige wohl Rechtgläubige los. Und da dachte ich denn, daß es vielleicht irgendein englischer Sonderling aus Sonderbarkeit getan habe.«

Mister Astley hörte mit einiger Verwunderung zu. Ich glaube, er hatte erwartet, daß ich ganz niedergeschlagen und bekümmert sein würde.

»Nun, es freut mich, daß Sie sich Ihre alte geistige Unabhängigkeit und sogar noch Munterkeit bewahrt haben, wie ich sehe«, sagte er mit ziemlich mißvergnügter Miene.

»Das heißt: innerlich knirschen Sie vor Ärger darüber, daß ich nicht niedergeschlagen und bekümmert bin«, sagte ich lachend.

Er begriff nicht sogleich, als er mich aber dann verstand, lächelte er.

»Ihre Bemerkungen gefallen mir. Ich erkenne in ihnen meinen alten begeisterten und gleichzeitig doch zynischen Freund von früher; nur die Russen allein vermögen soviele Gegensätze zu gleicher Zeit in sich zu beherbergen. In der Tat, der Mensch liebt es, seinen Nächsten, auch wenn er sein bester Freund ist, vor sich erniedrigt zu sehen: aus der Unterlegenheit des einen und der Überlegenheit des anderen entsteht ja größtenteils alle Freundschaft; das ist nun einmal eine alte, allen klugen Leuten längst bekannte Wahrheit. Aber in diesem Fall bin ich, ich versichere Sie, aufrichtig froh, daß Sie den Mut nicht sinken lassen. Sagen Sie, Sie haben wohl nicht die Absicht, das Spiel aufzugeben?«

»Oh, der Teufel hole es! Sofort gebe ich es auf, wenn ich nur erst . . .«

»Wenn ich nur erst das Verlorene wiedergewonnen habe? Das dachte ich mir. Es ist nicht nötig, daß Sie weiterreden, ich weiß schon. Sie haben es ganz unbedacht gesagt, folglich waren Sie aufrichtig. Sagen Sie, außer mit dem Spiel beschäftigen Sie sich sonst mit nichts?«

»Nein, mit nichts.«

Er begann, mich nach allem möglichen auszufragen, was in der letzten Zeit in der Welt geschehen war.

Ich wußte von nichts, ich hatte ja kaum eine Zeitung zur Hand genommen, kaum mehr ein Buch aufgeschlagen.

»Sie sind abgestumpft«, bemerkte er zum Schluß, »Sie haben nicht nur dem Leben, Ihren eigenen Interessen und denen der ganzen Menschheit den Rücken gewandt, Ihren Pflichten als Bürger und Mensch und außerdem auch Ihren Freunden (und Sie hatten immerhin wirkliche Freunde), Sie haben sich nicht nur von jedem Lebensziel und -zweck losgesagt — außer dem einen: im Spiel zu gewinnen —, Sie haben sogar Ihre Erinnerungen als überflüssigen Ballast über Bord geworfen. Ich denke daran, wie Sie einmal in einer heißen und starken Stunde Ihres Lebens vor mir standen, aber ich bin überzeugt, daß Sie alle Ihre besten Empfindungen und Absichten von damals vergessen haben, und Ihre jetzigen Gedanken und Wünsche nicht hinausreichen über Pair, Impair, Rouge, Noir, die Zwölf mittleren und so weiter, und so weiter . . . davon bin ich überzeugt!«

»Genug, Mister Astley, bitte, erinnern Sie mich nicht daran!« rief ich ärgerlich, fast erzürnt. »Und ich sage Ihnen: ich habe nichts vergessen; ich habe nur jetzt *zeitweilig* alles das aus meinem Denken und Sinnen ausgeschlossen, ja, auch die Erinnerungen, — aber nur vorläufig, bis ich meine pekuniäre Lage radikal gebessert habe; dann aber . . . dann werden Sie sehen, daß ich von den Toten auferstehe!«

»In zehn Jahren werden Sie noch hier sein«, erwiderte Mister Astley darauf. »Ich gehe mit Ihnen jede Wette ein, daß ich Sie an diese meine Worte noch nach zehn Jahren, wenn ich lebe, hier auf dieser Bank erinnern werde.«

»Nun genug davon«, schnitt ich ungeduldig ab, »und um Ihnen zu beweisen, daß ich das Vergangene doch nicht ganz so vergessen habe, wie Sie annehmen, erlauben Sie die Frage: wo ist jetzt Miß Polina? Wenn nicht Sie mich aus dem Gefängnis befreit haben, so hat sie es bestimmt getan. Seit jenem letzten Tage damals in Roulettenburg habe ich nichts von ihr gehört.«

»Nein, o nein! Ich glaube nicht, daß sie Sie losgekauft hat.

Sie ist jetzt in der Schweiz, aber Sie würden mir einen großen Gefallen erweisen, wenn Sie mich nicht weiter nach ihr fragten«, sagte er kurz und sichtlich böse.

»Das bedeutet wohl, daß auch Ihr Herz schon gar zu sehr durch sie verwundet ist!« sagte ich unwillkürlich lachend.

»Miß Polina ist der beste Mensch von allen, die größte Hochachtung verdienen, aber ich sage Ihnen nochmals, daß Sie mir einen großen Gefallen erweisen würden, wenn Sie mich nicht weiter nach ihr fragen wollten. Sie haben sie überhaupt nicht gekannt, und ich empfinde es als Beleidigung meines sittlichen Gefühls, wenn Sie ihren Namen in den Mund nehmen.«

»Ah! Also so stehen wir! Übrigens täuschen Sie sich. Und wovon sollte ich denn mit Ihnen sprechen, sagen Sie doch selbst, wenn nicht — davon? Andere gemeinsame Erinnerungen haben wir ja gar nicht. Doch beunruhigen Sie sich nicht, ich frage ja nicht nach Geheimnissen oder Gefühlen ... ich interessierte mich sozusagen nur für die äußere Lage der Miß Polina, nur für die Verhältnisse, in denen sie jetzt lebt. Das aber läßt sich ja in zwei Worten sagen.«

»Nun gut, aber unter der Bedingung, daß mit diesen zwei Worten die Sache abgetan ist. Miß Polina war lange krank; sie ist auch jetzt noch krank; eine Zeitlang lebte sie bei meiner Mutter und Schwester in Schottland. Vor einem halben Jahr starb ihre Großtante — Sie erinnern sich doch noch jener alten schrulligen Dame? Nun, die ist jetzt tot, hat aber testamentarisch siebentausend Pfund Sterling Miß Polina vermacht. Augenblicklich reist sie mit der Familie meiner verheirateten Schwester in die Schweiz. Ihr kleiner Bruder und die kleine Schwester sind in London zur Erziehung. Für sie ist gleichfalls durch das Testament der Großtante gesorgt. Der General, ihr Stiefvater, ist vor einem Monat in Paris am Schlage gestorben. Mademoiselle Blanche hat ihn gut behandelt, dafür aber alles, was er von der Tante geerbt hat, auf ihren Namen überschreiben lassen ... Das ist, glaube ich, alles.«

»Und des Grieux? Reist er nicht gleichfalls in der Schweiz?«

»Nein, des Grieux reist nicht in der Schweiz, ich weiß nicht, wo er sich aufhält. Ich möchte Sie aber ein für allemal ersuchen, ähnliche Bemerkungen und Andeutungen, die Ihnen jedenfalls nicht Ehre machen, fernerhin zu unterlassen. Anderenfalls werden Sie es mit mir zu tun haben.«

»Was! Ungeachtet unserer früheren freundschaftlichen Beziehungen?«

»Ja, ungeachtet unserer früheren freundschaftlichen Beziehungen.«

»Ich bitte Sie tausendmal um Entschuldigung, Mister Astley. Aber erlauben Sie: hierbei ist doch von nichts Beleidigendem oder Unedlem die Rede; ich mache ihr doch in keiner Hinsicht einen Vorwurf. Außerdem ist, im allgemeinen gesprochen, die — nun: Zusammenstellung eines Franzosen und eines russischen Mädchens etwas so Haarsträubendes, daß Sie und ich das Problem weder lösen noch überhaupt begreifen können.«

»Wenn Sie des Grieux nicht in einem Atemzug mit dem anderen Namen nennen wollten oder überhaupt in Verbindung brächten, so würde ich ganz gern erfahren, weshalb Sie so verallgemeinernd von dem Problem der ‚Zusammenstellung eines Franzosen mit einem russischen jungen Mädchen‘ reden. Wie kommen Sie überhaupt darauf?«

»Sehen Sie, da hat das nun auch Ihr Interesse erweckt. Aber: das ist ein langes Thema, Mister Astley. Und es sind auch einige Vorkenntnisse vonnöten. Übrigens ist es ein sehr bedeutsames Problem, wie lächerlich das auch auf den ersten Blick scheinen mag. Ein Franzose, Mister Astley, ist die vollendete hübsche Form. Sie, als Brite, brauchen sich damit nicht einverstanden zu erklären. Sie sind wahrscheinlich anderer Meinung. Und ich als Russe bin gleichfalls nicht damit einverstanden, wenn auch nur — nun, sagen wir meinetwegen, aus Neid. Unsere jungen Damen aber sind anderer Meinung. Sie können Racine unnatürlich finden, phrasenhaft, geziert und parfümiert, und lesen werden Sie ihn ganz gewiß nicht. Auch ich finde ihn phrasenhaft, geziert und parfümiert, und von einem gewissen Standpunkt aus sogar lächerlich; aber er ist trotzdem entzückend, Mister Astley, und vor allem ist er ein großer Dichter, gleichviel ob wir beide das anerkennen wollen oder nicht. Die nationale Form des Franzosen, das heißt des Parisers, hat sich schon zu einer Zeit, als wir noch Bären waren, zu einer ausgesprochen eleganten Form entwickelt. Die Revolution hat dann das Erbe des Adels angetreten. Und heutzutage kann das erbärmlichste Französlein Manieren, eine Ausdrucksweise und sogar Gedanken von durchaus eleganter Form haben, ohne dabei an dieser Form weder durch seine eigene Initiative, noch mit seiner Seele, seinem Herzen, irgendwie beteiligt zu sein: ihm ist eben alles das einfach als Erbschaft zugefallen. An sich kann er leerer als leer und gemeiner als gemein sein. Nun, und jetzt, Mister Astley, sage ich Ihnen, daß es in der ganzen Welt kein Wesen gibt, das vertrauensvoller, aufrichtiger und von Herzen zutraulicher wäre als die klugen jungen russischen Mädchen, wenn sie durch mondäne Erziehung noch nicht allzu verbildet sind. Daher kann so ein des Grieux, wenn er in einer schönen Rolle, also maskiert, unter ihnen erscheint, mit größter Leichtigkeit das Herz eines russischen Mädchens erobern; er hat die elegante Form, Mister Astley, und das betreffende Mädchen hält diese Form, die äußere Maske, für das wahre Gesicht des inneren Menschen, für die natürliche Form seines Charakters und seines Herzens, und nicht bloß für ein Gewand, das ihm durch Erbschaft zugefallen ist. Leider muß ich Ihnen sagen — Sie werden wohl kaum erbaut davon sein —, daß die Engländer größtenteils eckig und steif sind. Die Russinnen aber haben ein recht feines Empfinden für Schönheit und lassen sich durch sie am leichtesten ködern. Denn, um die innere Schönheit eines Menschen und die Originalität seiner Persönlichkeit erkennen zu können, dazu gehört unvergleichlich mehr Selbständigkeit und Sicherheit in der Beurteilung eines Men-

213

schen, als sie unsere Frauen besitzen und erst recht unsere jungen Mädchen, und vor allen Dingen, versteht sich: weit mehr Erfahrung. Miß Polina aber — verzeihen Sie, was ausgesprochen ist, läßt sich nicht mehr unausgesprochen machen — muß sich sehr, sehr lange bedenken, bis sie sich entschließen kann, Sie dem Gauner des Grieux vorzuziehen. Sie wird Sie schätzen lernen, sie wird Ihr Freund werden, wird Ihnen ihr ganzes Herz öffnen, aber dennoch wird in diesem Herzen der verhaßte Lump, der kleinliche, gemeine und habgierige Wucherer des Grieux herrschen. Dabei bleibt es. Ihr Eigensinn und ihre Eigenliebe halten daran fest: denn dieser des Grieux ist ihr nun einmal in der Aureole eines eleganten Marquis, eines enttäuschten und, wie es hieß, verarmten Menschenfreundes erschienen, der ihrer Familie und dem leichtsinnigen General aus der Not geholfen hat. Die ganze Komödie, die er gespielt hat, ist ja jetzt für sie kein Geheimnis mehr, aber das hat nichts zu sagen, trotzdem: bitte, geben Sie ihr den früheren des Grieux — das ist alles, was sie haben will! Und je mehr sie den jetzigen des Grieux haßt, um so mehr sehnt sie sich nach dem früheren, obschon der frühere nur in ihrer Phantasie existiert hat. Sie sind Zuckerfabrikant, Mister Astley?«

»Ich bin Mitinhaber der bekannten Zuckerfabrik Lowell und Co.«

»Nun, sehen Sie wohl! Hier ein Zuckerfabrikant — dort ein Apoll von Belvedere! Das geht eben nicht, es harmoniert nicht, es läßt sich nicht vereinigen. Und ich bin nicht einmal Zuckerfabrikant, sondern einfach nur ein kleiner Spieler, bin sogar ein Diener gewesen, was Miß Polina sicherlich bereits wissen wird, denn, wie ich sehe, scheint sie eine gute Geheimpolizei zu haben . . .«

»Sie sind verstimmt, deshalb reden Sie diesen ganzen Unsinn«, sagte Mister Astley kaltblütig, nach kurzem Nachdenken. »Außerdem entbehren Ihre Worte der Originalität.«

»Einverstanden! Aber gerade darin liegt ja das Entsetzliche, edler Freund, daß alle diese meine Beschuldigungen,

214

so veraltet, so billig und phrasenhaft sie sein mögen, dennoch wahr sind! Jedenfalls haben wir beide doch nichts durchsetzen können!«

»Das ist nichts weiter als ganz abscheulicher Unsinn . . . denn . . . denn . . . so hören Sie!« rief plötzlich Mister Astley mit aufblitzenden Augen, und seiner Stimme hörte man die innere Erregung an, »ich will es Ihnen sagen, Sie undankbarer und unwürdiger, gesunkener und unglücklicher Mensch: ich bin in ihrem Auftrag nach Homburg gekommen, nur um Sie zu sehen und aufrichtig und herzlich mit Ihnen zu sprechen, und ihr dann alles mitzuteilen, alles — Ihre Gefühle, Gedanken, Hoffnungen und . . . Erinnerungen!«

»Nicht möglich! Das ist nicht möglich!« rief ich, und plötzlich stürzten mir Tränen aus den Augen.

Ich konnte sie nicht zurückhalten, und das geschah, glaube ich, zum erstenmal in meinem Leben.

»Ja, Sie unglücklicher Mensch, sie liebte Sie! Das kann ich Ihnen jetzt mitteilen, weil Sie ja doch schon ein — verlorener Mensch sind! Ja, ich glaube sogar, selbst wenn ich Ihnen sage, daß sie Sie auch jetzt noch liebt — Sie werden trotzdem hier bleiben! Ja, Sie haben sich zugrunde gerichtet. Sie hatten einige Fähigkeiten, einen lebhaften Charakter und Sie waren kein schlechter Mensch. Sie könnten sogar Ihrem Vaterlande von Nutzen sein — und Rußland hat doch einen solchen Mangel an tätigen Menschen —, Sie aber werden hier bleiben und Ihr Leben ist zu Ende. Ich schreibe Ihnen keine Schuld zu. Meiner Ansicht nach sind alle Russen so — oder sind geneigt, so zu sein. Ist es nicht das Roulette, dann ist es etwas anderes, ähnliches. Die Ausnahmen sind gar zu selten. Sie sind nicht der erste, der nicht weiß, was Arbeit ist (natürlich rede ich nicht vom Volk). Das Roulette wird vorzugsweise von Russen gespielt. Bis jetzt waren Sie noch ehrlich und haben es vorgezogen, Diener zu werden statt zu stehlen . . . Aber mir graut vor dem Gedanken, was in Zukunft geschehen wird. Doch genug, reden wir nicht davon! Leben Sie wohl. Sie haben Geld nötig? Hier haben Sie von mir zehn Louisdore, mehr gebe ich Ihnen nicht, denn Sie werden sie ja doch verspielen. Nehmen Sie sie und leben Sie wohl! So nehmen Sie doch!«

»Nein, Mister Astley, nach allem, was Sie soeben gesagt haben. . . .«

»Nehmen Sie!« rief er impulsiv, »ich bin überzeugt, daß Sie noch ein anständiger Mensch sind, und ich gebe es Ihnen als Freund. Könnte ich überzeugt sein, daß Sie sofort das Spiel aufgeben und Homburg verlassen würden, um in Ihr Vaterland zurückzukehren — ich wäre ohne weiteres bereit, Ihnen tausend Pfund Sterling für den Anfang eines neuen Lebens zu geben. Statt dessen gebe ich Ihnen nur zehn Louisdore, denn für Sie sind sie im Augenblick dasselbe wie tausend Pfund: Sie werden ja doch alles verspielen! So, und jetzt nehmen Sie das Geld und leben Sie wohl.«

»Ich werde es annehmen, aber nur, wenn Sie mir erlauben, Sie zum Abschied zu umarmen.«

»Oh, mit Vergnügen!«

Wir umarmten uns herzlich und Mister Astley verließ mich.

Nein, er hat nicht recht! Wenn ich mich vorschnell und dumm über Polina und des Grieux geäußert habe, so hat er das gleiche in seiner Beurteilung der Russen getan. Von mir will ich nicht reden. Übrigens . . . übrigens ist das ja vorläufig gar nicht wahr! Das sind ja nur Worte, Worte und Worte, während doch gerade Taten nottun! Die Hauptsache ist hier jetzt die Schweiz! Morgen noch — oh, wenn ich doch morgen schon abreisen könnte! Ich muß ein neuer Mensch werden, ich muß auferstehen. Ich muß ihnen beweisen . . . Polina soll wissen, daß ich noch ein Mensch sein kann. Ich brauche ja nur . . . Jetzt ist es übrigens schon zu spät — aber morgen . . . Oh, ich habe ein gutes Vorgefühl, es kann nicht anders sein! Ich habe jetzt außer meinen fünf Gulden noch zehn Louisdore, und habe doch schon mit viel weniger, habe mit nur fünfzehn Gulden zu spielen begonnen! Wenn man vorsichtig beginnt . . . — oh, bin ich denn wirklich, wirklich ein so klei-

nes Kind! Begreife ich denn wirklich nicht, daß ich ein verlorener Mensch bin? Aber — was hindert mich denn, aufzuerstehen? Ja! Man braucht nur ein Mal im Leben Berechnung
und Ausdauer zu beweisen, ein Mal nicht die Geduld zu verlieren — und das ist alles! Ich muß nur ein Mal charakterfest
sein, und in einer Stunde kann sich mein ganzes Schicksal
umdrehen! Die Hauptsache ist, wie gesagt, Charakter! Wenn
ich daran denke, was ich vor sieben Monaten in Roulettenburg in der Beziehung erlebt habe! — es war gerade vor
meinem großen Verlust. Oh, das ist das beste Beispiel dafür,
was mitunter Entschlossenheit bedeuten kann. Ich hatte alles
verloren, alles... Wie ich aus dem Kurhaus hinaustrete —
fühle ich plötzlich, daß in meiner Westentasche noch ein
Gulden steckt. ‚Ah, da habe ich ja noch etwas, wofür ich zu
Mittag speisen kann!' dachte ich bei mir, doch — keine hundert Schritte weiter hatte ich mich anders bedacht und kehrte
zurück. Ich setzte den Gulden auf Manque (damals war gerade Manque an der Reihe), und wirklich, es liegt etwas
Eigentümliches in unserem Gefühl und Bewußtsein, wenn
man ganz allein in der Fremde, fern von der Heimat, fern von
Freunden und Bekannten, ohne zu wissen, was man essen
und wo man schlafen wird, den letzten, den allerletzten
Gulden aufs Spiel setzt! Ich gewann, und nach zwanzig Minuten verließ ich das Kurhaus mit hundertsiebzig Gulden
in der Tasche. Tatsache! Da sieht man, was mitunter der
letzte Gulden bedeuten kann! Wie, wenn ich damals den
Mut verloren hätte, wenn ich nicht gewagt hätte, den Entschluß zu fassen? ...

Morgen, morgen wird alles ein Ende haben!

DER EWIGE GATTE

I

Weltschaninoff

Der Sommer war da, und Weltschaninoff war ganz gegen alle Erwartung doch in Petersburg geblieben. Aus seiner beabsichtigten Reise nach dem Süden Rußlands war nichts geworden, sein Prozeß aber zog sich immer noch hin, ohne daß man auch nur das Ende hätte absehen können. Ja, dieser Prozeß — ein Rechtsstreit in Vermögenssachen — hatte in letzter Zeit sogar eine äußerst unangenehme Wendung genommen: noch vor drei Monaten war er ihm so klar und unverwickelt erschienen, fast als brauche man da überhaupt keine Worte mehr zu verlieren; plötzlich aber begann alles, sich zu verwickeln und zum Ungünstigen zu verändern.

»Und überhaupt scheint sich jetzt alles gegen mich zu verschwören: alles nimmt eine ungünstige Wendung!« sagte Weltschaninoff neuerdings oft zu sich selbst, und sagte es sich geradezu mit einer gewissen Schadenfreude.

Er hatte sich an einen geschickten, berühmten und teuren Rechtsanwalt gewandt und scheute keine Ausgaben; seine Ungeduld und sein Mißtrauen verleiteten ihn aber, sich auch persönlich mit der Angelegenheit zu befassen: er las verschiedene, ihm wichtig scheinende Schriftstücke, verfaßte sogar selbst welche, die sein Rechtsanwalt jedoch ausnahmslos in den Papierkorb warf, lief von einer Gerichtsbehörde zur anderen, stellte auf eigene Faust Nachforschungen an und hielt den natürlichen Verlauf des Rechtsstreites vermutlich weit mehr auf, als daß er ihn beschleunigte. Wenigstens beklagte sich sein Rechtsanwalt wiederholt über diese Einmischungen seinerseits und redete ihm nach Kräften zu, doch irgendeine Sommerfrische aufzusuchen. Er aber konnte sich nicht einmal dazu entschließen. Und so blieb er in Petersburg, blieb ungeachtet des Staubes, der drückenden Schwüle und der nervenreizenden hellen Nächte.

Auch seine Wohnung, die er in der Nähe des Großen Theaters vor kurzem erst bezogen hatte, wollte ihm nicht gefallen. Kurz: »alles ging schief!« Und seine Hypochondrie wuchs mit jedem Tage. Übrigens neigte er schon seit längerer Zeit zur Hypochondrie.

Weltschaninoff hatte ein flottes, genußreiches Leben hinter sich, war freilich auch nicht mehr jung, etwa achtunddreißig oder gar neununddreißig, das aber war doch schon »das Alter«, wie er sich selbst gestand, in das er sich »fast ganz unverhofft« hineinversetzt sah. Er begriff jedoch vollkommen, daß es weniger die Zahl als die Art der Jahre war, was ihn altern machte, daß die Unpäßlichkeiten sich, wenn man so sagen darf, eher von innen her einstellten, als daß sie ihn von außen körperlich heimsuchten. Denn nach seinem Äußeren zu urteilen, war er immer noch ein stattlicher Mann in den besten Jahren, der es mit jedem aufnehmen konnte: er war sehr groß von Wuchs und stämmig, hatte dichtes hellblondes Haar und einen modisch langen blonden Bart, in dem sich ebenso wie auf seinem Haupt noch kein einziges graues Härchen finden ließ. Auf den ersten Blick mochte er jetzt vielleicht etwas schwerfälliger erscheinen und im Vergleich zu früher schien er sich vielleicht etwas gehenlassen zu wollen; wenn man ihn aber genauer betrachtete, erkannte man in ihm doch sofort den wohlkonservierten feinen Herrn und Weltmann, der einst eine hochmondäne Erziehung genossen hatte. Seine Manieren waren auch jetzt noch sicher, ungezwungen und sogar graziös, trotz aller mit den Jahren sich einstellenden Griesgrämigkeit und Neigung zur Bequemlichkeit. Und überdies war er noch immer voll von unerschütterlichstem, wahrhaft aristokratisch-unverschämtestem Selbstvertrauen, vielleicht ohne das selbst zu merken, obschon er nicht nur ein kluger, sondern mitunter sogar einsichtiger, nahezu gebildeter und zweifellos begabter Mensch war. Sein offenes, frisches Gesicht hatte einst in jungen Jahren durch seine fast frauenhaft zarten Farben die Aufmerksamkeit der Damen auf sich gelenkt, und auch jetzt noch sagte so manch einer, wenn er ihn sah: »Welch ein kerngesunder Mensch, wie aus Milch und Blut!«

Und dennoch kannte dieser »kerngesunde Mensch« bereits alle Qualen der Hypochondrie. Noch vor zehn Jahren hatten seine großen blauen Augen so siegesgewiß in die Welt geblickt: es waren noch so helle und gute, so lustige und sorglose Augen gewesen, daß ein jeder, der ihn sah, sich ohne weiteres zu ihm hingezogen fühlte. Jetzt aber, auf der Schwelle der vierziger Jahre, waren die Klarheit und Güte in ihnen fast ganz erloschen; um sie herum begannen sich schon leichte Runzeln einzugraben, und statt der jungen Sorglosigkeit sprach aus ihnen der Zynismus eines ermüdeten Menschen, dessen Lebenswandel, vom Standpunkt der Sittlichkeit aus betrachtet, nicht ganz einwandfrei gewesen war. Zu diesem Zynismus aber gesellte sich noch eine gewisse mißtrauische Schlauheit, sehr oft auch Spott, und dann noch ein neuer Ausdruck, den er früher nicht in ihnen gehabt hatte: es lag nämlich wie ein Schatten von Schwermut und Schmerz über ihnen — einer gleichsam zerstreuten, gewissermaßen gegenstandslosen Schwermut, die aber durchaus tief und echt zu sein schien. Diese Schwermut überkam ihn namentlich dann, wenn er allein blieb. Und sonderbar, dieser Mensch, der noch vor zwei Jahren ein so lebenslustiger, in seiner Unterhaltung übersprudelnder Gesellschaftsmensch gewesen war und mit so köstlichem Humor seine lustigen Geschichten wiederzugeben verstanden hatte — der liebte jetzt nichts so sehr als ganz allein zu sein. Mit Absicht gab er eine Menge seiner früheren Bekanntschaften auf, obschon er sie trotz seiner im Augenblick sehr zerrütteten Vermögensverhältnisse auch jetzt noch hätte fortsetzen und pflegen können. Doch um die Wahrheit zu sagen: hier war sein Ehrgeiz das ausschlaggebende Moment. Ein Mensch, der so argwöhnisch, eitel und ehrgeizig war wie er, mußte es allerdings als unmöglich empfinden, mit Leuten, die ihn nur in glänzenden

Verhältnissen gekannt hatte, nun in minder wohlhabenden weiter zu verkehren. Doch auch sein Ehrgeiz begann sich unter dem Einfluß der Einsamkeit allmählich zu verwandeln. Nicht, daß er sich verringert hätte — o nein, sogar im Gegenteil; aber er entwickelte sich zu einer ganz besonderen Art von Ehrgeiz, der von seiner früheren Art merklich abstach: er grämte sich jetzt immer öfter um ganz andere Dinge, als es die Ursachen seiner früheren Sorgen gewesen waren. Es waren das ganz entschieden »höhere Dinge« als bisher, — wenn man sich nur so ausdrücken darf, das heißt, wenn es in der Beziehung wirklich höhere und niedrigere Ursachen gibt... Diesen Nachsatz dachte er allerdings nur bei sich.

Ja, so weit war es mit ihm nun schon gekommen; diese sogenannten *höheren* Ursachen, an die er früher überhaupt nicht gedacht hatte, quälten ihn jetzt regelrecht. Als *höher* aber betrachtete er seiner Erkenntnis gemäß und vor seinem Gewissen alle diejenigen »Ursachen«, über die er sich (zu seiner eigenen Verwunderung) auch bei sich im stillen nicht mehr lustig zu machen vermochte, was bis dahin noch nie vorgekommen war. Denn in Gesellschaft — oh, da war es etwas ganz Anderes! Er wußte ja nur zu gut, daß er auch jetzt noch — es brauchten sich nur die äußeren Umstände so zu fügen — ohne zu zögern und ungeachtet aller geheimen Erkenntnisse und feierlichen Vorsätze seines Gewissens, mit der größten Kaltschnauzigkeit alle diese »höheren Ursachen« leugnen und selbst als erster über sie spotten würde, natürlich ohne dabei einzugestehen, daß es Stunden gab, wo er anders dachte. Mit dieser Selbsterkenntnis täuschte er sich durchaus nichts vor: so war es, sogar trotz einer gewissen ganz erheblichen Portion Unabhängigkeit im Denken, die er sich neuerdings von den ihn bis dahin vorwiegend beherrschenden »niedrigeren Ursachen« abgerungen hatte. Doch wie oft hatte er sich, wenn er sich morgens aus dem Bett erhob, seiner Gedanken und Gefühle geschämt, die er in den schlaflosen Stunden der Nacht gedacht und gefühlt! (In der ganzen letzten Zeit litt er an Schlaflosigkeit.) Hinzu kam, was ihm schon seit längerer Zeit auffiel: daß er in jeder Beziehung furchtbar mißtrauisch geworden war, und zwar sowohl in kleinen wie in großen Dingen. Infolgedessen nahm er sich beinahe schon vor, sich selbst hinfort möglichst wenig zu trauen. Indessen gab es da doch verschiedenes, was einfach als Tatsache vor ihm stand, die er ganz unmöglich als solche nicht anerkennen oder leugnen konnte. So geschah es in letzter Zeit, daß seine Gedanken und Empfindungen sich nachts manchmal fast vollkommen veränderten, im Vergleich zu den früher üblichen, und größtenteils glichen sie dann auch gar nicht mehr jenen, die er in der ersten Hälfte des Tages hatte. Das gab ihm zu denken, und er konsultierte sogar einen angesehenen Arzt, mit dem er schon bekannt war; natürlich brachte er das nur so scherzweise zur Sprache. Jener erwiderte ihm darauf, daß diese Veränderung oder vielmehr dieser Widerspruch der Gedanken und Gefühle in schlaflosen Nächten, oder überhaupt nachts, bei »viel denkenden und stark empfindenden« Menschen keineswegs eine so ungewöhnliche Erscheinung sei; unter dem melancholischen Einfluß der Nacht und der Schlaflosigkeit käme es bei ihnen oft vor, daß sich ihre Überzeugungen, an denen sie ihr ganzes Leben gehangen, plötzlich änderten, und daß sie dann ebenso plötzlich und ohne jeden triftigen Grund die schwerwiegendsten Entschlüsse faßten. Freilich habe das immer noch eine gewisse Grenze; wenn aber der Betreffende diese Widersprüche, diese Aufspaltung oder Zweiheit fast schon als Pein empfinde, so müsse man sie fraglos als ein Krankheitssymptom betrachten und folglich — je früher desto besser — zur Behandlung schreiten. Das Zweckmäßigste sei in diesem Fall wohl eine radikale Veränderung der Lebensweise, eine andere Diät, wenn möglich eine Reise. Auch Abführmittel wären natürlich angebracht.

Weiter wollte Weltschaninoff nichts mehr hören, aber sein Kranksein betrachtete er jetzt als bewiesen.

»Also nichts weiter als ein Krankheitssymptom, alles dieses ‚Höhere‘ bloß Krankheit, nichts als Krankheit!« sagte er jetzt bisweilen mit einem gewissen Ingrimm zu sich selbst. Es widerstrebte ihm doch gar zu sehr, innerlich derselben Meinung zu sein.

Sehr bald übrigens begann sich auch vormittags dasselbe zu wiederholen, was er sonst nur in einzelnen Nachtstunden gekannt hatte, bloß mit dem Unterschied, daß ihn dabei weit mehr Galle überkam als in der Nacht, daß er anstatt der Reue nur Bitterkeit empfand und Spott statt des nächtlichen Erschüttertseins.

Im Grunde wurden diese Stimmungen durch nichts anderes heraufbeschworen als durch »plötzlich und Gott weiß weshalb« auftauchende Erinnerungen an verschiedene Erlebnisse aus vergangenen, ja, schon längst vergangenen Jahren, die ihm aber jetzt in einer ganz besonderen Weise wieder ins Gedächtnis traten. Ja, diese Begleitumstände waren vielleicht gerade das Merkwürdigste an der Sache. Weltschaninoff klagte zum Bespiel schon seit längerer Zeit über die augenscheinliche Abnahme seines Gedächtnisses: so vergaß er die Gesichter seiner Bekannten, die sich dann gekränkt fühlten, wenn er sie auf der Straße nicht grüßte; ein Buch, das er vor einem halben Jahr gelesen, konnte er in dieser kurzen Frist so vergessen, als hätte er es nie in der Hand gehabt. Andererseits aber, trotz dieser doch greifbar tatsächlichen Abnahme seiner Gedächtniskräfte (die ihn nicht wenig beunruhigte), begann jetzt alles schon längst Vergangene, was über zehn, fünfzehn Jahre zurücklag und ebenso lange sogar ganz vergessen war, in seiner Erinnerung wieder aufzutauchen, — alles das fiel ihm jetzt plötzlich wieder ein, und zwar mit einer so erstaunlichen Deutlichkeit bis in die geringsten Details, als durchlebe er es in Wirklichkeit von neuem. Ja, einige dieser Erlebnisse hatte er in der Zwischenzeit so vergessen, daß ihm allein schon das Faktum, daß er sich ihrer überhaupt wieder erinnern konnte, als Wunder erschien. Doch übrigens — welcher Lebemann hatte nicht seine besonderen Erinnerungen?

In seinem Fall freilich lag das Auffällige darin, daß er alle diese Erlebnisse, die in seiner Erinnerung wieder auftauchten, jetzt von einem gleichsam durch irgend jemand vorbereiteten, überraschenden und früher ganz undenkbaren Standpunkt aus sah. Warum erschien ihm jetzt so manches geradezu als Verbrechen? Und nicht nur sein Verstand urteilte jetzt so: diesem finster, einsam und krank gewordenen Verstand hätte er nicht so ohne weiteres getraut; aber es war ja bei ihm schon aus dem bloßen Gefühl heraus zu Verfluchungen gekommen und fast sogar zu Tränen — wenn auch nicht gerade zu äußerlich sichtbaren, so doch immerhin zu innerlichen. Noch vor zwei Jahren aber hätte er es nicht geglaubt, wenn man ihm gesagt hätte, daß er einmal weinen werde!

Anfangs waren es übrigens vorwiegend nur äußerlich peinliche Erlebnisse, die ihm seine Erinnerung wieder ins Gedächtnis rief, wie zum Beispiel gesellschaftliche Mißerfolge, Blößen, die er sich einmal gegeben, kleine Kränkungen; etwa: wie ihn einmal ein »Intrigant verleumdet« hatte, weshalb er in einem angesehenen Hause nicht mehr empfangen worden war; oder wie man ihn einmal — und das war noch gar nicht so lange her — öffentlich und im Ernst beleidigt und wie er damals den Beleidiger nicht gefordert hatte; wie man ihn ein anderes Mal im Kreise der reizendsten Frauen mit einem geistvollen Epigramm abgetrumpft und wie er darauf keine Antwort gefunden hatte, während alle auf eine schlagfertige Replik warteten. Dann fielen ihm noch zwei oder drei unbezahlte Schulden ein, freilich nur geringe Summen, aber doch Ehrenschulden und überdies an Leute, mit denen er den Verkehr abgebrochen und über die er sich schon mehrfach abfällig geäußert hatte. Auch quälte ihn (jedoch nur in den bösesten Stunden) die Erinnerung an die zwei Vermögen, die er in der dümmsten Weise durchgebracht und von denen jedes bedeutend gewesen war. Doch bald kamen auch die Erinnerungen der »höheren« Kategorien an die Reihe.

Plötzlich, zum Beispiel, und »ganz ohne Veranlassung«,

sah er die längst vergessene, in seinem Gedächtnis bis dahin spurlos ausgelöscht gewesene Gestalt eines guten alten Männleins vor sich, eines komischen kleinen Beamten mit schlohweißem Haar, den er einmal vor langer, langer Zeit öffentlich und ungestraft beleidigt hatte, und zwar einzig deshalb, um einen guten Witz, der nachher viel belacht und weitererzählt worden war, im Augenblick anbringen zu können. Er hatte den Fall so sehr vergessen, daß er sich nicht einmal auf den Namen des Alten besinnen konnte, obschon er sich im Moment selbst der kleinsten Einzelheit der Umgebung — »und wie sich das alles zutrug« — mit geradezu unwahrscheinlicher Deutlichkeit entsann. Er erinnerte sich noch ganz genau, wie der Alte damals für die Ehre seiner Tochter — eines unverheirateten, nicht mehr ganz jungen Mädchens, das bei ihm lebte und über das man in der Stadt zu munkeln begann — eingetreten war. Der Alte hatte seine Tochter zu verteidigen gesucht, hatte gebebt vor Ärger, und plötzlich war er in Tränen ausgebrochen und hatte laut geschluchzt — vor der ganzen Gesellschaft, was einen gewissen Eindruck nicht verfehlte. Geendet aber hatte die Geschichte damit, daß man ihm zum Scherz immer wieder das Champagnerglas nachfüllte und nach Herzenslust über ihn lachte.

Als Weltschaninoff sich nun auf einmal jener Szene erinnerte, wie der arme Alte in Tränen ausgebrochen war und sein Gesicht mit den Händen bedeckt hatte, wie es kleine Kinder tun, da war ihm plötzlich, als habe er alles das nie auch nur einen Augenblick vergessen gehabt. Und sonderbar: damals war ihm der ganze Vorfall sehr komisch erschienen; jetzt aber war gerade das Gegenteil der Fall — namentlich jenes Verbergen des Gesichts in den Händen ... Dann fiel ihm ein, wie einmal die Frau eines Schullehrers — ein reizendes Frauchen — »nur so zum Scherz« von ihm verleumdet worden war. Die Folgen waren ihm unbekannt geblieben, da er das Städtchen gleich darauf verlassen hatte; er wußte nur, daß die Verleumdung ihrem Mann zu Ohren gekommen war. Jetzt aber begann er sich plötzlich diese Folgen auszu-

malen, und Gott weiß, bis zu welchen Schreckbildern seine
Phantasie sich noch verstiegen hätte, wenn nicht aufeinmal
ein viel näher liegendes Erlebnis aufgetaucht wäre: die Erinnerung an ein Mädchen aus ganz einfachen, kleinbürger-
lichen Verhältnissen, das ihm nicht einmal gefallen hatte, ja,
dessen er sich, genau genommen, sogar schämte, mit dem er
aber, ohne selbst recht zu wissen warum und wozu, ein
Kind in die Welt gesetzt. Und dann — ja, dann hatte er sie
mit dem Kind sitzen lassen und hatte sich, als er Petersburg
verließ, nicht einmal von ihr verabschiedet (freilich nicht
vorsätzlich, sondern bloß aus Zeitmangel). Später hatte er
dann ein ganzes Jahr lang nach diesem Mädchen geforscht.
Übrigens fielen ihm jetzt, wie ihm schien, Hunderte solcher
Geschichten ein — ja, es war ihm sogar, als ziehe eine jede
dieser Erinnerungen gleich Dutzende ähnlicher nach sich.
Alles das aber bewirkte, daß ihn mit der Zeit auch noch seine
Eitelkeit zu quälen begann.

Wir haben bereits erwähnt, daß sich seine Eitelkeit oder
sein Ehrgeiz zu einer besonderen Abart entwickelte. Das
stimmt. Mitunter (allerdings kam das nur selten vor) ging
er in seiner Selbstvergessenheit so weit, *sich nicht einmal
dessen zu schämen*, daß er keine eigene Equipage besaß,
daß er zu Fuß die verschiedenen Gerichtsbehörden aufsuchte,
daß er sich ein wenig nachlässiger kleidete; und hätte ihn
einer seiner früheren Bekannten deshalb etwas erstaunt
betrachtet oder sich gar einfallen lassen, ihn nicht zu grüßen,
so hätte sein Hochmut ganz gewiß ausgereicht, die Krän-
kung zu übersehen, und zwar, ohne auch nur mit der Wimper zu zucken, — auch innerlich nicht zu zucken, also nicht bloß
äußerlich und nur zum Schein. Natürlich kam das nur selten
vor; es waren wohl Augenblicke vollständiger Selbstvergessenheit und Gleichgültigkeit, aber immerhin begann sich
sein Ehrgeiz von seinen früheren Anlässen zu entfernen und
sich um eine Frage zu konzentrieren, die ihm jetzt dauernd
in den Sinn kam.

,Sonderbar', begann er manchmal sarkastisch zu denken

(und wenn er über sich selbst nachdachte, begann er stets mit Sarkasmus), ,da scheint sich ja wahrhaftig jemand um die Hebung meiner Sittlichkeit zu bemühen und mir diese verdammten Erinnerungen auf den Hals zu schicken, um mir Reuetränen abzupressen. Nun, mag er, es ist ja doch zwecklos! Das sind ja nur blinde Schüsse! Als ob ich nicht wüßte, genau wüßte, mehr noch als genau, daß trotz aller Reuetränen und Selbstverurteilung kein Körnchen Selbstzucht in mir steckt, sogar ungeachtet meiner albernen vierzig Jahre! Es braucht ja doch morgen nur wieder mal so eine Versuchung an mich heranzutreten — nun, sagen wir zum Beispiel, die Umstände fügen es so, daß es mir vorteilhaft erscheint, zu sagen, die junge Frau jenes Lehrers habe von mir Geschenke angenommen — und ich werde es doch unbedingt wieder sagen, ohne auch nur mit der Wimper zu zucken, — und es wird dann alles noch gemeiner und schmutziger herauskommen, als das erstemal, denn diesmal wäre es eben das zweitemal, und nicht das erstemal. Nun, oder sagen wir, jener junge Fürst, der einzige Sohn seiner Mutter, dem ich damals vor elf Jahren das Bein abschoß, der sollte mich wieder so beleidigen — ich würde ihn doch sofort wieder fordern und ihm wieder zu einem Stelzfuß verhelfen. Und da sollen das nicht blinde Schüsse sein! — es kommt doch nichts dabei heraus! Wozu also diese Erinnerungen, wenn ich's nun einmal nicht verstehe, einigermaßen mit Anstand von mir loszukommen!'

Und wenn er auch keine junge Frau wieder verleumdete und keinem jungen Fürsten wieder zu einem Stelzfuß verhalf, so war für ihn doch allein schon der Gedanke, daß sich alles unfehlbar wiederholen würde, wenn nur die Umstände es wieder so fügten, fast tötend ... mitunter! Man kann doch, in der Tat, nicht andauernd unter Erinnerungen leiden! Man kann sich doch auch etwas erholen und zerstreuen — in den Zwischenpausen.

Das tat denn auch Weltschaninoff: er war bereit, die Zwischenpausen auszunutzen; aber je länger die Sache dauerte, um so unangenehmer wurde für ihn das Leben in Petersburg. Der Juli stand schon vor der Tür. Ihm kam wohl manchmal der Gedanke, alles liegen zu lassen, sogar den Prozeß zu vergessen, und irgendwohin fortzufahren, nur fort, ohne sich umzuschauen, und ganz plötzlich, wie zufällig, gleichviel wohin, etwa nach der Krim zum Beispiel. Doch schon nach einer Stunde hatte er gewöhnlich nur noch Verachtung für seinen Einfall und spottete über ihn. Sarkastisch sagte er sich dann: ‚Diesen miserablen Gedanken wird auch kein Süden ein Ende machen können, wenn sie einmal angefangen haben, mich heimzusuchen, und wenn ich wenigstens ein halbwegs anständiger Mensch bin! Folglich aber — wozu vor ihnen fliehen? Es liegt ja auch gar kein Grund vor!‘

‚Und überhaupt — wozu das Weite suchen‘, fuhr er vor Trübsal zu philosophieren fort, ‚hier ist es so staubig, so drückend schwül, in diesen Häusern der Gerichtsbehörden, in denen ich mich herumtreibe, ist doch alles so schmutzig, und in diesen kleinen Geschäftsleuten, die sich dort drängen, steckt so viel nichtige, hastende, widerliche Geschäftigkeit, ganz als wären sie Mäuse und nicht Menschen, so viel bettelhafte Kopekensorgen! — in diesem ganzen Pöbel, der jetzt noch in der Stadt geblieben ist, in all diesen Gesichtern, die vom Morgen bis zum Abend an mir vorüberhuschen, drückt sich so aufrichtig ihre ganze einfältige Gemeinheit aus, die ganze Feigheit ihrer kleinen Seelen, die ganze Hühnerherzigkeit ihrer kleinen Herzen, — daß man, bei Gott, Petersburg im Sommer nur das Paradies für Hypochonder nennen kann! Im Ernst! Alles ist unmaskiert, alles offenkundig, nichts wird verdeckt, man denkt nicht mal daran, Verbergen für notwendig zu halten — ähnlich wie es unsere Damen in der Sommerfrische tun, oder in ausländischen Bädern! — Folglich verdient ja alles allein schon wegen dieser Offenheit und naiven Einfachheit die vollste Hochachtung!... Ich fahre nirgends hin! Basta! Und sollte ich auch bersten, ich rühr’ mich nicht von hier!...‘

II

Der Herr mit dem Trauerflor am Hut

Es war am dritten Juli. Die Schwüle und Hitze wurden schier unerträglich. Und gerade an diesem Tage hatte Weltschanínoff so viele Gänge vor wie noch nie: den ganzen Tag ging und fuhr er in der Stadt umher, hierhin und dorthin, und für den Abend stand ihm noch ein äußerst wichtiger Besuch bei einem sehr angesehenen, einflußreichen Herrn bevor, einem Staatsrat, von dem fast der Ausgang seines Prozesses abhing, und der im Sommer außerhalb der Stadt irgendwo dort am Schwarzen Flüßchen in seinem Landhause lebte. Diesen Herrn galt es jetzt ganz plötzlich zu Hause zu überrumpeln, um einmal persönlich mit ihm sprechen zu können. Kurz vor sechs trat Weltschaninoff endlich in ein recht zweifelhaftes französisches Restaurant am Newskij-Prospekt in der Nähe der Polizeibrücke, setzte sich in einer stilleren Ecke auf seinen einmal gewohnten Platz und bestellte wie immer sein Mittagessen.[1]

Er pflegte jetzt täglich nur zu einem Rubel zu Mittag zu speisen — den Wein natürlich nicht mitgerechnet —, was er für ein Opfer hielt, das er vernünftigerweise seinen zerrütteten Vermögensverhältnissen brachte. Während er aß, wunderte er sich darüber, wie man etwas so Geschmackloses überhaupt essen konnte, verzehrte aber nichtsdestoweniger alles bis auf das letzte Krümchen, — und tat das jedesmal mit einem solchen Appetit, als habe er vorher drei Tage lang nichts gegessen.

»Das ist entschieden etwas Krankhaftes«, murmelte er vor sich hin, wenn sein Appetit bisweilen ihm selbst auffiel.

Diesmal setzte er sich in der denkbar schlechtesten Laune an seinen Tisch, warf Hut und Stock auf irgendeinen Stuhl, stützte die Ellbogen auf die Tischplatte und versank sogleich in Nachdenken. Wenn jetzt sein Nachbar, der am nächsten Tisch ruhig speiste, irgendwie unruhig oder laut geworden wäre, oder wenn der junge Kellner seine Bestellung nicht sogleich verstanden hätte: er, Weltschaninoff, der sonst so höflich, so überlegen ruhig zu sein verstand, sobald es nötig war, — er wäre unfehlbar aufgebraust wie irgend so ein Kadett aus der Junkerschule für Adelssprößlinge und hätte womöglich Krach gemacht.

Man brachte ihm die Suppe, er nahm den Löffel — plötzlich aber, noch bevor er die Suppe angerührt hatte, fuhr er so zusammen, daß er unwillkürlich den Löffel auf den Tisch warf und fast vom Stuhl aufgesprungen wäre. Ein ganz unerwarteter Gedanke hatte ihn wie ein Blitz durchzuckt, und in derselben Sekunde hatte er — Gott weiß, wie das zuging — plötzlich die Ursache seiner Unruhe erkannt, die Ursache dieser ganz besonderen, eigentümlichen Nervosität, die ihn schon seit mehreren Tagen quälte und mit den Erinnerungen nichts zu schaffen hatte, die, Gott weiß weshalb, über ihn gekommen waren und sich trotz aller Versuche nicht hatten abschütteln lassen. Und nun plötzlich war es wie Schuppen von seinen Augen gefallen; alles wurde ihm klar, und er begriff den ganzen Zusammenhang.

»Das kommt ja alles nur von jenem Hut!« sagte er sich, und diese Erleuchtung erfüllte ihn geradezu mit Begeisterung. »Nur dieser verdammte runde Hut mit diesem abscheulichen Trauerflor, der ist an *allem* schuld!«

Er begann nachzudenken — und je länger er nachdachte, um so mehr verdüsterte sich sein Gesicht und um so wunderlicher erschien ihm »diese ganze Begebenheit«.

»Aber . . . aber wo ist denn hier eine Begebenheit?« protestierte er mißtrauisch gegen die eigene Bezeichnung. »Was liegt denn hier überhaupt vor, dem auch nur entfernt die Bezeichnung „Begebenheit" zuständé?«

Die Sache verhielt sich folgendermaßen. Vor etwa vierzehn Tagen (genau wußte er selbst nicht, wie lange es her war, aber es mochte immerhin annähernd stimmen) war ihm auf der Straße zum erstenmal — es war an der Ecke der Podjátscheskaja und der Meschtschánskaja gewesen, dessen entsann er sich plötzlich genau —, ja, dort war ihm zum erstenmal ein Herr begegnet, der auf seinem Hut einen Trauerflor trug. Der Herr hatte wie jeder andere Herr ausgesehen, sagte sich Weltschaninoff, es war gar nichts Außergewöhnliches an ihm gewesen: er war schnell an ihm vorübergegangen, hatte ihn aber ... irgendwie — ja: irgendwie aufmerksam angesehen, so daß er unwillkürlich auch Weltschaninoffs Aufmerksamkeit auf sich gelenkt hatte, und das sogar in hohem Maße. Wenigstens war ihm das Gesicht des Fremden bekannt erschienen. ,Ach, übrigens, wer kann all die tausend Physiognomien behalten, denen man im Leben begegnet ist!' hatte er jedoch schon im nächsten Augenblick bei sich gedacht und seinen Weg fortgesetzt. Und nach etwa zwanzig Schritten, so schien es ihm jetzt, hatte er die Begegnung wieder vergessen, obschon der erste Eindruck kein geringer gewesen war. Tatsächlich war er diesen Eindruck den ganzen Tag nicht losgeworden, und das hatte sich in einer ziemlich originellen Form geäußert: als wäre eine gegenstandslose, eigenartige Wut in ihm gewesen. Jetzt, nachdem fast schon zwei Wochen darüber vergangen waren, entsann er sich dessen ganz genau; und er erinnerte sich sogar, daß er damals nicht hatte verstehen können, woher diese Wut über ihn gekommen war, — und er wäre wohl auf alles eher als auf den Gedanken verfallen, seine mißliche Gemütsverfassung an diesem Tage auch nur entfernt mit jener Begegnung am Morgen in Verbindung zu bringen. Allein, jener Unbekannte sorgte selbst dafür, daß er ihn nicht vergaß: am nächsten Tage begegnete dieser Mensch Weltschaninoff auf dem Newskij-Prospekt, und wieder sah er ihn so eigentümlich an. Weltschaninoff spie aus, doch kaum war das geschehen, da wunderte er sich über sich selbst. Es gibt ja allerdings Physiognomien, die im Augenblick einen ganz grundlosen und ungewollten Widerwillen erwecken.

»Ja, ich muß ihm wirklich schon früher einmal begegnet sein«, murmelte Weltschaninoff nachdenklich, als bereits eine halbe Stunde nach dieser Begegnung vergangen war. Den

Rest dieses Tages verbrachte er aber wiederum in der unangenehmsten Stimmung, und in der Nacht hatte er sogar einen bösen Traum. Und doch kam er nicht darauf, daß die ganze Ursache dieser neuen und eigentümlichen Hypochondrie nur jener Herr mit dem Trauerflor um den Hut war, obschon er im Lauf des Abends mehr als einmal an ihn gedacht und sich vorübergehend sogar gallig darüber geärgert hatte, daß »solch ein Subjekt« sich so breit zu machen wagte; doch diesem »Subjekt« nun gar seine ganze Unruhe zuzuschreiben, das hätte er entschieden für eine Erniedrigung gehalten, wenn er überhaupt auf den Gedanken gekommen wäre.

Zwei Tage darauf begegnete er ihm wieder, im dichtesten Gedränge an einer Landungsstelle der Newadampfer. Diesmal hätte Weltschaninoff darauf schwören mögen, daß der Herr mit dem Trauerflor ihn erkannt und sich krampfhaft zu ihm hingedrängt habe, aber die Menge brachte sie auseinander. Einen Moment hatte es ihm sogar geschienen, als habe sich jener »erfrecht«, ihm die Hand entgegenzustrecken, ja, vielleicht hatte er ihn sogar angerufen, sogar beim Namen gerufen! Letzteres hatte er übrigens nicht genau gehört, aber —

‚Wer, zum Teufel, ist denn dieser Schuft, und weshalb kommt er nicht auf mich zu, wenn er mich erkannt hat und doch offenbar zu mir will?‘ dachte er ärgerlich, während er in eine Droschke stieg und in der Richtung des Ssmólnaklosters davonfuhr. Eine halbe Stunde darauf stritt er sich bereits heftig mit seinem Rechtsanwalt, doch am Abend und in der Nacht kamen wieder die Qualen seiner allerabscheulichsten und sogar ins Phantastische ausartenden Hypochondrie.

‚Oder sollte etwa meine Galle nicht in Ordnung sein?‘ fragte er sich argwöhnisch und betrachtete sich im Spiegel, um sein Gesicht auf etwaige Anzeichen der Gelbsucht hin zu prüfen.

Das war ihre dritte Begegnung gewesen. Darauf sah er

ihn fünf Tage lang kein einziges Mal: der »Schuft« schien verschwunden zu sein. Inzwischen aber, ob er wollte oder nicht, trat ihm der Mann mit dem Trauerflor doch immer wieder ins Gedächtnis, und seine Gedanken beschäftigten sich unaufhörlich mit dem Unbekannten. Mit einer gewissen Verwunderung ertappte er sich selbst auf seinen Gedanken.

‚Es ist ja, bei Gott, als hätte ich Sehnsucht nach ihm! – oder was ist es sonst? Hm! ... Er muß hier in Petersburg viel zu tun haben ... Um wen er wohl trauern mag? Augenscheinlich hat er mich erkannt, ich aber – 's ist doch zu dumm! Ich kann mich wirklich nicht ... Und wozu nur diese Leute einen Trauerflor um den Hut tragen? Es steht ihnen nicht ... Ich glaube, wenn ich ihn genauer betrachtete, würde ich ihn erkennen ...'

Und da war es ihm, als beginne sich etwas gleichsam zu regen in seinem Gedächtnis, als ob ein bekanntes, doch aus irgendeinem Grunde vergessenes Wort aufsteigen wolle, auf das man sich durch krampfhaft konzentriertes Denken zu besinnen sucht: man kennt das im Moment entfallene Wort sehr gut, und man weiß, daß man es kennt; man weiß auch, was es bedeutet, man kreist förmlich darum herum, und doch – man kommt nicht darauf, so sehr man sich auch anstrengt!

‚Das war ... das ist schon lange her ... und das war irgendwo ... nicht hier. Da war etwas ... da war ...' – »ach, hol's der Teufel, was dort war oder nicht war!« rief er plötzlich entschieden verärgert aus, »und ist denn dieser Lump es überhaupt wert, daß man sich seinetwegen so abquält und erniedrigt? ...«

Und er ärgerte sich furchtbar; als er sich jedoch am Abend plötzlich erinnerte, daß er sich geärgert, sogar furchtbar geärgert hatte, da war ihm das sehr unangenehm: es war ihm, als habe ihn jemand in irgendeiner Beziehung gewissermaßen eingefangen. Das verwirrte ihn und er wunderte sich:

‚Also müssen doch Gründe vorhanden sein, weshalb ich mich ärgere ... so ohne jede Veranlassung bei der bloßen Erinnerung ...' Er dachte aber seinen Gedanken nicht zu Ende.

Doch am nächsten Tag ärgerte er sich noch mehr, nur glaubte er diesmal, allen Grund dazu zu haben, und mit seinem Ärger durchaus im Recht zu sein, denn — »die Frechheit war unerhört!« — jener war ihm zum viertenmal begegnet. Wie aus dem Boden geschossen war plötzlich dieser verwünschte Hut mit dem Trauerflor vor ihm aufgetaucht. Weltschaninoff hatte gerade jenen einflußreichen Staatsrat, den er neuerdings in seiner Villa aufzusuchen, das heißt quasi zu überrumpeln gedachte, ganz zufällig auf der Straße getroffen und es war ihm sogar gelungen, ein Gespräch mit ihm anzuknüpfen. Er bemühte sich aber vergeblich, indem er neben ihm ging und ihm in die Augen sah, den alten Schlaukopf, der eine Begegnung mit Weltschaninoff natürlich hatte vermeiden wollen, durch entsprechende Fragen auf das gewünschte Thema zu bringen und dann vielleicht doch irgendein Wörtchen über den möglichen Ausgang seines Prozesses zu erhaschen. Das war nicht so einfach, denn der alte Fuchs suchte mit Scherzen oder Schweigen die Fragen zu umgehen. Und gerade in dieser gespannten Situation geschah es, daß Weltschaninoff, der zufällig über die Straße schaute, dort auf dem anderen Bürgersteig plötzlich den Herrn mit dem Trauerflor erblickte. Der stand und sah von dort aus aufmerksam zu ihnen herüber: er mußte ihnen gefolgt sein, das war klar, und er schien sogar spöttisch zu lächeln.

,Zum Teufel!' fluchte Weltschaninoff, nachdem er sich vom Staatsrat verabschiedet hatte und nun seinen ganzen Mißerfolg dem Erscheinen dieses »Frechlings« zuschrieb. ,Zum Teufel, sollte er etwa ein Spion sein, der mich nicht aus dem Auge lassen will? Daß er mich verfolgt, liegt ja auf der Hand! Sollte er etwa von irgend jemandem dazu angestellt sein... und... bei Gott, der Kerl grinste noch obendrein! Ich werde ihn verprügeln... Schade nur, daß ich keinen Stock trage!... Ich werde mir einen kaufen, ganz einfach! Das lasse ich mir nicht bieten! Wer er wohl sein mag? Das muß ich unbedingt in Erfahrung bringen!'

Drei Tage nach dieser vierten Begegnung, eben am dritten Juli, fühlte sich Weltschaninoff, als er das Restaurant betrat, in dem er zu speisen pflegte, bereits ernstlich erregt, beunruhigt und zum Teil sogar wie aus dem Gleichgewicht gebracht. Doch das haben wir schon oben erwähnt. Nur konnte er sich jetzt nicht mehr über die Ursache dieses seines Zustandes Täuschungen hingeben, trotz seines ganzen Stolzes. Wie die Dinge nun eimal lagen, wurde er ja geradezu zu der Erkenntnis gezwungen, daß seine eigentümliche Stimmung, seine ganze vierzehntägige Übellaunigkeit und Unruhe auf nichts anderes zurückzuführen war als auf »eben diesen Trauerflormenschen«, und das »ungeachtet seiner Nichtigkeit«.

,Schön, mag ich auch ein Hypochonder sein', dachte Weltschaninoff, ,und folglich geneigt, aus einer Mücke einen Elefanten zu machen, so fragt es sich doch, ob es mir denn dadurch leichter wird, wenn ich mir sage, daß alles das *vielleicht* nur meine Einbildung ist? Denn, wäre in der Tat jedes ähnliche Subjekt imstande, einen Menschen vollständig aus dem Gleichgewicht zu bringen, so wäre das doch... so wäre das doch ...'
Er fand nicht sogleich den richtigen Ausdruck.

Allerdings hatte sich der Elefant diesmal bei der fünften Begegnung, die Weltschaninoff so ganz aus dem »Gleichgewicht« gebracht hatte, fast ganz als Mücke gezeigt: er war wie gewöhnlich aufgetaucht und an ihm vorübergehuscht, hatte ihn aber weder angesehen, noch sonstwie zu zeigen versucht, daß er ihn erkannt habe und überhaupt kenne, wie er es früher jedesmal getan, sondern hatte im Gegenteil den Blick gesenkt und offenbar ganz unbemerkt verschwinden wollen. Da hatte sich aber Weltschaninoff brüsk nach ihm umgekehrt und laut gerufen:

»He! Sie da! Hut mit dem Trauerflor! Jetzt laufen Sie! He! Bleiben Sie stehen: wer sind Sie?«

Die Frage (wie der ganze Anruf) war natürlich sehr dumm, doch Weltschaninoff sah das erst ein, als es schon zu spät war. Der Herr war zusammengezuckt und stehen

geblieben, hatte sich halb umgedreht und gelächelt — sichtlich verwirrt — und so hatte er eine Weile verharrt, offenbar in der größten Unentschlossenheit, um dann plötzlich
kehrtzumachen und davonzueilen, ohne sich noch einmal
umzusehen. Verwundert sah ihm Weltschaninoff nach.

,Aber wie? . . .' fragte er sich plötzlich, ,wie, wenn in
Wirklichkeit nicht er es ist, der mich verfolgt, sondern ich
es bin, der ihn verfolgt, und wenn das schließlich die Sache
ganz anders erklärt?'

Nachdem er gespeist und bezahlt hatte, begab er sich so-
gleich nach dem Landhaus jenes einflußreichen Staatsrats.
Er traf ihn jedoch nicht zu Hause an. Man sagte ihm, der
Herr sei am Morgen ausgegangen und werde wohl kaum
vor drei oder vier Uhr nachts aus der Stadt zurückkehren,
da er zu einer Namenstagfeier eingeladen sei. Das fand nun
Weltschaninoff dermaßen »beleidigend«, daß er in der ersten
Wut ohne weiteres beschloß, den Staatsrat dort im fremden
Hause aufzusuchen, und so nannte er dem Kutscher die
Adresse. Unterwegs wurde er etwas ruhiger und sagte sich,
daß er in seinem Vorhaben doch wohl zu weit gehe, und
nachdem er das eingesehen, ließ er den Kutscher halten und
stieg aus, um sich zu Fuß nach Hause zu begeben. Es stand
ihm freilich noch ein weiter Weg bevor — bis zum Großen
Theater —, aber er hatte das Bedürfnis, sich Bewegung zu
machen. Um seine Nerven zu beruhigen, mußte er sich um
jeden Preis einmal gut ausschlafen; um jedoch überhaupt
einschlafen zu können, mußte er sich physisch ermüden. So
langte er erst gegen elf Uhr in seiner Wohnung an und fühlte
sich durch den weiten Gang auch wirklich ganz erschöpft.

Seine Wohnung, die er im März bezogen hatte, und an
der er mit einer gewissen Schadenfreude alles auszusetzen
fand — doch entschuldigte er sich gewöhnlich wieder damit,
daß er ja nur durch »diesen verdammten Prozeß« en passant
in Petersburg steckengeblieben sei, was ihn dann etwas zu
beruhigen schien —, diese Wohnung war in Wirklichkeit
durchaus nicht so schlecht und »geradezu unanständig«, wie

er sich selbst ausdrückte. Der Eingang war allerdings etwas dunkel, was die Bezeichnung Weltschaninoffs, er sei »einfach schäbig«, zum Teil rechtfertigte, da die Tür zum Treppenhaus sich unter dem Torbogen befand. Dafür aber war die Wohnung selbst, die im zweiten Stockwerk lag, sogar sehr anständig: sie bestand aus zwei großen, hohen und hellen Zimmern, die ein dunkles Vorzimmer voneinander trennte und von denen das eine nach der Straße, das andere nach dem Hof lag. An letzteres schloß sich seitlich noch ein kleineres Zimmer an, das eigentlich als Schlafzimmer gedacht war, doch Weltschaninoff benutzte es als Aufbewahrungsraum, in dem er Bücher und Papiere kunterbunt liegen ließ. Als Schlafraum benutzte er dagegen das größte Zimmer, jenes, das an der Straßenseite des Hauses lag. Dort schlief er auf einem Diwan. Seine Möbel waren zwar nicht mehr ganz neu, aber doch nicht übel, und sogar einige kostbare Sachen waren darunter vorhanden — Reste einstiger Wohlhabenheit: kleine Kunstgegenstände in Bronze und Porzellan, echte und große bucharische Teppiche, sogar zwei ganz gute Gemälde. Nur befand sich alles in einer gewissen Unordnung, alles stand wie nicht auf dem richtigen Platz, und stellenweise war sogar Staub zu sehen, seitdem sein Dienstmädchen Pelagéja zu ihren Verwandten nach Nówgorod gefahren war und ihn vorläufig allein gelassen hatte. Diese sonderbare Tatsache, daß er als unverheirateter Lebemann, der doch immer noch in erster Linie für einen Gentleman gelten wollte, nur einen einzigen dienstbaren Geist und noch dazu weiblichen Geschlechts hatte, ließ Weltschaninoff oft fast vor sich selber erröten, obschon er mit dieser Pelageja sehr zufrieden war. Im Frühling, als er die Wohnung bezogen, hatte er sie von einer bekannten Familie, die ins Ausland reiste, übernommen und sich so an sie gewöhnt, daß er sich nicht entschließen konnte, für die Zeit ihrer Abwesenheit ein anderes weibliches Wesen zu nehmen. Einen Diener zu engagieren, das lohnte sich für die kurze Zeit nicht, und außerdem hatte er Diener eigentlich nicht gern. So kam denn jeden Morgen die Schwester der Portiersfrau, Máwra, um aufzuräumen, und ihr übergab er auch jedesmal den Türschlüssel, wenn er ausging. Nur tat diese Marwa für das Geld, das er ihr zahlte, so gut wie nichts und allem Anschein nach stahl sie sogar. Weltschaninoff befand sich jedoch in einer Stimmung, in der er alles Nebensächliche gehen ließ, wie es eben ging, und zuweilen war er sogar sehr zufrieden damit, daß er jetzt ganz allein sein konnte. Auch das hatte natürlich seine Grenze, und wenn er verbittert in sein Heim zurückkehrte, rebellierten seine Nerven empfindlich gegen diesen ganzen »Schmutz«, wie er sich ausdrückte, und mit Widerwillen betrat er dann seine Zimmer.

Diesmal langte er aber so müde in seiner Wohnung an, daß er nichts als den einen Wunsch empfand, zu schlafen. Und kaum hatte er sich — ohne sich die Zeit zu nehmen, sich ganz zu entkleiden — auf sein Lager geworfen und die Augen geschlossen, da vergaß er auch schon alles und schlief ein, während ihn sonst den ganzen Monat fast in jeder Nacht Schlaflosigkeit gequält hatte.

Er schlief etwa drei Stunden, doch war es ein unruhiger Schlaf mit so seltsamen Träumen, wie sie sonst nur Fieber und Krankheit zusammenzudichten vermögen. Es handelte sich da um irgendein Verbrechen, das er begangen haben sollte und nun zu verheimlichen suchte, doch wurde er einstimmig von Menschen, die ununterbrochen irgendwoher ins Zimmer traten, dieses Verbrechens beschuldigt. Es hatte sich schon eine ganze Menge versammelt, aber es kamen immer noch mehr hinzu, so daß die Tür gar nicht geschlossen wurde, sondern offen stand. Das allgemeine Interesse aber konzentrierte sich schließlich auf einen sonderbaren Menschen, den er gekannt und der ihm einmal sehr nahe gestanden hatte, jedoch schon verstorben war, jetzt aber aus irgendeinem Grund plötzlich gleichfalls hier eintrat. Am meisten quälte Weltschaninoff, daß er nicht wußte, wer dieser Mensch war, daß er seinen Namen vergessen hatte und sich nicht auf ihn besinnen konnte; er entsann sich nur noch, ihn einst sehr gern gehabt zu haben. Und von diesem Menschen schienen alle Anwesenden das entscheidende Wort zu erwarten: die Beschuldigung oder die Freisprechung Weltschaninoffs, und alle waren voll Ungeduld. Jener aber saß regungslos am Tisch und schwieg und wollte nicht sprechen. Die Menge wurde immer lauter, der Lärm wuchs unaufhaltsam, man war aufgebracht, gereizt, und plötzlich wurde Weltschaninoff von rasender Wut erfaßt, er holte aus und schlug diesen Menschen, weil er nicht sprechen wollte. Das Gefühl aber, das diese Tat in ihm hervorrief, war wie eine seltsame Genugtuung, wie ein Genuß: sein Herz stand still vor Entsetzen und Schmerz über seine Tat, aber gerade in diesem Aussetzen des Herzschlages lag der Genuß. Und da packte ihn plötzlich grimmiger Haß und er schlug ihn noch einmal und schlug ihn zum drittenmal, und wie trunken vor Jähzorn und einer Angst, die fast an Wahnsinn grenzte und dennoch nur eine grenzenlose Lust war, zählte er nicht mehr seine Schläge, er schlug nur und schlug. Er wollte alles, alles von »jenem« vernichten. Plötzlich aber war irgend etwas geschehen: das Geschrei der Menge schwoll laut an, und alle wandten sich wie in gespannter Erwartung zur Tür, und in derselben Sekunde wurde jäh die Türglocke gezogen, gellend laut, und mit solcher Kraft, als wolle man den Glockenzug abreißen. Weltschaninoff erwachte, kam im Augenblick zu sich, sprang auf und stürzte zur Tür; er war überzeugt, daß wirklich geläutet worden sei, — denn das konnte doch kein Traum sein! ‚Es wäre doch gar zu unnatürlich, wenn ich diesen lauten, zum Greifen hörbaren Schall nur geträumt haben sollte!‘

Zu seiner größten Verwunderung aber erwies sich der Schall doch nur als Traum. Er öffnete die Tür, trat in den Flur hinaus, sah auch hinunter ins Treppenhaus — es war niemand zu sehen. Die Glocke hing regungslos. Er wunderte sich, fühlte sich aber doch erfreut, und kehrte ins Zimmer zurück. Während er das Licht anzündete, fiel es ihm ein, daß er die Tür wohl geschlossen, aber nicht verschlossen und verriegelt hatte. Auch früher schon hatte er nachts, wenn er nach Haus kam, oft vergessen, den Schlüssel umzudrehen, ohne der Sache irgendwelche Bedeutung beizumessen, obschon Pelagéja ihm deshalb jedesmal Vorwürfe gemacht hatte. So ging er jetzt ins Vorzimmer zurück, öffnete noch einmal die Tür und sah in den Flur hinaus, dann schloß er sie wieder und schob den Riegel vor — nur den Schlüssel umzudrehen, dazu war er doch zu faul. Die Uhr schlug halb drei; er mußte also über drei Stunden geschlafen haben.

Der Traum hatte ihn so aufgeregt, daß er sich nicht gleich wieder hinlegen mochte und im Zimmer eine halbe Stunde auf- und abzugehen beschloß. — ‚Zeit um eine Zigarre zu rauchen‘, sagte er sich. Er zog die vorhin abgeworfenen Kleidungsstücke wieder an, trat ans Fenster, schob den schweren Stoffvorhang zur Seite und zog das weiße Rouleau in die Höhe. Auf der Straße war es bereits hell genug, um alles deutlich unterscheiden zu können. Die hellen Petersburger Sommernächte hatten von jeher eine gewisse nervöse Reizbarkeit in ihm hervorgerufen, und in der letzten Zeit waren sie gewiß auch an seiner Schlaflosigkeit schuld gewesen, wenigstens zum Teil. Deshalb hatte er vor etwa zwei Wochen diese dicken Vorhänge gekauft, die das Zimmer vollständig verdunkelten, wenn er sie vorzog. Von draußen drang jetzt das fahle Dämmerlicht der hellen Nacht ins Zimmer, doch Weltschaninoff vergaß die brennende Kerze auf dem Tisch und ging mit einem eigentümlich schweren und kranken Gefühl auf und ab. Der Eindruck des Traumes wirkte noch nach. Er litt noch darunter, daß er seine Hand gegen diesen Menschen hatte erheben und ihn schlagen können.

‚Aber diesen Menschen gibt es ja gar nicht und hat es nie gegeben, das war doch alles nur ein Traum, — was fällt mir denn ein, mich deshalb bedrückt zu fühlen?‘

Und er zwang sich mit einer förmlichen Erbitterung, und als sei das seine einzige Sorge, nur daran zu denken, daß er entschieden einer Krankheit entgegengehe und bald nur noch »ein kranker Mensch« sein werde.

Es fiel ihm immer schwer, sich einzugestehen, daß er eben älter oder kränklich werde, und in den schlimmsten Stunden übertrieb er wohl in Gedanken alle Anzeichen geflissentlich, nur um sich noch mehr zu reizen.

»Ja: das ist das Alter!« murmelte er dann vor sich hin, während er auf- und abging, »bin schon der richtige Klappergreis: das Gedächtnis schwindet, sehe Halluzinationen, verrückte Träume, höre klingeln . . . Hol's der Teufel! Ich weiß doch aus Erfahrung, daß solche Träume immer eine Krankheit bei mir ankündigen . . . Ich bin überzeugt, daß auch diese ganze Geschichte mit dem Trauerflor gleichfalls . . . vielleicht nur ein Traum ist. Ganz entschieden habe ich gestern recht gehabt: ich, ich bin es, der ihm nachläuft, nicht er mir. Ich habe mir da 'ne ganze Dichtung um seine Person zusammengereimt und bin vor Angst selbst fast unter den Tisch gekrochen. Und wie komme ich eigentlich darauf, ihn mit Schimpfwörtern zu betiteln? Er kann sogar ein sehr anständiger Mensch sein. Sein Gesicht ist allerdings unsympathisch, obschon es eigentlich nichts ausgesprochen Häßliches hat. Kleidet sich wie alle anderen. Der Blick ist zwar irgendwie so . . . Schon wieder denke ich an ihn! Schon wieder!! Was zum Teufel geht mich sein Blick an! Bei Gott, es ist ja, als könnte ich überhaupt nicht mehr leben ohne diesen . . . Galgenvogel!«

Es fuhren ihm verschiedene Gedanken durch den Sinn, von denen ihn aber einer höchst unangenehm berührte; es war ihm, als sei er plötzlich überzeugt, daß dieser Mensch mit dem Trauerflor irgendwo und -wann einmal mit ihm befreundet gewesen sein müsse und jetzt bei jeder Begegnung über ihn lache, weil er um irgendein großes Geheimnis seiner Vergangenheit wußte und ihn nun in einer so »erniedrigenden Situation« sah. Mit diesen Gedanken beschäftigt, trat er ganz mechanisch ans Fenster, um es zu öffnen und die Nachtluft einzuatmen und — und plötzlich, er hatte den Fenstergriff noch nicht angerührt, erschrak er so heftig, daß er zusammenfuhr: es war die jähe Empfindung, daß dort

244

vor ihm etwas Unerhörtes und Außergewöhnliches vor sich gehe.

Im Augenblick wich er zurück und verbarg sich hinter der Fensterwand, um danach vorsichtig, ohne selbst gesehen zu werden, auf die Straße zu spähen. Richtig: auf dem gegenüberliegenden Gehsteig der menschenleeren Straße, seinem Hause gerade gegenüber, sah er den Herrn mit dem Trauerflor stehen. Der Herr stand, das Gesicht den Fenstern seiner Wohnung zugewandt (doch offenbar hatte er ihn nicht am Fenster bemerkt), und betrachtete neugierig, und wie etwas Bestimmtes erwägend, das Haus. Es machte den Eindruck, als könne er mit dem Überlegen nicht zu Ende kommen, obschon er sich sichtlich gern zu etwas entschließen wollte: er hob die Hand und schien den Finger an die Stirn zu legen. Endlich hatte er sich entschlossen: er sah sich flüchtig nach beiden Seiten um und schlich dann schnell auf den Fußspitzen über die Straße, und — richtig! — er verschwand unter dem Torbogen des Hauses: das Pförtchen im Torflügel, das im Sommer oft nicht vor dem Morgen verschlossen wurde, kreischte leise.

,Er kommt zu mir!' fuhr es Weltschaninoff wie ein Blitz durch den Sinn, und plötzlich eilte er schnell, doch leise und auf den Fußspitzen, ins Vorzimmer zur Tür und — hielt den Atem an, die zuckende Rechte leicht auf den vorgeschobenen Riegel gelegt, und so lauschte er in äußerster Spannung auf das Geräusch der erwarteten Schritte im Treppenhaus.

Sein Herz pochte so laut, daß er fürchtete, zu überhören, wie der Unbekannte auf den Fußspitzen die Treppe heraufschlich. Er dachte nicht an die Bedeutung des Vorgangs, er fühlte nur alles wie mit einer gleichsam verzehnfachten Schärfe. Sein Traum von vorhin schien mit der Wirklichkeit eins geworden zu sein. Weltschaninoff war von Natur mutig, doch liebte er es zuweilen, seine Furchtlosigkeit in Erwartung der Gefahr so weit zu treiben, daß sie fast zu einem Paradieren wurde, tat das selbst dann, wenn niemand ihm

245

zusah, tat es einfach aus Wohlgefallen an sich selbst. Jetzt aber kam noch etwas anderes hinzu. Der Hypochonder und zweifelsüchtige Greiner von vorhin hatte sich nun vollständig verwandelt, er war ein ganz anderer Mensch geworden. Ein nervöses, lautloses Lachen schüttelte ihn innerlich. Hinter der geschlossenen Tür stehend, erriet er jede Bewegung des Unbekannten.

,Ah! Da kommt er! . . . Jetzt ist er angelangt . . . hält Umschau . . . horcht hinunter . . . atmet kaum, schleicht . . . ah! Da hat er die Klinke gefaßt, drückt, versucht! Er hat wohl darauf gerechnet, daß meine Tür offen sein werde! Also muß er schon erfahren haben, daß ich bisweilen vergesse, zuzuschließen! Wieder drückt er die Klinke, zieht . . . was er wohl denken mag? — daß der Riegel von selbst zurückschnellen wird? Er kann sich nicht trennen! Möchte wohl nicht umsonst gekommen sein!'

Und in der Tat, es mußte dort hinter der Tür wirklich alles so geschehen sein, wie er es sich vorstellte: jemand stand dort und versuchte, leise, unhörbar die Tür zu öffnen, und tat das, selbstverständlich nicht ohne eine bestimmte Absicht, wie sich Weltschaninoff sagte: Und im Nu hatte er seinen Entschluß gefaßt, wie er das Rätsel lösen wollte. Mit einer gewissen Begeisterung geradezu wartete er auf den richtigen Augenblick, stellte er sich zurecht und machte sich bereit: er wollte plötzlich den Riegel zurückziehen, die Tür aufreißen und Auge in Auge dem »Schreckbild« gegenüberstehen. Sozusagen: »Was tun Sie denn hier, mein Herr?«

Und so geschah es auch: als er den richtigen Moment abgepaßt hatte, zog er den Riegel zur Seite, riß die Tür auf und prallte fast zusammen mit dem Herrn, der am Hut einen Trauerflor trug.

III

Páwel Páwlowitsch Trussózkij

Der Fremde schien sprachlos zu sein. Beide standen sich
auf der Schwelle dicht gegenüber und sahen einander unbeweglich an. So vergingen mehrere Sekunden und plötzlich —
erkannte Weltschaninoff seinen Gast!

Gleichzeitig schien auch der Gast zu erraten, daß Weltschaninoff ihn erkannt hatte: das verriet sein aufblitzender Blick.
Und im Augenblick taute gleichsam sein ganzes Gesicht auf
und lächelte das freundlichste Lächeln ...

»Ich habe wohl das Vergnügen, mit Alexéi Iwánowitsch
zu sprechen?« fragte er fast singend mit einer süßlichen und
zur ganzen Situation so unpassenden Stimme, daß sie direkt
komisch wirkte.

»Ja, sind Sie denn wirklich Páwel Páwlowitsch Trussózkij?« fragte schließlich Weltschaninoff noch ganz verdutzt.

»Wir waren vor etwa neun Jahren in T. miteinander bekannt, und — wenn Sie mir gestatten, Sie daran zu erinnern
— waren sogar befreundet.«

»Ja ... nun ja ... schön, aber — jetzt ist es drei Uhr
nachts und Sie haben ganze zehn Minuten lang meinen Tür-
verschluß untersucht, ob man bei mir nicht ohne weiteres eintreten kann ...«

»Drei Uhr!« rief der Gast erstaunt, zog seine Uhr hervor
und betrachtete sie ganz bekümmert, »ja, richtig: drei Uhr!
Entschuldigen Sie, ich hätte mir das vorher sagen sollen; ich
schäme mich. Ich werde in den nächsten Tagen vorsprechen
und dann alles erklären, jetzt aber ...«

»Ha, nein! Wenn Sie schon was erklären wollen, dann
gefälligst gleich!« fiel ihm Weltschaninoff ins Wort. »Wenn
ich bitten darf, dorthin ins Zimmer — treten Sie ein ... Sie
werden doch ohnehin die Absicht gehabt haben, einzutreten,
da Sie wohl nicht zu dem Zweck in der Nacht hergekommen
sind, um Schlösser zu untersuchen ...«

Er war doch etwas aufgeregt und zugleich auch wie verdutzt. Dabei fühlte er, daß er seine Gedanken nicht sammeln konnte. Er begann sogar, sich zu schämen: also weder ein Geheimnis, noch eine Gefahr — nichts von dem steckte hinter seiner ganzen Gespensterseherei! Nichts blieb von ihr übrig als nur die dumme Gestalt irgendeines Páwel Páwlowitsch. Aber . . . im Grunde konnte er es doch nicht so ganz glauben, daß wirklich nichts weiter dahinterstecke; es war doch wie eine dunkle, beklemmende Vorahnung in ihm.

Er ließ seinen Gast Platz nehmen und setzte sich selbst in ungeduldiger Erwartung ihm gegenüber auf seinen Schlafdiwan, einen Schritt vom Lehnsessel des anderen entfernt, stützte die Handflächen auf die Knie und wartete gereizt auf das, was jener nun vorbringen würde. Er betrachtete ihn neugierig, und die Erinnerungen an die Zeit ihrer einstigen Bekanntschaft vervollständigten sich. Doch seltsamerweise blieb jener immer noch stumm, ja, er schien nicht einmal zu wissen, daß es einfach seine »Pflicht« war, zu sprechen; er sah sogar im Gegenteil mit einem sichtlich erwartungsvollen Blick Weltschaninoff an, als müsse dieser beginnen. Vielleicht war er auch nur etwas scheu geworden und empfand zunächst bloß eine gewisse Unsicherheit, wie etwa eine in die Falle geratene Maus. Doch Weltschaninoff wurde wütend:

»Na, was denn nun?« fuhr er ihn an. »Sie sind doch, denke ich, kein Hirngespinst und kein Traum! Oder haben Sie sich herbemüht, nur um hier die Rolle eines Toten zu spielen? Sie sind mir Ihre Erklärung schuldig, mein Bester!«

Der Gast bewegte sich ein wenig, lächelte und begann vorsichtig:

»Soviel ich sehe, scheint es Sie — vor allen Dingen — zu überraschen, daß ich zu so später Stunde gekommen bin, und — unter so besonderen Umständen . . . So daß es mich — zumal wenn ich mich des Früheren erinnere und wie wir auseinandergingen — jetzt sogar selbst wundert . . . Ich hatte ja auch gar nicht die Absicht, Sie aufzusuchen, und wenn es nun schon so gekommen ist, so war das nur ein Zufall . . .«

»Wieso ein Zufall! Ich habe Sie doch aus dem Fenster gesehen, wie Sie auf den Fußspitzen über die Straße geschlichen
sind!«

»Ach, Sie haben es gesehen! Nun, dann wissen Sie jetzt
schließlich besser als ich selbst über alles Bescheid! Aber ich
reize Sie wohl nur ... Also kurz — da ist ja nicht viel zu
sagen: ich halte mich schon seit etwa drei Wochen hier auf,
in eigenen Angelegenheiten ... Ich bin wirklich Páwel Páwlowitsch Trussózkij; Sie haben mich ja selbst erkannt. Was
mich hier festhält, ist, daß ich mich um meine Versetzung in
ein anderes Gouvernement, in einen anderen Dienst und auf
einen bedeutend höheren Posten bemühe ... Doch übrigens,
das ist es auch nicht! ... Die Hauptsache ist, wenn Sie wollen, daß ich mich hier nun schon die dritte Woche herumtreibe und die Erledigung meiner Angelegenheit — das heißt
also meine Versetzung — wie mir scheint, selbst absichtlich in
die Länge ziehe. Und wirklich, wenn mein Gesuch genehmigt
werden sollte, so werde ich womöglich auch am selben Tag
noch vergessen, daß ich versetzt bin, und werde Ihr Petersburg
nicht verlassen — in meiner gegenwärtigen Stimmung! Ich
treibe mich hier herum, als hätte ich mein Ziel verloren, und
es ist fast, als freute ich mich sogar darüber, daß ich es verloren habe — in meiner gegenwärtigen Stimmung, wie gesagt ...«

»Was ist denn das für eine gegenwärtige Stimmung?«
fragte Weltschaninoff unwirsch.

Der Gast schaute zu ihm auf, erhob den Hut und wies
mit ernster Würde auf den Trauerflor.

»Ja, sehen Sie, in *dieser* Stimmung!«

Weltschaninoff sah mit stumpfem Blick auf den Flor, sah
seinem Gast ins Gesicht, sah wieder auf den Flor. Plötzlich
schoß ihm das Blut auf einen Augenblick jäh ins Gesicht, und
eine entsetzliche Aufregung überkam ihn.

»Doch nicht Natálja Wassíljewna?«

»Ja. Natálja Wassíljewna. In diesem März ... An der
Schwindsucht. Und fast ganz plötzlich, kaum zwei oder drei

Monate war sie krank. Und ich bin jetzt — wie Sie sehen!«

Damit breitete der Gast in tiefer Ergriffenheit die Arme aus — in der Linken seinen Hut mit dem Trauerflor —, neigte seinen kahlen Kopf tief auf die Brust, und verblieb in dieser Stellung wohl reichlich zehn Sekunden.

Diese Geste und die ganze Pose wirkten auf Weltschaninoff wie eine ernüchternde Erfrischung; ein spöttisches und sogar kränkend verächtliches Lächeln spielte um seinen Mund — doch nur einen Augenblick: die Nachricht vom Tode dieser Dame (mit der er vor vielen Jahren bekannt gewesen war, und die er schon seit so vielen Jahren völlig vergessen hatte) machte auf ihn jetzt überraschenderweise einen nahezu erschütternden Eindruck.

»Ist es möglich!« murmelte er die ersten besten Worte, die ihm gerade einfielen, »aber weshalb haben Sie mich dann nicht gleich aufgesucht und es mir mitgeteilt?«

»Ich danke Ihnen für Ihre Teilnahme, ich sehe und schätze sie, ungeachtet . . .«

»Ungeachtet?«

»Ich wollte nur sagen, ungeachtet des langen Zeitraums, der zwischen unserer früheren Bekanntschaft und unserem jetzigen Wiedersehen liegt. Haben Sie mir doch sogleich Teilnahme bezeugt und mich noch dazu so aufrichtig Ihres Beileids versichert, daß ich selbstverständlicherweise Dankbarkeit empfinde. Nur das war es, was ich ausdrücken wollte. Nicht, daß ich an meinen Freunden zweifelte oder vielmehr an der Aufrichtigkeit ihrer Teilnahme! Ich kann auch hier, und sogar in jedem Augenblick, mir aufrichtig zugetane Freunde aufsuchen — zum Beispiel, nur um einen Namen zu nennen, etwa Stepán Micháilowitsch Bagaútoff. Aber unsere Bekanntschaft, Alexei Iwánowitsch — oder sagen wir Freundschaft, zumal ich mit Erkenntlichkeit an sie zurückdenke — liegt ja schon ganze neun Jahre zurück. Sie haben uns doch nachher nicht mehr besucht, und Briefe sind weder von Ihnen noch von uns geschrieben worden . . .«

Der Gast sprach so fließend, als hätte er Noten vor sich,

250

nach denen er unbekümmert singen konnte, doch blickte er die ganze Zeit zu Boden, was natürlich nicht ausschloß, daß er jede Bewegung Weltschaninoffs verfolgte. Dieser hatte sich inzwischen der Sachlage einigermaßen anzupassen versucht.

Indes hörte er seinem Gast mit einer äußerst seltsamen Empfindung zu, die sich in ihrer Art immer deutlicher fühlbar machte, und je aufmerksamer er ihn betrachtete, um so seltsamer war der Eindruck: und plötzlich, als jener innehielt, überfielen ihn mit einemmal die buntesten, verrücktesten Gedanken.

»Aber weshalb habe ich Sie denn nicht gleich erkannt?« rief er lebhaft aus. »Wir sind uns doch ganze fünfmal, glaube ich, auf der Straße begegnet!«

»Ja; auch ich entsinne mich dessen; Sie sind mir immer wieder begegnet – zweimal oder vielleicht auch sogar dreimal . . .«

»Das heißt: *Sie* sind es, der *mir* begegnet ist, nicht ich Ihnen!«

Weltschaninoff stand auf und plötzlich brach er ganz unvermittelt in lautes Gelächter aus. Páwel Páwlowitsch hielt inne, sah ihn aufmerksam an, fuhr aber dann schon im nächsten Moment ruhig fort, als sei nichts geschehen:

»Daß Sie mich nicht erkannt haben, ist weiter nicht verwunderlich. Denn erstens ist es lange her, daß wir uns gesehen haben, und zweitens habe ich nachher die Pocken gehabt, von denen natürlich einige Narben im Gesicht geblieben sind.«

»Die Pocken? Bei Gott, er hat tatsächlich die Pocken gehabt! Aber wie hat denn das Sie . . .«

»Erwischt? Es pflegt eben so manches vorzukommen, Alexei Iwanowitsch; es verschont und verschont einen und dann plötzlich erwischt es einen doch!«

»Nur ist das immerhin furchtbar komisch! Nun, fahren Sie fort, fahren Sie fort, bester Freund!«

»Obschon Sie auch mir begegnet sind . . .«

»Halt! Weshalb sagten Sie soeben ‚erwischt‘? Ich wollte

mich viel höflicher ausdrücken! — Doch fahren Sie fort, fahren Sie fort!«

Aus irgendeinem Grunde wurde er immer aufgeräumter, geradezu heiter. Der erschütternde Eindruck wurde von ganz anderen Empfindungen verdrängt.

Mit schnellen Schritten ging er im Zimmer auf und ab.

»Und obschon Sie auch mir begegnet sind und ich sogar schon auf der Reise nach Petersburg die Absicht hatte, Sie unbedingt hier aufzusuchen, so bin ich doch jetzt, wie gesagt, in einer solchen Stimmung . . . und auch geistig so zerschlagen, eben seit dem März . . .«

»Ach ja! seit dem März, richtig . . . Erlauben Sie, Sie rauchen doch?«

»Ich . . . Sie wissen doch, Natálja Wassíljewna . . .«

»Nun ja, nun ja! — aber seit dem März?«

»Eine kleine Zigarette vielleicht.«

»Hier, bitte; zünden Sie an und — fahren Sie fort! . . . Fahren Sie nur fort, Sie haben mich kolossal . . .«

Er zündete sich gerade selbst eine Zigarette an und setzte sich dann schnell wieder auf seinen Diwan. Doch Pawel Pawlowitsch machte eine kleine Pause.

»Weshalb sind denn auch Sie, wie ich sehe, so aufgeregt — sind Sie vielleicht nicht ganz gesund?«

»Ach, zum Teufel mit meiner Gesundheit!« ärgerte sich Weltschaninoff. »Erzählen Sie weiter!«

Doch je deutlicher die Aufregung des Hausherrn zutage trat, um so ruhiger, selbstzufriedener und sicherer wurde der Gast.

»Ja, was soll ich denn da noch weiter erzählen?« begann er. »Stellen Sie sich doch selbst vor, Alexei Iwanowitsch — einen Menschen, der erstens ganz zerschlagen ist, und nicht nur etwa so bloß relativ, sondern einfach radikal; einen Menschen, der nach zwanzigjähriger Ehe seine Lebensweise von Grund aus ändert und sich hier auf den staubigen Straßen ziellos herumtreibt, wie in der Steppe verirrt, und fast in völliger Selbstvergessenheit, und dem diese Selbst-

252

verlorenheit sogar eine gewisse Befriedigung gewährt: Da ist es doch wohl nur natürlich, daß ich bisweilen, wenn mir ein Bekannter oder sogar ein aufrichtiger Freund begegnet, ihm absichtlich aus dem Weg gehe, um nicht mit ihm sprechen zu müssen, im Augenblick wenigstens nicht — das heißt in einem solchen Augenblick der Selbstvergessenheit. Aber dann kommen wieder Stunden, in denen alles lebendig wird, und da kommt dann plötzlich eine solche Sehnsucht nach irgend jemandem, der jenes unwiderruflich Vergangene wenigstens miterlebt hat, und das Herz beginnt dabei so zu pochen, daß man nicht nur am Tag, sondern sogar mitten in der Nacht wagt, einen Freund aufzusuchen, nur um sich ihm in die Arme zu werfen, und müßte man ihn auch um vier Uhr — müßte man ihn auch um vier Uhr nachts einzig zu diesem Zweck aus dem Schlaf wecken. So habe ich mich auch jetzt nur in der Stunde geirrt, nicht in der Freundschaft, denn in diesem Augenblick fühle ich mich vollauf belohnt. Was aber die Zeit betrifft, so war ich wirklich der Meinung, es sei erst zwölf, zumal ich in entsprechender Stimmung war. Man trinkt eben seinen eigenen Kummer, und es ist, als betrinke man sich an ihm. Aber es ist vielleicht nicht einmal der Kummer, sondern vielmehr die ganze Neuheit der Verfassung, die mich mürbe macht . . .«

»Was für Ausdrücke Sie haben!« bemerkte Weltschaninoff, der plötzlich wieder auffallend ernst geworden war, in eigentümlichem Ton — es klang fast düster.

»Tja, auch die Ausdrücke werden seltsam . . .«

»Aber Sie . . . Sie scherzen doch nicht?«

»Ob ich scherze!« rief Pawel Pawlowitsch in wehmütiger Verwunderung, »und das in einem Augenblick, in dem ich mitteile . . .«

»Ach, schweigen Sie davon, ich bitte Sie!«

Weltschaninoff stand auf und begann wieder im Zimmer auf und ab zu schreiten.

So vergingen etwa fünf Minuten. Der Gast schien sich gleichfalls erheben zu wollen, doch Weltschaninoff rief sofort: »Bleiben Sie, bleiben Sie nur sitzen!« und so setzte sich jener sogleich gehorsam wieder hin.

»Aber wie Sie sich verändert haben!« begann Weltschaninoff von neuem, indem er plötzlich vor ihm stehen blieb, ganz als habe ihn diese Entdeckung geradezu frappiert. »Unglaublich verändert! Ganz fabelhaft! Als wären es zwei ganz verschiedene Menschen!«

»Kein Wunder schließlich: neun Jahre!«

»Nein, nein, nein, nicht die Jahre sind es! Äußerlich haben Sie sich gar nicht so sehr verändert, Sie haben sich in anderer Beziehung verändert!«

»Gleichfalls vielleicht die neun Jahre.«

»Oder seit dem März!«

»Hehe!« lächelte Pawel Pawlowitsch arglistig. »Sie scheinen da einen spaßigen Gedanken zu haben . . . Doch wenn ich fragen darf: worin besteht denn eigentlich diese Veränderung?«

»Ja, was . . . Früher war's ein so solider und anständiger Páwel Páwlowitsch, ein so artiger Pawel Pawlowitsch, jetzt aber scheint's ein ganzer — Vaurien Pawel Pawlowitsch zu sein!«

Er war dermaßen gereizt, daß er — wie es übrigens auch die korrektesten Leute in solcher Stimmung bisweilen tun — bereits Überflüssiges zu sagen begann.

»Vaurien! Finden Sie? Und nicht mehr so ‚artig‘ wie früher? Nicht mehr ein so ‚artiger‘ Pawel Pawlowitsch?« grinste mit wahrer Wonne der sonderbare Gast.

»Zum Teufel mit der Artigkeit! Statt dessen sind Sie jetzt vielleicht sehr klug geworden!«

‚Ich bin grob, aber diese Kanaille ist noch viel frecher! Und . . . und was mag er nur wollen, was kann er im Auge haben?‘ fragte sich Weltschaninoff andauernd.

»Ach, mein teuerster, mein unschätzbarer Alexei Iwánowitsch!« regte sich der Gast mit einem Mal furchtbar auf, indem er auf seinem Platz hin und her rückte, »was geht denn das schließlich uns an? — Lassen wir es sein, wie es ist! Wir

254

sind doch jetzt nicht in der Öffentlichkeit, nicht in einer glänzenden vornehmen Gesellschaft! Wir sind die innigsten und ältesten Freunde, sind hier sozusagen in vollster Aufrichtigkeit zusammengekommen und gedenken beide jenes teuren Bundes, in dem die Verstorbene das teuerste, das unersetzliche Bindeglied war!«

Und scheinbar erschüttert von auf ihn einstürmenden Gefühlen, neigte er sein Haupt auf die Brust und verdeckte das Gesicht mit dem Hut. Weltschaninoff beobachtete ihn unruhig und fühlte sich angewidert durch sein Gebaren.

‚Wie aber, wenn er einfach nur ein Narr ist?' ging es ihm durch den Sinn, ‚n—nein, n—nein, doch wohl nicht! Er scheint nicht mal betrunken zu sein ... übrigens, vielleicht doch: sein Gesicht ist rot. Aber wenn auch — das ist ja schließlich egal. Womit er sich wohl heranschlängeln will! Was will die Kanaille von mir?'

»Wissen Sie noch, wissen Sie noch«, rief da Pawel Pawlowitsch, der allmählich den Hut hatte sinken lassen und sich nun von den Erinnerungen scheinbar immer mehr begeistern ließ, »entsinnen Sie sich noch unserer gemeinsamen Ausflüge, unserer Abendgesellschaften und Kränzchen, und wie wir bei Seiner Exzellenz, dem gastfreundlichen Ssemjón Ssemjónowitsch, tanzten und Gesellschaftsspiele spielten? Und unsere Leseabende zu dritt? Und unsere erste Bekanntschaft, als Sie eines Vormittags bei mir eintraten, um gewisse Erkundigungen in Ihrer Angelegenheit einzuziehen. Sie ärgerten sich noch und zeterten, und plötzlich trat Natálja Wassíljewna ein, und nach zehn Minuten schon wurden Sie zu unserem innigsten Hausfreund, und das blieben Sie dann ein ganzes Jahr — alles genau so wie in der „Provinzlerin" von Turgénjeff ...«

Weltschaninoff schritt langsam auf und ab, blickte zu Boden, hörte beunruhigt und angewidert zu, und vernahm doch mit Spannung jedes Wort, das er da hörte.

»Wie kommen Sie auf die „Provinzlerin"«, unterbrach er ihn etwas konfus, »früher haben Sie nie von ihr ge-

sprochen . . . und nie in so rührseligem Tone und in einem . .
Ihnen so fremden Stil. Weshalb das jetzt?«

»Ich habe früher allerdings mehr geschwiegen, das heißt,
ich war schweigsamer«, fiel ihm Pawel Pawlowitsch eilig
ins Wort. »Wie Sie wissen, hörte ich lieber zu, wenn die
Verstorbene sprach. Sie erinnern sich doch wohl noch, wie
geistreich sie sich zu unterhalten verstand . . . Was aber die
„Provinzlerin" betrifft, und namentlich den Stupéndjeff, so
haben Sie auch hierin recht, denn erst nachher — nach Ihrer
Abreise — haben wir, die teure Entschlafene und ich, in manchen stillen Stunden, in denen wir Ihrer gedachten, unsere
erste Begegnung mit einer Szene dieses Theaterstücks ver-
glichen, — es besteht nämlich in der Tat eine auffallende
Ähnlichkeit. Von Stupéndjeff aber wollte ich nur sagen . . .«

»Zum Teufel, was ist das für ein „Stupendjeff", hol's
der Henker!« rief Weltschaninoff nervös und stampfte sogar mit dem Fuß auf, so sehr brachte ihn der Name Stupendjeff, der so etwas wie eine blasse Erinnerung und eine
ferne Ahnung in ihm heraufbeschwor, aus dem Gleichgewicht.

»Wie, Stupendjeff? Das ist eine Rolle, eine Theaterrolle,
die Rolle des Gatten in der „Provinzlerin". Der heißt nämlich im Stück „Stupendjeff", wie gesagt«, sang sogleich mit
honigsüßer Stimme Pawel Pawlowitsch. »Doch das gehört
bereits zu einem anderen Zyklus teurer und herrlicher Erinnerungen, Erinnerungen aus der Zeit nach Ihrer Abreise,
als uns Stepán Micháilowitsch Bagaútoff mit seiner Freundschaft beglückte, ganz so wie Sie, nur blieb er uns volle
fünf Jahre treu.«

»Bagautoff? Wie, was? Was für ein Bagautoff?« Weltschaninoff war jäh vor ihm stehen geblieben.

»Bagautoff, Stepán Micháilowitsch, der uns gerade ein
Jahr nach Ihnen mit seiner Freundschaft beschenkte und . . .
überhaupt ganz so wie Sie . . .«

»Ach, mein Gott, natürlich, das wußte ich ja!« rief Weltschaninoff aus, sich plötzlich besinnend. »Bagautoff! Richtig, er war doch Beamter dort . . .«

256

»Jawohl, jawohl! Beim Gouverneur! Er kam aus Petersburg... er war der eleganteste junge Mann... aus den besten Kreisen!« versicherte in ausgesprochener Begeisterung Pawel Pawlowitsch.

»Ja, ja, ja! Daß ich nicht gleich drauf verfiel! Und auch er war ja...«

»Und auch er, auch er!« bestätigte sofort mit derselben Begeisterung Pawel Pawlowitsch, der das unvorsichtig entschlüpfte Wort eiligst aufgriff, »und auch er! Und mit ihm, sehen Sie, spielten wir dann einmal „Die Provinzlerin" — es war eine Liebhaberaufführung bei Seiner Exzellenz, dem gastfreundlichen Ssemjón Ssemjónowitsch — und Stepan Michailowitsch Bagautoff spielte den Grafen, ich den Gatten, und die Verstorbene die Provinzlerin... Nur wurde mir die Rolle des Gatten wieder abgenommen — die Verstorbene bestand darauf —, so daß ich den Gatten zur Aufführung denn doch nicht gespielt habe — weil ich angeblich nicht das Zeug dazu hatte...«

»Ja, was zum Teufel haben Sie mit Stupendjeff zu tun! Sie sind vor allem Pawel Pawlowitsch Trussozkij, nicht aber Stupéndjeff!« rief Weltschaninoff fast bebend vor Gereiztheit, alle Rücksichten bereits außer acht lassend. »Aber erlauben Sie, dieser Bagautoff ist doch hier, hier in Petersburg, ich habe ihn selbst gesehen, noch in diesem Frühling habe ich ihn gesehen! Weshalb sind Sie denn nicht auch zu ihm gegangen?«

»Aber ich bin doch gegangen, ich bin doch gegangen! Jeden Tag gehe ich zu ihm, jetzt schon die dritte Woche. Er empfängt aber nicht! Ist krank, kann nicht! Und denken Sie sich, wie ich aus der sichersten Quelle erfahren habe, ist er auch wirklich und sogar höchst gefährlich krank! Und das von einem zu hören, mit dem man sechs Jahre lang befreundet gewesen ist! Ach, Alexei Iwanowitsch, ich sage Ihnen, in einer solchen Stimmung will man oft nichts weiter als einfach in die Erde versinken, im Ernst! — Im nächsten Augenblick aber, so scheint es einem, würde man am liebsten einen

Menschen so nehmen und umarmen wollen, gerade so einen von diesen früheren . . . ich möchte sagen, den Augenzeugen und Teilnehmer, und zwar einzig zu dem Zweck, um sich auszuweinen, das heißt, wirklich nur zu dem Zweck, um einmal recht weinen zu können!«

»Nun, jetzt aber — ist es doch genug für heute, nicht wahr?« unterbrach ihn Weltschaninoff schroff.

»Vollkommen, vollkommen genug!« versicherte, sogleich sich erhebend, Pawel Pawlowitsch. »Vier Uhr bereits — oh, und ich habe Sie in so egoistischer Weise aufgehalten . . .«

»Hören Sie, ich werde selbst zu Ihnen kommen, unbedingt, und dann hoffentlich . . . Sagen Sie mir mal ganz ehrlich und aufrichtig: sind Sie heute nicht betrunken?«

»Betrunken? Nicht im geringsten . . .«

»Haben Sie nichts getrunken, bevor Sie kamen, oder noch früher?«

»Wissen Sie, Alexei Iwanowitsch, Sie haben doch ausgesprochene Krankheitserscheinungen!«

»Ich werde Sie morgen unbedingt aufsuchen, am Vormittag, noch vor ein Uhr . . .«

»Ich habe schon die ganze Zeit bemerkt, daß Sie offenbar hohes Fieber haben müssen«, unterbrach ihn Pawel Pawlowitsch, der sichtlich und mit Hochgenuß bei diesem Thema blieb. »Ich schäme mich wirklich aufrichtig, daß ich durch meinen ungeschickten Besuch . . . aber ich gehe, ich gehe ja schon! Sie aber müssen sich unbedingt gleich hinlegen — versuchen Sie mal, gleich einzuschlafen!«

»Aber weshalb haben Sie mir denn nicht gesagt, wo Sie wohnen?« rief ihm Weltschaninoff plötzlich nach — es war ihm das gerade noch rechtzeitig eingefallen.

»Wie, habe ich es nicht gesagt? Im Gasthof neben der Kirche.«

»Neben welch einer Kirche?«

»Ja, aber hier gleich doch, bei der nächsten Kirche zu Mariä Schutz und Fürbitte, in der Querstraße — im Moment ist mir leider der Straßenname entfallen, und auch die Hausnummer habe ich vergessen, nur, wie gesagt, gleich bei der Kirche . . .«

»Gut, ich werde Sie schon zu finden wissen!«

»Bitte sehr, Sie sollen mir willkommen sein.«

Er war bereits auf der Treppe.

Da rief ihn Weltschaninoff nochmals an: »Halt! — Sie werden doch nicht ausreißen?«

»Was heißt, wie denn das: ‚ausreißen‘?« Pawel Pawlowitsch drehte sich auf der dritten Stufe um und lächelte mit erstaunten Glotzaugen.

Statt zu antworten, schlug Weltschaninoff krachend die Tür zu, verschloß sie sorgfältig und schob den Riegel vor. Ins Zimmer zurückgekehrt, spie er aus, als habe er sich mit etwas Schmutzigem abgegeben.

Etwa fünf Minuten stand er unbeweglich mitten im Zimmer, dann warf er sich, so wie er war, ohne ein Kleidungsstück abzulegen, auf seinen Schlafdiwan und schlief im Augenblick ein. Das vergessene Licht auf dem Tisch brannte ruhig herunter, bis es von selbst erlosch.

IV

Die Frau, der Gatte und der Liebhaber

Weltschaninoff schlief sehr fest und erwachte erst gegen halb zehn; er richtete sich sogleich auf, blieb aber auf dem Bett sitzen — seine Gedanken fingen an, sich mit dem Tode »jener Frau« zu beschäftigen.

Der im ersten Augenblick erschütternde Eindruck der plötzlichen Nachricht von diesem Todesfall hatte in ihm eine gewisse Gedankenverwirrung und sogar einen unbestimmten Schmerz zurückgelassen. Diese Verwirrung wie dieser Schmerz jedoch waren anfangs durch Pawel Pawlowitschs Gegenwart von einem anderen seltsamen Gedanken in den Hintergrund gedrängt und gleichsam betäubt worden; jetzt aber, nach dem Erwachen, sah er plötzlich alles, was damals vor

neun Jahren gewesen war, von neuem mit erstaunlicher
Klarheit vor sich.

Jene Frau, die verstorbene Natálja Wassíljewna, die Gattin dieses Trussózkij, hatte er einst leidenschaftlich geliebt;
er war damals ihr Liebhaber gewesen, als er sich in einer Ver-
mögensangelegenheit (gleichfalls ein Prozeß wegen einer Erbschaft) ein ganzes Jahr lang in T. aufhielt, obschon die Sache
keineswegs seine persönliche Anwesenheit erforderte. Die
wirkliche Ursache seines so langen Verweilens in dieser Stadt
war nichts anderes, als eben jenes Verhältnis gewesen. Diese
Verbindung und Liebe hatten ihn so stark beherrscht, daß
er förmlich zum Sklaven Natálja Wassíljewnas geworden
war. Er wäre damals bestimmt sofort selbst zur größten Toll-
heit und Sinnlosigkeit bereit gewesen, wenn auch nur die
geringste Laune dieser Frau so etwas von ihm verlangt hätte.
Etwas ähnliches hatte er weder vorher noch nachher erlebt.
Als gegen Ende des Jahres die Trennung aus gewissen Gründen notwendig wurde, da wurde auch Weltschaninoffs Verzweiflung — obwohl er nur auf kurze Zeit von ihr scheiden
sollte — so groß, daß er Natalja Wassiljewna den Vorschlag
machte, sie zu entführen, sie ihrem Gatten einfach zu rauben,
hier alles aufzugeben und mit ihm zusammen für immer ins
Ausland zu ziehen.[2]

Nur der Spott und die unbeugsame Hartnäckigkeit dieser
Dame (die übrigens diesem Projekt anfangs durchaus Beifall
gezollt hatte, wenn auch wahrscheinlich nur aus Langeweile
und zur Belustigung) hatten ihn zu guter Letzt doch noch
davon abbringen und dazu bewegen können, allein abzurei-
sen.

Und was geschah danach? Noch waren keine zwei Monate
nach seiner Abreise vergangen, als er sich in Petersburg schon
die Frage vorlegte, die für ihn ewig unbeantwortet bleiben
sollte: ob er denn diese Frau auch wirklich geliebt hatte oder
ob das Ganze vielleicht nichts als ein »Trugbild« gewesen
war? Und es geschah keineswegs aus Leichtsinn oder unter
dem Einfluß einer beginnenden neuen Leidenschaft, daß diese

260

Frage in ihm entstehen konnte: in den ersten zwei Monaten in Petersburg war er in einem Zustand wie von Außersichsein, und es ist kaum anzunehmen, daß er auch nur eine Frau bemerkt hatte, obschon er unverzüglich Anschluß an seinen früheren Bekanntenkreis gefunden und an die hundert Frauen zu sehen Gelegenheit gehabt hatte. Übrigens wußte er selbst ganz genau, daß er nur nach T. zurückzukehren gebraucht hätte, um dem knechtenden Zauber dieser Frau trotz aller zweifelnden Fragen sofort von neuem zu unterliegen. Sogar nach fünf Jahren noch war er derselben Meinung. Aber nach fünf Jahren gestand er sich das bereits mit Unmut ein und dachte an »dieses Frauenzimmer« nur noch mit Haß zurück. Er schämte sich jenes Jahres in T.; er glaubte, nicht einmal begreifen zu können, wie eine so »dumme« Leidenschaft für ihn, Weltschaninoff, überhaupt möglich gewesen war! Alle Erinnerungen an diese Leidenschaft waren für ihn zu einer Schande geworden; bei dem Gedanken an sie errötete er heiß und quälte sich mit Vorwürfen. Freilich, im Verlauf noch einiger weiterer Jahre beruhigte er sich einigermaßen; er gab sich Mühe, alles Vergangene zu vergessen, und das gelang ihm auch beinahe. Und nun plötzlich, nach neun Jahren, begann das alles auf einmal und so seltsam wieder aufzuerstehen — nach der Nachricht vom Tode Natalja Wassiljewnas.

Während er so auf seinem Lager saß und die Erinnerungen sich nach eigener Willkür durch seine Gedanken drängten, fühlte und erkannte er bewußt nur das eine: daß ihr Tod, trotz des ersten erschütternden Eindrucks beim Empfang dieser Nachricht, ihn im Grunde doch ganz ruhig, fast gleichgültig ließ.

,Sollte es mir wirklich nicht einmal leid um sie tun?' fragte er sich.

Allerdings empfand er jetzt keinen Haß mehr gegen sie, und so konnte er vorurteilsloser und gerechter über sie urteilen. Seiner Meinung nach — und diese Meinung hatte sich übrigens im Laufe der neunjährigen Trennung schon längst

gebildet — gehörte Natalja Wassiljewna zu den allergewöhn-
lichsten Damen der »guten« Provinzgesellschaft, und — ‚wer
weiß, vielleicht war sie auch wirklich nichts anderes, und nur
meine Phantasie hat aus ihr weiß Gott was gemacht?‘
Übrigens verblieb in ihm innerlich der Argwohn, daß jene
Meinung vielleicht doch auf einem Irrtum beruhen konnte;
diese Empfindung glaubte er auch jetzt zu haben. Überdies
widersprachen dem auch die ihm bekannten Tatsachen. Bagaútoff zum Beispiel. Dieser Bagautoff war nämlich auch
ihr Liebhaber gewesen, mehrere Jahre lang, war also offenbar gleichfalls dem »ganzen Zauberbann« verfallen gewesen.
Bagautoff war Petersburger, gehörte zur besten Gesellschaft,
und da er »einer der leersten Tröpfe« war (das war das
Urteil Weltschaninoffs über ihn), so hätte er folglich nur in
Petersburg Karriere machen können. Er aber hatte Petersburg geopfert, das heißt auf seinen größten Vorteil verzichtet, und ganze fünf Jahre in T. gesessen, also fünf Jahre einfach verloren, und das einzig um dieser Frau willen! Und
vielleicht war auch er nur deshalb nach Petersburg zurückgekehrt, weil sie auch ihn »wie einen alten abgetragenen
Pantoffel« fortgeworfen hatte. So mußte denn in dieser Frau
doch etwas Ungewöhnliches gesteckt haben, — die Gabe, anzuziehen, zu unterjochen und zu beherrschen!
   Dabei hatte sie, sollte man meinen, eigentlich nicht einmal
die Mittel, um einen zu fesseln oder auch nur anzuziehen:
‚Sie war ja nicht einmal so besonders schön; ja, vielleicht
war sie sogar einfach häßlich.‘ Zudem war sie, als Weltschaninoff sie kennen lernte, bereits achtundzwanzig Jahre alt.
Ihr nicht gerade hübsches Gesicht konnte sich bisweilen allerdings angenehm beleben, aber ihre Augen entbehrten
selbst dann eines sympathischen Ausdrucks: es lag immer eine
gewisse überflüssige Härte in ihrem Blick. Sie war sehr
mager. Mit ihrer geistigen Bildung aber war es eigentlich
schwach bestellt; aber Verstand besaß sie ganz fraglos, und
sogar einen sehr scharfen, durchdringenden, nur war er ganz
einseitig entwickelt. Ihre Manieren waren die einer Provinz-

262

dame, die zur besten Gesellschaft ihrer Stadt gehört, dazu
aber besaß sie allerdings viel Takt. Sie hatte auch guten
Geschmack, doch äußerte sich dieser fast nur in ihrem Verständnis, sich zu kleiden. Von ihren Charaktereigenschaften
fielen namentlich ihre Entschlossenheit und ihre Herrschsucht
auf; eine halbe Versöhnung mit ihr war ganz unmöglich:
»entweder alles oder nichts«. Auf Kompromisse hätte sie
sich nie eingelassen. In schwierigen Angelegenheiten bewies
sie geradezu erstaunliche Festigkeit und Ausdauer. Sie
konnte auch großmütig sein, war aber dann gleichzeitig fast
immer maßlos ungerecht. Ein Streit mit dieser Dame war
einfach hoffnungslos: in solchen Fällen hatten Beweise à la
„zwei mal zwei ist vier" nicht die geringste Bedeutung für sie.
Niemals hätte sie ihr Unrecht eingestanden oder sich in
irgendeiner Beziehung für schuldig erklärt. Ihre fortwäh-
renden und unzähligen Treubrüche belasteten ihr Gewissen
vor ihrem Mann nicht im geringsten. Sie war, nach einem
Vergleich von Weltschaninoff selbst, wie die Gottesmutter
der Geisslersekte, die unerschütterlich daran glaubt, daß sie
tatsächlich die Gottesmutter sei;[3] — so ähnlich glaubte auch
Natalja Wassiljewna an die Richtigkeit alles dessen, was sie
tat. Ihrem Liebhaber war sie treu — übrigens nur solange,
bis er sie zu langweilen begann. Sie liebte es, ihn zu quälen,
aber sie liebte es auch, ihn zu belohnen. Sie gehörte zum Typ
der leidenschaftlichen, grausamen und sinnlichen Frauen! Sie
haßte die Ausschweifung, verurteilte sie mit unglaublicher
Strenge und — war selbst ausschweifend. Doch trotz aller
Tatsachen hätte nichts in der Welt sie jemals zu der Einsicht
zu bringen vermocht, daß sie ausschweifend war.

,Ihre Naivität sich selbst gegenüber, ihre *aufrichtige* Unwissenheit in diesen Dingen ist sicher echt', hatte Weltschaninoff schon damals in T. von ihr gedacht (während er,
nebenbei bemerkt, an ihrer Ausschweifung ja mitbeteiligt
war). ,Sie ist eine von jenen Frauen,' sagte er sich, ,die gleichsam nur dazu geboren werden, um untreue Gattinnen zu
sein. Niemals werden sie sich als Mädchen verführen lassen:

ihrem Naturgesetz gemäß müssen sie vorher unbedingt geheiratet haben. Ihr Gatte ist dann ihr erster Liebhaber, aber
nicht anders als erst nach der Trauung. Und kein Mädchen
findet so leicht und geschickt einen Mann wie gerade dieser
Typ. Daß es dann zum ersten Liebhaber kommt, daran ist
immer der Gatte selbst schuld. Dies alles geschieht in der
aufrichtigsten Unbefangenheit; bis zum Schluß fühlen sie
sich durchaus im Recht und halten sich natürlich für vollkommen unschuldig.'

Weltschaninoff war überzeugt, daß es tatsächlich einen solchen Frauentyp gebe, war aber auch nicht minder überzeugt,
daß es demselben entsprechende Männer gab, deren einzige
Bestimmung nur darin bestand, das richtige Gegenstück
zu diesen Frauen zu sein. Das Wesen dieser Männer bestand
seiner Ansicht nach darin, daß sie sozusagen »ewige Gatten«
waren, oder besser gesagt, im Leben *nur* Gatten waren und
weiter aber auch gar nichts.

,Ein solcher Mensch wird geboren und wächst heran einzig
zu dem Zweck, um dann zu heiraten, und wenn er geheiratet
hat, sich alsbald in eine Zugabe zu seiner Frau zu verwandeln, und dies sogar auch dann, wenn er selbst einen eigenen
und unbestreitbaren Charakter haben sollte. Das Hauptmerk-
mal eines solchen Gatten ist — die bewußte Kopfzier. Den
Hörnern entgehen könnte er ebensowenig wie die Sonne aufhören könnte zu scheinen; er selbst aber wird nicht nur nichts
davon wissen, sondern das Wissen ist einfach, wie nach einem
Naturgesetz, für ihn von vornherein ausgeschlossen.' Von
der Existenz dieser beiden Typen war Weltschaninoff fest
überzeugt, und der vollendete Repräsentant des einen derselben war für ihn Pawel Pawlowitsch Trussozkij in T.
Freilich war dieser Pawel Pawlowitsch, der gestern um drei
Uhr nachts hier bei ihm gesessen hatte, nicht der, mit dem
er in T. bekannt gewesen war. Weltschaninoff fand, daß
jener sich ganz unglaublich verändert hatte, doch war das
schließlich nur natürlich, ja, anders hätte es wohl überhaupt
nicht sein können: Herr Trussozkij konnte all das, was er

gewesen war, nur bei Lebzeiten seiner Frau sein, jetzt aber war er gewissermaßen nur noch ein Teil eines Ganzen, dem man plötzlich eine völlig ungewohnte, ihm gar nicht zustehende Freiheit gegeben hatte, weshalb er denn so als »Bruchstück« ganz eigentümlich und absonderlich wirkte.

Was aber jenen früheren Pawel Pawlowitsch betraf, den Weltschaninoff in T. gekannt hatte, so entsann er sich seiner noch sehr gut:

Natürlich war er in T. nur Gatte, und nichts weiter. Wenn er außerdem zum Beispiel noch Beamter war, so war er es doch nur deshalb, weil auch der Dienst sozusagen zu seinen Gattenpflichten gehörte; er arbeitete für seine Frau und ihre gesellschaftliche Stellung in T., wenn er auch von sich aus ein äußerst eifriger Beamter war. Er war damals fünfunddreißig Jahre alt und besaß ein gewisses Vermögen, sogar ein ziemlich bedeutendes. Im Dienst zeichnete er sich nicht gerade durch seine besonderen Fähigkeiten aus, dafür aber auch nicht durch besondere Unfähigkeit. Er verkehrte mit allen, die zur Gesellschaft gehörten, und stand sich selbst mit den Angesehensten im Gouvernement ganz vortrefflich. Natalja Wassiljewna wurde in T. durchaus geachtet; sie schätzte das übrigens nicht sonderlich, da sie es als Selbstverständlichkeit betrachtete. Bei den Empfängen im eigenen Hause wußte sie tadellos zu repräsentieren, und Pawel Pawlowitsch war von ihr so gut geschult, daß er sogar die höchsten Potentaten des Gouvernements mit den besten Manieren zu empfangen verstand. Vielleicht — so schien es Weltschaninoff — besaß er sogar Verstand, da aber Natalja Wassiljewna es nicht sehr gern sah, daß ihr Mann viel sprach, so ließ sich der Umfang seines Verstandes eben nicht genau feststellen. Vielleicht hatte er auch eine ganze Menge guter Eigenschaften, und schlechte vielleicht in derselben Anzahl. Aber den guten Eigenschaften war gleichsam eine Schutzhülle übergezogen und die schlechten schienen fast gänzlich schon im Keime erstickt zu sein. Weltschaninoff entsann sich zum Beispiel, daß Herr Trussozkij mitunter eine gewisse

265

Neigung bekundet hatte, sich über den lieben Nächsten lustig zu machen, aber das wurde ihm streng verboten. Auch schien er ganz gern zu erzählen, aber auch das wurde überwacht: nur unwesentliche und kürzere Geschichtchen durfte er allenfalls zum besten geben. Ja, er war sogar nicht abgeneigt, im Freundeskreise auswärts ein Gläschen über den Durst zu trinken: doch diese Neigung wurde entschieden mit der Wurzel ausgerottet. Das Bemerkenswerteste bei alledem war aber, daß von Außenstehenden niemand von ihm hätte sagen können, er sei ein Pantoffelheld. Natalja Wassiljewna schien im Gegenteil ganz die gehorsame Frau ihres Mannes zu sein, und offenbar war das sogar ihre eigene Meinung. Vielleicht war Pawel Pawlowitsch sinnlos verliebt in seine Frau; doch feststellen konnte das niemand, und wahrscheinlich war das gleichfalls auf eine Maßregel Natalja Wassiljewnas zurückzuführen. Mehr als einmal hatte sich Weltschaninoff während seines Aufenthaltes in T. gefragt, ob dieser Mann nicht doch einen Verdacht gegen ihn geschöpft habe und seine Beziehungen zu ihr ahne. Mehr als einmal hatte er auch Natalja Wassiljewna sehr ernst danach gefragt, doch immer nur die eine, mit einem gewissen Ärger gegebene Antwort erhalten, daß ihr Mann nichts wisse und niemals etwas erfahren könne, und daß es ihn auch »nichts angehe«, denn das sei »gar nicht seine Sache«. Übrigens noch ein charakteristischer Zug an ihr: über Pawel Pawlowitsch machte sie sich nie lustig und überhaupt fand sie nichts Lächerliches an ihm, fand ihn weder schlecht noch häßlich, ja, sie wäre sogar mit Entschiedenheit für ihn eingetreten, wenn jemand gewagt hätte, es ihm gegenüber an der nötigen Achtung fehlen zu lassen. Da sie keine Kinder hatte, so mußte sie naturgemäß immer mehr zum Gesellschaftsmenschen werden. Doch ihr eigenes Heim trat für sie deshalb durchaus nicht in den Hintergrund. Die gesellschaftlichen Vergnügungen beherrschten sie nie ausschließlich: sie beschäftigte sich vielmehr auch sehr gern im Haushalt und mit mancherlei kleinen Handarbeiten.

Pawel Pawlowitsch hatte ihn jetzt an ihre Leseabende erinnert. Ja, sie hatten viele Abende so zu dritt verbracht: Weltschaninoff und Pawel Pawlowitsch hatten abwechselnd vorgelesen — zu Weltschaninoffs Verwunderung hatte sich jener sogar als vorzüglicher Vorleser entpuppt — und Natalja Wassiljewna hatte dann gewöhnlich ihre Stickerei zur Hand genommen und ruhig und gleichmütig zugehört. Man las Romane von Dickens oder irgend etwas aus russischen Zeitschriften, mitunter aber auch »etwas Ernstes«. Natalja Wassiljewna hatte für Weltschaninoffs Bildung und Belesenheit die größte Hochachtung, doch verlor sie darüber nie ein Wort, behandelte es eben wie eine Tatsache, über die weiter kein Wort zu verlieren nötig war. Im allgemeinen verhielt sie sich zu Büchern und zu jeder Gelehrsamkeit äußerst gleichgültig, wie zu etwas ganz Nebensächlichem, obschon es vielleicht unter anderem auch nützlich sein mochte. Pawel Pawlowitsch dagegen konnte sich bisweilen für beides förmlich begeistern.

Weltschaninoffs Verhältnis in T. zu dieser Frau brach ganz plötzlich ab, und zwar gerade in dem Augenblick, als seine Leidenschaft zum größten Rausch geworden war und fast an Wahnsinn grenzte. Er wurde ganz einfach an die Luft gesetzt, ohne aber selbst auch nur zu ahnen, daß man ihn wie einen »alten abgetragenen Schuh« fortwarf. Etwa anderthalb Monate vor seiner Abreise war ein blutjunger Artillerieoffizier in T. eingetroffen, der gerade erst die Kadettenschule verlassen hatte, und bald war auch er bei Trussozkijs ständiger Gast. Die Leseabende wurden zu viert statt zu dritt fortgesetzt. Natalja Wassiljewna empfing den jungen Leutnant mit Wohlwollen, behandelte ihn aber noch als Knaben. So schöpfte Weltschaninoff nicht den geringsten Verdacht, selbst dann nicht, als Natalja Wassiljewna ihm plötzlich erklärte, daß sie sich trennen müßten. Unter den hundert Gründen, die sie zum Beweis der Notwendigkeit seiner sofortigen Abreise anführte, war der Hauptgrund der, daß sie, wie sie ihm mitteilte, in anderen Umständen zu sein glaube: deshalb müsse er unbedingt und unverzüglich die Stadt auf mindestens drei bis vier Monate verlassen, damit in ihrem Gatten später nicht irgendwelche Zweifel auftauchen könnten, falls einmal »doch irgendeine Verleumdung« ihm zu Ohren kommen sollte. Das Argument war nun freilich ziemlich an den Haaren herbeigezogen, und Weltschaninoff wollte von einer Trennung anfangs natürlich nichts hören; als ihm das aber nichts half, flehte er sie an, mit ihm nach Paris oder Amerika zu fliehen, bis er dann zu guter Letzt doch ganz allein nach Petersburg fuhr, »natürlich nur auf kurze Zeit, höchstens auf drei Monate«! Nur unter dieser Bedingung war er zur Abreise zu bewegen gewesen, andernfalls hätte er sie um keinen Preis verlassen, und wenn sie auch tausend Gründe angeführt hätte! Es waren aber kaum zwei Monate vergangen, da erhielt er von Natalja Wassiljewna einen Brief mit der Bitte, nie mehr zurückzukehren, da sie bereits einen anderen liebe. Über ihren Zustand schrieb sie, daß sie sich in ihrer Annahme getäuscht habe. Diese Mitteilung war für ihn überflüssig, denn nun entsann er sich des jungen Leutnants, und damit hatte er die Erklärung für alles gefunden. Die Sache war nun wirklich zu Ende. Nach mehreren Jahren hatte er dann einmal zufällig gehört, daß dieser Bagautoff sich ganze fünf Jahre in T. aufgehalten habe. Diese erstaunlich lange Dauer der Liebschaft Natalja Wassiljewnas mit dem jungen Offizier erklärte er sich unter anderem auch damit, daß sie inzwischen wohl stark gealtert und infolgedessen anhänglicher geworden sein werde.

Wohl eine ganze Stunde lang saß Weltschaninoff so auf seinem Bett. Endlich besann er sich und klingelte. Mawra brachte ihm den Kaffee. Er trank ihn schnell aus, kleidete sich an und begab sich gegen elf Uhr nach der Kirche zu Mariä Schutz und Fürbitte, um den Gasthof, der in ihrer nächsten Nähe liegen sollte, aufzusuchen. Was nun diesen Gasthof betraf, so hatte er sich über ihn schon besondere Gedanken gemacht, — natürlich erst jetzt, am Morgen. Übrigens war es ihm etwas peinlich, daß er Pawel Pawlowitsch in dieser Weise behandelt hatte. Das mußte er nun wohl wieder gutmachen.

Die ganze eigentümliche Episode an der Tür erklärte er sich mit dem offenbar nicht nüchternen Zustand Pawel Pawlowitschs und — nun, es ließen sich wohl auch noch andere Gründe finden... Aber genau genommen war er sich selbst nicht ganz klar darüber, weshalb er jetzt zu ihm ging und damit neue Beziehungen zu dem ehemaligen Gatten anknüpfte, nachdem doch alles so natürlich und ganz von selbst ein Ende gefunden hatte. Es zog ihn aber irgend etwas hin. Es war da irgendein Eindruck, den er während dieses nächtlichen Besuchs empfangen, und infolge dieses Eindrucks also zog es ihn hin.

V

Lisa

Páwel Páwlowitsch dachte nicht daran, »auszureißen«. Gott weiß, wie Weltschaninoff darauf gekommen war, ihm diese Frage noch nachzurufen — vermutlich war er selbst nicht bei voller Besinnung gewesen.

In der Nähe der Kirche erkundigte er sich in einem kleinen Laden nach dem Gasthof, und man wies ihn ein paar Schritte weiter um die Ecke in eine kleine Querstraße. Im Gasthof erfuhr er, daß Herr Trussozkij zwar anfangs hier abgestiegen sei, doch jetzt im Seitenflügel desselben Hauses bei Marja Ssyssójewna in deren möblierten Zimmern wohne. Während er noch auf der schmalen, nassen, sehr unsauberen Steintreppe zum zweiten Stockwerk, in dem sich die möblierten Zimmer befinden sollten, hinaufstieg, hörte er plötzlich eine Kinderstimme weinen. Es mußte, nach der Stimme zu urteilen, ein Kind im Alter von sieben oder acht Jahren sein. Das Weinen hatte etwas Krampfhaftes: als könne das Kind sich nicht bezwingen und nicht beruhigen; zwischendurch war es wie halbersticktes Schluchzen — und dann wieder verzweifeltes Weinen. Gleichzeitig hörte man einen erwachsenen Menschen mit zorniger, doch gedämpfter Stimme, die infolgedessen mehr wie ein heiseres Keifen klang, auf das Kind einreden und es fußtrampelnd ankeuchen, es solle endlich still sein, damit andere das Weinen nicht hörten, doch eigentlich verursachte der Erwachsene mehr Lärm als das Kind. Er behandelte es erbarmungslos und hatte im Jähzorn offenbar jede Geduld verloren, während das Kind den Betreffenden um Vergebung anzuflehen schien. Weltschaninoff trat in einen kleinen Korridor, zu dessen beiden Seiten sich je zwei Türen befanden. In dem Augenblick öffnete sich eine derselben und ein dickes, großes Frauenzimmer in morgendlich unordentlicher Kleidung erschien. Er fragte sie nach Pawel Pawlowitsch, und sie wies mit dem Finger auf die Tür, hinter der man das Kind weinen hörte. Das feiste, rote Gesicht der etwa vierzigjährigen Frau verriet einen gewissen Unwillen.

»Da hat er nun wieder sein Vergnügen dran!« brummte sie halblaut mit tiefer Stimme, indem sie an Weltschaninoff vorüberging und sich zur Treppe wandte.

Weltschaninoff wollte zuerst anklopfen, bedachte sich aber und öffnete ohne weiteres die Tür. In einem mittelgroßen Zimmer, das mit zahlreichen, doch billigen Möbeln ausgestattet war, stand halbangekleidet, ohne Rock und Weste, Pawel Pawlowitsch mit zornrotem Gesicht und bemühte sich, ein etwa achtjähriges Mädchen in einem einfachen schwarzen Kleidchen durch Schelten, Drohen und — so schien es Weltschaninoff — mit Schlägen und Püffen zur Ruhe zu bringen. Die Kleine aber war ganz fassungslos und streckte flehend die Ärmchen nach Pawel Pawlowitsch aus, als wolle sie ihn umfassen, ihn anflehen und irgend etwas von ihm erbitten. Doch im Augenblick veränderte sich alles: kaum hatte die Kleine den Fremden erblickt, da schrie sie vor Schreck auf und lief fort, in ein winziges Nebenzimmer; Pawel Pawlowitsch aber, der im ersten Augenblick ganz verdutzt den Gast anstarrte, besann sich sogleich, und im Nu war sein Gesicht zu einem Lächeln aufgetaut — genau, genau wie gestern in dem Augenblick, als Weltschaninoff plötzlich die Tür zum Treppenflur vor ihm aufgerissen hatte.

»Aléxéi Iwánowitsch!« rief er entschieden verwundert aus. »Das hätte ich aber nicht erwartet! ... Aber bitte, hierher, hierher! Hier, sehen Sie, auf dieses Sofa, oder auf diesen Lehnstuhl! Ich aber ...«

Und er griff nach seinem Rock — die Weste vergaß er — und zog ihn eilig an.

»Bitte, genieren Sie sich nicht, bleiben Sie wie Sie sind.«

Weltschaninoff setzte sich auf einen Stuhl.

»Nein, das müssen Sie mir schon erlauben! So, jetzt bin ich doch etwas anständiger. Aber wohin haben Sie sich denn gesetzt, warum dorthin? in den Winkel? Nehmen Sie doch hier Platz, hier näher zum Tisch ... Nein wirklich, das hätte ich nicht erwartet, wirklich nicht erwartet!«

Er setzte sich gleichfalls, doch auf einen einfachen Rohrstuhl, und nur auf den Rand desselben, rückte aber den Stuhl so, daß er seinem unerwarteten Gast mehr gegenüber saß, nicht bei ihm im Winkel.

»Weshalb haben Sie mich denn nicht erwartet? Ich sagte Ihnen doch gestern, daß ich um diese Zeit kommen würde.«

»Ich dachte, Sie würden eben nicht kommen. Und als ich mir noch heute morgen nach dem Erwachen alles wieder vergegenwärtigte, da gab ich ganz und gar die Hoffnung auf, Sie wiederzusehen, sogar überhaupt jemals wiederzusehen.«

Weltschaninoff sah sich flüchtig im Zimmer um. Alles war in Unordnung: das Bett noch nicht gemacht, hier und da Kleidungsstücke, auf dem Tisch zwei leere Kaffeetassen, Brotkrümchen und eine halbausgetrunkene Champagnerflasche, ohne Pfropfen, mit einem Glas daneben. Sein Blick streifte auch das kleine Nebenzimmer, doch dort war alles still: das kleine Mädchen schien sich vor dem Fremden versteckt zu haben.

»Trinken Sie denn schon am Vormittag?« fragte er mit einem Hinweis auf die Champagnerflasche.

»Nur ein Restchen...«, meinte Pawel Pawlowitsch ein wenig verlegen.

»Nun, das muß ich sagen, Sie haben sich doch gründlich verändert!«

»Schlechte Angewohnheiten und ... wie gesagt, erst jetzt. Wirklich, erst seit jener Zeit, ich lüge nicht! Ich kann mich nicht enthalten. Sie brauchen sich nicht zu beunruhigen, Alexei Iwanowitsch, noch bin ich nicht betrunken und werde nicht solchen Unsinn schwatzen, wie gestern bei Ihnen, aber es ist wirklich wahr, was ich Ihnen sage: erst seit der Zeit! Und hätte mir jemand noch vor einem halben Jahr gesagt, daß ich plötzlich so aus dem Gleichgewicht kommen würde, wie jetzt, hätte mir jemand mich so im Spiegel gezeigt — ich hätt's nicht geglaubt!«

»Dann waren Sie also auch gestern betrunken?«

»Ich war's«, gestand Pawel Pawlowitsch leise, indem er etwas verwirrt die Augen niederschlug. »Und sehen Sie: noch nicht ganz betrunken, aber schon etwas... nun, vorgerückt... Ich möchte das deshalb ausführlicher erklären, weil besagte Vorgerücktheit bei mir nämlich das Schlimmere ist: der Nebel ist dann schon so'n bißchen da, aber die Gedanken und Gefühle arbeiten noch, bloß mit einem solchen kleinen Hang zur Grausamkeit und zu Unüberlegtheiten, und auch alles Leid empfinde ich dann heftiger. Aus Kummer trinke ich wohl überhaupt nur. Und gerade in dieser Stimmung bin ich dann zu allerhand Streichen aufgelegt, zu ganz dummen geradezu; dann treibt es mich sogar, andere zu beleidigen. Ich muß Ihnen gestern wohl sonderbar erschienen sein?«

»Erinnern Sie sich denn nicht mehr?«

»Wie denn nicht! — gewiß erinnere ich mich ...«

»Sehen Sie, Pawel Pawlowitsch, dasselbe habe auch ich gedacht und mir somit alles erklärt«, sagte Weltschaninoff versöhnlich. »Außerdem war ich gestern selbst etwas gereizt und ... folglich etwas gar zu ungeduldig, was ich gern eingestehe. Ich fühle mich bisweilen nicht ganz wohl, und Ihr überraschender Besuch gestern nacht ...«

»Ja, in der Nacht, mitten in der Nacht!« sagte Pawel Pawlowitsch mit mißbilligendem Kopfschütteln, als wundere er sich selbst über das, was er fertiggebracht hatte. »Was mich wohl getrieben haben mag? Aber ich wäre ja auf keinen Fall bei Ihnen eingetreten, wenn Sie nicht selbst die Tür aufgemacht hätten; wäre so von der Tür wieder fortgegangen. Ich war doch schon vor etwa einer Woche mal bei Ihnen, traf Sie aber nicht zu Hause an, — deshalb wäre ich vielleicht nie wieder hingegangen. Immerhin habe auch ich ein bißchen meinen Stolz, Alexei Iwanowitsch, wenn ich auch selbst . . . meinen Zustand eingestehe. Wir sind uns sogar auf der Straße begegnet, nur habe ich dann immer gedacht: ,Aber wie, wenn er dich nun nicht erkennt, wenn er dir den Rücken kehrt, neun Jahre sind kein Spaß' — und so konnte ich mich nicht entschließen, mich Ihnen zu nähern. Gestern aber kam ich von der Petersburger Seite⁴, schleppte mich ganz müde zurück, und da hatte ich denn sogar Zeit und Stunde vergessen. Das kommt alles davon« — er wies auf die Flasche — »und von den Gefühlen. Dumm, wie gesagt! Sehr sogar! Und wären Sie nicht dieser Mensch, der Sie sind — denn Sie sind doch jetzt zu mir gekommen, nach dem gestrigen, also nur des Früheren gedenkend —, so hätte ich doch die Hoffnung verloren, die Bekanntschaft erneuern zu können!«

Weltschaninoff hörte ihm aufmerksam zu. Dieser Mensch schien wirklich aufrichtig und sogar mit einer gewissen Selbstachtung zu sprechen; indessen — er glaubte ihm doch nichts, und zwar schon von dem Augenblick an nichts, in dem er bei ihm eingetreten war.

»Sagen Sie, Pawel Pawlowitsch, Sie . . . sind hier, wie ich sehe, nicht allein? Wessen Kind ist die Kleine, die ich bei Ihnen antraf?«

Pawel Pawlowitsch schien höchst erstaunt zu sein und zog die Brauen in die Höhe. Sein Blick jedoch lag hell und freundlich auf Weltschaninoff.

»Wie, wessen Kind? Das ist doch Lisa!« sagte er mit einem freundlichen Lächeln.

273

»Was für eine Lisa?« fragte Weltschaninoff halblaut, und plötzlich zuckte irgendetwas in ihm. Der Eindruck kam gar zu plötzlich. Als er vorhin eingetreten war und Lisa erblickte, da hatte er sich zwar ein wenig gewundert, aber doch keine Spur von einem Vorgefühl empfunden, kein einziger besonderer Gedanke war ihm dabei gekommen.

»Aber doch unsere Lisa, unsere Tochter Lisa!« erklärte Pawel Pawlowitsch lächelnd.

»Ihre Tochter? Ja, haben Sie denn mit Natalja ... mit der verstorbenen Natalja Wassiljewna Kinder gehabt?« fragte Weltschaninoff ungläubig und schüchtern, und mit einer irgendwie schon gar zu leisen Stimme.

»Aber wie denn! Ach, mein Gott, es ist ja wahr, woher hätten Sie es auch wissen sollen? Was fällt mir denn ein! Das war ja nach Ihnen, nach Ihnen erst wurde sie uns von Gott geschenkt!«

Und Pawel Pawlowitsch sprang sogar fast von seinem Stuhl auf, in einer gewissen Erregung, die übrigens gleichfalls angenehmer Art zu sein schien.

»Ich habe nichts davon gehört«, sagte Weltschaninoff und — erbleichte.

»In der Tat, freilich! ... gewiß! — von wem hätten Sie es denn auch hören sollen!« Pawel Pawlowitsch sprach mit einer geradezu gerührt sanften Stimme. »Wir hatten ja doch, die Verstorbene und ich, alle Hoffnung bereits aufgegeben — Sie erinnern sich wohl selbst noch dessen — und da plötzlich segnete uns der Herr! — und wenn ich nur denke, was mir das war — das weiß nur Gott der Herr allein! Genau ein Jahr, glaube ich, nach einem Jahr, nein, viel früher, warten Sie mal. Sie verließen uns damals, wenn ich nicht irre, doch erst im Oktober oder erst im November, nicht?«

»Ich verließ T. Anfang September, am zwölften September, ich weiß es genau ...«

»Wirklich, im September? Hm! ... was fällt mir denn ein?« wunderte sich Pawel Pawlowitsch nicht wenig. »Nun, denn, wenn es so ist — erlauben Sie mal, Lisa aber wurde

274

am achten Mai geboren, das sind also — September, Oktober, November, Dezember, Januar, Februar, März, April — also nach acht Monaten und ein paar Tagen. Stimmt! Und wenn Sie nur gesehen hätten, wie die Verstorbene ...«

»Zeigen Sie mir ... rufen Sie sie einmal her ...«, brachte Weltschaninoff mit einer eigentümlich stockenden Stimme hervor.

»Unbedingt, das muß ich doch!« Und Pawel Pawlowitsch vollendete nicht einmal den begonnenen Satz, ganz als habe er eigentlich gar nichts sagen wollen, und wandte sich rasch zur Tür. »Sofort, sofort werde ich sie Ihnen vorführen!«

Und er begab sich eilig ins Nebenzimmer zu Lisa.

Es vergingen vielleicht ganze drei oder vier Minuten: im kleinen Stübchen nebenan wurde leise und schnell geflüstert, dazwischen hörte man kaum, kaum einige Laute einer Kinderstimme. ‚Sie will nicht kommen‘, dachte Weltschaninoff. Endlich erschienen sie beide.

»Hier, das ist sie, aber immer noch hat sie Angst vor Fremden!« sagte Pawel Pawlowitsch. »So verschämt ist sie, und stolz ... und der Verstorbenen wie aus dem Gesicht geschnitten!«

Lisas Tränen waren versiegt, aber sie trat mit niedergeschlagenen Augen ins Zimmer. Der Vater führte sie an der Hand. Es war ein zartes und sehr hübsches, für ihr Alter nicht kleines Mädchen. Allmählich löste sich ihr Blick vom Boden und plötzlich schlug sie die Augen schnell zu ihm auf — große blaue Augen — sah ihn mit ernster Neugier an und blickte dann sogleich wieder zu Boden. In ihrem Blick lag jene kindliche Würde, die man an allen Kindern beobachten kann, wenn sie mit einem Gast allein bleiben, sich in einen Winkel zurückziehen und von dort aus ernst und würdevoll und mit einem gewissen Mißtrauen den noch nie gesehenen fremden Menschen betrachten. Vielleicht aber lag — so schien es Weltschaninoff — noch ein anderer, nicht mehr kindlicher Gedanke in diesem Blick. Der Vater führte sie dicht an ihn heran.

»Sieh, dieser Onkel da hat Mama früher gekannt, er war unser Freund; fürchte dich nicht vor ihm, gib ihm die Hand.«

Das kleine Mädchen verneigte sich leicht und reichte ihm schüchtern das Händchen.

»Natalja Wassiljewna wollte es ihr nicht beibringen, vor Gästen zur Begrüßung einen Knix zu machen, sondern so . . . ihr gefiel diese englische Manier mehr: nur eine leichte Verbeugung und die Hand gereicht«, sagte Pawel Pawlowitsch zur Erklärung, während er ihn scharf beobachtete.

Weltschaninoff wußte, daß er ihn beobachtete, dachte aber gar nicht mehr daran, seine Erregung zu verbergen. Er saß schweigend und reglos da, hielt immer noch Lisas Händchen in seiner Hand und verwandte keinen Blick von dem Kinde. Doch Lisa schien von etwas anderem ganz in Anspruch genommen zu sein: sie vergaß ihre Hand in der des Fremden und wandte keinen Blick vom Vater ab. Angstvoll horchte sie auf das, was der sagte. Weltschaninoff erkannte sofort diese großen, blauen Augen, doch am meisten überzeugten ihn ihr erstaunlich, ganz außergewöhnlich zarter Teint und das besondere Blond ihres Haares: diese Anzeichen waren für ihn von entscheidender Bedeutung. Das Oval des Gesichtchens dagegen und der Schnitt der Lippen erinnerten stark an Natalja Wassiljewna. Pawel Pawlowitsch sprach inzwischen immer weiter und schien sich in Rührung und Begeisterung hineinzureden, doch Weltschaninoff hatte gar nicht hingehört. Nur die letzten Sätze fing er noch auf:

». . . so daß Sie sich unsere Freude über dieses Geschenk Gottes wohl überhaupt nicht werden vorstellen können!« hörte er ihn gerade noch sagen. »Für mich war sie alles, der Inbegriff meines ganzen Lebens! Und ich habe oft bei mir gedacht, daß mir, wenn ich nach Gottes Ratschluß einmal mein stilles Glück verlieren sollte, dann — dann mir doch immer noch Lisa bliebe! Das wenigstens wußte ich mit aller Bestimmtheit!«

»Und Natalja Wassiljewna?« fragte Weltschaninoff.

»Natalja Wassiljewna?« Pawel Pawlowitschs Gesicht ver-

276

zog sich eigentümlich. »Sie wissen doch, sie sprach nicht gern von Gefühlen, dafür aber, als sie auf dem Sterbebett von ihr Abschied nahm ... da kam dann alles zum Ausdruck! Da habe ich nun gesagt ‚auf dem Sterbebett‘! Aber das müssen Sie nicht falsch verstehen! Sie war doch so, daß sie zum Beispiel noch am Tag vor dem Tod plötzlich behauptete — ganz empört und aufgeregt —, daß man sie mit all diesen Medikamenten nur vergiften wolle; sie habe nur eine ganz gewöhnliche Influenza, sagte sie, unsere beiden Ärzte verstünden nur nichts davon, wenn aber erst Doktor Koch wieder zurückkehren werde (Sie erinnern sich seiner wohl noch, unser alter Hausarzt, so ’n kleines Kerlchen!), dann werde sie in zwei Wochen gesund sein. Und noch fünf Stunden vor dem Tode sagte sie, daß sie in drei Wochen unbedingt zum Namenstag der Tante, Lisas Taufmutter, die auf ihrem Gut lebt, hinfahren wolle ...«

Weltschaninoff erhob sich plötzlich vom Stuhl, doch ohne Lisas Händchen freizugeben. Er glaubte unter anderem, in dem unverwandt am Vater hängenden Blick der Kleinen einen Vorwurf zu lesen.

»Ist sie nicht krank?« fragte er eigentümlich, ganz plötzlich und überstürzt.

»Es scheint, nicht ... aber ... die Verhältnisse haben sich hier so gefügt ...«, meinte Pawel Pawlowitsch kummervoll besorgt, »und das Kind ist ein so eigenes Geschöpf, nervös, nach dem Tode der Mutter war sie in der Tat zwei Wochen krank. Sie haben ja selbst gehört, wie sie vorhin weinte, als Sie kamen — hörst du, Lisa, hörst du? Und weshalb nur, was glauben Sie wohl? Alles nur deshalb, weil ich fortgehe und sie allein lasse, und sie folglich, wie sie sagt, nicht mehr so lieb habe wie zu Lebzeiten der Mama — sehen Sie, das ist es, was sie mir vorwirft. Ich begreife nicht, wie ihr solch ein Einfall in den Kopf kommen kann, einem Kinde, das doch nur mit Spielsachen spielen sollte ... Aber das ist es eben, sie hat hier keinen, mit dem sie spielen könnte.«

»Ja, aber wie ... sind Sie denn hier ganz allein mit ihr?«

»Ganz allein; nur das Stubenmädchen kommt einmal am Tage, um aufzuräumen.«

»Und wenn Sie fortgehen, dann ist niemand bei ihr?«

»Ja, natürlich nicht, wie denn sonst? Als ich gestern fortging, schloß ich sie ein, dort im Stübchen, und deshalb gab es dann heute die Tränen. Aber, nicht wahr, was sollte ich denn machen, urteilen Sie doch selbst: vor drei Tagen hatte ich sie nicht eingeschlossen und da war sie ohne mich nach unten auf den Hof gegangen, und dort hat ihr ein Bengel einen Stein an den Kopf geworfen. Oder sonst, wenn ich sie nicht einschließe, fängt sie zu weinen an und läuft auf den Hof und fragt dort alle und jeden, wohin ich gegangen sei. Das geht doch nicht. Aber freilich habe auch ich Vorwürfe verdient: ich will oft bloß auf eine Stunde fortgehen und komme dann erst am nächsten Morgen zurück, wie es sich gerade diesmal wieder traf. Zum Glück hat die Frau, die Márja Ssyssójewna, die Tür endlich aufgemacht — sie hat den Schlosser gerufen. Das ist nun allerdings eine Schande und ich komme mir auch selbst wie ein Scheusal vor! Das kommt eben alles von der Umnachtung... Wie gesagt, von der Umnachtung...«

»Papa!« unterbrach ihn plötzlich schüchtern und angstvoll die Kleine.

»Nun, schon wieder! Beginnst du schon wieder damit? Was habe ich dir vorhin gesagt?«

»Ich werd' nicht, ich werd' nicht!« stammelte die Kleine erschrocken und faltete schnell bittend die Händchen.

»So kann das hier bei Ihnen nicht weitergehen!« erklärte plötzlich Weltschaninoff gereizt und im Ton eines Machthabers. »Sie sind doch... Sie sind doch, soviel ich weiß, vermögend! Wie kommen Sie dazu... erstens, hier in diesem Hinterhause, in einem solchen Winkel zu leben?«

»Hier im Hinterhaus? Aber wir werden doch vielleicht schon in einer Woche Petersburg wieder verlassen, und Geld haben wir sowieso schon viel verausgabt — dieses ,vermögend sein', was besagt das schon...«

»Genug, schon gut«, unterbrach ihn Weltschaninoff, dessen Ungeduld mit jeder Minute wuchs, und er machte dabei eine Handbewegung, die ungefähr sagte: »Brauchst keine Worte zu verlieren, ich weiß alles, weiß sogar, mit welchen Hintergedanken du sprichst!« — Laut sagte er: »Hören Sie, ich mache Ihnen einen Vorschlag: Sie sagten, daß Sie eine ganze Woche oder noch länger hier zu bleiben gedenken. Ich kenne hier eine Familie, in der ich wie zu Hause bin — ich kenne sie schon zwanzig Jahre ... Pogorjélzeff heißen sie. Alexander Petrowitsch Pogorjélzeff ist Geheimrat; er kann sich vielleicht noch für Sie verwenden, in Ihrer Angelegenheit. Sie leben jetzt auf ihrer Datsche[5], nicht weit von der Stadt. Sie haben ein sehr schönes Landhaus. Es ist eine große Familie. Die Dame des Hauses ist wie eine Schwester zu mir, wie eine Mutter. Erlauben Sie, daß ich Lisa sogleich zu ihnen bringe ... ich meine, damit nicht unnötigerweise noch viel Zeit verloren wird. Man wird sie dort mit Freuden aufnehmen, mit offenen Armen, ich versichere Ihnen! Man wird sie mit der größten Liebe behandeln, wie ein eigenes Kind!«

Er wurde nervös vor Ungeduld und verbarg es nicht einmal.

»Das ist doch wohl nicht gut möglich«, wandte Pawel Pawlowitsch mit einem verkniffenen Schmunzeln ein, wobei er ihm, wie es Weltschaninoff scheinen wollte, listig in die Augen sah.

»Weshalb nicht? Warum soll es nicht möglich sein?«

»Ja, wie denn, das Kind so plötzlich fortgeben — allerdings mit einem so aufrichtigen Freund wie Sie ... doch ich rede nicht davon ... Aber immerhin so in ein fremdes Haus, in eine vornehme Familie, in der man sie, ich weiß doch noch gar nicht wie, empfangen wird ...«

»Aber ich sage Ihnen doch, ich bin dort, als gehörte ich gleichfalls zur Familie!« rief Weltschaninoff fast zornig. »Kláwdia Petrówna, die Gemahlin des Geheimrats, wird sich glücklich schätzen, wenn ich sie darum bitte! Wie wenn es meine Tochter ... ach, zum Teufel, Sie wissen doch selbst, daß Sie nur so reden, um zu schwatzen . . . da braucht man doch wahrhaftig keine Worte mehr zu verlieren!«

Und er stampfte vor Ärger sogar mit dem Fuß auf.

»Ich meine ja nur: Wird es vielleicht nicht doch etwas zu sonderbar erscheinen? Jedenfalls müßte ich dann ein- oder zweimal hinfahren, denn so ganz ohne Vater, wie sieht denn das aus? Hehe . . . und noch dazu in ein so vornehmes Haus!«

»Es ist ein ganz schlichtes Haus, von Zeremonien keine Spur!« versicherte Weltschaninoff. »Ich sage Ihnen doch: eine große Familie, acht Kinder! Sie wird dort aufleben, nur deshalb . . . Was aber Ihre Person betrifft, so kann ich Sie gleich morgen dort einführen, wenn Sie wollen. Ja, das muß sogar unbedingt geschehen. Sie müssen sich eben einmal zeigen und Ihren Dank aussprechen. Oder wir können ja auch jeden Tag hinfahren, wenn Sie wollen . . .«

»Es ist aber doch immer . . .«

»Unsinn! Und die Hauptsache: Sie wissen das ja selbst! . . . Hören Sie, machen wir es einfach so: Kommen Sie, wenn Sie wollen, schon heute abend zu mir, schlafen Sie die Nacht über meinetwegen bei mir, und dann am Morgen fahren wir beide früher hinaus, damit wir um zwölf dort sind!«

»Sie sind . . . Sie sind wirklich mein Wohltäter! Sogar übernachten soll ich bei Ihnen! . . .«, nahm Pawel Pawlowitsch den Vorschlag ganz plötzlich und fast gerührt an. »Sie erweisen mir Wohltaten, wie ich sie gar nicht verdient habe . . . Aber wo liegt denn dieses Landhaus?«

»In Ljesnoje . . .«

»Nur, sehen Sie, wie machen wir denn das mit ihren Kleidern? Denn in ein so feines Haus, und noch dazu in einen so vornehmen Sommeraufenthalt, Sie wissen doch selbst . . . Das Vaterherz . . .«

»Wieso, was ist mit ihrem Kleid? Sie hat doch Trauer. Was kann sie da anderes tragen als Schwarz? Es ist das anständigste Kleidchen, das man sich denken kann. Nur . . .

etwas reinere Wäsche müßte vielleicht, hier die Krause . . .«

Die kleine Spitzenkrause am Halse, sowie die unter dem kurzen Kleidchen sichtbaren Röckchen waren allerdings nichts weniger als sauber.

»Im Augenblick, im Augenblick, sie muß sich unbedingt umkleiden«, stimmte Pawel Pawlowitsch sogleich geschäftig bei. »Und auch die übrigen Sachen müssen wir sogleich einpacken. Aber das ist jetzt alles bei Marja Ssyssojewna in der Wäsche . . .«

»Dann schicken Sie nur gleich nach einer Droschke«, fiel ihm Weltschaninoff ins Wort, »und vielleicht etwas schneller, wenn möglich.«

Es stellte sich jedoch heraus, daß zunächst noch ein anderes Hindernis zu überwinden war: Lisa wollte nicht fort. Die ganze Zeit, während der Weltschaninoff den Vater beredete, hatte sie angstvoll zugehört, und wenn er sie beobachtet hätte, würde er in ihrem Gesichtchen immer größer werdendes Entsetzen, zuletzt fast Verzweiflung wahrgenommen haben.

»Ich werde nicht fahren«, sagte sie leise, doch mit aller Bestimmtheit.

»Sehen Sie, da sehen Sie es: ganz wie die Mama!«

»Nein, ich bin nicht wie Mama, ich bin nicht wie Mama!« rief Lisa flehentlich und rang verzweifelt ihre kleinen Hände, als wolle sie sich gegen den furchtbaren Vorwurf verteidigen, der Mutter ähnlich zu sein. »Papa, Papa, wenn Sie mich verlassen . . .«

Und plötzlich stürzte sie sich auf den ganz erschrockenen Weltschaninoff:

»Wenn Sie mich fortbringen, werde ich . . .«

Weiter kam sie nicht: Pawel Pawlowitsch hatte sie gepackt und zog sie bereits mit unverhohlener Wut ins kleine Nebenzimmer. Von hier hörte man dann wieder eine ganze Weile eifriges Geflüster; dazwischen unterdrücktes Weinen. Weltschaninoff wollte sich schon erheben und zu ihnen gehen, um der Quälerei ein Ende zu machen, als Pawel Pawlowitsch wieder auf der Schwelle erschien und mit einem eigentümlich verzerrten Lächeln sagte, sie werde sogleich kommen. Weltschaninoff bemühte sich, ihn nicht anzusehen, und blickte zur Seite.

Bald erschien denn auch Marja Ssyssójewna, dieselbe Frauensperson, der Weltschaninoff im Korridor begegnet war, und die Pawel Pawlowitsch inzwischen gerufen hatte. Sie brachte Lisas Wäsche und machte sich daran, dieselbe in Lisas nette, kleine Reisetasche einzupacken.

»Sie wollen das Mädchen fortbringen, Väterchen?« wandte sie sich an Weltschaninoff. »Sie haben wohl selbst eine Familie? Das ist gut von Ihnen, Väterchen, daß Sie sie fortbringen: ist 'n stilles Kindchen, so kommt's wenigstens aus diesem Sodom hier heraus.«

»Wie wär's, Marja Ssyssójewna . . .«, begann Pawel Pawlowitsch etwas betreten.

»Na, was denn: Marja Ssyssójewna! Meinen Namen kann ein jeder nennen! Oder ist denn das ein Leben, wie es sich gehört? Ist denn das eine Art, wenn ein Kindchen, das doch schon was begreifen kann, solche Schande mit ansieht? — Der Wagen ist vorgefahren. Nach Ljesnoje, nicht?«.

»Ja, ja.«

»Nun dann — mit Gott!«

Lisa kam ganz bleich, mit niedergeschlagenen Augen, aus dem kleinen Zimmer und nahm die Reisetasche: kein Blick nach Weltschaninoff! Sie nahm sich krampfhaft zusammen und wandte sich auch nicht mehr an den Vater, um bei ihm Schutz zu suchen oder ihn anzuflehen; auch beim Abschied rührte sie sich nicht; offenbar wollte sie ihn nicht einmal ansehen. Der Vater küßte sie auf die Stirn und streichelte ihr einmal übers Köpfchen; ihre Lippen zuckten und das Kinn erbebte, aber sie sah doch nicht zu ihm auf. Pawel Pawlowitsch schien bleich zu sein und seine Hände zitterten — letzteres bemerkte Weltschaninoff ganz deutlich, obschon er sich alle Mühe gab, ihn nicht anzusehen. Er wollte nur so schnell als möglich fort, nur fort!

‚Wenn ich sie erst dort habe . . . Es ist nicht meine Schuld, daß es so gekommen ist! Was geht mich dieser Mensch an?' dachte er bei sich. ‚Es hat so kommen müssen.'

Unten angelangt, wurde Lisa noch von Marja Ssyssó-jewna zum Abschied geküßt und dann in den Wagen gesetzt. Und erst als sie schon im Wagen saß, schlug sie plötzlich die Augen auf und sah den Vater an — und plötzlich streckte sie die Hände nach ihm aus und schrie auf: im nächsten Augenblick wäre sie zu ihm hinausgesprungen, aber die Pferde zogen bereits an, und so fuhren sie davon.

VI

Ein neuer Einfall eines müßigen Menschen

Fühlst du dich nicht wohl, Lisa?« fragte Weltschaninoff erschrocken. »Ich werde anhalten lassen . . . ich lasse dir Wasser bringen . . .«

Da schlug sie wieder ihre großen Kinderaugen zu ihm auf. Aus ihnen sah ihn ein heißer, bitterer Vorwurf an.

»Wohin bringen Sie mich?« fragte sie stockend.

»In ein wunderschönes Haus, Lisa. Es sind dort viele Kinder, und die Eltern sind sehr nette Menschen. Sie leben jetzt auf ihrer Datsche. Es ist dort sehr schön, und man wird dich sehr lieb haben. . . . Sei mir nicht böse, kleine Lisa, ich meine es gut mit dir . . .«

Hätten ihn seine Bekannten jetzt sehen können, sie würden ihn zum mindesten sehr sonderbar gefunden haben.

»Wie Sie — wie — wie — wie — hu, wie schlecht Sie sind!« stieß Lisa, tapfer die Tränen schluckend, mit stockender, zitternder Stimme hervor, und ihre blauen Augen wurden ganz dunkel vor Zorn.

»Lisa, ich . . .«

»Schlecht, schlecht, schlecht sind Sie!«

Und sie rang die Hände vor Verzweiflung. Weltschaninoff sah einfach hilflos aus.

»Lisa, liebe Kleine, wenn du wüßtest, zu welch einer Verzweiflung du mich bringst!«

»Ist es wahr, daß er morgen kommen wird? Ist es auch wahr?« fragte sie in einem Ton, der zu einer Antwort zwingen wollte.

»Aber gewiß wird er kommen! Ich werde ihn selbst hinbringen! Ich werde ihn einfach packen und in den Wagen setzen!«

»Er wird fortlaufen«, sagte sie leise und senkte betrübt den Blick.

»Hat er dich denn nicht lieb, Lisa?«

»Nein, ... nicht lieb ...«

»Hat er dich gekränkt? Hat er dir etwas zuleide getan?«

Lisa blickte ihn böse an, sagte aber kein Wort. Sie wandte sich wieder von ihm ab und sah eigensinnig zu Boden. Er begann auf sie einzureden, sprach voll Eifer, war selbst wie im Fieber. Lisa hörte ihn mißtrauisch und feindselig an, aber sie hörte ihn wenigstens an. Ihre Aufmerksamkeit war schon eine große Freude für ihn. Er suchte ihr zunächst zu erklären, weshalb ein Mensch trinkt. Er sagte ihr auch, daß er sie sehr lieb habe und auf den Vater achtgeben werde. Endlich schaute Lisa auf und sah ihm unverwandt in die Augen. Und er erzählte weiter: daß er ihre Mama gekannt und im Hause ihrer Eltern verkehrt habe; er sah, daß er sie mit seinen Erzählungen zu fesseln vermochte. Allmählich begann sie, auf seine Fragen zu antworten, aber immer noch vorsichtig und einsilbig und mit noch nicht überwundenem Sichsträuben. Die wichtigsten Fragen jedoch ließ sie unbeantwortet: so sagte sie hartnäckig kein Wort über den Vater und wie er sie behandelt hatte. Während Weltschaninoff zu ihr sprach, nahm er ihr Händchen in seine Hand und hielt es fest; sie entzog es ihm nicht. Übrigens verrieten ihre Antworten doch mancherlei: aus ihnen ging wenigstens hervor, daß sie den Vater früher mehr geliebt habe als die Mutter, weil auch er sie früher mehr geliebt habe, denn die Mama habe sie früher weniger geliebt. Auf dem Sterbebett aber habe die Mama sie so geküßt und sie habe so geweint, als alle hinausgegangen und sie beide allein geblieben waren ... und jetzt liebe sie die Mama mehr als alle, mehr als alle anderen Menschen, und in jeder Nacht liebe sie sie über alles. Aber die Kleine besaß zweifellos ihren Stolz: kaum hatte sie es ausgesprochen, da erschrak sie sichtlich, weil sie sich verschnappt hatte, und verstummte. Weltschaninoff, der ihr das Geheimnis entlockt hatte, fing nur einen feindseligen Blick auf. Als sie bereits über die Hälfte der Strecke zurückgelegt hatten, bemerkte Weltschaninoff, daß ihre krankhafte Erregung sich gelegt zu haben schien, dafür aber war sie beängstigend nachdenklich und scheu geworden, und sie verharrte gleichsam in vorbedachter Widerspenstigkeit. Daß man sie in ein fremdes Haus, zu fremden Menschen brachte, daran schien sie vorläufig am wenigsten zu denken. Es war etwas ganz Anderes, was sie quälte, das erriet Weltschaninoff sehr bald. Und zwar schien es dies zu sein, daß sie sich für ihren Vater *schämte*, weil er sie so ohne weiteres von einem Fremden hatte fortbringen lassen, fast als freue er sich, sie los zu werden und diesem Fremden zu überlassen.

,Sie ist krank, ganz fraglos ist sie krank!' dachte Weltschaninoff bei sich. ,Vielleicht sogar sehr krank! Und natürlich nur von seinen Quälereien ... O, dieser besoffene, gemeine Lump! Jetzt verstehe ich ihn! ...'

Er trieb den Kutscher zur Eile an: er setzte alle Hoffnung auf das Landhaus, die Luft, den Garten, die Kinder, auf das ganz neue, ihr bisher unbekannte Leben, und dann später ... Denn darüber, was dann »später« sein werde, war er sich keinen Augenblick mehr im unklaren. Große, lichte Hoffnungen stiegen auf. Eines aber wußte er genau: daß er in seinem ganzen bisherigen Leben noch niemals das empfunden hatte, was er jetzt empfand, und daß dieses Gefühl ihm für sein ganzes ferneres Leben bleiben würde!

,Ein Ziel! Jetzt habe ich ein Ziel, einen Lebensinhalt!' dachte er begeistert.

Viele Gedanken gingen ihm jetzt noch durch den Sinn und

er schmiedete Pläne, vermied es jedoch geflissentlich, an die
»nebensächlichen« Einzelheiten zu denken: ohne Details wurde alles klar, stand alles unzerstörbar fest. Der Hauptplan
machte sich eigentlich ganz von selbst.

‚Man wird eben diesen Schurken so lange bearbeiten
müssen‘, dachte er, ‚eventuell noch mit vereinten Kräften, bis
er Lisa in Petersburg bei Pogorjelzeffs läßt, wenn auch vorläufig vielleicht nur für eine bestimmte Zeit, und allein zu-
rückfährt. Dann aber verbleibt Lisa mir; und das ist alles,
was ist denn sonst noch nötig? Und ... und natürlich ist das
auch sein eigener Wunsch! Weshalb sollte er sie denn sonst
so gequält haben?‘

Endlich waren sie angelangt. Die Datsche der Pogorjelzeffs war wirklich ein reizender Erdenfleck. Empfangen wurden sie sogleich von einer fröhlich lärmenden Kinderschar,
die, kaum daß der Wagen hielt, schon auf die Freitreppe
herauszulaufen begann und lachend dem Besuch entgegen-
drängte. Weltschaninoff war lange nicht mehr bei ihnen
gewesen, daher die unbändige Freude der Kinder: sie hatten
ihn gern. Die älteren von ihnen riefen sogleich, noch bevor
er ausgestiegen war:

»Ihr Prozeß, was macht Ihr Prozeß?«

Diese Frage griffen selbstverständlich auch die jüngeren
und jüngsten auf, und so tönte sie ihm denn aus allen Keh-
len in allen Abstufungen unter Lachen und Geschrei entgegen. Er wurde hier nämlich mit seinem Prozeß regelrecht geneckt. Als sie jedoch Lisa erblickten, verstummte
eines nach dem anderen und alle umringten sie, um sie dann
schweigend, ohne zu blinzeln, mit ernstem Kinderinteresse
zu betrachten. Da erschien aber schon Kláwdia Petrówna,
und ihr folgte ihr Gemahl. Auch deren erstes Wort war eine
lachende Frage nach dem Prozeß.

Kláwdia Petrówna war eine Dame von siebenunddreißig
Jahren, eine ziemlich volle und noch hübsche Brünette mit
einem frischen rotbackigen Gesicht. Ihr Gemahl war etwa
fünfundfünfzig, ein kluger und zugleich auch schlauer Kopf,

doch in erster Linie und im Grunde ein gutmütiger Mensch. Ihr Haus war für Weltschaninoff im vollen Sinne des Wortes zu einer Heimstätte geworden, wie er sich selbst ausdrückte. Übrigens war hier noch etwas anderes mit im Spiel: vor zwanzig Jahren wäre dieselbe Kláwdia Petrówna beinahe die Gattin Weltschaninoffs geworden, der damals natürlich noch ein grüner Junge, noch Student war. Es war ihre erste, leidenschaftliche, lächerliche und herrliche Verliebtheit gewesen. Geendet aber hatte es damit, daß sie Pogorjélzeff heiratete. Nach etwa fünf Jahren waren sie sich dann wieder begegnet, und aus der einstigen Liebe war nun eine heitere und stille Freundschaft geworden. Dieser Freundschaft verblieb aber für immer eine gewisse Wärme, gleichsam ein besonderes Licht, das ihre Beziehung zu einander verklärte. In den Erinnerungen Weltschaninoffs an diese Frau war alles rein und keusch, und deshalb um so teurer für ihn, als es vielleicht die einzige Beziehung war, von der er das sagen konnte. Hier, in dieser Familie war er jungenhaft harmlos, schlicht und gütig; er gab sich mit den Kindern ab, verstellte sich nie, gestand alle seine Fehler ein und beichtete alles. Mehr als einmal schon hatte er Pogorjelzeffs hoch und heilig versichert, daß er nur noch kurze Zeit sein altes Leben in der Welt weiterführen wolle, dann aber zu ihnen ziehen und für immer bei ihnen bleiben werde. In Gedanken nahm er diese Absicht bisweilen sogar selbst für durchaus keinen Scherz.

Er erzählte ihnen ziemlich ausführlich alles, was über Lisa zu sagen war, doch seine Bitte allein hätte schon vollkommen genügt, so daß die Erklärungen eigentlich überflüssig waren. Kláwdia Petrówna küßte die »kleine Waise« und versprach ihrerseits alles zu tun, was sich für sie tun ließe. Die Kinder waren sehr erfreut, und im Augenblick schob die ganze Bande, Lisa in der Mitte, in den Garten ab. Nach einer halben Stunde lebhafter Unterhaltung erhob sich Weltschaninoff, um aufzubrechen. Er war so unruhig, daß es jedem auffallen mußte. Man war natürlich sehr erstaunt:

drei Wochen lang hatte er sich nicht gezeigt, und nun wollte er nach einer halben Stunde schon wieder fort. Er versicherte zwar lachend, daß er am nächsten Tage wiederkommen werde. Es fiel die Bemerkung, daß er ja sehr aufgeregt zu sein scheine; da wandte er sich plötzlich an Klawdia Petrowna und führte sie unter dem Vorwand, daß er etwas sehr Wichtiges zu sagen vergessen habe, in ein anderes Zimmer.

»Erinnern Sie sich noch dessen, was ich Ihnen einmal gesagt habe,« begann er, »nur Ihnen allein, was nicht einmal Ihr Mann weiß — ich meine das von meinem Aufenthalt ein Jahr lang in T.?«

»Oh, nur zu gut! Sie haben oft von diesem Jahr gesprochen.«

»Nicht gesprochen, sondern gebeichtet, und nur Ihnen, nur Ihnen allein! Ich habe Ihnen aber niemals den Namen jener Frau genannt. Es war — Frau Trussozkij, die Frau dieses selben Trussozkij, dieselbe, die jetzt gestorben ist. Und Lisa ist ihre Tochter, und — meine Tochter!«

»Ist das sicher? Täuschen Sie sich nicht?« fragte Klawdia Petrowna, auch ihrerseits sichtlich etwas erregt.

»Nein, ein Irrtum ist ausgeschlossen, ich weiß es genau!« bestätigte Weltschaninoff mit förmlicher Begeisterung.

Und er erzählte ihr in nicht geringer Erregung, rasch und so kurz, wie er sich nur fassen konnte, zum erstenmal — alles. Klawdia Petrowna hatte bisher den Namen jener Frau nicht gekannt; Weltschaninoff war schon der bloße Gedanke fürchterlich gewesen, daß jemand von seinen Bekannten Madame Trussozkij begegnen und sich dann darüber wundern könnte, wie er diese Frau *dermaßen* zu lieben vermocht habe. Deshalb hatte er nicht einmal Klawdia Petrowna, seinem einzigen »Freund«, ihren Namen zu nennen gewagt.

»Und der Vater weiß nichts davon?« fragte sie, nachdem sie ihn angehört hatte.

»N—nein, — er scheint doch etwas zu wissen... Das ist es ja eben, was mich quält, daß ich mir über diesen Punkt selbst noch nicht klar bin!« fuhr Weltschaninoff erregt fort. »Er muß unbedingt etwas wissen! Das habe ich gestern und heute gemerkt. Aber jetzt fragt sich nur, wieviel er weiß? Deshalb will ich eben schnell wieder zurückkehren. Heute abend wird er zu mir kommen. Übrigens, ich verstehe nicht, woher er es wissen sollte? Von ihrem Verhältnis zu Bagaútoff weiß er entschieden *alles*, das steht fest. Aber von mir? Sie wissen doch, wie Frauen in solchen Fällen ihre Männer zu überzeugen verstehen! Und sollte auch ein Engel vom Himmel herabsteigen und es ihm sagen — er wird ihm doch keinen Glauben schenken, sondern ausschließlich darauf hören, was seine Frau sagt! Schütteln Sie nicht den Kopf, verurteilen Sie mich nicht, ich habe mich ja schon selber tausendmal verurteilt! ... Sehen Sie, heute morgen, dort bei ihm, da war ich so fest davon überzeugt, daß er alles wisse, daß ich mich weiter gar nicht mehr verstellt oder sonstwie zusammengenommen habe, so habe ich mich unwillkürlich selbst kompromittiert. Und werden Sie es mir glauben: es bedrückt mich ganz unsäglich, daß ich ihn gestern so unhöflich, so beleidigend geradezu, empfangen habe. (Ich werde Ihnen ein nächstes Mal alles noch ausführlicher erzählen!) Er ist gestern sicher nur mit dem einen unüberwindlichen, boshaften Wunsch zu mir gekommen, mir zu verstehen zu geben, daß er um den ganzen ihm angetanen Schimpf weiß und auch den Beleidiger kennt! Sehen Sie, nur das war der Grund seines dummen Besuches in halbbetrunkenem Zustand. Aber das ist ja schließlich so begreiflich! Sein Besuch war und sollte am Ende nichts anderes sein als eine Mahnung und ein Vorwurf. Überhaupt habe ich mich gestern und auch heute viel zu hitzig benommen! Unvorsichtig und dumm! Ich habe mich selbst verraten! Daß er aber auch gerade zu einer solchen Stunde kommen mußte, in der man ohnehin schon reizbar ist! Ich sagte Ihnen schon, er hat sogar Lisa gequält, das Kind, und das bestimmt, um seinen Vorwurf anzubringen, seine Wut auszulassen, und wär's auch an einem Kinde! Ja, er ist erbittert, das merkt man. Wie unbedeutend er auch sein mag, aber er ist doch erbittert; ist es sogar sehr. Selbstverständlich ist er nichts weiter als ein Narr, obschon er früher, bei Gott, den Eindruck eines sehr anständigen Menschen machte, soweit ihm das möglich war. Aber es ist ja schließlich so natürlich, daß er jetzt liederlich geworden ist! In solchen Fällen, mein Freund, muß man christlich die Lage des anderen bedenken, bevor man urteilt. Wissen Sie, meine Gute, Liebe, ich — ich will mich von nun an ganz anders zu ihm verhalten: ich will mich bemühen, gut zu ihm zu sein. Ich glaube, ich werde mir das sogar als eine ‚gute Tat‘ anrechnen können. Denn ich bin doch vor ihm immerhin der schuldige Teil! Und noch eines nicht zu vergessen — ich stehe außerdem auch noch moralisch in seiner Schuld: ich brauchte einmal in T. ganz plötzlich und dringend viertausend Rubel, und er gab sie mir im Augenblick; ohne sich einen Moment zu bedenken, streckte er sie mir vor, und ohne jede Schuldverschreibung meinerseits. Er freute sich sogar aufrichtig, daß er mir einen Dienst erweisen konnte, und ich nahm das Geld an, ich ließ mir von ihm den Dienst erweisen, verstehen Sie, ich ließ mir das Geld von ihm borgen, wie man es *von einem Freunde* borgt!«

»Seien Sie jedenfalls vorsichtig«, riet ihm darauf Klawdia Petrowna doch einigermaßen beunruhigt. »Sie sind jetzt so begeistert, daß ich wirklich Angst um Sie habe! Lisa wird mir von nun an so lieb sein wie ein eigenes Kind, aber es bedarf hier noch so vieles, so vieles der Aufklärung! Seien Sie vor allen Dingen auf der Hut; das müssen Sie unbedingt, solange Sie so glücklich und so begeistert sind. Sie sind gar zu großmütig, wenn Sie glücklich sind«, fügte sie mit einem Lächeln hinzu.

Weltschaninoff brach auf. Zum Abschied kamen wieder alle herbei, auch die Kinder mit Lisa, die im Garten gespielt hatten. Die Kinder schienen die Kleine übrigens jetzt noch verwunderter zu betrachten als bei ihrem ersten Erscheinen, denn etwas so Schüchternes wie Lisa konnten sie wohl noch nicht gesehen haben. Als Weltschaninoff sie zum Abschied vor allen Anwesenden küßte, erschrak sie heftig und hätte sich offenbar am liebsten irgendwohin verkrochen. Weltschaninoff versprach lebhaft und mit aller Bestimmtheit, am nächsten Tage mit dem Vater wiederzukommen. Lisa schwieg die ganze Zeit und sah ihn nur an, im letzten Augenblick aber erfaßte sie seinen Ärmel und wollte ihn irgendwohin wegziehen, während ihr Blick eine Bitte aussprach, die er sofort verstand: sie wollte ihm etwas sagen, ihm ganz allein. Er führte sie sogleich ins nächste Zimmer.

»Was willst du mir sagen, Lisa? Was ist es?« fragte er zärtlich, mit ermunterndem Lächeln sich zu ihr beugend; sie aber zog ihn noch weiter, sah sich ängstlich um, und zog ihn weiter bis in einen Winkel, als wollte sie sich vor allen verstecken.

»Was gibt es denn, Lisa, sag es mir doch!«

Sie schwieg und konnte sich noch nicht entschließen; ihre großen, blauen Kinderaugen sahen ihn unbeweglich an, und jeder Zug ihres Gesichtchens sprach von unsäglicher Angst.

»Er . . . er wird sich . . . erhängen!« flüsterte sie wie im Fieber.

»Wer wird sich erhängen?« fragte Weltschaninoff erschrocken.

»Er, er! Er wollte sich in der Nacht . . . an einer Schlinge erhängen!« stieß sie plötzlich schnell und vor Angst doch atemlos hervor, »ich habe es selbst gesehen! Und er hat es mir auch gesagt, daß er sich erhängen wird, er hat es mir selbst gesagt! Er wollte es auch früher schon, er hat es immer gewollt . . . Ich habe es doch gesehen, in der Nacht . . .«

»Nicht möglich!« Weltschaninoff war so betroffen, daß er nicht wußte, was er denken sollte.

Und plötzlich begann Lisa seine Hand zu küssen, sie weinte. Das Weinen drohte sie fast zu ersticken, sie bat und flehte, aber er konnte aus ihrem wirren Gestammel nicht klug werden. Der flehende Blick jedoch — der Blick dieses vor Qual zitternden Kindes, blieb für immer in seinem Gedächtnis, er sah ihn im Traum und in wachem Zustand vor sich — diesen qualvollen Blick eines gemarterten Kindes, das in irrsinniger Angst mit seiner letzten Hoffnung zu ihm aufschaute.

,Sollte sie ihn wirklich, wirklich so lieben?' fragte er sich eifersüchtig und nicht ohne Neid, als er in fieberhafter Ungeduld nach der Stadt zurückfuhr. ,Sie sagte doch auf der Hinfahrt, daß sie die Mutter mehr liebe . . . Vielleicht haßt sie ihn sogar und liebt ihn durchaus nicht! . . .'

,Und was soll das heißen: er werde sich erhängen? Was sagte sie doch? Er, dieser Dummkopf, und sich aufhängen! Jedenfalls muß man dahinter kommen! Unbedingt! Ich muß zusehen, wie ich es anstellen kann, daß ich die Sache bald, so schnell als möglich und ein für allemal, ins reine bringe!'

VII

Der Gatte und der Liebhaber küssen sich

Weltschaninoff fieberte fast vor Ungeduld zu erfahren, was alles »dahintersteckte«.

,Am Morgen war ich ja zunächst wie betäubt, es kam alles viel zu überraschend für mich', sagte er sich, an seine erste Begegnung mit Lisa zurückdenkend; ,jetzt aber muß ich sehen, wie ich mir vor allen Dingen Klarheit verschaffe.' Und in seiner Ungeduld wollte er dem Kutscher schon befehlen, direkt zu Trussozkij zu fahren, besann sich jedoch sogleich: ,Nein, es ist doch besser, er kommt zu mir! Ich aber werde versuchen, bis dahin noch meine verdammten Gänge zu erledigen.'

Mit Hast und Eifer machte er sich daran, alles zu tun, was er an diesem Tage noch vorhatte. Bald fühlte er aber selbst, daß er sehr zerstreut war und gar nicht recht dazu aufgelegt, sich mit seinen Prozeßsachen zu befassen. Und als er sich endlich um fünf Uhr wie gewöhnlich ins Restaurant begab, um zu Mittag zu speisen, kam ihm, plötzlich und zum erstenmal, der Gedanke, daß er ja vielleicht wirklich den Verlauf seines Rechtsstreites nur aufhalte, indem er sich persönlich in die Angelegenheiten einmischte, Nachforschungen anstellte und seinen Rechtsanwalt nicht in Ruhe ließ, weshalb dieser sich bereits ein paarmal vor ihm hatte verleugnen lassen und ihm auch sonst schon aus dem Weg zu gehen begann. Doch statt sich über diese Beobachtung zu ärgern, lachte er nur vergnügt auf. ‚Wäre ich gestern darauf gekommen, so hätte es mich doch stark verdrossen!‘ sagte er sich noch belustigter. Im übrigen wuchs, trotz dieser scheinbar guten Laune, seine Zerstreutheit und Ungeduld mit jeder Minute; schließlich versank er in Nachdenken; doch obschon sein unruhiges Denken sich an vieles anklammerte, kam dabei nichts von dem heraus, was er brauchte.

‚Ich brauche diesen Menschen!‘ sagte er sich zu guter Letzt. ‚Ich muß ihn zuerst enträtseln und danach entscheiden, wie ich weiter vorgehen kann. Natürlich muß ich mich von vornherein auf ein Duell gefaßt machen!‘

Gegen sieben Uhr kam er nach Haus, doch Pawel Pawlowitsch war noch nicht erschienen. Darüber war er nun höchlichst erstaunt, aber das Erstaunen verwandelte sich alsbald in Ärger, und diesem folgte mißmutige Niedergeschlagenheit. Schließlich stiegen auch noch Befürchtungen auf:

‚Gott weiß, Gott weiß, womit das noch enden wird!‘ murmelte er vor sich hin, während er bald im Zimmer auf und ab schritt, bald sich auf dem Diwan ausstreckte und immer wieder nach der Uhr sah. Endlich, gegen neun Uhr, erschien Pawel Pawlowitsch. ‚Wenn dieser Mensch‘, sagte sich Weltschaninoff, ‚wenn dieser Mensch mit List vorgehen will, so hätte er mich in keiner Weise besser zu Unvorsichtigkeiten meinerseits vorbereiten können, als durch dieses Wartenlassen — so zermürbt bin ich jetzt!‘ Und plötzlich wurde er ganz munter, womit sich sofort auch seine gute Laune wieder einstellte.

Auf seine scherzhaft lustige Frage, weshalb er denn so spät komme, hatte Pawel Pawlowitsch als Antwort nur

ein halb höhnisches Lächeln, worauf er sich nachlässig —
nicht so wie beim ersten Besuch — in einen der Sessel fallen
ließ und seinen Hut mit dem Trauerflor auf den nächsten
Stuhl warf — gleichfalls mit einer gewissen verärgerten
Nachlässigkeit. Weltschaninoff fiel dieses veränderte Gebaren
sogleich auf und er merkte es sich.

Ruhig und ohne viel Worte zu machen, auch ohne die
Erregung, in der er bei ihm am Vormittag gesprochen hatte,
erzählte Weltschaninoff, ganz als wolle er nur Bericht erstatten, wie er Lisa hingebracht und wie nett sie aufgenommen worden war, wie gut ihr der Aufenthalt dort bekommen und wie sie aufleben werde. Ganz allmählich ging er
dann — als hätte er Lisa schon vergessen — auf Pogorjélzeffs
über. Das heißt: er erzählte, was für reizende Menschen sie
seien, wie lange er schon mit ihnen verkehre, was für ein
guter und einflußreicher Mensch Pogorjelzeff sei usw. usw.
Pawel Pawlowitsch hörte sichtlich zerstreut zu und begnügte
sich damit, ihn hin und wieder mit einem Blick unter der
Stirn hervor flüchtig zu streifen, während ein gewisses gries-
grämig verschlagenes Hohnlächeln um seinen Mund spielte.

»Ein lebhafter Mensch sind Sie, das muß man sagen«,
brummte er schließlich in eigentümlichem Ton, und in seinem Lächeln lag dabei eine besondere Gemeinheit.

»Sie scheinen ja heute recht boshaft zu sein«, bemerkte
Weltschaninoff ärgerlich.

»Weshalb sollte ich denn nicht auch boshaft sein, wenn
alle anderen es sind?« fragte Pawel Pawlowitsch hastig,
ganz als springe er mit seiner Frage plötzlich hinter einer
Ecke hervor; ja, als habe er nur darauf gewartet, aus dem
Versteck hervorspringen zu können.

»Ganz wie Sie wollen«, entgegnete Weltschaninoff lächelnd. »Ich dachte schon, es sei Ihnen vielleicht was passiert.«

»Und es ist mir auch was passiert!« versetzte jener, als
wolle er damit prahlen, daß ihm etwas passiert war.

»Was denn, wenn man fragen darf?«

Pawel Pawlowitsch zögerte ein wenig mit der Antwort.

»Ja, sehen Sie, unser Stepán Micháilowitsch hat mir da wieder einen Streich gespielt . . . Bagaútoff, der eleganteste junge Mann der besten Petersburger Gesellschaft.«

»Sind Sie wieder abgewiesen worden?«

»N—nein, gerade diesmal wurde ich eben nicht abgewiesen, ich wurde zum erstenmal vorgelassen und habe mir Bagautoffs Gesichtszüge einprägen können . . . freilich diesmal bereits diejenigen des Toten . . .«

»Wa—as? Bagaútoff ist tot?« wunderte sich Weltschaninoff über alle Maßen, obschon, wie man meinen sollte, für ihn eigentlich kein Grund zu einer solchen Verwunderung vorlag.

»Jawohl, er und kein anderer! Unser teuerster Freund ist tot, er, der uns sechs Jahre lang treu gewesen ist! Schon gestern, fast um die Mittagszeit, ist er gestorben, und ich habe es nicht einmal gewußt! Vielleicht bin ich gar zu derselben Zeit dort gewesen und habe mich nach seinem Ergehen erkundigt! Morgen ist die Beerdigung, er liegt schon im Sarg. Der Sarg ist mit dunkelrotem Samt bezogen, mit goldenen Quasten und Fransen. An einem Nervenfieber ist er gestorben. Ja, man hat mich vorgelassen und ich habe ihn mir angeschaut, die Züge betrachtet, wie gesagt. Ich erklärte dort, daß ich sein aufrichtiger Freund gewesen sei, deshalb ließ man mich, wie gesagt, vor. Was hat er mir da nun für einen Streich gespielt, dieser mein aufrichtiger, sechs Jahre lang treuer Freund, sagen Sie bloß! Ich bin doch vielleicht einzig seinetwegen hierher nach Petersburg gekommen! . . .«

»Aber weshalb ärgern Sie sich denn über ihn?« fiel ihm Weltschaninoff lachend ins Wort. »Er ist doch nicht absichtlich gestorben!«

»Ja, aber — ich rede doch nur mit Bedauern davon. Er war doch ein teuerster Freund! — er hat doch *das* für mich bedeutet.«

Und Pawel Pawlowitsch hob plötzlich und ganz über-

raschend beide Fäuste mit emporstehenden Zeigefingern an
seine Schläfen, so daß die Finger wie Hörner über seinem
kahlen Schädel standen, und dazu kicherte er leise und anhaltend. Und so, mit den Hörnern am Kopf und widerlich
feixend, saß er wohl eine halbe Minute lang und blickte mit
der boshaftesten, tückischsten Frechheit im Blick unbeweglich
Weltschaninoff in die Augen. Dieser erstarrte förmlich, als
sehe er ein Gespenst. Doch seine Starrheit dauerte nur einen
Moment: im nächsten Augenblick erschien bereits ein spöttisches und geradezu beleidigend ruhiges Lächeln langsam,
beleidigend langsam auf seinen Lippen.

»Was hat denn das zu bedeuten?« fragte er nachlässig
und in etwas gedehntem Ton.

»Das hat Hörner zu bedeuten!« versetzte Pawel Pawlowitsch kurz und entfernte zugleich die Hände von der
Stirn.

»Das heißt . . . Ihre Hörner?«

»Jawohl, meine eigenen, wohlerworbenen!« Und Pawel
Pawlowitsch verzog sein Gesicht zu einer halben Grimasse,
die unglaublich gemein aussah.

Beide schwiegen.

»Sie sind ein mutiger Mensch!« bemerkte endlich Weltschaninoff.

»Weil ich Ihnen meine Hörner gezeigt habe? Wissen Sie
was, Alexéi Iwánowitsch, es wäre besser, Sie bewirteten
mich mit irgend etwas! Habe ich Sie doch in T. ein ganzes
Jahr lang bewirtet, jeden Herrgottstag . . . Schicken Sie mal
nach einer Flasche, meine Kehle ist wie ausgetrocknet.«

»Mit Vergnügen. Sie hätten es sogleich sagen sollen. —
Was wünschen Sie?«

»Was ,Sie'! Sagen Sie doch ,wir'! Wir werden doch zusammen trinken, oder etwa nicht?« rief Pawel Pawlowitsch
herausfordernd, während er zugleich doch mit einer gewissen
und ganz eigentümlichen Unruhe dem anderen in die Augen
sah.

»Champagner?«

»Was denn sonst? Beim Branntwein sind wir noch nicht angelangt...«

Weltschaninoff erhob sich, ohne sich zu beeilen, klingelte und gab der Mawra, seiner zeitweiligen Aufwärterin, einige Anweisungen.

»Trinken wir zur Feier unseres frohen Wiedersehens nach neunjähriger Trennung!« grinste ganz überflüssigerweise Pawel Pawlowitsch — der vermeintliche Scherz mißglückte ihm aber. »Jetzt sind Sie, nur Sie allein mir noch als aufrichtiger Freund verblieben! Einen Stepán Bagaútoff gibt's nicht mehr! Das ist ja, wie der Dichter sagt:

„Patroklos, der große, ist tot.
Statt seiner lebt nur noch Thersites,
Der mehr als verächtliche...“

Bei dem Namen Thersites stieß er sich mit dem Finger vor die eigene Brust.

‚Wenn das Schwein sich doch schneller aussprechen würde; Anspielungen sind mir in den Tod verhaßt!‘ dachte Weltschaninoff bei sich. Die Wut kochte in ihm, und schon lange konnte er sich nur noch mit Mühe beherrschen.

»Ich verstehe Sie nicht«, begann er ärgerlich, »wenn Sie Stepán Micháilowitsch« (er nannte ihn jetzt nicht mehr einfach Bagautoff!) »so unverblümt beschuldigen, so kann es Ihnen, dächte ich, nur zur Freude gereichen, daß Ihr Beleidiger gestorben ist. Weshalb also ärgern Sie sich noch?«

»Wieso zur Freude? Zu welch einer Freude denn?«

»Ich urteile nach Ihren Gefühlen.«

»Hehe, dann täuschen Sie sich in meinen Gefühlen, denn in der Hinsicht kann ich mit den Worten eines Weisen sagen: ‚Ein toter Feind ist gut, aber ein lebender ist besser!‘ Hehe!«

»Aber Sie haben doch den lebenden fünf Jahre lang jeden Tag zu betrachten Gelegenheit gehabt, — also Zeit genug, um sich sattzusehen«, bemerkte Weltschaninoff böse und unverschämt.

297

»Ja, habe ich denn ... habe ich denn damals was gewußt?«
fuhr Pawel Pawlowitsch plötzlich auf, und es war wieder
ganz so, als springe er plötzlich hinter einer Ecke hervor,
sogar mit einer gewissen Freude darüber, daß man endlich
die Frage gestellt, die er lange erwartet hatte. »Für wen
halten Sie mich denn demnach, Alexéi Iwánowitsch?«

Und in seinem Blick blitzte plötzlich ein ganz neuer, noch
nie gesehener Ausdruck auf, der sein bis dahin nur boshaftes
und gemein grimassenschneidendes Gesicht gleichsam vollständig umgestaltete.

»So haben Sie denn wirklich nichts gewußt!« entfuhr
es Weltschaninoff mit der größten und unverfälschtesten
Bestürztheit.

»Wie, glauben Sie denn, ich hätte es gewußt? Wirklich
gewußt?! O, ihr — unsere Vertreter Jupiters! Ihr stellt
ja einen Menschen nicht höher als einen Hund und beurteilt
jeden anderen nur nach der eigenen erbärmlichen Natur!
Da haben Sie's! Schlucken Sie es nur, das Kompliment!«
Und jähzornig schlug er mit der Faust auf den Tisch, erschrak aber im Moment selbst über seinen Faustschlag, und
aus seinem Blick sprach sofort wieder Ängstlichkeit.

Weltschaninoff nahm eine strammere Haltung an.

»Hören Sie, Pawel Pawlowitsch, es ist mir entschieden
vollkommen gleichgültig, das werden Sie einsehen, ob Sie
da was gewußt haben oder nicht. Wenn Sie nichts gewußt
haben, so gereicht Ihnen das jedenfalls zur Ehre, obschon ...
übrigens, ich verstehe nicht einmal, weshalb Sie gerade mich
zu Ihrem Vertrauten erwählt haben ...?«

»Ich rede nicht von Ihnen ... ärgern Sie sich nicht ...
nicht von Ihnen ...«, lenkte Pawel Pawlowitsch, den Blick
zu Boden gesenkt, wieder ein.

Mawra erschien mit dem Champagner.

»Ah, da kommt ja der Champagner!« rief Pawel Pawlowitsch sichtlich erfreut über die Unterbrechung. »Und die
Gläser, Mátuschka, die Gläser! Großartig! Weiter werden
wir von Ihnen nichts verlangen, meine Liebe. Und auch

schon entkorkt? Sie sind ja eine Perle, liebes Kind! Nun, schon gut, Sie können gehen!«

Und mit neuem Mut blickte er wieder frech zu Weltschaninoff hinüber.

»Aber gestehen Sie doch nur, hehe«, begann er plötzlich, »daß Sie für alles ein kolossales Interesse übrig haben und es Ihnen durchaus nicht so ‚entschieden vollkommen gleichgültig‘ ist, wie Sie sich soeben zu äußern beliebten, sondern daß Sie sogar aufrichtig betrübt wären, wenn ich jetzt aufstände und fortginge, ohne Ihnen etwas zu erklären.«

»Versichere Sie, es fiele mir nicht ein, betrübt zu sein.«

‚Ei, wie du lügst!‘ schien das Lächeln Pawel Pawlowitschs zu sagen.

»Nun, denn — beginnen wir!« Und er schenkte den Champagner ein. »Lassen Sie uns einen Toast ausbringen: trinken wir auf das Wohl des in Gott entschlafenen Freundes Stepán Micháilowitsch!«

Er hob das Glas und leerte es auf einen Zug.

»Auf ein solches Wohl werde ich nicht trinken.« Weltschaninoff stellte sein Glas wieder hin.

»Warum denn nicht? Es ist doch ein angenehmes Toastchen?«

»Sagen Sie: als Sie hierher kamen, waren Sie da noch nicht betrunken?«

»Ich hatte ein wenig getrunken. Was ist denn?«

»Nichts Besonderes. Es schien mir nur, daß Sie gestern und namentlich heute morgen um die verstorbene Natalja Wassiljewna aufrichtig trauerten.«

»Aber wer hat Ihnen denn gesagt, daß ich nicht auch jetzt aufrichtig um sie trauere?« schnellte Pawel Pawlowitsch sogleich wieder vor, ganz als habe man wieder auf den Knopf seiner Sprungfeder gedrückt.

»Das wollte ich damit nicht gesagt haben; aber Sie werden doch zugeben, daß Sie inbezug auf Stepán Micháilowitsch in einem Irrtum befangen sein können, das aber — ist eine ernste Sache.«

299

Pawel Pawlowitsch grinste listig und zwinkerte ihm zu.

»Und wie gern Sie doch selbst erfahren würden, wie ich hinter das Geheimnis Stepan Michailowitschs gekommen bin!«

Weltschaninoff wurde rot.

»Ich sage Ihnen nochmals, daß es mir entschieden gleichgültig ist.«

‚Oder sollte ich ihn nicht sofort hinauswerfen, samt der Flasche?‘ fuhr es ihm jähzornig durch den Kopf, und er errötete noch mehr.

»Tut nichts!« sagte da, wie um ihn zu ermutigen, Pawel Pawlowitsch und schenkte sich wieder ein.

»Ich werde Ihnen sogleich erklären, wie ich ‚alles‘ erfahren habe, und damit Ihren heißen Wunsch erfüllen ... denn Sie sind wirklich ein hitziger Mensch. Alexei Iwánowitsch, ein furchtbar heißblütiger Mensch! Hehe! Geben Sie mir nur ein Zigarettchen, denn seit dem März ...«

»Hier sind Zigaretten.«

»Ich bin nämlich ganz auf Abwege geraten seit dem März, Alexéi Iwánowitsch, und das kam so — hören Sie nur gut zu. Die Schwindsucht ist, wie sie wissen, liebster Freund«, fuhr er in mehr und mehr familiärem Ton fort, »eine sehr eigentümliche Krankheit. In der Regel stirbt der Kranke, ohne es vorher auch nur zu ahnen, daß es mit ihm zu Ende geht. Ich sagte Ihnen ja: noch fünf Stunden vor dem Tode erklärte die selige Natalja Wassiljewna, daß sie in zwei Wochen zu ihrer Tante fahren werde, deren Gut vierzig Werst von der Stadt entfernt liegt. Außerdem wird Ihnen wohl nicht unbekannt sein, daß viele Damen, vielleicht aber auch Kavaliere, die Angewohnheit oder die Manie haben, allen möglichen alten Plunder von ihrer Liebeskorrespondenz aufzubewahren ... Am vernünftigsten wäre es doch, so etwas in den Ofen zu werfen, nicht wahr? Aber nein, jedes Papierfetzchen wird von ihnen in Kästchen und Necessaires sorgfältig aufbewahrt, ja, oft sind sie sogar numeriert nach Jahr und Datum und nach den Absendern sortiert. Wozu das alles, ob es ihnen nun einen Trost gewährt oder was sonst — das weiß ich nicht; aber wahrscheinlich, na, so zur angenehmen Erinnerung. Da nun Natalja Wassiljewna noch fünf Stunden, wie gesagt, vor ihrem Ende die Tante zu besuchen beabsichtigte, dachte sie natürlich nicht an den Tod, nicht einmal in der letzten Stunde, und wartete immer noch mit Ungeduld auf den Doktor Koch. So kam es denn, daß sie starb, ihre kleine Schatulle aber — ein Kästchen aus Ebenholz mit kunstvoller Einlegearbeit in Perlmutter und Silber — die blieb in ihrem Schreibtisch. So'n nettes kleines Kästchen mit einem Schlüsselchen, ein Familienerbstück, von der Großmutter hatte sie es. Nun, und aus diesem Kästchen kamen dann all die Geheimnisse an den Tag, das heißt nämlich — alles, ohne jede Ausnahme, Tag für Tag und Jahr für Jahr, während des ganzen zwanzigjährigen Ehelebens. Da aber Stepan Michailowitsch eine ausgesprochene Neigung zur Literatur besaß — einmal hat er sogar eine Novelle von höchst leidenschaftlichem Kolorit an eine Zeitschrift gesandt —, nun, so ist es erklärlich, wenn ich sage, daß die Zahl seiner Schriftstücke in der Schatulle nahe an Hundert reichte ... freilich, geschrieben im Laufe von ganzen fünf Jahren. Einige Nummern waren noch mit eigenhändigen Randbemerkungen von Natalja Wassiljewna versehen. Angenehm für den Gatten, was meinen Sie?«

Weltschaninoff überlegte blitzschnell und erinnerte sich genau, daß er niemals weder einen Brief noch einen Zettel heimlich an Natalja Wassiljewna geschrieben hatte. Aus Petersburg freilich hatte er zwei Briefe geschrieben, die waren aber an sie beide gerichtet gewesen, wie es vorher zwischen ihm und ihr verabredet worden war. Auf den letzten Brief Natalja Wassiljewnas, in dem sie ihm den endgültigen Abschied erteilte, hatte er nichts mehr geantwortet.

Als Pawel Pawlowitsch seine Erzählung beendet hatte, schwieg er eine ganze Weile und beobachtete den anderen nur mit einem aufdringlichen, spöttisch provozierenden Lächeln.

301

»Warum antworten Sie mir denn nichts auf meine kleine Frage?« sagte er endlich; sichtlich gequält.

»Auf welch eine kleine Frage?«

»Nun doch: bezüglich der angenehmen Gefühle des Gatten, der die Schatulle öffnet.«

»Ach, was geht das mich an!« Weltschaninoff machte gereizt eine wegwerfende Handbewegung, stand auf und begann im Zimmer auf und ab zu gehen.

»Ich könnte wetten, daß Sie jetzt denken: ,Bist doch ein Schwein, wenn du selbst auf deine Hörner weist!' hehe! Nichts leichter als ... Sie anzuekeln, Sie anspruchsvollster Mensch.«

»Es fällt mir nicht ein, das zu denken, was Sie mir da unterschieben wollen. Im Gegenteil, ich sage mir, daß der Tod Ihres Beleidigers Sie gar zu sehr geärgert hat, und außerdem haben Sie mehr als nötig getrunken. Ich sehe in alledem nichts Außergewöhnliches. Ich begreife auch sehr gut, wozu Sie des lebenden Bagaútoff bedürfen, und ich bin gern bereit, Ihren Ärger zu achten, aber ...«

»Und wozu würde ich wohl des lebenden Bagaútoff bedürfen, Ihrer Meinung nach?«

»Das ist Ihre Sache.«

»Ich wette, daß Sie dabei an ein Duell denken?«

»Zum Teufel!« Weltschaninoffs Selbstbeherrschung begann merklich nachzulassen. »Ich dachte eben, daß Sie, wie jeder anständige Mensch ... in ähnlichen Fällen ... sich nicht zu albernem Geschwätz erniedrigen würden, zu dummen Verstellungen, zu lächerlichen Klagen und gemeinen Anspielungen, mit denen ein jeder nur sich selbst noch mehr beschmutzt; sondern daß Sie offen und ehrlich handeln wollten, eben wie ein anständiger Mensch!«

»Hehe, aber vielleicht bin ich gar kein anständiger Mensch?«

»Das ist wiederum Ihre Sache ... Doch übrigens, zu welcher Teufelei hätten Sie denn sonst des lebenden Beleidigers bedurft?«

»Na, so ... wenn auch nur, um das liebe Freunderl zu betrachten. Wir würden dann eben ein Fläschchen nehmen und es gemeinsam austrinken.«

»Er hätte mit Ihnen doch nicht zu trinken angefangen.«

»Warum nicht? Noblesse oblige! Auch Sie trinken doch mit mir; inwiefern ist er denn besser als Sie?«

»Ich habe mit Ihnen nicht getrunken.«

»Woher denn plötzlich dieser Stolz?«

Weltschaninoff brach nervös und gereizt in Lachen aus.

»Pfui Teufel! Sie sind ja entschieden ein ‚Raubtier-Typ‘! Und ich dachte, Sie seien nur ein ‚ewiger Gatte‘, und nichts weiter!«

»Wie das: ‚ein ewiger Gatte‘, was bedeutet das?« griff Pawel Pawlowitsch, die Ohren spitzend, sogleich das Wort auf.

»So, es gibt so einen besonderen Typ Ehemänner ... es ist eine zu lange Geschichte, um sie zu erzählen. Aber packen Sie sich jetzt lieber, es ist Zeit für Sie... außerdem: Sie werden langweilig und fallen für die Dauer auf die Nerven.«

»Und was bedeutet ‚Raubtier-Typ‘? Sie sagten soeben ...«

»Wenn ich sagte, daß Sie ein Raubtier-Typ seien, so tat ich es, um mich über Sie lustig zu machen.«

»Aber was ist das für ein Raubtier-Typ? Erklären Sie es mir, Alexei Iwanowitsch, ich bitte Sie, um Gottes willen, um Christi willen!«

»Nun ... ach, nun, genug!« ärgerte sich plötzlich Weltschaninoff ganz furchtbar. »Es ist Zeit für Sie, machen Sie, daß Sie fortkommen! Genug!«

»Nein, es ist noch nicht genug!« Pawel Pawlowitsch erhob sich schnell. »Und selbst wenn ich Sie langweile, auch dann ist es noch nicht genug: denn vorher müssen wir beide noch anstoßen und zusammen trinken! Also trinken wir, dann gehe ich, aber jetzt ist es noch nicht genug!«

»Pawel Pawlowitsch, können Sie sich denn heute nicht zum Teufel scheren?«

»Ich kann und werde mich zum Teufel scheren, doch vorher werden wir noch trinken. Sie sagten, daß Sie gerade *mit mir* nicht trinken wollten; nun, ich *will* aber, daß gerade Sie mit mir trinken!«

Er schnitt jetzt nicht mehr Gesichter, er lächelte und kicherte auch nicht mehr. Alles an ihm hatte sich plötzlich wieder vollkommen verwandelt und war so entgegengesetzt der ganzen Erscheinung und dem ganzen Ton jenes Pawel Pawlowitsch, der noch vor ein paar Augenblicken dort gestanden hatte, daß Weltschaninoff ihn ganz befremdet ansah und wirklich stutzig wurde.

»Ei, trinken wir, Alexei Iwanowitsch, weigern Sie sich nicht!« fuhr Pawel Pawlowitsch in diesem an ihm ganz neuen Ton fort — und plötzlich packte er Weltschaninoff am Arm und sah ihm eigentümlich ins Gesicht.

Offenbar handelte es sich für ihn hier nicht allein um das Trinken.

»Ja, nun, meinetwegen ...«, brummte Weltschaninoff. »Wo sind denn ... Aber da ist ja nur noch ein Bodensatz ...«

»Es reicht noch genau für zwei Gläser ... allerdings Bodensatz, aber wir werden trinken und anstoßen! Hier, bitte, nehmen Sie gefälligst Ihr Glas.«

Sie stießen an und tranken.

»Nun, aber wenn es so ist, wenn es so ist ... Ach!«

Pawel Pawlowitsch faßte sich plötzlich mit der Hand an die Stirn und verblieb mehrere Sekunden lang in dieser Stellung. Weltschaninoff glaubte schon, er werde im nächsten Augenblick ... werde sogleich das *letzte* noch unausgesprochene Wort aussprechen. Doch siehe da: Pawel Pawlowitsch sprach es nicht aus. Er sah Weltschaninoff nur an, und dann verzog sich sein Mund lautlos wieder zu jenem breiten, verschmitzten, gleichsam zuzwinkernden Lächeln.

»Was wollen Sie von mir, Sie besoffener Mensch! Sie wollen mich wohl zum Narren haben?« schrie ihn Weltschaninoff plötzlich zornbebend an.

»Schreien Sie nicht, schreien Sie nicht, wozu dies Geschrei?« suchte ihn Pawel Pawlowitsch schnell zu beschwichtigen. »Ich halte Sie nicht zum Narren, wirklich nicht!

Wissen Sie auch, was Sie mir jetzt geworden sind — Sie! — sehen Sie!«

Und schon hatte er seine Hand erfaßt und geküßt. Weltschaninoff war kaum zu Besinnung gekommen.

»Sehen Sie, das sind Sie mir jetzt! So — und jetzt packe ich mich zu allen Teufeln!«

»Warten Sie, warten Sie!« hielt ihn Weltschaninoff, zur Besinnung kommend, noch zurück. »Ich vergaß ganz, Ihnen zu sagen . . .«

Pawel Pawlowitsch trat von der Tür wieder ein paar Schritte ins Zimmer.

»Sehen Sie«, begann Weltschaninoff schnell und geschäftig, indem er jedoch unwillkürlich errötete und sich fast ganz von ihm abwandte, »Sie müssen morgen unbedingt zu Pogorjélzeffs fahren . . . um ihnen Ihre Aufwartung zu machen und Ihren Dank auszusprechen. Sie müssen unbedingt . . .«

»Oh, unbedingt, unbedingt, ganz natürlich, das ist doch selbstverständlich!« pflichtete Pawel Pawlowitsch sogleich mit der größten Bereitwilligkeit bei, und er machte eine Handbewegung, die ungefähr sagen sollte, daß es ganz überflüssig sei, ihn noch daran zu erinnern.

»Und außerdem werden Sie auch von Lisa sehnsüchtig erwartet. Ich versprach . . .«

»Lisa . . .!« Pawel Pawlowitsch kehrte nochmals von der Tür zurück. »Lisa? Wissen Sie auch, was Lisa mir war, war und ist? War und ist!« stieß er plötzlich wie außer sich hervor. »Doch . . . He! Davon später, alles später . . . Jetzt genügt mir das nicht mehr, daß Sie mit mir getrunken haben, Alexei Iwanowitsch, ich bedarf jetzt einer anderen Genugtuung . . .«

Er legte seinen Hut auf den Stuhl und sah ihn wie vorhin mit verhaltenem Atem an.

»Küssen Sie mich, Alexei Iwanowitsch«, sagte er plötzlich.

»Sind Sie betrunken?« rief Weltschaninoff, unwillkürlich einen Schritt zurücktretend.

»Ich bin betrunken, aber küssen Sie micht trotzdem, Alexei

Iwanowitsch, ja, küssen Sie mich! Habe ich Ihnen doch soeben noch die Hand geküßt!«

Weltschaninoff schwieg eine Weile, wie von einem Keulenschlag vor die Stirn getroffen. Doch plötzlich beugte er sich
zu Pawel Pawlowitsch herab, der ihm fast nur bis an die
Schulter reichte, und küßte ihn auf den Mund, von dem ein
starker Weinduft ausging. Übrigens war er selbst nicht ganz
sicher, ob er die Lippen wirklich berührt hatte.

»Nun, jetzt aber, jetzt...«, rief in betrunkener Ekstase
Pawel Pawlowitsch und in seinen Augen blitzte es auf, »jetzt
hören Sie! Ich fragte mich damals: ,Sollte auch er? Wenn
auch er', dachte ich, ,wenn auch er, wem kann man dann
überhaupt noch trauen!'«

Und Pawel Pawlowitsch brach plötzlich in Tränen aus.

»Begreifen Sie nun, als was für ein Freund Sie mir damit
geblieben sind?!...«

Und damit griff er nach seinem Hut und lief aus dem
Zimmer.

Weltschaninoff stand wieder minutenlang auf einem Fleck
mitten im Zimmer, ganz wie nach dem ersten Besuch Pawel
Pawlowitschs.

,Ach, ein betrunkener Narr und nichts weiter!' sagte er
sich schließlich ärgerlich.

,Entschieden nichts weiter!' bekräftigte er nochmals energisch, nachdem er sich bereits entkleidet hatte, und streckte
sich aus auf seinem Schlafdiwan.

VIII

Lisa ist krank

Am nächsten Morgen wartete Weltschaninoff in eigentümlicher Stimmung auf Pawel Pawlowitsch, der ihm noch
ausdrücklich versprochen hatte, rechtzeitig bei ihm vorzusprechen, um sich mit ihm zu Pogorjélzeffs zu begeben.
Weltschaninoff ging im Zimmer auf und ab, trank dazwi-

schen schluckweise seinen Kaffee, rauchte und gestand sich jeden Augenblick, daß er einem Menschen gleiche, der am Morgen erwacht ist und nun immerwährend daran denken muß, daß er am Abend vorher eine Ohrfeige erhalten hat.

‚Hm!... er begreift nur zu gut, um was es sich dabei handelt, und wird sich durch Lisa an mir rächen!‘ dachte er angstvoll.

Er sah das liebe Bild des armen Kindes wieder vor sich, und sein Herz begann schneller zu schlagen bei dem Gedanken, daß er heute noch, schon bald, schon in zwei Stunden *seine* Lisa wiedersehen werde.

‚Ach, wozu da viele Worte verlieren!‘ meinte er plötzlich und schlug sich energisch die Sorgen aus dem Kopf. ‚Jetzt ist das mein Lebensinhalt, mein Ziel! Was sind dagegen alle diese Ohrfeigen und Erinnerungen, was gehen die mich an!... Wozu habe ich bisher überhaupt gelebt? Was war mein ganzes bisheriges Leben? Unordnung und Trübsal... jetzt aber – wird alles anders werden, alles ganz anders!‘

Trotz seiner gehobenen Stimmung kamen aber doch immer wieder trübe, bange Gedanken, die ihm Sorge machten.

‚Er will mich mit Lisa quälen – das ist klar! Er wird mich noch krank machen! Und Lisa gleichfalls. Ja, das ist es, auf diese Weise will er mir *alles* heimzahlen. Hm!... jedenfalls darf ich ihm solche Ausfälle wie gestern abend nicht wieder erlauben‘, sagte er sich plötzlich und errötete bei dem Gedanken an den Abend, ‚und... aber was ist denn das, er kommt ja noch immer nicht, und die Uhr geht schon auf zwölf!‘

Er wartete und wartete – wartete bis halb eins, und seine Stimmung wurde immer gedrückter. Pawel Pawlowitsch erschien nicht. Schließlich sagte er sich – dieser Gedanke hatte sich übrigens schon ein paarmal in ihm zu regen begonnen –, daß er gewiß absichtlich nicht kommen werde, und zwar einzig deshalb nicht, um ihn, ganz wie gestern, nochmals »zum Narren zu halten«. Das aber brachte ihn dann endgültig auf.

‚Er weiß, daß ich von ihm abhänge! Aber was wird jetzt mit Lisa geschehen? Wie kann ich ohne ihn hinfahren?'

Um ein Uhr hielt er das Warten nicht mehr aus und fuhr zu Pawel Pawlowitsch. Dort erfuhr er, daß dieser überhaupt nicht in seiner Wohnung geschlafen habe und erst um neun Uhr morgens auf ein Viertelstündchen nach Haus gekommen sei, um dann wieder fortzugehen, ohne zu sagen, wohin. Weltschaninoff stand vor des Abwesenden Zimmer, während die Stubenmagd ihm das alles erzählte, und bewegte ganz gedankenlos die Klinke der verschlossenen Tür, drückte, zog und rüttelte an ihr — alles ganz mechanisch. Plötzlich kam er aus seiner Gedankenversunkenheit zu sich, unterdrückte einen Fluch, ließ die Klinke fahren und bat, ihn zu Marja Ssyssójewna zu führen. Doch diese hatte ihn schon gehört und kam ihm selbst entgegen.

Marja Ssyssójewna war ein gutmütiges Frauenzimmer, »ein Weib mit vernünftigen Ansichten«, wie sich Weltschaninoff zu Kláwdia Petrówna über sie äußerte. Sie fragte ihn zuerst, wie er denn das »Mädelchen« hingebracht habe, begann dann aber sogleich und ganz unaufgefordert von Pawel Pawlowitsch zu erzählen. Nach ihren Worten hätte sie ihn »schon längst vor die Tür gesetzt«, wenn nicht das Mädelchen bei ihm gewesen wäre. »Er ist doch auch aus dem Gasthof deshalb hinausgejagt worden, weil er es dort gar zu unanständig getrieben hat. Nun, ist es denn nicht eine wahre Schande, wenn er nachts ein liederliches Frauenzimmer mitbringt, während das Kindchen doch schon was begreifen kann! Und dabei schreit er noch: ‚Sieh, das hier wird deine Mutter sein, wenn ich es will!' Und was glauben Sie, er trieb es doch so, daß selbst diese Person, was sie auch für eine ist, ihm in die Fratze spie. Und der Kleinen schreit er zu: ‚Du bist nicht meine Tochter, bild' du dir nur das nicht ein! Ein ... bist du!'«

Weltschaninoff fuhr zusammen bei diesem gemeinen Wort.

»Nicht möglich!« stieß er hervor.

»Ich habe es selbst gehört. Er war ja wohl betrunken, als

er das sagte, also nicht bei klarem Bewußtsein, aber immerhin ist das doch nichts für Kinderchen: wenn auch das Mädelchen noch klein ist, begreifen tut es doch schon was, und es
behält doch solche Wörter und denkt darüber nach und macht
sich seine eigenen Gedanken! Und immer weinte das Mädelchen; ganz krank hat er es gemacht. Und vor ein paar
Tagen noch, da war hier im Hause ein Verbrechen geschehen: ein Kommissar, oder was da die Leute sagten, hatte
im Gasthof am Abend ein Zimmer genommen und gegen
Morgen sich dann erhängt. Er soll fremdes Geld durchgebracht haben, heißt es. Nun, alles lief natürlich hin!
Pawel Pawlowitsch war wieder nicht zu Hause und das
Kindchen hatte er ohne Aufsicht zurückgelassen. Da sehe ich:
auch das Mädelchen steht dort unter all den Leuten im Korridor und guckt auch auf den Erhängten — so, wissen Sie,
mit solchen Augen! Ich brachte sie schnell von dort fort,
hierher zu mir. Aber was glauben Sie wohl, sie zitterte wie'n
Espenblatt, ganz blau war sie im Gesicht, und kaum hatte
ich sie wieder hier, da fiel sie auch schon hin und lag in
Krämpfen. Ich hatte zu tun, daß sie wieder zu sich kam!
Gott weiß, was das nun war — Fallsucht oder Kinder-
krämpfchen oder was — aber seit der Zeit fing sie an zu krän-
keln. Als er es erfuhr, am Abend, als er zurückkam, da
begann er von neuem, sie zu kneifen — denn er schlug sie
ja nicht, er kniff gewöhnlich nur, — darauf soff er sich
natürlich wieder voll, am selben Abend noch, kam dann
wieder zurück, und da ging's dann los mit dem Bange-
machen: ,Ich werde mich ebenso aufknüpfen, deinetwegen
werde ich mich erhängen', sagte er, ,an dieser selben Schnur' —
dort, die vom Rouleau, sagt' er, mit dieser Schnur werde er
sich erhängen. Und er machte sogar die Schlinge fertig, alles
vor ihren Augen! Und sie zittert sowieso schon, daß Gott
erbarm', und weiß nicht, wo sie sich lassen soll — schreit und
weint und klammert sich mit ihren Ärmchen an ihn und
jammert nur noch: ,Ich werde nicht, ich werde nicht!' Daß
Gott erbarm!«

Weltschaninoff hatte sich zwar auf manches Seltsame gefaßt gemacht, diese Mitteilungen aber machten ihn so betroffen, daß er seinen Ohren nicht trauen wollte. Marja Ssyssójewna erzählte ihm noch vieles andere. Einmal zum Beispiel hätte sich Lisa »um ein Haar« aus dem Fenster gestürzt, wenn sie, Marja Ssyssojewna, nicht dazwischengekommen wäre.

Fast wie ein Betrunkener verließ er ihr Zimmer: ,Ich werde ihn totschlagen, mit einem Knüppel totschlagen, wie einen Hund!' fuhr es ihm durch den Kopf, und lange noch wiederholte er in Gedanken diese Worte, als könnten sie ihn beruhigen.

Er nahm einen Wagen und fuhr zu Pogorjélzeffs. Doch noch war er aus der Stadt nicht hinausgefahren, als der Wagen plötzlich an einer Straßenkreuzung bei einer Kanalbrücke, über die sich ein langer Leichenzug bewegte, halten mußte. An beiden Enden der Brücke wurde der Verkehr dadurch aufgehalten, und die Zahl der wartenden Gefährte wuchs mit jedem Augenblick. Fußgänger blieben schaulustig stehen und drängten sich näher. Es war ein vornehmes Begräbnis und die Reihe der nachfolgenden Equipagen daher sehr lang. Und plötzlich war es Weltschaninoff, als habe er in einem der Kutschenfenster das Gesicht Pawel Pawlowitschs erblickt. Einen Moment hielt er es für eine Täuschung, und er hätte auch seinen Augen wohl nicht getraut, — wenn nicht Pawel Pawlowitsch selbst seinen Kopf zum Fenster hinausgestreckt und ihm lächelnd zugenickt hätte. Offenbar war er riesig froh darüber, daß er Weltschaninoff erblickt und erkannt hatte, ja, er winkte ihm zum Gruß sogar mit der Hand. Weltschaninoff sprang aus dem Wagen und drängte sich trotz der Menge, der Schutzleute und ungeachtet dessen, daß Pawel Pawlowitschs Equipage bereits auf die Brücke fuhr, an den Wagenschlag heran. Pawel Pawlowitsch saß allein in seiner Kutsche.

»Was fällt Ihnen ein!« schrie Weltschaninoff, »weshalb sind Sie nicht gekommen? Wie kommen Sie hierher?«

»Ich erweise dem Toten die letzte Ehre — schreien Sie nicht, schreien Sie nicht — ich muß meine Pflicht erfüllen!« erwiderte Pawel Pawlowitsch kichernd und mit vergnügtem Zwinkern. »Ich geleite die irdischen Überreste meines aufrichtigen Freundes Stepan Michailowitsch!«

»Blödsinn! Betrunken sind Sie, verrückt!« schrie Weltschaninoff, der im ersten Augenblick etwas gestutzt hatte. »Sie steigen sofort aus und setzen sich in meinen Wagen, sofort!«

»Ich kann nicht, meine Pflicht...«

»Ich ziehe Sie am Kragen heraus und schleppe Sie hin!« schrie Weltschaninoff.

»Aber ich werde schreien, ich werde schreien!« kicherte mit derselben Vergnügtheit Pawel Pawlowitsch, ganz als scherze man nur mit ihm, zog sich jedoch in den fernsten Winkel der Kutsche zurück.

»Achtung! Heda! Aufgepaßt!« rief der Schutzmann.

In der Tat hatte, als der Wagen von der Brücke herabfuhr, eine fremde Kutsche die Reihe des Leichenzuges durchbrochen, was eine große Verwirrung und ein noch gefährlicheres Gedränge hervorrief. Weltschaninoff war gezwungen, zur Seite zu springen, und andere Kutschen und die Volksmenge drängten ihn noch weiter fort. Vor Ärger spie er aus und kehrte zu seinem Wagen zurück.

‚Gleichviel, in diesem Zustand hätte man ihn doch nicht hinbringen können!‘ suchte er sich zu beruhigen, aber er wurde trotzdem eine gewisse erregende Verwunderung nicht los.

Als er Klawdia Petrowna die Mitteilungen Marja Ssyssojewnas wiedergegeben und von der Begegnung unterwegs erzählt hatte, wurde sie sehr nachdenklich.

»Ich muß gestehen, daß ich für Sie fürchte«, sagte sie, »Sie müssen jede Beziehung zu ihm abbrechen, je früher, um so besser.«

»Ein betrunkener Narr ist er und nichts weiter!« rief Weltschaninoff heftig. »Das fehlte noch, daß ich den zu fürchten

311

beginne! Und wie soll ich denn die Beziehungen zu ihm abbrechen: Sie vergessen Lisa! Denken Sie doch an Lisa!«

Und nun hörte er erst, daß Lisa ernstlich erkrankt sei. Seit
dem Abend war das Fieber bedeutend gestiegen, und man
erwartete mit Ungeduld einen hervorragenden Arzt aus der
Stadt, nach dem man schon in aller Frühe geschickt hatte.
Diese Nachrichten gaben Weltschaninoff natürlich noch den
Rest! Klawdia Petrowna führte ihn zur Kranken.

»Ich habe sie gestern aufmerksam beobachtet«, sagte sie zu
ihm, bevor sie ins Krankenzimmer traten. »Sie ist ein stolzes und düsteres Kind; sie schämt sich, daß sie bei uns ist
und daß der Vater sie verlassen hat. Und meiner Meinung
nach ist das die ganze Ursache ihrer Krankheit.«

»Wieso hat er sie verlassen? Weshalb glauben Sie, daß er
sie verlassen habe?«

»Aber schon das allein, daß er sie so ohne weiteres in ein
fremdes Haus hat bringen lassen, und noch dazu von einem
Menschen, der ihm doch fast fremd ist, oder jedenfalls . . .«

»Aber ich habe sie ihm doch selbst fortgenommen, einfach
mit Gewalt fortgenommen! Ich finde nicht, daß . . .«

»Ach, mein Gott, aber Lisa, das Kind, findet es! Und
von ihm — nun, von ihm glaube ich, daß er überhaupt nicht
kommen wird.«

Lisa war durchaus nicht erstaunt, als sie Weltschaninoff
ohne den Vater erblickte. Sie lächelte nur traurig und wandte
ihr fieberglühendes Gesichtchen zur Wand. Auf die fast schüchternen Trostversuche Weltschaninoffs und auf seine eifrigen
Versicherungen, daß er morgen unter allen Umständen den
Vater zu ihr bringen werde, antwortete sie nichts. Als er sie
endlich verließ und die Tür des Krankenzimmers hinter sich
schloß, brach er plötzlich in Tränen aus.

Der Arzt kam erst gegen Abend. Nachdem er die Kleine
untersucht hatte, äußerte er sich zum Schrecken aller dahin,
daß da wohl überhaupt nichts mehr zu machen sei. Als man
ihm sagte, daß die Kleine erst am Abend vorher erkrankt sei,
wollte er es zunächst gar nicht glauben.

»Alles hängt jetzt nur davon ab«, meinte er schließlich, »wie sie diese Nacht überstehen wird.« Darauf traf er noch seine Anordnungen und verabschiedete sich mit dem Versprechen, am nächsten Morgen möglichst früh wiederzukommen. Weltschaninoff wollte unbedingt die Nacht über bei ihnen bleiben, doch Klawdia Petrowna bat ihn, noch einmal den Versuch zu machen, »diesen Unmenschen« dazu zu bewegen, zu seiner kranken Tochter zu kommen.

»Noch einmal?« stöhnte Weltschaninoff. »Ja!! Ich werde ihn binden, ich werde ihn knebeln, und wenn ich ihn auch auf meinen Armen herschleppen müßte —!«

Der Gedanke, Pawel Pawlowitsch »zu binden und zu knebeln« und mit Gewalt zu Pogorjelzeffs zu bringen, bemächtigte sich seiner in solchem Maße, daß er vor Ungeduld, es buchstäblich so auszuführen, ganz nervös wurde.

»In nichts, in nichts fühle ich mich jetzt noch ihm gegenüber schuldig!« sagte er beim Abschied zu Klawdia Petrowna. »Ich leugne alles, was ich da gestern an Sentimentalitäten gesagt habe«, fügte er, zornig über sich selbst, hinzu.

Lisa lag mit geschlossenen Augen im Bettchen und schien zu schlafen. Es schien ihr besser zu gehen. Als Weltschaninoff sich behutsam zu ihr niederbeugte, um zum Abschied wenigstens die Spitzen ihrer blonden Haare zu küssen, schlug sie plötzlich die Augen auf, als habe sie nur auf ihn gewartet, und flüsterte:

»Bringen Sie mich fort!«

Es war eine leise traurige Bitte, ohne jede Spur von der gestrigen Gereiztheit, doch gleichzeitig klang aus ihr eine unendliche Hoffnungslosigkeit, als wisse sie selbst, daß man ihre Bitte um keinen Preis erfüllen werde. Und kaum begann Weltschaninoff, dem die Verzweiflung die Kehle zuschnürte, alles zu erklären, mit dem trostlosen Versuch, sie davon zu überzeugen, daß es jetzt wirklich nicht möglich sei, da schloß sie ganz still wieder die Augen und sagte kein Wort weiter, als höre sie nichts und als habe sie nichts gewollt.

313

Als Weltschaninoff in die Stadt zurückgekehrt war, ließ er sich sogleich zum Gasthof in der Nähe der Kirche zu Mariä Schutz und Fürbitte fahren. Es war bereits zehn Uhr. Pawel Pawlowitsch war aber noch nicht zurückgekehrt. Weltschaninoff wartete auf ihn eine halbe Stunde, die er damit zubrachte, daß er in krankhafter Ungeduld im Korridor auf und ab ging. Marja Ssyssojewna versicherte ihm zu guter Letzt, daß Pawel Pawlowitsch erst am Morgen, frühestens bei Tagesanbruch, zurückkehren werde.

»Nun gut, dann werde auch ich bei Tagesanbruch wieder hier sein!« entschied Weltschaninoff und begab sich in größter Erregung nach Hause.

Wie groß aber war sein Erstaunen, als er, noch bevor er seine Wohnung betreten hatte, von Mawra erfuhr, daß der »gestrige Gast« bereits seit zehn Uhr auf ihn wartete.

»Auch Tee hat der Herr oben getrunken und auch nach Wein hat er geschickt, nach demselben, den ich gestern brachte. Einen Fünfrubelschein hat er mir gegeben.«

IX

Das Gespenst

Pawel Pawlowitsch hatte es sich äußerst bequem gemacht. Er saß im Lehnstuhl, rauchte Zigaretten und hatte sich gerade das vierte und letzte Glas aus der Flasche eingeschenkt. Die Teekanne und ein nur halbvolles Teeglas standen neben ihm auf dem Tisch. Sein gerötetes Gesicht leuchtete vor Gutmütigkeit. Er hatte sogar seinen Frack abgelegt und saß ganz sommerlich in der Weste da.

»Verzeihen Sie, treuester Freund!« rief er aus, als er Weltschaninoff erblickte, und sprang sogleich auf, um den Frack wieder anzuziehen.« Ich zog ihn aus, um den Augenblick hier größtmöglichst auszukosten ...«

Weltschaninoff trat drohend auf ihn zu. »Sind Sie schon ganz betrunken? Oder kann man mit Ihnen noch reden?«

Pawel Pawlowitsch schien etwas bange zu werden.

»Nein, noch nicht ganz... Ich gedachte des Entschlafenen... aber noch nicht ganz...«

»Werden Sie mich verstehen?«

»Zu dem Zweck bin ich ja hergekommen, um Sie zu verstehen.«

»Schön, dann beginne ich ohne weiteres damit, daß ich Ihnen sage, was Sie sind: eine nichtswürdige Kanaille sind Sie!« schrie ihn Weltschaninoff mit zornbebender Stimme an.

»Wenn Sie damit schon beginnen, womit werden Sie dann noch enden?« versetzte Pawel Pawlowitsch, der doch recht eingeschüchtert aussah, mit dem leisen Versuch zu protestieren. Weltschaninoff aber schrie weiter, ohne auf ihn zu hören:

»Ihre Tochter liegt im Sterben, sie ist krank, – haben Sie sie bereits verlassen oder wollen Sie sie erst noch verlassen?«

»Wirklich schon im Sterben?«

»Sie ist krank, schwer krank, sehr gefährlich krank!«

»Vielleicht nur solche Anfälle...«

»Reden Sie keinen Unsinn! Sie ist ü–ber–aus gefährlich krank! Schon deshalb hätten Sie hinfahren müssen, um...«

»Um meinen Dank auszusprechen, ich verstehe, um für die freundliche Aufnahme meinen Dank auszusprechen. Ich verstehe sehr wohl. Alexei Iwanowitsch, bester, teuerster!« flehte er ihn plötzlich an und ergriff mit beiden Händen Weltschaninoffs Hand, um ihn dann fast unter Tränen und in trunkener Gerührtheit, wie um Verzeihung bittend, zu beschwören: »Alexei Iwanowitsch, schreien Sie nicht, schreien Sie nicht, Alexei Iwanowitsch! Wenn ich sterbe, wenn ich jetzt gleich, betrunken wie ich bin, in die Newa falle und ertrinke – dann könnte ich's doch auch nicht tun, also was will denn das besagen? Zu Herrn Pogorjelzeff werden wir ja immer noch zeitig genug kommen...«

Weltschaninoff horchte auf und nahm sich ein wenig zusammen.

»Sie sind betrunken, ich verstehe nicht, was Sie damit sagen wollen«, versetzte er streng. »Ich bin jederzeit bereit, mich mit Ihnen auszusprechen. Es wäre mir sogar lieber, wenn es schneller geschähe ... Ich fuhr auch in dieser Absicht ... Doch vor allen Dingen lassen Sie sich gesagt sein, daß ich jetzt Maßregeln ergreifen werde: Sie werden hier bei mir übernachten! Und morgen früh setze ich Sie in den Wagen und fahre mit Ihnen hin. Glauben Sie nicht, daß ich Sie entwischen lasse!« — Seine Selbstbeherrschung ließ wieder nach. »Ich werde Sie binden, zum Knoten werde ich Sie binden und mit dieser Faust hinschleppen! ... Wird Ihnen dieser Diwan bequem genug sein?« brach er kurz ab, den Atem anhaltend, und eine kurze Handbewegung wies auf den breiten, weichen Diwan, der dem anderen, auf dem er selbst zu schlafen pflegte, an der entgegengesetzten Wand gegenüberstand.

»Aber ich bitte Sie, ich kann ja gleichviel wo ...«

»Nein, nicht gleichviel wo, sondern auf diesem Diwan! ... Nehmen Sie, — hier haben Sie eine Decke, ein Kissen, Betttücher ...« Weltschaninoff nahm alles Nötige aus seinem Schrank und warf es Pawel Pawlowitsch zu, der gehorsam die Hand ausstreckte und eines nach dem anderen in Empfang nahm. »Machen Sie sich sofort Ihr Nachtlager zurecht! Nun, wird's bald? So—fort, sage ich Ihnen!«

Pawel Pawlowitsch stand ganz bepackt und wie in ratloser Unentschlossenheit mitten im Zimmer, ein breites, betrunkenes Lächeln im aufgelösten Gesicht; als Weltschaninoff ihn jedoch zum zweitenmal wahrhaft unheilverkündend anschrie, da fuhr er zusammen und stürzte in größter Hast zum Diwan, um Hals über Kopf dem Befehl nachzukommen: er schob den Tisch zur Seite und bemühte sich, vor Anstrengung fast ächzend, als käme er mit dem Atem zu kurz, die schwierige Prozedur auszuführen und die Bettücher auszubreiten. Weltschaninoff trat zu ihm, um ihm zu helfen: der Gehorsam und der Schreck seines Gastes gefielen ihm — er war zum Teil ganz zufrieden mit der Wirkung seiner Wut.

316

»Trinken Sie Ihr Glas aus und legen Sie sich dann hin!«
kommandierte er wieder: er fühlte ganz deutlich, daß er
jetzt überhaupt nicht anders zu reden vermochte, als in
Befehlen. »Haben Sie selbst nach dem Wein geschickt?«

»Ich selbst ... Ich wußte, daß Sie, Alexei Iwanowitsch,
jetzt nicht mehr danach schicken würden.«

»Das ist gut, daß Sie es wußten, nur sollen Sie jetzt
noch mehr wissen. Ich erkläre Ihnen hiermit noch einmal,
daß ich weiß, was ich zu tun habe: Ihre Faxen werde ich
nicht mehr dulden. Ihre betrunkenen Küsse verbitte ich mir
ein für allemal!«

»Ich begreife doch selbst, Alexei Iwanowitsch, daß das
überhaupt nur einmal möglich war«, meinte Pawel Pawlowitsch mit einem halben Lächeln.

Weltschaninoff, der im Zimmer auf und ab schritt, blieb
plötzlich mit einer gewissen Feierlichkeit vor ihm stehen.

»Pawel Pawlowitsch, sprechen Sie sich einmal offen aus!
Sie sind schlau, ich gebe es zu, aber ich versichere Ihnen,
daß Sie sich auf einem falschen Wege befinden! Reden Sie
offen, handeln Sie offen, seien Sie ehrlich – und ich gebe
Ihnen mein Ehrenwort, daß ich Ihnen auf alles Rede stehen
werde, auf alles!«

Pawel Pawlowitsch lächelte wieder sein langes zweideu-
tiges Lächeln, das allein schon genügte, um Weltschaninoff
aus der Haut zu bringen.

»Warten Sie!« schrie er ihn wieder an. »Sparen Sie sich
die Mühe, sich zu verstellen, ich durchschaue Sie ja doch!
Ich sage Ihnen nochmals: ich gebe Ihnen mein Ehrenwort,
daß ich bereit bin, Ihnen jede Frage zu beantworten, hören
Sie, *jede!* – und Ihnen soll jede nur mögliche Genugtuung
gewährt werden, verstehen Sie, *jede!* – jede sogar unmögliche, wenn Sie wollen! Oh, was würde ich darum geben,
wenn Sie mich richtig verständen! ...«

»Wenn Sie nun einmal so gut sind«, näherte sich ihm
vorsichtig Pawel Pawlowitsch, »so, sehen Sie, interessiert
mich das sehr, was Sie gestern vom Raubtiertyp sagten ...«

Weltschaninoff wandte sich brüsk von ihm ab und nahm nervös wieder seinen Gang durch das Zimmer auf, nur weit schneller und wie von innerer Unruhe getrieben.

»Nein, Alexei Iwanowitsch, seien Sie nicht böse, denn das ist für mich von großem Interesse; ich bin doch gerade deshalb hergekommen, um mich zu vergewissern... Meine Zunge ist jetzt etwas steif, doch Sie müssen es mir schon verzeihen. Ich habe ja von diesen ‚Raubtieren‘ und vom ‚zahmen‘ Typus selbst was in einer Zeitschrift gelesen, in irgendeiner Kritik, das fiel mir heute morgen wieder ein... nur habe ich vergessen, was es war, oder aufrichtig gesagt, ich habe es auch damals nicht verstanden. Ich wollte nämlich gerade nur eines feststellen: der verstorbene Stepan Michailowitsch Bagautoff — war der nun einer von den wilden oder zahmen? Was meinen Sie?«

Weltschaninoff schwieg immer noch und setzte seinen Gang fort.

»Zum Raubtiertyp gehört derjenige Mensch«, sagte er, plötzlich stehenbleibend und in maßloser Wut, »der Bagautoff eher vergiftet hätte, wenn er mit ihm ‚Champagner trank und zur Feier des angenehmen Wiedersehens anstieß‘, wie Sie ihn gestern mit mir tranken, der aber seinem Sarg nicht auf den Friedhof folgt, wie Sie ihm heute gefolgt sind — unter weiß der Teufel was für geheimen und gemeinen Verstellungen und Absichten, die nur Sie selbst, aber keinen anderen, beschmutzen! Nur Sie selbst!«

»Das stimmt, daß er nicht gefahren wäre«, bestätigte Pawel Pawlowitsch, »nur verstehe ich noch nicht, wie Sie denn so auf mich...«

»Das ist nicht ein Mensch«, fuhr Weltschaninoff zornbebend fort, ohne auf ihn zu hören, »nicht einer, der sich Gott weiß was alles zusammenreimt, Recht und Unrecht mathematisch berechnet und die ihm angetane Beleidigung wie eine Schulaufgabe auswendig hersagen kann, so gut hat er sie gelernt, und der sich dann mit ihr herumschleppt, sich verstellt und entstellt und den Leuten auf dem Halse

sitzt — und — seine ganze Zeit nur darauf verschwen-
det! Ist es wahr, daß Sie sich haben erhängen wollen? Ist
das wahr?«

»In der Betrunkenheit vielleicht, habe vielleicht irgendmal
was geschwatzt, — ich entsinne mich nicht mehr. Für unsereinen, Alexei Iwanowitsch, schickt sich das nicht, Gift hinein-
zumischen. Ganz abgesehen davon, daß man ein gut ange-
schriebener Beamter ist, besitzt man doch auch ein Kapital,
und vielleicht will man sogar nochmals heiraten.«

»Ja, und außerdem würde man für das Gift zur Zwangsarbeit verurteilt und nach Sibirien verschickt werden.«

»Nun ja, sehen Sie, und dann auch noch diese Unannehmlichkeit, obschon die Gerichte heutzutage für alles mildernde
Umstände gelten lassen. Doch ich will Ihnen, Alexei Iwanowitsch, eine höchst spaßige Geschichte erzählen, vorhin im
Wagen fiel sie mir wieder ein — ich wollte sie Ihnen, das
nahm ich mir gleich vor, unbedingt mitteilen. Sie sprachen
soeben von: ‚den Leuten auf dem Halse sitzen'. Sie erinnern
sich vielleicht noch an Ssemjón Petrówitsch Liwzóff, — er hat
uns zu Ihrer Zeit in T. öfter besucht. Nun, sein jüngerer
Bruder, gleichfalls ein Petersburger Kavalier, war nach W.
zum Dienst beim Gouverneur abkommandiert und zeichnete
sich ebenso durch verschiedene glänzende Eigenschaften aus.
Einmal geriet nun dieser junge Mann mit dem Obersten
Golubénko in Streit: es war in einer Gesellschaft und in
Anwesenheit von Damen, unter denen sich auch die Dame
seines Herzens befand. Er fühlte sich beleidigt, steckte
aber die Beleidigung ruhig ein und ließ niemanden etwas
merken. Golubénko aber machte ihm inzwischen die Dame
seines Herzens abspenstig und hielt um ihre Hand an. Und
was glauben Sie wohl, was dieser Liwzóff darauf tat? — Er
wird Golubénkos bester Freund, als wäre nie das geringste
zwischen ihnen vorgefallen, und drängt sich ihm noch als
Hochzeitsmarschall[6] auf! Richtig, in der Kirche stand er
neben ihm, und als man aus der Kirche zurückgekehrt war
und die Gratulationscour begann, trat er auf ihn zu, sprach

319

seinen Glückwunsch aus und küßte ihn, und im selben Augenblick, wie er dort war und stand, im Frack und geschniegelt und gestriegelt und inmitten der ganzen glänzenden Gesellschaft — auch der Gouverneur war zugegen — sticht er dem Golubénko plötzlich einen Dolch in den Leib, daß dieser nur noch taumelt und hinfällt! Sein eigener Hochzeitsmarschall! Unerhört doch?! Aber das ist noch nicht alles! Die Hauptsache kommt erst: Kaum hatte er jenen niedergestochen, da ringt er schon die Hände und schreit und jammert verzweifelt: ‚Was hab ich getan! Ach, was hab ich getan!' Und er weint und zittert und wirft sich schluchzend allen an den Hals, sogar den Damen, und jammert immer weiter: ‚Ach, was hab ich getan, was hab ich jetzt getan!' — Hehehe! Zum Totlachen. Nur, daß einem Golubénko leid tun konnte; übrigens ist dieser wieder gesund geworden.«

»Ich verstehe nicht, zu welchem Zweck Sie mir das erzählt haben«, sagte Weltschaninoff, dessen Gesicht sich streng verfinsterte, in abweisendem Ton.

»Nun, weil er doch immerhin mit dem Dolch gestochen hat«, grinste Pawel Pawlowitsch. »Man sieht doch, daß er ganz gewiß nicht zu jenem Typ gehört, ein Lappen war, ein Rotzbengel, wenn er vor lauter Angst jeden Anstand vergessen und sich in Gegenwart des Gouverneurs den Damen an den Hals werfen konnte! Aber er hat doch gestochen, hat's doch fertiggebracht! Nur das war es, was ich meinte.«

»Packen Sie sich zum Teufel!« schrie plötzlich Weltschaninoff mit einer Stimme, die ganz fremd und heiser klang — fast als hätte sich etwas in ihm von einer Kette losgerissen. »Scheren Sie sich zum Henker mit Ihrem untergründigen Quark, wie Sie selbst nur so ein untergründiger Quark sind! Läßt sich einfallen, mich schrecken zu wollen! — Sie Kinderquäler, Sie gemeines Subjekt! Sie Schuft, Sie Schuft!« schrie er, kaum noch seiner Sinne mächtig, atemlos vor Wut.

Pawel Pawlowitsch fuhr zusammen, als verzerre sich alles in ihm, auch die letzte Spur vom Rausch war im Nu verflogen; seine Lippen bebten.

320

»Wie, *mich* nennen Sie einen Schuft, Alexei Iwanowitsch, *Sie — mich*?«

Doch Weltschaninoff war bereits zu sich gekommen.

»Ich bin bereit, mich zu entschuldigen,« sagte er nach kurzem Schweigen und finsterem Sichbesinnen, »aber nur in dem Fall, wenn Sie selbst, und zwar sogleich, offen und ehrlich vorgehen wollen.«

»Ich aber würde mich an Ihrer Stelle auch in jedem Fall entschuldigen, Alexei Iwanowitsch.«

»Nun gut, mag es so sein«, willigte Weltschaninoff wieder nach kurzem Schweigen ein, »ich bitte Sie um Entschuldigung. Aber Sie werden doch selbst einsehen, Pawel Pawlowitsch, daß ich mich nach alledem Ihnen gegenüber bereits in nichts mehr verpflichtet zu halten brauche, ich spreche von allem und nicht bloß von diesem Zwischenfall soeben.«

»Schon gut, kommt es denn auf so eine Abrechnung an?« meinte Pawel Pawlowitsch mit kaum merklichem Lächeln, wobei er übrigens zu Boden sah.

»Nun, wenn es so ist, dann um so besser, um so besser! . . . Trinken Sie Ihren Wein aus und legen Sie sich hin, denn ich werde Sie trotzdem nicht fortlassen . . .«

»Ja, was . . . der Wein . . .«, Pawel Pawlowitsch schien ein wenig verwirrt zu sein, trat aber doch an den Tisch und nahm das Glas mit dem längst eingegossenen Champagner. Vielleicht hatte er vorher schon viel getrunken, und vielleicht zitterte deshalb seine Hand, als er das Glas hob: er verschüttete einen Teil des Weines auf den Boden, auf seine Weste und sein Vorhemd, trank aber doch den Rest bis auf den letzten Tropfen aus, ganz als könne er ihn nicht unausgetrunken lassen: und nachdem er dann das leere Glas höflich wieder auf den Tisch gesetzt hatte, ging er gehorsam zum Diwan und begann sich auszukleiden.

»Oder wär's nicht besser . . . nicht hier zu übernachten?« sagte er plötzlich aus irgendeinem Grund, indem er den einen Stiefel, den er bereits ausgezogen hatte, unschlüssig in den Händen hielt.

»Nein, das wäre nicht besser!« versetzte ärgerlich Weltschaninoff, der unermüdlich auf und ab ging, ohne ihn anzusehen.

Pawel Pawlowitsch entkleidete sich vollends und legte sich hin. Eine Viertelstunde später ging auch Weltschaninoff zu Bett und löschte das Licht aus.

Ihn überkam ein unruhiger Halbschlummer. Es war ihm, als sei etwas Neues irgendwoher aufgetaucht, das *die Sache* noch mehr verwickelte, und das beunruhigte ihn; doch gleichzeitig fühlte er und war sich dessen bewußt, daß er sich dieser Unruhe schämte. Er begann bereits einzuschlummern, als ihn plötzlich ein Geräusch weckte. Er schlug sogleich die Augen auf und sah hinüber zum anderen Diwan. Es war ganz dunkel im Zimmer (die dunklen Stoffgardinen waren zugezogen), doch schien es ihm, daß Pawel Pawlowitsch nicht lag, sondern sich aufgerichtet hatte und saß.

»Was ist?« rief Weltschaninoff.

»Ein Schatten...«, flüsterte nach kurzem Zögern Pawel Pawlowitsch kaum hörbar.

»Was — was für ein Schatten?«

»Dort... in jenem Zimmer, in der Tür... es war mir so, als hätte ich dort einen Schatten gesehen.«

»Was für einen Schatten, wovon denn?«

»Von Natalja Wassiljewna.«

Weltschaninoff setzte die Füße auf den Teppich, stand auf und ging selbst zur Tür, um durch den kleinen Korridor in jenes Zimmer zu sehen, dessen Tür immer offen stand. Die Fenster hatten dort keine dunklen Vorhänge, nur die weißen Rouleaux waren herabgelassen, weshalb es dort bedeutend heller war.

»In diesem Zimmer ist nichts. Sie sind einfach betrunken; legen Sie sich hin!« sagte Weltschaninoff, kehrte ins Bett zurück und wickelte sich in seine Decke.

Pawel Pawlowitsch sagte kein Wort und legte sich gleichfalls hin.

»Haben Sie früher auch schon solche Schatten gesehen?«

fragte Weltschaninoff auf einmal, nachdem bereits ganze zehn Minuten vergangen waren.

»Einmal war es so wie ... als hätte ich so was gesehen«, antwortete wieder nach einigem Zögern Pawel Pawlowitsch mit schwacher Stimme.

Darauf trat von neuem Schweigen ein.

Weltschaninoff hätte nicht bestimmt zu sagen vermocht, ob er wirklich eingeschlafen war oder wieder nur so im Halbschlummer gelegen hatte. Es mochte über eine Stunde vergangen sein – und plötzlich drehte er sich wieder um: war es ein Geräusch, das ihn geweckt hatte, oder was sonst – er wußte es nicht, aber es schien ihm plötzlich, als ob in der vollkommenen Dunkelheit etwas vor ihm stehe, etwas Weißes, noch nicht ganz an seinem Bett, aber doch schon mitten im Zimmer. Er fuhr auf, blieb sitzen und blickte lange Zeit regungslos in das Dunkel, dorthin, wo er meinte, daß etwas sei.

»Sind Sie es, Pawel Pawlowitsch?« fragte er mit verhaltener Stimme.

Und diese seine eigene Stimme, die plötzlich in der Stille und Dunkelheit erklang, kam ihm selbst irgendwie sonderbar vor.

Es erfolgte keine Antwort, doch ein Zweifel daran, daß dort wirklich jemand stand, war ganz ausgeschlossen.

»Sind Sie es ... Pawel Pawlowitsch?« wiederholte er lauter, sogar so laut, daß Pawel Pawlowitsch, selbst wenn er auf seinem Diwan ganz fest geschlafen hätte, davon sicherlich aufgewacht wäre und geantwortet haben würde.

Doch wieder blieb alles still – keine Antwort ... dafür schien es ihm aber, daß diese weiße, kaum erkennbare Gestalt sich ihm etwas genähert hatte. Und nun geschah etwas Seltsames: es war ihm, als werde plötzlich irgend etwas in ihm aufgerissen, und so schrie er zitternd, rasend vor Wut, mit einer Stimme, die ihn zu ersticken drohte, fast nach jedem Wort atemlos stockend:

»Wenn Sie ... betrunkener Narr ... nur wagen, zu den-

ken, daß Sie ... mich erschrecken können, so drehe ich mich
zur Wand, zieh' die Decke über und dreh' mich die ganze
Nacht kein einziges Mal nach Ihnen um ... Um dir zu beweisen, Lump, wie wenig ich dich fürchte ... und wenn Sie auch
bis zum Morgen hier stehen ... als Narr ... ich spucke auf
Sie ...«

Und er spie wütend nach der Richtung des vermeintlichen
Pawel Pawlowitsch, warf sich hin, drehte sich zur Wand,
wickelte sich in die Decke und blieb wie eine Scheintoter
regungslos liegen. Totenstille trat ein. Näherte sich nun das
Weiße oder stand es noch auf derselben Stelle — er wußte
es nicht, doch sein Herz pochte, pochte, pochte. Es vergingen
wenigstens ganze fünf Minuten, und plötzlich, keine zwei
Schritte von ihm, ertönte die schwache, fast klägliche Stimme
Pawel Pawlowitsch':

»Ich, Alexei Iwanowitsch, ich bin nur aufgestanden,
um ...« (er nannte einen in jedem Haushalt unentbehrlichen
Gegenstand) »zu suchen, ich fand aber dort nichts bei mir ...
da wollte ich leise unter Ihrem Bett nachsehen.«

»Weshalb schwiegen Sie denn ... als ich Sie anschrie?«
fragte Weltschaninoff nach kurzem Schweigen mit eigentümlicher Stimme.

»Ich erschrak. Sie schrien so plötzlich ... da erschrak ich
eben.«

»Dort, in der Ecke, links von der Tür, im Nachtschränk-
chen, zünden Sie das Licht an ...«

»Ich kann ja auch ohne Licht ...«, meinte Pawel Pawlowitsch ganz bescheiden, zur bezeichneten Zimmerecke tappend. »Verzeihen Sie schon, daß ich Sie so beunruhigt habe,
Alexei Iwanowitsch ... ich habe doch etwas zu viel getrunken ... auf einmal war ich ganz berauscht ...«

Weltschaninoff antwortete ihm darauf nichts mehr. Er
blieb regungslos so liegen wie er lag und drehte sich während
der ganzen Nacht kein einziges Mal nach ihm um. Wollte er
nun damit nur sein Wort halten und seine Verachtung bezeugen? — Er wußte selbst nicht, was in ihm vorging; seine

324

nervöse Erregung ging in einen seltsamen Traumzustand über, und lange konnte er nicht einschlafen.

Am nächsten Morgen erwachte er — als habe ihn jemand gestoßen — gegen zehn Uhr, richtete sich sogleich auf und setzte sich aufs Bett, doch Pawel Pawlowitsch war schon nicht mehr da! Nur der leere, unaufgeräumte Diwan stand dort an der Wand, er selbst aber mußte sich wohl schon bei Tagesanbruch aus dem Staube gemacht haben.

»Das hätte ich mir ja denken können!« rief Weltschaninoff aus und schlug sich mit der Hand vor die Stirn.

X

Auf dem Friedhof

Die Befürchtungen des Arztes gingen in Erfüllung: Lisas Zustand verschlimmerte sich ganz plötzlich und wurde so ernst, wie es Kláwdia Petrówna und Weltschanínoff noch tags zuvor gar nicht für möglich gehalten hätten. Als Weltschaninoff am Vormittag kam, war die Kleine zwar noch nicht bewußtlos, doch hatte das Fieber bereits eine beängstigende Höhe erreicht. Weltschaninoff versicherte später, sie habe ihm zugelächelt und das heiße Händchen entgegengestreckt, doch ob sie es wirklich getan oder ob es ihm nur so geschienen hatte, das ließ sich nicht mehr feststellen. Jedenfalls war er selbst fest davon überzeugt, und diese Überzeugung war ein Trost für ihn. Am Abend verlor Lisa das Bewußtsein, und in diesem Zustand blieb sie während der ganzen Krankheit. Am zehnten Tage nach ihrer Ankunft auf der Datsche starb sie.

Das waren kummervolle, qualvolle Tage für Weltschaninoff. Den größten Teil dieser schweren Zeit verbrachte er bei Pogorjelzeffs, die sich wirklich ernste Sorgen um ihn machten. In den letzten Tagen saß er oft stundenlang ganz allein irgendwo in einem Winkel und beschäftigte sich mit nichts, dachte auch offenbar an nichts. Klawdia Petrowna trat dann oft zu ihm, um ihn etwas abzulenken, doch er antwortete kaum, und die Störung war ihm sichtlich unangenehm. Klawdia Petrowna hätte es nie gedacht, daß ihm »all das dermaßen nahegehen würde«. Nur die Kinder konnten ihn etwas zerstreuen und bisweilen sogar zum Lachen bringen. Aber in jeder Stunde erhob er sich einmal leise und schlich auf den Fußspitzen an das Bett der kleinen Kranken, um sie zu betrachten. Bisweilen schien es ihm, als erkenne sie ihn. Hoffnung auf ihre Genesung hatte er nicht mehr, ebensowenig wie die anderen. Alle wußten, wie es um sie stand; aber von dem Zimmer, in dem Lisa starb, vermochte er sich nicht zu trennen, und so saß er gewöhnlich im Zimmer nebenan.

Zweimal geschah es übrigens in diesen Tagen, daß er ganz plötzlich aus seiner Versunkenheit aufsah und eine fieberhafte Tätigkeit entwickelte: er nahm sogleich einen Wagen und fuhr nach Petersburg zu den bekanntesten Ärzten, die er zu einem Konsilium bat. Das zweite fand noch am Tag vor dem Tod der Kleinen statt. Drei oder vier Tage vorher hatte Klawdia Petrowna zu Weltschaninoff von der Notwendigkeit gesprochen, Herrn Trussozkij endlich aufzusuchen: denn »sollte das Schlimmste geschehen, so kann man sie ja nicht einmal beerdigen, wenn man nicht wenigstens den Taufschein hat«! Herr Pogorjelzeff hatte schon gesagt, er werde ihn einfach durch die Polizei suchen lassen. So schrieb denn Weltschaninoff einen kurzen Zettel und brachte ihn selbst zu Marja Ssyssójewna, die ihn Pawel Pawlowitsch, der natürlich nicht zu Hause war, einhändigen sollte, sobald er käme.

Schließlich, an einem wundervollen Sommerabend, als gerade die Sonne unterging, starb Lisa, und nun erst kam Weltschaninoff gleichsam zu sich. Es war, als erwache er gleichsam aus einem Traum. Und als dann die kleine Leiche in einem Festtagskleidchen einer der Töchter Klawdia Petrównas auf einem Tisch im Saal aufgebahrt war und mit Blumen geschmückt wurde, trat er plötzlich mit funkelnden Augen auf Klawdia Petrowna zu und erklärte ihr, daß er sogleich »den Mörder« herbeischaffen werde. Und ohne auf die Bitten und Beschwörungen zu achten, doch bis morgen damit zu warten, begab er sich sogleich nach der Stadt.

Er wußte, wo er Pawel Pawlowitsch finden konnte; war er doch nicht bloß der Ärzte wegen nach Petersburg gefahren. Es hatte ihn in diesen Tagen mehr als einmal plötzlich die Überzeugung gepackt, daß nur der Vater an Lisas Bett zu treten brauchte, und sie, sobald sie nur seine Stimme hörte, wieder zu sich kommen würde; dann war er aufgesprungen und in die Stadt gefahren und hatte ihn wie ein Verzweifelter gesucht.

Pawel Pawlowitsch wohnte nach wie vor in den zwei möblierten Zimmern, doch dort nach ihm zu fragen, war vergeblich: »Er hat wieder mal drei Nächte nicht hier verbracht,« berichtete Marja Ssyssójewna, »und läßt er sich zufällig mal tagsüber blicken, dann kommt er besoffen an und nach kaum einer Stunde geht er wieder. Ganz verkommen ist der Mensch!«

Ein Kellner des Gasthofes nebenan hatte Weltschaninoff schon vorher unter anderem gesagt, daß Pawel Pawlowitsch früher gewisse Mädchen in einem Hause am Wosnessénskij-Prospekt besucht habe. Diese Mädchen hatte Weltschaninoff alsbald aufgesucht. Natürlich entsannen sie sich sogleich des Herrn, der um den Hut einen Trauerflor trug, und der stets so freigebig gewesen war, doch nichtsdestoweniger begannen sie alsbald einmütig über ihn zu schimpfen — natürlich nur deshalb, weil er jetzt nicht mehr zu ihnen kam. Die eine von ihnen, Kátja mit Namen, beteuerte sogleich, daß sie ihn jederzeit finden könne, da er die Máschka Prostakówa jetzt überhaupt nicht mehr verlasse, denn Geld habe er soviel wie Sand am Meer. Diese Maschka aber heiße gar nicht Prostakówa, sondern eigentlich Prochwóstowa, und habe auch schon im Krankenhaus gelegen, und wenn sie, Katja, nur wollte, so könnte sie sie jeden Tag nach Sibirien verschicken lassen, sie brauche nur ein Wort zu sagen! Trotzdem war es der Katja an jenem Tag nicht gelungen, ihn zu finden, doch hatte sie hoch und heilig versprochen, ihn das nächstemal unbedingt zur Stelle zu schaffen. Auf ihre Hilfe rechnete Weltschaninoff.

Es war bereits zehn Uhr abends, als er sie zu sprechen verlangte und sich mit ihr auf die Suche begab, nachdem er, wie es sich gehört, für ihre Abwesenheit gezahlt hatte. Er wußte selbst noch nicht, was er mit Pawel Pawlowitsch beginnen werde: ob er ihn für irgendetwas totschlagen oder ob er ihm einfach nur mitteilen wollte, daß Lisa gestorben war, und daß er die zur Bestattung notwendigen Dokumente hergeben mußte. Doch auch diesmal ließ er sich nicht finden: Maschka Prochwóstowa erklärte, daß es vor drei Tagen zu einer Rauferei zwischen ihnen gekommen sei, und daß ihm bei der Gelegenheit ein Rentmeister mit einer Holzbank »den Schädel eingeschlagen« habe. Kurz, man suchte ihn überall vergeblich. Erst gegen zwei Uhr nachts, als Weltschaninoff aus einem gewissen Hause, in dem er Pawel Pawlowitsch »bestimmt finden« sollte und doch nicht gefunden hatte, heraustrat, stieß er plötzlich ganz unerwartet auf ihn: Pawel Pawlowitsch wurde von zwei Frauenzimmern gerade zu diesem Hause geschleppt — er war vollständig betrunken. Die eine der beiden »Damen« hatte ihn unter den Arm gefaßt und stützte ihn nach Kräften; ihnen folgte irgendein »Prätendent«, ein großer, flotter Bursche, der wütend auf Pawel Pawlowitsch schimpfte und ihn mit fürchterlichen Drohungen einzuschüchtern suchte. Unter anderem hörte man ihn gerade noch schreien, daß Pawel Pawlowitsch ihn »exploitiert« und sein Leben »vergiftet« habe. Offenbar handelte es sich um irgendein Geld. Die Damen schienen aber große Angst zu haben und sich sehr zu beeilen, um schneller ins Haus zu gelangen. Kaum hatte Pawel Pawlowitsch Weltschaninoff erblickt, da warf er sich ihm mit ausgebreiteten Armen entgegen und schrie, als stecke ihm das Messer schon im Rücken:

»Bruderherz, beschütze mich!«

Beim Anblick der athletischen Gestalt Weltschaninoffs,

verdrückte sich der »Prätendent« im Nu. Pawel Pawlowitsch fühlte sich als Sieger, drohte mit der Faust hinter ihm her und grölte zum Zeichen des Triumphes. Da packte ihn Weltschaninoff, rasend vor Wut, an den Schultern und begann, ohne selbst zu wissen, wozu und weshalb, den Besoffenen mit beiden Fäusten so zu schütteln, daß dessen Zähne klapperten. Pawel Pawlowitschs Gegröl war im Augenblick verstummt, und er starrte nur mit stumpfsinnigem Schrecken seinen neuen Peiniger an. Weltschaninoff wußte offenbar nicht, was er mit ihm weiter tun sollte, und drückte ihn mit aller Kraft auf einen Prellstein am Trottoir.

»Lisa ist gestorben!« stieß er hervor.

Pawel Pawlowitsch hatte noch keinen Blick von ihm abgewandt; er starrte ihn, auf dem Prellstein sitzend und von einer der »Damen« gestützt, immer noch verständnislos an. Endlich begriff er, und sein Gesicht sah auf einmal alt und verfallen aus.

»Gestorben ...«, flüsterte er eigentümlich vor sich hin. Lächelte er nun wieder sein gemeines langes Lächeln, oder war es etwas anderes, das sein Gesicht verzog — Weltschaninoff konnte es nicht unterscheiden. Doch im nächsten Augenblick hob Pawel Pawlowitsch mühsam seine zitternde rechte Hand, um sich zu bekreuzigen; aber das Kreuz kam nicht ganz zustande und seine zitternde Hand sank herab. Nach einer Weile erhob er sich langsam vom Prellstein, tastete nach seiner »Dame« und ging, sich schwer auf sie stützend, wankenden Schrittes davon, wie in Gedanken versunken. Es war, als habe er Weltschaninoff völlig vergessen. Er kam nicht weit. Weltschaninoff riß ihn an der Schulter zurück.

»Begreifst du denn nicht, du besoffener Lump, daß man sie ohne dich nicht einmal begraben kann!« schrie er atemlos.

Jener wandte den Kopf nach ihm um.

»Den Artil-lerie ... Leutnant ... Sie erinnern sich doch?« brachte er mit schwerer Zunge unklar hervor.

»Was? ... Was sagst du?« keuchte Weltschaninoff, schmerzhaft zusammenzuckend.

»Da hast du den Vater! Such ihn dir ... zum Begraben ...«

»Du lügst!« brüllte Weltschaninoff, alle Fassung verlierend, »aus Rache lügst du ... wußte ich doch, daß du das für mich in Bereitschaft hieltest!«

Und außer sich vor Wut holte er aus, um Pawel Pawlowitsch den Schädel einzuschlagen. Noch ein Moment — und die Knochen hätten unter der Wucht seiner athletischen Faust geknirscht: wohl mit einem einzigen Hieb hätte er ihn erschlagen! Die beiden Frauenzimmer schrien auf und stoben zur Seite, doch Pawel Pawlowitsch zuckte mit keiner Wimper. Nur ein Haß, der in seiner Grenzenlosigkeit nahezu tierisch war, entstellte sein ganzes Gesicht.

»Oder kennst du nicht,« fragte er mit bedeutend festerer Stimme, fast als wäre er nicht betrunken, »kennst du etwa nicht unsere russische ...?« (Und er sprach das abscheulichste Schimpfwort für eine Dirne aus.) »Dann pack' dich zu ihr!«

Und mit aller Gewalt riß er sich von Weltschaninoff los, dessen Linke sich um seinen Arm gekrallt hatte, wankte, taumelte zwei Schritte weiter und drohte zu fallen. Die Damen griffen ihn noch rechtzeitig auf und eilten, kreischend und schreiend, so schnell sie nur konnten, mit ihm davon, indem sie ihn fast nachschleifend weiterzogen.

Weltschaninoff folgte ihnen nicht.

Am nächsten Tag um ein Uhr mittags erschien bei Pogorjelzeffs ein höchst anständig aussehender Herr in tadelloser Beamtenuniform und überreichte Klawdia Petrowna höflichst ein an sie adressiertes Paket von Pawel Pawlowitsch Trussozkij. In diesem Paket befand sich außer einem Brief und den zur Bestattung notwendigen Dokumenten noch ein Kuvert mit dreihundert Rubeln. Pawel Pawlowitsch schrieb ziemlich kurz, doch überaus höflich und jedenfalls sehr anständig. Er dankte Ihrer Exzellenz für die liebevolle Aufnahme, die sie der kleinen Waise erwiesen, für die Pflege und alles das, was allein Gott durch seinen Segen entgelten könne. Darauf erwähnte er — übrigens war dieser Satz etwas

330

unklar gehalten —, daß er infolge ernsten Unwohlseins verhindert sei, persönlich zum Begräbnis seiner geliebten entschlafenen Tochter zu erscheinen, und daß er deshalb, im Vertrauen auf die »unvergleichliche Güte Ihrer Exzellenz«, diese herzlich bitte, alle Obliegenheiten zu übernehmen. Die dreihundert Rubel seien für die Ausgaben der Bestattung und überhaupt für die Unkosten, die ihre Krankheit verursacht habe, bestimmt. Sollte von dieser Summe noch etwas übrigbleiben, so bitte er ergebenst und ehrerbietigst, dieses Geld zu Totenmessen für das Seelenheil der Verstorbenen zu verwenden. Der Herr in der Beamtenuniform, der das Schreiben überbracht hatte, wußte nichts weiter hinzuzufügen; aus seinen Worten ging sogar hervor, daß er nur auf die dringende Bitte Pawel Pawlowitschs eingewilligt habe, dieses Paket Ihrer Exzellenz persönlich zu überbringen. Der Geheimrat fühlte sich fast beleidigt durch die »Unkosten, die ihre Krankheit verursacht habe«, und schlug daher vor, das Geld außer den fünfzig Rubeln für das Begräbnis — da man es dem Vater doch nicht verwehren konnte, sein Kind aus eigenen Mitteln zu bestatten — an Herrn Trussozkij sogleich zurückzusenden. Klawdia Petrowna entschied jedoch, ihm nicht das Geld, sondern ihm lieber die Quittung des Geistlichen der Friedhofskirche zuzustellen und für die zweihundertfünfzig Rubel — was er aus der Quittung ersehen werde — Totenmessen für das Seelenheil der Verstorbenen lesen zu lassen. Und so geschah es auch. Die Quittung wurde später Weltschaninoff eingehändigt, der sie durch die Post an Pawel Pawlowitschs Adresse sandte.

Nach der Beerdigung kehrte Weltschaninoff in die Stadt zurück. Ganze zwei Wochen trieb er sich ziel- und zwecklos umher, schlenderte ganz allein durch die Straßen, stieß in seiner Gedankenversunkenheit mit anderen Menschen zusammen, entschuldigte sich nicht einmal und sah keinen an. Bisweilen wiederum lag er tagelang auf seinem Diwan ausgestreckt, ohne auch nur das Nächstliegende zu denken. Pogorjelzeffs ließen ihn mehrmals zu sich bitten, und er versprach auch, bald zu ihnen hinauszufahren, vergaß es aber schon im nächsten Augenblick. Klawdia Petrówna kam sogar persönlich zu ihm gefahren, traf ihn jedoch nicht zu Haus. Dasselbe Ergebnis hatten auch zwei Besuche seines Rechtsanwalts, der ihm eine sehr erfreuliche Mitteilung zu machen hatte: Der Rechtsstreit war von ihm nämlich so geschickt geleitet worden, daß die Gegner jetzt zu einem gütlichen Vergleich bereit waren, wenn man sie mit einem unbedeutenden Bruchteil der von ihnen bestrittenen Erbschaft abfand. Dazu bedurfte es nur noch der Einwilligung Weltschaninoffs. Als der Rechtsanwalt diesen dann endlich zu Hause antraf, war er nicht wenig erstaunt über den müden Gleichmut, mit dem ihn sein vor kurzem noch so ungeduldiger Klient anhörte.

Die Julihitze erreichte ihren Höhepunkt, doch Weltschaninoff achtete nicht darauf, ihm war alles gleichgültig. Er fühlte nur einen Schmerz in der Seele, den er immerwährend wie einen qualvoll bewußten Gedanken empfand. Am wehesten tat ihm, daß Lisa gestorben war, ohne ihn besser kennengelernt zu haben und ohne zu wissen, wie sehr er sie liebte! Jenes Lebensziel, das er plötzlich in so strahlendem und freudespendendem Licht vor sich gesehen hatte, war plötzlich wieder verschwunden und erloschen in ewiger Finsternis. Jenes Ziel hatte eigentlich nur darin bestanden — seine Gedanken beschäftigten sich jetzt fast ausschließlich damit —, daß er Lisa erzogen und daß sie an jedem Tag, zu jeder Stunde seine sorgende Liebe gefühlt hätte. »Ein höheres Ziel gibt es nicht, ein höheres hat kein Mensch und kann auch kein Mensch haben!« sagte er sich manchmal in düsterer Begeisterung. »Oder wenn die Menschen auch andere Ziele haben sollten, so kann doch keines heiliger sein!« Und diese Liebe zu seinem Kind, so dachte er es sich jetzt, hätte alles wieder gutgemacht, vor allem sein ganzes früheres lasterhaftes und unnützes Leben; statt eines müßigen, schlechten und abgelebten Menschen, wie er es war, hätte er ein reines und wundervolles Wesen für die Welt und das Leben erzogen und — »um dieses Kindes willen wäre mir alles verziehen worden, hätte ich mir auch selbst verziehen.«

Alle diese *bewußt* gedachten Gedanken waren für ihn untrennbar verbunden mit der ewig klaren und ewig ihm nahen Erinnerung an das tote Kind. Er vergegenwärtigte sich immer wieder ihr blasses Gesichtchen, erinnerte sich jedes Ausdrucks, jeder ihrer Bewegungen; er glaubte, sie wieder vor sich zu sehen, wie sie im Sarge unter Blumen und wie sie während der Krankheit bewußtlos gelegen: heißglühend mit offenen, unbeweglichen, fieberglänzenden Augen. Da fiel es ihm ein, daß er, als sie noch auf dem Tisch aufgebahrt lag, plötzlich bemerkt hatte, daß ein Fingerchen an einer Stelle blauschwarz geworden war; das hatte ihn damals so betroffen gemacht, daß ihm plötzlich zum erstenmal der Gedanke gekommen war, Pawel Pawlowitsch unverzüglich aufzusuchen und ihn umzubringen; bis dahin aber war er wie betäubt gewesen. Gleichviel, was die Krankheit des Kindes gewesen sein mochte — gekränkter Stolz oder die Quälereien, mit denen der eigene Vater sie peinigte, dieser Vater, dessen Liebe sich so plötzlich in Haß verwandelt hatte, der ihr schändliche Schimpfwörter sagte und über ihre Angst höhnisch lachte, bis er zu guter Letzt zuließ, daß sie von einem fremden Menschen fortgebracht wurde — die Schuld an ihrem Tod trug jedenfalls Pawel Pawlowitsch ganz allein. Darüber war sich Weltschaninoff von vornherein vollkommen klar, und immer wieder kehrten seine Gedanken zurück zu dem, wie Pawel Pawlowitsch sie gequält hatte, und seine Phantasie gab sich mit tausend Schrecknissen ab. »Wissen Sie auch, was Lisa mir war?« hörte er plötzlich wieder die Frage des Betrunkenen, und er fühlte, daß diese eigentümliche Frage nicht Verstellung war, sondern aus der tiefsten Tiefe seines Inneren kam und daß hier Liebe gewesen war. »Aber wie konnte dieses Scheusal dann so grausam zu diesem Kinde sein, das er doch so geliebt hat; wie ist so etwas überhaupt möglich?« Doch jedesmal, wenn er wieder bei dieser Frage angelangt war, erschrak er und dachte möglichst schnell an etwas anderes, als wolle er weiteres Nachdenken über dieses Problem verscheuchen. Es lag für ihn in dieser Frage etwas Unheimliches, etwas Unerträgliches, und etwas — Unbeantwortetes.

Eines Tages hatte er, fast ohne sich selbst dessen bewußt zu sein, seinen ziellosen Weg durch die Straßen der Stadt immer weiter fortgesetzt, bis er zu dem Friedhof gelangt war, auf dem man Lisa begraben hatte. Er fand bald ihr kleines Grab. Es war das erstemal, daß er nach der Bestattung auf den Friedhof kam: er hatte immer gefürchtet, daß die Qual gar zu groß werden könnte, und so hatte er es nicht gewagt, ihr Grab aufzusuchen. Doch seltsam, kaum war er niedergekniet und hatte den Hügel geküßt, da war es ihm, als würde ihm plötzlich leichter. Der Abend war still und klar, die Sonne stand schon tief und warf lange Schatten. Ringsum auf den Hügeln und Plätzen wuchs üppiges, weiches Gras; an einem Hagebuttenstrauch in der Nähe summte eine Biene. Die Blumen und Kränze auf Lisas kleinem Grab waren verwelkt und die Blüten zur Hälfte entblättert. Weltschaninoff sann und schaute, und zum erstenmal nach langer Zeit stieg wieder ein Hoffnungsgefühl in ihm auf und erfrischte ihm das Herz.

‚Wie leicht!‘ dachte er unter der Empfindung der Friedhofstille, und er schaute hinauf zum klaren, stillen Himmel.

Und ein Strom eines reinen, ruhigen Glaubens an irgend etwas erfüllte seine Seele.

‚Das hat mir Lisa gesandt, sie spricht zu mir‘, dachte er bei sich.

Es dämmerte bereits stark, als er den Friedhof verließ, um nach Hause zurückzukehren. Nicht allzu weit vom Friedhofstor befand sich in einem niedrigen hölzernen Häuschen an der Straße so etwas wie eine Schenke oder ein Bierlokal. Durch die offenen Fenster sah man die Leute an den Tischen sitzen. Plötzlich schien es Weltschaninoff, als sei einer von ihnen — derjenige, welcher am offenen Fenster saß — Pawel Pawlowitsch, der ihn bereits erkannt hatte und neugierig mit den Blicken verfolgte. Er ging weiter, ohne seinen Schritt zu verändern, doch bald hörte er, daß jemand ihm schnell folgte. Es war in der Tat Pawel Pawlowitsch. Offenbar hatte ihn der versöhnliche Ausdruck im Gesicht Weltschaninoffs ermutigt. Als er ihn erreicht hatte, hielt er mit ihm gleichen Schritt, schien zwar noch etwas zaghaft zu sein und lächelte nur, aber es war nicht mehr sein früheres betrunkenes Lächeln; er war sogar überhaupt nicht betrunken.

»Guten Tag«, sagte er.

»Guten Tag«, antwortete Weltschaninoff.

XI

Páwel Páwlowitsch will heiraten

Nachdem er mit diesem „Guten Tag" geantwortet hatte, wunderte er sich über sich selbst. Es kam ihm sehr sonderbar vor, daß er jetzt beim Wiedersehen mit diesem Menschen gar keinen Haß mehr gegen ihn empfand, daß sich in seinen Gefühlen für ihn etwas ganz Anderes geltend machte und er plötzlich sogar eine Art Begehren nach etwas Neuem verspürte.

»Der Abend ist heute so angenehm«, begann Pawel Pawlowitsch, ihm in die Augen blickend.

»Sie sind noch nicht abgereist«, bemerkte Weltschaninoff — nicht fragend, sondern als überdenke er es nur so, ohne im Weitergehen inne zu halten.

»Die Abreise hat sich etwas verzögert, aber mein Gesuch um Versetzung ist genehmigt worden. Ich komme auf einen höheren Posten. Übermorgen reise ich ab.«

»Sie sind auf einen höheren Posten versetzt?« fragte Weltschaninoff — diesmal fragte er wirklich.

»Weshalb denn nicht?« fragte Pawel Pawlowitsch, plötzlich wie ein wenig pikiert.

»Ich sagte es nur so . . .«, entschuldigte sich Weltschaninoff halbwegs, runzelte leicht die Stirn und warf seitwärts einen Blick auf Pawel Pawlowitsch.

Zu seiner Verwunderung sah die Kleidung, der Hut mit dem Trauerflor, wie überhaupt die ganze Erscheinung des Herrn Trussozkij unvergleichlich anständiger aus als vor vierzehn Tagen. ‚Weshalb saß er in jenem Bierlokal?' fragte sich Weltschaninoff und wurde die Frage nicht los.

»Ich wollte Ihnen auch noch von meiner anderen großen Freude Mitteilung machen, Alexei Iwánowitsch«, begann wieder Pawel Pawlowitsch.

»Einer Freude?«

»Ich heirate nämlich.«

»Was?«

»Nach dem Kummer kommt doch wieder die Freude an die Reihe, so geht es immer im Leben. Ich würde aber sehr gern Sie, Alexei Iwánowitsch . . . nur weiß ich nicht, vielleicht haben Sie es jetzt eilig, Sie sehen so aus . . .«

»Ja, ich muß mich allerdings beeilen und . . . überdies fühle ich mich nicht ganz wohl.«

Er wollte ihn plötzlich so schnell wie möglich abschütteln; seine Bereitwilligkeit zu neuen Gefühlen war im Augenblick verschwunden.

»Ich würde aber sehr gern . . .«

Pawel Pawlowitsch sprach es jedoch nicht aus, was er wollte.

Weltschaninoff schwieg.

»In dem Fall . . . dann später einmal, wenn wir uns nur wieder treffen . . .«

»Gut, gut, später einmal . . .«, murmelte Weltschaninoff schnell und undeutlich, ohne ihn dabei anzusehen oder stehenzubleiben. So gingen sie noch eine ganze Weile schweigend nebeneinander weiter; Pawel Pawlowitsch hielt mit ihm immer noch gleichen Schritt.

»Dann also bis nächstens — auf Wiedersehen«, sagte er endlich.

»Auf Wiedersehen. Wünsche Ihnen . . .«

Weltschaninoff langte wieder vollkommen verstimmt zu Hause an. Die Begegnung mit »diesem Menschen« war doch entschieden eine zu große Zumutung gewesen. Als er zu Bett ging, fragte er sich nochmals: ‚Was hatte er dort in der Nähe des Friedhofes zu suchen?‘

Am nächsten Morgen entschloß er sich endlich, zu Pogorjelzeffs zu fahren, entschloß sich ungern; der bloße Gedanke an die Teilnahme anderer Menschen, auch wenn diese Menschen Pogorjelzeffs waren, dünkte ihn unerträglich. Da er aber wußte, wie sehr sie sich um ihn sorgten, mußte er unbedingt hinfahren. Plötzlich bildete er sich ein, daß er sich im ersten Augenblick des Wiedersehens aus irgendeinem Grund unendlich schämen werde.

‚Soll ich oder soll ich nicht fahren?‘ überlegte er gerade, während er sich beeilte, sein Frühstück zu beenden, als plötzlich zu seiner größten Verwunderung Pawel Pawlowitsch ins Zimmer trat.

Weltschaninoff hätte, trotz der Begegnung am Abend zuvor, alles eher erwartet, als daß dieser Mensch jemals noch bei ihm vorsprechen werde, und war daher so verblüfft, daß er nicht wußte, was er sagen sollte, und ihn nur wortlos ansah. Doch Pawel Pawlowitsch bedurfte keines Willkommens: er grüßte, wünschte einen guten Tag und setzte sich dann unaufgefordert in denselben Lehnsessel, in dem er vor drei Wochen gesessen hatte. Weltschaninoff sah plötzlich die Szene dieses letzten Besuches ganz besonders deutlich vor sich. Beunruhigt und mit einem gewissen Widerwillen sah er seinen Gast an.

»Sie wundern sich?« begann Pawel Pawlowitsch, der Weltschaninoffs Blick verstand.

Überhaupt schien er bedeutend aufgeräumter zu sein als er am Abend auf der Straße gewesen war, und gleichzeitig verriet alles, daß er noch ängstlicher als gestern zu vermeiden suchte, irgendwie zu mißfallen. Am interessantesten war die Veränderung seiner äußeren Erscheinung. Herr Trussozkij war nicht etwa nur anständig, er war sogar fast nach der letzten Mode gekleidet: zu einem leichten Sommerrock helle, enganschließende Beinkleider, eine helle Weste; die Handschuhe, die goldene Lorgnette, mit der er sich auf einmal, wer weiß wozu, versehen hatte, die Wäsche — alles war tadellos, und seinen Kleidern entströmte sogar ein leiser Wohlgeruch. In der Gesamtwirkung seiner Erscheinung lag aber etwas, das lächerlich wirkte, und gleichzeitig auf einen seltsamen und unangenehmen Gedanken brachte.

»Natürlich habe ich Sie, Alexei Iwanowitsch, in Erstaunen gesetzt durch meinen Besuch«, fuhr Pawel Pawlowitsch sichtlich befangen fort, »und — das kann ich Ihnen nachfühlen ... Ja ... ich finde es sehr begreiflich. Aber es besteht doch, so denke ich, zwischen den Menschen immer noch etwas — und meiner Überzeugung nach *muß* es auch bestehen — nämlich immer noch etwas Höheres, ist es nicht so? Ich meine etwas Höheres, das über den Dingen und Verhältnissen steht, sogar über den Unannehmlichkeiten, die sich vielleicht ergeben können ... nicht wahr?«

»Pawel Pawlowitsch, sagen Sie alles, was sie sagen wollen, etwas schneller und ohne Zeremonien«, bat Weltschaninoff stirnrunzelnd.

»In zwei Worten!« beeilte sich Pawel Pawlowitsch sofort. »Ich heirate und will mich sogleich zu meiner Braut begeben. Die Familie meiner Braut lebt augenblicklich gleichfalls auf ihrer Datsche. Ich würde Sie nun um die große Ehre bitten, Sie mit dieser Familie bekannt machen zu dürfen, und bin daher mit der ergebensten Bitte zu Ihnen gekommen« (Pawel Pawlowitsch neigte sogar untertänigst seinen Kopf), »mich dorthin begleiten zu wollen ...«

»Wohin begleiten?« Weltschaninoff sah ihn groß an.

»Zu ihnen, das heißt auf die Datsche, zu den Eltern meiner Braut. Verzeihen Sie, ich rede nicht ganz klar, vielleicht habe ich mich irgendwie nicht richtig ausgedrückt, aber ich fürchte so sehr eine Absage von Ihnen ...«

Und er sah Weltschaninoff bekümmert und zugleich herzlich bittend an.

»Sie wollen, daß ich mit Ihnen jetzt gleich zu Ihrer Braut fahre?« fragte Weltschaninoff, indem sein Blick schnell die Gestalt des anderen überflog, während er sich noch unschlüssig darüber war, ob er seinen Ohren und Augen trauen sollte.

»Ja . . .«, bestätigte Pawel Pawlowitsch kleinlaut und plötzlich ganz eingeschüchtert. »Ärgern Sie sich nicht, Alexei Iwanowitsch, und fassen Sie es nicht als Unverschämtheit von mir auf. Es ist nur meine außerordentliche und untertänigste Bitte. Ich dachte, Sie würden es mir vielleicht doch nicht abschlagen . . .«

»Das ist ganz unmöglich!« Weltschaninoff bewegte sich unruhig.

»Es ist ja nur mein größter Wunsch und nichts weiter«, fuhr jener fort, ihn zu bitten, »aber ich will auch nicht verheimlichen, daß ich noch einen besonderen Grund zu meiner Bitte habe. Doch diesen Grund wollte ich Ihnen erst nachher mitteilen, jetzt aber wollte ich Sie nur ganz inständig bitten . . .«

Und er erhob sich vor lauter Höflichkeit sogar vom Stuhl.

»Aber das ist doch ganz unmöglich, was Sie da verlangen, das müssen Sie doch selbst einsehen . . .«

Weltschaninoff erhob sich gleichfalls.

»Es ist *durchaus* möglich, Alexei Iwanowitsch, glauben Sie mir! Ich wollte Sie dort nur als meinen Freund vorstellen; und überdies kennen Sie ja die Familie bereits, ich will zu Sachlebinin auf die Datsche, zum Staatsrat Sachlebinin.«

»Was, zu wem?« rief Weltschaninoff.

Das war der Name desselben Staatsrats, den er vor etwa einem Monat überall vergeblich gesucht und auch zu Hause nicht angetroffen hatte, der also allem Anschein nach seinen Einfluß zugunsten der Gegner Weltschaninoffs zu verwenden beabsichtigte.

»Nun ja, nun ja«, bestätigte Pawel Pawlowitsch lächelnd und gleichsam ermutigt durch Weltschaninoffs maßlose Verwunderung, »es ist derselbe, mit dem Sie, wissen Sie noch, damals auf dem Newskij gingen: ich stand auf der anderen

339

Straßenseite und sah zu Ihnen hinüber. Ich wartete damals nur darauf, daß Sie sich von ihm verabschiedeten, um dann selbst zu ihm zu gehen. Vor etwa zwanzig Jahren haben wir zusammen in der gleichen Kanzlei gearbeitet. Übrigens hatte ich an jenem Tage, als ich, nach Ihnen, auf ihn zugehen und mit ihm sprechen wollte, noch gar keine besondere Absicht. Erst seit kurzem, seit einer Woche erst ist es anders . . .«

»Aber erlauben Sie, das ist doch, soviel ich weiß, eine höchst anständige Familie!« wunderte sich Weltschaninoff ganz naiv.

»Was ist denn dabei, wenn sie anständig ist?« Pawel Pawlowitschs eine Gesichtshälfte zuckte.

»Nein, ich meinte es natürlich nicht so . . . aber soviel ich bemerken konnte, wenn ich dort vorgesprochen habe . . .«

»Man erinnert sich, oh, man erinnert sich dort noch ganz genau, wie Sie den Staatsrat zu sprechen gewünscht haben!« fiel ihm Pawel Pawlowitsch sogleich erfreut ins Wort, »nur haben Sie die Familie damals nicht sehen können. Und er selbst erinnert sich Ihrer auch noch sehr gut und schätzt Sie. Ich habe dort nur mit Hochachtung von Ihnen gesprochen.«

»Aber wie denn, Sie sind doch erst seit drei Monaten Witwer?«

»Aber die Hochzeit soll ja nicht sofort stattfinden, erst in neun oder zehn Monaten, wenn das Trauerjahr vorüber ist. Glauben Sie mir, es ist alles in Ordnung. Erstens kennt mich Fedosséi Petrówitsch schon von Kindheit an, er hat auch meine verstorbene Frau gekannt; er weiß, wie ich gelebt habe, was man von mir hält, und schließlich: ich bin doch vermögend, und jetzt hat man mich noch auf einen höheren Posten versetzt — das fällt natürlich alles ins Gewicht.«

»So ist es denn eine Tochter von ihm?«

»Ich werde Ihnen alles ausführlich erzählen«, versetzte Pawel Pawlowitsch, angenehm berührt, »erlauben Sie, daß ich ein Zigarettchen anzünde? Aber Sie werden sich ja heute selbst von allem überzeugen können. Also erstens — werden solche Leute wie Fedosséi Petrówitsch im Dienst bisweilen sehr geschätzt, wenn sie es einmal verstanden haben, die Aufmerksamkeit auf sich zu lenken. Aber außer dem Gehalt und den Gratifikationen, Zuschüssen und noch sonstigen kleinen Summen, die er hier und da als Vorsitzender erhält, gibt's doch nichts, das heißt, weder Nebenverdienste noch ein Grundkapital. Sie leben gut, aber etwas beiseitelegen, das geht nicht, wenn man eine so große Familie hat. Nun sagen Sie sich doch selbst: Fedossei Petrowitsch hat ganze acht Töchter und einen Sohn — der ist der jüngste, noch ein kleiner Bengel. Stirbt Fedossei Petrowitsch heute oder morgen, so bleibt dieser ganzen Familie nur die magere Pension. Das bedenken Sie einerseits, und anderseits — acht Töchter! Nun berechnen Sie bloß: wenn jede von ihnen auch nur ein Paar Schuhe braucht — was das allein schon ausmacht! Und von diesen acht sind fünf bereits heiratsfähig, die älteste ist vierundzwanzig — ein prachtvolles Mädchen! (Aber Sie werden sie ja selbst sehen!) Die sechste, die ist fünfzehn Jahre alt und besucht noch das Gymnasium. Den fünf ältesten müssen also jetzt Männer verschafft werden, was am besten möglichst bald geschehen soll. Mithin müssen die Mädchen Bälle mitmachen — was das alles kostet, bedenken Sie doch nur! Und da bin nun plötzlich ich aufgetaucht, bin der erste Freier in ihrem Hause, und sie kennen mich ganz genau, das heißt, ich meine, sie sind über meine Vermögensverhältnisse mit aller Sicherheit unterrichtet. Nun, und das ist alles.«

Pawel Pawlowitsch gab seine Erklärung mit Entzücken.

»Sie haben um die Älteste angehalten?«

»N—nein, ich . . . nein, nicht um die Älteste; ich habe um jene sechste angehalten, um die, die jetzt noch das Gymnasium besucht.«

»Was? . . .«, Weltschaninoff lachte unwillkürlich auf, »aber Sie sagten doch, die sei erst fünfzehn!«

»Ja, fünfzehn ist sie jetzt, aber in neun Monaten wird sie sechzehn Jahre alt und nach dem Gesetz heiratsfähig sein,

— sechzehn Jahre und drei Monate; — also was ist denn dabei? Da es aber jetzt wegen des Trauerjahres und ihrer Jugend nicht geht, so soll vorläufig noch nichts davon verlauten, nur die Eltern sind im Bilde ... Glauben Sie mir, es ist alles in Ordnung!«

»Aber noch nicht ganz entschieden?«

»Nein, wieso, gewiß entschieden! Glauben Sie mir, es ist wirklich alles in Ordnung ...«

»Und die Kleine, weiß die auch was davon?«

»Sehen Sie, nur vorläufig, nur anstandshalber wird jetzt noch nicht davon gesprochen, — doch wissen! wie sollte sie's denn nicht wissen!« Pawel Pawlowitsch lächelte selbstgefällig. »Nun, wie steht's, werden Sie mir die Ehre erweisen, Alexei Iwanowitsch?« wagte er ganz zaghaft zu fragen.

»Aber weshalb soll ich denn hin? Übrigens«, unterbrach er sich schnell, »da ich selbstverständlich auf keinen Fall mit Ihnen fahren werde, so brauchen Sie mir auch weiter gar nicht Ihre Gründe anzuführen.«

»Alexei Iwanowitsch ...«

»Ja, was glauben Sie denn, — daß ich mich neben Sie setzen und mit Ihnen hinfahren werde? — was fällt Ihnen ein!«

Wieder überkam ihn jenes widerliche, abstoßende Gefühl, das durch das Geschwätz und die Erzählung Pawel Pawlowitschs eine Weile in den Hintergrund gedrängt worden war. Noch einen Augenblick, und er hätte ihn zum Teufel gejagt. Ja, aus irgendeinem Grunde ärgerte er sich sogar über sich selbst.

»Setzen Sie sich, Alexei Iwanowitsch, setzten Sie sich neben mich, und Sie werden es nicht bereuen!« fuhr Pawel Pawlowitsch mit innig flehender Stimme fort. »Nein—nein—nein!« beschwichtigte er sogleich mit beiden Händen, als er Weltschaninoffs ungeduldige und energische Handbewegung bemerkte. »Nein, Alexei Iwanowitsch, warten Sie noch einen Augenblick mit der Entscheidung. Alexei Iwanowitsch, fassen Sie nicht voreilig Ihren Entschluß! Ich sehe, daß Sie

342

mich falsch verstanden haben: ich begreife es ja selbst nur zu gut, daß wir nicht zu Kameraden geschaffen sind, daß weder Sie mein Freund sind, noch ich Ihr Freund sein kann; so einfältig bin ich nun doch nicht, um das nicht zu verstehen. Diese Gefälligkeit aber, um die ich Sie jetzt bitte, wird und soll Sie zu nichts weiter verpflichten. Übermorgen reise ich ab, für immer, also nur diese eine Fahrt! Lassen Sie nur diesen einen Tag eine Ausnahme bilden. Auf dem Wege zu Ihnen setzte ich meine ganze Hoffnung auf — nun, auf gewisse besondere Gefühle Ihres Herzens, Alexei Iwanowitsch, — gerade jene Gefühle, die vielleicht die letzte Zeit in Ihrem Herzen erweckt hat . . . Jetzt habe ich mich doch, denke ich, klar genug ausgedrückt, oder noch nicht?«

Pawel Pawlowitschs Erregung hatte einen kaum glaublichen Grad erreicht. Weltschaninoff sah ihn seltsam an.

»Sie bitten mich um eine Gefälligkeit?« fragte er nachdenklich, »und . . . bestehen mit allem Nachdruck darauf, daß ich sie Ihnen erweisen soll, — das kommt mir verdächtig vor. Ich will mehr wissen.«

»Die ganze Gefälligkeit soll nur darin bestehen, daß Sie mit mir fahren. Dann aber, wenn wir von dort zurückgekehrt sind, werde ich alles vor Ihnen aufdecken, wie in der Beichte. Haben Sie doch Vertrauen zu mir, Alexei Iwanowitsch!«

Doch Weltschaninoff weigerte sich immer noch, und zwar tat er das um so hartnäckiger, weil er einen schweren, bösen Gedanken in sich fühlte. Dieser böse Gedanke regte sich in ihm schon von dem Augenblick an, als Pawel Pawlowitsch von seiner Braut zu sprechen begann: war das nun einfache Neugier, oder war es ein vorläufig noch völlig unklarer Trieb, das wußte er nicht, aber es lockte ihn, einzuwilligen. Und je mehr es ihn lockte, um so hartnäckiger verteidigte er sich dagegen. Er saß, den Arm auf den Tisch gestützt, und sann. Pawel Pawlowitsch aber umschmeichelte ihn und suchte ihn zur Einwilligung zu bewegen.

»Nun gut, ich fahre mit«, willigte er plötzlich unruhig,

fast erregt ein und erhob sich alsbald von seinem Platz.

Pawel Pawlowitsch freute sich maßlos.

»Nein, aber jetzt, jetzt müssen Sie sich nur noch danach ankleiden, Alexei Iwanowitsch«, scharwenzelte er erfreut um den sich umkleidenden Weltschaninoff herum, »so, wie nur Sie sich zu kleiden verstehn!«

‚Wenn ich nur wüßte, was er mit diesem Besuch eigentlich bezwecken will, der sonderbare Mensch?‘ fragte sich Weltschaninoff derweilen.

»Aber ich müßte Sie doch noch um etwas bitten, Alexei Iwanowitsch. Wenn Sie nun schon so gut sind einzuwilligen, mich zu begleiten, dann seien Sie auch mein Ratgeber.«

»Zum Beispiel?«

»Zum Beispiel in dieser wichtigen Frage: mit dem Flor oder ohne Flor? Was wäre anständiger: soll ich ihn abnehmen oder soll ich ihn nicht abnehmen?«

»Das steht bei Ihnen.«

»Nein, ich will Ihre Meinung hören: was Sie täten, wenn Sie Trauer hätten? Ich dachte, wenn ich den Flor behalte, so spricht das von der Beständigkeit meiner Gefühle, also wäre es in gewissem Sinne eine gute Empfehlung.«

»Selbstverständlich nehmen Sie ihn ab.«

»Wirklich? Meinen Sie? Und sogar selbstverständlich finden Sie das?« Pawel Pawlowitsch dachte nach. »Nein, ich möchte ihn doch lieber behalten ...«

»Wie Sie wollen.«

‚Er scheint mir also doch nicht zu trauen, das ist gut‘, dachte Weltschaninoff.

Endlich war er fertig und nahm seinen Hut. Pawel Pawlowitsch betrachtete ihn mit sichtlichem Wohlgefallen; ja, es war sogar als drücke sich in seinem Gesicht noch größere Hochachtung und Würde aus. Weltschaninoff wunderte sich über ihn, doch mehr noch über sich selbst. Vor dem Portal hielt eine elegante Kutsche.

»Ah, Sie hatten also auch den Wagen schon bereit? Waren Sie denn so fest davon überzeugt, daß ich mitfahren würde?«

»Den Wagen hatte ich bereits für mich genommen, aber ich war doch so gut wie überzeugt, daß Sie einwilligen würden«, antwortete Pawel Pawlowitsch mit der Miene eines vollkommen glücklichen Menschen.

»Ei, mein Bester«, bemerkte Weltschaninoff mit einem kleinen gereizten Auflachen, während die Pferde anzogen und der Wagen davonrollte, »ist das Vertrauen, das Sie in mich setzen, vielleicht nicht doch etwas zu groß?«

»Aber doch nicht Ihnen, Alexei Iwanowitsch, nicht Ihnen steht es zu, mich deshalb einen Narren zu nennen?« versetzte Pawel Pawlowitsch mit fester Stimme, aus der man deutlich seine Überzeugung heraushörte.

‚Und Lisa?‘ dachte Weltschaninoff, gab jedoch — sogar mit einem gewissen Schrecken — schnell jeden weiteren Gedanken an sie auf, als wäre er im Begriff gewesen, etwas Heiliges zu entweihen. Und plötzlich kam er sich selbst in diesem Augenblick so seicht, so nichtswürdig vor, und jener Gedanke, der ihn verführt hatte, erschien ihm so nichtig und erbärmlich ... und im Augenblick wollte er allem um jeden Preis den Rücken kehren und aus dem Wagen springen, selbst wenn er vorher diesen Pawel Pawlowitsch noch hätte verprügeln müssen. Doch da begann dieser von neuem zu sprechen, und die Versuchung nahm wieder sein Herz gefangen.

»Alexei Iwanowitsch, verstehen Sie etwas von Schmucksachen?«

»Von was für Schmucksachen?«

»Nun so, von Damenschmuck, von Goldsachen und Brillanten?«

»Ja. Warum denn?«

»Ich würde gern ein kleines Geschenk mitbringen. Raten Sie mir: soll ich oder soll ich nicht?«

»Meiner Meinung nach — besser nicht.«

»Ich würde es aber so gern ... Nur — was könnte man wohl kaufen? Eine ganze Garnitur, eine Brosche, Ohrringe und ein Armband, oder nur eine einzige Sache?«

»Wieviel wollen Sie denn dafür ausgeben?«

345

»Nun, so — vier- bis fünfhundert Rubel.«

»O — oh!«

»Zu viel, was?« fragte Pawel Pawlowitsch ganz erschrocken.

»Kaufen Sie ein Armband für hundert Rubel.«

Pawel Pawlowitsch schien sogar ganz betrübt zu sein. Er wollte gern möglichst viel ausgeben und gleich »eine *ganze* Garnitur« kaufen. Und er blieb dabei. Sie fuhren also zu einem Juwelier. Es endete aber doch damit, daß Pawel Pawlowitsch nur ein Armband kaufte, und zwar nicht dasjenige, das ihm selbst am meisten gefiel, sondern das, zu welchem ihm Weltschaninoff geraten hatte. Übrigens wollte er zuerst beide Armbänder kaufen. Als der Juwelier, der für das eine Armband hundertfünfundsiebzig Rubel verlangt hatte, schließlich nur hundertfünfzig verlangte, ärgerte sich Pawel Pawlowitsch aufrichtig über ihn: er hätte mit Vergnügen auch zweihundert gezahlt, so groß war sein Wunsch, ein möglichst teures Geschenk zu kaufen.

»Das hat nichts zu sagen, daß ich mit dem Schenken etwas voreilig bin«, versicherte er ganz verzückt, als sie wieder im Wagen saßen, »man ist dort gar nicht so zeremoniell. Und die Unschuld freut sich über Geschenke«, meinte er mit einem schlauen und höchst vergnügten Lächeln. »Sehen Sie, Alexei Iwanowitsch, Sie lachten vorhin darüber, daß sie erst fünfzehn Jahre alt ist; aber mich, sehen Sie, hat ja gerade das gepackt, daß sie noch das Gymnasium besucht, mit dem Büchertäschchen am Arm, und mit Heftchen und Federn drin, hehe! Gerade dieses Büchertäschchen hat's mir angetan, das hat meine Gedanken zuerst gefangen genommen! Ich bin nämlich eigentlich nur für die Unschuld, Alexei Iwanowitsch. Es liegt mir weniger an einem schönen Gesicht, als eben gerade daran. Wenn man so sieht, wie sie dasitzen mit einer Freundin in einem Winkel und kichern und kichern, als gebe es Gott weiß was! Und worüber wird denn gekichert? Nur darüber, daß ein Kätzchen von der Kommode in sein Schlafkörbchen gesprungen ist und sich wie ein Knäuel-

chen zusammengerollt hat! ... Das duftet ja förmlich nach
frischen Äpfelchen! Aber — soll ich nicht doch den Flor abnehmen?«

»Wie Sie wollen.«

»Ich tu's!«

Er nahm den Hut ab, riß den Trauerflor herunter und
warf ihn aus dem Fenster. Weltschaninoff konstatierte, daß
sein Gesicht geradezu strahlte und die schönsten Hoffnungen
verriet, als er seinen kahlen Kopf wieder mit dem Hut
bedeckte.

,Sollte er wirklich das sein, was er zu sein scheint?' fragte
sich Weltschaninoff bereits in ausgesprochener Wut, ,sollte
wirklich keine *besondere* Absicht dahinterstecken, daß er
mich aufgefordert hat, mit ihm zu fahren? Sollte er wirklich nur auf meine Anständigkeit rechnen?' Durch diese Annahme fühlte er sich fast gekränkt. ,Und überhaupt, was ist
er eigentlich — ein Narr, ein Esel oder nichts als ein „ewiger
Gatte"? Aber das ist doch nicht möglich.'

XII

Bei Sachlebínins

Sachlebínins waren in der Tat eine »höchst anständige
Familie« und der Staatsrat selbst ein angesehener und tüch-
tiger Beamter, der sich schon hervorgetan hatte. Es war
aber auch das durchaus richtig, was Pawel Pawlowitsch über
die Vermögenslage gesagt hatte: sie lebten gut, starb er aber
heute oder morgen, so blieb kein Vermögen übrig.

Der Hausherr empfing Weltschaninoff in der freundlich-
sten und herzlichsten Weise, und aus dem früheren Gegner
war spürbar ein aufrichtiger Freund geworden.

»Nun, ich gratuliere, so hat sich alles zum besten gewandt!« so kam er sogleich in einer angenehmen und doch
würdevollen Weise auf den Prozeß zu sprechen. »Ich habe
selbst auf einen gütlichen Vergleich hingewirkt, und Pjotr

Kárlowitsch« (Weltschaninoffs Advokat) »ist ja in solchen Sachen eine Kraft, auf die man sich verlassen kann. Nun ja. Sechzigtausend Rubel bekommen Sie jetzt ohne alle Scherereien, die sind Ihnen ganz fraglos sicher. Ohne Verzögerungen. Andernfalls hätte sich der Prozeß noch drei Jahre hinziehen können.«

Weltschaninoff wurde sogleich Madame Sachlebinin vorgestellt, einer korpulenten, ältlichen Dame mit einem einfachen, etwas müden Gesicht. Nach und nach begannen dann auch die Töchter zu erscheinen, einzeln oder paarweis. Aber es kamen ihrer allmählich doch schon gar zu viele, nicht acht, sondern ganze zehn oder zwölf — Weltschaninoff konnte sie nicht einmal zählen, denn die einen kamen, die anderen gingen. Es befanden sich aber unter ihnen auch mehrere Freundinnen aus den in der Nachbarschaft liegenden Landhäusern. Das Landhaus, in dem Sachlebinins wohnten, — ein großes hölzernes, in undefinierbarem, doch wunderlichem Stil gebautes Haus mit verschiedenen Anbauten — war von einem großen Garten umgeben; in diesem Garten lagen in ziemlicher Entfernung noch drei oder vier Landhäuser; und da der Garten allen Anwohnern gemeinsam gehörte, so war es wohl selbstverständlich, daß die jungen Mädchen mit den Altersgenossinnen aus den anderen Landhäusern Freundschaft geschlossen hatten.

Es fiel Weltschaninoff nicht schwer, alsbald zu erraten, daß sein Erscheinen niemanden überraschte, daß man ihn vielmehr erwartet hatte und sein Besuch als Freund Pawel Pawlowitschs von diesem womöglich feierlich angemeldet worden war. Sein in solchen Angelegenheiten erfahrener Scharfblick durchschaute alsbald sogar noch mehr als das: der so überaus liebenswürdige Empfang seitens der Eltern, sowie das etwas eigentümliche Verhalten der jungen Damen und nicht zuletzt auch ihre festliche Kleidung (es war allerdings ein Feiertag, aber immerhin ...!) — alles das rief in ihm den Verdacht hervor, daß Pawel Pawlowitsch ihm einen Streich gespielt und — was sehr möglich war — angedeutet hatte, natürlich ohne irgend etwas Genaueres zu sagen, daß sein Freund Weltschaninoff ein sich langweilender Junggeselle sei, der »zur besten Gesellschaft gehört und vermögend ist«, und daß er sich vielleicht endlich einmal entschließen werde, »seine Freiheit aufzugeben«, zumal er gerade jetzt noch ein Vermögen geerbt habe. Allem Anschein nach war die älteste Tochter, Katerína Fedosséjewna, — dieselbe, die schon vierundzwanzig Jahre alt sein sollte und die Pawel Pawlowitsch als »prachtvolles Mädchen« bezeichnet hatte — sogar ein wenig darauf vorbereitet worden. Wenigstens zeichnete sie sich durch ihre Kleidung wie durch eine ganz besonders sorgfältige und originelle Frisur ihres sehr schönen blonden Haares aus. Die Schwestern aber und die Freundinnen blickten alle so drein, als wüßten auch sie ganz genau, daß Weltschaninoff »Katjas wegen« sich hatte einführen lassen und nur gekommen war, »um sie zu sehen«. Ihre Blicke und einzelne, im Verlauf des Tages hin und wieder entschlüpfende Bemerkungen schienen ihm die Richtigkeit dieser Annahme noch zu bestätigen.

Katerina Fedosséjewna war eine hochgewachsene, fast üppige Blondine mit einem überaus lieben Gesicht, dem Charakter nach still und nicht unternehmungslustig, vielleicht sogar ein wenig phlegmatisch. ‚Sonderbar, daß ein solches Mädchen sitzen geblieben ist‘, dachte Weltschaninoff unwillkürlich, indem er sie mit aufrichtigem Wohlgefallen betrachtete, ‚mag sie auch keine Mitgift bekommen und später einmal, vielleicht schon bald, in ihren Formen sozusagen auseinanderfließen — aber für das, was sie vorläufig ist, gibt es doch so viele Liebhaber...‘ Auch die übrigen Schwestern sahen nicht übel aus, und unter den Freundinnen schienen sogar ein paar recht pikante und hübsche Gesichtchen zu sein. Die Sache begann ihn zu interessieren, übrigens war er ja auch mit besonderen Absichten hergekommen.

Nadéschda Fedosséjewna, die sechste Tochter, die noch die Schule besuchende »Erwählte« Pawel Pawlowitschs, ließ auf sich warten. Weltschaninoff sah mit wachsender Ungeduld ihrem Erscheinen entgegen, worüber er sich selbst wunderte und sich heimlich sogar auslachte. Endlich erschien sie — nicht ohne mit ihrem Erscheinen einen gewissen Eindruck zu machen — am Arme einer älteren, sehr lebhaften Freundin. Diese Freundin, Marja Nikítitschna mit Namen — eine mittelgroße Erscheinung, brünett, mit einem komischen Gesicht, wurde, wie es sich sogleich herausstellen sollte, von Pawel Pawlowitsch ganz besonders gefürchtet. Sie lebte als Hauslehrerin der Kinder einer befreundeten Familie in einem der Nachbarhäuser und wurde, da sie bereits dreiundzwanzig Jahre zählte, auch nichts weniger als dumm und sehr lustig war, von der ganzen Familie wie eine Verwandte behandelt und von den jungen Mächen unsagbar geschätzt. Ersichtlich war sie auch Nadja [Nadéschda] in diesem Augenblick eine unentbehrliche Stütze. Weltschaninoff bemerkte sogleich, daß alle Mädchen sich gegen Pawel Pawlowitsch verschworen haben mußten, die Freundinnen nicht ausgenommen, und schon wenige Augenblicke nach Nádjas Erscheinen war er überzeugt, daß sie, die Hauptperson, ihn einfach *haßte*. Gleichzeitig stellte er fest, daß Pawel Pawlowitsch nichts davon bemerkte oder wenigstens nichts bemerken wollte. Nádja war zweifellos die hübscheste von allen Schwestern: eine kleine Brünette mit dem Mienenspiel eines echten Wildfangs und der Dreistigkeit einer Nihilistin, ein spitzbübisches Teufelchen mit blitzenden Augen, einem reizenden Lächeln — das übrigens auch recht boshaft und spöttisch sein konnte —, einem entzückenden Mund und noch entzückenderen Zähnchen, ein schlankes, strammes Figürchen, mit den ersten eigenen Denkversuchen im sprechenden Ausdruck des Gesichtchens, das aber dabei doch fast noch ganz kindlich wirkte. Ihre fünfzehn Jahre verrieten sich in jedem Schritt, in jedem Wort. Später stellte es sich heraus, daß Pawel Pawlowitsch sie das erstemal tatsächlich mit der üblichen Wachstuchtasche für die Schulbücher gesehen hatte.

Die Überreichung des Geschenkes mißlang vollkommen und machte sogar einen unangenehmen Eindruck. Pawel

Pawlowitsch trat sogleich, kaum daß er seine »Braut« erblickt hatte, auf sie zu und überreichte ihr mit einem verlegenen Lächeln das Etui als Ausdruck seines »Dankes für das Vergnügen, das ihm die von Nadéschda Fedosséjewna während seines letzten Besuches gesungene Romanze bereitet ...« Er kam aus dem Konzept, stockte, wußte sich nicht zurechtzufinden, stand wie eine Verlorener vor ihr und wollte ihr das Etui mit dem Armband förmlich in die Hand drücken. Nadeschda Fedosséjewna errötete vor Zorn und Scham, versteckte schnell beide Hände hinter dem Rücken und wandte sich brüsk an die Mama, die gleichfalls etwas peinlich berührt schien, und sagte schnippisch:

»Ich mag es nicht annehmen, maman!«

»Nimm es entgegen und bedank' dich«, sagte der Vater mit ruhiger Strenge, doch war auch er offenbar nicht sehr erbaut von dieser Überraschung. »Überflüssig, mein Lieber, überflüssig!« brummte er in leise zurechtweisendem Ton.

Nadja nahm, da ihr nichts anderes übrig blieb, mit niedergeschlagenen Augen das Etui in Empfang und machte einen Knicks, wie ihn kleine Mädchen zu machen pflegen, das heißt, sie plumpste nach unten und schnellte sofort wieder in die Höhe, wie auf einer Sprungfeder. Eine der Schwestern trat darauf zu ihr, um das Geschenk zu betrachten, doch Nadja reichte ihr sogleich das Etui, ohne es vorher zu öffnen, womit sie natürlich zeigen wollte, daß sie die Schmucksache überhaupt nicht zu sehen wünsche. Das Armband wurde herausgenommen und ging von Hand zu Hand, doch alle betrachteten es stumm, einige sogar mit kaum merklichem Spottlächeln. Nur die Mama äußerte halblaut, daß es »sehr hübsch« sei. Pawel Pawlowitsch wäre am liebsten in die Erde versunken.

Da rettete Weltschaninoff die Situation.

Lebhaft und mit seiner ganzen Routine knüpfte er sogleich ein Gespräch an, benutzte den ersten besten Gedanken, der ihm kam, und es vergingen keine fünf Minuten, da hatte er bereits die Aufmerksamkeit aller Anwesenden gefesselt. Die Kunst, in Gesellschaft zu plaudern, beherrschte er meisterhaft, — das heißt die Kunst, vollkommen harmlos zu scheinen und zu tun, als halte er seine Zuhörer für genau so harmlos und offenherzig, wie er selbst es sei. Mit fabelhafter Naturtreue gelang es ihm auch, wenn es nötig war, den glücklichsten und heitersten Menschen darzustellen. Nicht minder geschickt verstand er zum Beispiel eine scharfsinnige, interessante Bemerkung, eine kleine Neckerei, eine witzige Anspielung oder eine humorvolle Anekdote so nebenbei ins Gespräch einzuflechten, als habe sich das ganz von selbst ergeben, als bemerke er es überhaupt nicht, — während in Wirklichkeit sowohl die Bemerkung wie die Anspielung und die betreffende Anekdote vielleicht schon viel früher einmal von ihm ersonnen und auswendig gelernt und wohl schon manches liebe Mal angebracht worden waren. Doch diesmal kam seiner Kunst noch die Natur selbst zu Hilfe: er fühlte sich zu einer geistvollen Unterhaltung so aufgelegt wie noch nie; es war da irgend etwas, das ihn einfach mitriß; und die Überzeugung, daß in wenigen Minuten alle diese Augen nur auf ihn gerichtet sein, alle Anwesenden nur ihm allein zuhören, nur mit ihm allein sprechen und nur über seine Witze lachen würden, gab ihm die Sicherheit der Siegesgewißheit und inspirierte ihn in einer Weise, daß er förmlich sich selbst übertraf. Und in der Tat, bald hörte man leises Lachen und schon ließen sich auch andere ins Gespräch hineinziehen — denn das verstand er vorzüglich, andere gleichfalls zum Reden zu bringen — und schon begannen drei oder vier zu gleicher Zeit zu sprechen, so lebhaft war man geworden. Sogar das gelangweilte, müde Gesicht der Madame Sachlebinin erhellte sich vor Freude, und mit Katerina Fedosséjewna war dasselbe der Fall: sie hörte ihm mit dem lebhaftesten Interesse zu und schien ganz bezaubert zu sein.

Nadja beobachtete ihn unausgesetzt mit prüfenden Blicken etwas unter der Stirn hervor — sie war augenscheinlich gegen ihn eingenommen. Das trieb ihn nur noch mehr an, den ganzen Zauber seiner Liebenswürdigkeit ins Treffen zu führen. Der »boshaften« Marja Nikítitschna gelang es aber doch, eine ihm ziemlich peinliche Stichelei anzubringen: sie behauptete plötzlich — was sie sich selbst ausgedacht hatte —, daß Pawel Pawlowitsch bei seinem Besuch tags zuvor von ihm als von seinem ehemaligen Spielkameraden und Kindheitsfreund gesprochen habe, wodurch sie zu verstehen gab, daß sie ihn für ebenso alt halte, wie Pawel Pawlowitsch, der doch um ganze sieben Jahre älter war als Weltschaninoff. Aber auch der boshaften Marja Nikitischna gefiel er schließlich. Pawel Pawlowitsch war einfach wie vor den Kopf gestoßen. Obschon er wußte, welch ein glänzender Gesellschafter sein. Freund sein konnte, und sich anfangs aufrichtig über dessen Erfolg gefreut hatte — er lachte zunächst über jedes gelungene Wort oder kicherte beifällig und mischte sich sogar selbst ins Gespräch —, so verstummte er doch allmählich, schien gleichsam nachdenklich zu werden, und zu guter Letzt sprach sogar eine gewisse offenkundige Verstimmtheit aus seinem aufgeschreckten Gesicht.

»Nun, Sie sind ja ein Gast, um dessen Unterhaltung man sich nicht erst zu bemühen braucht«, meinte schließlich der alte Sachlebinin heiter und erhob sich von seinem Stuhl, um sich in sein Arbeitszimmer zu begeben. Dort harrten seiner noch mehrere Schriftstücke, die er, obschon es Feiertag war, noch durchsehen wollte. »Und stellen Sie sich vor, ich hielt Sie für den schlimmsten Hypochonder unter allen unseren Junggesellen. Da sieht man wieder, wie man sich mitunter täuschen kann!«

Im Saal stand ein Flügel; Weltschaninoff fragte, wer von den Damen Musik triebe, und plötzlich wandte er sich an Nadja:

»Sie singen doch, nicht wahr?«

»Wer hat Ihnen das gesagt?« fragte Nadja schnippisch.

»Pawel Pawlowitsch sagte es doch vorhin.«

»Das ist nicht wahr! Ich singe gar nicht! Oder wenn ich singe, dann tue ich es nur so zum Ulk. Ich habe überhaupt keine Stimme.«

»Auch ich habe keine Stimme und doch singe ich.«

»Ja? Werden Sie uns etwas vorsingen? Nun, dann werde auch ich singen!« rief Nadja mit aufblitzenden Augen, »aber nicht jetzt, später, nach dem Essen! — Ich kann Musik nicht ausstehen«, fuhr sie fort, »dieses ewige Geklimper langweilt mich furchtbar. Bei uns wird doch vom Morgen bis zum Abend gespielt und gesungen — Katja allein übt ja schon den ganzen Tag.«

Weltschaninoff griff sofort diese Bemerkung auf; es stellte sich heraus, daß von allen in der Tat nur Katerina Fedosséjewna sich ernstlich mit Musik beschäftigte. Da wandte er sich sogleich mit der Bitte an sie, doch etwas vorzuspielen. Ersichtlich berührte es alle sehr angenehm, daß er sich an Katja gewandt hatte, und manan errötete sogar vor Freude. Katerina Fedosséjewna erhob sich lächelnd und trat an den Flügel: und mit einemmal — es kam ihr selbst ganz unerwartet — errötete sie gleichfalls, und plötzlich schämte sie sich entsetzlich, daß sie, die schon so groß und schon vierundzwanzig Jahre alt und schon so üppig war, wie ein kleines Mädchen erröten konnte, — und alles das las man in ihrem Gesicht, während sie sich anschickte, die Bitte des Gastes zu erfüllen. Sie spielte irgend etwas von Haydn und spielte es tadellos, wenn auch ohne besonderen Ausdruck. Offenbar: sie schämte sich. Nachdem sie geendet hatte, begann Weltschaninoff animiert, nicht ihr Spiel, sondern Haydn und namentlich jene kleine Komposition von ihm, die sie gespielt hatte, beifällig zu beurteilen. Das aber war ihr augenscheinlich so angenehm und sie hörte so dankbar und glücklich das Lob an, das nicht ihr, sondern Haydn galt, daß Weltschaninoff sie unwillkürlich aufmerksamer und fast sogar zärtlich betrachtete: »Ei, du bist ja ein entzückender Mensch!« sprach sein Blick — und plötzlich errieten alle diesen Blick, und besonders auch Katerina Fedosséjewna erriet ihn.

»Sie haben da einen herrlichen Garten«, wandte er sich wieder an alle, nach einem Blick durch die Glastür der

Veranda, »ich möchte einen Vorschlag machen: gehen wir jetzt alle etwas spazieren.«

»Ja, ja, gehen wir, gehen wir!« erscholl von allen Seiten fröhlicher Beifall, als hätte er den größten Herzenswunsch aller Anwesenden ausgesprochen.

Im Garten blieb man dann bis zum Mittagessen [das nach Petersburger Sitte wie gewöhnlich um fünf Uhr serviert wurde]. Madame Sachlebinin, die nicht gut ohne ein Nachmittagsschläfchen auskam, konnte sich doch nicht enthalten, mit den übrigen hinauszugehen, blieb aber dann zurück und setzte sich auf den Balkon, wo sie alsbald einschlummerte. Im Garten wurden die Beziehungen zwischen Weltschaninoff und den jungen Mädchen noch freundschaftlicher. Er bemerkte alsbald, daß aus den Nachbarvillen drei Jünglinge sich zu ihnen gesellt hatten. Einer von ihnen war Student, ein anderer noch Gymnasiast. Sie suchten jeder sogleich die entsprechende junge Dame auf, um derentwillen sie offenbar nur gekommen waren. Der dritte »junge Mann« — ein zwanzigjähriger Jüngling mit einem Strubbelkopf und finsterem Gesicht, das eine große blaue Brille noch mehr verfinsterte — begann schnell und ärgerlich mit Marja Nikítitschna und Nadja über irgend etwas zu tuscheln. Er musterte auch Weltschaninoff mit strengem Blick und schien es offenbar für seine Pflicht zu halten, ihn mit der größten Verachtung zu behandeln. Einige der Mädchen schlugen vor, möglichst bald mit dem Spiel zu beginnen. Auf Weltschaninoffs Frage, was denn gespielt werden solle und welche Spiele sie gewöhnlich bevorzugten, wurde ihm die vielstimmige Antwort zuteil, daß sie gewöhnlich alle Spiele spielten, auch das Fangspiel, am Abend aber komme meist ein Sprichwörterspiel an die Reihe, und sie erklärten ihm dasselbe ausführlich folgendermaßen: Alle setzen sich und einer oder eine muß fortgehen und sich die Ohren zuhalten; die Sitzenden wählen dann irgendein Sprichwort, zum Beispiel »Eile mit Weile«, und nachdem dann der, welcher fortgegangen, wieder zurückgerufen ist, muß jeder oder jede der Reihe nach einen Satz

sagen: die erste einen, in dem unbedingt das Wort »Eile«
vorkommen muß, die zweite einen Satz mit dem Wort »mit«,
und so weiter. Jener aber »müsse unbedingt die richtigen
Wörter herausmerken und das Sprichwort erraten«.

»Das muß ja sehr amüsant sein«, meinte Weltschaninoff.

»Ach nein, gar nicht, es ist furchtbar langweilig!« ant-
worteten zwei oder drei Stimmen zugleich.

»Aber zuweilen spielen wir auch Theater!« sagte plötzlich
Nadja, sich an ihn wendend. »Sehen Sie dort den dicken
Baum mit der Bank um ihn herum: dort, hinter dem Baum,
sind die Kulissen (es sind keine, aber wir sagen so) dort
sitzen dann die Schauspieler, gleichviel was sie gerade sind,
König oder Königin, oder die Prinzessin, oder der junge
Mann — was ein jeder selbst sein will. Und jeder tritt dann
auf, wenn er Lust hat und redet, was ihm einfällt. Nun und
so kommt denn dabei irgend etwas heraus.«

»Aber das muß ja allerliebst sein!« meinte Weltschaninoff
wiederum in lobender Anerkennung.

»Ach nein, schrecklich langweilig! Zuerst ist es ganz lustig,
aber zum Schluß wird es immer blöd, denn niemand versteht
irgendwie abzuschließen. Ja, mit Ihnen, da wäre es etwas
anderes, wenn Sie mitspielen wollten. Wir glaubten doch,
daß Sie ein Freund von Pawel Pawlowitsch seien, aber
da stellte es sich heraus, daß er einfach nur geprahlt hat.
Ich bin sehr froh, daß Sie gekommen sind ... aus einem
besonderen Grund.«

Sie sah ihn sehr ernst und bedeutsam an und ging sofort
weg zu ihrer Marja Nikítitschna.

»Das Sprichwörterspiel werden wir am Abend spielen,«
tuschelte plötzlich vertrauensvoll und mitteilsam eine der
kleinen Freundinnen Weltschaninoff zu, — eine, die er bis
dahin noch kaum beachtet und mit der er noch kein Wort
gesprochen hatte, »und wenn wir dann alle Pawel Pawlowitsch auslachen, müssen Sie mitlachen, ja?«

»Ach, wie gut das ist, daß Sie hergekommen sind, sonst ist
es bei uns immer so langweilig!« teilte ihm freundschaftlich

eine andere Kleine mit, die plötzlich Gott weiß woher aufgetaucht war — eine kleine Rothaarige mit Sommersprossen
und einem vom Laufen höchst komisch geröteten Gesicht.

Pawel Pawlowitschs Unruhe wurde immer größer. Weltschaninoff dagegen schloß inzwischen Freundschaft mit
Nadja, die ihn längst nicht mehr mißtrauisch betrachtete,
vielmehr jede Absicht, ihn genauer zu prüfen, vergessen zu
haben schien, und vorläufig nur lachte und lief und herum-
hüpfte und zweimal plötzlich sogar seine Hand ergriff. Sie
war kindlich glücklich, während sie Pawel Pawlowitsch
nicht die geringste Beachtung schenkte, als existiere er überhaupt nicht. Bald hatte Weltschaninoff sich überzeugt, daß
eine regelrechte Verschwörung gegen Pawel Pawlowitsch
geplant war. Nádja und die halbe Schar der Mädchen führte
Weltschaninoff nach der einen Seite des Gartens, während
gleichzeitig die andere halbe Schar Pawel Pawlowitsch unter
verschiedenen Vorwänden nach der entgegengesetzten Seite
zu entführen suchte, was jedoch nicht gelang: Pawel Pawlowitsch riß sich plötzlich los und eilte schnurstracks zu Weltschaninoff und Nadja, die beide ordentlich erschraken, als
sein kahler, unruhig herumhorchender Schädel zwischen
ihnen auftauchte. Zu guter Letzt scheute er sich gar nicht
mehr, offen seine Eifersucht zu zeigen, — die Naivität seines
Gebarens war bisweilen mehr als erstaunlich. Weltschaninoff konnte nicht umhin, Katerina Fedosséjewna nochmals
mit besonderem Interesse zu betrachten: sie war sich jetzt
natürlich schon klar darüber, daß er durchaus nicht um
ihretwillen gekommen war und sich bereits gar zu lebhaft
für Nádja interessierte; doch der Ausdruck ihres Gesichts
blieb ebenso lieb und gut, wie er vorher gewesen war. Sie
schien allein schon deshalb glücklich zu sein, weil sie gleichfalls bei ihnen sein und mit anhören konnte, was der neue
Gast sprach; leider verstand es die Ärmste nun gar nicht,
sich auch selbst geschickt am Gespräch zu beteiligen.

»Wie reizend Ihre Schwester Katerina Fedosséjewna ist!«
sagte er leise zu Nadja.

»Kátja? Ja, kann es denn überhaupt eine bessere Menschenseele geben als sie es ist! Sie ist doch unser aller Engel, ich bin einfach in sie verliebt!« entgegnete die Kleine ganz begeistert.

Um fünf Uhr ging man zu Tisch. Auch das Mittagessen zeichnete sich in einer Weise aus, die verriet, daß es zu Ehren des Gastes mit besonderer Sorgfalt zubereitet worden war. Zwei oder drei Speisen waren zweifellos Zugaben, die die staatsrätliche Küche nicht jeden Tag herstellte, und eine von ihnen war sogar so eigenartig, daß es wohl jedem Uneingeweihten schwer gefallen wäre, der Speise einen Namen zu geben. Außer dem üblichen Tischwein gab es noch — offenbar gleichfalls zu Ehren des Gastes — Tokaier, und zum Schluß des Mahles wurde ohne besonderen Anlaß sogar Champagner gereicht. Der alte Herr Sachlebinin fühlte sich durch die verschiedenen Gläschen in die leutseligste Stimmung versetzt und war bereit, über alles, was Weltschaninoff sagte, zu lachen. Das endete damit, daß Pawel Pawlowitsch sich von seinem Ehrgeiz verleiten ließ, gleichfalls etwas Witziges zu sagen: und plötzlich erscholl an jenem Ende des Tisches, wo er neben Madame Sachlebinin saß, lautes Gelächter der jungen Mädchen.

»Papa, Papa! Pawel Pawlowitsch hat auch einen Witz gemacht!« riefen zwei wie aus einem Munde. »Er sagt, wir seien ,Fräulein, über die man sich freuen müsse . . .'«

»Ah, also auch er macht Witze! Nun, was für einen Witz hat er denn gemacht?« erkundigte sich erwartungsvoll der Staatsrat, sich huldvoll jenem Tischende zuwendend, und er lächelte bereits im voraus über den Witz, den er nun zu hören bekommen würde.

»Aber das war es doch, er sagt, wir seien ,*Fräulein*, über die man sich *freuen* müsse'.«

»J—ja? Nun und?«

Der alte Herr begriff den »Witz« noch immer nicht und lächelte in der Erwartung noch freundlicher.

»Ach, Papa, wie Sie aber auch sind! Nun, ,*Fräulein*'

und dann ‚*freuen*‘ — ‚Fräu‘ klingt wie ‚freu‘, also *Fräu*lein,
über die man sich *freuen* müsse‘.«

»A—a—ah!« machte der Alte etwas verblüfft. »Hm! Nun,
das nächstemal wird er einen besseren Witz machen!«

Und er lachte vor sich hin.

»Pawel Pawlowitsch, man kann sich doch nicht durch alle
Vorzüge zugleich auszeichnen!« neckte ihn Marja Nikítitschna. »Ach, mein Gott, eine Gräte ist ihm in den Hals
geraten, er erstickt!« rief sie plötzlich ganz erschrocken und
sprang im Nu vom Stuhl auf.

Das rief eine allgemeine Verwirrung hervor — doch weiter wollte ja Marja Nikítitschna nichts damit bezwecken.
Pawel Pawlowitsch hatte sich nur ein wenig verschluckt, als
er, um seine Verlegenheit zu verbergen, beim Weintrinken
nach dem Glase gegriffen hatte. Doch Marja Nikítitschna versicherte nach allen Seiten, daß es eine Gräte sei, sie habe
es selbst gesehen, und daran könne man sterben.

»Auf den Rücken klopfen!« rief jemand.

»Ja, das ist das Beste!« bestätigte der Hausherr laut,
und im Augenblick waren dann auch schon eine ganze Reihe
Dienstbeflissener zur Stelle: Marja Nikititschna und die
rothaarige kleine Freundin — die man mit zu Tisch geladen hatte — und sogar die Dame des Hauses, die ernstlich
erschrocken zu sein schien. Pawel Pawlowitsch war gleichfalls aufgesprungen, um möglichst den Schlägen zu entgehen,
doch lange mußte er vergeblich nach links und rechts be-
teuern, daß er sich nur beim Weintrinken verschluckt habe
und der Husten sogleich vorüber sein werde, — bis man endlich erriet, daß das Ganze nur ein mutwilliger Streich von
Marja Nikititschna war.

»Schäm dich, du bist wieder mal unglaublich! . . .«, wandte
sich Madame Sachlebinin in streng verweisendem Ton an
Marja Nikititschna, konnte sich aber selbst nicht bezwingen
und lachte so belustigt auf, wie man es von ihr wohl nur
höchst selten gehört hatte, — nach dem Eindruck zu urteilen,
den ihr Lachen selbst auf die Familienmitglieder machte.

Nach dem Essen wurde der Kaffee auf der Veranda getrunken.

»Wie schön das Wetter jetzt ist!« sagte der Alte lobend und mit Wohlgefallen in den Garten blickend. »Regen könnte allerdings nicht schaden ... Ich aber werde mich jetzt etwas zurückziehen und erholen. Nun, amüsiert euch nur, amüsiert euch! Und auch du amüsiere dich!« riet er beim Hinausgehen noch Pawel Pawlowitsch und klopfte ihm freundschaftlich auf die Schulter.

Kaum waren alle wieder im Garten, da zupfte plötzlich Pawel Pawlowitsch Weltschaninoff am Ärmel.

»Auf einen Augenblick!« flüsterte er in erregter Ungeduld.

Sie bogen in einen Seitenweg ein, der nach dem abgelegeneren Teil des Gartens führte.

»Nein, hier, verzeihen Sie, hier will ich's mir denn doch verbitten ... hier werde ich es mir doch nicht gefallen lassen!« flüsterte er wutbebend, indem er Weltschaninoffs Ärmel nicht losließ.

»Was denn? Was?« fragte Weltschaninoff und sah ihn mit großen Augen ganz erstaunt an.

Pawel Pawlowitsch blickte schweigend zu ihm auf, bewegte die Lippen und — lächelte vor Wut.

»Wohin gehen Sie denn? So kommen Sie doch! Wo bleiben Sie denn? Alles ist schon fertig!« hörte man die ungeduldig rufenden Stimmen der jungen Mädchen.

Weltschaninoff zuckte mit der Achsel und kehrte zu ihnen zurück. Pawel Pawlowitsch folgte ihm.

»Ich könnte wetten, daß er Sie um ein Taschentuch gebeten hat«, sagte Marja Nikititschna, »gestern hatte er gleichfalls sein Taschentuch vergessen.«

»Ewig vergißt er was!« bemerkte eine der mittleren Schwestern.

»Er hat sein Taschentuch vergessen! Pawel Pawlowitsch hat sein Taschentuch vergessen! Maman, Pawel Pawlowitsch hat wieder sein Taschentuch vergessen. Maman, Pawel Pawlowitsch hat wieder Schnupfen!« tönte es von allen Seiten.

»Aber weshalb sagt er denn das nicht gleich! Wie können Sie nur so prüde sein, Pawel Pawlowitsch!« sagte Madame Sachlebinin gemächlich. »Ein Schnupfen kann sehr gefährlich werden. Ich werde Ihnen sogleich ein Taschentuch schikken ... Wie kommt es nur, daß Sie einen Schnupfen haben?« fragte sie noch im Fortgehen, innerlich froh über den Vorwand, der ihr die Möglichkeit gab, sich wieder zurückzuziehen.

»Ich habe *zwei* Taschentücher und gar keinen Schnupfen!« rief Pawel Pawlowitsch ihr nach, doch sie hörte es zu undeutlich, um ihn zu verstehen, und nach einer kleinen Weile, während der man weitergegangen war und Pawel Pawlowitsch sich näher an Nadja und Weltschaninoff herangeschlängelt hatte, kam ihnen ein Hausmädchen atemlos nachgelaufen und brachte ihm das versprochene Taschentuch.

»Jetzt spielen wir, spielen wir das Sprichwörterspiel!« riefen die Mädchen eifrig, als erwarteten sie Gott weiß was von diesem Spiel.

Man setzte sich auf die Gartenbänke, und Marja Nikititschna kam als erste an die Reihe; man sagte ihr, sie solle möglichst weit fortgehen und »nur ja nicht horchen«! Währenddessen wählte man ein Sprichwort. Marja Nikititschna wurde zurückgerufen und erriet es sogleich. Es lautete: „Ein Traum kann schlimm sein, aber Gott ist barmherzig."

Nach ihr kam die Reihe an den jungen Mann mit dem Strubbelkopf und der blauen Brille. Von ihm verlangte man, daß er noch weiter fortgehe, bis zur Laube, und sich so hinstelle, »mit dem Rücken zu uns und mit dem Gesicht nach dem Zaun«. Der finstere junge Mann befolgte die Vorschrift mit verächtlicher Miene und schien sie sogar als eine gewisse moralische Erniedrigung zu empfinden. Als man ihn zurückrief, konnte er nichts erraten; er hörte die ganze Reihe nacheinander an, jeder Satz wurde ihm zweimal gesagt, er dachte lange und finster grübelnd nach, doch leider vergeblich. Man lachte ihn schließlich aus und sagte ihm, er solle sich schämen. Das Sprichwort lautete:

„Zu Gott gebetet und dem Zaren gedient ist nicht vergebliche Müh'."

»So 'n Sprichwort ist doch noch dazu eine Gemeinheit!« brummte der gekränkte Jüngling unwillig und zog sich auf seinen Platz zurück.

»Ach, wie langweilig!« hörte man von einigen.

Weltschaninoff mußte gehen; man schickte ihn noch weiter fort; auch er konnte nichts erraten.

»Ach, wie langweilig!« sagten noch mehr Stimmen.

»Nun, jetzt gehe ich«, sagte Nádja.

»Nein, nein, jetzt muß Pawel Pawlowitsch gehen, jetzt ist er an der Reihe!« riefen mehrere Stimmen, und alle belebten sich ein wenig.

Pawel Pawlowitsch wurde ganz weit bis zum Zaun geführt, und dort mußte er stehenbleiben; damit er sich aber nicht etwa umsah, mußte die kleine Rothaarige ihn bewachen. Pawel Pawlowitsch, der wieder etwas Mut gefaßt hatte und ordentlich munter geworden war, beabsichtigte natürlich, ehrlich und eifrig seine Pflicht zu erfüllen, und stand wie ein Pfosten, sah den Zaun an und wagte nicht einmal, sich zu rühren, geschweige denn, sich umzuschauen. Die kleine Rothaarige stand bei der Laube, etwa zwanzig Schritt von ihm entfernt, und gab aufgeregt den übrigen verschiedene Winke: es mußte etwas Besonderes geplant worden sein. Plötzlich winkte sie mit beiden Händen, so schnell sie konnte: da sprangen alle auf und liefen Hals über Kopf davon.

»Laufen Sie, laufen Sie mit uns!« tuschelten eifrig und in fast angstvoller Erregung wohl zehn Stimmen Weltschaninoff zu, ordentlich böse und zugleich ganz verzweifelt darüber, daß er nicht sogleich mitlief.

»Was ist denn? Was ist passiert?« fragte er, schnellen Schritts ihnen folgend.

»Sch! leise! schreien Sie nicht! Mag er dort stehen und den Zaun betrachten, wir aber laufen alle fort. Da kommt auch schon Nástja gelaufen!«

Die kleine rothaarige Freundin, Nástja, kam ihnen in einer Eile und Aufregung nachgerannt, als wäre der Himmel weiß was geschehen. Endlich war man ganz am anderen Ende des Gartens, hinter dem Teich, angelangt. Als Weltschaninoff sich ihnen näherte, sah er, daß Katerina Fedosséjewna heftig mit den anderen stritt, namentlich mit Nadja und Marja Nikititschna.

»Katja, Täubchen, sei nicht böse!« bat Nadja herzlich und küßte die Schwester.

»Nun gut, ich werde es nicht Mama sagen, aber ich gehe fort. Es ist doch wirklich nicht schön von euch, es ist sogar recht häßlich! Was muß der Arme dort am Zaun empfinden, wenn ihr ihn so lange stehen laßt und betrügt!«

Und sie ging wirklich fort — aus Mitleid mit ihm; die anderen aber blieben erbarmungslos bei ihrem Entschluß. Auch von Weltschaninoff wurde streng verlangt, daß er, wenn Pawel Pawlowitsch sich wieder zu ihnen gesellte, ihn gar nicht beachten und tun solle, als sei nichts geschehen.

»Und jetzt wollen wir alle unser Fangspiel spielen!« rief die kleine Rothaarige ganz außer sich vor Entzücken.

Pawel Pawlowitsch kam erst nach einer guten Viertelstunde wieder zu ihnen. Zwei Drittel dieser Zeit hatte er bestimmt regungslos am Zaun gewartet. Das Fangspiel war in vollem Gange und gelang vortrefflich — alle schrien und amüsierten sich köstlich. Pawel Pawlowitsch kochte vor Wut, trat schnell an Weltschaninoff heran und faßte ihn wieder am Ärmel.

»Auf einen Augenblick!«

»Ach Gott, was will er immer mit seinen Augenblicken!«

»Er will wieder ein Taschentuch haben!« hörten sie hinter sich rufen.

»Nein, diesmal sind Sie es gewesen! diesmal Sie ganz allein, jawohl *Sie, Sie!* Sie haben die Mädel dazu veranlaßt! . . .«

Pawel Pawlowitsch war so erregt, daß seine Zähne aufeinanderschlugen.

Weltschaninoff unterbrach ihn und riet ihm friedlich, mit den Heiteren heiter zu sein: »Man neckt Sie doch nur deshalb, weil Sie sich ärgern, während alle anderen lustig sind.« Zu seinem Erstaunen machten dieser Rat und diese Bemerkung Pawel Pawlowitsch ganz betroffen: er verstummte sogleich und kehrte wie ein Schuldbewußter zur Gesellschaft zurück, um sich dann gleichfalls am Spiel zu beteiligen. Man ließ ihn ruhig mitspielen und spielte mit ihm wie mit allen anderen. So verging noch keine halbe Stunde, und er war wieder munter und guter Dinge. Bei allen Spielen engagierte er als Dame, wenn es nötig war, die kleine rothaarige Verräterin oder eine der Schwestern. Was Weltschaninoff besonders in Erstaunen setzte, war, daß er kein einziges Mal Nadja anzureden wagte, obschon er sich ununterbrochen in ihrer Nähe aufhielt. Er schien es nunmehr als etwas Selbstverständliches zu betrachten, daß sie ihn überhaupt nicht beachtete und sogar eine gewisse Verachtung hervorkehrte, als sei das ganz natürlich und als müsse es so sein. Zum Schluß wurde ihm übrigens noch ein Streich gespielt.

Man spielte „Verstecken". Diesmal mit einer kleinen Neuerung: man brauchte nicht in dem einmal erwählten Versteck auszuharren, sondern konnte oder mußte sogar, sobald der Suchende nicht zu sehen war, ein anderes Versteck aufsuchen. Pawel Pawlowitsch hatte sich bereits sehr geschickt zwischen dichten Büschen versteckt, als es ihm plötzlich einfiel, ins Haus zu laufen. Mehrstimmiges Geschrei erschallte — man hatte ihn gesehen. Da schlüpfte er schnell die Treppe zum Zwischengeschoß hinauf, wo er sich in der Treppenkammer hinter einer Kommode verbarg. Im Nu aber war die kleine Rothaarige hinter ihm hergeschlüpft, auf den Fußspitzen die Treppe hinaufgeschlichen und hatte leise den Schlüssel umgedreht: Pawel Pawlowitsch saß eingeschlossen in seiner Kammer. Sogleich brach man das Versteckspiel ab, und alle liefen wieder hinter den Teich. Nach etwa zehn Minuten wurde das Warten dort oben doch etwas lang, und er steckte vorsichtig den Kopf zum Fenster hinaus: niemand war zu sehen. Zu rufen wagte er nicht, denn er fürchtete die Eltern zu wecken; den Mägden war natürlich stengstens befohlen, sich nicht blicken zu lassen und auf seinen Ruf, falls er rufen sollte, nicht herbeizueilen. Nur Katerina Fedosséjewna hätte ihn aus seiner Gefangenschaft befreien können, doch leider hatte sie sich in ihr kleines Zimmer zurückgezogen und war über ihrem Träumen schließlich eingeschlummert. So saß denn Pawel Pawlowitsch dort fast eine ganze Stunde. Und endlich, endlich erst tauchten die jungen Mädchen wieder auf. Sie kamen zu zweien, zu dreien, als wäre nichts passiert, und spazierten harmlos plaudernd vorüber.

»Pawel Pawlowitsch, weshalb kommen Sie denn nicht zu uns? Ach, es ist dort so lustig! Wir spielen Theater! Alexei Iwánowitsch hat den ‚jungen Mann‘ gespielt!«

»Pawel Pawlowitsch, weshalb sitzen Sie denn dort? Sie wollen wohl irgendetwas darstellen, worüber man sich wundern soll?« fragten im Vorübergehen zwei andere.

»Worüber soll man sich denn wieder wundern?« ertönte da plötzlich die Stimme der Madame Sachlebinin, die ihr Nachmittagsschläfchen beendet hatte und gerade von der Veranda in den Garten trat, um sich bis zum Tee noch etwas zu bewegen und den Spielen der »Kinder« zuzuschauen.

»Ja, dort — über Pawel Pawlowitsch!« und sie wiesen nach dem Fenster, in dem man das verzerrt lächelnde, vor Wut gelblich bleiche Gesicht Pawel Pawlowitschs sah.

»Aber was ist denn das für ein Vergnügen, allein in einem Stübchen zu sitzen, wenn draußen alle so lustig sind!« wunderte sich die Mama.

Inzwischen wurde Weltschaninoff die Ehre zuteil, von Nadja die huldvolle Bemerkung, daß sie sich aus einem ganz »besonderen Grunde« über seinen Besuch freue, zu vernehmen, und zwar unter vier Augen in einer entlegenen, einsamen Allee. Marja Nikititschna hatte ihn zu dem Zweck von den anderen fortgerufen — sehr zu seiner Erleichterung, da ihn die Spiele schon sträflich zu langweilen begannen — und ihn hierhin geführt, wo sie ihn mit Nadja allein ließ.

»Ich habe mich jetzt vollkommen überzeugt«, begann diese sogleich dreist und schnell zu plappern, »daß Sie durchaus nicht ein so großer Freund von Pawel Pawlowitsch sind, wie er hier geprahlt hat. Ich habe mich auch überzeugt, daß nur Sie allein mir einen sehr, sehr großen und wichtigen Dienst erweisen können. Hier ist sein abscheuliches Armband« — sie zog das Etui aus der Tasche hervor — »und nun bitte ich Sie recht sehr, ihm dieses Geschenk unverzüglich wieder einzuhändigen, denn ich selbst werde um keinen Preis noch ein Wort mit ihm sprechen, weder jetzt noch später, in meinem ganzen Leben nicht! Übrigens können Sie ihm sagen, daß Sie es ihm in meinem Auftrag zurückgeben, und fügen Sie nur gleich hinzu, daß er hinfort nicht mehr wagen soll, mir nochmals mit Geschenken zu kommen. Das übrige werde ich ihm dann schon durch andere sagen lassen. Werden Sie nun so gut sein und mir die Freude bereiten, meine Bitte zu erfüllen?«

»Um Gottes willen, verschonen Sie mich damit!« rief Weltschaninoff fast entsetzt.

»Was? Verschonen? Warum sagen Sie ‚verschonen‘?« wunderte sich Nadja maßlos und sah ihn groß an.

Im Nu war der ganze damenhafte Ton ihrer vermutlich vorbereiteten Rede vergessen, und sie sah ihn hilflos wie ein Kind an, das dem Weinen nahe ist. Weltschaninoff mußte unwillkürlich lachen.

»O nein ... so war es nicht gemeint ... ich würde Ihre Bitte gewiß sehr gern erfüllen, nur ... ich habe da selbst noch einiges mit ihm abzurechnen ...«

»Ich habe es mir doch gleich gedacht, daß Sie nicht sein Freund sein können und daß er einfach gelogen hat!« unterbrach in Nadja schnell und heftig. »Ich werde ihn niemals heiraten, damit Sie's wissen! Niemals! Ich begreife nicht, wie er es überhaupt gewagt hat ... Nur müssen Sie ihm trotzdem sein abscheuliches Armband zurückgeben, was soll ich denn sonst anfangen? Ich will, daß er unbedingt, unbedingt heute noch das Geschenk zurückerhält und den Korb einsteckt. Und wenn es ihm einfällt, zu Papa zu gehen und zu klatschen, dann wird er schon sehen, wie er bestraft werden wird!«

Plötzlich tauchte hinter ein paar Büschen in ihrer Nähe der junge Mann mit dem Strubbelkopf und der blauen Brille auf. Im Augenblick stand er vor ihnen.

»Sie *müssen* das Armband zurückgeben!« wandte er sich wütend an Weltschaninoff, »allein schon im Namen der Frauenrechte, vorausgesetzt, daß Sie überhaupt auf der Höhe des Problems stehen! . . .«

Weiter kam er nicht: Nadja riß ihn am Ärmel mit aller Gewalt von Weltschaninoff fort.

»Gott, wie Sie dumm sind, Predpossýloff« rief sie zornig. »Gehen Sie fort! Gehen Sie fort, so gehen Sie doch fort! — und wagen Sie es nicht wieder, zu horchen! Ich habe Ihnen doch befohlen, dort ganz weit hinten zu stehen!« Und ihr kleiner Fuß stampfte zornig auf, und selbst als jener wieder hinter dem Gebüsch verschwunden war, ging sie noch mit blitzenden Äuglein hin und her in der Allee, die Händchen vor der Brust fest aneinandergepreßt.

»Nein, wirklich, Sie glauben nicht, wie dumm die sind!« sagte sie. »Ja, Sie haben gut lachen, aber was soll ich denn dazu sagen!«

»Das ist doch nicht *Er?*« fragte Weltschaninoff lachend.

»Natürlich nicht *Er!* — wie können Sie sich so was nur denken!« versetzte Nadja errötend, mit einem flüchtigen Lächeln. »Das ist nur sein Freund. Ich begreife nicht, was für Freunde er sich aussucht! Von diesem sagen sie alle, er sei eine ‚zukünftige Größe‘; ich begreife das nicht! . . . Alexei Iwanowitsch, ich habe keinen, an den ich mich wenden könnte. Also zum letztenmal: werden Sie ihm das Armband zurückgeben oder nicht?«

»Nun gut, ich will es tun, geben Sie es her.«

»Ach, wie lieb, ach, wie gut Sie sind!« rief sie erfreut und gab ihm das Etui. »Ich werde Ihnen dafür den ganzen Abend vorsingen, denn ich habe sogar eine sehr gute Stimme! Damit Sie's wissen: ich habe Ihnen nur vorgelogen, daß ich Musik nicht ausstehen kann. Ach, wenn Sie doch noch einmal, noch ein einziges Mal zu uns kämen, ich wäre so froh, und ich würde Ihnen alles, alles, alles erzählen, und vieles außerdem, denn Sie sind so gut, — so gut wie . . . wie Katja!«

Und sie hielt ihr Versprechen: nachdem man zum Tee ins Haus zurückgekehrt war, sang sie ihm zwei Romanzen vor. Ihre Stimme war noch gar nicht geschult, sie begann sich erst zu entwickeln, aber sie war angenehm und konnte einmal vielleicht ganz umfangreich werden.

Pawel Pawlowitsch saß, als die anderen aus dem Garten kamen, bereits ehrbar und ruhig mit den Eltern am Teetisch, auf dem der große Ssamowar und Teetassen aus echtem Sèvresporzellan standen. Offenbar hatte er mit den Eltern über sehr ernste Dinge gesprochen, da er in zwei Tagen Petersburg verlassen mußte und nicht vor neun Monaten wiederkehren sollte. Den Eintretenden und namentlich Weltschaninoff schenkte er überhaupt keine Beachtung. Anzunehmen war, daß er noch nichts »geklatscht« hatte, denn vorläufig schien alles ruhig zu sein.

Doch kaum begann Nadja zu singen — da erschien auch er sogleich im Saal. Nadja war so unhöflich, auf eine Frage, die er direkt an sie richtete, überhaupt nicht zu antworten, nur ließ er sich dadurch nicht im geringsten abschütteln oder auch nur verwirren: er trat hinter ihren Stuhl, und seine Miene, wie seine ganze Haltung drückten nur zu deutlich aus, daß er diesen Platz keinem anderen abzutreten gedachte.

»Jetzt wird Alexei Iwanowitsch singen, maman, jetzt wird Alexei Iwanowitsch singen!« riefen die jungen Mädchen lebhaft alle durcheinander und drängten sich zusammen, ohne die Blicke von Weltschaninoff abzuwenden, der sich völlig unbefangen bereits an den Flügel setzte, um sich selbst zu begleiten. Da kamen denn auch die Eltern in den Saal, und auch Katerina Fedosséjewna, die bei ihnen gewesen und den Tee eingegossen hatte.

Weltschaninoff wählte ein altes, jetzt schon fast ganz vergessenes Lied von Glinka[7]:

„Wenn du vor mir stehst und zu mir sprichst..."

Während des Vortrages wandte er sich ausschließlich an Nadja, die am nächsten bei ihm stand und sich an den Flügel lehnte. Er hatte schon lange keine Singstimme mehr, doch was ihm noch geblieben war, zeigte immerhin, daß er einst eine schöne Stimme gehabt haben mußte. Dieses Lied hatte er als Student vor etwa zwanzig Jahren zum erstenmal gehört, und zwar vom Komponisten selbst vorgetragen: es war bei einem Freund Glinkas an einem kleinen literarisch-künstlerischen »Junggesellenabend« gewesen. Glinka war im Zimmer unruhig auf und ab gegangen, und dann hatte er sich plötzlich an den Flügel gesetzt und seine Lieblingskompositionen gesungen, darunter auch dieses Lied. Auch Glinka hatte damals schon keine Stimme mehr, aber Weltschaninoff entsann sich noch deutlich des außerordentlichen Eindrucks, den gerade dieses Lied, halb sprechend vorgetragen, auf alle Anwesenden machte. Niemals hätte ein Dilettant, ein Salonsänger, selbst wenn er über die größten Stimmittel verfügte, auch einen ähnlichen Eindruck erreicht. Mit jeder Strophe steigerte sich in diesem Liede die Leidenschaft und wuchs schließlich an zu einer alles mitreißenden Macht; und gerade wegen der Größe und Gewalt dieser Leidenschaft hätte alles »Gemachte«, hätte die geringste Übertreibung und Unechtheit — wie man sie in der Oper immer wieder zu hören bekommt — das Lied nur herabgezogen und den Sinn jedes Wortes, jedes Tones entstellt. Um dieses kleine, doch ganz einzige Lied singen zu können, war unbedingt eines erforderlich: Echtheit, echte Begeisterung, wirkliche Leidenschaft, oder — wenn man ein großer Künstler war — wenigstens die vollendete künstlerische Beherrschung des Ausdrucks dieser Gefühle. Andernfalls hätte das Lied nur unangenehm und womöglich sogar irgendwie schamlos wirken können: es wäre unmöglich gewesen, eine solche Spannung des leidenschaftlichen Gefühls auszudrücken, ohne abzustoßen, aber Echtheit und *Treuherzigkeit* retteten alles. Weltschaninoff wußte, daß ihm der Vortrag des Liedes bisher manchmal gelungen war: hatte sich ihm doch damals, als er es zum erstenmal von Glinka hörte, jede Nuance und die ganze Art seines Vortrages unauslöschlich eingeprägt. Und auch diesmal erfaßte ihn, kaum daß er die ersten Töne angeschlagen und die ersten Worte gesungen hatte, wirkliche Begeisterung; und die Begeisterung wirkte auf seine Stimme zurück und ging auf die Zuhörenden über. Mit jedem weiteren Wort wuchs das Gefühl, und der Ausdruck wurde stärker, sicherer, fast rücksichtslos, und es war, als streife er alle, auch die letzten Bedenken ab. So kam es denn zu dieser außerordentlichen Wirkung. So kam es, daß Nadja, als er sie bei den Schlußworten

>   „Nur küssen will ich dich, küssen,
>   Nur küssen, küssen!"

mit vor Leidenschaft blitzendem Blick ansah, erschrocken zusammenfuhr und unwillkürlich etwas zurückwich: purpurn stieg das Blut ihr in die Wangen, und im Moment war es Weltschaninoff, als habe er in ihrem verschämten Gesichtchen und ihren fast bangen Augen ein kurzes Erraten bemerkt. Doch auch die Gesichter aller übrigen Zuhörerinnen verrieten förmliche Verzauberung und gleichzeitig doch auch so etwas wie Bedenken oder ein verschämtes Zagen: es war, als meinten sie alle, so etwas könne man doch nicht so vor allen Menschen aussprechen, da müsse man sich ja schämen, und doch glühten alle diese Gesichtchen und glänzten aller Augen, und es war, als erwarteten sie noch etwas ... Flüchtig streifte Weltschaninoffs Blick sie alle, wie sie dasaßen, und blieb auf dem Gesicht Katerina Fedosséjewnas haften, das nahezu schön geworden war.

»Nun, das ist mir mal eine Romanze! ...«, brummte jetzt langsam der alte Sachlebinin, der zum Schluß ganz verblüfft dagesessen hatte, »aber ... hm! — ist sie nicht doch etwas zu feurig? Sie ist ja sehr schön, aber ...«

»Ja ...«, wollte etwas unschlüssig auch Madame Sachlebinin ihre Meinung äußern, doch kam sie nicht dazu, da Pawel Pawlowitsch plötzlich neben Nadja auftauchte: er sah wie ein Irrsinniger aus und vergaß sich so weit, daß er Nadja an der Hand von Weltschaninoff fortriß und dann, fast taumelnd, wieder vor diesen hintrat, ihn wie ratlos ansah und nur die bebenden Lippen lautlos bewegte.

»Auf einen Augenblick«, brachte er endlich mühsam hervor.

Weltschaninoff begriff sofort, daß dieser Mensch im nächsten Augenblick etwas zehnmal Schlimmeres tun konnte, wenn man ihm nicht zuvorkam; er faßte ihn deshalb am Arm und führte ihn schnell, ohne sich durch die Verwunderung der anderen aufhalten zu lassen, auf die Veranda und von dort noch ein paar Stufen hinab in den Garten, in dem es fast schon ganz dunkel war.

»Begreifen Sie nicht, daß Sie sogleich mit mir von hier fortfahren müssen!« stieß Pawel Pawlowitsch bebend hervor.

»Nein, das begreife ich nicht . . .«

»Erinnern Sie sich«, fuhr Pawel Pawlowitsch flüsternd in einer Aufregung fort, die nahezu unheimlich war, »erinnern Sie sich noch dessen, wie Sie damals von mir verlangten, ich solle Ihnen alles sagen, *alles,* verstehen Sie, und ganz aufrichtig auch ‚das letzte Wort‘ . . . wissen Sie noch? Nun, jetzt ist der Augenblick gekommen für dieses Wort . . . fahren wir!«

Weltschaninoff dachte ein paar Sekunden lang nach, blickte nochmals Pawel Pawlowitsch an und erklärte sich bereit, mit ihm zu fahren.

Der plötzliche Aufbruch der beiden Gäste erschreckte die Eltern nicht wenig und empörte die jungen Mädchen arg.

»Aber trinken Sie doch wenigstens noch ein Täßchen Tee . . .«, bat Madame Sachlebinin fast kläglich.

»Na, was ist denn in dich gefahren, daß du dich plötzlich so aufregst?« wandte sich mit strenger, unzufriedener Miene der alte Sachlebinin an Pawel Pawlowitsch, der nur eigentümlich lächelte und schwieg.

»Pawel Pawlowitsch, weshalb entführen Sie uns Alexei Iwánowitsch?« wandten sich die jungen Mädchen teils vorwurfsvoll klagend, teils aufrichtig erbittert an ihn, und die Blicke, die er auffing, sprachen von nichts weniger als von Sympathie. Nadja aber maß ihn mit so unverkennbarem Haß, daß er sich förmlich wand unter ihrem Blick, aber er blieb doch bei seinem Entschluß.

»Verzeihen Sie, aber ich muß in der Tat Pawel Pawlowitsch dafür danken, daß er mich zum Glück noch rechtzeitig an etwas sehr Wichtiges erinnert hat, das leider keinen Aufschub duldet«, entschuldigte sich Weltschaninoff lachend, worauf er sich bei den Eltern bedankte, die Hand der Dame des Hauses an die Lippen führte und sich von den jungen Mädchen verabschiedete, bei welcher Gelegenheit er wieder Katerina Fedosséjewna vor allen anderen auszeichnete, was wiederum von allen bemerkt wurde.

»Wir danken Ihnen sehr für Ihren Besuch, und es wird uns *alle* jederzeit freuen, Sie wiederzusehen; jederzeit!« schloß der Staatsrat bedeutsam, als der Gast ihm die Hand drückte.

»Ach ja, es wird uns *sehr* freuen . . .«, bestätigte die Mama gefühlvoll.

»Kommen Sie wieder, Alexei Iwánowitsch, kommen Sie wieder!« riefen noch viele Stimmen von der Verandatreppe, als Weltschaninoff sich bereits neben Pawel Pawlowitsch in den Wagen setzte, und unter ihnen etwas leiser ein Stimmchen: »Kommen Sie wieder, lieber, lieber Alexei Iwánowitsch!«

‚Das war das Rotköpfchen!' dachte Weltschaninoff bei sich.

XIII

Auf wessen Seite mehr ist

Ja, er konnte noch an die kleine Rothaarige denken, während ihn tiefinnerlich schon Ärger und Reue quälten. Und überhaupt war er an diesem Tage, den er doch, wie man meinen sollte, so angenehm verbracht hatte, ein gewisses bedrückendes, an einen unbestimmten Kummer gemahnendes Gefühl nicht losgeworden. Bevor er an den Flügel getreten war, hatte er kaum noch gewußt, was er mit sich anfangen, wohin er vor diesem Kummer flüchten sollte; vielleicht war auch nur diese Stimmung der Grund gewesen, weshalb er sich beim Vortrag des Liedes so hatte hinreißen lassen.

,Und ich konnte mich so furchtbar erniedrigen ... mich von allem losreißen', begann er schon, sich selbst Vorwürfe zu machen, brach aber schnell den Gedanken wieder ab und bemühte sich, an anderes zu denken. So erniedrigend erschienen sie ihm, diese Selbstanklagen, die zudem nicht das geringste nützten! Deshalb wählte er das Angenehme und ärgerte sich rasch über einen anderen.

,Dieser R—rüpel!' dachte er wütend, mit einem halben Blick auf den im Wagen neben ihm sitzenden Pawel Pawlowitsch.

Der schwieg noch immer; vielleicht sammelte er sich erst oder bereitete sich auf die Aussprache vor. Von Zeit zu Zeit hob er hastig die Hand und nahm seinen Hut ab, um sich mit dem Taschentuch über die Stirn zu wischen.

,Wie er schwitzt!' dachte Weltschaninoff verbissen, denn es war ihm geradezu ein Bedürfnis, sich recht über ihn zu ärgern.

Nur einmal wandte sich Pawel Pawlowitsch mit der Frage an den Kutscher, ob es ein Gewitter geben werde.

»O—oh, und was für eins! Den ganzen Tag war's schwül, sicher wird's eins geben!«

In der Tat war der Himmel dunkler als je um diese Zeit. Hin und wieder blitzte es in der Ferne. Es war halb elf, als sie in der Stadt anlangten.

»Ich fahre ja doch zu Ihnen«, hatte sich Pawel Pawlowitsch kurz vorher an Weltschaninoff gewandt.

»Ich verstehe. Ich muß Ihnen aber sagen, daß ich mich ernstlich krank fühle.«

»Ich bleibe nicht lange, nicht lange!«

Als sie ins Haus traten, verschwand Pawel Pawlowitsch auf einen Augenblick in der Wohnung des Portiers, wo er ein paar Worte mit Mawra wechselte.

»Was suchten Sie dort?« fragte Weltschaninoff ärgerlich, als jener ihn auf der Treppe wieder einholte und sie eintraten.

»Nichts, nur so ... wegen des Kutschers ...«

»Zu trinken gebe ich Ihnen nichts!«

Eine Antwort erfolgte nicht. Weltschaninoff zündete ein paar Kerzen an, und Pawel Pawlowitsch ließ sich sogleich auf seinem alten Platz nieder. Weltschaninoff blieb finster vor ihm stehen.

»Sie entsinnen sich vielleicht, daß ich Ihnen damals versprach, auch mein *letztes Wort* zu sagen«, begann er mit innerlicher Gereiztheit, die er nach außen hin noch unterdrücken konnte. »So hören Sie denn dieses mein letztes Wort: ich bin vor meinem Gewissen zu der Überzeugung gelangt, daß zwischen uns beiden alles zu Ende ist und wir einander nichts mehr zu sagen haben, Sie verstehen mich: *nichts* mehr; und deshalb — wäre es nicht besser für Sie, Sie gingen jetzt gleich weg und ich schlösse die Tür hinter Ihnen ab?«

»Lassen Sie uns erst ... abrechnen, Alexei Iwanowitsch!« sagte Pawel Pawlowitsch und sah ihm dabei ganz eigentümlich sanft in die Augen.

»Ab—rech—nen?« fragte Weltschaninoff in höchster Verwunderung. »Ein sonderbares Wort haben Sie da gebraucht! In welcher Beziehung denn ‚abrechnen‘, wenn man fragen darf? Oder sollte *das* etwa gar jenes ‚letzte Wort‘ sein, mit dem Sie mir vorhin versprachen, alles ... aufzudecken?«

»Ja.«

»Wir haben nichts mehr miteinander ‚abzurechnen‘, wir sind bereits vollständig ... quitt!« sagte Weltschaninoff stolz.

»Glauben Sie das wirklich?« fragte Pawel Pawlowitsch in eigentümlichem Ton, der fast ein Durchschauen verriet, und er hob die Hände vor die Brust — und schob die Finger zwischeneinander.

Weltschaninoff antwortete nichts und begann im Zimmer auf und ab zu schreiten. ‚Lisa?' ‚Lisa?' stöhnte es in seinem Herzen.

»Ja, übrigens, worüber wollten Sie denn mit mir abrechnen?« wandte er sich nach ziemlich langem Schweigen mit finsterer Stirn wieder an Pawel Pawlowitsch. Dessen Augen waren ihm während der Wanderung durch das Zimmer unaufhörlich gefolgt; während er selbst aber nach wie vor regungslos im Stuhl lehnte, die Hände mit den gekreuzten Fingern vor der Brust.

»Fahren Sie nicht mehr dorthin«, sagte er fast flüsternd mit flehender Stimme, und plötzlich stand er auf.

»Wie! Und nichts weiter?« — Weltschaninoff lachte zornig auf. »In der Tat, Sie haben ja heute den ganzen Tag nichts anderes getan als mich in Erstaunen gesetzt!« sagte er bissig, doch plötzlich veränderte sich der Ausdruck seines Gesichts. »Hören Sie mich an«, begann er, und seine Stimme klang traurig und es sprach aus ihr tiefaufrichtiges Gefühl, »ich finde, daß ich mich noch niemals und durch nichts so erniedrigt habe wie heute, und das erstens dadurch, daß ich einwilligte, Sie dorthin zu begleiten, und zweitens — durch das, was dort war . . . Das war so kleinlich, so erbärmlich . . . ich habe mich mir selbst so verekelt und mich vor mir selber so entehrt, indem ich mich auf alles einließ . . . und vergessen konnte . . . Ach nun, was, wozu!« besann und unterbrach er sich plötzlich. »Hören Sie, Sie haben mich heute überrumpelt, ich war überreizt und abgespannt und krank . . . eh, wozu sich da rechtfertigen wollen! . . . Hinfahren werde ich jedenfalls nicht mehr, und ich versichere Ihnen, daß ich dort absolut keine Absichten habe«, schloß er entschieden.

»Wirklich nicht? Ist das wahr? Ist das wirklich wahr?« rief Pawel Pawlowitsch, ohne seine Freude zu verbergen.

Weltschaninoff sah ihn mit Verachtung an und begann wieder im Zimmer auf und ab zu gehen.

»Sie scheinen sich ja vorgenommen zu haben, um jeden Preis glücklich zu werden«, konnte er sich schließlich nicht enthalten zu bemerken.

»Ja«, bestätigte Pawel Pawlowitsch leise und naiv.

,Was geht es mich an', dachte Weltschaninoff, ,daß er ein Narr ist und nur aus Dummheit bösartig? Ich kann doch nicht anders als ihn hassen, — auch wenn er's gar nicht wert ist!'

»Ich bin eben ein ,ewiger Gatte'!« sagte Pawel Pawlowitsch mit demütig ergebenem Spott über sich selbst. »Ich habe diese Bezeichnung schon vor langer Zeit von Ihnen gehört, Alexei Iwanowitsch, schon damals, als Sie noch dort mit uns lebten. Ich habe mir damals viele Ihrer Aussprüche gemerkt — in jenem Jahr. Als Sie nun hier das vorige Mal wieder ,ewiger Gatte' sagten, da kombinierte ich ...«

Mawra trat ein: sie brachte eine Flasche Champagner und zwei Gläser.

»Verzeihen Sie, Alexei Iwanowitsch, Sie wissen, daß ich ohne Alkohol nicht auskommen kann. Fassen Sie es nicht als Unhöflichkeit auf, betrachten Sie es als etwas Nebensächliches, das Ihrer Beachtung nicht wert ist.«

»Schon gut ...«, Weltschaninoff ließ ihn angewidert gewähren, »aber ich — ich bin wirklich krank, glauben Sie mir ...«

»Gleich, gleich ... im Augenblick!« beeilte sich Pawel Pawlowitsch, »nur einen Schluck, denn meine Kehle ...«

Er stürzte gierig sein Glas hinunter, setzte sich und sah gerührt Weltschaninoff an. Marwa ging weg.

»So 'ne Gemeinheit!« murmelte Weltschaninoff.

»Das waren ja nur die Freundinnen«, sagte plötzlich Pawel Pawlowitsch unversehens munter, als habe ihn der Champagner neu belebt.

»Wer? Was? Ach so, Sie reden immer noch davon ...«

»Nur die Freundinnen! Und dazu noch die Jugend; aus Anmut tut man wichtig — sehen Sie, so fasse ich's auf! Es ist sogar entzückend. Nachher aber — nun, Sie wissen, nach-

376

her werde ich ihr Sklave sein; sie wird die Gesellschaft kennenlernen, das Ansehen in der Gesellschaft ... mit einem Wort, sie wird völlig umerzogen werden.«

‚Teufel, ich muß ihm ja noch das Armband zurückgeben!‘ dachte Weltschaninoff und fühlte nach dem Etui in seiner Tasche.

»Sie fragten, ob ich mir nun vorgenommen hätte, glücklich zu werden? Ich muß heiraten, Alexei Iwanowitsch«, fuhr Pawel Pawlowitsch nahezu rührend vertrauensvoll fort, »was wird denn sonst aus mir? Sie sehen doch selbst!« – er wies auf die Flasche – »und das ist erst nur ein Hundertstel meiner ... Eigenschaften. Ich kann überhaupt nicht leben ohne Ehe und ... ohne einen neuen Glauben. Gewinne ich den wieder, dann werde ich auch auferstehen!«

Weltschaninoff wollte fast in schallendes Gelächter ausbrechen.

»Wozu teilen Sie denn alles das gerade mir mit?« Seine Mundwinkel zuckten. Übrigens kam ihm das Ganze doch zu haarsträubend vor.

»Aber so sagen Sie mir doch endlich«, fuhr er heftig auf, »zu welch einem Zweck Sie mich nun eigentlich dorthin geschleppt haben! Wozu hatten Sie mich denn nötig?«

»Nur ... um zu prüfen ...«, stotterte Pawel Pawlowitsch etwas verwirrt, wie es schien.

»Was zu prüfen?«

»Den Eindruck ... Ich, sehen Sie, Alexei Iwanowitsch, ich bin doch erst seit einer Woche ... dort auf Freiersfüßen« (er wurde immer verlegener) ... »Gestern traf ich Sie, und da dachte ich: Ich habe sie doch noch niemals in anderer Gesellschaft gesehen, ich wollte sagen, in Gesellschaft von Herren – wenn ich mich nämlich selbst nicht zähle ... Es war ein dummer Gedanke, ich sehe es jetzt selbst ein, und ganz überflüssig. Aber ich wollte es doch gar zu gern, infolge der Schlechtigkeit meines Charakters.«

Er erhob plötzlich den Kopf und errötete.

‚Sollte er wirklich die Wahrheit sagen?‘ fragte sich Weltschaninoff, noch ganz sprachlos vor Verwunderung, und starrte ihn an.

»Und?«

Pawel Pawlowitsch lächelte süß und zugleich irgendwie verschmitzt.

»Nichts weiter als Kindlichkeit, die noch frisch und reizend ist, nichts weiter! Das waren nur die Freundinnen! Verzeihen Sie mir bloß mein dummes Benehmen Ihnen gegenüber; ich werde mich nie wieder so vergessen, und überhaupt wird es ja nun nie mehr dazu kommen.«

»Zumal ja auch ich nie mehr hinfahren werde«, versetzte Weltschaninoff etwas höhnisch.

»Ich meinte es auch zum Teil in diesem Sinne.«

Weltschaninoff richtete sich straffer auf und warf den Kopf zurück.

»Übrigens ... ich bin doch nicht der einzige in der Welt«, bemerkte er fast gereizt.

Pawel Pawlowitsch errötete wieder.

»Es betrübt mich, das zu hören, Alexei Iwanowitsch, und glauben Sie mir: ich achte Nadéschda Fedosséjewna so hoch ...«

»Verzeihung, Verzeihung, ich wollte ja nichts ... Es kommt mir nur etwas sonderbar vor, daß Sie meine Mittel so übertrieben eingeschätzt ... und ... sich so vertrauensvoll auf mich verlassen haben ...«

»Eben deshalb habe ich mich ja auf Sie verlassen, weil das doch bereits nach allem geschah ... was schon gewesen ist.«

»Dann müssen Sie mich ja, wenn es so ist, auch jetzt für einen Ehrenmann halten?« entfuhr es Weltschaninoff, der plötzlich stehen geblieben war, unwillkürlich und ganz unbedacht. Im nächsten Moment war er selbst über die Naivität seiner Frage erschrocken.

»Das habe ich immer getan«, sagte Pawel Pawlowitsch, indem er die Augen niederschlug.

»Nun ja, natürlich ... ich rede nicht davon, das heißt

nicht in dem Sinne ... ich wollte nur sagen, daß Sie ungeachtet aller ... Vorurteile ...«

»Ja, auch ungeachtet der Vorurteile.«

»Aber als Sie nach Petersburg fuhren?« — Weltschaninoff konnte sich nicht mehr bezwingen, obschon er die ganze
Ungeheuerlichkeit seiner Neugier selbst sehr wohl empfand.

»Und auch als ich nach Petersburg fuhr, hielt ich Sie für
den alleranständigsten Ehrenmann. Ich habe Sie immer geachtet, Alexei Iwanowitsch.«

Pawel Pawlowitsch blickte wieder auf und sah mit klarem
Blick, jetzt bereits ohne die geringste Verwirrung, seinen
Gegner an. Weltschaninoff wurde plötzlich bange: er wollte
um alles in der Welt nicht, daß jetzt irgend etwas Gefühl-
volles geschah, daß irgend etwas die Grenze überschritt, zumal er selbst dazu herausgefordert hatte.

»Ich habe Sie geliebt, Alexei Iwanowitsch«, sagte Pawel
Pawlowitsch, als habe er sich plötzlich zu etwas entschlossen,
»jenes ganze Jahr in T. habe ich Sie geliebt. Sie haben es
nicht bemerkt«, fuhr er, zu Weltschaninoffs Schrecken, mit
einer etwas unsicher werdenden Stimme fort, »ich war als
Mensch und Persönlichkeit viel zu gering neben Ihnen, um
Sie etwas merken zu lassen. Und es war vielleicht auch gar
nicht nötig. In diesen ganzen neun Jahren nachher habe ich
oft an Sie gedacht, sehr oft, immerwährend, denn ich habe
kein zweites solches Jahr in meinem Leben gehabt.« (Pawel
Pawlowitschs Augen erglänzten eigentümlich.) »Ich habe
mir viele Ihrer Bemerkungen, Ihrer Aussprüche und Gedanken gemerkt. Ich habe in Ihnen immer einen Menschen von
hoher Bildung gesehen, der sich lebhaft nach guten Gefühlen
sehnt und der eigene Gedanken ausspricht. ‚Große Gedanken
entspringen weniger einem großen Verstande als einem großen Gefühl' — sagten Sie einmal; vielleicht haben Sie es jetzt
vergessen, ich aber habe es mir gemerkt. So habe ich denn in
Ihnen immer einen Menschen von großem Gefühl gesehen ...
und folglich auch an Sie geglaubt — trotz allem ...«

Sein Kinn begann plötzlich zu zittern. Weltschaninoff

war aufs höchste erschrocken; diesem unerwarteten Ton mußte unbedingt schnell ein Ende gemacht werden.

»Genug, bitte hören Sie auf, Pawel Pawlowitsch«, brachte er errötend und in gereizter Ungeduld hervor. »Weshalb auch, zu welchem Zweck«, fuhr er plötzlich nervös auf, »zu welchem Zweck heften Sie sich jetzt an einen kranken, überreizten Menschen — ich bin wirklich krank — und ziehen ihn in dieses Dunkel hinein ... während ... während doch — alles nur Trugbilder und Lüge und Schande und Unnatur ist und — und nicht dem Maß entspricht, — das aber ist das Wichtigste, das ist das Beschämendste, daß es nicht dem Maß entspricht! Und alles ist Unsinn: wir sind beide lasterhafte, untergründige, garstige Menschen[8] ... Und wenn Sie wollen, werde ich Ihnen sogleich beweisen, daß Sie mich nicht nur nicht lieben, sondern hassen, sogar mit ganzer Seele hassen, und daß Sie hier gelogen haben, allerdings ohne es selbst zu wissen! Sie haben mich gar nicht zu diesem lächerlichen Zweck hingeführt, um Ihre Braut zu prüfen (was einem Menschen auch alles einfällt!), sondern haben sich gestern, als Sie mich auf der Straße erblickten, einfach *erbost* und mich dann hingeführt, um sie mir zu zeigen und mir zu sagen und zu verstehen zu geben: ‚Da, schau sie dir an! Und die wird jetzt mir gehören! Na, versuch's jetzt mal hier!‘ Es war eine Herausforderung von Ihnen! Sie wußten das vielleicht selbst nicht, aber es war eine! ja: Sie haben mich herausgefordert, denn das alles haben Sie gefühlt! ... Ohne Haß aber kann man keinen so herausfordern; folglich haben Sie mich gehaßt!«

Wütend ging er im Zimmer umher, stieß immer schneller und erregter all das hervor, und dabei quälte und kränkte ihn immer mehr die erniedrigende Erkenntnis, daß er sich selbst in einem solchen Maße herabließ bis zu Pawel Pawlowitsch.

»Ich wollte mich mit Ihnen aussöhnen, Alexei Iwanowitsch!« sagte jener plötzlich entschlossen in schnellem Geflüster, und sein Kinn begann wieder zu zittern.

Eine unbändige Wut erfaßte Weltschaninoff, als habe man ihm noch niemals eine solche Beleidigung zugefügt.

»Ich sage Ihnen doch«, brüllte er ihn förmlich an, »daß Sie einem kranken und überreizten Menschen ... auf dem Halse sitzen, um ihm irgendein unmögliches Wort zu entreißen, es ihm im Fieber – wie soll ich sagen? – herauszuwürgen! Wir ... ja, wir sind Menschen verschiedener Welten, begreifen Sie das doch endlich, und ... und ... zwischen uns, da hat sich – ein Grab gelegt!« stieß er durch die Zähne hervor, und – plötzlich kam er zur Besinnung ...

»Aber woher wissen Sie«, – Pawel Pawlowitschs Gesicht verzerrte sich plötzlich und erbleichte – »woher wissen Sie, was dieses kleine Grab *hier* bedeutet, hier ... bei mir!« keuchte er, Schritt für Schritt sich Weltschaninoff nähernd, während er mit einer grotesken, doch um so entsetzlicheren Geste die Faust hob und sich ans Herz schlug. »Ich kenne dieses kleine Grab hier auf dem Friedhof, und wir beide stehen an dieser Gruft, ich hier – Sie dort, nur ist auf meiner Seite mehr als auf Ihrer, mehr ...«, flüsterte er wie im Fieberdelirium und sich immer wieder ans Herz schlagend, »mehr, mehr – mehr ...«

Plötzlich gellte erschreckend laut und schrill die Türglocke und ließ sie beide wieder zu sich kommen. Es hatte jemand geklingelt, der sich geschworen zu haben schien, den Glockenzug mit einem einzigen Ruck abzureißen.

»Wer zu mir will, klingelt nicht so«, sagte Weltschaninoff halb zu sich selbst und noch ganz wirr.

»Aber zu mir doch auch nicht«, flüsterte zaghaft Pawel Pawlowitsch, der gleichfalls zu sich gekommen und im Augenblick wieder der frühere Pawel Pawlowitsch geworden war.

Weltschaninoff runzelte die Stirn und ging, um die Tür zu öffnen.

»Herr Weltschaninoff, wenn ich mich nicht irre?« hörte man eine jugendliche, helle und ungemein selbstbewußte Stimme fragen.

»Was wünschen Sie?«

»Ich bin genau unterrichtet«, fuhr die helle Stimme fort, »daß ein gewisser Trussozkij sich im Augenblick bei Ihnen befindet. Ich muß ihn unbedingt und unverzüglich sprechen.«

Weltschaninoff hatte die größte Lust, diesen selbstbewußten jungen Mann mit einem Fußtritt die Treppe hinunterzubefördern. Doch er bedachte sich, trat zur Seite und ließ ihn eintreten.

»Dort ist Herr Trussozkij, treten Sie ein . . .«

XIV

Ssáschenka und Nádjenka[9]

Ins Zimmer trat ein noch sehr junger Mann, der etwa neunzehn Jahre zählen mochte, vielleicht sogar noch weniger — so jungenhaft wirkte sein hübsches und höchst selbstbewußt dreinschauendes Gesicht. Er war nicht schlecht gekleidet; wenigstens saß alles vortrefflich. Von Wuchs war er über Mittelgröße; sein schwarzes, dichtes halblockiges Haar und seine großen, dreisten, dunklen Augen fielen an ihm besonders auf. Nur die Nase war etwas breit und aufgestülpt, sonst wäre er ein ausgesprochen schöner junger Mensch gewesen. Er trat sehr wichtig ein.

»Ich habe wohl . . . Gelegenheit . . . mit Herrn Trussozkij zu sprechen«, begann er gemessen, indem er das Wort »Gelegenheit« ersichtlich mit besonderem Vergnügen betonte, womit er wohl zu verstehen geben wollte, daß für ihn ein Gespräch mit Herrn Trussozkij weder eine Ehre, noch ein Vergnügen sein könne. Weltschaninoff begann zu begreifen; auch Pawel Pawlowitsch schien bereits die Hauptsache zu erraten. In seinem Gesicht drückte sich eine gewisse Unruhe aus; übrigens hielt er sich tadellos.

»Da ich nicht die Ehre habe, Sie zu kennen«, entgegnete er würdevoll, »nehme ich an, daß ich mit Ihnen auch nichts zu erörtern haben kann.«

382

»Hören Sie erst, und dann sagen Sie Ihre Meinung«, versetzte der junge Mann selbstbewußt und in zurechtweisendem Ton, worauf er seinen an einer Schnur hängenden
Kneifer hob und die Champagnerflasche auf dem Tisch zu
mustern begann. Als er die Musterung beendet hatte, klappte
er den Kneifer ruhig wieder zusammen und wandte sich von
neuem Pawel Pawlowitsch zu:

»Alexander Lóboff.«

»Was ist das: ‚Alexander Lóboff‘?«

»Das bin ich. Noch nie gehört?«

»Nein.«

»Übrigens, wie sollten Sie auch. Ich komme in einer wichtigen Angelegenheit, die namentlich Sie angeht. Erlauben
Sie einstweilen, daß ich mich setze, ich bin müde . . .«

»Nehmen Sie Platz«, sagte Weltschaninoff, doch der junge
Mann hatte sich bereits vor der Aufforderung niedergelassen.

Weltschaninoff begann sich, trotz wachsender Schmerzen
unter der Brust, für diesen unverschämten Bengel zu interessieren. In seinem hübschen, frischen Jungengesicht war
etwas, was ihn an Nádja erinnerte, – vielleicht bestand sogar eine gewisse Ähnlichkeit zwischen ihnen?

»Auch Sie könnten sich setzen«, schlug der junge Mann
Pawel Pawlowitsch vor, indem er mit einem nachlässigen
Kopfnicken nach dem Stuhl deutete.

»Ich ziehe vor, zu stehen.«

»Sie werden müde werden. Sie, Herr Weltschaninoff, können meinetwegen auch hierbleiben.«

»Sie scheinen zu vergessen, daß ich hier zu Hause bin.«

»Wie Sie wollen. Und offen gestanden, ich wünsche es
sogar, daß Sie bei meiner Auseinandersetzung mit diesem
Herrn zugegen sind. Nadéschda Fedosséjewna hat Sie mir
in ziemlich schmeichelhafter Weise empfohlen.«

»Was! Wann hat sie denn dazu Zeit gehabt?«

»Sogleich nach Ihrer Abfahrt; ich komme doch auch von
dort!. Also, Herr Trussózkij«, wandte er sich wieder diesem
zu, der immer noch stand, »wir, das heißt: ich und Nadéschda

Fedosséjewna«, fuhr er fort, in nachlässiger Pose im Lehnstuhl sitzend — und ebenso nachlässig, wie er da saß, sprach
er auch die Worte aus, mit eingezogenem Mundwinkel und
kaum sich bewegenden Lippen —, »wir lieben uns schon
lange und haben uns verlobt. Sie sind nun als Hindernis
zwischen uns getreten: deshalb bin ich hergekommen, um Sie
aufzufordern, das Feld zu räumen. Sagen Sie mir also kurz,
ob Sie gewillt sind, meiner Aufforderung nachzukommen?«

Pawel Pawlowitsch erbleichte und zuckte ein wenig zurück, doch schon im nächsten Augenblick lächelte er boshaft.

»Nein, dazu bin ich durchaus nicht gewillt«, versetzte er
lakonisch.

»So!« Der Jüngling rückte ein wenig auf dem Stuhl und
schlug ein Bein über das andere.

»Ich weiß nicht einmal, wer Sie sind«, fuhr Pawel Pawlowitsch fort, »und ich denke, daß unsere Unterredung hiermit beendet sein dürfte.«

Bei diesen Worten sah er sich nach einem Stuhl um und
setzte sich.

»Ich sagte Ihnen ja, Sie würden müde werden«, bemerkte
der Jüngling nachlässsig. »Ich hatte soeben Gelegenheit,
Ihnen mitzuteilen, daß ich Lóboff heiße und daß ich mich
mit Nadéschda Fedosséjewna verlobt habe — folglich können
Sie nicht sagen, wie Sie es soeben taten, daß Sie nicht wüßten,
wer ich bin; desgleichen können Sie nicht aufrichtig der
Meinung sein, daß unsere Unterredung hiermit beendet wäre;
ganz abgesehen von mir, handelt es sich hier um Nadéschda
Fedosséjewna, der Sie sich jetzt in einer so frechen Weise
aufdrängen. Schon das allein wäre eine genügende Veranlassung zu einer Unterredung.«

Diese ganze Rede hielt er mit geckenhafter Nachlässigkeit,
kaum, daß er sich die Mühe gab, die Worte zur Not gerade
noch verständlich auszusprechen; zwischendurch hatte er sogar wieder den Kneifer vor die Augen gehalten und, während er sprach, irgendeinen Gegenstand im Zimmer fixiert.

»Erlauben Sie, junger Mann . . .«, fuhr Pawel Pawlowitsch

gereizt auf, doch der »junge Mann« trumpfte ihn sogleich ab, noch bevor er seinen unvorsichtig begonnenen Satz zu Ende sprechen konnte.

»Zu jeder anderen Zeit würde ich es mir von Ihnen natürlich sogleich verbitten, mich mit ‚junger Mann‘ anzureden. Doch hier ist es mir insoweit ganz angenehm, als meine Jugend, wie Sie selbst zugeben werden, in diesem Fall gerade mein größter Vorzug vor Ihnen ist, wie Sie zum Beispiel heute bei der Überreichung Ihres Armbandes zweifellos sehr gern ein wenig jünger gewesen wären.«

‚Ach, du Frechdachs!‘ dachte Weltschaninoff.

»Jedenfalls, mein Herr«, verbesserte sich Pawel Pawlowitsch kühl, »kann ich die von Ihnen betonten Gründe — die wohl nichts weniger als anständig sind und auch recht zweifelhaft zu sein scheinen — nicht als derartig empfinden, daß mir eine weitere Verhandlung mit Ihnen notwendig erschiene. Ich sehe, daß es sich hier nur um einen kindischen Einfall handelt; morgen noch werde ich mich von Fedosséi Ssemjónowitsch über den Sachverhalt aufklären lassen, jetzt aber bitte ich Sie, uns nicht weiter zu belästigen.«

»Da sehen Sie gleich den Charakter dieses Menschen!« rief der Jüngling aufgebracht, indem er sich sofort heftig an Weltschaninoff wandte und natürlich aus dem Ton fiel. »Es ist für ihn nicht genug, daß man ihn von dort hinausjagt, sich über ihn lustig macht und ihm eine lange Nase zeigt — er will uns morgen noch dem Alten denunzieren! Beweisen Sie denn damit nicht sonnenklar, Sie eigensinniger Mensch, daß Sie das Mädchen mit Gewalt nehmen wollen, daß Sie sie von kindisch gewordenen alten Menschen, denen nur infolge der barbarischen Zustände unserer Gesellschaft die schmählichste Machtvollkommenheit über das junge Mädchen zugesprochen wird, — daß Sie sie von ihnen einfach kaufen wollen? Sie hat es Ihnen doch schon deutlich genug gezeigt, daß sie Sie verachtet! Ihnen ist doch Ihr unanständiges Geschenk, Ihr Armband, bereits zurückgegeben worden! Was wollen Sie denn noch?«

»Niemand hat mir mein Armband zurückgegeben; es wäre das auch ganz unmöglich!« sagte Pawel Pawlowitsch, war aber doch zusammengezuckt.

»Wieso unmöglich? Hat Herr Weltschaninoff es Ihnen denn noch nicht zurückgegeben?«

‚Teufel, da haben wir die Bescherung!‘ dachte Weltschaninoff.

»In der Tat«, sagte er dann, wie sich besinnend, und runzelte die Stirn, »Nadéschda Fedosséjewna hat mich vorhin beauftragt, Ihnen, Pawel Pawlowitsch, dieses Etui einzuhändigen. Ich wollte das natürlich nicht übernehmen, aber sie bat mich so . . . hier ist es . . . Es tut mir leid, daß . . .«

Er legte das Etui, sichtlich peinlich berührt, auf den Tisch vor Pawel Pawlowitsch, der ganz erstarrt dasaß.

»Warum haben Sie es ihm nicht früher zurückgegeben?« unterbrach ihn der junge Mann in strengem Ton.

»Ich werde wohl noch keine Zeit dazu gehabt haben«, entgegnete Weltschaninoff ärgerlich.

»Sonderbar.«

»Wa—as?«

»Zum mindesten sonderbar, das werden Sie doch selbst zugeben. Übrigens bin ich bereit zuzugeben, daß hier tatsächlich ein Mißverständnis vorliegen muß.«

Weltschaninoff hatte die größte Lust, sogleich aufzustehen und den Bengel gründlich an den Ohren zu nehmen. Doch plötzlich konnte er sich nicht bezwingen und brach in schallendes Gelächter aus. Der Jüngling stimmte sogleich in sein Lachen ein. Nicht so Pawel Pawlowitsch; hätte Weltschaninoff den furchtbaren Blick bemerkt, der ihn traf, als er über Lóboff zu lachen begann, dann hätte er begriffen, daß dieser Mensch im gleichen Augenblick eine verhängnisvolle Grenzscheide überschritt . . . Doch Weltschaninoff, der diesen Blick nicht bemerkte, begriff nur, daß man Pawel Pawlowitsch beistehen mußte.

»Hören Sie mal, Herr Lóboff«, wandte er sich in freundschaftlichem Ton an den Jüngling, »ich möchte Sie nur darauf aufmerksam machen — ohne auf die übrigen Gründe näher einzugehen, die ich überhaupt nicht berühren will —, daß Pawel Pawlowitsch, wenn man ihn als Bewerber um Nadéschda Fedosséjewna mit Ihnen vergleicht, jedenfalls sehr schwerwiegende Vorzüge hat: erstens sind die verehrungswürdigen Eltern mit ihm gut bekannt: sie wissen, wer und was er ist; zweitens nimmt er in der Geselschaft sowohl wie im Staatsdienst eine angesehene Stellung ein, und drittens besitzt er ein Vermögen, folglich ist es nur natürlich, daß er sich über einen Nebenbuhler, wie Sie, wundern muß. Denn mögen Sie als Mensch auch noch so große Vorzüge haben, so sind Sie doch dermaßen jung, daß er Sie wahrhaftig nicht als ernst zu nehmenden Bewerber betrachten kann ... und deshalb hat er wohl recht, wenn er Sie bittet, die zwecklose Unterredung zu beenden.«

»Was heißt das: ‚noch dermaßen jung‘? Ich bin seit weit mehr als einem Monat neunzehn Jahre alt. Nach dem Gesetz kann ich folglich schon längst heiraten. Da haben Sie's!«

»Aber welcher Vater wird sich denn entschließen können, Ihnen seine Tochter jetzt schon anzuvertrauen — und sollten Sie auch in Zukunft mehrfacher Millionär oder sonst irgend so ein Wohltäter der Menschheit werden! Ein Neunzehnjähriger kann nicht einmal für sich selbst die volle Verantwortung tragen, und da wollen Sie noch die Verantwortung für ein fremdess Menschenleben auf Ihr Gewsisen nehmen, das heißt die Zukunft eines ebensolchen Kindes, wie Sie selbst eins sind! Das ist doch wohl auch nicht ganz ehrenhaft, was meinen Sie? Ich habe mir diese Meinungsäußerung nur erlaubt, weil Sie sich vorhin selbst an mich wie an einen Vermittler zwischen Ihnen und Pawel Pawlowitsch wandten.«

»Ach ja, richtig, er heißt Páwel Páwlowitsch!« bemerkte der Jüngling, »wie kam es nur, daß es mir die ganze Zeit schien, er heiße Wassílij Petrówitsch? Also«, wandte er sich wieder Weltschaninoff zu, »Sie haben mich nicht im geringsten überrascht; ich wußte, daß Sie ja doch alle so sind! Es wundert mich nur, daß man mir von Ihnen sogar als von einem relativ neuen Menschen gesprochen hat. Übrigens sind das ja nur Lappalien, denn die Sache ist einfach die, daß es hier meinerseits nichts ‚Unehrenhaftes' — wie der Ausdruck ja wohl lautete, den zu gebrauchen Sie sich erlaubten — gibt, sondern ganz im Gegenteil, daß es sich um etwas sehr Ehrenhaftes handelt, was ich Ihnen sogleich erklären und verständlich machen zu können hoffe. Wir haben uns also — erstens: verlobt, und außerdem habe ich ihr in Gegenwart von zwei Zeugen mein Wort gegeben, daß ich ihr, sobald sie einen anderen liebgewinnen oder einfach nur bereuen sollte, mich geheiratet zu haben, sogleich eine schriftliche Erklärung geben würde, in der ich mich des Ehebruchs schuldig bekenne, um damit vor der betreffenden Behörde ihr Scheidungsgesuch zu unterstützen. Und das ist noch nicht alles: für den Fall, daß ich nachträglich meinen Entschluß ändern und mich weigern wollte, ihr besagte schriftliche Erklärung einzuhändigen, gebe ich ihr zu ihrer Sicherstellung am Hochzeitstage einen Wechsel über hunderttausend Rubel auf meinen Namen, so daß sie in dem Fall, wenn ich jene schriftliche Erklärung verweigere, diesen Wechsel sogleich zur Einlösung übergeben kann — und damit hat sie mich in der Hand! — verstehen Sie? So ist denn alles sichergestellt, und nach solchen Erklärungen werden Sie mir nicht mehr sagen können, daß ich ein fremdes Leben auf mein Gewissen nehme. Nun, das wäre also erstens.«

»Ich wette, das hat jener — wie hieß er doch? — Predpossýloff ausgedacht!« rief Weltschaninoff aus.

»Hehehe!« grinste Pawel Pawlowitsch giftig.

»Worüber grinst dieser Herr? — Ja, Sie haben es erraten: es ist wirklich ein Gedanke von Predpossyloff; und Sie können doch nicht leugnen, daß er gut ist. Das absurde Gesetz ist auf diese Weise vollständig lahmgelegt. Selbstverständlich habe ich die Absicht, sie immer zu lieben — sie lachte selbst furchtbar über den Einfall, — aber es ist doch immerhin geschickt ersonnen: das werden Sie mir jetzt zugeben müssen — und auch das, daß es ehrenhaft und edel

gehandelt ist, und daß nicht ein jeder sich zu so etwas entschließen wird!«

»Ich finde, daß es nicht nur keineswegs ehrenhaft, sondern sogar recht ekelhaft ist.«

Der junge Mann zuckte nur die Achseln.

»Sie setzen mich wiederum nicht im geringsten in Erstaunen«, bemerkte er nach kurzem Schweigen, »so etwas hat
schon seit gar zu langer Zeit seine Neuheit für mich verloren.
Predpossýloff würde Sie einfach damit abtrumpfen, daß
dieses Ihr Unvermögen, die natürlichsten Dinge zu begreifen, nur auf die Entartung Ihrer Gefühle und Ihrer Begriffe
zurückzuführen ist, — erstens infolge Ihres langen absurden
Lebens und zweitens infolge Ihres langen Müßigganges. Übrigens verstehen wir uns wohl noch nicht; man hat Sie mir
allerdings anders geschildert . . . Sie sind doch schon in den
Fünfzigern?«

»Bleiben Sie gefälligst bei der Sache.«

»Entschuldigen Sie meine Indiskretion und ärgern Sie sich
nicht; ich fragte ohne besondere Absicht. Also — ich fahre
fort: ich bin durchaus kein zukünftiger ,mehrfacher Millionär', wie Ihr Ausdruck lautete (was Menschen doch für Einfälle haben!). Was ich bin und was ich habe, das sehen Sie
hier vor sich, doch dafür bin ich meiner Zukunft vollkommen sicher. Ein Held und Wohltäter für andere werde ich
nicht werden, aber mich und meine Frau werde ich versorgen.
Allerdings habe ich jetzt noch nichts, und ich bin sogar in
ihrem Hause erzogen worden, von Kindheit an . . .«

»Wie das?«

»Ganz einfach, da ich der Sohn eines entfernten Verwandten von Frau Sachlebinin bin: als meine Eltern star-
ben und mich als Achtjährigen zurückließen, da nahm mich
der Alte zu sich und steckte mich in ein Gymnasium. Dieser
Mensch ist nämlich sogar gut, wenn Sie es wissen wollen . . .«

»Ich weiß es bereits . . .«

»Ja; nur ist er für unsere Zeit schon gar zu rückständig.
Übrigens ist er wirklich gut. Jetzt habe ich mich natürlich

schon längst von seiner Vormundschaft befreit, da ich mir
selbst meinen Lebensunterhalt verdienen und niemandem als
mir selbst verpflichtet sein will.«

»Seit wann sind Sie denn nicht mehr unter seiner Vormundschaft?« fragte Weltschaninoff interessiert.

»Oh, schon lange! fast schon seit ganzen vier Monaten.«

»Nun ist mir die Sache allerdings verständlich: wenn
Sie Jugendgespielen sind! Haben Sie jetzt eine Anstellung?«

»Ja, eine private, ich bin im Kontor eines Notars angestellt, für fünfundzwanzig Rubel monatlich, natürlich nur
vorläufig. Als ich um ihre Hand anhielt, hatte ich nicht einmal das! Ich war nämlich damals in der Eisenbahnverwal-
tung und bekam nur zehn Rubel monatlich, auch natürlich
nur vorläufig.«

»Ja, haben Sie denn einen Heiratsantrag gemacht?«

»Gewiß, ganz formell, und schon vor langer Zeit, vor
guten drei Wochen.«

»Nun, und?«

»Der Alte begann zunächst zu lachen, dann aber ärgerte
er sich sehr, und sie wurde einfach oben in eine Kammer eingesperrt. Aber Nadja hielt der Prüfung heroisch
stand. Übrigens ist der ganze Mißerfolg nur darauf zurückzuführen, daß der Alte mich noch von früher her auf dem
Zahn hat, weil ich nämlich dem Departement, in dem er mich
vor vier Monaten unterbrachte, den Rücken gekehrt habe.
Er ist ein prächtiger alter Mann, ich sage es Ihnen nochmals,
zu Hause ist er schlicht und heiter, doch kaum tritt er in sein
Abteilungsbüro ein, da können Sie ihn sich einfach gar nicht
vorstellen! Wie ein Jupiter sitzt er da! Ich gab ihm selbstverständlich zu verstehen, daß solche Manieren aufgehört
hätten, mir zu imponieren; doch an der ganzen Geschichte
war hauptsächlich der Gehilfe des Vorsitzenden schuld:
dieser Herr ließ es sich einfallen, sich bei ihm darüber zu beschweren, daß ich angeblich ‚grob‘ geworden sei, während ich
ihm doch nur gesagt hatte, er sei geistig unentwickelt. Da
pfiff ich denn auf sie alle und bin jetzt beim Notar.«

»Wieviel bekamen Sie denn dort im Departement?«

»Ach, nichts . . . ich war ja überzählig! Der Alte selbst gab das Nötige für den Unterhalt. Ich sage Ihnen doch, er ist ein guter Mensch, nur werden wir trotzdem nicht nachgeben. Natürlich sind fünfundzwanzig Rubel kein Auskommen, aber ich hoffe, in kürzester Zeit an der Verwaltung der verschuldeten Güter des Grafen Sawileiskij teilzunehmen, dann habe ich dreitausend Rubel Einkommen. Oder ich werde Rechtsanwalt. Heutzutage werden Menschen gesucht . . . Ha! Wie's donnert! Das wird ein Gewitter geben! Gut, daß ich noch vor dem Ausbruch angelangt bin. Ich bin doch zu Fuß von dort gekommen, bin fast die ganze Zeit gelaufen.«

»Aber erlauben Sie, wann haben Sie denn Zeit gehabt, noch mit Nadéschda Fedosséjewna zu sprechen, wenn man Sie dort nicht mehr empfängt?«

»Ach, doch ganz einfach über den Zaun! Die kleine Rothaarige haben Sie ja gesehen?« fragte er lachend. »Nun, die ist auch eine von den Vermittlerinnen, und auch Marja Nikititschna! . . . Was ist? — Weshalb runzeln Sie die Stirn? Fürchten Sie sich vor dem Donner?«

»Nein, ich bin krank, ernstlich krank . . .«

Weltschaninoff fühlte in der Tat unter der Brust einen heftigen Schmerz, der immer unerträglicher wurde, so daß er schließlich aufstand und versuchte, im Zimmer auf und ab zu gehen.

»Ach, dann störe ich natürlich, — beruhigen Sie sich, ich gehe sogleich!« Er sprang auf.

»Macht nichts, bleiben Sie nur«, sagte Weltschaninoff höflichkeitshalber.

»Wieso macht nichts, „wenn Kobýlnikoff Leibweh hat" — wie Schtschédrin[10] sagt. Sie kennen ihn doch?«

»Ja.«

»Ich auch, er gefällt mir kolossal. Nun, also Wassílij . . . ach nein, Pawel Pawlowitsch, richtig! Also kommen wir zu einem Schluß!« wandte er sich fast lachend an Pawel Pawlowitsch. »Um Ihnen das Verständnis zu erleichtern, will ich meine Frage nochmals formulieren: sind Sie bereit, nicht später als morgen, und zwar offiziell, das heißt also vor den beiden Alten und in meiner Gegenwart, alle Ihre Ansprüche auf Nadéschda Fedosséjewna zurückzuziehen?«

»Nein, dazu bin ich durchaus nicht bereit«, schnitt Pawel Pawlowitsch verstockt kurz ab, indem er sich mit einer ungeduldigen Bewegung vom Platz erhob, »und ich bitte Sie nochmals, mich nicht weiter zu belästigen... denn das sind doch nur Kindereien und Dummheiten.«

»Nehmen Sie sich in acht!« sagte der Jüngling hochmütig lächelnd, und er drohte ihm mit dem Finger, wie um ihn zu warnen, »daß Sie sich nicht verrechnen! Wissen Sie auch, zu was eine solche Rechnung ohne den Wirt führen kann? Deshalb sage ich es Ihnen im voraus, daß Sie sich in zehn Monaten, wenn Sie bereits alle Ausgaben gemacht und sich genugsam abgequält haben, hier bei Ihrer Wiederkunft gezwungen sehen werden, unaufgefordert Ihre Anspüche auf Nadeschda Fedossejewna zurückzuziehen, tun Sie das nicht — um so schlimmer für Sie. Sehen Sie, zu was Sie es mit Ihrer Weigerung bringen können! Ich will Sie damit nur gewarnt haben, denn Sie sind jetzt wie jener Hund, der den Knochen keinem anderen gönnt, obwohl er ihn selbst nicht fressen kann, — entschuldigen Sie, es ist nur ein Vergleich. Ich warne Sie also nur aus Humanität: überlegen Sie sich die Sache, versuchen Sie wenigstens einmal im Leben, logisch zu denken.«

»Ich bitte Sie, mich mit Ihrer Moral zu verschonen!« rief Pawel Pawlowitsch empört, »und was Ihre gemeinen Andeutungen betrifft, so werde ich morgen noch meine Maßregeln reffen, und zwar entscheidende!«

»Gemeine Andeutungen? Wovon reden Sie? Sie sind selber gemein, wenn Sie — so etwas im Sinne haben. Übrigens bin ich bereit, bis morgen zu warten, doch wenn... Ach, wieder dieser Donner! Auf Wiedersehen, freut mich sehr, Ihre Bekanntschaft gemacht zu haben«, rief er mit einem Kopfnicken zum Abschied Weltschaninoff zu und lief hinaus, offenbar, um dem Ausbruch des Gewitters zuvorzukommen und nicht in den Regen zu geraten.

XV

Die Abrechnung

Haben Sie gesehn? Haben Sie gesehn?« fragte Pawel Pawlowitsch gespannt, auf Weltschaninoff zueilend, kaum daß der Jüngling das Zimmer verlassen hatte.

»Ja, Sie scheinen kein Glück zu haben!« entschlüpfte es Weltschaninoff unbedachterweise.

Diese unvorsichtige Bemerkung wäre ihm bestimmt nicht entschlüpft, wenn nicht der heftige Schmerz ihn so gequält und geärgert hätte. Pawel Pawlowitsch zuckte zusammen, als hätte er sich verbrannt.

»Nun, und das Armband — das haben Sie mir wohl aus Mitleid nicht zurückgegeben, wie?«

»Ich kam nicht dazu . . .«

»Weil Sie als aufrichtiger Freund mit dem aufrichtigen Freunde von Herzen Mitleid hatten?«

»Nun ja, weil ich Mitleid hatte«, sagte Weltschaninoff, böse werdend.

Er erzählte ihm aber doch in kurzen Worten, wie Nadéschda Fedosséjewna ihn gebeten hatte, das Armband zurückzugeben, und wie er durch sie ganz gegen seinen Willen in diese Angelegenheit hineingezogen worden war.

»Sie begreifen doch, daß ich die Rückgabe des Armbands sonst nie übernommen hätte; man hat schon sowieso genug Unannehmlichkeiten!«

»Sie sind eben dem Zauber unterlegen und haben es doch übernommen«, sagte Pawel Pawlowitsch grinsend.

»Ihre Bemerkung ist köstlich. Übrigens sind Sie zu entschuldigen. Sie haben soeben selbst gesehen, daß nicht ich in dieser Sache die Hauptperson bin, sondern andere!«

»Immerhin haben Sie sich bezaubern lassen.«

Pawel Pawlowitsch setzte sich und füllte wieder sein Glas.

»Sie nehmen wohl an, daß ich sie diesem Bengel abtreten werde? Ich werde ihn schon ins Bockshorn jagen, Sie werden's schon sehen! Morgen fahre ich hin und bringe alles in Ordnung. Diesen Geist werden wir schon ausräuchern — aus der Kinderstube . . .«

Er stürzte das Glas in einem Zug hinab und schenkte sich wieder ein. Überhaupt benahm er sich jetzt mit einer an ihm ganz ungewohnten Zwanglosigkeit.

»Also Nádjenka und Ssáschenka, die lieben Kinderchen! — hehehe!«

Seine Bosheit schien keine Sättigung zu kennen. Ein Blitz zuckte blendend hell auf, knatternd setzte der Donner ein und vergrollte, und plötzlich goß es in Strömen. Pawel Pawlowitsch erhob sich und schloß das offene Fenster.

»Wie er Sie fragte, ob Sie sich nicht vor dem Donner fürchten! — hehe! Weltschaninoff und sich vor dem Donner fürchten! „Wenn Kobýlnikoff . . .“ — wie war das: „wenn Kobýlnikoff . . .“? Und das noch von den Fünfzigern, was? Erinnern Sie sich noch?« fragte Pawel Pawlowitsch mit unverhohlen hämischer Bosheit.

»Sie haben sich hier . . . wohl schon eingerichtet«, bemerkte Weltschaninoff, da er vor Schmerz kaum sprechen konnte. »Ich lege mich hin . . . tun Sie, was Sie wollen.«

»Aber bei solchem Wetter jagt man doch nicht einmal einen Hund aus dem Haus!« versetzte Pawel Pawlowitsch gekränkt, doch war es, als freue es ihn, jetzt mit Recht den Gekränkten spielen zu können.

»Nun, ja, gleichviel, trinken Sie weiter . . . übernachten Sie auch meinetwegen hier!« murmelte Weltschaninoff, der sich gerade auf seinem Schlafdiwan ausstreckte und leise stöhnte.

»Übernachten? Aber werden Sie denn — nicht Angst haben?«

»Wovor?« fragte Weltschaninoff, indem er plötzlich den Kopf vom Kissen hob.

»Nichts, ich meinte nur so. Das vorige Mal war es, als ob Sie erschraken, oder vielleicht hat es mir nur ,so geschienen . . .«

»Sie sind ja blöd!« sagte Weltschaninoff, der sich nicht bezwingen konnte, und drehte sich wütend zur Wand.

»Macht nichts«, erwiderte Pawel Pawlowitsch.

Der Kranke schlief ganz plötzlich ein. Die außergewöhnliche nervöse Spannung, schon den ganzen Tag über, hatte seiner in letzter Zeit ohnehin stark mitgenommenen Gesundheit gewissermaßen den Rest gegeben, seine ganze Nervenkraft war mit einemmal dahin und er fühlte sich schwach wie ein Kind. Doch der Schmerz überwand die Müdigkeit und den Schlaf; nach kaum einer Stunde wachte er auf und erhob sich unter Qualen vom Diwan. Das Gewitter war vorüber. Die Luft im Zimmer war stickig vom Zigarettenrauch. Die Flasche auf dem Tisch war leer. Pawel Pawlowitsch schlief auf dem anderen Diwan. Er lag auf dem Rücken, mit dem Kopf auf einem Diwankissen, vollkommen angekleidet, sogar in Stiefeln. Seine neuerworbene Lorgnette war aus der Tasche geglitten und hing an der Schnur fast bis zum Boden herab. Sein Hut lag auf dem Teppich. Weltschaninoff blickte verdrossen auf den Schlafenden, weckte ihn jedoch nicht. Krumm und wie verzogen vor Schmerz schritt er langsam im Zimmer auf und ab, da er das Liegen nicht mehr aushielt. Er stöhnte leise und dachte immer wieder über die Schmerzen nach.

Sie ängstigten ihn, und nicht ohne Ursache. Er kannte sie schon seit langer Zeit, doch hatten sie ihn bisher nur selten heimgesucht, nur einmal in zwei Jahren oder höchstens einmal im Jahr. Er wußte, daß sie von der Leber herrührten. Die Schmerzen waren immer dieselben: sie begannen unter der Herzgrube, oder auch etwas höher: zuerst war es ein dumpfer, nicht starker, aber doch unangenehmer Druck, der dann allmählich — bisweilen zog sich das ganze zehn Stunden lang hin — so stark, so unerträglich schmerzhaft wurde, daß der Kranke schon an den Tod zu denken begann.

395

Als er das letztemal diese Schmerzen gehabt hatte, vor etwa einem Jahr, da war er — der Anfall hatte sich erst nach zehn Stunden gelegt — nachher so entkräftet gewesen, daß er kaum die Hand von der Bettdecke heben konnte, und der Arzt hatte ihm nur ein paar Löffel schwachen Tees und ein kleines Stück in Bouillon getauchtes Weißbrot gestattet, wie einem Säugling. Die Wiederkehr dieser Anfälle wurde meistens durch Zufälligkeiten verursacht, doch traten sie immer nur dann auf, wenn seine Nerven vorher bereits überreizt waren. Eine gewisse Verschiedenartigkeit zeigte sich dagegen in der Art, wie die Schmerzen wieder nachließen: das eine Mal gelang es, den Schmerz sogleich in der ersten halben Stunde durch einfache heiße Umschläge zu betäuben, und in kurzer Zeit war dann alles überstanden; das letztemal jedoch hatte nichts geholfen, und erst nachdem er mehrere Brechmittel eingenommen, hatte der Schmerz nachgelassen. Nachher hatte der Arzt ihm gesagt, er sei überzeugt gewesen, daß er sich vergiftet habe. Diesmal waren es noch viele Stunden bis zum Morgen, in der Nacht aber wollte er nicht nach dem Arzt schicken, und überhaupt waren ihm Ärzte zuwider. Aber die Schmerzen wurden doch so unerträglich, daß er laut zu stöhnen begann. Davon erwachte schließlich Pawel Pawlowitsch: er richtete sich auf, saß eine Zeitlang und horchte, offenbar erschrocken, während seine Blicke angstvoll und verständnislos Weltschaninoff folgten. Die Wirkung der geleerten Flasche machte sich bemerkbar: es dauerte ziemlich lange, bis er begriff, was er sah. Dann aber sprang er vom Diwan und trat schnell auf Weltschaninoff zu, der vor Schmerz nur etwas Unverständliches stammeln konnte.

»Das ist die Leber, ich weiß!« — Pawel Pawlowitsch war im Augenblick wie neu belebt und entwickelte sogleich eine ungeheure Geschäftigkeit. »Ich kenne das, Polossúchin, Pjotr Kusmítsch Polossúchin hatte genau dasselbe, gleichfalls von der Leber. Da sind heiße Umschläge das Beste! Er ließ sich dann immer heiße Umschläge machen ... Man kann doch daran sterben! Soll ich nicht die Mawra rufen, was?«

396

»Nicht nötig, nicht nötig!« wehrte Weltschaninoff gereizt ab. »Nichts ist nötig.«

Doch Pawel Pawlowitsch war, Gott weiß weshalb, ganz kopflos vor Besorgnis, als handle es sich um die Rettung seines leiblichen Sohnes. Er achtete auf keinen Einwand und bestand mit dem größten Eifer darauf, daß unbedingt heiße Umschläge gemacht würden, und außerdem müsse der Kranke noch zwei bis drei Tassen schwachen Tee trinken — »aber nicht löffeln, sondern einfach hinabstürzen, und nicht bloß heiß muß er sein, sondern kochend!« beteuerte er, lief darauf, ohne auf die Erlaubnis zu warten, zu Mawra, mit der er bald wieder erschien, half ihr in der Küche beim Feueranmachen und blies mit Eifer die Holzkohlen im Ssamowar an. Noch bevor das Wasser zu kochen begann, hatte er Weltschaninoff bereits die Oberkleider abgenommen, ihn zu Bett gebracht und gut zugedeckt, und in kaum zwanzig Minuten war der Tee fertig und der erste Teller heiß.

»Ich habe nämlich Teller genommen«, erklärte er fast begeistert und legte behutsam, um sich nicht die Finger zu verbrennen, den in eine Serviette gewickelten heißen Teller Weltschaninoff auf die Herzgrube. »Heiße Umschläge sind zu umständlich, es dauert zu lange, bis man die macht, aber heiße Teller, glühendheiße Teller sind sogar das Allerbeste, glauben Sie mir, das Allerbeste, mein Ehrenwort! Ich habe diese Erfahrung selbst gemacht, an Pjotr Kusmitsch, ich habe es selbst gesehn und gefühlt. Man kann doch daran sterben! Trinken Sie den Tee, schlucken Sie nur; tut nichts, wenn Sie sich verbrühen; das Leben ist teurer als Prunkerei . . .«

Es war ihm tatsächlich gelungen, die halbverschlafene Mawra munter zu machen. Die Teller wurden alle drei bis vier Minuten gewechselt. Schon nach dem dritten Teller und der zweiten heißen Tasse Tee, die Weltschaninoff hinabstürzte, fühlte er, daß der Schmerz nachließ.

»Wenn wir den Schmerz erst einmal zum Wackeln gebracht haben, dann Gott sei Dank, das ist ein gutes Zeichen!« rief Pawel Pawlowitsch hocherfreut und eilte in die Küche nach einem neuen Teller und rasch darauf nach neuem Tee.

»Wenn wir nur den Schmerz erst einmal gebrochen haben! Nur der Schmerz muß erst mal umgedreht werden!« wiederholte er immer wieder.

Und wirklich: nach einer halben Stunde hatte sich der Schmerz fast ganz gelegt, aber der Kranke war so erschöpft, daß er trotz aller Bitten Pawel Pawlowitschs, doch »noch ein Tellerchen« auszuhalten, nicht mehr darauf einging. Die Augen fielen ihm zu vor Müdigkeit.

»Schlafen, schlafen«, sagte er nur mit schwacher Stimme.

»Auch das!« willigte Pawel Pawlowitsch ein.

»Sie übernachten . . . wie viel — wie spät ist es?«

»Bald zwei, ein Viertel vor zwei.«

»Bleiben Sie hier.«

»Ich bleibe, ich bleibe.«

Nach einer kleinen Weile rief der Kranke ihn wieder an.

»Sie . . . Sie . . .«, murmelte er, als jener zu ihm geeilt kam und sich über ihn beugte, »Sie sind besser als ich! Ich begreife, alles . . . ich danke Ihnen.«

»Schlafen Sie, schlafen Sie«, flüsterte Pawel Pawlowitsch und schlich auf den Fußspitzen schnell wieder zu seinem Diwan zurück.

Der Kranke hörte noch im Einschlafen, wie Pawel Pawlowitsch schnell, doch möglichst leise sein Lager zurechtmachte, seine Kleider ablegte, die Kerzen auslöschte und sich behutsam, womöglich mit angehaltenem Atem, um den Einschlafenden nur ja nicht zu stören, auf seinem Diwan ausstreckte.

Zweifellos schlief Weltschaninoff wirklich ein, und sogar sehr bald, nachdem die Kerzen ausgelöscht waren; dessen entsann er sich später noch ganz genau. Doch während der ganzen Zeit seines Schlafens, bis zu dem Augenblick des plötzlichen Erwachens, hatte er im Traum die Empfindung, daß er nicht schlafe und auch trotz seiner Erschöpfung und seines Verlangens nach Schlaf nicht einschlafen könne. Schließlich glaubte er — natürlich im Traum —, daß er in

wachem Zustand zu phantasieren beginne und die vor ihm
auftauchenden, sich um ihn drängenden visionären Erscheinungen, ungeachtet des klaren vollen Bewußtseins, daß es
Fiebergebilde waren und nichts Wirkliches, nicht zu bannen
vermochte. Es war ihm alles bekannt, was er sah: das Zimmer war, so schien es ihm, wieder voll von Menschen und die
Tür zum Treppenflur stand offen. Und immer noch kamen
Menschen in Scharen ins Zimmer und drängten sich auf der
Treppe. Und am Tisch, der in die Mitte des Zimmers gerückt
war, saß wieder ein Mensch, ganz wie damals im Traum,
vor einem Monat. Und ganz wie damals hatte der Mensch
auch jetzt einen Arm auf den Tisch gestützt und wollte nicht
sprechen; doch diesmal hatte er einen runden Hut auf und
um den Hut einen Streifen Trauerflor. ‚Was? Sollte es wirklich auch damals Pawel Pawlowitsch gewesen sein?‘ dachte
Weltschaninoff, doch als er dem schweigenden Menschen ins
Gesicht sah, überzeugte er sich, daß es ein anderer war.
‚Weshalb trägt er denn einen Trauerflor?« fragte sich Weltschaninoff verwundert. Der Lärm, das Geschrei der Menschen, die sich um den Tisch drängten, war fürchterlich: sie
schienen alle noch viel aufgebrachter über ihn zu sein als
damals in jenem Traum; sie drohten ihm mit den Fäusten
und schrien ihm empört ewas zu, doch er konnte trotz aller
Anstrengung nicht verstehen, was sie ihm da zuschrien.
‚Aber das ist ja nur eine Vision, ich fiebere ja, ich phantasiere, — ich weiß es doch selbst‘ dachte er, ‚ich weiß doch, daß
ich nicht einschlafen konnte und jetzt aufgestanden bin, weil
ich vor Schmerz das Liegen nicht aushielt!...‘ Aber das
Geschrei und die Menschen und ihre Bewegungen und alles
andere — es war so deutlich, so wirklich, daß er doch wieder
an ihrer Unwirklichkeit zu zweifeln begann: ‚Sollte das
wirklich nur eine Fiebervision sein? Was wollen diese Menschen von mir, mein Gott? Aber... wenn das Wirklichkeit
wäre, wie wäre es dann möglich, daß dieses Geschrei Pawel
Pawlowitsch nicht endlich aus dem Schlaf geweckt hat, daß
er davon noch immer nicht erwacht ist? Und er schläft doch

noch, schläft doch dort auf dem Diwan!' Da geschah plötzlich
wieder etwas, ganz wie damals im Traum: alle wandten sich
zur Tür und wollten zur Treppe, und es kam zu einem
furchtbaren Gedränge in der Tür, denn von draußen begann
sich ein neuer Haufe ins Zimmer zu drängen. Und die, die
hinter ihnen kamen, trugen etwas, etwas Großes und Schweres: man hörte, wie die Schritte der Träger unter der getragenen Last schwer und ungleichmäßig auf den Treppenstufen stapften und schlurften, und wie sie sich unter dem
Druck der Last mit atemlosen Stimmen erregt Anweisungen
zuriefen. Im Zimmer aber begannen alle zu rufen: »Sie bringen es, sie bringen es!« und aller Augen blitzten auf und richteten sich auf ihn, Weltschaninoff, und alle wiesen sie drohend
und triumphierend nach der Tür. Er zweifelte jetzt nicht
mehr im geringsten daran, daß alles Wirklichkeit und nicht
etwa eine Vision war, wie er zuerst geglaubt hatte, und erhob
sich auf die Fußspitzen, um über die Köpfe der Menschen
hinweg erkennen zu können, was denn dort von den Trägern
so Schweres gebracht wurde. Sein Herz aber pochte, pochte,
pochte, und plötzlich — ganz wie damals in jenem Traum —
wurde dreimal mit aller Kraft am Glockenzug gerissen, und
wieder war es ein so gellend heller, so greifbar wirklicher Schall, daß er ihn unmöglich nur geträumt haben
konnte! . . . Er schrie auf und erwachte.

Er stürzte aber nicht wie damals im Augenblick zur Tür.
Welch ein Gedanke seine erste Bewegung lenkte, ob er im
Moment überhaupt einen Gedanken hatte, das wußte er
selbst nicht, nur war es ihm, als habe ihm irgend jemand
souffliert, was er zu tun habe: er schnellte empor und
streckte die Arme, wie zur Verteidigung oder zur Abwehr
eines Angriffs erhoben, nach der Richtung, in der Pawel
Pawlowitsch schlief. Doch im selben Augenblick stießen seine
Hände mit zwei anderen, bereits nach ihm ausgestreckten
Händen zusammen, und er packte sie mit aller Kraft.
Jemand hatte sich also schon über ihn gebeugt. Die Vorhänge
waren zugezogen, dennoch war es nicht ganz dunkel im

400

Zimmer, da aus dem Nebenraum, zu dem die Tür offen stand und dessen Fenster keine Vorhänge hatten, schon ein schwacher Lichtschimmer eindrang. Plötzlich fühlte er einen schneidenden Schmerz in der linken Hand, und er wußte sofort, daß er die Klinge eines Messers, eines Rasiermessers, erfaßt und sie sich selbst ins Fleisch gepreßt hatte ... Im selben Moment hörte man auch schon das einmalige Aufschlagen eines metallischen Gegenstandes, der zu Boden fiel.

Weltschaninoff war vielleicht dreimal so stark wie Pawel Pawlowitsch, doch ihr Kampf währte lange, währte wohl ganze drei Minuten. Schließlich konnte er ihn doch zu Boden drücken und ihm die Arme zurückbiegen. Doch aus irgendeinem Grunde wollte er diese zurückgebogenen Arme unbedingt auf dem Rücken fesseln. Er suchte tastend mit der rechten Hand — während er mit der verwundeten Linken die Handgelenke des Mörders hielt — lange vergeblich nach der Rouleauschnur, bis er sie endlich fand und mit einem einzigen Ruck abriß. Später wunderte er sich selbst darüber, wie er das fertiggebracht hatte, denn es gehörte eine fast übermenschliche Kraft dazu. Während dieser ganzen drei Minuten ihres Ringens miteinander sprach weder der eine, noch der andere auch nur ein Wort; zu hören war nur ihr schweres Atmen und das dumpfe Geräusch des Kampfes. Nachdem er endlich Pawel Pawlowitschs Hände gefesselt hatte, warf er ihn auf den Boden, stand auf, riß den Vorhang zur Seite und schob das Rouleau hinauf. Auf der menschenleeren Straße war es schon hell. Er öffnete das Fenster, stand eine Weile und atmete tief die Morgenluft ein. Es mußte kurz nach vier Uhr sein. Er schloß wieder das Fenster, ging ohne Eile zum Schrank, nahm ein reines Handtuch heraus und wickelte es sehr fest um seine linke Hand, um das aus der Wunde quillende Blut zu stillen. Zufällig stieß er mit dem Fuß an das offene Rasiermesser, das auf dem Teppich lag; er hob es auf, klappte es zusammen und legte es in das Etui, das er am Morgen auf dem kleinen Tisch neben dem anderen Diwan vergessen hatte. Er öffnete eines der Schubfächer seines Schreibtisches, legte das Rasierbesteck hinein und verschloß das Fach. Und erst nachdem das erledigt war, trat er an Pawel Pawlowitsch heran und begann ihn zu betrachten.

Dieser hatte sich inzwischen mit Mühe erhoben und sich auf einen Stuhl gesetzt. Er war, ganz wie Weltschaninoff, auch nur in Unterkleidern und ohne Stiefel. Sein Hemd war auf dem Rücken und an den Ärmeln blutdurchtränkt; nur war das nicht sein Blut, sondern das Blut Weltschaninoffs aus der verwundeten Hand. Freilich war es Pawel Pawlowitsch, der dort saß, aber im ersten Augenblick hätte man ihn kaum zu erkennen vermocht, so verändert sah er aus. Er saß wegen der auf dem Rücken gefesselten Hände in unbequemer gerader Haltung, sein entstelltes, verzerrtes, gequältes Gesicht war grünlich bleich, und von Zeit zu Zeit überlief ihn ein Zittern. Mit einem seltsam dunklen, gleichsam noch nicht alles erkennenden Blick sah er reglos Weltschaninoff an. Plötzlich lächelte er stumpfsinnig, deutete mit einem Kopfnicken nach der Wasserkaraffe, die auf dem Tisch stand, und sagte kurz in halblautem Geflüster:

»Einen Schluck.«

Weltschaninoff goß das Wasser in ein Glas, hielt es ihm an den Mund und ließ ihn trinken. Pawel Pawlowitsch trank gierig; nach dem dritten Schluck hob er den Kopf, sah unverwandt dem vor ihm stehenden Weltschaninoff ins Gesicht, sagte aber nichts und begann weiter zu trinken. Nachdem er seinen Durst gelöscht hatte, atmete er tief auf. Weltschaninoff nahm vom Diwan sein Kissen, warf seine Oberkleider über den Arm und ging ins andere Zimmer, worauf er Pawel Pawlowitsch im ersten Zimmer einschloß.

Die Schmerzen von vorhin waren vollständig vergangen, nur ein großes Schwächegefühl machte sich wieder geltend, was nach der plötzlichen Anspannung aller Kräfte ganz erklärlich war. Er wollte nachdenken, um sich darüber klar zu werden, was eigentlich geschehen war, konnte aber seine Gedanken nicht sammeln; es war doch eine zu große Er-

402

schütterung gewesen. Seine Augen fielen ihm wieder zu, manchmal sogar auf ganze zehn Minuten; bald zuckte er wieder zusammen, erwachte, erinnerte sich sogleich an das Vorgefallene und an seine schmerzende Hand, befühlte das vom Blut feuchte Handtuch und begann wieder fieberhaft zu denken. Er wurde sich jedoch nur über eines klar: daß Pawel Pawlowitsch ihn tatsächlich hatte ermorden wollen, vielleicht aber hatte er noch eine Viertelstunde vorher selbst nicht gewußt, was er tun wollte. Das schmale Etui des Rasiermessers hatte er am Abend vielleicht nur ganz flüchtig auf dem Tisch liegen gesehen. (Übrigens lag Weltschaninoffs Rasierbesteck gewöhnlich verschlossen im Schubfach, doch gerade am Morgen zuvor hatte er es herausgenommen, um einige überflüssige Haare am Schnurrbart und am Backenbart fortzurasieren, was er mitunter zu tun pflegte.)

,Wenn er schon lange die Absicht gehabt hätte, mich zu töten‘, dachte Weltschaninoff, ,so würde er eine Mordwaffe, einen Dolch oder Revolver mitgenommen und nicht auf mein vergessenes Rasiermesser gerechnet haben, das er ja erst gestern abend zum erstenmal bei mir gesehen hat.‘

Endlich schlug es sechs. Weltschaninoff raffte sich auf, kleidete sich an und ging zu Pawel Pawlowitsch. Als er die Tür aufschloß, fragte er sich ganz verwundert, wozu er ihn denn eingeschlossen hatte, statt ihn sogleich aus dem Hause hinausgehen zu lassen. Zu seinem Erstaunen sah er, daß der Gefangene bereits vollständig angekleidet war; also mußte es ihm doch möglich gewesen sein, seine Hände von der Fessel zu befreien. Er saß im Lehnstuhl, erhob sich aber sogleich, als Weltschaninoff eintrat. Seinen Hut hatte er bereits in der Hand. Sein erregter, unruhiger Blick schien — gleichsam in geschäftiger Eile — sagen zu wollen:

»Fange nicht an; da ist nichts zu reden; wozu auch . . .«

»Gehen Sie!« sagte Weltschaninoff. »Nehmen Sie Ihr Armband mit«, rief er ihm nach.

Pawel Pawlowitsch, der schon an der Tür angelangt war, kehrte zurück, nahm das Etui vom Tisch, steckte es in die

Tasche und trat hinaus. Weltschaninoff stand an der Tür, um sie hinter ihm abzuschließen. Ihre Blicke trafen sich zum letztenmal: Pawel Pawlowitsch blieb plötzlich stehen; beide sahen sich etwa fünf Sekunden lang in die Augen, als wären sie irgendwie unschlüssig; schließlich hob Weltschaninoff die Hand und ließ sie wieder sinken, wie ein wortloses »schon gut!«

»Nun, gehen Sie schon!« sagte er halblaut und schloß die Tür hinter ihm ab.

XVI

Die Analyse

Das Gefühl einer ungewöhnlich großen Freude bemächtigte sich Weltschaninoffs; irgend etwas hatte jetzt endlich ein Ende genommen, hatte sich entwirrt; irgendein lastender Kummer war von ihm gewichen und hatte sich vollkommen aufgelöst. So schien es ihm. Fünf Wochen hatte es ihn bedrückt. Er erhob seine Hand, betrachtete das blutbefleckte Handtuch und murmelte: »Nein, jetzt ist aber auch wirklich alles beendet!« Und den ganzen Morgen dachte er zum erstenmal in drei Wochen fast gar nicht an Lisa, als habe das Blut aus seiner verwundeten Hand sogar diesen Schmerz zu »tilgen« vermocht.

Er begriff vollkommen, daß er einer großen Gefahr entronnen war. ‚Gerade diese Menschen' dachte er, ‚die noch eine Minute vor der Tat nicht wissen, ob sie morden oder nicht morden werden, — gerade diese sind dann so... sobald sie erst einmal das Messer in der bebenden Hand fühlen und das erste, heiße Blut ihnen über die Finger fließt — dann genügt es ihnen nicht mehr, nur zu morden, dann schneiden sie gleich den ganzen Kopf ab, — „glatt ab", wie die Sträflinge sagen. Das ist schon so.'

Es litt ihn nicht mehr in seiner Wohnung, und er verließ das Haus in der Überzeugung, daß sogleich irgend etwas getan werden müsse, oder daß mit ihm selbst irgend etwas sogleich geschehen werde. So schlenderte er durch die Straßen und wartete. Er hätte jetzt gar zu gern jemanden getroffen oder mit irgendwem ein Gespräch angeknüpft, selbst mit einem Unbekannten, und nur das brachte ihn endlich auf den Gedanken, doch zum Arzt zu gehen, da die Hand sowieso richtig verbunden werden mußte. Der Arzt, ein ehemaliger Bekannter von ihm, fragte neugierig, während er die Wunde betrachtete, wie er sich denn so habe verletzen können? Weltschaninoff antwortete scherzend, lachte und hätte ihm beinahe alles erzählt, bezwang sich aber noch rechtzeitig. Der Arzt fühlte ihm den Puls, und als er hörte, daß Weltschaninoff in der Nacht wieder seine Schmerzen gehabt hatte, redete er ihm zu, sogleich ein beruhigendes Mittel, das er bei der Hand hatte, einzunehmen. Im Hinblick auf die Wunde beruhigte er ihn: es seien keine schlimmen Folgen zu befürchten. Weltschaninoff versicherte ihm darauf lachend, daß sie bereits die besten Folgen gezeitigt habe. Der lebhafte Wunsch, *alles* jemandem zu erzählen, erfaßte ihn im Laufe des Tages noch zweimal, und zwar in solchem Maße, daß er einmal Mühe hatte, sich zu bezwingen und nicht mit einem fremden Menschen, der sich in einer Konditorei an seinen Tisch gesetzt hatte, ein Gespräch anzuknüpfen. Dabei war ihm sonst nichts so verhaßt, wie in öffentlichen Lokalen mit fremden Menschen Gespräche zu beginnen.

Er trat in mehrere Läden, kaufte sich eine Zeitung, sprach bei seinem Schneider vor und bestellte sich einen neuen Anzug. Der Gedanke, Pogorjélzeffs besuchen zu müssen, war ihm noch immer unangenehm, aber er dachte nicht weiter daran. Er hatte auch einen Grund, nicht zu ihnen hinauszufahren: es war ihm, als erwarte er die ganze Zeit irgend etwas, das hier in der Stadt geschehen müsse. Er speiste mit Genuß, wechselte sogar ein paar Worte mit dem Kellner, sprach auch mit seinem Tischnachbar, und trank eine halbe Flasche Wein. An die Möglichkeit, daß die Schmerzen wiederkehren könnten, dachte er überhaupt nicht; er war vielmehr überzeugt, daß seine Krankheit gerade in dem gefährlichsten Augenblick vollständig vergangen sei, als er etwa anderthalb Stunden nach dem Einschlafen in völliger Erschöpfung plötzlich aufgefahren war und den Mörder mit so ungemeiner Kraft niedergezwungen hatte. Gegen Abend erfaßte ihn aber doch ein leichtes Schwindelgefühl, und bisweilen war ihm sogar, als wollten die Fiebervisionen der vergangenen Nacht wieder vor ihm auftauchen. Er kehrte erst in der Dämmerung nach Haus zurück. Als er in seine Wohnung trat, erschrak er. Unheimlich erschien sie ihm, und es war ihm fast, als wandle ihn Furcht an. Mehrmals ging er durch die Räume und trat sogar in die Küche, was er sonst fast nie tat. ‚Hier haben sie gestern die Teller erhitzt‘, dachte er. Die Tür verschloß er sorgfältig und machte dann sogleich Licht, früher, als er es gewöhnlich zu tun pflegte. Beim Verschließen der Tür dachte er daran, daß er vor einer halben Stunde, als er an der Portierstür vorübergegangen war, Mawra herausgerufen und gefragt hatte, ob der fremde Herr in seiner Abwesenheit nicht wieder bei ihm gewesen wäre, ganz als hätte er es selbst wirklich für möglich gehalten, daß jener noch einmal zu ihm kommen könnte.

Nachdem er dann auch die Tür zum Korridor zugeschlossen hatte, öffnete er seinen Schreibtisch, nahm das schmale Etui heraus und klappte das »verhängnisvolle« Rasiermesser auf, um es zu betrachten. Auf dem elfenbeinernen Griff waren noch winzige Blutspuren zu bemerken. Er klappte es wieder zusammen und schob es zurück in das Etui, das er wieder im Schreibtisch verschloß. Er wollte schlafen: er fühlte, daß er sich unbedingt sogleich hinlegen mußte, da er andernfalls am nächsten Tage »zu nichts taugen« würde. Dieser nächste Tag erschien ihm aus irgendeinem Grunde als »schicksalhaft«, als müsse sich dann erst alles *endgültig* entscheiden, als bringe er erst den »wirklichen Abschluß«. Die Gedanken, die ihn schon den ganzen Tag, wo er auch ging und stand, verfolgt und keinen Augenblick ganz verlassen hatten, die drängten und stießen sich auch jetzt wieder unermüdlich in seinem schmerzenden Hirn, und er dachte, dachte, dachte, und lange noch konnte er nicht einschlafen . . .

,Wenn es nun wirklich feststeht, daß sein Mordanschlag ein unvorbereiteter war', mußte er immer wieder denken, ,sollte ihm dann der Gedanke, mich umzubringen, nicht schon früher wenigstens einmal in den Kopf gekommen sein, sei es auch nur als flüchtiger Wunsch in einem Augenblick der Wut?'

Er beantwortete sich die Frage sehr sonderbar, und zwar damit, daß Pawel Pawlowitsch ihn allerdings habe umbringen wollen, daß jedoch der Gedanke an einen Mord dem Mörder kein einziges Mal vorher in den Sinn gekommen sei. ,Kurz, Pawel Pawlowitsch wollte mich wohl ermorden', sagte er sich, ,wußte aber selbst nicht, daß er es wollte. Das klingt widersinnig, ist aber richtig.'

,Nicht, um sich versetzen zu lassen und auch nicht Bagaútoffs wegen ist er nach Petersburg gekommen — obschon er sich versetzen lassen wollte und Bagaútoff hier aufsuchte und sich über dessen Tod ärgerte. Bagaútoff war ihm nichts, den verachtete er einfach. Aber um meinetwillen — um meinetwillen ist er hergekommen und . . . hat er Lisa mitgebracht.'

,Aber sollte ich auch selbst erwartet haben, daß er mich . . . ermorden könnte?' fragte er sich, dachte wieder lange nach und mußte die Frage schließlich bejahen: er hatte es von dem Augenblick an erwartet, als er ihn damals im Wagen an der Kanalbrücke erblickt hatte, hinter dem Sarge Bagaútoffs. ,Ja, von dem Augenblick an begann ich so etwas zu erwarten . . . aber, versteht sich, nicht wörtlich und genau so, selbstverständlich erwartete ich nicht, daß er mich ermorden werde! . . .'

,Und sollte das wirklich, wirklich alles wahr sein', fuhr es ihm plötzlich durch den Sinn, und er erhob den Kopf vom

407

Kissen und schlug die Augen auf, ‚alles das, was dieser … Verrückte gestern hier von seiner Liebe zu mir sprach, als sein Kinn zu zittern begann und er sich mit der Faust vor die Brust schlug?'

‚Entschieden ist es wahr', urteilte er schließlich, und er vertiefte sich immer mehr in die Analyse, ‚dieser Quasimodo[11] aus T. war dumm genug und in seinen Voraussetzungen anständig genug, um sich in den Liebhaber seiner Frau zu verlieben, von deren Untreue er in zwanzig Jahren *nichts, nicht das Geringste* bemerkt hat! Neun Jahre lang hat er mich verehrt, mich und mein Andenken, und hat sich sogar meine „Aussprüche" gemerkt — Herrgott! — und ich habe von all dem keine Ahnung gehabt! Nein, er konnte gestern nicht lügen! Aber hat er mich denn gestern geliebt, als er mir seine Liebeserklärung machte und „abrechnen" wollte? Ja, auch gestern hat er mich geliebt, hat mich aus *Wut* geliebt; diese Liebe ist die allerstärkste …'

‚Aber es wäre doch möglich, nein, es ist sogar mit aller Bestimmtheit anzunehmen, daß ich damals in T. einen kolossalen Eindruck auf ihn gemacht habe, — gerade einen „kolossalen" und „erquickenden" Eindruck — und gerade bei solch einem Idealisten im Schillerschen Sinne, in der Gestalt eines Quasimodo, war das möglich! Er hat mich für hundertmal größer gehalten, denn der Eindruck, den ich auf ihn in seiner philosophischen Vereinsamung machte, der muß doch enorm gewesen sein … Aber es wäre doch interessant zu wissen, wodurch ich ihm eigentlich imponiert habe? Vielleicht nur durch besondere Glacéhandschuhe und die Art, wie ich sie abstreifte oder anzog. Solche Quasimodi lieben Ästhetik, oh, und wie! Gar mancher edlen Seele genügen ein Paar Handschuhe vollkommen, wenn sie noch dazu einem „ewigen Gatten" angehört. Das übrige vervollständigen sie dann selbst bis ins Tausendfache, und sie werden sich sogar für einen schlagen, wenn es soweit kommen sollte. Und wie hoch er meine Verführungsmittel einschätzt! Oder vielleicht hat ihm gerade die Art, wie ich mich ihr näherte, damals am meisten imponiert? Und sein Ausruf hier nach dem Kuß: „Wenn auch der, wenn auch der!" — das heißt: an wen kann man dann noch glauben! Nach einem solchen Aufschrei könnte man ja zum Tier werden ...'

,Hm! Er ist nach Petersburg gekommen, um mir um den Hals zu fallen und mit mir zu weinen, wie er sich selbst gemeinerweise ausdrückte, das heißt, er fuhr her, um mich umzubringen, und glaubte doch selbst, daß er herfahre, um mich zu umarmen und mit mir zu weinen ... Und er nahm Lisa mit. Aber wie: hätte ich mit ihm geweint, so würde er mir vielleicht alles verziehen haben, wirklich, denn es war ja sein größter Wunsch, zu verzeihen! ... Und das schlug dann beim ersten Zusammenstoß in ein betrunkenes Sich-verstellen um, alles wurde zur Karikatur und lief auf nichts anderes hinaus als auf weibisches Geheul über die ihm zu-gefügte Beleidigung. (Die Hörner, die Hörner, wie er sich die aufsetzte!) Deshalb kam er angetrunken zu mir, um sich, wenn auch unter Verstellungen, doch zu verraten oder sich erraten zu lassen; in nüchternem Zustand hätte auch er es nicht fertig gebracht ... Und das Verstellen und Verstecken und Hervorlugen und Wiederverstecken — ach, wie er das liebte! Und wie froh er war, als er es so weit gebracht hatte, daß ich ihn küßte! Nur wußte er damals selbst nicht, womit es enden würde: mit einer Umarmung oder einem Mord? Natürlich kam's heraus, daß das Beste beides zusammen wäre. Die natürlichste Lösung! — Ja, da sieht man's wieder: die Natur liebt die Mißgeburten nicht und schlägt sie mit „natürlichen Lösungen" einfach tot. Die mißgeborenste Miß-geburt — das ist die Mißgeburt mit edlen Gefühlen: das weiß ich aus eigener Erfahrung, Pawel Pawlowitsch! Die Natur ist für die Mißgeburt keine zärtliche Mutter, sondern eine Stiefmutter. Die Natur gebiert die Mißgeburt, sie bringt sie ja selbst hervor, doch statt nun Mitleid mit ihr zu haben, straft und züchtigt sie sie noch, — und es ist auch recht so. Umarmungen und Tränen des Allverzeihens sind selbst von anständigen Leuten heutzutage nicht umsonst zu haben, geschweige denn von solchen wie wir beide, Pawel Pawlowitsch!'

‚Ja, er war dumm genug, mich zu seiner Braut zu führen, — Gott! Seine Braut! Wahrlich, nur in einem solchen Quasimodo konnte der Gedanke entstehen, durch die Unschuld einer Mademoiselle Sachlebínin zu einem „neuen Leben aufzuerstehen"! Doch man kann Ihnen deshalb keinen Vorwurf machen, Pawel Pawlowitsch, jedenfalls nicht Ihnen, Sie sind nicht schuld daran: Sie sind eine Mißgeburt, und deshalb muß auch alles in Ihnen mißgeboren sein, sowohl die Träume wie die Hoffnungen. Aber trotzdem hat er an ihnen zu zweifeln begonnen — weshalb denn auch die hohe Sanktion Weltschaninoffs, des ehrfurchtsvoll Verehrten, notwendig wurde. Es ging nicht ohne Weltschaninoffs Beifall, ohne seine Billigung und seine Bestätigung, daß die Illusion keine Illusion, sondern ein wirkliches Ding sei. Er hat mich in ehrfurchtsvoller Hochachtung meiner Person und im festen Glauben an die Anständigkeit meiner Gefühle hingeführt, — vielleicht sogar in dem Glauben, daß wir uns dort hinter einem Busch, in der Nähe der Unschuld, in die Arme sinken und miteinander weinen würden. Ja! und dann mußte sich doch dieser „ewige Gatte" endlich einmal — es war ja einfach seine Pflicht — mußte er sich doch wenigstens irgendeinmal bestrafen für alles, mußte sich definitiv bestrafen, und um sich zu bestrafen, griff er zum Rasiermessesr, — freilich ganz unverhofft, aber immerhin griff er danach! „Er hat ihm aber doch das Messer in den Leib gestoßen, hat es doch fertig gebracht, sogar in Gegenwart des Gouverneurs!" A propos, ob er wohl schon damals, als er mir diese Hochzeitsgeschichte erzählte, irgend etwas Derartiges im Sinne gehabt haben sollte, wenn auch nur in ganz entfernter Gedankenverbindung? Und als er damals in der Nacht aufgestanden war und mitten im Zimmer stand, — sollte er auch da schon? . . . Hm! . . . Nein, damals stand er nur auf *zum Spaß*. Aufgestanden war er nur infolge seines Bedürfnisses, als er aber sah, daß mir bange wurde, daß ich ihn zu fürchten begann, da antwortete er mir erst nach ganzen zehn Minuten, so lange ließ er mich warten, denn es war ihm doch gar zu angenehm, daß ich ihn fürchtete . . . Damals kann ihm vielleicht wirklich so etwas zum erstenmal in den Sinn gekommen sein — als er hier in der Dunkelheit stand . . .'

,Und dennoch, wenn ich nun gestern nicht dieses Rasiermesser auf dem Tisch vergessen hätte, — wäre wohl nichts geschehen. Oder doch? Oder doch? Ist er mir nicht aus dem Wege gegangen — ganze vierzehn Tage lang; hat er sich doch sogar vor mir versteckt, — aus Mitleid mit mir! Und zuerst erkor er sich den Bagautoff und nicht mich! Und in der Nacht sprang er auf, um für mich Teller zu wärmen, im Glauben, sich damit abzulenken: vom Messer zum Erbarmen! . . . Und wollte sich und mich damit retten — mit gewärmten Tellern! . . .'

Und noch lange arbeitete das kranke Hirn dieses ehemaligen »Salonmenschen« weiter, immer weiter, immer wieder dasselbe denkend; bis er endlich einschlummerte. Am nächsten Morgen erwachte er mit demselben kranken Kopf, aber mit einem ganz neuen und diesmal ganz unerwarteten Schrecken.

Dieser neue Schrecken war die unerschütterliche Überzeugung, die sich plötzlich in ihm festgesetzt hatte, daß er, Weltschaninoff (der Mann von Welt obendrein!) heute noch aus eigenem freien Antrieb zu Pawel Pawlowitsch gehen werde, — warum? wozu? — das wußte er selbst nicht und wollte er auch nicht wissen, so ekelhaft war es ihm, aber er wußte nur dies, daß er sich aus irgendeinem Grunde »hinschleppen« werde.

Diese »Verrücktheit« — anders glaubte er sie nicht bezeichnen zu können — entwickelte sich indessen so, daß sie, soweit das möglich war, den Anschein von Vernunft erhielt und daß er schließlich einen ziemlich triftigen Vorwand fand: er sagte sich, daß er schon die ganze Zeit die Empfindung nicht losgeworden sei, Pawel Pawlowitsch habe sich nach seiner Wohnung begeben, sich in derselben eingeschlossen

411

und dann erhängt, — wie jener Kassierer, von dem ihm Marja Ssyssójewna erzählt hatte. Diese Einbildung war in ihm allmählich, mochte sie auch noch so widersinnig sein, zur festen Überzeugung geworden. ‚Weshalb sollte sich dieser Dummkopf denn aufknüpfen?‘ unterbrach er sich selbst immer wieder in seinem Gedankengang. Ihm fielen Lisas Worte ein ... ‚Doch übrigens, ich würde mich an seiner Stelle vielleicht auch aufhängen ...‘, fuhr es ihm einmal durch den Sinn.

Es endete damit, daß er, statt ins Restaurant zum Essen zu gehen, sich tatsächlich zu Pawel Pawlowitsch begeben wollte. ‚Ich werde mich nur bei Marja Ssyssójewna nach ihm erkundigen‘, sagte er sich, als er seine Wohnung verließ. Doch noch war er nicht auf die Straße getreten, als er plötzlich unter dem Torbogen des Hauses stehenblieb.

‚Nicht möglich!‘ dachte er und wurde vor Scham bis unter die Haarwurzeln rot, ‚sollte ich wirklich zu ihm trotten, um ihm „in die Arme zu sinken und mit ihm zu weinen"? Sollte wirklich gerade diese sinnlose Gemeinheit zur Vollendung der ganzen Schmach noch fehlen?‘

Doch vor der Ausführung dieser »sinnlosen Gemeinheit« rettete ihn die Vorsehung selbst, die ganz spezielle aller ordentlichen und anständigen Menschen. Kaum war er auf die Straße getreten, als er plötzlich mit Alexander Lóboff zusammenstieß. Der Jüngling mußte in größter Hast gekommen sein und sah erregt aus.

»Da sind Sie ja! Ich wollte gerade zu Ihnen. Na, was sagen Sie zu unserem Freunde Pawel Pawlowitsch? Teufel noch eins!«

»Hat sich erhängt?« stieß Weltschaninoff atemlos hervor.

»Wer hat sich erhängt? Wo?« — Lóboff riß die Augen auf.

»Nichts ... ich meinte nur so; — fahren Sie fort!«

»Pfui Teufel, was Sie für komische Gedanken haben! Sie meinten ihn? O nein, ist ihm gar nicht eingefallen (und weshalb sollte er sich erhängen?) Im Gegenteil, er ist jetzt glücklich abgereist. Ich komme soeben vom Bahnhof, hab' ihn in den Wagen gesetzt und er ist abgedampft. Teufel, wie der Kerl säuft, Sie glauben's nicht! Wir haben zusammen drei Flaschen getrunken, Champagner! Predpossyloff war auch dabei. Aber wie er säuft, wie er säuft! Zum Schluß stimmte er noch Lieder an, sprach von Ihnen, hat aus dem Fenster noch Winkewinke gemacht, läßt Sie grüßen. Aber ist er nicht doch ein Schuft, was meinen Sie, — wie?«

Der junge Mann war in der Tat nicht nüchtern: sein gerötetes Gesicht, die blitzenden Augen und die nicht ganz gehorsame Zunge legten davon deutlich Zeugnis ab.

Weltschaninoff lachte schallend auf.

»Hahahaha! Da haben Sie ja zu guter Letzt doch noch mit Brüderschaft geendet! Sind sich in die Arme gesunken und haben gemeinsam geweint! Ach, ihr Schillerianer-Dichter!«

»Schimpfen Sie bitte nicht. Wissen Sie, er hat sich *dort* von allem losgesagt. Gestern war er dort, heute wieder. Er hat furchtbar viel geklatscht. Nádja ist eingesperrt — sitzt wieder in der Kammer: Tränen, Geschrei, aber wir geben nicht nach! Und wie er säuft, wie er säuft! Ich sag' Ihnen, Sie glauben's nicht! Und wissen Sie, was für einen mauvais ton er hat, das heißt, nicht mauvais ton, aber — na, wie heißt das doch gleich? ... Und immer wieder kam er auf Sie zu sprechen. Aber er ist ja mit Ihnen gar nicht zu vergleichen! Sie sind doch immerhin ein anständiger Mensch und haben wirklich mal zur höheren Gesellschaft gehört — sind nur jetzt gezwungen, sich von ihr zurückzuziehen — aus Armut, oder wie das war ... weiß der Teufel, ich wurde nicht klug aus ihm ...«

»Ah, so hat er Ihnen in *diesen* Ausdrücken von mir erzählt?«

»Er, natürlich, er, aber ärgern Sie sich nicht. Staatsbürger sein ist mehr wert als die ganze höhere Gesellschaft. Ich sage das, weil man heutzutage in Rußland nicht weiß, wen man achten soll. Sie müssen doch zugeben, daß das eine schlimme Zeitkrankheit ist, wenn man nicht weiß, wen man achten soll, — nicht wahr?«

»Das ist wahr, gewiß, aber was sagte er *noch*?«

»Er? Ja richtig! ... Ach ja! — weshalb sagte er immer: ‚der fünfzigjährige, *doch* verarmte Weltschaninoff‘? Weshalb ‚*doch* verarmte‘ und nicht ‚*und* verarmte‘? Und er lachte dabei, wiederholte es tausendmal! Im Abteil begann er zu singen und dann weinte er — einfach widerlich; er konnte einem sogar leid tun, — in seiner Betrunkenheit. Ach, ich mag Dummköpfe nicht! Den Bettlern warf er Geld hin, die sollten für die Seelenruhe einer Lisawéta beten — das war wohl seine Frau?«

»Seine Tochter.«

»Was ist mit Ihrer Hand?«

»Ich habe mich geschnitten.«

»Tut nichts, das vergeht. Wissen Sie, hol’ ihn der Teufel, gut, daß er fort ist; aber ich wette, daß er dort, wohin er jetzt kommt, sogleich wieder heiraten wird, — hab’ ich nicht recht?«

»Aber Sie wollen doch auch heiraten?«

»Ich? Ja, ich! — ich bitte Sie, das ist doch etwas ganz Anderes! Sind Sie sonderbar! Wenn Sie ein Fünfzigjähriger sein sollen, dann ist er bestimmt schon ein Sechzigjähriger! Hier tut Logik not, mein Bester! Aber wissen Sie, früher, das ist schon lange her, da war ich ein Slawophile, in meinen Überzeugungen, meine ich; doch jetzt, jetzt erwarten wir die Morgenröte aus dem Westen ... Nun, auf Wiedersehen; gut, daß ich Sie hier traf, so brauchte ich nicht hinaufzugehen; fordern Sie mich nicht auf, bitten Sie nicht, habe keine Zeit ...«

Und er eilte davon.

»Ach, richtig, wie konnt’ ich’s denn vergessen!« rief er plötzlich, indem er schnell wieder zurückkam, »er hat mich doch mit einem Brief zu Ihnen geschickt! Hier ist der Brief. Weshalb kamen Sie nicht zum Abschied zur Bahn?«

Weltschaninoff kehrte in seine Wohnung zurück und erbrach das Kuvert, das mit seiner Adresse versehen war.

Der Brief, der in dem Kuvert lag, war nicht von Pawel

414

Pawlowitsch — der hatte keine Zeile geschrieben, kein Wort. Weltschaninoff erkannte die Handschrift. Es war ein alter Brief, das Papier vergilbt und die Schrift verblaßt. Der Brief war vor zehn Jahren an ihn nach Petersburg geschrieben, zwei Monate nach seiner Abreise aus T. Aber diesen Brief hatte er niemals erhalten; statt seiner war damals jener andere Brief gekommen; das ging deutlich aus diesen blassen Zeilen hervor.

In diesem Brief machte Natálja Wassíljewna, indem sie für immer von ihm Abschied nahm — die Abschiedsworte waren dieselben, wie in jenem anderen Brief, den er damals erhalten hatte, und in dem sie ihm auch gestand, daß sie bereits einen anderen liebte — kein Geheimnis daraus, daß sie tatsächlich schwanger war, was sie ihm ja schon in T. mitgeteilt hatte. Sie versprach ihm sogar, um ihn zu trösten, daß sie Gelegenheit finden werde, ihm das Kind zu zeigen; jetzt seien es Pflichten, die sie verbänden, schrieb sie, und ihre Freundschaft sei nun durch unzerreißbare Bande gesichert. Kurz, es war wenig Logik in dem Brief. Der Sinn war schließlich der, daß er sie mit seiner Liebe verschonen solle. Dann aber erlaubte sie ihm wieder, sie nach einem Jahr in T. einmal zu besuchen, wenn er den Wunsch haben sollte, das Kind zu sehen. Gott weiß, weshalb sie sich bedacht und nicht diesen, sondern jenen anderen Brief abgesandt hatte.

Weltschaninoff war bleich, während er las. Er stellte sich aber Pawel Pawlowitsch vor, wie er diesen Brief gefunden und zum erstenmal gelesen hatte! — über der geöffneten Schatulle aus Ebenholz, mit der kunstvollen Einlegearbeit in Perlmutter und Silber ...

‚Auch er muß bleich geworden sein, wie ein Toter‘, dachte Weltschaninoff, als er sein Gesicht zufällig im Spiegel sah, ‚er hat nachher wohl die Augen geschlossen und sie plötzlich wieder geöffnet, in der Hoffnung, daß der Brief sich in gewöhnliches weißes Papier verwandelt haben werde ... Dreimal wenigstens mag er den Versuch wiederholt haben! ...‘

415

XVII

Der ewige Gatte

Fast ganze zwei Jahre waren seit den von uns geschilderten Ereignissen vergangen. Es war ein wundervoller Sommertag, als Herr Weltschaninoff auf einer unserer neueröffneten Eisenbahnstrecken nach Odessa fuhr. Dort wollte er einen ehemaligen Freund besuchen, und zwar nicht nur, um eine kleine Abwechslung zu haben, sondern gleichzeitig noch aus einem anderen, gleichfalls sehr angenehmen Grunde: durch diesen Freund hoffte er nämlich die Bekanntschaft einer äußerst interessanten Dame zu machen, die näher kennenzulernen schon lange sein Wunsch gewesen war. Ohne auf Einzelheiten einzugehen, sei hier nur bemerkt, daß er sich in diesen letzten zwei Jahren stark verändert, oder richtiger, verjüngt hatte. Von seiner einstigen Hypochondrie war keine Spur mehr zu bemerken, und von den verschiedenen »Erinnerungen« und Aufregungen, die ihn vor zwei Jahren in Petersburg heimgesucht hatten — damals, als er infolge der ungünstigen Wendung seines Rechtsstreits ganz nervös geworden war — von all diesen Unannehmlichkeiten war ihm nichts weiter verblieben als die Empfindung einer gewissen Scham, wenn er seines damaligen »Kleinmuts« gedachte. Doch auch diese Empfindung wurde zum Teil wieder aufgehoben durch die Überzeugung, daß sich »so etwas« nie mehr wiederholen und daß von jenem »einen Fall« ja niemand etwas erfahren werde. Allerdings hatte er sich damals aus dem Gesellschaftsleben ganz zurückgezogen, hatte sogar sein Äußeres vernachlässigt, er war allen aus dem Wege gegangen — was natürlich von *allen* bemerkt worden war. Nun hatte er sich aber so bald reumütig wieder eingefunden, und noch dazu mit einem so frischen Aussehen und neugewonnenen Selbstvertrauen, daß ihm »alle« seinen kurzen Abfall sofort verziehen; und selbst diejenigen, die er bereits zu grüßen aufgehört hatte und von denen er schon beinahe voll-

ständig übersehen worden war, grüßten ihn jetzt zuerst und
streckten ihm die Hand entgegen, und zwar ohne alle lang-
weiligen Fragen — ganz als sei er während der Zeit irgendwo fern von Petersburg in Privatangelegenheiten, die niemand angingen, verreist gewesen und erst jetzt wieder
zurückgekehrt. Die Ursache dieser günstigen Veränderungen
war natürlich sein gewonnener Prozeß. Weltschaninoff hatte
im ganzen sechzigtausend Rubel erhalten, fraglos nur eine
Kleinigkeit, die aber für ihn im Augenblick doch sehr wertvoll war: vor allem fühlte er jetzt wieder festen Boden unter
den Füßen, und das gab ihm dann einen ganz anderen moralischen Halt. Außerdem wußte er nun mit aller Bestimmtheit,
daß er dieses letzte Vermögen nicht mehr »wie ein Esel«
verschleudern werde, wie er die ersten beiden verschleudert
hatte, daß er jetzt vielmehr bis an sein Lebensende sichergestellt war. ‚Mag auch ihr ganzes Gesellschaftsgebäude krachen und mögen sie da reden und schreiben, was sie wollen‘,
dachte er bisweilen, wenn er all das Wunderliche und Un-
glaubliche sah und hörte, das rings um ihn und in ganz Rußland zu sehen und zu hören war, ‚und mögen sich auch alle
Menschen und ihre Ansichten ändern, ich werde doch immer
dieses feine und schmackhafte Mittagessen haben, zu dem ich
mich jetzt an den Tisch setze, und folglich bin ich auf alles
vorbereitet.‘ Dieser von ihm zärtlich, ja, bis zur Wollust
gehätschelte Gedanke bemächtigte sich seiner allmählich vollkommen und bewirkte in ihm sogar eine physische Um-
wandlung, ganz zu schweigen von der moralischen: er sah
jetzt wie ein ganz anderer Mensch aus, im Vergleich zu jener
»Schlafmütze«, zu jenem »Tölpel«, welcher er vor zwei Jahren gewesen war und dem bereits so »unanständige« Wider-
wärtigkeiten hatten begegnen können. Er schaute jetzt heiter
und selbstbewußt drein und imponierte durch seine Überlegenheit. Selbst die bösartigen kleinen Runzeln, die sich bereits um die Augen und auf der Stirn einzunisten begonnen
hatten, waren jetzt nahezu verschwunden, und sogar seine
Gesichtsfarbe sah jünger und frischer aus. Zur Stunde saß

417

er sehr bequem in einem Abteil erster Klasse und hatte nichts dagegen einzuwenden, daß in seinem Gehirn ein plötzlich entstandener Gedanke sich immer breiter machte, zumal dieser nicht ohne Reiz war. Auf der nächsten Station bog nämlich eine Zweigbahn nach rechts ab: wenn er nun, so dachte er, die Hauptlinie verlassen und sich auf kurze Zeit nach rechts begeben würde, dann brauchte er nur die Strecke von zwei Stationen zurückzulegen, um von dort aus eine bekannte Dame besuchen zu können, die gerade jetzt aus dem Ausland zurückgekehrt war und sich zur Zeit in einer ihm sehr angenehmen, doch sie gewiß sehr langweilenden Provinzeinsamkeit aufhielt: es bot sich ihm also die beste Gelegenheit, daselbst einige Zeit nicht weniger interessant zu verbringen als in Odessa — und was ihn in Odessa erwartete, lief jedenfalls auch nicht fort. Er war aber doch noch unentschlossen und wußte nicht, wozu er sich nun endgültig entscheiden sollte. Er wartete auf einen »Anstoß« oder etwas ähnliches. Inzwischen hatte der Zug die betreffende Station erreicht, und der »Schicksalswink« blieb auch nicht aus.

Der Zug hatte hier nämlich vierzig Minuten Aufenthalt, und die Reisenden konnten sich ein Mittagessen bestellen. Am Eingang zu dem Wartesaal erster und zweiter Klasse drängte sich wie gewöhnlich eine Menge Ungeduldiger, die es eilig hatten, und bei der Gelegenheit kam es — vielleicht gleichfalls »wie gewöhnlich« — zu einem kleinen Skandal. Eine Dame, die aus einem Abteil zweiter Klasse ausgestiegen war und die ein sehr hübsches Gesichtchen hatte — nur war sie für eine Reisende viel zu auffallend gekleidet — schleppte fast mit Gewalt einen noch sehr jungen und hübschen Ulanenoffizier, der sich immer wieder von ihr losreißen wollte, zum Wartesaal. Der junge Offizier war stark betrunken, und die Dame — offenbar eine ältere Verwandte — mochte ihn nur deshalb bei sich behalten wollen, weil sie wohl befürchtete, daß er sonst das Büfett aufsuchen und weitertrinken würde. In der Tür, wo das Gedränge am größten war, stieß der Ulan recht unsanft mit einem Kaufmann zusammen, der

418

gleichfalls einen Rausch hatte. Dieser Kaufmann hielt sich schon den zweiten Tag auf der Station auf, trank, umringt von einem ganzen Anhang, warf das Geld mit vollen Händen hinaus, und verpaßte immer wieder den Zug, der ihn weiterbringen sollte. Es entstand ein Streit, der Kaufmann schimpfte und der Offizier schrie ihn an; die Dame aber zerrte ihren Schützling ganz verzweifelt fort und suchte ihn zu beschwören, indem sie immer nur flehentlich »Mitenka! Mitenka!« rief. Das erschien dem braven Kaufmann doch zu skandalös; alles lachte natürlich, er aber fühlte sich durch die, wie ihm schien, so offen verletzte Moral gekränkt.

»Seht doch: ,Mi—ten—ka'!« äffte er die hohe Stimme der Dame im Fisteltone nach, »selbst in der Öffentlichkeit schämen sie sich nicht mehr!«

Und er näherte sich schwankend der Dame, die auf den ersten besten Stuhl niedergesunken war und den Ulan neben sich hingesetzt hatte, betrachtete beide verächtlich und schimpfte gedehnt:

»'Ne Schlumpe bist du, ja, 'ne Schlumpe, sieh, wie dein Kleiderschwanz aussieht!«

Die Dame schrie auf und sah sich hilfesuchend nach einem Verteidiger um. Sie schämte sich und fürchtete sich — und zur Vollendung des Jammers sprang noch der Ulan auf und wollte sich brüllend auf den Kaufmann stürzen, stolperte aber über die eigenen Beine, schwankte und fiel auf seinen Platz zurück. Das Gelächter wurde noch lauter, und niemand dachte daran, der bedrängten Dame zu Hilfe zu kommen. Da griff Weltschaninoff als Retter ein: er packte plötzlich den Kaufmann am Kragen, drehte ihn von der Dame fort und stieß ihn so, daß er fünf Schritte weit flog. Damit aber war der Skandal zu Ende. Der Kaufmann war ganz verblüfft, sowohl durch den Stoß wie durch die imponierende Erscheinung Weltschaninoffs, und ließ sich von der Schar seiner Freunde widerspruchslos fortführen. Das Auftreten des elegant gekleideten Herrn flößte auch den Spöttern Achtung ein: das Lachen verstummte. Die Dame begann so-

419

gleich errötend und fast unter Tränen, ihn ihrer Dankbarkeit zu versichern. Der Ulan stotterte: »Da—anke, da—anke!« und wollte Weltschaninoff bereits die Hand reichen, besann sich jedoch eines Besseren und streckte sich auf den Stühlen aus.

»Aber Mítenka!« rief die Dame vorwurfsvoll und schlug die Hände zusammen.

Weltschaninoff begann der Vorfall zu amüsieren, und die Dame interessierte ihn. Allem Anschein nach war sie eine reiche Kleinstädterin, die sich für die Reise viel zu auffallend und leider auch geschmacklos gekleidet hatte. Jedenfalls waren ihre Manieren ein wenig lächerlich. Mit einem Wort, sie schien alle die Eigenschaften zu besitzen, die einem groß-städtischen Galan jeden Erfolg garantieren. Es begann eine Unterhaltung: die Dame erzählte sehr viel und beklagte sich über ihren Gatten, der plötzlich aus dem Abteil irgendwohin verschwunden sei. Nur deshalb sei alles passiert: immer ver-schwände er gerade dann, wenn man ihn nötig habe.

»Irgendwohin . . .«, brummte der Ulan.

»Ach, Mitenka!« rief sie wieder vorwurfsvoll und rang die Hände vor Ratlosigkeit.

‚Na, dem Gatten wird's schlimm ergehen!' dachte Wel-tschaninoff.

»Ich werde versuchen, ihn ausfindig zu machen. Darf ich fragen, wie Ihr Herr Gemahl heißt?«

»Pal Pálytsch«, versetzte der Ulan.

»Ihr Gemahl heißt Pawel Pawlowitsch?« fragte Wel-tschaninoff interessiert, als plötzlich ein ihm wohlbekannter kahler Kopf zwischen ihm und der Dame auftauchte. Einen Moment sah er wieder den Sachlebinischen Garten, die kindlich frohe Mädchenschar vor sich, und dann diesen lästi-gen kahlen Kopf, der ewig zwischen ihm und Nadéschda Fedosséjewna aufgetaucht war.

»Da sind Sie endlich!« empfing die Dame ganz empört ihren Gatten.

Es war tatsächlich derselbe Pawel Pawlowitsch, der jetzt

420

vor ihm stand und ihn angstvoll anstarrte, als sehe er ein Gespenst. Sein Schreck war so groß, daß er augenscheinlich nichts davon verstand, was seine gekränkte Gattin erregt und empört vorbrachte, ja, vielleicht hörte er sie nicht einmal reden. Endlich fuhr er erschrocken zusammen und erfaßte offenbar im Augenblick die ganze Sachlage: seine Schuld und Mitenkas Schuld und schließlich, daß dieser »Mssjö« — so hatte die Dame Weltschaninoff bezeichnet — als »Schutzengel und Retter« seiner Gattin beigestanden hatte, während er, der Sündenbock, ewig nicht zur Stelle war, wenn er zur Stelle sein sollte.

Weltschaninoff lachte auf — köstlich amüsiert.

»Aber wir sind ja doch alte Freunde, sogar Jugendfreunde!« unterbrach er lachend den Redefluß der Dame, er faßte Pawel Pawlowitsch, gleichsam ein wenig familiär protegierend, mit seinem rechten Arm um die Schultern, während dieser mit blassen Lippen lächelte. »Hat er Ihnen nie etwas von Weltschaninoff erzählt?«

»Nein, niemals ...«, sagte die Dame etwas verwundert.

»Aber so stellen Sie mich doch Ihrer Frau Gemahlin vor, Sie ungetreuer Freund!«

»Das ist ... wirklich Lípotschka, das ist Herr Weltschaninoff, ja ...«, begann Pawel Pawlowitsch, blieb beschämenderweise stecken, und wußte nicht, was er sagen sollte.

Die Gemahlin wurde feuerrot vor Zorn, da er sie mit »Lípotschka« anzureden gewagt hatte; der Blick, der den armen Gatten traf, war gewiß nicht zärtlich.

»Und denken Sie sich, nicht einmal seine Verlobungs-Anzeige hat er mir geschickt, und auch zur Hochzeit hat er mich nicht eingeladen, doch Sie, Olympiáda ...«

»Ssemjónowna«, half ihm Pawel Pawlowitsch.

»Ssemjónowna!« wiederholte plötzlich wie ein Echo der Ulan, der bereits eingeschlummert zu sein schien.

»Sie müssen es ihm schon verzeihen, Olympiáda Ssemjónowna, zur Feier dieses freundschaftlichen Wiedersehens ... Er ist — ein guter Gatte!«

Und Weltschaninoff klopfte bei diesen Worten Pawel Pawlowitsch freundschaftlich auf die Schulter.

»Herzchen, ich war nur ... nur einen Augenblick ... etwas zurückgeblieben«, begann Pawel Pawlowitsch sich zu rechtfertigen.

»Und haben Ihre Frau einer schändlichen Szene preisgegeben!« fiel ihm Lípotschka sogleich ins Wort, »wo es nötig ist — da sind Sie nicht da, wo es nicht nötig ist — da sind Sie da ...«

»Wo's nicht nötig — da, wo's nicht nötig ist ... wo's nicht nötig ist ...«, wiederholte der Ulan.

Litpotschka geriet fast außer Atem vor Ärger und Aufregung. Sie wußte ja selbst, daß es nicht gut war, sich in Weltschaninoffs Gegenwart gehen zu lassen. Sie schämte sich deshalb auch, doch konnte sie sich nicht mehr beherrschen.

»Wo es nicht nötig ist, sind Sie nur *zu* vorsichtig, nur *zu* vorsichtig!« entfuhr es ihr noch unwillkürlich.

»Unterm Bett ... sucht er Liebhaber ... unterm Bett — wo's nicht nötig ist ... wo's nicht nötig ist ...«, rief plötzlich auch Mitenka ganz aufgebracht.

Doch mit Mitenka war nichts mehr anzufangen. Übrigens verlief die Sache noch ganz gut. Olympiáda Ssemjónowna schickte Pawel Pawlowitsch zum Büfett, damit er ihnen Kaffee und Bouillon besorge. Sie erzählte dann Weltschaninoff, daß sie aus O. kämen, wo ihr Gatte angestellt sei, und nun zwei Monate auf ihrem Landgut zubringen wollten; das Gut sei von dieser Station nur noch vierzig Werst entfernt und dort hätten sie ein schönes Haus und einen schönen Garten, und es käme auch Besuch hin, und sie hätten auch nette Nachbarn. Aber wenn er, Alexei Iwánowitsch, ihnen die Freude machen wollte, sie dort in ihrer »Einsamkeit« zu besuchen, so werde sie ihn wie ihren »Schutzengel und Retter« empfangen. Denn sie könne noch nicht ohne Entsetzen daran denken, was geschehen wäre, wenn nicht er ... usw. usw., mit einem Wort, sie werde ihn aufnehmen wie ihren »Schutzengel« ...

422

»Und Retter, und Retter«, fügte der Ulan eifrig hinzu. Weltschaninoff dankte höflich und erwiderte, daß er jederzeit gern dazu bereit sein würde, da ihn als unbeschäftigten Menschen nichts binde, und daß ihre Einladung sehr schmeichelhaft für ihn sei. Darauf begann er eine amüsante Unterhaltung, in der er ihr geschickt zwei oder drei Komplimente sagte. Lipotschka errötete vor Vergnügen, und als Pawel Pawlowitsch zurückkehrte, teilte sie ihm sogleich freudestrahlend mit, daß Alexei Iwanowitsch so liebenswürdig gewesen sei, ihre Aufforderung, sie auf dem Landgut zu besuchen und einen Monat bei ihnen zu verbringen, anzunehmen, ja, daß er versprochen habe, in einer Woche einzutreffen. Pawel Pawlowitsch lächelte zerstreut und schwieg, weshalb Olympiáda Ssemjónowna mit einem Achselzucken zur Decke emporsah, ganz konsterniert über die Unhöflichkeit des Gatten, der kein Wort zu sagen verstand. Endlich trennte man sich: es war nochmals von Dankbarkeit die Rede, wieder fiel das Wort »Schutzengel« und nach dem »Retter« wieder in vorwurfsvollem Tone ein »Aber Mitenka«, bis schließlich Pawel Pawlowitsch seine Gattin und den Ulan zum Wagen geleitete. Weltschaninoff zündete sich eine Zigarette an und promenierte auf dem Bahnsteig: er wußte, daß Pawel Pawlowitsch sogleich zu ihm zurückkehren werde, um mit ihm noch bis zum Glockenzeichen zu sprechen. Und so geschah es auch. Pawel Pawlowitsch tauchte alsbald wieder auf, blieb vor ihm stehen und sah ihn mit einer angstvollen Frage im Blick und im ganzen Gesicht an. Weltschaninoff mußte unwillkürlich lachen, faßte ihn »freundschaftlich« am Ellenbogen und zog ihn zur nächsten Bank, auf der er sich niederließ und den anderen auch Platz zu nehmen bat. Dann schwieg er, um Pawel Pawlowitsch zu veranlassen, das erste Wort zu sagen.

»Also — Sie werden zu uns kommen?« begann dieser, indem er offen gleich zur Sache kam.

»Wußte ich es doch! Sie haben sich auch nicht im geringsten verändert!« rief Weltschaninoff lachend. »So sagen Sie mir doch«, wandte er sich an ihn, indem er ihn wieder auf die Schulter schlug, »haben Sie denn wirklich auch nur einen Augenblick im Ernst glauben können, daß ich tatsächlich zu Ihnen zu Gast kommen könnte, und das noch dazu auf einen ganzen Monat — hahaha!«

Pawel Pawlowitsch fuhr lebhaft auf.

»So werden Sie — *nicht* kommen?« fragte er, ohne seine Freude auch nur im geringsten zu verbergen.

»Nein, beruhigen Sie sich, ich komme nicht!« lachte Weltschaninoff selbstzufrieden.

Übrigens begriff er nicht, weshalb er lachte, doch je länger sie beisammen waren, um so lachhafter erschien ihm alles.

»Wirklich ... sprechen Sie wirklich im Ernst?« — Pawel Pawlowitsch sprang von der Bank auf und zitterte ordentlich vor Spannung.

»Ich habe Ihnen doch gesagt, daß ich nicht kommen werde, — was sind sie doch für ein sonderbarer Mensch!«

»Aber was soll ich denn ... wenn es so ist ... was soll ich denn Olympiáda Ssemjónowna sagen, wenn Sie nicht kommen und sie Sie vergeblich erwartet?«

»Mein Gott, das ist doch keine Schwierigkeit! Sagen Sie, ich hätte ein Bein gebrochen oder etwas ähnliches.«

»Sie wird es nicht glauben«, meinte Pawel Pawlowitsch kleinlaut.

»Und dann werden Sie's büßen müssen?« lachte Weltschaninoff immer noch. »Aber wie ich sehe, mein armer Freund, haben Sie ja vor Ihrer schönen Frau Gemahlin förmlich Angst, wie?«

Pawel Pawlowitsch versuchte zu lächeln, es gelang ihm aber nicht. Daß Weltschaninoff den Besuch ablehnte, das war natürlich gut, doch daß er sich in bezug auf seine Frau so ungeniert ausdrückte, das war natürlich nicht mehr gut. Er fühlte sich etwas gekränkt, was Weltschaninoff nicht entging. Da ertönte das zweite Glockenzeichen, und gleich darauf hörte man aus einem fernen Abteil eine hohe Damenstimme ängstlich Pawel Pawlowitsch rufen. Dieser wurde unruhig, folgte aber doch nicht dem Ruf, da er offenbar noch etwas von Weltschaninoff erwartete — natürlich nur die endgültige Versicherung, daß er sie bestimmt nicht besuchen werde.

»Was für eine Geborene ist Ihre Frau Gemahlin?« erkundigte sich Weltschaninoff, als bemerke er die Aufregung des anderen nicht.

»Sie ist die Tochter unseres Propstes«, antwortete Pawel Pawlowitsch, der ängstlich nach dem Wagen hinsah und zu horchen schien.

»Ach, verstehe, also nur um der Schönheit willen.«

Diese Bemerkung schien Pawel Pawlowitsch wieder nicht recht zu sein.

»Und wer ist denn dieser Mitenka?«

»Der ist nur so . . . ein entfernter Verwandter von uns, das heißt, von mir, der Sohn meiner verstorbenen Kusine, Golúbtschikoff. Wegen Kassengeschichten ist er degradiert worden, jetzt aber wieder avanciert — wir haben ihm wieder aufgeholfen . . . Ein armer, junger Mann . . .«

‚Na ja, dann ist also alles in Ordnung: komplette Einrichtung!‘ dachte Weltschaninoff.

»Pawel Pawlowitsch!« ertönte in diesem Augenblick von neuem der Ruf aus dem Bahnwagen, und zwar bereits recht ärgerlich.

»Pal Pálytsch!« wiederholte eine andere, heisere Stimme.

Pawel Pawlowitsch wurde wieder unruhig und wußte nicht, wo er sich lassen sollte, doch plötzlich faßte ihn Weltschaninoff am Ellenbogen und hielt ihn fest.

»Oder wollen Sie — daß ich sogleich hingehe und Ihrer Frau erzähle, wie Sie mich ermorden wollten?«

»Was fällt Ihnen ein, was . . .« Pawel Pawlowitsch starrte ihn ganz entsetzt an, »um Gottes willen!«

»Pawel Pawlowitsch! Pawel Pawlowitsch!« hörte man wieder rufen.

»Na, dann gehen Sie nur!« Weltschaninoff gab mit gutmütigem Lächeln seinen Arm frei.

»So werden Sie *wirklich nicht* kommen?« flüsterte Pawel

Pawlowitsch fast verzweifelt, und er faltete dazu die Hände wie im Gebet.

»Aber ich schwöre Ihnen doch, daß ich nicht kommen werde! Eilen Sie nur, sonst kann's schlimm werden!«

Und er streckte ihm zum Abschied herzlich und offen die Hand entgegen — und — zuckte gleichzeitig zusammen: Pawel Pawlowitsch nahm sie nicht, ja, er zog die Hand sogar zurück.

Das dritte Glockenzeichen ertönte.

In beiden ging plötzlich etwas Seltsames vor sich: es war, als habe ein Augenblick sie verwandelt. Weltschaninoff, der noch vor einer Minute gelacht hatte, war sehr ernst. Es war ihm, als sei in ihm plötzlich etwas zerrissen. Wütend packte er Pawel Pawlowitsch wie mit eisernem Griff an der Schulter.

»Wenn ich, *ich* Ihnen hier diese Hand hinreiche«, und er hielt ihm seine Hand hin, über die sich quer eine breite Narbe hinzog, »so können Sie sie wohl nehmen!« sagte er heiser mit zitternden, blassen Lippen.

Pawel Pawlowitsch war gleichfalls bleich geworden, und auch seine Lippen begannen zu zittern. In seinem Gesicht zuckte es eigentümlich.

»Aber Lisa?« stieß er plötzlich kurz flüsternd hervor, und seine Lippen zuckten und die Wangen und das Kinn begannen zu zittern, und plötzlich stürzten ihm Tränen aus den Augen.

Weltschaninoff stand vor ihm und rührte sich nicht.

»Pawel Pawlowitsch! Pawel Pawlowitsch!« wurde aus dem Abteil geschrien, als werde dort jemand ermordet, — ein Pfiff von der Lokomotive, ein Stoßen ...

Pawel Pawlowitsch kam plötzlich zu sich, als wache er auf, sah sich erschrocken um und eilte dann Hals über Kopf zu seinem Abteil; der Zug hatte sich bereits in Bewegung gesetzt; aber es gelang ihm noch, im letzten Augenblick auf das Trittbrett zu springen und sich festzuhalten. Weltschaninoff blieb auf der Station zurück und fuhr erst mit dem

426

Abendzug auf derselben Strecke weiter. Die Fahrt nach rechts, zu seiner Bekannten, unterließ er — er war gar zu wenig in Stimmung dazu. Und wie hat er es nachher doch bereut!

AUFZEICHNUNGEN AUS DEM UNTERGRUND

Eine Erzählung

ERSTER TEIL

Natürlich sind beide, sowohl die Aufzeichnungen als auch die Gestalt ihres Verfassers, von mir erdacht. Nichtsdestoweniger kann es nicht nur, sondern muß es sogar solche Erscheinungen, wie den Verfasser derartiger Aufzeichnungen, in unserer Gesellschaft geben, wenn man die Verhältnisse in Betracht zieht, unter denen sich unsere Gesellschaft überhaupt hat herausbilden können. Ich habe hier einen der Charaktere der jüngstvergangenen Zeit etwas deutlicher dem Publikum vor Augen führen wollen, als es sonst üblich ist. Es handelt sich also um einen der Vertreter dieser Generation, die ihre Zeit jetzt gerade noch zu Ende lebt. Im vorliegenden ersten Bruchstück, „Der Untergrund" betitelt, versucht dieser Eine zunächst, uns mit sich und seinen Ansichten bekannt zu machen, und scheint gleichsam die Gründe erklären zu wollen, warum er in unserer Mitte aufgetaucht ist und sogar hat auftauchen müssen. Erst im nächsten Bruchstück, „Bei nassem Schnee", folgen dann die eigentlichen „Aufzeichnungen" dieses Verfassers über einige Begebenheiten in seinem Leben.

F. M. Dostojewski[1]

DER UNTERGRUND

I

Ich bin ein kranker Mensch . . . Bin ein schlechter Mensch. Bin ein abstoßender Mensch. Ich glaube, ich bin leberleidend. Übrigens habe ich mir von meiner ganzen Krankheit noch nie auch nur die geringste Vorstellung machen können und weiß nicht einmal mit Sicherheit, was in mir nun eigentlich krank ist. Ich lasse mich nicht kurieren, habe das noch nie getan, obschon ich vor den Ärzten und der Medizin alle Achtung habe. Zudem bin ich noch übertrieben abergläubisch, oder sagen wir: abergläubisch genug, um die Medizin als Wissenschaft zu achten. (Ich bin genügend gebildet, um nicht abergläubisch zu sein, bin es aber trotzdem.) Nein, mit Verlaub, ich mag mich aus Bosheit nicht kurieren. Nun, das zum Beispiel werden Sie bestimmt nicht zu verstehen belieben. Nun, ich aber, ich kann das verstehen. Ich werde Ihnen freilich nicht erklären können, wen ich in diesem Fall mit meiner Bosheit schikanieren will; ich weiß auch vorzüglich, daß ich selbst den Ärzten nichts damit „verpatzen" kann, wenn ich mich von ihnen nicht behandeln lasse, — oh, ich weiß es selbst am allerbesten, daß ich mit alledem nur mir allein schade und sonst niemandem. Und dennoch: wenn ich mich nicht kuriere, so geschieht das doch nur aus Bosheit. Also das Leberchen ist krank? Na, dann mag es doch von mir aus noch kränker werden!

Ich lebe schon lange so, — an die zwanzig Jahre. Jetzt bin ich vierzig. Früher war ich Beamter, jetzt bin ich es nicht mehr. Ich war ein bösartiger Beamter. Ich war grob, und das Angroben machte mir Spaß. Da ich doch keine Schmiergelder annahm, mußte ich mich eben anderswie entschädigen. (Hm, fauler Witz; aber ich streiche ihn nicht aus. Als ich ihn hinschrieb, glaubte ich, er werde sich geistreich ausnehmen; jetzt aber, wo ich selbst einsehe, daß ich nur albern prahlen wollte, streiche ich ihn absichtlich nicht aus!)

Saß ich an meinem Pult und trat jemand heran — meistens Bittsteller mit Anfragen —, fauchte ich ihn zähneknirschend an und empfand labende Genugtuung, wenn es mir gelang, jemanden einzuschüchtern. Und es gelang fast immer. Es war ja auch meistens zaghaftes Volk: eben Bittsteller. Doch unter den großspurig Auftretenden gab es einen Offizier, den ich besonders nicht ausstehen konnte. Er wollte sich um keinen Preis einschüchtern lassen und rasselte geradezu unverschämt mit seinem Säbel. Dieses Säbels wegen habe ich anderthalb Jahre lang mit ihm Krieg geführt.

Schließlich besiegte ich ihn doch: er unterließ das Rasseln. Das war aber noch in meiner Jugend. Aber wissen Sie auch, meine Herrschaften, worin gerade der Hauptgrund meiner Wut bestand? Das war ja der ganze Jammer, gerade darin lag ja die größte Gemeinheit, daß ich dabei die ganze Zeit, sogar im Augenblick meiner ärgsten Wut, mir zu meiner Schmach selbst eingestehen mußte, daß ich nicht nur kein böser, sondern nicht einmal ein erboster Mensch bin, daß ich ganz umsonst nur Spatzen schrecke und darin mein Vergnügen suche. Schaum steht mir vor dem Munde – doch bringt mir ein Püppchen oder gebt mir ein Schlückchen Zuckerwasser und ich werde mich höchstwahrscheinlich sofort beruhigen. Werde seelisch sogar bis zum Gerührtsein weich werden . . ., wenn ich mich auch nachher am liebsten selbst werde zerfleischen mögen und vor Scham monatelang schlaflose Nächte habe. Ich bin nun einmal so.

Das habe ich übrigens vorhin gelogen, daß ich ein böser Beamter gewesen sei. Aus Bosheit hab ich's gelogen. Mit den Bittstellern und dem Offizier hab' ich einfach nur Mutwillen getrieben, in Wirklichkeit jedoch konnte ich überhaupt nicht böse werden. Wollte ich es aber, so fühlte ich im Augenblick unendlich viele ganz entgegengesetzte Elemente in mir. Ich fühlte sie nur so wuseln in mir, diese entgegengesetzten Elemente. Ich wußte, daß sie mein ganzes Leben lang in mir so wuselten und mich baten, sie hinauszulassen, aber ich ließ sie nicht, ließ sie nicht, absichtlich ließ ich sie nicht sichtbar werden! Sie quälten mich bis zur Scham, bis zur Verkrampfung brachten sie mich, und ach! ich wurde ihrer schließlich so überdrüssig, so maßlos überdrüssig! Oder denken Sie jetzt womöglich, daß ich hier irgend etwas bereue – vor Ihnen, meine Herrschaften? . . . daß ich für irgend etwas um Ihre Verzeihung bitte? . . . Ich bin überzeugt, daß Sie das denken . . . Doch übrigens, ich versichere Sie, 's ist mir ganz egal, was Sie da denken . . .

Es war nicht nur dies, daß ich nicht verstand, böse zu werden, – ich verstand überhaupt nichts zu werden: weder böse noch gut, weder ehrlich noch schlecht, weder Held noch Insekt. Und jetzt lebe ich so dahin in meinem Winkel, verhöhne mich selbst mit dem boshaften und völlig zwecklosen Trost, daß ein kluger Mensch doch überhaupt nicht ernsthaft etwas werden kann, sondern nur ein Dummkopf etwas wird. Jawohl, ein Mensch des neunzehnten Jahrhunderts muß, ja, ist moralisch verpflichtet, ein vorherrschend charakterloses Wesen zu sein; ein Mensch jedoch mit Charakter, ein tätiger Mensch, hat vorherrschend beschränkt zu sein. Dies ist meine vierzigjährige Überzeugung. Ich bin jetzt vierzig Jahre alt, aber vierzig Jahre — das ist doch das ganze Leben, das ist doch das höchste Alter! Länger als vierzig Jahre zu leben ist unanständig, ist trivial, ist unsittlich! Wer lebt denn über vierzig Jahre? — antwortet aufrichtig, ehrlich. Ich werde es euch sagen, wer noch über vierzig lebt: nur Dummköpfe und Spitzbuben. Das sage ich allen Greisen ins Gesicht, allen diesen ehrwürdigen Greisen, allen diesen silberhaarigen, parfümierten Greisen! Sage es der ganzen Welt ins Gesicht! Ich habe das Recht, das zu sagen, denn ich selbst werde bis sechzig leben. Bis siebzig werde ich leben! Bis achtzig werde ich leben! ... Wartet! die Luft geht mir aus ... laßt mich erst wieder zu Atem kommen ...

Sie denken bestimmt, meine Herrschaften, daß ich Sie belustigen wolle? Dann irren Sie sich. Ich bin durchaus kein so lustiger Mensch, wie es Ihnen scheint, oder wie es Ihnen vielleicht scheint. Übrigens, wenn Sie, geärgert durch dieses Geschwätz (ich fühle es doch, daß Sie schon gereizt sind), mich vielleicht fragen wollen, wer ich denn eigentlich sei, so will ich Ihnen die Antwort nicht schuldig bleiben: ich bin Kanzleisekretär. Ich war Beamter, um nicht zu verhungern (aber nur aus diesem Grunde), und als mir im vorigen Jahr einer meiner entfernten Verwandten testamentarisch sechstausend Rubel hinterließ, nahm ich sofort meinen Abschied und siedelte mich hier in meinem Winkel an. Ich lebte auch früher schon hier, jetzt aber habe ich mich endgültig in diesem Winkel niedergelassen. Mein Zimmer ist ein billiges, schäbiges Nest am Rande der Stadt. Meine Aufwartefrau ist ein Weib vom Lande, ein altes, das vor Dummheit frech geworden ist und zudem noch abscheulich riecht. Man sagt mir, das Petersburger Klima sei mir schädlich und Petersburg für meine kümmerlichen Mittel viel zu teuer. Das weiß ich alles, weiß es hundertmal besser als alle diese erfahrenen und überklug kopfnickenden Ratgeber. Aber ich bleibe in Petersburg; ich verlasse es nicht! Ich verlasse es deshalb nicht, weil . . . Ach! Das ist doch wirklich vollkommen gleichgültig, ob ich es nun verlasse oder nicht verlasse.

Übrigens, bei der Gelegenheit noch eine Frage: worüber kann ein anständiger Mensch zu jeder Zeit mit dem größten Vergnügen reden?

Antwort: über sich selbst.

Nun also, dann werde auch ich über mich selbst reden.

II

Jetzt möchte ich Ihnen erzählen, meine Herrschaften, gleichviel ob Sie es hören wollen oder nicht, warum ich nicht einmal ein Insekt zu werden verstand. Ich erkläre Ihnen feierlichst, daß ich schon mehrmals ein Insekt werden wollte. Aber selbst diese Würde blieb mir versagt. Ich schwöre Ihnen, meine Herrschaften, daß allzuviel erkennen — Krankheit ist, richtige, vollständige Krankheit. Für den menschlichen Bedarf wäre eine gewöhnliche menschliche Erkenntnis schon übergenug, also die Hälfte oder um ein Viertel weniger von der Portion, die auf den Anteil eines erwachsenen Menschen unseres unseligen neunzehnten Jahrhunderts kommt, der zudem noch das doppelte Unglück hat, in Petersburg zu leben, in der abstraktesten und vorbedachtesten Stadt der ganzen Welt. (Es gibt vorbedachte und nicht vorbedachte Städte.) Es würde doch vollkommen genügen, wenn es nur eine Erkenntnis wie zum Beispiel die gäbe, mit der alle sogenannten unmittelbar lebenden und

435

tätigen Menschen auskommen. Ich könnte wetten, Sie denken jetzt, ich schriebe dies aus Großtuerei, um über die
tätigen Menschen zu witzeln, und dazu noch aus einer gesellschaftlich plumpen Großtuerei, rassele sozusagen mit dem
Säbel, wie mein Offizier. Aber, meine Herrschaften, wer
wird denn mit seinen eigenen Krankheiten prahlen, und
gar noch mit ihnen den Ton angeben wollen?

Übrigens, was sage ich da? Aber das tun doch alle! Gerade mit ihren Krankheiten prahlen sie ja, ich aber, nun, ich
tu's meinethalben noch mehr als die anderen allesamt. Streiten wir nicht darüber: mein Einwand ist wohl nicht stich-
haltig. Aber trotzdem bin ich fest überzeugt, daß nicht nur
sehr viel Erkenntnis, sondern bereits jedes bewußte Erkennen
— Krankheit ist. Ich bleibe dabei. Aber lassen wir auch dieses
Thema eine Weile beiseite. Sagen Sie mir zunächst etwas
anderes: wie kam es, daß ich in denselben, jawohl, ausgerechnet in denselben Augenblicken, wo ich am allerfähigsten
war, sämtliche Feinheiten „alles Schönen und Erhabenen",
wie man das ehemals bei uns nannte, zu erkennen, — daß ich
gerade dann mitunter so widerliche Sachen nicht bloß zu
erkennen, sondern auch zu begehen vermochte, Sachen, die
. . . nun ja . . . kurz, die, zugegeben, zwar alle machen, die
aber, wie mit Fleiß, gerade dann von mir verübt wurden,
wenn ich am klarsten erkannte, daß man sie eigentlich überhaupt nicht tun sollte? Je mehr ich von der Erkenntnis des
Guten und all dieses „Schönen und Erhabenen" durchdrungen war, desto tiefer sank ich in meinen Schlamm und desto
fähiger war ich, völlig ihm zu verfallen. Doch das wichtigste Charakteristikum war dabei dies, daß all das gleichsam nicht zufällig in mir war, sondern geradezu als hätte es
genau so zu sein. Als wäre das mein allernormalster Zustand
gewesen, und durchaus nicht Krankheit und nicht Verderbt-
heit, so daß mir schließlich sogar die Lust verging, gegen
diese Verderbnis noch anzukämpfen. Es endete damit, daß
ich fast zu glauben begann (oder vielleicht glaubte ich schon
tatsächlich), daß dies am Ende gar mein eigentlich normaler

Zustand wäre. Zuerst aber, am Anfang, wieviel Qual hatte
ich auszustehen in diesem Kampf! Ich glaubte nicht, daß es
anderen ebenso erginge, und verbarg das vor den anderen
wie ein Geheimnis. Ich schämte mich (ja, vielleicht schäme
ich mich sogar jetzt noch); ich brachte es so weit, daß ich
es geradezu als ein gewissermaßen heimlich unterdrücktes,
unnormales, erbärmliches Genüßlein empfand, in einer dieser mitunter abscheulichen Petersburger Nächte in meinen
Winkel heimzukehren und dann mich bewußt zu der Erkenntnis zu zwingen, daß ich auch heute wieder eine Gemeinheit begangen hatte, daß das Getane wiederum auf
keine Weise ungeschehen zu machen war, und dafür nun
innerlich, heimlich wie mit Zähnen an mir zu nagen, zu
nagen, zu feilen, und mich selbst auszusaugen, bis sich die
Bitterkeit schließlich in irgend so eine schmachvolle und
verfluchte Süße verwandelte und zu guter Letzt – in ent-
schiedenen, echten Genuß! Ja: in Genuß, in Genuß! Ich
bestehe darauf. Eben deswegen habe ich doch überhaupt
angefangen, davon zu sprechen, weil ich endlich genau wissen möchte, ob auch andere solche Genüsse kennen? Ich
werde es Ihnen ausführlicher erklären. Der Genuß liegt
hier gerade in dem allzu grellen Erkennen der eigenen Erniedrigung; entsteht daraus, daß man schon selbst fühlt, an
der letzten Wand angelangt zu sein; daß das zwar scheußlich
ist, aber doch auch nicht anders sein kann; daß es für dich
keinen Ausweg mehr gibt, daß du nie mehr ein anderer
Mensch werden kannst; daß, selbst wenn Zeit und Glaube
noch übrig wären, um sich in etwas anderes umzumodeln,
man das bestimmt selber nicht wollen würde; wollte man
es aber dennoch, so würde man doch nichts tun, weil es
vielleicht tatsächlich nichts gibt, in was man sich ummodeln
könnte. Aber die Hauptsache und das Ende von allem ist,
daß alles nach den normalen und fundamentalen Gesetzen
gesteigerten Erkennens vor sich geht, und nach dem Trägheitsgesetz, das sich unmittelbar aus diesen Gesetzen ergibt,
folglich aber kann man sich hierbei nicht nur nicht um-

ändern, sondern kann hierbei überhaupt nichts ändern. Es ergibt sich zum Beispiel aus dem gesteigerten Erkennen: »Stimmt, du bist ein gemeiner Mensch«; — als ob das für den gemeinen Menschen eine Beruhigung sein könnte, wenn er doch schon selbst fühlt, daß er tatsächlich gemein ist. Doch genug davon ... Ach, viel hab ich zusammengeschwätzt, was aber erklärt? Wodurch läßt sich dieser Genuß hier erklären? Aber ich werde es schon noch erklären. Werde es schon fertigbringen! Werde bis zum Ende gehen! Nur deswegen hab ich doch zur Feder gegriffen ...

Meine Eigenliebe ist zum Beispiel überentwickelt. Argwöhnisch und empfindlich bin ich wie ein Buckliger oder wie ein Zwerg, aber es hat, offengestanden, auch solche Augenblicke gegeben, wo ich mich, wenn ich geohrfeigt worden wäre, vielleicht sogar darüber gefreut hätte. Ich sage das im Ernst: bestimmt hätte ich auch darin einen Genuß zu entdecken verstanden, einen Genuß eigener Art, versteht sich, einen Genuß der Verzweiflung, aber gerade in der Verzweiflung gibt es ja die ätzendsten Genüsse, besonders wenn man schon sehr stark die Ausweglosigkeit seiner Lage erkennt. Und hier, also bei der Ohrfeige, — hier erdrückt einen ja förmlich die Erkenntnis, bis zu welch einer Schmiere man dich zertreten hat. Die Hauptsache jedoch, wie man es sich auch überlegt und wie man es auch überdenkt: es kommt dabei doch immer heraus, daß man als Erster an allem selbst schuld ist, und das Kränkendste an der Sache: daß man ohne Schuld schuldig ist, sozusagen nach den Naturgesetzen. Erstens, weil man klüger ist als alle, die einen umgeben. (Ich habe mich immer für klüger gehalten als die, die mich umgaben, und gar manches Mal — glauben Sie es mir — mich sogar dessen geschämt; wenigstens habe ich mein Leben lang immer zur Seite gesehen und niemals den Menschen gerade in die Augen blicken können.) Und zweitens, weil ich, selbst wenn ich großmütig gewesen wäre, durch diese Großmut nur noch mehr gelitten hätte, nämlich infolge des Erkennens ihrer ganzen Nutzlosigkeit. Ich hätte doch bestimmt nichts aus ihr zu machen verstanden: weder zu verzeihen, denn der Beleidiger hat mir vielleicht naturgemäß die Ohrfeige gegeben, und den Gesetzen der Natur hat man nichts zu verzeihen, noch zu vergessen, denn wenn es auch hundertmal die Gesetze der Natur sind, so bleibt es doch beleidigend. Und selbst wenn ich mich am Beleidiger hätte rächen wollen, so würde ich mich doch für nichts und an niemandem gerächt haben, denn es wäre mir bestimmt unmöglich gewesen, den Entschluß zu fassen, etwas zu tun, selbst wenn ich's hätte tun können. Warum nicht? Ja, darüber will ich jetzt ein paar Worte separat sagen.

III

Wie geschieht denn das, zum Beispiel, bei Leuten, die es verstehen, sich zu rächen, und überhaupt ihren Mann zu stehen? Wenn sie vom Rachedurst ergriffen werden, so bleibt ja von ihrem ganzen Wesen überhaupt nichts mehr übrig, außer diesem Gefühl. Solch ein Mensch schießt denn auch sofort wie ein wild gewordener Stier mit gesenkten Hörnern auf das Ziel los, und höchstens eine Mauer kann ihn dann noch zum Stehen bringen. (Bei der Gelegenheit: vor der Mauer ergeben sich solche Menschen, das heißt die unmittelbaren und tätigen Menschen, widerspruchslos, vor der Mauer »passen« sie wie im Kartenspiel. Für sie ist die Mauer keine Ablenkung wie zum Beispiel für uns denkende und folglich untätige Menschen, kein Vorwand, auf diesem Wege umzukehren — ein Vorwand, an den unsereiner gewöhnlich im Grunde selbst nicht glaubt, doch über den er sich stets ungemein freut. Nein, sie „passen" vor ihr wirklich mit aller Aufrichtigkeit. Die Mauer hat für sie stets etwas Beruhigendes, moralisch Entscheidendes und Endgültiges, meinetwegen sogar etwas Mystisches ... Doch von der Mauer später.) Also gerade solch einen unmittelbaren Menschen halte ich für den eigentlichen, den normalen Menschen, wie ihn die zärtliche

439

Mutter-Natur selbst haben wollte, als sie ihn liebend auf der Erde erzeugte. Solch einen Menschen beneide ich bis zur Gelbsucht! Er ist dumm. Nun gut, darüber will ich mit Ihnen nicht streiten, vielleicht aber, wer kann's denn wissen, *muß* der normale Mensch dumm sein? Vielleicht ist das sogar sehr schön. Und ich bin um so mehr zu diesem, sagen wir, Verdacht geneigt, als zum Beispiel der Gegensatz des normalen Menschen, also der gesteigert erkennende Mensch, der natürlich nicht aus dem Schoß der Natur, sondern aus der Retorte hervorgegangen ist, (das ist fast schon Mystizismus, meine Herrschaften, aber ich argwöhne auch das) — wenn man also diesen Retortenmenschen nimmt, so „paßt" er vor seinem Gegensatz zuweilen dermaßen, daß er sich selbst samt seiner ganzen gesteigerten Erkenntnis gewissenhaft für eine Maus hält, nicht aber für einen Menschen. Mag das auch eine gesteigert erkennende Maus sein, so bleibt sie doch nur eine Maus, jener aber ist ein Mensch und folglich auch alles weitere. Und die Hauptsache: *er selbst, er selbst* hält sich für eine Maus; freiwillig; niemand bittet ihn darum; das aber ist ein wichtiger Umstand. Betrachten wir nun diese Maus in ihrer Tätigkeit. Nehmen wir zum Beispiel an, daß sie auch einmal beleidigt wird (und sie wird fast andauernd beleidigt) und sich gleichfalls rächen will. Wut kann sich in ihr vielleicht noch mehr ansammeln als in einem homme de la nature et de la vérité. Das gemeine, niedrige Wünschlein der Maus, dem Beleidiger mit derselben Münze heimzuzahlen, kann vielleicht noch heißer in ihr sieden als in diesem homme de la nature et de la vérité, denn der homme de la nature et de la vérité hält bei seiner angeborenen Dummheit seine Rache allereinfachst für Gerechtigkeit. Die Maus jedoch verneint hierbei infolge ihrer gesteigerten Erkenntnis die Gerechtigkeit. Endlich kommt es zur Tat selbst, zum Racheakt. Die unglückliche Maus hat aber inzwischen außer der anfänglichen Gemeinheit schon so viele neue Gemeinheiten in Gestalt von Fragen und Zweifeln um sich herum aufgehäuft, hat an jede Frage so viele andere unbeantwortete

Fragen angereiht, daß sich unwillkürlich um sie herum ein verhängnisvoller Brei bildet, ein stinkender Schmutz, der aus diesen ihren eigenen Zweifeln und Peinigungen unbedingt entstehen muß, und schließlich auch aus dem Speichel, der auf sie von den unzähligen unmittelbar tätigen Menschen niederfliegt, die als Richter und Diktatoren sie in feierlichem Kreise umstehen und aus vollem, gesundem Halse über sie lachen. Selbstverständlich kann *sie* ja noch auf sie alle pfeifen, mit ihrem Pfötchen eine wegwerfende Gebärde machen und mit einem Lächeln vorgespielter Verachtung, an die sie selbst nicht glaubt, schimpflich in ihr Mauseloch zurückschlüpfen. Dort, in ihrem scheußlichen, stinkenden Untergrund versenkt sich dann unsere beleidigte, verprügelte und verhöhnte Maus alsbald in kalte, giftige und, vor allen Dingen, ewig andauernde Bosheit. Vierzig runde Jahre lang wird sie sich an alles bis in die letzten, allerschmählichsten Einzelheiten erinnern und dabei noch jedesmal von sich aus neue Details, noch schimpflichere, hinzufügen, wird sich fortwährend mit der eigenen Phantasie boshaft reizen und aufstacheln. Sie wird sich dieser Erinnerung schämen, trotzdem aber sich alles ins Gedächtnis zurückrufen, wieder alles von neuem erleben, sich Unerhörtes noch hinzudenken, unter dem Vorwand, daß dieses ja ebensogut hätte geschehen können — warum auch nicht? — und wird sich nichts, aber auch nichts verzeihen! Am Ende wird sie dann vielleicht auch anfangen, sich zu rächen, doch wird sie es immer irgendwie mit Kleinigkeiten versuchen, gleichsam hinter dem Ofen hervor, inkognito; wird selbst nicht einmal weder an ihr Recht, sich zu rächen, noch an den Erfolg ihrer Rache glauben und im voraus wissen, daß unter allen ihren Racheversuchen sie selbst hundertmal mehr leiden wird als der, an dem sie sich rächen will, ja, daß dieser vielleicht nicht einmal das leiseste Jucken davon verspüren wird. Auf dem Sterbebett wird sie sich wiederum des Ganzen erinnern und das noch mit allen in der Zwischenzeit hinzugekommenen Prozenten und ... und gerade in dieser kalten, ekelhaften Halbverzweiflung, in diesem

Halbglauben, in diesem bewußten Sich-vor-Leid-lebendig-Begraben im Keller auf volle vierzig Jahre, in dieser gesteigert erkannten und teilweise doch zweifelhaften Aussichtslosigkeit der Lage, in diesem Gift unbefriedigter Wünsche, in diesem Fieber des Schwankens zwischen auf ewig gefaßten und nach einer Minute wieder aufgegebenen Entschlüssen — darin, gerade darin liegt der Saft dieses sonderbaren Genusses, von dem ich sprach. Dieser Genuß ist dermaßen fein und der Erkenntnis zuweilen so wenig zugänglich, daß Menschen, die nur ein wenig beschränkter sind, oder sogar einfach Menschen mit starken Nerven, überhaupt nichts davon verstehen können.

»Vielleicht können auch die nichts davon verstehen«, wenden Sie hier mit maliziösem Lächeln ein, »die niemals Ohrfeigen bekommen haben«, und wollen mir auf diese Weise höflich zu verstehen geben, daß ich in meinem Leben vielleicht auch schon eine Ohrfeige erhalten hätte und darum jetzt aus Erfahrung spräche. Ich könnte wetten, daß Sie das denken. Aber beruhigen Sie sich, meine Herrschaften, ich habe niemals Ohrfeigen erhalten, und es ist mir vollkommen gleichgültig, ob Sie das glauben oder nicht. Ja, vielleicht bedauere ich noch, in meinem Leben wenig Ohrfeigen ausgeteilt zu haben. Doch genug, kein Wort weiter über dieses für Sie so ungemein interessante Thema.

Ich fahre also ruhig fort — ich sprach von Menschen mit starken Nerven, die besagte Feinheiten der Genüsse nicht verstehen. Diese Herrschaften beruhigen sich, wenn sie auch in manchen Fällen wie die Ochsen aus vollem Halse brüllen und dieses ihnen meinetwegen zur größten Ehre gereicht, so beruhigen sie sich doch sofort, wie ich schon bemerkt habe, vor der Unmöglichkeit. Die Unmöglichkeit — das ist die steinerne Mauer! Was für eine steinerne Mauer? Nun, versteht sich, die Naturgesetze, die Ergebnisse der Naturwissenschaften, der Mathematik. Und wenn man dir gar zum Beispiel beweist, daß du vom Affen abstammst, so hast du nichts mehr zu meinen, und da hilft dir auch kein Stirnrunzeln; nimm es hin, wie es ist. Oder wenn man dir beweist, daß ein einziges Tröpfchen deines eigenen Fettes dir teurer sein muß, als Hunderttausende deiner Mitmenschen, und daß mit diesem Resultat schließlich alle sogenannten Tugenden und Pflichten und sonstigen Faseleien und Vorurteile aufgelöst werden, so nimm das nur ruhig hin; da ist ja doch nichts zu machen, denn, wie gesagt: Zweimalzwei — Mathematik! Versuchen Sie, zu widersprechen.

»Na, hören Sie mal!« wird man Ihnen zuschreien, »dagegen gibt es keine Auflehnung, das ist doch so klar wie zweimal zwei vier ist! Die Natur wird Sie nicht fragen; was gehen Ihre Wünsche die Natur an, und ob die Naturgesetze Ihnen gefallen oder nicht! Sie müssen die Natur so nehmen, wie sie ist, und folglich auch alle ihre Gesetze nebst allen Resultaten. Die Mauer bleibt eben eine Mauer« . . . usw., usw.

Herrgott, was gehen aber mich die Gesetze der Natur und der Arithmetik an, wenn mir aus irgendeinem Grunde diese Gesetze und das Zweimal-zwei-ist-vier nicht gefallen? Versteht sich, ich werde solch eine Mauer nicht mit dem Kopf einrennen, wenn ich tatsächlich nicht die Kraft dazu habe, aber ich werde mich mit ihr doch nicht aussöhnen, bloß weil es eine Mauer ist und meine Kraft nicht ausreicht.

Als ob solch eine Mauer tatsächlich eine Beruhigung wäre, als ob sie wirklich auch nur irgendein Wort der Friedensvermittlung enthielte, einzig weil sie Zweimal-zwei-gleichvier ist! Oh, Absurdität aller Absurditäten! Eine ganz andere Sache ist doch, alles verstehen, alles erkennen, alle Unmöglichkeiten und Steinmauern; sich mit keiner einzigen dieser Unmöglichkeiten und Mauern aussöhnen, wenn es einen vor dem Aussöhnen ekelt; auf dem Wege der unumgänglichsten logischen Kombination zu den allerwiderlichsten Schlüssen kommen — über das ewige Thema, daß man sogar an der Steinmauer irgendwie selbst schuld ist, obgleich es wiederum bis zur Durchsichtigkeit augenscheinlich bleibt, daß man durchaus nicht schuld ist — und infolgedessen

443

schweigend und machtlos zähneknirschend, wollüstig in der Trägheit ersterben, mit dem Gedanken, daß man, wie es sich erweist, nicht einmal einen Grund hat, sich über jemanden zu ärgern; daß überhaupt keine Ursache vorhanden ist und sich vielleicht auch niemals eine finden lassen wird, daß hier heimlicher Betrug vorliegt, ein betrügerisches Kartenmischen, Falschspielerei, daß hier einfach eine Pantscherei vorliegt, — unbekannt was und unbekannt wer, aber trotz all dieser Ungewißheiten und Betrügereien schmerzt es einen doch, und je mehr einem unbekannt ist, desto mehr schmerzt es!

IV

Hahaha! Aber dann werden Sie ja auch noch an Zahnschmerzen Genuß finden!« wenden Sie lachend ein.

»Warum nicht? Auch im Zahnschmerz ist Genuß«, antworte ich. Einmal habe ich einen ganzen Monat Zahnweh gehabt; ich weiß, wie das ist! Hierbei erbost man sich natürlich nicht schweigend, man stöhnt. Nur ist es dann kein aufrichtiges, sondern ein schadenfrohes Gestöhn, aber in dieser tückischen Schadenfreude ist ja alles enthalten! Gerade in diesem Gestöhn drückt sich ja die ganze Wonne, der ganze Genuß des Leidenden aus: empfände er dabei keinen Genuß, so würde er auch nicht stöhnen. Das ist ein gutes Beispiel, meine Herrschaften, bleiben wir bei diesem. In Ihrem Stöhnen liegt erstens die ganze für Ihre Erkenntnis erniedrigende Zwecklosigkeit Ihres Schmerzes, die ganze Gesetzmäßigkeit der Natur, auf die Sie natürlich spucken können, doch durch die *Sie trotz*dem leiden, die Natur aber nicht. Zweitens, die Erkenntnis, daß kein Feind vorhanden, der Schmerz aber vorhanden ist, die Erkenntnis, daß Sie zusammen mit allen möglichen Ärzten vollkommen Sklave Ihrer Zähne sind; daß, falls es irgend jemand will, Ihre Zähne nicht mehr schmerzen werden, wenn er das aber nicht will, sie noch weitere drei Monate schmerzen werden; und daß schließlich, wenn Sie sich immer noch nicht ergeben und immer noch protestieren wollen, Ihnen zur eigenen Beruhigung nur noch übrig bleibt, sich selbst durchzuprügeln oder mit der Faust etwas schmerzhafter an Ihre Mauer zu schlagen, sonst aber entschieden nichts. Nun, sehen Sie, gerade unter diesen Beleidigungen bis aufs Blut, unter diesem Verspottetwerden, ohne zu wissen von wem, beginnt man dann allmählich diesen Genuß zu empfinden, der sich manchmal bis zur höchsten Wollust steigern kann. Bitte, meine Herrschaften, hören Sie doch einmal aufmerksam dem Gestöhn eines gebildeten Menschen des neunzehnten Jahrhunderts zu, wenn er Zahnweh hat, aber schon so am zweiten oder dritten Tage, wenn er nicht mehr so stöhnt, wie am ersten Tage, das heißt, nicht nur einfach, weil seine Zähne schmerzen, nicht wie irgendein ungebildeter Bauer stöhnt, sondern wie ein Mensch, der bereits von der Entwicklung und der europäischen Zivilisation berührt ist, oder wie ein Mensch, der sich „vom Boden und dem Volke losgesagt hat", wie man sich jetzt auszudrücken pflegt. Sein Gestöhn wird gewissermaßen gemein, schmutzigboshaft und hält ganze Tage und Nächte an. Und er weiß es ja selbst, daß dieses Stöhnen ihm nicht den geringsten Nutzen bringt; weiß es selbst am allerbesten, daß er damit ganz umsonst nur sich wie auch die anderen ärgert und reizt; er weiß sogar, daß das Publikum, vor dem er sich solche Mühe gibt, seine Familie, ihm schon bis zum Widerwillen zugehört hat, ihm nicht für einen Pfennig glaubt und bei sich denkt, daß er doch anders, einfacher stöhnen könnte, ohne Tonleitern, Koloraturen und Variationen, daß er es nur aus Bosheit, aus Schadenfreude tut. Nun, gerade in diesen Erkenntnissen und Qualen aber liegt ja die Wollust! »Ich beunruhige euch, zerreiße euch das Herz, gönne keinem im Hause Schlaf! So wacht denn gefälligst, fühlt mal mit, daß meine Zähne schmerzen! Jetzt bin ich für euch nicht mehr der Held, der ich früher scheinen wollte, sondern einfach ein gemeines Menschlein, ein Schnapphahn am Wege. Nun gut! Freut mich sehr, daß ihr mich durchschaut! Mein häßliches

Gestöhn widert euch wohl an? Nur zu! werde euch gleich eine noch häßlichere Tonleiter vorstöhnen . . .« Verstehen Sie es auch jetzt noch nicht, meine Herrschaften? Nein, es scheint doch, daß man sich lange bis dahin entwickeln und tief in die Selbsterkenntnis hinabsteigen muß, um alle Ausschweifungen dieser Wollust verstehen zu können. Sie lachen? Freut mich! Meine Späßchen sind vielleicht etwas abgeschmackt, sind uneben, wirr und voll von Mißtrauen gegen mich selbst. Aber das kommt doch daher, daß ich mich selbst nicht achte. Kann denn ein erkennender Mensch sich überhaupt noch irgendwie achten?

V

Nun, wie wäre es denn möglich, wie könnte ein Mensch sich auch nur ein wenig achten, der es darauf abgesehen hat, sogar im Gefühl der eigenen Erniedrigung noch einen Genuß herauszufinden? Nicht aus irgendeiner widerlichen Reue sage ich das jetzt. Hab's überhaupt nie leiden können, zu sagen: »Verzeihe, Papa, ich werde nicht mehr . . .« — nicht etwa, weil ich das nicht sagen konnte, sondern im Gegenteil, vielleicht gerade, weil ich schon allzu schnell bereit war, das zu sagen, und wie bereit! Absichtlich habe ich mich zuweilen beschuldigt, in Fällen, wo ich selbst nicht einmal wußte, woran ich eigentlich hätte schuld sein können. Das war ja das Allerwiderlichste. Und dabei verging ich fast vor Mitleid mit mir selbst; ich bereute und vergoß viele Tränen, und — versteht sich — betrog mich an allen Ecken und Kanten, wenn ich mich auch nicht im geringsten verstellte: das Herz verpfuschte es einfach . . . Dazu konnte ich hierbei nicht einmal mehr die Naturgesetze beschuldigen, obgleich mich doch diese Naturgesetze fortwährend und am meisten beleidigten. Widerlich, sich dessen von neuem zu erinnern; es war auch damals widerlich. Denn schon nach einer Minute erkannte ich mit Ingrimm, daß alles doch Lüge ist, ekelhafte, trügerische

Lüge — ich meine dieses ewige Bereuen und diese ewigen Vorsätze, sich zu bessern. Fragen Sie mich aber, warum ich mich so wand und quälte? Antwort: weil es schon gar zu langweilig war, mit gefalteten Händen still zu sitzen, und so ließ ich mich denn auf die Quälereien ein. Wahrhaftig, so war's. Beobachten Sie sich selbst etwas besser, meine Herrschaften, dann werden Sie sehen, daß es so ist. Hab mir Abenteuer ausgedacht und das Leben zurechtgedichtet, um doch wenigstens auf diese Weise zu leben. Wie oft ist es vorgekommen, daß ich mich — nun, sagen wir zum Beispiel — beleidigt gefühlt habe, ganz einfach, ohne jede Ursache, absichtlich. Und ich wußte doch selbst ganz genau, daß ich überhaupt keinen Grund hatte, gekränkt zu sein; hetzte mich eben selber gegen mich auf. Aber schließlich bringt man es tatsächlich so weit, daß man sich allen Ernstes gekränkt fühlt. Mich hat es nun einmal von jeher gereizt, derartige Kunststücke zu machen, so daß ich mich schließlich nicht mehr beherrschen konnte. Einmal wollte ich mich krampfhaft verlieben, sogar zweimal. Hab doch gelitten, meine Herrschaften, versichere Sie. Im tiefsten Seelengrund glaubt man's zwar nicht, daß man leidet, Spott kichert dort versteckt, aber man leidet doch, dazu noch auf eine wirkliche, ganz gehörige Weise; bin eifersüchtig, gerate außer mir ... Und alles aus Langeweile! Die Trägheit erdrückte mich. Denn die direkte, gesetzmäßige, unmittelbare Frucht der Erkenntnis — ist Trägheit, das heißt das bewußte Hände-im-Schoß-Stillsitzen. Das habe ich schon früher erwähnt. Ich wiederhole es, wiederhole es mit allem Nachdruck: alle tätigen Menschen sind ja nur tätig, weil sie stumpfsinnig und beschränkt sind. Wie ist das zu erklären? Ganz einfach: infolge ihrer Beschränktheit nehmen sie die nächsten und zweitrangigen Ursachen für die Urgründe, und so überzeugen sie sich schneller und leichter als die anderen, daß sie eine unwandelbare Grundlage für ihre Tätigkeit gefunden haben, nun, und damit geben sie sich zufrieden. Das aber ist doch die Hauptsache. Denn um eine Tätigkeit zu beginnen, muß man zuvor vollkommen beruhigt sein, damit nicht die geringsten Zweifel übrig bleiben. Nun, wie aber soll zum Beispiel ich mich beruhigen? Wo sind bei mir die Urgründe, auf die ich mich stützen könnte, wo der Ausgangspunkt, die Basis? Wo soll ich sie hernehmen? Ich übe mich im Denken, und folglich zieht bei mir jeder Urgrund sofort einen anderen, noch älteren, hinter sich her, und so geht es weiter bis in die Endlosigkeit. Derart ist eben das Wesen aller Erkenntnis und alles Denkens. Somit sind das denn schon wieder die Gesetze der Natur. Und was ergibt sich schließlich als Resultat? Ja, genau dasselbe. Erinnern Sie sich: vorhin sprach ich doch von der Rache. (Sie haben es bestimmt nicht begriffen.) Es heißt: der Mensch rächt sich, weil er darin Gerechtigkeit sieht. Also hat er doch eine Grundlage gefunden, und zwar: die Gerechtigkeit. Also ist er allseitig beruhigt und folglich rächt er sich, da er überzeugt ist, eine anständige und gerechte Tat zu vollbringen, ruhig und mit gutem Erfolg. Ich jedoch sehe hierin keine Gerechtigkeit, und eine Tugend kann ich hierin erst recht nicht entdecken; wollte ich mich aber dann trotzdem noch rächen, so könnte es allenfalls aus Bosheit geschehen. Allerdings könnte Bosheit vielleicht alles bewältigen, alle meine Zweifel, und somit erfolgreich die Basis ersetzen, gerade weil sie kein Standpunkt ist. Was soll ich aber tun, wenn ich nicht einmal Bosheit habe! (damit begann ich ja vorhin). Infolge dieser verwünschten Gesetze der Erkenntnis unterwirft sich nämlich auch meine Bosheit der chemischen Zersetzung. Man sieht: das Ding hebt sich auf, die Vernunftgründe verdunsten, der Schuldige ist nicht zu finden, die Beleidigung bleibt nicht Beleidigung, sondern wird zum Fatum, zu einer Art Zahnschmerz, an dem niemand schuld ist, und so bleibt wiederum nur der eine Ausweg: ein wenig schmerzhafter die Mauer zu verprügeln. Nun, da winkt man denn mit der Hand ab, denn die Basis hat man doch nicht gefunden. Versucht man es aber, läßt man sich von seinem Gefühl blindlings hinreißen, ohne Erwägungen, ohne Begründungen, verjagt man die Erkenntnis wenigstens für diese Zeit, ergibt man sich dem Haß oder ergibt man sich der Liebe, nur um nicht mit gefalteten Händen stillzusitzen: — übermorgen, das ist die letzte Frist, wirst du anfangen, dich selbst zu verachten, weil du dich wissentlich selbst betrogen hast! Im Resultat: eine Seifenblase und Trägheit. Oh, meine Herrschaften, ich, ja, vielleicht halte ich mich doch nur deswegen für einen klugen Menschen, weil ich in meinem ganzen Leben nichts habe weder beginnen noch beenden können. Schön, gut, möge ich ein Schwätzer sein, ein unschädlicher, lästiger Schwätzer, was wir ja alle sind. Aber was soll man denn machen, wenn die einzige und direkte Bestimmung jedes klugen Menschen das Schwätzen ist, das heißt: mit Vorbedacht leeres Stroh dreschen.

VI

Oh, wenn ich doch aus Faulheit nichts tun würde. Herrgott, wie würde ich mich dann achten. Würde mich gerade deswegen achten, weil ich dann doch fähig wäre, wenigstens faul zu sein. Dann hätte ich wenigstens eine Eigenschaft, eine gleichsam wirklich positive Eigenschaft, von der ich dann auch selbst überzeugt sein könnte. Man fragt: was ist das für einer? Antwort: ein Faulpelz. Aber ich bitt' Sie, meine Herrschaften, das wäre doch über alle Maßen angenehm, von sich zu hören! Dann bin ich doch positiv bezeichnet, klassifiziert, es gibt also etwas, was man von mir sagen kann. „Ein Faulpelz!" — aber das ist doch ein Beruf, eine Bestimmung, das ist ja eine Karriere, ich bitt' Sie! Scherz beiseite, das ist so. Dann bin ich rechtmäßiges Mitglied des ersten Klubs der Welt und befasse mich ausschließlich mit Hochachtung vor mir selbst. Ich kannte einen Herrn, der sein Leben lang stolz darauf war, daß er sich auf Bordeauxweine verstand. Er hielt das für eine positive Würde und zweifelte nie an sich. Er starb nicht nur mit einem ruhigen, sondern mit einem wahrhaft triumphierenden Gewissen, und hatte auch vollkommen recht. Ich aber würde mir dann eine Karriere wählen: ich würde Faulpelz und Vielfraß werden, — doch kein gewöhnlicher etwa, sondern einer, der, sagen wir, mit allem Schönen und Erhabenen sympathisiert. Wie gefällt Ihnen das? Das hat mir schon lange vorgeschwebt. Dieses „Schöne und Erhabene" hat mir in den vierzig Jahren doch arg auf dem Buckel gelegen. Ja, jetzt bin ich vierzig; doch wenn ich damals — oh, dann wäre jetzt alles ganz anders. Ich hätte mir sofort eine entsprechende Lebensaufgabe gestellt, nämlich: auf das Wohl alles Schönen und Erhabenen zu trinken. Ich würde jede gebotene Gelegenheit ergriffen haben, um zuerst in meinen Pokal eine Träne zu träufeln und ihn dann aufs Wohl alles Schönen und Erhabenen zu leeren. Alles auf der Welt würde ich dann in Schönes und Erhabenes verwandelt und selbst im gemeinsten Schmutz würde ich Schönes und Erhabenes gefunden haben. Tränenreich wäre ich geworden wie ein nasser Schwamm. Zum Beispiel ein Künstler hat ein Bild gemalt: sofort trinke ich auf das Wohl dieses Künstlers, denn ich liebe alles Schöne und Erhabene. Ein Schriftsteller hat „Einerlei was" verfaßt, und sofort trinke ich auf das Wohl „Einerlei wessen", denn ich liebe „alles Schöne und Erhabene". — Achtung würde ich deswegen heischen, würde jeden verfolgen, der mir dafür keine Achtung zollt! Lebe ruhig, sterbe feierlich, — aber das ist doch herrlich, einfach herrlich! Und was für einen Schmerbauch ich mir zulegen würde, und welch ein dreifaches Doppelkinn, von der Leuchtkraft der Nase schon gar nicht zu reden! Jeder, der mir begegnet, würde bei meinem Anblick sagen: »Donnerwetter, das ist aber ein Plus! Das ist doch mal was Positives!« Sagen Sie, was Sie wollen, meine Herrschaften, aber solche Bemerkungen wären in unserem negativen Jahrhundert doch ungemein angenehm zu hören.

VII

Aber das sind ja alles bloß goldene Träume.

Wissen Sie vielleicht, wer es zum ersten Male ausgesprochen hat, daß der Mensch nur deswegen Schändlichkeiten begehe, weil er seine wahren Interessen nicht kenne, und daß, wenn man ihm seine eigentlichen, normalen Interessen erklärte, er sofort aufhören würde, Schändlichkeiten zu begehen, denn, einmal aufgeklärt über seinen Vorteil, würde er natürlich nur im Guten seinen Vorteil erkennen; bekanntlich aber könne kein einziger Mensch wissentlich gegen seinen eigenen Vorteil handeln, — folglich würde er sozusagen gezwungenermaßen immer nur Gutes tun? O Säugling, der du das gesagt! O reines, unschuldiges Kindlein! Wann ist es denn jemals in den vergangenen Jahren geschehen, daß der Mensch einzig und allein um des eigenen Vorteils willen seine Taten vollbracht hat? Was mit all diesen Millionen von Tatsachen anfangen, die da bezeugen, daß die Menschen *wissentlich,* das heißt bei voller Erkenntnis ihrer wirklichen Vorteile, diese doch zurücksetzten und sich auf einen anderen Weg begaben, aufs Geratewohl in die Gefahr, von niemandem und durch nichts dazu gezwungen, als hätten sie gerade die Vorteile verschmäht und eigenwillig und verstockt einen anderen, schweren, unsinnigen Weg gesucht und nahezu im Dunkeln tappend? Das beweist doch, daß ihnen dieser Eigensinn und Eigenwille lieber waren als der eigene Vorteil ... Vorteil! Was ist Vorteil? Wollen Sie es vielleicht übernehmen, ganz genau zu erklären, zu bestimmen, worin der Vorteil des Menschen besteht? Wie aber, wenn es einmal vorkommen sollte, daß sich das Schlechte wünschen, und nicht das Vorteilhafte, nicht nur der Vorteil des Menschen sein kann, sondern manchmal sein muß? Wird aber einmal die Möglichkeit dieses Falles zugegeben, so ist sofort die ganze Regel auf den Kopf gestellt. Was meinen Sie, meine Herrschaften, kann es solch einen Fall geben oder nicht? Sie lachen! Nun, lachen Sie meinetwegen, aber antworten Sie mir: sind denn die Vorteile des Menschen auch wirklich richtig festgestellt und sind sie denn auch alle aufgezählt? Gibt es nicht auch solche, die nicht nur noch nicht klassifiziert sind, sondern die sich überhaupt nicht klassifizieren lassen? Sie haben doch, meine Herrschaften, soviel ich weiß, Ihr ganzes Register der menschlichen Vorteile so als Durchschnittssumme den statistischen Zahlen und wissenschaftlich-praktischen Formeln entnommen. Ihre Vorteile sind doch: Wohlleben, Reichtum, Freiheit, Ruhe, nun, und so weiter, und so weiter, so daß, zum Beispiel, der Mensch, der sichtlich und wissentlich gegen dieses ganze Register handelt, nach Ihrer Meinung und, nun ja, selbstverständlich auch nach meiner, ein Obskurant oder ein vollkommen Verrückter ist, nicht wahr? Aber bei alledem ist doch eines wunderlich: woher kommt es, daß diese sämtlichen Statistiker, Weisen und Menschenfreunde beim Aufzählen der menschlichen Vorteile fortwährend einen bestimmten Vorteil übergehen? Sie nehmen ihn nicht einmal in ihre Liste auf, wenigstens nicht auf die Weise, wie er aufgenommen werden müßte, von ihm aber hängt doch die ganze Rechnung ab. Das wäre nun weiter nicht schlimm, man könnte diesen Vorteil nehmen und ihn einfach auf der Liste hinzufügen. Doch darin besteht ja das ganze Unglück, daß dieser eigentümliche Vorteil sich überhaupt nicht klassifizieren läßt und man ihn auch auf keiner einzigen Liste unterbringen kann. Ich habe zum Beispiel einen Freund ... Ach, meine Herrschaften, er ist ja bestimmt auch Ihr Freund, und überhaupt — wessen Freund ist er denn nicht! Wenn sich nun dieser Freund an eine Sache macht, wird er Ihnen sofort redselig, klar und deutlich auseinandersetzen, wie er nach den Gesetzen der Vernunft und der Wahrheit handeln muß. Ja, er wird Ihnen sogar aufgeregt und leidenschaftlich viel von den wahren und normalen Interessen der Menschen erzählen; wird spöttelnd die kurzsichtigen Dummköpfe tadeln, die weder ihre Vorteile noch die wahre Bedeutung der Tugend erkennen, und — genau nach einer Viertelstunde wird er ohne jede äußere Veranlassung, sondern gerade aus irgend etwas Innerlichem, das stärker ist als alle seine Interessen . . . wird er plötzlich eine ganz andere Melodie pfeifen, das heißt wird offen gegen alles vorgehen, was er selbst gesagt hat: gegen die Gesetze der Vernunft, gegen den eigenen Vorteil, mit einem Wort, gegen alles . . . Doch — Sie wissen es ja selbst — mein Freund ist eine Kollektivperson und darum — geht's nicht gut an, ihn allein zu beschuldigen. Das ist es ja, meine Herrschaften: gibt es denn nicht wirklich etwas, das fast jedem Menschen teurer ist, als seine besten Vorteile? Oder sagen wir (um die Logik nicht aufzuheben): es gibt solch einen vorteilhaftesten Vorteil (eben jenen, der in allen Verzeichnissen der Vorteile beständig ausgelassen wird, von dem ich vorhin sprach), einen Vorteil, der wichtiger und größer ist als alle anderen Vorteile und für den der Mensch bereit ist, wenn's darauf ankommt, allen anerkannten sonstigen Vorteilen, allen Gesetzen zuwiderzuhandeln, also gegen Vernunft, Ehre, Ruhe, Wohlleben usw. zu handeln, kurz, gegen alle diese guten und schönen Dinge, — nur um diesen größten, vorteilhaftesten Vorteil, der ihm am teuersten ist, zu erlangen.

»Aber es ist doch immerhin ein Vorteil!« unterbrechen Sie mich.

Erlauben Sie, ich werde es noch erklären! Mir ist es nicht um ein Spiel mit Worten zu tun, sondern um den Beweis, daß dieser Vorteil gerade deswegen bemerkenswert ist, weil er alle unsere Klassifikationen sprengt, und alle Systeme, die von den Menschenfreunden zur Erreichung des vollen Erdenglücks der Menschheit aufgestellt werden, einfach über den Haufen wirft, kurz, der eben alles stört. Bevor ich jedoch diesen Vorteil nenne, möchte ich mich noch persönlich kompromittieren, und darum erkläre ich jetzt dreist, daß alle diese schönen Systeme, alle diese Theorien — die den Menschen ihre wahren und normalen Interessen erklären wollen, auf daß sie dann, gezwungen nach der Erreichung derselben zu streben, sogleich gut und edel werden — meiner Meinung nach vorerst nichts als Logistik sind! Jawohl, — Logistik. Denn diese Theorie der Erneuerung der ganzen Menschheit mittels des Systems der eigenen Vorteile bejahen, das ist doch, scheint mir, fast dasselbe, wie ... nun, wie zum Beispiel nach Buckle[2] behaupten, der Mensch werde durch die Kultur milder, folglich weniger blutdürstig und immer unfähiger zum Kriege. Nach der Logik, glaube ich, kommt er zu dieser Schlußfolgerung. Der Mensch aber hat solch eine Vorliebe für das Systematisieren und die abstrakten Schlußfolgerungen, daß er bereit ist, die Wahrheit absichtlich zu entstellen, bereit, mit den Augen nicht zu sehen, mit den Ohren nicht zu hören, nur damit seine Logik recht behalte. Aber so öffnen Sie doch Ihre Augen, meine Herrschaften, und blicken Sie um sich! Das Blut fließt in Strömen, und dazu noch auf eine so kreuzfidele Weise, als ob's Champagner wäre. Nehmen Sie doch unser ganzes neunzehntes Jahrhundert, in dem auch Herr Buckle gelebt hat: Da haben Sie Napoleon — den Großen und den Jetzigen; da haben Sie Nord-Amerika — die ewige Union; da haben Sie endlich das karikaturhafte Schleswig-Holstein ... Und was macht denn die Kultur milder in uns? Die Kultur arbeitet im Menschen nur die Vielseitigkeit der Empfindung aus und ... das ist aber auch alles, was sie tut. Und gerade durch die Entwicklung dieser Vielseitigkeit wird der Mensch womöglich auch noch im Blutvergießen Genuß finden. Er tut es ja schon jetzt. Ist es Ihnen nicht aufgefallen, daß die raffiniertesten Blutvergießer fast ausnahmslos die zivilisiertesten Menschen waren, Menschen, an die Attila oder Stenjka Rásin[3] mitunter überhaupt nicht heranreichen, und wenn sie nicht so bekannt sind wie Attila und Stenjka Rásin, so kommt das nur daher, daß sie viel zu häufig vorkommen, viel zu gewöhnlich sind, so daß man ihrer schon überdrüssig geworden ist. Jedenfalls ist der Mensch durch die Zivilisation, wenn nicht blutdürstiger, so doch gewiß auf eine üblere, garstigere Weise blutdürstig geworden, als er es früher war. Früher sah er im Blutvergießen Gerechtigkeit und vernichtete mit ruhigem

Gewissen den, der seiner Meinung nach vernichtet werden mußte; jetzt jedoch vergießen wir weit mehr Menschenblut, obgleich wir das schon längst für eine Schändlichkeit halten. Welches Blutvergießen ist nun schlechter? Urteilen Sie selbst. Man sagt, Kleopatra (Verzeihung für das Beispiel aus der Alten Geschichte) habe mit Vorliebe goldene Stecknadeln in die Brüste ihrer Sklavinnen gesteckt, und habe an deren Gestöhn und Qual Genuß gefunden. Sie werden sagen, das sei in, relativ gesprochen, barbarischen Zeiten geschehen und auch jetzt noch lebten wir in barbarischen Zeiten, denn (wiederum relativ gesprochen) auch jetzt stecke man noch Stecknadeln; ferner, daß der Mensch sich auch jetzt noch, wenn er auch schon gelernt habe, in manchen Dingen klarer zu sehen als in barbarischen Zeiten, doch noch lange nicht daran gewöhnt habe, so zu handeln, wie es ihm die Vernunft und die Wissenschaften vorschreiben. Immerhin sind Sie, meine Herrschaften, vollkommen überzeugt, daß er sich *bestimmt* daran gewöhnen *werde,* in Zukunft, wenn auch die letzten alten, dummen Angewohnheiten ganz vergessen sein und die gesunde Vernunft nebst der Wissenschaft die menschliche Natur vollständig umerzogen und auf den einzig richtigen Weg gelenkt haben werden. Sie sind überzeugt, der Mensch werde dann von selbst aufhören, freiwillig Fehler zu begehen, und werde seinen Willen seinen normalen Interessen sozusagen unwillkürlich nicht mehr entgegensetzen. Ja, Sie sagen sogar noch: Dann wird die Wissenschaft selbst den Menschen belehren (obschon das meiner Meinung nach bereits Luxus wäre) und ihm sagen, daß er in Wirklichkeit weder Wille noch Laune besitze noch je besessen habe, und daß er selbst nichts anderes sei als eine Art Klaviertaste oder Drehorgelstiftchen, und daß auf der Welt außerdem noch Naturgesetze vorhanden wären: so daß alles, was er auch tun mag, nicht durch seinen Wunsch oder Willen getan werde, sondern ganz von selbst geschehe, einfach nach den Gesetzen der Natur. Folglich brauchte man dann nur diese Gesetze der Natur zu entdecken, und der Mensch werde für seine

Handlungen nicht mehr verantwortlich sein und ein ungemein leichtes Leben beginnen können. Selbstverständlich werden dann alle menschlichen Handlungen nach diesen Gesetzen mathematisch in der Art der Logarithmentafeln bis 10 000 berechnet und in einen Kalender eingetragen werden. Oder, noch besser, es werden einige wohlgemeinte Bücher erscheinen, etwa wie die jetzigen enzyklopädischen Lexika, in denen dann alles so genau ausgerechnet und bezeichnet ist, daß auf der Welt hinfort weder Taten aus eigenem Antrieb noch Abenteuer mehr vorkommen werden.

Dann also (das sagen alles immer noch Sie, meine Herrschaften) werden die neuen ökonomischen Verhältnisse beginnen, vollkommen ausgearbeitete und gleichfalls mit mathematischer Genauigkeit berechnete, so daß im Handumdrehen die verschiedensten Fragen ganz verschwinden werden, — eigentlich nur aus dem Grund, weil man sonst die verschiedensten Antworten auf dieselben erhielte. Dann wird ein Kristallpalast gebaut werden, dann ... Nun, mit einem Wort, dann wird der Märchenvogel angeflogen kommen[4]. Natürlich kann man nicht garantieren (jetzt rede wieder ich und von mir aus), daß es dann zum Beispiel nicht furchtbar langweilig sein werde (denn was soll man noch unternehmen, wenn alles schon auf der Tabelle ausgerechnet ist?), dafür wird es aber ungemein vernünftig zugehen. Aber was denkt man sich schließlich nicht aus Langeweile aus! Auch die goldenen Nadeln werden doch aus Langeweile gesteckt, und das wäre noch das Wenigste. Das Schändliche dabei ist nämlich, daß man sich dann der Stecknadeln womöglich noch freuen wird. Denn der Mensch ist doch dumm, phänomenal dumm! Das heißt, wenn er auch durchaus nicht dumm ist, so ist er doch so undankbar, daß man etwas Undankbareres gewiß nicht finden kann. Es würde mich zum Beispiel nicht im geringsten wundern, wenn sich dann mir nichts dir nichts inmitten der allgemeinen zukünftigen Vernünftigkeit plötzlich irgendein Gentleman mit unedler oder, besser gesagt, reaktionärer und spöttischer Physiognomie vor uns aufstellte, die Hände in die Seiten stemmte und zu uns allen sagte: »Nun wie, meine Herrschaften, sollten wir nicht diese ganze Vernünftigkeit mit einem einzigen Fußtritt zertrümmern, damit alle diese verfluchten Logarithmen zum Teufel gehen und wir wieder nach unserem törichten Willen leben können!?« Das wäre ja schließlich noch nicht so schlimm, aber kränkend ist nur, daß er doch zweifellos, ja, unbedingt Gesinnungsgenossen finden würde: so ist der Mensch nun einmal beschaffen. Und all das aus dem nichtigsten Grunde, den zu erwähnen es überhaupt nicht lohnen sollte: weil der Mensch, wer er auch sei, immer und überall so zu handeln liebte, wie er wollte, und durchaus nicht so, wie es ihm Vernunft und Vorteil befahlen. Wollen aber kann man auch gegen seinen eigenen Vorteil, zuweilen aber *muß* man das sogar *unbedingt* (das ist schon so meine Idee). Sein eigenes, freies Wollen, seine eigene, meinetwegen tollste Laune, seine eigene Phantasie, die mitunter selbst bis zur Verrücktheit verschroben sein mag, — das, gerade das ist ja dieser auf keiner einzigen Liste vermerkte vorteilhafteste Vorteil, der sich unmöglich klassifizieren läßt und durch den alle Systeme und Theorien beständig zum Teufel gehen. Und wie kommen alle diese Weisen darauf, daß der Mensch irgend so ein normales, so ein tugendhaftes Wollen brauche? Wie kommen sie darauf, sich einzubilden, daß der Mensch unbedingt ein vernünftiges, für sich vorteilhaftes Wollen nötig habe? Der Mensch braucht einzig und allein *selbständiges* Wollen, was diese Selbständigkeit auch kosten und wohin sie auch führen mag. Nun, und das Wollen, das hängt doch weiß der Teufel . . .

VIII

Hahaha! Aber das Wollen, das gibt es ja in Wirklichkeit, wenn Sie wollen, überhaupt nicht!« unterbrechen Sie mich lachend. »Die Wissenschaft hat den Menschen selbst heute schon so weit zergliedert, daß, wie wir jetzt wissen, das Wollen und der sogenannte freie Wille nichts anderes sind als ...«

Warten Sie, meine Herrschaften, ich wollte ja selbst soeben darauf zu sprechen kommen. Ich muß gestehen, ich erschrak sogar im Augenblick. Ich wollte gerade ausrufen, daß aber das Wollen doch weiß der Teufel wovon abhängt, und daß wir dafür meinetwegen noch Gott danken können, aber da fiel mir auf einmal die Wissenschaft ein und ... ich stockte. Und dann fielen Sie mir schon ins Wort. Ja, in der Tat, angenommen, daß man wirklich irgend einmal die Formel für alle unsere Wünsche und Launen findet, ich meine, wovon sie abhängig sind, nach welchen Gesetzen sie eigentlich entstehen, wie sie sich durchsetzen, wohin sie in diesem oder jenem Falle tendieren und so weiter, kurz, eine richtige mathematische Formel dafür, — so wird der Mensch dann doch womöglich aufhören zu wollen, ja, er wird sogar bestimmt aufhören, überhaupt noch weiter zu wollen. Was ist denn das noch für ein Vergnügen, nach der Tabelle zu wollen? Und abgesehen davon: er würde sich dann doch sofort aus einem Menschen in ein Drehorgelstiftchen oder etwas dem ähnliches verwandeln; denn was wäre der Mensch ohne Wünsche, ohne Willen und ohne Wollen von Fall zu Fall anderes als ein Stiftchen an einer Drehorgelwalze? Was meinen Sie dazu? Untersuchen wir die Möglichkeiten, — wäre das denkbar oder nicht?

»Hm!« meinen Sie hierauf, Ihr Urteil überlegend, »infolge der fehlerhaften Auffassung unserer Vorteile ist auch unser Wollen größtenteils fehlerhaft. Deshalb wollen wir auch zuweilen reinen Unsinn, weil wir infolge unserer Dummheit in diesem Unsinn den leichtesten Weg zur Erlangung irgendeines vermeintlichen Vorteils sehen. Nun, wenn aber alles erklärt, schwarz auf weiß ausgerechnet sein wird (was sogar sehr möglich ist, denn es wäre abscheulich und sinnlos, im voraus zu glauben, daß der Mensch gewisse Naturgesetze niemals erfahren werde), so wird es dann dieses sogenannte Wollen selbstverständlich nicht mehr geben. Denn wenn das Wollen später einmal mit der Vernunft vollkommen übereinstimmen wird, dann werden wir eben nur noch vernunftgemäß denken, nicht aber wollen, und das einfach aus dem Grunde, weil man doch zum Beispiel bei voller Vernunft nicht Blödsinn *wollen* und somit bewußt gegen seine Vernunft handeln und sich Nachteiliges wünschen kann ... Da man aber alle Wünsche und Erwägungen tatsächlich einmal berechnet haben wird, denn irgendeinmal wird man doch die Gesetze unseres sogenannten freien Willens entdecken, so wird es folglich einmal doch und im Ernst zu so einer Art Tabelle kommen, worauf wir dann auch wirklich nach dieser Tabelle wollen werden. Denn wenn man mir vorrechnet und beweist, daß ich, wenn ich irgend jemandem die Faust gezeigt, dieses ausschließlich getan habe, weil ich sie unbedingt gerade so, mit genau dieser Grimasse habe zeigen müssen, dann möchte ich bloß wissen, was danach noch *Freies* in mir übrig bleibt, besonders wenn ich Gelehrter bin und irgendwo einen wissenschaftlichen Kursus beendet habe? Dann kann ich ja mein Leben auf ganze dreißig Jahre vorausberechnen. Mit einem Wort, wenn es einmal dazu kommt, so wird doch nichts mehr zu machen sein; man wird es einfach so hinnehmen müssen. Ja, und überhaupt müssen wir uns unermüdlich immer wieder sagen, daß die Natur uns dann und dann, sagen wir in dem Augenblick, da wir die Faust unter diesen oder jenen Umständen zeigen, nicht erst nach unserem Willen fragt; wir müssen die Natur so nehmen, wie sie ist, nicht aber so, wie wir sie uns in der Phantasie vorstellen, und wenn wir wirklich der Tabelle und dem Kalender, nun und ... meinetwegen auch der Retorte zustreben, so — was ist denn dagegen zu machen? — so wird man auch die Retorte hinnehmen müssen! Andernfalls wird sie eben ohne uns hingenommen ...«

Wunderbar, aber gerade hier liegt nun meiner Meinung nach der Haken! Meine Herrschaften, verzeihen Sie, daß ich mich von der Philosophie habe fortreißen lassen; in ihr liegen vierzig Jahre Leben im Untergrund! Also erlauben Sie mir schon, ein wenig zu phantasieren. Sehen Sie mal: die Vernunft, meine Herrschaften, ist eine gute Sache, das wird niemand bestreiten, aber die Vernunft ist und bleibt nur Vernunft und genügt nur dem Vernunftteil des Menschen; das Wollen dagegen ist die Offenbarung des ganzen Lebens, das heißt des gesamten menschlichen Lebens, auch einschließlich der Vernunft, und mit allen seinen Heimsuchungen. Und wenn sich auch unser Leben in dieser Offenbarung oftmals als ein lumpiges Ding erweist, so ist es doch immerhin Leben und nicht nur ein Ausziehen von Quadratwurzeln. Denn ich zum Beispiel will doch selbstverständlich leben, um meine ganze Lebenskraft zu befriedigen, nicht aber, um bloß meiner Vernunft Genüge zu tun, also irgendeinem zwanzigsten Teil meiner ganzen Lebenskraft. Was weiß denn die Vernunft? Die Vernunft weiß nur das, was sie bereits erfahren hat (anderes wird sie wohl nie wissen: das ist zwar kein Trost, doch warum soll man es denn nicht aussprechen?), die menschliche Natur jedoch handelt stets als Ganzes, mit allem, was in ihr ist, bewußt und unbewußt, und wenn sie auch flunkert, so lebt sie doch. Ich argwöhne, meine Herrschaften, daß Sie mich jetzt gewissermaßen mit Erbarmen betrachten; Sie wiederholen mir, daß es für einen gebildeten und entwickelten Menschen, kurz, für einen Menschen, wie wir ihn im zukünftigen Typ haben werden, unmöglich sein werde, wissentlich etwas für sich Unvorteilhaftes zu wünschen, das sei doch mathematisch klar. Ich bin vollkommen einverstanden mit Ihnen, meine Herrschaften, ich gebe zu, daß das tatsächlich mathematisch klar ist. Trotzdem aber sage ich Ihnen zum hundertsten Mal: es gibt solch einen Fall, nur einen einzigen, in dem sich der Mensch wissentlich, absichtlich sogar Schädliches, Dummes, ja sogar Allerdümmstes wünschen kann, und zwar: um das *Recht zu haben,* sich sogar das Dümmste zu wünschen, und nicht durch die Pflicht, sich einzig und allein Kluges wünschen zu müssen, gebunden zu sein. Gerade dieses „Allerdümmste", diese seine Laune

460

kann ja doch, meine Herrschaften, für unsereinen in der Tat das Vorteilhafteste von allem sein, was es auf der Welt gibt, und das besonders noch in gewissen Fällen. Und mitunter kann es sogar vorteilhafter als alle Vorteile selbst in solch einem Fall sein, wenn es uns augenscheinlich Schaden bringt und unseren allergesündesten Vernunftschlüssen über die Vorteile widerspricht, denn es erhält uns jedenfalls das Hauptsächlichste und Teuerste: unsere Individualität. Behaupten doch schon einige, daß diese für den Menschen wirklich das Teuerste sei. Das Wollen kann sich natürlich, wenn es will, auch mit der Vernunft vereinigen, besonders wenn man diese nicht mißbraucht, sondern sich ihrer gemäßigt bedient; das ist dann auch ganz nützlich und zuweilen sogar lobenswert. Nun ist aber das Wollen sehr häufig, ja, sogar größtenteils vollkommen und eigensinnig anderer Meinung als die Vernunft, und ... und ... und wissen Sie auch, daß selbst das nützlich und zuweilen sogar sehr lobenswert ist? Meine Herrschaften, nehmen wir an, daß der Mensch nicht dumm ist. (Das kann man ja auch wirklich nicht von ihm sagen, denn sonst erhebt sich doch sofort die Frage, wer dann eigentlich klug sein soll?) Aber wenn er auch nicht dumm ist, so ist er doch – ungeheuer undankbar! Ich glaube sogar, daß die beste Bezeichnung des Menschen *die* wäre: ein Wesen, das auf zwei Beinen steht und undankbar ist. Doch das ist noch nicht alles; das ist noch nicht sein Hauptfehler; sein Hauptfehler ist – seine beständige, konsequente Unsittsamkeit, von der Sintflut an bis zur Schleswig-Holsteinischen Periode der Menschheitsgeschicke. Ja, seine Unsittsamkeit, folglich aber auch seine Unvernunft; denn es ist doch schon längst bekannt, daß Unvernunft aus nichts anderem hervorgeht als aus Unsittsamkeit. Versuchen Sie es doch, werfen Sie einen Blick auf die Geschichte der Menschheit: nun, was? Großartig – wie? Meinetwegen auch großartig; allein schon der Koloß von Rhodos, was der wert ist! Nicht umsonst sagten die einen von ihm, er sei ein Werk von Menschenhand, die anderen aber, er sei von der

Natur selbst hervorgebracht. — Oder finden Sie sie bunt? Nun, meinetwegen auch bunt: wollte man bloß die Paradeuniformen der Militärs und Staatsbeamten nach den Jahrhunderten und den Nationen sortieren — welch eine Heidenarbeit wäre schon das allein, und mit den Mänteln noch dazu, wäre es vollends zum Beinebrechen. Kein Historiker käme damit zu Rande. — Oder einförmig? Nun, meinetwegen auch einförmig: sie raufen sich, und raufen sich, und haben sich schon früher gerauft und werden sich auch hinfort noch raufen, — Sie müssen doch zugeben, daß das schon gar zu einförmig ist. Mit einem Wort, man kann alles über die Weltgeschichte sagen, alles, was der hirnverbranntesten Einbildungskraft nur einfällt. Nur eines kann man nicht sagen, nämlich: daß sie vernünftig sei. Sie würden beim ersten Wort stecken bleiben und das Hüsteln kriegen. Und dabei stößt man noch immer wieder auf folgenden Schabernack: fortwährend erscheinen im Leben solche sittsamen und vernünftigen Leute, Weise und Menschenfreunde, die es sich zum Ziel setzen, ihr Leben lang sich möglichst sittsam und vernünftig zu benehmen, gleichsam um mit ihrer Person den lieben Nächsten eine Leuchte zu sein, und zwar eigentlich nur, um ihnen zu beweisen, daß man in der Welt tatsächlich sowohl sittsam als auch vernünftig leben kann. Und? Bekanntlich sind sich nun viele dieser Menschenfreunde früher oder später oder vielleicht auch erst an ihrem späten Lebensabend nicht treu geblieben und haben irgend so ein gewisses Geschichtchen inszeniert, zuweilen sogar eines, das zu den allerunanständigsten gehört. Jetzt frage ich Sie: was kann man nun von einem Menschen, als einem Wesen, das mit solchen sonderbaren Eigenschaften bedacht ist, erwarten? Überschütten Sie ihn mit allen Erdengütern, versenken Sie ihn in Glück bis über die Ohren, bis über den Kopf, so daß an die Oberfläche des Glücks wie zum Wasserspiegel nur noch Bläschen aufsteigen, geben Sie ihm ein pekuniäres Auskommen, daß ihm nichts anderes zu tun übrig bleibt, als zu schlafen, Lebkuchen zu vertilgen und für den Fortbestand der Menschheit zu sorgen, — so wird er doch, dieser selbe Mensch, Ihnen auf der Stelle aus purer Undankbarkeit, einzig aus Schmähsucht einen Streich spielen. Er wird sogar die Lebkuchen aufs Spiel setzen und sich vielleicht den verderblichsten Unsinn wünschen, den allerunökonomischsten Blödsinn, einzig um in diese ganze positive Vernünftigkeit sein eigenes unheilbringendes phantastisches Element beizumischen. Gerade seine phantastischen Einfälle, seine banale Dummheit wird er behalten wollen, und zwar ausschließlich zu dem Zweck, um sich selbst zu bestätigen (ganz als ob das, Gott weiß wie, nötig wäre), daß die Menschen immer noch Menschen sind, und nicht Klaviertasten, auf denen meinetwegen die Naturgesetze eigenhändig spielen mögen, dafür aber auch drohen, sich dermaßen einzuspielen, daß man abseits vom Kalender überhaupt nichts mehr wird wollen dürfen. Und nicht genug damit: selbst wenn er sich wirklich nur als Klaviertaste erwiese und selbst wenn man ihm das sogar naturwissenschaftlich und mathematisch bewiese, selbst dann würde er nicht Vernunft annehmen, und zum Trotz noch absichtlich Unheil anstiften, natürlich nur aus purer Undankbarkeit; oder eigentlich nur, um auf dem Seinen zu bestehen. Falls er aber bei sich keine Mittel, keine Möglichkeiten dazu haben sollte, so würde er sich Zerstörung und Chaos ausdenken, würde sich womöglich selbst Qualen ausdenken, aber doch auf dem Seinen eigensinnig bestehen! Seinen Fluch würde er über die Welt aussprechen, und da doch nur der Mensch allein verfluchen kann (das ist nun einmal sein Privileg, eines, das ihn vorzugsweise von den anderen Tieren unterscheidet), so wird er doch mit diesem Fluch allein schon erreichen, was er will, das heißt, er wird sich tatsächlich überzeugen, daß er ein Mensch und keine Klaviertaste ist! Wenn Sie sagen, man werde auch dieses alles nach der Tabelle ausrechnen können, Chaos, Finsternis und Fluch, so daß schon die bloße Möglichkeit der vorherigen Berechnung alles zum Stocken brächte und die Vernunft dann doch Sieger bliebe, — so wird der Mensch in dem Fall womöglich mit Absicht verrückt werden, um keine Vernunft mehr zu haben und somit doch auf dem Seinen bestehen zu können! Daran glaube ich fest, dafür bürge ich, denn genau genommen besteht doch das ganze menschliche Tun, wie's scheint, tatsächlich bloß darin, daß der Mensch sich fortwährend selbst beweisen möchte, daß er ein Mensch ist und kein Stiftchen! Und wenn er es auch selbst ausbaden mußte, aber er bewies es doch, gleichviel mit welchen Schmerzen; wenn auch mit Troglodytentum, aber er bewies es. Wie soll man nun nicht aufbegehren und nicht dankbar sein, daß die Tabelle noch nicht eingeführt ist und das Wollen vorläufig immer noch, der Teufel weiß wovon, abhängt?

Sie schreien mir zu (wenn Sie mich überhaupt noch einer Antwort würdigen), daß mir deshalb doch noch niemand den Willen entziehe; daß man ja hierbei nur eines im Auge habe, nämlich: es irgendwie so zu machen, daß mein Wille ganz von selbst, also freiwillig mit meinen normalen Interessen zusammenfalle, mit den Gesetzen der Natur und mit der Arithmetik.

Ach, meine Herrschaften, was kann es denn da noch für einen eigenen Willen geben, wenn die Sache schon bis zur Tabelle und bis zur Arithmetik kommt, wenn nur noch Zweimal-zwei-gleich-vier im Gange ist? Zweimal-zwei wird ja auch ohne meinen Willen vier sein. Sieht denn eigener Wille etwa so aus!

IX

Meine Herrschaften, ich scherze natürlich nur, und ich weiß es ja selbst, daß ich witzlos scherze, aber man kann doch wirklich nicht alles für Scherz erklären. Vielleicht scherze ich zähneknirschend. Meine Herrschaften, mich quälen viele Fragen. Beantworten Sie sie mir. Sie wollen zum Beispiel den Menschen von seinen alten Angewohnheiten abbringen und seinen Willen den Erkenntnissen der Wissenschaft und der gesunden Vernunft gemäß verbessern. Woher aber wissen Sie denn, ob es nicht nur möglich, sondern ob es überhaupt *nötig* ist, den Menschen so zu verändern? Woraus schließen Sie, daß das menschliche Wollen der Verbesserung so notwendig *bedarf?* Mit einem Wort: woraus schließen Sie, daß eine solche Verbesserung für den Menschen wirklich vorteilhaft wäre? Und – da ich Sie schon einmal frage – warum sind Sie so *sicher* überzeugt, daß den wahren, normalen Vorteilen, die durch die Schlüsse der gesunden Vernunft und die Arithmetik garantiert werden, *nicht* zuwiderhandeln, für den Menschen immer wirklich vorteilhaft und für die ganze Menschheit durchaus Gesetz sei? Das ist doch vorläufig nur Ihre Annahme. Nun schön, nehmen wir an, daß es das Gesetz der Logik ist, aber nur deswegen allein braucht es doch vielleicht noch längst nicht das Gesetz der Menschheit zu sein. Sie glauben vielleicht, meine Herrschaften, ich sei verrückt? Erlauben Sie, daß ich mich rechtfertige. Also gut: der Mensch ist ein vornehmlich schöpferisches Tier, das verurteilt ist, bewußt zu einem Ziel zu streben, und sich mit der Ingenieurkunst zu befassen, das heißt sich ewig und ununterbrochen einen Weg zu bahnen, wenn auch *einerlei wohin*. Nun aber will er sich vielleicht gerade deswegen zuweilen aus dem Staube machen oder sich seitwärts in die Büsche schlagen, weil er dazu *verurteilt* ist, sich diesen Weg zu bahnen, und meinetwegen auch noch aus dem anderen Grunde, weil ihm, wie dumm der unmittelbare und tätige Mensch im allgemeinen auch sein mag, zuweilen doch der Gedanke kommt, daß dieser Weg, wie es sich erweist, fast immer *einerlei wohin* führt, und daß die Hauptsache durchaus nicht ist, *wohin* er führt, sondern, daß er überhaupt nur führt, auf daß sich das artige Kind nicht, die Ingenieurarbeit verschmähend, dem verderblichen Müßiggang ergebe, der, wie allgemein bekannt, der Vater aller Laster ist. Der Mensch liebt es, sich als Schöpfer zu erweisen und Wege zu bahnen, das ist unbestreitbar. Warum aber liebt er bis zur Leidenschaft ebenso Zerstörung und Chaos?

Bitte, beantworten Sie mir doch diese Frage! Aber darüber möchte ich selbst ein paar Worte sagen, so ganz für sich. Liebt er Zerstörung und Chaos vielleicht deswegen so sehr (denn es ist doch klar, daß er sie zuweilen ganz ungewöhnlich liebt, das ist schon so), weil er sich instinktiv fürchtet, das Ziel zu erreichen und das zu erbauende Gebäude zu vollenden? Was können Sie wissen, vielleicht liebt er dieses Gebäude nur aus der Entfernung, nicht aber in der Nähe? Vielleicht liebt er nur, es zu erschaffen, nicht aber in ihm zu leben, weshalb er es nachher aux animaux domestiques überläßt, als da sind: Ameisen, Schafe und so weiter. Sehen Sie, die Ameisen zum Beispiel, die haben einen ganz anderen Geschmack. Die haben ein bewundernswertes Gebäude von eben dieser Art, das unverwüstlich in ewig gleicher Form weiterbesteht, — den Ameisenhaufen.

Mit dem Ameisenhaufen haben die ehrenwerten Ameisen angefangen, mit dem Ameisenhaufen werden sie bestimmt auch enden, was ihrer Beständigkeit und ihrem Wirklichkeitssinn fraglos Ehre macht. Der Mensch aber ist ein leichtsinniges und garstiges Geschöpf und liebt vielleicht gleich dem Schachspieler nur den Prozeß des Strebens zum Ziel, nicht aber das Ziel an und für sich. Und wer weiß (man kann sich doch nicht dafür verbürgen), vielleicht liegt auch das ganze Erdenziel, zu dem die Menschheit strebt, nur in dieser ununterbrochenen Fortdauer des Strebens zum Ziel, mit anderen Worten: im Leben selbst, nicht aber im eigentlichen Ziel, das natürlich nichts anderes sein kann als Zweimalzwei-ist-vier, also die Formel. Zweimal-zwei-ist-vier ist aber schon nicht mehr Leben, meine Herrschaften, sondern der Anfang des Todes. Wenigstens hat der Mensch dieses Zweimal-zwei-ist-vier immer gewissermaßen gefürchtet, ich aber fürchte es auch jetzt noch. Nehmen wir an, daß der Mensch nichts anderes tut als dieses Zweimal-zwei-ist-vier suchen, in diesem Suchen Ozeane überschwimmt, das Leben opfert, jedoch es zu finden, es wirklich zu finden, sich, bei Gott, gewissermaßen fürchtet. Er fühlt doch, daß ihm, wenn er es gefunden hat, nichts mehr zu suchen übrig bleiben wird. Wenn Arbeiter eine Arbeit beendet haben, so erhalten sie doch wenigstens Geld, für das sie in die Schenke gehen und sich betrinken können, um danach auf die Polizeiwache zu geraten,—und damit wäre dann eine Woche ausgefüllt. Wohin aber soll der Mensch gehen? Wenigstens kann man an ihm, wenn er irgendwo ein Ziel erreicht hat, immer eine gewisse Verlegenheit wahrnehmen. Das Streben nach der Erreichung des Zieles liebt er, das Erreichen selbst aber — nicht mehr so ganz; und das ist natürlich furchtbar komisch. Mit einem Wort: der Mensch ist komisch geschaffen; in allem zusammengenommen ist augenscheinlich ein Witz enthalten. Doch das Zweimal-zwei-ist-vier — bleibt immerhin eine verteufelt unerträgliche Sache. Zweimal-zwei-ist-vier — das ist meiner Meinung nach nichts als eine Frechheit! Zweimalzwei-ist-vier steht wie ein unverschämter Bengel, die Hände in die Seiten gestemmt, mitten auf unserem Wege und spuckt bloß nach rechts und links. Ich gebe ja widerspruchslos zu, daß dieses Zweimal-zwei-ist-vier eine ganz vortreffliche Sache ist; aber wenn man schon einmal alles loben soll, dann ist auch Zweimal-zwei-ist-*fünf* mitunter ein allerliebstes Sächelchen.

Und warum sind Sie so fest, so feierlich überzeugt, daß ausschließlich das Normale und Praktische, mit einem Wort, daß nur das Wohlergehen für den Menschen vorteilhaft sei? Sollte sich die Vernunft nicht vielleicht doch täuschen in dem, was sie Vorteile nennt? Denn es wäre doch möglich, daß der Mensch nicht nur das Wohlergehen liebt! Vielleicht liebt er ganz ebenso sehr das Leiden? Vielleicht bringt ihm das Leid ebensoviel Gewinn wie das Wohlergehen? Und der Mensch liebt zuweilen wirklich das Leiden, bis zur Leidenschaft kann er es lieben, und das ist Tatsache. Hierfür braucht man nicht erst in der Weltgeschichte nachzuschlagen; man frage sich selbst, wenn man nur ein Mensch ist und zum mindesten ein wenig gelebt hat. Was meine persönliche Meinung anbetrifft, so ist nichts als Wohlergehen lieben sogar gewissermaßen unanständig. Ob's gut oder schlecht ist,

467

— aber irgend etwas zerbrechen ist doch manchmal gleichfalls
sehr angenehm. Ich trete ja hier eigentlich nicht gerade für
das Leiden ein, aber natürlich auch nicht für das Wohlergehen. Ich trete für . . . die eigene Kaprice ein und dafür,
daß sie mir freisteht, wenn ich ihrer bedarf. Das Leiden
wird zum Beispiel in Vaudevilles nicht zugelassen, das weiß
ich. Im Kristallpalast ist es ja auch undenkbar: Leiden ist
Zweifel, ist Verneinung, was aber wäre denn das für ein
Kristallpalast, wo man noch zweifeln könnte? Indessen bin
ich überzeugt, daß der Mensch auf das wirkliche Leiden, das
heißt auf Zerstörung und Chaos niemals verzichten wird.
Das Leiden — ja, das ist doch die einzige Ursache der Erkenntnis. Wenn ich auch zu Anfang behauptet habe, daß die
Erkenntnis meiner Meinung nach für den Menschen das
größte Unglück ist, so weiß ich doch, daß der Mensch sie
liebt und gegen keine Befriedigungen eintauschen würde.
Die Erkenntnis steht zum Beispiel unendlich höher als Zweimalzwei. Nach den Zweimalzweien, versteht sich, bleibt ja
nicht nur nichts mehr zu tun, sondern auch nichts mehr zu erkennen übrig. Alles, was dann noch möglich sein wird, ist —
seine fünf Sinne zu verstopfen und sich in Betrachtung zu
versenken. Nun, und wenn er dabei auch zum selben Ergebnis kommt: daß da nichts zu machen ist, so wird man wenigstens sich selbst mitunter auspeitschen können, das aber er-
muntert doch immerhin. Wenn's auch rückständig ist, so ist
es doch immer noch besser als nichts tun.

X

Sie glauben an einen ewig unzerstörbaren Kristallpalast,
also an etwas, dem man heimlich weder die Zunge noch
hinterrücks die Faust wird zeigen können. Nun, ich aber
fürchte diesen Palast vielleicht gerade deshalb, weil er aus
Kristall und ewig unzerstörbar ist, und weil man ihm nicht
einmal heimlich wird die Zunge zeigen können.

Denn sehen Sie mal: wenn an der Stelle des Palastes ein Hühnerstall wäre und es regnete, so würde ich vielleicht auch in den Hühnerstall kriechen, um nicht naß zu werden, doch würde ich deshalb nicht aus bloßer Dankbarkeit den Hühnerstall für einen Palast halten, einzig weil er mich vor dem Regen beschützt hat. Sie lachen, Sie sagen sogar, in diesem Fall wären ein Hühnerstall und ein großes Wohnhaus — ein und dasselbe. Gewiß, antworte ich, wenn man nur zu dem Zweck lebte, um nicht naß zu werden.

Was soll ich aber tun, wenn ich es mir nun einmal in den Kopf gesetzt habe, daß man nicht nur zu diesem Zweck lebt, und daß man, wenn man schon einmal lebt, dann auch in Wohnhäusern leben sollte. Das ist mein Trieb, das sind meine Wünsche, und die werden Sie nur dann aus mir herausreißen können, wenn es Ihnen zuvor gelingt, meine Wünsche zu ändern. Nun gut, ändern Sie mich, verführen Sie mich zu etwas anderem, geben Sie mir ein anderes Ideal. Vorher aber werde ich einen Hühnerstall nicht für einen Palast halten. Mag es sogar so sein, daß der Kristallpalast nur eine Aufschneiderei und von den Naturgesetzen überhaupt nicht vorgesehen ist, und daß ich ihn mir nur infolge meiner eigenen Dummheit ausgedacht habe, infolge einiger altmodischen irrationalen Angewohnheiten unserer Generation. Was geht es aber mich an, daß er nicht vorgesehen ist. Bleibt sich das denn nicht ganz gleich, wenn er nur in meinen Wünschen vorhanden ist, oder, besser gesagt, so lange vorhanden ist, wie meine Wünsche vorhanden sind? Vielleicht belieben Sie wieder, über mich zu lachen? Bitte! Ich nehme Ihren ganzen Spott gerne hin, werde aber trotzdem nicht sagen, daß ich satt sei, wenn ich hungrig bin; ich weiß immerhin, daß ich mich mit einem Kompromiß nicht zufrieden geben werde, mit einer unendlichen periodischen Null, bloß weil sie nach den Naturgesetzen vorhanden und zwar *wirklich* vorhanden ist. Ich werde niemals sagen, die Krone meiner Wünsche sei — eine Mietskaserne mit Wohnungen für arme Mieter mit tausendjährigem Kontrakt, und für alle Fälle mit dem Aushängeschild irgendeines Zahnarztes Wagenheim. Vernichten Sie meine Wünsche, löschen Sie die Bilder meiner Ideale aus, zeigen Sie mir irgend etwas Besseres, und ich werde Ihnen folgen. Sie wollen mir vielleicht sagen, es lohne sich nicht, unsere Bekanntschaft fortzusetzen? Aber in dem Fall könnte doch auch ich Ihnen von mir aus dasselbe sagen. Wir reden doch im Ernst miteinander. Und wenn Sie mich Ihrer Aufmerksamkeit nicht mehr würdigen wollen, so kann ich nur sagen, daß ich Sie auf der Straße ja sowieso nicht grüßen werde. Ich habe meinen Untergrund.

Vorläufig aber lebe und wünsche ich noch, – und daß mir meine Hand verdorre, wenn ich auch nur einen einzigen Ziegelstein zum Bau einer solchen Mietskaserne beitrüge! Beachten Sie es nicht, daß ich vorhin den Kristallpalast, wie ich vorgab, einzig aus dem Grunde ablehnte, weil man ihm nicht die Zunge wird zeigen können. Ich habe das keineswegs gesagt, weil ich es etwa so liebe, meine Zunge herauszustecken. Ich ... vielleicht hat es mich nur geärgert, daß es unter allen Ihren Gebäuden bis jetzt noch kein einziges gibt, dem man nicht die Zunge zeigen möchte. Im Gegenteil, ich wäre sogar gern bereit, mir aus lauter Dankbarkeit die Zunge ganz abschneiden zu lassen, wenn man mir dafür garantiert, daß ich dann niemals mehr wollen werde, sie noch herauszustecken. Was kann ich dafür, daß mir dieses niemand garantiert, und daß man sich mit Mietswohnungen begnügen muß. Warum bin ich denn mit solchen Wünschen geschaffen? Sollte ich denn wirklich nur zu dem Zweck geschaffen sein, damit ich zur Überzeugung komme, daß meine ganze Veranlagung nichts als Schwindel ist? Sollte wirklich der ganze Zweck meines Daseins nur darin liegen? Glaub's nicht.

Doch, übrigens, wissen Sie was: ich bin überzeugt, daß man unsereinen, ich meine: solch einen Untergrundmenschen, im Zaum halten muß. Er ist wohl fähig, vierzig Jahre lang stumm in seinem Unterraum zu sitzen, dafür aber geht er, wenn er dann einmal ans Tageslicht kommt, auch sofort durch: dann redet er, redet er, redet er ...

XI

Das Resultat, meine Herrschaften: am besten ist — überhaupt nichts tun! Lieber kontemplative Trägheit! Inertia! Nichts als Beharrungsvermögen. Und darum — es lebe der Untergrund! Ich habe zwar gesagt, daß ich den normalen Menschen bis zur Gelbsucht beneide, doch unter jenen Bedingungen, unter denen ich ihn leben sehe, möchte ich nicht mit ihm tauschen (obgleich ich trotzdem nicht aufhören werde, ihn zu beneiden. Nein, nein, der Untergrund ist in jedem Fall vorteilhafter!). Dort kann man wenigstens . . . Ach! Ich lüge ja schon wieder! Ich lüge, weil ich ja selbst weiß, so genau wie Zweimal-zwei weiß, daß der Untergrund keineswegs besser ist, sondern etwas anderes, ganz Anderes, wonach ich lechze, und das ich dennoch auf keine Weise finden kann! Der Teufel hole den Untergrund!

Und wissen Sie, was hier sogar schon besser wäre: das wäre — wenn ich selbst auch nur irgend etwas von dem glauben könnte, was ich soeben geschrieben habe. Ich schwöre Ihnen doch, meine Herrschaften, daß ich keinem einzigen, aber auch wirklich keinem einzigen Wort von all dem hier Geschriebenen glaube! Das heißt, ich glaube ja meinetwegen so teils, teils, aber schon im selben Augenblick fühle und argwöhne ich, weiß wirklich nicht warum, daß ich wie ein Schuster lüge.

»Ja, wozu haben Sie dann das alles geschrieben?« fragen Sie mich.

»Warten Sie mal, ich werde Sie auf vierzig Jahre ohne jede Beschäftigung einsperren, und dann nach vierzig Jahren zu Ihnen kommen, um mich zu erkundigen, wie weit Sie es gebracht haben. Kann man denn einen Menschen vierzig Jahre lang müßig allein lassen?«

»Und das soll nicht eine Schande und nicht erniedrigend sein!« werden Sie mir vielleicht mit Verachtung vorhalten und dazu mißbilligend die Köpfe schütteln. »Sie lechzen nach dem Leben und beantworten dabei die Lebensfragen mit

471

logischem Wirrwarr. Und wie zudringlich, wie frech Ihre
Ausfälle sind, und wie Sie sich gleichzeitig doch fürchten!
Sie reden Unsinn und finden Gefallen an ihm; Sie sagen
Frechheiten, deretwegen Sie sich dauernd fürchten, und für
die Sie fortwährend um Entschuldigung bitten. Sie versichern
zwar, Sie fürchteten nichts, und bemühen sich gleichzeitig
doch, unsere gute Meinung zu erschmeicheln. Sie versichern,
Sie knirschten mit den Zähnen, und zu gleicher Zeit reißen
Sie Witzchen, um uns zu erheitern. Sie wissen, daß Ihre
Witze nicht geistreich sind, und trotzdem sind Sie mit ihrem
literarischen Wert augenscheinlich sehr zufrieden. Es ist mög-
lich, daß Sie wirklich gelitten haben, aber Sie haben für
Ihr Leid nicht die geringste Achtung. In Ihnen steckt allerdings auch Wahrheit, doch was Ihnen gänzlich fehlt, ist
Schamgefühl; aus kleinlichster Ruhmsucht tragen Sie Ihre
Wahrheit zur Schau, zu Schimpf und Schande auf den
Markt ... Sie wollen, wie's scheint, tatsächlich etwas sagen,
doch aus Furcht halten Sie Ihr letztes Wort zurück, denn
Sie haben nicht die Entschlossenheit, es auszusprechen, sondern nur feige Unverschämtheit. Sie tun groß mit Ihrer Erkenntnis, doch im Grunde schwanken Sie nur hin und her,
denn wenn Ihr Verstand auch arbeitet, so ist doch Ihr Herz
von Verderbnis getrübt. Ohne ein reines Herz aber wird man
niemals zu voller, rechter Erkenntnis gelangen. Und wie
zudringlich Sie sind, wie lästig, und wie Sie sich verstellen!
Alles Lüge, Lüge und Lüge!«

Selbstverständlich habe ich diese Worte mir selbst ausgedacht. Die stammen gleichfalls aus dem Untergrund. Dort
habe ich vierzig Jahre lang auf diese Ihre Worte durch eine
kleine Spalte gelauscht. Ich habe sie mir selbst ausgedacht ...
das ist ja doch alles, was bei meinem Denken herausgekommen ist. Kein Wunder, daß ich sie schon auswendig hersagen
kann, und daß sie literarische Form angenommen haben ...

Sollte es möglich sein, wäre es wirklich möglich, daß Sie
tatsächlich so leichtgläubig sind und faktisch glauben, ich
würde alles, was ich geschrieben habe, drucken lassen und es

Ihnen noch zu lesen geben? Und dann ist mir noch eines rätselhaft: warum nenne ich Sie »meine Herrschaften«, warum wende ich mich an Sie, ganz als ob ich mich wirklich an Leser wendete? Geständnisse, wie *ich* sie zu machen beabsichtige, läßt man nicht drucken und gibt man nicht anderen zu lesen. Wenigstens habe ich nicht so viel Festigkeit in mir, um so etwas zu tun, und ich halte es auch für überflüssig, sie zu haben. Aber, sehen Sie, mir ist ein phantastischer Einfall in den Kopf gekommen, und nun will ich ihn unbedingt aussprechen. Es handelt sich um folgendes:

In den Erinnerungen eines jeden Menschen gibt es Dinge, die er nicht allen mitteilt, sondern höchstens seinen Freunden. Aber es gibt auch Dinge, die er nicht einmal den Freunden aufdeckt, sondern nur sich selbst, und auch das nur unter dem Siegel der Verschwiegenheit. Schließlich aber gibt es auch noch Dinge, die der Mensch sogar sich selber zu sagen fürchtet, und solcher Dinge sammelt sich bei jedem anständigen Menschen eine ganz beträchtliche Menge an. Und zwar läßt sich noch folgendes sagen: je mehr er ein anständiger Mensch ist, desto mehr wird es solcher Dinge bei ihm geben. Wenigstens habe ich mich erst vor ganz kurzer Zeit entschlossen, mich einiger meiner früheren Erlebnisse zu erinnern, bisher aber habe ich sie immer umgangen, und das noch dazu immer mit einer gewissen Unruhe. Jetzt jedoch, da ich nicht nur an sie denke, sondern mich sogar entschlossen habe, sie niederzuschreiben, jetzt will ich gerade erproben: kann man denn wenigstens sich selbst gegenüber ganz und gar aufrichtig sein, ohne die ganze Wahrheit zu fürchten? Bei der Gelegenheit: Heine behauptet, vollkommen wahrheitsgetreue Autobiographien seien fast unmöglich, und der Mensch werde bestimmt immer vieles, was er über sich aussagt, beschönigen. Seiner Meinung nach hat zum Beispiel Rousseau in seinen Bekenntnissen bestimmt über sich selbst gelogen, und sogar bewußt gelogen, aus Ruhmsucht. Ich bin überzeugt, daß Heine recht hat: ich verstehe sehr gut, wie man sich zuweilen einzig aus Eitelkeit ganze

Verbrechen aufschwätzen kann, und ich begreife auch vollkommen, welcher Art diese Eitelkeit ist. Doch Heine urteilte über einen Menschen, der vor einem Publikum beichtete. Ich jedoch schreibe nur für mich und erkläre hiermit ein für alle Mal, daß ich, wenn ich auch so schreibe, als wendete ich mich an meine Leser, das nur zum Schein tue, weil es mir so leichter fällt, zu schreiben. Es ist also nur eine gewisse Form von mir, eine ganz bedeutungslose Redeweise: Leser werde ich niemals haben. Übrigens habe ich das schon einmal gesagt ...

Ich will mich bei der Niederschrift meiner Aufzeichnungen durch nichts beeinflussen lassen. Ein besonderes System werde ich nicht anwenden. Werde schreiben, was mir gerade einfällt.

Nun, sehen Sie, da könnten Sie mich jetzt mit vollem Recht fragen: »Warum treffen Sie denn, wenn Sie wirklich nicht auf Leser rechnen, mit sich selbst und dazu noch schriftlich solche Verabredungen, wie zum Beispiel, daß Sie kein System anwenden werden, daß Sie alles so niederschreiben wollen, wie es Ihnen einfällt usw.? Wozu erklären Sie so viel? Warum entschuldigen Sie sich?«

»Ja, was soll man machen, das geschieht nun einmal so«, antworte ich.

Dahinter liegt übrigens eine ganze Psychologie. Es kann aber auch sein, daß ich einfach nur ein Feigling bin. Aber es kann auch sein, daß ich mir absichtlich ein Publikum ausdenke, um mich während des Schreibens anständiger zu benehmen. Gründe kann es doch an die tausend geben.

Aber noch eines: warum eigentlich, zu welch einem Zweck will ich denn schreiben? Wenn es nicht für ein Publikum geschieht, so könnte man sich alles dessen doch auch so, einfach in Gedanken, erinnern, ohne es zu Papier zu bringen?

Stimmt. Aber auf dem Papier nimmt es sich doch gewissermaßen feierlicher aus. Geschrieben liegt etwas Eindringlicheres darin, es wird mehr wie Gericht über sich selbst sein, und mein Stil wird sich entwickeln. Außerdem: viel-

leicht wird mir das Aufschreiben wirklich Erleichterung bringen. Gegenwärtig bedrückt mich zum Beispiel ganz besonders
eine Erinnerung aus längst vergangener Zeit. Vor einigen
Tagen fiel mir diese Geschichte plötzlich ein, und seit der
Zeit kann ich sie nicht mehr loswerden, ganz wie ein lästiges
musikalisches Motiv, das einem zuweilen nicht aus den
Ohren will. Und doch muß ich mich endlich davon befreien.
Solcher Erinnerungen habe ich zu Hunderten; zuweilen aber
löst sich aus den Hunderten eine einzige, irgendeine, die
dann anfängt, mich zu quälen. Aus einem unbestimmten
Grund glaube ich, daß ich mich von ihr befreien werde, wenn
ich sie niederschreibe. Warum soll ich's nicht versuchen?

Und dann: Ich langweile mich, habe nie etwas zu tun.
Schreiben aber ist doch immerhin so etwas wie eine Arbeit.
Man sagt, daß der Mensch durch Arbeit gut und ehrlich
werde. Nun, da hätte man wenigstens eine Chance.

Es schneit. Nasser, trübgrauer Schnee. Gestern schneite
es gleichfalls, und auch vor einigen Tagen hat es so geschneit.
Ich glaube, dieser nasse Schnee war die Ursache, warum
mir jene Geschichte, die ich nicht mehr los werden kann,
wieder einfiel. So mag denn auch meine Erzählung so heißen:
„Bei nassem Schnee".

ZWEITER TEIL

BEI NASSEM SCHNEE[4]

I

Damals war ich erst vierundzwanzig Jahre alt. Mein Leben war auch schon zu jener Zeit unfreundlich, unordentlich und bis zur Menschenscheu einsam. Mit keinem einzigen Menschen pflegte ich Umgang; ich vermied es sogar zu sprechen, und immer mehr zog ich mich in meinen Winkel zurück. In der Kanzlei bemühte ich mich sogar, niemanden anzusehen, und doch glaubte ich zu bemerken, daß meine Kollegen mich nicht nur für einen Sonderling hielten, sondern mich gleichsam mit einem gewissen Ekel betrachteten. Ich fragte mich: warum scheint es den anderen nicht, daß man Ekel vor ihnen empfindet? Einer unserer Kanzleibeamten hatte ein ganz abscheuliches, pockennarbiges Verbrechergesicht; ich glaube, ich hätte es nicht gewagt, mit einem so unanständigen Gesicht irgend jemanden auch nur anzublicken. Ein anderer hatte eine so abgetragene Uniform, daß es in seiner Nähe schon übel roch. Indessen genierte sich kein einziger dieser Herren — weder seiner Kleider, noch seines Gesichtes wegen, noch aus sonst irgendeinem moralischen Grunde. Weder der eine noch der andere ließ es sich träumen, daß man vor ihm Ekel empfinden könnte, und selbst wenn sie es sich hätten träumen lassen, so wäre es ihnen doch gleichgültig gewesen — wenn's nur die Vorgesetzten nicht taten. Jetzt ist es mir vollkommen klar, daß ich selbst, infolge meines grenzenlosen Ehrgeizes und somit auch infolge meiner grenzenlosen Ansprüche an mich selbst, sehr oft so unzufrieden mit mir war, daß diese Unzufriedenheit sich bis zum Ekel vor mir selbst, bis zur Raserei steigern konnte, und so schrieb ich denn mein eigenes Empfinden in Gedanken jedem anderen zu. So haßte ich zum Beispiel mein Gesicht, fand,

476

daß es abscheulich sei, und argwöhnte sogar, daß in ihm ein ganz besonders gemeiner Ausdruck liege. Deshalb bemühte ich mich qualvoll jedesmal, wenn ich in die Kanzlei kam, mit meinem Gesicht möglichst viel Edelmut auszudrükken, und mich möglichst ungezwungen und sicher zu benehmen, damit man mich nicht einer Gemeinheit verdächtige. ‚Mag es auch ein unschönes Gesicht sein‘, dachte ich, ‚dafür könnte es doch edel, ausdrucksvoll und vor allem außerordentlich klug sein!‘ Zu gleicher Zeit aber wußte ich auf das bestimmteste und unter wahren Marterqualen, daß ich alle diese Vollkommenheiten mit meinem Gesicht nie und nimmer würde ausdrücken können. Doch das Schrecklichste war, daß ich es ausgesprochen dumm fand. Und doch hätte ich mich schon mit dem klugen Ausdruck allein gern zufrieden gegeben. Sogar so gern, daß ich sofort einverstanden gewesen wäre, noch einen gemeinen Ausdruck in den Kauf zu nehmen, aber nur unter der einen Bedingung, daß alle mein Gesicht zu gleicher Zeit auch furchtbar klug fänden.

Unsere Kanzleibeamten haßte ich natürlich alle, und ich verachtete sie ohne Ausnahme, trotzdem aber schien es mir, daß ich sie gewissermaßen auch fürchtete. Ja, es kam vor, daß ich sie plötzlich sogar über mich stellte. Das geschah bei mir damals immer abwechselnd: bald verachtete ich sie, bald stellte ich sie wieder über mich. Ein entwickelter und anständiger Mensch kann nicht ehrgeizig sein, ohne dabei grenzenlose Ansprüche an sich selbst zu stellen und sich in manchen Augenblicken bis zum Haß zu verachten. Doch ob ich mich nun verachtete oder hochschätzte, ich senkte doch vor jedem Menschen, der mir begegnete, die Augen. Ich stellte daraufhin sogar Versuche an: würde ich den Blick dieses oder jenes Menschen aushalten können, — und siehe: jedesmal mußte ich meinen Blick zuerst senken. Das quälte mich bis zum Wahnsinn ... Desgleichen fürchtete ich krankhaft, lächerlich zu sein, und darum vergötterte ich sklavisch die Routine in allem, was das Äußere anbetraf; liebevoll schwamm ich mit dem Strom und erschrak mit ganzer Seele

477

vor jeder Exzentrizität in mir. Doch wie sollte ich das lange aushalten? Ich war krankhaft entwickelt, wie ein Mensch unserer Zeit eben entwickelt sein muß. Sie aber waren alle stumpfsinnig und glichen einander wie die Schafe einer Herde. Vielleicht schien es nur mir allein, daß ich ein Feigling und ein Sklave sei, und vielleicht schien mir das gerade deshalb, weil ich allein entwickelt war. Aber es schien mir ja nicht nur so, es war auch wirklich der Fall: ich war ein Feigling und ein Sklave. Das sage ich jetzt ohne Verlegenheit. Jeder anständige Mensch unserer Zeit ist ein Feigling und Sklave und muß es sein. Das ist sein normaler Zustand. Davon bin ich tief überzeugt. Er ist als Mensch unserer Zeit schon so geschaffen und dazu eingerichtet. Und nicht nur in unserer Zeit und infolge irgendwelcher zufälligen Umstände, sondern überhaupt zu allen Zeiten muß der ordentliche Mensch ein Feigling und Sklave sein. Das ist das Naturgesetz aller anständigen Menschen. Und wenn es einmal geschehen sollte, daß sich einer von ihnen zu irgend etwas ermutigt, so soll er sich deswegen nur nicht gleich an seinem Mut berauschen: bei der nächsten Gelegenheit wird er sich doch als Feigling erweisen. Das ist nun einmal der einzige und ewige Ausgang. Nur Esel und ihre Bastarde ermutigen sich, und auch die nur bis zu der gewissen Mauer. Aber es lohnt nicht, noch weiter über sie zu reden; sie bedeuten ja doch so gut wie nichts.

Auch quälte mich noch etwas anderes: daß mir niemand glich und auch ich niemandem ähnlich sah. ‚Nur ich bin ein einzelner, die anderen aber sind *alle*‘, dachte ich, und — begann zu grübeln.

Daraus sieht man, daß ich ein noch ganz unreifer Mensch war.

Mitunter geschah aber auch das Entgegengesetzte. War es doch oft so entsetzlich langweilig, in die Kanzlei zu gehen, daß ich ganz krank aus dem Dienst nach Haus zurückkehrte. Und plötzlich begann dann wiederum eine Periode der Skepsis und Gleichgültigkeit (bei mir geschah alles in Perioden) und siehe, da lachte ich selbst über meine Unduldsamkeit und Launenhaftigkeit, machte mir selber wegen meiner *Romantik* Vorwürfe. Bald will ich überhaupt nicht sprechen, bald aber werde ich nicht nur gesprächig, sondern es fällt mir sogar ein, mich freundschaftlich an meine Kollegen anzuschließen. Die ganze Reizbarkeit ist auf einmal im Handumdrehen verschwunden. Wer weiß, vielleicht habe ich sie nie gehabt, vielleicht ist sie nur Selbsttäuschung gewesen, nur vom Bücherlesen gekommen? Diese Frage habe ich bis auf den heutigen Tag noch nicht beantworten können. Einmal hatte ich mich bereits ganz mit ihnen angefreundet, besuchte sie sogar in ihren Wohnungen, spielte Préférence, trank Schnaps, disputierte über Rußlands Produktionsfähigkeit ... Doch erlauben Sie mir, einige vom Thema abweichende Worte zu sagen.

Bei uns, bei uns Russen — im allgemeinen gesprochen — hat es niemals jene dummen überirdischen deutschen und besonders französischen Romantiker gegeben, jene, auf die nichts mehr Eindruck macht, wenn auch meinetwegen die ganze Erde unter ihnen kracht, oder ganz Frankreich auf den Barrikaden zugrunde geht, — sie bleiben immer dieselben, ja, werden sich nicht einmal anstandshalber verändern und immer nur ihre überirdischen Lieder weitersingen, diese ihre sozusagen ewigen Lieder — denn wir dürfen nicht vergessen, daß sie Dummköpfe sind. Bei uns jedoch, das heißt bei uns in Rußland, gibt es keine Dummköpfe; das weiß doch ein jeder: eben dadurch unterscheiden wir uns doch von den übrigen europäischen Ländern. Folglich gibt es bei uns auch keine überirdischen Naturen von Reinkultur. Diese Eigenschaften haben unsere damaligen „positiven" Publizisten und Kritiker[5] lediglich unseren Romantikern aufgebunden, da sie diese für ebenso überirdisch wie die deutschen oder französischen Romantiker hielten. Im Gegenteil, die Eigenschaften unseres Romantikers sind denen des überirdisch-europäischen Romantikers gerade entgegengesetzt, und darum kann man sie mit keinem einzigen europäischen Maßstäbchen messen. (Erlauben Sie mir schon, dieses Wörtchen „Romantiker" zu gebrauchen — es ist ja so alt, ehrwürdig, verdient und allen bekannt.) Die Eigenschaften unseres Romantikers sind: alles zu verstehen, alles zu sehen, und häufig sogar unvergleichlich klarer zu sehen als unsere allerpositivsten klugen Köpfe; sich mit niemandem und nichts auszusöhnen, doch zu gleicher Zeit auch nichts zu verachten; alles zu umgehen, allem politisch nachzugeben; niemals das nützliche, praktische Ziel aus dem Auge zu lassen (wie zum Beispiel Staatswohnungen, Pensiönchen, Ordenssternchen), dieses Ziel durch alle Enthusiasmen und alle Bändchen lyrischer Gedichte hindurch im Auge zu behalten, und gleichzeitig das Ideal des „Schönen und Erhabenen" bis an ihr Lebensende in sich unversehrt zu erhalten, und bei der Gelegenheit auch noch sich selbst vollkommen zu erhalten — und das noch bei all den vielen Sorgen! —, sich wie eine kostbare Juwelierarbeit zu hüten, wenn auch nur, sagen wir, zum Nutzen dieses selben „Schönen und Erhabenen". Ja, ein vielseitiger Mensch ist unser Romantiker und der geriebenste Schelm von allen unseren Schelmen, versichere Sie . . . aus eigener Erfahrung. Versteht sich, das gilt nur vom klugen Romantiker. Das heißt, Verzeihung, was fällt mir denn ein! Ein Romantiker ist natürlich immer klug! Ich wollte ja nur bemerken, daß, wenn es auch bei uns zuweilen dumme Romantiker gegeben hat, diese nicht mitzählen, weil sie sich alle noch in den besten Jahren vollständig in Deutsche verwandelt, und, um sich als Juwel besser erhalten zu können, dort irgendwo in Weimar oder im Schwarzwald angesiedelt haben. — Ich zum Beispiel habe meine Kanzleiarbeit aufrichtig verachtet und habe nur, weil ich Geld dafür erhielt, nicht auf sie gespuckt. Das Ergebnis also — beachten Sie es wohl —: ich habe doch nicht auf sie gespuckt. Unser Romantiker wird eher verrückt (was übrigens sehr selten vorkommt), doch wird er nie und nimmer auf seine Tätigkeit spucken, solange er noch keine andere Karriere in Aussicht hat, und vor die Tür wird er sich auch nicht setzen lassen, es sei denn, daß man ihn als „König von Spanien" in die Irrenanstalt überführt, was aber nur geschieht, wenn er schon gar zu verrückt wird. Aber verrückt werden bei uns doch nur die Hageren, die Blondlockigen. Die große Mehrzahl jedoch der Romantiker bringt es später gewöhnlich zu hohen Ehren. Und von welch einer Vielseitigkeit sie sind! Und welch eine Fähigkeit zu den widersprechendsten Eigenschaften! Auch damals schon beruhigte mich das ungemein, und auch jetzt bin ich noch derselben Meinung. Darum gibt es bei uns auch so viel „breite Naturen", die selbst in der größten Verkommenheit niemals ihr Ideal verlieren; und wenn sie auch für dieses ihr Ideal keinen Finger rühren, wenn sie auch die abgefeimtesten Betrüger und Diebe werden, so lieben sie doch ihr anfängliches Ideal bis zu Tränen und sind in der Seele ganz ungewöhnlich anständig. Ja, nur unter uns kann der ausgesprochenste Schuft in der Seele vollkommen und sogar erhaben anständig bleiben, ohne dabei etwa aufzuhören, Schuft zu sein. Wie gesagt, unsere Romantiker entpuppen sich in Geschäftssachen zuweilen als so gerissene Schelme (diese Bezeichnung ist von mir ausschließlich liebevoll gemeint), und sie beweisen plötzlich einen solchen Instinkt für die Wirklichkeit und ein so positives Wissen in realen Dingen, daß die verwunderte Obrigkeit mitsamt dem ganzen Publikum in der Starrheit der Verwunderung nur noch den Kopf schütteln kann.

Eine wahrlich wundernehmende Vielseitigkeit haben sie, und Gott mag wissen, wozu diese sich unter den zukünftigen Verhältnissen noch entwickeln und was sie uns dann noch bescheren wird? Aber das Material ist nicht schlecht. Ich sage das nicht etwa aus irgendeinem lächerlichen Patriotismus. Übrigens glauben Sie wohl wieder, daß ich scherze? Oder vielleicht ist es umgekehrt und Sie sind überzeugt, daß ich wirklich so denke? Wie dem nun auch sein mag, meine Herrschaften, jedenfalls werde ich Ihre beiden Meinungen mir zur Ehre anrechnen. Und meine Abweichung vom Thema verzeihen Sie mir bitte.

Die Freundschaft mit meinen Kollegen hielt ich natürlich nicht lange aus, und so kehrte ich ihnen schon sehr bald den Rücken. Infolge meiner damaligen jugendlichen Unerfahrenheit hörte ich sogar auf, sie zu grüßen, als ob ich alles Frühere mit der Schere hätte abschneiden wollen. Übrigens habe ich nur ein einziges Mal mit ihnen Freundschaft angeknüpft. Im allgemeinen bin ich ja immer allein gewesen.

Zu Hause las ich gewöhnlich. Wollte ich doch durch äußere Eindrücke unterdrücken, was unaufhörlich in mir aufwallte. Von äußeren Eindrücken konnte ich mir nur Lektüre leisten. Das Lesen half natürlich viel, — es regte auf, berauschte und quälte. Mitunter aber wurde es doch entsetzlich langweilig. Man wollte sich auch einmal bewegen! Und so ergab ich mich plötzlich einer dunklen, unterirdischen, kellerhaften, scheußlichen ... nicht gerade Ausschweifung, aber so kleinen, niedrigen Lasterchen. Meine kleinen Leidenschaften waren scharf und brennendheiß; das kam von meiner immerwährenden krankhaften Reizbarkeit. Die Ausbrüche waren hysterisch, mit Tränen und fast mit Krämpfen. Außer der Lektüre hatte ich nichts, womit ich mich hätte zerstreuen können, — das heißt in meiner ganzen Umgebung hatte ich damals nichts, was ich hätte achten können oder was mich hätte anziehen können. Außerdem schwoll noch die Sehnsucht gar manches Mal erdrückend in mir an: krankhaftes Verlangen nach Widersprüchen, nach Kontrasten war's, nun, und so ergab ich mich denn der Ausschweifung. Aber ich will mich doch nicht etwa rechtfertigen ... Halt, nein, das stimmt nicht! Hab gelogen! Ich habe mich ja gerade rechtfertigen wollen. Diese Bemerkung mache ich nur für mich, meine Herrschaften, nur für mich. Ich will nicht lügen. Hab mir doch mein Wort gegeben.

Meiner Ausschweifung ergab ich mich einsam, nur nachts, heimlich, ängstlich, schmutzig, mit einem Schamgefühl, das mich selbst in den ekelhaftesten Augenblicken nicht verließ, und das in solchen Minuten fast zu meinem Fluch wurde. Auch damals schon trug ich den Untergrund in meiner

Seele. Ich fürchtete mich entsetzlich, daß man mich vielleicht irgendwie sehen, mir begegnen, mich erkennen könnte. Besuchte ich doch verschiedene überaus verrufene Häuser.

Einmal, als ich nachts an einem elenden Restaurant vorüberkam, sah ich durch das helle Fenster, wie man sich drinnen um das Billard herum mit den Queues prügelte, und wie darauf einer von den Herren durch das Fenster hinausbefördert wurde. Zu einer anderen Zeit wäre es mir zuwider gewesen; damals jedoch kam plötzlich so eine Stimmung über mich, daß ich diesen hinausgeworfenen Herrn einfach beneidete, ja sogar dermaßen beneidete, daß ich in das Restaurant ging und in das Billardzimmer eintrat: ‚Vielleicht wird man auch mich verprügeln und durch das Fenster hinausbefördern‘, dachte ich.

Ich war nicht betrunken, aber was sollte ich tun, – kann einen die Sehnsucht doch bis zu solch einer Hysterie quälen! Es kam aber zu nichts. Es erwies sich, daß ich nicht einmal zum Hinausgeworfenwerden begabt war, und ich ging unverprügelt weg. Gleich zu Anfang wurde ich von einem Offizier abgetan.

Ich stand am Billard und versperrte ihm ahnungslos den Weg, er aber mußte vorübergehen, und so faßte er mich an den Schultern – ohne vorher etwas zu sagen oder zu erklären – und stellte mich schweigend von dem Platz, wo ich stand, auf einen anderen, und ging selbst an mir vorüber, als ob er mich überhaupt nicht bemerkt hätte. Ich hätte sogar Schläge verziehen, doch nimmermehr konnte ich verzeihen, daß er mich so umgestellt und so vollständig übersehen hatte.

Weiß der Teufel, was ich damals nicht alles für einen wirklichen, regelrechten Streit gegeben hätte, für einen anständigeren, sagen wir, mehr *literarischen*! Man hatte mich wie eine Fliege behandelt. Dieser Offizier war gut gewachsen, groß von Wuchs, ich aber bin ein kleiner, dürrer Mensch. Übrigens lag es ja in meiner Macht, es auf einen Streit ankommen zu lassen: ich hätte nur zu protestieren gebraucht, um zu erreichen, was ich wollte: gleichfalls aus dem Fenster geworfen zu werden. Ich aber wurde nachdenklich und zog es vor . . . mich erbost davonzuschleichen.

Aus dem Restaurant begab ich mich erregt und verwirrt geradeswegs nach Haus; am nächsten Tag aber fuhr ich im Ausschweifen wieder fort, nur noch schüchterner, versteckter und trauriger als zuvor, gleichsam mit Tränen in den Augen, — aber ich fuhr doch fort. Übrigens, bitte nicht zu glauben, daß ich mich aus Feigheit vor dem Offizier so benommen habe: in meinem Herzen bin ich niemals feig gewesen, wenn ich mich auch im Leben immer feig benommen habe, aber — warten Sie noch ein wenig mit dem Lachen, meine Herrschaften, das hat seinen Grund, dafür gibt es eine Erklärung. Seien Sie versichert, ich habe für alles eine Erklärung.

Oh, wenn dieser Offizier doch zu denjenigen gehört hätte, die bereit sind, sich zu duellieren! Aber nein, das war gerade einer von jenen (leider schon längst nicht mehr vorhandenen) Offizieren, die es vorzogen, mit dem Queue zu handeln, oder mittels der Vorgesetzten. Zu einem Duell jedoch fordern solche nie heraus, und gar mit unsereinem sich zu schlagen, würden sie unter allen Umständen für unanständig halten, — und überhaupt halten sie das Duell für etwas Unsinniges, Freisinniges, Französisches, selbst aber beleidigen sie nicht selten, besonders wenn sie noch groß und stattlich sind.

Hier aber war nicht Feigheit die Ursache meines feigen Rückzuges, sondern mein grenzenloser Ehrgeiz. Nicht sein hoher Wuchs schreckte mich, nicht, daß man mich schmerzhaft verprügeln und hinauswerfen könnte; physischen Mut hatte ich wahrlich genügend; doch der moralische Mut reichte nicht aus. Ich fürchtete plötzlich, daß mich alle Anwesenden — angefangen vom unverschämten Marqueur bis zum letzten stinkenden, finnigen kleinen Beamten, der dort in einem schäbigen Rock, dessen fettdurchtränkter Kragen nur so glänzte, gleichfalls herumscharwenzelte — nicht verstehen und auslachen könnten, wenn ich protestieren und in literarischer Sprache mit ihnen reden würde. Denn von dem Ehrenpunkt — nicht von der Ehre, sondern vom Ehrenpunkt (point d'honneur), kann man ja bei uns überhaupt nicht anders sprechen als literarisch. Erinnere mich nicht, jemals etwas vom „Ehrenpunkt" in gewöhnlicher Sprache gehört zu haben. Ich war vollkommen überzeugt (Instinkt für die Wirklichkeit, trotz der ganzen Romantik!), daß sie alle in Lachen ausbrechen würden, der Offizier mich aber nicht einfach, das heißt unbeleidigend verprügeln, sondern mich vorher bestimmt noch mit Kniestößen gegen mein Hinterteil rund um das Billard treiben und dann erst sich vielleicht erbarmen und mich durch das Fenster hinausbefördern würde. Selbstverständlich konnte diese klägliche Geschichte für mich damit nicht abgetan sein. Später traf ich diesen Offizier sehr oft auf der Straße und ich beobachtete ihn gespannt. Nur weiß ich nicht, ob er auch mich erkannte. Wahrscheinlich nicht; so nach einigen Anzeichen zu urteilen. Ich aber, ich haßte und beneidete ihn, und das dauerte . . . mehrere Jahre! Mein Haß vertiefte sich und wuchs noch mit den Jahren. Zuerst bemühte ich mich heimlich, Näheres über diesen Offizier zu erfahren. Das fiel mir sehr schwer, denn ich kannte doch keinen Menschen. Einmal aber, als ich ihm wieder wie gebannt auf der Straße folgte, rief ihn irgend jemand beim Familiennamen an, und so erfuhr ich denn, wie er hieß. Ein anderes Mal folgte ich ihm bis zu seiner Wohnung und erfuhr dort für zehn Kopeken vom Hausmeister, wo er wohnte, in welchem Stock, allein oder mit anderen usw. — kurz, alles, was man von einem Hausmeister erfahren kann. Und eines Morgens kam mir plötzlich der Gedanke — obgleich ich niemals schriftstellerte —, diesen Offizier zu beschreiben, karikiert natürlich, in der Form einer Novelle. Oh, mit welch einer Genugtuung ich diese Novelle schrieb! Ich polemisierte, ich verleumdete ihn sogar ein wenig; seinen Familiennamen veränderte ich zuerst so, daß man sofort hätte erraten können, um wen es sich handelte, doch später, nachdem ich es mir reiflicher überlegt hatte, veränderte ich ihn ganz, und schickte das Manuskript an die Redaktion der „Vaterländischen Annalen". Damals aber gab es dort noch keine Polemik, und meine Novelle wurde nicht gedruckt. Das ärgerte mich gewaltig. Mitunter raubte mir die Wut förmlich den Atem. Da entschloß ich mich zu guter Letzt, meinen Gegner zu fordern. Ich schrieb ihm einen wundervollen, anziehenden Brief, in dem ich ihn anflehte, sich bei mir zu entschuldigen, falls er aber das nicht wolle, so — ich deutete ziemlich bestimmt ein Duell an. Der Brief war derart verfaßt, daß der Offizier, wenn er nur ein wenig das „Schöne und Erhabene" verstand, unbedingt sofort zu mir hätte eilen müssen, um mich zu umarmen und mir seine Freundschaft anzubieten. Und wie schön wäre das doch gewesen! Wie herrlich hätten wir zusammen leben können! ,Er würde mich verteidigen, und ich würde ihn veredeln, sagen wir, durch meine Bildung, und ... durch meine Ideen, nun, und — was könnte nicht noch alles geschehen!' Stellen Sie sich vor, daß damals seit der Nacht, in der er mich beleidigt hatte, schon zwei Jahre vergangen waren und meine Forderung sich als ein ganz unglaublicher Anachronismus erwies, trotz der ganz geschickten Redewendungen meines Briefes, die den Anachronismus erklären und aufheben sollten. Doch Gott sei gelobt (bis auf den heutigen Tag danke ich noch dem Schöpfer inbrünstig dafür), ich schickte meinen Brief nicht ab. Ein Schauer läuft mir über den Rücken, wenn ich bedenke, was daraus hätte entstehen können, wenn ich ihn abgeschickt hätte! Und plötzlich ... und plötzlich rächte ich mich auf die allereinfachste, genialste Weise! Ein herrlicher Gedanke beglückte mich plötzlich. Ich ging nämlich zuweilen an Feiertagen, so um vier herum, auf den Newskij Prospekt und spazierte dort auf der Sonnenseite. Das heißt, ich spazierte dort durchaus nicht, sondern empfand bloß unzählige Qualen und Demütigungen und fühlte die ganze Zeit, wie mir die Galle überlief; aber wahrscheinlich brauchte ich gerade das. Ich schlängelte mich dort in der häßlichsten Art wie ein Wurm zwischen den Fußgängern durch, trat bald vor Generälen zur Seite, bald vor Gardekavallerie-

oder Husarenoffizieren, bald vor eleganten Damen; in diesen
Minuten fühlte ich konvulsive Schmerzen und Fieberschauer
im Rücken bei dem bloßen Gedanken an die Schäbigkeit
meiner Kleider, an die Misere und Gemeinheit meiner ganzen sich herumdrückenden, erbärmlichen Gestalt. Das war
eine wahre Märtyrerqual, ein ununterbrochenes, unerträgliches Erniedrigtwerden durch den Gedanken, der schließlich
zum beständigen, unmittelbaren Gefühl wurde, daß ich vor
diesen Menschen nur eine Fliege war, eine ganz gemeine, un-
nütze Fliege, wenn ich auch klüger war als sie alle, entwickelter, edler – das versteht sich natürlich von selbst –,
so doch eine ihnen allen fortwährend ausweichende Fliege,
die von allen erniedrigt und von allen beleidigt wurde. Wozu ich mir diese Qual auflud, warum ich auf den Newskij
ging – ich weiß es nicht. Es *zog* mich einfach bei jeder Gelegenheit dorthin.

Schon damals empfand ich die Fluten jener Wonnen, jener
Genüsse, von denen ich bereits im ersten Teil gesprochen
habe. Nach der Geschichte mit dem Offizier aber zog es mich
noch mehr dorthin: auf dem Newskij traf ich ihn am häufigsten, dort konnte ich mich dann an ihm sattsehen. Er ging
dort gleichfalls vornehmlich an den Feiertagen spazieren.
Wenn er auch oft vor Generälen und höheren Persönlich-
keiten ausbog und sich gleichfalls schlängelte, so wurden
doch Leute wie ich und sogar solche, die weit besser aus-
sahen als ich, von ihm einfach zur Seite geschoben: er ging
gerade auf sie los, als ob vor ihm freier Raum gewesen wäre,
und bog dann unter keinen Umständen aus. Ich berauschte
mich an meinem Haß, wenn ich ihn beobachtete, und . . . in-
grimmig jedesmal vor ihm ausbog. Es quälte mich, daß ich
sogar auf der Straße ihm nicht gleichstehend war. ‚Warum
biegst du immer als erster aus?' fragte ich mich in hysteri-
scher Wut, wenn ich zuweilen so um drei Uhr nachts erwachte
und mir selbst auf den Leib rückte. ‚Warum denn gerade
du, niemals er? Dafür gibt es doch kein Gesetz, das steht
doch nirgends geschrieben! Nun, kann es denn nicht genau

zur Hälfte geschehen, so, wie höfliche Menschen ausweichen, wenn sie sich begegnen: er halb und du halb und ihr beide geht dann einfach höflich aneinander vorüber.' Das geschah jedoch nie, und nach wie vor bog immer nur ich aus, er aber bemerkte es nicht einmal. — Und siehe, da kam mir plötzlich ein wunderbarer Gedanke. ‚Wie aber', dachte ich, ‚wie wäre es, wenn ich ihm begegne und . . . *nicht* ausbiege! Absichtlich nicht ausbiege, und wenn ich ihn auch stoßen sollte! Wie, wie wäre das?' Dieser freche Gedanke bemächtigte sich meiner allmählich derart, daß ich überhaupt keine Ruhe mehr hatte. Ich dachte ununterbrochen, wie das wohl wäre, und ging absichtlich noch öfter auf den Newskij, um mir noch deutlicher vorzustellen, wie ich es machen könnte. Ich war einfach begeistert. Diese Absicht schien mir immer mehr ausführbar. ‚Versteht sich, nicht stark stoßen', dachte ich, schon im voraus durch die Freude gütiger gestimmt, ‚sondern nur so, einfach nicht ausweichen, mit ihm zusammenprallen, natürlich nicht schmerzhaft, aber so, Schulter gegen Schulter, genau so viel, wie es der Anstand erlaubt; so daß ich ihn eben so stark stoße wie er mich.' Kurz, ich entschloß mich endgültig dazu. Doch die Vorbereitungen brauchten noch sehr viel Zeit. Vor allen Dingen mußte man zu diesem Zweck möglichst anständig aussehen, also mußte man zuerst an die Kleider denken. ‚Auf alle Fälle, wenn zum Beispiel ein Auflauf entsteht (das Publikum ist doch dort pikfein: Gräfin M., Fürst D., die ganze Literatur geht dort), da muß man doch gut ˙angezogen sein; das macht einen günstigen Eindruck und stellt einen in den Augen der höheren Gesellschaft gewissermaßen auf eine höhere Stufe.' Zu diesem Zweck ließ ich mir mein Monatsgehalt vorauszahlen und kaufte mir dann bei Tschurkin ein Paar schwarze Glacé-Handschuhe und einen anständigen Hut. Schwarze Handschuhe erschienen mir erstens solider, und zweitens mehr bonton als zitronenfarbene, auf die ich es zuerst abgesehen hatte. ‚Die gelbe Modefarbe ist zu grell und es sieht dann aus, als wolle der Mensch sich allzusehr hervortun', und so

verzichtete ich denn auf die zitronenfarbenen. Ein gutes
Hemd mit weißen Knöpfen hatte ich schon längst beiseite
gelegt; nur der Mantel hielt mich noch auf. An und für sich
war er ja gar nicht übel, gut warm; er war aber wattiert
und hatte bloß einen ganz billigen Pelzkragen: Waschbär,
was schon die Krone der Billigkeit ist. Da hieß es denn unbedingt einen neuen Kragen kaufen, und zwar, was es auch
koste, einen kleinen Biber, in der Art, wie ihn die Offiziere
tragen. Zu diesem Zweck ging ich des öfteren in die Läden des
Kaufhofes, und nach einigem Hin und Her entschied ich mich
für einen billigen deutschen Biber. Diese deutschen Felle nutzen sich zwar sehr schnell ab und sehen dann miserabel aus,
doch dafür sind sie, wenn sie noch neu sind, sogar sehr anständig; ich aber brauchte ja den Kragen nur für das eine
Mal. Ich fragte nach dem Preis: immerhin teuer. Nach reif-
lichem Überlegen entschloß ich mich, meinen Waschbärkragen
zu verkaufen. Die fehlende und für mich doch recht beträchtliche Summe wollte ich borgen, und zwar von Antón
Antónytsch Ssétotschkin, meinem Bürovorsteher, einem
bescheidenen, ernsten und durchaus positiven Menschen, der
sonst niemandem Geld lieh, dem ich aber bei meinem An-
tritt von dem mich für den Dienst bestimmenden Würden-
träger ganz besonders empfohlen worden war. Ich quälte
mich fürchterlich. Antón Antónytsch um Geld anzugehen,
erschien mir ungeheuerlich und schmachvoll. Zwei, drei
Nächte konnte ich nicht schlafen und überhaupt schlief ich
damals wenig: war wie im Fieber. Das Herz war so träge
und dumpf, es hörte zuweilen ganz auf zu schlagen; zuweilen aber fing es plötzlich an zu springen und dann sprang
es und sprang und sprang ... Antón Antónytsch war zuerst
sehr erstaunt, darauf runzelte er die Stirn, dachte nach und
schließlich lieh er mir doch das Geld, nachdem er sich von
mir einen Zettel hatte ausstellen lassen, daß er das geliehene
Geld nach zwei Wochen von meiner Gage zurückbehalten
könne. Auf diese Weise war schließlich alles bereit; ein hübscher Biber ersetzte meinen häßlichen Waschbär, und ich be-

reitete mich allmählich zur Tat vor. Natürlich konnte man's doch nicht gleich beim ersten Mal, doch nicht irgendwie unbedacht, nachlässig tun; man mußte es geschickt machen, mußte es eben allmählich einüben. Nur muß ich gestehen, daß ich nach vielfachen Versuchen geradezu in Verzweiflung geriet: ‚Es muß wohl so vorbestimmt sein, daß wir nicht zusammenstoßen!' dachte ich hoffnungslos. Wie ich mich auch vorbereitete, wie fest ich auch entschlossen war, — jetzt, jetzt, gleich, sofort prallen wir aneinander und — wieder war ich ausgebogen, und wieder war er an mir vorübergegangen, ohne mich auch nur zu bemerken! Ich betete sogar, wenn ich mich ihm näherte, damit Gott mir Mut gebe. Einmal hatte ich mich schon fest entschlossen, doch endete es damit, daß ich ihm nur vor die Füße kam, denn im letzten Augenblick, einige Zentimeter vor ihm, verließ mich wieder der Mut. Mit der größten Seelenruhe schritt er weiter, ich aber flog wie ein Ball zur Seite. In der Nacht darauf lag ich wieder im Fieber und phantasierte wirres Zeug. Und plötzlich endete es besser, als man's sich überhaupt hätte wünschen können! Am Vorabend hatte ich endgültig beschlossen, von meinem unglücklichen Vorhaben abzulassen, die Rache einfach aufzugeben; und mit diesem Entschluß ging ich noch zum letzten Mal auf den Newskij, um zu sehen, wie ich das alles so aufgebe... Plötzlich, drei Schritte vor meinem Feinde, faßte ich den Entschluß, schloß krampfhaft die Augen und — wir stießen uns gehörig Schulter an Schulter! Keinen Zentimeter breit war ich ausgewichen, und ich ging, ihm vollkommen gleichstehend, an ihm vorüber! Er blickte sich nicht einmal nach mir um und tat, als ob er mich überhaupt nicht bemerkt hätte. Natürlich tat er nur so, davon bin ich überzeugt. Bis auf den heutigen Tag bin und bleibe ich davon überzeugt! Natürlich bekam ich mehr ab als er; er war ja viel stärker, doch nicht darum handelte es sich. Es handelte sich darum, daß ich mein Ziel erreicht, meine Würde aufrechterhalten hatte, keinen Zollbreit ausgewichen war und mich öffentlich mit ihm auf die gleiche soziale Stufe gestellt hatte! Ich hatte mich für alles gerächt! Triumphierend kehrte ich nach Haus zurück. Ich war begeistert und sang italienische Arien. Selbstverständlich werde ich Ihnen nicht erzählen, was drei Tage darauf mit mir geschah; wenn Sie den Ersten Teil, „Der Untergrund", gelesen haben, so können Sie's vielleicht selbst erraten ... Der Offizier wurde später irgendwohin versetzt; seit vierzehn Jahren habe ich ihn nicht mehr gesehen. Wer weiß, was mein Herzensjunge jetzt macht? Wen er jetzt aus dem Wege drängt?

II

Aber auch die Periode meiner Ausschweifungen ging vorüber und mir wurde alles unsäglich zuwider. Die Reue kam, ich verjagte sie: es war schon zu ekelhaft. Mit der Zeit aber gewöhnte ich mich auch an sie. Ich gewöhnte mich ja an alles, das heißt nicht gerade, daß ich mich an alles gewöhnt hätte, sondern ich willigte gewissermaßen freiwillig ein, alles zu ertragen. Ich hatte aber einen Ausweg, der alles wieder gut machte, und das war: mich ins „Schöne und Erhabene" zu retten, natürlich nur in der Phantasie. Phantasieren tat ich unglaublich viel, ich phantasierte, in meinen Winkel verkrochen, mitunter drei Monate lang in einem Strich, und Sie können es mir schon glauben, daß ich dann nicht jenem Herrn glich, der in der Verwirrung seines Hühnerherzens an den Kragen seines Mantels einen deutschen Biber nähte. Ich wurde plötzlich ein Held. Meinen langen Leutnant hätte ich damals nicht einmal empfangen, wenn er, sagen wir, seine Visite bei mir hätte machen wollen. Ich konnte ihn mir damals überhaupt nicht vorstellen, konnte überhaupt nicht an ihn denken. Was ich damals gerade dachte, wovon ich träumte und wie mir das genügen konnte, ist jetzt schwer zu sagen, doch damals genügte es mir vollkommen. Übrigens genügt es mir ja auch jetzt teilweise. Ganz besonders süß und mild waren die Träumereien nach

491

meinen jämmerlichen Ausschweifungen; sie kamen mit Reue und Tränen, mit Flüchen und Ekstasen. Es gab Augenblicke, wo mein Entzücken, mein Freudentaumel, mein Glück so rein waren, daß ich, bei Gott!, nicht den geringsten Spott in mir fühlte. Dann war alles vorhanden: Hoffnung, Glaube, Liebe. Das war's ja, daß ich dann blind glaubte, alles werde durch irgend ein Wunder, irgendeinen Umstand plötzlich auseinanderrücken, werde sich erweitern; es werde sich plötzlich die Perspektive einer entsprechenden Tätigkeit für mich öffnen, einer segensreichen, schönen und, vor allen Dingen, *historischen* (was für einer eigentlich, wußte ich allerdings nie, aber die Hauptsache war doch, daß es eine *historische* Tätigkeit sein würde). Und siehe, da trete ich denn plötzlich auf, und es fehlt nicht viel, daß ich auf weißem Roß im Lorbeerkranz erscheine ... An eine Rolle zweiten Ranges habe ich für mich nie gedacht. Deswegen war ich denn auch in Wirklichkeit ruhig mit dem letzten Rang zufrieden. Entweder Held oder Schmutz, eine Mitte gab's nicht. Das war's ja, was mich verdarb, denn im Schmutz beruhigte ich mich damit, daß ich zu anderen Zeiten wiederum Held war, der Held aber den Schmutz zur Null macht. Für einen gewöhnlichen Menschen, meinte ich, ist es eine Schande, in den Schmutz zu geraten, der Held jedoch steht viel zu hoch, um sich je beschmutzen zu können, folglich kann er ruhig in den Schmutz geraten. Sonderbar, daß mich diese Fluten „alles Schönen und Erhabenen" auch in der Zeit meiner elenden Ausschweifungen überkamen, und zwar gerade dann, wenn ich schon ganz auf dem Boden lag. Sie kamen dann so in einzelnen kurzen kleinen Wellen, als ob sie nur an sich erinnern wollten, vernichteten aber mit ihrem Erscheinen doch nicht die Gemeinheit. Im Gegenteil, durch den Kontrast belebten sie sie geradezu, und sie kamen genau nur in der Portion, die zu einer guten Sauce nötig war. Diese Sauce bestand aus Widersprüchen und Leiden, aus qualvoller innerer Analyse, und alle diese Qualen und Quälchen gaben dann meinen gemeinen Ausschweifungen geradezu eine gewisse Pikanterie, gaben ihnen sogar einen Sinn, — mit einem Wort, sie erfüllten in jeder Beziehung die Pflicht und Schuldigkeit einer guten Sauce. Alles das war sogar nicht ohne eine gewisse Tiefe. Und wie hätte ich mich denn auf eine einfache, gemeine Schreiberausschweifung einlassen, und wie hätte ich denn diesen ganzen Schmutz auf mir ertragen können! Was konnte mich denn damals zum Schmutz verführen, was mich nachts auf die Straße locken? Nein, wissen Sie, ich hatte für alles ein edles Schlupfloch ...

Doch wieviel Liebe, Herrgott, wieviel Liebe erlebte ich zuweilen in diesen meinen Träumereien, in diesen „Rettungen in alles Schöne und Erhabene"! Wenn's auch eine phantastische Liebe war, wenn sie sich auch niemals auf etwas Menschenartiges in Wirklichkeit übertrug, so war sie doch dermaßen groß, diese Liebe, daß man gar nicht das Bedürfnis empfand, sie auf jemanden in Wirklichkeit zu übertragen: das wäre schon ganz überflüssiger Luxus gewesen. Übrigens endete alles immer überaus glücklich in trägem und berauschendem Übergang in die Kunst, das heißt zu den schönen Formen des Seins, zu ganz fertigen, versteht sich, die natürlich stark Dichtern und Romanschriftstellern entlehnt waren und allen möglichen Anforderungen angepaßt wurden. Zum Beispiel: ich triumphiere über alle; selbstverständlich liegen sie alle im Staube vor mir und sind gezwungen, freiwillig meine sämtlichen Vollkommenheiten anzuerkennen, und ich vergebe ihnen darauf alles. Ich verliebe mich, bin berühmter Dichter und Kammerherr, verdiene unzählige Millionen und spende sie sofort für das Wohl der Menschheit, und zu gleicher Zeit beichte ich vor dem ganzen Volk alle meine Laster, die selbstverständlich nicht gewöhnliche Laster sind, sondern ungemein viel „Schönes und Erhabenes" in sich schließen — Laster, die, sagen wir, etwas Manfredartiges haben. Alle weinen und küssen mich natürlich (wären sie doch Tölpel, wenn sie das nicht täten), ich aber gehe barfuß und hungrig von dannen, um neue Ideen zu verkünden, und schlage die Reaktionäre bei Austerlitz. Darauf wird ein

Marsch gespielt, eine Amnestie wird erlassen, der Papst willigt ein, von Rom nach Brasilien überzusiedeln; darauf wird für ganz Italien ein Ball gegeben in der Villa Borghese, die am Comersee liegt, da der Comersee einzig zu diesem Zweck nach Rom verlegt wird; darauf folgt eine Szene im Gebüsch usw., usw. — als ob Sie's nicht wüßten! . . . Sie sagen, es sei niedrig und gemein, alles das jetzt auf den Markt zu tragen, besonders nach so viel Begeisterung und Tränen, die ich selbst eingestanden habe. Aber warum ist's denn gemein? Glauben Sie denn wirklich, daß ich mich all dessen schäme, und daß dies alles dümmer ist als einerlei was in Ihrem Leben, meine hochverehrten Herrschaften? Und zudem können Sie mir glauben, daß ich mir manches wirklich gar nicht so übel ausgedacht hatte . . . Es spielte sich doch nicht alles am Comersee ab! Doch übrigens, Sie haben recht: es ist tatsächlich niedrig und gemein. Aber am allergemeinsten ist, daß ich mich jetzt vor Ihnen zu rechtfertigen suche. Und noch gemeiner ist es, daß ich jetzt diese Bemerkung mache. Nun aber genug, sonst käme man ja überhaupt nicht zum Schluß: immer würde eines noch gemeiner als das andere sein . . .

Länger als drei Monate nichts als denken konnte ich aber doch nicht aushalten; dann stellte sich bei mir das unüberwindliche Bedürfnis ein, mich in menschliche Gesellschaft zu stürzen: das bedeutete für mich, meinen Bürovorsteher Antón Antónytsch Ssétotschkin zu besuchen. Dieser war in meinem ganzen Leben mein einziger ständiger Bekannter, — nein, wirklich, jetzt wundert mich das sogar selbst! Doch auch zu ihm ging ich nur im äußersten Fall, bloß dann, wenn schon die Periode begann, in der meine Träumereien zu so einem Glück wurden, daß ich unbedingt und unverzüglich die Menschen oder die Menschheit umarmen mußte; zu dem Zweck aber mußte man wenigstens einen wirklich vorhandenen, wirklich existierenden Menschen vor sich haben. Zu Antón Antónytsch konnte man übrigens nur dienstags gehen (das war sein freier Tag), folglich mußte man auch das Bedürfnis, die ganze Menschheit zu umarmen, immer auf den Dienstag hinausschieben. Dieser Antón Antónytsch wohnte bei den Fünf Ecken im vierten Stock in vier niedrigen Zimmerchen, die klein-kleiner-am-kleinsten waren und einen recht ärmlichen Eindruck machten. Er hatte seine zwei Töchter und deren Tante, die gewöhnlich mit Tee bewirtete, bei sich. Die Töchter waren eine dreizehn, die andere vierzehn; beide hatten sie Stupsnäschen, und mich verwirrten sie nicht wenig, denn sie flüsterten und kicherten die ganze Zeit. Der Hausherr saß immer in seinem Arbeitszimmer auf dem Ledersofa vor dem Tisch, meistens mit irgendeinem alten Bekannten oder einem Beamten aus unserer Kanzlei. Mehr als zwei oder drei Gäste — immer dieselben — habe ich dort nie gesehen. Man sprach über die Akzise, über die Senatsverhandlungen, über die Gagen, von Seiner Exzellenz, von dem Mittel zu gefallen usw., usw. Ich hatte die Geduld, neben diesen Menschen als Narr mitunter geschlagene vier Stunden dazusitzen und ihnen zuzuhören, ohne selbst auch nur einmal ein Wort zu sagen oder sagen zu können. Ich stumpfte vor mich hin, schwitzte und fühlte einen Schlaganfall über mir schweben; aber es war gut und nützlich. Nach Haus zurückgekehrt, schob ich meine Absicht, die ganze Menschheit zu umarmen, für eine Zeitlang auf.

Übrigens hatte ich noch so etwas wie einen Bekannten: Ssímonoff, einen ehemaligen Schulkameraden. Solcher Schulkameraden hatte ich genau genommen nicht wenige in Petersburg, doch gab ich mich mit ihnen nicht weiter ab, ja, ich hörte sogar auf, sie auf der Straße zu grüßen. Vielleicht trat ich nur aus diesem Grunde in ein anderes Ressort über: um mit meiner ganzen verhaßten Kindheit ein für allemal abzubrechen. Verflucht sei diese Schule, diese furchtbaren Gefängnisjahre! Kurz: als ich endlich die Schule hinter dem Rücken hatte, wollte ich nichts mehr von meinen Mitschülern wissen. Es blieben höchstens drei oder vier Menschen, mit denen ich, wenn ich sie traf, noch einen Gruß tauschte. Zu diesen vier gehörte auch Ssimonoff. In der Schule zeichnete er sich durch nichts aus, war gleichmäßig ruhig und still, doch entdeckte ich in seinem Charakter eine gewisse Unabhängigkeit und sogar Ehrlichkeit. Ja, ich glaube nicht einmal, daß er sehr beschränkt war. Einmal hatten wir beide ziemlich lichte Stunden durchlebt, doch die Erinnerung an diese hielt nicht lange an, und allmählich breitete sich Nebel über sie. Ihm waren diese Erinnerungen augenscheinlich unangenehm, und er fürchtete, wie's mir schien, immer, ich würde wieder in den alten Ton verfallen. Ich vermutete zwar, daß ich ihm sehr widerlich war, doch ging ich trotzdem zu ihm, da ich mich davon noch nicht ganz überzeugt hatte.

Und einmal, an einem Donnerstag, als ich meine Einsamkeit nicht mehr ertragen konnte, ging ich, da ich wußte, daß donnerstags Antón Antónytschs Tür verschlossen war, zu Ssimonoff. Als ich langsam zum vierten Stock zu ihm hinaufstieg, dachte ich noch gerade, daß ich ihm doch nur lästig falle und daher eigentlich nicht zu ihm gehen sollte. Da es aber bei mir gewöhnlich damit endete, daß ähnliche Bedenken mich noch mehr aufstachelten, in zweideutige Lagen zu kriechen, so trat ich auch damals bei ihm ein, anstatt zurück nach Haus zu gehen. Es war fast ein ganzes Jahr vergangen, seit ich ihn zum letzten Mal gesehen hatte.

III

Er war nicht allein: zwei meiner früheren Schulkameraden saßen bei ihm. Sie sprachen, wie es schien, über etwas sehr Wichtiges. Meinem Eintritt schenkte kein einziger von ihnen irgendwelche Aufmerksamkeit, was mir etwas sonderbar erschien, denn wir hatten uns doch schon jahrelang nicht mehr gesehen. Augenscheinlich hielt man mich für so etwas wie eine gewöhnliche Fliege. Derart hatte man mich nicht einmal in der Schule behandelt, obgleich mich dort alle gehaßt hatten. Ich begriff natürlich, daß sie mich wegen meines Mißerfolges in der Karriere, wegen meiner tiefen Gesunkenheit, wegen meines schlechten Überziehers usw. verachteten.

Mein Überzieher war in ihren Augen geradezu das Aushängeschild für meine Unfähigkeit und geringe Bedeutung. Doch immerhin hatte ich nicht eine dermaßen tiefe Verachtung von ihnen erwartet. Ssimonoff verhehlte nicht einmal seine Verwunderung über meinen Besuch. Auch früher schon hatte er immer getan, als setze mein Kommen ihn in Erstaunen. Alles das machte mich natürlich stutzig; ich setzte mich ein wenig bedrückt auf einen Stuhl und hörte ihrem Gespräch zu.

Sie sprachen ernst und interessiert über das Abschiedsdiner, das alle drei ihrem Freunde Swérkoff, der als aktiver Offizier nach dem Kaukasus versetzt worden war, am Tage vor der Abreise geben wollten. Dieser Swerkoff war gleichfalls von der ersten Klasse an mein Mitschüler gewesen, aber erst in den höheren Klassen hatte ich ihn ganz besonders zu hassen begonnen. In den unteren Klassen war er bloß ein netter, mutwilliger Knabe gewesen, den alle liebten. Übrigens haßte ich ihn auch schon in den unteren Klassen, und zwar gerade deshalb, weil er ein netter und mutwilliger Knabe war. Was das Lernen anbetraf, so lernte er ausnahmslos schlecht, und zwar von Jahr zu Jahr schlechter; immerhin aber beendete er doch das Gymnasium, denn er hatte gute Protektion. Als er in den letzten Klassen war, fiel ihm eine Erbschaft zu, zweihundert Seelen, und da wir anderen fast alle arm waren, so tat er sich bald mit seinem Reichtum vor uns wichtig. Er war ja ein im höchsten Grade banaler Mensch, doch trotzdem ein guter Junge, selbst dann, wenn er aufschnitt. Bei uns aber scharwenzelten, abgesehen von sehr wenigen, fast alle vor ihm, trotz unserer zur Schau getragenen phantastischen und phrasenhaften Schuljungenbegriffe von Ehre und Ehrenhaftigkeit. Und man tat es nicht etwa, um von ihm etwas dafür zu erhalten, sondern einfach so, vielleicht weil ihn die Natur bei der Verteilung ihrer Gaben bevorzugt hatte. Zudem hielt man ihn, ich weiß nicht warum, für einen Spezialisten in allem, was Gewandtheit und gute Manieren anbetraf. Das ärgerte mich ganz

497

besonders. Ich haßte seine helle, selbstzufriedene Stimme, seine Bewunderung der eigenen Witzchen, die gewöhnlich äußerst dumm waren, wenn er auch sonst ganz unterhaltend sein konnte. Ich haßte sein hübsches, doch ziemlich dummes Gesicht (gegen das ich, nebenbei bemerkt, mein *kluges* gerne eingetauscht hätte) und seine ungezwungenen Offiziersmanieren. Ich haßte es, daß er von seinen zukünftigen Erfolgen bei Frauen sprach (doch konnte er sich nicht entschließen, mit ihnen eher anzufangen, als bis er die heißersehnten Offizierepauletten hatte), und haßte seine Prahlerei, daß er fortwährend Duelle haben werde. Ich erinnere mich noch, wie ich, der ich immer schweigsam war, plötzlich mich auf ihn stürzte, als er gerade in der Zwischenpause mit den Kameraden selbstzufrieden wie ein junger Köter in der Sonne wieder über die Weiber sprach und erklärte, daß er kein einziges Mädchen seines Gutes unbeachtet lassen würde, dieses wäre „droit de seigneur"; die Bauernkerle aber würde er, falls sie sich erdreisten sollten, zu protestieren, alle durchpeitschen und von diesen bärtigen Kanaillen dann noch doppelte Pacht fordern. Unsere Hamiten klatschten Beifall, ich aber stürzte mich auf ihn, jedoch keineswegs aus Mitleid mit den Mädchen, oder deren Vätern, sondern einfach, weil so ein Mistkäfer so großen Beifall fand. Ich behielt damals die Oberhand. Swerkoff aber war, wenn auch an und für sich dumm, doch lustig und dreist, und so zog er sich mit Lachen aus der Situation, und zwar gelang ihm das so gut, daß ich im Grunde genommen denn doch nicht ganz die Oberhand behielt: die Lacher waren auf seiner Seite. Später besiegte er mich noch mehrmals, doch eigentlich ganz ohne Bosheit, mehr scherzend, so im Vorübergehen, lachend. Ich tat, als ob ich ihn verachtete, und schwieg. Als wir das Gymnasium beendet hatten, näherte er sich mir ein wenig und ich sträubte mich nicht sonderlich, denn es schmeichelte mir selbstverständlich sehr; doch bald gingen wir wieder auseinander, was ja ganz natürlich war. Später hörte ich von seinen Leutnantserfolgen, von seinem flotten Leben. Darauf hieß es, daß er im Dienst gute Fortschritte mache. Nach einiger Zeit grüßte er mich nicht mehr auf der Straße; wohl um sich nicht durch die Bekanntschaft mit einer so unbedeutenden Persönlichkeit zu kompromittieren. Einmal sah ich ihn auch im Theater, da hatte er schon Achselschnüre. Er machte den Töchtern irgendeines alten Generals eifrig den Hof. Darauf, so nach drei Jahren, hatte er sich plötzlich ziemlich stark verändert, wenn er auch noch wie früher hübsch und gewandt war: er wurde dick; und als ich ihn nachher wiedersah, war sein Gesicht schon ein wenig aufgedunsen. Es war vorauszusehen, daß er mit dreißig Jahren feist werden würde. Also, diesem Swerkoff wollten meine Schulkameraden ein Abschiedsdiner geben. Sie hatten sich in diesen drei Jahren ununterbrochen mit ihm abgegeben, wenn sie sich auch innerlich – davon bin ich überzeugt – nicht für gleichstehend mit ihm hielten.

Von den beiden Gästen Ssimonoffs war der eine Ferfítschkin, ein Deutsch-Russe – ein Männchen von kleinem Wuchs mit einem Affengesicht, ein alle Welt verspottender Dummkopf, mein gehässigster Feind noch aus den untersten Klassen –, ein gemeiner, frecher Prahlhans, der vorgab, in Ehrensachen äußerst empfindlich zu sein, in Wirklichkeit aber natürlich ein Feigling war. Er gehörte zu jenen Anhängern Swerkoffs, die sich mit ihm nur abgaben, weil er gesellschaftlich höher stand und sie von ihm Geld borgen konnten. Der andere Gast Ssimonoffs war Trudoljúboff, kein sehr bemerkenswerter Mensch, Militär, von großem Wuchs mit einer kalten Physiognomie, ein Mensch, dem jeder Erfolg imponierte, und der im übrigen nur fähig war, über Rußlands Produktionsfähigkeit zu sprechen. Mit Swerkoff war er irgendwie entfernt verwandt, und das – es ist zwar dumm, so etwas zu sagen, aber es war nun einmal so –, das gab ihm unter uns eine gewisse Bedeutung. Mich hielt er für eine Null; wenn er auch nicht gerade sehr höflich zu mir war, so betrug er sich doch leidlich.

»Also abgemacht: pro Mann sieben Rubel«, fuhr Trudoljúboff fort, »— wir sind drei, macht also einundzwanzig. Dafür kann man schon dinieren. Swerkoff zahlt natürlich nicht.«

»Selbstverständlich zahlt er nicht, wenn wir ihn doch einladen«, meinte Ssimonoff.

»Aber ihr glaubt doch nicht etwa, Swerkoff werde uns allein zahlen lassen?« fragte plötzlich hochmütig auffahrend Ferfitschkin, ganz wie ein unverschämter Lakai, der mit den Orden seines Generals und Dienstherrn prahlt. »Aus Taktgefühl wird er es vielleicht tun, dafür aber von sich aus ein halbes Dutzend spendieren!«

»Na, sechs Flaschen Champagner wären denn doch zuviel für uns vier Mann«, bemerkte Trudoljúboff, dem nur das »halbe Dutzend« zu denken gab.

»Also wir drei, mit Swerkoff vier, für einundzwanzig Rubel im Hôtel de Paris, morgen um Punkt fünf«, schloß Ssimonoff, der zum Anordner gewählt worden war.

»Wieso einundzwanzig?« fragte ich, kaum daß er ausgesprochen hatte, einigermaßen erregt und scheinbar sogar gekränkt, »mit mir zusammen sind es doch nicht einundzwanzig, sondern achtundzwanzig Rubel!«

Ich glaubte, sich so plötzlich und unerwartet anzubieten, werde sich sehr schön ausnehmen und sie würden im Augenblick besiegt sein und mich achten.

»Wollen Sie denn auch —?« fragte statt dessen Ssimonoff ungehalten, wobei er es vermied, mich anzusehen. Er kannte mich auswendig.

Es ärgerte mich maßlos, daß er mich so gut kannte.

»Warum denn nicht? Ich bin doch, glaube ich, auch sein Schulfreund, und ich muß gestehen, es kränkt mich sogar, daß man mich übergangen hat«, plusterte ich mich auf.

»Wo, zum Teufel, sollte man Sie denn suchen?« mischte sich Ferfitschkin unverschämt ein.

»Sie standen sich doch niemals sehr gut mit Swerkoff«, bemerkte gleichfalls geärgert Trudoljúboff. Ich aber ließ nicht mehr davon ab.

»Ich glaube, darüber zu urteilen, steht mir allein zu«, entgegnete ich mit einem Beben in der Stimme, ganz als ob Gott weiß was geschehen wäre. »Vielleicht will ich gerade deswegen jetzt mit ihm speisen, weil ich mich früher nicht besonders mit ihm stand.«

»Na, wer kann denn das ahnen ... diese Feinheiten ...« bemerkte Truboljuboff halb auflachend.

»Also gut«, entschied Ssimonoff und wandte sich mir zu, — »morgen um fünf Uhr im Hôtel de Paris; verspäten Sie sich nicht«, fügte er hinzu.

»Und das Geld ...?« begann Ferfitschkin halblaut, indem er mit dem Kopf auf mich wies und Ssimonoff fragend anblickte, verstummte aber, da sogar Ssimonoff verlegen wurde.

»Nun, genug«, sagte Trudoljuboff und erhob sich. »Wenn er so große Lust hat, mag er kommen.«

»Aber unser Kreis ist doch ein privater Freundeskreis«, sagte Ferfitschkin wütend und griff gleichfalls nach seinem Hut. »Das ist doch keine öffentliche Versammlung ... Vielleicht wollen wir Sie überhaupt nicht ...«, brummte er.

Sie gingen: Ferfitschkin grüßte mich nicht einmal, Trudoljuboff nickte kaum, ohne mich dabei anzusehen. Ssimonoff, mit dem ich allein zurück blieb, war verdrossen und schien unangenehme Bedenken zu tragen; nur einmal blickte er mich sonderbar an. Er setzte sich nicht und forderte auch mich nicht auf, Platz zu nehmen.

»Hm ... ja ... also morgen. Geben Sie das Geld heute? Ich ... nur um es genau zu wissen«, begann er, brach aber verlegen ab.

Ich wurde rot, und im selben Augenblick fiel mir plötzlich ein, daß ich Ssimonoff noch seit undenklichen Zeiten fünfzehn Rubel schuldete, die ich übrigens nie vergessen, doch die ich ihm auch noch nie wiedergegeben hatte.

»Sagen Sie sich doch selbst, Ssimonoff, ich konnte es doch nicht wissen, als ich herkam ... es ist mir sehr peinlich, daß ich vergaß, m ...«

»Schon gut, schon gut, bleibt sich ja gleich. Sie können

dann morgen nach dem Diner zahlen. Ich fragte ja nur, um zu wissen ... Entschul ...«

Er stockte und verstummte mitten im Satz, schritt aber noch unwilliger im Zimmer auf und ab, wobei er mit den Absätzen immer stärker auftrat.

»Ich halte Sie doch nicht auf?« fragte ich ihn nach einigem Schweigen.

»Oh, nein!« protestierte er und tat, als ob er aus tiefen Gedanken auffahre, »das heißt ... im Grunde — ja. Sehen Sie, ich müßte eigentlich noch ausgehen, hier, nicht weit ...« fügte er mit gleichsam sich entschuldigender Stimme hinzu. Ersichtlich schämte er sich ein wenig.

»Ach, mein Gott! Warum haben Sie das nicht gleich gesagt!« rief ich, ergriff meine Dienstmütze und verabschiedete mich von ihm — übrigens benahm ich mich in dem Augenblick ganz ungezwungen liebenswürdig; Gott mag wissen, woher diese Sicherheit über mich kam.

»Es ist ja nicht weit ... Hier ganz in der Nähe ...«, wiederholte Ssimonoff etwas gar zu geschäftig, als er mich auf den Treppenflur hinausbegleitete. »Also morgen um Punkt fünf!« rief er mir noch nach; er war schon allzu froh über meinen Aufbruch. Ich aber raste innerlich vor Wut.

‚Was plagte dich, was plagte dich, deine Nase da hineinzustecken!‘ fragte ich mich zähneknirschend auf der Straße, ‚und das noch dazu für diesen Gauner, dieses Ferkel Swerkoff. Sehr einfach: ich gehe nicht hin! Natürlich, hol sie der Henker! Bin ich denn etwa gebunden? Morgen früh werde ich Ssimonoff brieflich benachrichtigen, durch die Stadtpost...‘

Aber ich raste ja doch nur deshalb vor Wut, weil ich wußte, weil ich genau, tödlich genau wußte, daß ich doch gehen würde! Und je taktloser, je unanständiger es wäre hinzugehen, um so eher würde ich gehen! — das wußte ich.

Und ich hatte sogar einen guten Grund, abzusagen: hatte kein Geld. Alles in allem besaß ich noch neun Rubel. Doch von diesen neun Rubeln mußte ich am nächsten Tage meinem Aufwärter Apollón, der bei mir wohnte, doch sich selbst beköstigte, seine Monatsgage, sieben Rubel, auszuzahlen.

Ihm *nicht* auszuzahlen war unmöglich, da ich den Charakter meines Apollón nur zu gut kannte. Doch auf diese Kanaille, auf diese meine Plage, meine Pestbeule werde ich noch ausführlicher zu sprechen kommen.

Aber ich wußte es ja im voraus, daß ich ihm das Geld doch nicht geben und unbedingt ins Hôtel de Paris gehen würde.

In jener Nacht plagten mich die abscheulichsten Träume. Kein Wunder: den ganzen Abend vorher hatten mich Erinnerungen aus den Kerkerjahren meiner Schulzeit gequält; nicht loszuwerden! In diese Schule hatten mich meine entfernten Verwandten gesteckt, — mich, den Waisenknaben, der ich ohnehin schon verprügelt und von ihren Vorwürfen fast erdrückt war. Ich war ein schweigsames, nachdenkliches Kind, das nur scheu beobachtete. Meine Mitschüler empfingen mich mit boshaften, unbarmherzigen Witzchen, weil ich ihnen so ganz unähnlich war. Ich aber konnte keinen Spott ertragen; ich konnte mich nicht so schnell wie andere Kinder mit ihnen einleben. Ich haßte sie vom ersten Tage an, zog mich ganz von ihnen zurück und wappnete mich mit schreckhaft empfindlichem und übermäßigem Stolz. Ihre Roheit empörte mich. Sie lachten zynisch über mein Gesicht, über meine Unbeholfenheit; und doch, was hatten sie selbst für dumme Gesichter! In unserer Schule wurden die Gesichter mit der Zeit immer stumpfsinniger. Wie viele prächtige Kinder traten bei uns ein, und schon nach wenigen Jahren war's widerlich, sie anzusehen. Ich war noch nicht sechzehn, als ich mich schon über die Flachheit ihrer Gedanken, die Dummheit ihrer Beschäftigungen, Spiele und Gespräche wunderte. Die wichtigsten Dinge, die auffallendsten Erscheinungen konnten sie nicht verstehen; ja, sie hatten nicht einmal Interesse für sie übrig, so daß ich sie unwillkürlich für unter mir stehende Geschöpfe hielt. Nicht etwa beleidigter Ehrgeiz veranlaßte mich dazu, und kommen Sie mir um Gottes willen nicht mit den bis zur Übelkeit vorgekauten Gemein-

503

plätzen, den alten abgedroschenen Phrasen, wie: „Sie träumten bloß, jene aber begriffen schon das wirkliche Leben." Nichts begriffen sie, vom wirklichen Leben ganz zu schweigen, und das, ich schwör's Ihnen, das war es gerade, was mich an ihnen am meisten empörte. Im Gegenteil, die augenscheinlichste, die auffallendste Wirklichkeit faßten sie geradezu phantastisch dumm auf, und schon damals achteten sie nur den Erfolg. Alles, was im Recht, doch erniedrigt und verschüchtert war, darüber wurde von ihnen nur grausam und schmählich gelacht. Rang oder Titel hielten sie für Verstand; schon mit sechzehn Jahren philosophierten sie über warme Pöstchen, ich meine: über gute, ruhige Posten. Natürlich kam das meistenteils von ihrer Dummheit und dem schlechten Beispiel, das sie von Kindheit an vor Augen hatten. Verdorben waren sie bis zur Ungeheuerlichkeit. Natürlich war hierbei vieles nur äußerlich, war nur angenommener Zynismus; Jugend und eine gewisse Frische durchbrachen auch bei ihnen zuweilen die Verderbnis, doch selbst diese Frische war an ihnen nicht anziehend. Ich haßte sie maßlos, obgleich ich womöglich noch schlechter war als sie. Sie zahlten mir mit derselben Münze heim und machten auch aus ihrem Haß keinen Hehl. Ich aber wollte schon damals nichts mehr von ihrer Liebe wissen; im Gegenteil, ich wollte sie nur noch erniedrigen. Um mich vor ihren Spötteleien zu schützen, bemühte ich mich absichtlich, möglichst gut zu lernen, und so wurde ich denn bald einer der besten Schüler. Das imponierte ihnen natürlich. Zudem leuchtete es ihnen allmählich ein, daß ich schon Bücher las, die sie nicht lesen konnten, und daß ich schon Dinge (die nicht in unseren Unterricht gehörten) begriff, von denen sie noch nicht einmal reden gehört hatten. Doch auch dazu verhielten sie sich wie immer verständnislos und spöttisch, aber moralisch unterwarfen sie sich, namentlich als selbst die Lehrer in dieser Beziehung auf mich aufmerksam wurden. Die Spötteleien hörten auf, aber die Feindseligkeit hörte nicht auf, und das Verhältnis zwischen ihnen und mir blieb kühl und gezwungen.

504

Zu guter Letzt hielt ich es selbst nicht aus: mit den Jahren stellte sich bei mir das Bedürfnis nach Menschen und Freunden ein. Ich versuchte, mich einigen zu nähern, aber diese Annäherungen waren von mir aus immer unnatürlich, und so hörten sie denn auch bald wieder auf. Einmal hatte ich allerdings so etwas wie einen Freund. Da ich aber schon von Hause aus Despot war, wollte ich unumschränkt über seine Seele herrschen, wollte ihm Verachtung für die Menschen seiner Umgebung beibringen; ich verlangte von ihm, er solle hochmütig ganz und gar mit ihnen brechen. Ich ängstigte ihn mit meiner leidenschaftlichen Freundschaft; ich brachte ihn bis zu Tränen, bis zum Zittern; er hatte eine naive, sich hingebende Seele; doch als er sich mir ganz ergeben hatte, da erfaßte mich plötzlich Haß gegen ihn, und ich stieß ihn von mir, — ganz als ob ich ihn nur dazu gebraucht hätte, um ihn zu besiegen, ihn mir zu unterwerfen. Alle aber konnte ich doch nicht so besiegen; mein Freund war gleichfalls nicht wie die anderen, er glich keinem einzigen von ihnen und war in jeder Beziehung eine Ausnahme. Meine erste Tat nach Beendung der Schule war, daß ich die Laufbahn, die man für mich vorgesehen hatte, sofort aufgab, um so alle Fäden, die mich an das Frühere banden, zu zerreißen, das Vergangene zu verfluchen und den Staub alles Gewesenen von meinen Füßen zu schütteln ... Der Teufel mag wissen, warum ich mich dann noch zu diesem Ssimonoff schleppte! ...

Am nächsten Morgen erwachte ich sehr früh, erinnerte mich sofort des Geschehenen und sprang erregt aus dem Bett, ganz als hätte ich unverzüglich hingehen müssen. Ich glaubte, daß noch am selben Tage irgendein radikaler Umschwung in meinem Leben beginnen, ja, *unbedingt* beginnen werde. Weiß Gott, vielleicht geschah es nur aus Ungewohnheit, aber bei jedem äußeren, wenn auch noch so kleinen Ereignis schien es mir, daß sofort irgendein radikaler Umschwung in meinem Leben eintreten werde. Übrigens begab ich mich an jenem Tage wie gewöhnlich in meine Kanzlei, verließ sie jedoch heimlich schon zwei Stunden früher als sonst, um mich zu Hause vorzubereiten. ‚Die Hauptsache ist nur‘, dachte ich, ‚daß du nicht als erster erscheinst, sonst würde man denken, du freutest dich schon so sehr auf das Essen, daß du es nicht abwarten kannst.‘ Doch solcher Hauptsachen gab es Tausende und alle regten sie mich bis zu völliger Erschöpfung auf. Eigenhändig putzte ich noch einmal meine Stiefel — waren mir nicht blank genug; Apollon hätte sie um nichts in der Welt zweimal am Tage geputzt, denn er fand, daß das nicht in der Ordnung sei. Und so putzte ich sie denn selbst, nachdem ich die Bürste im Vorzimmer heimlich stibitzt hatte, in meinem Zimmer, damit er es nicht bemerke und mich danach nicht verachte. Darauf besah ich meine Kleider und fand, daß alles schon alt und abgetragen war. Hatte mein Äußeres schon etwas zu sehr vernachlässigt. Der Überzieher ging noch an, aber ich konnte doch nicht im Überzieher dinieren. Doch das Schlimmste waren die Beinkleider: gerade auf dem Knie war ein großer gelblicher Fleck. Ich fühlte es im voraus, daß allein schon dieser Fleck mir neun Zehntel meiner Würde nehmen mußte. Auch wußte ich, daß es sehr niedrig war, so zu denken. ‚Doch jetzt ist's nicht mehr ums Denken zu tun: jetzt beginnt die Wirklichkeit‘, dachte ich und verlor immer mehr den Mut. Ich wußte auch ganz genau, selbst in dem Augenblick, als ich jenes dachte, daß ich alle diese Dinge ungeheuer vergrößerte; aber was sollte ich machen: mich beherrschen war unmöglich. Fieberschauer schüttelten mich. Verzweifelt stellte ich mir vor, wie das alles sein werde: wie dieser „Schuft“ von einem Swerkoff mich herablassend und kühl begrüßt; mit welch einer stumpfsinnigen, mit nichts abzuwehrenden Verachtung der Dummkopf Trudoljuboff auf mich herabsieht, und wie gemein und frech dieser Mistkäfer Ferfitschkin über mich kichert, um Swerkoff zu gefallen; wie vorzüglich Ssimonoff alles versteht, wie er mich durchschaut und mich wegen der Niedrigkeit meines Ehrgeizes und Kleinmutes verachtet. Und vor allen Dingen: wie kläglich, wie unliterarisch, wie alltäglich das alles sein würde! Am besten wäre es natürlich gewesen, überhaupt nicht hinzugehen. Aber gerade das war ja ganz und gar unmöglich: wenn es mich schon einmal irgendwohin zog, so war nichts mehr zu wollen. Ich würde mir ja dann mein Leben lang keine Ruhe lassen: ‚Hast doch Angst bekommen, hehe, hast vor der *Wirklichkeit* Angst bekommen, jaja!' Nein, das war ganz ausgeschlossen. Ich aber wollte doch gerade diesem *Pack* beweisen, daß ich keineswegs solch ein Feigling war, wie ich selbst glaubte. Ja, im stärksten Paroxysmus meiner feigen Erregung wollte ich sie mir sogar unterwerfen, sie besiegen, bezaubern, zwingen, mich zu lieben — na, sagen wir meinetwegen »wegen der Erhabenheit meines Gedankenfluges und sprühenden Geistes«. Sie würden Swerkoff ganz vergessen, er würde abseits sitzen, schweigen und sich schämen, ich aber würde Swerkoff einfach erledigen. Später könnte ich mich ja wieder mit ihm versöhnen, meinetwegen sogar Brüderschaft trinken; doch was am bittersten und kränkendsten für mich war, das war, daß ich im selben Augenblick doch wußte, genau, tödlich genau wußte, daß ich dessen in Wirklichkeit überhaupt nicht bedurfte, daß ich sie im Grunde überhaupt nicht mir unterwerfen oder besiegen wollte, und daß ich für diesen ganzen Erfolg, wenn ich ihn erringen könnte, selbst nicht eine Kopeke geben würde. Oh, wie betete ich zu Gott, daß dieser Tag schneller vorübergehen möge! In unbeschreiblicher Seelenangst trat ich ans Fenster und starrte in die neblige Dämmerung des dicht fallenden Schnees ...

Endlich schlug es: meine kleine erbärmliche Wanduhr schnurrte heiser fünf Schläge. Ich ergriff meine Kopfbedeckung und schlüpfte ohne aufzusehen an Apollón vorüber — der seit dem Morgen die Auszahlung seines Monatsgehaltes von mir erwartete, in seiner Dummheit jedoch es für unter seiner Würde hielt, mich daran zu erinnern — und nahm darauf für meinen letzten Fünfziger einen guten Schlitten, um als vornehmer Herr am Hôtel de Paris vorzufahren.

IV

Schon am Abend vorher hatte ich es gewußt, daß ich als erster eintreffen würde. Jetzt kam es aber schon nicht mehr darauf an.

Von ihnen war noch niemand erschienen, und erst nach langem Suchen konnte ich das für uns bestellte Zimmer finden. Der Tisch war noch nicht ganz gedeckt. Was hatte das zu bedeuten? Nach vielen Fragen und endlosem Hin und Her erfuhr ich endlich von den Kellnern, daß das Diner auf sechs und nicht auf fünf Uhr bestellt worden war. Das bestätigte man mir auch am Buffet. Ich schämte mich, noch mehr zu fragen. Es war erst fünfundzwanzig Minuten nach fünf. Wenn sie die Stunde geändert hatten, so wäre es ihre Pflicht gewesen, mich davon zu benachrichtigen, dafür gibt es doch eine Stadtpost, nicht aber mich der „Schande" auszusetzen vor ... vor mir selbst wie ... nun, wie auch vor den Kellnern. Ich setzte mich; bald darauf kam der Diener, um den Tisch zu decken. In seiner Gegenwart wurde das Warten noch unangenehmer, und das Benehmen der anderen gegen mich noch kränkender. Kurz vor sechs Uhr wurden noch Kerzen gebracht, da die Lampen das Zimmer nicht genügend erhellten. Dem Bedienten war es nicht in den Sinn gekommen, sie sofort, nachdem ich mich gesetzt hatte, zu bringen. Im Nebenzimmer speisten an verschiedenen Tischen zwei alte schweigsame, augenscheinlich mürrische Herren. In einem der weitergelegenen Zimmer ging es sehr laut zu, es wurde dort sogar geschrien; man hörte das Gelächter einer ganzen Gesellschaft, hin und wieder sogar auch gemeines französisches Gekreisch: ein Diner mit Damen. Kurz, es war widerlich. Selten hatte ich so scheußliche Minuten durchlebt ... infolgedessen war ich denn, als sie endlich alle zusammen um Punkt sechs erschienen, im ersten Augenblick so erfreut, daß ich fast ganz vergaß, wie es sich gehörte, den Gekränkten zu spielen.

Swerkoff trat als erster ein; natürlich war er der Erste!

Sie lachten alle. Als aber Swerkoff mich erblickte, nahm er sofort eine steifere Haltung an, und kam langsam, in der Taille ein wenig vorgeneigt, gleichsam kokettierend mit seiner Gestalt, auf mich zu und reichte mir die Hand; zwar tat er das freundlich — wenn auch nicht gerade sehr —, aber er tat es doch mit einer gewissen Vorsicht, mit fast exzellenzenhafter Höflichkeit, ganz als ob er sich im selben Augenblick vor irgend etwas in acht nehmen wollte. Ich hatte gedacht, er würde sofort beim Eintritt mit seinem alten Lachen, seinen flachen Witzchen und Späßchen beginnen. Auf die hatte ich mich schon seit dem Abend vorbereitet. Doch nie und nimmer hatte ich solch ein Vonobenherab, solch eine Generalsliebenswürdigkeit erwartet. Er hielt sich wohl in jeder Beziehung für unvergleichlich höherstehend. Wenn er mich mit dieser Würde hätte kränken wollen, so wär's weiter nicht schlimm gewesen, dachte ich; hätte ausgespuckt, und damit wär's abgetan gewesen. Wie aber, wenn sich in seinem elenden Kalbskopf tatsächlich die blöde Idee, er stehe hoch über mir und könne sich nur gönnerhaft zu mir verhalten, festgesetzt hatte, und er überhaupt nicht beabsichtigte, mich zu beleidigen? Bei der bloßen Vorstellung dieser Möglichkeit schnappte ich schon nach Luft.

»Ich hörte zu meinem Erstaunen von Ihrem Wunsch, mit uns den Abend zu verbringen«, begann er in seiner albernen Weise zu sprechen, indem er die Worte ganz besonders langsam und deutlich aussprach, was er früher nicht getan hatte. »Der Zufall hat es gewollt, daß wir uns lange nicht gesehen haben. Sie sind ja ganz menschenscheu geworden, nur tun Sie uns damit Unrecht. Wir sind nicht so furchtbar, wie wir scheinen. Nun, jedenfalls er—neu—ere ich gern . . .«

Er wandte sich nachlässig zum Fenster, um seinen Hut aus der Hand zu legen.

»Warten Sie schon lange?« fragte Trudoljuboff.

»Ich kam um Punkt fünf, wie man es mir gestern gesagt hatte«, antwortete ich laut und mit einer Gereiztheit, die einen nahen Ausbruch versprach.

»Hast du ihn denn nicht benachrichtigt?« fragte Trudoljuboff etwas erstaunt Ssimonoff.

»Nein. Hab's vergessen«, antwortete dieser ohne die geringste Verlegenheit und ging, sogar ohne sich bei mir deswegen zu entschuldigen, hinaus ans Buffet, um die Weine zu bestellen.

»Dann warten Sie hier schon seit einer Stunde? Ach, Sie Ärmster!« rief Swerkoff spöttisch auflachend, denn nach seinen Begriffen mußte das allerdings furchtbar lächerlich sein; und gleich nach ihm stimmte auch Ferfitschkin mit seiner dünnen Stimme wie ein Schoßhündchen in das Gelächter ein. Mußte doch auch ihm meine Lage überaus lächerlich und beschämend erscheinen.

»Das ist durchaus nicht lächerlich!« fuhr ich Ferfitschkin plötzlich an, durch das Lachen noch mehr gereizt. »Die Schuld daran tragen andere, nicht ich. Man hat es nicht für nötig befunden, mich zu benachrichtigen. Das ist... das ist... das ist... einfach ungezogen!«

»Nicht nur ungezogen, sondern auch noch etwas anderes«, brummte Trudoljuboff, der naiv für mich eintrat. »Sie sind etwas zu gutmütig. Das ist einfach eine Beleidigung. Selbstverständlich keine beabsichtigte. Wie hat aber auch Ssimonoff nur... Hm!«

»Wenn man sich mir gegenüber so etwas erlaubt hätte«, bemerkte Ferfitschkin, »so würde ich...«

»So würden Sie sich etwas bestellt haben, nicht wahr«, unterbrach ihn Swerkoff. »Oder Sie hätten sich das Diner servieren lassen, ohne auf die anderen zu warten.«

»Sie werden zugeben, daß ich das ohne weiteres hätte tun können«, sagte ich kurz, um das Gespräch abzubrechen. »Wenn ich wartete, so geschah es nur...«

»Setzen wir uns, meine Herren!« rief der eintretende Ssimonoff, »alles ist bereit! Für den Champagner garantiere ich: tadellos gekühlt... Ich wußte doch nicht, wo Sie wohnen, und wo hätte ich Sie denn finden können?« sagte er plötzlich zu mir gewandt, doch vermied er es wieder, mich

510

offen anzusehen. Ersichtlich hatte er wohl etwas gegen mich.

Sie setzten sich alle; auch ich nahm Platz. Es war ein runder Tisch. Links von mir saß Trudoljuboff, recht Ssimonoff, Swerkoff mir gegenüber; Ferfitschkin zwischen ihm und Trudoljuboff.

»Saagen Sie . . . Sie sind in welchem Département?« fragte mich Swerkoff, der im Ernst glaubte, da er sah, daß ich gereizt war, man müsse mich freundlich behandeln und ein wenig beruhigen. — ‚Was will er eigentlich von mir? Will er, daß ich ihm eine Flasche an den Kopf werfe?‘ dachte ich, innerlich bebend vor Wut. Ungewohnt an Verkehr mit Menschen, war ich schnell gereizt.

»In der . . . schen Kanzlei«, antwortete ich schroff, den Blick auf den Teller gesenkt.

»Und! . . . S–sie s–sind mit Ihrer Stellung zufrieden? S–saagen Sie doch, was verr–anlaßte Sie eigentlich, Ihren früheren Dienst zu ver–lassen?«

»Mich verrr–anlaßte dazu, daß ich meinen früheren Dienst verlassen wollte«, sagte ich, dreimal länger das r rollend — ich konnte mich schon nicht mehr beherrschen. Ferfitschkin schneuzte sich umständlich. Ssimonoff blickte mich von der Seite ironisch an; Trudoljuboff legte Messer und Gabel hin und betrachtete mich gleichfalls interessiert.

Swerkoff tat, als ob er nichts bemerkt hätte.

»Nun, und Ihr Gehalt?«

»Welch ein Gehalt?«

»Ich meine Ihre Gaa–ge?«

»Wozu examinieren Sie mich?« — Übrigens sagte ich gleich darauf, wieviel ich erhielt und wurde dabei feuerrot.

»Das ist all–lerdings nicht viel«, bemerkte Swerkoff würdevoll.

»Ja, ja, damit kann man nicht in Café-Restaurants dinieren!« fügte Ferfitschkin unverschämt hinzu.

»Ich finde das einfach armselig«, meinte Trudoljuboff mit ernstem Gesicht.

»Und wie ma–ger Sie geworden sind, wie S–sie sich verändert haben . . . seit der Zeit . . .«, fuhr Swerkoff nicht ohne Bosheit mit einem gewissen ironischen Bedauern fort, während er mich und meinen Anzug betrachtete.

»Lassen Sie ihn, machen Sie ihn doch nicht ganz verlegen«, rief Ferfitschkin.

»Mein Herr, ich bitte Sie zu begreifen, daß ich mich nicht im geringsten verlegen machen lasse!« rief ich zornig, da mich meine Selbstbeherrschung schon ganz verlassen hatte. »Hören Sie! Ich speise hier im ‚Café-Restaurant‘ für mein Geld, für meines, und nicht auf Kosten anderer, merken Sie sich das, monsieur Ferfitschkin.«

»Wie — wa—as!? Wer speist denn hier *nicht* für sein Geld? Sie tun ja wirklich, als ob . . .« Ferfitschkin konnte natürlich nicht nachgeben — er war rot wie ein Krebs und blickte mir starr in die Augen.

»So — Da—as!« antwortete ich, und da ich fühlte, daß ich schon zu weit gegangen war, fügte ich hinzu: »und ich glaube, wir täten besser, ein etwas klügeres Gespräch zu führen.«

»Sie beabsichtigen wohl, Ihren Verstand zu zeigen?«

»Oh, beruhigen Sie sich: das wäre hier vollkommen überflüssig.«

»Was fehlt Ihnen eigentlich, Verehrtester? Sie scheinen ja, wenn Sie einmal ins Gackern gekommen sind, nicht mehr aufhören zu können. Oder haben Sie Ihren Verstand vielleicht in Ihrem Debartemang gelassen?«

»Genug, meine Herren, genug!« rief allmächtig Swerkoff dazwischen.

»Wie dumm das ist!« brummte halblaut Ssimonoff.

»Du hast recht, das ist wirklich dumm. Wir haben uns hier als Freunde versammelt, zum letzten Mal, um Abschied zu nehmen von unserem verreisenden Freund, und Sie müssen es natürlich wieder zu einem Streit bringen«, sagte Trudoljuboff, wobei er sich grob an mich allein wandte. »Sie haben sich uns gestern selbst aufgedrängt, so stören Sie denn jetzt bitte nicht die allgemeine Harmonie. . . .«

»Genug, genug!« rief Swerkoff. »Hören Sie auf, meine Herren, das geht wirklich nicht so weiter. Ich werde Ihnen lieber erzählen, wie ich vor drei Tagen beinah geheiratet hätte, tatsächlich!...«

Und so begann denn die Erzählung der Geschichte, wie dieser Herr vor drei Tagen beinah geheiratet hätte. Von dem Heiratsprojekt selbst war eigentlich wenig die Rede, oder richtiger, überhaupt nicht; alles drehte sich immer nur um Generäle, Generalleutnants, Obristen und sogar Kammerjunker, und unter diesen spielte Swerkoff nahezu die erste Rolle. Bald erhob sich auch beifälliges Lachen; Ferfitschkin wieherte förmlich.

Mich vergaßen sie ganz; ich saß moralisch vernichtet auf meinem Stuhl und schwieg.

‚Gott, ist denn das meine Gesellschaft?‘ dachte ich. ‚Und als was für ein Tölpel habe ich mich ihnen gezeigt! Aber Ferfitschkin habe ich doch zu viel erlaubt. Da denken nun die Rüpel, sie erwiesen mir große Ehre, wenn sie mir an ihrem Tisch einen Platz geben, und begreifen nicht, daß *ich* es bin, der ihnen Ehre erweist, aber nicht etwa sie mir! ‚Wie mager!! Wie verändert!‘ Oh, diese verfluchten Hosen! Swerkoff hat ja schon bei der Begrüßung den gelben Fleck auf dem Knie bemerkt... Ach was! Stehe sofort auf, nehme meinen Hut und gehe ohne ein Wort zu sagen... Aus Verachtung! Und morgen meinetwegen auf Pistolen... Diese Schufte! Mir tun doch nicht die sieben Rubel leid. Aber sie könnten denken... Hol's der Teufel! Was sind denn sieben Rubel! Ich gehe sofort!...‘

Natürlich blieb ich.

Vor Kummer trank ich Lafitte und Sherry glasweise. Da ich das Trinken aber nicht gewohnt war, so wurde ich bald betrunken, und mit der Trunkenheit wuchs auch der Ärger. Mich überkam plötzlich die Lust, sie alle in der frechsten Weise zu beleidigen und dann wegzugehen. ‚Den günstigsten Augenblick abwarten und dann sich einmal zeigen. Mögen sie sagen: wenn er auch lächerlich ist, so ist er doch klug...

und... und... mit einem Wort, der Teufel hole sie alle!'

Ich betrachtete sie unverschämt mit meinen besoffenen Augen; sie aber taten, als bemerkten sie mich überhaupt nicht. Bei *ihnen* ging es laut und fröhlich zu. Es war immer noch Swerkoff, der da sprach. Er erzählte von irgendeiner schönen Dame, die er endlich so weit gebracht haben wollte, daß sie ihm eine Liebeserklärung machte (er log natürlich wie... wie ein Mensch), und daß ihm in dieser Sache sein intimer Freund, der Husarenoffizier Kolja — irgendein Fürst, der dreitausend Leibeigene besitzen sollte — ganz besonders geholfen hätte.

»Das hindert natürlich nicht, daß es diesen Kolja, der dreitausend Leibeigene besitzen soll, überhaupt nicht gibt«, mischte ich mich plötzlich in das Gespräch.

Alle verstummten.

»Sie sind ja schon jetzt besoffen«, sagte endlich Trudoljuboff, der allein mich zu bemerken geruhte, und blickte mich mit Verachtung von der Seite an. Swerkoff fixierte mich schweigend wie einen winzigen Käfer. Ich senkte meinen Blick. Ssimonoff beeilte sich, Champagner einzuschenken.

Trudoljuboff erhob das Glas, und seinem Beispiel folgten alle, außer mir.

»Auf deine Gesundheit! und glückliche Reise!« rief er Swerkoff zu, »auf die vergangenen Jahre, meine Herren, und auf unsere Zukunft! Hurra!«

Alle tranken und gingen dann zu Swerkoff, um ihn zu küssen. Ich saß reglos da, das volle Glas vor mir unberührt.

»Sie wollen also nicht trinken?!« brüllte mich plötzlich Trudoljuboff, dem die Geduld riß, drohend an.

»Ich möchte meinerseits einen Speech halten... und dann erst werde ich trinken, Herr Trudoljuboff.«

»Widerlicher Giftpilz!« brummte Ssimonoff.

Ich richtete mich auf meinem Stuhl etwas gerader auf, nahm das Glas in fiebernder Erwartung von etwas ganz Ungewöhnlichem und wußte selbst noch nicht, was ich eigentlich sagen würde.

514

»Silence!« rief Ferfitschkin. »Jetzt wird's Verstand ha-
geln!«

Swerkoff erwartete sehr ernst, was da kommen werde,
denn er begriff wohl, worum es sich handelte.

»Herr Oberleutnant Swerkoff«, begann ich, »ich hasse die
Phrase, die Phraseure und die geschnürten Taillen . . . Das
ist der erste Punkt, und hierauf folgt der zweite.«

Alle wurden unruhig.

»Der zweite Punkt ist: ich hasse gewisse Damen und die
Liebhaber dieser Damen. Besonders die Liebhaber! Der dritte
Punkt: ich liebe Wahrheit, Aufrichtigkeit und Ehrlichkeit«,
fuhr ich fast mechanisch fort, denn ich fühlte mich schon ge-
frieren, erstarren vor Entsetzen; begriff ich doch selbst nicht,
wie ich das alles so sagen konnte. »Ich liebe Gedanken, Monsieur Swerkoff; ich liebe wahre Kameradschaftlichkeit auf
gleichem Fuß, nicht aber . . . hm! . . . Ich liebe . . . Doch
übrigens — wozu? Auch ich werde auf Ihre Gesundheit trinken, Monsieur Swerkoff. Verführen Sie Tscherkessinnen,
erschießen Sie die Feinde des Vaterlandes und . . . und . . .
Auf Ihre Gesundheit, Monsieur Swerkoff!«

Swerkoff erhob sich, verbeugte sich gemessen und sagte
eisig:

»Ich danke Ihnen sehr.«

Er war maßlos gekränkt und sogar bleich im Gesicht.

»Zum Teufel noch einmal!« rief Trudoljuboff empört und
schlug mit der Faust auf den Tisch.

»Für so etwas verabreicht man Ohrfeigen!« kreischte Ferfitschkin.

»Laßt ihn einfach rausschmeißen!« brummte Ssimonoff.

»Kein Wort, meine Herren, kein Wort weiter!« rief feierlich Swerkoff und hielt damit die allgemeine Empörung auf.
»Ich danke Ihnen allen, meine Herren, doch ich werde ihm
selbst zu beweisen verstehen, wie ich seine Worte einschätze.«

»Herr Ferfitschkin, morgen noch werden Sie mir für Ihre
Worte Genugtuung geben!« sagte ich plötzlich laut, mich
wichtig Ferfitschkin zuwendend.

»Sie meinen — ein Duell? Mit Vergnügen«, antwortete
der, doch war ich in dem Augenblick, als ich ihn forderte,
wahrscheinlich so lächerlich, daß Swerkoff, Ssimonoff und
Trudoljuboff, und nach ihnen auch Ferfitschkin, plötzlich in
schallendes Gelächter ausbrachen.

»Er ist ja schon ganz besoffen, beachten wir ihn nicht weiter!« sagte schließlich angeekelt Trudoljuboff.

»Werde mir nie verzeihen, daß ich ihn zugelassen habe!«
brummte Ssimonoff.

‚Jetzt einfach eine Flasche ihnen allen an den Kopf‘, dachte
ich, nahm die Flasche und ... schenkte mir das Glas bis zum
Rande voll.

‚Nein, lieber bleibe ich bis zum Schluß hier!‘ fuhr ich fort
zu denken. ‚Euch, meine Besten, euch könnte jetzt wohl
nichts Angenehmeres geschehen, als daß ich aufstünde und
fortginge. Nichts da! Werde zum Trotz bis zum Schluß sitzen bleiben, zum Zeichen dessen, daß ich euch nicht die geringste Wichtigkeit beilege. Werde sitzen und trinken, denn
das hier ist doch ein Wirtshaus und ich habe bezahlt, werde
sitzen und trinken, denn in meinen Augen seid ihr nichts
als Tölpel, nicht vorhandene Tölpel! Werde sitzen und trinken ... und singen, wenn's mir einfällt, ja, und auch singen,
denn ich habe das Recht ... zu singen ... hm!‘

Aber ich sang doch nicht. Ich bemühte mich bloß, keinen
von ihnen anzusehen! ich nahm die ungeniertesten Posen
an und wartete ungeduldig, wann sie mit mir wieder sprechen würden, — sie *zuerst!* Doch leider taten sie es nicht. Ach,
und wie wünschte ich in diesem Augenblick, mich mit ihnen
zu versöhnen! Es schlug acht ... Es schlug neun. Sie gingen
vom Tisch zum Diwan. Swerkoff streckte sich sofort aus und
legte einen Fuß auf ein kleines rundes Tischchen. Dorthin
wurde dann auch der Wein gebracht. Er setzte ihnen tatsächlich drei Flaschen an. Mich forderte er natürlich nicht auf.
Die anderen setzten sich um ihn herum und hörten ihm an-
dächtig zu. Man sah es ihnen an, daß sie ihn liebten. ‚Weswegen? Weswegen nur?‘ dachte ich bei mir. Zuweilen gerie-

516

ten sie in trunkene Begeisterung und fielen dann einander um
den Hals. Sie sprachen vom Kaukasus, sprachen über die
wahre Leidenschaft, über das Kartenspiel, über vorteilhafte
Posten im Dienst, sprachen über die Einkünfte, die der Husarenoffizier Poddharschéwski hatte — ein Mensch, den keiner von ihnen persönlich kannte —, und sie freuten sich, daß
er große Einkünfte hatte; sie sprachen von der ungewöhnlichen Schönheit und Grazie der Fürstin D—i, die gleichfalls
keiner von ihnen gesehen hatte; endlich kam es soweit, daß
Shakespeare von ihnen für unsterblich erklärt wurde.

Ich lächelte spöttisch und ging in der anderen Hälfte des
Zimmers auf und ab: vom Tisch bis zum Ofen und vom
Ofen bis zum Tisch. Aus allen Kräften strengte ich mich an,
ihnen zu zeigen, daß ich auch ohne sie auskommen könne;
mittlerweile aber fing ich absichtlich an, so laut wie möglich
aufzutreten, ja, ich stampfte sogar ganz ordentlich mit den
Absätzen. Doch alles war vergeblich. *Sie* schenkten mir nicht
die geringste Beachtung. Ich hatte die Geduld, in dieser
Weise vor ihnen von acht bis elf auf und ab zu gehen, immer auf ein und derselben Stelle: vom Tisch bis zum Ofen
und vom Ofen bis zum Tisch. ,So, ich gehe einfach, und niemand kann mir das verbieten.' Der abräumende Bediente
hielt mehrmals in seiner Beschäftigung inne, um mich verwundert zu betrachten. Von dem häufigen Umkehren drehte
sich mir schon alles im Kopf, zuweilen schien mir alles nur
ein Fieberwahn zu sein. In diesen drei Stunden geriet ich
dreimal in Schweiß und wurde dreimal wieder pulvertrok-
ken. Mitunter bohrte sich mir mit tiefem, ätzendem Weh
der Gedanke ins Herz, daß ich mich noch nach zehn Jahren,
nach zwanzig, nach vierzig Jahren, ja, selbst nach vierzig
Jahren noch mit Schmerz und Selbstverabscheuung an diese
schmutzigsten, lächerlichsten und schrecklichsten Augenblicke
meines ganzen Lebens erinnern würde. Noch gewissenloser
und noch freiwilliger sich selbst zu erniedrigen, war schon
unmöglich, und ich begriff das vollkommen, ja, wirklich,
das begriff ich so voll und ganz, wie man's besser überhaupt

517

nicht gekonnt hätte — und trotzdem fuhr ich fort, zwischen
Tisch und Ofen hin und her zu gehen. ‚Oh, wenn ihr nur
wüßtet, welcher Gefühle und Gedanken ich fähig bin, und
überhaupt wie entwickelt ich bin!‘ dachte ich, mich in Gedanken zu dem Diwan wendend, auf dem meine Feinde
saßen. Meine Feinde aber taten, als wäre ich überhaupt nicht
anwesend. Einmal, nur ein einziges Mal wandten sie sich
nach mir um, nämlich als Swerkoff über Shakespeare sprach
und ich plötzlich laut auflachte: ich lachte so unnatürlich,
so gemein, daß sie alle im selben Augenblick verstummten
und mich zwei oder drei Minuten lang schweigend und ernst
betrachteten, wie ich an der Wand vom Tisch bis zum Ofen
und vom Ofen bis zum Tisch ging und *sie überhaupt nicht
beachtete.* Aber sie sagten kein Wort und wandten sich wieder von mir ab. Da schlug es elf.

»Meine Herren!« rief Swerkoff, plötzlich aufspringend.
»Jetzt gehen wir alle *dorthin!«*

»Versteht sich! Natürlich!« riefen die anderen.

Ich drehte mich hastig um und trat auf Swerkoff zu. Ich
war dermaßen abgequält, dermaßen zermartert, daß ich, und
wenn es mir auch das Leben gekostet hätte, Schluß damit
machen mußte. Ich war im Fieber; meine vom Schweiß feucht
gewordenen Haare klebten an der Stirn und an den Schläfen.

»Swerkoff! Ich bitte Sie um Verzeihung«, sagte ich schroff
und entschlossen. »Auch Sie, Ferfitschkin, bitte ich, mir zu
verzeihen, und Sie alle, alle; ich habe alle beleidigt!«

»Aha! Das Duell scheint ihm doch 'nen Schrecken ein-
gejagt zu haben!« tuschelte Ferfitschkin boshaft seinem Nachbar zu.

Das schnitt mir weh ins Herz.

»Nein, Ferfitschkin, ich habe keine Angst vor dem Duell!
Ich bin bereit, mich morgen mit Ihnen zu duellieren, aber
erst nachdem wir uns versöhnt haben. Ich bestehe sogar darauf, und Sie können es mir nicht abschlagen. Ich will Ihnen
beweisen, daß ich das Duell nicht fürchte. Sie haben den
ersten Schuß, ich aber werde in die Luft schießen.«

»Will uns zum Narren halten«, bemerkte Ssimonoff.

»Will sich drücken!« meinte Trudoljuboff.

»So lassen Sie mich doch vorüber, Sie versperren einem ja den Weg!... Was wollen Sie denn eigentlich?« fragte Swerkoff verächtlich.

Alle waren sie rot; ihre Augen glänzten: sie hatten viel getrunken.

»Ich bitte Sie um Ihre Freundschaft, Swerkoff, ich habe Sie beleidigt, aber...«

»Beleidigt? S—sie? M—mich? Wissen Sie, mein Verehrtester, daß Sie niemals und unter keinen Umständen *mich* beleidigen können!«

»Ach, hol ihn der Kuckuck!« rief Trudoljuboff. »Fahren wir!«

»Olympia gehört mir, meine Herren, das ist meine Bedingung!« rief Swerkoff.

»Schön, wir machen sie Ihnen nicht streitig!« antwortete man ihm lachend.

Ich stand da wie ein Angespiener. Die Bande verließ geräuschvoll das Zimmer, Trudoljuboff stimmte irgendein Lied an. Ssimonoff aber blieb noch auf einen Augenblick zurück, um dem Bedienten das Trinkgeld zu geben. Da trat ich plötzlich an ihn heran.

»Ssimonoff! Borgen Sie mir sechs Rubel!« sagte ich entschlossen in meiner Verzweiflung.

Er sah mich über die Maßen verwundert mit sonderbar stumpfem Blick an. Er war gleichfalls betrunken.

»Ja, wollen Sie denn auch *dorthin* mit uns!«

»Ja!«

»Ich habe kein Geld!« sagte er kurz und wollte, vor Verachtung auflachend, das Zimmer verlassen.

Ich ergriff ihn am Rock. Das war ja ein Albdruck.

»Ssimonoff! Ich habe in Ihrem Beutel das Geld gesehen, warum schlagen Sie es mir ab? Bin ich denn ein Schuft? Hüten Sie sich, es mir abzuschlagen: wenn Sie wüßten, wenn Sie nur wüßten, wozu ich es erbitte! Davon hängt alles ab,

519

alles, meine ganze Zukunft hängt daran, alle meine Pläne...«

Ssimonoff nahm das Geld aus dem Beutel und warf es mir hin.

»Nehmen Sie's, wenn Sie so gewissenlos sind!« sagte er unbarmherzig und eilte den anderen nach.

Ich blieb allein zurück. Unordnung, Speisereste, ein zerschlagenes Glas auf dem Fußboden, verschütteter Wein, Zigarettenstummel, Rauch... Rausch und Fieberleere im Kopf, quälendes Weh im Herzen und schließlich der Kellner, der alles gesehen und gehört hatte und mir neugierig in die Augen blickte...

»Dorthin!« schrie ich auf. »Entweder liegen alle auf den Knien und flehen mich um meine Freundschaft an, oder... oder ich gebe Swerkoff eine Ohrfeige!«

V

Endlich, endlich ist der Zusammenstoß mit der Wirklichkeit gekommen!« murmelte ich, als ich die Treppe hinunterlief. »Das ist jetzt nicht mehr der Papst, der Rom verläßt, um nach Brasilien auszuwandern, das ist nicht mehr der Ball auf dem Comersee!«

‚Gemein bist du, wenn du jetzt darüber lachst!' zuckte es mir durch den Kopf.

»Meinetwegen!« rief ich mir selbst zur Antwort. »Jetzt ist ja doch schon alles verloren!«

Von ihnen war schon jede Spur verschwunden; doch was tat's schließlich: ich wußte, wohin sie gefahren waren.

An der Vorfahrt hielt einsam ein Schlitten; der Kutscher — einer von den Bauern, die die Not im Winter in die Stadt treibt, ein Wanjka in grobem Bauernkittel — war von dem immer noch träge fallenden nassen und gleichsam warmen Schnee schon ganz bestäubt. Die Luft war feucht und schwül. Sein kleines rauhhaariges, mageres Pferdchen war gleichfalls schon ganz weißgeschneit und hustete — das weiß ich noch ganz genau. Ich riß die Schlittendecke zurück, doch kaum hatte ich den Fuß in den Schlitten gesetzt, als mich plötzlich die Erinnerung daran, wie Ssimonoff mir die sechs Rubel hingeworfen hatte, durchzuckte —: ich fiel wie von einem Keulenschlage getroffen in den Schlitten.

‚Nein, ich muß viel tun, um das wieder gut zu machen!‘ schrie ich innerlich. ‚Aber ich werde es schon tun, oder es ist noch heute nacht zu Ende mit mir. Fahr zu!‘ Ich sagte ihm, wohin.

Das Pferd zog an. Ein ganzer Wirbelsturm von Gedanken wütete in meinem Hirn.

‚Sie werden mich ja doch nicht um meine Freundschaft bitten, geschweige denn, daß sie es noch auf den Knien täten. Das ist ja eine Fata morgana, eine umgekehrte Welt, die ich mir vorstelle, eine widerliche, romantische und phantastische Luftspiegelung, die ich mir wieder einmal vorstelle, ist genau dasselbe wie der Ball auf dem Comersee. Und darum *muß* ich Swerkoff eine Ohrfeige geben! Ich bin verpflichtet, sie ihm zu geben. Also, es steht fest: ich fahre hin, um ihm eine Ohrfeige zu geben . . .‘ »Schneller! Fahr zu!«

Der Wanjka zog an den Zügeln.

‚Sowie ich eingetreten bin, gebe ich sie ihm sofort. Oder sollte man noch vorher einige Sätze so . . . hm, gewissermaßen als Vorwort sagen? Nein. Ich trete ein und gebe sie ihm. Sie werden alle im Salon sitzen, er mit Olympia auf dem Sofa. Diese verwünschte Olympia! Sie hat über mein Gesicht gelacht und mir einmal abgesagt. Ich werde Olympia an den Haaren und Swerkoff an den Ohren fortziehen! Nein, besser an einem Ohr und so am Ohr werde ich ihn dann durchs ganze Zimmer ziehen. Sie werden vielleicht über mich herfallen und mich hinauswerfen. Bestimmt werden sie das tun. Meinetwegen! Immerhin habe ich zuerst die Ohrfeige gegeben; also meine Initiative . . . und nach den Gesetzen des Ehrenkodex ist das alles: er ist gebrandmarkt und kann dann nie mehr, mit keinen Schlägen, seine Ohrfeige abwaschen, außer mit einem Duell. Er muß mich fordern. Und mögen sie mich nur schlagen. Mögen sie nur! Diese Undankbaren! Am schlimmsten wird Trudoljuboff schlagen: er ist stark. Ferfitschkin wird sich an ungefährlicheren Stellen ankrallen, wird mir in die Haare fahren, natürlich, der bestimmt in die Haare. Aber mögen sie nur. Meinetwegen! Zu dem Zweck gehe ich ja hin. Diese Schafsköpfe werden doch endlich das Tragische in all dem begreifen müssen! Wenn sie mich zur Tür schleppen, werde ich ihnen zurufen, daß sie im Grunde nicht einmal meinen kleinen Finger wert sind . . .' »Fahr zu, Wanjka, fahr zu!« schrie ich plötzlich. Der Kutscher zuckte zusammen vor Schreck und hieb mit der Peitsche auf seine Mähre ein. Ich hatte schon gar zu wild geschrien.

,Bei Morgengrauen schlagen wir uns, das steht fest. Mit der Kanzlei oder, wie Swerkoff sagt, dem Département ist es aus. Ferfitschkin sagte vorhin „Debartemang". Woher aber die Pistolen nehmen? Unsinn! Ich nehme meine Gage voraus und kaufe sie. Aber das Pulver, und die Kugeln? Das ist Sache des Sekundanten. Und wie damit bis zum Morgengrauen fertig werden? Und wo den Sekundanten hernehmen? Ich habe keinen Bekannten. Unsinn!' rief ich noch erregter, ,Unsinn! Der erste beste, den ich auf der Straße treffe und den ich darum angehe, ist verpflichtet, mein Sekundant zu sein, ganz so, wie er zum Beispiel verpflichtet wäre, einen Ertrinkenden aus dem Wasser zu ziehen. Die exzentrischsten Ausnahmefälle müssen doch möglich sein. Ja, wenn ich den Direktor morgen bitte, mein Sekundant zu sein, so müßte er sich schon allein aus Ritterlichkeit dazu bereit erklären und . . . und das Geheimnis bewahren! — Anton Antonytsch . . .'

Doch schon im selben Augenblick begriff ich die ganze blödsinnige Unmöglichkeit meiner Voraussetzungen und die ganze Kehrseite der Medaille klarer und deutlicher als es überhaupt jemand vermöchte, aber . . .

»Fahr zu, Wanjka, fahr zu, du Schuft, fahr zu!«

»Ach, Herr!« sagte der Bauer.

Ein Frösteln überlief mich plötzlich.

‚Aber wär's nicht besser ... weiß Gott, wär's nicht doch besser ... jetzt geradewegs nach Hause zu fahren, sofort? Ach, warum, warum drängte ich mich gestern zu diesem Abschiedsmahl auf! Aber nein, das ist unmöglich! Und der Spaziergang von acht bis elf vom Tisch bis zum Ofen, vom Ofen bis zum Tisch? Nein, *sie, sie* müssen für diesen Spaziergang büßen! *Sie* müssen diese Schmach abwaschen!...‘ »Fahr zu!«

‚Aber was dann, wenn sie mich auf die Polizeiwache bringen?! Das werden sie nicht wagen! Werden einen Skandal fürchten. Was aber dann, wenn Swerkoff aus Verachtung das Duell abschlägt? Das ist ja so gut wie sicher; dann aber werde ich ihnen beweisen ... Dann werde ich auf den Posthof gehen, wenn er morgen abreist, werde ihn am Bein packen, werde ihm, wenn er in den Postwagen einsteigt, den Mantel abreißen! Werde ihn mit den Zähnen an der Hand packen, werde ihn beißen! Sozusagen: Seht, wozu man einen verzweifelten Menschen bringen kann! ... Mag er mich auf den Kopf schlagen und sie alle da hinter mir ... Ich werde dem ganzen Publikum zuschreien: „Seht diesen jungen Hund, der, um Tscherkessinnen zu verführen, nach dem Kaukasus fährt — mit meinem Speichel im Gesicht!“ ...‘

‚Selbstverständlich ist dann alles aus! Dann ist das „Département“ vom Angesicht der Welt verschwunden. Man wird mich ergreifen, verurteilen, aus dem Dienst jagen, wird mich unter die Zwangsarbeiter ins Zuchthaus stecken, danach komme ich zu den sibirischen Ansiedlern ... Mögen sie nur! Nach fünfundzwanzig Jahren schleppe ich mich zu ihm, in Lumpen, als Bettler, nachdem man mich aus dem Gefängnis entlassen hat. Ich suche ihn irgendwo in einer Gouvernementsstadt auf. Er wird verheiratet und glücklich sein. Er wird eine erwachsene Tochter haben ... Ich werde einfach sagen: „Sieh, Unmensch, sieh meine eingefallenen Wangen und mein zerlumptes Gewand! Ich habe alles verloren: die Karriere, das Glück, die Kunst, die Wissenschaft, *das geliebte*

523

Weib, und alles *deinetwegen.* Sieh, hier sind Pistolen. Ich bin gekommen, um meine Pistole abzufeuern und . . . ich vergebe dir!" Und dann schieße ich einfach in die Luft und verschwinde spurlos . . .'

Es fehlte nicht viel und ich hätte aufgeschluchzt, obgleich ich im selben Augenblick ganz genau wußte, daß meine Phantasie auf Lermontoffs „Sylvio" und der „Maskerade" beruhte. Und plötzlich schämte ich mich furchtbar, ich schämte mich dermaßen, daß ich das Pferd anhalten ließ, aus dem Schlitten stieg und mitten auf der Straße im Schnee stehen blieb. Der Wanjka sah mich verwundert an und seufzte.

Was sollte ich tun? Dorthin konnte ich nicht: es würde nichts dabei herauskommen; und die Sache auf sich beruhen lassen — war gleichfalls unmöglich: was dann herauskommen würde . . . Himmlischer Vater! Wie denn so etwas auf sich beruhen lassen! Und nach solchen Beleidigungen!

»Nein!« schrie ich auf und warf mich wieder in den Schlitten. »Das ist vorbestimmt, das ist Verhängnis, Schicksal! Fahr zu, fahr zu, dorthin!«

Vor Ungeduld schlug ich mit der Faust dem Wanjka ins Genick.

»Ach! Gott! Was haust du mich!« rief das Bäuerlein erschrocken, peitschte aber doch so seine Schindmähre, daß sie mit den Hinterbeinen ausschlug.

Der nasse Schnee fiel in dichten, großen Flocken; ich schlug den Mantel auf — der Schnee war mir gleichgültig. Ich vergaß alles, denn ich hatte mich endgültig zu der Ohrfeige entschlossen; ich fühlte nur mit Grauen, daß es doch schon *unbedingt* und *sofort* geschehen werde und *sich durch keine Macht der Welt mehr aufhalten ließ.* Die einsamen Laternen schauten trübe durch das von Schneeflocken durchzogene Dunkel, wie Fackeln bei nächtlichen Beerdigungen. Der Schnee schlug mir in den offenen Mantel, fiel auf den Rock, fiel mir in den Mantelkragen, rutschte weiter in das Halstuch und taute dort auf. Ich schlug aber meinen Mantel nicht zu: es war ja doch schon alles verloren! Endlich kamen

524

wir an. Ich sprang fast bewußtlos aus dem Schlitten, lief die Stufen hinauf und schlug mit Händen und Füßen an die Tür. Meine Beine wurden besonders in den Knien furchtbar schwach. Sonderbarerweise wurde bald geöffnet; als hätten sie mich erwartet.

(Ssimonoff hatte in der Tat schon gesagt, daß vielleicht noch jemand kommen werde, hier aber mußte man sich anmelden und überhaupt Vorsicht beobachten. Es war eines jener „Modegeschäfte", die jetzt schon längst von der Polizei aufgehoben worden sind. Tagsüber war es allerdings ein „Modegeschäft"; abends jedoch wurden Herren, die eine Empfehlung hatten, empfangen.)

Ich ging schnellen Schritts durch den dunklen Laden in den mir bekannten „Salon" und blieb erstaunt in der Tür stehen: der Salon war leer; nur ein einziges Licht brannte auf einem Tisch.

»Wo sind sie denn?« fragte ich irgend jemanden.

Sie hatten natürlich schon Zeit gehabt auseinanderzugehen.

Vor mir stand ein Weibsbild mit dummem Lächeln; das war die Wirtin. Sie kannte mich schon von früher. Nach einer Weile öffnete sich eine Tür, und eine andere Person trat ein.

Ich schritt im Zimmer auf und ab und sprach mit mir selbst. Es war mir, als wäre ich vom Tode errettet worden; ich fühlte es freudig mit meiner ganzen Seele: denn ich hätte ja die Ohrfeige unbedingt, unbedingt gegeben! Sie aber waren nicht da und ich . . . alles war wie Spukgebilde verschwunden, alles hatte sich verändert! Endlich blickte ich mich um. Ich konnte es noch nicht recht begreifen. Mechanisch blickte ich auch auf die eingetretene Person: vor meinen Augen verschwamm ein frisches, junges, etwas blasses Gesicht mit geraden, dunklen Augenbrauen, mit einem ernsten und fast ein wenig verwunderten Blick. Das gefiel mir sofort; ich würde sie gehaßt haben, wenn sie gelächelt hätte. Ich mußte mich anstrengen, um aufmerksamer hinzusehen:

525

noch fiel es mir schwer, meine Gedanken zu sammeln. Etwas Offenherziges und Gutes lag in diesem Gesicht, nur war es bis zur Sonderbarkeit ernst. Ich bin überzeugt, daß sie nur deswegen bei diesen dummen Jungen verspielt hatte. Übrigens konnte man sie nicht gerade schön nennen, wenn sie auch ziemlich groß, schlank und gut gebaut war. Angezogen war sie ungewöhnlich schlicht. Etwas Gemeines kroch mir ins Herz; ich trat geradewegs auf sie zu.

Ich blickte zufällig in den Spiegel: mein erregtes, aufgewühltes Gesicht erschien mir unsagbar ekelhaft: bleich, böse, gemein, von zottigem, nassem Haar umrahmt. ‚Meinetwegen, — um so besser‘, dachte ich. ‚Gerade das freut mich, daß ich ihr ekelhaft erscheinen muß; das ist mir sehr angenehm . . .‘

VI

. . . Irgendwo im Nebenzimmer begann auf einmal, wie unter einem starken Druck, als ob sie jemand gewürgt hätte — heiser die Uhr zu schnurren. Nach unnatürlich langem, langsamem, heiserem Schnurren folgte plötzlich ein heller und gleichsam ganz unerwartet hastiger Schlag, — ganz als spränge plötzlich jemand vor. Es schlug zwei. Ich erwachte, wenn ich auch vorher nicht geschlafen, sondern nur in halbem Dämmern dagelegen hatte.

In dem engen, schmalen und niedrigen Zimmer, in dem noch ein großer Kleiderschrank stand und Hutschachteln, Stoffe und verschiedener Kleiderkram herumlagen, war es fast ganz dunkel. Der Lichtstumpf, der auf einem Tisch am anderen Ende des Zimmers in einem Leuchter brannte, drohte schon auszulöschen, nur ab und zu flackerte er noch auf. Nach wenigen Minuten mußte vollkommenes Dunkel herrschen.

Es dauerte nicht lange, bis ich ganz zu mir kam; mit einem Mal, ohne mich angestrengt zu haben, fiel mir alles wieder ein; als ob es heimlich auf mich gelauert hätte, um sich dann plötzlich wieder auf mich zu stürzen. Ja, und selbst in der Bewußtlosigkeit blieb im Gedächtnis doch noch, ich möchte sagen: so ein Punkt, der unter keiner Bedingung in Vergessenheit versank, und um den müde, schwerfällig die Schemen meines Halbschlaftraumes kreisten. Doch eines war sonderbar: alles, was mit mir an jenem Tage geschehen war, schien mir jetzt, nach dem Erwachen, schon längst, längst vergangen zu sein, als ob ich das alles schon längst, längst überlebt hätte.

In meinem Kopf war nichts als schwerer Dunst. Es war mir, als ob etwas über mir schwebte, mich lähmte und doch zu gleicher Zeit beunruhigte und erregte. Die Beklemmung und die ohnmächtige Wut schwollen wieder an, schäumten auf und suchten einen Ausgang. Plötzlich, dicht neben mir — sah ich zwei offene Augen, die mich ernst und beharrlich betrachteten. Der Blick war kalt-teilnahmslos, war düster, und als ob er von einem ganz fremden Wesen herrührte. Es wurde mir schwer unter ihm.

Ein häßlicher Gedanke entstand in meinem Gehirn und kroch mir gewissermaßen wie eine scheußliche Empfindung durch den ganzen Körper, etwa wie das Gefühl, das einen überkommt, wenn man in einen feuchten, fauligen Keller tritt. Es war so sonderbar unnatürlich, daß es diesen zwei Augen gerade jetzt erst einfiel, mich zu betrachten. Und da kam es mir auch zum Bewußtsein, daß ich in den ganzen zwei Stunden noch kein einziges Wort mit diesem Wesen gewechselt und dies auch gar nicht für nötig gehalten hatte; das Schweigen hatte mir zu Anfang aus irgendeinem Grunde sogar gefallen. Jetzt jedoch empfand ich plötzlich deutlich den ganzen Ekel, die ganze spinnenhafte Scheußlichkeit der Idee der Ausschweifung, die ohne Liebe, roh und schamlos sofort damit beginnt, womit die wahre Liebe sich krönt. Lange sahen wir uns so an, doch sie senkte nicht die Augen vor mir und änderte nicht ihren Blick, so daß mir schließlich aus irgendeinem Grund gleichsam gruselig wurde.

»Wie heißt du?« fragte ich kurz, um dem schneller ein Ende zu machen.

527

»Lisa«, antwortete sie fast flüsternd, doch sonderbar unfreundlich, und sie wandte die Augen von mir ab.

Ich schwieg.

»Das Wetter ist heute scheußlich ... nasser Schnee ...« sagte ich mehr so vor mich hin, schob schwermütig den Arm unter den Kopf und blickte zur Decke hinauf.

Sie antwortete nicht. Widerlich war das alles,

»Bist du eine hiesige?« fragte ich nach einer Weile fast erzürnt und wandte den Kopf ein wenig ihr zu.

»Nein.«

»Woher kommst du denn?«

»Aus Riga«, sagte sie unwirsch.

»Bist du eine Deutsche?«

»Nein, Russin.«

»Bist du schon lange hier?«

»Wo?«

»Hier, in diesem Hause!«

»Zwei Wochen.«

Sie antwortete immer schroffer. Da erlosch das Licht endgültig; ich konnte ihr Gesicht nicht mehr erkennen.

»Leben deine Eltern noch?«

»N—ja ... nein ... Doch, sie leben.«

»Wo denn das?«

»Dort, in Riga.«

»Was sind sie?«

»So ...«

»Wie ‚so‘? Von welch einem Stand?«

»Kleinbürger.«

»Hast du immer bei ihnen gelebt?«

»Ja.«

»Wie alt bist du?«

»Zwanzig.«

»Warum bist du denn von ihnen weggegangen?«

»So ...«

Dieses *so* bedeutete: hör auf, bist mir zuwider. Wir verstummten.

528

Gott mag wissen, warum ich nicht wegging. Es wurde mir selbst immer widerlicher und schwermütiger zumut. Die Eindrücke des vergangenen Tages begannen gleichsam von selbst in wirrem, hastigem Durcheinander, ohne daß ich es wollte, durch mein Gedächtnis zu ziehen. Und plötzlich fiel mir etwas ein, was ich am Morgen, als ich besorgt zur Kanzlei trabte, gesehen hatte.

»Heute wurde ein Sarg hinausgetragen und beinahe hätte man ihn fallen lassen«, sagte ich plötzlich laut, ohne ein Gespräch beginnen zu wollen, einfach so, fast aus Versehen.

»Ein Sarg?«

»Ja, am Heumarkt; aus einem Keller.«

»Aus einem Keller?«

»Das heißt, nicht gerade aus einem Keller, sondern aus einer Kellerwohnung ... Ach, du weißt schon ... aus dem untersten Geschoß ... aus einem unanständigen Hause ... Es war dort so schmutzig überall ... Eierschalen, Kehricht ... Gestank ... Gemein war's.«

Schweigen.

»Scheußlich, heute beerdigt zu werden!« sagte ich wieder nach einiger Zeit, nur um nicht zu schweigen.

»Wieso?«

»So, ich meine nur, der Schnee, die Feuchtigkeit ...«
(Ich gähnte.)

»Was tut das!« stieß sie plötzlich nach längerem Schweigen hervor.

»Nein, 's ist doch schon gemein ...« (Ich gähnte wieder.) »Die Totengräber werden sicherlich geschimpft haben ... Es ist ja auch kein Vergnügen, bei solch einem Wetter zu graben. Und im Grabe wird bestimmt Wasser gewesen sein.«

»Warum soll denn im Grab Wasser sein?« fragte sie neugierig, und doch ungläubig-spöttisch. Übrigens stieß sie die Worte noch unhöflicher, noch schroffer hervor. Mich stachelte plötzlich irgend etwas gegen sie auf.

»Weißt du denn das nicht? Die Särge liegen mindestens bis zur Hälfte im Wasser, gewöhnlich aber ganz. Hier auf

529

dem Wólchowo Friedhof kannst du kein einziges trocke-
nes Grab finden.«

»Warum nicht?«

»Wieso — warum nicht!? Morastiger Boden. Hier ist doch
ringsum Sumpf. So wird man denn einfach ins Wasser hin-
abgesenkt. Habe es selbst gesehen . . . mehrere Mal . . .«

(Kein einziges Mal hatte ich es gesehen, und war überhaupt noch nie auf dem Wólchowo Friedhof gewesen; ich
hatte nur andere davon sprechen hören.)

»Machte es dir denn wirklich nichts aus, zu sterben?«

»Warum soll ich denn sterben?« fragte sie, gleichsam sich
verteidigend.

»Nun, einmal wirst auch du sterben, und dann wird man
dich ebenso beerdigen, wie jenes Mädchen heute morgen.
Das war . . . auch so Eine . . . Ist an der Schwindsucht gestorben.«

»So Eine hätte doch im Krankenkaus sterben können . . .«

(‚Aha‘, dachte ich, das weiß sie schon; und sie sagt auch:
‚so Eine‘.)

»Sie schuldete der Wirtin«, entgegnete ich, immer mehr
aufgestachelt durch das Gespräch, »und mußte bis zum Tode
bei ihr bleiben, obgleich sie schwindsüchtig war. Droschkenkutscher und Soldaten sprachen dort am Hoftor über sie.
Wahrscheinlich ihre gewesenen Bekannten. Lachten natürlich.
Nahmen sich vor, in der Schenke noch ein Glas Schnaps auf
ihr Wohl zu trinken.«

(Auch hierbei faselte ich noch vieles hinzu.)

Schweigen, tiefes Schweigen. Sie bewegte sich nicht einmal.

»Und ist es denn im Krankenhause besser zu sterben?«

»Ach, bleibt sich denn das nicht ganz gleich!? . . . Und
warum soll ich denn sterben?« fragte sie gereizt.

»Nicht jetzt, natürlich, aber später?«

»Ach, später . . .«

»Jaja! Jetzt bist du noch jung, hübsch und frisch, deswegen schätzt man dich auch. Nach einem Jahr aber wird dich
dieses Leben schon verändert haben, wirst bald welk sein.«

530

»Nach einem Jahr?«

»Jedenfalls wirst du nach einem Jahr schon im Wert gesunken sein«, fuhr ich schadenfroh fort. »Dann wirst du aus diesem Hause in ein anderes, niedrigeres kommen. Nach einem zweiten Jahr — in ein drittes Haus, immer niedriger und niedriger, und so nach sieben Jahren wirst du dann glücklich am Heumarkt in der Kellerwohnung angelangt sein. Und das würde verhältnismäßig noch angehen. Wie aber, wenn sich dann noch irgendeine Krankheit einstellen sollte, sagen wir, schwache Brust, oder ähnliches ... oder du erkältest dich womöglich. Bei so einem Leben vergehen die Krankheiten nicht so leicht. Hat man sie sich einmal zugezogen, so ist man gewöhnlich geliefert. Nun, und dann wirst du eben sterben.«

»Nun, dann. werde ich eben sterben!« sagte sie wütend und bewegte sich hastig.

»Es tut einem aber doch leid.«

»Was?«

»Das Leben.«

Schweigen.

»Hast du einen Bräutigam gehabt? ... Wie?«

»Was geht das Sie an?«

»Du hast recht, was geht das mich an. Ich will dich ja nicht ausfragen. Warum ärgerst du dich nur? Du wirst natürlich deine Unannehmlichkeiten gehabt haben ... Was geht's mich an! Es war ja nur so gefragt. Aber immerhin kann man doch bedauern.«

»Wen?«

»Dich natürlich.«

»Lohnt sich nicht ...«, sagte sie kaum hörbar und bewegte sich wieder.

Das ärgerte mich. Wie! Ich war so freundlich zu ihr, sie aber ...

»Ja, was denkst du denn eigentlich? Bist du etwa auf einem guten Wege?«

»Nichts denke ich.«

»Das ist es ja, daß du dir nichts dabei denkst! Besinn dich,
solange es noch Zeit ist. Jetzt geht's ja noch. Du bist noch
jung und hübsch; könntest dich verlieben, könntest heiraten
und glücklich sein . . .«

»Nicht alle sind glücklich, wenn sie verheiratet sind«,
unterbrach sie mich wieder schroff.

»Nicht alle! Selbstverständlich nicht alle! Aber es ist doch
immer besser als hier, hundertmal, tausendmal besser als
hier! Liebt man aber, so kann man auch ohne Glück leben.
Auch im Leid ist das Leben schön; es ist überhaupt immer
schön, auf der Welt zu leben, selbst einerlei wie man lebt.
Was aber ist hier außer . . . Gestank. Pfui!«

Ich wandte mich angeekelt von ihr ab; ich sprach nicht
mehr kaltblütig. Ich begann schon zu empfinden, was ich
sprach, und geriet in Eifer. Mich riß schon das Verlangen
mit sich fort, meine geliebten Ideechen, die ich in meinem
Untergrund ausgebrütet hatte, auseinanderzusetzen. Irgend
etwas entflammte sich in mir jählings, ich sah plötzlich ein
Ziel vor mir.

»Übrigens mußt du mich nicht zum Vorbild nehmen. Ich
bin vielleicht noch schlechter als du. Ich bin ja betrunken
hergekommen.« (Ich beeilte mich doch ein wenig, mich
zu rechtfertigen.) »Zudem kann ein Mann einem Weib nie
ein Beispiel sein. Das sind zwei ganz verschiedene Dinge;
wenn ich auch schlechter bin als du, und wenn auch ich
mich hier besudele, so bin ich doch niemandes Sklave;
komme und gehe und damit ist's abgetan, — bin wieder ein
anderer Mensch. Und jetzt bedenke bloß das eine, daß du
gleich von Anfang an — Sklavin bist. Jawohl, Sklavin! Du
gibst alles hin, deinen ganzen Willen. Und wenn du später
diese Ketten zerreißen willst, so kannst du es nicht mehr:
immer fester wirst du umsponnen werden. Das ist schon der
Fluch dieser Ketten, daß sie sich immer fester ziehen. Ich
kenne sie. Von dem übrigen rede ich lieber gar nicht, du
würdest es vielleicht auch nicht einmal verstehen. Aber sag
doch mal: du schuldest der Wirtin natürlich schon? Nun sieh

mal!« fügte ich hinzu, obgleich sie mir nichts geantwortet hatte, sondern nur schweigend, mit ganzer Seele zuhörte, »— da hast du schon die Kette! Wirst dich nie mehr loskaufen können. Das wird schon so gemacht werden. Kennt man ... Ebenso gut wie dem Teufel die Seele verkauft ... ... Und zudem bin ich vielleicht ebenso unglücklich wie du und suche vielleicht, was kannst du wissen, absichtlich den Schmutz ... vor Leid. Trinken doch viele vor Leid oder Kummer; nun, und ich bin wiederum vor Leid hierhergekommen. Sag doch selbst, was ist denn das eigentlich: nun, wir beide sind ... zusammengekommen ... gestern abend, und haben doch kein Wort miteinander gewechselt, und erst nachher fiel es dir ein, wie eine Wilde mich zu betrachten; und und ich ebenso auch dich. Liebt man denn etwa so? Soll denn der Mensch den Menschen auf diese Weise kennenlernen? Das ist doch nur eine ... eine Unanständigkeit und weiter nichts!«

»Ja!« sagte sie plötzlich rauh, — sie stimmte mir sofort bei. Mich wunderte sogar die Hastigkeit dieses »Ja!«

‚Dann ist durch ihren Kopf vielleicht schon derselbe Gedanke gegangen, als sie mich vorhin betrachtete? Also ist auch sie schon zu eigenen Gedanken fähig? ... Hol's der Teufel, das ist interessant, das ist ja — Seelenverwandtschaft‘, dachte ich und hätte mir fast schon die Hände gerieben. ‚Wie sollte man mit solch einer jungen Seele auch nicht fertig werden! ...‘ Aber am meisten lockte mich doch das Spiel ...

Sie drehte ihren Kopf etwas näher zu mir und stützte ihn in die Hand — so schien es mir wenigstens in der Dunkelheit. Vielleicht sah sie mich wieder an. Wie bedauerte ich, daß ich ihre Augen nicht mehr sehen konnte. Ich hörte ihr tiefes Atmen.

»Warum bist du hierhergekommen?« begann ich bereits mit einer gewissen Überlegenheit.

»So.«

»Und doch, wie schön ist's, im Elternhause zu leben! Warm, behaglich; eigenes Nest!«

»Wenn es aber schlimmer ist als hier?«

‚Ich muß den richtigen Ton finden‘, zuckte es mir durch den Kopf, ‚mit etwas Sentimentalität wirst du sie wahrscheinlich am ehesten rumkriegen.‘

Übrigens zuckte das, wie gesagt, nur in einer Sekunde durch meine Gedanken. Ich schwöre es, sie interessierte mich tatsächlich. Und dann war ich auch so eigentümlich gestimmt und erschlafft. Und Spitzbüberei verträgt sich ja so gut mit Gefühl.

»Oh, das kommt natürlich auch vor!« beeilte ich mich zu entgegnen. »Ich bin überzeugt, daß dich irgend jemand beleidigt hat, daß eher *sie* vor dir schuldig sind als du vor *ihnen*. Zwar kenne ich deine Lebensgeschichte nicht, aber ich weiß doch, daß ein Mädchen, wie du, nicht freiwillig und zum Vergnügen in solch ein Haus kommt . . .«

»Was für ein Mädchen bin ich denn?« fragte sie flüsternd, kaum hörbar; ich aber hörte es doch.

‚Weiß der Teufel — ich schmeichle ja! Das ist schändlich. Aber, weiß Gott, vielleicht ist’s auch gut.‘

Sie schwieg.

»Sieh mal, Lisa, ich sage das von mir aus: hätte ich von Kindheit an eine Familie gehabt, so würde ich jetzt anders sein als ich bin. Darüber habe ich schon oft nachgedacht. Denn wie schlecht es auch in der Familie sein mag, es sind doch immer Vater und Mutter, und nicht Fremde, nicht Feinde. Sie lieben dich doch, und wenn sie es dir auch nur einmal im Jahr zeigen. Immerhin weißt du, daß du bei dir zu Hause bist. Sieh mal, ich bin ohne Familie aufgewachsen; darum bin ich wohl auch so . . . gefühllos geworden.«

‚Hm, vielleicht versteht sie’s überhaupt nicht‘, dachte ich, ‚und ’s ist ja auch lachhaft: Moral!‘

»Wenn ich Vater wäre und eine Tochter hätte, ich würde, glaub’ ich, meine Tochter mehr als meine Söhne lieben, tatsächlich!« begann ich auf Umwegen, als wollte ich auf ein anderes Thema übergehen, um sie abzulenken. Ich muß gestehen, ich errötete.

»Warum denn das?« fragte sie.

‚Aha, sie hört also doch zu!'

»So, ich weiß nicht, warum. Sieh, Lisa, ich kannte einen Vater, der sonst im Leben ein strenger, stolzer Mensch war, vor seiner Tochter aber auf den Knien lag, ihre Hände und Füße küßte und sich an ihr nicht sattsehen konnte. Wenn sie auf den Bällen tanzte, stand er zuweilen fünf Stunden lang auf ein und demselben Fleck und ließ sie nicht aus den Augen. Sie war zu seiner fixen Idee geworden: das kann ich sehr gut verstehen! Wenn sie schläft, wacht er bei ihr, küßt und bekreuzt sie. Selbst geht er in einem schäbigen Rock, ist geizig bis zur Unglaublichkeit, für sie aber kauft er alles, was sie haben will, macht ihr teure Geschenke und freut sich wie ein Kind, wenn das Geschenk ihr gefällt. Der Vater liebt die Töchter immer mehr als die Mutter. Viele Töchter haben ein gutes Leben im Elternhause! Ich aber würde meine Tochter wahrscheinlich überhaupt nicht heiraten lassen.«

»Warum denn nicht?« fragte sie, kaum, kaum lächelnd.

»Weiß Gott! Ich glaube, aus Eifersucht. Sie soll einen Fremden küssen? Einen Fremden mehr als den Vater lieben? Es wird einem ja schon unheimlich, wenn man bloß daran denkt! Aber das ist natürlich Unsinn; schließlich nehmen doch auch solche Väter Vernunft an. Ich aber würde mich vorher bestimmt schon allein mit den Sorgen totquälen: an allen Heiratskandidaten hätte ich etwas auszusetzen. Schließlich würde ich sie aber doch verheiraten, und würde sie natürlich nur dem geben, den sie selbst liebt. Man weiß doch, daß derjenige, den die Tochter liebgewinnt, dem Vater immer der Schlechteste zu sein scheint. Das ist schon einmal so. Deswegen kommt es zu vielen häßlichen Auftritten in manchen Familien.«

»Manche sind froh, wenn sie ihre Tochter verkaufen können, nicht daß sie sie in Ehren fortgeben wollten«, sagte sie plötzlich.

‚Aha! Das also ist's!'

»Das, Lisa, das kommt nur in jenen verfluchten Familien
vor, in denen weder Gott noch Liebe ist«, griff ich eifrig das
neue Thema auf, »wo es aber keine Liebe gibt, dort gibt es
auch keinen Verstand. Solche Familien gibt es, das weiß ich,
aber nicht von ihnen spreche ich. Du mußt wohl in deiner
Familie wenig Gutes gesehen haben, wenn du so sprichst. Ich
glaube es dir gern, daß du unglücklich bist. Hm! . . . Aber
das geschieht doch meistens nur aus Armut.«

»Ist es denn bei den reichen Herrschaften besser? Auch in
der Armut leben gute Menschen ehrlich.«

»Hm! . . . ja. Vielleicht. Aber sieh, Lisa . . . der Mensch
liebt es, nur sein Leid anzurechnen, sein Glück aber nicht.
Würde er aber alles richtig einschätzen, so würde er sehen,
daß für jedes Los auch Glück vorgesehen ist. Wie schön aber
ist es, wenn in der Familie alles wohlgelingt, wenn Gottes
Segen auf ihr ruht, wenn du einen Mann hast, der dich liebt
und hätschelt, keinen Schritt von dir geht. Schön ist es in
einer solchen Familie! Ja, zuweilen ist es dann sogar im
Leid schön; und wo gibt es denn kein Leid? Solltest du
einmal heiraten, dann wirst du es *selbst erfahren*. Und denk
bloß an die erste Zeit, wenn du den bekommen hast, den du
liebst: wieviel Glück, wieviel Glück es dann zuweilen gibt!
Glück auf Schritt und Tritt! In der ersten Zeit endet sogar
jeder Streit zwischen Mann und Weib mit Glück. Manch
eine ruft sogar desto häufiger Streit hervor, je mehr sie
ihren Mann liebt. Tatsächlich, ich habe selbst eine solche
gekannt: ‚Ich liebe dich so sehr‘, sagt sie, ‚und so quäle ich
dich denn aus lauter Liebe, du aber solltest das fühlen.‘
Weißt du auch, daß man einen Menschen aus Liebe absichtlich quälen kann? Meistens tun das die Frauen. Bei sich aber
denken Sie dann: ‚Dafür aber werde ich dich nachher so
lieben, werde so reizend zu dir sein, daß es doch keine
schlimme Sünde sein kann, dich jetzt ein bißchen zu quälen.‘
Und ein jeder, der euch sieht, freut sich über euch, und ihr
seid gut und froh und friedlich und ehrlich . . . Manche sind
zuweilen eifersüchtig. Geht der Mann einmal aus (ich kannte

536

so eine), da hält sie's nicht aus und läuft sogar in die Nacht hinaus, um heimlich zu erfahren, wo er ist: in diesem oder jenem Hause, bei dieser oder bei jener? Das ist schon nicht mehr schön. Und das weiß sie ja auch und verurteilt sich auch selbst, und das Herz bleibt ihr stehen vor Angst, aber sie liebt doch; es geschieht ja nur aus Liebe! Und wie schön ist es, sich nachher zu versöhnen, ihn um Verzeihung zu bitten oder selbst zu verzeihen. Und so gut werden beide, so schön wird ihnen zumut — ganz als ob sie sich von neuem begegnet wären und gefunden hätten, und von neuem beginnt ihre Liebe. Und niemand, niemand soll wissen, was zwischen Mann und Weib geschieht, wenn sie sich beide lieben. Und was für ein Streit auch zwischen ihnen ausbrechen mag — selbst die leibliche Mutter dürfen sie nicht zum Richter wählen, noch darf ihr der eine über den anderen etwas erzählen. Sie müssen sich selbst Richter sein. Die Liebe ist ein Geheimnis Gottes und muß vor allen fremden Augen verborgen bleiben, was auch immer geschehen mag. Dadurch wird's heiliger, besser. Sie werden sich dann gegenseitig mehr achten, auf der Achtung aber beruht schon vieles. Und wenn schon einmal Liebe zwischen ihnen gewesen ist, wenn sie sich um der Liebe willen geheiratet haben, warum soll dann die Liebe vergehen? Sollte sie sich wirklich nicht erhalten lassen? Nur ganz selten kommt es vor, daß man sie nicht mehr erhalten kann, daß es wirklich unmöglich ist. Ist aber der Mann ein guter, ehrlicher Mensch, wie soll dann die Liebe vergehen? Die erste eheliche Liebe, die vergeht natürlich mit der Zeit, aber dann kommt ja wieder eine andere, eine ebenso schöne Liebe. Dann nähern sich die Seelen; alle Angelegenheiten werden gemeinsam beraten, kein Geheimnis besteht zwischen ihnen. Und kommen dann die Kinder, so sind ja selbst die schwersten Zeiten voll Glück; man muß nur lieben und mutig sein. Dann ist auch die Arbeit eine Lust, dann versagt man sich manches Mal auch ein Stück Brot, um es den Kindern zu geben, und auch das ist dann eine Lust. Werden sie dich doch später dafür liebhaben; so tust du's ja für dich selbst. Die Kinder werden größer, und du fühlst, daß du ihnen ein Beispiel bist, eine Stütze für sie; du weißt, daß sie, auch wenn du schon gestorben sein wirst, ihr ganzes Leben lang deine Gedanken und Gefühle in sich tragen werden, die du ihnen gegeben hast, sie werden von deiner Art, werden dein Ebenbild sein. Wie du siehst: das ist eine große Pflicht. Wie sollen sich dann Vater und Mutter nicht noch näherkommen? Da sagt man, Kinder haben sei schwer. Wie ist das nur möglich? Kinder sind doch Himmelsglück! Liebst du kleine Kinder, Lisa? Ich liebe sie furchtbar. Weißt du, so ein rosiges Knäblein saugt dir an der Brust, — Gott! welch eines Mannes Herz kann hart bleiben, wenn er sieht, wie seine Frau sein Kind stillt! Das Kerlchen ist so rosig und weich, strampelt, reckt und streckt sich, breitet die Ärmchen aus; die Beinchen, die Händchen sind noch voller Grübchen, die Nägelchen sind rein und klein, so klein, daß es zum Lachen ist; die Augen aber blikken schon drein, als ob er alles verstünde. Saugt er, so fuchtelt er mit den Fäusten um sich, stemmt sich gegen die Brust womöglich, spielt. Tritt der Vater an ihn heran, reißt er sich los von der Brust, biegt sich zurück, guckt ihn an, lacht — ganz als ob's Gott weiß wie lachhaft wäre — und dann geht von neuem das Schnullen an. Und mitunter, wenn's ihm mal einfällt, da beißt er in die Brust, wenn die Zähnchen schon kommen, selbst aber lugt er dann mit seinen Äuglein: ‚Siehst du, hab' gebissen'! Ja, ist denn da nicht alles Glück, wenn die drei beisammen sind, Mann, Weib und Kind? Für diese Minuten kann man vieles verzeihen. Nein, Lisa, weißt du, zuerst muß man selbst leben lernen und dann erst kann man andere beschuldigen!«

‚Mit solchen kleinen Bildern, gerade mit solchen muß man dir kommen!' dachte ich bei mir, obgleich ich, bei Gott, mit tiefem Gefühl sprach, und plötzlich errötete ich: ‚Wie aber, wenn sie jetzt plötzlich lacht, wohin soll ich mich dann verkriechen?' — Dieser Gedanke machte mich rasend! Zum Schluß der Rede hatte ich mich tatsächlich hinreißen lassen, und darum litt mein Ehrgeiz, als sie nichts darauf erwiderte.

Das Schweigen dauerte an. Ich wollte sie fast schon anstoßen.

»Nein, Sie . . .«, begann sie plötzlich, und stockte.

Doch ich hatte schon alles begriffen: in ihrer Stimme zitterte etwas anderes, nicht mehr Schroffes, Rauhes, wie vorher, sondern etwas Weiches und Verschämtes, dermaßen Verschämtes, daß ich mich plötzlich auch vor ihr schämte, daß ich mich vor ihr schuldig fühlte.

»Was?« fragte ich in zärtlicher Neugier.

»Sie . . .«

»Was denn?«

»Sie sprechen wirklich . . . ganz wie ein Buch«, sagte sie stockend, und wieder schien mir, daß in ihrer Stimme etwas Spöttisches klang.

Oh, schmerzhaft traf mich diese Bemerkung. Nicht das hatte ich erwartet!

Ich begriff nicht einmal, daß sie sich absichtlich hinter dem Spott verbergen, sich mit Spott maskieren wollte, daß dieses gewöhnlich die letzte Ausflucht aller schamhaften Menschen ist, die keuschen Herzens sind, und denen man sich aufdringlich und roh in die Seele drängt. Ich begriff nicht, daß sie sich bis zum letzten Augenblick aus Stolz nicht ergeben wollte, und sich fürchtete, jemandem ihr Gefühl zu zeigen. Schon die Zaghaftigkeit, mit der sie sich erst nach mehreren Ansätzen zu ihrem Spott entschloß, hätte mir alles verraten müssen. Ich aber erriet es nicht, und ein böses Gefühl erfaßte mich.

‚Na, wart mal!‘ dachte ich.

VII

Ach, Gott, Lisa, was kann denn hier wie ein Buch sein, wenn es mir selbst schlecht geht in der Fremde. Und nicht nur in der Fremde. Alles das erwachte jetzt wieder in mir . . . Sollte dieses Haus hier dich wirklich, wirklich nicht anekeln? Nein, weiß Gott, Gewohnheit macht doch viel aus! Der Teufel weiß, was die Gewohnheit alles aus einem Menschen machen kann! Glaubst du denn im Ernst, daß du niemals altern, ewig jung und hübsch sein wirst, und daß man dich hier bis in alle Ewigkeit behalten wird? Ich rede nicht einmal davon, daß hier nichts als Schmutz ist... Übrigens, weißt du, was ich dir über dein jetziges Leben sagen werde: sieh, jetzt bist du noch jung, hübsch, gut, gefühlvoll, und du hast doch noch eine Seele; nun, so laß es dir denn gesagt sein, daß es mich vorhin, als ich erwachte, einfach anekelte, hier neben dir zu liegen! Man kann ja doch nur in betrunkenem Zustand hierher geraten. Wärest du aber an einem anderen Ort, lebtest du wie anständige Menschen leben, so würde ich vielleicht — nicht etwa hinter dir her sein — nein, ich würde mich einfach in dich verlieben, würde glücklich sein, wenn du mir nur einen Blick schenkst, und selig, wenn du gar ein Wort mit mir sprichst; ich würde vor dem Torweg heimlich auf dich warten, würde auf den Knien vor dir liegen; würde dich wie meine Braut hochhalten und es mir zur Ehre anrechnen, wenn du freundlich zu mir wärst. Würde es nicht wagen, etwas Unsauberes von dir auch nur zu denken. Hier aber weiß ich doch, daß ich bloß zu pfeifen brauche und du, ob du willst oder nicht, kommen mußt, und dann scher ich mich gerade was um deinen Willen. Du mußt tun, was *ich* will. Selbst der letzte Tagelöhner verdingt sich doch nicht wie du mit Leib und Seele, und zudem weiß er, daß er es nur für bestimmte Stunden tut. Wann aber sind deine Stunden um? Bedenk doch bloß, *was* du hier verdingst! Was du hier zur Knechtschaft hingibst! Die Seele, deine Seele, die nicht von dir allein abhängt, verdingst du hier zur Leibeigenschaft! Deine Liebe gibst du zur Beschimpfung dem ersten besten Trunkenbold hin. Deine Liebe! Das ist ja doch alles, das ist ja der Talismann, der Schatz jedes Mädchens — die Liebe! Um diese Liebe zu erringen, ist doch manch einer bereit, in den Tod zu gehen. Wie hoch aber wird deine Liebe

540

hier eingeschätzt? Man kauft dich ja ganz, mit Leib und Seele, wozu sich da noch besonders um die Liebe bemühen, wenn auch ohne Liebe alles möglich ist. Eine größere Beleidigung kann es ja für ein Mädchen überhaupt nicht geben — begreifst du das auch? Da hab ich nun gehört, daß man euch Törinnen Liebhaber zu halten erlaubt, um euch zu trösten. Das ist ja doch nur ein Betrug, ist ja nur Spott! Was glaubst du wohl — liebt er dich etwa, dein Liebhaber? Ich glaub's nicht. Wie soll er dich denn lieben, wenn er weiß, daß man dich zu jeder Zeit von ihm wegrufen kann. Ein gemeiner, schmutziger Mensch ist er, und weiter nichts! Achtet er dich denn auch nur ein wenig? Was gibt es zwischen euch Gemeinsames? Er lacht doch nur über dich und bestiehlt dich womöglich noch, und das ist seine ganze Liebe! Kannst noch froh sein, wenn er dich nicht schlägt. Vielleicht aber schlägt er dich auch noch. Frag ihn doch, wenn du einen hast, ob er dich heiraten würde. Er wird dir ja schallend ins Gesicht lachen, wenn er dich nicht anspuckt oder verprügelt; er selbst aber ist vielleicht nicht mal eine halbe Kopeke wert. Und warum nur, bedenk das doch, warum richtest du dein Leben hier zugrunde? Weil man dir hier Kaffee zu trinken gibt und du gut ernährt wirst? Aber so bedenke doch bloß, zu welch einem Zweck du hier gefüttert wirst. Eine andere, eine Ehrliche würde solch einen Bissen überhaupt nicht hinunterbringen, denn sie weiß doch, warum man ihr zu essen gibt. Du schuldest hier der Wirtin, und so wirst du ihr ewig schulden; bis zu dem Tage, da die Gäste dich nicht mehr werden haben wollen. Das wird aber schon bald kommen, baue nicht zu sehr auf deine Jugend. In so einem Hause geht es ja mit Riesenschritten. Und dann wirst du hinausgeworfen werden, vorher aber wird man dich noch schikanieren, dir Vorwürfe machen, dich beschimpfen, — als ob nicht du deine Gesundheit für sie hingegeben, deine Jugend, deine Seele für sie geopfert, sondern als ob du *sie* womöglich noch zugrunde gerichtet, bestohlen, beschimpft hättest. Und dann hoffe nur nicht auf Beistand: die anderen, diese deine Freun-

541

dinnen, werden dann gleichfalls über dich herfallen, um
der Alten einen Gefallen zu erweisen, denn hier sind ja alle
Sklavinnen, hier haben alle jegliches Mitleid und jegliches
Gewissen verloren. Gemeineres, Beleidigenderes als diese
Schimpfwörter, die sie dir dann sagen werden, gibt es auf
der ganzen Welt nicht. Und alles wirst du hier opfern, alles,
— Gesundheit, Jugend, Schönheit, und alle deine Hoffnungen wirst du hier begraben, unwiderruflich, und mit zwei-
undzwanzig Jahren wirst du aussehen, als ob du fünfunddreißig wärst, und wirst noch Gott danken können, wenn du
nicht krank bist. Du denkst jetzt natürlich: hier brauche ich
nicht zu arbeiten, lebe nur zum Vergnügen! Aber es gibt ja
auf der ganzen Welt keine Zwangsarbeit, die schwerer,
sklavischer, knechtender wäre als diese hier. Man sollte
meinen, das ganze Herz müßte sich in Tränen erschöpfen.
Und kein Wort darfst du sagen, kein halbes Wörtchen,
wenn man dich hier wegjagt, wirst wie eine Verbrecherin
von hier weggehen, wirst zuerst in ein anderes Haus gehen,
dann wieder in ein anderes, und schließlich wirst du dann am
Heumarkt landen . . . Dort aber geht dann das Prügeln an;
das ist so eine der dort üblichen Liebenswürdigkeiten; dort
verstehen die Gäste überhaupt nicht, zärtlich zu sein, wenn
sie nicht vorher geprügelt haben. Du glaubst es vielleicht
nicht? Geh einmal hin, vielleicht wirst du es dann mit eigenen Augen sehen. Ich sah dort einmal am Neujahrstag eine
vor der Tür. Sie wurde von ihren Hausgenossen hinausgeworfen; da sie zu sehr geschrien hatte, sollte sie ein wenig
kaltgestellt werden, und hinter ihr wurde die Tür zugeschla-
gen. Um neun Uhr morgens war sie schon vollkommen betrunken, zerzaust, halbnackt und blau geschlagen. Ihr Gesicht war gepudert und geschminkt, doch um die Augen hatte
sie dunkle Ringe; aus der Nase floß ihr das Blut, auch die
Zähne bluteten. Irgendein Kutscher hatte sie wahrscheinlich
gehörig bearbeitet. Sie setzte sich auf die kleine steinerne
Treppe, in der Hand hatte sie irgendeinen gesalzenen Fisch,
einen Hering, glaub ich, sie gröhlte, und klagte irgend etwas

über ihr ‚Los‘, und dabei klatschte sie mit dem Fisch ununterbrochen auf die Steinstufen der Treppe. Natürlich hatte man sich schon um sie versammelt, Droschkenkutscher und betrunkene Soldaten, die sie neckten. Du glaubst wohl nicht, daß auch du so werden könntest? Auch ich würde es nicht glauben wollen, aber, was kann man wissen, vielleicht ist auch diese selbe mit dem gesalzenen Fisch vor zehn, vor acht Jahren rein und unschuldig wie ein Engelchen hierher gekommen; wußte von nichts Bösem, errötete womöglich bei jedem Wort. Vielleicht war sie auch so eine wie du, stolz, empfindlich, den anderen unähnlich; sie sah vielleicht wie eine Königin drein und wußte, daß denjenigen, der sie liebgewinnen und den sie wiederlieben würde, ein ganzes Leben voll Glück erwartete. Und nun sieh, womit das geendet hat. Und wenn ihr in dem Augenblick, als sie dort mit dem Fisch auf die schmutzigen Stufen schlug und das Blut ihr so aus der Nase floß, wenn sie sich in dem Augenblick ihrer Jugend, ihrer Kinderjahre im Elternhause erinnerte: wie der Nachbarssohn sie auf dem Heimweg erwartete und ihr sagte, daß er sie sein Leben lang lieben werde, und wie sie dann beschlossen, zu heiraten, wenn sie erst groß sein würden! Nein, Lisa, du kannst von Glück reden, wenn du dort irgendwo in einem Kellerloch bald an der Schwindsucht sterben solltest, so wie die, die gestern beerdigt wurde. Du sagtest, man könne ja ins Krankenhaus gehen. Aber wenn die Wirtin dich noch brauchen kann? Schwindsucht ist nicht wie Influenza. Ein Schwindsüchtiger glaubt noch bis zur letzten Minute, daß er gesund sei. Tröstet sich auf diese Weise. Für die Wirtin aber ist das sogar vorteilhaft. Glaub mir, das ist schon so: du hast deine Seele verkauft, aber du bist Geld schuldig, also darfst du nicht einmal mucksen. Liegst du aber erst, so wirst du von allen verlassen, alle kehren dir dann den Rücken; dann ist ja nichts mehr von dir zu holen. Dann wird man dir noch vorwerfen, daß du unnütz Platz einnimmst, nicht schnell genug stirbst. Nicht mal einen Schluck Wasser werden sie dir ohne Vorwürfe geben. ‚Wann wirst du dann endlich einmal krepieren, läßt uns nicht schlafen, stöhnst in der Nacht, die Gäste ärgern sich.' Ja, das ist schon so; hab' selbst solche Vorwürfe gehört. Wenn du mit dem Tode ringst, stopft man dich in den schmutzigsten Winkel der Kellerwohnung, wo nichts ist als Finsternis, Feuchtigkeit, Schimmel an den Wänden. Was glaubst du wohl, was für Gedanken dir kommen werden, wenn du dort liegst, allein und verlassen? Bist du endlich tot, so sargt man dich irgendwie schnell und nachlässig ein. Niemand segnet dich, niemandem fällt es ein, deinetwegen auch nur einmal zu seufzen, wenn man dich nur schneller los wird! Und so trägt man dich denn hinaus, so wie gestern diese Arme hinausgetragen wurde, und geht nachher in die Schenke zur Gedächtnisfeier. Im Grabe ist dunkles, fettiges Wasser, Schmutz, nasser, braungewordener Schnee. — ‚He! hop, Wanjúcha, hinab mit dem Kasten! — Hoho! da sieht man doch gleich, was das für eine ist: selbst hier geht sie noch mit den Beinen in die Höh'. Na, zieh die Stricke!' — ‚Siehst Du denn nicht, daß sie schief auf der Seite liegt! War doch auch 'n Mensch!' — ‚Is schon gut genug für solch eine.' — ‚Nu, meint'wegen. Schütt' zu.' Nicht einmal schimpfen wollen sie sich um so eine. Mit der nassen braunen Lehmerde schütten Sie das Grab irgendwie zu und gehen dann in die Schenke . . . Und damit ist die Erinnerung an dich hier auf Erden begraben. Andere Gräber werden von den Kindern, Vätern, Müttern, Männern der Verstorbenen besucht, — an deinem Grabe fällt keine Träne, wird kein einziger Seufzer laut. Niemand, niemand kommt zu dir, kein einziger Mensch: dein Name verschwindet auf ewig von dieser Erde — als ob du niemals auf ihr gelebt hättest, niemals geboren wärst! Schmutz und Sumpf umgeben dich, und kein Echo gibt dir Antwort, wenn du in der Nacht, wenn die Toten erwachen, in deiner Verzweiflung an den Deckel deines Sarges schlägst und rufst: ‚Laßt mich, laßt mich, ihr guten Leute, noch einmal ins Leben hinauf! Ich habe die Schönheit des Lebens ja gar nicht zu kosten bekommen, wurde wie ein Putzlumpen verbraucht. Man hat es in der Kneipe am Heumarkt vertrunken. Ach, laßt mich, gute Leute, nur noch einmal leben auf der Welt!'

Ich geriet in solches Pathos, daß mir schon ein Halskrampf drohte und . . . und plötzlich verstummte ich, erhob mich erschrocken und lauschte mit ängstlich gesenktem Kopf und pochendem Herzen. Ich hatte wahrlich Grund, zu erschrecken.

Schon lange hatte ich so etwas vorausgefühlt, daß ich ihr die Seele um und umdrehte und das Herz zerriß, und je mehr ich mich davon überzeugte, desto mehr verlangte es mich, schneller und so wuchtig wie nur möglich das Ziel zu erreichen. Das Spiel, ja, das Spiel riß mich mit . . . Übrigens nicht nur das Spiel . . .

Ich wußte, daß ich unnatürlich und übertrieben sprach, vielleicht sogar »literarisch«, aber ich verstand ja gar nicht, anders zu sprechen als eben »wie ein Buch«. Doch das störte mich nicht: ich wußte doch, ich fühlte, daß ich verstanden wurde, und daß dieses »wie ein Buch« die Wirkung nur noch steigerte. Jetzt aber, als ich die Wirkung erreicht hatte, wurde mir plötzlich bange. Nein, noch nie, noch nie war ich Zeuge einer solchen Verzweiflung gewesen! Sie hatte das Gesicht in das Kissen gepreßt, das sie mit beiden Händen umklammerte. Ihr ganzer junger Körper zitterte und zuckte wie in Krämpfen. Das unterdrückte Schluchzen drohte sie zu ersticken, ihr die Brust zu zerreißen — und plötzlich brach es in Wimmern und Schreien aus ihr heraus. Da preßte sie ihr Gesicht noch fester in das Kissen: sie wollte nicht, daß hier irgend jemand, auch nur eine einzige lebende Seele, etwas von ihrer Qual und von ihren Tränen wisse. Sie biß in das Kissen, biß sich die Hand blutig (das sah ich später), sie krallte die Finger in ihre gelösten Flechten und erstickte nahezu in der Anstrengung, den Atem zurückzuhalten und die Zähne zusammenzubeißen. Ich wollte ihr etwas sagen, ich bat sie, sich zu beruhigen, doch schon fühlte ich, daß ich das nicht durfte, und plötzlich packte mich eine Art Frösteln; ich stürzte fast entsetzt aus dem Bett und beeilte mich, tastend und tappend meine Kleider zusammenzusuchen. Es war stockdunkel im Zimmer: wie sehr ich mich auch beeilte, ich konnte es doch nicht schnell genug machen. Da fand ich schließlich beim Herumtasten die Streichholzschachtel und eine ungebrauchte Kerze neben dem Leuchter. Ich zündete sie an, doch kaum war das Zimmer erhellt, als Lisa sich schon hastig erhob, sich auf den Bettrand setzte und mit sonderbar verzerrtem Gesicht und halb irrem Lächeln mich fast wie von Sinnen ansah. Ich setzte mich neben sie und ergriff ihre Hände; sie kam wieder zu sich, wandte sich dann mir zu und wollte mich umarmen, doch plötzlich wagte sie es nicht und senkte still den Kopf vor mir.

»Lisa, mein Freund, ich habe es unnötigerweise ... verzeih mir«, begann ich, sie aber preßte meine Hände so stark mit ihren heißen Fingern, daß ich erriet, wie überflüssig meine Worte waren, und ich verstummte.

»Hier hast du meine Adresse, Lisa; komm einmal zu mir.«

»Ich werde kommen ...«, flüsterte sie entschlossen, ohne den Kopf zu erheben.

»Jetzt gehe ich, leb wohl ... und auf Wiedersehen.«

Ich stand auf, und auch sie erhob sich. Plötzlich wurde sie über und über rot, fuhr zusammen, ergriff ein auf dem Stuhl liegendes Tuch, das sie sich umwarf und unter dem Kinn fest zusammenzog. Wieder erschien so ein krankes Lächeln in ihrem Gesicht, sie errötete und blickte mich seltsam an. Es tat mir weh; ich beeilte mich, hinaus zu kommen, zu verschwinden.

»Warten Sie«, sagte sie plötzlich, mich schüchtern am Ärmel berührend, als wir schon im Flur an der Tür angelangt waren, stellte dann schnell das Licht auf den Fußboden und lief zurück. Ersichtlich war ihr etwas eingefallen, was sie mir zeigen wollte. Als sie mich zurückhielt, errötete sie wieder, ihre Augen glänzten und auf ihren Lippen erschien ein Lächeln, — was mochte es sein? Unwillkürlich wartete ich: sie kam sofort zurück, mit einem Blick, der mich gleichsam um Verzeihung bat. Überhaupt war das nicht mehr jenes Gesicht vom Abend vorher, mit dem feindseligen, mißtrauischen, unverwandten Blick: es war ein flehender, weicher und zu gleicher Zeit zutraulicher, freundlicher, ja, fast zaghafter Ausdruck in ihren Augen. So pflegen Kinder diejenigen anzusehen, die sie sehr liebhaben und von denen sie etwas erbitten möchten. Hellbraun waren ihre Augen, wunderbare Augen waren es, lebendige Augen, die Liebe, aber auch unwirschen Haß widerzuspiegeln vermochten.

Ohne mir etwas zu erklären, als ob ich wie irgendein höheres Wesen alles auch ohne Erklärungen wissen *müßte,* reichte sie mir einen Brief. Ihr ganzes Gesicht strahlte in diesem Augenblick in naivem, fast kindlichem Stolz. Ich faltete den Bogen auseinander: es war ein Schreiben an sie von einem Studenten der Medizin oder von etwas ähnlichem, — eine sehr schwülstige, blumenreiche, doch ungemein höfliche Liebeserklärung. Ich habe die Ausdrücke schon vergessen, aber ich erinnere mich noch sehr gut, daß durch den verschnörkelten Stil aufrichtiges Gefühl hervorschaute, wie man es nicht künstlich vortäuschen kann. Als ich zu Ende gelesen hatte, begegneten meine Augen ihrem heißen, wißbegierigen, kindlich-ungeduldigen Blick. Sie hing geradezu mit ihrem Blick an meinem Gesicht und erwartete in größter Spannung, was ich sagen würde. Darauf erzählte sie mir in kurzen Worten, flüchtig, aber doch gewissermaßen stolz, daß sie irgendwo auf einem Tanzabend in einer Familie gewesen war, »bei sehr, sehr guten Menschen, in einer *Familie,* und wo man noch *nichts weiß,* nicht das Geringste«, — denn sie war ja hier *in diesem* Hause erst ganz kurze Zeit und nur so ... und sie hatte sich doch noch gar nicht entschlossen, hier zu bleiben, im Gegenteil, sie würde sogar bestimmt fortgehen, sobald sie nur ihre Schuld bezahlt hätte ... — Nun, und dort war auch dieser Student gewesen, er hatte den ganzen Abend mit ihr getanzt und gesprochen, und bei der Gelegenheit hatte es sich herausgestellt, daß er gleichfalls aus Riga war, daß sie sich als Kinder gekannt und zusammen gespielt hatten, nur war das alles schon sehr lange her — und sogar ihre Eltern kannte er, doch *davon* wisse er nichts-nichts-nichts und ahne es nicht einmal! Und da hatte er ihr denn nach dem Tanzabend (also vor drei Tagen) durch ihre Freundin, durch dieselbe, mit der sie hingegangen war, diesen Brief geschickt ... und ... und das war alles.

Und gleichsam verschämt senkte sie ihre strahlenden Augen, als sie geendet hatte.

Armes Ding! Sie bewahrte diesen Brief des Studenten wie einen Schatz auf, und lief nach diesem ihrem einzigen Kleinod, weil sie nicht wollte, daß ich fortginge, ohne zu erfahren, daß auch sie in Ehren und aufrichtig geliebt wurde, daß man auch zu ihr ehrerbietig sprach. Ich glaube, diesem Brief wird es wohl bestimmt gewesen sein, in ihrem Köfferchen ergebnislos ewig liegen zu bleiben. Aber was hat das zu sagen! Bin ich doch überzeugt, daß sie ihn ihr Leben lang wie einen Schatz aufbewahren wird, wie ihren Stolz und ihre Rechtfertigung. Sogar in solch einem Augenblick erinnerte sie sich seiner und brachte ihn mir, um ihn in naivem Stolz auch mir zu zeigen, um sich in meinen Augen wieder zu erhöhen, um auch von mir gelobt zu werden. Ich sagte nichts, drückte ihr nur die Hand und ging. Es drängte mich, fortzugehen ... Ich ging zu Fuß nach Haus, obgleich der nasse Schnee immer noch in dicken, schweren Flocken niederfiel. Ich war so zerquält, so bedrückt, und wurde dazu noch von Zweifeln, Bedenken, Unentschlossenheit gemartert. Aber die Wahrheit schimmerte schon durch die Zweifel hindurch. Die abscheuliche Wahrheit!

VIII

Ich willigte übrigens nicht so bald ein, diese Wahrheit anzuerkennen. Als ich am nächsten Morgen nach kurzem, bleiernem Schlaf erwachte, erinnerte ich mich sofort des ganzen vergangenen Tages, und ich wunderte mich sogar über meine »Sentimentalität« mit Lisa, über diesen ganzen »gestrigen Unfug« und über meine »Weichherzigkeit«.

‚Was für eine weibische Nervosität einen doch zuweilen befallen kann, pfui!' dachte ich ärgerlich. ‚Und wozu habe ich ihr eigentlich meine Adresse gegeben? Jetzt wird sie ja womöglich herkommen? Übrigens, mag sie doch kommen ...' Aber selbstverständlich war jetzt nicht das von Wichtigkeit; wichtig war vielmehr, daß ich so schnell wie möglich meine Reputation in den Augen Swerkoffs und Ssimonoffs rettete. Das war die Hauptsache! Lisa aber vergaß ich an jenem Morgen vor lauter anderen Sorgen sogar völlig.

Vor allen Dingen galt es, Ssimonoff das geliehene Geld zurückzuerstatten. Ich entschloß mich zu einem verzweifelten Schritt: Antón Antónytsch um ganze fünfzehn Rubel anzugehen. Zum Glück war er an jenem Morgen gerade bei bester Laune und erfüllte meine Bitte ohne weiteres. Das erfreute mich dermaßen, daß ich ihm, als ich den Schuldschein unterschrieb, unaufgefordert, nur so wie *nebenbei*, erzählte, wie ich gestern mit meinen Freunden im Hôtel de Paris den Abschied eines Schulkameraden gefeiert hatte, »ja, ich kann wohl sagen, meines Jugendfreundes ... Wissen Sie, er ist ein fabelhafter Draufgänger, maßlos verwöhnt in jeder Beziehung, — versteht sich: aus guter Familie, riesige Einkünfte, hat eine glänzende Karriere vor sich, ist geistreich, liebenswürdig, kennt vorzüglich diese Damen, Sie wissen schon ... Wir haben noch einem halben Dutzend den Hals gebrochen, und ...« Und es klang doch wirklich, als ob nichts dabei wäre: es sagte sich alles so leicht und ungezwungen und so selbstzufrieden.

Nach Hause zurückgekehrt, setzte ich mich sofort hin und schrieb an Ssimonoff.

Noch jetzt habe ich meine Freude daran, wenn ich an den wahrhaft weltmännischen und unbefangenen Ton meines Briefes denke. Der Brief war geschickt geschrieben und doch vornehm, und vor allen Dingen ganz ohne überflüssige Worte. Die Schuld an allem schrieb ich mir allein zu. Ich rechtfertigte mich — »wenn es mir überhaupt noch zusteht, mich zu rechtfertigen« — mit der Erklärung, daß ich bereits

nach dem ersten Gläschen, welches ich (angeblich) schon *vor*
ihrer Ankunft im Hôtel de Paris getrunken hatte, nicht mehr
ganz nüchtern gewesen sei, natürlich nur infolge meiner
völligen Entwöhnung von Alkohol. Um Entschuldigung bat
ich eigentlich nur Ssimonoff; doch fügte ich zum Schluß noch
hinzu, daß ich ihm dankbar wäre, wenn er meine Erklärung
auch allen anderen übermitteln wollte, besonders Swerkoff,
den ich, wie ich glaubte, — denn ich könnte mich des Vor-
gefallenen nicht mehr deutlich entsinnen — »vielleicht beleidigt habe«. Ich schloß damit, daß ich selbst bei allen
vorfahren würde, doch schmerze mein Kopf zu sehr und
zudem — schämte ich mich. Besonders gefiel mir die »gewisse
Leichtigkeit«, fast sogar Nachlässigkeit (übrigens eine gesellschaftlich vollkommen zulässige), die sich in meinem Stil ausdrückte und ihnen besser als alle Beweise zu verstehen geben
mußte, daß ich »auf diese ganze gestrige Geschichte« ziemlich gleichgültig blickte, also keineswegs niedergeschlagen
oder gar vernichtet war, wie es jene Herren wahrscheinlich
glaubten, sondern die ganze Sache so auffaßte, wie ein sich
ruhig achtender Gentleman sie eben auffassen mußte. »Der
Bursche hat sich nichts vergeben!«

,Hm ... und was für eine Leichtigkeit drin steckt — so
etwas kriegt doch sonst höchstens ein Marquis fertig!' dachte
ich, als ich entzückt mein Kunstwerk durchlas. ,Und das
ist mir natürlich nur möglich, weil ich ein entwickelter
und gebildeter Mensch bin! Andere würden an meiner Stelle
nicht wissen, wie sich hier herausreißen, ich aber bin schon
wieder obenauf, und das nur, weil ich eben ein „gebildeter
und entwickelter Mensch unserer Zeit" bin. Übrigens, vielleicht ist alles das gestern wirklich nur vom Wein gekommen? Hm! ... nein, das stimmt denn doch nicht. Ich hatte
ja überhaupt nichts getrunken, als ich auf sie wartete. Hab's
dem Ssimonoff bloß weisgemacht. Im allgemeinen ist Lügen
gemein; ja, und auch jetzt ist's nicht schön ...'

,Ach, hol's der Kuckuck! Die Hauptsache ist doch, daß ich
die Geschichte los bin!'

Ich legte die sechs Rubel in den Brief, versiegelte ihn und bat darauf meinen Apollón, ihn zu Ssimonoff zu bringen. Als Apollon hörte, daß in dem Brief Geld war, wurde er höflicher und erklärte sich bereit, hinzugehen. In der Dämmerung ging ich hinaus, an die Luft. Mein Kopf tat mir noch weh vom gestrigen Abend. Doch je dunkler die Dämmerung wurde, desto mehr verwirrten sich meine Eindrücke und dann auch meine Gedanken. Irgend etwas in meinem Inneren wollte nicht sterben, etwas, das in der Tiefe des Herzens und Gewissens lag — es wollte nicht sterben und äußerte sich in brennender Schwermut. Ich drängte mich durch die belebtesten Straßen, die Meschtschánskaja, Ssadówaja und am Jussúpoffgarten vorüber. Besonders in der Dämmerung liebte ich es, in diesen belebten Kaufstraßen zu spazieren, wenn dort die Menge der Fußgänger dichter wurde, wenn Kaufleute, Handwerker, Arbeiter mit ihren bis zur Verbitterung besorgten Gesichtern nach Hause drängten von ihrer Tagesarbeit. Gerade diese nichtige Hast, diese schamlose Prosa gefielen mir. Und an jenem Abend wirkte dieses ganze Straßengedränge noch ganz besonders aufreizend auf mich. Ich konnte mich auf keine Weise in meinen Gefühlen zurechtfinden, wußte nicht, womit anfangen. Es war etwas in meiner Seele, das mir weh tat und sich erhob, erhob und immer wieder erhob, das sich nicht beruhigen wollte. Ganz zerschlagen kehrte ich schließlich heim. Es war mir, als läge auf meiner Seele ein Verbrechen.

Mich quälte beständig der Gedanke, daß Lisa kommen werde. Eigentlich wunderte es mich, daß von allen schrecklichen Erinnerungen des vergangenen Tages die Erinnerung an sie mich ganz besonders quälte. Alles andere hatte ich bis zum Abend schon völlig vergessen, hatte einmal ausgespuckt und damit war es abgetan, und im übrigen blieb ich mit meinem Brief an Ssimonoff immer noch vollkommen zufrieden. Mit dieser Geschichte aber konnte ich mich doch nicht zufrieden geben. Es war geradezu, als quälte ich mich nur wegen dieser einen Lisa. ‚Wenn sie nun zu mir kommt?‘

dachte ich immer wieder. ‚Ach was, so mag sie doch kommen! Hm!... Allein schon das, daß sie dann, zum Beispiel, sehen wird, wie ich wohne. Gestern war ich ja gewissermaßen ein Held vor ihr... jetzt aber, hm! Eigentlich ist es doch schändlich, daß ich so heruntergekommen bin. Es ist ja eine richtige Bettlerwohnung. Und gestern konnte ich mich entschließen, in solchen Kleidern ins Hôtel de Paris zu fahren! Und mein altes Wachstuchsofa, aus dem Krollhaar und Bast heraushängen! Und mein Schlafrock, der vorn nicht zugeht! Und die Quasten... Und das wird sie alles sehen! Und auch den Apollón wird sie sehen! Er wird sie ja bestimmt beleidigen. Dieses Rindvieh wird ihr natürlich irgendeine Frechheit sagen, um mich zu ärgern. Ich aber werde selbstverständlich nach meiner alten Gewohnheit wieder verlegen werden, werde mich mit den Schlafrockschößen zu bedecken suchen, werde lächeln, werde lügen... Oh, diese Gemeinheit! Und die größte Gemeinheit besteht ja nicht einmal darin! Es gibt da noch etwas Wichtigeres, Gemeineres, Schändlicheres! Ja, Schändlicheres! Und wieder, wieder muß ich mich hinter dieser verlogenen, unaufrichtigen Maske verstecken!...‘

Bei diesem Gedanken angekommen, wurde ich plötzlich feuerrot.

‚Warum soll es denn eine unaufrichtige Maske sein? Wieso, warum? Ich habe doch gestern aufrichtig gesprochen! Ich erinnere mich doch noch, daß in mir auch ein aufrichtiges Gefühl war. Ich wollte in ihr gerade edle Gefühle wecken... Wenn sie schließlich weinte, so war das gut, es wird heilsam wirken...‘

Und dennoch konnte ich mich nicht beruhigen.

Den ganzen Abend, nachdem ich schon zurückgekehrt war, nach neun, also zu einer Zeit, wo Lisa nach menschlicher Berechnung überhaupt nicht mehr kommen konnte, sah ich sie immer noch vor mir, und zwar immer in ein und derselben Stellung. Von allem, was ich an jenem Tage erlebt und gesehen hatte, stand mir immer jenes Bild vor Augen: wie ich, als ich mit dem Streichholz das Zimmer plötzlich erhellt hatte, ihr bleiches, verzerrtes Gesicht mit dem gequälten Blick vor mir sah. Und was für ein armseliges, jammervolles Lächeln es war, zu dem sie sich in jenem Augenblick zwang! Damals wußte ich noch nicht, daß ich sie auch nach fünfzehn Jahren immer noch mit diesem armseligen, verzerrten, unnötigen Lächeln vor mir sehen würde.

Am folgenden Tage war ich wieder bereit, das Ganze für Unsinn, Nervosität und vor allen Dingen für — *übertrieben* zu halten. Ich habe immer diese meine schwache Saite gekannt und mich zuweilen sehr vor ihr gefürchtet: ‚Immer muß ich alles übertreiben, das ist nun einmal mein Kreuz‘, dachte ich fortwährend. Und schließlich: ‚Einmal wird Lisa doch kommen‘, — das war der Refrain, mit dem alle meine Gedanken endeten. Ich war dermaßen beunruhigt, daß ich mitunter in die größte Wut geriet: ‚Sie wird kommen! Unbedingt wird sie kommen!‘ rief ich, im Zimmer auf und ab rasend, ‚wenn nicht heute, dann morgen, aber kommen wird sie! Das ist die verfluchte Romantik all dieser *reinen Herzen!* Oh Gemeinheit, oh Dummheit, oh Borniertheit dieser verwünschten sentimentalen Seelen! Herrgott, wie denn das nicht begreifen, man sollte meinen: wie kann man bloß das nicht begreifen? . . .‘ Hier aber stockte ich plötzlich, und sogar in großer Verwirrung.

‚Und wie weniger Worte nur hat es bedurft‘, dachte ich flüchtig, ‚nur ein wenig Idyll (und dazu war's noch nicht einmal ein echtes, nur ein literarisch entlehntes, sozusagen), um ein ganzes Menschenleben nach eigenem Geschmack umzudrehen. Jaja, die Jungfräulichkeit! Die Frische des Bodens!‘

Zuweilen kam mir auch der Gedanke, selbst zu ihr zu fahren, ihr »alles zu erzählen« und sie zu bitten, nicht zu mir zu kommen. Bei diesem Gedanken aber, wenn ich bei diesem Punkt angekommen war, erfaßte mich eine solche Wut, daß ich diese »verwünschte« Lisa einfach plattgeschlagen hätte, wenn sie neben mir gewesen wäre, daß ich sie beleidigt, bespien, hinausgejagt, geschlagen hätte!

553

Inzwischen aber verging noch ein Tag und schließlich noch einer — sie kam nicht, und ich begann mich zu beruhigen. Besonders wenn die Uhr schon neun geschlagen hatte — dann wurde ich wieder mutig und munter und ließ sogar die Phantasie wieder träumen, und sogar ziemlich süß. Ich rette zum Beispiel Lisa gerade durch meinen Verkehr mit ihr, indem ich ihr erlaube, mich zu besuchen, und sie bei der Gelegenheit unterrichte... Ich erziehe, ich bilde sie. Endlich bemerke ich dann, daß sie mich liebt, leidenschaftlich liebt. Aber ich stelle mich, als merkte ich es nicht (warum ich mich so stelle, weiß ich übrigens selbst nicht, wahrscheinlich zur Verschönerung). Schließlich erhebt sie sich verwirrt, schön wie eine Göttin, und stürzt zitternd und schluchzend zu meinen Füßen, und sagt mir, daß ich ihr Retter sei, daß sie mich mehr als alles auf der Welt liebe. Ich bin erstaunt, aber... »Lisa«, sage ich zu ihr, »glaubst du wirklich, daß ich deine Liebe zu mir nicht bemerkt hätte? Ich sah alles, ich erriet alles, doch konnte ich nicht als erster von Liebe sprechen, denn gerade, weil ich Einfluß auf dich hatte, fürchtete ich, daß du dich dann vielleicht aus Dankbarkeit zwingen würdest, mich zu lieben, daß du Gefühle in dir erwecken würdest, die du in Wirklichkeit für mich nicht hast. Das aber wollte ich nicht, denn das wäre... Vergewaltigung... eine Roheit ohne Zartgefühl«... (kurz, hier kam ich ein wenig aus dem Konzept infolge übermäßiger Anwendung von irgend so einer europäischen, George Sandschen, unaussprechlich edlen Feinheit...) »Jetzt jedoch, jetzt bist du mein! Du bist mein Geschöpf, du bist lauter und schön, du bist meine wundervolle Gattin...«

> „Und in mein Haus tritt frei und stolz
> Als seine Herrin ein!"

Darauf beginnen wir dann herrlich zu leben, wir fahren ins Ausland, und so weiter, und so weiter. Kurz, schließlich wurde ich mir selbst zuwider, und es endete damit, daß ich mir die Zunge zeigte.

‚Und man wird ihr ja überhaupt nicht die Erlaubnis geben, auszugehen‘, dachte ich zu meiner Beruhigung. ‚Ich glaube, man läßt sie nicht allzu oft aus dem Hause, abends schon ganz bestimmt nicht!‘ (Aus irgendeinem Grunde glaubte ich, daß sie bestimmt am Abend kommen werde, und zwar so um sieben Uhr.) ‚Aber sie hat mir doch gesagt, daß sie sich dort noch nicht ganz verdungen habe, noch besondere Vorrechte genieße; also, hm! Hol's der Teufel, dann wird sie kommen, dann wird sie ja bestimmt kommen!‘

Ein Glück, daß mich in dieser Zeit mein Apollón mit seinen Flegelhaftigkeiten manchmal ablenkte. Der brachte mich wirklich um meine letzte Geduld! Das war ja mein Verderben, meine Geißel Gottes, die die Vorsehung eigens für mich geschaffen hatte! Schon mehrere Jahre lang suchten wir uns gegenseitig zu übertrumpfen und ich haßte ihn. O Gott, wie ich ihn haßte! Ich glaube, ich habe noch kein einziges lebendes Wesen so gehaßt, besonders in gewissen Augenblicken, wie diese Kreatur. Er war schon bejahrt und kam sich selbst sehr wichtig vor. Zum Teil beschäftigte er sich mit Schneiderarbeit. Es ist mir nicht bekannt, warum er mich verachtete, aber er tat es über alle Maßen und blickte unerträglich hochmütig auf mich herab. Übrigens behandelte er alle Welt von oben herab. Nur ein Blick auf dieses Gesicht mit den weißen Augenbrauen und Wimpern, auf diesen glattgekämmten Kopf, auf diese Tolle, die er sich über der Stirn hochbürstete und mit gewöhnlichem Fastenöl einölte, auf diesen pedantischen Mund mit der spitzen Oberlippe und den zurückgezogenen Mundwinkeln, der wie ein lateinisches v aussah, — und wahrlich, meine Herrschaften, Sie würden sofort fühlen, daß Sie ein Wesen vor sich haben, das noch kein einziges Mal an sich gezweifelt hat. Er war ein Pedant vom reinsten Wasser, wohl der größte Pedant von allen, die je auf der Welt gelebt, und dazu besaß er noch eine Eigenliebe, die höchstens Alexander dem Großen angemessen gewesen wäre. Er war in jeden Knopf seiner Kleider verliebt, in jeden Nagel seiner Extremitäten — unbedingt geradezu verliebt, das sah man ihm auch schon auf den ersten Blick an! Zu mir verhielt er sich unveränderlich despotisch, würdigte mich selten eines Wortes, und blickte er mich einmal an, so geschah das mit einer festen, majestätisch-selbstbewußten und immer etwas spöttischen Miene, die mich zuweilen rasend machen konnte. Seine Pflicht erfüllte er mit einem Gesichtsausdruck, als erweise er mir die größte Gnade. Bei der Gelegenheit möchte ich gleich noch bemerken, daß er so gut wie überhaupt nichts für mich tat und sich nicht einmal für verpflichtet hielt, etwas zu tun. Zweifellos betrachtete er mich als den letzten Dummkopf der Welt, und »duldete« mich gleichsam nur, weil er von mir monatlich sieben Rubel Gehalt fordern konnte. Er war also einverstanden, bei mir für diese sieben Rubel monatlich »nichts zu tun«. Seinetwegen werden mir sicherlich viele Sünden vergeben werden. Zuweilen war mein Haß auf ihn so groß, daß mich schon sein Gang beinahe zu Krämpfen brachte. Doch ganz besonders widerlich war mir seine Art zu sprechen. Seine Zunge war, glaub ich, etwas länger als es sich gehört, und so lispelte er denn beständig und sprach die Zischlaute einfach scheußlich aus. Dabei schien er auf sein Lispeln noch ungeheuer stolz zu sein: er glaubte wahrscheinlich, daß es ihm eine gewisse Vornehmheit verleihe. Er sprach gewöhnlich leise, gemessen, wobei er die Hände auf dem Rücken hielt und schräg zu Boden blickte. Ganz besonders ärgerte er mich, wenn er bei sich in seiner Kammer, die nur durch eine dünne Wand von meinem Zimmer geschieden war, die Psalmen las. Oh, groß war das Kreuz, das mir diese Psalmen aufluden! Er aber liebte es sehr, abends mit seiner leisen, gleichmäßigen Stimme, ein wenig singend, die Psalmen zu lesen — ganz als ob er neben einer Leiche säße. Das ist jetzt auch glücklich sein Beruf geworden: er hält Totenwacht und liest dann die Psalmen; ferner vertilgt er Ratten und macht Wichse. Damals jedoch konnte ich ihn nicht zum Teufel jagen; es war geradezu, als wäre er mit meiner Existenz irgendwie chemisch verbunden. Zudem hätte er ja um nichts in der Welt eingewilligt, von mir fortzugehen. Ich aber konnte nicht in einem möblierten Zimmer wohnen: meine kleine Wohnung war abgesondert, hatte nichts mit den anderen Mietern zu tun, sie war meine Seele, mein Futteral, in das ich mich verkroch, um mich vor der ganzen Menschheit zu verstecken. Apollon aber schien mir, der Teufel weiß warum, zu dieser Wohnung zu gehören, und so brachte ich es denn ganze sieben Jahre nicht über mich, ihn vor die Tür zu setzen.

Sein Monatsgehalt auch nur zwei oder gar drei Tage lang zurückzuhalten, war vollkommen ausgeschlossen. Er hätte mich so gepeinigt, daß ich nicht gewußt hätte, wo mich lassen. In diesen Tagen aber war ich dermaßen erbittert auf alle Welt, daß ich mich aus irgendeinem Grunde und zu irgendeinem Zweck entschloß, meinen Apollon zu *bestrafen*, ihm das Geld erst nach zwei Wochen zu geben. Das hatte ich mir schon lange, schon seit zwei Jahren vorgenommen, — einzig, um ihm zu beweisen, daß er kein Recht hätte, sich vor mir so breit zu machen, und daß ich ihm sein Gehalt auszahlen könnte, wann es mir gefalle. Ich beschloß also, vom Gelde kein Wort zu sagen und sogar absichtlich zu schweigen, um seinen Stolz zu besiegen, und ihn zu zwingen, sich das Gehalt von mir auszubitten. Dann erst würde ich die sieben Rubel aus dem Kasten nehmen, sie ihm zeigen und sagen, daß ich sie habe, sie ihm aber doch nicht gebe, »einfach weil ich nicht will, nicht will, nicht will — kurz, da ich das *so will*«, weil das so mein »Herrenwille« sei, weil er sich nicht so ehrerbietig benehme, wie es sich gehöre, weil er ein Grobian sei! Falls er aber bescheiden um das Geld bitten wolle, so würde ich mich meinetwegen auch erweichen lassen und ihm die sieben Rubel geben; wenn nicht, dann könne er noch zwei Wochen warten, könne er drei Wochen warten, könne er 'nen ganzen Monat warten . . .

Aber wie wütend ich auch war, er blieb doch Sieger. Nicht vier Tage lang hätte ich's ausgehalten. Er begann damit, womit er in ähnlichen Fällen immer zu beginnen pflegte —

denn ähnliche Fälle hatte es schon gegeben (und ich bemerke noch, daß ich im voraus wußte, wie es kommen werde: kannte ich doch seine ganze niederträchtige Taktik schon auswendig!). Nämlich: er begann damit, daß er einen ungemein strengen Blick auf mich richtete und ihn einige Minuten lang nicht von mir abwandte. Das geschah gewöhnlich, wenn ich ausging oder heimkehrte — dann begleitete oder empfing er mich mit diesem Blick. Tat ich dann, als bemerkte ich ihn samt seinen Blicken überhaupt nicht, so schritt er — wiederum schweigend — zum nächsten Folterexperiment. Plötzlich kommt er mir nichts, dir nichts leise und mit ruhigen Schritten in mein Zimmer, wenn ich auf und ab gehe oder lese, bleibt an der Tür stehen, legt eine Hand auf den Rücken, stellt das eine Bein etwas vor und richtet seinen Blick auf mich — dieser Blick ist aber dann nicht etwa bloß streng, sondern er drückt mit ihm zugleich die ganze niederschmetternde Verachtung aus, die er für mich empfindet. Wenn ich ihn dann plötzlich frage, was er will, warum er eingetreten ist, so antwortet er mir keine Silbe, fährt nur fort, mich noch einige Sekunden lang starr anzusehen und darauf, nachdem er ganz absonderlich die Lippen zusammengepreßt hat, dreht er sich mit vielbedeutsamer Miene langsam auf demselben Fleck um und verläßt langsam das Zimmer. Nach etwa zwei Stunden öffnet sich plötzlich wieder die Tür und mein Apollón stellt sich von neuem auf ... Es kam vor, daß ich vor Wut ihn überhaupt nicht fragte, was er suche, sondern kurz entschlossen, gebieterisch meinen Kopf in den Nacken warf und ihn gleichfalls unbeweglich anblickte. Dann schauten wir uns auf diese Weise eine geraume Zeit an, bis er sich endlich langsam und wichtig umdrehte und mich auf weitere zwei Stunden verließ.

Ließ ich mich durch diese Manöver noch nicht eines Besseren belehren, so begann er schließlich zu — seufzen: er blickte mich an und seufzte tief, als wollte er mit diesem langen, langen Atem die ganze Tiefe meiner moralischen Gesunkenheit ausmessen. Nun, versteht sich, es endete damit,

558

daß er mich volkommen besiegte: ich wütete, schrie, schimpfte, aber das, worum es sich drehte, war ich schließlich doch gezwungen zu tun.

Dieses Mal aber, als die üblichen Manöver der »strengen Blicke« begannen, geriet ich sofort außer mir und stürzte mich wutbebend auf meinen Peiniger. War ich doch sowieso schon gereizt!

»Bleib!« schrie ich ihn an, als er sich langsam und schweigend, die eine Hand auf dem Rücken, wieder umdrehen wollte, um hinauszugehen. — »Bleib! Komm zurück! Komm zurück, sag ich dir!« Ich muß wohl so absonderlich gegröhlt haben, daß er sich tatsächlich wieder umdrehte und mich sogar einigermaßen erstaunt anblickte. Übrigens sagte er noch immer kein Wort, und das war es ja, was mich am meisten empörte.

»Was unterstehst du dich, ohne Erlaubnis einzutreten und mich so zu betrachten, antworte!«

Er aber betrachtete mich wieder schweigend etwa eine halbe Minute lang, worauf er dann von neuem begann, sich langsam umzudrehen.

»Steh!« schrie ich und stürzte auf ihn zu. »Nicht vom Fleck! So! Jetzt antworte: Was suchst du hier?"

»Wenn Sie mir jetzt was anzuordnen haben, so ist es meine Sache, es auszuführen«, sagte er nach kurzem Schweigen ruhig und gemessen wie immer, wobei er leicht die Augenbrauen hinaufzog und langsam den Kopf von der einen Seite auf die andere bog. All das geschah wiederum mit erschreckender Ruhe.

»Ach, nicht davon, nicht davon rede ich, Henker!« schrie ich zornbebend. »Ich werde dir, Henker, selbst sagen, warum du herkommst: du siehst, daß ich dir dein Gehalt nicht auszahle, willst aber aus Stolz nicht darum bitten, und so kommst du dann mit deinen dummen Blicken — mich dafür strafen, quälen willst du, und *be—grei—f—s—t* nicht einmal, du Henker, daß das dumm von dir ist, dumm, fabelhaft dumm, bodenlos dumm!«

559

Er schickte sich wieder an, sich langsam umzudrehen, ich aber packte ihn.

»Hör!« schrie ich ihn an. »Sieh, hier ist das Geld, siehst du, siehst du, hier ist es!« — Ich riß das Schubfach meines Tisches auf und nahm das Geld heraus. »Volle sieben Rubel! Du aber bekommst sie nicht, *be—komm—s—t* sie nicht, so lange bekommst du sie nicht, bis du kommst und ehrerbietig, reumütig mich um Verzeihung bittest! Hast du mich verstanden?«

»Das kann niemals geschehen!« antwortete er mit einem geradezu überirdischen Selbstbewußtsein.

»*Wird* aber!« brüllte ich, »geb dir mein Ehrenwort, daß es geschehen wird!«

»Und für was soll ich Sie denn um Verzeihung bitten?« fuhr er fort, als ob er mein Geschrei überhaupt nicht hörte. »Sie haben mich doch Henker genannt, wofür ich Sie jederzeit auf der Polizei wegen Beleidigung anzeigen kann.«

»Geh! Tu's nur!« schrie ich heiser, »geh sofort, sofort, hörst du! Ein Henker bist du doch! Jawohl: ein Henker! Ein Henker!« — Er jedoch sah mich nur noch einmal an und schritt ruhig und selbstbewußt hinaus.

,Wenn's keine Lisa gäbe, würde nichts von alledem geschehen sein!' dachte ich bei mir. Und nachdem ich eine Minute lang dagestanden hatte, begab ich mich würdevoll und feierlich, doch mit langsam und stark klopfendem Herzen in eigener Person in seine Kammer.

»Apoll!« sagte ich ruhig und bedeutsam, in Wirklichkeit aber war ich nichts weniger als ruhig. »Geh sofort zum Polizeioffizier unseres Stadtviertels!«

Er hatte sich inzwischen schon an seinen Tisch gesetzt, die Brille auf die Nase geschoben und seine Arbeit wieder aufgenommen. Als er so plötzlich meinen Befehl hörte, lachte er mit einem Mal laut auf.

»Sofort, geh sofort! Geh, oder — du ahnst nicht, was sonst geschieht!«

»Sie sind wohl nicht ganz bei Troste«, meinte er darauf

560

gemächlich, ohne auch nur den Kopf zu erheben, denn er fädelte gerade einen Faden durch das Nadelöhr. »Und wer hat denn je erlebt, daß ein Mensch gegen sich selbst die Polizei ruft? Was aber die Angst betrifft, so ängstigen Sie sich umsonst, es wird nicht geschehen.«

»Geh!« krächzte ich und packte ihn an der Schulter. Ich fühlte, daß ich ihn sofort schlagen würde.

Dabei überhörte ich ganz, daß in demselben Augenblick die Flurtür geöffnet wurde und irgend jemand eintrat, stehen blieb und schließlich uns verwundert anstarrte. Da blickte ich plötzlich hin und — ich erstarrte vor Schande, und dann stürzte ich in mein Zimmer. Dort krallte ich meine Hände ins Haar, stützte den Kopf an die Wand und verblieb unbeweglich in dieser Stellung.

Nach einiger Zeit hörte ich die langsamen Schritte Apollons.

»*Irgendeine* fragt dort nach Ihnen«, sagte er, mich ganz besonders streng messend, worauf er zur Seite trat und Lisa eintreten ließ. Er wollte nicht hinausgehen und betrachtete mich spöttisch.

»Pack dich!« kommandierte ich halb bewußtlos. In dem Augenblick begann meine Wanduhr sich aufzuziehen, zu schnurren und schlug dann genau sieben Mal.

IX

Und in mein Haus tritt frei und stolz
Als seine Herrin ein.

Ich stand vor ihr wie vernichtet, blamiert und bis zur Widerlichkeit verwirrt, und ich lächelte, glaub ich, wobei ich mich krampfhaft bemühte, die Schöße meines schäbigen wattierten Schlafrocks übereinander zu schlagen, — auf ein Haar so, wie ich es mir noch kurz vorher in einer verzagten Stunde vorgestellt hatte. Apollon schob zwar nach einer Weile ab, doch wurde mir deswegen noch nicht leichter. Das Schlimmste aber war, daß sie plötzlich gleichfalls verlegen wurde, und das sogar dermaßen, wie ich es von ihr nie erwartet hätte. Bei meinem Anblick, versteht sich.

»Setz dich«, sagte ich mechanisch und rückte für sie einen Stuhl an den Tisch, selbst aber setzte ich mich auf den Diwan. Sie nahm sofort gehorsam Platz, blickte mich aber mit weit offenen Augen an, als erwarte sie sofort etwas Besonderes von mir. Diese Naivität der Erwartung war's ja gerade, was mich aus der Haut brachte, aber ich bezwang mich noch.

Gerade hier hätte man doch tun sollen, als bemerke man nichts, als sei alles so, wie es sein müsse, sie aber ... – Und dumpf fühlte ich schon, daß *sie* mir für all dieses bitter würde büßen müssen.

»Du hast mich in einer sonderbaren Lage angetroffen, Lisa«, begann ich stockend – und war mir vollkommen bewußt, daß man gerade so nicht anfangen durfte.

»Nein, nein, denk nur nicht irgend etwas!« rief ich schnell, als ich bemerkte, daß sie plötzlich errötete, »ich schäme mich nicht meiner Armut... Im Gegenteil, ich bin stolz auf meine Armut. Ich bin arm, aber edel... Das kann man, das kann man... arm sein, aber edel«, stotterte ich. »Übrigens... Willst du Tee?«

»Nein...«, begann sie und stockte.

»Warte!« Ich sprang auf und lief hinaus zu Apollon. Man mußte doch irgend etwas tun.

»Apollon«, flüsterte ich schnell in fieberhafter Erregung, »hier hast du dein Monatsgehalt, siehst du, ich gebe es dir!« Damit warf ich das Geld, das ich noch in der Hand behalten hatte, auf seinen Tisch, »aber dafür mußt du mich retten: geh sofort hier in das nächste Restaurant und bring mir Tee und Zwieback... zehn Stück! Wenn du nicht gehst, so stürzt du einen Menschen ins Unglück! Du weißt nicht, was das für ein Wesen ist... Sie ist – alles! Vielleicht glaubst du irgend etwas... Aber du weißt ja nicht, was das für ein Wesen ist!...«

562

Apollon, der sich schon wieder an seine Arbeit gemacht und die Brille aufgesetzt hatte, schielte zuerst, ohne die Nadel aus der Hand zu legen, mißtrauisch nach dem Geld hin; fuhr aber fort, ohne mir die geringste Beachtung zu schenken, an seinem Zwirnfaden zu zupfen. Ich wartete etwa drei Minuten lang mit verschränkten Armen, in einer Stellung à la Napoleon. An meinen Schläfen rann kalter Schweiß herab; mein Gesicht war bleich, das fühlte ich. Doch Gott sei Dank! — schließlich empfand er doch Mitleid mit mir. Nachdem er mit seinem Faden fertig geworden war, erhob er sich langsam, schob langsam den Stuhl zurück, nahm langsam die Brille ab, zählte langsam das Geld nach, und fragte mich dann langsam über die Schulter, ob er eine ganze Portion nehmen solle, worauf er langsam das Zimmer verließ. Als ich zu Lisa zurückkehrte, zuckte mir plötzlich ein Gedanke durch den Kopf: einfach so wie ich war, im alten Schlafrock, wegzulaufen, gleichviel wohin, immer geradeaus — und dann komme, was kommen mag!

Ich setzte mich wieder auf den Diwan. Sie blickte mich unruhig an. Wir schwiegen.

»Ich schlag ihn tot!« schrie ich plötzlich wild auf und schlug mit der Faust auf den Tisch, daß die Tinte aus dem Tintenfaß spritzte.

»Ach! mein Gott, was haben Sie!« rief sie entsetzt, vor Schreck zusammenfahrend.

»Ich schlag ihn tot! mausetot!« schrie ich wieder und schlug unbändig auf den Tisch — und zu gleicher Zeit begriff ich doch vorzüglich, daß es dumm war, so außer sich zu geraten.

»Du weißt nicht, Lisa, was dieser Mensch ist! Er ist mein Henker!... Jetzt ist er nach Tee und Zwieback gegangen; er...«

Und plötzlich brach ich in Tränen aus. Das war ein Anfall. Und doch: wie schämte ich mich, als ich schluchzte; ich konnte mich aber nicht beherrschen.

Sie erschrak.

»Was haben Sie nur! Was fehlt Ihnen?« rief sie erregt, indem sie sich um mich bemühte.

»Wasser, gib mir Wasser ... dort auf dem Tisch!« sagte ich mit schwacher Stimme, wobei ich aber bei mir genau wußte, daß ich sehr wohl auch ohne Wasser auskommen konnte, und durchaus nicht mit so schwacher Stimme zu sprechen brauchte. Ich aber *verstellte* mich, um, was man so nennt, den Anstand zu wahren, obgleich der Anfall an sich echt war.

Sie reichte mir das Wasser und sah mich ratlos an. In dem Augenblick trat Apollon mit dem Tee ins Zimmer. Da erschien mir plötzlich dieser gewöhnliche, prosaische Tee unglaublich unanständig und kläglich nach allem, was geschehen war, und ich errötete. Lisa blickte sich ängstlich nach Apollon um; er verließ uns wieder, scheinbar ohne uns auch nur bemerkt zu haben.

»Lisa, verachtest du mich?« fragte ich sie, zitternd vor Ungeduld zu erfahren, was sie dachte.

Sie wurde verlegen und wußte nichts zu antworten.

»Trink den Tee!« sagte ich ärgerlich. Ich war wütend auf mich, doch mußte natürlich sie dafür büßen. Eine furchtbare Wut auf sie erhob sich plötzlich in meinem Herzen; ich glaube, ich hätte sie totschlagen können. Um mich an ihr zu rächen, schwor ich mir innerlich, die ganze Zeit über kein Wort mit ihr zu sprechen. ,Sie ist an allem schuld!' sagte ich mir immer wieder.

Unser Schweigen dauerte noch eine geraume Zeit. Der Tee stand auf dem Tisch: ich wollte absichtlich nicht anfangen, um ihre Lage noch unangenehmer zu machen, denn sie konnte doch nicht zuerst den Tee nehmen. Sie hatte mich schon mehrere Male in traurigem Nichtverstehenkönnen angeblickt. Ich aber schwieg eigensinnig. Natürlich war ich selbst der Hauptmärtyrer, denn ich begriff ja vollkommen die ganze widerliche Gemeinheit meiner Dummheit, und doch konnte ich mich auf keine Weise selbst überwinden.

»Ich will ... von dort ... ganz fortgehen«, sagte sie schließlich stockend, vorsichtig, wahrscheinlich nur, um das Schweigen zu brechen. Die Arme! Gerade davon hätte sie doch in einem ohnehin schon so dummen Augenblick, zu einem sowieso schon so dummen Menschen wie mir, nicht sprechen sollen. Mein Herz tat mir sogar weh vor Mitleid mit ihr — wegen ihrer Ungeschicktheit und unnötigen Ehrlichkeit. Doch etwas Scheußliches erstickte in mir sofort das Mitleid; ja, es hetzte mich sogar noch mehr gegen sie auf. Ach, so mag doch alles untergehen! ... Es vergingen noch fünf Minuten ...

»Habe ich Sie vielleicht gestört?« fragte sie schüchtern, kaum hörbar und erhob sich schon vom Stuhl.

Kaum aber sah ich dieses erste Anzeichen einer beleidigten Würde, da erzitterte ich geradezu vor Wut und verlor sofort meine letzte Selbstbeherrschung.

»Sag mir doch bitte, warum du eigentlich hergekommen bist?« begann ich plötzlich mit verhaltenem Atem, ohne daran zu denken, wie und was ich sprach. Ich wollte alles mit einem Mal aussprechen, alles auf einen Zug, — da war's mir einerlei, womit ich anfing.

»Warum bist du zu mir gekommen? Sag's doch! Sprich!« rief ich besinnungslos. »Ich werde es dir sagen, mein Täubchen, warum du hergekommen bist: du bist gekommen, weil ich dir damals mitleidige Worte gesagt habe. Und jetzt bist du wieder sentimental geworden und darum bist du hergekommen, um wieder ‚mitleidige Worte‘ zu hören. So wisse denn, wisse, daß ich mich damals über dich nur lustig machte! Und auch jetzt mache ich mich über dich lustig. Warum zitterst du? Ja, ich machte mich lustig über dich! Man hatte mich vorher im Restaurant beleidigt — diese selben, die kurz vor mir zu euch gekommen waren. Ich aber fuhr zu euch, um einen von ihnen, den Offizier, zu verprügeln; das konnte ich nicht, ich fand ihn nicht mehr vor; da mußte ich meine Wut an einem anderen Menschen auslassen, du kamst mir in die Quere, und so ließ ich denn meine Wut an dir aus, indem ich einen anderen Menschen verspottete. Man hatte mich erniedrigt, so wollte denn auch ich erniedrigen; man hatte mich zu einem Lappen gemacht, so wollte denn auch ich Macht beweisen ... Das war's. Du aber glaubtest wohl schon, daß ich gekommen sei, um dich zu retten – nicht wahr? Das glaubtest du doch? Das hast du doch geglaubt?«

Ich wußte, daß sie die Einzelheiten vielleicht nicht gleich verstehen würde, doch wußte ich gleichzeitig, daß sie das Wesen der Sache vorzüglich begreifen werde. So war's denn auch. Sie erbleichte, wollte zwar etwas sagen, ihre Lippen verzogen sich zitternd, doch plötzlich fiel sie, als ob man sie mit einem Beil gefällt hätte, auf den Stuhl zurück. Und die ganze Zeit darauf hörte sie mir mit halboffenem Munde zu, mit weit offenen Augen, zitternd vor maßloser Angst. Der Zynismus, der Zynismus meiner Worte erdrückte sie ...

»Haha! Retten!« rief ich höhnisch, sprang auf und raste im Zimmer auf und ab. »Wovor denn retten!? Ich, ich will dich ja vielleicht selbst haben! Warum fragtest du mich nicht, als ich dir die Leviten las: ,Wozu bist du denn hergekommen? Nur um uns Moral zu predigen?' Macht! Macht hatte ich damals nötig, das Spiel mit dir hatte ich nötig, deine Tränen hatte ich nötig, deine Erniedrigung, deine Hysterie – siehst du, nur das hatte ich damals nötig! Später hielt ich's selbst nicht aus, denn ich bin ja ein Lappen, bekam Angst und stopfte dir aus Dummheit, der Teufel weiß wozu, meine Adresse in die Hand. Aber wegen dieser Adresse bedachte ich dich ja schon unterwegs, noch bevor ich nach Haus gekommen war, mit allen Schimpfwörtern der Welt. Schon damals haßte ich dich, denn ich hatte dich belogen. Mit Worten kann ich spielen, in Gedanken träumen, in Wirklichkeit aber brauche ich ... weißt du was? – daß euch samt und sonders der Teufel holt! Ja, nur das brauche ich! Ich will meine Ruhe haben. Ich würde ja dafür, daß man mich in Ruhe läßt, die ganze Welt für eine Kopeke verkaufen. Soll die Welt untergehen, oder soll ich keinen Tee trinken? Ich sage: die ganze Welt mag von mir aus untergehen, denn ich will Tee trinken. Wußtest du das, oder wußtest du das noch nicht? Nun, ich weiß aber, daß ich ein Scheusal, ein Schuft, ein

566

Egoist, ein Faulpelz bin. Diese drei Tage habe ich vor Angst, du könntest kommen, nur so gezittert. Weißt du aber auch, was mich in diesen drei Tagen am meisten beunruhigt hat? Am meisten — daß ich mich damals vor dir als Helden aufgespielt habe, du mich aber hier in meinem alten Schlafrock, bettelarm und scheußlich vorfinden würdest. Ich sagte dir vorhin, daß ich mich meiner Armut nicht schäme; so wisse denn, daß ich mich ihrer schäme, mich mehr als alles anderen schäme, mich ihretwegen fürchte, mehr fürchte, als wenn ich stehlen würde, denn ich bin so ehrgeizig und empfindlich, als ob man mir die Haut abgezogen hätte, daß ich schon von der Berührung der Luft Schmerz empfinde. Solltest du wirklich auch jetzt noch nicht erraten, daß ich dir niemals verzeihen werde, daß du mich in diesem elenden Schlafrock angetroffen hast — gerade als ich mich wie ein kläffendes Hündchen auf Apollon stürzte? Der Erlöser, der Held von damals — stürzt sich wie ein räudiges Hündchen auf seinen Diener, und der lacht ihn noch aus! Und meine Tränen vorhin, die ich wie ein altes Weib vor dir nicht verbergen konnte — die werde ich dir gleichfalls nie und nimmer verzeihen! Und das, was ich dir jetzt gestehe, werde ich dir auch nicht verzeihen! Ja, — du, du allein bist für alles verantwortlich, weil du mir so in den Weg gelaufen bist, weil ich ein gemeiner Mensch bin, weil ich der gemeinste, der lächerlichste, kleinlichste, dümmste, neidischste Wurm aller Erdenwürmer bin, die alle keineswegs besser sind als ich, die aber, weiß der Teufel woher das kommt, sich niemals verwirren lassen; ich aber werde mein ganzes Leben lang von jedem Knirps einen Nasenstüber kriegen, das ist nun einmal mein Schicksal! Was geht es mich an, daß du das alles nicht begreifen kannst! Und was, nun, was, sag doch selbst, was gehst du mich überhaupt an, was geht es mich an, ob du da untergehst oder nicht? Ja, begreifst du denn auch, wie ich dich jetzt, nachdem ich dir das alles gesagt habe, dafür hassen werde, daß du hier gewesen bist und meine Worte gehört hast? So spricht sich der Mensch doch nur ein einziges Mal im Leben aus, und auch das geschieht dann nur aus Hysterie! ... Was willst du denn noch? Wozu hockst du denn noch immer hier vor mir, warum quälst du mich, warum gehst du nicht endlich fort?«

Da geschah aber plötzlich etwas ganz Sonderbares.

Ich war dermaßen gewöhnt, literarisch zu denken und mir alles auf der Welt so vorzustellen, wie ich es mir in meiner Phantasie vorher zurechtgelegt hatte, daß ich dieses Sonderbare zunächst nicht begriff. Das aber war folgendes: diese Lisa, die ich so beleidigt und erniedrigt hatte, diese Lisa begriff viel mehr, als ich für möglich gehalten hätte. Aus alldem begriff sie das, was ein Weib, wenn es nur aufrichtig liebt, immer sofort begreift, nämlich: daß ich selbst unglücklich war.

Der ängstliche, gekränkte Ausdruck ihres Gesichts war allmählich einer traurigen Befremdung gewichen. Als ich mich aber gemein, selbstsüchtig nannte und meine Tränen schon herabrollten (diese ganze Tirade sprach ich mit Tränen in den Augen), da verzog sich ihr Gesicht wie im Krampf. Sie wollte aufstehen, mich unterbrechen; als ich aber endete, da beachtete sie nicht meine Schreie: »Warum hockst du hier, warum gehst du nicht fort?« — sondern sah nur, daß es mir selbst schwer war, alles das auszusprechen. Und so eingeschüchtert war das arme Ding, sie hielt sich für so tief unter mir stehend, wie sollte sie es wagen, sich zu ärgern oder gar beleidigt zu sein? Sie erhob sich plötzlich vom Stuhl, wie von einem unbezwingbaren Gefühl getrieben, und — wagte doch nicht, sich zu rühren oder zu mir zu kommen ... sie streckte mir nur wortlos ihre Hände entgegen ... Mein Herz wollte brechen. Da stürzte sie zu mir, schlang ihre Arme um meinen Hals und brach in Tränen aus. Ich hielt es nicht mehr aus und schluchzte auf, wie ich noch nie geschluchzt ...

»Man läßt mich nicht ... ich kann nicht ... gut sein!« sagte ich schluchzend, darauf ging ich zum Diwan, warf mich auf ihn, preßte mein Gesicht auf das alte Lederkissen und schluchzte mindestens eine ganze Viertelstunde lang in wahrer Hysterie. Sie schmiegte sich an mich, umarmte mich und blieb regungslos in dieser Stellung.

Nun war aber das Unangenehme der Sache, daß das Weinen doch einmal ein Ende nehmen mußte. Und da (ich schreibe doch nur ekelhafte Wahrheit), als ich noch schluchzend auf dem Diwan lag, das Gesicht fest an mein altes Lederkissen gepreßt, fing ich allmählich schon an, zuerst nur ganz von fern her, unwillkürlich, aber unbezwingbar zu fühlen, daß es mir doch etwas peinlich sein würde, den Kopf zu erheben und Lisa in die Augen zu sehen. Weswegen ich mich schämte? – Das weiß ich nicht, aber ich schämte mich. Unter anderem ging mir auch der häßliche Gedanke durch meinen heißen, verwirrten Kopf, daß jetzt die Rollen vertauscht waren, daß jetzt sie die Heldin war, ich aber ein ebenso erniedrigtes und zerschlagenes Geschöpf wie sie damals vor mir – in der Nacht, vor vier Tagen... Und dieses dachte ich in denselben Minuten, als ich noch mit dem Gesicht auf dem Diwan lag und weinte!

Mein Gott! Sollte ich sie denn wirklich in dem Augenblick beneidet haben?

Ich weiß es nicht, selbst heute kann ich das noch nicht sagen, damals aber begriff ich mich natürlich noch weniger als jetzt. Ich kann nun einmal nicht leben, ohne irgend jemanden zu beherrschen, zu tyrannisieren... Aber... aber mit Erwägungen und Betrachtungen läßt sich ja doch nichts erklären, folglich lohnt es sich nicht, darüber noch weiter nachzudenken.

Einstweilen aber überwand ich mich doch und erhob den Kopf; einmal mußte es ja doch geschehen... Und siehe, ich bin noch jetzt fest überzeugt, daß gerade weil ich mich schämte, ihr in die Augen zu sehen, gerade darum in meinem Herzen plötzlich ein anderes Gefühl sich entzündete und aufflammte... die Lust zu herrschen und zu besitzen. Meine Augen glühten vor Leidenschaft und ich preßte krampfhaft ihre Hände. Wie haßte ich sie in diesem Augenblick und wie zog es mich zu ihr hin! Das eine Gefühl überwältigte das andere. Das glich fast einer Rache! ... Auf ihrem Gesicht drückte sich zuerst gleichsam Verwunderung aus, oder vielleicht sogar Angst, doch nur einen Augenblick. Ekstatisch, leidenschaftlich umarmte sie mich.

X

Nach einer Viertelstunde lief ich in wütender Ungeduld im Zimmer auf und ab, und trat immer wieder zum Wandschirm, um durch die Spalte nach Lisa zu sehen. Sie saß auf dem Fußboden, hatte den Kopf an den Bettrand gestützt und weinte, wie es schien. Sie ging aber nicht fort, und das war es, was mich ärgerte. Diesmal wußte sie bereits alles. Ich hatte sie endgültig beleidigt, aber ... was da noch erzählen. Sie hatte schon erraten, daß der Ausbruch meiner Leidenschaft gerade Rache war, eine neue Erniedrigung für sie, und daß zu meinem vorherigen, fast gegenstandslosen Haß noch ein *persönlicher, neidischer* Haß auf sie hinzugekommen war ... Übrigens, ich will nicht behaupten, sie hätte das alles vollkommen *bewußt* und klar begriffen; dafür aber begriff sie vollkommen, daß ich ein ekelhafter Mensch war und vor allen Dingen einer, der unfähig war, sie zu lieben.

Ich weiß, man wird mir sagen, es sei unwahrscheinlich, — unwahrscheinlich, daß man so boshaft, so dumm sein könne, wie ich es war; vielleicht wird man noch hinzufügen, es wäre doch unmöglich gewesen, sie nicht lieb zu gewinnen, oder wenigstens diese Liebe nicht zu schätzen. Warum soll es denn unwahrscheinlich sein? Erstens konnte ich überhaupt nicht mehr lieben, denn lieben bedeutete für mich — tyrannisieren und moralisch überlegen sein. Mein ganzes Leben lang habe ich mir eine andere Liebe nicht vorstellen können, und sogar jetzt glaube ich noch zuweilen, daß die Liebe gerade in dem vom geliebten Objekt freiwillig geschenkten Recht, es zu tyrannisieren, besteht. Auch in meinen Träumereien im Untergrund habe ich mir die Liebe nie anders vorgestellt

570

denn als Kampf, habe sie in Gedanken stets mit Haß begonnen und mit moralischer Unterwerfung beendet, danach aber war's mir unmöglich, mir auch nur vorzustellen, was man mit einem unterworfenen Objekt noch anfangen könnte. Und was kann denn hierbei unwahrscheinlich sein, wenn ich mich sittlich schon so weit verdorben, mich vom »lebendigen Leben« so entwöhnt hatte, daß ich sie beschämen wollte, als ich ihr vorwarf, sie sei gekommen, um »mitleidige Worte« zu hören, selbst aber nicht einmal erriet, daß sie keineswegs deswegen gekommen war, um mitleidige Worte zu hören, sondern daß sie gekommen war, um mich zu lieben, denn für das Weib liegt in der Liebe die ganze Auferstehung, die ganze Rettung von gleichviel welch einem Verderben, und die ganze Wiedergeburt, die sich ja anders überhaupt nicht offenbaren kann als gerade in ihrer Liebe. Übrigens haßte ich sie gar nicht so sehr, als ich im Zimmer auf und ab lief und durch die Spalte des Bettschirms lugte. Es war mir nur unerträglich schwer zumut, gerade weil sie bei mir war. Ich wollte, daß sie vom Angesicht der Erde verschwinde. Nach »Ruhe« sehnte ich mich, in meinem Winkel allein bleiben wollte ich. Das »lebendige Leben« bedrückte mich aus Ungewohntheit dermaßen, daß ich nach Atem rang.

Es vergingen noch etliche Minuten. Sie aber erhob sich immer noch nicht, als hätte sie alles vergessen. Ich war so gewissenlos, leise an den Schirm zu klopfen, um sie zu erinnern . . . Sie fuhr erschrocken zusammen, erhob sich hastig und suchte ihre Sachen: Tuch, Mützchen, Pelz zusammen, ganz als wollte sie sich vor mir retten . . . Nach zwei Minuten trat sie langsam hinter dem Schirm hervor und richtete einen schweren Blick auf mich. Ich lachte boshaft auf, gezwungen natürlich, *anstandshalber,* und wandte mich ab.

»Adieu«, sagte sie und ging zur Tür.

Da trat ich schnell an sie heran, ergriff ihre Hand, drückte etwas hinein . . . und preßte sie wieder zu. Darauf kehrte ich mich hastig um und ging schnell in die andere Ecke des Zimmers, um wenigstens nicht zu sehen . . .

571

Soeben wollte ich lügen, — wollte schon schreiben, daß ich dieses aus Versehen, halb unbewußt, aus Dummheit, aus Kopflosigkeit getan hätte. Ich will aber nicht lügen, und darum sage ich jetzt offen, daß ich es . . . aus Bosheit tat. Es fiel mir ein, das zu tun, als ich im Zimmer auf und ab lief und sie hinter dem Bettschirm saß. Eines jedoch kann ich mit aller Bestimmtheit sagen: ich beging diese Grausamkeit, wenn auch absichtlich, so doch nicht aus meinem Herzen, sondern aus meinen schlechten Gedanken heraus. Diese Grausamkeit war dermaßen unnatürlich, dermaßen „erdacht", absichtlich komponiert, *so literarisch*, daß ich sie selbst nicht einen Augenblick lang ertrug — zuerst lief ich in die Ecke, um nichts zu sehen, dann aber stürzte ich mit Scham und Verzweiflung im Herzen ihr nach. Ich riß die Flurtür auf und horchte hinaus.

»Lisa! Lisa!« rief ich halblaut, denn ich wagte nicht, dreister zu rufen.

Keine Antwort. Doch war es mir, als hörte ich noch unten auf der Treppe ihre Schritte.

»Lisa!« rief ich lauter.

Keine Antwort. Da hörte ich, wie die schwere, verglaste Haustür geöffnet wurde und gleich darauf mit dumpfem Laut zuschlug. Der dumpfe Hall schallte durch das Treppenhaus bis zu mir herauf.

Sie war fortgegangen. Nachdenklich kehrte ich in mein Zimmer zurück. Unsagbar schwer war mir zumut.

Ich blieb am Tisch neben dem Stuhl, auf dem sie gesessen hatte, stehen und starrte gedankenlos vor mich hin. Es verging eine Weile. Plötzlich fuhr ich zusammen: gerade vor mir auf dem Tisch erblickte ich . . . kurz, ich erblickte einen blauen verknitterten Fünfrubelschein, denselben, den ich ihr in die Hand gedrückt hatte. Das war *derselbe* Schein, ein anderer hätte es überhaupt nicht sein können, in der ganzen Wohnung gab es keinen anderen! Also hatte sie noch Zeit gehabt, ihn in dem Augenblick, als ich in die Ecke lief, auf den Tisch zu werfen.

572

Wie, was? Ich hätte doch wissen müssen, daß sie das tun würde. Hätte es wissen müssen? Nein. Ich war so weit Egoist, achtete die Menschen im Grunde so wenig, daß ich überhaupt nicht darauf verfallen war, auch sie könnte das tun. Das ertrug ich nicht! Einen Augenblick später stürzte ich mich wie ein Irrsinniger in meine Kleider, zog mir an, was mir in die Hände kam, und lief atemlos ihr nach. Sie konnte noch keine zweihundert Schritte gegangen sein, als ich aus dem Hause hinausstürzte.

Es war ganz still auf der Straße, es schneite; die schweren Flocken fielen fast senkrecht zur Erde und bedeckten den Fußsteig und die einsame Straße mit einem weichen Kissen. Kein Mensch war rings zu sehen, kein Laut zu hören. Wehmütig und nutzlos schimmerten die Laternen. Ich lief an zweihundert Schritt, bis zur Querstraße, und blieb stehen. — Wohin war sie gegangen? Und warum lief ich ihr nach?

Warum? Um vor ihr niederzufallen, vor Reue zu schluchzen, ihre Füße zu küssen, ihre Vergebung zu erflehen! Das, gerade das wollte ich, meine ganze Brust zerriß ich selbst und nie, nie werde ich jemals gleichmütig an diesen Augenblick zurückdenken können. Aber — weshalb denn? fragte ich mich. Werde ich sie denn nicht vielleicht morgen schon hassen, weil ich ihr heute die Füße geküßt? Werde ich ihr denn Glück bringen? Habe ich denn heute nicht wieder, schon zum hundertsten Mal erkannt, was ich wert bin? Werde ich sie denn nicht totquälen!

Ich stand im Schnee, starrte in die trübe Dunkelheit und dachte darüber nach.

‚Und ist es nicht besser, ist's nicht besser‘, fragte ich mich nachher, schon zu Hause, als ich mit Phantasien das lebendige Weh in meinem Herzen zu betäuben suchte, ‚ist es nicht besser, wenn sie jetzt für immer die Beleidigung mit sich fortträgt? Beleidigung, — aber das ist doch Läuterung; das ist die allerätzendste und schmerzhafteste Erkenntnis! Ich würde doch schon am nächsten Tage ihre Seele beschmutzt und ihr Herz ermüdet haben. Die Beleidigung aber wird niemals in ihr erlöschen, und wie ekelhaft auch der Schmutz, der sie erwartet, sein mag, — die Beleidigung wird sie erheben und läutern ... durch den Haß ... hm! ... vielleicht auch durch Vergebung ... Aber wird es ihr denn davon leichter werden?'

In der Tat, sagt mir doch — jetzt will ich von mir aus noch eine müßige Frage stellen: was ist besser, — billiges Glück oder höheres Leid? Nun also: was ist besser?

Diese Frage stieg in mir auf, als ich an jenem Abend halbtot vor Seelenqual bei mir zu Hause saß. Noch nie hatte ich so viel Leid und Reue empfunden. Aber wie hätte denn, als ich hinaus- und ihr nachlief, noch irgendein Zweifel darüber bestehen können, daß ich nicht auf halbem Wege umkehren und zurückkommen würde? Lisa habe ich nie mehr gesehen und auch nie etwas von ihr gehört. Ich füge noch hinzu, daß mich die *Phrase* vom Nutzen der Beleidigung und des Hasses auf lange beruhigte, obgleich ich damals vor Leid nahezu krank wurde.

Selbst jetzt noch, nach so vielen Jahren, erscheint mir in der Erinnerung alles das irgendwie gar zu *schlecht*. Mit vielem ergeht es mir jetzt so, aber ... sollte ich nicht hier meine „Aufzeichnungen" abbrechen? Ich glaube, es war falsch von mir, daß ich sie überhaupt zu schreiben begann. Wenigstens habe ich mich während des Schreibens dieser Novelle die ganze Zeit geschämt: also ist das schon nicht mehr Literatur, sondern Korrektionsstrafe. Denn lange Geschichten zu erzählen darüber, wie ich mein Leben verfehlt habe durch moralische Verwesung in meinem Winkel, durch den gänzlichen Mangel der Atmosphäre eines Wirkungskreises, durch Entwöhnung von allem Lebendigen und durch all die mit Sorgfalt gepflegte Bosheit im Untergrund, — das ist, bei Gott, alles andere, nur nicht unterhaltend. In einem Roman muß es einen Helden geben. Hier aber sind *absichtlich* alle Eigenschaften eines Anti-Helden zusammengesucht, und vor allen Dingen macht das Ganze einen äußerst unange-

nehmen Eindruck. Denn wir haben uns doch alle vom Leben
entwöhnt, alle lahmen wir, ein jeder mehr oder weniger.
Wir sind ja sogar dermaßen nicht mehr daran gewöhnt,
daß wir vor dem wirklichen »lebendigen Leben« mitunter
eine Art Ekel empfinden, und darum ärgert es uns, wenn
wir daran erinnert werden. Sind wir doch sogar schon so
weit gekommen, daß wir das wirkliche »lebendige Leben«
fast für Mühe, für eine Last, beinahe für Frondienst halten,
und im geheimen sind wir uns vollkommen einig, daß es
besser ist, literarisch zu leben. Und wozu strampeln wir
mitunter so, warum sind wir so unartig, was wollen wir denn
eigentlich haben? Das wissen wir ja selbst nicht. Wehe uns,
wenn unsere albernen Bitten in Erfüllung gingen. Nun, möge
man es doch einmal versuchen und uns zum Beispiel größere
Selbständigkeit geben, einem beliebigen von uns einmal die
Hände befreien, das Arbeitsfeld vergrößern, die Vormundschaft verringern, und wir ... ja, ich versichere Sie: wir
würden sofort wieder um eine Vormundschaft bitten. Ich
weiß, daß Sie sich wegen dieser Behauptung vielleicht maßlos über mich ärgern und mir trampelnd zuschreien werden:
»Reden Sie von sich und von Ihrer Misère so viel Sie
wollen, aber unterstehen Sie sich nicht, ‚wir alle‘ zu sagen!«
Erlauben Sie, meine Herrschaften, ich will mich doch mit
diesem »wir alle« keineswegs etwa selbst rechtfertigen!
Was aber mich betrifft, so habe ich in meinem Leben bloß
das bis zum Äußersten geführt, was Sie nicht einmal bis zur
Hälfte zu führen gewagt haben, und diese Ihre Feigheit halten Sie ja noch für Vernunft und trösten sich damit noch,
— indem sie sich selbst betrügen. So stellt es sich denn womöglich heraus, daß ich schließlich noch lebendiger bin als
Sie. So blicken Sie doch nur aufmerksamer hin! Wir wissen
ja nicht einmal, wo das Lebendige jetzt lebt, was es eigentlich
ist, wie es heißt? Man versuche es doch: laßt uns allein,
nehmt uns die Bücher, und wir würden uns sofort verlieren
und verirren, würden nicht wissen, an wen uns anschließen,
an was uns halten, was lieben und was hassen, was hoch-

achten und was verachten. Es ist uns ja sogar schon lästig, Menschen zu sein, Menschen mit wirklichem, *eigenem* Leib und Blut; wir schämen uns dessen, halten es für Schande und drängen uns dazu, irgendwelche noch nie dagewesenen Allmenschen zu sein. Wir sind Totgeborene – werden wir doch schon lange nicht mehr von lebendigen Vätern gezeugt, und das gefällt uns ja sogar immer mehr. Wir fangen an, in Geschmack zu kommen. Bald werden wir uns ausdenken, irgendwie aus der Idee gezeugt zu werden. Doch genug. Ich mag nicht mehr „aus dem Untergrund" schreiben.

*

Übrigens sind hiermit die Aufzeichnungen dieses paradoxen Menschen noch nicht beendet. Er konnte es nicht lassen und fuhr daher fort, zu schreiben. Aber auch mir will es scheinen, daß man vorläufig hier abbrechen könnte.

DAS KROKODIL

Ein ungewöhnliches Ereignis
oder
eine Passage in der Passage,

die wahrheitsgetreue Erzählung dessen, wie ein
Herr gewissen Alters und von gewissem Äußeren von dem Krokodil in der Passage lebend
und restlos verschlungen ward, und was für Folgen das hatte.

Ohé Lambert! Où est Lambert?
As-tu vu Lambert?

I

Am dreizehnten Januar des laufenden tausendachthundertfünfundsechzigsten Jahres sprach plötzlich um halb ein Uhr mittags Jeléna Iwánowna, die Gattin Iwán Matwéjewitschs, meines gebildeten Freundes, Kollegen und teilweise sogar entfernten Verwandten, den Wunsch aus, das Riesenkrokodil, das man gegen ein bestimmtes Eintrittsgeld neuerdings in der Passage bewundern konnte, mit eigenen Augen zu sehen. Iwán Matwéjewitsch, der das Billett für seine Reise ins Ausland (die er weniger aus Gesundheitsgründen als aus Lernbegier zu unternehmen beabsichtigte) bereits in der Tasche hatte, sich also vom Dienst schon sozusagen entbunden betrachtete und sich demzufolge an diesem Tage von allen Pflichten völlig frei fühlte, hatte nicht nur nichts gegen diesen unbezwingbaren Wunsch seiner Gattin einzuwenden, sondern entbrannte sogar selbst in reger Wißbegier für die Sehenswürdigkeit.

»Eine prachtvolle Idee!« sagte er überaus zufrieden, »nehmen wir das Krokodil in Augenschein! Es ist nicht übel, wenn man, bevor man nach Europa reist, sich schon hier an Ort und Stelle mit Europens Lebewesen, die es dort bevölkern, bekannt macht«, — und mit diesen Worten reichte er seiner jungen Gattin den Arm, um sich mit ihr sogleich in die Passage zu begeben. Ich aber schloß mich ihnen, in meiner Eigenschaft als Hausfreund, wie gewöhnlich an.

Noch nie hatte ich Iwán Matwéjewitsch bei so guter Laune gesehen, wie an diesem für mich so unvergeßlichen Vormittag, — wieder ein Beweis dafür, daß wir Menschen nie im voraus wissen, was uns bevorsteht! Als wir die Passage betraten, äußerte er sich ganz entzückt über die Pracht des Gebäudes, und als wir vor dem Ausstellungsraum, in dem man das neuerdings in der Hauptstadt eingetroffene Ungeheuer bewundern konnte, angelangt waren, wünschte er aus eigenem Antrieb auch für mich den vorschriftsmäßigen Viertelrubel dem Besitzer des Krokodils in die Hand zu drücken, ein Verlangen, das sich vordem noch niemals bei ihm eingestellt hatte. Wir wurden in ein nicht sehr großes Zimmer geführt, in dem sich außer dem Krokodil noch Papageien, eigenartige Kakadus und im Hintergrund, in einem besonderen Käfig an der Wand, mehrere Affen befanden. Gleich beim Eingang aber, links von der Tür, stand ein großer Blechkasten — oder eine Art Wanne —, den oben ein starkes Drahtnetz zudeckte und auf dessen Boden etwa einen Zoll tief Wasser stand. Und in dieser flachen Pfütze lag regungslos, wie ein Balken, ein riesengroßes Krokodil, das in unserem feuchten, ungastlichen Klima alle seine sonstigen Eigenschaften eingebüßt zu haben schien. Dieser Umstand erklärt wohl auch die Tatsache zur Genüge, daß es in uns durchaus kein besonderes Interesse für sich hervorzurufen vermochte.

»Das also ist das Krokodil!« meinte Jeléna Iwánowna fast mitleidig und in dem gedehnten Ton der Enttäuschung, »und ich dachte, daß es . . . ganz anders aussähe.«

Wahrscheinlich hatte sie gedacht, es bestehe aus lauter Brillanten.

Währenddessen betrachtete uns der Besitzer des Ungeheuers, ein Deutscher, mit ungewöhnlich stolzer Miene.

»Er ist durchaus mit Recht so stolz«, raunte mir Iwán Matwéjewitsch zu, »denn er ist sich wohl bewußt, im Augenblick der einzige Mensch zu sein, der einem in Rußland ein Krokodil zeigen kann.«

Diese doch reichlich alberne Bemerkung Iwán Matwéjewitschs schreibe ich gleichfalls seiner gehobenen Stimmung zu, da er sonst recht neidisch zu sein pflegte.

»Ich glaube, Ihr Krokodil ist gar nicht lebendig«, äußerte sich Jeléna Iwánowna, pikiert durch die selbstherrliche Haltung des Deutschen, mit graziösem Lächeln sich an ihn wendend, um diesen Grobian zu besiegen, — ein Manöver, das die Frauen ja so gern üben.

»O nein, Madame«, versetzte der Deutsche in gebrochenem Russisch und begann sogleich, indem er das Drahtnetz bis zur Hälfte aufklappte, mit einem Stöckchen das Krokodil auf den Kopf zu piken.

Das bewog das heimtückische Ungeheuer, zum Beweise seiner Lebendigkeit, ein wenig den Schwanz und die Pfoten zu bewegen, dann erhob es seine gefräßige Schnauze und gab einen eigentümlichen Laut von sich, ähnlich einem langatmigen Schnarchen.

»Schon gut, ärgere dich nicht, Karlchen!« sagte der Deutsche schmeichelnd, sichtlich befriedigt in seiner Eigenliebe.

»Wie widerlich dieses Krokodil doch ist! Ich erschrak ordentlich, als es sich zu bewegen begann«, sagte Jeléna Iwánowna noch koketter. »Sicher wird es mir noch im Traum erscheinen!«

»Aber im Traum wird es Sie nicht beißen, Madame«, versetzte der Deutsche galant, worauf er über seinen eigenen Witz als erster zu lachen begann, doch von uns lachte niemand mit.

»Gehen wir, Ssemjón Ssemjónytsch«, wandte sich Jeléna Iwánowna ausschließlich an mich, »sehen wir uns lieber die Affen an. Ich liebe Affen über alles! Manche sind geradezu süß!... das Krokodil aber ist einfach abscheulich!«

»O, sei nur nicht so ängstlich, meine Liebe!« rief uns Iwán Matwéjewitsch nach, dem es nicht unangenehm war, vor seiner Gattin den Mutigen spielen zu können, »dieser verschlafene Einwohner des Pharaonenreiches wird keinem von uns etwas antun«; — und er blieb beim Blechkasten. Ja, er kitzelte sogar mit seinem Handschuh die Schnauze des Krokodils, um das Tier, wie er später selbst eingestand, zu veranlassen, nochmals zu schnarchen. Der Besitzer der Menagerie folgte indes Jeléna Iwánowna, als der einzigen anwesenden Dame, zum weitaus interessanteren Affenkäfig.

Bis dahin ging alles gut und niemand sah etwas Schlimmes voraus. Jelena Iwanowa gab sich ganz dem Entzücken hin, in das die Äffchen sie versetzten; vor lauter Vergnügen schrie sie mitunter leise auf und wandte sich immer wieder an mich, um mich bald auf diesen, bald auf jenen Affen aufmerksam zu machen, von denen jeder auffallende Ähnlichkeit mit einem ihrer Bekannten und Freunde haben sollte. Ihre Heiterkeit steckte auch mich an, denn die Ähnlichkeit war bisweilen in der Tat verblüffend. Nur der Menageriebesitzer wußte nicht, ob er lachen oder ob er ernst bleiben sollte, und blickte deshalb schließlich ganz verdrossen drein. Doch gerade in dem Augenblick, als mir die Übellaunigkeit des Deutschen auffiel, erschütterte plötzlich ein entsetzlicher, ja, ich kann sogar sagen ein widernatürlicher Schrei den Raum. Ich wußte nicht, was ich denken sollte, und erstarrte zunächst nur auf dem Fleck; als ich aber dann gewahr wurde, daß auch Jelena Iwanowna schon schrie — da wandte ich mich um und . . . was erblickte ich! Ich erblickte — o Gott! — ich erblickte den armen Iwán Matwéjewitsch quer im entsetzlichen Rachen des Krokodils, das ihn in der Mitte des Körpers gefaßt hatte. Ich sah ihn nur noch einen Augenblick, wie er, horizontal in der Luft schwebend, wie ein Verzweifelter mit den Beinen zappelte, und dann — verschwunden war.

Aber ich muß dieses Geschehnis doch ausführlicher schildern. Während des ganzen Vorgangs stand ich völlig reglos da, hörte nur und sah, und deshalb ist mir auch nichts entgangen. Ich entsinne mich nicht, jemals in meinem Leben mit größerem Interesse einem Vorgang zugeschaut zu haben, als ich es in jenem Augenblick tat. ‚Denn‘, dachte ich bei mir in diesem verhängnisvollen Augenblick, ‚wie, wenn das, anstatt mit Iwán Matwéjewitsch, mit mir geschehen wäre — wie groß wäre dann die Unannehmlichkeit!‘ Doch zur Sache.

Das Krokodil begann damit, daß es den armen Iwán Matwéjewitsch zwischen den Zähnen mit den Beinen zu sich

582

drehte und dann einmal schluckte, — und seine Beine verschwanden bis zur Wade im Rachen des Tieres. Dann, nach einem kurzen Aufstoß, der unseren Freund wieder ein wenig hervorstieß, so daß er, der schon herauszuspringen versuchte, sich wenigstens krampfhaft an den Kastenrand klammern konnte — schluckte das Ungeheuer zum zweitenmal, und mein Freund verschwand bis zu den Lenden. Dann, nachdem es wieder aufgestoßen hatte, schluckte es noch einmal, und dann noch einmal. So sahen wir, wie Iwan Matwejewitsch vor unseren sehenden Augen leibhaftig im Ungeheuer verschwand. Und schließlich, nachdem es zum letztenmal geschluckt, hatte das Krokodil meinen gebildeten Freund tatsächlich restlos verschlungen. Nun traten an der Oberfläche des Krokodils Wölbungen hervor, an denen man erkennen konnte, wie Iwan Matwejewitsch mit all seinen Gliedmaßen langsam in den Bauch des Tieres hinabzugleiten begann. Ich war bereits im Begriff, wieder aufzuschreien, als das Schicksal sich noch einmal gewissenlos über uns lustig machte: das Krokodil blähte sich, rülpste, wahrscheinlich infolge der Größe des von ihm verschlungenen Objekts, und gleichzeitig mit diesem neuen Aufstoß, der seinen entsetzlichen Rachen öffnete, fuhr plötzlich noch einmal, zum letztenmal, auf einen Augenblick der Kopf Iwán Matwéjewitschs heraus, so daß wir nur eine Sekunde lang sein verzweifeltes Gesicht sahen, von dessen Nase in dem Moment, als sie über den Rand des Unterkiefers schoß, die Brille in das zolltiefe Wasser auf dem Boden des Blechkastens fiel. Es hatte fast den Anschein, als sei dieser Kopf mit dem verzweifelten Gesicht nur deshalb hervorgeschossen, um noch einmal einen letzten Blick auf alle Gegenstände zu werfen und bewußt von allen weltlichen Freuden Abschied zu nehmen. Doch die Frist war gar zu kurz bemessen: das Krokodil hatte schon Kraft geschöpft, schluckte von neuem, und der Kopf verschwand wieder, diesmal jedoch, um nicht mehr zum Vorschein zu kommen.

Dieses Erscheinen und Verschwinden eines noch lebenden

583

Menschenkopfes war so entsetzlich, gleichzeitig aber — sei es infolge der Überraschung, der Geschwindigkeit oder weil ihm die Brille von der Nase fiel — war es so unsäglich komisch, daß ich plötzlich schallend auflachte. Natürlich besann ich mich sogleich — es ging doch wirklich nicht an, daß ich in meiner Eigenschaft als Hausfreund in einem solchen Augenblick lachte! — wandte mich daher schnell zu Jeléna Iwánowna und sagte so mitfühlend wie möglich:

»Jetzt ist es um unseren Iwán Matwéjewitsch geschehn!«

Leider fühle ich mich der Aufgabe, die Erregung Jeléna Iwánownas während des ganzen Vorganges zu schildern, nicht im entferntesten gewachsen. Ich kann nur sagen, daß sie nach dem ersten Schrei gleichsam wie gelähmt in vollkommener Regungslosigkeit verharrte und scheinbar ganz ruhig, doch mit weit aufgerissenen und fast hervorquellenden Augen dem Vorgang zusah. Erst als das Haupt ihres Gemahls zum zweitenmal verschwunden war und nicht wieder zum Vorschein kam, kehrten ihre Lebensgeister zurück und sie begann herzzerreißend zu schreien. Da wußte ich mir nicht anders zu helfen, als ihre Hände zu erfassen und sie krampfhaft festzuhalten. In diesem Augenblick erwachte auch der Deutsche aus seiner Erstarrung; er griff sich mit beiden Händen an den Kopf und schrie:

»O, mein Krokodil! O, mein einzigstes Karlchen! Mutter, Mutter, Mutter!«

Auf dieses Geschrei hin öffnete sich eine Hintertür, und die Mutter erschien: eine bejahrte, rotwangige Frau mit einer Haube auf dem zerzausten Kopf. Als sie die Verzweiflung ihres Mannes sah, stürzte sie ganz verstört herbei.

Und nun setzte ein ganzes Sodom ein: Jelena Iwanowna rief immer nur dies eine Wort: »Aufschlitzen, aufschlitzen, aufschlitzen!«[1] und stürzte bald zum Deutschen, bald zur Mutter, die sie allen Anzeichen nach — wohl in einem Augenblick völliger Geistesverwirrung — anflehte, irgend jemanden oder irgendetwas aufzuschlitzen [oder zu verdreschen]. Der Besitzer aber und die Frau beachteten weder sie noch

584

mich und brüllten bloß wie die Kälber an ihrem Blechkasten.

»Er ist verloren, er wird gleich platzen, er hat einen ganzen Menschen verschluckt!« schrie Karlchens Besitzer, und —

»Ach Gott, ach Gott, unser allerliebstes Karlchen muß sterben!« jammerte die Mutter.

»Sie haben uns zu Waisen gemacht, wir sind brotlos geworden!« schrie wieder der Deutsche, und —

»Ach Gott, ach Gott, ach Gott!« jammerte wieder die Mutter.

»Aufschlitzen, aufschlitzen, aufschlitzen! Sie müssen das Tier aufschlitzen!« flehte und beschwor Jeléna Iwánowna, die sich an den Rock des Deutschen klammerte.

»Er hat mein Krokodil gereizt, — weshalb hat Ihr Mann mein Krokodil gereizt?« schrie der Deutsche. »Wenn mein Karlchen jetzt platzt, müssen Sie ihn mir bezahlen! Ich werde Sie auf Schadenersatz verklagen! Das war mein Sohn, das war mein einziger Sohn!«

Ich muß gestehen, daß ich über solchen Egoismus vonseiten des eingewanderten Deutschen und solche Hartherzigkeit vonseiten der zerzausten Mutter nicht wenig entrüstet war. Doch Jeléna Iwánownas immer wieder wiederholter Schrei »Aufschlitzen! Aufschlitzen!« (bezw. »Verdreschen! Verdreschen!«) beunruhigte mich so sehr, daß er schließlich mein ganzes Denken absorbierte und mich entschieden in Angst versetzte... Ich muß vorausschicken, daß ich diese ihre Bitte zunächst völlig mißverstand: ich glaubte, sie habe im Augenblick die Vernunft verloren, verlange aber nichtsdestoweniger, wohl aus Rache für den Untergang des ihr liebwerten Iwán Matwéjewitsch, gewissermaßen als eine ihr schuldige Genugtuung, daß das Krokodil eine Rutenstrafe erhalte. Allein das war es nicht. Sie meinte etwas ganz anderes. Infolge meines Mißverstehens begann ich nun, mit ängstlichem Blick auf die Tür, Jeléna Iwánowna zu bitten, sich doch zu beruhigen, und vor allem nicht das verfängliche Wort »verdreschen« zu gebrauchen; denn besorgt dachte ich bei mir, daß hier, mitten im Herzen der Passage und der

gebildeten Gesellschaft Petersburgs, zwei Schritte von eben
dem Saale, wo vielleicht in eben diesem Augenblick Herr
Lawroff[2] einen öffentlichen Vortrag hielt, die Äußerung
eines so reaktionären Wunsches nicht nur unerhört, sondern
auch noch sinnlos war, da sie uns schon im nächsten Augenblick der Gefahr aussetzte, von der gesamten gebildeten Gesellschaft ausgepfiffen und von Herrn Stepánoff demnächst
als Karikaturen gezeichnet zu werden. Zu meinem Entsetzen
zeigte es sich alsbald, daß meine bänglichen Befürchtungen
nicht grundlos waren: plötzlich wurde der Vorhang, der den
Ausstellungsraum von dem winzigen Vorraum trennte, wo
man das Eintrittsgeld zu zahlen hatte, zur Seite gezogen, und
im Türrahmen erschien eine Gestalt mit Schnurrbart, Bart
und einer runden flachen Mütze in der Hand, eine Gestalt,
die nicht eintrat, wie zu erwarten stand, sondern die sich in
stark vorgebeugter Stellung mit den Füßen jenseits der Türschwelle hielt und ersichtlich sehr darauf bedacht war, diese
Schwelle nicht zu überschreiten, um bei einem möglichen
Streit mit dem Besitzer der Menagerie wegen des Eintritts-
geldes, das der Unbekannte offenbar nicht zu zahlen gewillt
war, juridisch im Recht zu sein.

»Ein so reaktionärer Wunsch, meine Gnädigste, daß jemand ‚verdroschen‘ werde«, sagte der Unbekannte, bemüht,
das Gleichgewicht nicht zu verlieren und nicht irgendwie
doch noch in den Ausstellungsraum zu fallen, »macht Ihrer
geistigen Entwicklung wenig Ehre und ist wohl auf den Mangel an Phosphor in Ihrem Gehirn zurückzuführen. Sie werden gewiß nichts dagegen einzuwenden haben, wenn die
Vertreter des Fortschritts und der Humanität Sie in ihren
satirischen Zeitschriften der nötigen Kritik unterwerfen,
und...«

Doch es sollte ihm nicht vergönnt sein, seine Rede zu beenden, denn als der Menageriebesitzer zu seinem Entsetzen
einen Menschen im „Ausstellungsraum“ sprechen hörte, der
für dieses Vergnügen nicht bezahlt hatte, stürzte er in heller
Empörung auf ihn zu und stieß ihn, den humanen Vertreter

des Fortschritts, mit beiden Fäusten zur Tür hinaus: wir vernahmen nur noch ihre wortreiche Auseinandersetzung hinter dem Vorhang. Doch der Deutsche kehrte sehr bald zurück, um seine Wut, in die er sich hineingeredet, nunmehr an der armen Jeléna Iwánowna auszulassen, die es gewagt hatte, eine Operation seines Karlchens zu verlangen, um ihren Gatten zu retten.

»Was! Sie verlangen, daß ich meinem Karlchen den Bauch aufschlitze!« schrie er. »Lassen Sie doch Ihren Mann aufschlitzen! ... *Mein* Krokodil! Mein Vater hat das Krokodil schon gezeigt, mein Großvater hat das Krokodil gezeigt, und mein Sohn wird es wieder zeigen, und so lange ich lebe, werde ich es gleichfalls zeigen! Alle werden wir es zeigen! Ich bin in ganz Europa bekannt, Sie aber sind nicht in Europa bekannt, deshalb werden Sie mir die Strafe zahlen, verstanden, Madame!«

»Ja, ja!« pflichtete ihm seine böse dreinblickende Frau bei, »wir werden Sie verklagen, wenn unser Karlchen platzt!«

»Übrigens wäre es auch zwecklos, das Tier aufzuschneiden«, wandte ich ziemlich ruhig ein, um Jelena Iwanowna zu besänftigen und sie dann zu bewegen, nach Hause zurückzukehren, »denn unser lieber Iwán Matwéjewitsch wird sich aller Wahrscheinlichkeit nach jetzt schon in den Gefilden der Seligen befinden.«

»Mein Freund!« ertönte da plötzlich unerwartet die Stimme Iwán Matwéjewitschs, die uns alle erstarren machte, »mein Freund, du täuschest dich. Mein Rat wäre, sich direkt an den Polizeioffizier dieses Stadtviertels zu wenden, denn ohne polizeiliche Nachhilfe wird ein Deutscher die Wahrheit nicht verstehen.«

Diese Worte, die noch dazu in festem, überzeugtem Tone gesprochen waren und eine in dieser Lage doch bewundernswerte Geistesgegenwart verrieten, setzten uns so in Erstaunen, daß wir unseren Ohren nicht trauten. Nichtsdestoweniger eilten wir natürlich sogleich zum Blechkasten und lauschten mit mindestens ebenso großem Mißtrauen wie unfreiwilliger Ehrfurcht den Worten des armen Gefangenen. Seine Stimme klang wie die eines Menschen, der sich in einem anderen Zimmer ein Kissen vor den Mund preßt und schreiend laut spricht, etwa um das Gespräch zweier Bauern nachzuahmen, die sich, durch einen Fluß getrennt, von Ufer zu Ufer etwas zuschreien, — ein Scherz, den ich einmal auf einem Polterabend das Vergnügen hatte, kennen zu lernen.

»Iwán Matwéjewitsch, Liebster, sag', so lebst du noch?« fragte Jeléna Iwánowna bebend.

»Ich lebe und befinde mich wohl«, antwortete Iwan Matwejewitschs fernher schreiende Stimme, »denn ich bin dank himmlischer Vorsehung ohne jede Körperverletzung verschlungen worden. Was mich beunruhigt, ist nur die Frage, wie meine Vorgesetzten diesen Zwischenfall auffassen werden; denn wenn jemand schon das Billett zu einer Auslandsreise in der Tasche hat und dabei nur in das Innere eines Krokodils gelangt, so wird man danach schwerlich auf Scharfsinn in ihm schließen.«

»Aber, mein Freund, beunruhige dich jetzt doch nicht wegen des Scharfsinns!« sagte Jelena Iwanowna. »Die Hauptsache ist doch, daß man dich irgendwie von dort wieder herauszieht.«

»Herauszieht!« rief der Deutsche nahezu entrüstet aus. »Das lasse ich nicht zu! Jetzt wird's noch einmal so viel Publikum geben, und ich werde fünfzig Kopeken statt fünfundzwanzig pro Person nehmen, und dem Karlchen fällt's ja gar nicht ein, zu platzen!«

»Ach, Gott sei Dank!« äußerte sich seine Frau dazu.

»Er hat recht«, bemerkte ruhig Iwán Matwéjewitsch, »das wirtschaftliche Prinzip hat den Vorrang.«

»Mein Freund!« rief ich ihm eifrig und möglichst laut zu, »ich werde mich schleunigst zu deinen Vorgesetzten begeben, denn mir ahnt, daß wir allein hier nichts werden ausrichten können.«

»Das denke ich auch«, sagte Iwan Matwejewitsch, »nur

588

wird es in unserer Zeit der Handelskrisis schwer halten, ohne finanzielle Entschädigung den Leib des Krokodils aufzuschneiden. Doch ist damit gleichzeitig die Frage aufgeworfen: wieviel wird der Besitzer für sein Krokodil verlangen? Und diese Frage zieht eine zweite nach sich: wer wird das bezahlen? Denn wie du weißt, bin ich kein Kapitalist!...«

»Ginge es nicht a conto des Gehalts?...«, wagte ich schüchtern vorzuschlagen, doch der Besitzer des Krokodils unterbrach mich sogleich:

»Ich verkaufe mein Krokodil überhaupt nicht! Ich kann dafür dreitausend Rubel verlangen, ich kann sogar viertausend verlangen! Jetzt wird das Publikum nur so herbeiströmen — ich kann auch fünftausend verlangen für mein Krokodil!«

Kurz, er begann ganz entsetzlich zu prahlen. Schändliche Habgier blitzte in seinen Augen auf.

»Ich fahre also unverzüglich!« rief ich, innerlich empört, meinem Freund zu.

»Ich auch, ich auch! Ich werde persönlich zu Andréi Óssipytsch fahren und ihn durch meine Tränen zu erweichen suchen!« sagte Jeléna Iwánowna erregt.

»Nein, tue das nicht, meine Liebe«, versetzte Iwán Matwéjewitsch schnell, denn lange schon hegte er eifersüchtigen Groll gegen diesen Andréi Óssipytsch: er wußte, daß seine Frau sehr gern zu diesem Allmächtigen gefahren wäre, um sich ihm zur Abwechslung einmal in Tränen zu zeigen, zumal ihr Tränen sehr gut standen. »Und dir, Ssemjón Ssemjónytsch«, wandte er sich an mich, »möchte ich gleichfalls abraten, zu meinen Vorgesetzten zu gehen; man kann nicht wissen, was daraus schließlich noch entsteht. Aber fahre heute mal zu Timoféi Ssemjónytsch, so, weißt du, ganz privatim. Er ist zwar ein altmodischer und etwas beschränkter Mensch, dafür aber solide und, was die Hauptsache ist, gerade heraus. Grüße ihn von mir und erkläre ihm den Sachverhalt. Ich schulde ihm noch sieben Rubel — ich verlor sie im Kartenspiel —: sei also so gut und übergib sie ihm bei der Gelegenheit. Das wird den Alten günstiger stimmen. Jedenfalls kann uns sein Rat zur Richtschnur dienen. Jetzt aber sei so freundlich und bringe zunächst Jeléna Iwánowna nach Hause . . . Beruhige dich, meine Liebe«, fuhr er fort, »ich bin nur müde geworden von all diesem Geschrei und Weibergeschwätz und will ein wenig schlafen. Hier ist es zum Glück warm und weich, obschon ich noch nicht Zeit gehabt habe, mich genauer in meinem neuen Heim umzusehen . . .«

»Umsehen? Ist es denn dort hell?« forschte sichtlich erfreut Jeléna Iwánowna.

»Im Gegenteil, mich umgibt vollkommene Finsternis«, antwortete der arme Gefangene, »aber ich kann mich hier tastend orientieren . . . Also, auf Wiedersehen, sei unbesorgt und versage dir nicht deine kleinen Zerstreuungen. Bis morgen! Du aber, Ssemjón Ssemjónytsch, komme gegen Abend wieder her, und damit du es, bei deiner bekannten Vergeßlichkeit, diesmal nicht wieder vergißt, binde dir doch gleich einen Knoten ins Taschentuch . . .«

Ich muß sagen, daß ich froh war, endlich fortgehen zu können, denn erstens war ich vom Stehen müde geworden, und zweitens wurde es mir allmählich langweilig. Ich reichte daher geschwind Jelena Iwanowna, die durch die Erregung noch hübscher geworden war, mit artiger Verbeugung meinen Arm und verließ mit ihr die Menagerie.

»Am Abend wieder fünfundzwanzig Kopeken Eintrittsgeld!« rief uns noch der Deutsche nach.

»O Gott, wie habgierig er ist!« seufzte Jelena Iwanowna, die in jeden Spiegel zwischen den Schaufenstern der Passage einen Blick warf und sich augenscheinlich dessen bewußt war, daß sie noch hübscher als sonst aussah.

»Das wirtschaftliche Prinzip«, versetzte ich in angenehm angeregter Stimmung, stolz auf meine Dame, die neidisch von den Vorübergehenden betrachtet wurde.

»Das wirtschaftliche Prinzip . . .«, wiederholte sie mit koketter Langsamkeit, »ich habe nichts von alledem begriffen, was Iwán Matwéjewitsch dort sprach, namentlich nicht, was er mit diesem dummen Prinzip meinte.«

»Das werde ich Ihnen sofort erklären«, versetzte ich eilfertig und begann ihr die günstigen Folgen der Heranziehung fremden Kapitals auseinanderzusetzen, Ansichten, die ich am Morgen desselben Tages in den „Petersburger Nachrichten" gelesen hatte.

»Wie sonderbar das doch ist!« unterbrach sie mich, als sie mir eine Weile zugehört hatte. »Aber so hören Sie doch endlich auf, Sie Plagegeist! Welch einen Unsinn Sie heute reden . . . Sagen Sie, ist mein Gesicht sehr rot?«

»Nein, rot nicht, aber schön«, antwortete ich, um die Gelegenheit, ihr eine Schmeichelei zu sagen, nicht unbenutzt vorübergehen zu lassen.

»Sie Schmeichler!« wehrte sie selbstzufrieden ab. »Der arme Iwan Matwejewitsch«, fuhr sie nach einer kurzen Pause fort, kokett das Köpfchen auf die Seite neigend, »er tut mir wirklich leid. Ach, mein Gott!« rief sie plötzlich ganz erschrocken aus, »aber sagen Sie doch, wie wird er denn heute dort zu Mittag speisen und . . . und . . . wie wird er denn . . . wenn er sonst etwas wünscht?«

»Das ist ein unvorhergesehenes Problem«, sagte ich, gleichfalls bestürzt. »Ich habe, offen gestanden, an diese Möglichkeit noch gar nicht gedacht. Da haben wir wieder einen Beweis dafür, daß in Lebensfragen die Frauen weit praktischer sind als wir Männer!«

»Der Arme, wie ist er nur da hineingeraten! . . . Und nun sitzt er dort, so ganz ohne Unterhaltung! Und außerdem ist es dort noch dunkel . . . Wie dumm, daß ich keine Photographie von ihm habe . . . So bin ich denn jetzt eigentlich Witwe, nicht wahr?« fragte sie mit berückendem Lächeln, sichtlich interessiert für ihren neuen Stand. »Hm! . . . aber trotzdem tut er mir doch leid! . . .«

Mit einem Wort, ich sah und hörte die sehr begreifliche und natürliche Sehnsucht einer jungen, interessanten Frau nach ihrem Mann. Endlich waren wir in ihrer Wohnung an-

gelangt. Nach erfolgreichen Beruhigungsversuchen, während
welcher ich mit ihr zu Mittag gespeist hatte, brach ich um
sechs Uhr nach einem Täßchen aromatischen Kaffees auf, um
mich zu Timoféi Ssemjónytsch zu begeben. Denn ich nahm
an, daß um diese Zeit alle Ehemänner zu Hause liegend
oder sitzend anzutreffen sind.

Übrigens:

Nachdem ich dieses Erste Kapitel in einem Stil geschrieben
habe, der mir der betreffenden Erzählung angepaßt scheint,
gedenke ich fernerhin einen minder geschraubten anzuwen-
den, der dafür natürlicher sein soll, wovon ich den Leser im
voraus in Kenntnis setze.

II

Timoféi Ssemjónytsch empfing mich in eigentümlicher
Hast und, wie es mir schien, sogar Verwirrung. Er führte
mich in sein enges Arbeitszimmer und schloß die Tür hinter
uns zu. »Damit die Kinder uns nicht stören«, sagte er sichtlich besorgt und unruhig. Mit einer Handbewegung forderte er mich auf, an seinem Schreibtisch Platz zu nehmen,
während er sich selbst in einen bequemen Sessel niederließ,
die Schöße seines ziemlich abgetragenen wattierten Schlafrocks über die Knie schlug und auf alle Fälle eine gewissermaßen offizielle, fast sogar strenge Miene aufsetzte, obgleich
er doch weder mein noch Iwán Matwéjewitschs Vorgesetzter
war, sondern stets nur für unseren Kollegen und sogar guten
Bekannten gegolten hatte.

»Ganz zuerst«, hub er denn auch an, als ich meine Rede
beendet hatte, »muß ich Sie bitten, in Erwägung zu ziehen,
daß ich nicht sein Vorgesetzter bin, sondern auf gleicher Stufe
mit Ihnen wie mit Iwán Matwéjewitsch stehe . . . Mich geht
also die ganze Angelegenheit nichts an, weshalb ich mich
denn auch nicht in sie hineinmischen werde.«

Am meisten wunderte mich, daß er, wie es schien, bereits

alles wußte. Nichtsdestoweniger erzählte ich ihm noch einmal die ganze Geschichte, und zwar noch ausführlicher. Ich sprach sogar sehr erregt, denn ich wollte doch die Pflicht eines aufrichtigen, treuen Freundes erfüllen. Doch auch diesmal hörte er mir ohne jede Verwunderung zu, dafür aber mit allen Anzeichen des Mißtrauens.

»Denken Sie sich«, sagte er zum Schluß, »ich habe schon immer vermutet, daß gerade so etwas mit ihm einmal geschehen werde.«

»Weshalb denn das, Timoféi Ssemjónytsch? Dieser Fall ist doch an sich, sollte ich meinen, noch viel mehr als außergewöhnlich...«

»Zugegeben. Aber Iwán Matwéjewitsch neigte schon immer, während seiner ganzen dienstlichen Laufbahn, gerade zu einem solchen Abschluß. Er war gar zu hitzig, war geradezu anmaßend. Ewig das Wort „Fortschritt" im Munde und dann so verschiedene Ideen — da sieht man jetzt, wohin das führt!«

»Aber dieser Fall ist, denke ich, so vollkommen außergewöhnlich, daß man ihn doch nicht als Beweis gegen alle fortschrittlich Gesinnten auspielen kann...«

»Nein, aber das ist nun schon einmal so. Glauben Sie mir, was ich sage. Das kommt, sehen Sie mal, von übermäßiger Bildung. Jawohl. Denn die übermäßig Gebildeten wollen ihre Nasen stets überallhin stecken, vornehmlich aber dorthin, wo sie nicht erwünscht sind. Übrigens ist es ja möglich, daß Sie es besser wissen«, unterbrach er sich plötzlich, offenbar gekränkt. »Ich bin schon alt und überdies nicht gar so gebildet; ich bin Soldatenkind und habe von unten begonnen — in diesem Jahre werde ich mein fünfzigjähriges Dienstjubiläum feiern...«

»Aber, Timoféi Ssemjónytsch, ich bitte Sie! Im Gegenteil, Iwan Matwéjewitsch wartet nur auf Ihren Rat, er vertraut sich ganz Ihrer Leitung an. Er wartet nur auf ein Wort von Ihnen, wartet sogar sozusagen tränenden Auges...«

»‚Sozusagen tränenden Auges'. Hm! Nun, diese Tränen

593

werden wohl Krokodilstränen sein, die man nicht ernst zu nehmen braucht. Weshalb, sagen Sie mir das doch, bitte, weshalb wollte er ins Ausland reisen? Und mit welchem Geld schließlich? Er selbst hat doch kein Vermögen.«

»O, diese Summe hat er sich zusammengespart, Timoféi Ssemjónytsch«, versetzte ich voll Mitgefühl. »Er wollte ja nur auf drei Monate verreisen . . . in die Schweiz . . . in die Heimat Wilhelm Tells . . .«

»Wilhelm Tells? Hm!«

»In Neapel wollte er den Frühling erleben. Wollte die Museen besichtigen, Sitten und Tiere kennen lernen.«

»Hm! Tiere? Meiner Ansicht nach wollte er es einfach aus Stolz. Was für Tiere denn? Tiere! Gibt es denn bei uns nicht genug Tiere? Wir haben Menagerien, Museen, Kamele . . . Bären gibt's sogar in nächster Nähe von Petersburg. Aber da ist er ja nun glücklich selbst in ein Tier hineingeraten, und noch dazu in ein Krokodil!«

»Timofei Ssemjónytsch, erbarmen Sie sich; der Mensch ist im Unglück, der Mensch wendet sich an Sie als seinen Freund, wie man sich etwa an einen älteren Verwandten wendet; er bittet Sie um Ihren Rat, Sie aber . . . machen ihm Vorwürfe! . . . So haben Sie doch wenigstens mit Jeléna Iwánowna Mitleid!«

»Sie meinen seine Frau? Hm! Ein interessantes Dämchen«, meinte Timoféi Ssemjónytsch, augenscheinlich etwas angeregter, und schnupfte mit Genuß seinen Tabak. »Ein subtiles Frauenzimmerchen. So—o . . . rundlich, und das Köpfchen hält sie immer so ein wenig zur Seite geneigt, so ein wenig . . . Ja. Sehr nett. Andréi Óssipytsch sprach noch vorgestern von ihr.«

»Er *sprach* von ihr?«

»Jawohl, und zwar in sehr schmeichelhaften Ausdrücken. ‚Die Büste‘, sagte er, ‚der Blick, die Coiffure — ein wahres Bonbon‘, sagte er, ‚aber kein Frauenzimmer‘, und darauf lachte er. Was wollen Sie, er ist ja ein noch junger Mann.« Timoféi Ssemjónytsch schneuzte sich knatternd.

»Tja, da haben wir nun diesen jungen Mann, — nun sehen Sie, was für eine exzentrische Laufbahn er sich plötzlich erwählt hat! . . .«

»Aber hier handelt es sich doch um etwas ganz Anderes, Timofei Ssemjonytsch!«

»Gewiß, gewiß.«

»Also — was meinen Sie denn nun, Timoféi Ssemjónytsch?«

»Tja, was kann ich denn hierbei ausrichten?«

»Aber so geben Sie doch wenigstens irgend einen Rat: sagen Sie, was wir tun sollen; Sie sind doch ein erfahrener Mensch! Welche Schritte soll man unternehmen? Soll man durch die Vorgesetzten oder . . .«

»Durch die Vorgesetzten? Nein, das auf keinen Fall«, versetzte Timoféi Ssemjónytsch eilig. »Wenn Sie meinen Rat zu hören wünschen, so muß man die Sache zuerst vertuschen und sozusagen ganz privatim vorgehen. Denn der Fall ist verdächtig und außerdem neu, noch nie dagewesen. Das ist es ja eben, daß es sich hier um etwas Noch-nie-Dagewesenes handelt; es hat hierfür noch kein Beispiel, keinen Präzedenzfall gegeben, und schon deshalb ist er eine schlechte Empfehlung . . . Daher ist vor allem Vorsicht geboten . . . Mag er dort vorläufig liegen bleiben. Man muß abwarten, abwarten . . .«

»Ja, aber wie lange denn abwarten, Timofei Ssemjonytsch? Und wie, wenn er dort erstickt?«

»Tja, weshalb sollte er denn das? Sie sagten doch, glaube ich, daß er sich dort ganz behaglich fühle?«

Ich erzählte nochmals den ganzen Vorgang von Anfang an. Timofei Ssemjonytsch wurde nachdenklich.

»Hm!« meinte er dann, die Schnupftabaksdose in den Händen drehend. »Meiner Ansicht nach kann es nicht schaden, wenn er dort eine Zeitlang verbleibt, anstatt sich im Ausland herumzutreiben. Mag er also jetzt einmal in Muße nachdenken. Natürlich ist es nicht nötig, dabei zu ersticken; deshalb wäre es angebracht, gewisse Vorkehrungen zur Erhaltung der Gesundheit zu treffen, sich, zum Beispiel, vor

Husten in acht zu nehmen, oder vor diesem und jenem und so weiter, und so weiter . . . Was aber den Deutschen betrifft, so ist er, meiner persönlichen Ansicht nach, durchaus in seinem Recht, denn es ist *sein* Krokodil, in das Iwan Matwejewitsch, ohne ihn, den Besitzer, um Erlaubnis zu fragen, hineingekrochen ist, nicht umgekehrt, nicht der Deutsche in Iwan Matwejewitschs Krokodil, obschon übrigens dieser, soviel ich weiß, niemals ein Krokodil besessen hat. Nun, das Krokodil ist aber in diesem Fall persönliches Eigentum, folglich kann man es nicht so ohne weiteres aufschneiden, das heißt — ohne dem Besitzer den geforderten Schadenersatz zu zahlen.«

»Aber wenn es doch die Rettung eines Menschen gilt, Timofei Ssemjonytsch!«

»Tja, sehen Sie, das ist Sache der Polizei. Also wenden Sie sich an diese.«

»Aber schließlich kann ja Iwan Matwejewitsch auch bei uns vermißt werden. Man kann vielleicht irgendwelche Aufschlüsse von ihm verlangen, ihn zu Rate ziehen wollen . . .«

»Wen das? — Iwan Matwejewitsch? Hehe! . . . Zudem hat er ja jetzt Ferien, folglich ignorieren wir ihn und sein Treiben, — mag er dort inzwischen Europa besichtigen, was geht das uns an! Eine andere Sache ist es, wenn er nach Ablauf der Frist nicht pünktlich erscheint. Nun, dann werden wir uns selbstredend nach ihm erkundigen, werden Nachforschungen anstellen . . .«

»Nach drei Monaten! Timoféi Ssemjónytsch, erbarmen Sie sich!«

»Tja —. . . Schließlich ist es doch seine eigene Schuld! Wer hat ihn gebeten, in ein Krokodil zu kriechen? Das liefe ja schließlich darauf hinaus, daß der Staat ihm noch eine Wärterin halten müßte — das ist aber in keinem Budget vorgesehen. Doch die Hauptsache: das Krokodil ist persönliches Eigentum, folglich tritt hier bereits das sogenannte wirtschaftliche Prinzip in Aktion. Das wirtschaftliche Prinzip aber geht allem voran. Noch vorgestern sprach Ignátij

Prokófjitsch auf dem Gesellschaftsabend bei Lúka André-jewitsch ganz vorzüglich über diesen Punkt. Sie kennen doch Ignátij Prokófjitsch? Ein Kapitalist, homme d'affaires, und er redet, wissen Sie, ganz vorzüglich. ‚Wir brauchen Gewerbe‘, sagte er, ‚Gewerbe tut uns not. Wir müssen es eben schaffen, wir müssen es sozusagen erst gebären. Dazu müssen wir zuvor Kapital schaffen, das heißt, der Mittelstand, die sogenannte Bourgeoisie muß bei uns erst geboren werden. Da wir aber hierzulande selbst kein Kapital haben, müssen wir es aus dem Auslande heranziehen. Vor allem muß man den ausländischen Gesellschaften, die hier den Landankauf im großen betreiben, die ganze Bezirke aufkaufen wollen, mit günstigeren Bedingungen entgegenkommen. Dieses Gemeindewesen‘, sagte er, ‚wie wir es jetzt haben, mit dem gemeinsamen Bestellen der Felder und dem gemeinsamen Besitz, der doch ebensogut wie kein Besitz ist — ist einfach ein Gift‘, sagte er, ‚einfach unser Ruin!‘ Und wissen Sie, er redet so mit Feuer, mit Temperament. Nun, ihm steht es auch zu: ein Kapitalist! . . . Das ist etwas anderes als ein Beamter. ‚Mit diesem Gemeindewesen‘, sagt er, ‚wird man weder unser Gewerbe, noch unsere Landwirtschaft heben. Die ausländischen Gesellschaften müßten nach Möglichkeit unser ganzes Land aufkaufen, und dann müßte man die größeren Bezirke in kleinere aufteilen, teilen, teilen, in möglichst kleine Parzellen aufteilen‘, — und wissen Sie, er sagt das so kategorisch: ‚tei—len! tei—len!‘ sagt er und schneidet dabei so mit der Hand durch die Luft — ‚und dann die einzelnen Landstücke an die Bauern verkaufen, die sie als persönliches Eigentum erwerben wollen. Oder nicht einmal verkaufen, sondern einfach verpachten. Wenn dann das ganze Land in den Händen der ausländischen Gesellschaften sein wird‘, sagt er, ‚dann kann man jeden beliebigen Preis als Pachtzins ansetzen. Folglich wird der Bauer allein für sein täglich Brot dreimal soviel arbeiten, wie er jetzt arbeitet, und sobald es einem paßt, kann man ihm kündigen. Folglich wird er sich in acht nehmen, wird gehorsam sein, fleißig, und das

Dreifache von dem, was er jetzt arbeitet, für denselben Preis leisten. Was fehlt ihm jetzt in der Gemeinde! Er weiß, daß er Hungers nicht sterben wird[3], na, und da faulenzt er eben und säuft. So aber würde hier Geld aus allen Ländern zusammenfließen und würden Kapitale entstehen und eine Bourgeoisie. Das sagt ja auch die große englische Zeitung, die „Times", die vor nicht langer Zeit einen Artikel über unsere Finanzen gebracht hat: daß unsere Finanzen sich eben nur deshalb nicht bessern, weil wir keinen Mittelstand haben, weil es bei uns keine großen Beutel gibt und keine arbeitsfähigen Proletarier ...' Ja, Ignátij Prokófjitsch spricht gut, das muß man ihm lassen. Ein geborener Redner. Jetzt beabsichtigt er, eine Schrift einzureichen, die soll direkt an die Behörden gehen, und nachher will er sie in den „Nachrichten" veröffentlichen. Tja, das ist etwas anderes als Gedichte machen, wie sie ein Iwán Matwéjewitsch schreibt ...«

»Ja, aber wobei bleibt es denn nun mit Iwán Matwéjewitsch?« lenkte ich wieder ein, nachdem ich den Alten hatte ausreden lassen.

Timoféi Ssemjónytsch sprach sich mitunter ganz gern einmal aus, um bei der Gelegenheit zu beweisen, daß er nicht etwa zurückgeblieben, sondern über alle neuen Strömungen wenigstens unterrichtet war.

»Wobei es mit Iwan Matwejewitsch bleibt? Tja, das ist es ja, wovon ich rede. Da bemühen wir uns nun um Heranziehung fremden Kapitals, doch kaum hat sich das Kapital des herangezogenen Krokodilbesitzers durch Iwan Matwejewitsch verdoppelt, da wollen wir, anstatt jetzt die Gelegenheit zu benutzen und den ausländischen Besitzer zu protegieren, im Gegenteil nichts weniger als seinem Grundkapital den Bauch aufschlitzen! Nun, ich bitt' Sie, geht denn das an? Meiner Ansicht nach müßte sich Iwan Matwejewitsch, wenn er ein treuer Sohn seines Vaterlandes wäre, aufrichtig glücklich schätzen, sich freuen und stolz darauf sein, daß er durch seine Person den Wert des ausländischen Krokodils verdoppelt oder gar verdreifacht hat. Das aber ist ja die erste Bedingung zu einer erfolgreichen Heranziehung fremden Kapitals. Glückt es hier dem ersten, dann wird auch der zweite nicht lange auf sein Erscheinen warten lassen, und der dritte wird dann vielleicht ganze drei oder vier Krokodile mitbringen, und um diese beginnen dann die Kapitale sich zu gruppieren. Da hätten wir alsdann die Bourgeoisie! Tja, man muß eben begünstigen, begünstigen . . .«

»Erbarmen Sie sich, Timofei Ssemjonytsch!« rief ich aus, »Sie verlangen ja eine ganz übermenschliche Selbstaufopferung von unserem armen Iwan Matwejewitsch!«

»Ich *verlange* nichts, und vor allem bitte ich Sie – wie ich es schon einmal getan –, nicht zu vergessen, daß ich nicht sein Vorgesetzter bin und somit von niemandem etwas verlangen kann. Ich rede nur als Sohn meines Vaterlandes – das heißt, nicht als „Sohn des Vaterlandes", wie eine unserer großen Zeitungen sich nennt, sondern als gewöhnlicher Sohn meines Vaterlandes. Und überdies die Frage: wer hat ihn denn gebeten, in dieses Krokodil hineinzukriechen? Bedenken Sie doch nur: ein solider Mensch, ein Beamter, der bereits einen gewissen Rang erreicht hat, außerdem legitim verheiratet ist, und plötzlich – solch ein Schritt! Sagen Sie doch selbst!«

»Aber dieser Schritt geschah doch ganz unfreiwillig, nur aus Versehen!«

»Wer kann das wissen? Und zudem, aus welcher Kasse soll dem Deutschen das Krokodil bezahlt werden? – wenn Sie mir das gefälligst sagen könnten.«

»Ginge es nicht a conto des Gehalts?«

»Wird das ausreichen?«

»Nein, freilich nicht«, mußte ich zu meinem Kummer zugeben. »Der Deutsche erschrak zuerst nicht wenig, denn er glaubte, sein Krokodil werde platzen; dann aber, als er sich überzeugt hatte, daß alles glücklich abgelaufen war, wurde er geradezu größenwahnsinnig und freute sich sehr über die Möglichkeit, den Eintrittspreis verdoppeln zu können.«

»Zu verdreifachen, zu vervierfachen! Das Publikum wird sich jetzt um Eintrittskarten reißen! Und ein Krokodilbesitzer ist nicht so dumm, daß er das nicht auszunutzen verstünde! Nein, ich wiederhole: mag Iwan Matwejewitsch vorläufig ganz inkognito nur beobachten, ohne sich zu übereilen. Mögen es alle meinethalben wissen, daß er sich im Krokodil befindet, aber möge man es nicht offiziell wissen. In dieser Hinsicht trifft es sich sogar sehr gut, daß er offiziell für verreist gilt und man ihn im Ausland glaubt. Wenn man uns also benachrichtigt, daß er sich im Krokodil befindet, so werden wir es eben einfach nicht glauben. Das läßt sich sehr leicht machen. Die Hauptsache ist also nur: abwarten. Ja, und es hat doch damit auch gar keine Eile . . .«

»Aber wenn er zum Beispiel . . .«

»Beruhigen Sie sich, der ist von widerstandsfähiger Konstitution . . .«

»Ja aber, und was soll danach geschehen, wenn er sich geduldet hat?«

»Tja, ich will es Ihnen nicht verheimlichen, daß es ein sehr verzwickter Fall ist. Mit Überlegungen kommt man hier nicht vorwärts. Aber das Schlimmste ist, daß wir bisher nichts ähnliches gehabt haben, wie gesagt: uns fehlt ein Vorbild, ein Beispiel. Hätten wir nur einen einigermaßen ähnlichen Fall schon gehabt, so könnte man noch so manches ausrichten. Denn sonst — wie soll man sich hier zurechtfinden? Fängt man an nachzudenken, so kann er lange warten . . .«

Da kam mir plötzlich ein glücklicher Gedanke.

»Aber könnte man es nicht so machen«, unterbrach ich ihn, »daß man, da er nun einmal im Bauch des Krokodils ist und wenn dieses dank himmlischer Vorsehung nicht früher eingeht, — könnte man dann nicht in seinem Namen eine Bittschrift einreichen, daß man ihm diese Zeit als Dienst anrechne? . . .«

»Hm! . . . es sei denn, daß man sie als Urlaub anrechnete und selbstverständlich kein Gehalt für diese Zeit zu zahlen brauchte . . .«

»Nein, ginge es nicht mit dem Gehalt?«

»Auf Grund wessen denn das, wenn ich fragen darf?«

»Ach, sehr einfach, indem man die Sache so hinstellt, als sei er dorthin abkommandiert . . .«

»Als was, und wohin?«

»In das Krokodil natürlich, in das Innere des Krokodils . . . Sozusagen zur Nachforschung und Untersuchung der Tatsachen an Ort und Stelle. Das würde natürlich etwas Neues sein, aber zugleich doch fortschrittlich, und außerdem würde es Bemühung um Aufklärung dokumentieren . . .«

Timoféi Ssemjónytsch überlegte.

»Einen Beamten«, begann er endlich, »in das Innere eines Krokodils abzukommandieren, mit *besonderen* Aufträgen, versteht sich, ist meiner persönlichen Ansicht nach — Unsinn. Im Budget ist so etwas nicht vorgesehen. Und was könnten denn das für Aufträge sein?«

»Vielleicht . . . so zur wissenschaftlichen Untersuchung der Naturvorgänge an Ort und Stelle, mitten im Leben sozusagen. Heutzutage ist doch Naturwissenschaft Trumpf, Botanik und so weiter . . . Da könnte er denn dort leben und über alles Bericht erstatten . . . nun, sagen wir zum Beispiel: wie die Verdauung vor sich geht, so gewissermaßen den Prozeß des Verdauens beobachten, oder sonst etwas ähnliches. Um eben Tatsachenmaterial zu sammeln . . .«

»Das wäre also dann für das Ressort der Statistik. Nun, was das betrifft, muß ich sagen, daß ich nicht viel davon verstehe, und ich bin auch kein Philosoph. Sie sagen: Tatsachenmaterial, — aber wir sind doch ohnehin schon mit Tatsachen überhäuft und wissen nicht, was wir mit ihnen anfangen sollen. Hinzu kommt, daß diese Statistik auch noch gefährlich ist . . .«

»Inwiefern denn das?«

»Jawohl: gefährlich. Und zudem — das werden Sie doch einsehen — würde er die Tatsachen mitteilen, indem er auf der Seite liegt. Was aber ist denn das für ein Dienst, der liegend verrichtet wird? Das wäre schon wieder eine Neu-

601

einführung, und so etwas ist immer gefährlich. Und wiederum: es fehlt uns jegliches Beispiel. Tja, wenn Sie uns nur einen einzigen Vorgang nennen könnten, wenn auch nur einen einigermaßen ähnlichen, so ließe es sich unter Umständen noch machen, daß man ihn dorthin abkommandierte.«

»Ja, aber bis jetzt ist doch noch nie ein lebendiges Krokodil nach Rußland gebracht worden, Timoféi Ssemjónytsch!«

»Hm! Ja . . .« Er überlegte. »Wenn Sie wollen, ist diese Ihre Einwendung richtig und könnte sogar als Basis eines entsprechenden Vorgehens in dieser Angelegenheit dienen. Aber andererseits müssen Sie auch wieder in Betracht ziehen, daß mit dem Erscheinen lebender Krokodile die Beamten anfangen würden zu verschwinden, und bald würden sie alle verlangen, zumal es dort warm und weich ist, abkommandiert zu werden, um dann auf der Bärenhaut liegen zu können . . . das ist doch, nicht wahr, ein schlechtes Beispiel! So kann ja schließlich ein jeder dorthin wollen, um auf diese Weise sein Gehalt ohne jede Mühe zu erhalten.«

»Nun, jedenfalls werden Sie doch ein gutes Wort für ihn einlegen, Timofei Ssemjónytsch? Bei der Gelegenheit: Iwán Matwéjewitsch hat mich gebeten, Ihnen eine kleine Kartenschuld zu übergeben, sieben Rubel waren es, glaube ich.«

»Richtig, die verlor er ja neulich bei Nikífor Nikíforytsch an mich. Ich weiß. Und wie guter Laune er damals war, er scherzte, lachte, und jetzt! . . .«

Der alte Mann war aufrichtig gerührt.

»Also, Sie tun etwas für ihn, Timofei Ssemjonytsch?«

»Gewiß, gewiß. Ich werde mich so unter der Hand erkundigen, um zu sondieren . . . Aber übrigens — könnten Sie nicht irgendwie, sagen wir, inoffiziell, so auf Umwegen in Erfahrung bringen, wieviel der Besitzer gegebenenfalls für sein Krokodil verlangen würde?«

Timofei Ssemjónytsch war ersichtlich milder gestimmt.

»Oh, unbedingt«, versprach ich freudig, »und wenn Sie erlauben, werde ich, sobald ich es erfahren habe, wieder bei Ihnen vorsprechen.«

»Und seine Frau ... die ist jetzt wohl allein zu Hause? Langweilt sich?«

»Würden Sie sie nicht besuchen, Timofei Ssemjónytsch?«

»Gewiß, gewiß. Ich dachte schon gestern daran, und jetzt ist es ja eine so günstige Gelegenheit ... Tja, was ihn nur geplagt haben mag, das Krokodil zu besichtigen. Übrigens werde ich es mir doch auch einmal anschauen müssen ...«

»Ja, besuchen Sie doch den Armen!«

»Gewiß, gewiß. Natürlich will ich ihm durch diesen meinen Schritt keine Hoffnung machen. Ich werde eben nur als Privatperson hingehen ... Nun, auf Wiedersehen, ich muß ja heute wieder zu Nikífor Nikíforytsch; werden Sie dort sein?«

»Nein, ich gehe jetzt zum Gefangenen.«

»Tja, da ist er nun ein ‚Gefangener‘! Weiß Gott, 's ist doch ein Leichtsinn, ein Leichtsinn!«

Ich verabschiedete mich von ihm. Verschiedene Gedanken gingen mir durch den Kopf. Dieser Timofei Ssemjonytsch war ja ein herzensguter und grundehrlicher Mensch, als ich ihn aber verlassen hatte, freute ich mich doch, daß er in diesem Jahr sein fünfzigjähriges Dienstjubiläum feiern konnte, und daß solche Timofei Ssemjónytsche immerhin schon zu einer Seltenheit bei uns geworden sind.

Ich begab mich eilig und geradeswegs in die Passage, um dem armen Iwán Matwéjewitsch das Ergebnis meiner Unterredung mit unserem erfahrenen Kollegen mitzuteilen. Ich muß aber sagen, daß mich auch meine Neugier nicht wenig zu dieser Eile antrieb. Wie mochte er sich dort im Krokodil inzwischen eingerichtet haben, und wie konnte ein Mensch überhaupt in einem Krokodil leben? Wie war das möglich? Mitunter schien es mir wahrlich nur ein ungeheuerlicher Traum zu sein, um so mehr, als es sich ja wirklich um ein Ungeheuer handelte ...

603

III

Und doch war es kein Traum, sondern unanfechtbare Wirklichkeit. Würde ich es denn sonst überhaupt erzählen! Doch ich fahre fort ...

Es war schon ziemlich spät, gegen neun, als ich endlich in der Passage anlangte. In die Menagerie konnte ich nur noch durch eine Hintertür gelangen, da der Besitzer seine „Ausstellung" offiziell bereits geschlossen hatte. Er selbst ging in einem alten schmierigen Rock, doch dreimal zufriedener mit sich und der Welt, in seinen Räumen umher. Man sah es ihm auf den ersten Blick an, daß er nichts mehr befürchtete, und daß das Publikum an diesem Nachmittag sehr zahlreich herbeigeströmt war. Die Mutter erschien erst später auf der Bildfläche, und zwar, wie es schien, nur deshalb, um mich im Auge zu behalten. Sie und ihr Gatte steckten oft die Köpfe zusammen und tuschelten geschäftig. Obschon die „Ausstellung" bereits geschlossen war, verlangte er von mir doch noch die üblichen fünfundzwanzig Kopeken. Was war das doch für eine unangebrachte Gewissenhaftigkeit!

»Sie werden jedesmal zahlen, wenn Sie kommen. Das übrige Publikum zahlt jetzt einen Rubel pro Person, von Ihnen aber nehme ich nur fünfundzwanzig Kopeken, denn Sie sind ein guter Freund Ihres guten Freundes, und Freundschaft achte ich ...«

»Lebt er, lebt er noch, mein gebildeter Freund?« rief ich laut, indem ich den Deutschen stehen ließ und zum Krokodil eilte. Im geheimen hoffte ich, daß mein lauter Ruf bis zu meinem Freunde dringen und seiner Eigenliebe schmeicheln werde.

Ich hatte mich nicht getäuscht.

»Er lebt und ist gesund«, tönte es sogleich wie aus der Ferne zurück, oder wie unter einem Kissen hervor, obwohl ich fast schon beim Krokodil angelangt war. »Er lebt und ist gesund, doch davon später ... Wie steht es?«

Ich tat, als hätte ich die Frage nicht gehört, und begann

ihn eilig und teilnahmsvoll mit meinen Fragen zu überschütten: wie er sich fühle, wie es denn dort im Krokodil
aussehe und was dort im Magen noch außer ihm sei? —
wie es die gewöhnliche Höflichkeit und jedes Freundschafts-
verhältnis verlangt. Doch ärgerlich und eigensinnig unterbrach er mich.

»Wie es steht, will ich wissen!« schrie er kreischend, wie
ein geärgerter heiserer Kommandant, so daß er mir im Augenblick sehr unsympathisch war. Übrigens hatte er sich mir
gegenüber oft genug diesen Befehlshaberton erlaubt.

Ich unterdrückte meinen Groll und erzählte ihm mit allen
Details, was Timofei Ssemjónytsch gesagt hatte. Übrigens
bemühte ich mich doch, durch den Tonfall meiner Stimme zu
verstehen zu geben, daß ich mich gekränkt fühlte.

»Der Alte hat recht«, entschied Iwan Matwéjewitsch kategorisch, wie er gewöhnlich mit mir zu sprechen pflegte.
»Ich liebe praktische Menschen, kann sentimentale Memmen
nicht ausstehen. Bin aber bereit zuzugeben, daß auch deine
Idee, mich hierher abkommandieren zu lassen, nicht gerade
barer Unsinn ist. Vermag allerdings vieles mitzuteilen, das
sowohl wissenschaftlich wie sittlich neu ist. Doch jetzt nimmt
das alles eine andere, ganz unerwartete Wendung und lohnt
es sich nicht, wegen des Gehalts zu streiten. Höre aufmerksam zu. Sitzt du?«

»Nein, ich stehe.«

»Setz' dich auf irgend etwas, meinetwegen auf den Fußboden, und höre aufmerksam zu.«

Wütend nahm ich einen Stuhl und stellte ihn so nachdrücklich hin, daß die vier Beine laut aufschlugen.

»Höre«, hub er im Befehlshaberton an, »Publikum hat es
heute eine Unmenge gegeben. Gegen Abend konnte der
Raum die Menschen, die alle eintreten wollten, gar nicht
fassen. Der Ordnung halber erschien die Polizei. Gegen acht
Uhr, also früher als sonst, schloß der Deutsche die Ausstellung, erstens um das viele Geld zu zählen, und zweitens,
um sich besser für morgen vorbereiten zu können. Morgen

605

wird es hier ein ganzer Jahrmarkt werden. Es ist also anzunehmen, daß mit der Zeit alle gebildeten Leute unserer Hauptstadt, alle Damen der vornehmen Gesellschaft, alle Gesandten und Botschafter, Legationsräte, Assessoren und Juristen sich hier einfinden werden. Und nicht nur das: man wird aus allen Provinzen unseres großen und lernbegierigen Reiches herkommen, um das Wunder anzustaunen. Daraus ergibt sich, daß ich, obgleich persönlich unsichtbar, doch die erste Rolle spielen werde. Werde die müßige Masse belehren, werde, selbst belehrt durch eigene Erfahrung, mich als Beispiel der Demut vor dem Schicksal hinstellen! Werde, um im Bilde zu reden, ein Katheder sein, von dem herab ich die Menschheit unterweise. Schon allein die naturwissenschaftlichen Aufschlüsse, die ich über das von mir bewohnte Tier geben kann, sind unendlich wertvoll. Und deshalb murre ich nicht nur nicht wider jenen Zufall, der mich hierher befördert hat, sondern hoffe sogar, dank diesem Zufall noch die glänzendste Karriere zu machen.«

»Wenn's nur nicht langweilig wird«, bemerkte ich trocken.

Am meisten ärgerte mich, daß er, wenn er von sich sprach, das persönliche Fürwort überhaupt nicht mehr gebrauchte, — so voll war er von sich! Nichtsdestoweniger machte mich dieser Ton doch stutzig. ‚Was bildet sich dieser dumme Kerl eigentlich ein!' fragte ich mich geradezu empört. ‚Weinen müßte er, aber nicht noch großtun!'

»Nein, das wird es nicht!« antwortete er schroff auf meine Bemerkung, »denn ich bin durchdrungen von großen Ideen. Kann erst jetzt zum erstenmal in Muße über die Verbesserung der Lebensbedingungen der Menschheit nachdenken. Aus diesem Krokodil sollen fortan die Wahrheit und das Licht hervorgehen! Werde unfehlbar eine neue, meine eigene Theorie für die wirtschaftlichen Verhältnisse erfinden und stolz auf sie sein können — was mir bisher infolge des Bürodienstes und der flachen weltlichen Zerstreuungen nicht möglich war. Werde alles widerlegen, werde meine Gegenbeweise vorbringen und ein neuer Charles Fourier[4] werden. Hast du

606

Timoféi Ssemjónytsch die bewußten sieben Rubel gegeben?«

»Ja, aus meiner Tasche«, antwortete ich, und zwar so, daß allein schon der Ton meiner Stimme sagte, daß ich seine Schuld aus meiner Tasche bezahlt hatte.

»Das wird dir zurückerstattet werden«, sagte er hochmütig. »Erwarte unbedingt eine Gehaltserhöhung, denn wem sollte man sonst eine zusprechen, wenn nicht mir? Ich bringe jetzt unendlichen Nutzen. Doch zur Sache. — Meine Frau?«

»Du willst dich wohl nach dem Befinden Jelena Iwanownas erkundigen?«

»Meine Frau?!« schrie er geradezu wie ein altes Weib.

Da war natürlich nichts zu machen. Gehorsam, doch innerlich knirschend erzählte ich, wie ich Jeléna Iwánowna nach Hause begleitet und dann verlassen hatte. Er unterbrach mich jedoch, noch bevor ich zu Ende erzählt hatte.

»Ich habe besondere Absichten mit ihr«, sagte er gereizt. »Werde ich *hier* berühmt, nun, so will ich, daß sie *dort* berühmt werde. Alle Gelehrten, Dichter, Philosophen, Zoologen, ausländische wie inländische, alle Staatsmänner werden, nach ihrer Unterhaltung mit mir am Vormittag, am Abend in ihrem Salon erscheinen. In der nächsten Woche muß sie jeden Abend bei sich empfangen. Mein verdoppeltes Gehalt wird ihr die Mittel geben, die Kosten zu bestreiten, und da sich so etwas sehr gut nur mit Tee und Lohndienern machen läßt, so brauchen wir über den Kostenpunkt kein Wort weiter zu verlieren. Hier wie dort wird man nur von mir reden. Habe mich lange nach einer Gelegenheit gesehnt, die von mir reden machen könnte, doch blieb mir die Erfüllung dieses Wunsches versagt, da ich durch meinen Rang und meine Bedeutung gebunden war. Jetzt ist alles dank dem einen ingeniösen Einfall des Krokodils ohne weiteres erreicht. Jedes meiner Worte wird jetzt niedergeschrieben, jeder Ausspruch erörtert, weitergegeben, gedruckt werden. Werde mich ihnen offenbaren! Sie werden begreifen, welche Fähigkeiten sie im Eingeweide eines Krokodils fast haben umkommen lassen. ‚Dieser Mann könnte ein Minister sein und ein ganzes Königreich regieren!‘ werden sie sagen. Inwiefern, sag’ doch selbst, inwiefern bin ich schlechter als irgend solch ein Garnier-Pagès[5] oder wie sie da heißen? Meine Frau muß ein Pendant zu mir sein: ich glänze durch meinen Verstand — sie durch Schönheit und Liebenswürdigkeit. ‚Sie ist entzückend, deshalb ist sie seine Frau‘, werden die einen sagen. ‚Nein! Sie ist entzückend, *weil* sie seine Frau ist‘, werden die anderen den Ausspruch korrigieren. Jedenfalls sage ihr, daß sie sich sogleich morgen das Enzyklopädische Lexikon kaufen soll, das von Andréi Krajéwskij herausgegeben worden ist, um über alles reden zu können. Doch soll sie vor allen Dingen stets den Leitartikler in den „St. Petersburger Nachrichten" lesen und täglich mit dem Leitartikel des „Wóloß"[6] vergleichen. Nehme an, daß dieser deutsche Besitzer einwilligen wird, mich bisweilen mitsamt dem Krokodil in den Salon meiner Frau zu bringen. Werde dann in diesem Blechkasten mitten im glänzenden Salon stehen und mit Bonmots, die ich mir schon vom Morgen an zurechtlegen kann, nur so um mich werfen. Dem Staatsmann werde ich meine Projekte vorlegen; mit dem Dichter werde ich nur in Reimen reden; mit den Damen werde ich unterhaltend und amüsant sein, — da ich ja jetzt für ihre Männer ganz ungefährlich bin. Allen übrigen werde ich als Vorbild dienen, als Beispiel demutvoller Ergebung und Unterordnung meines Willens unter denjenigen der Vorsehung. Meine Frau werde ich zu einer glänzenden literarischen Erscheinung machen. Ich werde sie hervorheben und dem Publikum erklären: als meine Frau muß sie die größten Vorzüge haben, und wenn man mit Recht Andréi Alexándrowitsch unseren Alfred de Musset nennt, so wird man sie mit noch größerem Recht unsere Eugenie Tour[7] nennen.«

Offen gestanden, mir kam der Gedanke, daß mein Iwán Matwéjewitsch, obschon dieser ganze Unsinn von den Reden des ehemaligen Iwan Matwejewitsch durchaus nicht abstach, zur Zeit, wenn auch nicht gerade unheilbar erkrankt

608

war, so doch mindestens hohes Fieber haben mußte und demzufolge phantasierte. Im Grunde war es ja ganz derselbe alltägliche Iwan Matwejewitsch, nur — wie soll ich sagen? — etwa durch ein zwanzigfaches Vergrößerungsglas gesehen.

»Mein Freund«, begann ich möglichst sanft, »hoffst du, bei diesem Leben ein hohes Alter zu erreichen? Und überhaupt, sage doch: bist du gesund? Was ißt du, wie schläfst du, wie atmest du? Ich bin dein Freund, und du wirst doch zugeben, daß dieser Fall gar zu übernatürlich ist, so daß mein Interesse wohl nur allzu natürlich sein dürfte.«

»Das ist nur müßige Neugier von dir und nichts weiter«, widersprach er ärgerlich. »Ich will sie aber trotzdem befriedigen. Du fragst, wie ich mich hier im Leibe des Krokodils eingerichtet habe? Erstens hat sich das Krokodil zu meiner Überraschung als etwas vollkommen Leeres erwiesen. Sein Inneres besteht gleichsam aus einem großen leeren Sack, der an jene Gummigegenstände erinnert, die man in den Schaufenstern der großen Kaufläden an der Morskája, Goróchowaja und, wenn ich nicht irre, auch auf dem Wosnessénskij Prospekt ausgestellt sieht. Denn — sage dir dies doch selbst — wie könnte ich mich sonst hier aufhalten?«

»Ist's möglich!« rief ich in begreiflicher Verwunderung aus. »Ist das Krokodil wirklich ganz leer?«

»Vollkommen leer«, bestätigte Iwan Matwejewitsch streng und nachdrücklich. »Und aller Wahrscheinlichkeit nach ist es das gemäß den Gesetzen seiner Natur. Das Krokodil setzt sich zusammen aus einem großen Rachen, der mit scharfen Zähnen versehen ist, und außerdem einem langen Schwanz, — und das ist das ganze Krokodil, genau genommen. In der Mitte aber zwischen diesen zwei Extremitäten ist ein leerer Raum, der von einer kautschukartigen Masse umfaßt wird — wahrscheinlich ist es wirklicher Kautschuk . . .«

»Aber die Rippen, der Magen, die Gedärme, die Leber, das Herz?« unterbrach ich ihn nahezu persönlich gekränkt.

»Davon gibt's hier *n—nichts,* absolut nichts, und aller Wahrscheinlichkeit nach hat's davon auch niemals etwas hier gegeben. Alles das ist nur eine freie Erfindung der müßigen Phantasie leichtsinniger Reisender. Wie man ein aus Gummi hergestelltes Sitzkissen aufbläst, so kann ich jetzt mein Krokodil aufblasen. Sein Inneres ist bis zur Unglaublichkeit dehnbar. Selbst du könntest noch als Hausfreund hier Platz finden, wenn du so großmütig wärest, mir Gesellschaft leisten zu wollen. Ich habe sogar daran gedacht, im äußersten Fall Jeléna Iwánowna hierher zu beordern. Übrigens stimmt diese leere Beschaffenheit des Krokodils vollkommen mit den wissenschaftlichen Angaben überein. Denn, nehmen wir zum Beispiel an, daß dir der Auftrag zuteil würde, ein neues Krokodil zu schaffen, so würde sich doch unwillkürlich die Frage vor dir erheben: welches ist der Lebenszweck eines Krokodils? Die Antwort liegt auf der Hand: Menschen zu verschlingen. — Wie nun das Innere des Krokodils zweckmäßig schaffen, damit es ohne eigene Lebensgefahr Menschen verschlingen könne? Auf diese Frage ist die Antwort noch leichter: man läßt es — leer sein. Wie du weißt, hat die Physik bewiesen, daß die Natur keinen leeren Raum duldet. Infolgedessen wird durch diese Leere, welche die Natur nicht duldet, die Funktion des Krokodils hervorgerufen, denn der leere Raum, der erwiesenermaßen nicht leer bleiben kann, muß sich nach dem einfachen Naturgesetz mit irgend etwas füllen, und folglich greift er ganz naturgemäß nach allem, was in seinen Bereich gerät. Damit hast du den einzigen vernünftigen Grund, weshalb alle Krokodile uns Menschen verschlingen. Ganz anders aber ist der Mensch beschaffen: je leerer zum Beispiel der Kopf eines Menschen ist, um so weniger hat er das Bedürfnis, sich zu füllen, das aber ist wiederum nur als eine Ausnahme von der allgemeinen Regel zu betrachten. Alles dieses ist mir jetzt so klar wie der Tag, und alles, was ich dir hier sage, hat mir mein eigener Verstand erschlossen, durch eigene Erfahrung, während ich mich sozusagen im Eingeweide der Natur selbst befand, in ihrer Retorte, ihrem Pulsschlag lauschend. Sogar die Etymologie stimmt mit mir überein, denn allein

schon der Name des Tieres bedeutet Gefräßigkeit. Krokodil
— Crocodillo — ist zweifellos ein italienisches Wort, das
vielleicht aus der Zeit stammt, in der in Ägypten die alten
Pharaonen herrschten, ein Wort, das offenbar das französische Wort croquer zur Wurzel hat, das unter den Zähnen
krachen lassen, gierig essen und überhaupt etwas als Nahrung verwenden bedeutet. Was ich hier soeben gesagt habe,
gedenke ich als erste Lektion dem Publikum vorzutragen,
das sich in Jelena Iwanownas Salon versammeln wird, wenn
man mich in diesem Kasten hinbringt.«

»Lieber Freund, sag' mal, würdest du nicht irgend eine
abführende Arznei einnehmen wollen?« fragte ich unwillkürlich.

‚Er hat ganz zweifellos Fieber, das ist klar, er muß sogar
hochgradiges Fieber haben!‘ dachte ich angstvoll.

»Unsinn!« sagte er mit Verachtung. »Und außerdem wäre
eine Purganz in meinem gegenwärtigen Logis nicht ganz
angebracht. Übrigens konnte ich es mir halbwegs schon denken, daß du unfehlbar mit so etwas kommen würdest.«

»Aber, Freund, wie ... wie wirst du denn jetzt überhaupt etwas zu dir nehmen? Hast du heute zu Mittag gespeist?«[8]

»Nein, das nicht, aber ich bin vollkommen satt und werde
höchstwahrscheinlich überhaupt nichts mehr essen. Und auch
diese meine Sattheit ist durchaus begreiflich: so lange ich
nämlich das ganze Innere des Krokodils ausfülle, mache ich
es vollkommen satt. Jetzt braucht man es jahrelang nicht zu
füttern. Und andererseits: indem das Krokodil durch mich
satt ist, gibt es wiederum alle seine Lebenssäfte aus seinem
Körper an mich ab. Das ist ungefähr dieselbe Ernährungs-
methode, die raffinierte Schönheiten anwenden, wenn sie
zur Nacht ihren ganzen Körper mit rohen Koteletts bedecken, und dann am nächsten Morgen nach einem Bade wieder frisch, prall voll Saft und bezaubernd sind. So erhalte
auch ich, indem ich das Krokodil ernähre, von ihm alle Nah-
rungssäfte zurück; folglich ernähren wir uns gegenseitig. Da

es aber selbst einem Krokodil schwer fallen dürfte, einen Menschen wie mich zu verdauen, so ist anzunehmen, daß es eine gewisse Schwere im Magen empfindet — obschon es übrigens keinen Magen hat — und eben deshalb bewege ich mich hier auch so wenig wie möglich, wenn mich auch nichts daran hindern würde. Aber ich unterlasse es einfach aus Humanität, um dem Ungeheuer keinen überflüssigen Schmerz zu verursachen. Diese geringe Bewegungsmöglichkeit wäre das einzige, was ich an meinem gegenwärtigen Zustand auszusetzen hätte, und im allegorischen Sinne hat Timoféi Ssemjónytsch durchaus recht, wenn er sagt, ich läge auf der Bärenhaut. Ich werde aber beweisen, daß man auch liegend die Geschicke der Menschheit umstürzen kann. Alle großen Ideen und alle neuen Tendenzen unserer Zeitungen und Zeitschriften stammen augenscheinlich von Leuten, die auf der Bärenhaut liegen. Das ist auch der Grund, weshalb man sie Kabinettideen nennt ... Doch übrigens — gleichviel wie man sie nennt! Ich werde jetzt ein ganz spezielles System erfinden, — du ahnst nicht, wie leicht das ist! Man braucht sich nur irgendwohin in die Einsamkeit zurückzuziehen oder meinethalben auch in ein Krokodil hineinzugeraten, die Augen zu schließen, und im Nu hat man ein ganzes Paradies für die gesamte Menschheit erfunden. Vorhin, als ihr mich verließt, machte ich mich sogleich daran, zu erfinden, und an diesem einen Nachmittag habe ich ganze drei Systeme erfunden und soeben bin ich beim vierten. Es ist wahr, zuerst muß man alles Bestehende verwerfen, man muß einfach alles umstürzen; aber aus dem Krokodil heraus ist das so leicht; ja, aus dem Krokodil gesehen, wird alles gleichsam sichtbarer ... Übrigens gibt es hier doch noch einiges zu bemängeln, freilich nur Nebensächliches: es ist hier zum Beispiel etwas feucht und alles wie mit Schleim bedeckt, und außerdem riecht es nach Gummi, genauso wie meine alten Galoschen vom vorigen Jahr. Aber das ist auch alles, was es hier zu bemängeln gibt ...«

»Iwan Matwejewitsch«, unterbrach ich ihn, »was du da

612

redest, erscheint mir so wunderlich, daß ich kaum meinen Ohren traue. Aber sage mir wenigstens das eine: hast du wirklich die Absicht, überhaupt nicht mehr zu essen?«

»Oh, du oberflächlicher, müßiger Mensch, um was für einen Unfug du dich sorgst! Ich rede von großen Ideen, du aber ... So höre denn, daß mich die großen Ideen sättigen und die Nacht, die mich umgibt, taghell erleuchten. Übrigens hat der gutmütige Deutsche, der Eigentümer dieses Krokodils, sich mit seiner herzensguten Mutter beraten und da haben sie beide beschlossen, mir jeden Morgen durch den Rachen des Krokodils ein gebogenes Metallröhrchen zuzustecken, damit ich durch dasselbe Kaffee, Tee oder Bouillon mit aufgeweichtem Weißbrot genießen könne. Die Röhre ist bereits bestellt, gleichfalls bei einem Deutschen, gleich hier in der Nachbarschaft, nur dürfte sie, glaube ich, unnützer Luxus sein. Zu leben aber hoffe ich mindestens tausend Jahre, wenn es wahr ist, daß Krokodile so lange zu leben pflegen ... Ja! gut, daß ich das nicht vergessen habe: sieh doch morgen in einer Naturgeschichte nach und teile mir dann mit, wie lange ein Krokodil lebt, denn es ist möglich, daß ich es mit irgend einem anderen vorsintflutlichen Tier verwechsle. Nur eines erregt mein Bedenken: wie du weißt, bin ich angekleidet, und zwar ist mein Anzug aus russischem Tuch, und an den Füßen habe ich Stiefel; daher kann das Krokodil mich offenbar nicht verdauen. Hinzu kommt, daß ich lebendig bin, mich deshalb dem Verdautwerden mit meiner ganzen Willenskraft widersetze, denn begreiflicherweise will ich mich nicht in das verwandeln, in was sich schließlich jede Speise verwandelt, da ein solches Ende gar zu erniedrigend für mich wäre. Nun fürchte ich aber, daß der Stoff meines Anzugs einer tausendjährigen Frist nicht standhalten wird; er kann, als minderwertige russische Ware, früher verwesen und dann würde ich ohne diesen äußeren Schutz trotz meines ganzen Unwillens vielleicht doch verdaut werden. Denn wenn ich das auch tagsüber unter keiner Bedingung zulassen oder erlauben werde, so kann mich doch in der

613

Nacht, wenn der Wille den Menschen im Schlaf verläßt, das erbärmliche Schicksal einer genossenen Kartoffel oder Fleischpastete oder eines Kalbsschnitzels ereilen. Schon die Vorstellung einer solchen Möglichkeit macht mich rasend. Allein schon aus diesem Grunde müßte man den Zolltarif ändern und den Import englischer Stoffe begünstigen, denn da diese fester sind, würden sie den zersetzenden Einflüssen der Natur länger Widerstand bieten, für den Fall, daß man in einem solchen Anzug in ein Krokodil hineingerät. Jedenfalls werde ich mein diesbezügliches Projekt bei nächster Gelegenheit einem Staatsmann vorlegen, und gleichzeitig auch den Berichterstattern unserer Petersburger Tageszeitungen. Mögen sie es erörtern! Hoffe aber, daß sie jetzt nicht nur diese Idee von mir annehmen werden. Ich sehe voraus, daß jeden Morgen eine ganze Schar dieser Leute, für die ihre Redaktion den Eintritt bezahlt, sich um mich drängen wird, um diesen Blechkasten, um meine Beurteilungen der letzten Telegramme zu vernehmen und jedes Wort, das ich fallen lasse, gierig zu erhaschen. Mit einem Wort: ich sehe die Zukunft in rosigstem Licht ...«

,Fieber, Fieberdelirium!' dachte ich bei mir.

»Freund, aber die Freiheit?« fragte ich, um seine Ansichten kennen zu lernen. »Du bist doch jetzt so gut wie ein Gefangener in einem dunklen Verließ, während der Mensch sich doch der Freiheit erfreuen soll.«

»Du bist dumm«, war seine Antwort hierauf. »Nur die Wilden lieben Unabhängigkeit, weise Leute dagegen lieben Ordnung, wenn es aber keine Ordnung gibt ...«

»Iwan Matwéjewitsch, ich bitte dich, hab' Erbarmen ...«

»Schweig' und höre mich an!« kreischte er, ärgerlich darüber, daß ich ihn unterbrochen hatte. »Noch niemals habe ich mich geistig so hoch emporgeschwungen wie jetzt. In meiner engen Wohnung fürchte ich augenblicklich nur eines: die literarische Kritik unserer dicken Zeitschriften und den Spott unserer satirischen Blätter. Ich fürchte, daß die leichtsinnigen Elemente unter den Besuchern dieser Ausstellung, die

614

Dummköpfe und Neider, und überhaupt die Nihilisten, mich werden lächerlich machen wollen. Ich werde aber Maßregeln zu ergreifen wissen. Erwarte nur mit Ungeduld die Meinungsäußerungen des Publikums, doch hauptsächlich die Besprechungen der Zeitungen. Darüber mußt du mir morgen berichten.«

»Gut, ich werde einen ganzen Stoß Zeitungen mitbringen.«

»Eigentlich ist es aber noch zu früh, morgen schon Besprechungen zu erwarten; gewöhnlich werden bei uns Neuigkeiten erst nach vier Tagen besprochen. Aber von nun an komme jeden Abend durch den Hofeingang zu mir, denn ich beabsichtige, dich als meinen Sekretär zu benutzen. Du wirst mir die Zeitungen vorlesen und ich werde dir meine Gedanken diktieren und Aufträge geben. Vor allen Dingen aber vergiß nicht die neuesten Telegramme. Daß du mir jeden Tag die letzten europäischen Drahtnachrichten bringst! Doch nun genug: du wirst jetzt schlafen wollen. Geh also nach Hause und denke nicht mehr daran, was ich dir soeben über die Kritik gesagt habe: ich fürchte sie nicht, denn sie befindet sich momentan selbst in einer kritischen Lage. Man braucht nur weise und tugendhaft zu sein, und man wird unfehlbar auf ein Piedestal zu stehen kommen. Wenn nicht ein Sokrates, dann ein Diogenes zu sein, oder dieser und jener zugleich — das wird meine zukünftige Rolle in der Geschichte der Menschheit sein.«

So leichtfertig und anmaßend — bei Gott, er mußte hohes Fieber haben! — beeilte sich mein Freund Iwan Matwejewitsch, mich seine Ansichten wissen zu lassen, jenen charakterschwachen alten Frauenzimmern nicht unähnlich, von denen behauptet wird, daß sie kein Geheimnis bewahren können. Ich aber muß gestehen, daß mir alles, was er da von der inneren Beschaffenheit des Krokodils gesagt hatte, äußerst verdächtig erschien. Wie wäre es möglich, daß ein Krokodil innen vollkommen leer sein könnte? Ich hätte wetten mögen, daß er alles das einzig aus Prahlerei frei

615

erfunden hatte, zum Teil vielleicht auch nur, um mich zu kränken, zu erniedrigen. Freilich war er krank, und einen Kranken muß man nachsichtig beurteilen; aber ich will doch offen gestehen, daß ich meinen Freund Iwan Matwéjewitsch niemals habe ausstehen können. Mein ganzes Leben lang, von Kindheit an, habe ich mich von seiner Vormundschaft nicht befreien können. Tausendmal wollte ich ihm den Laufpaß geben, doch immer wieder zog es mich zu ihm, als hätte ich im geheimen immer noch gehofft, ihm irgend etwas beweisen oder irgend etwas heimzahlen zu können. Ein wunderliches Ding war diese Freundschaft! Ich kann ganz ehrlich sagen, daß meine Freundschaft zu neun Zehnteln aus Wut bestand.

Doch an jenem Abend verabschiedeten wir uns fast gefühlvoll.

»Ihr Freund ist ein sehr kluger Mensch!« sagte mir halblaut der Deutsche, als er sich zu mir gesellte, um mich hinauszugeleiten. Er hatte die ganze Zeit aufmerksam unserem Gespräch zugehört.

»Apropos!« unterbrach ich ihn, »damit ich es nicht vergesse: wieviel würden Sie wohl für Ihr Krokodil verlangen, im Fall man es von Ihnen kaufen wollte?«

Iwan Matwéjewitsch, der meine Frage gehört haben mußte, schien mit besonderer Spannung auf die Antwort zu warten. Offenbar wollte er nicht, daß der Deutsche wenig für dasselbe verlange; jedenfalls vernahmen wir nach meiner Frage ein eigentümliches Räuspern aus dem Inneren des Krokodils.

Zuerst wollte der Deutsche überhaupt nichts davon hören, ja, er wurde sogar ärgerlich.

»Niemand darf mein Eigentum ohne meine Einwilligung kaufen!« schrie er, vor Jähzorn rot anlaufend wie ein gekochter Krebs. »Ich will mein Krokodil überhaupt nicht verkaufen! Bieten Sie mir eine Million Taler — ich verkauf's nicht! Ich habe heute hundertunddreißig Taler vom Publikum eingenommen und morgen werde ich zehntausend Taler einnehmen und dann hunderttausend Taler Tag für Tag! Nein! Ich will es überhaupt nicht verkaufen!«

Iwan Matwejewitsch begann zu lachen vor Vergnügen.

Ich bezwang mich nach Möglichkeit und bat den übergeschnappten Deutschen scheinbar ganz kaltblütig, sich die Sache zu überlegen, zumal seine Berechnungen meiner Meinung nach nicht genügend mit der Wirklichkeit übereinstimmten, daß zum Beispiel, wenn er hunderttausend täglich einnähme, in vier Tagen ganz Petersburg bei ihm gewesen sein müsse, und damit wäre dann die Einnahmequelle versiegt. Und außerdem stehe unser aller Leben und Tod in Gottes Hand, das Krokodil könne vielleicht doch noch irgendwie platzen oder Iwan Matwejewitsch erkranken und sogar sterben usw. usw.

Der Deutsche wurde nachdenklich.

»Ich werde ihm Tropfen aus der Apotheke geben«, meinte er dann schließlich nach reiflicher Überlegung, »dann wird er nicht sterben.«

»Tropfen hin, Tropfen her«, meinte ich, »aber haben Sie auch das in Erwägung gezogen, daß Sie es mit der Polizei und dem Gericht zu tun bekommen können? Die Gattin Iwán Matwéjewitschs kann zum Beispiel ihren gesetzmäßig ihr angetrauten Gatten zurückverlangen. Sie haben nun die Absicht, reich zu werden, haben Sie aber auch die Absicht, seiner Frau eine Entschädigung, etwa eine Pension, zu zahlen?"

»Nein, die habe ich nicht!« antwortete streng und entschlossen der Deutsche.

»Nein, die haben wir nicht!« bestätigte, sogar merklich böse, die Mutter.

»Nun denn, wäre es für Sie da nicht ratsamer, jetzt sogleich und mit einemmal eine zwar geringere, doch dafür sichere Summe zu empfangen, als sich der Ungewißheit anzuvertrauen? Übrigens erachte ich es als meine Pflicht, Ihnen zu sagen, daß ich Sie nur aus persönlicher Neugier frage.«

Der Deutsche nahm seine Frau beiseite und begab sich

617

mit ihr in den fernsten Winkel, wo ein Käfig mit dem größten und widerlichsten aller Affen stand, um sich dort flüsternd mit ihr zu beraten.

»Du wirst sehen!« sagte Iwan Matwéjewitsch in vielsagendem Ton zu mir.

Was mich betrifft, so muß ich sagen, daß ich ein unbändiges Verlangen verspürte, erstens den Deutschen gründlich zu verprügeln; zweitens, und noch gründlicher, seine Frau; und drittens — am gründlichsten und schmerzhaftesten meinen Freund Iwan Matwéjewitsch selbst wegen seines unverschämten Eigendünkels. Doch alles das war noch nichts im Vergleich zu der Antwort des habgierigen Deutschen.

Der verlangte, nachdem er sich genugsam mit „Mutter" beraten, für sein Krokodil fünfzigtausend Rubel, zahlbar in Papieren der jüngsten inneren Anleihe, dazu ein steinernes Haus an der Goróchowaja, und zwar eines mit einer dazugehörigen Apotheke, und außerdem noch den Rang und Titel eines russischen Obersten.

»Siehst du!« triumphierte Iwan Matwéjewitsch, »ich habe es dir gesagt! Ausgenommen den letzten unsinnigen Wunsch, hat er vollkommen recht, denn wie du siehst, versteht er den Wert seines Eigentums richtig einzuschätzen. Das wirtschaftliche Prinzip geht allem voran!«

»Aber, so sagen Sie doch«, rief ich zornig dem Deutschen zu, »so sagen Sie mir doch, wozu Sie den Rang und Titel eines Obersten brauchen? Was für eine Heldentat haben Sie denn ausgeführt, wenn man fragen darf, welch einen Dienst Rußland erwiesen, welchen Ruhm sich auf dem Schlachtfeld erworben? Sind Sie nach alledem nicht einfach verrückt?«

»Ich — verrückt?« rief der Deutsche mit gekränkter Würde aus. »Nein, ich bin nicht verrückt, sondern sehr vernünftig, Sie aber sind das Gegenteil! Ich habe den Rang eines Obersten verdient, weil ich ein Krokodil zeigen kann, in dem ein lebender Hofrat sitzt. Ein Russe aber kann ein solches Krokodil der Welt nicht zeigen! Ich bin ein sehr kluger Mensch und deshalb will ich ein Oberst sein!«

618

»Also, leb wohl, Iwan Matwéjewitsch!« rief ich zornbebend meinem Freund zu und eilte aus dem Ausstellungsraum. Ich fühlte, daß meine Selbstbeherrschung nur noch an einem Haar hing. Die hirnverbrannten Hoffnungen dieser beiden Dummköpfe konnten einen aber auch wirklich aus der Haut bringen! Die kalte Abendluft erfrischte mich wohltuend, und meine Empörung legte sich. Ich spie schließlich aus, rief energisch eine Droschke heran, fuhr nach Haus, kleidete mich aus und ging zu Bett. Am meisten ärgerte mich, daß ich gewissermaßen eingewilligt hatte, sein Sekretär zu sein. Jetzt konnte ich mich dort allabendlich langweilen und mich noch über das erhebende Gefühl, nur die Pflicht eines aufrichtigen Freundes zu erfüllen, freuen! Ich hätte mich selbst prügeln mögen vor Ärger über mich, und in der Tat: nachdem ich schon das Licht ausgelöscht und mich zugedeckt hatte, schlug ich mir mehrmals mit der Faust auf den Kopf und noch auf andere Teile meines Körpers. Dieses verschaffte mir bedeutende Erleichterung, und endlich schlief ich ein, schlief sogar ziemlich fest, denn ich war sehr müde. Im Traum sah ich unendlich viele Affen, die alle wild umhersprangen, gegen Morgen aber träumte mir von Jeléna Iwánowna . . .

IV

Die Affen hatten mich, wie ich zu erraten glaubte, nur deshalb im Traum belästigt, weil ich sie tags zuvor im Käfig beim Krokodilbesitzer gesehen hatte; doch Jeléna Iwánowna war ein besonderes Kapitel.

Ich will es nicht mehr verheimlichen: ich liebte diese Dame; doch ich beeile mich, beeile mich schleunigst, einem Mißverständnis vorzubeugen: ich liebte sie wie ein Vater, nicht mehr und nicht weniger. Daß ich sie liebte — ersehe ich daraus, daß ich oft genug Lust verspürte, ihr Köpfchen oder ihre zarten rosa Wangen zu küssen. Und obschon ich das nie getan habe, so hätte ich mich doch — wenn man schon einmal alles beichten soll! — ganz sicherlich nicht geweigert, sie sogar fest auf die Lippen zu küssen. Denn ihre Lippen waren gar zu süß und verstanden es vorzüglich, die Zähnchen bloßzulegen, die dann, wie zwei Reihen ausgesuchter Perlen, zwischen dem Rot der Lippen schimmerten, wenn sie lachte. Und sie lachte sehr oft. Iwan Matwéjewitsch nannte sie bisweilen liebkosend seine „liebe Ungereimtheit" — was man als eine durchaus richtige und charakteristische Benennung bezeichnen muß. Sie war ein Bonbon, und nichts weiter. Deshalb blieb es mir auch unerklärlich, weshalb nun dieser selbe Iwan Matwéjewitsch in seiner Frau plötzlich eine russische Eugenie Tour zu sehen begann. Doch wie dem auch sein mochte, jedenfalls hinterließ mein Traum — abgesehen von den Affen — den angenehmsten Eindruck in mir, und so beschloß ich, während ich bei meinem Morgenkaffee die Erlebnisse des letzten Tages nachdenklich an mir vorüberziehen ließ, auf dem Wege in die Kanzlei bei Jeléna Iwánowna vorzusprechen, was ja übrigens in meiner Eigenschaft als Hausfreund auch meine Pflicht war.

In dem winzigen Zimmer vor dem ehelichen Schlafgemach, das von ihnen „Der kleine Salon" genannt wurde, obwohl auch der große Salon nur ein kleines Zimmer war, saß auf einer kleinen Chaiselongue vor einem kleinen Teetischchen in einem duftig luftigen Negligee Jeléna Iwánowna und trank aus einem kleinen Täßchen, in das sie ein kleines Biskuitplätzchen bröckelte, ihren Morgenkaffee. Sie war verführerisch anzusehen, doch schien sie mir ein wenig nachdenklich gestimmt zu sein.

»Ach, Sie sind es, Sie Ungezogener!« empfing sie mich mit zerstreutem Lächeln. »Setzen Sie sich und trinken Sie ein Täßchen. Nun, wo waren Sie gestern? Wie haben Sie den Abend verbracht? Waren Sie auf dem Maskenball?«

»Waren *Sie* denn gestern auf dem Maskenball? . . . Ich . . . ich pflege keine Bälle zu besuchen . . . zudem habe ich den Abend bei unserem Gefangenen verbracht . . .«

Ich seufzte und empfing mit betrübter Miene das Täßchen.
»Wo? . . . Bei wem? Bei welch einem Gefangenen? . . . Ach,
so! . . . Ja, der Arme! . . . Nun, was macht er denn — langweilt er sich? Aber wissen Sie. . . ich wollte Sie etwas fragen . . . Sagen Sie, ich kann doch jetzt eine Scheidung verlangen?«

»Scheidung?« Mir wäre fast die Tasse aus der Hand gefallen.

‚Dahinter steckt der Brünette!‘ dachte ich empört bei mir.

Es gab nämlich einen gewissen Brünetten mit einem dunklen Schnurrbärtchen, einen Beamten der Bauabteilung, der
sie in letzter Zeit auffallend oft besucht hatte und Jeléna
Iwánowna allem Anschein nach zu gefallen verstand. Ich
muß gestehen, daß ich aufrichtigen Haß gegen ihn empfand,
denn ich zweifelte nicht daran, daß er gestern abend entweder mit ihr auf dem Maskenball oder vielleicht sogar hier
in ihrer Wohnung gewesen war und ihr bei der Gelegenheit,
versteht sich, manches in den Kopf gesetzt hatte!

»Ja, aber wie denn«, begann Jelena Iwanowna plötzlich
ungeduldig, und alles, was sie sagte, schien ihr ein anderer
gesagt zu haben, »wie wird denn das sein, er wird dort im
Krokodil sitzen und vielleicht sein ganzes Leben lang nicht
zurückkommen, und ich soll dann allein hier sitzen und vergeblich auf ihn warten! Ein Ehemann muß doch zu Hause
wohnen, nicht in einem Krokodil . . .«

»Aber hier handelt es sich doch um einen unvorherge-
sehenen Zufall . . .«, begann ich in begreiflicher Erregung zu
widersprechen.

»Ach nein, schweigen Sie, schweigen Sie, ich will nichts
hören, nichts, nichts, nichts!« wehrte sie ärgerlich jeden weiteren Einwand ab. »Sie sind unausstehlich, ewig müssen Sie
mir widersprechen! Mit Ihnen kann man wirklich kein vernünftiges Wort reden, nie verstehen Sie einem zu raten! Mir
sagen sogar fremde Menschen, daß ich vollauf genügenden
Scheidungsgrund hätte, allein schon deshalb, weil doch Iwán
Matwéjewitsch jetzt kein Gehalt mehr bekommen wird.«

»Jelena Iwanowna! Sind Sie es, die ich höre!« rief ich fast pathetisch aus. »Welcher Schurke hat Ihnen diese Gedanken eingeflüstert? Übrigens wird ein so nichtssagender Vorwand, wie die Einbuße des Gehalts, nicht als Scheidungsgrund anerkannt. Und der arme, arme Iwan Matwéjewitsch vergeht dort inzwischen fast vor Liebesgram! Noch gestern abend, während Sie sich auf dem Maskenball Ihres Lebens freuten, sprach er davon, daß er sich im äußersten Fall entschließen würde, Sie als seine rechtmäßige Gattin aufzufordern, zu ihm ins Krokodil zu kommen, zumal sich dieses Tier als sehr geräumig erwiesen hat, so daß nicht nur zwei, sondern sogar drei Menschen Raum in ihm hätten...«

Und ich erzählte ihr sogleich diesen interessantesten Teil meiner letzten Unterredung mit Iwan Matwejewitsch.

»Wie! was!« rief sie ganz starr vor Verwunderung aus. »Sie wollen, daß ich gleichfalls dort in dieses Krokodil hineinkrieche! zu Iwan Matwejewitsch? Das fehlte noch! Ja, und wie sollte ich denn das überhaupt? — so, mit dem Hut und der ganzen Krinoline? Gott, welch eine Dummheit! Und wonach wird denn das aussehen, wenn ich hineinkrieche und ... und jemand womöglich noch zusieht? ... Pfui! Und was werde ich dort essen? ... Und ... und wie ist denn das, wenn ich ... Ach, mein Gott, was Sie sich nicht ausgedacht haben! ... Und was gibt es denn dort für Zerstreuungen? ... Sie sagen, es rieche dort nach Gummi? ... Und wie wird es denn sein, wenn wir beide in Streit geraten? Da müssen wir doch beieinander liegen bleiben? Pfui, wie widerlich das ist!«

»Einverstanden, ich bin vollkommen einverstanden mit Ihnen, meine teuerste Jeléna Iwánowna«, unterbrach ich sie mit jenem begreiflichen Eifer, der einen stets erfaßt, wenn man fühlt, daß man im Recht ist, »nur haben Sie eines ganz außer acht gelassen, und das ist: daß er doch wohl nicht mehr ohne sie leben kann, wenn er Sie zu sich ruft; folglich handelt es sich hier um Liebe, um leidenschaftliche, treue, sehnsüchtige Liebe ... Sie haben die Liebe nicht berücksichtigt, teuerste Jelena Iwanowna, die Liebe!«

»Nein, ich will nicht, will nicht, will nicht! Ich will davon überhaupt nichts hören!« wehrte sie mit ihrer kleinen, reizenden Hand, an der die soeben gebürsteten und polierten Nägel rosa schimmerten, ganz entsetzt ab. »Pfui, wie widerlich Sie sind! Sie bringen mich noch zum Weinen. So kriechen Sie doch selbst zu ihm, wenn es Ihnen dort so angenehm zu sein scheint! Sie sind doch sein Freund, nun, so legen Sie sich denn aus Freundschaft neben ihn hin und streiten Sie Ihr Leben lang über irgend eine langweilige Wissenschaft . . .«

»Sie machen sich ganz unnütz über diesen Gedanken lustig«, unterbrach ich würdevoll die leichtsinnige Frau, »Iwan Matwejewitsch hat mich bereits zu sich eingeladen. *Sie* würde die Pflicht hinführen, *mich* dagegen nur Großmut. Übrigens hat mir Iwan Matwéjewitsch, als er mir gestern von der ungeheuren Dehnbarkeit des Krokodils erzählte, deutlich zu verstehen gegeben, daß er, da nicht nur zwei, sondern ganze drei Menschen bequem dort Platz hätten, sowohl Sie wie mich, als Hausfreund, erwartet, und deshalb . . .«

»Wie das, ganze drei?« wunderte sich Jelena Iwanowna und ihre Augen blickten mich fragend an. »Ja, wie werden wir denn . . . so alle drei dort beisammen sein? Hahaha! Gott, wie dumm Sie beide sind! Hahaha! Ich würde Sie die ganze Zeit doch nur kneifen, Sie Taugenichts, hahaha! Hahaha!«

Und sie bog sich vor Lachen und lachte bis zu Tränen. Doch dieses Lachen und diese Tränen waren so bezaubernd, daß ich nicht lange widerstehen konnte und ganz begeistert nach ihrem Händchen griff, um es mit Küssen zu bedecken, was sie widerspruchslos geschehen ließ. Nur zupfte sie mich, zum Zeichen unserer Aussöhnung, am Ohr.

Damit hatten wir unsere gute Laune wiedergewonnen, und ich schickte mich an, ihr ausführlich alle ihre Person betreffenden Pläne Iwan Matwejewitschs zu erzählen. Der Gedanke, in einem glänzenden Salon eine auserlesene Gesellschaft zu empfangen, sagte ihr sehr zu.

»Nur brauche ich dann sehr viele neue Toiletten«, bemerkte sie lebhaft. »Sagen Sie ihm deshalb, daß er mir möglichst bald und möglichst viel Geld senden soll . . . Nur . . . nur, wie wird denn das sein«, fuhr sie nachdenklich fort, »wie wird man ihn denn im Blechkasten in meinen Salon bringen? Das . . . das wäre doch lächerlich! Ich will nicht, daß man meinen Mann in einem solchen Kasten in meinen Salon trägt! Ich würde mich ja dann ganz entsetzlich schämen vor meinen Gästen . . . Nein, ich will nicht, ich will nicht . . .«

»Übrigens, um es nicht zu vergessen: war gestern Timofei Ssemjonytsch bei Ihnen?«

»Ach, ja, er war bei mir; er kam, um mich zu trösten, und denken Sie sich, wir haben die ganze Zeit Karten gespielt. Wenn er verlor, hatte ich eine Bonbonniere gewonnen; wenn ich verlor, durfte er mir die Hände küssen. Solch ein Plagegeist, wirklich! Und was glauben Sie wohl: fast wäre er mit mir auf den Maskenball gefahren, — ja, tatsächlich!«

»Weil er bezaubert war«, bemerkte ich, »denn — wen bezaubern Sie nicht, Sie Zauberin!«

»Ach was, jetzt kommen Sie wieder mit Ihren Schmeicheleien! Warten Sie, dafür werde ich Sie zum Abschied einmal kneifen — das verstehe ich nämlich vorzüglich. Nun, was, schmerzt es? Ach ja, sagen Sie doch, Sie sagten vorhin, Iwan Matwejewitsch habe gestern viel von mir gesprochen?«

»N—n—nein, nicht gerade *sehr* viel . . . Ich muß gestehen, daß er jetzt eigentlich mehr an das Schicksal der ganzen Menschheit denkt und die Absicht hat . . .«

»Ach, nun, dann mag er doch, reden Sie nicht weiter! Sicherlich langweilt er sich entsetzlich. Ich werde ihn einmal besuchen. Morgen vielleicht. Heute geht es nicht: ich habe Migräne, und dort wird gewiß viel Publikum sein . . . Da wird man womöglich noch sagen: das ist seine Frau, und mit dem Finger auf mich weisen . . . Schrecklich! Nun, leben Sie wohl. Am Abend werden Sie doch . . . dort sein, bei ihm?«

»Versteht sich. Ich muß ihm die Zeitungen bringen.«

»Nun, das ist sehr nett von Ihnen. Bleiben Sie bei ihm und lesen Sie ihm die Zeitungen vor. Zu mir aber kommen Sie heute nicht mehr. Ich bin nicht ganz wohl, oder vielleicht werde ich auch Bekannte besuchen, ich weiß noch nicht. Nun, leben Sie wohl, Sie Schwerenöter.«

,Aha, der Brünette wird heute abend bei ihr sein!' dachte ich bei mir.

In der Kanzlei ließ ich mir natürlich nicht das geringste anmerken. Ich tat, als wüßte ich überhaupt nicht, was Sorgen und Plackereien sind. Doch fiel es mir auf, daß einige unserer fortschrittlichen Blätter an diesem Vormittag auffallend schnell von Hand zu Hand gingen und meine Kollegen sich mit unheimlich ernsten Mienen in die Lektüre vertieften. Die erste Zeitung, die ich erhielt, war der „Listók", ein kleines Blättchen ohne jede besondere Richtung, einfach nur so allgemein-menschlich-human, weshalb es bei uns auch allgemein verachtet, nichtsdestoweniger aber sehr gelesen wurde.

Nicht ohne Verwunderung las ich in ihm folgendes:

„Gestern verbreitete sich in unserer großen und mit herrlichen Palästen geschmückten Hauptstadt ein überaus seltsames Gerücht. Ein gewisser Herr N., ein bekannter Gastronom, der zu unserer höheren Gesellschaft gehört, und den die kulinarischen Genüsse, die Borelli und die Küche des —schen Klubs zu bieten vermögen, offenbar nicht mehr befriedigten, erschien am Nachmittage in der Menagerie unserer Passage, wo zurzeit ein großes, soeben erst hier eingetroffenes Krokodil zu sehen ist, und verlangte, daß es ihm serviert werde. Nachdem er mit dem Eigentümer (einem sehr friedliebenden und zur Akkuratesse neigenden Deutschen) handelseins geworden war, machte er sich ungesäumt daran, das Riesenkrokodil zu verzehren. Zuerst schnitt er sich die saftigsten Stücke aus dem lebenden Wassertier mit einem Federmesser heraus, doch allmählich verschwand das ganze Tier in seinem umfangreichen Leibe, und es hätte nicht viel gefehlt, so wäre dem Krokodil auch noch sein ständiger Begleiter, der Ichneumon, gefolgt, denn weshalb sollte dieser nicht ebenso gut schmecken? Wir haben natürlich gegen dieses neue Nahrungsmittel, das den ausländischen Feinschmeckern schon seit Jahren bekannt ist, nichts einzuwenden. Wir können uns sogar schmeicheln, die bevorstehende größere Einfuhr dieses Leckerbissens vorausgesehen zu haben. Die englischen Lords und Reisenden fangen die Krokodile in Ägypten, wie man hierzulande etwa Bären fängt: sie tun sich zu ganzen Jagdgesellschaften zusammen und verzehren dann das à la Beefsteak zubereitete Rückenfleisch der Beute mit Senf, Sauce und Kartoffeln. Die Franzosen, die mit Lesseps ins Land gekommen sind, ziehen die kurzen, stämmigen Beine dem Rückenfleisch vor - vielleicht nur den Engländern zum Trotz, die ein mitleidiges Lächeln nicht verbergen können, wenn sie sehen, wie diese die Krokodilbeine in heißer Asche backen. Bei uns wird man, aller Voraussicht nach, sowohl die Beine wie den Rücken zu schätzen wissen, und können wir daher von uns aus nur freudig diesen neuen Erwerbszweig begrüßen, denn gerade an einem solchen fehlt es in unserem großen, so verschieden gearteten Vaterland. Nach der Vertilgung dieses ersten Krokodils dürfte es wohl kaum ein Jahr dauern, bis man Krokodile zu Hunderten importieren wird. Weshalb sollte man sie übrigens nicht in Rußland akklimatisieren? Falls das Newawasser für diese südlichen Lebewesen zu kalt sein sollte, so gibt es doch in der Stadt unzählige Teiche und außerhalb der Stadt noch andere Flüsse und Seen, die in Frage kämen. Weshalb sollten sie nicht zum Beispiel in Páwlowsk oder Párgolowo leben können, oder in Moskau, wo es doch die Pressnenskischen Teiche gibt? Ganz abgesehen davon, daß sie für unsere Feinschmecker ein angenehmes und gesundes Nahrungsmittel wären, würden sie den an den Teichen spazierenden Damen eine interessante Zerstreuung bieten und die Kinder mit der tropischen Tierwelt schon in jungen Jahren bekannt machen. Aus der Haut der verzehrten Krokodile lassen sich zudem die verschiedensten Gegenstände herstellen, wie zum Beispiel Futterale, Reisekoffer, Zigarettenetuis, Brieftaschen usw., und vielleicht wird noch so manch ein russischer Tausendrubelschein von der ältesten Sorte — wie sie namentlich unsere Kaufleute bevorzugen — in Krokodilhaut aufbewahrt werden. Hoffen wir, daß uns noch öfter Gelegenheit geboten werden wird, auf dieses Thema zurückzukommen."

Ich war auf vieles gefaßt gewesen, trotzdem verwirrte mich dieser Artikel nicht wenig. Da niemand neben mir saß, mit dem ein Meinungsaustausch möglich gewesen wäre, wandte ich mich an den mir gegenübersitzenden Próchor Ssáwitsch. Zu meiner Verwunderung saß dieser müßig auf seinem Platz und schien mich schon längere Zeit beobachtet zu haben, die Zeitung „Wóloß" zur Herübergabe bereithaltend. Wortlos nahm er von mir den „Listok" in Empfang und reichte mir seinen „Wóloß", indem er mit dem Nagel nachdrücklich einen Artikel bezeichnete, auf den er mich ersichtlich aufmerksam machen wollte. Dieser Próchor Ssáwitsch war ein sehr eigentümlicher Mensch: ein schweigsamer alter Junggeselle, der sich keinem von uns anschloß, so gut wie nie ein Wort sprach — obschon sich das Sprechen in einer Kanzlei unter Kollegen schwer vermeiden läßt — ein Mensch, der immer seine eigenen Ansichten hatte, doch fast niemals einem anderen diese Meinungen mitteilte. In seiner Wohnung ist bisher noch keiner von uns gewesen. Wir wissen nur, daß er ein einsames Leben führt.

Der Artikel, auf den er mich aufmerksam gemacht hatte, lautete wie folgt:

„Es dürfte wohl allen bekannt sein, daß wir uns mit Recht fortschrittlich gesinnt und human nennen können, und daß wir Europa in dieser Beziehung nicht nachstehen wollen. Doch ungeachtet aller Wünsche und der Bemühungen unseres Blattes, scheinen wir noch längst nicht ‚reif' zu sein, was folgendes empörende Ereignis, das sich gestern in der Passage zugetragen hat, wieder einmal anschaulich beweist. (Es sei hier darauf aufmerksam gemacht, daß wir es bereits vorausgesagt haben.)

Vor nicht langer Zeit traf in der Hauptstadt ein Ausländer ein, der ein lebendes Krokodil mit sich führte, das jetzt in der Passage ausgestellt ist. Wir beeilten uns sogleich, den ausländischen Vertreter dieses neuen, nützlichen und belehrenden Gewerbezweiges, der unserem großen Vaterland zugut kommt, hier in der Hauptstadt willkommen zu heißen. Da erschien plötzlich, eines Nachmittags gegen fünf Uhr, wie uns gestern gemeldet wurde, ein außergewöhnlich dicker Herr in nicht ganz nüchternem Zustand (gelinde ausgedrückt!), zahlte den Eintrittspreis, und kaum war das geschehen, so ging er zum Behälter und kroch dem Riesentier ganz einfach in den Rachen, ohne jemandem vorher etwas gesagt zu haben. Das Krokodil war durch seinen natürlichen Selbsterhaltungstrieb gezwungen, den Menschen zu verschlingen, da es doch wohl nicht ersticken wollte. Der Unbekannte jedoch, der sich in den Magen des Ungeheuers gewälzt hat, schläft dort sogleich ein. Weder die Bitten des verzweifelten Besitzers, noch das Geschrei seiner zahlreichen, unglücklichen Familie vermögen jetzt auf den Unbekannten Eindruck zu machen. Selbst der Ruf, man werde die Polizei holen, bleibt erfolglos. Aus dem Inneren des Krokodils hört man nur Gelächter und die Drohung, zum Mittel des ‚Verdreschens‘ (sic!) greifen zu wollen, indes das arme Säugetier, das gezwungen war, eine solche Masse zu verschlingen, ganz vergeblich seine Tränen vergißt. „Ein ungebetener Gast", sagt ein altes russisches Sprichwort, „ist schlimmer als ein Tatar", und alle Tränen des Krokodils können an der Lage nichts ändern: der freche Mensch will seinen Aufenthaltsort nicht wieder verlassen. Wir wissen nicht, wie wir eine so barbarische Handlungsweise erklären sollen, was uns um so peinlicher ist, als sie, wie gesagt, unsere Unreife bezeugt und uns in den Augen aller Ausländer herabsetzt. Damit haben wir wieder ein glänzendes Beispiel der Zügellosigkeit der russischen Natur. Jetzt fragt es sich nur: was wollte der ungebetene Gast damit erreichen? Etwa einen warmen und luxuriösen Aufenthaltsort? Aber es gibt doch unzählige schöne

Häuser in der Stadt, die vorzüglich eingerichtet sind: sie
haben billige und sehr bequeme Wohnungen, eine Wasser-
leitung, welche die Mieter mit Newawasser versorgt, eine
mit Gas erleuchtete Treppe, und nicht selten hält der Haus-
besitzer auch noch einen Portier. Doch lenken wir bei der
Gelegenheit die Aufmerksamkeit unserer Leser auch noch auf
die rohe Behandlung des importierten Tieres. Natürlich wird
es dem Krokodil schwer fallen, ein so großes Quantum zu
verdauen; und so liegt es denn jetzt dort unbeweglich in
seinem Behälter, hoch aufgetrieben von der übergroßen verschlungenen Portion, und erwartet unter unerträglichen Qualen den Tod. In Europa wird jede einem Tier angetane
Qual gesetzlich bestraft. Doch ungeachtet unserer europäischen Beleuchtung, unserer europäischen Trottoirs und
der europäischen Bauart unserer Häuser, werden wir noch
lange in unseren vielgepriesenen Vorurteilen befangen bleiben. ‚Die Häuser sind zwar neu, doch alt die Vorurteile . . .‘
— aber dabei sind ja die Häuser gar nicht einmal neu, sondern höchstens die Vortreppen. Wir erwähnen es in unserem
Blatte nicht zum erstenmal, daß im Hause des Kaufmanns
Lukjánoff auf der Petersburger Seite die Treppenstufen, die
aus der Küche in die Wohnung führen, schon seit langer
Zeit verfault sind, und können heute nur hinzufügen, daß
sie jetzt endlich eingefallen sind und daß die Soldatenfrau
Afímja Skapidárowa, die die Bedienung übernommen hatte
und stets Gefahr lief, von der Treppe zu fallen — namentlich wenn sie Wasser oder Holz hineintrug — gestern abend
gegen halb neun Uhr tatsächlich mit der Suppenterrine gefallen ist und sich ein Bein gebrochen hat. Leider wissen wir
noch nicht, ob Herr Lukjánoff jetzt endlich eine neue Treppe
bauen lassen wird. Der Verstand eines Russen ist schwerfällig, doch können wir mitteilen, daß das Opfer dieser
Schwerfälligkeit bereits ins Hospital gebracht worden ist.
Desgleichen ermüden wir nicht, darauf aufmerksam zu machen, daß die Hausmeister, die auf der Wyborger Seite von
den hölzernen Trottoirs den Schmutz fegen, den Vorüber-

gehenden deshalb nicht die Stiefel zu beschmutzen brauchten, zumal es nur geringe Mühe kosten würde, den Schmutz,
wie man es im Ausland tut, zu Haufen zusammenzufegen«
usw. usw. . . . .

»Was soll denn das?« fragte ich, verständnislos Prochór
Ssáwitsch anblickend. »Was soll das alles?«

»Was?«

»Aber ich bitte Sie, anstatt unseren Iwan Matwéjewitsch
zu bedauern, bemitleiden sie hier das Krokodil!«

»Ja, warum denn nicht? Damit bemitleiden sie doch sogar ein Tier, ein *Säugetier*. Inwiefern stehen sie jetzt noch
Europa nach? Dort hat man doch mit Krokodilen gleichfalls
großes Mitleid. Hehehe!«

Und nachdem er das gesagt hatte, wandte sich der alte
Sonderling sogleich wieder seinen Akten zu, um hinfort
kein Wort mehr zu verlieren.

Ich schob die beiden Zeitungen in die Tasche und ver-
sorgte mich für die Abendunterhaltung mit Iwan Matwéjewitsch noch mit anderen alten Nummern der „Nachrichten" und des „Wóloß", so viele ich ihrer finden konnte.
Dann drückte ich mich früher als sonst aus der Kanzlei.
Zwar war bis zum Abend noch viel Zeit, doch ich wollte
schon früher in die Passage gehen, um wenigstens von ferne
zu sehen, was dort vorging, womöglich auch Äußerungen
verschiedener Meinungen und Richtungen aufzufangen. Ich
ahnte schon, daß ich dort ein großes Gedränge vorfinden
würde, und schlug deshalb auf alle Fälle schon den Mantelkragen hoch, um mein Gesicht nach Möglichkeit zu verbergen. Denn aus irgendeinem Grund schämte ich mich ein
wenig — so wenig sind wir die Öffentlichkeit gewohnt. Doch
ich fühle, daß ich kein Recht habe, meine persönlichen prosai-
schen Empfindungen angesichts eines so bemerkenswerten
und ungewöhnlichen Ereignisses wiederzugeben.

BOBOK

Diesmal bringe ich meinen Lesern hier diese „Aufzeichnungen eines Ungenannten". Dieser Mensch bin nicht ich; das ist vielmehr ein ganz anderer. Ich glaube, ein weiteres Vorwort ist nicht nötig.[1]

Aufzeichnungen eines Ungenannten

Fährt mich da vor drei Tagen dieser Ssemjón Ardaljónowitsch plötzlich ganz ohne weiteres an:

»Sag' doch ums Himmels willen, Iwán Iwánowitsch, wirst du denn überhaupt nicht mehr nüchtern werden?«

Sonderbare Anforderung. Fühle mich aber nicht gekränkt. Bin ein schüchterner Mensch. Einstweilen aber hat man mich schon für verrückt erklärt. Ein Maler hat mich porträtiert. Ganz zufällig. »Bist doch immerhin ein Schriftsteller«, sagte er. Na, meinetwegen. Und so gab ich mich dazu her. Dann hat er's ausgestellt. Kurz darauf lese ich: „Man gehe nur ja hin, um sich dieses krankhafte, dem Wahnsinn bereits nahe Gesicht anzusehen."

Von mir aus. Aber trotzdem: wie kann man das nur so unverblümt in der Zeitung schreiben? Schreiben sollte man in der Presse doch nur von edlen Dingen; Ideale tun not; und da schreiben sie nun so was...

Sag' es doch wenigstens indirekt, dazu gibt es doch Redewendungen. Aber nein, indirekt will er 's nicht mehr sagen. Heutzutage sind Humor und guter Stil schon im Verschwinden begriffen, und Geschimpfe wird für witzig gehalten. Nein. Fühle mich nicht gekränkt: bin nicht Gott weiß was für ein Schriftsteller, um verrückt zu werden. Hab' mal eine Novelle geschrieben — die wurde nicht gedruckt. Schrieb ein Feuilleton — wurde abgelehnt. Solcher Feuilletons habe ich viele auf verschiedenen Redaktionen angeboten, überall wurden sie abgelehnt: es fehle ihnen an Salz, sagte man dazu.

»Was für ein Salz braucht ihr denn?« fragte ich höhnisch, »etwa attisches?«

Kapieren nicht einmal die Frage. Meistens mache ich Übersetzungen aus dem Französischen für die Buchhändler. Verfasse auch Reklame-Anzeigen für Kaufleute: „Seltenheit! Prima Sorte! Feinster Tee von eigenen Plantagen!" ... Für einen Panegyrikus auf den seligen Pjotr Matwéjewitsch erhielt ich mal ein nettes Sümmchen. Auf Bestellung eines Buchhändlers verfaßte ich ein Büchelchen „Die Kunst, den Damen zu gefallen". Solcher Büchelchen habe ich in meinem Leben an die sechs Stück verfaßt. Möchte eine Sammlung von Voltaires Bonmots herausgeben, fürchte aber, daß sie den Unsrigen zu wenig gesalzen erscheinen werden. Was will man denn jetzt noch mit Voltaire! Knüppeldick muß man's heutzutage sagen, aber doch nicht wie Voltaire. Würden einander am liebsten gleich die letzten Zähne einschlagen! Also das wäre nun meine ganze literarische Tätigkeit bisher. Es sei denn, daß man noch mitrechnete, was ich so an ganz uneigennützigen Briefen an die Redaktionen verfaßt habe. Schicke sie stets mit meiner vollen Unterschrift. Ermahne, gebe Ratschläge, kritisiere und weise den richtigen Weg. An eine dieser Redaktionen habe ich in der vorigen Woche den vierzigsten Brief innerhalb zweier Jahre abgesandt; macht vier Rubel allein für die Briefmarken. Mein Charakter taugt nichts, das ist's.

Ich nehme an, daß der Maler mich nicht wegen der Schriftstellerei gemalt hat, sondern wegen der beiden symmetrischen Warzen auf meiner Stirn: ein Phänomen, sozusagen. Haben ja keine Ideen mehr, da versuchen sie es denn jetzt mit den Phänomenen. Dafür aber, wie sind ihm meine Warzen auf dem Bilde gelungen! — wie lebend, sag ich Ihnen! Das nennen sie jetzt Realismus.

Was aber das Verrücktsein betrifft, so haben sie ja bei uns im vorigen Jahr viele für verrückt erklärt. Und noch dazu in welch einem Stil: »Bei einem so urwüchsigen Talent!« hieß es da, »und zu guter Letzt erweist es sich nun ... übrigens war das schon lange vorauszusehen ...« Eigentlich noch recht schlau gesagt; so daß man es, vom Standpunkt der Kunst als Selbstzweck gesehen, sogar noch loben könnte. Nun sind jene inzwischen wieder aufgetaucht und erweisen sich als gescheiter als zuvor. Jaja, andere um den Verstand zu bringen, darauf versteht man sich bei uns, aber klüger gemacht haben sie noch keinen.

Am klügsten ist meiner Meinung nach derjenige, der sich wenigstens einmal im Monat selbst einen Dummkopf nennt, — heutzutage eine unerhörte Fähigkeit! Früher wurde sich der Dummkopf mindestens einmal im Jahr dessen bewußt, daß er ein Dummkopf ist, heutzutage dagegen — nie und nimmer! Und dermaßen haben sie jetzt alles verwirrt, daß ein Dummkopf von einem Klugen gar nicht mehr zu unterscheiden ist. Das haben sie absichtlich so gemacht.

Da fällt mir ein spanisches Witzwort ein. Als die Franzosen vor zweieinhalb Jahrhunderten bei sich das erste Irrenhaus erbaut hatten, sagte man in Spanien: »Die haben alle ihre Dummköpfe in ein besonderes Haus eingesperrt, um glauben zu machen, sie selbst seien nun alle klug.« In der Tat: dadurch, daß man einen anderen ins Irrenhaus steckt, beweist man noch nicht den eigenen Verstand. »K. ist verrückt geworden, daraus folgt, daß wir jetzt klug sind.« Nein, das folgt daraus noch lange nicht.

Übrigens, zum Teufel ... und wozu mache ich mich denn mit meinem Verstand hier so breit? Brumme und brumme ohne Unterlaß. Selbst der Dienstmagd bin ich schon langweilig geworden. Gestern besuchte mich ein Freund.

»Dein Stil«, sagte er, »verändert sich. Du hackst ja nur noch. Du hackst und hackst, und das soll dann eine Einleitung sein; darauf schreibst du ein Vorwort zu der Einleitung und dann schickst du in Klammern noch etwas voraus, und danach geht das Hacken von neuem los.«

Er hat recht. Es geht tatsächlich etwas Sonderbares in mir vor. Auch mein Charakter ändert sich, und der Kopf tut mir weh. Ich fange schon an, ganz absonderliche Sachen zu hören und zu sehen. Nicht geradezu, daß es Stimmen wären, die ich höre; aber es ist mir doch, als ob neben mir etwas gluckse: »bobók, bobók, bobók!«

Was zum Teufel ist das für ein »bobók«? Muß mich zerstreuen.

Ging aus, um mich zu zerstreuen, geriet auf eine Beerdigung. Entfernter Verwandter. Immerhin Kollegienrat. Eine Witwe, fünf Töchter, alle ledig. Schon die Schuhe allein für sie alle, was das kostet! Der Selige verstand ja noch zu verdienen, jetzt aber — nur ein kümmerliches Pensiönchen. Werden sich halt einschränken müssen. Ich war ihnen immer unwillkommen. Und ich wäre auch jetzt nicht hingegangen, hätte es sich nicht um so einen Ausnahmefall gehandelt. Gab ihm mit den anderen das Geleit bis zum Friedhof. Die wandten sich von mir ab, taten stolz. Mein Mantel ist allerdings schon etwas abgetragen. Es wird wohl schon so an die fünfundzwanzig Jahre her sein, daß ein Friedhof mich zuletzt gesehen hat. Das ist auch so ein Ort!

Erstens schon der Geruch. An Leichen waren ganze fünfzehn zusammengekommen. Särge in verschiedenen Preislagen; sogar zwei Katafalke waren dabei: einer für einen General und einer für eine vornehme Dame. Viele traurige Gesichter, auch viel geheuchelte Trauer, aber auch viel unverhohlene Fröhlichkeit. Die Geistlichkeit darf sich nicht beklagen: die Einkünfte sind nicht übel. Aber der Geruch, der Geruch! Würde hier nicht Geistlicher sein wollen.

Nur vorsichtig blickte ich in die Särge, den Toten ins Gesicht[2]; aus Scheu vor dem möglichen Eindruck. Manche haben einen sanften Gesichtsausdruck, manche auch einen unangenehmen. Überhaupt: ihr Lächeln ist oft nicht schön, und bei manchen ist es sogar sehr abstoßend. Lieb's nicht; sehe es dann noch im Traum.

Nach dem Totenamt ging ich aus der Kirche hinaus an

die Luft; der Tag war ein wenig trüb, aber trocken. Und auch kalt; nun ja, wir sind auch schon im Oktober. Ging zwischen den Gräbern umher. Da gibt's verschiedene Klassen. Die dritte zu dreißig Rubel: recht anständig und doch nicht so teuer. Die beiden ersten in der Kirche und in der Vorhalle; natürlich nur für ganz große Beutel. Im Freien wurden diesmal etwa sechs beerdigt, darunter auch der General und die vornehme Dame.

Ich warf auch einen Blick in die offenen Gräber — schrecklich: Wasser, und was für ein Wasser! Ganz grün und ... aber wozu davon reden! Der Totengräber mußte es immer wieder mit der Schöpfkelle herausschöpfen. Während der Dauer des Gottesdienstes schlenderte ich noch ein wenig hinaus vors Friedhofstor. Dort ist gleich ein Spital und etwas weiter auch ein Restaurant. Und gar kein übles: Imbiß und auch alles andere. Es war gesteckt voll von Menschen, die einem Toten das Geleit gegeben hatten. Bemerkte viel Munterkeit und echte Lebenslust. Ich aß einen Bissen und trank etwas dazu.

Beteiligte mich eigenhändig an der Überführung des Sarges aus der Kirche zum Grabe. Wie kommt es, daß die Toten im Sarge immer so schwer werden? Man sagt, das geschehe nach einem sogenannten Trägheitsgesetz, weil der tote Körper sich angeblich nicht mehr selbst trage ... oder irgend so einen Unsinn von dieser Art. Widerspricht der Mechanik und dem gesunden Menschenverstand. Kann's nicht ausstehen, wenn Leute mit nichts als Allgemeinbildung sich vordrängen, um über Spezialfragen zu urteilen; bei uns aber erlebt man das auf Schritt und Tritt. Zivilisten urteilen mit Vorliebe über militärische Probleme, die allenfalls Feldmarschällen zustehen; Ingenieure üben Kritik an Philosophie und Nationalökonomie.

Zum nachfolgenden Leichenschmaus fuhr ich nicht. Hab auch meinen Stolz. Und wenn man mich nur in besonderen Ausnahmefällen unumgänglicherweise empfängt, wozu soll ich mich dann an ihren Tisch drängen, und sei es auch ein

Mahl zu Ehren eines Verstorbenen! Verstehe nur nicht, weshalb ich auf dem Friedhof blieb; setzte mich auf einen Grabstein und versenkte mich in entsprechende Gedanken.

Begann mit der Moskauer Ausstellung und gelangte dahin, daß ich über das Sich-Wundern zu grübeln begann; dieses im allgemeinen genommen, so als Thema überhaupt. Kam darüber zu folgendem Ergebnis:

‚Sich über alles wundern, ist natürlich dumm, dagegen ist Sich über nichts wundern viel hübscher und aus irgendeinem Grunde sogar guter Ton. Aber in Wirklichkeit verhält es sich wohl kaum so. Meiner Ansicht nach ist Sich über nichts wundern viel dümmer als Sich über alles wundern. Und außerdem: Sich über nichts wundern ist fast dasselbe wie nichts achten. Aber ein dummer Mensch kann ja auch gar nichts achten.‘

»Vor allen Dingen will ich achten. Ich *lechze* danach, achten zu können«, sagte dieser Tage einer meiner Bekannten zu mir — im Verlauf eines Gesprächs.

Lechzt danach, achten zu können! ‚Herrgott‘, dachte ich bei mir, ‚was würde mit dir geschehen, wenn du es wagtest, das jetzt drucken zu lassen!‘

Verlor mich darüber in Gedanken. Mag nicht die Inschriften auf den Grabmälern lesen; ewig dasselbe. Auf der Grabplatte neben mir lag ein angebissenes, nicht zu Ende gegessenes Butterbrot; dumm und unpassend. Schubste es weg von der Grabplatte auf die Erde, denn das war ja nicht Brot, bloß ein Butterbrot. Übrigens: auf die Erde Brot zu werfen, das ist keine Sünde, glaube ich; nur auf den Fußboden, das ist Sünde. Muß in Ssuwórins Kalender nachschlagen.

Es ist anzunehmen, daß ich lange so dasaß, sogar allzulange. Das heißt, ich streckte mich sogar halbwegs aus auf dem langen Stein von der Form eines Sarkophagdeckels. Und wie das dann so kam, daß ich auf einmal allerhand zu hören begann —? Anfangs beachtete ich's nicht weiter, fand's nicht beachtenswert. Aber das Gespräch wurde fortgesetzt. Höre: dumpfe Stimmen, als spräche man mit einem Kissen vor dem Mund; und trotzdem doch deutlich vernehmbar und wie aus nächster Nähe. Ich kam zu mir, setzte mich auf und begann aufmerksam zu lauschen.

»Aber Exzellenz, ich bitt' Sie, das geht doch nicht so! Sie sagten Coeur an, ich richte mich danach, gehe Whist, und plötzlich spielen Sie Karo Sieben aus! Das hätte doch vorher vereinbart werden müssen!«

»Was! — wollen Sie, daß ich auswendig spiele, aus dem Gedächtnis? Was ist denn das für ein Spaß?«

»Nein, so geht das nicht, Exzellenz, ohne Garantie ist es unmöglich. Wir müssen unbedingt mit einem Strohmann spielen, und ein Stich muß blind sein.«

»Ein Strohmann wird hier wohl nicht aufzutreiben sein.« Was für hochmütige Worte! Sowohl seltsam als unerwartet! Die eine Stimme so selbstbewußt, so gewichtig, die andere gleichsam weich und süßlich. Hätte es nicht für möglich gehalten, wenn ich's nicht mit meinen eigenen Ohren gehört hätte. Ich befand mich doch wohl nicht beim Leichenschmaus? Aber wie ging denn das zu, daß hier Préférence gespielt wurde, und was war das für eine Exzellenz? Daß die Stimmen aus den Gräbern kamen, daran war nicht zu zweifeln. Ich beugte mich vor und las die Inschrift auf der Grabplatte:

„Hier ruht der irdische Leib des Generalmajors Perwojédoff ... Ritters der und der Orden ..." Hm! „Gestorben am ...ten August des Jahres ... im Alter von siebenundfünfzig... Ruhe sanft, geliebter Staub, bis zum frohen Morgen!"

Hm! Teufel noch eins, tatsächlich ein General! Auf dem anderen Grabe, aus dem die schmeichelnde Stimme gekommen war, befand sich noch kein Grabmal, nur ein Täfelchen; wohl ein erst unlängst Begrabener. Der Stimme nach ein Hofrat.

»Och—hohoho!« ertönte plötzlich eine neue Stimme, etwa

639

fünf Klafter weit vom Generalsgrabe, aus einem ganz frischen Grabhügel, eine Männerstimme, so eine einfachere aus dem Volk, jetzt aber wie von Andacht und Rührung gedämpft.

»Och—hohoho!«

»Ach, da hat er schon wieder sein Aufstoßen!« rief sogleich angeekelt die hochnäsige Stimme einer gereizten Dame, anscheinend aus den höchsten Gesellschaftskreisen. »Es ist doch eine wahre Strafe für mich, neben diesem Krämer zu liegen!«

»Das war doch gar kein Aufstoßen. Ich habe doch gar keine Nahrung zu mir genommen, hab ja nur geseufzt. Sie aber, Gnädige, können sich Ihre irdischen Launen wohl noch immer nicht abgewöhnen.«

»Warum haben Sie sich denn hergelegt?«

»Hab mich nicht selber hergelegt, begraben haben mich hier meine Frau und meine kleinen Kinderchen, nicht ich. Das ist das Geheimnis des Sterbens. Hätt' ich mich doch selber nie und nimmer neben Sie gelegt, um kein Gold der Welt; liege aber hier wohl nur entsprechend meinem Kapital, nach dem Preis zu urteilen. Denn das können wir immer, daß wir für unser Grabchen den vollen Preis bezahlen.«

»Will's gern glauben, hast deine Kunden schon zu beschummeln verstanden.«

»Wie hätt' ich Sie denn beschummeln können, wenn Sie schon seit dem Januar keine Abzahlung mehr geleistet haben? Hab' noch eine nette Rechnung für Sie in meinem Laden.«

»Das ist doch die Höhe! Selbst hier noch Schulden einkassieren zu wollen, das ist wirklich unerhört! Gehen Sie hinauf. Wenden Sie sich an meine Nichte; die ist die Erbin.«

»Was soll ich jetzt noch einkassieren und wohin gehen! Wir haben beide die Schranke erreicht und sind vor Gottes Gericht beide in Fehl und Sünde gleich.«

»In Fehl und Sünde!« spottete mit Verachtung die Tote. »Und unterstehen Sie sich nicht, mich noch weiter anzureden!«

»Och—hohoho!«

»Aber der Krämer gehorcht doch der Gnädigen, Exzellenz.«

»Warum sollte er denn auch nicht gehorchen?«

»Nun ja, aber hier gibt es doch bekanntlich eine neue Ordnung, Exzellenz.«

»Was ist denn das für eine neue Ordnung?«

»Aber wir sind doch sozusagen gestorben, Exzellenz.«

»Ach, ja! Nun, aber immerhin ist's doch eine Ordnung . . .«

Na, das muß ich schon sagen, die haben mir wirklich den Gefallen getan, mich zu zerstreuen! Wenn es schon hier so weit kommt, was kann man dann erst im oberen Stockwerk erwarten? Aber was sind das immerhin für Späße! Fuhr indessen doch fort zu lauschen, wenn auch mit heftigstem Unwillen.

»Nein, ich würde das Leben schon zu genießen wissen! Nein . . . ich, wissen Sie . . . ich würde das Leben schon zu genießen wissen!« hörte ich da plötzlich eine neue Stimme irgendwoher zwischen dem General und der reizbaren Dame.

»Hören Sie nur, Exzellenz, unser Nachbar fängt schon wieder damit an! Manchmal schweigt und schweigt er ganze drei Tage lang und dann auf einmal: ,*Ich* würde das Leben schon zu genießen wissen; ich, wissen Sie, ich würde das Leben schon zu genießen wissen!' Und *wie* er das sagt, hören Sie doch nur, mit welch einem Appetit, hehehe!«

»Und Leichtsinn.«

»Ihm geht es schon nah, Exzellenz, er ist doch schon im Begriff, ganz einzuschlafen, wissen Sie, er ist ja schon seit dem April hier; aber zwischendurch rafft er sich doch noch auf, und dann kommt plötzlich dieses: ,Ich würde das Leben schon zu genießen wissen!'«

»Ziemlich langweilig«, bemerkte Seine Exzellenz.

»Langweilig, Exzellenz? Sollte man dann nicht Awdótja Ignátjewna wieder ein wenig necken, hehe?«

»Nein, da muß ich Sie schon bitten, mich aus dem Spiel zu

641

lassen. Kann diese zänkische Keiferin wirklich nicht ausstehen.«

»Und ich kann Sie alle beide nicht ausstehen!« keifte sofort die Beleidigte erbost zur Antwort. »Sie sind ja beide sterbenslangweilig und verstehen überhaupt nicht, von etwas Idealem zu reden. Und von Ihnen, Exzellenz, — tun Sie gefälligst nur nicht so stolz — wüßte ich ein Geschichtchen zu erzählen: wie ein Diener Sie eines Morgens mit der Zimmerbürste unter einem Ehebett hervorgefegt hat ...«

»Gemeines Frauenzimmer!« knurrte der General unwirsch.

»Mütterchen, Awdótja Ignátjewna«, rief plötzlich wieder der Kaufmann, »sag mir doch, meine Gnädige, ohne mir Böses nachzutragen, was ist denn das hier, muß ich hier erst die Übergänge und Zustände der Seele nach dem Tode durchmachen, oder was ist das sonst? ...«

»Ach, da kommt er mir schon wieder damit! Ahnte ich's doch, denn der Geruch, der von ihm ausgeht, zeigt ja die beginnende Verwesung schon an!«

»Aber ich verwese doch noch längst nicht, Mütterchen, und ich kann wohl sagen, daß von mir überhaupt kein Geruch ausgeht. Denn meine Leiblichkeit hat sich noch ganz unversehrt erhalten. Aber Sie, Gnädige, Sie fangen ja schon an, zu verwesen, denn der Gestank ist wirklich unerträglich, selbst hier für diesen Ort. Ich schwieg bis jetzt nur aus Höflichkeit.«

»Ach, dieser schändliche Verleumder! Er selbst ist es, der so stinkt, und er hat noch die Frechheit, es auf mich zu schieben!«

»Óchhohoho! Wenn doch mein vierzigster Tag schneller käme![3] Würde dann ihre traurigen Stimmen über mir hören, meines Weibes Schluchzen und der Kinder leises Weinen! ...«

»Da hört doch, worüber der jammert! Die werden sich schon vollschlagen mit dem Reisbrei[4] und wieder heimfahren! Ach, wenn doch wenigstens jemand erwachen wollte!«

»Awdótja Ignátjewna«, sagte sogleich der schmeichlerische Beamte, »gedulden Sie sich nur noch ein Weilchen. Die Neuen werden schon bald zu reden anfangen!«

»Und sind auch junge Männer unter ihnen?«

»Gewiß, gewiß, auch junge Männer, Awdótja Ignátjewna, — sogar Jünglinge.«

»Ach, die kämen ja wie gerufen!«

»Wie, sind sie denn noch nicht zu sich gekommen?« erkundigte sich Exzellenz.

»Selbst die von vorvorgestern sind noch nicht erwacht. Exzellenz wissen doch selbst, daß sie zuweilen die ganze erste Woche schweigen. Zum Glück hat man vorgestern, gestern und heute eine ganze Menge und fast zu gleicher Zeit angefahren. Sonst sind doch hier im Umkreise von etwa zehn Klaftern lauter Vorjährige.«

»Ja, merkwürdig.«

»Und wissen Exzellenz, heute hat man den Wirklichen Geheimrat Tarasséwitsch beerdigt. Ich erkannte die Stimmen. Seinen Neffen kenne ich sehr gut. Der half vorhin den Sarg versenken.«

»Hm, wo liegt er denn hier?«

»An die fünf Schritte links von Ihnen, Exzellenz. Fast zu Ihren Füßen ... Wie wär's Exzellenz, wenn Sie sich mit ihm bekannt machen würden?«

»Hm, nein — wie denn? ... ich kann doch nicht den ersten Schritt tun.«

»Oh, er wird schon selbst anfangen, Exzellenz. Er wird sich sogar geschmeichelt fühlen, überlassen Sie es nur mir, und ich werde ...«

»Ach, ach ... ach, was ist denn das, wo bin ich?« ließ sich da plötzlich eine ganz junge, heisere und erschrockene neue Stimme vernehmen.

»Ein Neuer, Exzellenz, ein Neuer, Gott sei Dank, und wie schnell erwacht! Manchmal schweigen sie ja zunächst eine ganze Woche ...«

»Ach, ich glaube, es ist ein Jüngling!« rief Awdótja Ignátjewna ganz verzückt.

»Ich ... ich ... ich bin an einer Komplikation ... und ganz plötzlich!« begann der Jüngling wieder zu stammeln.

»Noch am Abend sagte mir Schulz: ,Sie haben eine Komplikation', sagte er, und gegen Morgen, ganz plötzlich, da bin ich dann auf einmal gestorben. Ach! Ach!«

»Nun, da ist nichts zu machen, junger Mann«, bemerkte der General leutselig, offenbar erfreut über den Neuankömmling, »man muß sich zu trösten wissen. Also willkommen in unserem sogenannten Tale Josaphat. Wir sind gute Menschen. Sie werden uns schon kennen und schätzen lernen. Generalmajor Perwojédoff, zu Ihren Diensten.«

»Ach, nein! Nein, nein, das kann ich nicht, hierbleiben. Ich werde doch von Dr. Schulz behandelt. Es hat sich bei mir eine Komplikation eingestellt, müssen Sie wissen. Zuerst hatte ich es nur auf der Brust, und dazu Husten; dann erkältete ich mich, und es kam eine Grippe hinzu... dann plötzlich, ganz unerwartet ... das ist es ja vor allem, daß es so unerwartet kam ...«

»Sie sagen, zuerst hätten Sie es nur auf der Brust gehabt?« mischte sich mit weicher Stimme der Beamte ein, wie um den Jüngling abzulenken und ihm den Übergang zu erleichtern.

»Ja, nur Schmerzen in der Brust und Schleimauswurf; dann hörte der Auswurf auf und ich konnte nicht mehr atmen ... und wissen Sie ...«

»Ich weiß, ich weiß. Aber wenn es die Brust war, dann hätten Sie eher Dr. Eck konsultieren sollen als Dr. Schulz.«

»Ich aber, wissen Sie, ich hatte immer vor, zu Bótkin zu gehen ... und plötzlich ...«

»Nun, Botkin schröpft aber ...«, bemerkte der General.

»Ach nein, er schröpft doch überhaupt nicht; ich habe gehört, er sei so gewissenhaft und könne alles voraussagen.«

»Exzellenz meinten das nur in betreff des Honorars«, berichtigte der Beamte.

»Ach, gar nicht, er nimmt nur drei Rubel und untersucht so gründlich und schreibt einem ein Rezept ... und ich wollte doch unbedingt zu ihm, denn man hatte mir doch gesagt ... Ja, wie denn nun, meine Herren, zu wem soll ich denn jetzt: zu Eck oder zu Botkin?«

»Was? Wohin?« fragte der General mit einem angenehm weich schütternden Lachen. Der Beamte sekundierte ihm natürlich sofort mit seiner Fistelstimme.

»Mein lieber Junge, mein lieber lustiger Junge, wie ich dich liebe!« fiel Awdotja Ignatjewnas schrille Stimme ganz begeistert ein. »Ach, wenn man doch so einen neben mich gebettet hätte!«

Nein, das ist doch nicht möglich, das ist doch nicht mehr zulässig! Und das soll ein Toter unserer Zeit sein! Aber schließlich müßte man doch noch mehr hören und sich mit dem Urteil nicht übereilen. Dieser grüne Neuling! Ich erinnere mich noch, wie er vorher im offenen Sarge ausgesehen hatte: Ausdruck eines verängstigten Hühnchens, der widerwärtigste auf der ganzen Welt! Aber was wird nun weiter geschehen?

Doch was danach kam, war ein solches Durcheinander, daß ich mir längst nicht alles merken konnte. Denn es erwachten viele zu gleicher Zeit, unter anderem auch ein höherer Beamter, einer von den Staatsräten, der mit dem General sofort und ohne alle Präliminarien in ein Gespräch geriet über das Projekt einer Subkommission im Ministerium des ... en, und über die mit dieser Subkommission in Verbindung stehende mutmaßliche Versetzung verschiedener Amtspersonen, — wofür sich der General ungemein, ganz ungemein interessierte. Ich muß gestehen, daß auch ich hierbei viel Neues erfuhr, — schüttelte noch mein Haupt vor Verwunderung über die Wege, auf denen man hier in dieser Hauptstadt manchmal administrative Neuigkeiten erfahren kann. Darauf erwachte ein Ingenieur, aber nur halb und halb, denn er murmelte noch lange ungereimtes Zeug, so daß die anderen ihn vorläufig mit Fragen in Ruhe ließen, bis er »sich ausgelegen« habe. Zum Schluß bekundete auch noch die unter dem Katafalk beerdigte vornehme Dame einige Anzeichen der Grabesbeseelung. Lebesjátnikoff (es stellte sich nämlich heraus, daß der schmeichlerische, mir verhaßte Hofrat, der sich neben dem General Perwojédoff befand, Lebesjátnikoff hieß) war sehr in Anspruch genommen und wunderte sich sehr, daß diesmal die meisten so bald erwachten ... Ich gestehe, daß auch ich mich darüber wunderte. Übrigens waren einige von den Erwachenden bereits vor zwei Tagen beerdigt worden, wie zum Beispiel ein ganz junges Mädchen, eine Sechzehnjährige, die fortwährend kicherte ... gemein und sinnlich kicherte.

»Exzellenz, Geheimrat Tarasséwitsch ist im Begriff zu erwachen!« meldete plötzlich Lebesjátnikoff mit außergewöhnlichem Eifer.

»Ja? Was gibts?« fragte da auch schon, aber noch wie im Halbschlaf, der erwachende Geheimrat. Im Tonfall seiner anmaßend quäkenden Stimme lag etwas Launisches und Kommandierendes. Ich horchte interessiert auf, denn in den letzten Tagen hatte ich von eben diesem Tarasséwitsch allerhand reden hören — im höchsten Grade Verfängliches und Aufregendes.

»Ich bin es, Exzellenz, vorerst nur ich.«

»Was betrifft Ihr Gesuch und was wünschen Sie?«

»Ich wollte mich nur nach dem Befinden Eurer Exzellenz erkundigen. Anfänglich fühlt sich hier ja ein jeder ein wenig beengt, aus Ungewohntheit ... General Perwojédoff würde es sich zur Ehre anrechnen, die Bekanntschaft Eurer Exzellenz zu machen, und hofft ...«

»Nie gehört.«

»Ich bitte Sie, Exzellenz, General Perwojédoff, Wassílij Wassíljewitsch ...«

»Sind Sie General Perwojédoff?«

»Nein, Exzellenz, ich bin nur der Hofrat Lebesjátnikoff, zu Ihren Diensten; aber der General Perwojédoff ...«

»Unsinn! Lassen Sie mich gefälligst in Ruh!«

»Lassen Sie ihn!« sagte würdevoll General Perwojédoff und hielt damit selbst den schäbigen Eifer seines Grabagenten auf.

646

»Er ist ja noch nicht ganz erwacht, Exzellenz, das muß man doch noch in Betracht ziehen; es ist doch noch neu für ihn, ungewohnt; wenn er erst mal ganz erwacht ist, wird er es anders aufnehmen . . .«

»Lassen Sie ihn«, wiederholte der General nur.

»Wassílij Wassíljewitsch! Heda, Sie! Ex—zellenz!« rief plötzlich laut und herausfordernd dicht neben Awdótja Ignátjewna eine ganz neue Stimme — eine unverschämte Herrenstimme mit dem blasiert schleppenden Tonfall und dem albernen Skandieren mehrsilbiger Wörter, wie das in jenen Kreisen jetzt Mode ist. »Ich höre Ihnen schon seit geschlagenen zwei Stunden zu. Ich liege doch schon seit drei Tagen hier. Sie er-innern sich wohl meiner, Wassílij Wassíljewitsch? — Klinéwitsch. Haben uns bei Wolokónskijs kennengelernt, wo man Sie, ich weiß nicht warum, gleichfalls empfing.«

»Wie, Graf Pjotr Petrówitsch? . . . sind Sie es wirklich? . . . und in so jungen Jahren! . . . Wie ich's bedauere!«

»Tja, bedauere es natürlich gleichfalls, nur ist mir das jetzt ziemlich e—gal. Denn ich habe die Absicht, auch aus dieser Situation noch alles Mögliche herauszuholen. Und . . . bin nicht Graf, sondern Baron, nur Baron. Wir sind ja irgend solche grindigen Barönchen von Lakaienabstammung, tja, und ich weiß auch wahrhaftig nicht wieso, — äh, 's ist übrigens auch ganz e—gal. Ich bin bloß so ein Taugenichts aus der pseudo-höheren Gesellschaft und man nennt mich einen ‚lieben Polisson‘. Mein Vater war irgend so ein unbedeutender General, und meine Mutter ist einmal en haut lieu empfangen worden . . . Im vorigen Jahr habe ich mit dem Juden Siffel fünfzigtausend Rubel in falschen Banknoten in Umsatz gebracht und habe ihn dann angezeigt. Mit dem Geld aber ist mir Julka Charpentier de Lusignan durchgebrannt, tja, nach Bordeaux, glaube ich. Und denken Sie sich, ich war doch schon so gut wie verlobt, mit der kleinen Schtschewaléwskaja, drei Monate fehlten ihr noch an sechzehn Jahren, ist noch im Institut, mit einer Mitgift von neunzigtausend Rubeln. Äh, Awdotja Ignatjewna, erinnern Sie sich noch, wie Sie mich vor circa fünfzehn Jahren, als ich noch ein vierzehnjähriger Page war, verdarben?«

»Ach, das bist du, Nichtsnutz! So hat Gott doch wenigstens dich hergeschickt, denn sonst ist es hier ...«

»Sie haben zu Unrecht Ihren Nachbarn, den Negozianten, der Verbreitung des üblen Geruchs verdächtigt ... Ich habe dazu geschwiegen und innerlich gelacht. Dieser Geruch geht doch von mir aus; man hat mich ja deswegen auch schon im geschlossen Sarge hergebracht.«

»Ach, Sie Abscheulicher! Aber es freut mich trotzdem; Sie können es sich bestimmt nicht vorstellen, Klinéwitsch, welch ein Mangel an Leben und Esprit hier herrscht!«

»Nun ja, nun ja, und eben deshalb habe ich die Absicht, hier etwas Neues, Originelles einzuführen. Euer Exzellenz — ich meine nicht Sie, Perwojédoff, sondern den anderen —, Geheimrat Tarasséwitsch, he! So antworten Sie doch! Ich bin Klinéwitsch, der Sie in der Fastenzeit bei Mademoiselle Füry einführte, hören Sie mich?«

»Ich höre Sie, Klinéwitsch, bin sehr erfreut, und Sie können mir glauben ...«

»Ich glaube Ihnen auch nicht ein Wort, aber das ist ja e—gal. Ich würde Sie, köstlicher Greis, am liebsten abküssen, kann 's aber hier, Gott sei Dank, nicht. Wissen Sie auch, meine Herrschaften, was dieser grand-père dort angestiftet hat? Er ist vor drei oder vier Tagen gestorben und — können Sie sich das vorstellen — hat ein Kasssendefizit von rund vierhunderttausend Rubeln hinterlassen! Das Geld für die Witwen und Waisen ... Er hat es aus irgendeinem Grunde ganz selbständig verwalten dürfen, und in den letzten acht Jahren hat man die Kasse überhaupt nicht mehr revidiert. Tja, da kann man sich nun vorstellen, was für lange Gesichter sie jetzt dort machen und wie sie seiner gedenken! Nicht wahr, ein wollüstiger Gedanke! Ich konnte es mir schon das ganze letzte Jahr nicht erklären, wie dieser siebzigjährige

Klappergreis, Podagrist und Chiragriker noch die Kraft zu einem so ausschweifenden Leben aufbrachte, und — da haben wir jetzt die Lösung des Rätsels! Diese Witwen und Waisen — tja, du lieber Gott, schon der bloße Gedanke an sie hat ihn doch in Glut bringen müssen! ... Ich war schon längst im Bilde, nur ich allein, die Charpentier hatte mir alles erzählt, und nachdem ich es erfahren hatte, in der Osterwoche, rückte ich ihm sofort auf den Leib, nur so ganz freundschaftlich: ‚Sofort Fünfundzwanzigtausend her, wenn nicht, kommt man morgen revidieren.‘ Und was glauben Sie wohl, er hatte damals nur noch dreizehntausend in der Kasse, so daß er jetzt, wie mir scheint, sehr zur rechten Zeit gestorben ist. Grandpère, grandpère, hören Sie es?«

»Cher Klinéwitsch, ich bin mit Ihnen durchaus derselben Ansicht, und es ist ganz überflüssig ... daß Sie sich in solchen Details ergehen. Es gibt im Leben so viel Leid und Qual und nur so geringes Entgelt dafür ... Ich hatte den Wunsch, schließlich zur Ruhe zu kommen, und soviel ich sehe, kann ich hoffen, auch aus meinem hiesigen Aufenthalt alles mögliche ...«

»Haha, ich könnte wetten, daß er schon Katjísch Berestowa gewittert hat!«

»Wen? ... Was für eine Katjísch?« fragte sofort sinnlich vibrierend die Stimme des Alten zurück.

»A—ah? Also was für eine Katjisch? Äh, nun, hier links, etwa fünf Schritte von mir, — von Ihnen zehn. Sie liegt hier schon seit fünf Tagen. Wenn Sie wüßten, grand-père was das für ein Luderchen ist ... Aus gutem Hause, wohlerzogen und — ein monstre, ein monstre im höchsten Grade! Ich habe sie dort an niemanden verraten, ich allein wußte es nur ... Katjisch, he! antworte doch!«

»Hihihi!« antwortete das kichernde Lachen einer hohen, gleichsam klirrenden Mädchenstimme, in der etwas wie Nadelstiche klang. »Hihihi!«

»Und ... ist ... sie ... blond?« stieß lispelnd, kurzatmig grand-père in vier Lauten hervor.

»Hihihi!«

»Mir ... mir gefiel schon lange ...«, fuhr der Alte kurzatmig lispelnd fort, »schon lange der Gedanke an ein Blondköpfchen ... ein ... ein fünfzehnjähriges ... und gerade unter solchen Umständen ...«

»Ungeheuer!« rief Awdotja Ignatjewna empört.

»Genug!« entschied Klinéwitsch. »Ich sehe schon, daß das Material vortrefflich ist. Wir werden uns hier bald fa—mos einrichten. Die Hauptsache ist, daß man die übrig gebliebene Zeit lustig verbringt ... Aber was für eine Zeit ist das eigentlich? Heda, Sie, irgendein Beamter, der Sie da sind, Lebesjátnikoff — nicht? — ich glaube, man nannte Sie vorhin so?«

»Gewiß, gewiß, Lebesjátnikoff, Hofrat, Ssemjón Jewsséjitsch, stehe zu Ihren Diensten, und es freut mich, freut mich, ungemein.«

»Äh, 's ist mir wirklich ganz e—gal, ob es Sie freut, nur scheinen Sie hier alles zu wissen. Sagen Sie mir erstens, (ich wundere mich schon seit gestern darüber) — auf welch eine Weise sprechen wir denn hier eigentlich? Wir sind doch tot, gestorben, trotzdem aber sprechen wir; ja: es ist auch gleichsam, als ob wir uns sogar bewegten, währenddessen bewegen wir uns weder noch sprechen wir? Was ist das für ein Gaukelspiel?«

»Das, oh das, wenn Sie es wünschen, Baron, könnte Ihnen Platón Nikolájewitsch weit besser erklären als ich.«

»Was ist das für ein Platón Nikolájewitsch? Keine Ausflüchte. Kommen Sie zur Sache.«

»Platon Nikolájewitsch ist hier unser einheimischer Philosoph, Naturforscher und Magister. Hat bei Lebzeiten mehrere philosophische Bücher verfaßt. Doch wird es jetzt wohl schon an die drei Monate her sein, daß er sich anschickt, ganz einzuschlafen, daher dürfte es schwer fallen, ihn noch wachzurütteln. Er brummt jetzt höchstens einmal in der Woche einige zusammenhanglose Worte, die eigentlich nicht zur Sache gehören ...«

»So kommen *Sie* doch wenigstens zur Sache! . . .«

»Er . . . er erklärt das mit einer allereinfachsten Tatsache, nämlich damit, daß wir oben, als wir noch lebten, den dortigen Tod irrtümlicherweise für den endgültigen Tod gehalten haben. Hier aber erwacht der Körper gewissermaßen noch einmal. Die Überreste des Lebens sammeln sich, aber sie konzentrieren sich nur im Bewußtsein. Also . . . — ich weiß eigentlich selbst nicht, wie ich mich ausdrücken soll — also das Leben setze sich hier gewissermaßen noch fort nach dem Gesetz des Beharrungsvermögens. Alles konzentriere sich seiner Meinung nach irgendwo im Bewußtsein und dauere dort noch drei oder vier Monate lang fort, zuweilen sogar ein ganzes halbes Jahr . . . Es gibt hier zum Beispiel einen, der fast schon ganz in Auflösung begriffen ist, aber etwa alle sechs Wochen murmelt er plötzlich doch noch einmal ein Wort, natürlich ein sinnloses, irgend so was wie ‚bobók: bobók, bobók, bobók‘, — also glüht doch auch in ihm noch etwas Leben, wie ein unsichtbares Fünklein . . .«

»Alles ziemlich dumm, was Sie da sagen. Aber wie kommt es, daß ich, ohne Geruchssinn zu haben, dennoch diesen Gestank hier rieche?«

»Das . . . hehe . . . Ja, was das betrifft, so begab sich unser Philosoph, offen gestanden, hier schon in den Nebel. Gerade über den Geruchssinn bemerkte er, man rieche hier nur, hehe, sozusagen den, hehe, moralischen Gestank! Den Gestank der Seele gewissermaßen, damit man sich in diesen zwei, drei Monaten noch besinnen könne . . . und dieses wäre sozusagen noch die letzte Gnadenfrist . . . Nur glaube ich, Baron, das ist alles schon mystische Fieberphantasie, natürlich durchaus entschuldbar durch seine gegenwärtige Verfassung . . .«

»Danke, das genügt; ich bin überzeugt, daß alles weitere Unsinn ist. Es genügt, daß wir jetzt wissen, woran wir sind: also noch zwei oder drei Monate Leben und zu guter Letzt — bobók. Nun schlage ich allen vor, diese zwei Monate möglichst angenehm zu verbringen, und uns zu dem Zweck nach vollkommen neuen Grundsätzen einzurichten. Meine Damen

651

und Herren! Ich schlage vor, *sich überhaupt nicht mehr zu schämen!*«

»Ach ja, ach ja! wir wollen uns nicht mehr schämen!« riefen sofort viele Stimmen, und sonderbar, es ließen sich auch viele ganz neue Stimmen vernehmen, was natürlich bedeutete, daß inzwischen noch andere erwacht waren. Mit ganz besonderer Bereitwilligkeit und dröhnendem Baß äußerte der jetzt bereits völlig belebte Ingenieur seinen Beifall. Katjisch kicherte erfreut.

»Ach, wie gern ich mich überhaupt nicht mehr schämen möchte!« rief begeistert Awdotja Ignatjewna aus.

»Hören Sie, wenn schon Awdotja Ignatjewna sich überhaupt nicht mehr schämen will ...«

»Nein-nein-nein, Klinéwitsch, ich habe mich wirklich geschämt, immerhin habe ich mich doch geschämt. Aber hier möchte ich mich furchtbar, furchtbar gern nicht mehr schämen!«

»Ich verstehe, Klinéwitsch«, meinte mit seiner Baßstimme der Ingenieur, »daß Sie vorschlagen, das hiesige, sagen wir, Leben auf neuen und vernünftigen Grundsätzen aufzubauen ...«

»Äh, darauf spucke ich! Was das betrifft, so wollen wir lieber auf Kudejároff warten, — gestern beerdigt. Wenn der erwacht, wird er Ihnen alles erklären. Das ist eine Persönlichkeit, ein geistiger Riese! Morgen, denk ich, wird man noch so einen Naturwissenschaftler 'ranschleppen, einen Leutnant jedenfalls, und wenn ich mich nicht täusche, nach drei-vier Tagen einen Feuilletonisten, vielleicht sogar mitsamt seinem Redakteur. Übrigens, hol sie der Henker! Jedenfalls wird sich hier bei uns ein geschlossener Kreis bilden und, na ja, es wird sich dann schon alles ganz von selbst machen. Doch — eine Bedingung! — *ich verlange, daß man nicht lügt.* Nur dieses eine verlange ich, denn das ist doch die Hauptsache. Auf der Erde leben und nicht lügen ist unmöglich, denn Leben und Lüge sind synonym; hier aber wollen wir zur Erhöhung unseres Spaßes einmal *nicht* lügen.

Teufel noch eins! — es hat doch schließlich etwas zu bedeuten, daß man im Grabe liegt! ... Ein jeder von uns wird sein Leben erzählen und sich keiner einzigen Sache mehr schämen. Ganz zuerst werde ich meine Lebensgeschichte zum besten geben. Ich, wissen Sie, ich gehöre zu den Wollüstlingen ... Dort oben war alles mit faulen Schnüren zusammengebunden. Reißen wir sie ab, diese faulen Schnüre, fort mit ihnen, und lassen Sie uns diese zwei Monate in der schamlosesten Wahrheit verleben! Entblößen wir uns alle, und zeigen wir uns nackt!«

»Ach ja, ja! Entblößen wir uns, entblößen wir uns!« riefen alle Stimmen aus vollem Halse.

»Ach, ich möchte mich furchtbar, furchtbar gern entblößen!« rief auch Awdotja Ignatjewnas schrille Stimme.

»Ach ... ach ... Ach, ich sehe schon, es wird hier lustig werden, ich will nicht mehr zu Eck!«

»Nein, *ich* würde das Leben schon zu genießen wissen! Ich, ja, ich würde es schon zu genießen wissen!«

»Hihihi!« kicherte Katjisch.

»Vor allen Dingen kann uns hier niemand etwas verbieten, und wenn sich auch Perwojédoff, wie ich sehe, ärgert, so kann er mir doch nichts anhaben ... Grand-père, sind Sie einverstanden?«

»Oh, oh, ich bin durchaus, durchaus einverstanden und mit dem größten Vergnügen, aber unter der Bedingung, daß Katjisch als erste ihre Bi—o—graphie zum besten gibt.«

»Ich protestiere! Ich protestiere mit allem Nachdruck! ...« erklärte plötzlich mit fester Stimme General Perwojédoff.

»Exzellenz!« flehte sofort in ängstlicher Erregung und mit gesenkter Stimme der Nichtsnutz Lebesjatnikoff, um ihn eines Besseren zu belehren: »Aber Exzellenz, es ist doch für uns sogar vorteilhafter, wenn wir zustimmen. Hier ist, wissen Sie, dieser Backfisch ... und schließlich, alle diese kleinen Späßchen ...«

»Nun schön, gesetzt — ein Backfisch, aber ...«

»Vo—vo—vorteilhafter, Exzellenz, bei Gott, es wäre vorteilhafter! Sagen wir meinetwegen nur so als kleines Beispiel, nur so zur Probe . . .«

»Selbst im Gra—abe läßt man einen nicht zur Ruhe kommen!«

»Erlauben Sie, General«, unterbrach ihn Klinéwitsch gemessen, »erstens: Sie geruhten vorhin selbst im Grabe Préférence zu spielen, und zweitens — sind Sie uns ganz e—gal, — aber wirklich ganz!«

»Mein Herr, ich bitte Sie, sich nicht zu vergessen!«

»Was? — Tja, Sie können mich doch nicht erreichen, und ich kann Sie von hier aus necken, so viel ich will — wie Julkas Bologneserhündchen. Und übrigens, — äh, meine Herren, was ist er denn hier noch für ein General? Dort mag er ja General gewesen sein, hier aber ist er nichts, — überhaupt nichts!«

»Nein, mein Herr, auch hier bin ich . . .«

»Hier werden Sie im Sarg verfaulen und was von Ihnen übrig bleibt — sind sechs Messingknöpfe.«

»Bravo, Klinéwitsch, hahaha!« gröhlten lachende Stimmen.

»Ich habe meinem Kaiser gedient . . . ich . . . ich besitze einen Degen!«

»Äh, mit Ihrem Degen kann man jetzt Mäuse aufspießen, und zudem haben Sie ihn doch noch nie gezogen.«

»Das . . . bleibt sich gleich. Ich machte einen Teil des Ganzen aus!«

»Als ob es wenig Teile des Ganzen gäbe!«

»Bravo, Klinéwitsch, bravo, hahaha!«

»Ich begreife nicht, was solch ein Degen überhaupt bedeuten soll«, meinte spöttisch der Ingenieur.

»Vor den Preußen werden wir wie die Mäuse ausreißen, die werden uns doch alle Haare ausrupfen!« schrie eine entferntere, mir noch unbekannte Stimme, die sich aber buchstäblich vor Entzücken überschlug.

»Der Degen, mein Herr, ist die Ehre!« schrie wohl noch der General, doch konnte ich nur noch mit Mühe seine

Stimme unterscheiden. Denn es erhob sich ein wütendes, unbändiges Geschrei, das wie ein Getöse dahinbrauste. Es wurde nur noch von dem bis zur Hysterie ungeduldigen Gekreisch Awdotja Ignatjewnas durchschnitten:

»Ach schneller, schneller doch! Ach, wann werden wir denn endlich anfangen, uns nicht mehr zu schämen!«

»Óch-hohoho! Wahrlich, meine Seele durchlebt das Fegefeuer!« hörte ich noch die Stimme des Kaufmanns, aber ...

Aber da mußte ich auf einmal niesen. Das geschah ganz plötzlich und ohne Absicht, doch die Wirkung war verblüffend: Alles wurde totenstill, wie auf einem Friedhof, war verschwunden wie ein Traum. Richtige Grabesstille ringsum. Glaube nicht, daß sie sich vor mir schämten: sie hatten doch beschlossen, sich überhaupt nicht mehr zu schämen! Ich wartete wohl noch fünf Minuten, und — kein Wort, kein Laut. Es ist auch nicht anzunehmen, daß sie eine Anzeige bei der Polizei befürchteten; denn was könnte die Polizei hier ausrichten? Unwillkürlich muß ich daraus schließen, daß sie immerhin irgend ein Geheimnis haben müssen, das uns Sterblichen unbekannt ist und das sie vor jedem Sterblichen sorgfältigst geheimhalten.

‚Nun, meine Lieben‘, dachte ich, ‚euch werde ich schon noch besuchen.‘ Und mit diesem Vorsatz verließ ich den Friedhof.

Nein, das kann ich nicht für möglich halten, nein, wahrhaftig nicht! Lasse mich durch dieses bobók nicht irre machen! (Da habe ich nun in Gräbern mein bobok gefunden!)

Unzucht an solchem Ort, Unzucht zerfallender, verwesender Leichen, und das noch in den letzten Augenblicken der Besinnung, angesichts der letzten Möglichkeit! Diese kurzen Augenblicke sind ihnen noch gegeben, geschenkt, und ... Aber die Hauptsache, die Hauptsache, — an solchem Ort! Nein, das kann ich nicht für möglich halten ...

655

Werde zu den anderen Klassen gehen, werde überall lauschen. Das ist's ja eben, daß man überall lauschen muß, und nicht nur irgendwo am Rande einer einzigen Stelle, um sich eine richtige Vorstellung machen zu können. Wer weiß, vielleicht werde ich auch auf etwas Tröstliches stoßen.

Aber zu diesen werde ich bestimmt noch zurückkehren. Versprachen doch ihre Biographien und verschiedene Geschichtchen... Pfui! Aber ich werde hingehen, unbedingt werde ich hingehen! Gewissenssache!

Will es in die Redaktion des „Bürger" bringen; dort hat man auch das Bild eines Redakteurs ausgestellt. Vielleicht drucken sie's.

DIE SANFTE

Eine phantastische Erzählung

Eine Vorbemerkung vom Verfasser

Ich bitte meine Leser um Entschuldigung, daß ich diesmal statt des »Tagebuchs«[1] in seiner gewohnten Form nur eine Novelle bringe. Aber ich bin tatsächlich den größten Teil des Monats mit dieser Novelle beschäftigt gewesen. Jedenfalls möchte ich die Leser deshalb um Nachsicht bitten.

Jetzt zur Novelle selbst.

Ich habe sie im Titel eine »phantastische« Erzählung genannt, obschon ich sie selbst für im höchsten Grade wirklichkeitsgetreu halte. Trotzdem aber ist doch auch etwas Phantastisches an ihr, und zwar in der Form der Erzählung, was hier im voraus näher zu erklären mir nötig scheint.

Die Sache ist nämlich die, daß es sich hierbei weder um eine Erzählung handelt noch um Aufzeichnungen. Man stelle sich vielmehr einen Mann vor, dessen Frau — eine Selbstmörderin, die sich erst vor wenigen Stunden aus dem Fenster gestürzt hat — im Gastzimmer seiner Wohnung aufgebahrt liegt. Er ist erschüttert, erregt, und hat noch nicht Zeit gehabt, seine Gedanken zu sammeln. Er geht in den Zimmern umher und bemüht sich, das Geschehene zu begreifen, »seine Gedanken auf einen Punkt zu konzentrieren«. Zudem ist er ein eingefleischter Hypochonder, einer von jenen, die hörbar mit sich selbst sprechen. Und so spricht er denn mit sich selbst, berichtet sich gewissermaßen den Sachverhalt, sucht ihn sich zu e r k l ä r e n. Trotz der scheinbaren Folgerichtigkeit seines Redens, widerspricht er sich doch mehrmals, und das sowohl in der Logik wie auch in den Gefühlen. Bald versucht er nur, sich zu rechtfertigen, bald beschuldigt er sie allein und ergeht sich in nebensächlichen Erklärungen: hierbei kommt mitunter eine gewisse Roheit des Denkens und Empfindens zum Vorschein, aber mitunter auch tiefes Gefühl. Nach und nach beginnt sich ihm der Sachverhalt wirklich zu klären, und es gelingt ihm, seine Gedanken »auf einen Punkt zu konzen-

trieren«. *Eine Reihe von ihm heraufbeschworener Erinnerungen führt ihn zu guter Letzt unabwendbar zur Wahrheit hin; diese Wahrheit läutert unwiderstehlich seinen Verstand und sein Herz. Zum Schluß hin verändert sich selbst der Ton des ganzen Monologs im Vergleich zu seinem verworrenen, sprunghaften Anfang. Die Wahrheit offenbart sich dem Unglücklichen ziemlich klar und eindeutig, wenigstens für ihn selbst.*

Das also ist das Thema. Natürlich zieht sich dieses Selbstgespräch durch mehrere Stunden hin, mit den Abschweifungen und dem Hin und Her in fast verwirrender Form: bald spricht er zu sich selbst, bald wiederum wendet er sich gleichsam an einen unsichtbaren Zuhörer, wie an einen Richter. Aber so pflegt es ja in der Wirklichkeit immer zu sein. Wenn ein Stenograph ihn hätte belauschen und alles wortwörtlich nachschreiben können, so wäre das Ergebnis noch ein wenig holperiger, noch sprunghafter ausgefallen, als es hier von mir wiedergegeben ist; allein die psychologische Reihenfolge würde, wie mir scheint, vielleicht doch die gleiche sein. Eben diese Annahme eines alles nachschreibenden Stenographen (dessen Niederschrift ich zu meiner Bearbeitung benutzt hätte) wäre nun das, was ich an dieser Erzählung phantastisch nenne. Aber teilweise Ähnliches ist ja in der Kunst schon mehr als einmal angewandt und zulässig befunden worden: so hat sich zum Beispiel Victor Hugo in seinem Meisterwerk »Der letzte Tag eines zum Tode Verurteilten« nahezu den gleichen Kunstgriff erlaubt, und wenn er auch keinen Stenographen erwähnt, so hat er doch eine noch viel größere Unwahrscheinlichkeit vorausgesetzt, indem er annimmt, daß ein zur Hinrichtung Verurteilter nicht nur an seinem letzten Tage, sondern auch noch in seiner letzten Stunde, ja, selbst in seiner buchstäblich letzten Minute Aufzeichnungen machen könne (und die Zeit dazu habe). Hätte er aber auf diese phantastische Voraussetzung verzichtet, so wäre ja das ganze Werk gar nicht zustande gekommen, — und doch ist es das realistischste und wahrste von seinen Werken.

ERSTES KAPITEL

Wer ich war und wer sie war

... Solange sie hier liegt, ist ja noch alles gut: jeden Augenblick kann ich zu ihr gehen und sie ansehen ... Aber morgen, wenn man sie fortträgt, wie ... wie soll ich dann allein bleiben? Sie liegt jetzt im Gastzimmer auf dem Tisch: man hat dort zwei L'hombre-Tische zusammengeschoben; den Sarg wird man erst morgen bringen, einen weißen, mit weißem Seidenrips ausgeschlagen ... Übrigens nicht davon wollte ich jetzt ... Ich gehe die ganze Zeit umher und versuche, mir das alles zu erklären. Schon sechs Stunden mühe ich mich damit ab, kann aber meine Gedanken noch immer nicht zusammenhalten. Es ist ja nur, weil ich ununterbrochen gehe, und gehe, und gehe ... Das war nämlich so. Der Reihenfolge nach! (Die Ordnungsliebe!) Ach, meine Herrschaften, ich bin bei weitem kein Schriftsteller, und Sie werden das ja selbst merken, aber gleichviel, ich werde es so erzählen, wie ich es verstehe. Das, gerade das ist ja das Entsetzliche, daß ich alles verstehe!

Das war, wenn Sie es genau wissen wollen, — das heißt, wenn ich ganz vom Anfang beginnen soll: sie kam damals einfach zu mir, um ihre Sachen zu versetzen und danach in der Zeitung annoncieren zu können, nun, daß, so und so, eine Gouvernante eine Stelle suchte, ginge auch nach auswärts, würde aber auch außer dem Hause Stunden geben und so weiter, und so weiter. Das war ganz zu Anfang, und sie fiel mir natürlich nicht besonders auf: sie kam, wie alle anderen gleichfalls kamen; und das war alles. Dann aber begann ich sie doch von den anderen zu unterscheiden. Sie war so feingliedrig, mittelgroß, blond, und im Verkehr mit mir immer unbeholfen, gleichsam verlegen. (Ich glaube, sie ist allen

661

Fremden gegenüber ebenso gewesen, und ich war ihr natürlich genauso gleichgültig wie dieser oder jener, versteht sich: als Mensch betrachtet, nicht als Pfandleiher.) Sowie sie das Geld bekommen hatte, drehte sie sich sofort um und ging. Und dabei immer ohne ein Wort zu sagen. Andere bitten noch, feilschen, wollen mehr haben; sie aber nicht, sie nahm, was man ihr gab ... Mir ist, als würfe ich alles durcheinander ... Ja! Zuerst wunderten mich ihre Sachen: kleine silbervergoldete Ohrringe, ein billiges altes Medaillon, – Sachen zu zwanzig Kopeken. Sie wußte es auch selbst, daß so etwas für mich keinen Wert hatte, doch konnte ich ihrem Gesicht ansehen, wie wertvoll diese Dinge für sie trotzdem waren, – und tatsächlich, hab's später erfahren: das war alles, was sie noch von den Eltern besaß. Nur einmal erlaubte ich mir, über ihre Sachen zu lächeln. Das heißt, sehen Sie, ich erlaube mir so etwas nie, ich gehe mit dem Publikum stets taktvoll um: wenig Worte, höflich und streng. Ja, »Strenge! Strenge!« ist meine erste Regel. Als sie es aber einmal wirklich für möglich hielt, mir die Überreste – ja, buchstäblich – die Überreste einer alten Hasenfelljacke zu bringen, nun, da konnte ich mich nicht beherrschen und erlaubte mir, so etwas wie eine spitze Bemerkung fallen zu lassen. Herrgott, wie sie zusammenfuhr und rot wurde! Sie hatte blaue Augen, große, nachdenkliche, – wie die aufblitzten! Aber sie sagte kein Wort, nahm ihre »Überreste« und – ging. Da war es denn, daß ich sie zum erstenmal *besonders* bemerkte und etwas in der Art von ihr dachte, wollte sagen, gerade so etwas in gewissem Sinne ... Ja! ich erinnere mich noch eines Eindruckes, wenn Sie wollen, des Haupteindruckes, der Synthese des Ganzen: daß sie furchtbar jung war, so jung, daß man sie für vierzehnjährig halten konnte, während sie damals doch schon fast sechzehn Jahre alt war, es fehlten nur noch drei Monate ... Übrigens wollte ich nicht das sagen, nicht darin lag die Synthese, die ich meine. Am nächsten Tage kam sie wieder. Später erfuhr ich, daß sie auch bei den anderen Pfandleihern, bei Dobronráwoff und bei Moser, mit diesen Überresten ihrer Hasenfelljacke gewesen war; die aber nehmen außer Gold überhaupt nichts an, haben sie nicht einmal zu Wort kommen lassen. Ich aber hatte von ihr einmal eine Kamee angenommen (ein wertloses Ding) und als ich damals, nachdem es schon geschehen war, nachdachte, wunderte ich mich noch selbst darüber: ich nehme doch außer Gold und Silber auch nichts an, von ihr aber hatte ich diese Kamee angenommen! Das — ich weiß es noch genau — war der zweite Gedanke, den ich mir über sie machte.

Das nächste Mal, also nach Moser, brachte sie eine Zigarrenspitze aus Bernstein, — kein übles Dingelchen, so'n Liebhabergegenstand, für mich aber wertlos, denn »wir nehmen ja nur Gold«, wie gesagt. Sie kam also wieder nach der gestrigen Revolte; ich empfing sie daher mit strenger Miene. Meine Strenge ist: Trockenheit. Doch als ich ihr die zwei Rubel dafür gab, konnte ich mich nicht enthalten, ihr, gewissermaßen als ob ich gereizt wäre, zu sagen: »Ich tue es ja nur *für Sie,* Moser würde so etwas gar nicht annehmen.« Die Worte »für Sie« betonte ich besonders und gerade so in einem *gewissen* Sinne. Es ärgerte mich. Sie flammte wieder auf, als sie dieses »für Sie« hörte, schwieg aber, warf das Geld nicht hin, nahm's . . . Ja, ja: die Armut! Wie sie aber rot wurde! Ich begriff, daß ich sie verletzt hatte. Als sie fort war, fragte ich mich: also ist dir dieser Triumph über das kleine Ding wirklich zwei Rubel wert? Hehehe! Ich weiß: noch zweimal stellte ich mir diese Frage »Ist er's wert? Ist er's?« Und lachend bejahte ich sie. Wurde damals schon gar zu heiter. Aber das war kein schlechtes Gefühl: ich tat's doch mit Absicht, mit Absicht! Ich wollte sie prüfen, denn mir waren plötzlich in bezug auf sie gewisse Gedanken gekommen. Das war das dritte Mal, daß ich mir *besondere* Gedanken über sie machte.

. . . Nun eben von da ab hat dann das Ganze begonnen. Selbstverständlich bemühte ich mich sofort, auf Umwegen Näheres über sie zu erfahren; wartete auch mit besonderer Ungeduld auf ihr nächstes Erscheinen. Ich ahnte ja, daß sie

bald kommen werde. Als sie kam, knüpfte ich ein liebens-
würdiges Gespräch mit ihr an, natürlich ungemein höflich.
Bin doch gut erzogen, habe gute Manieren . . . Hm! . . . Da
erriet ich denn, daß sie gutmütig und sanft war. Gutmütige
und sanfte Menschen widersetzen sich nicht lange, und wenn
sie auch nicht gleich sehr mitteilsam sind, so verstehen sie
doch nicht, dem Gespräch auszuweichen: sie antworten wortkarg, aber sie antworten, und je weiter, desto mehr, man muß
nur selbst nicht müde werden, wenn einem an dem Gespräch
etwas gelegen ist. Natürlich hat sie mir damals nichts gesagt.
Auch das von den Annoncen in der Zeitung „Die Stimme"
und alles übrige erfuhr ich erst später. Sie annoncierte damals
noch für ihre letzten Kopeken, zuerst selbstverständlich ganz
stolz: »Gouvernante sucht Stelle, auch auf dem Lande. An-
gebote in geschlossenem Brief erbeten —« usw., usw.; dann
aber: »zu allem bereit, zu unterrichten, als Gesellschafterin,
nach dem Haushalt zu sehen, oder Kranke zu pflegen; verstehe auch zu nähen . . .« und wie das so annonciert wird,
man kennt das ja! Das wurde natürlich erst von Fall zu
Fall anspruchsloser; zum Schluß aber, als die Verzweiflung
kam, da hieß es sogar: »ohne Gehalt, für Kost und Logis«.
Nein, sie fand keine Stelle! Da beschloß ich, sie noch einmal
zu prüfen: plötzlich nehme ich die letzte Nummer der
„Stimme" und zeige ihr eine Annonce: „Junge Person, Ganz-
waise, sucht Gouvernantenstelle zu kleinen Kindern, am liebsten bei älterem Witwer. Kann auch im Haushalt helfen."

»Sehen Sie«, sagte ich, »die hat heute früh annonciert und
zum Abend wird sie sicher eine Stelle gefunden haben. Sehen
Sie, so muß man annoncieren!«

Wieder wurde sie feuerrot und wieder blitzten ihre Augen
auf; sie drehte sich sofort um und ging. Das gefiel mir sehr.
Übrigens war ich damals schon sicher und befürchtete nichts
mehr: Zigarrenspitzen wird niemand annehmen. Sie aber
besaß selbst die nicht mehr. So war es denn auch: am dritten
Tage kam sie wieder, ganz bleich und aufgeregt — ich begriff
sofort, daß bei ihr zu Hause etwas Schlimmes vorgefallen

sein mußte, und so verhielt es sich auch in der Tat. Ich werde später erzählen, wozu es gekommen war, jetzt aber will ich mich erst erinnern, wie ich ihr damals mit einem Mal imponierte, in ihren Augen wuchs; und zwar faßte ich diesen Entschluß ganz plötzlich ... Richtig, so war's ... Sie brachte dieses Heiligenbild — hatte sich entschlossen, es zu bringen... Ja, richtig, jetzt fällt mir erst alles ein, warten Sie, warten Sie, vorhin war ich ja noch ganz konfus ... Jetzt aber möchte ich mich an alles wieder erinnern, an jede Einzelheit, jede Winzigkeit. Ich will die ganze Zeit meine Gedanken auf einen einzigen Punkt konzentrieren, und kann es nicht, aber diese kleinen Einzelheiten, diese Winzigkeiten ...

Es war ein Bild der Muttergottes. Die Jungfrau mit dem Kinde, ein Familienerbstück, ein altertümliches, die Verzierung aus vergoldetem Silber; wert — nun, sechs Rubel etwa. Ich sehe, sie hängt an diesem Heiligenbild, versetzt es als Ganzes, ohne die silberne Verzierung abzunehmen. Ich fragte, ob es nicht besser wäre, man nähme das Silber ab, dann könnte sie das Bild wieder mitnehmen; denn sonst ... ein Heiligenbild zu versetzen, das sei doch immerhin ...

»Dürfen Sie es nicht annehmen als Pfand? Ist es Ihnen verboten?«

»Nein, nicht daß es verboten wäre, ich meinte nur, daß es vielleicht Ihnen selbst ...«

»Nun gut, nehmen Sie das Silber ab.«

»Wissen Sie was, ich werde es lieber nicht abnehmen; ich werde das Bild dort in meinen Heiligenschrein stellen«, sagte ich, nachdem ich einen Augenblick überlegt hatte, »zu den anderen Heiligenbildern, hinter das Lämpchen« (seitdem ich mein Pfandgeschäft eröffnet hatte, brannte das Lämpchen bei mir Tag und Nacht vor dem Heiligenschrein) »und nehmen Sie einfach zehn Rubel.«

»Zehn brauche ich nicht, geben Sie mir fünf, ich werde es ganz bestimmt auslösen.«

»Sie wollen nicht zehn? Soviel ist es wert«, fügte ich hinzu, da es in ihren Augen wieder aufblitzte.

Sie schwieg. Ich brachte ihr fünf Rubel.

»Verachten Sie niemanden ... ich bin selbst in Verlegenheit gewesen, ja, in noch schlimmerer, und wenn Sie mich jetzt bei dieser Beschäftigung sehen, ... so ist das doch, nach allem, was ich durchgemacht habe ...«

»Sie wollen sich an der Gesellschaft rächen? Ja?« unterbrach sie mich plötzlich mit ziemlich deutlichem Spott. der aber eigentlich fast harmlos wirkte (das heißt, unpersönlich, denn damals unterschied sie mich bestimmt noch nicht von den anderen, so daß sie es fast unverletzend sagte).

‚Aha!‘ dachte ich, ‚also so eine bist du! Der Charakter tut sich kund, hm, gehörst also auch zur neuen Richtung.‘

»Sehen Sie«, bemerkte ich sofort halb scherzend, halb geheimnisvoll, »ich bin ein Teil von jener Kraft, die stets das Böse will und stets das Gute schafft ...«

Sie blickte schnell und mit großer Neugier, in der viel Kindliches lag, zu mir auf.

»Warten Sie ... Was ist das für ein Zitat? Woher stammt dieser Ausspruch? Ich habe ihn irgendwo gehört ...«

»Oh, zerbrechen Sie sich nicht den Kopf darüber; mit diesen Worten stellt sich Mephistopheles dem Faust vor. Haben Sie den „Faust" gelesen?«

»N ... n ... nicht aufmerksam ...«

»Das heißt wohl soviel, daß Sie ihn noch gar nicht gelesen haben. Das sollten Sie aber tun. Übrigens bemerke ich, daß Sie wieder spöttisch zu lächeln belieben. Bitte glauben Sie nicht, ich wäre so geschmacklos, meine Rolle als Pfandleiher durch die Rekommandation Mephistos verschönen zu wollen. Ein Pfandleiher bleibt Pfandleiher. Das weiß man doch.«

»Wie ... wie kommen Sie darauf ... Ich habe gar nicht so etwas sagen wollen ...«

Sie hatte sagen wollen: »Ich hätte nicht gedacht, daß Sie ein gebildeter Mensch sind«, aber sie hatte es nicht ausgesprochen; dafür wußte ich, daß sie es gedacht hatte; jedenfalls schien ihr meine Bemerkung sehr gefallen zu haben.

»Sehen Sie«, sagte ich, »auf jedem Gebiet kann man Gutes tun. Ich rede natürlich nicht von mir: ich tue, sagen wir, überhaupt nur Böses, allein . . .«

»Natürlich kann man überall Gutes tun«, stimmte sie eifrig bei und sah mich dabei so aufrichtig an. »Selbstverständlich auf jedem Gebiet«, fügte sie plötzlich noch hinzu.

Oh, ich weiß noch, ich erinnere mich noch deutlich dieser Augenblicke! Wenn diese Jugend, diese liebe Jugend etwas Kluges und Durchdachtes sagen will, dann kann man auf ihrem naiven und aufrichtigen Gesicht förmlich lesen, was sie dabei denkt: ,Siehst du, jetzt sage ich dir etwas Kluges, von mir selbst schon Durchdachtes!' Und nicht, daß sie es etwa aus Eitelkeit täte, wie zum Beispiel unsereiner! Man sieht es ja, daß diese Jugend all das selbst furchtbar hochschätzt und daran glaubt, und daß sie denkt, man achte es gleichfalls ganz so wie sie. O Aufrichtigkeit! Das ist's ja, womit diese Jugend besticht! . . . Und wie reizend war das an ihr!

Ich weiß es noch, habe nichts vergessen! Als sie hinausgegangen war, faßte ich mit einem Mal meinen Entschluß. Am gleichen Tage erfuhr ich noch die letzten Einzelheiten über sie, ihre Umgebung und ihre Verhältnisse; das meiste wußte ich bereits durch Lukérja, die damals in Stellung bei ihnen war und die ich schon vor ein paar Tagen bestochen hatte. Was ich erfuhr, war so schrecklich, daß ich nicht begriff, wie man noch, wie sie vorhin, lächeln und sich für Mephistos Worte interessieren konnte, wenn man selbst unter solchem seelischen Druck lebte! Aber das ist eben die Jugend! Gerade das dachte ich damals stolz und freudig über sie, denn hierbei war doch auch Hochherzigkeit zu erkennen: selbst steht sie am Rande des Verderbens, aber die großen Worte Goethes strahlen für sie trotzdem. Die Jugend ist eben immer hochherzig, — wenn auch manchmal nur hauchzart und in falscher Richtung. Das heißt, ich spreche ja nur von ihr, von ihr allein. Und vor allen Dingen, damals betrachtete ich sie schon als die *Meine* und zweifelte nicht mehr an meiner

Macht über sie ... Wissen Sie, wunderwunderbar ist dieser
Gedanke, wenn man schon nicht mehr zweifelt ...

Aber was ist mit mir los, wohin gerate ich! Wenn ich so
fortfahre, wann werde ich dann alles klar zusammenfassen,
auf den Kern kommen? Schneller, schneller, es handelt sich
doch gar nicht um diese Nebendinge, o Gott!

II

Der Heiratsantrag

Das Nähere, das ich über sie erfuhr, ist kurz folgendes:
ihre Eltern waren schon tot, vor drei Jahren gestorben, und
sie war bei unordentlichen Tanten zurückgeblieben. Es ist
eigentlich viel zu milde, diese Tanten bloß unordentlich zu
nennen. Die eine war Witwe, hatte sechs kleine Kinder; die
andere war eine abscheuliche alte Jungfer. Abscheulich waren sie übrigens beide. Ihr Vater war Beamter gewesen ...
Mit einem Wort: alles war günstig für mich. Ich kam wie aus
einer höheren Welt: immerhin war ich ehemaliger Hauptmann eines glänzenden Regiments, wenn auch jetzt außer
Diensten, war Edelmann, unabhängig usw., und was meine
Pfandkasse anbetrifft, so konnte diese den Tanten nur imponieren. Bei den Tanten war sie drei Jahre lang in der
Sklaverei gewesen; trotzdem hatte sie irgendwo das Examen
bestanden, hatte es fertiggebracht, das Examen zu bestehen,
sich die Zeit dazu abgespart von ihrer tagtäglichen unbarmherzigen Hausarbeit; das aber hatte doch etwas zu bedeuten,
solch ein Streben von sich aus nach dem Höheren und Edle-
ren! Warum wollte ich sie denn heiraten? Ach, übrigens, zum
Teufel mit mir, davon später ... Und handelt es sich denn
darum! — Die Kinder der Tante mußte sie unterrichten,
Wäsche flicken und waschen und zum Schluß sogar (sie mit
ihrer zarten Brust!) die Dielen scheuern. Und zum Lohn dafür haben sie ihr noch ihr tägliches Stück Brot vorgehalten
und zu guter Letzt sie sogar geschlagen. Es endete damit, daß

sie sie einfach zu verkaufen beschlossen. Pfui Teufel! Den Schmutz der Einzelheiten übergehe ich lieber ... Später hat sie mir alles ausführlich erzählt.

Das alles beobachtete ein ganzes Jahr lang ein dicker Krämer aus der Nachbarschaft, aber kein gewöhnlicher, sondern einer, der zwei Kolonialwarenhandlungen besaß. Er hatte schon zwei Frauen unter die Erde gebracht und suchte nun die dritte; und da war denn seine Wahl auf sie gefallen. Er sagte sich wohl: »Sie ist still und sanft, in Armut aufgewachsen, ich aber heirate nur, um meinen verwaisten Kindern eine Mutter zu geben« ... Er hatte tatsächlich Kinder von den beiden ersten Frauen. So freite er denn um sie, kam mit den Tanten überein. Dabei war er fünfzig Jahre alt. Sie war entsetzt! Und eben in dieser Zeit begann sie dann, bei mir ihre Sachen zu versetzen, um in der „Stimme" annoncieren zu können. Schließlich bat sie die Tanten, man möge ihr doch noch ein wenig, ein klein wenig Zeit zum Nachdenken lassen. Nun, die ließ man ihr denn, aber nur ganz kurz, gab ihr bald wieder keine Ruhe: »Wissen auch ohne deinen überzähligen Mund nicht, was wir selber essen sollen.«

Das alles wußte ich bereits, als ich meinen Entschluß faßte, — nach einem Gespräch am Vormittag. Am Abend dieses Tages aber war gerade der Kaufmann zu ihnen gekommen und hatte aus seinem Geschäft ein Pfund Konfekt — zu 50 Kopeken — mitgebracht. Sie saß mit ihm im Gastzimmer, ich aber rief Lukérja aus der Küche und sagte dieser, sie solle zu *ihr* gehen und ihr heimlich zuflüstern, daß ich an der Hoftür sei und ihr etwas sehr Wichtiges zu sagen wünschte. Ich war zufrieden mit mir. Überhaupt war ich an jenem ganzen Tage ungemein zufrieden.

Und dort an der Hoftür erklärte ich ihr — die allein schon deswegen ganz erstaunt war, weil ich, ein ihr sonst völlig fremder Mensch, sie plötzlich hatte rufen lassen — in Lukérjas Gegenwart, daß ich mich glücklich schätze und es mir als Ehre anrechnen würde usw. ... Zweitens: sie solle sich nicht über mein Verhalten wundern, und daß ich an der Hoftür,

669

usw., kurz: »ich bin ein offenherziger Mensch, trage den Umständen Rechnung . . .« Und ich log nicht, als ich sagte, daß ich offenherzig sei. Nun, zum Teufel damit! Ich sprach doch nicht nur wie es sich gehört und wie ein wohlerzogener Mensch, sondern auch originell, das aber ist doch sehr wichtig. Wie? — ist's denn etwa Sünde, das zu bekennen? Ich will mein eigener Richter sein; ich muß also pro und contra reden, und deshalb sei es gesagt. Auch später habe ich mich dessen immer mit Genugtuung erinnert, wenn das auch dumm war. Ich erklärte ihr damals unumwunden, ohne jede Verlegenheit, daß ich, erstens, nicht besonders talentiert, nicht besonders klug, vielleicht sogar nicht einmal besonders gut, ein ziemlich billiger Egoist sei (hab' noch den Ausdruck behalten, hatte ihn mir unterwegs ausgedacht und war mit ihm zufrieden), und es sehr, sehr leicht möglich sei, daß ich auch in anderen Beziehungen sehr viel Unangenehmes an mir hätte. Das wurde alles mit einer bestimmten Art von Stolz bekannt — man weiß ja, wie so etwas gesagt wird. Selbstverständlich war ich nicht so geschmacklos, nachdem ich edelmütig meine Fehler aufgezählt hatte, nun auch meine guten Seiten hervorzuheben, wie etwa: »Dafür aber bin ich so und so und so.« Ich bemerkte sehr wohl, daß ihr noch furchtbar bange war, ließ mich aber doch nicht rühren; ja, im Gegenteil, ich verschlimmerte manches noch absichtlich: sagte ihr gerade heraus, daß sie immer satt zu essen haben würde, aber Theater, Bälle, Toiletten — davon werde es nichts geben, vielleicht später einmal, wenn ich mein Ziel erreicht hätte. Dieser strenge Ton bezauberte mich förmlich. Ich fügte noch hinzu, gleichfalls so nebensächlich wie möglich, daß ich, wenn ich auch solch eine Beschäftigung gewählt hatte, es eben mit einem bestimmten Ziel getan, das heißt aus einem besonderen Grunde . . . Glauben Sie mir, ich habe diese Pfandkasse die ganze Zeit doch selbst gehaßt, aber in Wirklichkeit, — wenn's auch lächerlich ist, in einem Gespräch mit sich selbst geheimnisvolle Andeutungen zu machen, aber: ich wollte mich doch wirklich »an der Gesellschaft rächen«. Ja, ja, wirklich, wirklich! So daß ihre spitze Bemerkung am Vormittag darüber, daß ich mich wohl rächen wolle, doch nicht so falsch gewesen war. Das heißt, sehen Sie mal: hätte ich ihr einfach gesagt: »Ja, ich räche mich an der Gesellschaft«, so hätte sie mich ausgelacht, wie vorhin am Morgen; und es wäre auch wirklich lächerlich gewesen. Mit einer indirekten Anspielung aber, mit so einer geheimnisvollen Andeutung, damit konnte man, wie sich erwies, leicht die Einbildungskraft bestechen. Zudem fürchtete ich damals ja schon nichts mehr: ich wußte doch, daß ihr der dicke Krämer jedenfalls widerlicher war als ich, und daß ich ihr, als ich an der Hoftür stand, buchstäblich als Retter erscheinen mußte. Das begriff ich doch. Oh, Gemeinheit begreift der Mensch immer vorzüglich! Aber war's denn wirklich Gemeinheit? Wie soll man nun als Richter das Urteil fällen über den Menschen? Habe ich sie denn nicht damals schon geliebt?

... Warten Sie: von einer Wohltat meinerseits sagte ich ihr damals natürlich kein Wort; im Gegenteil, oh, ganz im Gegenteil: *ich* bin's, dem sie eine Wohltat erweisen würde, nicht umgekehrt — was ich sogar in Worten aussprach; konnte mich nicht bezwingen und es kam vielleicht dumm heraus, denn ich bemerkte ein flüchtiges Zucken in ihrem Gesicht. Doch so im großen und ganzen hatte ich das Spiel gewonnen. Warten Sie ... wenn man sich schon einmal diese ganze Schändlichkeit ins Gedächtnis zurückruft, so will ich mich auch noch der letzten Schweinerei erinnern ... als ich so vor ihr stand ... schlich sich plötzlich ganz leise durch meine Gedanken: ‚Du bist groß, schlank, gut erzogen und schließlich, ganz ohne Prahlerei gesagt, siehst gut aus.‘ Das war's, das war's, was in jenem Augenblick in meinem Hirn spielte! Selbstverständlich gab sie mir noch dort unten an der Hoftür ihr Jawort. Aber ... aber ich muß hinzufügen: dort an der Hoftür dachte sie noch lange nach, bevor sie »ja« sagte. So tief, so tief dachte sie nach, daß ich schon beinahe fragen wollte: »Nun, wie?« — ja, richtig, ich tat's ja auch, konnt's nicht zurückhalten. »Nun, wie denn?« fragte ich, ja, ja, gerade mit »denn«, ich erinnere mich noch ganz genau! — »Warten Sie, ich muß nachdenken«, sagte sie ... Und solch ein ernstes Gesichtchen machte sie, solch ein ... daß ich schon damals hätte begreifen können! Ich aber fühlte mich gekränkt. ,Sollte sie wirklich‘, dachte ich, ,zwischen mir und dem Krämer noch schwanken?‘ Oh, damals begriff ich noch nichts! Nichts begriff ich damals! Bis auf den heutigen Tag habe ich nichts begriffen! Ich weiß noch: Lukérja kam mir nachgelaufen, hielt mich mitten auf der Straße an und sagte atemlos: »Gott wird’s Ihnen lohnen, Herr, daß Sie unser liebes Fräuleinchen nehmen! Nur sagen Sie ihr das ja nicht, sie ist so stolz ...«

Nun ja, — stolz! Liebe gerade, dachte ich, die kleinen Stolzen. Die Stolzen sind ganz besonders schön, wenn ... nun, wenn man an seiner Macht über sie nicht mehr zweifelt, — wie? O niedriger, ungeschickter Mensch! Und wie zufrieden ich war! Wissen Sie, als sie damals an der Hoftür stand und nachdachte, ob sie »ja« sagen sollte oder nicht, und ich mich über ihr Bedenken wunderte, — wissen Sie auch, daß ihr damals sogar solch ein Gedanke hätte kommen können, wie: ,Wenn schon einmal ins Unglück, hier wie dort, sollte es da nicht besser sein, das größere Unglück zu wählen, also den dicken Kaufmann? Mag der mich schneller in der Trunkenheit totprügeln!‘ — Wie? Meinen Sie nicht, daß ihr dieser Gedanke hätte kommen können?

Aber auch jetzt verstehe ich nicht ... selbst jetzt verstehe ich nichts! Soeben habe ich gesagt, daß ihr dieser Gedanke hätte kommen können: das größere Unglück zu wählen, das heißt: den Kaufmann. Wer aber war ihr damals widerlicher: ich oder der Kaufmann? Der Kaufmann oder der Goethe zitierende Pfandleiher? Das ist noch eine Frage! ... Was für eine Frage? Und das verstehst du nicht? Die Antwort liegt dort auf dem Tisch, du aber sagst, es sei noch eine Frage! Ach, zum Teufel mit mir! Nicht um mich handelt es sich jetzt ... Doch, bei der Gelegenheit: was ist denn jetzt für mich wichtig: handelt es sich nun um mich oder nicht um mich? Nein, diese Frage, die kann ich schon überhaupt nicht mehr beantworten ... Es ist besser, ich lege mich schlafen. Mein Kopf schmerzt ...

III

Bin der edelste Mensch, glaube es jedoch selbst nicht

Ich kann nicht einschlafen. Wie sollte ich auch, wenn mir die ganze Zeit das Blut im Kopfe pocht. Ich will das alles klarstellen, die ganze Schändlichkeit! Aus welch' einem Schmutz ich sie damals herauszog. Das mußte sie doch einsehen. Und meine Handlungsweise zu schätzen wissen! ... Auch gefielen mir verschiedene Gedanken, wie zum Beispiel, daß ich einundvierzig war, sie aber erst sechzehn. Es bezauberte mich geradezu, dieses Gefühl der Ungleichheit, so süß war es, so süß.

Ich wollte, zum Beispiel, daß die Trauung à l'anglaise stattfinde, mit höchstens zwei Zeugen, Lukérja und noch irgend jemand, und dann direkt in die Bahn und so auf zwei Wochen nach Moskau in ein Hotel (ich hatte dort gerade Geschäftliches zu erledigen). Sie aber widersetzte sich dem, erlaubte es nicht, und ich war gezwungen, zu den Tanten zu fahren, um ihnen, als Anverwandten, von denen ich sie erhielt, meine Aufwartung zu machen und um die Hand der Nichte anzuhalten. Schön, ich gab nach, und den Tanten wurde die nötige Ehrerbietung erwiesen, wie sich's gehört. Ich gab diesen Kreaturen sogar zweihundert Rubel, jeder von ihnen hundert, und versprach, noch mehr zu geben; versteht sich, ohne ihr etwas davon zu sagen, um sie nicht durch die Niedrigkeit ihrer Angehörigen zu betrüben. Die Tanten wurden natürlich sofort seidenweich. Es gab auch Streit wegen der Aussteuer: sie hatte nichts, fast buchstäblich nichts, aber sie wollte auch nichts haben. Es gelang mir jedoch, ihr klarzumachen, daß es ganz ohne Sachen nicht ginge, und so kaufte ich also die Aussteuer, denn wer hätte es sonst

673

für sie getan? Nun, ach zum Teufel mit mir . . . Immerhin fand ich noch Zeit, ihr einige meiner Ansichten auseinanderzusetzen, damit sie sie wenigstens kennenlernte. Vielleicht geschah das etwas übereilt. Das Wichtigste aber war, daß sie mir schon gleich im Anfang, wie sehr sie sich auch zusammennahm, ihre ganze Liebe überschwenglich entgegenbrachte. Wenn ich abends zu ihnen kam, empfing sie mich immer ganz begeistert, erzählte mir dann in ihrer kindlich-stockenden Weise (wie bezaubernd war diese Unschuld an ihr!) ihre ganze erste Jugend, erzählte von ihrem Elternhause, vom Vater und von der Mutter. Ich aber begoß diesen ganzen Rausch sofort mit kaltem Wasser. Gerade darin bestand ja mein Plan. Auf diesen Überschwang antwortete ich mit Schweigen, zwar mit wohlwollendem, natürlich, . . . aber sie begriff doch bald, daß wir verschiedene Menschen waren und ich — eben ein Rätsel sei. Das aber wollte ich doch gerade, das bezweckte ich ja nur: ein Rätsel scheinen! Ja, vielleicht hatte ich die ganze Dummheit nur ausgedacht, um dieses Rätsel von ihr erraten zu lassen! Der erste Eindruck sollte sein: Strenge; damit führte ich sie in mein Heim. Kurz, schon damals dachte ich mir, obschon ich so zufrieden war, ein ganzes System aus. Oh, dieses System erdachte sich in mir eigentlich ganz von selbst, ohne jede Anstrengung. Und es war auch anders gar nicht möglich, ich mußte doch dieses System schaffen, — gezwungen durch eine unabweisbare Tatsache . . . Ich weiß wirklich nicht, warum ich mich immer noch selbst verleumde! Das System war durchaus wahr. Nein, hören Sie mal, wenn man schon einmal einen Menschen richtet, dann muß man es mit Kenntnis aller Umstände tun . . . Hören Sie also weiter.

. . . Wie soll man das eigentlich sagen? . . . Das ist nämlich gar nicht so leicht. Sobald man sich rechtfertigen will, wird es sofort schwer. Sehen Sie: die Jugend verachtet zum Beispiel das Geld. Ich aber verlegte sofort das Schwergewicht auf das Geld, betonte es fortwährend, so daß sie mehr und mehr verstummte. Sie machte große, verwunderte Augen, hörte zu, sah mich an und — verstummte ... Sehen Sie: Jugend ist hochherzig, das heißt gute Jugend, hochherzig, aber heftig; hat wenig Duldsamkeit. Entspricht etwas nicht dem Ideal, so wird es sofort verachtet. Ich aber wollte ihr das »Alles-verstehen« unmittelbar ins Herz einimpfen, den umfassenderen Blick der Nachsicht, verstehen Sie? Nehmen wir nun ein triviales Beispiel: wie hätte ich diesem Charakter, sagen wir, meinen freiwillig erwählten Beruf erklären sollen? Ich fing natürlich nicht gleich an, davon zu sprechen; sonst hätte es ja geschienen, als ob ich seinetwegen um Verzeihung bäte. Ich aber verhielt mich stolz, sprach fast nur durch Schweigen. Oh, darin bin ich Meister! Habe mein ganzes Leben lang schweigend gesprochen, habe mit mir selbst ganze Tragödien schweigend durchgekämpft! Oh, auch *ich* war doch unglücklich! Ich war von allen verstoßen, verworfen und vergessen worden, und keiner, kein einziger wußte das! Und plötzlich schnappte diese Sechzehnjährige von gemeinen Menschen Klatschgeschichten über mein früheres Leben auf und glaubte bereits alles zu wissen, während doch die Hauptsache in meiner Brust verschlossen blieb! Ich aber schwieg beredt, schwieg vielsagend die ganze Zeit über und besonders, besonders wenn ich mit ihr zusammen war, schwieg ich — bis auf den gestrigen Tag! Warum ich schwieg? Weil ich eben ein stolzer Mensch war. Ich wollte, daß sie das selbst begriffe, ohne mein Dazutun, daß sie diesen Menschen *selbst erriet* und ihn begriff, aber nicht aus den Erzählungen gemeiner Klatschbasen! Als ich sie in mein Haus nahm, setzte ich voraus, daß sie mich achtete. Im Herzen aber wollte ich, daß sie mich anbetete für meine Leiden. Ich war's doch wert. Oh, ich bin immer stolz gewesen, ich habe immer entweder alles oder nichts gewollt! Und gerade weil ich kein armseliges Stückchen Glück, sondern ein ganzes, großes haben wollte, gerade deswegen war ich gezwungen, so zu handeln: »Errate selbst und werte dann!« Denn, nicht wahr, Sie müssen doch zugeben, wenn ich selbst angefangen hätte, ihr alles zu erklären und vorzusagen, Finten zu machen und

Achtung zu erbitten, — dann wär's doch gleichbedeutend gewesen mit Almosen erbetteln ... Übrigens ... übrigens — wozu rede ich noch davon ...

Dumm, dumm, dumm war's! und nochmals: furchtbar dumm! Ich erklärte ihr damals in zwei Worten, ohne Umschweife, erbarmungslos (ich betone, daß es erbarmungslos geschah), daß die Hochherzigkeit der Jugend, ihre Großmut, an sich ja wunderschön, aber doch keinen Groschen wert sei. Warum nicht? Weil sie ihr billig zufällt, weil sie ihr zuteil wird, noch bevor sie gelebt hat; alles das sind, wie man zu sagen pflegt, »die ersten Eindrücke des Seins«. Wollen wir erst mal abwarten, wie ihr euch in der Not bewährt! Billige Hochherzigkeit ist immer leicht, billige Großmut immer flach, sogar das Leben fortzugeben, auch das ist dann billig, denn da kocht nur das junge Blut und schäumt die überschüssige Lebenskraft. Schönheit, Schönheit verlangt man leidenschaftlich! Nein, nehmt eine andere Heldentat der Hochherzigkeit, die schwere, stille, unhörbare, ohne Glanz, die, welche viele, viele Opfer verlangt und keinen Tropfen Ruhm einbringt, wohl aber bittere Verleumdung; wo der sauberste Mensch von der ganzen Welt als Schuft hingestellt wird, während er doch anständiger ist als alle Ehrenmänner der Welt zusammen. Nun, versucht erst mal eine solche Heldentat zu vollbringen! Nein, dafür werdet ihr danken! ... Ich aber, ich habe mein ganzes Leben lang diese Art Heldentum zu tragen gehabt.

Zuerst widersprach sie; und wie sie mit mir stritt! Dann aber wurde sie allmählich stiller, zuletzt verstummte sie sogar ganz. Nur die Augen sahen mich an, wenn sie mir zuhörte: groß, merkwürdig groß waren diese Augen und aufmerksam. Und ... und außerdem bemerkte ich auf einmal ein Lächeln, ein mißtrauisches, schweigsames, kein gutes ... Und mit diesem, mit eben diesem Lächeln kam sie in mein Haus. Aber es ist ja wahr, wohin hätte sie denn sonst gehen können ...

IV

Lauter Pläne und Pläne

Wer von uns beiden fing damals zuerst an?
Keiner. Es fing von selbst an, vom ersten Schritt. Ich habe
gesagt, daß ich sie auf ein strenges Leben mit mir vorbereitet
hatte, dann aber milderte ich diese Strenge doch schon am
ersten Tage. Noch vor der Trauung hatte ich ihr gesagt, daß
sie die Pfänder in Empfang nehmen und das Geld herausgeben werde — und sie hatte damals nicht widersprochen.
(Beachten Sie das wohl.) Ja, sie machte sich sogar mit Eifer
an die Sache. Die Wohnung, die Einrichtung, — alles blieb
selbstverständlich so, wie es war. Zwei Zimmer; das eine ein
großer Saal, unser Empfangsraum, in dem für die Pfandkasse eine Hälfte durch eine Scheidewand abgeteilt ist, das
andere, gleichfalls groß, unser Wohn- und Schlafzimmer.
Meine Möbel sind ärmlich, sogar die Tanten hatten bessere.
Mein Heiligenschrein mit dem Lämpchen hängt im ersten
Zimmer, dort wo die Kasse ist, bei mir aber, in meinem
Zimmer, steht mein Schrank, in dem ich auch einige Bücher
habe, und mein Koffer; die Schlüssel trage ich bei mir. Nun,
und dann natürlich noch das Bett, Tische, Stühle usw. Bereits vor der Trauung hatte ich ihr gesagt, daß zu unserem
Unterhalt, d. h. zur Beköstigung für mich, für sie und Lu-
kérja, die ich zu uns herübergelockt hatte, täglich ein Rubel
und nicht mehr verausgabt werden dürfe: »Muß in drei
Jahren dreißigtausend Rubel ersparen, anders aber kommt
man nicht zu Geld.« Sie widersprach nicht, aber ich fügte
von selbst noch deißig Kopeken pro Tag hinzu. Ebenso war
es mit dem Theater. Ich hatte ihr gesagt, daß wir nicht ins
Theater gehen würden, beschloß aber dann doch, einmal im
Monat mit ihr ins Theater zu gehen, und zwar anständig,
Parkettplätze. Wir gingen zusammen, etwa dreimal, sahen,
glaub' ich, „Die Jagd nach dem Glück", „Singvögel", und . . .
(oh, zum Teufel, zum Teufel damit!) Schweigend gingen wir

hin und schweigend kehrten wir heim. Warum, warum wir von Anfang an zu schweigen begannen? In der ersten Zeit gab es doch noch gar keine Streitigkeiten zwischen uns, nur Schweigen. Ich weiß noch, damals sah sie mich immer heimlich an; ich aber, als ich das bemerkte, schwieg dann erst recht. Es ist allerdings wahr: *ich* war es, der auf dem Schweigen beharrte, nicht sie. Ihrerseits gab es sogar ein- oder zweimal leidenschaftliche Ausbrüche: sie stürzte zu mir, umarmte mich. Da aber diese Ausbrüche krankhaft waren, hysterisch, ich jedoch ein *starkes* Glück brauchte und als erstes ihre volle Achtung, so blieb ich natürlich kühl. Hatte auch recht: nach solchen Ausbrüchen gab's am nächsten Tage jedesmal Streit.

Das heißt: Streit gab's eigentlich nicht, aber es gab Schweigen und ... und eine immer und immer dreistere Miene ihrerseits. »Auflehnung und Unabhängigkeit« — das war's, das wollte sie, nur verstand sie's nicht. Ja, dieses sanfte Gesicht nahm einen immer trotzigeren Ausdruck an. Glauben Sie mir, ich wurde ihr einfach zuwider, ich habe das genau beobachtet. Jedenfalls: daß sie zuweilen außer sich geriet, daran war nicht zu zweifeln. Nun wie, zum Beispiel, nachdem man aus solchem Schmutz, aus solcher Armut herausgekommen ist, wie kann man denn da plötzlich über unsere Armut die Nase rümpfen! Sehen Sie: es war keine Armut, aber es war Sparsamkeit, und dort, wo es sich gehörte, sogar Luxus, — in der Wäsche, zum Beispiel, in der Sauberkeit. Ich habe immer gedacht, daß die Sauberkeit des Mannes auf die Frau anziehend wirkt. Übrigens tat sie's nicht über die Armut, sondern über meine, wie sie glaubte, schmutzige Knauserigkeit: ,Behauptet, er verfolge ein Ziel, will offenbar Charakter beweisen!' Für das Theater dankte sie plötzlich selbst. Und immer spöttischer wurde der Zug um ihren Mund ... ich aber verstärkte das Schweigen, ich verstärkte noch das Schweigen.

Ich konnte doch nicht anfangen, mich zu rechtfertigen! Die Hauptrolle spielte dabei natürlich die Leihkasse. Sehen Sie:

ich wußte, daß eine Frau, und noch dazu eine sechzehnjährige, nicht umhin kann, sich dem Manne ganz und gar unterzuordnen. Es ist keine Originalität in den Frauen, das ... das ist ein Axiom, sogar jetzt noch, sogar jetzt noch ein Axiom für mich! Was ist's denn, was dort im Saal auf dem Tisch liegt? Wahrheit bleibt Wahrheit, an der kann selbst Mill nichts ändern! Aber die liebende Frau, — oh, die liebende Frau vergöttert selbst die Laster, selbst die Verbrechen des Geliebten. Er wird für seine Verbrechen niemals solche Rechtfertigungen ausfindig machen, wie sie sie für ihn ausdenken wird. Das ist großmütig, aber nicht originell. Einzig die Unoriginalität pflegt die Frauen zu verderben. Und warum, frage ich Sie nochmals, warum weisen Sie wieder dorthin auf den Tisch? Ja, ist denn das etwa originell, was dort auf dem Tisch liegt? O — oh!

Hören Sie: von ihrer Liebe war ich damals überzeugt. Fiel sie mir doch damals oft stürmisch um den Hals. Also liebte sie doch, richtiger: wollte sie doch lieben. Ja, ja, so war es: sie wollte lieben, sie suchte zu lieben. Aber die Hauptsache lag eben darin, daß ich ja gar nicht solche Verbrechen begangen hatte, für die sie sich hätte Entschuldigungen ausdenken müssen. Sie sagen: »ein Pfandleiher«! — ja, und alle sagen es. Aber was besagt denn das: »ein Pfandleiher«? Also muß es doch Gründe gegeben haben, wenn der hochherzigste Mensch zum — Pfandleiher geworden ist? Sehen Sie: es gibt Ideen ... das heißt, sehen Sie mal, es gibt manche Ideen, die, wenn man sie ausdrücken, in Worten aussprechen will, furchtbar dumm erscheinen. Wirklich so dumm, daß man sich schämt. Und woher kommt das? Nirgendwoher. Weil wir alle so oberflächlich sind und die Wahrheit nicht ertragen können, oder ... ich weiß wirklich nicht ... Ich sagte vorhin: »der hochherzigste Mensch«. Das klingt lächerlich. Indessen, es war doch wirklich so. Es ist Wahrheit, was ich sage, die allerallerwahrhaftigste Wahrheit! Ja, ich hatte damals das Recht, mich pekuniär sicherstellen zu wollen und dieses Pfandgeschäft zu eröffnen. ,Ihr habt mich verstoßen (ihr, das heißt: ihr Menschen), ihr habt mich mit verachtendem Schweigen fortgejagt! Auf meinen leidenschaftlichen Drang zu euch habt ihr mir mit einer Beleidigung für mein ganzes Leben geantwortet. Somit war ich denn im Recht, als ich mich von euch trennte, zwischen euch und mir eine Mauer zog; ich bin im Recht, wenn ich diese dreißigtausend Rubel ersparen und irgendwo in der Krim, am südlichen Meerestrand, zwischen Bergen und Weingärten auf meinem für diese dreißigtausend gekauften Landgut mein Leben beschließen will. Und vor allen Dingen: ich will ohne Groll auf euch, aber nur fern von euch leben, leben mit dem Ideal in der Seele, an der Seite der geliebten Frau und mit meinen Kindern, wenn Gott sie uns schenken sollte. Und den Freunden und Nachbarn in der Not würde ich eine helfende Hand sein.' Wenn ich das jetzt allein zu mir sage, ist nichts dabei, was aber hätte es Dümmeres geben können, als wenn ich damals ihr das erzählt und ausgemalt hätte? Das war ja der Grund, warum ich stolz schwieg, warum wir uns schweigend gegenübersaßen! Was hätte sie denn davon begriffen? Sechzehn Jahre — das ist ja doch noch die erste Jugend! Und was hätte sie denn verstehen können von meinen Rechtfertigungen, von meinen Leiden? Da war einerseits naive Unbedingtheit, kindliche Geradlinigkeit, völlige Unkenntnis des Lebens, jugendliche, billige Überzeugungen, wahre Hühnerblindheit der »prachtvollen Herzen«; und andererseits: die Leihkasse, und das genügte! (Aber war ich denn als Pfandleiher etwa ein Räuber, hatte sie denn nicht selbst gesehen, wie ich war und daß ich nichts Unrechtmäßiges nahm?!) Oh, wie schrecklich ist die Wahrheit auf Erden! Dieses reizende Wesen, diese sanfte Kleine, dieser Himmel — war bald mein Tyrann, war der unerträgliche Peiniger meiner Seele! Würde ich mich doch selbst verleumden, wenn ich das nicht sagte! Sie glauben vielleicht, daß ich sie nicht geliebt habe? Wer kann behaupten, ich hätte sie nicht geliebt? Sehen Sie: hieraus wurde boshafte Ironie des Schicksals und der Natur! Wir sind verflucht, das Leben der Menschen ist überhaupt ein

Fluch! (Und mein Leben noch ganz besonders!) Ich begreife ja jetzt, daß ich mich hierbei in irgend etwas verrechnet habe! Hierbei ist irgend etwas mißlungen! Alles war doch so klar, so klar wie der Himmel war mein Plan: ‚Streng, stolz, brauche niemandes moralischen Trost, leide schweigend.‘ So war's doch auch, ich log doch nicht, ich log doch wahrhaftig nicht! ‚Sie wird doch dann selbst die Hochherzigkeit ent- decken, nur versteht sie vorläufig noch nicht, sie zu erken- nen; doch wenn sie das irgendeinmal errät, so wird sie es dann zehnfach zu schätzen wissen und in den Staub vor mir niederknien, mit anbetend gefalteten Händen.‘ Das war der Plan! Aber hierbei muß ich etwas vergessen oder aus dem Auge gelassen haben. Irgend etwas habe ich nicht richtig zu machen verstanden. Doch genug, genug! Und wen soll ich denn jetzt um Verzeihung bitten? Ist's aus, dann ist's aus. Sei mutiger, Mensch, und sei stolz! Nicht du bist schuld! . . .

Nein, ich will die Wahrheit sagen, ich fürchte mich nicht, der Wahrheit ins Antlitz zu schauen: *sie* ist schuld, *sie* ist schuld! . . .

V

Die Sanfte revoltiert

Die Zwistigkeiten begannen damit, daß es ihr plötzlich einfiel, die Pfänder über ihren Wert einzuschätzen, das Geld nach ihrem Gutdünken auszuzahlen, und ein- oder zweimal erlaubte sie sich sogar, mit mir über dieses Thema zu strei- ten. Ich erklärte mich damit nicht einverstanden. Aber dann kam uns diese Offizierswitwe in die Quere.

Es kam eine alte Frau, die Witwe eines Hauptmanns, mit einem Medaillon, einem Geschenk des verstorbenen Gatten, nun, natürlich: ein teures Andenken! Ich gab ihr dreißig Rubel. Da hob denn das Jammern und Bitten an: man solle das Ding nur ja gut aufbewahren. — Selbstverständlich be- wahren wir es gut auf. Nun, kurz und gut, plötzlich, nach fünf Tagen kommt sie wieder, um das Ding gegen ein Armband, das nicht einmal acht Rubel wert war, einzulösen. Ich schlug ihr's natürlich ab. Wahrscheinlich hat sie schon damals etwas aus den Augen meiner Frau erraten, denn als sie das zweite Mal in meiner Abwesenheit kam, tauschte die es tatsächlich gegen das Medaillon ein.

Als ich das noch am selben Tage erfahren hatte, sprach ich sanft, doch bestimmt und vernünftig mit ihr. Sie saß auf dem Bett, sah zu Boden und baumelte mit dem rechten Beinchen (ihre charakteristische Angewohnheit), wobei sie mit dem Fußspitzchen immer den Betteppich streifte; ein Lächeln, das nichts Gutes verhieß, lag auf ihren Lippen. Da erklärte ich ihr ruhig, ohne auch nur die Stimme zu erheben, daß das Geld *mir* gehöre, daß ich das Recht hätte, auf das Leben mit *meinen* Augen zu sehen, und daß ich, als ich um sie anhielt, ihr doch nichts verheimlicht hätte.

Sie sprang auf, erzitterte am ganzen Körper und — was glauben Sie wohl — trampelte plötzlich wie wahnsinnig mit den Füßen los! Das war einfach plötzlich ein Tier, ein Anfall von Raserei, ein Tier in einem Wutanfall. Ich war starr vor Erstaunen: einen solchen Auftritt hätte ich von ihr nie und nimmer erwartet! Verlor aber nicht den Kopf, zuckte nicht einmal und erklärte nur, wieder mit derselben ruhigen Stimme, daß ich ihr von nun ab die Mitarbeit an meinem Geschäft entziehen würde. Sie lachte mir ins Gesicht und ging, ging hinaus auch aus der Wohnung.

Die Sache war aber die: sie hatte nicht das Recht, die Wohnung zu verlassen, ohne meinen Willen auszugehen — so war es zwischen uns noch während der Brautzeit vereinbart worden. Gegen Abend kehrte sie heim; ich sagte kein Wort.

Am nächsten Tage ging sie wieder gleich am Morgen aus, am übernächsten wieder. Ich schloß die Kasse und begab mich zu den Tanten. Mit ihnen hatte ich gleich nach der Trauung jede Beziehung abgebrochen: weder kamen sie zu uns, noch gingen wir zu ihnen. Es stellte sich heraus, daß meine Frau nicht bei ihnen gewesen war. Sie hörten mir neu-

gierig zu, lachten mich aus: »Geschieht Ihnen ganz recht.«
Aber ich war auf ihren Spott gefaßt. Bei der Gelegenheit
gewann ich die jüngere Tante, die alte Jungfer, bestach sie
mit hundert Rubeln, wovon ich ihr fünfundzwanzig sofort
einhändigte. Nach zwei Tagen kam sie zu mir.

»Da ist ein Offizier«, sagte sie, »ein Leutnant Jefímo-
witsch, Ihr früherer Regimentskamerad, im Spiel.«

Ich war sehr verwundert. Dieser Jefimowitsch hatte im
Regiment am meisten gegen mich intrigiert. Vor einem Monat aber war er, unverschämt wie immer, zweimal unter dem
Vorwand, etwas versetzen zu wollen, zu uns gekommen.
Ich erinnerte mich noch, daß er damals mit meiner Frau zu
scherzen versucht hatte. Da war ich denn an ihn herangetre-
ten und hatte ihm gesagt, er solle es nicht wagen, wiederzukommen, so wie unsere Beziehungen nun einmal stünden.
Doch nicht einmal ein Gedanke an irgend so etwas war mir
in den Kopf gekommen; ich dachte einfach, er sei nichts als
frech und zudringlich. Und nun sagte mir plötzlich diese
Tante, daß die beiden schon ein Stelldichein verabredet hätten, und daß die ganze Geschichte von einer früheren Bekannten der anderen Tante, einer Júlija Ssamssónowna, die
noch dazu die Witwe eines Obersten sein sollte, unterstützt
würde. »Und zu dieser Witwe geht Ihre Frau.«

Ich werde mich kürzer fassen. Im ganzen kam mich die
Sache auf etwa dreihundert Rubel zu stehen; dafür aber war
es nach zweimal vierundzwanzig Stunden abgemacht, daß
ich im Nebenzimmer hinter der Tür stehen und auf diese
Weise dem ersten tête-à-tête meiner Frau mit Jefimowitsch
beiwohnen sollte. Aber da kam es nun noch am Abend vorher zu einer kurzen, doch nur zu bedeutsamen Szene zwischen ihr und mir.

Sie kam kurz vor Abend zurück, setzte sich aufs Bett,
blickte mich spöttisch an und baumelte wieder mit dem Beinchen überm Teppich. Plötzlich kam mir, während ich sie ansah, der Gedanke, daß sie ja schon diesen ganzen Monat,
oder genauer diese letzten zwei Wochen, gar nicht mehr sie

selbst, sondern geradezu ihr eigener Gegensatz gewesen war: ein wildes, angriffslustiges, ich kann nicht sagen schamloses, aber immerhin zügelloses Geschöpf, das selbst Sturm und Verderben suchte, ja, herbeisehnte. Allein die angeborene Sanftmut stand ihr noch im Wege. Wenn ein solches Wesen einmal ausbricht und lostobt, so wird man ihm doch immer noch anmerken, auch wenn es die Grenzen überspringt, daß es sich dabei Gewalt antut, sich aufpeitscht und verstellt und mit der angeborenen Keuschheit und Scham selbst am allerwenigsten fertig werden kann. Gerade deshalb können solche Naturen mitunter so ungeheuerlich jedes Maß verlieren, daß unsere beobachtende Vernunft ihren Augen nicht mehr traut. Dagegen wird sich eine mit dem Laster schon vertraute Seele immer maßvoller zeigen, Schlimmeres tun, aber den Schein von Ordnung und Anstand zu wahren wissen, mit der Anmaßung, eben deshalb uns gegenüber noch die Überlegene spielen zu dürfen.

»Ist es wahr, daß man Sie aus dem Regiment fortgejagt hat, weil Sie aus Feigheit einem Duell ausgewichen sind?« fragte sie plötzlich, und ihre Augen blitzten.

»Ja, es ist wahr. Man bat mich nach dem Urteilsspruch der Offiziere, das Regiment zu verlassen, obgleich ich übrigens schon vorher selbst mein Abschiedsgesuch eingereicht hatte.«

»Also doch als Feigling fortgejagt?«

»Ja, ich wurde wegen Feigheit verurteilt. Doch hatte ich das Duell nicht aus Feigheit ausgeschlagen, sondern weil ich mich nicht ihrem tyrannischen Urteilsspruch fügen wollte: zum Duell herauszufordern, wenn ich selbst eine Beleidigung nicht anerkennen konnte ... Wissen Sie«, sagte ich plötzlich, denn ich konnte nicht an mich halten, »daß mit der Tat sich gegen solche Tyrannei aufzulehnen und alle Folgen dieser Handlung auf sich zu nehmen, weit mehr Mut beweisen hieß, als zu einem beliebigen Duell erforderlich ist?«

Ich hatte mich nicht beherrschen können und gleichsam mich zu rechtfertigen begonnen; das aber wollte sie ja nur, diese meine Erniedrigung. Sie lachte boshaft auf.

»Und ist es wahr, daß Sie sich darauf drei Jahre lang in den Straßen Petersburgs wie ein Strolch herumgetrieben, die Leute um zehn Kopeken angesprochen und unter den Billardtischen übernachtet haben?«

»Ich habe sogar im berüchtigten Nachtasyl am Heumarkt manche Nacht verbracht. Ja, es ist wahr; in meinem Leben war später, nach dem Austritt aus dem Regiment, viel Schmach und Verkommenheit, denn ich habe mich und mein Verhalten damals selbst am meisten gehaßt. Das war bloß ein zeitweiliges Nachlassen meines Willens und meines Verstandes infolge meiner verzweifelten Lage ... Aber das ist jetzt vorüber, ist gewesen ...«

»Oh, natürlich. Jetzt sind Sie ja eine Persönlichkeit, ein Finanzmann!«

Das war natürlich eine Anspielung auf die Pfandkasse. Doch ich konnte mich schon wieder beherrschen. Ich sagte mir, daß sie es ja doch nur auf Erklärungen meinerseits abgesehen hatte, die mich erniedrigen sollten, und — ich schwieg. Zudem klingelte gerade jemand, und so ging ich aus dem Zimmer an meine Kasse. Darauf, nach einer Stunde ungefähr, als sie sich angekleidet hatte, um wieder auszugehen, blieb sie plötzlich noch vor mir stehen und sagte:

»Vor der Hochzeit aber haben Sie mir nichts davon gesagt?«

Ich antwortete nicht, und sie ging.

Und so geschah es denn am folgenden Tage, daß ich dort in jenem Nebenzimmer hinter der Tür stand und zuhörte, wie sich mein Schicksal entschied, in der Tasche aber hatte ich meinen Revolver. Sie hatte ihr bestes Kleid an, saß am Tisch, und Jefimowitsch gab sich alle Mühe. Und was geschah? Es geschah das (zu meiner Ehre sei es gesagt), es geschah genau das, was ich vorausgefühlt und vorausgesehen hatte, wenn ich mir dessen auch nicht bewußt war, daß ich das vorausfühlte und voraussah. Ich weiß nicht, ob ich mich verständlich ausdrücke.

Und zwar geschah folgendes: Ich hörte eine ganze Stunde

lang zu und war eine Stunde lang Zeuge eines Zweikampfes zwischen einem Weibe, dem edelsten und überlegensten, und einer stumpfen, verderbten Lebeweltkreatur, die heranzukriechen suchte. Und woher, dachte ich ganz betroffen, woher nur hat dieses naive, dieses sanfte, dieses unerfahrene junge Geschöpf alle diese Worte und dieses Wissen? Selbst der geistreichste Dichter einer mondänen Komödie hätte eine solche Szene nicht erfinden können, solch einen Spott, solch ein allernaivstes Lächeln mit dieser heiligen Verachtung, die der reine Mensch für das Laster hat. Und wieviel Geist war doch in ihren Worten und kleinen Bemerkungen, welch ein Scharfsinn in ihren schnellen Repliken und welche Sicherheit und Richtigkeit in ihren Urteilen. Und zu gleicher Zeit wieviel nahezu mädchenhafte Harmlosigkeit! Auf seine Liebeserklärungen hin lachte sie ihn einfach aus. Er, der mit seinen rohen Absichten gekommen war und kaum mit Widerstand gerechnet hatte, saß plötzlich ganz kleinlaut da und wußte nicht, wie ihm geschah. Zuerst hätte ich glauben können, es sei ihrerseits nur Koketterie — ‚Koketterie eines, wenn auch verderbten, so doch jedenfalls geistreichen Weibes, um sich kostbarer zu machen‘. Aber nein, die Wahrheit war so sonnenklar, daß ein Zweifel überhaupt nicht bestehen konnte. Nur aus Haß gegen mich, aus Haß, in den sie sich selbst hineingeredet hatte, hatte sie, die Unerfahrene, sich zu diesem Rendezvous entschließen können; sobald es aber zur Tat kam — erwachte sie sofort. Sie hatte nicht gewußt, was tun, um mich irgendwie, einerlei wodurch, zu verletzen, aber es ist ja nur zu verständlich, daß sie, die sich zu etwas so Schändlichem entschlossen zu haben schien, sofort auf diesem Wege stehenblieb und umkehrte, als sie der Tat gegenüberstand: sie ertrug sie nicht. Und sie, diese sündenlose, keusche Seele, die ihr Ideal besaß, hätte solch ein Jefimowitsch oder irgendeiner von diesem Lebeweltgesindel verführen können? Er rief ja bei ihr nur Gelächter hervor. Die ganze Wahrhaftigkeit ihrer Seele richtete sich auf, und der Unwille in ihrem Herzen äußerte sich in Sarkasmus. Ich wiederhole:

686

dieser Narr saß zum Schluß ganz verdattert auf seinem Stuhl, blickte mürrisch drein und antwortete kaum, so daß ich schon befürchtete, er werde vielleicht aus niedriger Rachsucht sie zu beleidigen suchen. Und ich wiederhole nochmals, zu meiner Ehre sei es gesagt: ich hörte das ganze Gespräch fast ohne jede Verwunderung an. Es war mir, als ob ich nichts als Bekanntes wiederfände. Ich war gleichsam nur deswegen hingegangen, um dieses Bekannte wiederzufinden. Ich war tatsächlich hingegangen, ohne einer einzigen Beschuldigung zu glauben, obgleich ich den Revolver in die Tasche gesteckt hatte, — das ist die ganze Wahrheit! Und wie hätte ich sie mir denn überhaupt anders denken können? Warum liebte ich sie denn, warum schätzte ich sie denn so hoch, warum hatte ich sie denn geheiratet? Oh, natürlich wurde mir auch das klar, wie unverdorben, wie rein sie war. Ich machte der Szene plötzlich ein Ende, indem ich die Tür öffnete. Jefimowitsch sprang auf; ich bot ihr den Arm und bat sie, mit mir das Haus zu verlassen. Jefimowitsch faßte sich ziemlich schnell und lachte belustigt auf.

»Oh, gegen die geheiligten Gattenrechte habe ich natürlich nichts einzuwenden! Bitte, führen Sie sie nur fort, bitte! Und wissen Sie«, rief er mir noch nach, »obgleich sich ja ein anständiger Mensch mit Ihnen eigentlich nicht schlagen kann, so stehe ich doch, aus Achtung vor Ihrer Frau, zu Ihrer Verfügung . . . Wenn Sie übrigens nur selbst den Mut dazu haben . . .«

»Hören Sie's?« fragte ich sie und hielt sie noch einen Augenblick auf der Türschwelle zurück.

Darauf den ganzen Weg bis nach Hause kein Wort. Ich führte sie am Arm, und sie widersetzte sich nicht. Im Gegenteil, sie war furchtbar betroffen, und das nicht nur auf dem Wege bis zu unserer Wohnung. Als wir bei uns angelangt waren, setzte sie sich auf einen Stuhl und richtete stumm ihren Blick auf mich. Sie war ungewöhnlich bleich; wenn sich auch ihre Lippen sofort wieder spöttisch verzogen, so sah sie mich doch mit einem Blick feierlicher und strenger Her-

ausforderung an und war, glaube ich, fest überzeugt, wenigstens in den ersten Minuten, daß ich sie nun sofort niederschießen würde. Ich aber zog meinen Revolver schweigend
aus der Tasche und legte ihn auf den Tisch. Sie blickte von
mir auf den Revolver, vom Revolver auf mich. (Beachten
Sie folgendes: dieser Revolver war ihr schon bekannt. Ich
hatte ihn mir gekauft, weil ich nicht beabsichtigte, große
Hunde oder einen starken Diener, wie ihn zum Beispiel
Moser hat, zu halten. Bei mir öffnet die Köchin die Tür.
Andererseits aber können wir Pfandkassenbesitzer uns doch
nicht ganz des Selbstschutzes berauben, — wenn die Leute
nun einmal wissen, daß man immer Geld im Hause hat. Und
so hatte ich mir denn diesen Revolver gekauft. Sie nun interessierte sich, als sie zu mir ins Haus kam, in den ersten
Tagen ganz besonders für das Ding, und ich erklärte ihr
daraufhin das ganze System und beredete sie sogar, einmal
nach einem Ziel zu schießen. Bitte sich das zu merken.)

Ohne ihren erschrockenen Blick weiter zu beachten, legte
ich mich nur halb ausgekleidet auf das Bett. Ich war nicht
wenig erschöpft. Es war schon gegen elf Uhr. Sie blieb auf
ihrem Platz sitzen, ohne sich zu rühren, ungefähr noch eine
Stunde lang. Darauf löschte sie das Licht aus und legte sich,
gleichfalls angekleidet, auf den Diwan an der Wand. Zum
erstenmal legte sie sich nicht zu mir nieder — auch das bitte
ich sich zu merken.

VI

Eine schreckliche Erinnerung

Jetzt diese schreckliche Erinnerung . . .

Ich erwachte am Morgen schätzungsweise nach sieben Uhr,
und im Zimmer war es fast schon ganz hell. Ich erwachte
plötzlich mit vollem Bewußtsein und schlug die Augen auf;
sie stand am Tisch und hielt den Revolver in der Hand. Sie
bemerkte nicht, daß ich aufgewacht war und sie beobachtete.

Und plötzlich sehe ich: sie bewegt sich auf mich zu, mit dem Revolver in der Hand ... Ich schloß sofort die Augen und stellte mich schlafend.

Sie kam bis ans Bett und beugte sich über mich. Ich hörte alles; wenn es auch totenstill war, so *hörte* ich doch diese Stille. Da ... ich schlug plötzlich, ganz gegen meinen Willen, die Augen auf: sie stand über mich gebeugt und sah mich an, blickte mir gerade in die Augen, und der Revolver war schon dicht an meiner Schläfe. Unsere Blicke trafen sich. Aber wir sahen einander nur eine Sekunde an. Ich riß mich zusammen und schloß wieder die Augen und im selben Moment faßte ich aus ganzer Seele den Entschluß, mich nicht mehr zu rühren und nicht mehr die Augen aufzuschlagen, was auch immer mich erwarten mochte.

Es kommt in der Tat zuweilen vor, daß ein festschlafender Mensch plötzlich die Augen aufschlägt, sogar den Kopf erhebt und sich im Zimmer umblickt, darauf, nach einer Sekunde, den Kopf wieder auf das Kissen zurückfallen läßt und weiterschläft, ohne sich seiner ganzen Bewegung bewußt zu werden oder sich später ihrer noch zu erinnern. Als ich, nachdem sich unsere Blicke getroffen und ich den Revolver an meiner Schläfe gespürt hatte, plötzlich wieder die Augen schloß und mich regungslos verhielt, wie ein Festschlafender, da konnte sie natürlich annehmen, daß ich tatsächlich schlief und nichts gesehen hatte, um so mehr, als es doch ganz unwahrscheinlich war, daß einer, der das gesehen, was ich gesehen, in einem solchen Augenblick die Augen wieder geschlossen hätte.

Ja, es war unwahrscheinlich. Aber trotzdem hätte sie doch die Wahrheit erraten können, — das war's, was mir plötzlich in diesem selben Augenblick durch das Gehirn zuckte. Welch ein Wirbelsturm von Gedanken und Gefühlen in weniger als einer Sekunde durch meine Seele stob! — oh, es lebe die Elektrizität des menschlichen Denkens! In diesem Falle (so empfand ich blitzschnell), wenn sie die Wahrheit erraten hatte und wußte, daß ich nicht schlief, hatte ich sie schon durch meine Bereitwilligkeit, in den Tod zu gehen, vernichtet, und ihre Hand mußte zurückzucken. Die anfängliche Entschlossenheit konnte an einem neuen ungewöhnlichen Eindruck zerschellen. Man sagt, wer auf einer Höhe steht, fühle sich unwillkürlich hinabgezogen in den Abgrund. Ich glaube, viele Selbstmorde und Morde sind nur begangen worden, weil der Revolver schon in der Hand war. Da ist es gleichfalls ein Abgrund, ein Abhang von fünfundvierzig Grad, und man ist gezwungen, in diesen Abgrund hinunterzugleiten; so ist da auch etwas, was einen unwiderstehlich herausfordert, den Hahn abzudrücken. Doch wenn sie sich sagte, daß ich alles gesehen habe, alles wisse und schweigend von ihr den Tod erwarte — dieser Gedanke hätte sie doch vielleicht auf dem Abhang aufhalten können.

Die Stille dauerte an, und plötzlich fühlte ich an der Schläfe, dicht an meinem Haar, die kalte Berührung des Eisens. Sie werden mich fragen wollen, ob ich immer noch fest auf eine Rettung hoffte? Ich will Ihnen wie vor Gott antworten: ich hatte nicht die geringste Hoffnung, nicht erschossen zu werden, außer vielleicht wie eins zu hundert. Warum, fragen Sie mich, nahm ich dann den Tod von ihr so ohne weiteres hin? Ich aber frage: was war mir denn das Leben noch, nachdem das von mir vergötterte Wesen den Revolver auf mich angelegt hatte? Außerdem fühlte ich mit der ganzen Kraft meiner Seele, daß in diesem Augenblick zwischen uns ein Kampf vor sich ging, ein furchtbarer Zweikampf auf Leben und Tod, der Kampf mit diesem selben früheren »Feigling«, der von den Kameraden wegen »Feigheit« hinausgesetzt worden war! Ich wußte das, und auch sie mußte das wissen, wenn sie nur die Wahrheit erraten hatte, daß ich nicht schlief.

Vielleicht war es auch nicht so, vielleicht habe ich all das in dem Augenblick gar nicht gedacht, aber das hätte doch alles so sein müssen, wenn auch ohne Gedanken, denn ich habe ja nachher nichts weiter getan als daran gedacht, in jeder Stunde meines Lebens.

690

Aber Sie können noch eine andere Frage stellen: warum bewahrte ich sie nicht vor dem Verbrechen? Oh, ich habe mir selbst nachher wohl an tausendmal diese Frage gestellt — jedesmal, wenn ich mir mit einem eisigen Schauer im Rücken diesen Augenblick zu vergegenwärtigen suchte. Doch meine Seele war damals in finsterer Verzweiflung: ich ging unter, ich ging selbst unter, wie hätte ich da noch jemand anderen retten können? Und woher wissen Sie, ob ich da überhaupt noch jemanden hätte retten wollen? Woher soll man's wissen, was ich damals gefühlt habe?

Einstweilen war mein Bewußtsein überwach, kochte in mir ... Die Sekunden kamen und gingen, es war totenstill ... Sie stand immer noch über mich gebeugt, und — plötzlich durchzuckte mich eine Hoffnung! Ich schlug schnell die Augen auf: sie war nicht mehr im Zimmer. Ich erhob mich vom Bett: ich, ich hatte gesiegt! — und sie war für immer besiegt!

Ich ging in das vordere Zimmer zum Frühstück. Der Ssamowar wurde bei uns im ersten Zimmer aufgestellt, und den Tee goß stets sie ein. Ich setzte mich schweigend an den Tisch und nahm von ihr mein Glas in Empfang. So nach fünf Minuten sah ich zum erstenmal auch zu ihr hinüber: sie war entsetzlich bleich, noch bleicher als tags zuvor, und blickte mich an. Und plötzlich — und plötzlich, als sie gewahr wurde, daß ich sie betrachtete, verzog sie ihre bleichen Lippen zu einem blassen Lächeln, mit scheuer Frage in den Augen ... So zweifelte sie immer noch? Fragte sich wohl: weiß er es oder weiß er es nicht, hat er es gesehen oder hat er es nicht gesehen? Gleichmütig wandte ich meinen Blick von ihr ab.

Nach dem Tee schloß ich die Kasse, ging auf den Markt und kaufte ein eisernes Bett und einen großen Bettschirm. Nach Haus zurückgekehrt, ließ ich das Bett im ersten Zimmer aufstellen und mit dem Schirm gleichsam das Zimmer abteilen. Das war ein Bett für sie, doch sagte ich kein Wort davon. Auch ohne Worte begriff sie durch dieses Bett, daß ich »alles gesehen habe und alles weiß«. Für die Nacht legte ich den Revolver wie immer auf den Tisch. Spät abends legte sie sich in dieses neue Bett: die Ehe war aufgelöst.

»Sie war besiegt, doch war ihr noch nicht verziehen.« In der Nacht fing sie an zu phantasieren und am nächsten Morgen hatte sie hohes Fieber. Sechs Wochen lag sie zu Bett.

ZWEITES KAPITEL

I

Ein Traum des Stolzes

Lukérja hat mir soeben erklärt, daß sie nicht bei mir bleiben wolle und fortgehen werde, sobald die gnädige Frau beerdigt sei. Habe kniend fünf Minuten gebetet, wollte zuerst eine ganze Stunde lang beten, aber ich muß immer denken und denken, die ganze Zeit ... lauter kranke Gedanken und ein schmerzender Kopf ... Was da beten! ... wäre ja Sünde ... Sonderbar, daß ich nicht schlafen will. In großem, allzu- großem Leid will man nach den ersten, stärksten Erschütte- rungen immer schlafen. Zum Tode Verurteilte sollen, sagt man, in der letzten Nacht ungewöhnlich fest schlafen. Ja, das muß auch so sein, das verlangt die Natur, sonst würden die Kräfte nicht ausreichen ... Ich legte mich auf den Divan, konnte aber nicht einschlafen ...

*

Sechs Wochen pflegten wir sie Tag und Nacht: ich, Lukérja und die gelernte Pflegerin aus dem Krankenhause. Geld sparte ich nicht, ich hatte geradezu das Bedürfnis, viel für sie auszugeben. Von Ärzten rief ich Dr. Schröder zu ihr und zahlte ihm zehn Rubel für jeden Besuch. Als sie allmählich das Bewußtsein wiedererlangte, hielt ich mich zurück, das heißt: ich ließ mich seltener bei ihr blicken. Doch wozu schildere ich das jetzt lang und breit! Als sie schließlich auf- stand, das Bett verließ, setzte sie sich leise und schweigend in meinem Zimmer an den kleinen Tisch, den ich inzwischen eigens für sie gekauft hatte ... Ja, es ist wahr, wir schwiegen jetzt ganz und gar; später fingen wir zuweilen auch wieder an, über irgend etwas zu sprechen, aber immer über Gleichgültiges. Ich war natürlich mit Absicht nicht gesprächig, doch bemerkte ich sehr wohl, daß auch sie froh war, kein überflüssiges Wort sagen zu müssen. Das erschien mir ihrerseits ganz natürlich: ‚Sie ist viel zu erschüttert, viel zu sehr besiegt‘, dachte ich, ‚und man muß ihr Zeit lassen, zu vergessen und sich wieder einzuleben.‘ So schwiegen wir denn beide, doch im Herzen bereitete ich mich jeden Augenblick auf das Zukünftige vor. Ich glaubte, daß auch sie dasselbe tat, und ich bemühte mich fortwährend zu erraten, woran sie bei sich jetzt denken mochte.

Nur dies will ich noch sagen: niemand weiß, oh, selbstverständlich ahnt es kein Mensch, was ich beim Wachen an ihrem Bett während ihrer Krankheit durchgemacht habe. Selbst vor Lukérja verbarg ich mein Stöhnen und wimmerte nur in mich hinein. Ich vermochte es mir gar nicht vorzustellen, es war für mich gar nicht auszudenken, daß sie sterben könnte, ohne alles erfahren zu haben. Als aber die Gefahr überstanden war und sie sich zu erholen begann, da beruhigte ich mich, ich weiß es noch genau, schnell und vollkommen. Und nicht nur das, sondern ich beschloß sogar, *unsere Zukunft möglichst weit hinauszuschieben* und vorläufig alles so zu belassen, wie es jetzt war. Ja, es geschah damals etwas Seltsames und Merkwürdiges mit mir, anders wüßte ich es nicht zu bezeichnen: ich hatte den Sieg davongetragen, hatte die Oberhand gewonnen, und schon dieses Bewußtsein genügte mir, wie sich erwies, vollkommen. So verging der ganze Winter. Oh, ich war so zufrieden, wie ich es noch nie zuvor gewesen war, und so blieb es den ganzen Winter über.

Sehen Sie, in meinem Leben gibt es einen furchtbaren äußeren Umstand, der mich bis dahin, das heißt: bis zum Tage der Katastrophe mit meiner Frau, Tag für Tag und Stunde für Stunde bedrückte: das war der Verlust meiner Reputation und jener Austritt aus dem Regiment. Kurz: an mir war tyrannische Ungerechtigkeit verübt worden. Es ist wahr, meine Kameraden liebten mich nicht wegen meines

»schweren« Charakters und vielleicht auch noch wegen meines »komischen« Charakters, aber es kommt doch oft vor, daß das, was dem einen erhaben erscheint, was er als seinen heiligsten Schatz im Herzen bewahrt und verehrt, gleichzeitig der Schar seiner Kameraden aus irgendeinem Grunde lächerlich erscheint. Ich war nie beliebt, auch nicht in der Schule. Ich war immer und überall unbeliebt. Auch Lukérja mag mich nicht. Jener Zwischenfall aber im Regiment war seiner Art nach ein absoluter Zufall, obschon er letzten Endes doch wieder mit meiner Unbeliebtheit zusammenhing. Ich sage das nur, weil es nichts Kränkenderes und Unerträglicheres gibt, als durch einen Zufall zugrunde zu gehen, durch einen Zufall, der ebensogut auch nicht hätte eintreten können, zugrunde zu gehen durch ein unglückliches Zusammentreffen von Umständen, die sich ebensogut wie Wolken hätten verziehen, in nichts auflösen können. Für ein mit Denkvermögen ausgestattetes Lebewesen ist so etwas erniedrigend. Zu diesem Zwischenfall war es folgendermaßen gekommen:

Ich war im Theater. In der großen Pause ging ich hinaus ans Büfett. Auch der Husarenleutnant A—ff kam ans Büfett und erzählte hier zwei anderen Husaren aus seinem Regiment – laut genug, daß es alle anwesenden Offiziere und das Publikum hören konnten –, daß ein Hauptmann unseres Regiments, Besúmzeff, im Korridor Skandal gemacht habe und »wahrscheinlich betrunken« sei. Es entspann sich weiter kein Gespräch darüber, und dazu war es auch noch ein Irrtum, denn der Hauptmann Besúmzeff war weder betrunken noch hatte er besonderen Skandal gemacht. Die Husaren gingen auf ein anderes Thema über, und damit war die Sache abgetan. Am nächsten Tage jedoch wurde die Geschichte in unserem Regiment bekannt, und sofort wußte man auch, daß von Offizieren unseres Regiments nur ich allein zugegen gewesen und auf den Leutnant A—ff nicht zugetreten war, als er sich in ungeziemender Weise über Hauptmann Besúmzeff geäußert hatte, um ihn wenigstens durch eine Bemerkung zurechtzuweisen. Doch aus welchem Grunde hätte ich das tun sollen? Wenn er etwas gegen unseren Hauptmann Besúmzeff hatte, so war das doch eine persönliche Angelegenheit, aus welchem Grunde hätte ich mich da einmischen sollen? Unsere Offiziere fanden jedoch, daß es keine persönliche Angelegenheit wäre, sondern das ganze Regiment anginge: ich hätte durch mein Verhalten allen am Büfett anwesenden Offizieren und dem Publikum gezeigt, daß es in unserem Regiment Offiziere gäbe, die in betreff ihrer wie des Regimentes Ehre nicht gerade empfindlich waren. Dieser Auffassung konnte ich mich nicht anschließen. Man gab mir zu verstehen, daß ich alles gutmachen könnte, wenn ich mich noch nachträglich mit A—ff auseinandersetzen wollte. Das aber wollte ich nicht, und da ich gereizt war, so weigerte ich mich stolz. Gleich darauf reichte ich mein Abschiedsgesuch ein. Das ist die ganze Geschichte. Äußerlich stolz, doch innerlich wie zerbrochen ging ich fort. Meine Willenskraft, mein Geist, alles sank in sich zusammen. Da kam schließlich noch hinzu, daß mein Schwager in Moskau den Rest unseres Vermögens, das er durchgebracht hatte, verlor, und ich somit auch meines, allerdings nur noch kleinen Anteils verlustig ging. So saß ich denn ohne einen Heller auf der Straße. Ich hätte ja in einen Zivildienst eintreten können, aber das tat ich nicht: nach dem glänzenden Waffenrock mochte ich nicht die Uniform eines Eisenbahnbeamten tragen. Wenn mir schon Schande bestimmt war, dann eben Schande, wenn Schmach, dann Schmach, wenn sinken, dann sinken, je schlimmer desto besser! Das war es, was ich vorzog. Hierauf folgen drei Jahre, an die ich mit Grauen zurückdenke; dazu gehört auch die Erinnerung an das Nachtasyl am Heumarkt ... Vor anderthalb Jahren aber starb dann in Moskau eine reiche alte Frau, meine Patin, und hinterließ mir, wie jedem ihrer Patenkinder, ganz unerwartet dreitausend Rubel. Das gab mir den Anstoß nachzudenken, und das entschied mein Schicksal. Ich entschloß mich, eine Pfandkasse zu eröffnen, ohne mich um die Menschen weiter zu kümmern, ohne sie um Vergebung zu bitten: erst Geld erwerben, dann ein Heim und — ein neues Leben fern von alten Erinnerungen, das war mein Plan ... Nichtsdestoweniger quälten mich das dunkle Vergangene und die für immer verlorene Ehre in jeder Stunde, in jeder Minute meines Lebens. Aber dann heiratete ich. Ob zufällig oder nicht — ich weiß es nicht. Jedenfalls glaubte ich, als ich sie in mein Haus führte, daß ich einen Freund einführe, denn einen Freund brauchte ich jetzt vor allem. Ich erkannte aber deutlich, daß dieser Freund erst vorbereitet, erzogen, sogar besiegt werden mußte. Und wie hätte ich denn dieser Sechzehnjährigen, dieser noch in allen Vorurteilen der Jugend Befangenen, so mit einem Schlage irgend etwas erklären können? Wie hätte ich sie zum Beispiel ohne die zufällige Hilfe der furchtbaren Katastrophe mit dem Revolver überzeugen können, daß ich kein Feigling bin und daß man mich im Regiment zu Unrecht als Feigling verurteilt hatte? Doch die Katastrophe kam zur rechten Zeit. Als ich dem Revolver standhielt, rächte ich mich an meiner ganzen finsteren Vergangenheit. Und wenn das auch niemand erfuhr, so erfuhr es doch *sie,* das aber bedeutete für mich alles, denn sie selbst war mein Alles, war in meinen Träumen die ganze Hoffnung meiner Zukunft! Sie war der einzige Mensch, den ich ganz für mich bestimmte, einen anderen brauchte ich nicht mehr, — und da hatte sie denn nun alles erfahren. Sie hatte wenigstens erfahren, daß es von ihr voreilig und unrecht gewesen war, sich meinen Feinden anzuschließen. Dieser Gedanke entzückte mich. In ihren Augen konnte ich folglich nicht mehr als ein gemeiner, höchstens noch als ein sonderbarer Mensch dastehen. Aber das war mir nach allem Geschehen gar nicht so unlieb: Sonderbarkeit ist kein Laster, ja, es erscheint dem weiblichen Wesen zuweilen sogar anziehend. Kurz, ich schob absichtlich die Lösung der Sache hinaus: das Geschehene war vorläufig zu meiner Beruhigung übergenug und enthielt solch eine Fülle von Bildern und Material für meine Träumereien! Das ist ja die Gemeinheit, daß ich ein Träumer bin: mir genügten die Träume, von ihr aber dachte ich, daß sie *warten* werde.

So verging der ganze Winter gewissermaßen wie in ständiger Erwartung von irgend etwas. Ich liebte es, sie heimlich zu betrachten, wenn sie so an ihrem Tischchen saß. Sie beschäftigte sich mit einer Handarbeit, nähte an der Wäsche, abends aber las sie die Bücher, die sie in meinem Schrank vorfand. Die Auswahl der Bücher, die ich besaß, mußte in ihrer Art zu meinen Gunsten sprechen. Sie ging fast nie aus dem Hause. Vor der Dämmerung, nach dem Essen, ging ich jeden Tag mit ihr spazieren, und wir machten uns Bewegung, das geschah aber stets vollkommen schweigend, ganz so wie früher. Ich bemühte mich, stets so zu tun, als ob wir nicht schwiegen und in allem wortlos übereinstimmten, doch vermieden wir, wie gesagt, beide überflüssige Worte. Ich tat es mit Absicht, und ihr, dachte ich, müsse man unbedingt »Zeit lassen«. Eines ist allerdings sonderbar: es kam mir kein einziges Mal in den Sinn, daß ich es liebte, sie heimlich zu betrachten, andererseits aber während des ganzen Winters kein einziges Mal bemerkt hatte, daß auch ihr Blick auf mir ruhte. Ich glaubte, das wäre ihre Schüchternheit. Und zudem war sie von solch einer scheuen Sanftmut, sah sie nach der Krankheit so kraftlos aus. ‚Nein, warte lieber noch ab und — und sie wird plötzlich von selbst zu dir kommen . . .‘

Dieser Gedanke bezauberte mich unwiderstehlich. Ich füge noch eines hinzu: zuweilen geschah es, daß ich mich selbst gewissermaßen aufhetzte und meinen Geist und meine Vernunft soweit brachte, daß ich mich durch sie gekränkt fühlte und sie feindselig betrachtete. Und das dauerte dann eine geraume Zeit an. Aber dieser Haß konnte sich doch nie so recht einnisten in meiner Seele. Und ich fühlte doch auch selbst im geheimen, daß es eigentlich nur ein Spiel war. Und sogar damals habe ich, wenn auch ich es war, der unsere Ehe zerriß, indem ich das Bett und den Wandschirm kaufte, — sogar damals habe ich in ihr niemals, niemals eine Verbrecherin sehen können. Und das nicht etwa deshalb, weil ich ihr Vergehen leichtsinnig beurteilt hätte, sondern weil ich mir vorgenommen hatte, ihr ganz und gar zu vergeben, schon vom ersten

698

Tage an, sogar schon bevor ich das Bett kaufte! Mit einem Wort, das war eine Sonderbarkeit meinerseits, denn ich denke sonst moralisch streng ... Im Gegenteil, in meinen Augen war sie dermaßen besiegt, dermaßen erniedrigt, dermaßen vernichtet, daß sie mir zuweilen in der Seele leid tat, obgleich mir andererseits bei all dem der Gedanke an ihre Erniedrigung manchmal entschieden wohlgefiel. Ja, der Gedanke an diese unsere Ungleichheit gefiel mir ...

In diesem Winter tat ich absichtlich mehr als einmal Gutes. Ich stundete unter anderem zwei Schuldnern und gab einer armen Frau ohne jedes Pfand Geld. Meiner Frau sagte ich nichts davon und ich tat es auch nicht, damit sie es erfahre; aber die arme Frau kam von selbst, um sich bei mir fast kniefällig zu bedanken. So erfuhr sie es dennoch; mir schien, es machte ihr wirklich Freude, dieses von der armen Frau zu hören.

Da kam der Frühling; es war schon Mitte April, die Vorfenster wurden herausgenommen, und die Sonne warf bereits grelle Strahlenbündel in unsere schweigenden Zimmer. Doch meine Augen waren gleichsam verbunden und ich war wie blind. Diese verhängnisvolle, furchtbare Binde vor meinen Augen! Wie kam es nur, daß es mir plötzlich wie Schuppen von den Augen fiel und ich mit einem Male alles sah und alles begriff? Ob es ein Zufall war, oder war's der Tag einer abgelaufenen Frist, oder war's ein Sonnenstrahl, der in meinem stumpfgewordenen Geist den Gedanken anzündete und mich die Wahrheit erraten ließ? Nein, da war kein Denken, kein Erraten im Spiel, da erzitterte nur plötzlich eine kleine Ader, eine bis dahin abgestorben gewesene Ader, die plötzlich zusammenzuckte und sich belebte, meine ganze stumpfgewordene Seele erleuchtete und meinen ganzen teuflischen Hochmut aufdeckte, so daß ich damals geradezu aufschnellte von meinem Stuhl. Und das geschah so plötzlich, so unvermutet. Es geschah gegen Abend, so gegen fünf Uhr nachmittags ...

II

Plötzlich fällt die Binde von den Augen

Zuvor noch zwei Worte. Schon vor einem Monat war mir
an ihr eine sonderbare Nachdenklichkeit aufgefallen; das
war nicht mehr Schweigsamkeit allein, sondern solch ein tiefes Sinnen. Das war mir gleichfalls ganz plötzlich aufgefallen. Sie saß damals mit einer Handarbeit am Tischchen, den
Kopf über die Näharbeit gebeugt, und bemerkte nicht, daß
ich sie betrachtete. Und da fiel es mir denn plötzlich auf, daß
sie so schmal, so mager geworden war, das Gesichtchen so
blaß und die Lippen so blutleer und dazu noch diese stille
Nachdenklichkeit, — das alles erschreckte mich plötzlich maßlos. Früher schon hatte ich ab und zu gehört, daß sie ein
wenig trocken hüstelte, besonders nachts. Ich erhob mich sofort und begab mich zu Schröder, um ihn zu uns zu bitten
— ohne ihr etwas davon zu sagen.

Schröder kam am nächsten Tage. Sie war sehr verwundert
und sah erstaunt bald mich, bald Schröder an.

»Aber ich bin doch ganz gesund!« sagte sie darauf mit
einem unbestimmten Lächeln.

Schröder untersuchte sie nicht sonderlich genau (diese Mediziner sind mitunter geradezu herablassend nachlässig) und
sagte mir dann im Nebenzimmer, es hätte nichts auf sich, sei
noch von der Krankheit verblieben, und es wäre gut, wenn
sie den Sommer am Meer verbringen könnte oder, falls das
nicht möglich sein sollte, irgendwo auf dem Land. Mit anderen Worten, er sagte eigentlich nichts, außer, daß es Schwäche
wäre oder ähnliches. Als Schröder gegangen war, sagte sie
mir, indem sie mich furchtbar ernst anblickte, plötzlich nochmals:

»Ich bin wirklich, wirklich ganz gesund.«

Doch kaum hatte sie es gesagt, als sie plötzlich errötete,
augenscheinlich vor Scham. Selbstverständlich war das
Scham. Oh, jetzt verstehe ich es: sie schämte sich, daß ich

noch *ihr Mann* war und mich um sie sorgte, als wäre ich noch wirklich ihr Mann. Damals jedoch begriff ich es nicht und schrieb das Erröten der Demütigung zu. (Die Binde vor den Augen!)

Und dann, einen Monat danach, im April, so gegen fünf Uhr nachmittags an einem klaren, sonnigen Tage, saß ich an der Kasse und rechnete. Plötzlich höre ich, daß sie im anderen Zimmer an ihrem Tischchen bei der Näharbeit leise, ganz leise ... singt. Das kam so unerwartet, machte auf mich einen so erschütternden Eindruck, und selbst heute noch kann ich ihn nicht recht erklären. Bis dahin hatte ich fast nie gehört, daß sie sang, höchstens in den allerersten Tagen, nachdem ich sie in mein Haus geführt, als wir noch Mutwillen treiben konnten, ins Ziel schießen und dergleichen ... Damals war ihre Stimme ziemlich stark und klangvoll und wenn auch ungeschult, so doch seltsam angenehm und klar gewesen. Jetzt aber war das Liedchen so schwach, oh, nicht daß es melancholisch gewesen wäre (es war irgendeine Romanze), aber es war, als ob in der Stimme etwas Gesprungenes, Zerbrochenes klänge, als ob das Stimmchen sich nicht zurechtfinden könnte, als ob der Gesang selbst krank gewesen wäre. Sie sang nur halblaut, und plötzlich, bei einer höheren Note, brach die Stimme ab, — solch ein armes Stimmchen, so leid tat's einem, als es abbrach! Sie hüstelte ein wenig und begann dann wieder leise, ganz leise, kaum hörbar zu singen ...

Man wird über meine Aufregung lächeln, doch niemals wird jemand begreifen, warum mich das so aufregte! Nein, es war noch kein Mitleid mit ihr, es war noch etwas ganz Anderes. Zuerst, wenigstens in den ersten Minuten, kam plötzlich ein Nichtbegreifenkönnen über mich, eine furchtbare Verwunderung, ja: eine furchtbare und sonderbare, krankhafte und fast rachsüchtige Verwunderung: »Sie singt, und das in meiner Gegenwart!? *Sollte sie mich etwa vergessen haben?*«

Ganz erschüttert blieb ich auf meinem Platz sitzen, dann

stand ich plötzlich auf, nahm meinen Hut und ging hinaus, ohne daran zu denken, was ich tat. Wenigstens weiß ich nicht, warum und wohin ich gehen wollte. Lukérja reichte mir meinen Mantel.

»Sie singt?« fragte ich sie unwillkürlich. Sie verstand mich nicht und sah mich verwundert an; übrigens war ich auch wirklich unverständlich.

»Singt sie jetzt zum erstenmal?«

»Nein, wenn Sie nicht zu Hause sind, singt sie zuweilen«, antwortete Lukérja.

Ich weiß noch, ich ging die Treppe hinunter, trat auf die Straße hinaus und ging dann geradeaus weiter, ging bis zur Ecke, blieb dort stehen und blickte angestrengt irgendwohin. Man ging an mir vorüber, stieß mich, ich empfand es nicht. Ich rief eine Droschke an und sagte dem Kutscher, er solle mich zur Polizeibrücke fahren; warum dorthin, weiß ich nicht. Doch im nächsten Augenblick gab ich's auf und schenkte dem Kutscher zwanzig Kopeken.

»Für die Ruhestörung«, sagte ich, ihm sinnlos zulächelnd, aber in meinem Herzen erhob es sich plötzlich wie ein Rausch. Ich kehrte um, ging nach Hause zurück, beschleunigte den Schritt. Jener leise, gesprungene, armselige Ton erklang plötzlich wieder in meiner Seele. Mir stockte der Atem. Die Binde fiel, fiel von meinen Augen! Wenn sie in meiner Gegenwart zu singen angefangen hatte, so hatte sie mich vergessen, das war's, was ich klar begriff, das war das Furchtbare! Das fühlte das Herz. Aber der Rausch strahlte in meiner Seele und überwältigte die Angst.

O Ironie des Schicksals! War doch, konnte doch in meiner Seele diesen ganzen Winter über nichts anderes gewesen sein außer diesem Rausch, dieser selben Begeisterung, wo aber war ich selbst diesen ganzen Winter gewesen? War ich überhaupt bei meiner Seele gewesen? Ich lief eilig die Treppe hinauf, weiß nicht, ob ich schüchtern eintrat. Erinnere mich nur noch, daß der ganze Fußboden unter mir wie ein Meer zu wogen schien und ich wie in einem Strom schwamm. Als ich ins Zimmer trat, saß sie noch auf ihrem früheren Platz, nähte, den Kopf über die Arbeit gebeugt, doch sang sie nicht mehr. Sie warf einen flüchtigen, gleichgültigen Blick auf mich, nur war das eigentlich kein Blick, sondern bloß so eine mechanische kleine Kopfwendung, gleichgültig und wie üblich, wenn irgend jemand ins Zimmer tritt.

Ich ging direkt auf sie zu und setzte mich neben sie auf einen Stuhl, ganz dicht neben sie, wie ein Wahnsinniger. Sie blickte schnell zu mir auf, als hätte ich sie erschreckt: ich ergriff ihre Hand, aber ich weiß nicht mehr, was ich ihr sagte oder was ich ihr sagen wollte, denn ich konnte kaum sprechen. Meine Stimme riß immer wieder ab und wollte mir nicht gehorchen. Und ich wußte ja auch gar nicht, was ich sagen wollte, war nur ganz atemlos.

»Sprechen wir ... weißt du ... sag' etwas!« brachte ich plötzlich stockend irgend so was Dummes hervor, — oh, war mir's denn um Klugheit zu tun! Sie zuckte wieder zusammen und bog sich erschrocken zurück, starrte mich entsetzt an, doch plötzlich drückte sich in ihren Augen — *strenge Verwunderung* aus. Ja, Verwunderung, und *strenge* Verwunderung! Mit großen Augen sah sie mich an. Diese Strenge, diese strenge Verwunderung zermalmte mich wie mit einem Keulenschlag: »So willst du noch Liebe, Liebe?« fragte es mich plötzlich aus dieser Verwunderung heraus, wenn sie auch schwieg. Doch ich las alles in ihrem Blick, alles. Alles erzitterte in mir, und ich stürzte ihr zu Füßen. Ja; ich fiel vor ihr nieder. Sie sprang schnell auf, aber ich hielt sie mit aller Kraft an beiden Händen zurück.

Und ich begriff vollkommen meine Verzweiflung, oh, ich begriff sie! Doch, werden Sie's mir glauben, der Rausch kochte in meinem Herzen so unbezwingbar, daß ich glaubte, ich stürbe. Berauscht und trunken vor Glück küßte ich ihre Füße. Ja, vor Glück, denn ich war grenzenlos, unermeßlich glücklich, und das bei vollem Begreifen meiner ganzen hoffnungslosen Verzweiflung! Ich weinte, sagte etwas, konnte jedoch nicht weitersprechen. Der Schreck und die Verwunde-

rung wurden in ihr plötzlich von irgendeinem besorgten
Gedanken verdrängt, von einer furchtbaren Frage, und sie
blickte mich so sonderbar an, fast irr, sie strengte sich an,
irgend etwas schneller zu begreifen und — lächelte. Sie
schämte sich furchtbar, daß ich ihre Füße küßte und zog sie
immer zurück, aber da küßte ich die Stelle des Fußbodens,
wo ihr Fuß gestanden hatte. Sie sah das und plötzlich fing
sie an vor Scham zu lachen (wissen Sie, so, wenn Menschen
vor lauter Verlegenheit zu lachen anfangen). Da begann die
Hysterie, ich sah es wohl, ihre Hände zuckten, — doch ich
bedachte das nicht und flüsterte immer nur, daß ich sie liebe,
daß ich nicht aufstehen würde, — »laß mich nur dein Kleid
küssen . . . mein Leben lang dich anbeten« . . . Ich weiß nicht
mehr, erinnere mich nicht, — und plötzlich schluchzte sie auf
und erzitterte am ganzen Körper. Es war ein furchtbarer
Nervenanfall. Ich hatte sie zu sehr erschreckt.

Ich trug sie auf das Bett. Als der Anfall vorüber war,
setzte sie sich auf, erfaßte meine Hände und bat mich, obschon sie selbst ganz zerschlagen aussah, mich zu beruhigen:
»Lassen Sie's gut sein, quälen Sie sich doch nicht so, beruhigen
Sie sich!« und wieder begann sie zu weinen. Diesen ganzen
Abend wich ich nicht von ihrer Seite. Sagte ihr in einem fort,
daß ich sie nach Boulogne-sur-Mer bringen werde, damit sie
Seebäder nehmen könne, jetzt, sofort, oder höchstens in zwei
Wochen, daß sie solch einen gesprungenen Ton in der Stimme
hätte, wie ich vorhin gehört, daß ich die Pfandkasse schließen und an Dobronráwoff verkaufen wolle, daß alles nun
von neuem beginnen werde, aber zuerst — »nach Boulogne,
nach Boulogne!« Sie hörte zu und fürchtete sich. Ihre Furcht
wurde immer größer. Doch die Hauptsache war für mich,
daß ich immer unbezwingbarer wieder zu ihren Füßen liegen
und wieder den Boden, auf dem ihre Füße gestanden, küssen
wollte, und sie anbeten und »sonst werde ich nichts, nichts
mehr von dir verlangen«, wiederholte ich immer wieder,
»du brauchst mir nichts zu antworten, beachte mich überhaupt nicht, laß mich nur dich von einem Winkel aus an-

sehen, behandle mich als dein Eigentum, als dein Hündchen.«
... Sie weinte.

*»Und ich dachte, Sie würden mich hier einfach so bleiben
lassen«*, entschlüpfte es ihr plötzlich ganz unwillkürlich, so
unwillkürlich, daß sie es vielleicht selbst nicht mal beachtete,
wie sie es sagte, währenddessen aber, — oh, das war das
allerwichtigste, allerverhängnisvollste Wort von ihr, und das
für mich an jenem Abend allerverständlichste, und es war
mir, als glitte es mir wie ein Messerschnitt über das Herz!
Alles erklärte es mir, alles, doch solange sie bei mir war, vor
meinen Augen, hoffte ich immer noch unbändig und war un-
beschreiblich glücklich. Oh, ich habe sie maßlos ermüdet an
jenem Abend, was ich natürlich sehr gut begriff, aber zugleich
glaubte ich immer noch, ich würde alles sofort gutmachen
können. Schließlich wurde es Nacht und sie war vollkommen
erschöpft; da beredete ich sie denn, einzuschlafen, und sie
schlief auch im Augenblick ein. Ich blieb bei ihr und wartete,
ob sie nicht phantasieren würde: sie tat's auch, doch nur ein
wenig, ganz leicht. In der Nacht erhob ich mich jeden Augenblick, ging leise in den Morgenschuhen zu ihr, um sie zu betrachten. Als ich dieses arme, kranke Wesen auf diesem
schmalen eisernen Bett, das ich um drei Rubel für sie gekauft
hatte, liegen sah, rang ich die Hände. Ich kniete nieder, doch
wagte ich es nicht, die Füße der Schlafenden zu küssen (ohne
ihre Erlaubnis). Ich wollte zu Gott beten — konnt' es aber
nicht: sprang auf. Lukérja kam mehrmals aus der Küche und
betrachtete mich ganz verwundert. Ich ging zu ihr hinaus
und sagte ihr, sie solle schlafen gehen; morgen würde »etwas
ganz Anderes« beginnen.

Und ich glaubte selbst daran, glaubte blind, wahnsinnig,
unermeßlich! Oh, der Rausch, der Rausch trug mich mit sich
fort! Ich sehnte nur den nächsten Tag herbei. Vor allen Dingen: ich war unfähig zu pessimistischen Befürchtungen, trotz
der Symptome. Die gesunde Vernunft war noch nicht ganz
zurückgekehrt, trotz der von den Augen gefallenen Binde,
und lange, lange kehrte sie noch nicht zurück, — oh, bis auf

den heutigen Tag nicht, bis auf den heutigen Tag! Ja, und wie, wie hätte sie damals auch wiederkehren sollen: damals lebte sie doch noch, schlief sie doch hier vor meinen Augen, und ich stand vor ihr: ‚Morgen wird sie aufwachen, und ich werde ihr alles sagen und sie wird dann alles verstehen!' So dachte ich es mir damals, so einfach und klar, darum auch der Rausch! Die Hauptsache war dabei die Reise nach Boulogne. Aus irgendeinem Grunde glaubte ich, daß Boulogne alles retten, daß Boulogne alles gutmachen werde. ‚Nach Boulogne, nur schnell nach Boulogne!' ... Wie ein Wahnbefangener wartete ich nur auf den Morgen.

III

Begreife es nur zu gut

Das war doch ... erst vor ein paar Tagen, vor fünf Tagen, im ganzen nur fünf Tagen, am vorigen Dienstag! Nein, nein, hätte sie doch nur einen Augenblick gewartet und — und ich hätte die Finsternis verscheucht! Hatte sie sich denn etwa nicht beruhigt? Hörte sie mir doch schon am nächsten Tage mit einem Lächeln zu, trotz der Verlegenheit ... Das war's ja: in dieser ganzen Zeit, in diesen fünf Tagen war sie entweder verlegen oder sie schämte sich. Auch Furcht war dabei, sogar große Furcht. Schon gut, ich sage ja nichts, ich werde nicht wie ein Irrsinniger widersprechen: es war Furcht vor mir. Aber wie hätte sie sich denn nicht fürchten sollen? Waren wir uns doch schon so fremd geworden, hatten uns doch schon so lange voneinander entwöhnt und plötzlich all das ... Aber ich beachtete ihre Angst nicht weiter, die Zukunft blendete mich! ... Es ist wahr, es ist zweifellos wahr: ich habe einen Fehler begangen. Und vielleicht habe ich sogar viele Fehler begangen. Gleich am Morgen schon, gleich nachdem wir aufgewacht waren, das war also am folgenden Tage (am Mittwoch) beging ich einen großen Fehler: ich wollte sie unverzüglich zu meinem Freunde machen. Nur beeilte ich mich damit zu sehr, allzusehr ... aber die Beichte war doch notwendig, unerläßlich! Ach, was sage ich »Beichte«! Das war doch weit mehr! Ich verbarg vor ihr nicht einmal das, was ich vor mir selbst mein Leben lang verborgen hatte. Ich sagte ihr unumwunden, daß ich den ganzen Winter von ihrer Liebe überzeugt gewesen war. Ich setzte ihr auseinander, daß die Pfandkasse nur eine Folge meines gesunkenen Willens und Geistes war, meine persönliche Idee von Selbstgeißelung und Selbstvergötterung. Ich erklärte ihr, daß ich damals am Büfett tatsächlich den Mut verloren hatte, und zwar einfach aus meinem Charakter heraus, aus Mißtrauen zu mir selbst, wenn man will; mich hatte die Umgebung verwirrt, es ängstigte mich dieses: ‚Wie werde ich da nun so vortreten und — wird es sich nicht vielleicht lächerlich ausnehmen?‘ Hatte nicht das Duell gefürchtet, wohl aber, daß es sich ‚lächerlich ausnehmen könnte‘ ... Dann aber hatte ich mir das doch nicht eingestehen wollen und mich und alle anderen deswegen gequält, ja hatte auch sie deswegen gequält und sie auch nur geheiratet, um sie deswegen zu quälen. Überhaupt sprach ich die ganze Zeit wie im Fieber. Sie erfaßte meine Hände und bat mich, aufzuhören: »Sie übertreiben ... Sie quälen sich«, und wieder brach sie in Tränen aus, wieder kam es fast zu einem Anfall! Immer wieder bat sie mich, nicht mehr davon zu sprechen und überhaupt nicht mehr daran zurückzudenken.

Ich beachtete ihr Flehen nicht oder nur wenig: ich dachte an den Frühling, an Boulogne! Dort ist Sonne, dort ist unsere neue Sonne! und nur davon sprach ich. Ich schloß die Pfandkasse und übergab die Sachen Dobronráwoff. Ich schlug ihr plötzlich vor, alles den Armen zu geben, außer den ersten drei Tausend, die ich von meiner Patin geerbt hatte, um mit diesen nach Boulogne zu fahren — »Und dann«, sagte ich, »kehren wir zurück und beginnen ein neues, arbeitsames Leben.« Dabei blieb's auch, denn sie erwiderte mir doch nichts darauf ... Sie lächelte nur. Ich glaube, sie lächelte mehr aus Zartgefühl, um mich nicht zu verletzen. Ich sah es

doch, daß ich ihr zur Last fiel; glauben Sie nicht, ich wäre
so dumm und solch ein Egoist gewesen, daß ich das nicht
hätte sehen können. Ich sah alles, alles haarscharf, sah und
wußte es besser als alle anderen; meine ganze Verzweiflung
stand mir doch klar vor Augen!

Ich sprach immerzu von mir und von ihr. Auch von Lukérja. Ich erzählte ihr auch, daß ich geweint hatte . . . Oh,
ich wechselte doch auch das Thema, bemühte mich auch, gewisse Dinge mit keinem Wort zu erwähnen. Und sie wurde
doch auch wieder lebhafter, ein- oder zweimal, ich kann mich
doch noch gut daran erinnern, ich sah doch alles ganz genau!
Wieso . . . was sagen Sie da, ich hätte gesehen und dabei doch
nichts bemerkt? Und wenn nur *das* nicht geschehen wäre,
so wäre alles noch gut geworden! Erzählte sie mir doch noch
vor drei Tagen, als das Gespäch auf Lektüre kam, was sie in
diesem Winter gelesen hatte, — erzählte sie mir da doch
alles ganz munter und lachte sogar, als ihr die Szene aus dem
„Gil Blas" mit dem Erzbischof von Granada einfiel. Und wie
kindlich, wie reizend klang ihr Lachen, ganz so wie früher
in der Brautzeit (eine Sekunde, eine Sekunde!); wie froh war
ich da! Und fast zugleich . . . wie furchtbar betroffen: also
mußte sie doch in diesem Winter, als sie hier so allein saß,
schon soviel Gemütsruhe und Glück wiedergefunden haben,
daß sie über diesem Meisterwerk alles vergessen und lachen
konnte! Also war sie schon auf dem Wege, hatte sie schon
begonnen, sich vollkommen zu beruhigen, begonnen, wirklich zu glauben, daß ich sie »einfach so« in Ruhe weiterleben
lassen würde . . . »Und ich glaubte, Sie würden mich hier
einfach so lassen« . . . war es ihr doch an jenem Dienstag
entschlüpft! O Einfall eines zehnjährigen kleinen Mädchens!
Und sie glaubte es doch, glaubte tatsächlich, daß hier wirklich alles *so bleiben* würde: sie an ihrem Tisch und ich an
meinem und so bis zum sechzigsten Lebensjahr! Und plötzlich — tauche ich wieder auf, ich, der Mann, und der Mann
braucht Liebe! O dieses Mißverstehen, o meine Blindheit!

Ein Fehler war ferner, daß ich in Ekstase zu ihr aufsah;

708

ich hätte mich beherrschen sollen, denn diese Ekstase schreckte natürlich. Aber ich beherrschte mich doch auch, küßte ich doch nicht mehr ihre Füße. Kein einziges Mal ließ ich merken, daß ... nun, daß ich Mann bin, – oh, und ich dachte auch gar nicht daran, ich betete sie ja nur an! Aber ich konnte doch nicht ganz und gar schweigen, konnte doch nicht überhaupt nicht sprechen! Ich sagte ihr plötzlich, daß die Unterhaltung mit ihr mich entzückte und daß ich sie seelisch für unvergleichlich, unvergleichlich gebildeter und entwickelter hielte als mich. Sie errötete darauf furchtbar und sagte ein wenig verwirrt, ich übertriebe. Da war es denn, daß ich dummerweise – konnte es nicht zurückhalten – zu erzählen begann, wie entzückt ich gewesen wäre, als ich, hinter der Tür stehend, damals ihrem Zweikampf zugehört hatte, dem Zweikampf der Unschuld mit jenem Lump, und wie mich ihre Klugheit, ihre so geistreichen Antworten bei aller kindlichen Gutmütigkeit bezaubert hatten. Sie erzitterte am ganzen Körper, stammelte zwar wieder, ich übertriebe, doch plötzlich bedeckte sie das Gesicht mit den Händen und schluchzte auf ... Da hielt denn auch ich es nicht mehr aus: wieder fiel ich vor ihr nieder, wieder küßte ich ihre Füße und wieder kam es zu einem Anfall, ganz so wie an jenem Dienstag. Das war gestern abend, und am nächsten Morgen ...

Am nächsten Morgen? Wahnsinniger, dieser Morgen war doch heute, vorhin noch, noch vor kurzem, noch ganz vor kurzem!

Hören Sie zu und begreifen Sie es: als wir uns heute früh beim Ssamowar trafen (also nach dem gestrigen Anfall), da setzte sie mich doch noch durch ihre Ruhe in Erstaunen, ja, so war's doch! Ich aber hatte die ganze Nacht aus Angst vor den Folgen der letzten Szene gezittert. Doch plötzlich tritt sie zu mir, stellt sich vor mich hin mit gefalteten Händen (heute früh, heute früh!), sagt, sie sei eine Verbrecherin, sie wisse es sehr wohl, und das Verbrechen habe sie den ganzen Winter gequält, auch jetzt quäle es sie ... daß sie meine Großmut nur zu sehr schätze und ... »ich werde Ihnen eine treue Gattin sein, ich werde Sie achten ...« Da sprang ich auf und wie ein Wahnsinniger schloß ich sie in meine Arme! Ich küßte sie, küßte ihr Gesicht, küßte ihre Lippen, küßte sie, wie ein Mann nach langer Trennung küßt! Und warum nur ging ich vorhin fort ... im ganzen nur auf zwei Stunden ... unsere ausländischen Pässe ... O Gott! Wär' ich nur fünf Minuten früher zurückgekehrt! ... Und da steht diese Volksmenge vor unserem Hause, alle Blicke richten sich auf mich ... o Gott!

Lukérja sagt (ach, auf keinen Fall lasse ich jetzt Lukérja fort, um keinen Preis; sie weiß alles, sie war den ganzen Winter zugegen, sie wird mir alles erzählen), sie sagt, sie sei ungefähr zwanzig Minuten vor meiner Rückkunft zur gnädigen Frau ins Zimmer gegangen, um etwas zu fragen, ich weiß nicht mehr was, und da habe sie gesehen, daß ihr Heiligenbild (dieses selbe der Muttergottes) aus dem Schrein herausgenommen ist und vor ihr auf dem Tisch steht, die gnädige Frau aber steht davor, als ob sie gerade vor ihm gebetet hätte.

»Was tun Sie denn da, gnädige Frau?«

»Nichts, Lukérja, geh' nur ... Wart', Lukérja«, und sie kommt auf sie zu und küßt sie.

»Sind Sie jetzt«, fragt Lukérja, »glücklich, gnädige Frau?«

»Ja, Lukérja.«

»Ja, ja, der Herr hätte gnädige Frau schon längst um Verzeihung bitten sollen ... Gott sei Dank, daß Sie sich jetzt versöhnt haben!«

»Schon gut, Lukérja«, sagt sie, »geh' jetzt, Lukérja«, und sie lächelt sogar, lächelt so sonderbar ... So sonderbar, daß Lukérja nach zehn Minuten zurückkam, um nochmals nach der gnädigen Frau zu sehen.

»Ich sehe, sie steht an der Wand, ganz nah am Fenster, hat die Hand an die Wand gelegt und preßt den Kopf in die Hand, steht so und denkt. Und steht so tief nachdenklich, daß sie gar nicht bemerkt hat, wie ich hereingekommen bin und sie von dort, aus dem anderen Zimmer, betrachte. Ich sehe, sie scheint zu lächeln: sie steht, denkt und lächelt. Ich betrachte sie, drehe mich dann leise um und gehe wieder zurück, denke noch so bei mir selbst; aber dann höre ich plötzlich das Fenster öffnen. Ich ging sofort wieder hin, um zu sagen, daß es kalt ist, gnädige Frau könnten sich erkälten — aber da sehe ich: sie steigt auf das Fensterbrett und steht schon ganz aufgerichtet im offenen Fenster, mit dem Rükken zu mir, hält in den Händen das Heiligenbild. Mein Herz bleibt mir stehen, ich schreie: ‚Gnädige Frau! Gnädige Frau!' Sie hört es, will sich so wie zu mir umwenden, wendet sich aber doch nicht um, und — tritt ins Leere, preßt das Heiligenbild an die Brust und — stürzt hinab!«

Ich weiß nur noch, daß sie, als ich an der Haustür ankam, noch warm war. Und merkwürdig, alle sahen auf mich. Zuerst schrien sie und sprachen, und plötzlich ist alles still und verstummt und ... da treten sie vor mir zurück und ... und da sehe ich sie liegen mit dem Heiligenbild. Ich erinnere mich nur noch wie durch einen dichten Nebel, daß ich schweigend zu ihr trat und lange vor mich hinsah. Und alle umringen sie mich und sprechen etwas zu mir. Lukérja soll auch dort gewesen sein; ich weiß es nicht, ich habe sie nicht gesehen. Sie sagt, sie hätte mit mir gesprochen. Ich erinnere mich nur noch jenes Bauern: er rief mir die ganze Zeit zu: »Nur eine Handvoll Blut ist aus dem Mund geflossen, nur eine Handvoll, eine Handvoll!« und wies, zu mir gewandt, immer auf das bißchen Blut auf der Steinplatte. Ich ... ich glaube, ich berührte das Blut mit dem Finger, beschmutzte den Finger, betrachtete darauf meinen Finger (dessen erinnere ich mich noch genau), der Bauer aber schreit noch weiter: »Nur eine Handvoll, eine Handvoll, eine Handvoll!«

»Was für eine Handvoll?« soll ich ihn plötzlich wütend angeschrien haben. Man sagt, ich hätte die Hände erhoben und mich auf ihn gestürzt ...

O Roheit! O Mißverständnis! O Unglaublichkeit! Unmöglichkeit!

IV

Im ganzen nur fünf Minuten zu spät

Oder etwa nicht? Ist denn das glaubhaft? Kann man denn sagen, das wäre möglich? Wieso, weshalb ist diese Frau gestorben?

Ach, glauben Sie mir, ich verstehe es vollkommen; doch warum sie gestorben ist — das bleibt immer noch eine Frage. Meine Liebe hat sie erschreckt. Sie hat sich gewissenhaft gefragt: soll ich sie annehmen oder soll ich nicht, und hat die Frage nicht ertragen und ist lieber in den Tod gegangen. Ich weiß, ich weiß, es hat keinen Sinn, sich darüber den Kopf zu zerbrechen: sie hatte zu viel versprochen, sie erschrak, fürchtete, daß sie es nicht würde halten können, — es ist doch klar. Hier gibt es mehrere Beweggründe vollkommen furchtbarer Art.

Denn ... weshalb ist sie gestorben? — das bleibt trotzdem eine Frage. Diese Frage pocht, pocht in meinem Gehirn. Ich hätte sie doch »einfach so« in Ruhe gelassen, wenn sie gewollt hätte, daß es »einfach so« bliebe. Sie aber konnte jetzt nicht mehr daran glauben, das war's! Nein, nein, ich lüge, gar nicht das war's! Sondern einfach, weil man mit mir ehrlich sein mußte: lieben, dann auch ganz lieben, nicht aber so, wie sie den Kaufmann geliebt hätte. Da sie aber zu keusch war, zu rein, um sich mit solch einer Liebe, wie sie der Kaufmann braucht, abzufinden, so wollte sie mich nicht betrügen. Wollte mich nicht mit einer halben Liebe unter dem Anschein der Liebe betrügen, oder mit einer Viertelliebe. Solche Menschen wie sie sind eben schon allzu ehrlich, das ist's. Hochherzigkeit hatte ich ihr einimpfen wollen, wissen Sie noch? Sonderbarer Gedanke.

Gern wüßte ich eines: ob sie mich überhaupt geachtet hat? Ich weiß nicht, hat sie mich verachtet oder nicht? Ich glaube nicht, daß sie mich verachtet hat. Wie sonderbar: warum ist es mir kein einziges Mal in den Sinn gekommen, den ganzen langen Winter über, daß sie mich verachtete? Ich war im höchsten Grade vom Gegenteil überzeugt, bis zu dem Augenblick, als sie mich damals plötzlich mit *strenger Verwunderung* anblickte. Gerade mit *strenger* . . . Da begriff ich denn mit einemmal, daß sie mich verachtete. Begriff es unwiderruflich, für alle Ewigkeit! Ach, gut, gut, möge sie mich verachten, meinetwegen das ganze Leben lang, wenn sie nur lebte, lebte! So kurz ist's her, daß sie noch hier herumging, sprach. Ich begreife wirklich nicht, wie sie sich hat aus dem Fenster stürzen können! Und wie hätte ich mir das nur fünf Minuten vorher denken können? Ich rief Lukérja. Diese Lukérja, die lasse ich jetzt auf keinen Fall fort, auf keinen Fall!

Wir hätten uns ja noch verständigen können. Nur hatten wir uns im Winter so entwöhnt voneinander, aber hätten wir uns denn nicht wieder aneinander gewöhnen können? Warum, warum hätten wir nicht wieder eine Ehe führen und ein ganz neues Leben beginnen können? Ich bin großmütig, und sie ist es gleichfalls, da hätten wir ja schon einen Berührungspunkt! Noch ein paar Worte, noch zwei Tage, das hätte genügt, und sie würde alles begriffen haben.

Vor allen Dingen ist das kränkend, daß es nur ein Zufall war, ein gewöhnlicher, barbarischer, blinder Zufall! Das ist ja das Beleidigende! Fünf Minuten, im ganzen nur fünf Minuten bin ich zu spät gekommen! Wäre ich fünf Minuten früher zurückgekehrt — der Augenblick wäre wie eine Wolke vorübergezogen, und nie wieder wäre es ihr in den Sinn gekommen . . . Und schließlich hätte sie alles begriffen. Jetzt aber sind die Zimmer wieder leer, wieder bin ich allein. Dort tickt der Pendel, ihn geht es nichts an, ihm tut nichts leid. Es ist niemand da — das ist das Unglück!

Ich gehe, die ganze Zeit gehe ich . . . Ich weiß, ich weiß, flüstert mir nichts vor! Ihr lächelt darüber, daß ich den Zufall anklage und die fünf Minuten? Aber hier liegt es doch auf der Hand! Bedenken Sie bloß eines: sie hat nicht einmal einen Zettel hinterlassen, daß . . . nun, daß sie sich

713

selbst . . . wie ihn alle hinterlassen. Andernfalls hätte sie sich doch sagen müssen, daß man jetzt sogar Lukérja verdächtigen könnte . . . »Bist ganz allein mit ihr in der Wohnung gewesen, also hast du sie zum Fenster hinausgestoßen.« Wenigstens hätte man Lukérja verhören müssen, wenn nicht zufällig vier Zeugen vorhanden wären, die aus ihren Fenstern gesehen haben, wie sie mit dem Heiligenbild im offenen Fenster gestanden ist und sich selbst hinabgestürzt hat. Das ist doch ein reiner Zufall, daß diese vier es gesehen haben. Nein, das Ganze — war nur ein Augenblick, bloß ein willkürlicher Augenblick, in dem sie sich von ihrer Tat keine Rechenschaft ablegte. Überrumpelung durch die Phantasie! Was will's besagen, daß sie vor dem Heiligenbild gebetet hat? Das bedeutet doch nicht, daß sie es vor dem Schritt in den Tod getan. Dieser Augenblick hat vielleicht nur armselige zehn Minuten gedauert, den ganzen Entschluß hat sie gefaßt, als sie, den Kopf in die Hand gestützt, an der Wand stand und lächelte. Der Gedanke ist ihr plötzlich durch den Kopf gegangen, hat ihr Schwindel verursacht und — und sie hat ihm nicht widerstehen können.

Das war ein augenscheinliches Mißverständnis — was Sie da auch einwenden mögen. Mit mir ließe es sich doch leben . . . Wie aber, wenn es Blutarmut war? . . . Einfach aus Blutarmut, aus Erschöpfung der Lebensenergie? Müde war sie geworden im Winter, das war's . . .

Ich bin zu spät gekommen!!!

Wie schmal sie im Sarge ist, das Näschen wie spitz geworden! Die Wimpern liegen wie kleine Pfeile. Und wie sonderbar sie gefallen ist, nichts ist zerschmettert, nichts verunstaltet! Nur diese eine »Handvoll Blut«, nur ein Eßlöffel voll. Innere Verblutung.

Sonderbarer Einfall: wenn es möglich wäre, sie nicht zu beerdigen? Denn wenn man sie fortträgt . . . nein, nein, das ist doch fast unmöglich! Oh, ich weiß ja, daß man sie forttragen muß; ich bin doch nicht wahnsinnig, ich phantasiere doch nicht, im Gegenteil, noch nie ist mein Verstand so klar und wach gewesen, aber wie soll denn das wieder so werden: wieder kein Mensch im Hause, wieder zwei Zimmer und wieder ich allein mit den Pfändern . . . Irrsinn . . . Fieberirrsinn . . . das ist ja ein Fiebertraum! Ich habe sie zu Tode gequält — das ist es!

Was sind mir jetzt eure Gesetze? Was sollen mir jetzt eure Gebräuche, eure Sitten, euer Leben, euer Staat, eure Religion? Mögen mich eure Richter richten, möge man mich vor euer Gericht schleppen, vor euer Geschworenengericht; da werde ich sagen, daß ich nichts anerkenne! Der Richter wird mich anfahren: »Schweigen Sie, Offizier!« Ich aber werde schreien: »Woher willst du eine Macht haben, der ich jetzt noch gehorchen könnte? Warum hat finsteres Verhängnis das zerstört, was mir das Teuerste war? Was sind mir jetzt noch eure Gesetze?! Ich schließe mich ab von euch!« Oh, ist mir doch alles gleich!

Du Blinde, Blinde! Bist tot, hörst es nicht! . . . Du weißt nicht, mit welch einem Paradies ich dich umgeben hätte. Das Paradies war in meiner Seele, ich hätte es um dich gepflanzt! Gut, du hättest mich nicht geliebt, — sei's drum, nun, und — was? Alles wäre jetzt »einfach so« und würde auch »einfach so« bleiben. Würdest mir nur wie einem Freund erzählen, und da würden wir uns denn freuen, würden zusammen lachen, freudig uns in die Augen blicken. Und so würden wir denn leben . . . Und wenn du einen anderen liebgewinnen solltest, — nun, sei's drum, sei's drum! Du würdest dann mit ihm gehen und lachen, ich aber würde nur von der anderen Straßenseite zusehen . . . Ach, alles, alles! wenn sie nur noch einmal die Augen aufschlüge! Nur auf einen Augenblick, nur auf einen! . . . mich anblicken, so wie vorhin, als sie vor mir stand und schwor, daß sie meine treue Gattin sein wolle! Ach, mit einem einzigen Blick würde sie alles begreifen!

Verhängnis! O Natur! Die Menschen sind einsam auf Erden — das ist das Unglück! „Sprich, Ferne, lebt in dir ein Mensch?" rief einstmals, wie unsere Sagen künden, in alten Zeiten der fahrende russische Held. So rufe auch ich, kein

Held zwar, doch niemand gibt mir Antwort. Es heißt, die Sonne belebe das Weltall. Wenn die Sonne aufgeht — so seht sie doch an: ist das nicht eine Leiche? ist sie nicht tot? ... Alles ist tot und überall ist Tod. Nur die Menschen leben, um sie herum aber ist Schweigen — das ist die Erde!

„Ihr Menschen, liebet einander", — wer hat das gesagt? Wessen Gebot ist das? Der Pendel tickt ... tickt, gefühllos, widerlich. Zwei Uhr nachts. Ihre Schuhchen stehen vor ihrem Bett, als ob sie auf sie warteten ... Nein, im Ernst, wenn man sie morgen fortträgt, was wird dann aus mir? ...

TRAUM EINES LÄCHERLICHEN MENSCHEN

Eine phantastische Erzählung

I

Ich bin ein lächerlicher Mensch. Jetzt nennen sie mich sogar
verrückt. Das wäre ja eigentlich eine Rangerhöhung, wenn
ich dabei nicht immer noch lächerlich für sie bliebe. Aber jetzt
ärgere ich mich nicht mehr darüber, jetzt sind sie mir alle
lieb, auch wenn sie über mich lachen — ja, dann sind sie mir
durch irgend etwas sogar besonders lieb. Ich würde gern mit
ihnen lachen, — nicht gerade über mich, sondern aus Liebe
zu ihnen, wenn mich nur ihr Anblick nicht so traurig machte.
Traurig, weil sie die Wahrheit nicht wissen. Ich aber weiß
die Wahrheit. Ach, wie schwer ist es doch, ganz allein die
Wahrheit zu wissen! Aber das werden sie nicht verstehen.
Nein, das werden sie nicht verstehen.

Früher bekümmerte es mich sehr, daß ich lächerlich erschien. Nein, nicht erschien, sondern war. Ich war immer lächerlich, vielleicht schon von Geburt an, und ich wußte es.
Vielleicht wußte ich es schon als Siebenjähriger, daß ich
lächerlich war. Später besuchte ich die Schule, danach die
Universität, und was kam dabei heraus? — je mehr ich lernte,
um so mehr erkannte ich, daß ich lächerlich bin. So daß
schließlich mein ganzes Universitätsstudium gleichsam nur
den Zweck hatte, mir in dem Maße, wie ich mich in die
Wissenschaften vertiefte, zu beweisen und klarzumachen,
daß ich lächerlich bin. Und im Leben erging es mir ähnlich
wie in der Wissenschaft. Mit jedem Jahr wuchs und befestigte
sich in mir die Erkenntnis meiner Lächerlichkeit in jeder Beziehung. Über mich haben alle immer gelacht. Aber kein
einziger von ihnen wußte oder erriet es auch nur, daß,
wenn es irgendwo auf der Welt einen Menschen gab, der
besser als alle anderen um meine Lächerlichkeit Bescheid

719

wußte, *ich* dieser Mensch war. Und gerade das war es, was mich am meisten kränkte, daß sie das nicht wußten. Aber daran war ich selbst schuld: ich war immer so stolz, daß ich dies um nichts in der Welt einem Menschen gestanden hätte. Und dieser Stolz wuchs in mir noch mit den Jahren, und wenn es geschehen wäre, daß ich mir erlaubt hätte, irgend jemandem, gleichviel wem, zu gestehen, daß ich lächerlich sei, so hätte ich mir, glaube ich, noch am Abend desselben Tages eine Kugel durch den Kopf geschossen. Oh, wie litt ich als Knabe unter der Angst, ich könnte es vielleicht nicht aushalten und es plötzlich selbst meinen Kameraden sagen. Doch mit der Zeit, als ich schon zu einem jungen Mann heranwuchs, wurde ich, wenn ich dabei auch mit jedem Jahr mehr und mehr meine schreckliche Eigenschaft erkannte, doch aus irgendeinem Grunde ein wenig ruhiger ... Gerade aus irgendeinem Grunde, denn ich vermag auch heute noch nicht anzugeben, woher das kam. Vielleicht daher, weil in meiner Seele eine furchtbare Beklemmung anzuwachsen begann wegen eines Umstandes, der unendlich höher, wichtiger war als mein ganzes Ich: nämlich die mehr und mehr von mir Besitz ergreifende Erkenntnis, daß auf der ganzen Welt alles überall *vollkommen einerlei* sei.

Ich hatte das schon sehr lange vorausgefühlt, aber die volle Gewißheit kam mir erst im letzten Jahr irgendwie ganz plötzlich. Ich fühlte mit einem Mal, daß es mir *ganz einerlei* wäre, ob die Welt existiere oder ob es überhaupt nichts gäbe. Ich begann wahrzunehmen und mit meinem ganzen Wesen zu spüren, daß es *außer mir nichts gab.* Anfangs schien es mir immer noch, daß es dafür früher vieles gegeben habe, dann aber erriet ich, daß auch früher nichts gewesen war, sondern es mir aus irgendeinem Grund nur so geschienen hatte. Und allmählich überzeugte ich mich, daß es auch hinfort niemals etwas geben werde. Da hörte ich plötzlich auf, mich über die Menschen zu ärgern, und ich bemerkte sie fast gar nicht mehr. Und das tat sich bald in den kleinsten Dingen kund. So kam es zum Beispiel vor, daß ich, wenn ich auf der Straße ging, mit den Leuten zusammenstieß. Und das nicht etwa, weil ich in Gedanken versunken gewesen wäre, woran hätte ich denn denken sollen? Ich hatte damals ganz aufgehört zu denken: mir war doch alles einerlei. Und wenn ich noch wenigstens Probleme gelöst hätte. Oh, kein einziges habe ich gelöst, und doch gab es ihrer wahrlich nicht wenige. Aber mir wurde *alles einerlei,* und die Probleme entfernten sich von selbst.

Und dann, erst nachher, erfuhr ich die Wahrheit. Die Wahrheit erfuhr ich im vorigen November, genau am dritten November, und seit der Zeit erinnere ich mich an jeden Augenblick meines Lebens. Es war in einer finsteren, so finsteren Nacht, wie ich sie dunkler noch nie gesehen habe. Ich kehrte damals gegen elf Uhr abends heim, und ich weiß noch, ich dachte gerade, eine noch finsterere Zeit könne es gewiß nicht geben. Selbst in physischer Beziehung. Es hatte den ganzen Tag geregnet, und es war so ein außergewöhnlich naßkalter, unfreundlicher, ja, geradezu gruseliger Regen gewesen, mit offenkundiger Feindseligkeit gegen die Menschen, dessen erinnere ich mich noch gut; und auf einmal hatte er aufgehört, noch vor elf Uhr, und nun herrschte eine naßkalte Feuchtigkeit, die noch schlimmer, noch kaltgruseliger war als der Regen, und von überallher erhob sich eine Art Dampf, von jedem Stein auf der Straße und aus jeder Quergasse stieg er auf, wenn man von der Hauptstraße aus im Vorübergehen in ihre Tiefe blickte, etwas weiter in die Ferne. Ich stellte mir plötzlich vor, daß es viel weniger bedrückend wäre, wenn das Gas überall erlöschen würde, denn die Gaslaternen machten es noch herzbedrückender, da die Beleuchtung das alles sichtbar werden ließ. Ich hatte an jenem Tage so gut wie nichts zu Mittag gegessen und seit dem Nachmittag bei einem Ingenieur gesessen, bei dem noch zwei seiner Freunde saßen. Sie sprachen über eine herausfordernde Frage und gerieten schließlich in Eifer. Aber ich merkte doch, daß ihnen das Thema im Grunde gleichgültig war und sie sich nur so um der Debatte willen ereiferten. Das sagte ich ihnen denn auch. »Aber meine Herren, wozu ereifern Sie sich, denn eigentlich ist Ihnen doch alles einerlei.« Sie nahmen es mir nicht übel, sondern lachten nur über mich. Das taten sie, weil ich es ganz ohne Vorwurf gesagt hatte, einfach weil mir selbst alles einerlei war. Sie sahen das auch ein, daß mir alles wirklich einerlei war, und das erheiterte sie.

Als ich auf der Straße an das Erlöschen der Gasbeleuchtung dachte, blickte ich zum Himmel auf. Er war unheimlich dunkel, doch deutlich konnte man hellere, zerrissene Wolken unterscheiden und zwischen ihnen bodenlose schwarze Flecke. Plötzlich bemerkte ich in einem dieser Flecke einen kleinen Stern: ich blieb stehen und betrachtete ihn aufmerksam. Ich tat es nur, weil mir dieser kleine Stern einen Gedanken eingab: ich beschloß, mich noch in derselben Nacht zu erschießen. Das hatte ich schon vor zwei Monaten fest beschlossen, und wie arm ich auch war, ich hatte mir doch einen schönen Revolver gekauft und ihn noch am selben Tage geladen. Und doch waren seitdem schon zwei Monate vergangen und er lag immer noch in meinem Schubfach; es war mir alles dermaßen einerlei, daß ich einen Augenblick, in dem mir nicht alles so einerlei sein würde, abwarten wollte, warum — weiß ich nicht. Und so kam es denn, daß ich in diesen zwei Monaten in jeder Nacht auf dem Heimwege glaubte, ich würde mich in dieser Nacht erschießen. Ich wartete immer auf den Augenblick. Und plötzlich gab mir dieser kleine Stern den Gedanken, und ich beschloß, daß es *unbedingt* in *dieser* Nacht geschehen sollte. Warum mir aber der kleine Stern diesen Gedanken eingab, das weiß ich nicht.

Und da geschah's denn, daß mich, als ich zum Himmel aufschaute, plötzlich dieses kleine Mädchen am Ellenbogen zupfte. Die Straße war schon ganz leer, kein Mensch ringsum zu sehen. Nur in der Ferne schlief ein Droschkenkutscher auf seinem Bock. Das Mädchen war vielleicht acht Jahre alt, in einem dünnen Kleidchen, hatte nur ein kleines Tuch um, war ganz durchnäßt, doch am meisten fielen mir ihre nassen zerrissenen Stiefel auf und auch jetzt noch erinnere ich mich ihrer ganz deutlich. Sie stachen mir ganz besonders in die Augen. Sie begann mich plötzlich am Ärmel zu zupfen und mich irgendwohin zu rufen. Sie weinte nicht, aber sie stieß wie stockend irgend welche Worte hervor, Worte, die sie nicht deutlich aussprechen konnte, da sie vor Kälte am ganzen Leibe zitterte. Sie war so erschrocken, so entsetzt, daß sie in ihrer Verzweiflung nur stockend immer ein und dasselbe rief: »Mutti! Mutti!« Ich blickte mich zwar einmal nach ihr um, sagte aber kein Wort und ging weiter, sie aber lief mir nach und zupfte mich immer am Ärmel, und in ihrer Stimme klang jener Ton, der bei erschrockenen Kindern Verzweiflung bedeutet. Ich kenne diesen Ton. Wenn sie auch ihre Worte nicht aussprach, so begriff ich doch, daß ihre Mutter irgendwo im Sterben lag, oder daß bei ihnen sonst etwas Furchtbares geschehen sein mußte und sie hinausgelaufen war, um irgend jemanden zu Hilfe zu rufen, irgend etwas zu finden, um ihrer Mutti zu helfen. Ich aber folgte ihr nicht, wohin sie mich rief, im Gegenteil, es fiel mir sogar ein, sie fortzujagen. Zuerst sagte ich ihr noch, sie solle einen Schutzmann suchen. Sie jedoch faltete plötzlich flehend die Händchen und lief schluchzend, atemlos, neben mir her: wahrscheinlich hatte sie Angst, mich zu verlassen. Und da geschah es denn, daß ich plötzlich mit dem Fuß aufstampfte und sie anschrie. Sie rief nur angstvoll: »Herr, ach Herr! . . .«, dann aber blieb sie stehen und plötzlich lief sie schnell über die Straße: dort ging eine Gestalt, und so verließ sie mich, um zu dem anderen Menschen hinüber zu laufen.

Ich stieg in meinen Fünften Stock hinauf. Ich wohne dort bei Leuten, die mehrere möblierte Zimmer vermieten. Mein Zimmer ist ärmlich und klein; es hat nur ein halbrundes Dachfenster. Ich habe einen mit Wachstuch bezogenen Schlafdiwan, einen Tisch, auf dem meine Bücher liegen, zwei Stühle und einen Lehnstuhl, der zwar uralt, dafür aber bequem ist, ein sogenannter Voltairesessel. In den setzte ich mich, zündete das Licht an und kam ins Denken. Im Nebenzimmer, das nur durch eine dünne Wand von meinem Zimmer geschieden ist, zog sich das Gelage schon den dritten Tag hin. Dort wohnte ein verabschiedeter Hauptmann, und bei ihm waren wieder Gäste, an die sechs Mann; heruntergekommene Leute; gewöhnlich tranken sie Schnaps und spielten mit alten Karten „Stoß". In der vorigen Nacht war es bei ihnen zu einer Prügelei gekommen, und ich wußte, daß zwei von ihnen sich gegenseitig lange an den Haaren herumgezerrt hatten. Die Wirtin wollte sich schon beim Hauptmann beschweren, wagte es aber doch nicht, da sie vor ihm zu große Angst hat. An weiteren Untermietern gibt es bei uns nur noch eine kleine hagere Dame, eine von den Regimentsdamen aus der Provinz, mit drei kleinen Kindern, die hier in der Wohnung erkrankt sind. Sie und die Kinder fürchten den Hauptmann so sehr, daß sie vor Angst nahezu ohnmächtig werden, und die ganze Nacht zittern sie und bekreuzen sich, und das Jüngste hat vor Angst schon Krämpfe bekommen. Dieser Hauptmann pflegt, wie ich genau weiß, die Passanten auf dem Newskij-Prospekt anzusprechen und um Almosen zu bitten. In den Militärdienst will man ihn nicht wieder aufnehmen; doch merkwürdigerweise hat dieser Hauptmann in diesem ganzen Monat, den er schon bei uns wohnt (und nur deshalb erzähle ich von ihm), noch nie Ärger in mir erregt. Einen Verkehr mit ihm habe ich allerdings gleich am Anfang abgelehnt, und ich wurde ihm auch schon bei seinem ersten Besuch in meinem Zimmer furchtbar langweilig; doch wie laut sie auch im Nebenzimmer schreien mochten — mir war immer alles einerlei. Ich sitze die ganze Nacht in meinem Lehnstuhl, und wirklich, ich höre sie überhaupt nicht — soweit kann ich sie und ihr Geschrei vergessen. Ich schlafe ja niemals in der Nacht, schon seit einem Jahr nicht mehr. Ich sitze bis zum Morgengrauen in meinem Sessel und tue nichts. Bücher lese ich nur am Tage. Ich sitze und denke nicht einmal, ich sitze einfach so, irgendwelche Gedanken schweifen umher und ich lasse sie ruhig gewähren. Das Licht brennt in einer Nacht ganz aus.

Ich setzte mich an den Tisch, nahm meinen Revolver aus

724

dem Schubfach und legte ihn vor mich hin. Ich weiß noch: als ich ihn vor mich hinlegte, fragte ich mich: »Ja?« und vollkommen ruhig antwortete ich mir: »Ja.« Also hatte ich beschlossen, mich noch in derselben Nacht zu erschießen. Ich wußte, daß ich mich in dieser Nacht bestimmt erschießen werde, wie lange ich aber vorher noch so sitzen würde — das wußte ich nicht. Und zweifellos hätte ich mich auch erschossen, wenn es nicht jenes kleine Mädchen gegeben hätte.

II

Sehen Sie: wenn mir auch alles einerlei war, so fühlte ich doch zum Beispiel den Schmerz. Hätte mich jemand geschlagen, so würde ich bestimmt den Schmerz gespürt haben. Und ebenso auch in moralischer Hinsicht: wäre etwas Trauriges geschehen, so würde ich Mitleid empfunden haben, ganz wie früher, als mir noch nicht alles im Leben einerlei war. Und so hatte ich denn auch jetzt Mitleid gefühlt: einem Kinde würde ich doch unter allen Umständen geholfen haben. Warum hatte ich dann dem kleinen Mädchen nicht geholfen? Weil mir gerade in dem Augenblick ein Gedanke gekommen war: als sie mich anrief und am Ärmel zupfte, hatte sich vor mir gerade eine Frage erhoben, die ich nicht beantworten konnte. Sie war müßig, aber sie ärgerte mich doch. Ärgerte mich wegen der logischen Folgerung, daß mir, wenn ich beschlossen hatte, mich noch in derselben Nacht zu erschießen, folglich alles auf der Welt mehr denn je gleichgültig sein mußte. Warum aber fühlte ich dann plötzlich, daß mir nicht alles gleichgültig war und daß ich Mitleid mit dem kleinen Mädchen hatte? Ich weiß noch, daß sie mir wirklich leid tat; sogar bis zu einem ganz sonderbaren Schmerz tat sie mir leid, der doch in meiner Lage ganz unwahrscheinlich und unangebracht schien. Nein, ich kann meine damalige spontane Empfindung nicht gut wiedergeben, aber sie dauerte noch an, als ich schon in meinem Zimmer war, als ich mich schon an den Tisch gesetzt hatte; und ich war so aufgebracht, wie ich es seit langer Zeit nicht mehr gewesen war. Erwägung zog nach Erwägung vorüber. Es ist doch klar, daß ich, wenn ich noch ein Mensch und noch keine Null bin, das heißt mich noch nicht in eine Null verwandelt habe, daß ich dann lebe — und folglich kann ich mich dann noch ärgern, kann ich noch leiden und wegen meiner Handlungen Scham empfinden. Meinetwegen. Aber wenn ich mich zum Beispiel nach zwei Stunden töte, was ist mir dann dieses kleine Mädchen und was geht mich dann die Scham an und überhaupt die ganze Welt? Ich verwandle mich in eine Null, in eine absolute Null. Und konnte denn wirklich die Erkenntnis, daß ich alsbald *überhaupt nicht* mehr sein würde, folglich aber auch sonst überhaupt nichts mehr sein würde, weder auf das Gefühl des Mitleids mit dem kleinen Mädchen, noch auf das Gefühl der Scham nach begangener Roheit nicht den geringsten Einfluß haben? Nur deswegen stampfte ich doch mit dem Fuß auf und schrie ich das arme Kindchen so wütend an, weil ich zeigen wollte, daß ich — nicht nur kein Mitleid empfinde, sondern auch die unmenschlichste Roheit begehen kann, da nach zwei Stunden alles erlöschen und es dann nichts mehr geben wird. Werden Sie es mir glauben, daß ich es nur deswegen tat? Ich bin jetzt fest überzeugt davon. Es war mir in jenem Augenblick vollkommen klar, daß das Leben und die Welt gleichsam nur von mir abhängen. Ja, ich kann es sogar so sagen: daß die Welt jetzt gleichsam für mich allein geschaffen ist — erschieße ich mich, so hört die Welt auf zu sein, wenigstens für mich. Ganz abgesehen davon, daß es vielleicht auch wirklich für niemanden mehr etwas nach mir geben wird, und die ganze Welt, sobald nur meine Erkenntnis erlischt, gleichfalls wie eine Vision vergeht, wie ein Attribut bloß dieser meiner Erkenntnis, und sich aufhebt: denn vielleicht ist diese ganze Welt und sind alle diese Menschen — nur ich selbst ganz allein. Ich weiß noch, daß ich diese neuen Fragen, die sich eine nach der anderen herandrängten, in das Entgegengesetzte umkehrte und mir etwas ganz Neues ausdachte. Das geschah, als ich in meinem Lehnstuhl saß und grübelte. So kam mir unter anderem plötzlich auch ein sonderbarer Gedanke: wenn ich zum Beispiel früher auf dem Monde oder auf dem Mars gelebt und daselbst irgendeine unglaublich ehrlose, schändliche Tat begangen hätte, die schändlichste, die man sich nur denken kann, und wenn ich dort für diese Tat so beschimpft und entehrt worden wäre, wie man es sich höchstens im Traum zuweilen vorstellen, unter einem Albdruck fühlen kann, und wenn mich dann auf der Erde die Erinnerung an das, was ich auf dem anderen Planeten getan, nicht verlassen und ich außerdem noch wissen würde, daß ich niemals mehr, unter keinen Umständen auf jenen anderen Planeten zurückkehren werde, so frage ich mich, würde mir dann, wenn ich von der Erde aus auf den Mond blickte, — alles einerlei sein oder nicht? Würde ich mich dann dieser meiner Tat schämen oder nicht? Die Fragen waren müßig und überflüssig, da der Revolver schon vor mir auf dem Tisch lag, und ich mit meinem ganzen Wesen wußte, daß *es* bestimmt geschehen werde — aber sie regten mich auf und ich ärgerte mich. Es war mir, als könnte ich jetzt nicht mehr sterben, bevor ich nicht irgend etwas gelöst hatte. Kurz, dieses kleine Mädchen rettete mich, denn infolge dieser Fragen schob ich den Tod auf. Beim Hauptmann im Nebenzimmer wurde es mittlerweile still: sie hatten ihr Kartenspiel beendet und richteten sich zum Schlafen ein, inzwischen aber brummten sie noch oder schimpften schlaftrunken zu Ende. Und da muß es denn geschehen sein, daß ich einschlief, was mit mir sonst noch nie geschehen war, wenn ich am Tisch im Lehnstuhl saß. Ich schlief ein, ohne es selbst zu merken.

Träume sind bekanntlich eine überaus sonderbare Sache: manches sieht man mit erschreckender Deutlichkeit, mit einer Ausarbeitung der Einzelheiten, als wären sie von einem Juwelier ziseliert, anderes dagegen überspringt man vollkommen, als wäre es überhaupt nicht vorhanden, zum Beispiel Raum und Zeit. Ich glaube, Träume träumt nicht die

Vernunft, sondern der Wunsch, nicht den Kopf, sondern das Herz; aber was für Kunststücke brachte meine Vernunft im Traum manchmal fertig! Dabei waren es für die Vernunft völlig unfaßbare Dinge. Zum Beispiel: mein Bruder ist vor fünf Jahren gestorben. Ich sehe ihn aber manchmal im Traum: er nimmt Anteil an meinen Angelegenheiten, wir sprechen sehr interessiert miteinander, und dabei weiß ich doch während der ganzen Dauer des Traumes und vergesse es nicht, daß mein Bruder schon gestorben und begraben ist. Warum wundere ich mich nun gar nicht darüber, daß er, der Verstorbene, hier bei mir ist und mit mir spricht? Warum läßt meine Vernunft das widerspruchslos zu? Doch genug. Ich will jetzt von meinem Traum erzählen. Ja, damals hatte ich jenen Traum, meinen Traum vom dritten November! Jetzt neckt man mich damit, daß es ja nur ein Traum gewesen sei. Aber ist es denn wirklich nicht ganz gleich, ob es ein Traum war oder nicht, wenn dieser Traum mir die Wahrheit offenbart hat? Denn wenn man einmal die Wahrheit erkannt und sie gesehen hat, so weiß man doch, daß sie die einzige Wahrheit ist und es außer ihr eine andere überhaupt nicht geben kann, gleichviel ob man schläft oder lebt. Nun gut, mag's ein Traum sein, meinetwegen, aber dieses Leben, das ihr so preist, wollte ich durch Selbstmord auslöschen, mein Traum aber, mein Traum — oh, mein Traum hat mir ein neues großes, erneutes starkes Leben offenbart!
Hört zu.

III

Ich habe schon gesagt, daß ich einschlief, ohne es zu merken, und es war mir sogar, als führe ich fort, über dieselben Dinge nachzudenken. Auf einmal nahm ich den Revolver, das heißt mir träumte, daß ich ihn nahm, und richtete ihn im Sitzen auf mein Herz, — auf das Herz, und nicht auf den Kopf; ich aber hatte mir doch vorgenommen, mich un-

728

bedingt durch einen Schuß in den Kopf, und zwar durch die rechte Schläfe, zu töten.

Nachdem ich den Lauf auf die Brust gesetzt hatte, wartete ich eine, nein, zwei Sekunden lang, und mein Licht, der Tisch und die Wand vor mir kamen mir plötzlich wie näher und fingen zu schaukeln an. Ich drückte schnell ab.

Im Traum fällt man zuweilen von einer Höhe hinab oder man wird ermordet, oder geschlagen, doch fühlt man dabei niemals einen Schmerz, es sei denn, daß man sich irgendwie am Bett stößt: dann allerdings fühlt man einen Schmerz, von dem man denn auch gewöhnlich erwacht. So war es auch in meinem Traum: einen Schmerz fühlte ich nicht, aber es war mir, als ob durch meinen Schuß alles in mir erschüttert werde und plötzlich erlösche, und um mich herum war alles schwarz. Ich wurde gleichsam blind und stumm, ich lag, auf etwas Hartem ausgestreckt, auf dem Rücken, sah nichts und konnte nicht die geringste Bewegung machen. Um mich herum wird gegangen und geschrien, ich höre die Baßstimme des Hauptmanns und die hohe Stimme meiner Wirtin, — und plötzlich wieder eine Unterbrechung ... und da trägt man mich schon in geschlossenem Sarg. Und ich fühle, wie der Sarg wackelt, und ich denke noch so darüber nach, und plötzlich überrascht mich zum erstenmal der Gedanke, daß ich doch gestorben bin, daß ich tot bin, daß ich das weiß und nicht daran zweifle, nicht sehe und mich nicht bewege, trotzdem aber fühle und denke. Doch ich söhne mich schnell damit aus und nehme, wie man es gewöhnlich im Traum tut, die Wirklichkeit widerspruchslos hin.

Und siehe, da senkt man mich in ein Grab hinab und begräbt mich in der Erde. Alle gehen fort, ich bin allein, vollständig, ganz und gar allein. Ich rühre mich nicht. Wenn ich mir früher vorstellte, wie man mich beerdigen würde, so verband ich mit dem Begriff Grab eigentlich nur das Gefühl von Feuchtigkeit und Kälte. Und so war's denn auch: ich fühlte, daß mir sehr kalt war, besonders an den Zehenspitzen, aber weiter fühlte ich nichts.

Ich lag und, merkwürdig, — erwartete nichts, da ich ohne Widerspruch annahm, daß ein Toter nichts zu erwarten habe. Aber es war feucht. Ich weiß nicht, wieviel Zeit inzwischen verging, — eine Stunde oder einige Tage oder viele Tage. Da fiel plötzlich auf mein linkes geschlossenes Auge ein durch den Sargdeckel durchgesickerter kalter Wassertropfen . . . es verging eine Minute und es fiel ein zweiter . . . nach ihm ein dritter, und so weiter, und so weiter, immer nach einer Minute. Heftiger Unwille entbrannte darob mit einem Mal in meinem Herzen und plötzlich fühlte ich in ihm einen physischen Schmerz: ,Das ist meine Wunde', dachte ich, ,dort steckt die Kugel'. . . Der Tropfen aber tropfte in jeder Minute und immer gerade auf mein linkes geschlossenes Auge. Da rief ich, nicht mit der Stimme, denn ich war unbeweglich, sondern mit meinem ganzen Wesen zum Beherrscher alles dessen, was mit mir geschah:

»Wer du auch sein magst, aber wenn du bist, und wenn es etwas Vernünftigeres gibt als das, was jetzt geschieht, so gestatte ihm, auch hier zu herrschen. Wenn du mich aber für meinen unvernünftigen Selbstmord mit der Unanständigkeit und Sinnlosigkeit eines weiteren Seins strafen willst, so wisse, daß sich nichts von dem, was immer mich an Pein erwarten mag, mit meiner Verachtung wird messen können, die ich schweigend empfinden werde, und wenn auch im Verlauf von Jahrmillionen der Qual und des Märtyrertums! . . .«

Ich rief es und verstummte. Fast eine ganze Minute lang dauerte das tiefe Schweigen an, und es tropfte sogar noch ein Tropfen auf mein geschlossenes Auge herab, aber ich wußte, grenzenlos und unerschütterlich wußte ich und glaubte ich daran, daß sich unbedingt sofort alles verändern werde. Und siehe, plötzlich tat sich mein Grab auf. Das heißt, ich weiß nicht, ob es gerade aufgegraben wurde, ich weiß nur, daß ich von einem dunklen, mir unbekannten Wesen aufgenommen wurde und wir befanden uns in freiem Raum. Und plötzlich ward ich sehend: Es war tiefe Nacht und niemals, noch niemals hatte es eine solche Dunkelheit gegeben! Wir schwebten durch den Weltenraum schon weit entfernt von der Erde. Ich fragte den, der mich trug, nach nichts, ich wartete und war stolz. Ich versicherte mir, daß ich mich nicht fürchtete, und erstarb fast vor Entzücken bei dem Gedanken, daß ich mich nicht fürchtete. Ich weiß nicht, wie lange wir so schwebten. und ich kann es mir auch nicht recht vorstellen: es geschah alles so, wie es gewöhnlich im Traum zu geschehen pflegt, wenn man Raum und Zeit und die Gesetze des Seins und der Vernunft überspringt und nur an den Punkten verweilt, von denen das Herz träumt. Ich erinnere mich noch, daß ich plötzlich in der Dunkelheit einen kleinen Stern erblickte.

»Ist das der Sirius?« fragte ich mit einem Mal ganz gegen meinen Willen, da ich doch nichts fragen wollte.

»Nein, das ist derselbe Stern, den du zwischen den Wolken erblicktest, als du nach Hause gingst«, antwortete mir das Wesen, das mich trug. Ich wußte nur, daß es ein menschenartiges Antlitz hatte. Doch sonderbar: ich liebte dieses Wesen nicht, ich empfand sogar einen tiefen Abscheu vor ihm. Ich hatte vollkommenes Nichtsein erwartet, und in dieser Annahme hatte ich mir ins Herz geschossen. Und nun fand ich mich in den Armen eines Wesens, natürlich keines menschlichen Wesens, aber trotzdem eines Wesens, das *da war*, existierte.

,Also gibt es auch nach dem Tode ein Leben!' dachte ich mit dem seltsamen Leichtsinn des Träumenden, aber das Wesen meines Herzens verblieb in seiner ganzen Tiefe unverändert in mir. ,Und wenn ich von neuem *sein muß*', dachte ich ,und wieder nach jemandes unabwendbarem Willen leben muß, so will ich doch nicht, daß man mich besiegt und erniedrigt!'

»Du weißt, daß ich mich vor dir fürchte, und verachtest mich deswegen«, sagte ich plötzlich zu meinem Gefährten; ich hatte mich nicht bezwingen können, und so war denn die erniedrigende Frage, die ein Geständnis enthielt, gestellt,

731

und in meinem Herzen fühlte ich den Schmerz meiner Erniedrigung wie den Stich einer Stecknadel. Das Wesen antwortete nicht auf meine Frage, doch plötzlich fühlte ich, daß man mich nicht verachtete und nicht über mich lachte, und daß man mich nicht einmal bemitleidete, und daß unser Flug sogar ein Ziel hatte, ein unbekanntes und geheimnisvolles. Und die Angst wuchs in meinem Herzen. Von meinem schweigenden Gefährten ging etwas aus, das sich mir stumm, aber qualvoll mitteilte und mich gleichsam durchdrang. Wir schwebten in dunklen und unbekannten Räumen. Schon längst waren die meinen Augen vertrauten Sternbilder verschwunden. Ich wußte, daß es in den Himmelsräumen Sterne gibt, deren Strahlen erst in Jahrtausenden oder Jahrmillionen die Erde erreichen. Wir aber hatten vielleicht schon diese Entfernungen durchmessen. Ich wartete auf irgend etwas in einer furchtbaren Spannung, in der mein Herz vor Qual zu ermatten drohte. Und auf einmal überkam mich ein bekanntes, unendlich anziehendes Gefühl, das mich erschütterte: ich erblickte plötzlich unsere Sonne! Ich wußte, daß es nicht *unsere* Sonne sein konnte, die *unsere* Erde geboren hat, und daß wir uns von unserer Sonne in einer unendlichen Entfernung befanden, trotzdem aber erkannte ich irgendwie mit allen Spürsinnen meines Seins, daß es genau die gleiche Sonne war, wie die unsrige, ihre Wiederholung und ihre Doppelgängerin. Ein süßes belebendes Gefühl des Entzückens erklang in meiner Seele: die vertraute Kraft desselben Lichts, das mich hervorgebracht, fand einen Widerhall in meinem Herzen und belebte es von neuem, und ich fühlte wieder Leben, das frühere Leben in mir, zum erstenmal nach meinem Begräbnis.

»Aber wenn das die Sonne ist, wenn das die gleiche Sonne ist wie die unsrige«, rief ich aus, »wo ist dann die Erde?« Und mein Gefährte wies auf einen kleinen Stern, der in der Dunkelheit in smaragdgrünem Glanz strahlte. Wir schwebten gerade auf ihn zu.

»Wie ist es möglich, daß es solche Wiederholungen im

Weltall gibt, ist denn wirklich derart das Naturgesetz? . . . Und wenn das dort die Erde ist, ist es dann die gleiche Erde wie die unsrige? . . . eine genau so unglückliche, arme und doch so teure und ewig geliebte Erde, die ebenso qualvolle Liebe selbst in ihren undankbarsten Kindern zu sich erweckt, wie unsere Erde? . . .« rief ich zitternd vor unbezwingbarer, begeisterter Liebe zu jener früheren Heimaterde, die von mir verlassen worden war. Und die Gestalt des kleinen Mädchens, das ich angeschrien hatte, tauchte auf einen Augenblick in meiner Erinnerung auf.

»Du wirst es selbst sehen«, antwortete mein Gefährte, und eine gewisse Trauer klang aus seinen Worten. Wir näherten uns schnell dem Planeten. Er wuchs vor meinen Augen, ich konnte schon die Ozeane unterscheiden, dann die Konturen Europas und plötzlich lohte eine große, heilige Eifersucht in meinem Herzen auf:

»Wie darf es eine solche Wiederholung geben, und wozu? Ich liebe und *kann* ja nur jene Erde lieben, die ich verlassen habe, auf der die Tropfen meines verspritzten Blutes blieben, als ich, ich Undankbarer, durch den Schuß in mein Herz mein Leben auslöschte. Aber niemals, niemals habe ich aufgehört, unsere Erde zu lieben, und selbst in jener Nacht, als ich sie verließ, habe ich sie vielleicht heißer, qualvoller denn je geliebt! Gibt es auch auf dieser neuen Erde Qual? Auf unserer Erde können wir nur mit Qual oder durch Qualen wahrhaft lieben! Anders verstehen wir nicht zu lieben und wir kennen keine andere Liebe. Ich will Qual, um lieben zu können. Ich will, oh, ich lechze in diesem Augenblick danach, tränenüberströmt einzig und allein die Erde küssen zu können, die ich verlassen habe, und ich will kein Leben auf einer anderen Erde, ich nehme es nicht an! . . .«

Mein Gefährte aber hatte mich schon verlassen. Plötzlich stand ich, ohne gemerkt zu haben wie es geschah, auf jener anderen Erde, im grellen Sonnenlicht eines paradiesisch schönen Tages. Ich stand, glaube ich, auf einer jener Inseln, die auf unserer Erde den Griechischen Archipel bilden, oder vielleicht war es irgendwo an der Küste des Festlandes dort am Ägäischen Meer. Oh, alles war ganz so wie bei uns, nur schien alles in einer Feststimmung zu sein, und in einem großen, heiligen, endlich erreichten Triumph zu strahlen. Das freundliche smaragdene Meer plätscherte leise an das Gestade und drängte sich zu ihm wie in unendlicher, sichtbarer, fast bewußter Liebe. Die hohen schattigen Bäume standen in der ganzen Pracht ihrer Blüten, und ich bin überzeugt, daß mich ihre unzähligen Blättchen mit ihrem sanften, freundlichen Rauschen willkommen hießen und mir unbekannte Worte der Liebe zuflüsterten. Das Gras war voll leuchtender, duftender Blumen, die Vögel durchzogen in Schwärmen die Luft und die kleinen setzten sich mir furchtlos auf die Schultern und auf die Hände und schlugen mich fröhlich mit ihren lieben flatternden Flügelchen. Und schließlich erblickte und erkannte ich auch die Menschen dieser glücklichen Erde. Sie kamen von selbst zu mir, umringten und küßten mich. Es waren Kinder der Sonne, Kinder ihrer Sonne, – oh, wie schön sie waren! Noch nie hatte ich auf unserer Erde solche Schönheit im Menschen gesehen. Höchstens in unseren Kindern hätte man in ihren ersten Lebensjahren einen entfernten, wenn auch schwachen Widerschein dieser Schönheit finden können. Die Augen dieser glücklichen Menschen strahlten in klarem Glanz. Aus ihren Gesichtern sprach Vernunft und eine schon bis zu vollkommener Ruhe gelangte Einsicht, aber diese Gesichter waren heiter; in den Worten und Stimmen dieser Menschen lag der Klang kindlichen Frohsinns. Oh, sofort, schon beim ersten Blick auf diese Gesichter begriff ich alles, alles! Das war eine durch keinen Sündenfall entweihte Erde, auf ihr lebten Menschen, die nicht gesündigt hatten, lebten im gleichen Paradies wie das, in dem nach den Überlieferungen der ganzen Menschheit auch unsere in Sünde gefallenen Ureltern gelebt haben, nur mit dem Unterschied, daß hier die ganze Erde überall ein und dasselbe Paradies war. Diese Menschen drängten sich freudig lächelnd zu mir und streichelten mich; sie führten mich zu sich und ein jeder von ihnen suchte mich zu beruhigen. Oh, sie fragten mich nach nichts, sie schienen schon alles zu wissen, und sie wollten nur schneller das Leid aus meinem Gesicht verscheuchen.

IV

Sehen Sie, wiederum: Nun gut, mag das nur ein Traum gewesen sein! Aber die Empfindung der Liebe dieser unschuldigen und schönen Menschen ist für alle Zeiten in mir geblieben, und ich fühle, wie ihre Liebe sich auch jetzt von dorther auf mich ergießt. Ich habe sie selbst gesehen, habe sie kennen und lieben gelernt und später um sie gelitten. Oh, ich begriff sofort, sogar damals schon, daß ich sie in vielem überhaupt nicht würde verstehen können; es schien mir als zeitgenössischem russischem Fortschrittler und als garstigem Petersburger unbegreiflich, warum sie, die doch so viel wußten, nicht auch unsere Wissenschaft hatten. Aber ich begriff bald, daß ihr Wissen durch andere Einsichten ergänzt und genährt wurde als durch das Wissen auf unserer Erde, und daß ihre Bestrebungen gleichfalls ganz anderer Art waren. Sie wünschten nichts und waren ruhig, sie rangen nicht nach der Erkenntnis des Lebens so, wie wir es tun, denn ihr Leben war vollkommen erfüllt. Aber ihr Wissen war ein tieferes und höheres Wissen als das unserer Wissenschaft; denn unsere Wissenschaft sucht zu erklären, was das Leben ist, sie will es selbst ergründen, um die anderen zu lehren, wie sie leben sollen; jene aber wußten auch ohne Wissenschaft, wie sie zu leben hatten, und das begriff ich, aber ihr Wissen konnte ich nicht begreifen. Sie wiesen auf ihre Bäume hin, ich aber konnte diesen Grad der Liebe, mit dem sie sie betrachteten, nicht nachfühlen: sie taten, als ob die Bäume Menschen ihresgleichen wären. Und wissen Sie, vielleicht täusche ich mich nicht, wenn ich sage, daß sie auch mit ihnen sprachen! Ja, sie hatten deren Sprache entdeckt, und ich bin überzeugt, daß die Bäume sie verstanden. Und so sahen sie auch auf die

735

ganze übrige Natur, auch auf die Tiere, die friedlich mit ihnen zusammenlebten, sie nicht angriffen, sondern liebten, da sie durch ihre Liebe besiegt waren. Sie wiesen auf die Sterne, und sagten mir etwas von ihnen, was ich nicht verstehen konnte, aber ich bin überzeugt, daß sie durch irgend etwas mit den Sternen des Himmels in Verbindung standen, nicht nur durchs Denken, sondern durch irgendeine lebendige Fühlungnahme. Oh, diese Menschen bemühten sich gar nicht darum, daß ich sie verstünde, sie liebten mich auch so; dafür aber wußte ich, daß sie mich niemals verstehen würden, und darum erzählte ich ihnen auch so gut wie nichts von unserer Erde. Ich küßte nur in ihrer Gegenwart die Erde, auf der sie lebten, und betete sie selbst wortlos an. Sie aber sahen es und ließen es geschehen, ohne sich deswegen zu schämen, daß ich sie anbetete, weil sie selbst so viel liebten. Sie litten nicht mit mir, wenn ich ihnen manchmal unter Tränen die Füße küßte, da mein Herz voll Freude wußte, welch eine Liebeskraft mir von ihnen dafür zuteil wurde. Manchmal fragte ich mich verwundert: wie konnten sie nur einen Menschen wie mich kein einziges Mal beleidigen, und wie kam es nur, daß sie in mir kein einziges Mal das Gefühl der Eifersucht oder des Neides hervorriefen? Mehrmals fragte ich mich, weshalb ich, solch ein Prahler und Lügner, ihnen nicht von meinen Kenntnissen einiges mitteilte, von denen sie natürlich keine Ahnung hatten, um sie in Erstaunen zu setzen oder auch nur aus Liebe zu ihnen? — Sie waren munter und fröhlich wie Kinder. Sie schweiften in ihren herrlichen Hainen und Wäldern umher, sie sangen ihre schönen Lieder, nährten sich von leichter Kost, von den Früchten ihrer Bäume, vom Honig ihrer Wälder und von der Milch der sie liebenden Tiere. Um ihre Ernährung und Kleidung machten sie sich nur wenig Mühe und nur so nebenbei. Sie kannten die Liebe, und es wurden Kinder geboren, aber nie bemerkte ich bei ihnen Ausbrüche jener *grausamen* Wollust, die fast alle Menschen auf unserer Erde überkommt, alle und jeden, und die die einzige Quelle fast aller Sünden unserer Menschheit ist. Sie freuten sich der Neugeborenen als neuer Teilhaber ihrer Glückseligkeit. Sie kannten weder Streit noch Eifersucht untereinander und wußten nicht einmal, was das bedeutete. Ihre Kinder waren die Kinder aller, denn alle bildeten eine einzige Familie. Es gab bei ihnen fast überhaupt keine Krankheiten, obschon es den Tod gab; aber ihre Greise schieden so sanft hin, als ob sie einschliefen, umringt von den sie liebenden Menschen, sie segnend, ihnen zulächelnd und von ihnen mit klaren, heiteren Blicken begleitet. Niemals sah ich Trauer oder Tränen an einem Sterbelager, nur eine bis zur Verzücktheit gesteigerte Liebe, eine bis zu einer ruhigen, abgeklärten, vollendet beschaulichen Verzückung. Man hätte glauben können, sie stünden mit ihren Toten sogar noch nach dem Tode in Verbindung und ihr irdischer Zusammenhang werde auch durch den Tod nicht unterbrochen. Sie verstanden mich kaum, als ich sie nach dem ewigen Leben fragte, aber sie waren offenbar dermaßen fest von ihm überzeugt, daß für sie überhaupt kein Zweifel daran bestehen konnte. Sie hatten keine Tempel, aber es war in ihnen irgend so was wie ein greifbar gegenwärtiges, ununterbrochen lebendiges Einssein mit dem All; sie hatten keinen Glauben, dafür aber das überzeugte Wissen, daß dann, wenn ihre irdische Freude die Grenze der irdischen Natur erreicht haben würde, für sie, für die Lebenden wie für die Verstorbenen, eine noch größere Erweiterung ihrer Teilhaftigkeit am Weltall eintreten werde. Sie erwarteten diesen Augenblick freudig, aber ohne Ungeduld, sie litten auch nicht vor Sehnsucht nach ihm, sondern hatten ihn gleichsam als Vorgefühl in ihren Herzen, und von diesen Vorahnungen sprachen sie miteinander. Abends vor dem Schlafengehen sangen sie gern in harmonischen Chören. In diesen Abendgesängen gaben sie die Gefühle wieder, die der vergangene Tag ihnen gebracht hatte, und sie lobten und priesen ihn und nahmen Abschied von ihm. Sie priesen die Natur, die Erde, das Meer, die Wälder. Sie besangen einander in Liedern und lobten sich, wie Kinder sich loben; es waren einfache Lieder, aber sie ergossen sich aus dem Herzen und gingen zu Herzen. Und nicht nur in Liedern, nein, im ganzen Leben taten sie nichts anderes als einander lieben. Das war geradezu eine gegenseitige Verliebtheit, ein großes allgemeines Verliebtsein. Einige aber ihrer Lieder, die triumphierend und begeistert klangen, konnte ich fast überhaupt nicht verstehen. Obgleich ich die Worte begriff, konnte ich doch nicht ihre ganze Bedeutung erfassen. Sie waren meinem Verstand unzugänglich, dafür aber wurde mein Herz mehr und mehr von ihnen durchdrungen, ohne daß ich mir von dem Vorgang hätte Rechenschaft geben können. Ich sagte ihnen oft, daß ich das alles schon früher vorausgeahnt, daß diese ganze Freude und Herrlichkeit mir schon auf unserer Erde als eine verlockende Sehnsucht, die sich mitunter bis zu unerträglichem Kummer steigern konnte, vertraut gewesen wäre; daß ich sie alle und ihre Herrlichkeit in den Träumen meines Herzens und in den Phantasien meines Denkens schon geahnt hätte, und oft hätte ich auf unserer Erde nicht ohne Tränen zusehen können, wie die Sonne unterging . . . Daß in meinem Haß auf die Menschen unserer Erde immer ein seelischer Schmerz gewesen war: warum konnte ich sie denn nicht hassen, wenn ich sie doch nicht liebte, warum konnte ich ihnen nicht verzeihen, wenn doch in meiner Liebe zu ihnen Leid war, warum konnte ich sie nicht hassend lieben? Sie hörten mir zu und ich sah, daß sie sich das gar nicht vorstellen konnten, was ich sprach, aber ich bereute es nicht, daß ich ihnen davon gesprochen hatte: ich wußte, sie begriffen doch die ganze Macht meiner Sehnsucht nach denen, die ich verlassen hatte. Ja, wenn ich ihren klaren, liebedurchdrungenen Blick auf mir ruhen fühlte, wenn ich fühlte, wie unter ihnen auch mein Herz so unschuldig und rein wurde, gleich ihren Herzen, so tat es mir weiter nicht leid, daß ich sie nicht verstehen konnte. Vor lauter Empfinden der Lebensfülle stockte mir der Atem, und schweigend betete ich sie an.

Oh, jetzt lachen mir alle ins Gesicht und versichern mir, solche Einzelheiten, wie ich sie jetzt wiedergebe, könne man gar nicht träumen; ich hätte in meinem Traum nur ein von meinem eigenen Herzen im Fieber erzeugtes Empfinden erlebt oder durchfühlt, die Einzelheiten aber hätte ich erst später, nach dem Erwachen, hinzugedichtet. Und als ich ihnen gestand, daß es vielleicht in der Tat so gewesen sei — Gott, welch ein Gelächter sie da anstimmten, welch eine Heiterkeit meine Worte hervorriefen! Oh, natürlich war ich nur von der Empfindung des Traumes beherrscht, und nur diese allein blieb in meinem blutigwunden Herzen zurück. Dafür aber waren die wirklichen Bilder und Gestalten meines Traumes, das heißt diejenigen, welche ich gerade in der Stunde meines Träumens sah, von solch einer Harmonie, so vollendet, bezaubernd und schön, und dermaßen wahr, daß ich, erwacht, selbstverständlich nicht fähig war, sie mit unseren schwachen Worten wieder zu verkörpern. So mußten sie in meinem Bewußtsein natürlich verblassen, zergehen und damit war ich vielleicht wirklich gezwungen, unbewußt später die Einzelheiten zu erdichten, wobei ich sie bestimmt entstellt haben werde, noch dazu bei meinem leidenschaftlichen Wunsch, den großen Eindruck doch wenigstens irgendwie wiederzugeben. Trotzdem aber — warum soll ich nicht glauben, daß alles wirklich so war? Vielleicht war es noch tausendmal besser, lichter und freudevoller, als ich es schildere? Mag es auch ein Traum gewesen sein, aber all das kann doch nicht einfach nichts gewesen sein. Wissen Sie, ich werde Ihnen ein Geheimnis sagen: das alles war vielleicht überhaupt kein Traum! Denn hier geschah etwas Derartiges, etwas bis zu solch einem Entsetzen Wahres, daß es einem ja gar nicht hätte träumen können, *nur* träumen! Mag mein Traum von meinem Herzen erzeugt worden sein, aber wäre denn mein Herz allein überhaupt fähig gewesen, jene entsetzliche Wahrheit zu erzeugen, die ich dann nachher erlebte? Wie hätte ich sie mir allein ausdenken oder mein Herz sie erträumen können? Wäre es möglich, daß mein seichtes Herz und mein launischer, nichtiger Verstand sich zu einer solchen Offenbarung der Wahrheit hätten erhöhen können! Oh, urteilen Sie selbst:

ich habe es bisher verheimlicht, jetzt aber werde ich auch diese
Wahrheit zu Ende aussprechen. Die Sache ist die, daß ich ...
sie alle verdarb!

V

Ja, ja, es endete damit, daß ich sie alle verdarb! Wie das
geschehen konnte — weiß ich nicht, aber an die Tatsache erinnere ich mich deutlich. Der Traum durchflog Jahrtausende
und hinterließ in mir nur eine Gesamtempfindung. Ich weiß
nur, daß ich die Ursache des Sündenfalles war. Wie eine abscheuliche Trichine, wie ein Pestatom, das ganze Reiche verseuchte, so verseuchte ich mit meiner Gegenwart diese ganze
glückliche, vor meinem Erscheinen sündenlose Erde. Sie lernten lügen und gewannen die Lüge lieb und erkannten
die Schönheit der Lüge. Oh, das begann vielleicht ganz
unschuldig, mit einem harmlosen Scherz, aus Tändelei, mit
einem Liebesspiel, vielleicht in der Tat mit einem Atom,
aber dieses Atom Lüge drang in ihre Herzen ein und gefiel
ihnen. Danach kam schnell die Sinnenlust auf, und die Woll-
lust erzeugte Eifersucht, und die Eifersucht Grausamkeit . . .
Oh, ich weiß nicht, ich erinnere mich nicht mehr, doch bald,
sehr bald ward das erste Blut vergossen: sie waren zuerst nur
erstaunt, dann erschraken sie und begannen, auseinander zu
gehen und sich zu entzweien. Es entstanden Bündnisse, doch
waren es bereits Bündnisse gegen einander. Es kam zu Vorwürfen und Beschuldigungen. Sie erkannten die Scham und
erhoben die Scham zur Tugend. Es entstand der Begriff der
Ehre, und jede Gruppe sammelte sich unter einer besonderen
Fahne. Sie fingen an, die Tiere zu quälen, und die Tiere
entfernten sich von ihnen und verkrochen sich in den Wäldern und wurden ihnen feind. Es begann der Kampf um die
Entzweiung, um die Absonderung, um die Persönlichkeit,
um Mein und Dein. Sie fingen an, in verschiedenen Sprachen
zu sprechen. Sie lernten das Leid kennen und gewannen es
lieb, sie lechzten nach Qual und sagten, die Wahrheit lasse

sich nur durch Martyrium erkennen. Da kam bei ihnen die Wissenschaft auf. Als sie böse geworden waren, fingen sie an von Brüderlichkeit und Humanität zu sprechen, und sie begriffen diese Ideen. Als sie Verbrecher geworden waren, erfanden sie die Gerechtigkeit und schrieben sich ganze Kodexe vor, um sie zu erhalten, und zur Sicherstellung der Kodexe errichteten sie die Guillotine. Kaum, kaum erinnerten sie sich dessen, was sie verloren hatten, ja, sie wollten es fast nicht glauben, daß sie einmal unschuldig und glücklich gewesen waren. Sie lachten sogar über die Möglichkeit dieses ihres früheren Glücks und nannten es eine Illusion. Sie konnten sich diesen Zustand nicht einmal vorstellen, weder in Formen, noch in Bildern; aber etwas war dabei doch seltsam und wunderlich: nachdem sie allen Glauben an das gewesene Glück verloren hatten und es ein Märchen nannten, wollten sie dermaßen gern wieder unschuldig und glücklich sein, daß sie vor den Wünschen ihres Herzens niederknieten wie Kinder, dieses Wünschen vergötterten, ihm Tempel erbauten und zu ihrer eigenen Idee, ihrem eigenen »Wunsch« beteten, während sie dabei doch unerschütterlich an die Unerfüllbarkeit, Undurchführbarkeit der Idee weiter glaubten, trotzdem aber beteten sie sie weinend an und sanken sie vor ihr auf die Knie. Und doch — wenn es nur hätte geschehen können, daß sie zu diesem unschuldigen und glücklichen Zustand, den sie verloren hatten, wieder hätten zurückkehren können, wenn ihn jemand ihnen wiedergezeigt und sie gefragt hätte: Wollt ihr zu ihm zurückkehren? — so würden sie bestimmt nicht gewollt haben. Sie sagten zu mir: »Gut, mögen wir verlogen, böse und ungerecht sein, wir *wissen* es und weinen darüber, und quälen uns deswegen selbst, und martern uns und bestrafen uns dafür vielleicht strenger als jener barmherzige Richter, der uns dereinst in Zukunft richten wird, dessen Name uns jedoch unbekannt ist. Aber wir haben die Wissenschaft, und mit ihrer Hilfe werden wir die Wahrheit von neuem finden, doch werden wir sie dann bereits *bewußt* annehmen. Das Wissen steht höher als das Gefühl, die Erkenntnis des Lebens — steht höher als das Leben. Die Wissenschaft wird uns allwissend machen, die Allwissenheit wird alle Gesetze entdecken, die Kenntnis aber der Gesetze des Glücks — steht höher als das Glück.« Also sprachen sie zu mir, und nach solchen Worten wurde sich ein jeder von ihnen noch lieber, wurde sich ein jeder der liebste von allen, und wie hätte es auch anders sein können? Ein jeder wurde so eifersüchtig auf sein Ich, daß er das Ich in den anderen mit allen Mitteln zu erniedrigen und zu verringern trachtete; und nur darin sah er seinen Lebenszweck. Es kam die Sklaverei auf; es gab sogar freiwillige Sklaven: die Schwachen unterwarfen sich gern den Starken, allerdings unter der Bedingung, daß jene ihnen halfen, die noch Schwächeren zu unterdrücken. Es kamen Gerechte zu diesen Menschen, und ergriffen sprachen sie zu ihnen von ihrem Hochmut, von ihrem Verlust des Maßes und der Harmonie, von ihrer Einbuße des Schamgefühls. Man lachte sie aus oder man steinigte sie. Heiliges Blut rann über die Schwellen der Tempel. Dafür aber kamen dann Menschen, die anfingen sich auszudenken: wie es möglich wäre, daß alle sich wieder vereinigten, jedoch so, daß ein jeder, ohne aufzuhören sich selbst am meisten zu lieben, zu gleicher Zeit keinen anderen störte, und daß somit wieder alle einträchtig zusammen lebten, als ob sie eine einzige friedliche Gesellschaft wären. Es kam zu ganzen Kriegen um dieser Idee willen. Dabei glaubten alle Kriegführenden gleichzeitig fest daran, daß die Wissenschaft, die Allwissenheit und der Selbsterhaltungstrieb die Menschen zu guter Letzt zwingen würden, sich mit allen zu einer vernünftigen und einmütigen Gesellschaft zusammenzuschließen, und darum trachteten die »Allwissenden«, zur Beschleunigung der Sache, alle »Nichtallwissenden« und die, die ihre Idee nicht begriffen, auszurotten, damit sie den Sieg dieser Ideen nicht verhinderten. Aber der Selbsterhaltungstrieb begann bald abzunehmen, es kamen Hochmütige und Wollüstige, die offen entweder alles oder nichts verlangten. Um alles zu erlangen, griff man zum Verbrechen, und wenn es mißlang, zum Selbstmord. Es entstanden Religionen mit einem Kult des Nichtseins und der Selbstzerstörung um der ewigen Ruhe im Nichts willen. Schließlich begannen diese Menschen zu ermüden bei der sinnlosen Anstrengung, und auf ihren Gesichtern erschien das Leid, und nun verkündeten diese Menschen, Leid sei Schönheit, denn nur im Leid läge Sinn. Und sie priesen das Leid in ihren Gesängen. Ich ging verstört unter ihnen umher, rang die Hände, aber ich liebte sie vielleicht noch mehr als früher, als auf ihren Gesichtern noch kein Leid war und sie noch unschuldig und so schön waren. Mir wurde die von ihnen entweihte Erde noch teurer denn früher als Paradies, und das nur, weil auf ihr Kummer erschienen war. Oh, ich habe immer Kummer und Gram geliebt, aber nur für mich, für mich! Als ich sie aber bei ihnen sah, da weinte ich über sie vor Mitleid. Ich streckte die Arme nach ihnen aus und in der Verzweiflung beschuldigte, verfluchte und verachtete ich mich. Ich sagte ihnen, daß ich das alles getan hatte, daß ich die Schuld an allem trug, ich, ich allein! Daß ich ihnen Verderbnis, Seuche und Lüge gebracht! Ich flehte sie an, mich zu kreuzigen; ich lehrte sie, wie man ein Kreuz zimmert. Ich konnte mich nicht selbst töten, ich hatte nicht die Kraft dazu, aber ich wollte von ihnen Qualen empfangen, ich lechzte nach Qualen; ich lechzte danach, daß in diesen Qualen mein Blut bis auf den letzten Tropfen vergossen werde. Sie aber lachten mich nur aus und hielten mich zuletzt für einen Narren. Sie verteidigten mich sogar, sie sagten, sie hätten bloß das bekommen, was sie sich selbst gewünscht, und daß alles, was sie nun besäßen, überhaupt nicht hätte ausbleiben können. Und zum Schluß erklärten sie mir, ich würde für sie gefährlich und sie würden mich in ein Irrenhaus einsperren, wenn ich nicht endlich schwiege. Da drang der Schmerz mit solcher Gewalt in meine Seele, daß mein Herz sich zusammenkrampfte und ich zu sterben glaubte, und da ... da erwachte ich.

Es war schon Morgen, das heißt: es war noch nicht hell, aber die Uhr ging schon auf sechs. Ich erwachte in meinem Lehnstuhl, das Licht vor mir war schon ganz heruntergebrannt, im Nebenzimmer beim Hauptmann schlief man, und es herrschte eine in unserer Wohnung seltene Stille. Zuerst sprang ich verwundert auf; noch nie war mit mir ähnliches geschehen, selbst die kleinsten Dinge waren auffallend: ich war zum Beispiel noch nie so im Lehnstuhl eingeschlafen. Und dann — während ich stand und zu mir kam, erblickte ich plötzlich meinen Revolver, den geladenen und bereitliegenden Revolver, — doch im Augenblick stieß ich ihn von mir weg! Oh, Leben, Leben! Ich erhob die Arme und rief die ewige Wahrheit an; oder vielmehr: ich brach in Tränen aus; Entzücken, unermeßliches Entzücken erhob mein ganzes Wesen. Ja, leben und verkünden! Das Verkünden beschloß ich im selben Augenblick, — beschloß es natürlich für mein ganzes Leben! Ich gehe verkünden, ich will verkünden! Was? — Die Wahrheit, denn ich habe sie gesehen, habe sie mit eigenen Augen gesehen, sie und ihre ganze Herrlichkeit!

Und seit der Zeit verkünde ich nun! Außerdem liebe ich jetzt alle, und die, die über mich lachen, liebe ich am meisten. Warum — weiß ich nicht, und ich kann es auch nicht erklären, aber mag es so sein. Sie sagen, ich schlüge ja schon jetzt einen Irrweg ein, — wenn ich mich aber schon jetzt verirrte, was würde dann noch weiter geschehen? Ja, es ist wirklich wahr: ich verirre mich, und je weiter, desto schlimmer wird es vielleicht werden. Natürlich werde ich noch oftmals fehlgehen, bevor ich erlernen werde, wie man es verkünden muß, das heißt, mit welchen Worten und welchen Taten, denn es ist eine schwere Aufgabe. Das ist mir ja jetzt schon so klar wie der Tag, aber hört mal: wer irrt sich denn nicht? Und dabei streben doch alle zu ein und demselben Ziel, alle, angefangen vom Weisen bis zum letzten Verbrecher, nur tun sie es auf verschiedenen Wegen. Das ist eine alte Wahrheit, doch eines ist hierbei neu: ich kann mich ja gar nicht so sehr verirren. Denn ich habe doch die Wahrheit gesehen, und ich

744

weiß: die Menschen können schön und glücklich sein, ohne dabei die Fähigkeit einzubüßen, auf der Erde zu leben. Ich will nicht und ich kann auch nicht glauben, daß das Böse der Normalzustand der Menschen sei. Sie aber lachen ja alle nur über diesen meinen Glauben. Aber wie soll man mir denn nicht glauben: Ich habe die Wahrheit doch gesehen, — nicht, daß ich sie mit meinem Verstand erfunden hätte, nein, ich habe sie gesehen, gesehen, und ihr *lebendiges Bild* hat meine Seele bis in alle Ewigkeit erfüllt. Ich habe sie in einer so erfüllten Ganzheit gesehen, — wie soll ich nun glauben, daß es diese Wahrheit nicht auch bei den Menschen geben könne. Und wie könnte ich mich denn verirren? Vielleicht werde ich etwas vom Wege abweichen, vielleicht sogar mit fremden Worten sprechen, aber nicht lange: das lebendige Bild dessen, was ich gesehen, wird ewig in mir sein und mich immer wieder korrigieren und leiten. Oh, ich bin rüstig und frisch, und ich gehe und gehe, und wenn auch tausend Jahre. Wißt, ich wollte es zuerst sogar verheimlichen, daß ich sie alle verdorben habe, aber das wäre ein Fehler gewesen, — da hätten wir schon den ersten Fehler! Aber die Wahrheit flüsterte mir zu, daß ich im Begriff war zu *lügen*, und bewahrte mich vor der Verirrung und lenkte mich auf den rechten Weg. Wie aber das Paradies zu errichten wäre, das weiß ich nicht, denn ich vermag es nicht in Worte zu kleiden. Nach meinem Traum habe ich die Worte verloren. Jedenfalls alle wichtigen Worte, die nötigsten. Doch was tut's; ich werde gehen und verkünden, denn ich habe es doch immerhin mit eigenen Augen gesehen, wenn ich auch nicht wiedergeben kann, was ich gesehen habe. Aber das ist es ja gerade, was die Spötter nicht begreifen können. »Hat einen Traum gehabt, sagt er, irgendein Fieberwahnbild, eine Halluzination.« Ach! Ist denn das weise? Und wie stolz sie dabei sind. Einen Traum? Was ist ein Traum? Ist denn unser Leben kein Traum? Wartet, ich werde euch noch mehr sagen! Gut, nun gut, das wird niemals in Erfüllung gehen und das Paradies wird sich nie verwirklichen (das sehe ich doch selbst ein!) — gut, aber ich werde dennoch verkünden. Und dabei, wie einfach wäre es: in einem Tage, *in einer einzigen Stunde* — könnte sich alles verwirklichen! Die Hauptsache: Liebe die anderen wie dich selbst! — das ist das Wichtigste und das ist alles, weiter ist so gut wie nichts mehr nötig: sofort wirst du wissen, wie du leben sollst. Und dabei ist das ja doch nur eine — alte Wahrheit, die aber- und abertausendmal wiederholt und gelesen worden ist, und doch hat sie sich nirgendwo eingelebt! »Die Erkenntnis des Lebens — steht höher als das Leben, die Kenntnis der Gesetze des Glücks — steht höher als das Glück« — das ist es, wogegen man kämpfen muß! Und ich werde es tun. Wenn nur alle *wollten,* würde sich alles auf Erden sofort anders ordnen.

Jenes kleine Mädchen aber habe ich aufgesucht ... Und jetzt gehe ich! Jetzt gehe ich!

ANHANG

ANMERKUNGEN

DER SPIELER

[1] S. 13: Über die Feindseligkeit Westeuropas gegen alles Russische im Jahr des Polenaufstands vgl. Nachwort S. 749 und S. 751. Der Krim-Krieg (1853—56) war noch in frischer Erinnerung, und so sahen England und Frankreich von einem militärischen Eingreifen zu Gunsten Polens ab. England forderte nur von Rußland für Polen Freiheiten, die es den Iren nicht gewährte. Frankreich aber pochte wortreich auf das von Napoleon III. besonders propagierte nationale Prinzip, während der Klerus natürlich lebhaften Anteil nahm an dem Kampf gegen den Erben Ostroms.

[2] S. 17: Bábuschka (Kindermund: Babóulenka) wörtlich Großmutter, aber auch herzliche Anrede für alte Frauen überhaupt.

[3] S. 93: Polina ist die Abkürzung von Apollónia, aber der alten Dame scheint der Name Praskówja = Praskéwia besser zu gefallen, vielleicht weil er öfter vorkommt.

[4] S. 99: „meine Deutschen": Damit sind ihre deutschen Ärzte in Moskau gemeint, die damals in Rußland sehr zahlreich waren.

Chevalier des Grieux ist der Name des Helden in dem berühmten Roman von A. Prévost „Histoire du Chevalier des Grieux et de Manon Lescaut" (1731). Es ist der Roman eines Schelmen-Liebespaares, und als Schelme hat Dostojewski die französischen Geschäftspartner vielleicht schon mit dem Namen kennzeichnen wollen. Von Blanche könnte dasselbe gesagt werden wie von Manon: „Elle péche sans malice." In dieser naiven Unmoralischen wird eine Vorläuferin auch der Philine in Goethes „Wilhelm Meister" gesehen.

DER EWIGE GATTE

[1] S. 232: Die Hauptmahlzeit wird in Dostojewskis Romanen immer erst um 6 Uhr nachmittags eingenommen, wie er es auch selbst zu halten pflegte.

[2] S. 260: Legale Ehescheidung wurde von der Orthodoxen Kirche nicht zugelassen, daher W.'s Vorschlag, die geliebte Frau ins Ausland zu entführen.

[3] S. 263: Die Sekte der russischen Geißler verehrte in einer leibhaftigen Akulina Iwánowna die Gottesmutter, und der Gründer der Sekte, ein gewisser Sseliwánoff († 1832), sei nach ihrer Lehre der Zweite Christus gewesen. Die Erwartung eines kommenden Messias war auch unter den Anhängern anderer russischer Sekten sehr verbreitet.

[4] S. 273: Zwei vom Zentrum Petersburgs entferntere Stadtteile nördlich der Newa wurden die Petersburger Seite und die Wyborger Seite genannt.

[5] S. 279: Datsche (russ. Dátscha) ist ein Landhaus außerhalb der Stadt, meist nur für den Sommeraufenthalt gebaut.

[6] S. 319: Die Hochzeitsmarschälle sind zwei Ehrenbegleiter des Brautpaars, von denen der eine über dem Haupt des Bräutigams, der andere über dem der Braut während der Trauung nach griechisch-katholischem Ritus eine goldene Krone hält.

[7] S. 369: Michail J. Glínka (1804—1857), russischer Komponist, baute seine Werke auf der Melodik und Rhythmik des russischen Volksliedes auf. Er schrieb außer drei Opern etwa 40 Klavierstücke und 85 Lieder und Romanzen.

[8] S. 380: „Untergründige Menschen": eine von Dostojewski geprägte Bezeichnung in den „Aufzeichnungen aus dem Untergrund" für den modernen Großstadthamlet, der sein Leben in ewiger Selbstanalyse vertut.

[9] S. 382: Die Abkürzung von Alexander ist Ssáscha, die Koseform davon Ssáschenka. — Die Abkürzung von Nadéshda ist Nádja, die Koseform Nádjenka.

[10] S. 391: N. Schtschédrin, Deckname für Michail J. Ssál-

750

tykoff (1829—1889)): ursprünglich Beamter im Kriegsmini-
sterium, oft verbannt oder strafversetzt, dazwischen Vize-
gouverneur in Rjasan u. a. m. Leitete 1868—84 die „Vaterländischen Annalen". Man nennt ihn den größten Satiriker
aller Zeiten, den russischen Swift usw. Am berühmtesten
sein naturalistischer Roman „Die Familie Golowlew" (1880),
der den Verfall einer adligen Familie schildert (Deutsche
Übersetzung 1885 und 1914). Berühmt sind seine satirischen
Märchen und auch „Des Lebens Kleinigkeiten".

[11] S. 408: In Victor Hugo's „Notre Dame de Paris"
(1831) wird ein ausgesetztes Kind, das die Mönche am ersten
Sonntag nach Ostern vor dem Kirchenportal finden, auf den
Namen dieses Tages getauft. Quasimodo ist eine Mißgeburt
mit Riesenkräften und einem weichen Herzen.

AUFZEICHNUNGEN AUS DEM UNTERGRUND

[1] S. 431: Das russische Wort „Podpólje" bezeichnet einen
„Raum unter dem Fußboden", gleichviel ob er einen Keller,
eine Vorratskammer oder ein geheimes Versteck enthält. Als
Eigenschaftswort (podpólnui) ist es gebräuchlich für „geheim", z. B. in „podpóljnaja petschatj" — die geheime, nicht
erlaubte Presse. Im übertragenen Sinne handelt es sich hier
um einen Bericht aus dem geheimen Untergrund (Souterrain)
einer Menschenseele, aus ihrem offiziell nicht bekannten Versteck unterhalb des Tagesbewußtseins.

Der Autor ist in dieser Beichte überaus sparsam mit Aus-
rufungszeichen, selbst dann, wenn kurze Sätze mit dem
Ausruf „Oh" beginnen. Besonders auffallend ist das im VI.
Kapitel. Vielleicht ist dieser Monolog stellenweise mit zu-
sammengebissenen Zähnen gedacht.

[2] S. 454: Henry Thomas Buckle (1823—1862), englischer
Kulturhistoriker, dessen Hauptwerk „History of civilisation
in England" (1857) Aufsehen erregte und zum Teil heftigen
Widerspruch fand wegen seiner Tendenz zu einer materiali-

stischen Weltanschauung, andererseits wegen seiner vielseitigen Anregungen sehr geschätzt wurde, besonders von den russischen Studenten.

[3] S. 454: Sténjka Rásin war der Anführer des großen Kosakenaufstandes von 1667-71. In Volksliedern vielbesungener Freiheitsheld. Er wurde 1671 besiegt, gefangen und hingerichtet.

[4] S. 476: Dostojewski hat dem Zweiten Teil dieser Aufzeichnungen, *„Bei nassem Schnee"*, einen Auszug aus einem Gedicht als Motto vorausgeschickt. Die wörtliche Übersetzung dieses Bruchstücks lautet:

„Als ich die gefallene Seele, mit heißen Worten überzeugend, aus dem Dunkel der Verirrung erlöste, und du, erfüllt von tiefster Qual, händeringend das Laster, das dich umstrickt hatte, verfluchtest; als du das vergeßliche Gewissen mit Erinnerungen geißeltest und mir alles erzähltest, was vor mir gewesen war, und plötzlich, das Gesicht in den Händen verbergend, erfüllt von Scham und Entsetzen, in Tränen ausbrachst, aufgewühlt, erschüttert . . . Usw. usw. usw."

Aus einem Gedicht von
N. A. Nekrassoff."

Die Schlußzeilen desselben Gedichts sind als Motto vor dem IX. Abschnitt (S. 561) zitiert:

„Und in mein Haus tritt frei und stolz
Als seine Herrin ein."

Die russische Kritik (K. Motschulskij) sieht in dieser Tragödie der Liebe des Menschen aus dem Untergrund den „Schiffbruch der gesamten romantischen Ethik" und beanstandet namentlich das höhnische „Usw., usw., usw." mit dem der Autor das Zitat aus dem „humanen Gedicht" Nekrassoffs abbricht.

[5] S. 479: Die für deutsche Leser unklaren Anspielungen auf „unsere damaligen *positiven* Publizisten und Kritiker" sind von Dostojewski ausführlicher wie folgt gebracht. In Gogols „Toten Seelen" sind unter den vielen unzulänglichen Gutsbesitzern nur zwei erfreuliche Musterland-

wirte geschildert: ein gewisser Kostanshóglo und ein Onkel-
chen Pjotr Iwánowitsch, die denn auch die „positivistischen"
Publizisten damals hell begeisterten. „Aus Dummheit" hätten
sie dann solche Musterlandwirte „für unser Ideal gehalten"
und den anders denkenden „Romantikern" deren angeblich
unpraktischen Sinn vorgehalten, bzw. angedichtet oder „aufgebunden".

Bemerkt sei noch, daß Dostojewskis öfter vorkommende
Ausfälle gegen die Schule und die Jahre seiner „verhaßten
Kindheit" nicht autobiographisch zu verstehen sind, sondern
nur zu der erdichteten Gestalt gehören (S. 495). An die eigene
Kindheit hat sich Dostojewski immer gern erinnert.

DAS KROKODIL

[1] S. 584: Das russische Wort „wsporótj" hat einen Dop-
pelsinn: es bedeutet „auftrennen", „aufschlitzen" und „verdreschen". Die Prügelstrafe war für die Liberalen von damals
das Symbol aller politischen und bürgerlichen Reaktion.

[2] S. 568: Pjotr Láwrowitsch Lawróff (1843–1900), Philosoph und Sozialist, wurde 1866 verbannt, floh 1870 ins
Ausland. Er lehnte den Anarchismus ab, erstrebte aber eine
grundlegende Änderung des Verhältnisses von Individuum
und Gesellschaft.

[3] S. 598: Nach der Aufhebung der Leibeigenschaft der
Gutsbauern und ihrer neuen Zusammenfassung im „Mir",
der Dorfgemeinschaft, war der einzelne Bauer nicht hilflos,
d. h. mittellos sich selbst überlassen, sondern stand unter der
Obhut der Gruppe, die gemeinsam auch für die Steuern auf-
zukommen hatte.

[4] S. 606: Charles Fourier (1772–1837), einer der utopisti-
schen französischen Sozialisten, der 1822 in seinem „Traité
de l'association domestique-agricole" die Idee der „Phalan-
sterien" entwickelt hatte, d. h. von Gemeinschaften, in denen
1200–1800 Personen zusammen haushalten sollten. Die Ver-

wirklichung dieser Pläne erhoffte Fourier von großzügigen Millionären. Sein Schüler Victor Considérant (1808–1879) scheiterte mit seinem Versuch, den Plan Fouriers zu verwirklichen.

[5] S. 608: Louis Antoine Garnier-Pagès (1803–1878) war beteiligt an der Julirevolution, wurde 1848 zum Maire von Paris gewählt, gehörte zur gemäßigten Demokratie, später 1864 zur republikanischen Opposition gegen Napoleon III., schrieb die „Histoire de la Révolution de 1848" (10 Bände 1861–72) u. a. .m.

[6] S. 608: „Wólos" — gemeint ist der „Gólos" („Die Stimme"), die größte liberale Tageszeitung, die von Krajewskij in Petersburg herausgegeben wurde. „Listok" („Das Blättchen") — das „Petersburger Blättchen".

[7] S. 608: Eugénie Tour oder Tur: Deckname für Gräfin Salliàs-Tournemir, eine damals bekannte Schriftstellerin, aber von geringer Bedeutung.

[8] S. 611: Siehe Anmerkung 1 zu „Der ewige Gatte", S. 775.

BOBOK

[1] S. 633: „Bobók": geschrieben und veröffentlicht 1873 in der konservativen Zeitschrift „Der Bürger" (vgl. Nachwort S. 767). Trotz der vorausgeschickten Versicherung, der Verfasser dieser Aufzeichnungen sei nicht er, Dostojewski, sondern ein anderer, hat er doch seine eigenen jüngsten Erlebnisse nach der Ausstellung seines Porträts vom Maler Peroff erwähnt: die höhnischen Äußerungen über das Gesicht des Dargestellten, die in der linken Presse erschienen waren, sind von ihm hier wörtlich zitiert. Freilich verbirgt er auch nicht seine Geringschätzung dieses Hohnes. So wird denn die hier skizzierte Gestalt eines unbedeutenden Schriftstellers zu einer teilweisen Selbstpersiflage, aber nur scheinbar, als stimme er mit den Spöttern durchaus überein. Und der Schlußsatz greift sogar noch den Hinweis der Spötter auf das ausge-

stellte Bild mit überlegenem Humor auf. Die Maske wird in der Hand gehalten, und die Hand spielt nur mit ihr.

Zur Erklärung des unverständlichen Titels wird mitunter bemerkt, Bobok bedeute Böhnchen (bob = die Bohne). Abgesehen davon, daß von Bohnen hier überhaupt nicht die Rede ist, gibt Dostojewski im weiteren Text (S. 636, erste sechs Zeilen und S. 651) eine unmißverständliche Erklärung dessen, was er damit meint: eine Lautmalerei, die den Ton nachahmt, der beim Platzen von Luftblasen an der Oberfläche eines Wassers zu hören ist. Im Norddeutschen gibt es dafür das Wort „blubbern" oder „blübbern". Demnach wäre bobok (oder blubblub, wenn man es übersetzen will) stimmlos nur mit den Lippen nachzuahmen.

[2] S. 636: Im orthodoxen Rußland wurde der Sarg erst kurz vor dem Versenken in die Gruft geschlossen. Abgesehen von Zeiten einer Epidemie.

[3] u. [4] S. 642: Am vierzigsten Tage nach der Beisetzung wurde in Rußland die erste Seelenmesse für den Verstorbenen am Grabe abgehalten, danach ein in der Kirche geweihtes Gericht, „Kutjá", aus Reis, Rosinen und Honig, stumm verzehrt.

DIE SANFTE

[1] S. 659: *„Die Sanfte"* und der *„Traum eines lächerlichen Menschen"* sind im November 1876 und im April 1877 in Dostojewskis „Tagebuch eines Schriftstellers" erschienen. Über die Herausgabe dieser Monatshefte im Selbstverlag, nunmehr an keine Partei gebunden, sondern eine Partei für sich bildend, näheres im Nachwort S. 767.

NACHWORT

Der vorliegende Band enthält die *kleineren Meisterwerke* Dostojewskis, die im Zeitraum von 1864 bis 1877 entstanden sind. Dazu gehören, außer den zwei kürzeren Romanen „Der Spieler" und „Der ewige Gatte", die berühmten „Aufzeichnungen aus dem Untergrund" mit ihrem Zweiten Teil ‚„Bei nassem Schnee", die politische Satire „Das Krokodil", der moderne Totentanz „Bobók", die Erzählung einer Ehetragödie „Die Sanfte" und der apokalyptische „Traum eines lächerlichen Menschen".

Es sind, wie gesagt, Meisterwerke des Dichters, geschrieben in der Reifezeit seines nur neunundfünfzigjährigen Lebens (geb. 30. Oktober 1821, gest. 28. Januar 1881), unmittelbar vor und zwischen seinen fünf großen Roman-Epen oder Roman-Tragödien.

Der kleinere Roman *„Der Spieler"* ist von Dostojewski im Oktober 1866 in Petersburg, kurz vor der Vollendung seines ersten großen Romans „Rodión Raskólnikoff", in vierundzwanzig Tagen diktiert worden. Er erschien 1867 in der ersten Gesamtausgabe der Werke Dostojewskis, die aus drei Bänden bestand, im Verlag von Stellówskij. Erlebt und erlitten aber hatte der Dichter diesen Spieler-Roman bereits während seiner zweiten Reise ins Ausland, von Ende August bis Ende Oktober 1863.

Dostojewski gab seit 1861 mit seinem älteren Bruder Michail die sehr gut gehende Monatsschrift „Die Zeit" heraus; die Brüder konnten bereits beide ihre wirtschaftliche Existenz gesichert glauben. Da brach am 28. Januar 1863, mitten im Anlauf der großen Reformen Alexanders II., der dritte polnische Aufstand aus, diesmal gegen Rußland allein. In der ersten Bestürzung und Ratlosigkeit der Russen wurden in der Gesellschaft Stimmen laut, die meinten, man sollte die Polen als Fremdkörper „einfach abschütteln und sich selbst überlassen". Nun stellte sich aber Alexander Herzen mit seiner ganzen Autorität auf die Seite der Polen, *obgleich er wußte*, daß es diesen „nur um eine *alte Idee*" ging, nicht wie für ihn, Herzen, und für die russischen Revolutionäre in *ihrem* Kampf gegen den Zarismus, um die „erst mühsam herauszuarbeitende Formel einer neuen sozialen Ordnung". Diese Stellungnahme Herzens hatte zur Folge, daß Katkóff, der Herausgeber der „Moskauer Nachrichten" und des „Russischen Boten", sich sofort auf den extrem nationalen Standpunkt stellte und mit seinen patriotischen Leitartikeln die öffentliche Meinung nach rechts mitriß. Von den großen Monatsschriften äußerte sich vorerst keine einzige zu dem politischen Konflikt. Da brachte „Die Zeit" in ihrer Aprilnummer von ihrem Mitarbeiter N.N.Stráchoff einen Artikel, dessen Grundgedanke war: es genüge nicht, mit den Polen nur materiell zu kämpfen, man müsse es auch geistig tun; dieser Konflikt mit Polen erinnere nur an Rußlands Unterschied von Europa und verheiße Klärung und Entwicklung seiner selbständigen Elemente; nur müsse man sich seiner Stärke auch bewußt werden usw. Beide Dostojewskis waren stolz darauf, daß sie diesen Artikel in ihrer Zeitschrift brachten. Am 10. Mai aber erhob die Provisorische Regierung Polens auch noch Ansprüche auf Litauen und Rotrußland und brachte damit den russischen Patriotismus zum Auflodern. Herzen verlor sein ganzes Ansehen, während Katkóff nun in der Achtung stieg. Die Regierungskreise, die nur auf die erste Äußerung einer Kritik an ihrem Vorgehen in Polen gewartet hatten, um dann „durchzugreifen", mißverstanden Strachoffs Artikel als polonophil: „Die Zeit" wurde unverzüglich verboten, und zwar für immer. Rechtfertigungsversuche wurden nicht erlaubt, auch dann nicht, als Katkóff und Akssákoff, der Führer der Slawophilen in Moskau, sich für „Die Zeit" einsetzten. Die Brüder Dostojewski standen plötzlich vor dem Nichts, da sie die ganze Erbschaft von ihrer Tante Kumánina, 20 000 Rubel, in den Aufbau der Zeitschrift investiert hatten. Trotzdem ließen sie den Mut nicht sinken und hofften, daß die Sistierung bald wieder aufgehoben werde. (Das geschah aber erst im Januar 1864).

Dies waren die äußeren Umstände in Petersburg, bevor Dostojewski Ende August seine zweite Auslandsreise antrat. Vor diesem politischen Hintergrund und den gerade damals brennenden Tagesfragen von 1863 ist ein Teil der Erlebnisse des jungen Spielers in „Roulettenburg" zu verstehen. So vor allem die Feindseligkeit des Westens gegen die Russen und die Parteinahme für die Polen, von denen damals viele nach dem Westen hatten flüchten müssen und sich dort irgendwie durchschlugen. Dostojewskis Zusammenstoß mit dem Abbé auf der Nuntiatur in Paris ist wörtlich wiedergegeben. Es ist der alte Gegensatz zwischen Ost-Rom und West-Rom, der in Dostojewskis Einstellung zu Polen immer wieder spürbar wird, vielleicht auch die Widerspenstigkeit der Litauer gegen den polnischen „Aristokratismus", von dem Strachoff spricht. Im übrigen sind die völkerpsychologischen Glossen des Spielers nur eine Fortsetzung der Polemik in den „Winter-Aufzeichnungen", die erst kurz zuvor erschienen waren, in Dostojewskis boshaft geistvoller Auseinandersetzung mit „Europa".

Inwieweit „Der Spieler" auch als *Roman* autobiographisch ist, darüber geben erst die Ergebnisse der Dostojewski-Forschung Aufschluß. Dostojewski war seit 1857 verheiratet, aber nicht glücklich in dieser Ehe. Seine nervöse Frau neigte zur Schwindsucht, und so hatte er sie schon aus Petersburg in ein milderes Klima und im Frühjahr 1863 nach Moskau gebracht, wo sie am 15. April 1864 starb. Inzwischen hatte der vierzigjährige Dostojewski im Herbst 1861 als Redakteur seiner Zeitschrift eine junge Schriftstellerin kennen gelernt, deren Erzählungen in der „Zeit" erschienen, und sich sehr in sie verliebt.

Polina Ssússlowa war die 1841 geborene Tochter eines Mannes von „stählerner Energie und großer Intelligenz", der sich aus dem Bauernstande zu Wohlstand emporgearbeitet hatte und seine drei Kinder die besten Schulen besuchen ließ. Wie alle Studenten jener Zeit hatte auch Polina den Verfasser der „Aufzeichnungen aus einem Totenhaus" angeschwärmt. Sie wurde schließlich seine Geliebte, vermutlich im Frühjahr 1863. Man hat von diesem Liebeserlebnis des Dichters zu seinen Lebzeiten kaum etwas gewußt. Was dann 1919 durch die Biographie „Dostojewski, geschildert von seiner Tochter" (deutsch 1920, Reinhardt, München) bekannt wurde, war eine sehr voreingenommene Schilderung dieses Mädchens, das weder von Dostojewskis zweiter Frau, noch von seiner Tochter persönlich je gesehen worden ist. Heute gewinnt man von ihr eine ganz andere Vorstellung, wenn man ihre und Dostojewskis Briefe liest, die von René Fülöp-Miller und Friedrich Eckstein in einem Bande „Polina Suslowa, Dostojewskis Ewige Freundin" (Piper, München) deutsch herausgegeben worden sind; dazu Auszüge aus ihrem Tagebuch und die Novelle „Der Eine und Einzige", die ihre Einstellung zu Dostojewski unmißverständlich wiedergibt. Jedenfalls gewinnt die Gestalt der Polina, die in dem Roman des jungen Spielers etwas Rätselhaftes behält, einen weit verständlicheren Charakter nach der besseren Kenntnis dieses „ungewöhnlich begabten jungen Mädchens, dessen Liebe den Dichter beseligt und mit den größten Hoffnungen für die Zukunft erfüllt hat". (Nach Fr. Eckstein)

In jenem Frühjahr 1863 hatten nun Dostojewski und Polina Ssússlowa für den Sommer eine gemeinsame Auslandsreise geplant, aber der Plan wurde von der Sistierung der Zeitschrift durchkreuzt. Dostojewski konnte Petersburg vorerst nicht verlassen, und Polina reiste schließlich Ende Juli allein nach Paris. Erst Ende August konnte Dostojewski ihr nachreisen. Unterwegs stieg er in Wiesbaden aus, besuchte die Spielsäle und — gewann in kürzester Zeit 10 400 Franken. Am nächsten Tage verlor er die Hälfte des Gewinns, schickte dann noch einen Teil seinem Bruder und seiner kranken Frau, den Rest behielt er für sich. Als er aber in Paris Polina wiedersah, empfing sie ihn mit den Worten, er sei ein wenig

759

zu spät gekommen. Sie hatte sich hier in einen schönen spanischen Studenten der Medizin verliebt und liebte ihn noch, während er sie schon verlassen hatte. Dostojewski wurde die Rolle des tröstenden Bruders zugewiesen — die er ja schon im Roman von den „Erniedrigten und Beleidigten" (1860) seinem Ebenbild, dem jungen verliebten Schriftsteller zugewiesen hatte. Er schlug ihr vor, mit ihm „wie Bruder und Schwester" eine Italienreise zu machen. Aber in Baden-Baden konnte er der Versuchung der Spielsäle nicht widerstehen, spielte wieder, gewann 600 Franken, verlor die Selbstbeherrschung und verspielte das ganze Geld, das er bei sich hatte. Der Bruder mußte ihm weiteres Reisegeld nachsenden. Über Turin fuhren sie weiter nach Rom und Neapel und kehrten Ende Oktober über Turin zurück, Polina nach Paris, er nach Petersburg und nach Moskau zu der nun schon todkranken Frau. Die vom Dichter erlebte Liebesgeschichte war damit zu Ende. Sie haben sich nachher noch ein paarmal freundschaftlich wiedergesehen, aber, nach der Aussage seiner zweiten Frau, hat ihn schon ein Brief von ihr als solcher stets sehr erregt. Mit der Gestalt der Polina im Roman, die in ihrer äußeren Erscheinung der wirklichen Polina genau nachgezeichnet sein soll, beginnt die Reihe der Frauengestalten in Dostojewskis großen Romanen, die auf Polina Ssússlowa zurückgehen, wie vor allem die Gestalt der schönen Nastássja Filíppowna im Roman „Der Idiot".

Daß der Dichter zunächst nicht zur Verarbeitung dieser Reiseerlebnisse kam, ist nur zu verständlich, wenn man diesen Wirbel von Sorgen, Kummer und geistigem Kampf überschaut, der ihn nach seiner Rückkehr verschlang und drei Jahre lang kaum zu Atem kommen ließ. Erst im Oktober 1866 *mußte* er sich an das Diktat nach den Notizen von damals machen, um den an Stellowskij bereits verkauften Roman noch pünktlich zum 1. November abliefern zu können. Und es gelang ihm tatsächlich, die Stimmung von damals wieder einzufangen.

Wie in einem Gesellschaftsfilm rollen die Ereignisse ab in

dieser Umwelt von faden Genießern, Spielern und Hochstaplern. Es ist nicht zu übersehen, daß Dostojewski nach den Beobachtungen auf seinen drei Auslandsreisen (die dritte war im Herbst 1865 erfolgt), hier nur noch einen Engländer mit Achtung und Sympathie darstellt, als den Vertreter des Volkes, das in diesem Zeitalter der allgemeinen „Verspießerung" nach der Französischen Revolution doch noch den Typ des Gentleman hervorgebracht hat. Abgesehen von den zwar treffend skizzierten, aber an sich doch sehr unerfreulichen Gestalten der internationalen Lebewelt, ist dem Dichter hier in der alten Erbtante aus Moskau ein Meisterbild geglückt: die hellwache, kluge, strenge und doch immer hilfsbereite alte russische Herrin, die dem unbemittelten, alleinstehenden jungen Mann Heimkehr und damit Halt und Rettung anbietet, nachdem sie selbst dem Spielteufel aus Neugier, Wagemut und Trotz verfallen war, aber aus eigener Kraft sich ihm wieder entwunden und zu sich zurückgefunden hat. Allein der respektlose junge Rebell gegen das Ideal des gesicherten Lebens zieht, zumal ihn noch eine heftige Verliebtheit dort fesselt, das Abenteuerleben des ungebundenen Menschen in der Fremde vor und verfällt allem Anschein nach rettungslos dem Spiel

Dostojewski verfiel ihm nicht. Es ist schwer zu sagen, wann er nur „Spieler aus Not" war, wann Spieler aus — Leidenschaft. Die ungeheuren Spannungen, in denen er lebte, wären wohl nicht durchzustehen gewesen, wenn er sich nicht hin und wieder in die andere Spannung des Roulette-Spiels geflüchtet hätte. Wie sehr das immer aufs neue nottat, scheint seine zweite Frau jedesmal gespürt zu haben, wenn sie ihm (zuletzt im März 1871 in Dresden) trotz aller Geldsorgen zuredete, doch noch einmal nach Wiesbaden zum Roulette zu fahren. Er tat es, verspielte alles, hatte aber dann in der Nacht ein „mystisches Erlebnis". Seitdem hat er nie wieder gespielt. Aber seine vibrierende Nervenstudie am Spieltisch ist so überzeugend, daß der Spielertyp uns seitdem gleichsam durchsichtig erscheint.

Der Roman „*Der ewige Gatte*" ist von Dostojewski Ende des Jahres 1869 in Dresden geschrieben und 1870 in den zwei ersten Nummern der Monatsschrift „Das Morgenrot" („Sarjá") erschienen, als nächstes Werk nach dem Roman „Der Idiot" und ein halbes Jahr vor dem Beginn der Arbeit an den „Dämonen".

Nach einer brieflichen Mitteilung des Dichters hatte er diese Novelle im Umfang von zwei Druckbogen schon seit dem Todesjahr seines Bruders geplant. Dieses Todesjahr des Bruders, 1864, war aber auch das Todesjahr seiner ersten Frau. Aus der geplanten Novelle ist dann ein Roman von dreizehn Druckbogen geworden, und wieder — wie drei Jahre zuvor „Der Spieler" — gleichsam eine Aufarbeitung eines Abschnitts seines eigenen Lebens, als hätte er, gleich dem Erlebnis mit dem Roulettespiel und mit Polina Ssusslowa, auch das schwere Erlebnis seiner ersten Ehe durch Überprüfung überwinden wollen.

Seine erste Frau, Marie Constant, verwitwete Issájewa, war die Tochter eines Gymnasialdirektors in Ástrachan und Urenkelin eines französischen Flüchtlings, der sich 1792 in Rußland niedergelassen hatte. Sie soll ihre französische Abstammung betont und Französisch wie ihre Muttersprache gesprochen haben. Als der dreiunddreißigjährige Dostojewski sie 1854 in dem sibirischen Garnisonstädtchen Ssemipalátinsk kennen lernte, war sie „eine recht hübsche Blondine", Gattin eines schwindsüchtigen Gymnasiallehrers und Mutter eines netten, lebhaften Knaben. Sie gehörte zu den wenigen gebildeten Damen der dortigen Gesellschaft, die dem verbannten Schriftsteller warme Sympathie entgegenbrachten. Daß Dostojewski sich sofort und leidenschaftlich in sie verliebte, ist verständlich. Er hatte als politischer Verbrecher vier Jahre Zuchthaus in Omsk hinter sich, und es standen ihm, als Rest der Strafe, noch fünf Jahre Militärdienst in Ssemipalátinsk bevor. Über diese Zeit der ersten großen Verliebtheit im Leben des Dichters berichtet sein Freund Baron A. Wrangel als Augenzeuge ausführlich in dem Band „Dostojewski, Briefe und Erinnerungen der Zeitgenossen" (Piper, 1914). Dostojewski habe damals, sagt Wrangel, Frau Marja Dmitrijewna „nur in einem Heiligenschein gesehen". Um so größer muß für den Verliebten die Enttäuschung gewesen sein, nachdem er die Witwe 1857 geheiratet hatte. Sie liebte bereits einen anderen, einen jungen Lehrer und Kollegen ihres verstorbenen Mannes, und dieses Verhältnis wurde von ihr auch nach der Heirat mit Dostojewski fortgesetzt. Der junge mittellose Lehrer begleitete sie auch nach Twer und verließ sie erst, als ihre fortschreitende Lungenschwindsucht ihn abzustoßen begann. Dostojewski tat alles, um ihren guten Ruf in der Gesellschaft und vor seinen Verwandten zu wahren. Erst Dostojewskis Tochter hat in ihrem bereits erwähnten Buch (s. S. 752) die beiden von ihrem Vater so leidenschaftlich geliebten Frauen mit offenkundiger Gehässigkeit geschildert, räumt aber ein, daß Marja Dmitrijewna sehr belesen und gut erzogen gewesen sei. Sie habe „die Mustergattin gespielt und es verstanden, die Gebildeten anzuziehen und eine Art von literarischem Salon zu bilden. Sie war eine gute Hausfrau und verstand, das Heim wohnlich zu gestalten."

Nach dieser seiner ersten Gattin hatte Dostojewski bereits 1866 in seinem ersten Roman „Rodion Raskolnikoff" die Frau des Trunkenbolds Marmeládoff gezeichnet: die hagere Lungenkranke mit dem schönen aschblonden Haar, stolz und schwärmerisch, an Gerechtigkeit glaubend, alles Schöne liebend, die dann als mittellose Witwe mit drei kleinen Kindern den Beamten Marmeládoff geheiratet hat, im Glauben, das wäre die Rettung aus der Misere für sie und ihre Kinder. Und nun folgt 1869 die zweite Darstellung *derselben Frau* in der Gestalt der Gattin des Beamten Trussozkij, die scheinbar korrekte Dame der Gesellschaft. Man hat diese Frauengestalt eine russische Madame Bovary genannt, sehr zu Unrecht. Diese Frau, die die Männer spielend beherrscht, überragt sie auch als Persönlichkeit.

Die Frage, wen Dostojewski nun für seine Zeichnung des

Gatten und des Liebhabers zur Vorlage genommen haben könnte, legt die Vermutung nahe, daß ihn das Problem der männlichen Gegensätze mehr als Gedankenspiel, als Experiment mit hypothetischen Begriffen gefesselt haben könnte, vielleicht noch angeregt von Balzacs „ewigem Vater" (im „Père Goriot"). Wie Balzac im bedingungslosen ewigen Geben das Besondere des Vaters herauszuschälen sucht, so versucht Dostojewski im ewigen Betrogenwerden das Besondere des „ewigen Gatten" zu zeichnen — wohl mehr von französischen Romanen beeinflußt als von russischer Wirklichkeit. Und wie Balzacs einseitig übertriebener, ewig nur gebender Vater sich schließlich doch noch, wenn auch erst auf dem Sterbebett, zu der Gestalt des *fordernden* Vaters aufbäumt, so wird auch in Dostojewskis letzter erschütternder Frage des ewig betrogenen Gatten nach dem seiner Fürsorge überlassenen Kinde die andere Seite dieses Charakters plötzlich grell beleuchtet.

Es ist möglich, daß dieses Zwischenspiel dem Dichter als Abwechslung gutgetan hat, aber zum Schluß hin scheint ihn das Thema — nach einer brieflichen Mitteilung an seine Nichte — doch angewidert zu haben. Um so erquickender ist dann sein Griff wieder ins volle Menschenleben mit der Schilderung der Familie Sachlebínin in der Sommerfrische. Hier entspricht alles dem Leben der zahlreichen Familie seiner Schwester Wera, die mit dem vielbeschäftigten Arzt Alexander Iwánoff verheiratet war und in Ljúblino bei Moskau in einem Landhaus neben anderen Landhäusern in einem gemeinsamen großen Garten lebte. Dort hatte Dostojewski den Sommer 1866 verbracht, als er am „Raskolnikoff" arbeitete. Bei den Theaterspielen im Garten hatte Dostojewski selbst mitgespielt; die einfallreiche Marja Nikítitschna wird hier als Freundin seiner Nichten mit Namen genannt. Auch der junge „Nihilist" Alexander Lóboff, der zum Schluß hin auftritt, ist ein (allerdings schmeichelhaft retouchiertes) Konterfei seines Stiefsohnes Páwel Issájeff, des arroganten Faulenzers, zu dem sich der als Kind nette Knabe entwickelt hatte. Wenn der Leser der Lebensgeschichte Dostojewskis sich verärgert fragt, warum er mit dieser anspruchsvollen Frau und dem unverschämten Flegel so viel unerschöpfliche Geduld und Nachsicht gehabt hat, so darf man sagen, daß sie für den Dichter schon zu Studienobjekten geworden waren, sogar zu sehr wertvollen, da er in ihnen wichtige Zeiterscheinungen erkannt haben dürfte. In Alexander Lóboff hat er naturgetreu den Jüngling gezeichnet, der es chic findet, mit Respektlosigkeit vor allem „Hergebrachten" zu protzen.

Formal wird dieses Werk Dostojewskis als sein ausgewogenstes gerühmt, als der einzige Roman von ihm, in dem sich die überreiche Phantasie des Dichters mit *einer* Geschichte begnügt und nicht zehn Geschichten in einen Roman hineinzwängt.

Die „*Aufzeichnungen aus dem Untergrund*" und „*Bei nassem Schnee*" sind in den Wintermonaten 1863/64 in Moskau entstanden.

Ende Oktober 1863 war Dostojewski von seiner zweiten Auslandsreise nach Petersburg zurückgekehrt. Das Verbot der Monatsschrift „Die Zeit" war noch immer nicht aufgehoben und der Aufstand in Polen zog sich immer noch hin. Alle Bemühungen des polnischen Adels, der Geistlichkeit und der Städter, auch die Bauern, und sei es mit Gewalt, zum Aufstand zu zwingen, blieben erfolglos: das Volk machte nicht mit. Erst Anfang November traf der neuernannte russische Statthalter, der gefürchtete Graf Berg, in Warschau ein; ihm gelang es bis zum Januar 1864, den Aufstand blutig zu unterdrücken. Danach erhielt Michail Dostojewski wieder die Erlaubnis, eine Zeitschrift herauszugeben, nur nicht unter dem alten Titel „Die Zeit". Man einigte sich schließlich auf den Titel „Die Epoche".

Michail Dostojewski hatte von seinem väterlichen Erbteil eine Tabakfabrik erworben, war verheiratet, hatte vier Kinder und lebte auf großem Fuß. Fjodor Dostojewski hatte durch seine Verurteilung — wegen der Teilnahme an einer angeblichen Verschwörung gegen die Regierung Nikolaus' I.— sein Erbteil eingebüßt und war nur auf seine Einnahmen als freier Schriftsteller angewiesen. Die Herausgabe der ersten Monatsschrift hatte, wie erwähnt, die Erbtante ermöglicht; für die zweite war kein Vermögen mehr vorhanden. Michail Dostojewski begann vor Sorgen zu trinken, während Fjodor von seiner todkranken Frau in Moskau zurückgehalten wurde. Verzweiflung und Angst ließen die Kranke alle Beherrschung verlieren und zur Pein für ihre Umgebung werden. Die Folge davon war, daß Dostojewskis epileptische Anfälle an Stärke und Häufigkeit erschreckend zunahmen. In diesen schweren Monaten sind die „Aufzeichnungen aus dem Untergrund" entstanden.

Es ist viel und vielerlei über dieses Werk geschrieben worden. In deutscher Sprache hat vor allem Reinhard Lauth in „Die Philosophie Dostojewskis" (Piper 1949) die philosophischen Aussagen im Gesamtwerk des Dichters untersucht, besonders auch die in diesen „Aufzeichnungen". Ferner hilft Julius Meier-Graefe in „Dostojewski, der Dichter" (Berlin 1926) mit seinem Erlebnisbericht dem Leser, sich hier zurechtzufinden; dies schon dank der lebendigen Schilderung, wie es ihm selbst mit Dostojewski und diesem „unmöglichen Monolog" ergangen ist. „Zehnmal wirft man das Buch weg, zehnmal holt man es wieder, und schließlich kommt man nicht mehr los von dem Teufel."

Seine Empörung ist echt, er fühlt sich zunächst verspottet und abgestoßen schon von dieser so ganz ungewohnten Form. Aber das weggeschleuderte Buch, schreibt er, scheine zu kichern: „Alles Unsinn! Tu nur nicht so! Bist nicht besser, nicht gesünder, nur hundertmal dümmer, ahnst gar nicht deine Lächerlichkeit, du mit deinen Berufspflichten und deinem Feierabend!"

Es sei das Bekenntnis eines *neuen*, eines „entzauberten" Faust, meint Meier-Graefe; ein Auerbachs Keller in moder-

766

ner Zurichtung. Aber in dieser für den alten Geschmack gräßlichen Formlosigkeit stecke eine gefährliche Neuheit: Begriffe wie Literatur, Ästhetik, Gesellschaft, wie überhaupt „jeder flaue Begriff", verbrennen in diesem „Siedeofen wie Zunder ... denn hier spricht und handelt ein zu Geist zermalmter, geschlagener, gekreuzigter Mensch, vollgesogen von allen Erniedrigungen und Beleidigungen, die jeder von uns täglich austeilt, täglich empfängt, ... einer, der uns mit seinem Gift entgiftet". ... „Wir werden von ihm zu neuer Verinnerlichung geführt ... um uns die Möglichkeiten eines neuen dichterischen Eindringens in die Menschenseele erkennen zu lassen."

Der Russe K. Motschulskij, der beste Kenner der Ergebnisse der Dostojewski-Forschung, sieht in seinem großen Werk über den Dichter, „Dostojewski, sein Leben und sein Schaffen" (Paris, 1947, Ymca-Press), in diesen Aufzeichnungen die Untersuchung des Problems unseres heutigen Hamletismus. „Die Erkenntnis tötet das Gefühl, zersetzt den Willen, lähmt die Tat ..." Die Kette der Ursachen führe zu einer üblen Endlosigkeit, und in dieser Perspektive werde jede Wahrheit, wie jedes Gut und Böse, zu etwas Relativem ... Jedes seiner anscheinend durchaus echten Gefühle werde von seiner Erkenntnis verschluckt: „Im Schauspieler sitzt zugleich der Zuschauer, der *seine Kunst* beurteilt." (Und schließlich nur noch diese „genießt", möchte man hinzufügen). „Was kann es denn da noch für eine Unmittelbarkeit und Aufrichtigkeit geben, in einem Spiel von dem Spiegel?" Im Bewußtsein finde ein heimlicher Umtausch der ethischen Ebene gegen die ästhetische Ebene statt. Und eben dies sei die psychologische Entdeckung Dostojewskis, meint Motschulskij.

Nach dem Vorstoß gegen den modernen Großstadthamlet, folgt der Angriff auf die Lehre der Positivisten im „Zeitgenossen" und anderen Blättern, auf die Utilitaristen und Rationalisten von der Art Tschernyschewskij's, dessen Roman „Was tun?" gerade erschienen war und unter der Jugend begeisterte Anhänger fand. Dostojewskis Ausfälle gegen den Kristallpalast sind ein offener Angriff auf Tschernyschewskijs Traum von einem irdischen Paradies im Stil Fouriers, von großen Wohnblöcken unter Kuppeln aus Aluminium und Glas, die ein mildes Klima sichern, usw., usw., kurz, gegen das untragische Leben. Leider ist Dostojewskis Gegenwurf von der Zensur gestrichen worden. In einem Brief vom März 1864, nach dem Empfang der ersten Nummer der „Epoche" mit seinen „Aufzeichnungen aus dem Untergrund", schreibt Dostojewski aus Moskau an seinen Bruder:

„... Es wäre besser gewesen, wenn man das vorletzte Kapitel (das allerwichtigste, wo der Sinn des Ganzen erst zum Ausdruck kommt) überhaupt nicht gedruckt hätte, als so, wie es jetzt dort steht, d. h. mit herausgerissenen Sätzen und voll von Widersprüchen in sich selbst... Die Zensorenschweine haben die Stellen, wo ich über alles spotte und mitunter zum Schein sogar lästere, — das haben sie durchgelassen, wo ich aber aus allem die Notwendigkeit eines Glaubens und eines Christus folgere, das haben sie ausgemerzt."

Dieses vorletzte Kapitel, das X., ist jetzt in der verstümmelten Form nur noch zwei Seiten lang (S. 469 u. 470), aber aus diesem Protest des Dichters im Brief an den Bruder schließt Motschulskij, daß des Dichters eigener Traum von einem ganz anderen irdischen Paradies der Hauptgedanke der „Aufzeichnungen aus dem Untergrund" gewesen sei, und er meint, diese Kraft der Rebellion des Untergrundmenschen entspringe nicht nur spöttischer Ablehnung, sondern komme aus einem leidenschaftlichen, rasenden eigenen Glauben: er kämpfe nur deshalb so wütend gegen die Lüge, weil sich ihm eine ganz andere Wahrheit offenbart habe. Seinen neuen Glauben aber deute er vorerst nur an. Immerhin sei es merkwürdig, daß der Dichter den von der Zensur verstümmelten Text in den nächsten Auflagen nicht wiederhergestellt hat.

Hierzu wäre einzuwenden, daß es ja schließlich der Kern

aller seiner weiteren Werke ist, diesen seinen Traum von einer anderen Menschenwelt zu gestalten. Dazu gehört auch, daß er uns nicht in dem Irrtum beläßt, es gäbe nur den „vernünftigen" Normalmenschen, sondern daß er uns zunächst „den Menschen des 19. Jahrhunderts in seiner ganzen Unschönheit" zeigt, aber auch in seiner vom Schmerz geschärften Erkenntnisfähigkeit, die ihn vor die Wahl stellt zwischen „billigem" Glück und hochstehendem Leid.

Die witzsprühende politische Satire „Das Krokodil" ist von Dostojewski erst ein ganzes Jahr nach den „Aufzeichnungen aus dem Untergrund" geschrieben und gleichfalls in der „Epoche" veröffentlicht worden, in der zweiten Nummer des Jahrgangs 1865.

Nach dem Tode seiner ersten Frau (am 15. April 1864), hatten ihn in Petersburg die komplizierte Redaktionsarbeit und die materiellen Sorgen um den Bestand der endlich genehmigten neuen Zeitschrift erwartet; vor allem aber der geistige Kampf mit den anderen Zeitschriften, der nun zu einer gröberen Fortsetzung des Kampfes in den „Aufzeichnungen" wurde.

Inzwischen war Michail Dostojewski erkrankt, öfter arbeitsunfähig geworden und am 10. Juni gestorben, worauf Fjodor nicht nur die Sorge für die Witwe und die vier Kinder des geliebten Bruders übernommen hatte, sondern freiwillig auch noch alle Wechselschulden, darunter auch solche seiner Tabakfabrik. Sie betrugen an 25 000 Rubel. Als dritter Verlust war im Dezember dieses Jahres noch der Tod seines nächsten Mitarbeiters, Gesinnungsgenossen und Freundes Apolón Grigórjeff hinzugekommen. (A. Grigórjeff war der Begründer der sogenannten „organischen Kritik" und der Partei oder Richtung der „Bodenständigen", zu deren Organ „Die Zeit" und jetzt „Die Epoche" geworden waren.)

Wie Motschulskij in seinem erwähnten Werk mitteilt, hat

Dostojewski die erste Veröffentlichung dieser Satire „Das Krokodil" in seiner Zeitschrift mit einer Vorbemerkung versehen, die in den nachfolgenden Buchausgaben weggelassen worden ist. Diese Vorbemerkung lautete:

„Für den Fall, daß dies alles Lüge und nicht Wahrheit sein sollte, halte ich es für meine Pflicht, vorauszuschicken, daß es eine noch unwahrscheinlichere Lüge in unserer Literatur noch nie gegeben hat, es sei denn, daß man jenen allbekannten Fall mitrechne, wo einem gewissen Major Kowaljóff eines Morgens die eigene Nase aus dem Gesicht davonlief und nachher in Uniform und mit dem Federbusch an der Kopfbedeckung im Taurischen Garten und auf dem Newskij herumspazierte."

Damit sei, so bemerkt Motschulskij hierzu, die literarische Abstammung dieser Satire Dostojewskis von Gogols Groteske „Die Nase" vom Autor selbst bezeugt.

Gewiß stehen sich beide Dichter in phantastischen Erfindungen nicht nach, aber während Gogols tolle Geschichte von der weggelaufenen Nase bloß wie eine Kapriole wild wuchernder Phantasie anmutet, ist die Satire Dostojewskis auf den von einem Krokodil verschluckten Beamten ein in jeder Einzelheit bissiges politisches Satyrspiel — nach der Tragödie vom modernen Großstadthamlet.

Rußlands geistiger Gärungszustand war von Nikolaus I. (1825–55) eisern niedergehalten worden. Um so stärker drängte es die Geister zur Aussprache, als der human denkende Alexander II. zur Regierung kam, besonders als ab 1861 die geplanten Reformen ihren Anfang nahmen — bis der Aufstand in Polen sie zum Teil unterbrach oder verzögerte. *Aber in welcher Richtung sollte es nun weitergehen?* Das war die große Frage, um die es in dieser geistigen Auseinandersetzung ging. Es gab recht verschiedene Möglichkeiten, die alle ihre Befürworter und ihre Feinde hatten. Man kann Dostojewski und seine Mitarbeiter, die sich „Die Bodenständigen" nannten und mit denen angesehenste Dichter, Denker und Publizisten Petersburgs sympathisier-

ten, gewiß nicht mit den extrem konservativen Patrioten in
Moskau, à la Katkóff, in einen Topf werfen; ebensowenig
die Anhänger und Mitarbeiter des „Zeitgenossen", wie Dob-
roljuboff und Tschernyschéwskij, mit den bloß Liberalen von
Krajéwskij's Tageszeitung „Die Stimme" („Gólos") und den
vielen unbedeutenderen Blättern und Blättchen, deren An-
hängerschaft in *mündlichen* Äußerungen schon alle Schran-
ken nihilistisch zu überrennen drohte. Für Dostojewski ging
es in dieser Polemik mit den anderen Blättern um den Kampf
gegen den mehr und mehr in Mode kommenden platten Materialismus und gegen das kritiklose Anschwärmen alles
Westeuropäischen, das man unbesehen kopieren zu müssen
meinte. Die Phrasen der Nationalökonomen vom Vorrang
der Wirtschaft im Leben des Staates und von der Unent-
behrlichkeit einer „Bourgeoisie" wie im Westen (das rote
Tuch für Dostojewski!) wurden schnell aufgeschnappt und
nachgeplappert, ebenso wie die von der Notwendigkeit der
Heranziehung ausländischen Kapitals. Unübertrefflich ist
hier auch des Dichters Spott über das Verhalten der nur auf
Anpassung bedachten Beamtenseelen zu dem Unglück ihres
Kollegen Iwan Matwéjewitsch, die Parodie auf die Zeitungen: auf den geschwollenen Stil des „Petersburger Blätt-
chens" („Listók") und die ehrbare Empörung von Kra-
jewskijs „Stimme" (statt „Golos" hier „Wolos" genannt),
und zu guter Letzt diese vollkommene Verdrehung der Tatsachen. Nach dem humanen Bedauern des ausländischen
Krokodils und seines Privatbesitzers (nicht etwa des ihnen
ausgelieferten Russen), folgt schließlich das geschwinde Ab-
gleiten vom Wichtigen auf nebensächliche Details oder in
das behaglichere Leben ohne große Fragen.

Diese kostbare Satire sollte aber für den Dichter noch üble
Folgen haben. Als Dostojewskis erster großer Roman „Verbrechen und Strafe" („Rodion Raskolnikoff") 1866 in Kat-
kóffs „Russischem Boten" erschien, wurde er im „Zeitgenossen", in den „Vaterländischen Annalen" und in anderen

Blättern gründlich verrissen. Später erfuhr Dostojewski von Nekrássoff, das sei nicht geschehen, weil sie das Werk schlecht fänden; nein, das Werk sei gut, aber sie hätten es verrissen „als Vergeltung für Tschernyschewskij".

Dostojewski war sprachlos vor Verwunderung. Tschernyschewskij hatte J. S. Mill übersetzt und glänzend kommentiert, war aber schon im Sommer 1862 verhaftet worden und hatte im Kerker den utopischen Roman „Was tun?" verfaßt, der im „Zeitgenossen" 1863 gekürzt erschienen war. Tschernyschewskij selbst wurde zu 14 Jahren Zwangsarbeit und lebenslänglicher Ansiedlung in Sibirien verurteilt. Erst 1873 kam dann Dostojewski dazu, das boshafte Geschwätz, er habe im „Krokodil" den verbannten Tschernyschewskij verhöhnt, zu widerlegen. Immerhin waren J. S. Mills und Buckles Gedanken wie der Positivismus A. Comtes durch Tschernyschewskij in Rußland bekannt geworden und hatten in den Köpfen der jungen Generation Feuer gefangen. In den „Aufzeichnungen aus dem Untergrund" wird Buckle von Dostojewski ausdrücklich genannt, nicht Tschernyschewskij, und in dem Spott über die Überschätzung der Vernunft geht es für ihn nur um die „westliche Irrlehre", deren Weiterwuchern in Rußland zu bekämpfen ihm notwendig erschien. Zwar bestreitet Dostojewski empört, er, der ehemalige politische Sträfling, hätte den neuen politischen Sträfling verhöhnen wollen; aber der Verdacht saß nun einmal fest in gewissen Köpfen, und die „Rache für Tschernyschewskij" kam immer wieder zu Wort, oft in geistlosester Form, wie noch 1873 im Spott über seine Krankheit oder über das ausgestellte Porträt des Dichters, von dem im „Bobók" die Rede ist.

Alle schier übermenschlichen Bemühungen Dostojewskis, nach dem Tode des Bruders und A. Grigorjeffs die Zeitschrift allein weiterzuführen, waren vergeblich: im Juni 1865 mußte er „Die Epoche" doch aufgeben. Er war bankrott. Zu den 25 000 Rubel Wechselschulden des Bruders, die er im Sommer 1864 übernommen hatte, kamen nun noch 18 000 Rubel Wechselschulden für die sechs Nummern der „Epoche" hinzu. Er bot alle seine Werke dem Verleger Krajewski an, zu mäßigstem Honorar, aber das Angebot wurde abgelehnt. Da kam der Verleger Stellowskij zu ihm, ein berüchtigter Halsabschneider, der u. a. bereits den Schriftsteller Píssemskij und den Komponisten Glinka ausgebeutet hatte, und schloß mit ihm einen teuflischen Vertrag: für 3000 Rubel kaufte er von ihm das Verlagsrecht auf alle seine bisherigen Werke und dazu noch einen *neuen* Roman, der bis zum 1. November 1866 abgeliefert sein mußte; wenn aber dieser Termin nicht eingehalten wurde, sollte ihm auch noch das Verlagsrecht auf alle zukünftigen Werke Dostojewskis zufallen. Von den 3000 Rubeln erhielt aber der Dichter nur eine Anzahlung in barem Geld; den Rest bezahlte Stellowskij in Wechseln von Fjodor Dostojewski, die er inzwischen spottbillig aufgekauft hatte.

Mit nur noch 175 Rubeln in der Tasche reiste Dostojewski, um dem Schuldturm zu entgehen, Ende Juli zum drittenmal ins Ausland, nach Wiesbaden, wo er im Spiel finanzielle Nothilfe zu gewinnen hoffte, aber in 5 Tagen alles verspielte. Er lebte in einem billigen Hotel nur von Tee und Semmeln, schrieb Briefe und wartete auf das erbetene Geld; zugleich begann er am „Raskolnikoff" zu arbeiten. Nur von Turgenjeff erhielt er 50 Taler. Endlich kam auch das Geld von Baron Wrangel, der verreist gewesen war, und dessen Einladung zu ihm nach Kopenhagen, von wo Dostojewski dann am 10. Oktober nach Petersburg zurückkehrte, — mit einem Vorschuß von Katkóff auf das neue Werk, das im Januar 1866 im „Russischen Boten" zu erscheinen begann und — Aufsehen erregte.

Nun war aber noch der bereits verkaufte neue kleinere Roman an Stellowskij bis zum 1. November 1866 abzuliefern. So kam es im Oktober zur Zusammenarbeit mit einem jungen Mädchen, das stenographieren konnte; das von ihr

773

nach dem Stenogramm abgeschriebene Manuskript des Romans „Der Spieler" konnte pünktlich abgeliefert werden.

Am 25. Februar 1867 heiratete der sechsundvierzigjährige Dostojewski das neunzehnjährige junge Mädchen Anna Grigórjewna Ssnítkina, und in ihr hatte er nun seinen „Schutzengel" gefunden. Über des Dichters weiteres Leben wird von Anna Grigórjewna in den „Lebenserinnerungen der Gattin Dostojewskis" ausführlich berichtet (Piper Verlag 1925). Zwei Monate nach der Hochzeit ermöglichte sie ihm die vierte Reise ins Ausland, indem sie ihre ganze schöne Aussteuer verpfändete. Diese vierte Reise wurde zu einem über vierjährigen Aufenthalt des Ehepaars in Dresden, Genf, Vevey, Florenz und schließlich wieder in Dresden. In diesen Jahren entstanden dann „Der Idiot", „Der ewige Gatte" und „Die Dämonen", die erst nach der Rückkehr (im Juli 1871) in Petersburg 1872 beendet wurden.

In Genf hatte Dostojewski den Kongreß der Internationale besucht und war so abgeschreckt worden von der „Schusterhaftigkeit" ihrer sozialen, revolutionären und anarchistischen Parolen, daß er in Petersburg nun Anschluß suchte an die Konservativen. Er übernahm die Stellung des Redakteurs an der Zeitschrift „Grashdánin" („Der Bürger"), die vom Fürsten Meschtscherskij herausgegeben wurde. Aber auch in diesem sehr konservativen Kreis fühlte er sich bald tief enttäuscht und schon im März 1874 gab er die Stellung wieder auf. In dieser Zeitschrift veröffentlichte er im Lauf des Jahres 1873 in der Rubrik „Tagebuch eines Schriftstellers" sechzehn kleinere Beiträge, darunter als 6. Beitrag sein kleines Meisterwerk „Bobók".

Es ist das leere Geschwätz zwischen heutigen Gesellschaftsmenschen unmittelbar nach ihrem leiblichen Tode, in der „letzten Gnadenfrist", die ihnen zur Besinnung noch gewährt ist und die von ihnen vertan wird — womit? Mit der Fortsetzung ihres bisherigen Lebens. Was könnte man auch anderes von ihnen erwarten? Dieser Totentanz ist nur das

Spiegelbild des Lebens jener Massen, die Nietzsche „die Viel-
zuvielen" nennt. Was das Mittelalter bang und lüstern von
„Schwarzen Messen" des Teufels geflüstert hatte, das wird
hier von diesen heutigen Toten als immerhin noch mögliche
Orgie begeistert begrüßt. Das Leben — „ein Butterbrot",
von den jungen Menschen erst nur angebissen, von den Alten
doch noch nicht ganz zu Ende genossen. Also auf! zum letzten noch möglichen Genuß! und jetzt endlich ohne die
Schranke des Schamgefühls ... Was nachher kommt, ist ja
doch nur noch „bobók": der Laut platzender Luftblasen an
der Oberfläche stehender, fauliger Gewässer oder tiefer
Sümpfe.

Sollte es heute wirklich nur noch solche Toten geben? Der
Dichter glaubt das selbst nicht. Daß es auch andere, ganz
andere gibt, zeigt er uns in seinen weiteren Werken immer
und immer wieder.

Nachdem Dostojewski am 19. März 1874 die Stellung
des Redakteurs am „Bürger" verlassen und damit auf das
Jahresgehalt von 3000 Rubel verzichtet hatte, reiste er, der
nun ohne Einkommen dastand, im April nach Moskau, um
Katkóff einen neuen (noch ungeschriebenen) Roman zum
Vorabdruck anzubieten, aber zu einem höheren Preis als
bisher: für 250 Rubel pro Druckbogen. Katkoff, der gerade
Tolstois „Anna Karénina" zu 500 Rubel pro Druckbogen
für den Vorabdruck erworben hatte und einem Turgenjeff
400 zahlte, lehnte das Angebot Dostojewskis ab. Verstimmt
und erregt kehrte dieser nach Petersburg zurück.

„Da geschah aber etwas sehr Überraschendes", berichtet
Motschulskij. „Zum Verfasser der ‚Dämonen', dem wütenden Angreifer des Nihilismus und der Revolution, kommt
sein alter Gegner im Ideenkampf — N. A. Nekrássoff und
erbietet sich, den geplanten Roman für die ‚Vaterländischen
Annalen' zum Vorabdruck anzukaufen!"

Es ist gewiß verständlich, daß Dostojewski sehr erfreut

war über diesen Besuch, denn ihre frühere Freundschaft vor dreißig Jahren hatte er nie vergessen. Aber als Redakteur der „Zeit" und der „Epoche" hatte es doch jahrelang einen erbitterten Kampf zwischen ihm und den „Vaterländischen Annalen" gegeben, zu deren Redaktion mehrere literarische Feinde Dostojewskis gehörten (Michailowskij, Skabitschéwskij, Jelisséjeff, teilweise auch Pleschtschéjeff), lauter angesehene Kritiker und Dichter. Wie nun, wenn nach begonnenem Druck die Unvereinbarkeit ihrer Grundanschauungen (dem orthodoxen Monarchismus und dem republikanischen Freidenkertum) eine weitere Zusammenarbeit unmöglich machte? Außerdem war vorauszusehen, daß Dostojewskis Übergang vom extrem rechtsstehenden „Bürger" zu den linksstehenden „Vaterländischen Annalen" seine konservativen Freunde überraschen mußte. Trotzdem nahm Dostojewski das Angebot unter Vorbehalt an. Motschulskij sagt hierzu sehr richtig, daß inzwischen ein inneres Abrücken von seinem früheren Standpunkt stattgefunden hatte. Das beweise auch der neue Roman („Der Jüngling"), in dem er die revolutionäre Jugend der siebziger Jahre ganz anders beurteilte als die der sechziger Jahre in den „Dämonen" (nach der Enttäuschung durch die Revolutionäre in Genf!).

Zunächst zog sich Dostojewski mit seiner Familie nach Stáraja Rússa, einem stillen Städtchen und Salinenbad südlich des Ilmensees, zurück und verbrachte dort auch den Winter 1874/75 in ungestörter Arbeit an dem vierten großen Werk, das urspünglich „Unordnung" heißen sollte und *bewußt* als Gegensatz zu Tolstois 1869 erschienenem „Krieg und Frieden" nicht die patriarchalische Zeit von 1805—20, sondern die in Petersburg schon beginnende unpatriarchalische Zeit der siebziger Jahre widerspiegeln sollte. Dieses, eigentlich erst heute, nach zwei Weltkriegen, zeitgemäße Werk begann nun ab Januar 1875 in Nekrássoffs Zeitschrift zu erscheinen, und die Redaktion verhielt sich sogar äußerst entgegenkommend zum Dichter, „als hätten sie alle seine Freundschaft gesucht".

Nach solchen Erfahrungen Dostojewskis mit den entgegengesetzten Parteien, bedarf es keiner Erklärung, weshalb er nach der Beendung des „Jüngling" keinen neuen Anschluß an eine der schon vorhandenen „Richtungen" mehr suchte, sondern ab Januar 1876 sein eigenes Monatsblatt (Heftchen von nur zwei bis drei Druckbogen) im Selbstverlag herausgab, unter dem Titel „Tagebuch eines Schriftstellers". Man hat den Inhalt dieser Hefte „Das Laboratorium des Dichters" genannt. Er will immer in Tuchfühlung, nein, in Pulsfühlung mit der Wirklichkeit bleiben; es ist tatsächlich ein dauerndes „Sichdurchfühlen" durch alle Erscheinungen des Lebens, die ihm auffallen, ihm zu denken geben und über die er seine Gedanken stenographiert. Es ist etwas unendlich Persönliches in diesen Betrachtungen, Fragen und Sorgen, die er hier zur Sprache bringt; zugleich aber ist es, als wäre dieser eine Dichter im Augenblick der Puls, das Herz und das Hirn ganz Rußlands.

Nun ereigneten sich in eben diesem Jahr 1876 mehrere Selbstmorde von jungen Mädchen, die ihn stutzig machten. Zu diesen gehörte auch eine Tochter von Alexander Herzen, die materiell ohne Sorgen, jedoch in dem „trostlosen" Glauben an die Vernunft aufgewachsen war. Und eines Tages stieß Dostojewski in der Zeitung noch auf eine kurze Notiz in kleiner Schrift: eine arme junge Näherin, die keine Arbeit hatte finden können, um ihr Leben zu fristen, hatte sich aus dem Fenster gestürzt mit einem Heiligenbild in den Armen. Dieser Selbstmord mit dem Muttergottesbild war so neu, so anders als die sonstigen Fälle, ganz ohne Zynismus und ohne jeden Vorwurf, ganz ohne Klage über Lebensmüdigkeit, war so still und „sanft" . . . „Gott habe es offenbar nicht gewollt, daß sie lebe . . . und sie geht in den Tod, nachdem sie gebetet hat." Diese Notiz war der Beweggrund zu Dostojewskis vertiefter Novelle „*Die Sanfte*".

Was nun die Form dieser Erzählung betrifft, so war das Verfahren einer „Rückblendung" damals originell und wurde eingehend besprochen. Aber wie steht es mit dem

Inhalt? Was ist hier eigentümliche Dostojewski-Melodie an dieser Lebensgeschichte?

Seit Marie Constant-Issájewa, Polina Ssússlowa und Anna Korwín-Krukówskaja (der Aglaja im „Idiot") ist in Dostojewskis Werken ein Frauentyp sichtbar geworden, den es zwar im Leben immer gegeben hat, der aber in der Literatur lange nicht mehr bewußt wahrgenommen wurde. Die russischen Kritiker sprechen gelegentlich von den *„denkenden"* Mädchen und Frauen Dostojewskis. Nun, denken tun sie ja alle, aber *worüber* pflegen diese Gestalten Dostojewskis nachzudenken, und mit welcher Intensität? — das macht den Unterschied aus.

Die Liebe, die von diesen Mädchen und Frauen Dostojewski selbst entgegengebracht wurde, galt zuerst immer nur dem wunderbaren Gesprächspartner und Führer durch das Labyrinth all dieser neuen Probleme, dem kameradschaftlichen Berater, der dem jungen suchenden Menschen geistig weiterhalf, ihn unterscheiden lehrte und ihn bezaubernde Lebensaufgaben sehen ließ, wonach dann die andere Liebe — lieber abgelehnt wurde. Am deutlichsten wohl im „Jüngling" von der jungen Witwe Katerína Nikolájewna Achmakoff.

Aber wo ist die Grenze zwischen dem Dichter und dem Menschen aus Fleisch und Blut? Hätte Goethe eine Iphigenie, eine Prinzessin d'Este und die Frauen im „Wilhelm Meister" dichten können, ohne das Erlebnis einer Frau von Stein? Jedenfalls hat Dostojewski als Mensch die Verzweiflung eines Marmeladoff, eines Rogoshin, eines Werssiloff usw. persönlich erfahren, und wohl nur deshalb auch die andere Seite verstehen gelernt, die vielleicht das Mehr an geistigem Trieb mit einem Weniger in anderer Hinsicht ausgleichen muß?

Auch diese sanfte junge Frau, die sich „fromm" der anderen Liebe des Mannes entzieht, gehört in die Reihe jener „denkenden Frauengestalten", die im Gesamtwerk Dostojewskis von entscheidender Bedeutung sind. Dasselbe kann man auch von ihrem Gatten sagen. Er ist der immer wieder gestaltete Großstadtmensch, der sich in vollkommener Einsamkeit verkapselt und das lebendige Leben durch ein Leben in der Phantasie ersetzt. Dieses Leben aber in der Phantasie, das dem Kampf mit der Wirklichkeit ausweicht, führt zu einer männlichen Hybris den Frauen gegenüber, zu einer Herrschsucht, die, wie sie es selbst spüren, unendlich traurig und zugleich ein wenig lächerlich ist.

Dostojewski setzte auch im folgenden Jahr 1877 die Herausgabe seines „Tagebuchs" in Monatsheften fort, bevor er sie 1878 auf drei Jahre einstellte, um sich nun wieder einem dichterischen Werk ganz widmen zu können: den „Brüdern Karamasoff". Das „Tagebuch eines Schriftstellers" war für ihn in diesen beiden Jahren tatsächlich zu einer Art Laboratorium oder Vorbereitung des Materials geworden, das die Wirklichkeit ihm zutrug, und das er dann als Dichter in die unsterblichen Gestalten und Gespräche seiner Werke verwandelte.

Als solch eine Art Vorexperiment zu der nachfolgenden Legende vom Großinquisitor ist auch der „*Traum eines lächerlichen Menschen*" zu verstehen, den er im Aprilheft 1877 des Tagebuchs veröffentlichte. Und gleichzeitig ist diese Dichtung bereits die dritte Ausarbeitung eines Traumes von einem irdischen Paradies, der schon in den „Dämonen" von Stawrógin und im „Jüngling" von Werssiloff geträumt wird, immer vor den romantisch schönen Landschaftsbildern Claude Lorrains, an denen der Dichter sich in der Dresdener Galerie nicht hatte sattsehen können.

Man lasse sich nicht abschrecken von dem süßen Idyll eines sündlosen Lebens, das den utopischen Traum von einem irdischen Paradies eröffnet. Wie immer bei Dostojewski, kommt danach der Gegensatz um so brutaler zum Ausdruck. Schließlich hat er selbst schon als Jüngling von einer Art goldenem Zeitalter, von einer Weltharmonie geträumt und diesen „heiligen Glauben" mit zehn Jahren Sibirien bezahlt. Aber erloschen ist dieser Traum in ihm wohl nie. Nur ist in Sibirien neben dem Träumer und Idealisten oder „Schiller-ianer" in ihm, wie er die Träger schöner Illusionen nennt, auch der Realist gewachsen; der Kampf zwischen diesen Gegensätzen wird seitdem zum Perpetuum mobile seines ganzen Denkens. Alle seine Gestalten beginnen damit, daß sie von einer besseren Welt, einem schöneren Leben träumen, aber immer wieder holt der Realist im Dichter die Träumer unsanft auf die Erde zurück und zeigt ihnen zynisch die Wirklichkeit. Er wird nicht müde, ihnen zu erklären, wie reale Nächstenliebe im Alltag auf dieser unserer „armen, gequälten und doch so heiß geliebten Erde" aussieht. — Man denke nur an seine Rede zur Puschkinfeier in Moskau (im Juni 1880, ein halbes Jahr vor seinem Tode), in der er Rußland die Fähigkeit zur Allversöhnung zuspricht und zu gemeinsamem Schaffen auf unserem gemeinsamen Planeten aufruft. Der Realist in ihm sagt zwar, Liebe zu jedem Nächsten sei praktisch unmöglich; aber der andere in ihm meint lächelnd, das sei ja auch gar nicht nötig: „Liebe nicht mich, sondern das, was ich liebe." — Weil die dauerhafteste Bindung zwischen Menschen ein gemeinsames Ziel, die gemeinsame Bewältigung einer Aufgabe ist?

Und wie endet nun diese Utopie des lächerlichen Menschen? — Sie endet nicht, sondern geht weiter. Diese Träumer sind irgendwie ansteckend. Besonders wenn sie sagen, sie wollten ja nur Spielraum für den ewigen Schöpfertrieb im Menschen. Und so werden sie schließlich doch zu jenen „Bewegern der Menschheit", von denen schon Raskólnikoff spricht.

E. K. Rahsin

AUSWAHLBIBLIOGRAPHIE

ZU ALLEN ERZÄHLUNGEN

Chapple, R.: *A Dostoevsky Dictionary,* Ann Arbor, Mich. 1983 (im weiteren: RC).

Schmid, W.: *Der Textaufbau in den Erzählungen Dostoevskijs,* München 1973; ern. 1986. (im weiteren: WS).

DER SPIELER

RC, S. 152–159.

Denreczeny, P.: »Dostoevsky's Ude of Manon Lescaut in ›The Gambler‹«. In: *Comparative Literature,* 28, 1976, S. 1–18.

Fülöp-Miller, H. u. F. Eckstein (Hg.): *Dostojewski am Roulette,* München 1925.

Jackson, R.: »Polina and Lady Luck in ›The Gambler‹«. In: *Fyodor Dostoevsky,* Hg. H. Bloom, New York/Philadelphia 1989.

Savage, D. S.: »The Idea of ›The Gambler‹«. In: *Sewanee Review,* 58, 1950, S. 281–298.

Vinograde, A.: »›The Gambler‹: Prokof'ev's Libretto and Dostoevskij's Novel«. In: *Slavic and East European Journal,* 16, 1972, 2, S. 414–418.

Wijzenbroek, A.: *Hermeneuse van een literaire structur: Dostoevsky's »Speler«,* Assen u. a. 1985; zugl. Diss. Groningen.

DER EWIGE GATTE

RC, S. 239–246.

Gerigk, H.–J.: »Elemente des Skurrilen in Dostoevskijs Erzählung ›Der ewige Gatte‹«. In: Busch, U. u. a.: *Gogol'–Turgenev–Dostoevskij–Tolstoi,* München 1966, S. 37 ff.

Peace, R.: »Dostoevsky's ›The Eternal Husband‹ and Literary Polemics«. In: *Essays in Poetics,* 2, 1978, S. 22–40.

Petrovskij, M. A.: »Kompozicija ›Večnogo muža‹«. In: *Dostoevskij,* Moskau 1928, S. 115–163.

Pratt, B.: »The Role of the Unconscious in ›The Eternal Husband‹«. In: *Literature and Psychology,* 1971, 21, S. 29–40.

Schmid, W.: »Zur Erzähltechnik und Bewußtseinsdarstellung in Dostoevskijs ›Večnyj muž‹«. In: *Welt der Slaven,* 13, 1968, S. 294–307.

Verč, I.: »»Večnyj muž‹ Dostoevskogo i nekotorye voprosy o žanre proizvedenija«. In: *Dostoevsky Studies* (Klagenfurt), 4, 1983, S. 69–79.

AUFZEICHNUNGEN AUS DEM UNTERGRUND

RC, S. 136–145.

Beardsley, M. C.: »Dostoevsky's Metaphor of the Underground«. In: *Journal of the History of Ideas*, 3, 1942, S. 265–290.

Hall, J.: »Abstraction in Dostoevsky's ›Notes from Underground‹«. In: *Modern Language Review*, 76, 1981, S. 129–137.

Holdheim, W.: »Die Struktur von Dostoevskijs ›Aufzeichnung aus dem Kellerloch‹«. In: *Deutsche Vierteljahresschrift für Literaturwissenschaft und Geistesgeschichte*, 1973, 47, S. 310–323.

Jackson, R. L.: *Dostoevsky's Underground Man in Russian Literature*, Den Haag 1958.

Jones, M.: »Dostoevskij ›Notes from Underground‹«. In: *The Voice-of-a Giant: Essays on Seven Russian Prose Classics*, Hg. R. Cockrell u. D. Richard, Exeter 1985, S. 55–65.

Lambeck, B.: *Dostoevskijs Auseinandersetzung mit dem Gedankengut Černyševskijs in »Aufzeichnungen aus dem Untergrund«*, Diss. Tübingen 1980.

Matlaw, R. E.: »Structure and Integration in ›Notes from Underground‹«. In: *Publications of the Modern Language Association of America*, 73, 1958, S. 101–109.

McKinney, D.: »›Notes from Underground‹: A Dostoevskean Faust«. In: *California Slavic Studies*, 12, 1978, S. 189–229.

Pribić, R.: *Bonaventura's Nachtwachen and Dostoevsky's Notes from the Underground. A Comparison in Nihilism*, München 1974 (Slavistische Beiträge 79; zugl. Diss. Nashville, Tenn. 1972).

Villadsen, P.: *The Underground Man and Raskolnikov. A Comparative Study*, Odense 1981.

Zimmermann, G.: *Bildersprache in F. M. Dostoevskijs »Zapiski iz podpol'ja«*, Göttingen 1971.

Vgl. auch Bibliogr. zu »Die Sanfte«: Malow 1971.

DAS KROKODIL

RC, S. 146–151.

Zaslavskij, D.: »Zametki o jumore i satire v proizvedenijach Dostoevskogo«. In: *Tvorčestvo Dostoevskogo*, Moskau 1959, S. 445–471.

BOBOK

RC, S. 308–312.

Jackson, R. L.: »Quelques considérations sur ›Le rêve d'un homme ridicule‹ et ›Bobok‹ du point de vue esthétique«. In: *Russian Literature*, 1, 1971, S. 15–27.

Phillips, R. W.: »Dostoevsky's ›Bobok‹: Dream of a Timid Man«. In: *Slavic and East European Journal,* 18, 1974, 2, S. 132–142.

Portnova, N.: »K probleme paradoksal'nogo stilja Dostoevskogo (›Bobok‹)«. In: *Dostoevskij. Materialy i Issledovanija,* 7, Leningrad 1987, S. 91–101.

DIE SANFTE

RC, S. 368–374.

WS, S. 270ff.

Bekedin, P. V.: »Povest' ›Krotkaja‹ (k issledovaniju obraza mertvogo solnca)«. In: *Dostoevskij. Materialy i Issledovanija,*7, Leningrad 1987, S. 102–124.

Holquist, J. M.: *Dostoevsky and the Novel,* Princeton, N. J. 1977, S. 155–165 (auch als »The Either/Or of Duels and Dreams. ›A Gentle Creature‹ and ›Dream of a Ridiculous Man‹«. In: *Critical Essays on Dostoevsky,* Hg. R. Miller, Boston 1986, S. 170–177).

Malow, I.: »Der Pfandleiher und der Mann aus dem Kellerloch. Versuch eines Vergleichs der Hauptgestalten in Dostoevskijs ›Krotkaja‹ und ›Zapiski iz podpolja‹«. In: *Zeitschrift für Russischunterricht* (Hamburg) 1971, 7, S. 38–59.

Neuhäuser, R.: »F. Dostoevskijs ›Die Sanfte‹ «. In: *Die russische Novelle,* Hg. B. Zelinsky, Düsseldorf 1982, S. 73–83.

Nikolić, M.: *Igra protivrečja ili »Krotka« F. M. Dostojevskog,* Novi Sad 1975.

TRAUM EINES LÄCHERLICHEN MENSCHEN

RC, S. 377–379.

Lauth, R.: »Der ›Traum eines lächerlichen Menschen‹ als Auseinandersetzung mit Rousseau und Fichte«. In: *Dostoevsky Studies* (Klagenfurt), 1, 1980, S. 89–101).

Levitsky, I.: »Dreams of a Golden Age: A Recurrent Theme in Dostoevsky's Later Fiction«. In: *Crisis and Commitment. Studies in German and Russian Literature in Honour of J. W. Dyck,* Hg. J. Whiton u. H. Loewen, Waterloo 1983, S. 148–155.

Phillips, R.: »›Dream of a Ridiculous Man‹. A Study in Ambiguity«. In: *Criticism,* 1975, 17, S. 355–363.

Rosen, N.: »The Defective Memory of the Ridiculous Man«. In: *Canadian–American Slavic Studies,* 1978, 12, S. 323–338.

Setschkareff, V.: »Dostoevskij und das Goldene Zeitalter«. In: Festschrift für D. Čyževs'ky, Berlin 1954, S. 261–271.

Trahan, E.W.: »The Golden Age – ›Dream of a Ridiculous Man‹«. In: *Slavic and East European Journal,* 17, 1959, 3, S. 132–142.

Vgl. auch Bibliogr. zu »Bobok«: Jackson 1971.

Vgl. auch Bibliogr. zu »Die Sanfte«: Holquist 1977.

BIOGRAPHISCHE DATEN

1821   Fjodor Michailowitsch Dostojewski als Sohn des Militärarztes und Sozialmediziners Michail Andrejewitsch Dostojewski (*1789) in Moskau geboren (30. Oktober alten Stils, 11. November neuen Stils); Mutter: Maria Fjodorowna, geb. Netschajewa (*1800); älterer Bruder: Michail Michailowitsch Dostojewski (*1820).

1837   Tod der Mutter, F. M. und M. M. Dostojewski übersiedeln nach St. Petersburg, um sich auf das Bauingenieurstudium vorzubereiten; Jugendfreundschaft mit den Literaten Dmitri Grigorowitsch und Iwan Schidlowski.

1838   Neben seinen technischen Studien an der Ingenieurschule der Militärakademie in St. Petersburg widmet sich Dostojewski während mehrerer Jahre ausgedehnten Lektüren (Homer, Shakespeare, Racine, Corneille, Pascal, Schiller, Hoffmann, Hugo, Balzac, George Sand u. a.).

1839   Ermordung des Vaters durch leibeigene Bauern auf seinem Landgut.

1843   Studienabschluß und Brevetierung als Offizier; Übersetzung von Honoré de Balzacs *Eugénie Grandet*.

1844   Dostojewski nimmt seinen Abschied, um freier Schriftsteller zu werden; Beginn der Arbeit am Roman *Arme Leute*; Übersetzungen und Übersetzungsprojekte (Sand, Sue).

1845   Bekanntschaft mit Iwan Turgenjew, Nikolai Nekrassow und dem Literaturkritiker Wissarion Belinski.

1846   *Arme Leute*, *Der Doppelgänger*. Bekanntschaft mit Michail Petraschewski und Alexander Herzen, Beginn der Freundschaft mit Apollon Maikow.

1847   *Roman in neun Briefen*. Dostojewski wird Mitglied des revolutionären Petraschewski-Kreises, liest Fourier, Cabet, Helvétius, Saint Simon, schreibt und veröffentlicht *Die Wirtin*.

1848   Mehrere Erzählungen sowie der Kurzroman *Helle*

Nächte im Druck. Enger Kontakt mit Petraschewski und Nikolai Speschnjow.

1849   Dostojewski wegen angeblich stattsfeindlicher Aktivitäten im Petraschewski-Kreis (Vorlesung eines »kriminellen Schreibens« von Belinski) aufgrund einer Denunziation verhaftet, zum Tode verurteilt, schließlich durch Zar Nikolaus I. begnadigt zu vier Jahren Verbannung (mit Zwangsarbeit) und anschließender Militärdienstpflicht als »gemeiner Soldat«. Deportation nach Tobolsk (24. Dezember).

1850   Ab 23. Januar (bis Mitte Februar 1854) Festungshaft in Omsk; private Aufzeichnungen im *Sibirischen Heft;* Dostojewskis epileptische Erkrankung erstmals ärztlich diagnostiziert und offiziell registriert.

1856   Dostojewski arbeitet in Semipalatinsk, wohin er Anfang 1854 als Soldat des 7. Grenzbataillons abkommandiert wurde, an den *Aufzeichnungen aus einem Totenhaus;* dank obrigkeitlicher und privater Protektion sowie aufgrund einiger von ihm verfaßter patriotischer Verse wird Dostojewski zum Offizier befördert (1856).

1857   Heirat mit Maria Dmitrijewna Issajewa (6. Februar); schwere epileptische Krisen. Aus gesundheitlichen Gründen beantragt Dostojewski seine Entlassung aus der Armee und eine Aufenthaltsbewilligung für Moskau.

1859   Dostojewski wird als Unteroffizier aus der Armee entlassen; er kehrt über Twer nach St. Petersburg zurück und steht von nun an bis zu seinem Lebensende fast permanent unter geheimpolizeilicher Aufsicht; *Onkelchens Traum, Das Gut Stepantschikowo und seine Bewohner* erscheinen im Druck.

1860   Werkausgabe in zwei Bänden; die *Aufzeichnungen aus einem Totenhaus* beginnen zu erscheinen (1860–62).

1861   Erste Lieferung der von F. M. und M. M. Dostojewski gemeinsam redigierten Zeitschrift »Die Zeit«; hier beginnt der Roman *Die Erniedrigten und Beleidigten* im Druck zu erscheinen; Bekanntschaft mit Alexander

Ostrowski, Iwan Gontscharow, Michail Saltykow-Schtschedrin und Apollon Grigorjew. Bekanntschaft mit Apollinaria (Polina) Suslowa, einer Mitarbeiterin der »Zeit« und typischen Vertreterin der Frauenemanzipation der sechziger Jahre.

1862 Erste Auslandsreise: Berlin, Dresden, Köln, Paris, von dort aus Besuch der Weltausstellung in London, Zusammentreffen mit Herzen, zurück nach Paris, dann nach Genf (Treffen mit Nikolai Strachow), von dort nach Italien (Florenz) und über Wien zurück nach Rußland (Juni–September).

1863 In der »Zeit« erscheinen die *Winteraufzeichnungen über Sommereindrücke*, ein sarkastischer Reisebericht, der allerdings nicht Westeuropa, sondern den westeuropäischen Spießer – den »Kapitalisten« ebenso wie den »Sozialisten« – zum Gegenstand hat. »Die Zeit« wird wegen eines »antipatriotischen« Beitrags von Strachow verboten. Ab August (bis Ende Oktober) zweite Auslandsreise, teilweise in Begleitung Apollinaria Suslowas: Frankreich, Deutschland, Italien; Beginn von Dostojewskis Spielleidenschaft (Baden-Baden, Bad Homburg).

1864 Erstes Heft der von F. M. und M. M. Dostojewski neu gegründeten Zeitschrift »Die Epoche« ausgeliefert (enthält u.a. den 1. Teil der *Aufzeichnungen aus dem Untergrund*, deren 2. Teil in Heft IV erscheint). In Moskau stirbt Dostojewskis erste Frau (14. April); in kurzer Folge verliert Dostojewski auch seinen Bruder Michail (10. Juli) sowie seinen Mitarbeiter und Freund Grigorjew (22. Juli).

1865 Aus finanziellen Gründen muß Dostojewski auf die weitere Ausgabe der »Epoche« verzichten; dreibändige Werkausgabe bei Stellowski (1866 abgeschlossen); erste Entwürfe zu *Schuld und Sühne*. Zwei Heiratsanträge Dostojewskis (an Apollinaria Suslowa und die Nihilistin Anna Korwin-Krukowskaja) werden abgewiesen. Dritte Auslandsreise (Juli–Oktober): Wiesbaden (wo sich

Dostojewski beim Roulettespiel ruiniert), Rückkehr über Kopenhagen.

1866 *Schuld und Sühne*. Dostojewski diktiert einer jungen Stenographin, Anna Grigorjewna Snitkina, in sechsundzwanzig Tagen den Kurzroman *Der Spieler* (Oktober).

1867 Heirat mit Anna Snitkina (Dostojewskaja) am 15. Februar; wegen hoher Verschuldung fluchtartige Abreise ins Ausland (14. April). Dresden, Bad Homburg, Baden-Baden. Besuch bei Turgenjew (endet mit Zerwürfnis). Basel (Ende August), wo Hans Holbeins Gemälde »Der tote Christus« im Kunstmuseum einen großen Eindruck bei ihm hinterläßt. Am 25. August Ankunft in Genf. Anfang Oktober erste Entwürfe zum Roman *Der Idiot*; vom 18. Dezember bis 5. Januar (1868) Niederschrift der Kapitel I–VII.

1868 Beginn der Drucklegung des Romans *Der Idiot* in Michail Katkows konservativer Zeitschrift »Der russische Bote« (Januar). Reger Briefwechsel mit Maikow; Invektiven gegen die westlichen Sozialisten und gegen die ganze »neue, progressive, liberale« Richtung innerhalb der russischen Intelligenz (Saltykow-Schtschedrin, Turgenjew, Nikolai Tschernyschewski). Geburt und Tod der Tochter Sofija (Sonja) in Genf (22. Februar–12. Mai). Anfang April dritter und letzter Ausflug nach Saxon-les-Bains, wo Dostojewski im Spielkasino alles verspielt. Anfang Juni Übersiedlung von Genf nach Vevey. Weiterarbeit am Roman *Der Idiot*. Im September Ausreise nach Italien (Mailand, dann Florenz).

1869 *Der Idiot* abgeschlossen (Januar) und erschienen (Februar). Abreise der Dostojewskis aus Italien (über Prag nach Dresden); in Dresden Geburt der Tochter Ljubow (14. September). Entwurf eines fünfteiligen Romanzyklus (»Das Leben eines großen Sünders«). Auf Initiative des Bakuninisten Sergei Netschajew wird in Moskau am 21. November der Student Iwanow als »Dissident« einer terroristischen Gruppe ermordet. Am Jahresende erscheinen in Dostojewskis Notizbuch die ersten Skizzen zum Roman *Die Dämonen*.

1870 *Der ewige Gatte*; Entwürfe zu dem Roman *Die Dämonen* und »Das Leben eines großen Sünders«.

1871 Vor seiner Rückkehr nach Rußland verbrennt Dostojewski aus Furcht vor Zollkalamitäten mehrere seiner Manuskripte, darunter jenes zum Roman *Der Idiot* (Juli). Ankunft der Dostojewskis in St. Petersburg (8. Juli) und Geburt des Sohnes Fjodor (16. Juli). Prozeß gegen Netschajews Terroristengruppe in St. Petersburg (Juli–August). *Die Dämonen* (Teile I–II) als Vorabdruck im »Russischen Boten«.

1872 Kontaktnahme mit konservativen Regierungskreisen. Arbeit an Teil III der *Dämonen* in Staraja Russa. Bekanntschaft mit Nikolai Leskow.

1873 *Die Dämonen* als Einzelausgabe in drei Bänden; Dostojewski nimmt seine Tätigkeit als Redakteur des konservativen »Staatsbürgers« auf; erste Lieferungen des *Tagebuchs eines Schriftstellers* (als Beiträge zum »Staatsbürger«).

1874 Dostojewski gibt seine Stellung als Redakteur beim »Staatsbürger« auf, um sich wieder vermehrt seinen eigenen literarischen Projekten widmen zu können. Aufenthalt in Staraja Russa (Mai), Reise nach Bad Ems (Juni). Kurzbesuch in Genf (August), um das Grab Sonjas zu sehen.

1875 *Der Jüngling* (Publikationsbeginn). Kuraufenthalt in Bad Ems (Mai–Juli). Staraja Russa. *Der Jüngling* abgeschlossen. Geburt des zweiten Sohnes, Aljoscha (10. August).

1876 Das *Tagebuch eines Schriftstellers* erscheint fortan im Selbstverlag; in der Juniausgabe Nekrolog auf George Sand. Kur in Bad Ems (Juli). *Die Sanfte* (November, als Reaktion auf den Selbstmord von Herzens Tochter Lisa).

1877 Fortsetzung des *Tagebuchs eines Schriftstellers*; zunehmendes politisches Engagement (Panslawismus, Orientfrage, Imperialismusgedanke).

1878   Arbeit am *Tagebuch eines Schriftstellers* vorübergehend
        eingestellt. Arbeit am Roman *Die Brüder Karamasow*
        (bis 1880). Bekanntschaft mit dem Philosophen Wladimir
        Solowjow, mit dem Dostojewski nach dem Tod seines
        Sohnes Aljoscha (16. Mai) in das Kloster Optina Pustyn
        fährt.
1879   Fortsetzung der Arbeit an den *Brüdern Karamasow*. Vor-
        tragstätigkeit, Lesungen. Kur in Bad Ems (Juli– Septem-
        ber). Drucklegung der *Brüder Karamasow* (bis 1880).
1880   *Die Brüder Karamasow* (Einzelausgabe). Lesungen.
        Rede zur Puschkin-Feier (8. Juni); Sonderheft des *Tage-
        buchs eines Schriftstellers* (Puschkin-Rede, mit Einlei-
        tung, Ergänzungen und gegenkritischen Erwiderungen).
1881   Vorbereitung des *Tagebuchs eines Schriftstellers* für
        das laufende Jahr. Erkrankung Dostojewskis (25./26.
        Januar, Blutsturz infolge eines Lungenemphysems);
        Tod (28. Januar/9. Februar); öffentliche Trauerfeier
        unter Teilnahme von 50 000 bis 60 000 Trauergästen
        (31. Januar); Grabreden von Alexander Palm, Maikow,
        Solowjow (1. Februar).

Ilma Rakusa

Im Nachwort und in den biographischen Daten wurde bei den
russischen Namen die heute übliche Schreibweise verwendet.

Zur Zeichensetzung

Damit der Leser in diesen großenteils in Gesprächsform gestalteten Romanen und Erzählungen eindeutig unterscheiden und sich klar zurechtfinden kann, wurden die Anführungszeichen durchwegs auf folgende Weise gesetzt:

Alle Gespräche und Aussprüche aus Gesprächen außerhalb dieser wurden » und « angeführt und ausgeführt.

Die Wiedergabe von Äußerungen anderer innerhalb von Gesprächen und in innerem Zwiegespräch gehaltene Monologe wurden mit , und ' gekennzeichnet.

Zitate und Verse, Titel von Büchern und Schauspielen, Namen von Straßen und Plätzen, von Gasthäusern und ähnlichem sind innerhalb und außerhalb von Gesprächen mit „ und " angeführt und ausgeführt.

INHALT

DER SPIELER 7
Roman (Aus den Aufzeichnungen eines jungen
Mannes) (1866)

DER EWIGE GATTE 219
Roman (1869)

AUFZEICHNUNGEN AUS DEM UNTERGRUND . . 429
Eine Erzählung (1864)
 I. Der Untergrund 431
 II. Bei nassem Schnee 476

DAS KROKODIL 577
Ein ungewöhnliches Ereignis (1865)

BOBOK 631
Aufzeichnungen eines Ungenannten (1873)

DIE SANFTE 657
Eine phantastische Erzählung (1876)

TRAUM EINES LÄCHERLICHEN MENSCHEN . . 717
Eine phantastische Erzählung (1877)

ANHANG

Anmerkungen 749
Nachwort 756
Auswahlbibliographie 781
Biographische Daten 785

PIPER

Sebastiano Vassalli
Der Schwan

Roman. Aus dem Italienischen von Ragni Maria Gschwend.
235 Seiten. Geb.

1. Februar 1893: Emanuele Notarbartolo, gerade seines Amtes
enthobener Direktor der Bank von Sizilien, macht es sich im
Erster-Klasse-Abteil der Eisenbahn in Richtung Palermo bequem: Endlich hat er den Entschluß gefaßt, sich dort an höchster Stelle von geheimen Kenntnissen zu befreien, die sein
Gewissen schon lange belasten; Kenntnisse, die die dunklen
Machenschaften der Bank betreffen. Notarbartolos eigentümliche Unruhe ist berechtigt, seine Reise währt nur kurz: Er
wird nie dazu kommen, seine wichtige Mitteilung zu machen.
Was wie der virtuose Auftakt eines Kriminalromans erscheint,
hat sich tatsächlich zugetragen; die Ermittlungen um diesen
spektakulären Mordfall verliefen im Sande. Erst Jahre später
fällt der Verdacht auf Raffaele Palizzolo, genannt der
»Schwan«. Er ist der Drahtzieher des Mordes an Notarbartolo,
und seine schillernde Persönlichkeit gewährt tiefe Einblicke in
die Psychologie des Mafioso: kindliche Sanftmut und eiskalte
Grausamkeit, bigotte Frömmigkeit und moralische Skrupel-
losigkeit, der verquere Nationalismus des Sizilianers und dessen Minderwertigkeitskomplex gegenüber den Landsleuten
im Norden.

PIPER

Carol Shields
Das Tagebuch der Daisy Goodwill
Roman. Aus dem Englischen von Margarete Längsfeld.
383 Seiten. Geb.

Carol Shields' hochgerühmter, vielfach preisgekrönter Roman
ist eine spannende Familiengeschichte und zugleich das lebendige Porträt einer Frau im 20. Jahrhundert: Fiktive Tagebuch-
eintragungen, Liebesbriefe, Rezepte, Zeitungsausschnitte und
die Erzählungen von Freundinnen und Verwandten ergeben
raffiniert miteinander verwoben die Lebensgeschichte der
Daisy Goodwill.

»Ein warmes, sinnliches Buch, das der Leserin ermöglicht, sich
ganz tief in die handelnden Personen einzufühlen. Ein Lesefest
für alle Sinne.«
Für Sie

»Carol Shields erzählt von den alltäglichen Dingen mit großer
Intensität. Mühelos gelingt es ihr, von der Geburt bis zum Tod
Daisys genug Spannung zu schaffen, so daß der Leser auch die
Nebenstränge der Lebensgeschichte und die vielen, zuweilen
irritierenden Episoden weiter verfolgt.«
Frankfurter Allgemeine Zeitung

PIPER

Rosetta Loy
Schokolade bei Hanselmann

Roman. Aus dem Italienischen von Maja Pflug.
286 Seiten. Geb.

In Rosetta Loys meisterhaftem neuen Roman steht die
Geschichte einer Familie in politisch bewegter Zeit.
Sie beginnt in den dreißiger Jahren, in einer groß-
bürgerlichen römischen Wohnung, als das kleine
Mädchen Lorenza ihre Eltern und deren Freund, den
jungen jüdischen Wissenschaftler Arturo Cohen, beim
Musizieren beobachtet: Vor allem die Mama lauscht dem
virtuosen Klavierspiel Arturos seltsam verzückt. Lorenza
spürt eine subtile Spannung und zugleich Harmonie
zwischen den dreien ...
In diesem und den folgenden Jahren verbringt Lorenza
ihre Ferien in der eleganten Engadiner Villa der Großmutter Arnitz, wo auch der Rest der Familie zusammen-
kommt – und sie Zeugin dramatischer Ereignisse wird.
Aber erst nach dem Krieg ergründet sie das tragische
Geheimnis, das ihre Mutter, die schöne Isabella, mit ihrer
Halbschwester, der temperamentvollen Margot verband ...

PIPER

Madeleine Bourdouxhe
Gilles' Frau

Aus dem Französischen von Monika Schlitzer.
Mit einem Nachwort von Faith Evans. 166 Seiten. Geb.

Madeleine Bourdouxhes Drama einer zerstörerischen
Leidenschaft ist eine Wiederentdeckung von höchstem
literarischen Rang. Die leidenschaftliche Dreiecks-
geschichte zwischen Elisa, ihrer Schwester Victorine
und Gilles ist in ihrer Direktheit und Ausweglosigkeit
ein Glanzstück der klassischen Moderne: Sinnlich, kühn –
und von kammerspielartiger Intensität. Sie ist von der
Schlichtheit und Unentrinnbarkeit einer klassischen
Tragödie.
Elisa lebt zusammen mit ihrem Mann Gilles, einem
Fabrikarbeiter, und ihren beiden Zwillingstöchtern
am Rand einer Industriestadt. Erfüllt von der Liebe zu
ihrem Mann, wartet sie jeden Tag sehnsüchtig, daß Gilles
von der Schicht nach Hause kommt. Über diese Familien-
idylle bricht eine Katastrophe herein, verkörpert durch
Elisas jüngere Schwester. Victorine, ebenso schön wie
rücksichtslos, ging schon immer im Haus der Schwester
ein und aus. Aber plötzlich, eines Abends, sieht Gilles sie
mit anderen Augen…

PIPER

Julia Alvarez
Die Zeit der Schmetterlinge

Roman. Aus dem Amerikanischen von Carina von Enzenberg
und Hartmut Zahn. 463 Seiten. Geb.

Die Familie Mirabal, mit ansehnlichem Wohlstand gesegnet,
lebt auf einem karibischen Herrschaftssitz, umgeben von üppi-
gen tropischen Wäldern und stattlichen Ländereien. Sie läßt
nach außen nichts auf ihren Präsidenten kommen. Doch Patria,
Minerva, Dedé und Maria Teresia, den vier schönen Töchtern
Mirabal entgehen nicht die dunklen Schatten, die die grausame
Diktatur Trujillos auf das Volk gesenkt hat.

»Im Dezember 1960 wurden drei Schwestern, die im Untergrund tätig waren, auf der Heimfahrt auf einer einsamen
Gebirgsstraße im Norden der Dominikanischen Republik
ermordet. Sie hatten ihre inhaftierten Männer besucht, die
man tückischerweise in ein abgelegenes Gefängnis verlegt
hatte, um die jungen Frauen zu zwingen, die gefährliche Reise
auf sich zu nehmen. Nur die vierte Schwester, die nicht mitge-
fahren war, blieb verschont. Ich war noch ein junges Mädchen,
als ich von dem ›Unfall‹ hörte, und seitdem gingen mir die
Schwestern Mirabal nicht mehr aus dem Sinn.«
Julia Alvarez